अमृत और विष

अमृत और विष

साहित्य अकादमी द्वारा पुरस्कृत उपन्यास

अमृतलाल नागर

लोकभारती प्रकाशन

लोकभारती प्रकाशन
पहली मंजिल, दरबारी बिल्डिंग, महात्मा गांधी मार्ग
प्रयागराज-211 001
वेबसाइट : www.lokbhartiprakashan.com
ईमेल : info@lokbhartiprakashan.com
शाखाएँ : 1-बी, नेताजी सुभाष मार्ग, दरियागंज
नई दिल्ली-110 002
अशोक राजपथ, साइंस कॉलेज के सामने
पटना-800 006
1, अनमोल सोराबजी संतुक लेन, धोबी तलाव,
मरीन लाइंस, मुम्बई-400 002

पहला संस्करण : 1966
अठारहवाँ संस्करण : 2024

मुद्रक : बी.के. ऑफसेट
नवीन शाहदरा, दिल्ली-110 032

AMRIT AUR VISH
by Amrit Lal Nagar

ISBN : 978-81-8031-109-3

मूल्य : ₹995

अग्रज कलाकार
लखनऊ के महानागरिक
श्री भगवतीचरण वर्मा और श्री यशपाल
को
सादर, सविनय, सप्रेम

अग्रज कलाकार
लखनऊ के महानागरिक
श्री भगवतीचरण वर्मा और श्री यशपाल
को
सादर, सविनय, सप्रेम

कथनीय

सन् '६१ में एक वृहद उपन्यास रचने की योजना मन में आई। कई परिच्छेद लिख डालने के बाद यह लगा कि बढ़ती महँगाई के दिनों में अनेक वर्षों में पूरा होने वाला काम उठाना मेरे लिये सम्भव न होगा। उपन्यास रुक गया। लिखे हुए अध्यायों में से कुछ जो स्वतंत्र कहानियों का रूप ले सकते थे, आवश्यक फेर-बदल के बाद उपयोग में आ गये। इधर-उधर पत्र-पत्रिकाओं में वे कहानियाँ छप भी गईं।

सन् '६२-'६३ के वर्ष उपन्यास-लेखन की दृष्टि से प्रायः खाली ही गये; कुछ लिखा पर बाद में उसे नष्ट भी कर दिया। सन् '६३ के अन्त में उपन्यास अपने प्रस्तुत रूप में प्रस्फुटित होने लगा। पुराने लिखे कुछ अध्यायों का नये रूप में उपयोग करना अनिवार्य हो गया। प्रायश्चित, सत्यनारायण की कथा, कीर्तन के शार्ट-हैण्ड नोट्स और पढ़े-लिखे बराती शीर्षकों से प्रकाशित कहानियाँ उचित परिवर्तन के साथ फिर से इसी कथा-क्रम में जुड़ गई हैं। विद्वान् आलोचकों से मुझे इसके लिये क्षमा माँगनी ही चाहिये।

'अमृत और विष' धारा-प्रवाह रूप से अगस्त '६४ से पहले न लिखा जा सका। अक्टूबर '६५ में यह पूरा हुआ। चि० गणेशशंकर त्रिपाठी 'सारंग' ने इसकी पाण्डुलिपि लिखी। अंत के पाँच अध्याय मैंने इलाहाबाद में बेटी सौ० अचला विमलकान्त के घर पर स्वयं लिखे।

उपन्यास का नामकरण श्रद्धेय सुमित्रानन्दन पन्त जी ने किया। पुस्तक के कुछ फर्मे छपने के बाद पता चला कि उस नाम से 'पाकेट बुक' में कोई उपन्यास छप चुका है। बंधुवर नरेन्द्र जी शर्मा ने 'नौ नगरी सौ गाँव' सुझाया। यह नाम भी कई मित्रों को पसन्द आया परन्तु तब तक नाम-परिवर्तन करने में प्रकाशक को भी कुछ अड़चनें अनुभव हुईं, और मैं स्वयं भी महाकवि से प्रसाद रूप में पाया हुआ नाम बदलने को राजी न हो सका। अतः यही नाम रहा।

उपन्यास के कई अंश आगरे में बंधुवर डॉ० रामविलास शर्मा के यहाँ, बम्बई में परमप्रिय डॉ० धर्मवीर भारती के यहाँ और प्रयाग में लोकभारती कार्यालय में आयोजित गोष्ठियों में सुनाये। पहली दो गोष्ठियों में पाये गये कुछ सुझावों का उपयोग भी किया। आदरणीय भाई वाचस्पति जी पाठक और भाई जी ज्ञानचंद जैन मेरे शुभचिन्तक और सहायक रहे हैं। इनके प्रति हृदय से प्रेमविनत हूँ।

अन्त में यह सफाई देना भी आवश्यक है कि उपन्यास के सभी पात्र यथार्थ के प्रतीक होते हुए भी काल्पनिक हैं।

महाशिवरात्रि —अमृतलाल नागर

१८ फरवरी, १९६६ ई०

चौक, लखनऊ-३

एक

ऐन कानों के पास अलार्म इतनी ज़ोर से घनघना उठी कि कानों ही के क्या, मेरे अन्तर तक के पर्दे दर पर्दे हिल उठे। आँखें खोलते ही माया का हँसता मुखड़ा देखा, बोली : "उठिये शिरीमान्, उमर के साठ बज गये।"

इस मज़ाक़ और मज़ाक़ करने वाली की रसीली चितवन पर मैं रीझ गया। शरीर में जवानी की सी फुर्ती दौड़ गयी, उठकर बैठ गया, कहा : "यह क्यों नहीं कहतीं साफ़-साफ़ कि सठियाये बुड्ढे, हट, सेज से उतर।"

माया झेंप गयी : "जाओ, बड़े वो हो।" फिर आप ही नयनों का रसवाण छोड़कर बोली : "साठा तो पाठा होता है।"

मन अपनी और पत्नी की आयु भूलकर जवान हो गया। माया बोली : "अब जल्दी से तयार हुइ जाओ। उमेशो कहत रहे कि भाभी, आज तुम्हाए-के-हियाँ बड़ी भीड़ आवैगी।"

"अँहँ, तुम क्या यह समझती हो, जिस भीड़ की बात उमेशो ने तुमसे कही है, वह लेखक अरविन्दशंकर को बधाई देने के लिये आयेगी?"

"तो और किसके लिए आवैगी?"

"वो सरकारी दरबारी कांगरेसी भेड़ों की भीड़ होगी, जिन्हें नगर कांग्रेसाध्यक्ष महोदय मेरी खुशामद में हाँककर लायेंगे। उन्हें ग़लतफ़हमी है कि मैं पंडित जवाहरलालजी का दुलारा हूँ। इस ज़मीन वाली बात याद करो। अब समझीं? और ये जो परसों मेरा षष्टिपूर्ति समारोह ये लोग धूमधाम से मनाने ज़ा रहे हैं, उमेशो के द्वारा जिसके लिए मुझे इतना-इतना घेरा गया है—"

"अच्छा-अच्छा, अब आज के शुभ दिन अपने को इतना तपाओ न भाई। आज हमैं तुमरा हँसता चेहरा देखन को जी चाहत है।"

जीवन-संगिनी जीवन-सर्वस्व पर अपना जादू मारकर चली गयी। मन मैदानी नदी-सा हल्के बहाव में उतर तो आया, पर दार्शनिक बन गया। इकसठवाँ जन्मदिवस भी उसके लिए मनोवैज्ञानिक आसन बिछाने लगा।......सौ वर्ष इस दुनिया में बिता दिये—अनुभवों का जुलूस दिल्ली में निकलने वाले गणतंत्र दिवस के रंगारंग दृश्यों की अविराम गति से चल पड़ा। एक विशाल कनवेस पर एक साथ अनगिनत चित्र उभर पड़े, वर्ष-ऋतुएँ, गलियाँ-सड़क, पहाड़ कश्मीर का गुलमर्ग, सोवियत यूनियन के देश, जेल, चरखा, स्वयंसेविका-बाज़ी, कलकत्ता, कोल्हापुर, मद्रास, बम्बई, घर, माया-बच्चे, माँ-बाप-बाबा,

नाते-गोतिये, दोस्त-अहबाब, साहित्यिक पत्र-पत्रिकाएँ—विविध अनुभवों भरे सारे जीवन ने एकाएक धावा बोलकर मेरे ध्यान का साम्राज्य जीत लिया। मन भर उठा। आदमी जनम से लेकर मरन के दिन तक इतना सारा दुख-सुख भोगता है, हजारों चेहरे, रूप, रंग, वातावरण देखता है, सुनता है, सहता है—आखिर किसलिए? व्यक्ति के जीवन की ढेर सारी उपलब्धियाँ, जिन्हें प्राप्त करने के लिए वह जान लड़ाता है, अन्त में निकम्मी होकर नष्ट हो जाती हैं। उनमें कितनी ही उपयोगी भी होती हैं।······सोचता हूँ कि अपनी जीवन-कहानी लिख डालूँ। जनम भर उपन्यास और कहानियों में दूसरों के देखे-सुने और अपने गढ़े हुए किस्से लिखे, एक अपना भी लिखकर रख जाऊँ!······लेकिन अभी तो एक उपन्यास लिखने का नैतिक भार भी पिछले दो वर्षों से मेरे ऊपर लदा है न, पहले उसे तो सिर से उतार दूँ। इधर मैं कुछ लिख ही नहीं पा रहा; मन पुरानी नदी के पाट-सा सूखा पड़ा है। सोचता हूँ, अपनी क़लम को स्फूर्ति देने के लिये आज से कुछ लिखना शुरू कर ही दूँ। आत्म-कथा के संक्षिप्त नोट्स लिखते-लिखते सम्भव है, मेरी सरस्वती फिर से जाग उठें और उपन्यास भी आरम्भ हो जाय। बहरहाल आज से कुछ न कुछ लिखूँगा अवश्य—आत्मकथा, डायरी, उपन्यास। ८ मई को जन्म लेने वाले रवीन्द्रनाथ ठाकुर कितने ग़ज़ब के मेहनती थे, सदा कुछ न कुछ लिखते ही रहते थे। आज उनकी जन्मशती का पुण्य दिन है। उसके उपलक्ष्य में आज सारे देश में उत्सव किये जायेंगे। मेरा षष्टिपूर्ति समारोह इसीलिये दो दिन बाद मनाया जा रहा है। उनके श्रीमन्त पुरखों का इतिहास एक प्रदेश के इतिहास का गौरव है······लेकिन मेरे पुरखों का इतिहास भी रोचक है, सुन्दर है, लिखने लायक़ है······।

●

दो

मलिका विक्टोरिया का राज था। उन्नीसवीं सदी बूढ़ी हो चली थी; बूढ़ा भारत देश गुलामी की नयी और कठिन बेड़ियों से जकड़कर भी जवान हो रहा था, एक नयी राह पर दौड़ रहा था। 'लोहे की सड़कों' का जाल धीरे-धीरे फैलता ही जा रहा था, उन पर 'धुआँ-गाड़ियाँ' भी माल-मुसाफिर लेकर दौड़ने लगी थीं। मगर चौपहियों, ऊँटगाड़ियों, शिकरमों और घोड़ा-गाड़ियों के दिन तब भी दोपहर की धूप से निखर रहे थे। मेरठ वाले गंगाराम की गाड़ियाँ आगरे तक दौड़ती थीं। आगरे के सोजीराम बस्तीराम का काम भी जोरों पर था।

फ़क़ीर मुहम्मद राधेलाल का काम भी बहुत ऊँचा जा रहा था। उन्होंने कलक्टर की सलाह से घोड़ों की डाकगाड़ियाँ और शिकरमें चलाने का नया बन्दोबस्त भी अपने पुराने काम के अलावा आरम्भ किया था। आगरा से मथुरा और मथुरा से कोसी तक डाक लाने-ले जाने की व्यवस्था की। एक बँगला किराये पर लिया। टिकट बाँटने, हिसाब-किताब रखने और तार पाकर सीट बुक करने के काम पर एक मेम को नौकर रखा। उसे चार सौ रुपया महीना दिया। पटने से एक अंग्रेजी पढ़ा-लिखा किरानी बंगाली बाबू आया। नौकर-चाकर-साईस सबके लिए वर्दी-बिल्ले बने। लाला राधेलाल ने इस नये धन्धे को फ़क़ीर मुहम्मद राधेलाल एण्ड कम्पनी नाम दिया। अंग्रेजी ठाट-बाट से दफ़्तर सजाया। अंग्रेजों से चालीस रुपया टिकट की दर बाँधी। मेम साहब का दफ्तर, यात्रियों को आरामगाह और अपना दफ्तर वाला कमरा इस ठाठ से सजाया कि देखकर लगता था, मानो आगरे में लन्दन का एक टुकड़ा लाकर रख दिया हो।

शेख़ फ़क़ीर मुहम्मद अधिकतर अपने गाँव ही में रहते थे। सूफ़ी तबीयत के थे, साधु-संन्यासी और शाह-फ़क़ीर दोनों ही प्रकार के सन्त पुरुष उनके यहाँ आते थे। दिन-रात आध्यात्मिक चर्चे चला करते थे। दान-पुण्य करने में उनका हाथ खुला था, हिसाब-किताब देखने-सम्हालने में उन्हें तनिक भी रुचि न थी। लालाजी उन्हें जबर्दस्ती घेरकर हिसाब समझाते और सलाह-सूत लेते थे। अंग्रेजी ठाठ का दफ्तर सजाने पर लालाजी ने एक जश्न मनाने का आयोजन किया। उसके लिए वे 'बड़े भैया' को आप जाकर गाँव से लाये। शेख़जी ने नया दफ़्तर देखा-भाला, सन्तोष प्रकट किया। लालाजी ने फोटोग्राफर को बुलवाकर उनकी और अपनी तस्वीर उतरवायी, एक फोटो पूरे स्टाफ के साथ भी खिंची। उन दिनों इसका चलन नया-नया ही चला था।

अंग्रेज कलक्टर तथा हाकिम-हुक्कामों में और सेठ-साहूकारों में लाला राधेलाल की बड़ी आवभगत थी, इसलिए इस अवसर पर उन्होंने अंग्रेजों को एक शानदार दावत देने

का आयोजन भी किया था। बहुत ज़ोर देने पर भी वे अपने बड़े भैया को उस अवसर पर उपस्थित रहने के लिए राज़ी न कर सके। शेख़जी बोले—"यह सिर अब दिन-रात खुदा की बादत में ही झुकने का आदी हो गया है। मुझे इस जंजाल में मत फँसा।" नये दफ़्तर वाले बँगले ही में लालाजी ने शेख़जी के रहने का प्रबन्ध भी किया था; पर वे वहाँ न रहे, कहने लगे—"यहाँ मेरा जी नईं लगेगा। मैं गद्दी पे ही उतरूँगा। वाँ अपने हिन्दुस्तानी भाइयों का साथ है; सन्तों-फकीरों को भी यहाँ आते हुए अच्छा न लगेगा और हर घड़ी इंग्लिशों की सूरतें देखने से भी बचूँगा। सवारी मँगा दे। सूरज ढल रया है। मेरी नमाज का बखत हो रया हैगा।"

उस अहाते में, जहाँ चौपहिये किराँचियों का कारबार चलता था, एक इमारत भी, बनी थी! उसके नीचे के खन में द्वारे के अगल-बगल दो बड़े-बड़े दालान थे, एक में आने वाले गाड़ीवान, ऊँटवान रैनबसेरा किया करते थे और दूसरे में एक धेला फ़ी रात की दर से भाड़ा देने वाले यात्री। अन्दर एक टके से दो आने रोज़ तक के किराये वाली बारह कोठरियाँ थीं और इमारत के ऊपर वाले भाग में शेख़जी ठहरा करते थे। इस बार भी वहीं आकर दम लिया।

पिछले सोलह बरसों से गाड़ियों के पहियों से पिसते-पिसते अहाते के अन्दर वाले बड़े मैदान की मिट्टी भुरभुरी हो गयी है; ऊँटों, बैलों और घोड़ों के खुर मिट्टी में धँस-धँस जाते हैं; अभी आयी-गयी गाड़ियों की लकीरों से रेखा-गणित के अजब-अजब नक्शे बने हुए हैं। बायीं ओर कोने में तीन-चार ऊँट खूँटों से लम्बी डोरों में बँधे खड़े हैं। उसी ओर दूसरे छोर पर तबेलों में कुछ घोड़े और बैल भी नज़र आ रहे हैं। दाहिनी ओर इमारत है। साँझ के बढ़ते धुँधलके में दस तरह के मानुस चेहरे वहाँ दिखाई दे रहे हैं। यहाँ के लगे-बँधे नाऊ-कहारों के चिरपरिचित चेहरे भी दिखलाई पड़ रहे हैं। अहाते के फाटक में फिटन के प्रवेश करते ही शेख़जी का चेहरा खिल उठा, आँखों में जोत आ गयी। डाक स्टेशन यानी अपनी नयी कम्पनी के साथ ही साथ आये हुए बड़े मुनीम गुपालदास से कहा—"हमारा तो ठिकाना येई हैगा भैया। याँ अपनापन तो लगे है। वाँपे वो सब लालम्हों वाले फ़िरंगी आवें-जाँय हैं। और एक वो राँड़ की गोरे चामवाली सुफेद हथनी पाली है राधे ने। वो बार-बार सलाम करे है तो मैं शरम के मारे पानी-पानी हो जाऊँ हूँ। इस कौम के अगाड़ी झुक के सलाम करना ही सीखा था, और वो भी नादिर-शादिर ही। सदा बचताई रया इस कौम से। मैंने तो कह दीना राधे से कि तेराई जिगरा है भैया, तू निभा सके है। मैं तो अपनी गद्दी पे ही ठहरूँगा।"

फिटन चबूतरे के पास आकर खड़ी हो गयी थी। नौकर-चौकीदार सब बड़े मालिक को देखते ही गाड़ी का दरवाज़ा खोलकर सलामें झुकाने की उतावली में बड़े मालिक और मुनीमजी की बात पूरी हो जाने तक खड़े रहे। शेख़जी ने बात पूरी की और इन लोगों की तरफ 'कहो भाई, सब ख़ैरसल्लाह तो है' कहते हुए अपनी छड़ी और डग सम्हाले।

नये कारबार से, विशेष करके उस चार-सौ रुपये माहवार की सफेद हथनी से मन ही मन मुनीमजी को बड़ी-बड़ी शिकायतें थीं। दोनों मालिक तो उनका अदब करते थे; मगर

वो कल की आयी मेम सदा हुकुम ही चलाती थी। मुनीम गुपालदास की शान में बट्टा लगता था। नयी कम्पनी के सारे बहीखाते विलायती थे। अस्सी रुपये महीना और क्वार्टर मुफ्त देकर पटना से एक बंगाली बाबू को बुलवाया गया था, उससे हर साल पाँच रुपये महीने की तरक्की का करार भी हुआ था। मुनीमजी को यह सब देख-देखकर खौलन होती थी, सोचते कि यहाँ तो सोलह बरस नौकरी करते हो गये और अभी तक पचपन रुपल्ली पर ही पड़े हैं। जान होमकर अपना काम समझकर दिन-रात इनका काम सम्हालते हैं। कभी एक कौड़ी का भी फरक नहीं डाला। उसका इनाम ये मिला कि अंग्रेज़ी के आगे अब उनकी कोई क़दर ही नहीं रही। उनके मन ही मन में रह-रहकर बड़ा उबाल आता था। शेख़जी फ़ारिग होकर नमाज़े-मग़रिब अदा करने के बाद फुरसत से बैठे, तो मुनीमजी उनकी सेवा में पहुँच गये। घुमा-फिराकर बात छेड़ी, कहने लगे : "छोटे भैयाजी ने विलायती कारबार चलाया तो है......देखिए! बँगले का भाड़ा, बैरा, अर्दली, धोबी, नाई, बंगाली बाबू और वो मेमसाब, सब मिला के सात सौ बयालिस रुपौं का खर्चा तो खाली दफ़्तर का बँध गया है। घोड़े, गाड़ी, सहीस, नौकर, बग्घियों की टूट-फूट, मरम्मत के लिए मिस्त्री दाना-घास-रातिब वगैरे से कोई मतलब ही नहीं। छोटे भैयाजी ने मेरे अगाड़ी कम्पनी की आय-बै का नकसा जो रक्खा था, सो तो मेरी समझ में आया था, पर अब का हाल कुछ भी समझ के नईं आवे है।"

शेख़ फ़क़ीर मुहम्मद ने एक हाथ से तस्वीह के दाने और दूसरे हाथ से अपनी दाढ़ी पर कंघी करते हुए गुपालदास पर पैनी नज़र डाली और पूछा : "तुम्हारी समझ में क्या खराबी हैगी? क्या वजह है कि राधे का तख़मीना और नए कारबार का ख़याल तो तुम्हें उम्दा जँचा था और अब उसमें शिकायतें पैदा हो गयीं?"

मुनीमजी सावधान हो गये, कहने लगे—"छोटे भैयाजी ने मुझसे कही थी कि गुपालदास, ये धंधा फसल के आमों जैसा है। आठ-दस बरस जब तक यहाँ पे रेलगाड़ी नईं आवैगी, तभी तलक ये अपना पूरा कारोबार है, अब लग एक ही हाथ से दुह रये थे, अब दोनों हाथों से दुहेंगे; दस बर्स में डबल म्हैनत से बीस वर्षों की कमाई करेंगे। मैंने भी बात समझ के कही कि ठीक है। पर अब ये बात हैगी भैयाजी, कि बोई आपकी केहनावत कि मेम निगोड़ी से मुझे भी डर लगी हैगा।"

"क्यों?"

"औअल तो बड़ी घमण्डन और चरबाँक है। सारा दिन जब मुसाफिरों से फुरसत पावे है, तो सीधे जाके छोटे भैयाजी के पास ही बैठ जावे है। बिलायती लिखत-पढ़त है—हर तरह सब कुछ उसी के काबू में है।"

"तुम समझते हो कि राधे की नज़र में उसकी वजह से कोई ऐब आ रया हैगा? मैं साफ-साफ सुनना चाहूँ हूँ।" शेख़जी कहते-कहते तकिये से उठकर सीधे बैठ गये।

"कृश्ना कृश्ना!" मुनीमजी ने दोनों हाथों से कान पकड़कर कहा—"छोटे भैयाजी का मन तो स्यामा गौ के दूध जैसा हैगा, सो भी आँखों के अगाड़ी का कढ़ा हुआ। वे मेरे मालक हैं, झूठ बोल के मुझे नरक में नईं जाना है।"

शेख़जी शान्त सन्तुष्ट मुद्रा में कहने लगे—"गुपालदास, उम्र में तुम मेरे राधे से बड़े ज़रूर हो और अपने फ़न के उस्ताद भी हो। मगर बुरा न मानना, मेरे राधे का दिमाग़ बहुत ऊँची सतह पर दौड़े हैगा। तुम उस मेम पर चार सौ रुपये महीने का खर्च देखो हो। मगर आज मैं भी क़रीब-क़रीब सारा दिन राधे के दफ़्तर ही में बैठा रहा, और जैसा कि तुम कहो हो, वह मेम भी ज्यादेतर वईं पै बैठी रही। राधे उसे अपने पास बिठला के जो काम करावे हैगा, वो इसलिए कि नज़रों ही नज़रों में उसके काम का तरीक़ा भाँपे हैगा। विलायती व्यौपाराना तरीक़ों को समझे हैगा। चार सौ में ये तजर्बा हासिल करना कुछ भौत म्हैंगा नईं है। तुम मेरी आज की बात याद रखना मुनीमजी, बरस छै महीने ही में राधे उसे हवा कर देगा याँ से।"

गुपालदास निरुत्तर हो, सिर झुकाये बैठे रहे। शेख़जी ने भाँपा कि अभी कुछ और शिकायत है; पूछा—"तुम्हें मेम से खास शिकायत क्या है? वह तुम्हारा माक़ूल अदब नहीं करती?"

"जी हाँ, यही बात है।" गुपालदास खुल पड़े।

दूसरे दिन सबेरे लालाजी के आने पर शेख़जी ने उनसे गुपालदास को कारबार में चार आने का पत्तीदार और छोटे मुनीम को दो आने का पत्तीदार बना देने को कहा। लालाजी को भी यह राय पसन्द आयी।

राधेलाल मथुरा के एक सम्पन्न साहूकार परिवार में उत्पन्न हुए थे। उनके पिता वल्लभ कुल के वैष्णव थे। किसी साथ के बहाने से कलकत्ते गये। वहाँ उन्हें सट्टा-फाटका खेलने का रोग लग गया। उसके पीछे ऐसे दीवाने हुए कि कौड़ी-कौड़ी को मुहताज हो गये और उसके बाद ही संन्यासी होकर कहीं चले गये। लाला राधेलाल को बचपन ही से कसरत-कुश्ती का बड़ा शौक था। उन दिनों भले घरों के लड़के भी दंगल में उतरा करते थे। शेख़ फ़क़ीर मुहम्मद के छोटे भाई दीन मुहम्मद भी उस समय पहलवानी में नये-नये उठ रहे थे और इस बात का बड़ा चर्चा था कि आगरा ही नहीं, आस-पास के तीन-चार ज़िलों में किसी भद्र परिवार का नौजवान उनकी जोड़ का न था। मथुरा के हिन्दुओं ने आगरे से मुसलमानों का मानमर्दन करने के लिए आगरे के एक दंगल में राधेलाल से उनकी जोड़ करा दी। राधेलाल ने दीन मुहम्मद को आसमान दिखा दिया। कलक्टर की मेम ने उन्हें सोने का तमग़ा दिया। बड़ी वाहवाही हुई। दीन मुहम्मद भी अपना जोड़ीदार पाकर ऐसे रीझे कि उसी दिन से दोनों आपस में गहरे दोस्त हो गये।

महीने दो महीने में एक बार मिले बिना दोनों को चैन नहीं पड़ता था। राधेलाल उनके गाँव जाकर हफ्तों रह आते थे, रसोइया और कहार साथ जाता था। दीन मुहम्मद को हराने के लिए मथुरा में लालाजी ने अपने घर वालों की आज्ञा से एक किराये का घर लिया था। दीन मुहम्मद का बावर्ची उनके साथ आता था। कलकत्ते से लालाजी के पिता एक अंग्रेजी पढ़े-लिखे बंगाली बाबू को एक बार अपने साथ मथुरा ले आये थे। वे राधेलाल को अंग्रेजी पढ़ाते थे, उनके साथ अन्य दो-चार सम्पन्न परिवारों के लड़के भी

पढ़ते थे। राधेलाल की देखा-देखी दीन मुहम्मद को भी शौक लगा और फिर तो वे भी मथुरा ही में अधिकतर रहने लगे। शेख़ फ़क़ीर मुहम्मद कभी-कभी अपने भाई से मिलने के लिए मथुरा चले आते थे। राधेलाल तभी से उन्हें दीनू की तरह ही 'बड़े भैया' कहने लगे।

सन् १८५१ के अगस्त महीने में दीन मुहम्मद पन्द्रह दिनों के तेज़ बुखार के बाद अचानक स्वर्गवासी हो गये। कुछ समय के बाद ही उन्हें कलकत्ते से समाचार मिला कि पिताजी अपना दिवाला निकलने के कारण संसार का त्याग कर संन्यासी हो गये हैं। मथुरा में महाजनों ने इनकी जायदाद कुर्क़ करा ली। उन्नीस वर्ष की आयु में लाला राधेलाल ख़ाली हाथ और खाली मन से अपनी माता, छोटी बहिन, पत्नी और गोदी के बच्चे को लेकर आगरा आ बसे। एक किराँची चौपहिये वालों की फर्म में आठ रुपये महीने पर नौकरी कर ली। बड़ी मेहनत से काम किया; मालिकों ने दो बरसों बाद इन्हें पन्द्रह रुपये देना शुरू कर दिया, क्योंकि इनका अंग्रेजी ज्ञान उन्हें लाभ कराता था। सन् १८५७ के सिपाही-विद्रोह में इन्होंने कई अंग्रेज परिवारों को अनाज के बोरों में छिपाकर अपने मालिकों को गाड़ियों पर सुरक्षित स्थान पर भिजवाया। ग़दर के बाद अंग्रेजों ने इन्हीं के कारण इनके मालिकों को मान दिया। उसके बाद इनका वेतन तीस रुपये मासिक कर दिया गया। रुपया रोज़ पाकर लाला राधेलाल बड़े सन्तुष्ट हुए; पर इनका सौभाग्य इस स्थिति से ही सन्तुष्ट होकर नहीं बैठना चाहता था।

मालिकों के यहाँ पितृ-पक्ष में श्राद्ध था। ये प्रबन्ध कर रहे थे। किसी काम से घर के अन्दर गये। कोई स्त्री कह रही थी कि बाह्मन जीम चुके, अब राधे को भी इसी पंगत में बैठा दो। मालिक के बेटे का उत्तर भी इनके कानों में पड़ा। उसने कहा कि उसकी चिन्ता छोड़ो, वो घर का 'नौकर' है। 'नौकर' शब्द इनके मन में चुभ गया। उल्टे पाँवों लौट पड़े और सीधे अपने घर पर आकर ही दम लिया। प्रण कर लिया कि अब तो मालिक बनकर ही रहूँगा। उपाय चिन्ता के बीच में घूमते-घूमते इनके मन में अचानक अपने स्वर्गीय मित्र के बड़े भाई शेख़ फ़क़ीर मुहम्मद का ध्यान आया। दूसरे दिन बड़े तड़के ही गौरीगणेश मनाकर ये उनके गाँव की ओर चल पड़े।

भाई के मरने के बाद से शेख़जी आधे विरक्त से रहने लगे थे। कोई सन्तान न थी, कामकाज की ज़िम्मेदारी तो किसी प्रकार उठा लेते थे, बाक़ी समय शाहों-फ़क़ीरों और साधु-सन्तों की संगत ही में बिताते थे। राधेलाल के प्रस्ताव को सुनकर शेख़जी को लगा कि जैसे दीन मुहम्मद ही उनसे सहायता माँग रहा है। बोले—"रुपया ले जाओ और खुदा का नाम लेकर काम शुरू कर दो। घाटा हो तो मेरा और नफ़ा हम दोनों का होगा। मेरे लिए भी आमदनी का एक नया सीगा खुल जायेगा। ज़मींदारों में पता नहीं, ये अंग्रेज हमारे जीने की ख़ातिर कुछ गुंजाइश रक्खेंगे भी या नहीं, कुछ समझ में नहीं आवे हैगा। आबपाशी की दरें भी सुना है, बढ़ने वाली हैं। लगान वसूल करने में जो सख्तियाँ बरती जावे हैं, वो अब बर्दाश्त से बाहर होती जा रही हैं। मैं तो अपनी रैयत पर वो ज़ुल्म हर्गिज़ नहीं कर सकूँ हूँ, जो दूसरे ज़मींदार कर रहे हैंगे। और अगर न करूँ तो घर से

कहाँ तक लगान भरूँगा। कुछ समझ में नहीं आवे है मेरी। कभी-कभी तो लगान में बढ़ायी गयी रकम गाँव की पैदावार से भी ज्यादा हो जावे है। महकमा जंगलात ज़मीनों को दनादन हड़प रया हैगा। चरागाहों को भी नहीं छोड़ते। जानवर भूखों मरे हैं। किसान ज़मीनें छोड़-छोड़ के भाग रहे हैं। अकाल बार-बार न पड़ेंगे तो और भला क्या होगा! खैर, जो खुदा की मर्ज़ी।''

सन् १८६१ ई० में फ़क़ीर मुहम्मद राधेलाल फ़र्म खुल गयी। लाला राधेलाल ने तेज़ी से अपना काम जमाया और बढ़ाया। भाग्य भी साथ दे रहा था। इनके चौपहिये जब मेरठ तक दौड़ने लगे, तो मेरठ वाले गंगाराम का काम ठप पड़ गया। इनके पुराने मालिक भी इनकी मेहनत और व्यापार-संगठन की कुशलता का सामना न कर सके। सात-आठ वर्षों के भीतर ही फ़क़ीर मुहम्मद राधेलाल की फ़र्म का काम बड़ी उन्नति कर गया। सोलह-सत्रह वर्षों में तो उसकी ऐसी साख पुजने लगी कि उस धन्धे की और कोई भी फ़र्म इनके मुक़ाबले में ठहर ही नहीं पाती थी। अंग्रेजी भाषा की जानकारी, गोरा रौबीला स्वरूप और बातें करने का ढंग राधेलाल को अंग्रेज व्यापारियों और हुक्कामों के निकट सम्पर्क में ले आया। लालाजी अपने धरम-करम के तो कट्टर रहे; पर धन्धा-परस्त होते-होते वे अंग्रेज-परस्त भी हो गये। उन्हें यह विश्वास हो गया था कि जो कारबार अंग्रेजी ढंग पर और अंग्रेजों की संरक्षता में चलेगा, वही फलफूल भी सकेगा, बाकी सारे धन्धे मिट जायेंगे। वे जानते थे कि रेलों का जाल तेजी से बिछ रहा है और अगले आठ-दस बरसों के भीतर ही किराँचियाँ लादने का सदियों पुराना धन्धा समाप्त हो जायेगा। वो यह भी जानते थे कि बंगाल बैंक की शाखाएँ नगर-नगर में खुलते ही यहाँ के साहूकारों का धन्धा भी कम रह जायेगा। इसीलिए लालाजी किसी नये धन्धे की ताक में थे। तभी एक दिन कलक्टर साहब ने बुलाकर कहा कि कोसी-मथुरा तक आने-जाने के लिए प्रबन्ध अच्छा नहीं है और तुम घोड़े-गाड़ियाँ चला सको, तो अच्छा होगा। अंग्रेजों को सहूलियत हो जायेगी। सरकारी डाक भी जाया करेगी। लाला राधेलाल ने ये कम्पनी चालू कर दी। दिन पर दिन उनका काम बढ़ने लगा।

उधर दिन पर दिन मुनीम गुपालदास का क्षोभ भी बढ़ने लगा। छोटे मुनीम हरसुखमल को भी उन्होंने अपने ही मत का बना लिया था। व्यवसाय में पत्तीदार हो जाने से भी उनके मन को चैन नहीं मिला था। उन्हें लगता था कि मुनीमत के हुनर का अपमान हो रहा है, लालाजी विलायती बही-खातों का चलन अधिक पसंद कर रहे हैं। बंगाली बाबू की निगरानी में दो अंग्रेजी जानने वाले लड़कों को 'लेजर वाउचर' लिखना सिखा रहे हैं। गुपालदास और हरसुखमल दोनों ही मेम से भी अधिक बंगाली बाबू से जलते थे। उनके काम में ढिलाई आने लगी। गद्दी के नौकरों-चाकरों में भी वे असन्तोष भरने लगे। लालाजी काम-काज में किसी की भी ढील-ढाल नहीं सह पाते थे। उन्होंने कसना शुरू कर दिया। मुनीम गुपालदास ने जब अपनी दाल गलती न देखी, तो एक बार शेख़जी के आगरा आने पर दोनों मालिकों की मौजूदगी में कहा कि अब बुढ़ापे के कारन

मुझसे काम होवे नहीं, छुट्टी चाहूँ हूँ। दोनों मालिकों ने समझाया, पर मुनीमजी माने नहीं, मुक्त हो ही गये।

इसके कुछ दिनों बाद ही शहर के सुप्रसिद्ध बंगाली बाबू जमनादास विश्वास ने छापाखाना खोला, उर्दू का अखबार चलाया। मुंशी शौनरायन रईस ने हरसुखमल को उनके यहाँ मुनीम बनवा दिया, वो भी छोड़कर चले गये। लोगों का अनुमान था कि दोनों पुराने मुनीमों के चले जाने से फ़क़ीर मुहम्मद राधेलाल के कारबार को झटका लगेगा; पर लालाजी ने मुनीमों के जाने को चुनौती के रूप में स्वीकार किया। अपने दोनों दफ़्तरों में बैठने लगे। इस परिस्थिति से उनके स्वभाव में कुछ चिड़चिड़ापन अवश्य आ गया था। कभी-कभी नौकरों पर बेजा सख़्ती भी कर जाते थे। मिज़ाज़ में अंग्रेजों की सी हुकूमत की बू भी आ गयी थी। नौकर आतंकित और परेशान थे। शेख़जी के पास हल्की-हल्की शिकायतें बराबर पहुँचने लगीं। आगरा आने पर वे खुद भी यह देखते और अनुभव करते थे कि नौकरों का काम पहले से अधिक बढ़ गया है और उन पर सख़्ती भी।

रसोई और घर में नहाने-धोने के लिए लालाजी के यहाँ रोज़ एक गाड़ी भरकर जमगा-जल के कलसे आते थे। स्वयं उनके पीने के वास्ते अनूपशहर के राजघाट से गंगाजल आया करता था। छः महीने में एक बार गाड़ी अनूपशहर जाकर चौबीस बड़े-बड़े तमेड़े भरकर गंगाजल लाती थी। वह तो ख़ैर साल में दो बार का झंझट था; पर जमना-जल भरने वाले नौकरों को बड़ी मेहनत पड़ जाती थी। लालाजी के घर पानी पहुँचाकर पहले उन्हें छुट्टी मिला करती थी, अब वो भी नहीं। जमादार शेख़जी के आगे अपना दुखड़ा रोने गया। शेख़जी को दया आ गयी। एक दिन लालाजी से बोले—"राधे, पानी का ख़र्च तेरे याँ भौत होवे हैगा भैया, ज़रा कम करवा।"

लाला राधेलाल किसी कारण से उस दिन कुछ उखड़े-उखड़े से थे। उन्हें शेख़जी की बात लग गयी, बोले—"हिन्दू का घर ठैरा। पानी तो लगेगा ही बड़े भैया।"

"नहीं। एक रोज़ छोड़ के दो दिनों के ताईं मँगा लिया कर। नौकरों बिचारों को भी थोड़ा दम मारने की फुरसत मिल जावेगी।"

"किसी ने आपसे कुछ कहा है?" लालाजी ने ज़रा तुनुक कर पूछा।

शेख़जी बात को सम्हालते हुए बोले—"अरे, मुझसे कहेगा कौन? खुद मेरे ही मन में ये बात आयी। ग़रीबों-दुखियों की हाय अच्छी नईं होवे हैगी भैया। अंग्रेजों की बात न्यारी है। उनके रंग-ढंग अपनाना हम लोगों के लिए कुछ ज्यादे मुनासिब बात नहीं है"

लालाजी ने उत्तर न दिया। चुपचाप उठकर चले आये। दूसरे दिन शेख़जी के पास पहुँचे, उन्हें अलग कमरे में ले जाकर, कमरा बन्द करके कहा—"बड़े भैया, मेरी तबियत अब ठीक नईं रहवे है, इसलिए आपको हिसाब समझा देना चहूँ हूँ।"

शेख़जी ने पैनी कनखियों से लालाजी का रुख़ देखा, समझ गये कि बीस-इक्कीस बरसों की बात आज टूट रही है। मन को धक्का लगा, फिर भी अपने को सम्हालकर

गम्भीर स्वर में बोले—"हिसाब की क्या बात है। तेरी बदौलत भौत रुपया मिला। अब जो कुछ है, वह तेरा है, तेरी म्हैनत की कमाई हैगी।"

लालाजी बोले—"मैं दान नहीं लेता। मैं चिट्ठा तैयार करा रया हूँ। आप देख लीजिएगा।"

"अच्छा-अच्छा, देख लूँगा।" कहकर शेख़जी उठकर कमरे से चले आये। फिर वे शहर में भी न ठहरे, सीधे गाँव चल दिये।

छः-सात महीने बाद उनका फिर आगरे आना हुआ। लालाजी ने कुल हिसाब का चिट्ठा सामने रख दिया। शेख़जी ने सोचा था कि अब राधे का दिमाग़ ठण्डा हो चुका होगा; लेकिन इस व्यवहार से उन्हें सदमा पहुँचा। फिर भी कुछ न कहा, चिट्ठे का काग़ज़ उठाया और लालाजी की जेब में उसे ठूँसकर कहा—"देख लिया।"

"नहीं, आपको देखना ही पड़ेगा।" लालाजी ने कहा।

"क्या देखूँ भैया, इन काग़ज़ों पे हर कहीं मुझे दीन मुहम्मद की तस्वीर नजर आवे है।" शेख़जी की आँखें छलछला उठीं।

एक क्षण दोनों मौन रहे, फिर दोनों आँखें पोंछकर शेख़जी कहने लगे—"तेरी बदौलत मैंने हज़ारों रुपया पाया है। मेरे कोई आल-औलाद भी नहीं है। तेरे अगाड़ी फ़ज़्लेखुदा से तीन बेटे हैं। ये नक्द रुपया तू बच्चों के ताईं अलग रख दे। तेरी म्हैनत है, तू ही रख।"

"साझे में तो ये सवाल नईं उठे है कि म्हैनत किसकी है। आपको हिसाब समझना ही पड़ेगा और रक़म भी लेनी पड़ेगी।"

शेख़जी बोले—"ख़ैर तेरी मर्ज़ी। तू कम्पनी के दफ़्तर हो आ, शाम को समझ लूँगा।" लालाजी के जाते ही शेख़जी उसी समय अपने गाँव चल दिये।

आगरे में बंगाल बैंक की शाखा नयी-नयी ही खुली थी। लाला राधेलाल ने कम्पनी के रिज़र्व फ़ण्ड से शेख़जी के हिस्से का तेईस-चौबीस हज़ार रुपया निकालकर बैंक में उनके नाम से ज़मा कर दिया और पासबुक जमादार के हाथों शेख़जी के पास भिजवा दी और कहलवाया कि बैंक में शिनाख्त के लिए आपके दस्तख़त की दरकार है, आगरे चले आइए।

शेख़जी इस बार अकेले नहीं आये। उनकी बेगम साथ थीं। इस बार शेख़जी गद्दी पर न उतरकर एक सराय में उतरे। लालाजी ने सुना तो नाराज़ हुए। तुरन्त अपनी फ़िटन पर बैठकर सराय में पहुँचे। इतने वर्षों में शेख़ानीजी के दर्शन उन्होंने पहली ही बार किए थे। उन्होंने उनसे पर्दा नहीं किया। न जाने कैसा भाव उमड़ा कि उन्होंने झुककर उनके चरण छू लिये। बोले—"भाभी, बड़े भैया को लेकर चलिए।"

शेख़जी ने फ़ौरन अपनी पत्नी से कहा—"पहले इससे पूछो कि ये मेरे बच्चों का पैसा छीन के ज़बर्दस्ती क्यों मुझे देना चाहे है? एक ज़बर्दस्ती विन्होंसे और एक मुझसे? ये भला कहाँ का इंसाफ है?"

शेख़ानीजी भी कहने लगीं—"देवरजी, तुम्हें अपने भाई की बात माननी चाहिए। हमारे और कौन बैठा है। ये तो अपनी ज़मींदारी तक तुम्हारे लड़कों के नाम लिख चुके हैं।"

"नहीं भाभी। बड़े भैया का एहसान यों ही मुझ पर भौत—"

"क्या कही? एहसान! फ़क़ीर मुहम्मद ने दीन मुहम्मद पर एहसान किया? तुझे मैंने अलग नहीं समझा कभी। तेरी ख़िदमत को इसीलिए अब तक मैंने अपना और तेरा हक़ मानकर ही कबूल किया हैगा। मैंने तो एहसान नईं माना। क्या भाई भी भाई पे एहसान करे है?......एहसान! सुनती हो बेगम, अब ये आगरा शहर मुझे काटे हैगा। दो-तीन बार से ऐसा ही होवे है कि याँ आऊँ हूँ और आते ही उल्टे पाँवों मुझे लौटना पड़े हैगा। अब नईं आऊँगा। अकबराबाद में। ये बैंक की किताब उठा ले राधे, मुझे दस्तख़त-वस्तख़त की फ़ुरसत नईं है।"

शेख़जी फिर गाँव लौट गये। लाला राधेलाल को लगा कि इनका रुपया अब किसी हालत में भी मेरे पास नहीं रहना चाहिए। ये तो अपनी भलमंसी में यों ही टालमटोल करते रहेंगे, पर मेरे ईमान में भी दम होना चाहिए। उन्होंने उसी दिन बैंक से सारा रुपया निकालकर शेख़जी के गाँव भेज दिया। शेख़जी रुपयों की थैलियाँ अपने सामने देखकर फीके फक्क पड़ गये, टूट गये। कुछ देर तक बोल न फूटा, फिर कहा—"ये काले नाग थैलियों में भर-भर के राधे ने मुझे डसने के लिए भेजे हैं।"

शेख़जी घुटनों में अपना सिर गड़ाकर एकदम बुत हो गये। दिन-भर अपनी जगह से हिले तक नहीं, ऐसे खो गये थे। दो-एक बार लोगों ने उनका ध्यान खींचकर अपनी बातों से उन्हें सन्तोष देने का प्रयत्न किया। उनकी आँखों की पुतलियाँ क्षण दो क्षण के लिए ही बाहर किसी वस्तु पर टिक पाती थीं और फिर कहीं भीतर ही खो जाती थीं। एक बार बस इतना कहा—"मैंने समझा था मेरा दीन मुहम्मद है, पर ये राधे निकला।" शेख़जी को बहुत तेज़ बुखार चढ़ आया और तीसरे दिन सूर्योदय होते न होते उनका जीवन अस्त हो गया।

लाला राधेलाल उसके बाद फिर अपने ही प्रेत बनकर रह गये।

●

तीन

लाला राधेलाल के तीसरे पुत्र सदानन्द उनके सुख-चैन से भरे-पूरे दिनों की सन्तान थे। बड़े लाड़ले। पढ़ने-लिखने में विशेष प्रगति न कर पाये। घर में मुलिया नाइन अपनी विधवा बेटी दुलरिया के साथ अक्सर ही आया करती थी। बड़ी चरबाँक, पूरी छत्तीसी। ढोलक बजाने और गाने में उसने नाम पाया था। जादू-टोने में माँ-बेटी किंवदंतियों की लोना चमारिन के टक्कर की मानी जाती थी। सदानन्द सुन्दर गबरू जवान थे। दुलरिया की उन पर तबीयत आ गयी। गाँजे-सुल्फ़े की शौकीन थी। सदानन्द को अपने हुस्न व कमाल से भेड़ बना लिया।

लालाजी ने दुखी होकर सदानन्द को अपने कोसी के दफ़्तर में भेज दिया। वहाँ से रातोंरात भागकर फिर दुलरिया के घर पहुँच गये। लालाजी ने बहुत जाँच-पड़ताल करके फ़र्रुख़ाबाद में अपनी बिरादरी की एक अनिंद्य सुन्दरी बाला से उनका ब्याह कर दिया। कुछ दिनों तक सदानन्द बतासो बीबी पर लट्टू रहे, पर बाद में फिर जस के तस हो गये। उन्हें छोटे लोगों की सोहबत, दुलरिया के साथ दम लगाने का जो चस्का लग गया था, वह छूट न सका। उन्हें जितना समझाया जाता, उतने ही वे नासमझ होते जाते थे। हाथ-खर्च रोक दिया तो उधार लेना शुरू किया। बाप-भाई सभी दुखी हो गये। जेठानियाँ निठल्ले की जोरू पर रौब का राज चलाना चाहती थीं, लेकिन बतासो उनके पानी में न घुलीं। घर में आठ पहर की कलह बैठ गयी। लालाजी ने अन्तकाल में अपनी वसीयत में सदानन्द को केवल सौ रुपया महीना हाथ-खर्च के लिए ही दिया और बीस रुपये बतासो बहू के लिए रोटी-कपड़ों के अलावा बाँध गये। पोते किशारीलाल के लिए, जो उस समय पाँच वर्ष का था, यह लिख गये कि उसकी पढ़ाई-लिखाई में और बच्चों के बराबर ही खर्च हो और बालिग़ होने पर यदि समझदार निकले तो उसके बाप का हिस्सा उसे दे दिया जाय। लालाजी के गोलोकवासी हो जाने पर उनके किरिया-करम से निबटने के बाद बड़े भाई ने वसीयत पढ़कर सुनाई। सदानन्द सिर झुकाये सुनते रहे, फिर उठे, कहा कि हमें इस घर की फूटी कौड़ी भी हराम है। आज तक का अन्न-जल था, नाता भी था। आज से दोनों छूटे। तुम्हारे लिए हम मर गये, हमारे लिए तुम। लड़के से यही कह दूँगा कि बालिग़ हो के अपने बाबा-ताऊओं की ड्योढ़ी पे एक बार खड़े-खड़े मूत आना, बस इत्ता ही हक़ लेना।

बतासो बीबी और किशोरी को लेकर सदानन्द अपनी ससुराल पहुँचे। वहाँ कुछ ठीक डौल न जमा। बतासो बीबी बोलीं कि लखनऊ चलो। वहाँ उनकी ननिहाल थी। ऊँटगाड़ी, बैलगाड़ी, शिकरम गाड़ी, रेलगाड़ी में फ़र्रुख़ाबाद से लखनऊ तक की यात्रा की।

सन् १८८७ ई० में जिस दिन ये लखनऊ पहुँचे, उसी दिन अख़बारों के द्वारा वाजिदअली शाह के मटिया बुर्ज में स्वर्गवास होने का समाचार भी पहुँचा था। नगर के छोटे-बड़े हिन्दू-मुसलमान अवध के कन्हैया जानेआलम का सोग मना रहे थे। नाना-मामा सहानुभूति से पेश आये। छोटे नाना सद्दीमल चिकन का धंधा करते थे। उनके कोई आल-औलाद न थी, नत-दामाद से बोले: "हमारी दुकान पे बैठना भैया। जमाना बड़ा बुरा आय लगा हैगा। सरकार ने पारसाल से आमदनी में भी टिक्कस बाँध दिया हैगा। ससुरी लूट की भी हद होती है। अपनी विलायत को सोने की लंका बनाय रहे हैंगे। अमीर यों मरे और गरीब······क्या कहैं रुपै में से भी चाँदी खींचकर मिलावट कर दी, पर भाव वही रक्खा। नतीजा ई भया कि चाँदी ससुरी रुपै तोले से नीचे गिर गयी है। छोटे मँझोले सौदागर-दूकानदार टें बोल गये हैं। बिचारे! उनका धंधा तो कुछ सोने पे नहीं, चाँदी पे ही होत रहा न! और जब रुपै का माल दस-ग्यारा आने ही का रह गया, तो बताओ कोई आदमी नये धन्धे में अपना रुपैया कैसे फँसावै।"

सदानन्द समझ गये कि यह भूमिका छोटे ननिया-ससुर साहब ने इसलिए बाँधी है कि वे उनसे किसी नये धन्धे के लिए रुपया न माँगें। बड़े यानी अस्ली ननिया-ससुर साहब तो अपना काम-काज लड़कों को सौंप कर पहले ही माया-मोहमुक्त हो चुके थे। उन्होंने भगवान् पर भरोसा रखने का उपदेश दिया और कहा कि जो कुछ रूखी-सूखी से सेवा हो सकेगी, वह तुम्हारे ममिया-ससुर लोग बराबर करेंगे। रहने के लिए छोटे नाना ने अपने घर में जगह दे दी।

सदानन्द ने सराफ़े में सोने-चाँदी की दलाली शुरू की। तकदीर ने साथ दिया। धीरे-धीरे अच्छे दलालों में गिने जाने लगे। नवाबों के दारोग़ा और बाँदियों को पटाने में सफल हुए। धीरे-धीरे उनकी आमदनी बढ़ती गयी। मुहल्ले-बिरादरी में अपनी मिलनसारी और रीत-बरताव से उन्होंने अपने लिए अच्छी जगह बना ली। केवल उनके सगे ममिया-ससुर और उनके बेटे, बीवियाँ ही इन लोगों से जलन रखते थे। बतासो बीबी ने अपने छोटे नाना की बड़ी सेवा की और उनका मन जीत लिया। बच्चा किशोरी भी उनके प्राणों का बन्धन बन गया था और लाला सद्दीमल अपना घर और मालमत्ता किशोरी के नाम ही लिख जाने की सोचने लगे थे। भतीजों को जलन होने लगी, अगर ये लोग न आते तो चाचा का माल उन्हें ही मिलता। सदानन्द की बदनामी उन लोगों ने फैलानी शुरू कर दी। सदानन्द भी उस समय एकदम भूखे-नंगे न थे, ढाई हजार रुपयों में एक तीन दूकानों वाला मकान खरीद लिया। पर जब लाला सद्दीमल का घर छोड़ने की बात आयी तो वे रोने लगे, कहा कि किशोरी को हमसे अलग न करो। बतासो बीबी भी रोने लगीं। मकान न छोड़ा जा सका, पर बाहर सदानन्द का मुँह उजला हो गया कि वो पराये धन से नहीं चिपके हैं, बल्कि पराया धन स्वयं ही आकर उनके बेटे और पत्नी के चरणों में समर्पित हो गया है।

सद्दीमलजी से सदानन्दजी का एक खिंचाव किसोरी की पढ़ाई के सम्बन्ध में भी आया। वे अपने बेटे को अंग्रेजी पढ़ाना चाहते थे, सद्दीमल की राय उसे धन्धे में डालने

की थी। उसका कहना था : "बाबूमिस्टर बनाय के अगर लड़के को अपने हाथ से खोना चाहते हो, तो इससे अच्छा है कि स्वामी जैनाथजी महाराज की सेवा में सौंप देओ। कह भी रहे थे कि इसके नित्रों में भगवद जोती है, जो इस जलम में संजोग पा गया तो इसी जलम में, नहीं तो अगले में बड़ा सिद्ध जोगी बनैगा।"

सदानन्द कुछ जवाब न दे सके। रात में लेटे थे, बतासो उनके पैर दबा रही थीं, खुशामदी स्वर में बात उठायी : "छोटे नाना से तुमरी बातैं भयी रहीं आज ?"

"हूँ।" सदानन्द ने बेरुखी दिखलाई।

"बड़न की बातन में तत्त और तजरबा होत हैगा। अब देखौ घनस्याम महाराज के यहाँ कैसी तिरा-तिराह मची हैगी। लल्लू अँगरेजन मुसलमानन के संग बैठत-उठत, खात-पियत हैंगे। रण्डी-बरण्डी—"

"घनस्याम महाराज का बेटा बुरा निकला तो कइयों के सुधर भी गये। अँगरेजी पढ़े बिना तरक्की भी कहाँ धरी हैगी आजकल। इलाहाबाद के मदनमोहन मालवी को देखौ, कैसा नाम कमा रहे हैंगे। अरे हमारे बाबू को देखौ। यहाँ नवाबों तक के दुइ-चार लड़के अँगरेजी पढ़ के आला हाकिम बन गये। जो नहीं पढ़ा रहे, उनके लड़के बटेर बने डोल रहे हैंगे साले। किशोरी की बौआ, इस मामले में तुम चुप रहो। छोटे नाना की तो पुराने लोगों जैसी बातें हैंगी। नया जमाना उनके जैसों के मते तो चलैगा नहीं। मैंने पढ़ने-लिखने से जी चुराके क्या अंजाम पाया, देख ही रही हौ।"

बहरहाल सदानन्दजी ने अपनी इच्छा के अनुसार ही अपने बेटे को शिक्षा दी। दस-रुपये महीने का बंगाली मास्टर रक्खा, उन्हें छः पैसे रोज इक्के के भी देते थे। कुइन्स स्कूल में भरती कराया। लाला सद्दीमल मुँह से तो कुछ न बोले, पर सदानन्द मन ही मन खिंच गये। किशोरीलाल उनके सूने जीवन की रौनक था और किशोरी भी अपने 'बाबा' से बेहद लगाव रखता था। धीरे-धीरे वही उन्हें अँगरेजी की ओर से निर्भय बनाने लगा। पढ़ाई में अच्छा चला। हर दर्जा दूसरे या तीसरे नम्बर से पास किया। विशेष बड़ाई की बात यह थी कि वाद-विवाद-सभाओं में वही सबसे तेज लड़का माना जाता था। पाँच बार आला हाकिमों की मेमों के हाथों से स्कूली इनाम पाये। एक बार स्कूल की तरफ़ से इलाहाबाद की एक प्रान्तीय स्कूली वाद-विवाद-सभा में गया। वहाँ भी अव्वल इनाम मिला। छोटे लाट साहब ने अपनी ओर से भी एक सोने का मेडिल इनाम में दिया और हाथ मिलाया। 'पायनियर' अख़बार में उसकी प्रशंसा भी छपी।

किशोरीलाल के इलाहाबाद जाने के दिनों में लाला सद्दीमल मरनखाट पर पड़े हुए थे। उनकी दशा देखकर बतासो बीबी तो क्या स्वयम् लाला सदानन्द भी लड़के को भेजने से हिचक रहे थे। कुछ ऊँच-नीच हो गया तो जनम भर के लिये कलंक लग जायेगा। पर किशोरीलाल अड़ गये, माँ-बाप से कहा : "मेरे न जाने से लोग कहेंगे कि किशोरीलाल घर ही के शेर हैं, बाहर जाते उनकी नानी मरती है।"

माँ बिगड़ गईं, बोली : "अरे तुम्हें जाना है तो जाओ, हमारी अम्मा बिचारी का बुरा काहे को चेतत हौगे।"

"बुरा न मानो बौआ—"

"हम काहे को मानेंगे बुरा। बुरा मानैं तुमरे बाबू जिनकी इज्जत तक का तुम्हें धियान नाहीं हैगा। अबहीं तो दुइयै अच्छर अँगरेजी पढ़े हैं ऊमें इत्ता सुआरथ आय गया है तो आगे जो दिखाओगे सो भी देखैंगे।" बतासो बीबी तेजी से दालान छोड़कर चली गईं। पिता भी फिर वहाँ न रुके। किशोरीलाल सोचते रहे, पर अन्त में इलाहाबाद चले ही गये। चलते समय पिता से कहा : "आप मुझे गलत न समझें बाबू। ये मेरी ही नहीं, स्कूल की भी उन्नति का सवाल है। खुद छोटे लाट और उनकी मेम सभा में आवेंगे। सरकारी 'डिबेट' है।"

सदानन्दजी को छोटे लाट का बहाना मिल गया। सद्दीमल के पूछने पर भी यह बतलाया कि छोटे लाट ने उसका 'लिक्चर' सुनने के लिये बुलाया है। लौटने पर किशोरीलाल नायक बने हुए थे। माँ के नाना ने लाट साहब का दिया हुआ मेडिल देखा, अख़बार की तारीफ़ पढ़वाकर हिन्दी में उल्था करवा के सुनी और इतना जोश आया कि दोहती से बोले : "बतासो, अब मैं नहीं मरूँगा, निसाखातिर रहौ। अब तो किसोरी की बहुरिया का मूँ देखूँगा।"

उनकी इच्छा यहीं तक फलवती न हुई, बल्कि ब्याह के चार बरस बाद ८ मई सन् १९०० ई० के दिन सुबह आठ बजे अपने प्रपौत्र के पुत्र-जन्म का सुखद समाचार भी पाया। पड़ोस के लाला गेनमल सरावगी की कोठी का बन्दूकधारी चौकीदार उनके दरवाज़े पर बन्दूक दाग़कर इनाम ले गया। हैसियत से अधिक शान से ज्याफ़त की, अपने द्वारे पे रण्डी का नाच भी कराया। अन्त में उसी साल सर्दियों में, उन्नीसवीं सदी समाप्त होने से दो दिन पहले, अट्ठासी वर्ष की जराजीर्ण काया को त्यागकर वे कैलासवासी हुए।

यही मेरे पुरखों का पूर्व वृत्तान्त है। आज ८ मई सन् १९६० को आयु के साठ वर्ष पूरे होने पर आज के बुढ़ापे को भुलाने के लिये मुझे पुरखों के बहाने अपने जन्म का क्षण याद आ रहा है। पुरखों की याद करो तो स्मृतियों में डूबकर अपना मन बच्चा बन जाता है।

लेकिन यों बच्चा बनकर अपने आज के बूढ़े जीवन की ज़िम्मेदारियों से बच क्यों कर सकता हूँ। दिन भर हठपूर्वक उन तीन पत्रों का ध्यान तक अपने मन से निकाले रहा, जो कि मेरे कलेजे में बर्छियों की तरह चुभे थे, अब तक चुभे हुए हैं। एक रजिस्टर्ड पत्र मेरे मँझले बेटे भवानी शंकर के ससुर का है, दूसरा रजिस्टर्ड नोटिस मेरे प्रकाशक पद्मनाभ के बेटे ऋषिकुमार ने भेजा है और तीसरा पत्र ...... कल एक महाशय मेरी बेटी वरुणा को देखने के लिये अपने बेटे के साथ आयेंगे।...... होगा। कवि भवानीप्रसाद मिश्र की एक पंक्ति है, 'दर्द जब उठे बहाना करो।' बूढ़े अरविन्दशंकर सो जाओ। न सो सको तो सोने का बहाना करो।......

●

चार

हाल खचाखच भरा था। द्वार से लेकर मंच तक साठ नर-नारी, बच्चे-बूढ़े-जवान, हर पेशे के प्रतिनिधि, जाने वाले मार्ग में दर्शकों की कुर्सियों के किनारे-किनारे फूल-मालाएँ लिये खड़े थे। शहनाई पर बधावा बज रहा था। मैं सपत्नीक आगे बढ़ता चला और क्रमशः दो-दो फूल-मालाएँ हमारे गले में पड़ती चलीं। प्रेस फ़ोटोग्राफ़रों और सरकारी डाक्यूमेण्टरी फ़िल्म वालों के कैमरे क्लिक-क्लिक खरखर करते रहे। सभा में उत्साह था, तालियों पर तालियाँ पड़ रही थीं।......लेकिन मेरे ऊपर इस तमाशे का कोई प्रभाव नहीं पड़ रहा था।

मुझे लग रहा था, जैसे सुखद सपना देख तो रहा हूँ, लेकिन उस सपने में भी मेरे जीवन का कटु यथार्थ अपनी प्रखर चेतना के साथ विद्यमान है, और वह मुझे इस नशीले सपने से बहलने नहीं दे रहा। मंच पर पहुँचते ही इकसठवीं माला स्वयम् प्रदेश के राज्यपाल ने मुस्कान में राजगौरव भर कर मुझे अपने करकमलों से पहनाई। दनादन बड़े-छोटे प्रकाशों के बम हमारे ऊपर बरस पड़े; प्रेस और फ़िल्मी कैमरों ने धावा बोल दिया; हाल तालियों की गड़गड़ाहट से भर गया।

मैं डर रहा था कि अभी हाल के किसी कोने से मेरे पुत्र भवानी के ससुर चिल्लाकर कहने ही वाले होंगे : "यह व्यक्ति पूजा पाने के योग्य नहीं। इसके लम्पट बेटे ने मेरी सुन्दर सुशीला और साध्वी बेटी को पहले तो अपने प्रेमपाश में फँसाया, मुझे उसके अन्तर्जातीय विवाह के लिये सजातीय कलंक सहना पड़ा और अब उसे तथा अपनी दो सन्तानों को निराधार छोड़कर उसने एक कुलटा प्राध्यापिका को अपना तन-मन अर्पित कर रक्खा है। और ये, महान् लेखक, उदार और न्यायवान कहलाने वाला नीच अरविन्द मेरे बार-बार लिखने पर भी अपनी पुत्र-वधू और पोतों को अपने पास बुलाकर नहीं रखता। मेरे पत्रों का उत्तर नहीं देता। मेरे जैसे दीन-हीन बूढ़े क्लर्क की गृहस्थी पर खर्च का एक अतिरिक्त बोझ डालते हुए इसे शर्म नहीं आती।"

मुझे लग रहा है कि हाल के दूसरे कोने से अभी एक पुस्तक-प्रकाशक अपने कड़े स्वर में ललकारेगा : "ये नीच डेढ़ साल से मेरे दो हजार रुपये डकारे बैठा है, न अभी तक उपन्यास लिखकर दिया और न मेरे पत्रों के जवाब ही देता है। मैंने भी आज इसके षष्टि-पूर्ति समारोह का दिन साध कर ही इसे नोटिस भेजा है। आप सब जब इसका यशोगान कर लेंगे तब मैं इस महापुरुष से अपने आगे नाक रगड़वाऊँगा और उसकी फ़ोटो खिंचवाकर छपाऊँगा।"........

मुझे लग रहा है कि स्वयम् मेरा ही अन्तर-सत्य अभी-अभी इस हाल में गूँज उठेगा : "तू मानवता और ईमानदारी के झण्डे उठाता है! तूने अपनी पत्नी और लड़कों के दबाव

में आकर, केवल अपनी लड़की का सुख ही सामने रखकर, कल उसे देखने के लिए आये हुए प्रस्तावित वर और उसके पिता को यह नहीं बतलाया कि इस लड़की को पहले क्षय रोग हो चुका है। तू युधिष्ठिर के समान 'नरो वा कुंजरो वा' कहकर ही झूठ-सच बोल देता। कहता, हालाँकि इस समय यह पूर्ण स्वस्थ है, पर इस रोग को लेकर कभी कुछ कहा नहीं जा सकता। तू स्वार्थी है, कायर और श्रीहीन है। तुझे अपनी षष्टि-पूर्ति पर समाज से यह सम्मान पाने का अधिकार नहीं है।"

मन में हीनता का तीव्र बोध लेकर बैठा हुआ मैं अपने माहात्म्य सुन रहा था। अन्दर और बाहर की आवाजों से दबकर मैं घुट गया। जीवन भर अपने अंग्रेजों के स्वागत-अभिनन्दन समारोह कराते हुए अकसर मैं भी अपने लिये इसी जन-सम्मान की कामना किया करता था। आयोजकों ने सचमुच यह अभूतपूर्व दृश्य उपस्थित किया है, लेकिन मेरे दुर्भाग्य की भीषण गर्मी में यह सारी शीतलता सूखी चली जाती है, मेरे मन की गर्मी बढ़ती चली जाती है।...... किसी तरह इस सभा से मेरे प्राण छूटें और घर पहुँचकर मैं अपने कमरे में दुबककर बैठ जाऊँ। अपनी घुटन की ऊब से मेरे ध्यान की एकाग्रता भंग हुई। वामांगिनी माया मेरे पास ही बैठी थीं, सन्तोष और आनन्द की दिव्य प्रभा शारदीया चाँदनी की तरह उनके व्यक्तित्व से प्रस्फुटित होकर फैल रही थी...... काश कि मैं भी किसी प्रकार यों ही सन्तोष और आनन्द की अमृत-घूँटें पीकर छक सकता।

साठ! साठ! साठ! हर भाषण में मेरी आयु के साठ वर्षों पर जोर दिया जा रहा है। मैंने साठ क्या पूरे किये, मानो एवरेस्ट की चोटी पर पहुँच गया। आखिर इन साठ वर्षों में मैंने पाया क्या, दिया क्या? देने के नाम पर छोटी-बड़ी अड़तीस किताबें हैं—पहले भावों की उछालों में लिखी थीं, फिर नाम की महत्वाकांक्षा में, बाद में अपने परिवार के भरण-पोषण की समस्या हल करने के लिए। मुझे फुरसत ही कहाँ मिली, जो अपने से उबरकर दूसरों के लिए सोचता। मैं अपने इकतालीस वर्षों के अनुभव से यह कह सकता हूँ कि माया ने कभी अपने सुख-दुख के सम्बन्ध में कुछ नहीं सोचा। मुझे ऐसा एक भी दिन याद नहीं आ रहा, जब माया ने मुझसे अपने लिए एक पैसे की चीज भी मँगवाई हो। गृहस्थी की केवल वे ही चिन्ताएँ, जिन्हें दूर करना उनके वश की बात नहीं होती, मेरे सामने वे लाती हैं और वह भी इस तरह, जैसे कि बड़ा भारी अपराध कर रही हों। कोई उन्हें लाख बुरा-भला कह ले, हजार कष्ट दे ले, मगर मेरी प्रशंसा में यदि एक बात कह दे, तो सब कुछ भूलकर आनन्द-मगन हो जाती हैं। उन्होंने मेरे दोषों को बहुत दूर तक दोष नहीं माना, उन्होंने मुझसे आज तक कभी मेरी एक भी शिकायत नहीं की। उनकी यह स्वामिभक्ति मुझे ठीक पशु जैसी लगती है। पहले तो अनेक बार मैं इससे चिढ़ भी चुका हूँ, पर अब हारकर मैंने अपने-आपको समर्पित कर दिया है। पर क्या यह पराजय भरा समर्पण सच्चा समर्पण कहा जा सकता है? यह क्या ठीक वही भाव है, जो माया ने मुझे दिया है?

गवर्नर साहब का समय चुक गया था। उन्होंने मुस्कराकर मुझसे क्षमा माँगी, एक बार फिर जन्मतिथि की बधाई दी, हाथ मिलाया, माया को हाथ जोड़कर नमस्कार किया

और चले गये। मंच से कई लोग उठकर उन्हें पहुँचाने गये। आगे की पंक्ति में बैठे हुए अस्सी प्रतिशत अफसर जोड़े चले गये। और तो और पत्रकार भी उठ चले। अँगरेजी के तो ख़ैर गये ही हिन्दी के भी बहुत से चले गये। लगभग दो मिनट तक सभा का काम-काज ठप पड़ा रहा।...... कितना बुरा लग रहा है यह व्यवधान! आखिर राज्यपाल और मंत्रियों का इस मजमे में काम ही क्या था? इन्होंने मेरा लिखा एक भी अक्षर नहीं पढ़ा, केवल आयोजकों के घेरे-चपेटे चले आये। पिछड़े हुए समाज की पिछड़ी हुई भाषा का एक साहित्यिक डिमॉक्रेसी के इन कर्णधारों के लिए केवल शतरंज का एक मोहरा भर है, जिसे चलकर वे विरोधी पक्ष की ओर से पड़ती हुई शह बचा लेते हैं। ये पिछड़ों को अपनी भव्य उपस्थिति से और पिछड़ा जाते हैं, जैसे अंग्रेज किया करते थे।

अंग्रेजों का ध्यान आते ही, पलक झँपाते ही—'भयंकर दृश्य'—एक शीर्षक का विस्फोट हुआ। मुझे मन ही मन में हँसी आ गयी। बचपन में हमारे घर एक साप्ताहिक पत्र 'आनन्द' आया करता था। मैं छपी खबरों और बातों को इतने ध्यान और चाव से पढ़ता था कि अकसर शीर्षक से लेकर मैटर तक क़रीब-करीब क्रम से दिमाग़ पर छप जाता था। मैं अपने सहपाठी मित्रों को बड़े चाव से वह सब सुनाया करता था। 'भयंकर दृश्य' भी एक ऐसा ही शीर्षक है, जिसमें सन् सात-आठ के लगभग जितेन्द्र नाथ राय चौधरी नामक अठारह वर्षीय नवयुवक ने हरिसन रोड कलकत्ता की एक सभा में बंगाल के छोटे लाट पर गोली चलाने का प्रयत्न किया था।

'भयंकर दृश्य' शीर्षक पर हँसी आने के साथ ही वर्तमान सभा में आवागमन के विघ्न से उपजी हुई खीझ हवा हो गई। आस-पास बैठे लोगों पर, सामने हाल में दर्शक-वृन्द पर एक बार ध्यान से नजर दौड़ गई। हाल में आगे की पंक्ति में एक कला-संस्कृति और हिन्दी-प्रेमी आई०सी०एस० महोदय सपत्नीक विराजमान थे। मुझे खुशी हुई, कम से कम एक तो गवर्नर-मन्त्रियों के लिये नहीं, बल्कि लेखक के सम्मानार्थ आया है। बाकी और सामाजिक पेशों और श्रेणियों के अनेक चिरपरिचित और सम्भ्रान्त चेहरे नजर आ रहे थे। हिन्दी-उर्दू पत्रों के संपादक, एक अंग्रेजी पत्र के भी; विश्वविद्यालय के उपकुलपति और अनेक प्रोफ़ेसर, व्यवसायी, विद्यार्थी, अमीर-गरीब, सब मिलाकर हज़ार-नौ सौ व्यक्तियों का मजमा था। मेरा अपराधजड़ित मानस अपने लिए आई इस रंगारंग भीड़ को देखकर श्रद्धा-विभोर हो उठा। कितना कम देकर कितना अधिक पा रहा हूँ।

.......अभी.......मान लो अभी, इसी वक्त, भवानी का ससुर....... ? मेरे इस मिथ्या-भय को मन ने बड़ी जोर से लताड़ा। लड़के ने जो कुछ किया, उसके लिए मैं दुखी और लज्जित अवश्य हूँ। पर उसका लांछन मुझ पर नहीं आता। बहू और पोतों को अपने घर नहीं बुलाया, इसके लिए दोषी अवश्य हूँ.......पर.......क्या बतलाऊँ, मैंने इस माया की बच्ची से न जाने कितनी बार कहा होगा कि बहू-बच्चों को बुला लो, बुला लो। आखिर समधी भी मामूली मिडिल-क्लास आदमी हैं। बेचारे पर अपनी ही गृहस्थी का बोझ कम नहीं......मगर ये माया हमेशा अपना खर्च बढ़ने के डर से टाल-मटोल करती रहीं।

आखिर जीवन भर निर्द्वन्द्व रहने वाले व्यक्ति को बुढ़ापे में एक मिथ्या अपराध-भावना से बाँध दिया न! पास बैठी माया को नजर उठाकर क्रोध से देखा, वह सानन्द मेरी प्रशंसा में होता हुआ भाषण सुन रही थीं।......उन्हें देखकर मन स्निग्ध हुआ—यह बेचारी भी क्या करें? खर्च करने की सामर्थ्य ही नहीं। बड़ा बेटा विनयशंकर रेलवे विभाग में है, गोरखपुर में सपरिवार रहता है; मँझले भवानी ने तो पिछले तीन वर्षों से कोई सम्पर्क-सम्बन्ध रक्खा ही नहीं। छोटे उमेश ने दूसरी बार आई०ए०एस० की आरंभिक परीक्षा दी है। इस बार उसने अपने 'पूज्य पिताजी' के 'परिचितों' और 'मित्रों' में से किसी भी महत्त्वपूर्ण व्यक्ति की सेवा करने में किंचित् मात्र भी कोताही नहीं की। इसलिए इस बार उसे पास तो हो ही जाना चाहिए। पर मैं यह अच्छी तरह से जानता हूँ, मेरी यह चौथी सन्तान भी अपने अयोग्य पिता को अधिक सहायता न दे सकेगी। उमेश से बड़ी अरुणा का विवाह छह वर्ष पहले कर चुका, अब तक उसका कर्ज पाट रहा हूँ। सबसे छोटी वरुणा चार वर्षों से क्षयग्रस्त है, उसके इलाज में पाई-पाई लुट जाती है। फिर कहाँ से भवानी की बहू और उसके बच्चों को अपने पास बुलाकर रक्खूँ? पिछले वर्ष-सवा-वर्ष से मन इतना खाली और तन इतना लाचार है कि जमकर काम करने बैठ ही नहीं पाता। और फिर मनुष्य के श्रम करने की भी एक सीमा होती है। इक्कीस वर्ष की आयु से लेकर अब तक कभी इच्छामत विश्राम ही नहीं कर पाया, या बीमार होकर ही बिस्तर पर लेटा और या फिर इसी प्रकार दिमाग़ ठप पड़ जाने पर ही निकम्मा बनने को मजबूर हुआ। इसके अतिरिक्त सन् इक्कीस, तीस और बयालीस में जेल जाकर कलम, अर्थजनित श्रम न कर पाने के लिए मजबूर हुई। लेकिन इस प्रकार का विश्राम मन को शान्त और स्वस्थ करने के बजाय और अधिक अशान्त और उद्विग्न बना देता है। तन के ठेले पर लदा हुआ यह जीवन का भारी बोझ खींचते मेरे प्राणों का भूखा अशक्त भैंसा अब बेदम होकर जेठ की चिलचिलाती धूप में तपती हुई सड़क पर गिर पड़ा है; नियति की चाबुकों से उत्तेजित होकर भी उसमें उठने की ताब नहीं रही। अब सदा के लिए मेरी आँखें मिच जायँ, मैं लकड़ियों पर सो जाऊँ! मन की आग से भस्मीभूत हो चुका अब मेरे ज्येष्ठ तनय के हाथों यह तन भी फुँक जाय तो अच्छा हो। इससे बड़ा कोई पुरस्कार, कोई सम्मान अब मैं नहीं चाहता!

......वाह रे नियति का व्यंग! ठीक उसी समय माइक्रोफ़ोन पर मयंकजी मेरे शतायुष्मान होने की कामना कर रहे थे: "मैं कामना करता हूँ कि अरविन्द शंकरजी की जन्मशताब्दी पर डाक-टिकट छपें, उनके नाम पर सरकार नये कलाकारों को छात्रवृत्तियाँ प्रदान करे।" ......भाड़ में जाय मेरी जन्म शताब्दी। जहन्नुम में जाय ये बेपेंदी की सरकार और इसके कर्णधार। इन्होंने चालीस करोड़ आदमियों को कुत्तों का-सा जीवन बिताने पर मजबूर कर रक्खा है। इन्होंने व्यक्ति का आत्माभिमान नष्ट कर दिया है। अँगरेजी राज में कम से कम हम तप तो लेते थे, उस गुलामी से जूझने के लिए हम अपने सिर तो तान लेते थे। मगर अब......? पिछले पचास-पचपन वर्षों में धीरे-धीरे करके हमने एक शक्ति अर्जित की थी।—अनेक बमकांड हुए, अनेक सामाजिक क्रान्तियाँ आईं, त्याग और तपस्या

का महत्त्व बढ़ा, पैसे वाले तथाकथित बड़े आदमियों की जगह निःस्वार्थ देशवासियों और ईमानदार व्यक्तियों की साख बढ़ी......लेकिन आज सब उलट गया। ईमानदार लोग मूर्ख माने जाते हैं, जो मोटरों पर न दौड़ सके, सरकारी परमिट न दिला सके, वह भला देशसेवी कैसे कहा जाय? जो समाज की जड़ रूढ़िवादिता पर कुठाराघात करे या अन्ध श्रद्धा को ग़लत बतलाये, वह नास्तिक कम्युनिस्ट। अच्छी गाली बना रक्खी है।......हद कर दी है इन लोगों ने! ये लोग अपने हलवे-माँडे की सुरक्षा के लिए स्वदेश को मूर्ख, कमजोर, कायर, निकम्मेपन से त्रस्त प्रलापी पागलों का देश बनाये रखना चाहते हैं।

मेरा मस्तिष्क उत्तेजित खीझ भरा, थका-हारा था। अपने सम्मान में होने वाले इस सार्वजनिक समारोह की प्रतिक्रिया मुझ पर स्वस्थ न हो सकी थी। बैठे-बैठे ऊब गया था। सोचता था, किसी तरह यह उत्सव समाप्त हो तो घर भागूँ। मगर आज घर जाने का डौल भी तो न था। सभा के बाद एक पुस्तक-प्रकाशक ने मेरे सम्मान में एक प्रीतिभोज का आयोजन भी कर रक्खा था। मुझे बतलाया गया था कि उसमें मुख्यमन्त्री और अनेकानेक राजपुरुष पधारेंगे।......उँह, पधारा करें। मुझे क्या मिलेगा? ये राज्यपाल, मुख्यमन्त्री आदि मेरे लिए थोड़े ही आये हैं! इस सभा का आयोजन, मैं जानता हूँ, नगर कांग्रेस कमेटी के अध्यक्ष ने अपने चार खुशामदी साहित्यिकों को घेरकर कराया है। लगभग दो वर्ष पहले मेरे घर के पीछे वाली मेरी पैतृक ज़मीन अध्यक्ष महोदय के एक रिश्तेदार रईस ने जबर्दस्ती अपने हिस्से में मिला ली थी। मैंने उन्हें नोटिस दी, वे उसे घोलकर पी गये। मुझे बड़ा क्रोध आया, पर अपनी विवशता को भी अनुभव कर रहा था। मुहल्ले के चार भले मानसों में भी बात फैल गयी। उक्त डाकू सेठ ने कहा कि ज़मीन के हज़ार-पाँच सौ दे दूँगा, पर ज़मीन अब वो नहीं पा सकते, जो करना हो, कर लें। नगर कांग्रेसाध्यक्ष मेरे साथ सन् '४२ में जेल जा चुके थे। डाकू सेठ से उनकी रिश्तेदारी और उन पर उनका प्रभाव देखकर मैंने उन्हें पत्र लिखा। अपने दुर्भाग्य से उन्होंने उसका उत्तर लिख भेजा। लिखा कि सेठ हरपालदास को उस ज़मीन की जरूरत है, इसलिए आपको अपना समझकर ही उन्होंने आपकी ज़मीन ले ली है। वे आपको उसका मुआवज़ा देने को भी राजी हैं। आप तो समाजवादी हैं; आपको ज़मीन की आवश्यकता नहीं और उन्हें है, इसलिए उन्हें ले लेने दीजिए। आप तो महान् आत्मा हैं, इतनी उदारता दिखला दीजिए।

इस पत्र ने मेरे इत्ते-पित्ते सुलगा दिये। अध्यक्ष महोदय ने सेठ के अन्याय पर जिस तरह से मुझे समाजवाद का न्याय समझाया था, वह मेरे लिए असह्य हो उठा। मैंने उसी समय एक प्रकाशक को उपन्यास देने का वचन देकर उससे दो हज़ार रुपये मँगवाये और सेठ पर दावा ठोंक दिया। सेठ की सारी हेकड़ी इसी विश्वास पर थी कि मैं मुक़दमा न लड़ सकूँगा। दावा ठोंकने पर उन्होंने यह धमकियाँ दीं कि सारे ख़ान्दान को कत्ल करवा देंगे और सुप्रीम कोर्ट तक मुक़दमे को घसीट ले जायेंगे, देखूँ कहाँ तक इस लेखक की दुम में मुक़दमा लड़ने की शक्ति है। मैंने उन धमकियों की परवाह नहीं की, क्योंकि क़ानून से मेरा ही पक्ष प्रबल था। सेठ साहब कचहरी वालों को चटा-चुटू कर पेशियों पर पेशियाँ

बढ़वाने लगे। मैं सचमुच तंग आ गया। कांग्रेसाध्यक्ष महोदय एक दिन मेरे भले बनकर मुझे उपदेश देने के लिये घर पधारे। मैं चिढ़ गया। वे भी गर्मा गये, कह गये: "अरविन्दजी, क़ानून चाक पर चढ़ी मिट्टी है, पैसे वाला उसे जैसा रूप देना चाहेगा, दे लेगा और आप कुछ न कर पायेंगे।" मैंने कहा, अच्छा अब मेरी ज़मीन जाय तो जाय, पर उससे पहले मैं आपका पोलिटिकल कैरियर तो सदा के लिये चौपट कर ही दूँगा। अध्यक्ष महोदय गर्माकर मुझे कम्यूनिस्ट घोषित करके चले गये। मैंने सोचा, ये बेईमान राजसत्ता का दुरुपयोग मेरे विरुद्ध करवा सकता है। यह मेरी विवशता का लाभ उठाकर अपने रिश्तेदार के लिये मेरे गले पर छुरी फेरने में कोई कोर-कसर न उठा रक्खेगा। पहली उत्तेजना में इच्छा हुई कि इस अन्याय के प्रति आमरण अनशन साधूँ, फिर अकस्मात् ही मुझे अध्यक्ष के पत्र का ध्यान आया। मैं उस पत्र को लेकर सीधे दिल्ली दौड़ा। प्रधानमन्त्री तक पहुँचने के साधन जुटाये। वे उस पत्र को देखकर स्वाभाविक रूप से बहुत नाराज हुए। उनकी नाराजी का परिणाम अध्यक्ष महोदय के लिये अच्छा साबित न हुआ। वे घबराये हुए मेरे पास आए, क्षमा माँगने लगे। अपने रिश्तेदार के सिर से अपने वरदहस्त की छाया फ़ौरन हटा ली। सेठ महोदय भी उसके बाद ही समझौता करने के लिये दाँत निपोरने लगे। मैंने साफ़ कह दिया कि पहले मेरी ज़मीन से अपनी इमारत हटाइए, तब आगे की बात होगी। अन्त में मेरी ही टेक रही। तब से अध्यक्ष महोदय मेरे परम भक्त हो गये हैं। अभी दो मास पूर्व ही संयोग से मुझे साहित्य अकादमी पुरस्कार भी मिल चुका है। इससे भी उनकी यह धारणा और पुष्ट हो गयी कि मैं 'दिल्ली-दरबार' का दुलारा हूँ। वे तो मेरे पुरस्कृत होने पर ही मेरा अभिनन्दन करने पर तुले हुए थे, मेरे नम्रतापूर्वक अस्वीकार कर देने पर वे सप्रेम आमरण अनशन तक करने पर उतारू हो गये थे, फिर मेरे आई०ए०एस० पदाकांक्षी पुत्र उमेश के सुझाव पर यह समारोह करने का आयोजन किया।

मैं इस तमाशे का टेसू नहीं बनना चाहता था। कारण स्पष्ट था, पर उमेश इस आयोजन द्वारा अपने भविष्य को चमकाना चाहता था। उसकी माँ ने मुझे मनाया। माया के अश्रुसिक्त आग्रह से मैं यह अपमान सहने के लिए विवश हो गया। माया-मोहित होकर मैंने ये दो ग़लत काम किए हैं। खैर, इस सम्मान-मण्डित असम्मान को तो सह भी जाऊँगा, पर वरुणा के होने वाले पति को धोखा देकर जितने दिन जिऊँगा, उतने दिन प्रति पल जल-जलकर भस्म होता रहूँगा।......नहीं, यह हरगिज़ न होगा। मेरा सारा अस्तित्व ही झूठा और निरर्थक हो जायेगा।

......अपने भाषण में अपने से केवल कुछ महीने छोटी बीसवीं सदी की षष्टिपूर्ति का प्रस्ताव उठाते हुए उसके विकास का ब्यौरा देने के बहाने अपने जीवन का सारा पाप-पुण्य जन-जनार्दन के श्रीचरणों में अर्पित कर दिया।

लोग कहते थे, मेरा भाषण प्रभावशाली हुआ। माया उदास हो गई, अकेले में कहने लगीं: "तुम्हें इतना सच भी न बोलना चाहिए था। आखिर अपनी ही इज्जत गई। ......लेकिन......खैर, तुमने जो ये किया तो कुछ सोचकर अच्छा ही किया होगा।" ●

पाँच

मेरे भाषण का प्रभाव सरकारी नेताओं पर भी अच्छा न पड़ा। रात के प्रीतिभोज में मुख्यमंत्री तथा अन्य मन्त्रीगण न आये। भोजोत्सव के आयोजक अपने सदल-बल निस्तेज हो गये। सर्वसाधारण जन के मन में मेरे उक्त भाषण की बड़ी ही स्वस्थ और शुभ प्रतिक्रिया हुई थी, यह मैं प्रत्येक के व्यवहार और बातों ही से स्पष्ट देख रहा था। मेरे कान में यह डाल दिया गया कि मुख्यमंत्रीजी मेरे भाषण के कुछ अंशों से असंतुष्ट हैं। कुछ लोगों ने जाकर उनसे मेरे खिलाफ़ शिकायत जड़ दी है। मैंने अपने भाषण में किसी के प्रति अपशब्द का व्यवहार नहीं किया। हाँ, मैंने यह अवश्य कहा था कि सरकार में जाने के बाद हमारे बड़े-बड़े नेताओं में अब वह भावनिष्ठा और सिद्धान्तवादिता नहीं रह गई, जो उनमें आज़ादी मिलने से पहले दिखायी देती थी; उसी पर तो हम, उस ज़माने के युवक, रीझे थे। हमने आत्मबल पाया था; तरह-तरह की रचनात्मक शक्तियाँ हमारे अन्दर जागी थीं। आज अपने इन्हीं प्रेरणा-पुरुषों को देखकर हमारी वही शक्तियाँ हमसे उनके सम्बन्ध में सवाल कर उठती हैं—ये लोग वही हैं? एक समय वह भी था जब कांग्रेस-कमेटी के दफ़्तर में जाकर हमें आत्मसन्तोष और जूझने की प्रेरणा मिलती थी, आज वहाँ जाने पर मुझे ऐसा लगता है, जैसे कि जुए के अड्डे में पहुँच गया होऊँ। मैंने कहा था कि आज़ादी के बाद सैकड़ों निःस्वार्थ देशसेवक भावनात्मक रूप से एकदम बेकार हो गये। जो इलेक्शन लड़ाने और परमिट दिलाने में पटु हुए, वे महत्त्वपूर्ण नेता बन गये। बुद्धि उस गलिहारे में जाकर भटक गई, जहाँ पैसा भगवान् और सत्ता जगदम्बा है। मैंने कहा था, अगर यह व्यवधान न पड़ जाता तो आज भारत का रूप ही कुछ और होता। इन्होंने भूखे-नंगे किन्तु तपस्वी भारत की तपस्या छीन ली और भूखे-नंगेपन की हाय-हाय को अपने नये रियासती जोम से भड़का दिया है।

मैंने यह बातें कहते हुए भी अपने भाषण में अनेक बार हर किसी से बुरा न मानने की अपील की थी। मैंने बीसवीं सदी के आरम्भ से सन् साठ तक का मानसिक लेखा-जोखा रखते हुए देश के बौद्धिक वर्ग के मानस-विभाजन का एक चित्र यथामति प्रस्तुत किया था। उसमें केवल मंत्रीगण का ही नहीं, वरन् अध्यापक, लेखक, कलाकार, पत्रकार और सभी राजनीतिक दलों का उल्लेख किया था। मैंने स्वयम् अपनी कमजोरियों को भी नहीं बख्शा था। फिर मंत्रियों ने या नगर के कुछ कांग्रेसी नेताओं ने ही खास तौर पर बुरा क्यों माना? खैर, बुरा मान गये तो अब मैं क्या करूँ? मन से जो सच उबले, उसे न कहूँ?

डिनर से घर लौटा तो मेरे साथ उपहारों के कुछ बण्डल और सभा तथा प्रीतिभोज के अवसर पर प्राप्त फूलमालाओं का भारी बोझ था। एक प्रोफ़ेसर महोदय आग्रहपूर्वक

अपनी कार पर मुझे और माया को घर छोड़ गये। सड़क से गली में अपने घर तक अपना यशोभार उठाकर लाने में यदि दो-एक परिचित सज्जन हमारे सहायक न बन जाते, तो हम मियाँ-बीबी को अपनी-अपनी नानियाँ याद आ जातीं। पड़ोसी श्याम बाबू का नौकर पन्द्रह तारों के लिफाफे दे गया; चौदह बधाई तारों के रंगीन लिफाफे और एक सादा भी था। मैंने सादा लिफाफा पहले खोला। पद्मनाभ—उसी प्रकाशक का तार था, जिसकी नोटिस मुझे दिन में मिली थी। तार में बधाई देने के बाद लिखा था, कि उनके लड़के द्वारा दी गयी नोटिस उनकी जानकारी में नहीं भेजी गयी थी। 'नोटिस' का नोटिस न लें और मेरे पुत्र की नादानी को क्षमा करें। आप चाहे दस वर्षों में भी अपना उपन्यास हमें लिखकर दें, तो तगादा नहीं करेंगे। हम आपसे व्यवहार रखना चाहते हैं, आपकी आगामी सभी रचनाएँ छापना चाहते हैं, आपकी कृपादृष्टि और आशीर्वाद चाहते हैं,—इत्यादि बहुत कुछ लिखा था। तार क्या पूरा पत्र ही था।......हालाँकि मैं गम्भीरतापूर्वक ईश्वर को मानता तो नहीं हूँ, पर उस समय अनायास ईश्वर के प्रति और पद्मनाभजी के प्रति भी अनन्त कृतज्ञतावश मैं फूट-फूटकर रो पड़ा।

माया पबरा गईं। रोते-रोते ही मैंने उन्हें सान्त्वना दी। सचमुच, यह तार पाकर मेरा जी बेहद हल्का हो गया। मेरी नैतिकता स्फूर्तिवन्त हो उठी। तय किया कि उपन्यास भी लिखूँगा, भवानी के बहू-बच्चों को भी अपने पास बुलाकर रक्खूँगा और बढ़ने वाले ख़र्च को पूरा करने के लिये किसी प्रकाशक से अनुवाद-कार्य भी ले लूँगा। अभी मुझमें दमख़म है। अकादेमी पुरस्कार में मिले पाँच हज़ार रुपयों में साढ़े तीन हज़ार पुराना कर्ज पाटने में चले गये। हज़ार रुपया अभी मेरे पास है। पाँच सौ रुपये घर भर के कपड़े-लत्ते और गृहस्थी की वे आवश्यक वस्तुएँ खरीदने में चुक गये थे, जो धनाभाव के कारण कई वर्षों से अब तक खरीदी न जा सकी थीं। खैर, इन हज़ार रुपयों के खर्च होने तक मैं किसी अनुवाद कार्य से नई रकम ले आऊँगा। कम से कम ढाई महीने की मोहलत तो मिल ही जाती है इस तरह।—यह सब सोचकर मैं अपने मन में बहुत आश्वस्त हो गया। बात को काग़ज़ पर लिखने में जितना समय लगता है, उतना बातों के मन में उठने और निश्चय रूप धारण करने में न लगा।

उसी समय बाहरी मौन को भंग करते हुए सहसा माया बोलीं: "सुनो जी, तुम बाँकेलाल को लिख दो कि चाहे तो बहू और बच्चों को यहाँ छोड़ जायँ और या फिर सत्तर-पिछत्तर-अस्सी, जितने रुपये हमसे बन पड़ेंगे, हम हर महीने भेज दिया करेंगे।"

सुनकर सन्तोष मिला। पूछ ही बैठा: "रुपये कहाँ से लाओगी?"

"सोचती हूँ, सिलाई का काम शुरू करूँगी। चालिस-पचास उससे निकल आयेंगे, बीस-पचीस इधर से निकालूँगी। अब सिर पर जब भार पड़ ही गया है तो समेटना ही पड़ेगा। भगवान् करे, उमेश की नौकरी पक्की हो जाय तो फिर इतनी परेशानी न रहेगी। बाहर रहेगा तो भी पचास-साठ रुपये तो हर महीने भेज ही सकेगा।"

मैंने कहा: "शाबास यही मन अगर तुमने साल भर पहले कस लिया होता, तो आज बाँकेलालजी से यह पत्र पाने की नौबत ही न आती। खैर, होनी इस प्रकार ही बदी होगी।

लेकिन तुम्हें सिलाई का श्रम न करना पड़ेगा, मैंने अपना उपन्यास लिखने के साथ ही साथ इस समय अनुवाद का काम भी लेने का निश्चय कर लिया है। इस हफ़्ते के भीतर ही किसी न किसी प्रकाशक से बात तय कर लूँगा। और उमेश से भी तुम फ़िलहाल आर्थिक सहायता की आशा न रखना। अगर उसे यह नौकरी मिल भी गयी तो फ़िलहाल उसे बड़ी तनख्वाह नहीं मिलेगी; जितनी मिलेगी वह उसकी शान-शौक़त में ही शायद पूरी न पड़े। बहरहाल तुम चिन्ता न करो। आज मैं सठियाया नहीं, बल्कि पठियाया हूँ। पद्मनाभजी के तार ने मुझे इस समय बड़ा मनोबल प्रदान किया है।''

मैंने जानबूझ कर इस समय वरुणा के रिश्ते के सम्बन्ध में बात नहीं उठाई। यदि वे लोग इस रिश्ते को स्वीकार करेंगे तो उस समय मैं लड़के को सच्चा हाल लिख दूँगा। उसके बाद अगर बात बिगड़ेगी तो मैं इसे आगे पढ़ाने का प्रबन्ध करूँगा। बी०एस-सी० इस साल हो ही जायेगी, सब्जेक्ट्स सौभाग्य से इसने बायोलॉजी ग्रुप के ही ले रक्खे हैं; एम०बी०बी०एस० में भरती करवा दूँगा। रुपयों की चिन्ता अभी से करना फ़िज़ूल है। 'सत्यः श्रमाभ्याम् सकलार्थ सिद्धिः'। इस आधार पर टिके हुए आत्मविश्वास का नाम ही ईश्वर है—और वह ईश्वर मेरे साथ है।

मन सचमुच जवान हो गया था। अनेक साहित्यिक मित्रों और प्रेमियों के बधाई-तार आज दिन भर मुझे मिलते रहे थे। दिन में मेरे मन में उत्साह नहीं था, इस समय इन चौदह तारों के बहाने वे साठ-पैंसठ तार भी मन को उमंग दे गये और साथ ही कृतज्ञता का सात्विक भाव भी। मैं तार भेजने वाले प्रत्येक व्यक्ति के बहाने मानवता के प्रति कृतज्ञ था।

दिन भर की थकान के कारण लेटते ही थोड़ी देर में नींद आ गयी। नींद मुझे अब भी स्वप्नमुक्त निर्द्वन्द्व आती है। मेरे लिए बुढ़ापा इस अर्थ में अब भी नहीं आया कि छह-सात घण्टे की गहरी नींद सो लेता हूँ और दिन में झपकी तक लेने की आवश्यकता महसूस नहीं होती।

सबेरे देर से उठा। ताजा और आनन्द-मग्न था। आँख खुलते ही आदत के अनुसार हथेली में अपनी मत्स्य रेखा को देखकर सिर से लगाया, हाथ चूमा और फिर अनायास मेरी आँखें छत की ओर उठ गयीं। अन्तर्प्रेरणा सहसा लहराने लगी—छत की धन्नियों की समानान्तर रेखाओं में मुझे सहसा विद्युत गति का आभास मिला। अचल सचल लगा, धन्नियों पर निराकार साकार गति की एक बरात गुजर गई और उसे शब्दों का गुंजन भी सहसा सुलभ हो गया।

हिन्दी-अंग्रेजी के अखबार मेरे सिरहाने ही रक्खे थे, पर आज उन्हें देखने की इच्छा न हुई। मैं तुरन्त तैयार होकर लिखने बैठ जाना चाहता था। मन में ग़जब की फुर्ती थी। अभी परसों-नरसों ही शाम को बाज़ार से घर लौट रहा था। बरातों पर बरातें निकल रही थीं। एक बहुत ही भारी शोभायात्रा के जलूस ने सारा मार्ग घेर रक्खा था। मैं एक दूकान के सामने, किनारे पर खड़ा हो गया। दो नवयुवक पास ही खड़े थे। शायद वे लोग भी

किसी होने वाली शादी के प्रबन्ध की चिन्ताओं से कुण्ठित थे। रईस वर की शोभायात्रा देखकर उनकी कटूक्तियाँ फूटी थीं। इस समय वही दृश्य और बातें मेरे मन में उभर आईं। उपन्यास का श्रीगणेश उसी दृश्य और बातों से करने की इच्छा हुई और इस बहाने मन में यह भी स्पष्ट हुआ कि नौजवानों की आशाओं-आकांक्षाओं और कुण्ठाओं को चित्रित करना ही मेरा प्रमुख उद्देश्य होगा। आखिर आने वाली दुनिया है तो उन्हीं की।

ग़ुस्लख़ाने में मंजन करते हुए ही मैंने घण्टी का स्विच दबा दिया, यानी माया को चाय बनाने का आदेश दे दिया। पिछवाड़े की ज़मीन जब उस क़िस्से-क़जिये के बाद फिर से मेरे अधिकार में आई थी, तभी मैंने तुरन्त उसकी चहारदीवारी खिंचवाकर उसमें अपने लिए एक छोटा-सा कमरा, शौच, स्नानगृह और छोटी-सी बगिया तैयार करा ली थी। अब इसी में घर से एकदम स्वतन्त्र होकर रहता हूँ और ग़रीबी में भी बड़ी बादशाही का अनुभव करता हूँ।

माया चाय-नाश्ता लेकर यथासमय आ गईं। उनका चेहरा मुझे अपार शोकमग्न लगा। देखते ही बादशाही उड़नछू हो गई, पूछा : "क्या बात है माया ?"

"कुछ नहीं। दूध अलग पाट में नहीं ला सकी आज। चूल्हे का कोना टूट गया, पतीली टेढ़ी हो गयी, दूध गिर गया।"

"उँह ! क्या इसी के कारण उदास हो ?"

"न—हीं।" माया के चेहरे पर दुःख की छाया गहरी हो गयी। मेरे 'छठे बोध' को किसी अमंगल का आभास हुआ, लेकिन मैंने फिर प्रश्न न किया, चुपचाप टोस्ट खाया, चाय के दो घूँट पिये, बीच-बीच में कनखियों से माया का मुख देखता रहा—उस पर शोक और चिन्ता की गहरी एकाग्रता अंकित थी।

"माया !"

माया ने हताश, शून्य, बर्फ़ जैसी ठंडी दृष्टि से मुझे देखा।

"बात क्या है ?"

फिर वही जड़ मौन, जो मेरे तिबारा पूछने से पहले ही घुटनभरी निःश्वास में परिणत हुआ था; फिर स्वर फूटा : "उमेश घर छोड़कर चला गया।"

'कहाँ' शब्द मन ही मन में उछलकर रह गया, क्योंकि इस प्रश्न का उत्तर तत्क्षण मेरे अन्तर्बोध को भासित हो गया था। उमेश अपने स्वार्थवश ही मुझे छोड़कर गया होगा। मेरे कल के भाषण के प्रति सरकारी रोष से वह अपने-आपको बचाना चाहता होगा। ......जो भी हो, फिर कुछ पूछने की इच्छा न हुई। माया का चिन्ता-शोक-मग्न अन्तर मेरे अन्तर में समाहित हो गया। चाय के घूँट बेहोशी में हलक़ के नीचे उतरते रहे।......वह प्रेरणा की विद्युत भरी फुर्ती, लिखने का संकल्प, बरातों का सीन, वो दो युवक जो मेरे उपन्यास के पात्र बनकर आने वाले थे......उनकी, नवयुवकों की समस्या......लेकिन वही तो है मेरे सामने। भवानी में बड़प्पन की बू, फ़ैशन की भूख, चुटकी बजाकर ढेर सारी

रकम पैदा कर लेने की भूख, औरत को ललचाकर अपने बस में करने का दम्भ, दूसरों के सामने शाही खर्च करने की शेखी—यही सब डायन इच्छाएँ अपना इन्द्रजाल फैलाए हुए उसे नचा रही हैं।

उमेश में इस प्रकार का कोई ऐब नहीं, मगर दुनियादारी की दृष्टि से अति सफल व्यक्ति बनने की चाह है। वह अपने महल्ले-पड़ोस के लड़कों और अनेक सहपाठियों से कई बातों में अलग है, उसका हर काम बड़े व्यवस्थित ढंग से होता है, हर काम ठीक समय से करने का पाबन्द है। मेरे बच्चों में विविध साहित्य और साधारण ज्ञान-विज्ञान की बातों में गहरी रुचि और जानकारी रखने वाला केवल यह उमेश ही है। दुनियादारी और मिलनसारी बरतने में एक नम्बर। हर इतवार को दो-चार लोगों के यहाँ अवश्य जाकर मिल-जुल आयेगा। मेरे पास जब-तब ऊँचे वर्ग के लोग भी आने की कृपा करते ही रहते हैं। उमेश मेरे परिचय के सहारे उनमें से बहुतों के साथ घनिष्ठता बढ़ा लेता है। पढ़ने में शुरू ही से तेज़ रहा। पुरस्कार-प्रोत्साहन स्वरूप सरकारी वजीफ़े पाने में भी यह लड़का अपने मँझले भाई भवानी के समान ही बड़ा भाग्यवान् रहा है। इसकी पढ़ाई पर भी मुझे अधिक खर्च नहीं करना पड़ा। बी०ए० आनर्स गोल्ड मेडिलिस्ट है। अंग्रेजी में तेज़, हिन्दी के प्रति अवज्ञा या अश्रद्धा का भाव नहीं, क्योंकि पिता के प्रति श्रद्धालु है। माँ के प्रति भी सच्चा भक्ति-भाव है। लेकिन यह सब होते हुए भी दो ट्यूशनें पढ़ाने से होने वाली अपनी डेढ़ सौ रुपये महीने की आमदनी में से पिछले दो वर्षों में कभी एक छदाम भी घर में नहीं दी। हाँ, यह अवश्य है कि दो समय खाने के अलावा उसने अपना और कोई ख़र्च भी हमसे नहीं माँगा।……लेकिन आई०ए०एस० की इण्टरव्यू में अपनी सफलता निश्चित करने के लिए, 'सरकार विरोधी' पिता से अलग होने का निश्चय करने के लिए उसे शायद एक पल भी न लगा होगा। वाह री स्वार्थी दुनिया! स्वारथ के लिए बेटा बाप को भी त्याग सकता है।

माया ने खाली प्याले में दुबारा चाय ओजी, शक्कर मिलाई और प्याला मेरी ओर बढ़ाते हुए मौन भंग किया, बोली; "बहुत-बहुत रोता रहा। रात में डेढ़ बजे तो घर आया था। हम दोनों पल भर के लिए भी नहीं सोये।" कहने लगा, "भाभी, मेरी भगवान् में इतनी भगती नहीं जितनी कि बाबूजी में है……"

"हाँ, हाँ, वह सब मैं समझता हूँ। मुझे शिकायत भी नहीं। दुनिया की परवाह करने वाले को दुनिया के सभी नाटक करने पड़ते हैं। मैं अपने बच्चों को वह सब कुछ न दे सका, जो आज के नौजवान चाहते हैं। भवानी की कमजोरियाँ मेरी ही अनबुझी प्यासें हैं। उमेश के अन्दर यह सत्ता की जो चाहना है, वह भी मेरी ही एक सुप्त आकांक्षा है। दोष इन लड़कों का नहीं मेरा ही है।" कहकर मैंने एक गहरी निःश्वास ढील दी। माया अपने पुत्र की ओर से हर सफाई देकर उसके प्रति मेरे भाव को सदय रखने के लिए व्यग्र थीं। कहने लगीं: "तुम्हारी तो ऐसी तारीफ़ कर रहा था कि कहने लगा कि सब जने, ऊँचे-ऊँचे क्लास के लोग कह रहे थे कि उमेश, तुम्हारे पिताजी जैसा आदमी होना मुश्किल है। रात

के ग्यारा बजे राजकिशोर बाबू खुद उसे अपनी गाड़ी में बिठला के शिवकुमार मिनिस्टर के यहाँ ले गये और उनसे कहा कि बाप से रूठने का बदला बेटे से न लिया जाय। मुख्यमन्त्री को सँभालने का और उनसे दिल्ली वाली सिफारिश इसके लिए करानें का जिम्मा आपका ही है। और जब तक इसका काम सिद्ध नहीं हो जाता, तब तक ये आप ही के यहाँ रहेगा भी। इस पर शिवकुमारजी बोले—तुम्हारा नाम लेके कहा कि हमारे साथ जेल में रहे थे। सन् '४२ में जैसा काम उन्होंने किया, वो कोई कर नहीं सकता। उनके लड़के के साथ न्याय होना ही चाहिए। फिर राजकिशोरजी से कहा कि वो जो कहते हैं सो कुछ झूठ नहीं कहते। और हमारे साथ दुश्मनी बरतते हुए भी नहीं कहते।......उमेश इतना रोया है, इतना फूट-फूट के रोया है कि कहते नहीं बनता। बोला, भाभी, बाबूजी मुझे स्वार्थी समझेंगे, पर एक बार नौकरी मिल जाय, फिर मैं दिखा दूँगा कि उनका कितना लायक बेटा हूँ।''

बातें मेरी ऊपरी चेतना को केवल स्पर्श भर करती हुई निकलती चली गईं; मेरा मन गहरे शून्य में खोया हुआ था। माया की बात थमने पर मुझे अपने खोयेपन में वैसा ही धक्का लगा, जैसा एक बार बरसों पहले नदी किनारे कगार पर खड़े प्रकृति की शोभा निहारते हुए सहसा ज़मीन नीचे धसकने से हुआ था। समय रहते ही मैं उछलकर पीछे आ गया था। इस समय भी शून्य में खोये रहने के लिए माया का स्वराधार हटते ही मैं सहसा सावधान हो गया; विचार आया कि जवाब में कुछ कहना चाहिए, कह दिया, ''वो सब ठीक है। दुनिया के ये गरब-गुमान और स्वार्थ भरे खेल-तमाशे देखते हुए ही साठ बरस बिताये हैं। तुम भी ये सब चिन्ताएँ छोड़ो, आखिर साहित्यिक की बीबी हो। मेरा उपन्यास अब आरम्भ होना ही चाहता है। मुझे उसी की चिन्ता करने दो। तुम्हारी गृहस्थी चलाने के लिए आज ही दिल्ली के दो प्रकाशकों को कोई अनुवाद का काम भेजने के लिए पत्र लिखता हूँ। अभी तो खर्च चलाने के लिए तुम्हारे पास हज़ार रुपये हैं ही। भवानी की बहू को चिट्ठी लिख दो कि चली आये। अबकी जुलाई में उसे यूनिवर्सिटी में और वरुणा को मेडिकल कालेज में भरती करा दूँगा। पाँच-छह वर्षों में दोनों ही लड़कियाँ अपने-अपने पैरों पर खड़ी हो जायेंगी। अड़सठ, उनहत्तर, हद सत्तर की आयु पाने तक मैं शर्तिया इन सब सांसारिक चिन्ताओं से मुक्त हो जाऊँगा। तब फिर हम-तुम हनीमून मनाने निकलेंगे।''

कर्त्तव्य-भावना से प्रेरित होकर माया और खुद अपने-आपको तसल्ली देने के लिए भी कहता तो चला गया, पर बात समाप्त होने पर मुझे लगा कि मेरा दम फूल आया है—झूठ की मंजिल तक अपने अन्तर्सत्य को नाथ कर घसीटता हुआ मैं ले तो आया, परन्तु सारा श्रम और उत्साह निरर्थक और बेदम हो गया। मन कहने लगा, झूठ है। अब तुम थक गये हो, प्राणहीन हो गये हो, कुछ न कर पाओगे। मुझे लगा कि मेरी अनन्त कुण्ठाओं को समाप्त करने का केवल एक ही उपाय है, वही जो मेरे पिता ने किया था—आत्महत्या!

●

छह

मेरे पिता मास्टर किशोरीलाल बी०ए० अपने समय के बड़े समाज-सुधारक 'नवीन बाबू' माने जाते थे। समय के बेहद पाबन्द और विलायती पोशाक के शौकीन थे। घर पर भी नंगे बदन रहने का औसत हिन्दुस्तानी चलन बरतना उन्हें पसन्द न था। घर में बहुत कम बोलते थे, हरदम लिखते-पढ़ते ही नजर आते थे। अपनी पत्नी मन्तो बीबी का नाम बदलकर उन्होंने मदालसा देवी रख दिया था और उन्हें इसी नाम से पुकारते भी थे। घर में दूसरी औरतों के अभाव का लाभ उठाकर उन्होंने अपनी माँ के सामने मदालसा से खुलेआम बातें करने और नाम लेकर पुकारने का ढर्रा बड़े रौब से चला लिया था, केवल 'पिताजी' और बाबा साहब के सामने वे अपनी पत्नी से बातें न करते थे। गौने के बाद घर आते ही उन्होंने अपनी पत्नी को हिन्दी पढ़ाना आरम्भ कर दिया था। उन्हें वे इतनी निष्ठा से पढ़ाते थे कि जरूरत पड़ने पर बेंत का प्रयोग करने से भी न चूकते थे। वे स्वयम् जब एफ०ए० और बी०ए० पास करने के लिए इलाहाबाद चले, तो माँ के बहाने पिता को यह प्रार्थना भरा आदेश दे गये कि किसी ईसाई मास्टरनी को मदालसा बहू को अँगरेजी पढ़ाने के लिए नियुक्त कर लिया जाय। इधर के महल्लों में एक ही बड़े धनी सज्जन के वहाँ काली मेम मास्टरनी आया करती थी, उसकी मेमियत और उसकी मोटी अम्मा की अकड़-फूँ भरी साहबियत के बड़े-बड़े और बड़े रोचक रंगीन किस्मे आम जबानों पर फैले हुए थे। यह भी कहा जाता था कि बाबू ब्रजभूषण लाल के ऐशोइश्क का शाही लुक्मा उनकी बहुओं और बेटियों को अँगरेजी पढ़ाने आया करती थी। वे ही मिस 'रोज़रैम' मेरी माता श्रीमती सौभाग्यवती मन्तो बीबी ऊर्फ मदालसा देवी को दस रुपये मासिक गुरुदक्षिणा पर पढ़ाने आने लगी। सबसे बड़ा विरोध लाला सद्दीमलजी की ओर से आया, मगर सफल और प्रतिष्ठित नत-दामाद लाला सदानन्दजी के हठ के आगे उनकी चल न पाई। अंत में समझौता यों हुआ : लालाजी की बैठक ही के एक दर में पर्दा टाँगा गया, मेज-कुर्सियाँ लगीं और बहू फुस-फुस स्वरों में ईसाइन मास्टरनी से अँगरेजी पढ़ने लगी। जब वह जाती तो मेरी माँ परदा एक ओर समेट पट बाँध देती ताकि छूत न लगे और कमरा, कुर्सी-मेज धोकर आप नहातीं, पढ़ने वाले कपड़े धोकर सुखातीं, तब ऊपर जाकर घर की चीज-बस्त छुआ करती थीं। मदालसा देवी को अँगरेजी पढ़ाने से बतासो बीबी के मामा-मामियों की ओर से बड़ा क़ज़िया हुआ, महल्ले-बिरादरी में घर-घर चर्चे उठे। कहा जाने लगा किशोरीलाल अपनी बहू से भी मास्टरी कराएगा, उसे मेमों के साथ घुमाएगा। इतनी-इतनी बातें हुईं कि मदालसा देवी अपनी सास के सामने रो-रो पड़ती थीं; पर सास बेचारी क्या करे, म्याऊँ के ठौर से कौन लड़े ? हारकर सौभाग्यवती मदालसा देवी ने अपने पति को हिन्दी में एक लम्बा पत्र लिखकर प्रार्थना की कि उन्हें ईसाइन से

अँगरेजी पढ़ने से मुक्त किया जाय—"अगर प्राणनाथ अपनी दासी को घुला-घुला के मार डालना चाहते होवें तो वैसा ही हुक्म दासी पर लगा देवें। मैं हँस के आपकी आज्ञा का पालन करूँगी। वैसे जब आपके साथ रहने का मौका सिरी भगवानजी देंगे तो आपसे अँगरेजी जरूर पढ़ लूँगी।"

इस प्रकार मदालसा देवी को काली मेम से मुक्ति मिली और अँगरेजी से भी, क्योंकि बाद में भाग्य या परिस्थितियों ने किशोरीलालजी का मानसिक नक्शा ही बदल दिया। वे बी०ए० पास हो जाने के बाद डिप्टी कलक्टर या डिप्टी इंस्पेक्टर जैसे किसी ओहदे पर पहुँचना चाहते थे। उनके पास केवल एक ही 'सोर्स' यानी सीगा था। अपने अँगरेज प्रोफ़ेसरों और उनमें भी प्रभावशाली प्रोफ़ेसरों को तन-मन-धन से भगवान् मानकर एकनिष्ठ पुजारी की भाँति उनकी सेवा में वे समर्पित रहते थे। किशोरीलाल को इसकी वाहवाही भी मिली हुई थी। लखनऊ आने पर वे इलाहाबाद के प्रोफ़ेसरों या उनकी मेम साहबों के विशेष प्रेम-पत्र यहाँ के हाकिम मित्रों के नाम लाया करते थे और इनके पत्र वहाँ तक ले जाया करते थे। यों साहबों से परिचय बढ़ा लिया था। लाला सदानन्द ने बेटे की ऊँची पहुँच का लाभ उठाकर जवाहरात और क्यूरियो के माल लेकर 'ज्वेलर एण्ड क्यूरियो डीलर, बनकर अपनी पहुँच बढ़ा ली। डालियाँ तो बाप-बेटे बात बहाने से पहुँचाते ही रहते थे। सदानन्दजी में यह विशेषता थी कि मुनाफे की आय का आधा और कभी-कभी उससे भी ऊपर अपने ग्राहकों पर तरह-तरह से निछावर कर दिया करते थे। ऊँचे से ऊँचे सेठ-साहूकारों, नवाबों और हिन्दुस्तानी हाकिमों तक तो उनकी पहुँच-प्रतिष्ठा थी ही, पढ़े-लिखे अफसर होने का नसीबा रखने वाले होनहार की बदौलत गोरे हाकिमों और उनकी मेमों तक पहुँच गये और धीरे-धीरे उनके बीच भी अपनी साख बना ली। सदानन्दजी जमा करते तो अच्छी-खासी रकम की पुड़िया बना लेते, चाहते तो स्वयम् सर्राफ बन जाते और लखेसरी हो जाते, परन्तु उन्होंने तीन लगाकर छह कमाने की अपनी एक लीक नीति कभी न छोड़ी। चार ग्राहकों और समाज-बिरादरी के ऊपर ख़र्च करते थे, एक से रोज का खरचा चलता था और एक वे नियम से जमा किया करते थे। खैर, किस्मत के खेल के आगे बाप-बेटे की सारी दुनियादारी के करतब बन्दरों की बेकार उछल-कूद बनकर ही रह गये। किशोरीलाल जिन मैत्रीपूर्ण पत्रों की विशिष्ट पोस्टमैनी किया करते थे, उनमें उनके अनजाने में, लखनऊ के डिस्ट्रिक्ट जज साहब बहादर और नवाब आलीजाह जनाब लेफ्टिनेंट गवर्नर उर्फ छोटे लाट बहादर के एक बूढ़े ए०डी०सी० बहादर की जवान मेम महोदया के इश्कनामे भी सील मुहरबन्द हुआ करते थे। उनमें ए०डी०सी० साहब बहादर के बुढ़ापे का स्वांग पेश किया जाता था और आशिक हुजूर जज साहब बहादर ए०डी०सी० साहब बहादर को बूढ़ा बन्दर लिखकर अपनी माशूका साहिबा बहादर को यह समझाया करते थे कि कुछ बरस और गम खाओ, आखिर यह बूढ़ा बन्दर रिटायर होगा और मर जायेगा, तब तक तुम हुजूर लाटनी साहिबा और ऐसे दूसरे लोग जिन्हें तुम मुनासिब समझो और खुद हुजूर छोटे लाट बहादर सर लाटूश के सामने मेरी तारीफें करती रहो, मैं यहाँ अपनी ड्यूटी और राज्य-भक्ति से अपना भविष्य

शीघ्रातिशीघ्र चमकाने में कोई कसर न उठा रक्खूँगा और एक न एक दिन 'मेरी बरी दुलारी पियारी' को अपनी सेज पर लाकर ही रहूँगा। एक पत्र में जज साहब ने अपनी प्रेमिका को अपने पति को मारने की अनोखी तरकीब बतलाई थी। जज साहब ने लिखा कि अगर बूढ़ा बन्दर अपनी बुढ़भस से तुम्हारी सुन्दर कोमल देह को सताता है तो, अब तुम उस पर रोना-बिसूरना छोड़कर अक्लमन्द बनो। बजाय इसके कि वह बूढ़ा बन्दर तुम्हारे ऊपर रसाक्रमण करे, तुम आक्रामक बनो। उसे प्रतिदिन रात में पिला-पिलाकर दो-दो तीन-तीन बार उसका वीर्य स्खलन अपने शरीर को बेदाग रखते हुए बराबर कराती रहो। या तो हज़रत फिर तुमसे बाज़ ही आ जायेंगे या फिर खुद ही अपनी मौत पा जायेंगे। सुनते हैं, इस पत्र ने हुजूर ए०डी०सी० साहब को बौखलाकर रख दिया था और जबरन् अपनी पत्नी की वस्तुओं की तलाशी लेकर उन्होंने जज साहब के सारे प्रेम-पत्र बरामद कर लिये और लाट साहब के हुजूर में पेश कर दिये। सर लाटूश, सुना जाता था कि आखिरी पत्र पढ़कर बहुत हँसे और ए०डी०सी० साहब की बुढ़भस को मीठी फटकारें दीं और फिर उनकी लाज भी अपने अनुशासन के अंकुश से बचा ली। जज साहब ने अपने उज्ज्वल भविष्य के लिए यह प्रेम-सम्बन्ध तोड़ लिया। उन प्रेम-पत्रों में पत्रवाहक के तौर पर दो-चार जगहों पर किशोरीलाल की तारीफ में एकाध वाक्य और उसका भविष्य उज्ज्वल बनाने की कामना भी मेमसाहिबा ने अपने प्रेमी से की थी। लिखा था कि शीघ्र ही यह बी०ए० पास कर लेगा और इसके लिए तुम लखनऊ ही में अभी से कोई उपयुक्त जगह बनाओ। यह काम का आदमी है और सच्चा राजभक्त, अँगरेज-भक्त है। ए०डी०सी० साहब जब कहावती धोबी की तरह अपनी धोबिनियाँ पर बस न चला सकें, तो गधे के रूप में किशोरीलाल ही के कान उमेठ कर संतोष कर लिया। हुजूर कमिश्नर साहब बहादर पर हुजूर ए०डी०सी० साहब का कुछ ऐसा दबाव पड़ा कि किशोरीलाल बी०ए० के वास्ते उम्दा सरकारी नौकरी के फाटक ही बन्द हो गये। गुल्फाम बेगुनाह मारा गया। बाद में प्रायश्चित के तौर पर एक एंग्लो वर्नाक्युलर स्कूल की एक रिक्त सेकंड मास्टरी के पद पर उन्हें आसीन करा दिया गया।

मास्टर किशोरीलाल ने बड़ी शान से इस करारे आघात को ऊपरी तौर से सह तो लिया, मगर अन्दर ही अन्दर अपने मन में टूट गये। उनके जीवन का उत्साह भंग हो गया। हाँ, अध्यापकी में उन्हें भागते भूत की लँगोटी हाथ आ जाने का-सा संतोष अवश्य मिल गया। कुछ न होते हुए भी मास्टर समाज में एक प्रतिष्ठित पद माना जाता था। तब तक अँगरेज के बाद बंगाली बाबू ही अधिकतर प्रोफ़ेसर हुआ करते थे। वे अपने क्षेत्र से सेकंड मास्टर के पद पर नियुक्त होने वाले पहले नौजवान थे। बाहर से इज्जत ढँकी रह गई और एक तरह से यश भी मिला, सदानन्दजी इतने ही से सन्तुष्ट हो गये। फिर भी लड़के के नसीब पर अकारण ग्रहण लग जाने से वे भी मन ही मन कुछ टूट अवश्य गये थे। उनमें विरक्ति आ गयी। धीरे-धीरे उन्होंने अपना दलाली का कारबार छोड़कर शहर से डेढ़ मील दूर अपनी जातीय पंचायत के बाग के पास ही एक एकड़ ज़मीन ले ली। उसमें तरकारियाँ और आम उगाये। साल में खा-पीकर गाँव के दीन-दुखियों, साधु-संतों और

गौवों की सेवा करके वह घर के लिए कुछ मुनाफा बचा भी लिया करते थे। पंचायती बाग की दशा और आय सुधार कर उन्होंने जातीय यश भी कमाया। उन्होंने फिर घर से कोई सम्बन्ध न रक्खा, कभी छठे-छमासे ही दिन में दो-चार घण्टे के वास्ते आ जाया करते थे। घर में उनका मोह केवल अपने पौत्र के लिए ही शेष बच रहा था। सन् '४२ में प्लेग फैलने पर वे परिवार के सदस्यों को शहर से बाहर अपने गाँव में ले जाना चाहते थे। किशोरीलाल राजी न हुए, कहा, यहाँ रहकर समाज की सेवा करूँगा। मदालसा देवी अपने पति को और बतासो बीबी अपने पूत-पतोहू को छोड़कर जाने के लिए राजी न हुई। लाला सदानन्द क्रोध में किसी को कुछ न कहकर अपने पौत्र यानी मुझे गोद में लेकर अपने बाग में चले गये।

शहर में प्लेग का जोर बहुत विकट था। सन् एक के नवम्बर मास ही से मौतें होने लगी थीं। दिसम्बर और जनवरी में तो त्राहि-त्राहि मच गई। एक-एक महल्ले से दिन में चार-चार, पाँच-पाँच बार 'राम नाम सत्य' की आवाज़ें उठने लगीं। कहीं अंग्रेज डॉक्टर, कहीं बंगाली डॉक्टर आ-जा रहे हैं। हर एक के होश-हवास उड़े हुए हैं। हेल्थ अफसर के आदेश बराबर जारी हो रहे हैं—'घर-बाहर की सफाई रखिये, चूहों के बिलों को बन्द कीजिये, मकानों को, फ़िनाइल या रस-कपूर से पुतवाइये, नालियो मे फ़िनाइल और जेबों में नेप्थिलीन की गोलियाँ रखिये, बदन गर्म रखिये, पैरों में मोजे पहनिये। खाना कम खाइये, नमक अधिक खाइये, सीलन में मत रहिये।' लेकिन सीलन से आखिर कहाँ तक बचाव रखा जा सकता था। गलियों दर गलियों के मकानों में सैकड़ों ऐसे भी थे, जहाँ कभी सूर्य की एक किरण तक प्रवेश नहीं कर पाती थी।

संयोग की बात थी कि प्लेग का जोर हिन्दुआनी महल्लों में अधिक था। इस बात पर विचार करने के लिए मिस रोज़ रैम की सलाह से उनके प्रशंसक बाबू ब्रजभूषण रईस ने अपनी कोठी पर एक सभा आयोजित की। मास्टर किशोरीलाल बी०ए०, उसके अध्यक्ष बनाये गये। कोट-पतलून-वास्कट में सुनहरी चेनदार घड़ी, बूट और फ़ेल्ट टोपी पहनकर, छड़ी हिलाते हुए बड़े गम्भीर भाव से मास्टर साहब सभा में पहुँचे। डॉक्टर देवीशंकर एल०एम०एस०, बाबू श्योपरशाद नायब तहसीलदार, पंडत दीनानाथ मसलदान, मुंशी विंदराबन साहब पेशकार सभी पढ़े-लिखे लोग बाबू ब्रजभूषण लाल रईस के बैठकखाने में जुटे। यह पहला ही अवसर था जब कि ब्रजभूषण बाबू ने किसी सभा-सोसायटी के काम में दिलचस्पी दिखलाई थी। ईसाई मास्टरनी मिस रोज़ रैम अध्यक्ष महोदय की मेज़ से जरा हटकर एक छोटी मेज़ पर मीटिंग की कार्रवाई लिख रही थीं। भाषण सब अंग्रेजी भाषा में हुए। 'मिस्टर चेयरमैन, आनरेबिल मिस रैम एण्ड आनरेबिल मेम्बर्स आफ द हाउस' को सम्बोधित करते हुए हर वक्ता ने यह राय जाहिर की कि हिन्दू समाज में छुआछूत, अशिक्षा और कुशिक्षा इतनी अधिक है कि उसके कारण हमारे यहाँ गंदगी बहुत रहती है। लोग देवी-देवताओं के मन्दिरों में सड़ते हुए गंदे कुण्डों का नीर श्रद्धापूर्वक आँखों में लगाकर उसका आचमन करते हैं और उस गंदे पानी के कीटाणु पेट में जाकर तरह-तरह की बीमारियाँ पैदा करते हैं। लिहाज़ा सबसे पहला काम तो यह होना चाहिए

कि इन गन्दे नीरकुण्डों को मंदिरों से तुड़वा डालना चाहिए। अगर यह नहीं तो वहाँ कम से कम पोस्टर तो अवश्य लगाने चाहिए। धर्म के नाम पर जरा-जरा सी छुआछूत में हमारे घरों की औरतें इन सर्दी और प्लेग के दिनों में भी दिन भर में तीन-चार बार नहाती हैं······वगैरा-वगैरा। समाज की अचेत और पतित स्थिति का रूप एक के बाद एक वक्ता के भाषणों में खराखर खिंचता चला। बाबू श्योपरशाद नायब तहसीलदार साहब ने अपनी फ़ेल्ट टोपी उतारकर और उसे मेज पर रखकर, फिर दायें पंजे से अपनी जाकेट का कॉलर मुलायमियत से दबाकर, हर दो-चार शब्दों के बाद 'अ्ऽअ्ऽ' करके कहा, पंडित दीनानाथ मसलदान ने बरफ-सोडा फैक्टरी के मिस्टर पिम्पलसन साहब के पर्सनल सेक्रेटरी होने के दम्भ के साथ कहा। अपने गोरे खूबसूरतपन, भूरी तिलोई हुई मूँछों की गुमानी अदा में गलत अंग्रेजी फराफर बड़ी शान से बोलते ही चले गये और पतित हिन्दू समाज की नानी को ठीक ठौर-ठार मार के ही दम लिया। पन्द्रह-बीस जोड़े हाथों की तालियों ने हाल को गुँजा दिया। इसके बाद पेशकार मुंशी बिंदरावन साहब ने नक्की सुरों में अपने भाषण का चर्रख-चूँ छकड़ा चलाया और हर बात के आरम्भ में वे यह अवश्य जोड़ते थे कि······एण्ड ऐज़ आवर डी०एम० दैटिस डिस्ट्रिक्ट मैजिस्ट्रेट साहब सेड टु मीं वेरीं-वेरींअऽ अंक्सर-यानी यांनी आँई मीन आँफ्टेंन·······" पेशकार साहब ने हिन्दुओं में इस बढ़ते हुए प्लेग का कारण, अपने डी०एम० साहब की राय में यों बतलाया कि हिन्दू जब तक देवी-देवतों के चक्कर में फँसे रहेंगे, तब तक उनका यों ही सफाया होता जायेगा। 'गॉड' नहीं चाहता है कि ऐसी नेशनें अब दुनिया का बोझ बनी रहें, जो 'हाइली सिविलाइज़्ड' बीसवीं सदी की आमद के बाद भी जाहिल ही बनी रहना चाहती है। पेशकार साहब की लम्बी अचकन पर घोड़े की नाल के ढब से बड़े सफेद बुताम चमक रहे थे। वे अपनी गोल टोपी सिर से उतारकर दोनों हाथों से थामे खड़े-खड़े सुनाते रहे। पीछे मिस रोज़ रैम और बाबू 'खरदूषणलाल' पेशकार साहब के निहायत बेमज़ा भाषण पर कनखियाँ मिलाके मजाक करते रहे। पंडत मसलदान भी अपनी बड़ाई में मगन, गुमानी अदा से मिस रैम और ब्रजभूषण बाबू के मजाक में शरीक हो गये। बाकी लोग कुर्सियों पर करवटें बदलते रहे। फिर डॉक्टर देवीशंकर एल०एम०एस० साहब बोलने के लिए बुलाये गये। ये अपनी छाप अलग ही रखते थे। लम्बे-चौड़े दुहरे गठीले बदन के, गोरे चिट्टे, बड़ी-बड़ी काली मूँछें, घनी भवों के नीचे बड़ी-बड़ी काली पैनी आँखों वाले डॉक्टर साहब अँगरेजी लिबास कभी नहीं पहनते थे, हरदम पानों से उनका मुँह भरा रहता था। हिन्दुस्तानी नाच-गाने और दो हिन्दू देवता यानी महादेवजी और हनुमानजी को छोड़कर उन्हें तमाम हिन्दुस्तानी वस्तुओं से घिन थी। एक खालिस विलायती गोरी, जो बच्चों वाली विधवा थी, को ढाई सौ रुपये महीने पर उन्होंने अपना सेक्रेटरी और साथी बना रखा था। उसी को नुस्खे बोलकर लिखाया करते थे। डॉक्टर साहब ने पहले तो 'माई लर्नेड फ्रेंड' कहकर पेशकार साहब के भाषण की कच्चाइयाँ दिखलाकर उनके कान उमेठे, फिर पंडत मसलदान साहब की गलत अंग्रेजी पर इतनी चुटकियाँ लीं कि उनका चेहरा चुकंदर हो गया। इसके बाद वह बा-अदब अध्यक्ष की कुर्सी पर बैठे हुए मास्टर किशोरीलाल की योग्यता पर नश्तर लगाने

लगे कि आज की सभा एक बीमारी में जकड़ी हुई जाति का उद्धार करने के लिए बुलाई गई थी। उसका अध्यक्ष एक मास्टर-पेशा आदमी भला क्यों कर हो सकता है ? यह विषय तो वैज्ञानिक है। और इस तरह वैज्ञानिकता का चाकू हाथ में लेकर वे एक सिरे से सभी सभासदों की सर्जरी कर गये। यहाँ तक कि बड़े मीठे और रोचक तरीके से अपने व्यंगों की कड़वी कुनैन मिस रैम को भी जबरन् पिला दी। उन्होंने घुमा-फिरा-कर कहा कि "ख़ालिस अंग्रेज क्रिश्चियनों को हिन्दू-मुसलमान धर्मों में वैसी ईर्ष्या भरी दिलचस्पी क़तई नहीं होती, जैसी कि हमारे हिन्दुस्तानी ईसाइयों को होती है। भारतीय ईसाई तो हिन्दू समाज से भी गये-बीते हैं। न उनसे पुराने संस्कार ही छूटे हैं और न नये संस्कारों को सही तौर पर अपना सकने की तमीज़ ही उनमें आई है।"

इसके बाद मामला चहुँदिशि से गहन गम्भीर हो उठा। अपने अध्यक्षीय भाषण में राख-ढँकी चिनगारियों से शब्द इस्तेमाल करते हुए मास्टर किशोरीलाल ने डॉक्टर देवीशंकर के दम्भ को लताड़ा। उपस्थित ईसाई महिला की उपस्थिति में उसके समाज को लांछित करने के अपराध को किशोरीलालजी ने हीनतम बतलाया और इसी लपेट में इंगलिस्तानी ईसाइयों की अंध धार्मिक निष्ठा, उनके द्वारा अन्य धर्मावलंबियों पर किए गये अत्याचारों को सप्रमाण बखाना। उपस्थित मंडली तो खुश हो गई, लेकिन डॉक्टर साहब ने जल-भुनकर किशोरीलाल को यह कहकर बदनाम करना शुरू किया कि वह राजभक्त अँगरेज भक्त नहीं हैं। किशोरीलालजी की तक़दीर ही शायद खोटी थी। उसके बाद अंग्रेजों का मन उनकी ओर से फिर गया। किशोरीलाल के जीवन में फीकापन बढ़ने लगा। एक बार नव-ज्योति जागी—अपने क्षेत्र में जातीय मिडिल स्कूल खुलने पर वे उसके हेडमास्टर नियुक्त हुए। उन्होंने स्कूल की उन्नति करने में दिन-रात एक कर दिये। कुछ वर्षों के बाद उन्हीं की प्रेरणा और दौड़-धूप से वह स्कूल मिडिल से हाई-स्कूल बना, तो बड़ी ऊँची सिफारिश के एक एम०ए० पास सजातीय सज्जन बर्दवान से आये और हेडमास्टर की कुर्सी पर बैठ गये। किशोरीलाल फिर वही सेकंड मास्टर हो गये। अन्तर केवल इतना ही हुआ कि पद का नाम इस बार असिस्टेंट हेडमास्टर रख दिया गया और वेतन भी बढ़ा दिया गया। प्रबन्ध-समिति के सभी सदस्यों को इनके हेडमास्टर न हो पाने का बड़ा दुःख था, सब ही इनका बड़ा आदर करते थे, पर भाग्य की महिमा के आगे किसी की महिमा इनकी महत्त्वाकांक्षा को सफल न बना सकी। किशोरीलाल आरम्भ में हिन्दू देवी-देवतों से एकदम फिरंट, कुछ आर्य-समाजी और कुछ विलायती विचारों के सुधारक थे, अब पूर्णरूपेण तैंतीस कोटि देवों के वश में हो गये थे। योगेश्वर श्रीकृष्ण उनके परमाराध्य थे। घण्टों उनकी मूर्ति को अपनी छाती से चिपकाये एकान्त में रोया करते थे और जब रोने के इस आध्यात्मिक रूप से भी उन्हें संतोष प्राप्त न हो सका, तो योगेश्वर भगवान् में लीन होने के सात्विक बहाने से उन्होंने अपनी कुण्ठाओं का अन्त करने के लिए आत्महत्या कर ली।

●

क्या मेरा आंतरिक जीवन इतना कुण्ठित नहीं ? क्यों न पिता की लीक पर चलकर मैं भी संखिया या अन्य कोई विष खा लूँ ? यह झूठा आशावाद, यह नवजीवन की प्रतीक्षा

अब कब तक करूँ? सारा जीवन यों ही मन बहलाते-बुझाते बीत गया।...... बस एक बचपन ही का आलम था जब कि मैंने बेफ़िक्री के मज़े पाये थे। बाबा घर से दूर अपनी जातीय पंचायत के बगीचे में रहा करते थे—मैं और वह। बाबा के साथ उनकी कोठरी, दालान और हनुमानजी के मन्दिर की सफाई-धुलाई करना; पुजारीजी के आने पर आरती के समय घड़ियाल बजाना, गाय के बछड़े के साथ खेलना...... वह भी पट्ठा बड़ा मस्त था। मुझे देखते ही खूँटे से खुलने के लिए मचलने लगता था। और जो मैं उसे खोलकर चुपचाप खड़ा हो जाऊँ, तो अपने मस्तक से मुझे ढकेल-ढकेलकर दौड़ने के लिए बाध्य करता था। बछड़े के साथ अपनी रेस के वे क्षण मुझे अब भी याद आते हैं। गाय की ममताभरी आँखें स्मृति की खिड़कियों से अब भी वैसी ही सजीव होकर झाँक रही हैं। पुजारी बाबा ने न जाने कितने श्लोक और दोहे मुझे रटा दिये थे। पूरी हनुमान चालीसा और रामायण की अनेक चौपाइयाँ मुखस्थ हो गई थीं। दिन भर बगीचे में माली के साथ उसके काम में हाथ बँटाता डोलता। बाबा लेटते तो उनके पैरों पर मुक्कियाँ लगाता। पशु-पक्षियों की बोलियों की नकलें करता...... क्या मस्ती भरा जीवन था! घर में मुझे दो-चार दिन भी रहना खल जाता था। चचेरे-भाई-बहन, पास-पड़ोस के बच्चे ये सब मुझे अपने बछड़े दोस्त के सामने नक़ली मालूम देते थे। किसी में वो प्यार नहीं। घर में, गली में काँव-काँव-काँव। मुझे अच्छी तरह से याद है, घर में दो-चार दिन रहने के बाद ही मैं अपने बाबा के पास जाने के लिए हठ करने लगता था। अपने बचपन के वे शान्त, एकान्त, आनन्दमग्न दिन फिर मुझे कभी नहीं मिले। एक बात यह भी अच्छी तरह से याद है, कि पढ़ने-लिखने से मैंने एक दिन के लिए भी कभी जी नहीं चुराया। इसके लिए अपने बाबा के प्रति मन में इस क्षण तक कृतज्ञता का अनुभव कर रहा हूँ। उन्हीं के कारण पढ़ाई-लिखाई मेरे लिए कभी जूजू-हौआ न बन सकी। काम सदा खेल के समान ही लगा। लेकिन इधर दो-ढाई वर्षों से वही प्रवृत्ति मेरे अन्दर से चली गयी है। मुझे अब कुछ भी करना अच्छा नहीं लगता है......'कहिबो न कछू करिबो न कछू...... मरिबो ही रह्यो है।' लगता है सारा जीवन खोखला हो गया, न कुछ दिया न लिया। ये सैंतीस-अड़तीस छोटी-बड़ी किताबें जिन्हें मैंने पूरी निष्ठा और तन्मयता के साथ रचा, अब मुझे बेकार का श्रम मालूम पड़ती हैं। जीवन भर देश-प्रेम, मानवता, सत्य न्याय और ईमानदारी को ही भला समझता और समझाता रहा, पर अब ये सब बातें निस्सार लगती हैं। इनसे न तो वह संसार ही बदला, जिसे बदलने की भावना से मेरे मन में सदा उथल-पुथल मचाकर नये से नये विचार और कल्पनाएँ स्वतः स्फूर्त होती रहीं और न मुझे सुख ही मिला। लड़के-बच्चों को पढ़ाया तो अवश्य पर बड़ी साँसत में!

मुझे याद है बड़ा लड़का विनय स्कूल जाता था—नंगे पैरों। छः महीनों तक मैं उसे जूता-चप्पल न दिला सका। हाँ, उसके स्वाभिमान में कमी न आए, इसलिए उसे बड़े जोशीले उपदेश दिया करता था। आन्दोलन का ज़माना था, इसलिए बड़कू मेरी बातों से बँधा रह सका। हाई-स्कूल पास करने के बाद ही वह ट्यूशन करते हुए स्वावलंबी बना। मेरे बाबा के बनवाये हुए चार दूकानों वाले एक मकान से तीस रुपये की बँधी हुई

आमदनी आती थी। केवल उसी आधार पर अपने परिवार को छोड़कर मैं जेल चला जाता था······ ठीक करें। क्या सुख पाया, क्या सुख दिया? जो आज़ादी मिली भी वह मेरे काम की सिद्ध न हुई। मैं उँगली उठाकर खुद अपनी गली, आस-पास के चार-छः मुहल्लों और नगर के ऐसे कई लोगों को बतला सकता हूँ, जो सन् उन्नीस सौ बयालीस तक आभ्यन्तर अंग्रेज-भक्त या कायर दुमदब्बू थे, वे आज देश-भक्त हैं और मुझे कम्युनिस्ट और नास्तिक तक कहने लायक गज़ भर की ज़बान रखते हैं। ज़माना उनका है।······

मन उदास था। उदासी भी शराब के नशे सी फुरक-फुरक चढ़ने वाली नहीं, मुर्दनी की सी उदासी थी। उमेश के घर से जाने का धक्का मुझ थके हुए को और थका गया। मन सुन्न हो गया। लेकिन जिसको हम सुन्न या शून्य कहते हैं, वह क्या दरअस्ल सूना या खाली होता है?

इस उदासी और मुर्दनी में मन कुछ खोजता है। खुली दृष्टि के आगे से प्रकाश और बहिर्जगत् का पूर्ण लोप हो जाता है—धूल-धुआँसा श्याम वर्ण, न रात न दिन, चारों पहर की-सी सूनी कान्ति मेरी आँखों के आगे दमक रही है······घुटन और उसकी प्रतिक्रिया में अमूर्त का मूर्त होना······एक पालदार नाव तैरती हुई, झलकती-ओझलाती, फिर झलकती मेरे दृष्टि-तट की ओर बढ़ रही है······हेमिंग्वे का 'बूढ़ा मछेरा और समुद्र'······ ध्यान का 'शून्य' जादू-सा आलोप! मेरी बहिर्चेतना में अब उक्त उपन्यास का नायक बूढ़ा मछेरा स्पष्ट रूप से विद्यमान था।

······वह बूढ़ा मछेरा जिसे चौरासी दिन लगातार श्रम करने के बाद भी तक़दीर ने एक मछली का शिकार तक न दिया; जो दूसरे जवान सफल मछेरों के बीच अभागेपन का प्रतीक है, हँसी और हिक़ारत का पात्र है; जिसकी नाव झँझरी है; जिसके पैबन्द टँके पुराने पाल 'स्थायी पराजय के झण्डे' की तरह फरफरा रहे हैं; जिसके एकमात्र शुभचिन्तक साथी और शिष्य को उसके माँ-बाप ने गुरु के अभागेपन से बचाये रखने के लिए दूसरी भाग्यशाली नाव पर नियुक्त करा दिया है······बूढ़ा मछेरा बाहरी परिस्थितियों से हर तरह टूटा और हारा, लेकिन अपने भीतर से न वह टूटा है, न हारा है। वह अपने अगले दिन की लड़ंत के नक्शे बनाता है। अस्सी-बयासी बरस का जराजीर्ण, अकेला अभागा मछेरा किस सहज दृढ़ता के साथ कुण्ठा के दिग्भ्रमित, अथाह और तूफानी सागर से अपने क्षत-विक्षत भीमकाय भाग्य शिकार को खींचकर किनारे लाता है। हाथ लहू-लुहान है, शरीर चूर-चूर है, मगर काम चौकस पूरा करता है; नाव को किनारे पर बाँधना, डाँड़ों और कड़ों को अपनी झोपड़ी तक उठा कर लाना और फिर सोना।······वाह री विजय भरी नींद! शाबास हेमिंग्वे! सलाम हेमिंग्वे!

मैं सावधान होकर बैठ गया। स्फूर्ति ने सारी मानसिक गिरावट चमत्कारी रूप से सम्हाल ली। अपनी मेज के पास पहुँच गया। दराज़ से सादे काग़ज़ निकाले।······बूढ़ा मछेरा अपने काम के कड़े-काँटे-हार्पून सम्हाल रहा है। बूढ़ा लेखक अपने काम पर जम रहा है······हाशिये के लिए काग़ज़ मोड़ते हुए मैं अपने-आपको बूढ़े मछेरे के मनोबिम्ब से

प्रेरित कर रहा हूँ। मछेरे के शून्य आकार में मेरी कल्पना अर्नेस्ट हेमिंग्वे की छवि प्रतिबिंबित करके देख रही है; बस, शरीर ज़रा और दुबला, बूढ़ा और झुर्रियोंदार। कल्पना में मछेरा, अर्नेस्ट हेमिंग्वे, मशीनी ताक़त और तेज़ी से तूफानी लहरों को अपनी नाव से चीरता हुआ मेरे कलेजे की ओर बढ़ा चला आ रहा है······दौड़ने और उड़ने की तैयारी में गमति हुए हवाई जहाज के पंखों की गूँज······बैण्ड बाजे, बैग पाइप, झय्यम-झय्यम, शहनाई और भीड़ की सम्मिलित गूँज कान के भीतर पर्दे में सुरसुरी सी उठ रही है। अपार्थिवता पार्थिव होने लगी, अव्यक्त व्यक्त होने लगा, मैं बरात का दृश्य लिखने जा रहा हूँ। उस दृश्य के साथ मेरे पास ही दुकान के पास साइकिलें लिये दो युवक पैसे वालों की शान और अपनी परेशानियों पर झुँझलाते हुए······बस, इन्हीं दो नवयुवकों को लेकर उपन्यास का श्रीगणेश करूँगा? इन दोनों में से एक को भंगड़ पाधा का बेटा बनाऊँगा ······भंगड़ पाधा मेरे पड़ोसी। उनके नाम से ही हँसी आ गई······और प्लॉट? नहीं, अभी प्लॉट आदि की चिन्ता में न पड़ूँगा। मेरे जीवन भर के अनुभव-सिद्ध औपन्यासिक संस्कारों को इन नवयुवक पात्रों के सहारे अपने-आप युग-कथा में प्रवेश पाने दो।······फाउन्टेनपेन खुल रहा है, सहालग की सारी धूमधाम भरी चिंताएँ देखे, सुने और समझे हुए वातावरण से यों उमड़ रही हैं, जैसे मधु-मक्खियाँ अपने छत्ते के इर्द-गिर्द भनभना रही हों। सहालग के दिन हैं······मुझे उस वर्ष की सहालग का ध्यान आ रहा है, जब मेरी अरुणा का ब्याह हुआ था। बरातियों और समधियों से प्राप्त अपमानों के तीर स्मृति के तरकस से निकल और कार्य-संकल्प के धनुष से छूटकर मेरी कल्पना में बिंध गए। स्फूर्ति ने शब्दों का रूप ले लिया—उपन्यास चल पड़ा।

●

:: १ ::

सहालग के दिन हैं। गर्मी का मौसम। बेटी वालों के लिए बावले दिन आए हैं। जनवासे नहीं मिल रहे। बरफ़, फूल, फल, तरकारियों के भाव आसमान को छूने लगे हैं। मोटरें जहाँ-तहाँ बुक हो चुकीं; रईसों की घोड़ियों के लिए मँगौवे आ चुके, वादे हो चुके और अब इक्के-ताँगे वालों की खुशामद में लोग-बाग़ दौड़ रहे हैं। बिजली वालों के नखरे मिनिस्टरों के जल्वों की तरह रौनक़ अफ़रोज़ हैं। टहलुये, कहार-मजूर तक खाना और दो रुपया रोज़ माँग रहे हैं। हलवाई-दर्जियों के पास दौड़-दौड़ के जाओ और यही सुनने को मिलता है कि अभी आठ रोज़ फ़ुर्सत नहीं और पन्द्रह रोज़ फ़ुरसत नहीं। पत्तलें क्या हो गईं, अपने हिसाब पान की ढोली हो गईं, पौने दो, दो रुपये सैकड़े से कम मिलती ही नहीं। कुल्हड़-सकोरे भी मानो अब राकेट पर चन्द्रलोक भेजे जाने लगे हैं, उनके भी भाव ऊँचे चढ़ गये हैं। शहर की गली-गली में मीठे से मीठे फ़िल्मी गानों के रेकार्ड लाउड-स्पीकरों की चें-चें, भों-भों और घरघराहट के साथ चिंग्घाड़ते हुए सुनाने वालों के कानों के परदे फाड़ रहे हैं। फटे-चुँथे तम्बू-कनातों तक के किराए बढ़ गये हैं। हर शाम को सड़कों

पर हाहाकार बैण्ड, झय्यम-झय्यम बाजे, मशक बाजे और शहनाइयों की शोर की परतें दर परतें चढ़ने लगीं। काग़ज़ के कलात्मक हंसों-मोरों या घोड़ों की सजावट से सजकर बिजली के नन्हें-मुन्ने रंगीन बल्बों से जगमगाती मोटरों पर काले, गोरे, दुबले, मोटे, भिंगे, टिपंखे, फबीले, अकड़ू, शरमीले, मूँछ-दाढ़ी वाले, सफाचट चेहरों के दुलहे, ढाई दिन के बादशाह बने, अपने बाप-ससुरों की हैसियतें जतलाने लगे। सहालग क्या आई, गोया राह-चलतों को तरह-तरह के तमाशों का बहाना मिल गया। दुलहों को देख-देखकर यार लोग फ़बतियाँ कसते, 'अच्छा है। अमा लौंडा है। क्या मुछक्कड़ है। ये देखो, दुल्हऊ राम हैं तो बुहारी की सींक से भी पतले, मगर तलवार यों कन्धे पर रक्खे हैं कि मानो राणा सांगा ही चले आ रहे हों।'.......

पुत्ती गुरू की लड़की का ब्याह है। फ़र्रुखाबाद से बरात आयेगी। तेरस का ब्याह है और आज तीज हो गयी, मगर अभी तक कोई भी जतन-जुगाड़ नहीं हो पाया। उनका लड़का रमेश अपने मित्र लच्छू के साथ साइकिल पर तीन चौथाई शहर नापकर निराश लौट रहा है, कहीं भी बरतनों का प्रबन्ध न हो सका। खत्री भण्डार के लिए लाला लल्लूमल से सिफारिशी चिट्ठी लिखवाई, अग्रवाल भण्डार के बरतनों के वास्ते लाला बरातीलाल की खुशामद की, सारस्वत, गौड़, कान्यकुब्ज, नागर सभी जातियों के अपने-अपने पंचायती बरतन-भण्डार हैं। पहुँच होने और आवश्यकता पड़ने पर ब्याह, बरातों के सबको ही बरतन मिल जाते हैं मगर रमेश अपनी बहन के विवाह के लिए कहीं से भी एक गिलसिया तक न पा सका। छुटपुटे समय लच्छू, रमेश दोनों थके-थकाए लौट रहे थे, सामने से एक बरात आ रही थी, मोटर पर काग़ज़ का हंस इस तरह सजाया गया था कि मोटर दिखाई नहीं पड़ रही थी। बड़ी भीड़-भाड़, तरह-तरह के बाजे, पी०ए०सी० बैण्ड, बैग पाइप, हाहाकार बैण्ड, शहनाई, हरी-पीली झण्डियाँ, हाथी-घोड़े और मोटरें, बड़ी भारी बरात निकल रही थी। पूरा रास्ता घिर गया था। दोनों मित्र साइकिल से उतर पड़े। बरात का जुलूस गुजर रहा था। इतनी झय्यम-झय्यम देखकर रमेश का मन ईर्ष्या के कोठे पर चढ़ गया, काश कि वह भी अपनी बहिन का विवाह ऐसी ही धूमधाम से कर पाता। वर की मोटर सामने से गुजरी, काला भुजंग मोटा शरीर और उमर भी तीस-पैंतीस से कम नहीं। उसकी अकड़ देखकर रमेश को हँसी आ गई, बोला : "देखो साले को, गोबर का पुतला है, मगर अकड़ क्या मार्के की है?"

लच्छू बोला : "दुहाजू है, दुहाजू।"

भीड़ में खड़े एक लालाजी बोले : "दुहाजू तो है ही पर बहोत बड़े खान्दान का है। इनके मुनीम तक मोटरों पर चढ़ते हैं बाबूजी। लोहे का व्योपार है—इनके यहाँ। लाला झम्मनलाल ऐसा घर नहीं पा सकते थे अपनी लड़की के लिए। उनकी हैसियत इन लोगों के मुकाबले में कुछ भी नहीं।"

रमेश बोला : "झम्मनलाल कम से कम पाँच-छः लाख के आसामी तो होंगे ही।"

"अरे, पर इनकी हैसियत साठ-सत्तर लाख की है। कोई मुकाबला है दोनों का! ये कहो कि इन लोगों को लड़की नहीं मिल रही थी तबियत की अपने मारवाड़ियों में, सो जयपुर से यहाँ आए।"

"आए होंगे स्साले", रमेश ने चिड़चिड़ाकर बात को पूर्ण-विराम लगाया और अपनी साइकिल आगे बढ़ाते हुए लच्छू से बोला: "इ कैपीटलिस्टों के कम्पिटीशन में हम जैसों की मट्टी-पलीद हो गई है। इतना खर्च बढ़ गया है कि समझ में नहीं आता इज्जत कैसे बचेगी।"

बरात का जुलूस आगे बढ़ चुका था। सड़क बाज़ार का औसत प्रकाश गैस के हण्डों की भीड़ गुज़र जाने के बाद अब मद्धिम-मद्धिम लग रहा था और लगभग आधी फर्लांग दूर पर सामने ही गैस के हण्डों की एक और पंक्ति नज़र आ रही थी। उसे देखकर लच्छू बोला: "कितनी शादियाँ हो रही हैं आज के दिन। ढाई मील के रास्ते में बस बरातें ही बरातें देखते चले आए हम लोग।"

"जलन हो रही है क्यों बे?" रमेश ने मुस्कराकर पूछा।

"नहीं, बल्कि फिकिर कर रहा था कि तुम्हारे लिए इस सहालग के बाद कोई लड़की बचेगी भी कि नहीं?"

"अमाँ मेरी चिन्ता छोड़ो। यहाँ तो अभी अपनी और राजू की पढ़ाई का प्रश्न है, पन्नों की भी पढ़ाई का प्रश्न है, फिर उसके विवाह की चिन्ता है—इन्हीं सब चिन्ताओं में बुढ़ापा आ जायेगा यार। और अभी तो सबसे पहिले बरतनों की चिन्ता है, कहाँ से आयेंगे?"

"अमाँ आ जायँगे बरतन।" लच्छू जेब से सिगरेट का पैकेट निकालते हुए बोला— "सरोज का ब्याह होना ही है, तब बरतन-भांडे, अनवासे-जनवासे का भी कुछ न कुछ प्रबन्ध होकर ही रहेगा। लो, सिगरेट पियो।"

सिगरेटें सुलगाकर दोनों मित्र आगे बढ़े। लच्छू ने बात की अगली कड़ी जोड़ते हुए कहा: "जनवासा तो हम लोग अपने संघ में दे देंगे—"

"मगर उसमें पचास आदमियों को ठहराने की जगह ही कहाँ है?"

"अमाँ जगह क्यों नहीं है। औरतें तो आएँगी नहीं बरात में। पचास आदमियों के लिए इतनी बड़ी बारादरी कम नहीं है। बगल वाली कोठरी में समधी साहब अपना रखना-ढकना कर लेंगे। सोने के लिए इतना बड़ा मैदान पड़ा है।"

रमेश सिगरेट का एक कश खींचकर बोला: "अमाँ तुम अपनी सोच रहे हो, वहाँ से सरोज के फ़ादर इनलॉ का चार पन्नों का लेटर आया है अंग्रेजी में। लिखा है कि हमारे साथ बरात में बड़े-बड़े सेठ और अफ़सर लोग आ रहे हैं, सो हर एक के लिए पंखों का

इन्तज़ाम हो, निवाड़ के पलँग हों, अगर अधिक नहीं तो कम से कम एक दर्जन नाऊ रात में पैर दबाने के लिए इंगेज कर लिए जायँ······तुम्हीं बताओ बारादरी में ये सब प्रबन्ध कैसे हो सकेगा?''

लच्छू बोला: ''क्या तुम सचमुच इतना प्रबन्ध करने की सोचते हो रमेश? कर सकोगे? निवाड़ के पलँग इस समय अठन्नी-बारह आने रोज़ से कम किराए पर नहीं मिल रहे हैं, पचास पंखे भी मिलना दूभर है। और फिर कौन वो बड़े लाट साहब हैं जी, अरे रेल गोदाम के बड़े बाबू ही हैं न। जिन सेठों और अफ़सरों का जिक्र वो कर रहे हैं, वे सबके सब चरकटे होंगे, उन्हीं की हैसियत वाले।''

''अरे यार, कैसी भी हैसियत हो, मगर हमसे लाख दर्जे बेहतर हैं। दोनों बाप-बेटों को मिलाकर ऊपर की आमदनी हीं पाँच-छह सौ रुपयों की होती है, तनख़्वाह से कोई मतलब नहीं।''

''अमाँ होती होगी, जो हमारी हैसियत है, हम उसी के हिसाब से चलेंगे। बरातियों सालों के नखरे हमने खूब देखे हैं: मैंने तय कर लिया है, जनवासे का इन्तज़ाम संघवाली बारादरी में ही करूँगा। जब कोई जगह मिलती ही नहीं तो 'ताजमहल होटल' कहाँ से लाएँगे हम उनके लिए।''

''अरे यार, तुम समझते नहीं हो, सरोज के ससुर हमारे फ़ादर से भी ज़ादा तगड़ा गोला छानते हैं। ज़रा भी मन माफ़िक काम न हुआ तो वे सचमुच ही खड़ा खेल फरक्काबादी दिखला देंगे। मैं तो सच मानना लच्छू, बेहद नरवस हो रहा हूँ। इधर बाबू के मिजाज ठिकाने नहीं, उधर समधी साहब का ये हाल है। अम्मा हमारे आगे रोती हैं और हम किसके आगे जायँ ये समझ में नहीं आता।''

''तू मेरे आगे रो बेटा।''

रमेश ने हँस कर उत्तर दिया: ''हाँ-हाँ—अन्धे के आगे रोए और अपने नैन खोए। तुम तो वह इलाज बतला रहे हो कि समधी बरात ही लौटा ले जायँगे।''

''ऐसी की तैसी उनकी, बरात लौटा के ले जाना कोई हँसी-खेल है। हम 'बेस्ट' इन्तज़ाम करेंगे, मगर जो अपनी हैसियत में होगा, वही करेंगे। दो पैडेस्टल पंखे दूँगा और एक टेबुल-फैन समधी की कोठरी में दूँगा। पचास खटियाँ मैदान में डलवाऊँगा और बारादरी में दरी-चाँदनी बिछवाऊँगा। इसके बाद भी बकबक करेंगे तो देख लूँगा। अब जनवासे की चिन्ता मेरे आगे रिपीट मत करना रमेश, बस खाली बरतनों की समस्या और रह गई है, सो उसके लिए······उसके लिए······उसके लिए भी—ब्रेनवेव आ गई।''

''क्या?''

''अब ये न पूछो, पहले आध पाव मलाई खरीद लेने दो।''

''किसके लिए?''

''बसन्तू हलवाई की—''

"वाह पट्ठे, क्या स्कीम भिड़ाई है। तो पटाओगे किसको? ललाइन को कि लाला को?"

"लाला भला कहीं पट सकते हैं। जैसे पाताल के देव की जान हीरामन तोते में बसती थी, वैसे ही बसन्तूमल की जान अपनी हलवाइन में है। आओ चलो, आज ही पटा लें उसको। अगर बात बन गई तो बहुत सी मुश्किलें एक साथ ही हल हो जायँगी पट्ठे।"

:: २ ::

लाला बसन्तूमल हलवाई ने कुछ बरस पहले एक बरतन वाले की दूकान कुड़क कराई थी। बाद में अपने मनचीते दामों पर चूँकि वे सौदा न कर सके, इसलिए माल उनके घर में ही रह गया। उनके पत्नी नहीं, कोई आल-औलाद नहीं। विधवा भावज बड़ी तबीयतदार हैं इनके और अपने बुढ़ापे को सदा चंग पर चढ़ाए रखती हैं। लाला के यहाँ कई मकानों और दुकानों का किराया आता है। अपना हलवाई-पेशा वर्षों से प्रायः बन्द सा ही करके उसी दुकान में लेन-देन का काम करते हैं। अच्छी आमदनी है। लाला यों हर तरह से बड़े मक्खीचूस हैं, पर अपने और अपनी प्रेमिका भौजी के ऊपर लागत लगाने में उन्हें हौसला आता है। घर में डेढ़ हज़ार रुपये का कूलर लगा रक्खा है। अच्छे से अच्छा फ़र्नीचर, तस्वीरें, बड़े-बड़े आईने, बड़ा भारी रेडियोग्राम, उनके घर में क्या नहीं है! हर कमरे में सामान ही सामान अटा पड़ा है, भले ही वह तरतीब से न सजा हो और मकान के सब कमरे बजाय कमरों के गोदाम लगते हों। लाला की भौजी और तो किसी के घर आती-जाती नहीं, पर सिनेमा हफ्ते में दो-तीन बार अवश्य देखती हैं। सिनेमा के दृश्यों में जो सामान उन्हें पसन्द आ जाता है, उन्हें ही ला देने की फ़रमाइश वह कर बैठती हैं। लाला-भौजी की जोड़ी परम विख्यात है। शाम को बुड्ढे-बुढ़िया दोनों जने अफ़ीम का अमल करते हैं और अपनी ज़बान को तरह-तरह से चटोरी बनाते हैं।

लच्छू और रमेश जब लाला बसन्तूमल की नयी हवेली पर पहुँचे, तब ललाइन ऊपर की छत पर बैठी बरफ में रखे खरबूजे काट-काटकर उदरस्थ कर रही थीं। लाला कानपुर गए हुए थे। लच्छू को नौकर ने ललाइन से मिलने का अवसर न देना चाहा, मगर लच्छू कब मानने वाला था। नीचे से ही "दादी-दादी" की गोहार लगाई। ललाइन इस शब्द से ही हुलस उठीं, ऊपर से चिल्लाईं "अरे, कौन है?"

"हम हैं दादी, लच्छू।"

"अरे, कौन लच्छू?"

"बाबू सतनारायन के लड़के। औ' पुत्ती गुरू के लड़के भी आए हैं।"

"अरे, तो ऊपर चले आव बेटा, तुमरे लिए कोई रोक-टोक है भला।"

लच्छू और रमेश छत पर पहुँच गये। दादी अपनी चारपाई के नीचे चटाई बिछाकर दाहिनी ओर खरबूजों का डला और बाईं ओर बीज डालने के लिए हँड़िया तथा छिलके

रखने के लिए एक थाली रखकर बैठी हुई अफ़ीम के अमल में प्रेम से एक के बाद दूसरा खरबूजा खाती चली जा रही थीं। लच्छू ने लपककर उनके पैर छुए; रमेश के ब्राह्मणत्व को एक बार तो संकोच हुआ, पर गरज बावली के आगे मन के बन्धन टूट गए और उसने भी लच्छू के बाद ही दादी के घुटने छूकर प्रणाम किया। बुढ़िया मन से गद्‌गद होकर भी बाहरी तौर पर हड़बड़ा उठी, बोली : "अरे-अरे ई का करत हौ भैया, गुरु बाँभन हुइके—"

"अरे ब्राह्मन होने से क्या होता है—दादी हौ तुम हम लोगों की। हमरा हक हैगा।" लच्छू ने सामने बैठकर मलाई के दोनों चप्पन सामने रख दिये। दादी की आत्मा खिल उठी। लच्छू ने फिर पूछा : "बसन्तू बाबा कानपुर कब गए दादी ?"

अपने अवैध रिश्ते के कारण और अपनी ससुराल के पुराने पेशे के लगाव से लाला बसन्तूमल और उनकी भौजी महल्ले के सम्पन्न प्रतिष्ठितों के समाज में अपने लिए सदा से एक कटाव महसूस करते आये हैं। बिरादरी से अलग हैं। महरी-प्रजाजन और प्रेमी देवर मात्र ही उन्हें पूछते हैं—और कोई नहीं। उम्र भर कसी रहने के बाद अब कहीं अपने दबे हौसलों से हारती भी हैं। लाला ननद के पोते के ब्याह में इतने बरसों बिरादरी से अलग रहने के बाद भी बुलाये गये, बस वही न पूछी गयीं। मन सुबह ही से बड़े अलमस्त स्वभाव के बावजूद खिन्न था। पास-पड़ोस के लड़के आये, दादी कहकर पुकारा, पैर छुए, इससे मन मगन हो गया। बोलीं : "अरे उनकी बहिन के पोते का बियाव है आज, सबेरे ही चले गए। कल अइहैं कौनो बखत, कोई काम हैगा बेटा।"

"ना—हीं, ऐसे कोई खास काम नहीं रहा उनसे। हम तो सच्ची पूछो अपनी दादी के पास आए हैं इत्ती बखत। राधे के यहाँ गए थे दूध पीने सो वो बोला कि भैया मलाई बहुत अच्छी बनी है। हमें खट से तुम्हारा ध्यान आ गया कि हमरी दादी को मलाई बहोत पसन्द है, सो हमारे मन में आई कि लाओ उनके और बाबा के लिए ले चलें।" दादी का मन चिकना हो गया, गद्‌गद स्वर में बोलीं : "जीते रहो बच्चा, तुम लोग हमाए घर आये, यही हमें बहुत-बहुत लगा। लेव खरबूजे खाव। ठैरो अभी थाली मँगाइत है, काट-काट के खिलावैंगे तुम दोनों को।"

"नईं दादी, इस बखत तो बड़े झंझट में हैं। इनकी बहिन, पुत्ती गुरू की बिटिया का ब्याह है।"

"किसका ? पन्नो का कि मन्नो का ?"

लच्छू रमेश की ओर आँखें चमकाकर बोला : "देखा ? दादी हमारी कहीं आती-जाती न होयँ पर ख़बर सब रखती हैं। मन्नो का ब्याह है दादी, फ़र्रुख़ाबाद से बरात आ रही है।" रमेश बोला।

"चलो अच्छा है। लड़का क्या करत हैगा ?"

"पार्सल बाबू है दादी, उसके बाप भी रेल गोदाम के ही बड़े बाबू हैं।"

"तब तो अच्छा है, ऊपर की अच्छी आमदनी हुइहै। मन्नो हमरी सुख माँ जइहैं, चलौ अच्छा है।"

"अरे सुख तौ बाद में उपजैगा दादी, अभी तो जान साँसत में है। ये हमारे दोस रमेश, पुत्ती गुरू के लड़के, अभी पक्के पुल से गोमती में फाँदे पड़ रहे थे।

"काहे-काहे बेटा? राम-राम, हाय ऐसा कबी न करियो।"

"यही तो मैं इन्हें घण्टा भर से समझा रहा था दादी कि तुम जो अपनी बरमहत्या करौगे तो हम सारे महल्ले वालों को नरक में जाना पड़ेगा।'

"ई तो है ही बेटा, अरे बाम्हन का रोयाँ दुखैगा तो धरती हिल उठैगी। काहे ई नादानी की बच्चा? हाय, तुम्हारे महतारी-बाप के ऊपर कैसा गजब पड़ जाता ई बखत, राम-राम।"

"हाँ दादी, गजब तो बहुत होता, पर ये भी बिचारा क्या करे, दुखी है। गरीब आदमी, बाम्हन बिचारा, न अभी तक जनवासा मिला है न बरतन मिले हैं, कुछ भी तो नहीं ठीक-ठाक हो पाया। नदी में न डूबे तो बिचारे की इज्जत कैसे बचे। मैं इन्हें समझा के लाया हूँ कि चलके दादी से बात कर लो पहले। अगर वो मदद नहीं करेंगी तो हम दोनों ही आकर गोमती में डूब मरेंगे।"

दादी अस्त-व्यस्त हो उठीं, बोलीं: "क्या मदद चाहिए बेटा। अरे बाम्हन के लिए तो हमरी जान तक हाजिर है। क्या बात भई।"

फिर तो बातों-बातों में दादी ऐसी पटीं कि बरतन-भांडे, दरी-कालीनों और यहाँ तक कि अपने नौकरों-चाकरों को भी सेवार्थ अर्पित कर दिया। बस, एक शर्त रक्खी: "ब्याह में मैं आऊँगी, मेरी कोई बेइज्जती नहीं करेगा।"

रमेश इस अप्रत्याशित सहारे से, एक दीर्घ चिन्ता और थकन जादू की तरह सहसा उतर जाने से भावस्तब्ध हो गया था। दादी की शर्त सुनते ही गद्‌गद वाणी में सहसा पूर्ण उत्तेजना भरने के प्रयास में हकलाते हुए बोला: "अ-अगर कोई आपका अ-अपमान करेगा तो मैं उसी दम घ-घ-घर त्याग दूँगा।"

"नईं भैया, तब मैं नहीं आऊँगी। मैं ये कलंक नहीं लेऊँगी कि ब्राह्मण का बेटा मेरे कारन घर से लड़ के निकल गया।" दादी का सारा उत्साह सिमटकर खरबूजों के साथ ही साथ बरफ की पेटी में लौटने लगा। लच्छू बोला: "इसका मतलब तो ये है दादी, न आपका अपमान हो सकता है और न कभी इनका घर छूट सकता है। औ' हमारी समझ में ही नहीं आता दादी कि अपने ही घर-महल्ले में तुम्हारा अपमान कौन कर सकता है। और फिर तुमने पाप ही कहाँ किया है। अरे, देवर माने दूसरा वर। सब शास्त्रों का प्रमाण दिलवा सकते हैं हम लोग। संस्कृत और अँगरेजी तक से ये सिद्ध कर सकते हैं कि आप सती हैं, आपने शुद्ध सनातन धरम का मारग अपनाया है। आखिर हम लोग एम०ए० में पढ़ते हैंगे दादी, एम०ए० में।"

अफ़ीम के अमल में दादी को अपना महत्त्व बहुत ऊँचा उठता अनुभव हुआ, संतुष्ट होकर बोलीं: "अच्छा, अब हम सोयेंगे। चार बड़ी दुइ छोटी परातैं, पचास थाली, सौ कटोरियाँ और पचास कलई के गिलास हमरे के हिंयन से मँगाय लेना। औ' दुइ बड़े हण्डे भी देंगे, दुइ दरी, एक चाँदनी एक गलीचा भी देंगे। औ' जो देंगे सो गिनाय के वापिस लेंगे। इसमें कोई मेल-मुलाहिजा नाहीं चलैगा! औ' हम आवैंगे, जो हमरा जिउ परसन भया तौ कन्यादान में जो हमरी मर्जी में आवैगा सो देंगे।"

दादी की हर बात में हाँजी-हाँजी करके दोनों मित्र जब बाहर आये तो बड़े प्रसन्न थे।

●

:: ३ ::

रात में रमेश जब घर पहुँचा तब पुत्ती गुरू बीच वाले ख़न में ज़ोर-ज़ोर से ग़रमा रहे थे: "मैं तो ससुर काम करते-करते मरा जा रहा हूँ और यहाँ कोई सुनवाई नहीं। आठ दिन बरात आने को रह गए हैं। छः बार रमेश से कहा होगा कि भैया सेर भर भाँग लायके रख देव, ठण्डाई, मिर्च-मसाला लै आव। हमारे समधी साहब अपने घर में दो-ढाई रुपये रोज़ की छानते हैं, फिर यहाँ बेटा ब्याहने आ रहे हैं। बस यही ज़रा-ज़रा सी बातें होती हैंगी, जिनमें समधी-बराती का मन बिगड़ जाता हैगा। कल को मैं रमेश की बरात लैके जाऊँ और भाँग-ठण्डाई का इन्तजाम चौकस न होय तो मुझे कैसा क्रोध चढ़ैगा, ई नहीं सोचते हैंगे ई लड़के औ' न तुम कुछ सोचती हो।"

"हाँ-हाँ, अब हमैं यही सब सोचने को रह गया है न। औ' रमेश बिचरऊ कहाँ तक दौड़ें।"

"वो कहाँ दौड़ रहा है, दिन भर मटरगस्ती करता रहता है। उसे अब करने को रहा ही क्या है। सब कुछ तो मैंने कर लिया है।"

"क्या कर लिया है तुमने, ज़रा बताओ तो सही। जनवासा ठीक करने को कहा सो ऊ न कर सके, न चिट्ठियाँ छपाय कर लाए, न गरममसाला लाए, बस भाँग लैके बैठ गए और कुछ करत-धरत न बना। सब कुछ हमरा रमेस ही कर रहा हैगा बिचारा।"

पुत्ती गुरू ताव खा गए। पान लगाते-लगाते एकाएक खड़े हो गये, बोले: "क्या किया तुमरे रमेस ने, बोलौ। ससुर जब देखौ तब अपने लड़कन का पच्छ। सारे खोट मेरे ही हैंगे। राँड को इस बात का भी होस नहीं कि मैं न होता तो ये लौंडे ससुरे कहाँ से आते।"

"ख़बरदार जो गाली दी हमैं, कहे देती हूँ।" रमेश तब तक ऊपर पहुँच चुका था। उसे देखते ही पुत्ती गुरू और भड़के—हाथ बढ़ाकर बोले: "ये आए तुमरे लाड़ले। कौन सा सनीमा देख के आय रहे हैंगे बाबू साहब।"

रमेश ने पिता की बात का कोई उत्तर न देकर अपनी बहिन से कहा "मुझे जरा ठण्डा पानी तो पिला दे बहिना। न हो तो कुएँ का ही खींच ले। अम्माँ, जनवासे और

बरतनों का इन्तजाम कर लिया, दरी-कालीनें हो गईं। कार्ड छप रहे हैं, कल सबेरे दस बजे तक मिल जायँगे और अब तुम किसी तरह की फ़िकर मत करना।"

अम्मा सुनकर सन्तुष्ट हुईं, पूछा : "जनवासा कहाँ देओगे बेटा ?"

"अपने संघ की बारहदरी में।"

पुत्ती गुरू के माथे पर बल पड़े, आँखें चमकीं, बोले : 'कहाँ ? केशोराय की बारादरी में ? ससुर खँडहरे में मेरे समधी ठहरेंगे।"

"जी हाँ, वहीं ठहरेंगे।"

"मैं नहीं ठहराऊँगा अपनी बिटिया की बारात वहाँ।"

रमेश को ताव तो आया, मगर उसे रोककर बोला : "फ़िलहाल तो यही तय है बाबू। आगे कोई अच्छी जगह आपको मिल जाय तो बतला दीजिएगा, वहीं टिका देंगे।"

"हाँ-हाँ सो तो टिकाना ही है। बड़े-बड़े लखपती, बड़े-बड़े अफ़सर आ रहे हैं मेरे दरवज्जे पर और उन्हें टिकाऊँगा ससुर खँडहरे में ?"

"अरे जब तुम्हें रुप्पन का घर नहीं मिला तो ये बारादरी क्या बुरी हैगी। ऊ लोग बड़े आदमी होंगे तो अपने घर के होंगे, हमसे जौन कुछ बन पड़ेगा वही तो करैंगे।"

रमेश की माँ ने अपने पति को उत्तर दिया। सरोज पानी ले आई, रमेश पीने लगा। इतनी देर में माँ ने दूसरा प्रश्न कर दिया : "औ' बरतन पूरे मिल गए भैया ?"

"हाँ अम्मा, बसन्तू लाला हलवाई के यहाँ तय किया। चार बड़ी परातें, दो छोटी परातें, दो बड़े हण्डे, पचास कलई की थालियाँ, गिलास, कटोरियाँ, दो दरियाँ, चाँदनी-गलीचा—कल सब तुम्हारे यहाँ दिन में आ जायेगा।"

अम्माँ की आँखें प्रसन्नता से चमक उठीं, बोलीं : "बसन्तू ने खम्मनलाल की जो दुकान कुड़क कराई थी, वही बरतन होयँगे। कुछ किराया लिया बेटा ?"

"नईं अम्माँ, बल्कि बसन्तूमल की बुढ़िया तो ब्याह में हमारे यहाँ आएगी भी और कन्यादान में भी लम्बी रकम कराएगी।"

"क्या कहा; वो पाप की पोटली मेरे यहाँ आवैगी ? ये हरगिज़-हरगिज़ नहीं होयगा। जिसे उसकी बिरादरी वालों तक ने अलग कर रखा हैगा, वो मेरे यहाँ आवेगी ?"

"हाँ-हाँ आवैगी और हज़ार बार आवैगी, हमने कह दिया बस। अरे हम तो परसों हलदात् रतजग में ही उसे बुलावेंये। जो हमारी मदद करैगा, उसे हम दिलोजान से आदर देवैंगे। यही भलमनसई है। और एक बात तुम अबही से सुन लेव रमेस के बाबू, हमने जिनगी भर तुम्हाई सब सही है और सहेंगी, बाकी मेरे लड़कन-बिटियन के काम-काज के औसर पर घर में मेरा हुकुम चलेगा। तुम अपने समधी लोगन को भाँग-बूटी, अतर-पान बाँटो, ऊमें कुछ न बोलूँगी।"

पुत्ती गुरू का विजयामण्डित ब्रह्मतेज कलेजे से तो लट्ठमार मुद्रा में उठा, आँखों में उसका टेलीविज़न भी आ गया, पर अपनी ब्राह्मणी के फीके गोरे पीले, ढले मुखमण्डल

पर स्थिर गौरव तेज देखकर सहम गये। रमेश की माँ जब नई-नई गौने में आई थी, तो सास से भी एक दिन ऐसे ही अटकी थीं। कहा था, "अम्माजी मैं तुम्हारी सब सहूँगी, पर उनसे मेरी झूठी सिकैंते करके मेरी मारपीट कराउन चाहौगी तो मैं हरगिज़-हरगिज़ न सहूँगी, कुतवाली में चिट्ठी भेज के कुएँ में परान दे दूँगी।" और कर भी दिखाया था; लेने के देने पड़ गये थे। मजा ये हुआ कि बहू का एक-मुँह से मुहल्ले भर की औरतों-मर्दों ने बखान किया, पुत्ती गुरू और उनकी अम्मा को सबने पुलिस के सामने मुँह पर थुड़ी-थुड़ी किया, मगर कह-सुनकर बचा भी लिया, मामला दबा दिया गया। तब से पुत्ती गुरू की एक कोर दबती है। मन के क्रोध ने जब मनचाही गति न पाई तो खिझला के बोले: "तो क्या मैं तुम्हारा गुलाम बन के हाँजी-हाँजी बजाऊँगा?"

"तौ क्या हम सब तुमरी हाँजी-हाँजी नई बजाउत हैगे। जलम भर मरी कथा बाँचा किए कि प्रेम से भगवान् और भगत दोनों एक-दूसरे के बस में होत हैंगे और आज मुझसे पूछत हैंगे कि गुलाम बनाओगी। जाओ, अपने काम से लगौ, आजकल भभ्भड़ के दिनन में मुझसे और मेरे रमेस से न अटकना। अरे रमेस, जा बेटा नहाना-धोना होय तो जल्दी से निबट आ और खाना खा ले। सबेरे की बासी पिराउँठी ही खाके चला गया था। अरे राजेस, जा बेटा दौड़ के महरा की दुकान से बरफ ले आ भैया के लिए।"

रमेश सन्तोष और थकन भरी एक अँगड़ाई ले ऊपर गया। पुत्ती गुरू भी अपनी प्रतिष्ठा जमाने के हेतु पाव भर दूध मँगा देने का आर्डर देकर तथा दालान में पड़ा पंखा उठाकर ऊपर छत पर लेटने के लिए चल दिये। सीढ़ी भर बड़बड़ाते चढ़े: "शास्त्रकारों ने झूठ नहीं कहा, ब्राह्मणी महा कुटिला होती है। बड़े-बड़े आचार्यों तक पर शासन किया हैगा सालियों ने। होगा जी! का तव कांता कस्ते पुत्र......! छिः छिः! शम्भोहर। ......ज्ञात्वैतत्क्षणभंगुरः सपदि रे त्याज्यम् मनोदूरतः। हर! हर!......द्वारम् किमेकन्नरकस्य नारी। ससरी कहीं की, मैं आया तो मेरे लिए बरफ नहीं मँगाई। अरी पन्नो! ओ मन्नो! बरफ आवै तो पहले पानी बनाय के मुझे पिलाय जाना, सुन लिया?"

रमेश अँगौछा लपेटे, लुंगी-तौलिया लिये अपने कमरे से निकला। सीढ़ी के दरवाज़े तक पहुँचकर एकाएक पिता की ओर मुड़कर देखा। वे अपनी खटिया बिछाते हुए कुछ अस्पष्ट बड़बड़ा भी रहे थे। रमेश बोला: "रबड़ी ले आऊँ बाबू। सूखी भाँग छानते हैं, गला तड़क रहा होगा।"

पुत्ती गुरू का अन्तर चिकना गया, गद्गद स्वर से बोले: "अरे बेटा रबड़ी! हिं-हिंः मगर रहने दो, अब मैं क्या खाऊँगा, तुम लोग खाओ रबड़ी। बाकी अब तुम जोर दै रहे हो तौं छिटाँक भर मँगवाय लेओ मेरे लिए भी। ससुर पाँच-छै महीने से नहीं खाई।"

रमेश के नीचे जाते ही पुत्ती गुरू का भोला मन क्रोध त्याग कर तरावट में आ गया। बड़े संतोष से खटिया पर लेटकर वे अपने को पंखा झलने लगे।

●

:: ४ ::

ब्याह के छह दिन पहले से घर में भम्भड़ फैलने लगा। हलदात् रतजगे की रस्म हुई। पुत्ती गुरू की पत्नी अपनी सन्तानों में से एक का विवाह-कार्य आरम्भ करते हुए अपने महत्त्व से आप ही उमगी-उमगी पड़ती थीं। सगे-सम्बन्धियों की अनेक स्त्रियाँ हलदात् के लिए आयी हैं, कोई उन्हें पुत्ती की बहू, कोई चाची, कोई भाभी, कोई जिठानीजी पुकारकर उनसे कामों के आदेश लेती हैं। कहाँ क्या रखना है, क्या उठाना है, किसे देना है किससे लेना है—सब कुछ उन्हीं से पूछा जाता है। धुर बचपन से लेकर अब तक जो महत्त्व औरों का देखा, वह आज स्वयम् भोग रही हैं। हलदात् की रस्म आरम्भ हुई। गणेश नवग्रहों के सामने मन्नो को लेकर पूजन कराने बैठीं। चावल, मूँग, नमक, जौ, पिसी हुई पिट्ठी, पीढ़ा, मूसल, चक्की सब सँजोई गई। सात सुहागिनों ने चक्की में नाज पीसा, पीढ़े पर बड़ियाँ तोड़ीं। मन्दिर वाले दालान में दीवार पर गेरू पोतकर ऐपन से थापे की चीतनकारी हुई, वहाँ 'औलंग' चढ़ाई के गीत हुए, लड़की को ब्याह का कंगना बाँधा गया। दूसरे दिन से बाने के नहान पड़ने लगे। नाइन जौ पीसकर लाई, उसका उबटन बना। दही, तेल, मेंहदी, रोली, उबटन मिलाकर, दूब मौली की कूँची से सात बार लड़की के पैरों, घुटनों, कन्धों और माथे पर तेल चढ़ाया गया। स्नान हुआ, फिर कुँवारे लड़के-लड़कियों ने मन्नो के ऊपर चँदोवा ताना। चँदोवे में मन्नो की माँ ने आटे-शक्कर की बनी सात 'पुलड़ियाँ' डालीं, जिसे बाद में मन्नो ने चँदोवा तानने वाले कुँआरे लड़कों को दिया। हँसी हुई कि जो पुलड़ी खा लेगा, उसका साल भर में ब्याह हो जायेगा, फिर आरती हुई, 'मरवट' चीता गया। रोज़-रोज़ बाने के नहानों की क्रिया सम्पन्न होने लगी। फिर मामा के घर से भात आया, 'मँढे' का पूजन हुआ, रस्मों पर रस्में होने लगीं।

उँगलियों की पोरों पर दिन गिनते ही उड़ गये। कल दिन में दस बजे बरात आ जायेगी। शाम से ही जनवासा ठीक करने में आठ लड़के और दो कहार जुटे। राजा केशोराय की बारहदरी नई दुल्हन सी जगमगाने लगी। मकड़ियों के जाले साफ़ हो गये, किवाड़ों पर तेल-पानी हो गया। फ़र्श धुला सूखा, दरियाँ बिछीं, सिंगारदान की दो मेजें लगा दी गईं, बिजली के तार, बल्ब, पंखे लगे। सिगरेट, बीड़ी, मंजन, तेल की शीशियाँ, साबुन, तौलिया आदि जनवासे का कुल सामान समधी साहब के कमरे में रखकर उसे दरी-चाँदनी-गलीचे से सजाकर उसमें ताला बन्द किया। झंडियाँ कटीं-चिपकीं, बारहदरी में तो लग भी गईं, पर बाहर लगाने का काम बाकी रह गया। बाहर कोठरी में पत्तल, सकोरे और कुल्हड़ भी भरवा दिए। कम्मी और बिरजू के घरों के पिछवाड़े से बारहदरी के मैदान का लगाव था, सो दोनों के यहाँ से रबड़ के नल लगाकर पानी का प्रबन्ध भी कर लिया गया। कहारों को दस बजे छोड़ दिया, छोटे लड़के भी झण्डियाँ तैयार कर बारह बजे तक अपने घरों को चले गये। प्रेम और कम्मी बिजली वाले के साथ जुटे रहे। लच्छू-रमेश सामान लेकर बार-बार आते-जाते रहे। उनके लिए घर, हलवाई खाना, बारहदरी एक हो रही थी। होते-करते रात के डेढ़ बज गये, लाइट-पंखे लैस हो गये। बाहरी फाटक पर

रंगीन बल्बों की झालर लगाना बाकी रह गया, सो वह काम सबेरे हो जायेगा। बिजली-वालों के जाने पर प्रेम और कम्मी ऐसे ढेर हो गये कि तन-बदन का होश न रहा। करीब पौने दो बजे लच्छू और रमेश जब सोने के लिए बारहदरी में आये, तो सारी बत्तियाँ और पंखे खुले हुए थे, फाटक खुले थे, एक कुत्ता अन्दर टहल रहा था और प्रेम-कम्मी गहरी नींद में ख़र्रख़ों-ख़र्रख़ों कर रहे थे। लच्छू ने सोने वाले मित्रों को गाली दी। कुत्ता निकाला, फाटक बन्द किए। रमेश ने साथ लाई हुई अलार्म में चार पर सुई रखकर चाभी भरी। सुबह मण्डी से तरकारियाँ लानी हैं फिर खोयामण्डी जाना है, फिर ये करना है और वो करना है। लच्छू से ये सब चर्चे भी चलते रहे। जमुहाई लेकर लच्छू बोला : "अच्छा, अब लाइट बन्द करो और सो जाओ, दो घण्टे की नींद भी न होगी, तो कल हाथ-पैर ढीले हो जायँगे।" रमेश ने एक को छोड़कर और बत्तियाँ बुझाईं, पंखे चलते रहे। लच्छू तब तक नाक बजाने लगा था। कितनी जल्दी सो गया। इस समय लच्छू की बदौलत ही रमेश जग जीत रहा है, उसके प्रति स्नेह, सहानुभूति की तरलता दौड़ी। वह भी लेट गया। लेटा तो हड्डी-हड्डी बज उठी, बड़ी थकन एकदम से व्यापी। मगर आँखों में नींद न थी, दिमाग़ की नसें चिन्ताओं से तनी हुई थीं। बरात बस से दिन के ग्यारह-बारह बजे तक आयेगी। आते ही भोजन फिर नाश्ता-शरबत, फिर द्वार-चार, डिनर......उसकी मिठाई के वास्ते खोया लाना है।......मगर वो तो तय हो गया। तब? और क्या लाना है, और क्या करना है? चिन्ताओं से तनी हुई दिमाग़ की नसें इसी नई चिन्ता को लेकर सनसनाने लगीं, धन्नियों से एकटक लगी आँखों की पुतलियों पर भी चिन्ता का कसाव-सधाव चढ़ा, पर ये सनसनाहट केवल पथराकर ही रह गई, कुछ न सूझा, दिमाग़ एकदम सूना—फिर बेहद भारी......आस-पास ख़र्रख़ों-ख़र्रख़ों, टिकटिक-टिकटिक!......दोनों आवाजें चिन्ता से जड़ीभूत मस्तिष्क को नींद की ओर लहराती गति देने लगीं। जमुहाई, गहरी जमुहाई, अंग-अंग निढाल हो गया। फिर जमुहाई आई, चेतना जैट की सी शक्ति से पीछे छूटी और पट से नींद आ गई।

पिछले तीन दिनों से यही हाल है। नींद हराम है। पैरों में चक्कर बँध गया है, न लू लगती है, न भूख-प्यास। काम का भूत सवार है। समधियों के प्रोग्राम पर प्रोग्राम बदले। पहले सबेरे की ट्रेन से पहुँचने की बात लिखी, फिर शाम को बस से आने का प्रोग्राम लिखा। फिर एक्सप्रेस चिट्ठी आई कि दिन में लू चलती है, इसलिए तड़के पाँच बजे बस से चलकर दस-ग्यारह बजे तक पहुँचेंगे। खाना तैयार मिले। पन्द्रह आदमी कच्ची रसोई जीमेंगे, उनके लिए टेबिल-कुर्सी रहेगी; बारह लोग पुरानी चाल के पक्की खाएँगे। जनवासे में ठण्डक-तरावट का भरपूर प्रबन्ध रक्खा जाय। समधी साहब का हर पत्र अंग्रेजी में आता है और आज्ञा-आदेशों से भरा रहता है। रमेश की मन ही मन में भय से सिट्टी-पिट्टी गुम है। जाने कैसी बीते, कैसी न बीते। लच्छू के दम पर दम आता है। उधर यह भी तय है कि तीन हज़ार से कौड़ी-बेशी ख़र्च न होगी। उधार के प्रति रमेश की घोर अनास्था है और समधी साहब ने लिखा है कि 'रेडियो, घड़ी और फाउन्टेनपेन तो लड़के के लिए अनिवार्य है, और आपकी लड़की के वास्ते मेरी राय में निम्नलिखित सामान

अवश्य होना चाहिए, एक सिलाई की मशीन, एक सिंगार मेज, एक गोदरेज की आलमारी, जिसमें कि हमारे यहाँ से पाई हुई बहुमूल्य साड़ियों को सहेज कर रख सके।' इसी पत्र में उन्होंने बरातियों के लंच, डिनर और चाय़ का ठीक समय साधने पर जोर दिया था। जाने क्या-क्या खर्चे अनिवार्य बतलाये थे। समधी साहब की अनेक इच्छाएँ न पूरी कर पाने के कारण रमेश यह डर रहा था कि सामना पड़ने पर जाने कैसी बीते। अपने पिता से भी भय लगता था कि उनके अकड़ने पर अगर ये अकड़ गये तो बनी बात बिगड़ जायेगी, कैसे लाज बचेगी। आबरू के भय से रमेश के प्राण सनसना रहे हैं। अभी उसका बाईसवाँ साल ही तो चल रहा है, पहले आबरू की ऐसी आफ़त स्वयम् अपने ऊपर कभी पड़ी नहीं, हाँ औरों की आफ़तें झेली अवश्य थीं। रमेश सतर्कता के पीछे दीवाना हो गया था।

दूसरे दिन सबेरे से ही सब ठीक-ठाक कर दस-साढ़े दस बजे से ही चौराहे पर बरात वाली बस की प्रतीक्षा होने लगी। ग्यारह बजे, बारह बजे, एक, दो, फिर जब तीन बजे, तो ये समझ में आया कि बरात के न आने की चिन्ता तो है ही, पर कच्ची रसोई की दाल-भात, कढ़ी सारी सामग्री व्यर्थ जाने का धक्का भी लगा है।

चिन्ता के मारे घर भर के चेहरे फीके फक्क। महल्ले वाले पूछ गये, पड़ोसिनें पूछ गयीं: "अरे अभी बरात नहीं आयी?" नाते-रिश्तेदारों और उनकी घर आयी औरतों ने तो सहानुभूति क्या दिखलाई, दिन भर घरवालों का दिल ही दहलाया। गद्दू की अम्मा गम्भीरता की पुतली बनी ठोढ़ी पर हाथ रखकर पूछने लगीं: "हैं रमेस की महतारी, ऐसा तो नहीं कि किसी दुश्मन ने भाँजी मार दी होय और बरात चलीयै न होय।"

"क्या जानूँ बहिना! फरुक्काबाद में हमरा कौन दुस्मन हुई सकत है।"

"चाचीजी, दुस्मनी की बात नहीं। हमरी जान में कहीं इक्सीडंड हुई गया है। तबहीं लेट हुई गयी बरात।"

"अरे राम न करै। बहू ब्या-कारज के घर में कुलच्छनी बात मूँ से नहीं निकालनी चाहिए।" इसी पर थोड़ी देर चखचख चला की, मुँह फूले-पचके, निन्दा-कटूक्तियाँ खुस-फुस हुईं।

बस की बाट जोहते रमेश और लच्छू दिन भर लू-धूप-की चिन्ता बिसारकर खड़े रहे। चार बज गये, घड़ी की सुइयाँ और आगे बढ़ीं। दिन भर का भूखा-प्यासा रमेश पथराई आँखों से सामने सड़क निहारते-निहारते गुम हो गया। उसकी आँखों के आगे अँधेरा छा गया, मन बिना कुछ कहे-सुने ही डूबने लगा, पाँव लड़खड़ाने लगे। लच्छू की खोयी दृष्टि उधर सधी, फौरन पलटकर दोनों हाथों से उसे थामा और झिंझोड़कर कहा, "रमेश! रमेश!......" रमेश की चेतना ठिकाने पर आई। वह कातर दृष्टि से उसे देखने लगा। लच्छू बोला: "इसी बखत तुम भी हमें दगा देओगे? जाइए, घर जाकर सोइए। मैं अकेले ही निबटाय लूँगा सब कुछ।"

लच्छू की डाँट बहाना बन गई, रमेश का दिल उमड़ उठा, आँखें कटोरी सी भर गईं, भरे काँपते कण्ठ से इतना ही कहा: "बरात—" और आँसू उमड़ पड़े। लच्छू बोला: "अरे आती होगी बरात भी! किसी वजह से गड़बड़ हो गई होगी मगर तुम जो यों नरवस होगे, तब तो हमारा सब खेल ही बिगड़ जायेगा। जाओ, सामने मुक्ता महराज के यहाँ मूँ धो के शरबत पी लो एक गिलास। जाओ, तुम्हें मेरी कसम है।"

पुत्ती महाराज अपने घर में बैठे परेशान हो रहे थे। सबसे बड़ी परेशानी ये थी कि उनका ठण्डाई छानने का समय हो गया था। समधियों की कृपा से आज दूध-गुलकन्द में उत्तम छनी थी। कब तक बाट देखें? घर में चारों ओर बरात न आने के कारण व्याप्त चिन्ता उनके मन को भी थोड़ा-बहुत उलट-पलट कर तो रही थी, पर 'भाँग छानूँ या न छानूँ' के मनोसंघर्ष से ही वे विशेष रूप से परेशान थे। अन्त में हाथ गोले पर पहुँच ही तो गया। अपना भाग लिया, फिर दो-तीन बार लोटे से हण्डे में रखी ठण्डाई उछालकर निकाली। शिवजी को भोग लगाया, रामजी, जानकीजी को भोग लगाया, सालिगराम की बटिया पर दो छींटे दिये और बड़बड़ाते रहे: "दीनानाथ, आपके भरोसे पर जोग साधे बैठा हूँ। समधी साला मेरी इज्जत लेने में कोई कोर-कसर नहीं छोड़ रहा। दिन भर रसुइयाँ भिनकती रही, भाँग-ठण्डाई का टेम भी निकाले दे रहे हैं ससरे। चौदा रूपों की लागत लग गई है। अब मैं ग्रहण करता हूँ भगवान, उनको तुम सम्हालना।" दो बार में भाँग का गोला चढ़ाकर पुत्ती गुरू गुलकन्दी ठण्डाई का लोटा उठाकर गले में धार छोड़ने लगे। रिश्ते की बड़ी बहिन गन्नो जिया नीचे आईं, पुत्ती गुरू को देखकर बोलीं, "इन्है कौनो चिन्ता-फिकर नाहीं है, सबेरे-शाम भाँग छानी और छुट्टी पाई।"

लोटे की ठण्डाई की अंतिम बूँद पेट में पहुँचाकर पुत्ती गुरू ने अपने तने हुए पेट पर हाथ रक्खा और बोले: "ये सिद्धी है सिद्धी, गुन्नो जिया। इसका नाम मैंने रखा है—तत्त्व चिन्तामणि—क्या समझीं। बेटी-बेटे, ब्याह-बरात तो सब माया-मोह हैगा। किम् दानेन धनेन वाजि-करिभिः प्राप्तेन राज्येन किम्। किंवा पुत्रकलत्रमित्रपशुभिर्देहेन गेहेन किम्……।"

तभी कम्मी ने घर में प्रवेश किया और कहा: "बरात आय गई है चाचा।"

पुत्ती गुरू के चेहरे पर प्रसन्नता की चमक आ गई, बोले: "देखा, ये है मेरी बूटी का प्रताप। छानते ही आय गई बरात।"

घर भर में उत्साह की लहर दौड़ गई। जनवासे में रमेश, लच्छू और पाँच-सात लड़के बरातियों के बिस्तरे-बकस रखवा रहे थे और बराती फब्तियाँ कस रहे थे: "ये जनवासा दिया है सालों ने।……ये लखनऊ की कल्चर है साहब कि अपने मेहमानों को खँडहर में टिकाते हैं।……ऐ साहब, यहाँ कौन है इन्तजामकार?"

"जी बोलिए, क्या आज्ञा है?" रमेश ने पूछा।

"अजी आज्ञा क्या, घण्टा भर हम लोगों को आये हो गया, अब तक न चाय है, न शरबत-नाश्ता—क्या भूखे मारने का इरादा है आप लोगों का?"

"नहीं साहब, अभी लीजिए। पाँच मिनट में सर्व करता हूँ चाय।" लच्छू ने उत्तर दिया।

वर के संगी-साथियों को इस बात की सख्त शिकायत थी कि उनके लिए अलग प्रबन्ध नहीं है। यहाँ सबके सामने न तो वे आजादी से हँस-बोल सकते हैं, न सिगरेट पी सकते हैं। बरात का मजा ही किरकिरा हुआ जा रहा है। वर के एक मित्र ने रमेश को उँगली के इशारे से बुलाया। वह लपककर आया, बोला: "कहिए साहब, क्या हुकुम है?"—

"अबे हुक्म के गुलाम, यही इन्तजाम है? हम लोग यहाँ नहीं रह सकते। आखिर यंग जेनरेशन और ओल्ड जेनरेशन को एक साथ रखने का क्या तुक है? हमारा अलग इन्तजाम कीजिए।"

रमेश सकपका गया, फिर सँभलकर कहा: "असल में आज के दिन इतनी बरातें हैं कि हमें दूसरा जनवासा नहीं मिल सका—"

"तब फिर बारात बुलाने की आवश्यकता ही क्या थी? शादी पोस्टपोन कर देते।" वर के एक मित्र जीवनलाल ने त्योरियाँ चढ़ाकर जवाब दिया—और फिर घर की ओर देखकर उसने कहा: "राजकिशोर भई या तो दूसरी जगह हम लोगों का अरेंजमेंट कराओ, वरना कम से कम मैं तो इसी वक्त स्टेशन चला जाऊँगा।" एक दूसरे साथी रूपनारायन ने भी तुरन्त इसका समर्थन किया। वर महोदय अपने साले की कड़ी दृष्टि से देखते हुए बोले: "सुन रहे हैं न आप? अनलेस एण्ड अनटिल आप इन लोगों के लिए कोई सूटेबुल अरेंजमेंट नहीं करते, तब तक मैं शादी के किसी भी काम में शरीक नहीं होऊँगा, बतलाए देता हूँ।"

रमेश रुआँसा हो गया, हाथ घिसते हुए बोला: "राजकिशोरजी, हमको आप लोग क्षमा कर दीजिए। हमारे बस में होता तो आप लोगों को ये शिकायत करने का अवसर ही न दिया जाता।"

"खैर तो ठीक है। आपके बस में अरेंजमेंट करना नहीं है तो न सही, कम से कम यहाँ से चले जाना तो हमारे बस में है ही। मैं अपने फ्रेन्ड्स को नाराज़ नहीं कर सकता।" रमेश चुपचाप वहाँ से चला गया। बरातियों में दाढ़ी बनवाने के लिए कोई नाई की फर्माइश कर रहा था, कोई जूतों पर पालिश करने वाले की। किसी को पंखों का प्रबन्ध कम लग रहा था। कोई इसी समय कहीं जाना चाहता था—और वहाँ तक पहुँचा देने के लिए किसी आदमी की फर्माइश कर रहा था। समधी साहब अपने कमरे में बड़ों का दरबार लगाए बैठे हुए तिनग रहे थे। रमेश उनके दरवाजे के सामने से गुजरा, तो उनकी आवाज आई—"क्योंजी पुत्तीलाल कहाँ हैं? ये क्या इन्तजाम किया है तुम लोगों ने? शरम नहीं आती है तुम लोगों को। भिखारी भी इससे बढ़िया अरेंजमेंट कर सकते थे। आपको लिख दिया गया था कि अरेंजमेंट ठीक रखिएगा! यही है आपका अरेंजमेंट, कुँजड़े-कबाड़ियों की बरात है क्या, जो इस तरह मुसाफिरखाने में डाल दी?" लच्छू तब

तक सामने आ गया, बोला: "बाबूजी, हमने अपनी शक्ति भर दौड़-धूप कर ली। कोई जगह ही नहीं है आस-पास।"

तब तक पुत्ती गुरू एक नौकर के सिर पर ठण्डाई का हण्डा रखवाए हुए फूल के कटोरे में भाँग का गोला लेकर पहुँच गये। हाथ उठाकर गद्‌गद स्वर में बोले: "जै शंकर की, महाराज दीनानाथजी। बब्बूजी महराज, दण्डवत। बड़े भाग्य हमारे जो आप सब महानभावों की चरणरज हम दीनों के घर पड़ी—"

"अभी घर कहाँ पहुँचे हैं आपके। अभी तो यहीं जनवासे में आय के चित्त अघा गया है। ये-ये-ये-क्या है?" लड़के के पिता पण्डित दीनानाथ गौड़ ने आँखें निकालकर हाथ बढ़ाते हुए दीवार में फटी हुई एक दरार को दिखलाया।

पुत्ती महाराज ने तरङ्ग चढ़ी हुई दृष्टि उधर डाली और बेफिकरी से हाथ बढ़ाकर बोले: "ये राजा केशोराय की बारादरी है, महाराज। यहाँ बसरे की रण्डी का सात घूँघट का नाच भया रहा महाराज, सवा लाख का इतर फानूसों में जला था उस रात।"

खण्डहर जनवासे की शिकायत पर बसरे की रण्डी के सात घूँघटों का पर्दा पड़ गया। समधी साहब के चचेरे बड़े भाई बब्बूजी महाराज को रस आ गया, पूछा: "सात घूँघट का नाच नाची रही बसरे की रण्डी?"

"अरे, सात घूँघट और तिस पर भी नंगी। राजा केशोराय आँखें मीचे बैठे देखा किए महाराज। ये भारती संस्कृती थी हमारी उस समै। लच्छू बेटा, कुल्हड़ों में ठण्डाई भरना शुरू करो और एक गड्‌आ इधर देना पहले। आज हमारी और दीनानाथजी की छनैगी।" कहकर अंगौछे के एक छोर में बँधे दो चाँदी के गिलास निकाले, कहार को पानी और उगालदान लाने को कहा और दूसरे छोर में बँधा फूल के कटोरे में रक्खा भाँग का गेंद बराबर गोला हाथ में उठाकर बोले: "भाई साहब, छान दूँ या—"

गोले को देखकर पण्डित दीनानाथ के नेत्रों में स्निग्धता आ गई, बोले: "छान दीजिए।"

भाँग-ठण्डाई के फेरे में जनवासे की शिकायत बड़े लोग तो भूल गए, पर वर और उसके मित्रों ने चाय इत्यादि कोई भी वस्तु स्वीकार न की। रमेश रुआँसा होकर बाहर बरामदे में आया। लच्छू, विनोद और प्रेम ठण्डाई के कुल्हड़ भर रहे थे। रमेश ने आकर अपना दुखड़ा रोया, लच्छू झुँझला गया: "लौट जायँ। मैं क्या करूँ? बरात में क्या आते हैं कि सभी लाट साहब के बच्चे हो जाते हैंगे साले।"

"इतने बदमिजाज बराती तो मैंने देखे नहीं। और मन्नो का दुलहा तो सबसे जादा बदजबान है। अरे पूछो, बहिन दे रहे हैं तुम्हें, कोई अपनी इज्जत तो दे नहीं रहे।" रमेश का मार खाया हुआ स्वाभिमान मित्र के सामने निष्क्रिय रूप से उबल रहा था।

प्रेम और विनोद को ठण्डाई देकर अंदर बिदा करने के बाद लच्छू ने बाँह से अपने मुँह का पसीना पोंछकर मैदान के सामने कम्मी के घर की ओर देखा और रमेश से कहा: "कम्मी से कहके उनका यह पीछे वाला कमरा ले लो।"

"मगर उसका दरवाजा तो बहुत ऊँचा है यार इधर से, बाँस की सीढ़ी उन लोगों को शायद—"

"चार-पाँच छोटे-बड़े तखत-चौकी किराये पर ले आओ श्यामलाल के यहाँ से। एक पर एक करके रख दिये जाएँगे। उसी पे से चढ़ जाएँगे।"

एक लड़के ने मैदान की तरफ से आकर कहा : "लच्छू भैया, वो जो मोटे से काले-काले बराती नहाने के लिए बैठे हैं, वो कहते हैं कि सन्दल सोप मँगवाओ, लक्स से उनकी चमड़ी फटती है।"

"सन्दल नहीं, साले की धोबिया साबुन दूँगा—चोर कहीं का। जाओ। बकने दो उसको। अबकी जब माँगे तब कह देना कि आदमी को बाजार लाने के लिए भेजा है।"

बरात की अगवानी और द्वारचार के लिए निमन्त्रण-पत्र में छह बजे का समय दिया था। साढ़े आठ बजे की लगन थी। सात बजे से मेहमान आने लगे। घण्टे-सवा-घण्टे तक प्रतीक्षा करने के बाद भी दरवाज़े पर बरात आने के कोई आसार नजर नहीं आए। कन्या-पक्ष के मेहमानों का उचित रूप से स्वागत-सत्कार नहीं हो पा रहा था। लोग ऊब रहे थे, कइयों का ध्यान बार-बार अपनी-अपनी घड़ियों पर जाता था। वकील साहब ने पम्मी को बुलाकर पूछा : "जनवासे से बरात चलने में अब कितनी देर है भाई?"

पम्मी बोला : "जी अब चलने ही वाली है। बात ये है कि बरात आने में ही देर हो गई, इसीलिए सारा प्रोग्राम गड़बड़ा गया। बस, एक दस-पन्द्रह मिनट तक आप लोगों को और प्रतीक्षा करनी पड़ेगी, आती ही है बरात।" एक-एक करके न जाने कितनों ने यही प्रश्न किया और वो इसी तरह के उत्तर देता रहा। कुछ लोग बोर होकर खिसकने की तैयारी करने लगे। यह देखकर लड़कों के हाथ-पाँव ढीले पड़ने लगे। पम्मी ने सिद्धू को जनवासे की तरफ दौड़ाया।

बराती बन-ठन रहे थे। कहीं सूटों की फबन थी तो कहीं मलमली कुरतों की बाँहों पर चुन्नट दी जा रही थी। पुरानी चाल के लोग माथे पर टीका लगाए हाथ में अंगौछे लिए इधर-उधर अपने-आपको हवा करते डोल रहे थे। बच्चों में अब भी छह-सात के सिरों पर जरी-गोटे की टोपियाँ नजर आ रही थीं। समधी साहब अभी निवृत्त होकर लौटे न थे। लच्छू स्वयं पौन घण्टे से हाथ धुलाने के लिए उनकी प्रतीक्षा में खड़ा था। एक व्यक्ति पहले से ही यह चेतावनी दे गये थे कि समधी साहब बरफ के पानी से हाथ धोते हैं और मिट्टी में गुलाब का इत्र अवश्य छिड़क दिया जाय। वर और उसके मित्र चाय पीने के लिए किसी रेस्ट्रां में गये थे। स्वयम् रमेश उन्हें लेकर गया था। रीति के अनुसार वर को भूखा रहना था, पर वह आमलेट खाकर ही पाणिग्रहण करने पर आमादा थे। साथ ही यह भी आदेश था कि उनके पिता को इस बात की खबर न लगने पाए। बारातियों के, विशेषकर वर और उसके मित्रों के अक्खड़पन और तुनुक-मिजाजी से लच्छू और रमेश रो-रो दिए। बड़ी मुश्किल से वर के बहनोई अपने नाई और पाधा को लेकर कन्या के घर में मँढे में बन्दनवार बाँधने के लिए गये। मान्य को तिलक हुआ, 'झूठ' की रस्म हुई।

उभय पक्ष के पुरोहित पाधाओं को दक्षिणा मिली और उनके साथ ही साथ 'बटहरी' का सामान भी जनवासे गया। एक बड़ा हण्डा, गड़वा, सात बाल्टियाँ, जिन पर ऐपन की चीतनकारियाँ की गई थीं, दोहे लिखे हुए थे। उनमें से किसी में चावल, पापड़, बड़ियाँ, मुँगौड़ी आदि भरी हुई थीं। मैदा की बनी हुई पाँच परातनुमा 'छाक', उनमें 'मगद के लड्डू', लड़के का जोड़ा, घड़ी, अँगूठी, रुपये और 'ढाई तीयल' की दो साड़ियाँ, ब्लाऊज, दुपट्टा, नहाने की चौकी, पूजा की थाली आदि सामान था।

जनवासे में बटहरी का पूजन हुआ। वर को तिलक करके उसके पल्ले में जोड़ा इत्यादि दिया गया। रमेश बरात के स्वागत के लिए चूँकि घर चला गया था, इसलिए उसके छोटे भाई ने समधियों से हाथ जोड़कर कहा : "चलिए, फेरों का बुलावा है।" राम-राम करके नौ बजे बरात चली। तब तक लड़की वालों के अनेक मेहमान ऊबकर चले जा चुके थे।

रस्में होने लगीं। मिलनी, जयमाल आदि हुई। विवाह की निश्चित लगन चूँकि टल चुकी थी, इसलिए भोजनोपरान्त बरात जनवासे लौट गयी।

वर के कुछ मित्र और देखादेखी कुछ अन्य बरातियों ने द्वारचार के बाद सिनेमा जाने का प्रोग्राम बनाया। समय चूँकि चूक चुका था, इसलिए वे लोग खिन्न और झुँझलाए हुए थे—"ये तो साली अजब बोरियत हो गयी। क्या किया जाय?" कुछ लोग ताश पीटने बैठ गये, कुछ मैदान में बिछी हुई चारपाइयों पर बैठ गये। वर के मित्र शम्भूनाथ को दूर की सूझी। यह तय किया कि किसी बड़े बुजुर्ग को हुश्काकर किसी नाचने-गाने वाली को बुलाया जाय। लड़के के चाचा बब्बूजी रँगीले थे। पट से राजी हो गये, भंग की तरंग में लहककर बोले, "पुत्तीलाल बताते रहे कि राजा केसोराय के जमाने में हियाँ बसरे की रण्डी का नाच भया रहा। कहैं कि ससरी सात-सात घूँघट में नंगी झलकै। तौ फिर हुई जाय एक बार और।"

रण्डी के नाच की फर्माइश ने लच्छू और रमेश का भेजा गर्मा दिया। रमेश बोला : "यार, इनकी ये नवाबी तो अब बर्दाश्त नहीं होगी। लच्छू, तुम इनसे जाकर कह दो कि यहाँ लड़कों का संघ लगता है। रण्डी किसी हालत में नहीं आ सकती, जिसको जो करना हो करे।" लच्छू ने जाकर संदेशा दे दिया, वर के मित्र खूब भौं-भौं करते रहे, मगर उनकी इच्छा न पूरी हुई।

●

:: ५ ::

रण्डी के नाच वाले प्रस्ताव पर बरातियों की बोलती बन्द करके लच्छू जब रमेश के घर आया, तब कन्यादान हो रहा था। पुत्ती गुरू मण्डप में बैठे थे। उनकी पत्नी ऊपर छज्जे में औरतों से भिड़ी बैठी थीं। उनके एक हाथ में कलावे की डोरी बँधी थी, जिसका दूसरा सिरा नीचे पुत्ती गुरू के कंधे पर पड़ा था। पाधाजी मंत्र पढ़ रहे थे औ' नशा उतरने का

समय होने के कारण पुत्ती गुरू को जमुहाइयों पर जमुहाइयाँ आ रही थीं। उनकी यह दशा देखकर उनके फुफेरे भाई पंडित रामलाल ने ऊपर की ओर मुँह उठाकर कहा : "अरे भाभी, पुत्ती भैया की भाँग उतर गई है, गोला पिसवाय के भेजौ जल्दी से, नहीं तो नींद के झोंके में कन्यादान के बजाय पुरोहितजी का दान न कर डालैं ये।" इस पर बड़ी ज़ोरदार हँसी हुई, पुत्ती गुरू हड़बड़ाकर चेते और अपनी झेंप मिटाने के लिए कहा : "मेरी भाँग कभी नहीं उतरती रामलाल, अपने लिए जी चाहे तो घुटवाय लेव। हाँजी, कोदात् कस्मादात् कामोदाता काम:........" पाधा के साथ-साथ पुत्ती गुरू भी अपने नित्य के पेशे की लहर में आकर मंत्र बोलने लगे।

रमेश दालान में एक कोने में दीवार के सहारे चुपचाप बैठा था। लच्छू उसके पास बैठकर खुसफुस स्वर में जनवासे में हुई गर्मागर्मी का प्रसंग सुनाता रहा। रमेश अब बरातियों के व्यवहार से ऊब चुका था, बोला : "मरने दो सालों को। मुझे तो सच पूछो, इन पढ़े-लिखे कहलाने वाले लोगों से घृणा हो गयी है। इनसे बढ़कर नीच और स्वार्थी दुनिया भर में कहीं ढूँढ़े न मिलेंगे। इनसे तो करोड़ों गुना अच्छी अपनी हलवाइन दादी है यार।"

"क्या आयी हैं?" लच्छू ने नये प्रसंग के उत्साह में भरकर पूछा।

"हाँ-हाँ, अभी थोड़ी देर पहले मेरे साथ ही आयी हैं। जानते हो, क्या-क्या सामान दे रही हैं—गोदरेज की आलमारी, सोफ़ा-सेट, फ़िलिप्स का रेडियो, लड़के के लिए सोने की जंजीर और अँगूठी और मन्नो को एक सोने का सेट। मैं तो देखकर दंग रह गया।"

लच्छू आँखें फाड़कर रमेश को देख रहा था, बात सुनकर वह उचक पड़ा, खुश होकर बोला : "अमाँ बाहर चलो, सिगरेट पियेंगे। इस बुढ़िया ने तो कमाल कर दिया। दो हज़ार से कम का माल न होगा।"

रमेश उसके साथ ही उठते हुए बोला : "ऊपर अम्मा के पास ही बैठी हुई हैं इस वक्त। मैंने ऊपर सबके सामने ही अम्मा को बतलाया कि क्या-क्या सामान दे रही हैं। सारी औरतें उनकी हाँजी-हाँजी में लगी हुई हैं। तुम्हारे जाने के बाद ही इनका नौकर आया और कहने लगा कि बहूजी कन्यादान की रसम देखेंगी। मैं फ़ौरन दौड़ा हुआ उनको लिवा लाने के लिए गया। इससे बड़ी सन्तुष्ट हुईं। गहनों के बक्से मेरे हाथ में दिये और कहने लगी : "तुमरे बाबू और अम्मा के लिए मिठाई और फल मँगवाय लिये हैं। कन्यादान के बाद हमारे हियाँ की मिठाई खाएँगे वो लोग, समझे। और नीचे सब सामान रक्खा है सो देख लेव। तुमरे घर में जगह होती तो हम अबहीं का अबहीं सब हुवैं पहुँचाय देते।"

"ग्रेट है यार ये बुढ़िया।"

गली से निकलकर इधर-उधर देखकर दोनों ने सिगरेट सुलगाई।

विवाह-कार्य सम्पन्न होने के बाद वर-वधू अन्तःपुर में गये। मन्नो की दो फुफेरी बहिनें कित्तो और श्यामो तथा उसकी तीन सहपाठिनें रानीबाला राठोर, शर्मिष्ठा निगम और

सरोज शर्मा हँसते हुए आगे आईं। सरोज शर्मा मन्नो का घूँघट उठाकर उसके अन्दर झाँकती हुई बोली: "बधाई है मिसेज राजकिशोर, अच्छा बन्दर पाला है।" लड़कियाँ हँस पड़ीं।

कित्तो बोलीं: "तो क्या जीजाजी बन्दर लगते हैं?" राजकिशोर तुरन्त मुस्कराकर बोले: "क्या करें भाई, बँदरियों के बीच में इन्सान की यही वकत होती है, इसलिए माने लेते हैं।"

रानी बोलीं: "बड़ी जल्दी मान गये आप। बन्दर हैं तो दुम कहाँ छोड़ आये?" राजकिशोर फिर हाजिर जवाब हुए, बोले: "ये दुम लग तो गयी और अब और क्या कसर रही।"

थापे के सामने बड़ी औरतें लड़कियों को थामकर वर-वधू को बिठलाने के लिए आदेश देने लगीं। श्यामो बोली: जीजाजी बड़े हाजिर जवाब लगते हैं। देखना है, अभी छनकहाई में इनकी अक्ल की थाह लग जायेगी।" सरोज बोली: "अजी देखिएगा, कैसे टके-टके पर पट्टे बेटू से बोलते हैं, हाँ बोलिए जीजाजी, पहले टके पर।"

बड़ी-बूढ़ियों के रहते हुए भी राजकिशोर कहने से न चूके, बोले: "अजी टका वय. देखें, हमारी टकटकी तो आप पर लगी हुई है।" बड़ी-बूढ़ियों ने मुस्कराकर मुँह फेर लिया। दूर के रिश्ते में मन्नो की बड़ी बहिन लगने वाली एक स्त्री बोली: "आप छन सुनाइए छन। ये लीजिए दो रुपये खन-से हाजिर हैं।" फिर अपनी छन-खन की तुकबंदी पर वह आप ही ज़ोर से हँस पड़ीं।

राजकिशोर उनकी ओर देखकर बोले: "दो रुपये वाली सुनिएगा? तो लीजिए: सुनिए; छन पकाई-छन पकाई, छन के ऊपर कत्था। सालियाँ हमारी ऐसी हैं जैसे भिड़ का छत्ता।"

इस पर बड़ी हँसी हुई। सालियों की ज़बानें भिड़ों के डंक की तरह राजकिशोरजी को छेदने के लिए बढ़ने लगीं। रमेश की माँ एकाएक बोलीं: "अच्छा-अच्छा, काम चलन देव आगे का। रानी बिटिया, तुम हमारा एक काम कर देव लपक के, लच्छू, रमेश और उनके सब साथी-संगिन को बगल वाले घर में खाने के लिए बैठाल देव।" रानी चली गयी। कित्तो की माँ ने राजकिशोर से कहा: "हाँ बेटा, एकै छन कहके रह गये, और सुनाओ ई तौ तुमरे फायदे का बखत हैगा।"

"सुनिए: और सुनिएगा? छन पकाई-छन पकाई, छन के ऊपर सेम। सास हमारी ऐसी जैसे लाट साहब की मेम।"

खूब हँसी हुई, फिर छन्द पर छन्द सुने गये और दो, चार या पाँच रुपये तक हर छन्द पर बराबर दिये जाते रहे।

रानी उस समय दूसरे घर में रमेश के पास खड़ी हुई थी। बाहर दालान में दरी बिछा दी गई थी। पत्तलें भी प्रायः परोसी जा चुकी थीं। लच्छू काम-काज करने वाले लड़कों को बुलाने गया था। रानी और रमेश ने मिलकर यहाँ पत्तलें परोस दी थीं। पूड़ियाँ गर्म मिलें,

इसके लिए आटा अलग गुँधा हुआ रक्खा था। मोरी के पास बैठे हुए दो कहार बरतन माँज रहे थे और सब सन्नाटा था। रमेश को आज पहली बार इतने एकान्त में रानी के पास होने का अवसर मिला था। इस अवसर के प्रति प्राय: दोनों ही अपने अन्दर एक अपेक्षित पुलक-कम्प और नये अनपेक्षित भय-कम्प के प्रति सजग से थे। पिछले आठ-दस महीनों में क्रमश: आमना-सामना पड़ जाने पर दोनों की आँखों में आकर्षण की चमक आ जाती है। फिर रानी की आँखें तुरन्त लाज-संकोच से झँप जाती हैं और रमेश की आँखें प्यासी, तकती सी रह जाती हैं। बस इतना ही नाता है। रानी मन्नो की सहपाठिनी है। मन्नो, मालती, शर्मिष्ठा और रानी का चौगड्डा कॉलेज से लेकर मल्लाहों तक में प्रसिद्ध है। उसमें भी मन्नो और रानी अभिन्न मानी जाती थीं। रानी रब्बूसिंह राठौर की मँझली लड़की है। उसकी माँ मर चुकी है। छह वर्ष पहले सोलह वर्ष की आयु में ही वह विधवा हो चुकी थी। बीच के दो साल खोकर उसने फिर से पढ़ना आरम्भ किया और अबकी मन्नो के साथ ही साथ इण्टरमीडिएट की परीक्षा दी है। उसका परिवार एक समय बड़ा सम्पन्न था, अब उतनी ही विपन्नावस्था में है। पिता बेकार हैं। रानी की दयनीय आर्थिक दशा का पता रमेश को भी है। रानी ने मन्नो के विवाह में पिछले चार दिनों से अथक परिश्रम किया है। सब एक मुँह से तारीफ़ करते हैं। अकेले में और कुछ बात न सूझने पर रमेश ने यहीं से बात उठाई, बोला : "तुमने बहुत मेहनत की।"

रानी को भी सारे संकोच के बावजूद बात कहने का चाव था। एक बार पलक उठाकर रमेश को देखा और पूछा : "किसी पर एहसान किया ?"

"मुझ पर।"

"क्यों ?"

"क्यों का जवाब नहीं।"

फिर दोनों के बीच दस-बीस पल चुप्पी के बीते। आज अकेलेपन में दोनों के मन का हौसला भारी-भारी साबित हो रहा था और ऊँचे आकाश में उड़ने के लिए आतुर भी, मानो इच्छारूपी गजेन्द्र के पंख उग आए हों। लेकिन क्या बोलें, क्या पूछें ?

रमेश ने पूछा : "तुमने खाना खा लिया ?"

"आपने ?"

"जानती तो हो।"

"तब फिर मेरा भी यही समझ लीजिए।"

बात फिर खतम हो गयी। अब क्या करें ? सामने पत्तलें सँजोई हुई रक्खी थीं। बस पूड़ियों की कसर थी। यही प्रसंग मिल गया, रमेश ने पूछा : "पूड़ियाँ क्या तुम उतारोगी ?"

"नहीं, कोई आपकी जात वाले ही बैठे हैं भट्ठी पर।"

"और तुम्हारी जात क्या है ?"

"इन्सान।"

रानी का जवाब सुनकर रमेश का जी खुश हो गया। बरबस रानी की पीठ थपथपाने के लिए उसका हाथ बढ़ गया। यदि आस-पास मन्नो, उसकी माता या परिचित लोगों में से कोई वहाँ उपस्थित होता तो रानी को यह शाबाशी सहज लगती, पर इस समय अकेले में अपनी देह पर रमेश का यह कर-स्पर्श लाज और अनजाने भय की बिजली जैसी सिहरन से भर गया। रमेश का हाथ अपनी पीठ पर पहुँचने के साथ ही शाबाशी की पहली थपकी पड़ी; वह छिटककर अलग खड़ी हो गई और उनकी दृष्टि अनायास बरतन माँजते हुए कहारों पर जा पड़ी; ये दोनों ही उस ओर से विमुख थे। आश्वस्त होकर रानी ने एक बार फिर नजर उठाकर रमेश को देखा, वह अपलक मुग्ध नयनों से उसे ही देख रहा था। बड़ी लाज, बड़ी पुलक और स्फूर्ति एक साथ ही उमड़ी, पलकें झुकीं और फिर उठीं, इस बार उसकी आँखों में आकर्षण मुक्त होकर खेल रहा था। चार आँखों की टकटकी बँध गयी। वातावरण बिसर गया, भय और लाज गई, अपना अस्तित्व ही लुप्त हो गया, केवल पारस्परिक आकर्षण का अनन्त सौन्दर्य ही वहाँ तन-मन में उजागर था। लच्छू और दूसरे साथी बातें करते हुए दरवाज़े में घुसे। दोनों को होश आ गया।

लच्छू का मूड़ उखड़ा हुआ था, चेहरा तमतमा रहा था। रमेश का मन इस समय हर थकावट से दूर, हर चिन्ता से मुक्त रंगीन उमंगों से भरा-पूरा था, मित्र को जोर से अपनी बाँहों में बाँधकर पूछा : "चेहरे पर ये तरबूज क्यों लटकाया है मेरी जान ?"

उसके आलिंगन से मुक्त होते हुए लच्छू चिड़चिड़ाकर बोला : "तुम्हारे बराती साले अब यहाँ से पिटकर ही जायेंगे। मैं 'इन सो मेनी वर्ड्स' उन लोगों से ये कह के ही आ रहा हूँ।"

कारण पूछने पर लच्छू ने बतलाया : "अभी एक मन दूध और बरफ की फर्माइश आई। मैंने कहा कि मन भर दूध पीने के लिए शाम ही को भिजवाया जा चुका है। बोले कि अब लस्सी बनेगी। मैंने कहा कि रात के डेढ़ बजे इतना दूध कहाँ से लाऊँ ? ये लोग वाही-तबाही बकने लगे। मैं फिर भी बड़ी नम्रतापूर्वक उन्हें समझाने लगा। राजकिशोर के दोस्तों में वह जो जीवन बाबू नाम का टिपंखा रंगीन चश्मे वाला है न, वही साला सारी खुराफात की जड़ है। उसने मुझे भद्दी गाली दी। इस पर मैं ताव खा गया। मैंने कहा, लड़की वालों की तरफ से जो काम करने आते हैं वो किसी के बाप के नौकर नहीं होते। ये इंसानियत का कर्त्तव्य है और हम इंसानों की सेवा करने के लिए हरदम मुस्तैद हैं। आज सेवा की हमारी पारी है तो कल आपकी भी पारी आ सकती है। मैंने कहा, उस समय मैं जो आपको इसी तरह गाली दूँगा तो आपको कैसा लगेगा ? मैंने कहा कि अबकी जो गाली दीजिएगा तो फिर गाली भी खाइएगा और मार भी खाइएगा, फिर हमें दोष न दीजिएगा, मैंने कहा।"

रमेश भीतर ही भीतर तमतमाने लगा, पूछा : "फिर क्या हुआ ?"

"कुछ नहीं। दो-चार लोग समझाने-बुझाने लगे। राजकिशोर के फादर आ गये। वे बेचारे बड़ी अच्छी तरीके से पेश आए। मुझे हाथ पकड़कर अलग ले गये। बहुत समझाने-

बुझाने लगे, माफी माँगने लगे, तो मैंने उनके पैर छू लिये और चला आया। मगर यार, सच कहता हूँ कि अभी तक रह-रह के गुस्सा आ रहा है। ऐसे बेहूदा बराती मैंने आज तक नहीं देखे थे।"

रानी तब तक औरों को गर्म पूड़ियाँ परोसकर इनकी बातें सुनने लगी थी, बोली, "गाँव की बरातों में तो इससे भी बढ़कर बेढब बराती आते हैं लच्छू भैया। हमारे ठाकुरों और कनौजिया ब्राह्मनों की बरातों में तो लाठियाँ तक चल चुकी हैं। अच्छा, अब आप लोग भी बैठ जाइए, पूड़ियाँ ठंडी होने लगी हैं। आप भी आइए रमेश—"

बरसों की आदत का 'भैया' शब्द एकाएक गले में अटक गया। सम्बोधन ने बड़ा अटपटा विराम पाया। इसकी झेंप में वह तेजी से लड़खड़ाते पैरों भागी। रमेश सब-कुछ भूलकर उसी ओर देखने लगा।

दूसरे दिन विवाह के बाद की रस्में पूरी होने लगीं, दोपहर में लड़का, 'कँगना' खेलने के लिए आया। कँगना खिलाने की रस्म भावज करती है, लेकिन रमेश का विवाह तो हुआ न था, इसे लेकर पुत्ती गुरू की रिश्ते की बहिन गुन्नो जिया ने थापे के पास बैठी हुई रमेश की माँ और आँगन में खड़े रमेश को सम्बोधित करते हुए कहा: "इसीलिए कहा जाता हैगा कि पहले टेले करन वाली बहू घर में लै आवै तब बिटिया का ब्याह करै। अगली सहालग में रमेस का ब्याह कर देना पुत्ती की बहुरिया।" कँगना खिलाने की रोचक रस्म देखने वाली भीड़ में रानी पीछे खड़ी थी। रमेश की माँ ने उसके वैधव्य की परवाह न कर उसे विवाह-कार्य में सम्मिलित तो होने दिया था, पर ये भी समझा दिया था कि रस्मों के समय वह सामने न पड़े, वरना उसे शायद किसी पुरानी ढंग की बड़ी-बूढ़ी के बोल-कुबोलों का सामना करना पड़ जाय। रानी पीछे खड़ी थी। रमेश आँगन में सामने खड़ा था। पिछली रात से दोनों की दृष्टि में अब एक-दूसरे से मिलने के लिए उजागर उतावली दिखलाई देती थी। आज सुबह से न जाने कितनी बार आँखों का मिलना और होंठों पर पुलक का दौड़ जाना दोनों के बीच में खेल सा जम चुका था। कँगना खेलने के लिए भावज की तलाश में अपने विवाह के प्रसंग पर स्वाभाविक रूप से रमेश की दृष्टि रानी की ओर उठ गयी, पर रानी न उठा सकी, मानो वह जानती हो कि रमेश उसे देखेगा और उसका देखना इस समय उसे बहुत भारी पड़ जायेगा। विवाहित युगल जोड़ी की रस्म देखते हुए वातावरण के संस्कारों से आबद्ध, अपने वैधव्य की चेतना से रुद्ध और पिछली रात के नवजीवन स्पर्श से पुलकित रानी का मन स्वयम् अपने ही संस्कारों की आकर्षणी शक्ति से दोनों सिरों पर चिपक गया। उसके मन में अनायास ही उपजी यह पुलकमयी आस्था कि वह अब मन से अपनी सखी की भाभी है, चेहरे पर कान्ति बनकर छा गयी। वह विधवा है, दूसरी जाति की है, यह चेतना भी मन में बराबर उसी तरह बनी रही, जैसे कि पूनों के चाँद की होती है। चन्द्रमा का सौन्दर्य तनिक भी कम नहीं होता, पर धब्बा तो रहता ही है—ठीक यही स्थिति थी।

रमेश सारी थकान और जनवासे की बदमज़गियों के बावजूद कल रात से हरा-भरा हो रहा था। आज सुबह से ही वह हर काम-काज से बचता और एक बार घर में झाँक

जाता। बहाने से रानी को खुले आम आवाज देकर कुछ काम के लिए कह जाना, बहाने सिर बेभान होकर कहीं घर के निराले में या भीड़ में भी नजरों के खेल खेल जाना, बस यही खिलवाड़ आज उसके मन को अधिक बाँध रहा था। विवाह की सारी व्यवस्था का अधिनायक बना हुआ, अति व्यस्त रहते हुए भी उसका एक ध्यान योगी की तरह रानी में अपना कैवल्य सिद्ध करता ही रहा।

क्रमशः चबेनी, स्तुतिवाचन (विनती), बड़हार, सिरगूँथी आदि की रस्में हुईं। दोपहर से रात हुई। घर में अब विवाह की अन्तिम रस्म हो रही थी। मन्नो के दुलहा राजकिशोर भट्ठी को लात मारने के लिए गये। एक गुम्मे को ठोकर से गिराकर भट्ठी तोड़ दी। काम पूरा हुआ, दरवाजे पर मिलनी हुई। लड़की विदा होने लगी। महर्षि कण्व के शकुंतला की विदाई वाले प्रसंग से लेकर आज तक इस अवसर पर घर-घर में जैसे सहज आँसू बरसते हैं, वैसे यहाँ भी बरसने लगे। लड़की की विदा और मौत में बस इतना ही अन्तर होता है कि यहाँ जीते जी पराई होकर भी वह और उसके आगे की सन्तति दृश्यमान् होती रहती है, जीवन साक्षात् दर्शन देता है। विदा के समय भी ऐसे बानक बने कि रानी को रमेश के ठीक पीछे ही खड़े होने का अवसर मिला। सखी की विदाई के समय रानी के उमड़ते हुए आँसू झूठे तो कदापि नहीं हैं, मगर उसी समय रमेश के सान्निध्य की चेतना एक अजीब सी खुशी भी उसे दे रही है। मन्नो जा रही है, मन्नो के कारण ही वह इस घर में आई, लेकिन आज उसके अपने घर विदा होते-होते तक रानी का मन अपने वैधव्य की चेतना के बावजूद ढीठ होकर इस घर से अपना नाता जोड़ रहा था। एक अजब ढंग से उसके मन में इस विवाह के वातावरण से अपना यह नवप्रेम अपने जादू से अन्धा बनाते हुए भी उसे मानसिक रूप से वस्तु-स्थिति की सूझ भी दे रहा था। वह जानती थी कि यह प्रेम कोरी छलना है, विवाह असम्भव है और इस होश में रहते हुए भी, उसका अन्तः हठ यह कहता था कि दोनों के बीच अनजाने तौर पर महीनों से चल रहा नाता अब सत्य की तरह प्रकट हो गया है और यह सत्य मिट नहीं सकता, टल नहीं सकता। वह हठ के साथ स्वयम्-समर्पिता सी सिमट कर रमेश के शरीर से सटकर खड़ी हो गई। रमेश ने गर्दन घुमाकर बहिन के स्नेह स्वरूप आँसू भरी आँखों से देखा और देखते ही मानो पानी में आग लग गई।

●

सात

ब्याह-बरात के दृश्य पूरे हुए। कथा का जो सूत्र लेकर मेरा उपन्यास आगे बढ़ा था, वह चुक गया। ऊपरी तौर पर न सोचकर भी मेरा सृजन-क्रीड़ारत अन्तर्मन अनिवार्य औपन्यासिक तार में नायक को बाँध चुका, उसे नायिका मिल गई। अन्तर्जातीय विवाह और वह भी विधवा-विवाह—दो क्रान्तिकारी पहलू सामने आ गये, प्रेम ने दो अनजानों को एक रिश्ते की पहचान करा दी।......और इस तरह मेरे उपन्यासकार ने मेरे व्यक्ति को निजी अनुभव की कचोट दे दी। मेरा भवानी भी प्रेम-समस्या का ही शिकार है। उपन्यास का नायक रमेश मेरी आनुमानिक आयु के अनुसार तेईस-चौबीस वर्ष का है और मेरा बेटा भवानी अब अट्ठाइसवें बरस में चल रहा है। उसका पहला प्रेमकाण्ड चार-पाँच वर्ष पहले हुआ था—ठीक इसी तरह—अरुणा की शादी पर। उषा, अरुणा की सहपाठिनी थी।......मुझे वे दिन याद आते हैं। भवानी एम०ए० के अन्तिम वर्ष में पढ़ रहा था। बी०ए० ऑनर्स, गोल्ड मेडिलिस्ट, वजीफ़ेदार, होनहार लड़का, क्या से क्या हो गया! उस पर एक भूत-सा सवार था, न किसी से बोलना न चालना, न हँसी न बात, हरदम खोया-खोयापन और जरा डाँटो-फटकारो तो आँखों से गंगा-जमना बहने लगती थीं। भवानी और उषा का प्रेम महल्ले भर की चर्चा का विषय बन गया था। आबरूदारों की नैतिकता को खलता, उनकी जातिगत चेतना को भी बड़ी उलझन होती थी। हम खत्री, उषा ब्राह्मण। उषा की माँ, चाची और बुआ दो बार हमारे यहाँ चढ़ाई करके माया को परास्त कर गईं। बड़ी बदनामी हुई थी। मैं न चाहते हुए भी इस पक्ष में था कि दोनों का विवाह हो जाय। न चाहने का कारण खास तौर से आर्थिक था और आम तौर से सामाजिक। मैं भवानी को यही समझाता था कि तुम अपनी दीवानगी पर कुछ महीनों और काबू रक्खो, एम०ए० प्रथम श्रेणी में पास कर लो। तुम्हारा भविष्य सुरक्षित हो जाय, फिर विवाह कर लेना। अपने गम्भीर क्षणों में वह मेरी बात को मानता था, खुद उसके मन में भी यह बात आती थी कि उसके कैरियर को आँच न आये, पर होनी होके रही। उषा उससे भी अधिक दीवानी थी। उसको हिस्टीरिया के दौरे पड़ने की खबरें, माँ-बाप आदि घरवालों द्वारा कटुक बचन सुनाये जाने की खबरें, झट-पट और जबर्दस्ती उसका सजातीय ब्याह कर देने की जुस्तजू में वर-ढुँढौवे की सनसनीखेज खबरें, इन सबने और हमजोलियों की रोमानी सहानुभूति तथा उषा की सहेलियों के चुपचाप सहयोग ने भवानी के मन को हर दिशा से घेरकर प्रेम-दीवाना बना दिया। महल्ले में मेरे लड़के का कैरियर बिगड़ता देखकर कुछ लोग हमारे पक्ष में थे और लड़की को दोषी करार देते थे और कुछ लोग पं० बाँकेलाल के पक्ष में थे, कुछ उभयपक्ष को निर्दोष बतलाकर नये ज़माने और पढ़ाई-

लिखाई को दोष देते थे। इसी बीच में एक दिन मित्रों के सफल षड्यन्त्र-वश भवानी और उषा का आर्यसमाजी और रजिस्टरी विवाह हो गया। लड़कों ने चोरी के बाद सीनाज़ोरी का कार्यक्रम भी बना रक्खा था। विवाह के बाद महल्ले के एक शिवाले में, जिसके दालानों में उनका छोटा-सा पुस्तकालय, वाचनालय और मनोरंजन-केन्द्र था, वर-वधू के स्वागत में एक छोटी-सी जलपान और संगीत गोष्ठी भी आयोजित की। महल्ले में बड़ी काँव-काँव मची। पं० बाँकेलाल मेरे घर के द्वारे खड़े होकर लाखों गालियाँ मुझे सुना गए।

असली समस्या इसके बाद सामने आई। उषा के लिए अब अपने घर के द्वार बन्द हो चुके थे। मुझे अपने घर उन्हें रखने में आपत्ति न थी, पर भवानी स्वयम् यह नहीं चाहता था। उन दोनों के यहाँ रहने से उमेश और वरुणा के आगामी सम्बन्धों पर आँच आ सकती थी। यूनिवर्सिटी के पास ही किसी मित्र के घर पहले कुछ दिनों मुफ़्त में, फिर कुछ किराया देकर रहने लगे। पिछत्तर रुपये भवानी को छात्रवृत्ति के रूप में मिलते थे, पचास मैं प्रतिमास देने लगा। पहले उसके पास साठ रुपये मासिक की एक ट्यूशन भी थी, पर प्रेम-दीवानगी के दिनों में न सध पाने के कारण वह छूट गई थी। दोनों को अर्थसंकट और उखड़े जीवन का बोध लेकर अपना नया संसार बसाना पड़ रहा था। माया ने बेटे-बहू की गृहस्थी को जमाने में यथा-शक्ति सहायता दी। वरुणा और उमेश भी वहाँ बराबर आते-जाते रहते थे। यह सब कुछ हुआ, पर भवानी का कैरियर बिगड़ गया। पढ़ाई में सदा से तेज़ और ऊँचे नम्बरों से पास होने वाला नौजवान तीसरी श्रेणी में एम०ए० पास हुआ। उसकी आखिरी डिगरी चौपट हो गई, रिसर्च और यूनिवर्सिटी के लेक्चरार होने की सम्भावनाएँ हाथों छूटे शीशे की तरह चकनाचूर हो गईं। और उषा के दिन चढ़े थे।

उषा के पिता पं० बाँकेलाल तब तक अपना तबादला कराके गृहस्थी समेत सीतापुर जा चुके थे। विवाह की घटना तब तक छह महीने पुरानी हो चुकी थी। इसलिए गर्भवती पतोहू को माया ने घर लाकर रखना ही उचित समझा।

यूनिवर्सिटी की पढ़ाई पूरी हुई। सपने टूट गये। भवानी अब ज़िन्दगी के चौराहे पर खड़ा था—किधर जाय। क्या करे। मैंने सलाह दी, कहीं मास्टरी कर लो, दुबारा एम०ए० की तैयारी करो, अगले साल शर्तिया अच्छे नम्बरों से पास होगे। मैं एक हायर सेकेण्डी स्कूल की प्रबन्धक समिति का सदस्य हूँ, स्कूल में एक जगह खाली थी और उसके लिए भवानी कुपात्र भी न था; हो जाता, पर भवानी को स्कूल-मास्टरी का विचार तक रुचिकर न लगा। वह अपने लिए कम से कम इण्टरमीडिएट कॉलेज की लेक्चररशिप चाहता था। वह मिली नहीं, यह मास्टरी भी हाथ से निकल गई। निराधार पढ़ाई में जी न लगता था। घर से उड़ा-उड़ा रहने लगा। सुबह नौ-दस बजे तक घर से निकल जाता, रात में दस-ग्यारह बजे लौटकर आता। अब उषा से उसकी खटपट भी अक्सर होने लगी। यथासमय उसका पहला पुत्र जयन्त हुआ। एक साल बेकारी में बीत गया।

भवानी के प्रति अब मेरी चिन्ता के क्षण गहराने लगे। इस लड़के के स्वभाव में सहसा अनेक नयी-नयी बातें दिखलाई पड़ने लगीं। अक्सर देखता कि भवानी नये-नये सूट

पहनकर बाहर जा रहा है। कहाँ से आये ये सूट? माया की मार्फत जानकारी की। बहू ने बतलाया कि सूट उनके नहीं, किसी दोस्त के पहन आते हैं। यह सूचना मुझे और भी परेशानी में डाल गई। मुझे लगा कि इस लड़के का स्वाभिमान लुप्त हो रहा है। फिर बाहर के लोगों से सुनने में आया कि भवानी 'गोल्डेन ईगल' बार में अक्सर बैठा हुआ दिखलाई देता है। मुझे चिन्ता सताने लगी। मैं यह समझता था कि अपनी असफलता से उसकी जमी-जमाई आस्था विचलित हो गई है। भवानी उमेश की तरह सत्ताभिलाषी न था। वह शुरू से ही प्रोफेसर बनने के सपने देखा करता था। अंग्रेजी तेज़ थी, अंग्रेजी का भक्त भी था। कभी-कभी मेरे सामने हिन्दी को नीचा दिखलाने का जोम भी बरत लेता था। उसे हिन्दी और कांग्रेस दोनों से ही चिढ़ थी। उसकी इस चिढ़ को मैं समझता था। कांग्रेसी आन्दोलन के कारण, मेरे जेल-जीवन और हिन्दी-लेखन के कारण मेरी आमदनी थोड़ी और अनियमित रही। भवानी का मानस बचपन से ही इन कारणों से संत्रस्त हो गया था। इसी कारण से मेरे प्रति अवज्ञा की थोड़ी-बहुत भावना उसमें शुरू से ही रही। मेरे साथ ही अपनी प्रतिभा से आस्था ग्रहण करके वह अपनी पढ़ाई-लिखाई में बड़ा चौकस रहा। किशोर और युवाकाल में वह शेखी के साथ लोगों के सामने कहा करता था कि वह क़िस्से-कहानियाँ नहीं, वरन् गम्भीर और ठोस ज्ञान की पुस्तकें लिखकर अन्तर्राष्ट्रीय ख्याति अर्जित करेगा। अध्ययन के क्षेत्र में अपनी उत्तरोत्तर सफलता के कारण उसने अपने-आपको अपने पिता-माता से बड़ा मान लिया था। बड़े भाई विनय को वह बुद्धू कहता था और छोटे भाई-बहिन तो छोटे थे ही। यों तो मेरे सभी बच्चे देखने में सुन्दर लगते हैं, पर भवानी का नाक-नक्शा इन सबमें सुन्दर है। जवानी आने के साथ-साथ उसे अपनी सुन्दरता का गुमान भी होने लगा था। मैं समझता हूँ, अलक्ष्य में मैं ही उसका शत्रु हो गया।

मुझे रात-दिन भवानी ही की चिन्ता सताने लगी। उषा से बोलता तक न था; जब बोलता भी था तो झिड़ककर, उसे अपने जीवन का अभिशाप बतलाता था। माया से यह स्थिति जानकर मेरे मन की उलझन और बढ़ गई। मैं अन्तर्जातीय प्रेम-विवाहों के दो दुःखान्त प्रकरण देख चुका हूँ। यह अन्तर्जातीय प्रेम, विवाह से पहले रूढ़ियों के प्रति बग़ावत करके मनुष्य को संकीर्णता से व्यापकता के दायरे में ले जाता है, लेकिन विवाह के बाद यही संकीर्ण, जातिगत चेतना पति-पत्नी के बीच कभी-कभी बेतुकी और चुभन भरी स्थितियाँ ला देती है। मेरे साथियों में एक 'गुप्त' महाशय ने, सन् बाईस-तेईस के लगभग एक 'शर्मा' कुमारी से प्रेम किया, फिर ब्याह किया। वह ज़माना और भी पुराना था। शहर के सभी क़िस्म के ब्राह्मणों ने आपसी भेद और ऊँच-नीचपन को भुलाकर इसे अपने वर्ण का अपमान माना और वैश्यों को भी यह लगा कि पूज्य कुल की कन्या लाकर 'गुप्त' कुलांगार ने वैश्य मात्र को अपराधी बना दिया है।

सन् तेईस-चौबीस के उस ज़माने को जब आज की दृष्टि से देखता हूँ तो पहली नज़र में ऐसा लगता है, मानो वह दुनियाँ ही और थी। आज अनेक ब्राह्मण-कन्याएँ पुरानी मान्यता के प्रतिकूल अपने से 'हीन' वर्णों की भार्या बन रही हैं और उनके पिता या पति

कुलों के लोग अपने-आपको अपराधी नहीं मानते। अब तो मैं पिछले दो वर्षों से अपने इन पुराने रूढ़ संस्कारों से जकड़े हुए गली-महल्लों के समाज में भी अन्तर्जातीय विवाहों की धूमधाम देख रहा हूँ। और ऐसे विवाह माता-पिताओं की सम्मति से हो रहे हैं।

लेकिन मेरे ज़माने के अन्तर्जातीय विवाह करने वाले गुप्तजी अपनी बिरादरी से निकाल दिये गये थे। सरकारी नौकरी में प्रवेश पाने की उनकी इच्छा और प्रयत्नों को एक ब्राह्मण अफ़सर ने बदले की भावना से एक ही क़लम से साफ कर दिया था। हाँ, हम लोग, जो राष्ट्रीय और सुधारवादी विचारों के युवक थे, उन्होंने गुप्ता-दम्पति को बड़ा नैतिक सहयोग दिया। गुप्ता-दम्पतिं आर्यसमाजी और राष्ट्र-सेवी बन गये। मगर सरकारी नौकरी न पाने का क्षोभ गुप्ताजी के मन से कभी उतर न सका। विवाह के दो ही तीन वर्षों बाद उन्होंने अपनी प्रेमिका पत्नी को छोड़ दिया। आर्यसमाजी से मुसलमान बने, फिर दो बरस बाद अपनी मुसलमान पत्नी के साथ शुद्ध होकर हिन्दू बने। उनका सारा जीवन स्त्री-लोभ में ग़ैरजिम्मेदार ढंग से ही बीता। उनकी शर्मा पत्नी आज भी जीवित हैं, एक प्रतिष्ठित प्रधानाध्यापिका के पद पर आसीन हैं। उनके स्वभाव में क्रोध और कठोरता आ गई है।

मैंने अभी हाल ही में हुए दो प्रेम-विवाहों की असफलता को भी देखा है। ये प्रेमिक पति-पत्नी प्रेम का नशा उतरते ही एक-दूसरे को अपनी जाति जतलाने लगते हैं। आर्यसमाजी और सिविल मैरेज क़ानून से किए गये विवाह-कर्म का बन्धन उनके मन में बच्चों के खेल के समान ही फुसफुसा और बेबुनियाद हो जाता है। हाँ, जो युवक या युवतियाँ छोटे शहरों में बँगले वाले समाज से या बड़े शहरों में फ्लैटों वाले समाज से जुड़े हुए हैं, उनमें यह जातिगत भावना किसी भी स्तर पर नहीं सताती। महल्लों के संस्कारों से घिरा हुआ मेरा भवानी जब अपना कैरियर चौपट हो जाने के बाद प्रेम से अघा गया, तो अपनी पत्नी के ब्राह्मणत्व को बात-बात में तुच्छ बताने लगा। मैंने एक दिन उसे समझाने की कोशिश की, कहा कि पश्चात्ताप करना या दुखी होना अच्छी बात नहीं। तुम किसी भी समय अपने को फिर से सफलतापूर्वक खड़ा कर सकते हो। मैंने उससे यहाँ तक कहा कि कमाने की चिन्ता छोड़ दो, तुम पढ़ो और अपना इच्छित कैरियर पाओ। मैं खुशी से तुम्हारा सारा खर्च उठाऊँगा।

भवानी भावावेश में आकर रोने लगा, बोला : "मुझे एम०ए० करने से पहले अपने-आपको शादी से बचाना चाहिए था, ग़लती तो तभी हो गई। मैं एक ग़लत चीज़ के प्रेम में फँस गया।"

मैंने कहा : "छुटकूँ, अगर तुम्हारा प्रेम सच्चा था तो तुम्हें पछतावा न होना चाहिए।"

"पछतावा मुझे इस बात का है कि मेरा सच्चा प्रेम इसके झूठे प्रेम के धोखे में आ गया।"

"इसके प्रेम में झूठ क्या था भाई ?" मैंने पूछा।

"आप माडर्न माइण्ड को नहीं समझ सकते पिताजी। ये मेरे जैसे कल्चर्ड और रीफाइण्ड टेम्परामेन्ट के आदमी को सूट ही नहीं करतीं।"

"अब तुम ज्यादती कर रहे हो छुटकू, उस समय जब मैं तुम्हें समझाता था, तब तुम्हें ऊषा में सारे गुण ही गुण दिखलाई देते थे।"

"वह इन्फक्चुएशन था।"

'खैर, मैं तुमसे बहस नहीं करूँगा, मगर तुम अपने जीव-कर्म की चिन्ता करो।"

"अब मैं पढ़ तो सकता नहीं पिताजी। वह उमंग गयी। अब तो भला या बुरा जैसा भी हो, मेरे ऊपर एक गृहस्थी का भार है। मैं जल्द से जल्द किसी सर्विस की तलाश में हूँ।"

"खैर वही सही, मैं तुम्हारे लिए एक सीमा तक अपने सिद्धान्त से समझौता करने को भी तैयार हूँ बेटे। किसी से कहना-सुनना पड़े तो—"

"आपको उसकी ज़रूरत न पड़ेगी, मैं अपना रास्ता आप ही बनाऊँगा।"

"ठीक है, इससे बढ़कर खुशी की बात ही क्या हो सकती है?"

और रास्ता उन्होंने उम्दा खोज निकाला। अपने गुरु अंग्रेजी के एक सम्मानित भूतपूर्व प्रोफ़ेसर की एक लेक्चरर लड़की के रखैल बन गये। मेरी एक सन्तान श्रमजीवी नहीं शिश्नजीवी है—यह कटु यथार्थ मेरी अहंता को लातें मारता है।

अजीब बात है कि दुनियादारी की सफलता में इसे सारी दुनिया के सभ्य समाज में आम तौर पर पुराने समय से लेकर आज तक बरता जाता है। वात्स्यायन के कामसूत्र में भी धनी एवम् सत्ताधिकारिणी कामवल्लभाओं के माध्यम से अपना नसीब चमकाने की बात लिखी हुई है। सफलता पा लेने पर मनुष्य के सारे कलंक धुल जाते हैं। मिस दास गुप्ता के यहाँ रहकर भवानी ने गत वर्ष एम०ए० कर लिया और अब वो प्रकाशन के धन्धे में उतर रहे हैं। मिस दासगुप्ता और यूनिवर्सिटी के दूसरे प्राध्यापकों के बनाये हुए नोट्स छाप रहे हैं। मिस दासगुप्ता और भवानी दोनों साथ-साथ खुले आम घूमते हैं, रहते हैं, अपने समाज में पूरा औपचारिक आदर-मान पाते हैं, उन्हें भय किसका है। हाँ, अपने इस नये 'कैरियर' में प्रवेश करने से पहले उन्होंने अपनी माँ और मुझ पर एक महत् 'आर्थिक कृपा' की थी कि अपनी गर्भवती बहू और बच्चे को अपने ससुर के घर सीतापुर छोड़ आये थे। पण्डित बाँकेलाल और उनके परिवार वालों का क्रोध तब तक शान्त हो चुका था और वे उसे बुला भी रहे थे। भवानी ने एक तीर से दो शिकार किए—सास-ससुर पर यह एहसान लादा कि उसने उनका बेटी-दोहता मिला दिया और माँ-बाप पर यह कि दो का खर्च कम करवा दिया और स्वयम् मिस दासगुप्ता के दासानुदास हो गये। भवानी के दूसरे पुत्र अनन्त का जन्म अपने ननिहाल में ही हुआ। अब वह सवा साल का हो चुका है, हमने अभी तक उसे देखा नहीं है……। सोचता हूँ, यह बच्चे बड़े होकर अपने बाप के सम्बन्ध में क्या सोचेंगे और बेचारी ऊषा का क्या होगा? आजकल के लड़कों की समस्या सचमुच उनके माँ-बापों के लिए बहुत ही जटिल हो गई है।

नन्हीं (वरुणा) डाक लेकर आई। उसके चेहरे पर खुशी की बिजलियाँ कौंध रही थीं। बायें हाथ से मेज पर डाक रक्खी और दाहिने हाथ की खुली चिट्ठी मेरे हाथ में

रखते हुए उल्लसित स्वर में बोली: "पिताजी, मेरे उमेश भैया आई०ए०एस० हो गये......" कान सुन रहे हैं, आँखें पत्र पढ़ रही हैं 'पूजनीया माताजी, आपके और पिताजी के आशीर्वाद से मेरा चुनाव हो गया। कल रात को पूज्य शिवकुमारजी के पास दिल्ली से ट्रंककाल आया था! मुझे बुलाकर कहा'......"मैं आपसे घड़ी ज़रूर लूँगी पिताजी"—'सबेरे मुख्यमन्त्रीजी के चरण स्पर्श कर आना और अरविन्दशंकरजी'—"मैंने अभी तक बिट्टी बहिनजी की उतरन पहनी है। अब मैं नई जरूर खरीदूँगी। ये अब बहुत स्लो भी चलती है पिताजी। पिछली बार जब घड़ीसाज को दी थी तो उसने कहा था कि इसकी मशीन अब बहुत ओल्ड हो चुकी।"

कान और आँखों का रस एक ही था, पर बेटी का उलहना बेटे की लिखी सूचनाओं की जिज्ञासा से अधिक आकर्षक और मीठा लगा। मैंने उमेश के पत्र की ओर से नज़र हटाकर बेबी को मुस्कराते हुए देखा। मेरी वात्सल्य भरी दृष्टि को वह अब भी निरी बच्ची ही लगी। नन्हीं मचलकर बोली: "जब तक आप हाँ नहीं कहेंगे, तब तक मैं आपका पीछा नहीं छोड़ूँगी।"

"वाह री तेरी ज़बर्दस्ती! अरे आई०ए०एस० तो तेरी माताजी का बेटा हुआ है। उनसे माँग घड़ी। जब मेरी बेटी एम०बी०बी०एस० पास करेगी तब मैं इनाम दूँगा।" मैंने उमंग में बात बनाई। वरुणा बिलकुल डिक्टेटरशाही अदा में सिर हिलाते हुए बोली: "घड़ी तो आपको प्रॉमिस करनी ही होगी। माताजी से तो मैंने अँगूठी और टाप्स का प्रॉमिस झटक लिया है। उमेश भैया की पहली और दूसरी सैलरी में से वो बनवा देंगी और उमेश भैया से अबकी सर्दियों में ओवरकोट का वादा कराऊँगी। और-और अभी तो मेरा बी०एस-सी० का रिजल्ट आने पर एक ड्यू आप लोगों पर और चढ़ेगा। उसके लिए तो मैं बड़े भैया और बिट्टी बहिनजी से भी ले मरूँगी।"

"अरे तो मरने की क्या जरूरत है बिटिया। लड़कियाँ तो लेने के लिए पैदा ही होती हैं। घड़ी मैं तुम्हें दूँगा। अगस्त में दूँगा भाई, जब मेरी रायल्टी के पैसे आ जायेंगे।" मैंने उसकी पीठ थपथपा दी, वह चली गई। नन्हीं का मुहावरे के तौर पर भी 'मरूँगी' कहना मुझे हल्का सा धक्का दे गया था। हमारे यहाँ अभी तक 'कब मरोगी चुड़ैलो' कहकर लड़कियों का लाड़ लड़ाया जाता है, मगर मुझे यह शब्द सहन नहीं होता, खास तौर से वरुणा के प्रसंग में। इस यक्ष्माग्रस्त बेटी को मैं बड़ी कठिनाई से यमपाश से छुड़ा पाया हूँ। और इस समय खासतौर पर अपनी खुशी में हल्की सी चुभन भी नहीं चाहता। नज़रें उमेश के अधूरे पढ़े पत्र पर फिर झुक जाती हैं—"और अरविन्दशंकरजी के पास कल शाम को तुम्हें लेकर मैं खुद चलूँगा। पुराने मित्र से कुछ मिष्ठान्न वसूल किए बिना उनका लड़का उन्हें वापस नहीं करूँगा। आज सबेरे मुख्यमंत्रीजी के चरण छू आया। प्रसन्न थे। मुझसे कहा कि मेरी ओर से अपने पिताजी को बधाई दे देना। माताजी, दिन भर का वचन बन्धन है, नहीं तो रात ही से पिताजी के और आपके श्रीचरणों में लौटने के लिए तड़फड़ा रहा हूँ। बाकी आज शाम को घर आने पर। नन्हीं अपने वास्ते किसी चीज की

फरमाइश अभी से सोच रक्खे। पिताजी शाम को कहीं जायें नहीं।''...पढ़कर मन पर नशा छा गया। मेरा बेटा आई०ए०एस० हो गया। अब अवसर पाकर वह एक दिन भारत का सेक्रेटरी जनरल तक हो सकता है। मैं अब हाकिम का पिता हूँ। मेरा अहं इस समय राजसी वेग पर आरूढ़ है, हाकिम की माँ को देखने के लिए बेताब है। आप खबर देने न आईं हाकिम की माताजी, अभी से ही मेरा मान गुमान चढ़ा है उनको। ठीक है भाई, आज उनका दिन है। पितृसत्ताक समाज में भी माँ का पद एक जगह पिता से बड़ा है। पिता की गया एक बार करने ही से पितृऋण से मुक्ति मिल जाती है, पर माँ की गया सात बार में भी पूरी नहीं होती। चलूँ, मैं ही अपनी माया रानी को बधाई दे आऊँ।

माया को घर में धोबीखाने की धुली हुई चिकन की धोती पहने घूमते हुए आज मैंने बरसों बाद देखा। जब मैं ऊपर पहुँचा तब वह रसोई वाले दालान के जंगले से सामने वाले घर की सुषमा से कह रही थीं : ''ए बिटिया, तनी भंगड़ महराज के यहाँ आवाज दे के कह देओ कि घर से निकलें तो हमरे यहाँ होते भये जायें। कल पुर्नमासी है, सो हमें सतनरायन की कथा करानी है।''

''अभी कहे देती हूँ चाची।''

''और तुमरी महतारी कहाँ हैंगी, उनसे कह देओ कि उनके उमेशो आई०ए०एस० पास हुइ गये। अब कलक्टर होयेंगे।''

मैं मुग्ध दृष्टि से माया को देख रहा था। माया झुककर गली में देखने लगी, मैंने छेड़ने के लिए कहा : ''मैंने कहा, कलक्टर की महतारी खुशखबरी सुनाउन खातिर गली में शिकार ढूँढ़ रही हैंगी।''

मेरी बात पूरी होने तक भीतर के आनन्द से हरा-भरा उनका मुखड़ा लाज का गहरा गुलाबी निखार भी पा चुका था। मुझसे उनकी तृष्टिमग्न खिलखिलाती आँखें मिलती भी हैं और अपने-आपको चुरा भी रही हैं—लाज भरे संकोच की थिरकन उनके कन्धों, कमर, घुटनों और पैर के पंजों-उँगलियों तक पर दौड़कर थम गई। और इस लाज के बावजूद होंठ रसढीठ होकर खुले हैं, मुस्कान की चपलता स्थिर मग्न होकर दाँतों को मोतियों की सी मनमोहिनी आब दे रही थी। काश कि मैं कवि या चित्रकार होता! नारी अपने पुरुष को उस दृष्टि से देख रही थी जिसे पाकर वह त्रिलोक विजयी हो जाता है। मेरी बात पूरी होने पर उन्होंने 'हटो' कहा और फिर सामने वाले दालान में खड़ी नन्हीं को एक नजर देखकर बोलीं : ''मजाक उड़ावत हौगे बेकार में। अरे जिसे खुशी होयगी वह दूसरों से कहेगा नहीं !''

''हाँ, हाँ भाई, अवश्य कहो, ये कहना-सुनना तुम्हें मुबारक हो। तुम्हारे ही भाग्य से ये सुख का दिन आया है।''

''भगवान ने मेरी अरज सुन ली, तुम्हारे चरनन के पुन्न-प्रताप से। इसीलिए, हमने देखा कि कल पुर्नमासी भी है, सो भंगड़ पाधा को कथा के लिए कहलाय दिया, औ अभी थोड़ी देर में नन्हीं, सामने वालों की सुषमा और कामिनी वगैरे लड़कियन को इधर-उधर

चार घर भेजकर कहलाय देंगे, मन्नो बाबू, लल्ला बाबू के हियन कहलाय देंगे और तुम भी जिन्हें खिलाना-पिलाना होय—''

''हाँ ठीक रहेगा, कल दो-चार साहित्यिक मित्रों को, अपने हजामत-अली को और बाकर मिर्जा और एक-आध कोई अफसर मित्रों में से भी इस बार बुला लूँगा। लेकिन हमारा खान-पान भारतीय न होकर इंटरनेशनल होगा, समझीं। साठ-सत्तर रुपये खरच सकती हो तो इन सबको बुलाऊँ।''

''बुला लो। उमेशो से भी कह दूँगी कि अपने दोस्तों को बुला ले। सौ-सवा-सौ हद डेढ़ सौ तक कल के दिन खरच कर दूँगी।''

''ऐ शाबाश। ये श्रीमती मायारानी बोल रही हैं या कलक्टर की महतारी?''

माया हल्की लाज भरी गुमान में मुस्का के बोलीं: ''हाँ कलक्टर की महतारी तौ अब हम हुइयै गए, बाकी महतारी हम सबकी हैं—चाहे कलक्टर होय, हेडकिलर्क होय और चाहे.......'' माया रुक गईं, सुन्दर इबारत मिटाई गई स्लेट के समान चेहरा निर्भाव हो गया। माया-मुखदर्पण में वही निर्भावना मैंने अपने अन्दर भी देखी—देर से एक रजोगुणी मदभरी आनन्द-लहरी हमारे मनों में, मुखों पर छा रही थी वह माया की बात से सहसा पर्दे में छिप गयी—कलक्टर की माँ से शिश्नजीवी भवानी की माँ तक का भाव-फैलाव हो गया। भवानी की स्मृति के स्पर्शमात्र से हमारे मन की स्लेटें साफ हो गईं। रजोगुण से उन्नत मन को तमस के आभास ने नीचा दिखाने का जतन किया, लेकिन हमारे मनों के किसी भीतरी हठ ने अपनी लाज-उदासी भरी स्थिति को उभरने से रोक लिया। माया की जो मनोछवि मेरी दृष्टि में समाई थी, वह अभिन्न रूप से मेरी भी थी। कैसे होता है ये मनोयोग? क्या होता है ये मन?

नन्हीं बात को अपने मन की खीझ-खिसियान में वैसे ही घसीट ले गई, बोली: ''तो आप सिर्फ अपने बेटों की ही माँ हैं माताजी—''

''अरे नहीं री! तू तो पगली है। जब ब्या होगा, बाल-बच्चों की माँ बनेगी—''

''नहीं-नहीं, मैं अभी इसे ब्या-व्या के चक्कर में न डालूँगा। ये मेरी बेटी थोड़े ही है, बेटा है मेरा। मेरी इच्छा है यह डाक्टरी पढ़े और इंगलैण्ड-अमेरिका से ऊँची डिगरियाँ लेकर आये और प्रैक्टिस करे। अरे दस-बारह बरसों में ही चारों तरफ डॉक्टर मेहरोत्रा—डा० कुमारी वरुणा मेहरोत्रा के नाम की धूम होगी, देख लेना। तुम्हारे सब लड़कों से अधिक लाखों कमाएगी, मेरी नन्हीं। क्यों न बिटिया?'' मेरे मन ने उचित परिस्थिति देखकर नन्हीं के सम्बन्ध में अपनी नयी योजना बातों ही बातों में प्रस्तुत कर दी। माया को देखा, उनका गम्भीर चेहरा मुझे अपने प्रस्तुत मन के प्रतिकूल लगा; नन्हीं को देखा, उसके चेहरे पर मेरी बात से प्रेरित उमंग अपना रंग चढ़ा रही थी। वह हुलसकर बोली: ''हाँ पिताजी, मैं बनूँगी तो कुछ अवश्य, पर डॉक्टर बनूँगी या साइंटिस्ट, या प्रोफेसर, ये आपको सोचकर बतलाऊँगी......लेकिन ये आपने अच्छा किया पिताजी कि मेरी शादी की बात माताजी के सामने ही केंसिल कर दी।''

"अच्छा, अब रहने दे। ये बातें तेरे कहने-सोचने की नहीं हैं—"

"क्यों नहीं हैं? मेरे पिताजी से पूछिए—क्यों न पिताजी?"

"तुमरे पिताजी ने तो सदा दुनिया से अपनी मत अलग रक्खी हैगी। उसइ के फेर मैं मेरा छुटकू आज भटक गया।" माया ने आक्रोश से झनझनाते स्वर में कहा। इन्होंने इस तरह मेरा विद्रोह बहुत ही कम किया है? कहकर वे ठिठकीं, फिर एकाएक भण्डारघर में चली गईं। मैं नीचे उतर आया, बैठके में आ गया।

बैठके का छोटा-सा कमरा और उसके आगे चहारदीवारी से घिरी हुई मेरी छोटी-सी बगिया ऊपर से लौटकर आने पर ऐसी लगी कि मानो जान में जान आई हो। नन्हीं का ब्याह न करके उसे डॉक्टर बनाना माया को पसन्द नहीं। शायद उनके मन को यह ठेस पहुँची कि पहले मैंने उनसे इस सम्बन्ध में कुछ भी कहे-सुने बिना सीधे वरुणा के मन में ही स्वतन्त्र जीवन वाले प्रस्ताव की प्रेरणा क्यों भरनी शुरू कर दी। माया मुझसे सचमुच तप गई हैं। भवानी के प्रेम-विवाह के सम्बन्ध में मेरा इतना ही अपराध है कि मैंने उसे एम०ए० की परीक्षा देने के बाद प्रेम-विवाह करने की सलाह दी थी। मैंने माया के सामने ही उसे समझाते हुए कहा था: "मैं तेरे फर्स्ट-क्लास एम०ए० पास करने में स्वाभाविक रूप से अधिक दिलचस्पी रखता हूँ। अपनी जीविका का साधन सिद्ध कर लो, फिर मौज से विवाह करो। मैं वचन देता हूँ कि तब तुम्हारे विवाह-समारोह में स्वयं सम्मिलित होऊँगा और शहर के बड़े-बड़े लोग भी आयेंगे।" उसने बाद में खुद मुझसे भी छिपाकर चुपचाप विवाह रचा लिया......इसमें भला मेरा क्या अपराध है? मैंने भवानी को भी गलत उकसावा नहीं दिया और न नन्हीं को ही दे रहा हूँ। माया नन्हीं की शादी पर जोर देती हैं: नन्हीं जैसी सुन्दर लड़की स्वतन्त्र जीवन में भवानी की ही बहिन साबित होगी। उन्हें लड़की की बदमानी लड़के से भी अधिक खलेगी और इसी आशंका से वह उसे ब्याह कर दूसरों के सिपुर्द कर देने की उतावली में हैं। कुछ भी हो, आज खुशी के दिन माया नाराज हो गयीं। क्या किया जाय, हमारे जीवन में परिस्थितियों के संयोग ही कुछ ऐसे बैठे हैं कि एक बेटे की यशोगाथा के साथ-साथ दूसरे बेटे की कलंकगाथा अमृत और विष के समान प्राणों में घुलती है। हम इस समय सौभाग्यशाली हैं, किन्तु अभागे भी हैं।......लेकिन ये भाग्य आखिर है क्या? क्या सचमुच विधाता का विधान नाम की कोई वस्तु है?

मेरा एक दुर्भाग्य यह भी है कि भाग्य, पुनर्जन्म, धर्म, दर्शन आदि विषयों पर कभी गम्भीरतापूर्वक सोच ही नहीं पाया। लोग माया और ब्रह्म और मेटाफ़िज़िस्क आदि की बड़ी-बड़ी बातें करते हैं, पर इनमें से एक भी बात मेरे पल्ले नहीं पड़ती। बचपन में हनुमानजी की आरती, रामायण आदि के संस्कार पड़े थे। वो अब भी मन के सूनेपन में या पीड़ादग्ध क्षणों में कभी-कभी किसी अदृश्य शक्ति की उपस्थिति का ठीक उसी तरह से भ्रम या आभास करा जाते हैं, जैसा कि बाज-बाज उजाड़ महल-हवेली के सूने खण्डहरों में घूमते हुए अक्सर हो जाया करता है। मेरी किशोरावस्था, सारी नौजवानी और जवानी

विद्रोह में ही आस्था रखकर बीती है। मुझे अभी तक अपने सुख-दुख में कभी ईश्वर या भाग्य के सहारे की गम्भीर आवश्यकता ही नहीं पड़ी। मुझे दैव या दैवभेदी दर्शन धर्म से न तो प्रेम है, न नफरत......लेकिन आजाद भारत में ये बारह-तेरह वर्ष बिता लेने के बाद अपने अवसाद के गहरी घुटन भरे क्षणों में ऊबकर अक्सर जी यह चाहता है कि अकेलेपन में सहारे के लिए मैं भी अशरण-शरण दीनबन्धु जगन्नियन्ता के अस्तित्व को सादर स्वीकार कर लूँ।......पर ये चाहने से होता ही क्या है, दर्शन और ब्रह्म का कोई ओर-छोर ही मेरे पल्ले नहीं पड़ता।

मेरे बचपन से लेकर सन् बयालीस तक भारत जुझारू भारत था। ये तो '४२ में हम लोग जेल क्या गये कि हमारा सारा नैतिक बल और सत्य के लिए हमारा साहस-संगठन और कर्मशरता ही अंग्रेजों के पहले 'भारत छोड़ो' नारे को मानकर चली गई। आजादी के बाद आया फूट, असंगठन, विलास, व्यभिचार, लूट, डाके, खून और काले बाजार का जमाना। ऊँह, होगा। छोड़ूँ इस शिकायती चर्के को। कौन अपना दिमाग खराब करे। अपने उपन्यास की बात सोचूँ......। रमेश और रानी का प्रेम-नाता जुड़ चुका। रमेश की आर्थिक पारिवारिक स्थिति का आवश्यक परिचय भी दिया जा चुका। अब उपन्यास की हीरोइन 'रानी' का पारिवारिक वातावरण सामने आना चाहिए। रानी ठाकुर है......अभी कुछ ही दिनों पहले मुझे अपने स्कूल-जीवन के एक सहपाठी मित्र कुँवर बच्चूसिंह मिले थे। उनके पिता पहले पुलिस दारोगा थे, बाद में कोतवाल तक बन गये थे। बच्चूसिंह के बड़े रुआब थे। स्कूल में हास्टल-वार्डेन मास्टर शंभूसहाय की दूसरी बार की जवान पत्नी को एक दिन दोपहर में, वार्डेन के बँगले में घुसकर दबोच लिया था। उसके दो-तीन 'मुसाहब' मित्र बाकायदा बँगले के आस-पास पहरा दे रहे थे। फिर यह बात शायद तमाम लड़कों और मास्टरों में भी फैल गयी थी। बच्चूसिंह और उसके साथी रात-रात भर होस्टल से गायब रहकर ऐश किया करते थे। मैंने बच्चूसिंह का शाही जमाना देखा था और अब उसकी फटेहाल, सूखी पीली, दाढ़ी बढ़ी और चिन्ताओं में जड़ी सूरत भी देखी।......बड़ा दुखी और कटु था। कहता था, मेरे जिन भाई-बन्द और रिश्तेदारों को मेरे बाप ने पुलिस में नौकरी दिलाई, वे ही अब ऊँचे-ऊँचे ओहदों पर पहुँचकर मुझसे रुख तक नहीं मिलाते। बेटे की चाह में दो शादियाँ कीं, लेकिन दोनों ही से उसे केवल छह कन्यारत्न ही प्राप्त हुए।......रानी के पिता की कल्पना में बच्चूसिंह के चरित्र को संशोधित-परिवर्धित रूप में मैंने अपना लिया। रानी के घरेलू वातावरण और पिता की कल्पना फौवारे के पानी की तरह उठकर उछलने लगी। लिखने के लिए मन में फुरफुरी उठने लगी। मेरी मेज-कुरसी अब मेरे लिए शान्त रम्य तपोवन के समान है, जिसमें बैठते ही मन हर विघ्न-बाधा से मुक्त होकर, अपनी कल्पना और अनुभव के ताने-बाने से मगन होकर नयी सृष्टि करने लगता है। लिखने का काम, मेरे लिए साक्षात् अशरण-शरण, निर्बल के बल राम जैसा ही है। मेज पर बैठ गया। अपने उपन्यास वाली फाइल उठाई, पाँच मिनट सरसरी नजर से पिछले आठ-नौ दिनों के श्रमस्वरूप पाँच परिच्छेदों को देखता रहा......सहसा एक सूझ की

बिजली सी कौंध गयी। बरसों पहले कलकत्ते में देखे हुए एक लालाजी ध्यान में आए, अपनी गली के बाद वाले तिरमुहानी बाजार में 'लेडी डॉक्टर मिसेज़……नर्स एण्ड मिडवाइफ़' का साइनबोर्ड नाच गया। स्वयं लेडी डॉक्टर-नर्स मिडवाइफ़ श्रीमतीजी की सूरत और सीरत भी मेरे ख्यालों में चमक उठी। नये पृष्ठ पर बीच में अध्याय छः लिखा। एक विचार मन में व्यवधान सा उठा—उपन्यास का नाम तो अभी रक्खा ही नहीं—ओह, ये नकली और ऊपरी पचड़े। मेरे सामने रानी का पिता कुँवर बच्चूसिंह—नहीं रद्धूसिंह अपने मकान और मनोवैज्ञानिक पृष्ठभूमि के साथ सामने खड़ा है।……

एक बार तो मैं मेज पर जम गया। तेजी से लिखना भी आरंभ कर दिया। दस-बारह पंक्तियाँ लिखता चला—एकाएक लगा, यह तो बच्चूसिंह की छवि है, रद्धूसिंह की नहीं। मेरा पात्र रद्धूसिंह अब मेरे मन में अपनी स्वतन्त्रता के लिए हुल्लड़ मचाने लगा था। मुझे लगा कि मैं रद्धूसिंह को जिस प्रकार अपने सहपाठी बच्चूसिंह की फोटोग्राफ कापी बना रहा हूँ, यह जल्दबाजी आगे चलकर मेरे इस पात्र को कहीं बाँध देगी। समाज में एक नमूने के अनेक चरित्र होते हैं, उनकी कुछ झलकियाँ एक साथ मिलाकर देखने से एक नया पात्र ही सामने आ खड़ा होता है। सचमुच आ खड़ा होता है। मेरा पात्र कुँवर रद्धूसिंह इस समय हूबहू मेरी अन्तर्दृष्टि के सामने खड़ा है।……ये 'विज़न'—ये-ये सन्दर्शन—छाया—अपच्छाया—आभास इन तमाम पढ़े-लिखे शब्दों के अर्थ-स्वरूप मेरा कल्पित दृश्य कभी-कभी इतना मांसल हो उठता है कि वस्तुजगत की चीज का आभास करा देता है।……मैं विश्वास कर सकता हूँ कि वैदिक ऋषि मन्त्रद्रष्टा होते थे। खैर होगा, अब इस समय मूड़ उखड़ गया। घुटन मालूम दे रही है। कहीं बाहर डोल आऊँ।……

कल फिर लिख ही न सका। मेरा रद्धूसिंह जिस लाला और मिडवाइफ़ के पड़ोस में स्थित हो गया था, वह स्थिति मुझसे उसका चरित्र झलकने से पहले उसकी पारिवारिक स्थिति की भी माँग कर रही थी। उपन्यास का पात्र मेरी कल्पना की सृष्टि भले ही हो, पर मेरे बाप का गुलाम तो नहीं। सृष्टि अपने ही नियम से चलती है। रद्धूसिंह के मानस में प्रवेश करने के लिए जब तक उसके बाह्य जगत् के अन्तरंग यथार्थ को न देखूँगा, तब तक उसके मन का यथार्थ मुझें क्यों कर मिल सकेगा? अपना-अपना तरीक़ा है। मैं यथार्थ की गति स्थूल से सूक्ष्म मानकर चलता हूँ—मेरी बिम्बध्वनियों या ध्वनिबिम्बों का अभिन्न अटूट तार अब तो अपनी बहिर्चेतना द्वारा बिना किसी प्रकार का श्रम कराये हुए ही मेरे पूर्वश्रम के अर्जित फलस्वरूप संस्कार बनकर, बिम्बावलियों की स्वतः गति के साथ घुल-मिलकर एक हो गया है। यथार्थ में स्थूल से सूक्ष्म नहीं खोता और इस सूक्ष्म से फिर एक नये यथार्थ की स्थूल अनुभूति तक कभी-न-कभी होकर ही रहती है। एक चक्कर है—चक्करदार सीढ़ियाँ—पता नहीं लगता, गति ऊपर होती है या नीचे, दायें होती है या बायें, पर गतिचक्र अवश्य है।

दोपहर। उहुँ……। आलस है। लिखने, सोचने, कुछ भी करने को जी नहीं चाहता। बस सो जाऊँ, यानी थोड़ी देर के लिए मर जाऊँ। आज कढ़ी बनी और स्वादिष्ट इतनी

थी कि भात अधिक खा गया। अफ़रन के कारण लिखने की इच्छा नहीं। वैसे भी चालीस की आयु के बाद मनुष्य को भोजनोपरान्त 'वाम कुक्षि' नींद लेनी चाहिए, आयुर्वेद का प्रमाण है—मैं तो इकसठ का हूँ।—धत्! बेकार ही अपने इकसठ की आड़ ले रहा है। कल, परसों, नरसों इकसठ का नहीं था? नहीं लिखता तो न सही, बहाने क्यों बनाता है।

शाम। सोकर उठा। मेरे अनन्य मित्र बुलबुल-परिवार के नरों की मधुर संगीतमयी चहक से मेरी बगिया गूँज रही थी। बाहर आकर बैठ गया। बुलबुल मुझसे इतने हिलमिल गए हैं कि मेरी गोद में, कन्धे पर, बाँहों पर बेझिझक आ विराजते हैं। हरसिंगार के वृक्ष पर उनके घोंसले हैं। मेरे बगिया बनवाने के कुछ ही रोज़ बाद किसी का पालतू बुलबुल उड़कर वहाँ आ गया। कुछ दिनों बाद वह अपने एक साथी को लेकर वहाँ आया। दोनों फिर स्थायी रूप से वहीं रहने लगे। इस समय उस जोड़े के अलावा पाँच बुलबुल और हैं, जिनमें तीन नर हैं। फुट्टैल जोड़े का नर पट्ठा ऐसी विरह-तड़प लेकर चहकता है कि मानो सरजनहार से न्याय माँग रहा हो। जब एक साथ चहकते हैं, तो मेरी यह छोटी-सी बगिया नन्दन कानन बन जाती है। जब अवकाश मिलता है, तो इन्हें अपने हाथ से आटे की गोलियाँ चुगाता हूँ।

मैं मगन मन अपनी बगिया में बुलबुल-परिवार से घिरा बैठा था, तभी गली में जाते हुए लड़कों की ज़ोर-ज़ोर से चलने वाली बातों से मुझे यह अन्दाज़ मिला कि इण्टरमीडिएट का परीक्षाफल आज ही निकलने वाला है।

एकाएक इच्छा हुई कि चौराहे पर जाकर लड़कों और उनके अभिभावकों के चेहरे देखने चाहिए। मन में विचार उठा कि दृश्य की और बातों की ताज़गी से मेरे उपन्यास का नया परिच्छेद अनुप्रेरित हो जायेगा। कुर्ता डाला और चौराहे पर पान खाने के बहाने चल पड़ा।

गली से बाहर निकलते ही तिरमुहानी बाज़ार के चौराहे से ही उत्सुक लड़कों के झुण्ड मिलने आरम्भ हो गए। रिज़ल्ट आ रहा है। रिज़ल्ट आ रहा है। 'नेशनल हेरल्ड' अख़बार के फाटक पर सैकड़ों-हज़ारों का मजमा जुटा हुआ है—इसी प्रकार की बातें हो रही हैं। नेशनल हेरल्ड, नवजीवन और कौमी आवाज़ में काम करने वाले लोगों से अपनी जान-पहचान के सूत्र निकालने वाले लड़के अधिक जोश दिखला रहे हैं। कोई कह रहा है कि मैंने इतनों-इतनों के रोल नंबर अमुक-अमुक को लिख दिये हैं, वो अभी देख के बतलाते ही होंगे। किसी को शिकायत है कि जब से वह नम्बर मिलाने की कोशिश कर रहे हैं, तब से टेलीफ़ोन हर बार 'इंगेज्ड' की 'कूँ कूँ' से ही उन्हें बोर कर रहा है। हर चेहरे पर घबराहट, बौखलाहट और परेशानी अंकित है।

ये हाईस्कूल और इण्टरमीडिएट के परीक्षार्थियों की भीड़ मेरे देखते ही देखते बढ़ी है। मेरे ज़माने में कुल जमा तीन-चार हज़ार लड़के इम्तहान में बैठा करते थे और अब लाखों का मजमा लगता है। शिक्षा कित्ती फैल गई है, यानी पढ़े-लिखे अशिक्षितों का हुजूम कितना बढ़ गया है। पर पढ़ाई वाक़ई निकम्मी है। अंग्रेजों ने अपने सेक्रेटेरियट के क्लर्क

बनाने के लिए जिस ढर्रे को चालू किया था, वह आज़ाद भारत के नवयुवकों के लिए विनाशात्मक हो उठा। प्रतिवर्ष लाखों, निकम्मे ग़ुलाम हम आज़ाद भारत में भी पैदा करते चले जा रहे हैं। दुहाई है हमारे पढ़े-लिखे नेताओं की। दुनिया के किसी भी पिछड़े-से-पिछड़े देश के नेताओं में शायद ही इतने विचारशून्य राजनीतिक गुटबाज़ मिलें। इस संकीर्ण स्वार्थ भरी दम्भ भरी गुटबाजियों में पड़कर पढ़ा-लिखा और चतुर-भोला सामान्य सभ्य सुप्रतिष्ठित जन समझ से नासमझी की ओर आँखें मीचे बढ़ा जा रहा है। उसका वेद है: "ज्योति से तम में, सद् से असद् में अमृतत्व से मृत्यु में ले चलो!" अपनी वैचारिक तल्लीनता में मेरे मन से बाहरी दुनिया का, चलते-फिरते देखते-सुनते हुए भी, भान बिसर गया। परीक्षाफल की उतावली में भागे जाते एक नवयुवक ने मुझ नव-वृद्ध को अनचेता धक्का दे दिया। मैं सावधान होकर चलने लगा। सहसा मेरी नज़र उन दो लड़कों पर पड़ी, जो मुझे अपने उपन्यास के 'रमेश' और 'लच्छू' की कल्पना देने के लिए शुरू-शुरू में आलम्बन बने थे। मैं उन लड़कों को तनिक भी नहीं जानता, पर उस दिन बरात निकलते समय चूँकि मेरे पास ही खड़े थे, काफ़ी देर तक सूरतें देखी थीं और प्रेरणा भी पाई थी, इसलिए उन्हें इस समय देखकर मुझे बड़ी ही खुशी हुई। तुरत खयाल आया कि रमेश रानी और अपनी बहिन के रिज़ल्ट की उत्सुकता में आया है। इस ख़याल से ही मेरा मन फुरफुरा उठा; तसवीरें सधने लगीं। मैं कल्पना करने लगा कि रानी के पास होने पर रमेश क्यों कर उसे बधाई देने पहुँचेगा। विचार मन में घूमने लगा; कल्पनाएँ मुझे बेहोश बनाने लगीं; मैं घर लौट आया। रास्ते भर सोचता रहा, नया दृश्य रिज़ल्ट आने की प्रतीक्षा में शुरू करूँ या रानी बाला के पैतृक इतिहास से? अन्तिम क्षण तक मन इस अनिश्चय में ही रहा, लेकिन लिखना आरम्भ करते ही उपन्यास का छठा अध्याय शायद मेरे अवचेतन मन की सुनिश्चित योजना के अनुसार कागज़ पर अबाध गति से अवतरित होने लगा।

:: ६ ::

रानी बाला के बाबा शहर कोतवाल थे। अँगरेजी राज में ठाकुर रघुवर सिंह ने अपनी नमकहलाली के लिए सरकार में बड़ा नाम पाया था। उन्होंने डाकू पकड़े, क्रान्तिकारी पकड़े, कांग्रेसी आन्दोलनों में बेदर्दी से लाठियाँ, गोलियाँ बरसाने के लिए सरकार में नाम-इनाम भी पाये। रिश्तेदारों को पुलिस में नौकरियाँ दिलवाईं। हज़ारों रुपये रिश्वत भी पैदा किये। चार-चार घोड़े, मोटर, एक रण्डी, एक रखैल रक्खी, अपनी तीन-तीन गृहस्थियों के लिए मकान, नौकर-चाकर सब-कुछ अलग-अलग रक्खे। बड़े ठाठ किए। रानी बाला के पिता रद्धूसिंह अपने माँ-बाप के इकलौते बेटे होने के कारण बड़े लाड़-दुलार में पलकर बिगड़ गए, किसी लायक़ न बन सके। बाप ने लारियाँ खरीदकर इन्हें धन्धे में डाला। वह भी न सम्हाल सके। बाप के मरने के बाद कई धन्धे किए। सबमें रुपया बिगड़ा। बुरे दिन आये। रानी की माँ बच्चा होने में मर गयीं, बच्चा भी मर गया। ठाकुर रघुवर सिंह के मरने के बाद आठ-दस बरस में ही कुँवर रद्धूसिंह ने मकान बेचा, बाग बेचे, गहने बेचे,

फिर जब इज़्ज़त सम्हाले न सम्हली, तो सीतापुर छोड़कर लखनऊ आ बसे। यहाँ आकर एक बिसातख़ाने की छोटी दूकान खोली। चल निकली। जीवन में नया उत्साह आया। यथाशक्ति धूमधाम से रानी का ब्याह किया मगर साल भर के भीतर ही वह विधवा हो गयी। माँ को पोते का मुँह देखने की बड़ी हौंस थी, सो उनके दबाव में आकर दूसरा ब्याह भी कर लिया। ब्याह में आमंत्रित होकर रिश्ते का एक भतीजा आया था। उसके पिता हाल ही में मरे थे और माया छोड़ गये थे। रद्धूसिंह ने भतीजे को अपनी बातों के शीशे में उतारा और दस हज़ार रुपयों की एवज़ में साझेदार बनाया। बड़ी दूकान खोली। बड़ी मेहनत की। दूकान चल निकली। फिर गुलछर्रे उड़ने लगे। रण्डी-शराब फिर से शुरू हुई। मगर भतीजा भी कच्चा न था, धीरे-धीरे काम सीखकर इनका चचा बनने लगा। डेढ़ बरस हुआ, उसने इन्हें साझीदारी से निकाल दिया। अन्तिम हिसाब-किताब में इनके नाम इतनी रकमें चढ़ी हुई निकलीं कि कुल जमा पाँच हज़ार रुपये ही इन्हें मिले। रद्धूसिंह भतीजे को सब जगह कलंकित करते फिरे और फिर मूषक के मूषक बन गये। महँगाई की बाढ़ में ज़िन्दगी के थपेड़े खाते हुए छह महीने पहले खर्चे घटाने की नीयत से उस घर की दूसरी मंजिल में किरायेदार बनकर आ गये हैं। रुपया पाँच हज़ार से क्रमशः चुकते-चुकते अब कुल जमा तीन सौ ही बच रहा है। रद्धू बाबू दिनोंदिन चिड़चिड़े होते जा रहे हैं। घर में घुसते हैं तो हर एक थरथर काँप उठता है। रानी की दादी ऊपर महराजिन के घर चली जाती हैं, उसकी गर्भवती सौतेली माँ का कलेजा दहलने लगता है और हुल्लड़ करने वाली दोनों छोटी सौतेली बहिनें रीतू, सीतू ऐसी दुबक जाती हैं, जैसे बिल्ली को देखकर चुहियाँ। केवल रानी के प्रति रद्धूसिंह सदय हैं, वही उनके सामने आती है।

आज भी प्लास्टिक प्रॉडक्ट्स लिमिटेड की एजेंसी लेने के लिए रायबहादुर मेवालाल की व्यक्तिगत जमानतें दिलाने तथा दूसरे निष्फल प्रयत्नों में अपना सारा दिन गँवाकर रद्धूसिंह जब घर पहुँचे, तो बेहद उखड़े हुए थे। स्व० पिताजी के हरदोई के पुराने साथियों में से एक रायबहादुर मेवालाल आजकल यहीं रहते हैं। 'रायबहादुर मेवालाल एण्ड सन्स' के नाम से उनका लोहे का भारी कारोबार है। तीन-चार रोज़ पहले राधारमणजी के ठाकुरद्वारे में स्वामी समन्वयानन्दजी का प्रवचन हुआ था। वो उन्हीं के साथ ठाकुरद्वारे में आये थे। रद्धू बाबू घाघ रायबहादुर को अपने घाट न उतार सके। उसके बाद भी किसी नये धन्धे की स्कीम बनाकर रुपया लगाने वाले साझीदार की टोह में बाकी दिन इधर से उधर चक्कर मारते रहे, अपनी निराशाओं पर वे मन ही मन किटकिटा रहे थे। इधर घर में खुशी छायी हुई थी। अम्मा, पत्नी, रानी-रीतू-सीतू सभी दालान में बैठी हुई थीं। अम्मा ऊपर वाली महराजिन से ज़ोर-ज़ोर से बातें कर रही थीं। सीढ़ियाँ चढ़ते हुए रद्धूसिंह ने महराजिन की आवाज़ सुनी: "फस्ट आई रानी, वाह! चलौ भाई हमैं बड़ी खुशी भयी।" उदासी के घटाटोप आकाश पर खुशी बिजली सी तड़पी-चमकी। वहीं खड़े हो गए। फिर अम्मा की आवाज आई: "अब भाई चाहे पोता कहौ चाहे पोती कहौ, हमारे कुनबा माँ तौ रानी ही पहले-पहल एफे पास किहिन और उहौ फश्ट नम्बर से। जौ इनके बाबा आज

होते तो मारे खुशी के नाच और जाफत जानै का-का कर डालते। उहौ अपने आठ काका-पित्ती के भाइन माँ पहले इंट्रेंस पास किहिन रहैं।"

रद्धूसिंह अपने कोतवाल बाप की तरह खुशी को रौब से साधे, जीने चढ़ने लगे और दरवाज़े पर आते ही बोले: "अम्मा, सन्दूकची में से सवा पाँच रुपै निकाल के देव। हनुमानजी को लड्डू चढ़ाऊँगा।"

रद्धूसिंह के आने से अम्मा की बूढ़ी छातियों में मानो दूध उमड़ आया। पति की स्मृति, पोती की सफलता—करुणा और आनंद का मिश्र भाव पुत्र-प्रेम के रूप में उमड़ा पर सवा पाँच रुपये की माँग से उमंग की दौड़ में हल्की सी ठोकर भी महसूस हुई। 'सवा पाँच रुपैया बहुत होत हैं, पर चुन्नू राजा का इत्ती बिरिया को समुझावै। सैंकड़न-हज़ारन यही हथन से खरच किहिन है।' इस भाव का आशय मन में विचरित हुआ और उसकी सुरसुराहट से वाणी फूट पड़ी: "बहू, ई ताली लेव बेटा। निकाल देव। आजु बड़े दिनन के बाद भगवान खुशहाली का मौका दिहिन हैं। बस आजै से अच्छे दिनन का महूरत लागिगा। ई के बाद अब हम पोता का मुँह देखब औ' चुन्नू राजा का काम-काजौ सुरू हुइ जाई।"

चुन्नू राजा—कुँवर रद्धूसिंह—इस समय हठपूर्वक सन्तोष-मग्न थे। रानी को पास बुलाकर उन्होंने अपने कलेजे से लगा लिया और देर तक उसके सिर पर हाथ फेरते रहे—उसकी माँ की याद में, पैसे के अभाव में अपने मन के सारे हौसले शान्त स्नेह में लय करके हाथ फेरते रहे।

रीतू-सीतू भी बहुत दिनों बाद अपने पिता को प्रसन्न पाकर अपना लाड़ का हक पाने के लिए होड़ में आकर बाप के दोनों ओर चिपटकर खड़ी हो गईं। पितृसत्ताक संस्कारों का धनी गृहस्वामी उस क्षण सम्पूर्ण रूप से अपनी दरिद्रता-दीनता के हीन भावों से मुक्त था।

गर्भवती पत्नी सुमित्रो सास से ताली लेकर रुपये निकालने गई। नोटों की तीन-चार गड्डियाँ अब सन्दूकची में एक कोने में बच रही थीं, कहाँ एक बार यह नोटों की गड्डियों से भर रही थी। मन में कचोट खाई: 'सवा पाँच रुपै का परसाद बहुत है, सवा पाँच आने का चढ़ाय देते। पर कहै को ? कितनौ कहौ, हमरे ऊपर सौतेलेपन का कलंक आय जायी। अरे होई, भगवान देहैं। हमका का, कमावै वाला आप चिन्ता करी।' मन में विचारों के उलट-फेर के साथ-साथ नोटों की गड्डी से एक दस का नोट निकालकर सन्दूकची में ताला लगाकर काठ वाले बक्से की तह में यथावत रक्खा और धीमी चाल से पति के सामने उस समय पहुँचीं, जब वे अपनी तीनों लड़कियों से घिरे आनन्दमग्न थे। पति के चेहरे ने पत्नी के कलेजे में तरावट कर दी। नोट बढ़ाते हुए अब उसके हाथों में तनिक भी संकोच न आया।

सीढ़ी पर रमेश की आवाज़ आई: "रानी।" रानी को बिजली का करेन्ट छू गया। उद्दाम प्रसन्नता चेहरे पर छलक आई। दरवाज़े की ओर दौड़ी। गोपनीय आह्लाद-दृष्टि के धनुष पर तीर-सा चढ़कर छूटा और रमेश के नयन-प्राणों को बींध गया। दूसरे ही क्षण

उसका होश सँभल गया, जोश की गंगा को बनावटी नहर से बहाकर ऊँचे स्वर में बोला: "शाबाश रानी। तुमने तो कमाल कर दिया फर्स्ट डिवीज़न लाकर।"

रानी ने अपने पिता की ओर आँखें उठाकर फिर नीची कर लीं, अधपलकियाँ उठाईं फिर झुक गईं; फिर मुँह से बोल फूटे, "मन्नो, मेरी क्लासफेलो के भाई हैं, पुत्ती महराज के लड़के। आओ राजेश, वहाँ क्यों खड़े हो ? मन्नो भी तो पास हो गई।"

रमेश अपने छोटे भाई राजेश को अपने मन की आड़ बनाकर लाया था, वही रानी के मन का सहारा भी बना। कुँवर रद्धूसिंह ने भी आवभगत दिखलाई। बातें होने लगीं: "मन्नो थर्ड डिवीजन पास हुई, उसकी जनरल इंग्लिश और होम-साइंस शुरू से ही वीक थी। सरोज शर्मा को भी थर्ड ही मिला, हालाँकि उसका आल राउण्ड सेकिण्ड क्लास कैरियर रहा। बेचारी बड़ी रो रही होगी। कल उसके यहाँ जाऊँगी। शर्मिष्ठा ने सेकिण्ड क्लास अच्छा पाया। कल उसके यहाँ भी जाऊँगी। और मन्नो को आप तो चिट्ठी लिखेंगे ही, मैं भी लिखकर भेज दूँगी आपके पास, उसी लिफाफे में पोस्ट कर दीजिएगा। राजू भैया, तुम कल सबेरे आके मुझसे चिट्ठी ले जाना।"

"राजू क्यों, तुम्हीं आके दे जाना। अम्मा तुम्हें कई बार याद कर चुकी हैं।" रानी से इतना कहकर रमेश ने उसके पिता और दादी की ओर मुँह उठाकर पूरी सावधानी से बेलौस भाव साधते हुए कहा: "हमारी मन्नो की शादी में इन्होंने ऐसा काम किया, ऐसा काम किया कि मेरी माँ और सब लोग अब तक याद करते हैं। रानी, तुमने अपने भविष्य का क्या प्लान बनाया ? बी०ए० ज्वाइन करोगी या सी०टी० ?"

रानी चुप। रद्धू बाबू के आनन्द पर यथार्थ के मच्छर ने डंक मारा और भनभनाने लगा। वे उठने लगे, बोले: "अम्मा, मैं हनुमानजी के दर्शन कर आऊँ, आधे घण्टे में आता हूँ फिर खाके कीर्तन में जाऊँगा।"

रद्धू बाबू उठ खड़े हुए। रमेश बैठे ही बैठे उनकी ओर देखकर बोला: "मैं आप लोगों से भी यह प्रार्थना करने आया था कि रानी की आगे की पढ़ाई के सम्बन्ध में चिन्ता न करें। उन्हें पहले सी०टी० कराना आवश्यक है। पास कर लेंगी तो कहीं मास्टरी मिल जाएगी, बाद में बी०एड०, एम०एड० कुछ कर लेंगी तो इनके लिए कैरियर खुल जाएगा। ये, इंडिपेन्डेण्ट के एडिटर खन्ना साहब जो हैं न, नाम सुना होगा आपने—"

"हाँ हाँ, यही जो मेनरोड पर नुक्कड़ वाले मकान में रहते हैं।"

"जी हाँ, जी हाँ, वही। फर्स्ट क्लास लड़की के लिए सरकारी स्कॉलरशिप दिलवा देना उनके लिए कोई बड़ी बात नहीं। डॉ० आत्माराम उनके घर आते-जाते हैं। उनकी पत्नी भी बड़ी दयालु हैं, ग़रीब स्त्रियों को सिलाई-बुनाई, एम्ब्रायडरी बग़ैरा सिखाने के लिए फ्री स्कूल चलाती हैं। उन्हें काम दिलवाती हैं। उनके तो बस मुँह से बात निकलने की देर होगी और कोई सेठानी इनकी पढ़ाई में सहायक बनकर खड़ी हो जाएगी। मुझे पति-पत्नी दोनों ही मानते हैं, मेरी बात टाल नहीं सकते। रानी की पढ़ाई का जिम्मा पूरी तरह से मेरा है, आप लोग बस इन्हें पढ़ने की आज्ञा दे दें।"

रद्धूसिंह गद्गद हो गये, बोले : "भगवान आपका बड़ा कल्याण करेंगे। आप ब्राह्मन हैं, मैं किस मुँह से असीसूँ। इसकी पढ़ाई मैं भी जारी रखना चाहता हूँ, पर यही था कि क्या कहूँ। एक ज़माना वो था जब तीन-चार लड़के हमारे घर से अपनी पढ़ाई का खर्च पाते थे। समय की बलिहारी है।" कहकर रद्धू बाबू ने साँस भरी।

रमेश भी उठ खड़ा हुआ, बोला : "अच्छा तो फिर मैं चलता हूँ—" निगाहें रानी की ओर उठीं। वह भी उसे ही देख रही थी। देखते रहने की चाहत को दोनों ने ही दबाया। रानी की नजरें नीची हो गईं। उसके लाज भरे मादक मुखड़े को अपनी बात के ज़ोर से ऊँचा उठाकर आँखें मिलाने की छिपी नीयत से कहा : "तो रानी, कल तुम आ रही हो न चिट्ठी ले के? मैं अम्मा से कह दूँ?"

लेकिन रानी का सिर ऊँचा न उठा, बायें हाथ की उँगली पर आँचल का कोना लपेटते-खोलते हुए उसने धीरे से कहा : 'हाँ।" जब ये लोग चले गये तो रानी एकबारगी मन से हल्की हुई। 'हाय राम, सबके सामने उन्हें देखना, उनसे बातें करना और अपना मन ठीक-ठिकाने रखना हूबहू आग की लपटों के संग नाचना है।'—लेकिन एक मन हल्का हुआ, दूसरा ललक-पुलक भरा ऐसा उमड़ा किं माँ-दादी के सामने बैठते न बना। आँखों में नेह बरबस बरसा पड़ता था; होंठों पर मुस्कान खिली-खिली पड़ती थी, उससे रहा ही नहीं जाता। उठकर कमरे में भाग गई और गली की तरफ पड़ते आधे बन्द जंगलेदार किवाड़े से लगकर बैठ गई, ख़यालों में उड़ने लगी : "हाय कैसी चालबाजी से आये। राजू को साथ लाये। कैसे बहाने से मुझे आगे पढ़ने के लिए इंस्ट्रक्शन दे गये। मैं पढ़ूँगी। जब वो जिम्मा लेते हैं तब क्या डर है? मैं सी०टी० करके तो आजाद हो जाऊँगी। उधर वो भी एम०ए० कर लेंगे। हमें तब रोक कौन सकता है? अब तो कितने ही प्रेम-विवाह होने लगे, विधवा-विवाह भी होने लगे। नाम को ब्याह हुआ था मेरा। अब तो उस पति की सूरत भी याद नहीं आती। खुल के देखा ही कब? बातें ही कब हुईं? और तब उमर भी क्या थी मेरी, तेरहवाँ साल था। उँह, अब पुरानी बातों में क्या धरा है? मैंने तो जीवन में पहली बार इन्हीं को अपना माना। 'मेरे तो गिरधर गोपाल दूसरो न कोई।' ......फिर बन्द होंठों से इस गीत की धुन गुनगुना उठी। फिर अपने 'गिरधर गोपाल' के ध्यान-सागर में बुड़की मारकर बैठ गई।

बाहर दालान में दादी के ऊँचे स्वर ने ध्यान भंग किया। वो चिल्ला रही थीं : "अरे तो कह काहे नाहीं देत्यू कि बाबू दरसन करै गये हैं, थोड़ी देर माँ अईहैं।"

सीतू की आवाज़ आई : "कह तो दिया। वो कहते हैं कि तुमसे मिलेंगे। कहते हैं, सत्रोहनसिंह नाम है, तुम्हारे भतीजे हैं।"

रानी लपककर बाहर आई, दादी तब उठकर धीरे-धीरे दरवाजे की ओर जा रही थीं। रानी उनसे पहले वहाँ पहुँच गई, देखा कि सीढ़ियों पर कमीज-पतलूनधारी कोई बड़े रौबीले सिख सरदारजी खड़े हैं। रानी सोचने लगी : 'ये कैसे हो सकते हैं दादी के भतीजे?'

तब तक दादी भी आ पहुँचीं। सरदारजी नुमा आदमी ने उनके पैर छूए और कहा : "हमें पहचाना नहीं काकी ? हम हैं सत्रुघन, भैंरोंसिंह के—"

"अरे, आओ-आओ मोर पूत ! आज बड़े भाग जो तुम हमारे घर का रास्ता भूल पड़े। तुम्हार तो दाढ़ी-मूछें अस बाढ़ी हैं कि हम पहचानै न सके। अरे रानी, जल्दी से दरी-वरी बिछाव बेटा। अपनी अम्मा से कह देओ सरबत बनावैं। जनती हौं, ई कौन हैं ? ई सहर के—"

"ये सब अभी बच्चों को बताने की जरूरत नहीं काकी। तुमसे हमें अकेले में कुछ पूछना है।" शत्रुघनसिंह ने कहा।

"हाँ हाँ, आओ, कमरा महियाँ चलौ। आजु ई फस्ट आई है तुमरी रानी एफे में, तौन चुन्नूराजा हनैमानजी का परसाद चढावै गये हैं।" दादी ने अन्दर चलते हुए बतलाया।

शत्रुघनसिंह ने रानी की ओर ताका, फिर जेब से पर्स निकाली, दस-दस के पाँच नोट रानी की ओर बढ़ाकर कहा : "लो बेटो, मिठाई खाना।"

रानी को संकोच हुआ। शत्रुघनसिंह ने आगे बढ़कर वे नोट उसके हाथ में ठूँस दिये। इतने सारे नोट देखकर दादी का मन मोम हो गया, हरखकर बोलीं : "लै लेव बिटिया। तुम्हारे कक्कू आँय। एकै कुनबा आय हमार पंचन का।"

दादी और शत्रुघनसिंह कमरे में चले गये। दादी जमीन पर बैठीं, शत्रुघनसिंह कुरसी पर। बातें शुरू हुईं : "क्या बेढब जगह में रहने आये हैं चुन्नूराजा भी तुम सबको लेके। शहर में और कोई मकान नहीं मिला उन्हें ?"

"का करैं बेटा। तुम्हारे काका साहेब क्यार जमाना तौ रहा नाहीं अब जनतै हौ—" काकी की बात काटकर शत्रुघनसिंह ने पूछा : "तीन किरायेदार हैं शायद इस मकान में ?"

शरबत बनकर आ गया। शत्रुघनसिंह ने गिलास लेकर रानी से कहा : "जाओ बिटिया। तुम्हारे फादर आयें तो भीतर भेज देना।" रानी चली गई। उसकी दादी ने अपने भतीजे से झुककर पूछा : "सत्रोहन, का कोनों तलाशी गिरफदारी—"

"हूँ। किसी से कहना मत काकी।"

"अरे राम भजो बेटा। अरे हम आहिन कुतवाल साहेब की घरैतिन दुइ-दुइ कुतवालन की काकी।—" शत्रुघनसिंह अपनी काकी की बात काटकर उनसे ऊपर वाली महराजिन, नीचे वाले बैजू लाला और आस-पास के लोगों के हाल-हवाल पूछने लगे।

इस मकान के पीछे पुराने रईस सेठ भजगोविन्द दास की पुरानी सतखण्डी हवेली की ऊँची दीवारें हैं। हवेली की बाहरी दीवार से लगे हुए ये चारों घर भी दरअस्ल इसी हवेली से सम्बद्ध हैं। पहला बड़ा मकान मुनीमजी की कोठी कहलाता है और उससे कुछ छोटा छोटे मुनीमजी की कोठी कहलाता है। उसके बाद के दो मकान छोटे-छोटे हैं। ये दो घर

गुमाश्तों के थे। ये मकान अब हवेली वालों की मिल्कियत नहीं, बल्कि इन्हीं मूल ओहदेदारों के वंशजों की हैं। छोटे मुनीम की कोठी के बाद वाला छोटा घर अब लावारिस है। उसे दूसरे गुमाश्ते के वर्तमान वंशज लाला बैजनाथ ने हड़पने का प्रपंच फैला रक्खा है। छोटे मुनीमजी के एक वर्तमान वंशज से मुकदमेबाजी चल रही है। दोनों ही अपने को लावारिस गुमाश्ते का निकट सम्बन्धी और वारिस सिद्ध करने में लगे हैं। लाला बैजनाथ की उमर अब बासठ-तिरसठ साल की है। भगवान की दया से अब पिछली दो पीढ़ियों से बड़े लखपती सराफ हैं। दोनों लड़के काम सम्हालते हैं। आप पुरखों के इसी घर में नीचे वाले कमरे में रहते हैं। दिन में एक बार रोटी खाने के लिए घर जाते हैं, बाकी यहीं पड़े रहते हैं। बैजू लाला बड़े यारबाश आदमी हैं। इनकी दो ही लतें हैं। पहली तो ये कि महीने में एक या दो बार अपनी कोठी पर बड़े-बड़े हाकिम-हुक्कामों, मंत्रियों की शानदार दावतें करते हैं। आप न पीते हैं, न गोश्त खाते हैं, पर अपने मेहमानों को कीमती से कीमती शराबें पिलाते हैं, मनपसन्द शाही खाने खिलाते हैं और मजेदार बातें करते हैं। इनकी दूसरी लत ताश है। कोई न होगा तो अकेले ही खेलेंगे, वरना यों तो सबेरे से रात तक मिलने-जुलने वाले अच्छे लोग, हिन्दू-मुसलमान आया ही करते हैं, उनके साथ खेलते हैं। घर के एक दालान में दिन-रात चाय-नाश्ता-शरबत का प्रबन्ध एक नौकर करता ही रहता है। खातिरदारी में लाला बैजनाथ दो-तीन हजार रुपया महीना फूँकते हैं।

इस घर की दूसरी मंजिल में तीन दालान और दो छोटे कमरे हैं। गली के रुख वाले कमरे में रद्धूसिंह का पलंग बिछा है, दो कुरसियाँ हैं। पुराने जमाने का एक पीतल के फ्रेम का मटमैला शीशा टँगा है। बीच वाले दालान में रसोई होती है और पीछे वाले कमरे में गिरस्ती का रखना-ढँकना है, रानी के पढ़ने-लिखने का स्थान है। उसके आगे वाले दालान में अम्मा अपनी तीनों पोतियों को लेकर सोती हैं।

तीसरी मंजिल पर एक छोटा-सा हवादार कमरा और एक जालीदार सायबान पहले का था, पर अब ऊपर वाले किरायेदार कृपाराम शर्मा ने अपने खर्च और बैजू लाला की सहमति से लावारिस घर की दीवाल में नाली बनवाकर अपना अलग शौचालय और एक छोटा-सा कमरा भी बनवा लिया है। ऊपर वाले किरायेदार के सम्बन्ध में कुछ उँगली उठाने लायक बातें भी रद्धूसिंह की माँ ने गिनाईं। एक तो यह कि घर-घर मीटर पढ़ने वाले बिजली कम्पनी के नौकर कृपाराम ने गैरजात की औरत से ब्याह किया है, जो पेशे से नर्स है और हमल गिराने की कमाई खाती है। औरतें छिप-छिपकर यहाँ भी आती हैं। नया कमरा उसी काम के लिए बनवाया है। दूसरे यह कि वो नर्स अपने मर्द की सच्ची नहीं। सात-आठ महीने से एक कोई बड़ा जमींदार उसका दोस्त बना है। उसी के खर्चे पर ये ठाठ बने हैं। कृपाराम पर तो जाने क्या जादू करवा दिया है कि उसकी अक्ल मारी गई है। उसको नौकर की तरह झिड़कती है और उसकी माँ को कभी मजदूरनी-रसोईदारिन से बढ़कर मान नहीं दिया। जमींदार आठ-आठ, दस-दस दिन तक यहाँ रह जाता है, पति और सास की नाकों पर दिया बालकर खुले-खजाने उसके साथ रहती है। ऊपर वाली महराजिन का जी जब कभी बहुत दुखता है, तो रद्धूसिंह की माँ के आगे सब कुछ रो

जाती हैं। परसों रात में वह जमींदार यहाँ फिर आ गया है। एक कोई मरीज औरत भी है। जमींदार भी बीमार है। रात में डॉक्टर आया था, कई लोग आये थे। सबेरे महराजिन आग लेने आई थीं तो बताती थीं कि कुछ गड़बड़ है।

वह गड़बड़ी ही तो ठाकुर शत्रुघनसिंह डिप्टी सुपरिंटेण्डेण्ट पुलिस को आज अचानक इस जगह पर घसीट लाई है। उत्तरप्रदेश, राजस्थान और मध्यप्रदेश में अपने आतंक से जनमन को थर्राने वाला कुख्यात डाकू बूटासिंह चार दिन पहले उत्तरप्रदेश और राजस्थान की सीमा के एक कस्बे में एक सेठ के घर डाका डालकर, सेठ पुत्री को उड़ाकर लाते समय पुलिस से एक जबरदस्त मुठभेड़ में बुरी तरह घायल हो गया था, पर पकड़ाई में नहीं आया था। सेठ की लड़की भी नहीं छुड़ाई जा सकी थी। पुलिस अपनी इस हार पर खीझी हुई थी। जीतोड़ परिश्रम के बाद पुलिस के गोयन्दे यह पता लगाने में सफल हुए कि बूटासिंह लखनऊ में छिपा हुआ किसी बड़े सर्जन से इलाज करा रहा है। लखनऊ पुलिस ने सर्जनों पर कड़ी निगरानी रखकर बूटासिंह के चिकित्सक डॉक्टर ब्रोकर का पता लगा लिया। पिछली रात को दो बजे, सुप्रसिद्ध गंजी खोपड़ी वाले अंग्रेजनुमा गोरे सर्जन डा० ब्रोकर का इस आठों पहर गुलजार रहने वाले पुराने सराफे की सकरी सड़क में आना एकाएक छिपा न रह सका। डा० ब्रोकर तब से अब तक अपने घर नहीं लौटे थे। यह लखनऊ पुलिस की दूसरी चिन्ता थी। घर का पता भी पुलिस को अनुमान से ठीक ही लग गया। उस मकान के किरायेदारों में एक कुँवर रब्बूसिंह राठौर का नाम कुँवर शत्रुघनसिंह राठौर के दिमाग में अटक गया। उन्हें बुलवाने के लिए दो बार आदमी भेजा, पर वे न मिले। मूसाबाग से खबर आई कि उसके खण्डहरों के पास आज सुबह एक बरात आई है। उस क्षेत्र में किसी के भी घर से उसका सम्बन्ध नहीं जुड़ा। बराती कहते हैं कि गलत पता देकर उन्हें धोखा दिया गया है। मोटर बस साथ है, तीस आदमी हैं। राजस्थान पुलिस से वायरलेस सन्देश आया है कि बूटासिंह के दो कुख्यात लेफ्टिनेंट बक्का और जंगी पांडे अपने गिरोह के चुने हुए आदमियों के साथ कल रात आठ बजे ट्रेन पर बरात का भेस बनाकर मथुरा के लिए रवाना हुए थे। मथुरा स्टेशन पर किसी बरात के उतरने का पता न चल सका। लखनऊ पुलिस को रेडियो सन्देश दिया गया। बक्का और जंगी पांडे को पहचानने वाले दो सी०आई०डी० सब-इंस्पेक्टरों को राजस्थान पुलिस ने रवाना किया था। गिरोह के साथ ही जासूस भी लापता थे। मूसाबाग में ठहरी हुई बरात ने शत्रुघनसिंह का आनुमानिक चित्र पूरा कर दिया। उन्हें विश्वास हो गया कि बूटासिंह का जख्म अब भी किसी प्रकार की चिन्ताजनक स्थिति में है, तभी सर्जन ब्रोकर को आजाद नहीं किया। उन्हें यह भी लगा कि सर्जन ब्रोकर को अपनी कैद में रखकर बक्का और जंगी पांडे अधिक दिन यहाँ बूटासिंह का इलाज कराते रहने की मूर्खता हरगिज़ न करेंगे। शत्रुघनसिंह की यह निश्चित धारणा बँध गयी कि गिरोह बूटासिंह को आज ही यहाँ से कहीं बाहर निकाल ले जाने के लिए आया है। उसकी दशा शर्तिया चिन्ताजनक है। डॉ० ब्रोकर या तो बूटासिंह के वहाँ से चले जाने के बाद फौरन छोड़ दिये जायेंगे या फिर उन्हें बूटासिंह की देखभाल के लिए सुरक्षा की दूसरी जगह तक साथ ले जाया

जाएगा। सूर्यास्त होते न होते तक शत्रुघनसिंह रद्धूसिंह की बाट में चुपचाप बैठे न रह सके, स्वयं मौका देखकर मोर्चेबन्दी करने के लिए छिपकर यहाँ आये। इस घर के किरायेदार रद्धूसिंह उनके सगे चाचा के लड़के ही हैं, यह धारणा भी यहाँ आकर पुष्ट हो गई। इससे उन्हें लगा कि तीन राज्यों के आतंकरूप दस हजार इनाम के इश्तहारी डाकू और उसके गिरोह को पकड़ने का सेहरा आज अवश्य ही उनके सिर बँधेगा।

रद्धूसिंह घर आये। नकली दाढ़ी लगे अपने चचेरे भाई को पहचान पाने के बाद वे मन ही मन मान से भर उठे। प्रसाद के लड्डू दिये। शत्रुघनसिंह ने संक्षेप में अपने आने का कारण बतलाकर आदेश दिया : "चुन्नूराजा, बहू-बच्चे और काकी आज रात यहाँ नहीं रहेंगी। बायें हाथ के दूसरे चौराहे पर मेरी काली गाड़ी खड़ी है। मेरा पी०ए० देवीलाल उसमें बैठा होगा। उसे बुला लाओ और औरतों को गाड़ी पर मेरे यहाँ भेज दो। मैं अब यहाँ से काम सिद्ध करके ही बाहर निकलूँगा।"

रानी बड़ी मुसीबत में पड़ गई। उसने दूसरे दिन रमेश के यहाँ पहुँचने का वचन दिया था। वे न जाने क्या सोचेंगे। कितना इन्तज़ार करेंगे मेरा।—रानी ने बड़े बहाने साधकर दादी से प्रस्ताव किया कि वह पुत्ती महराज के घर चली जायेगी। आखिर मन्नो के ब्याह में भी तो वहाँ चार दिन रही थी। दादी राजी भी हो गईं, पर उनकी हाँ पर कोतवाल साहब की ना पत्थर सी पड़ी : "नहीं, सब लोग मेरे घर जायेंगे।" शत्रुघनसिंह अपने खेल को गोपन रखने के लिए बेहद सतर्क थे।

लगभग घण्टे डेढ़ घण्टे के बाद ही रद्धूसिंह दस मजदूरों के सिर पर कच्ची रुई के बोरे लदवाकर आये। बोरे ऊपर जाने लगे। कृपाराम शर्मा भी संयोग से उसी समय घर में दाख़िल हुए। अपनी नयी 'लम्ब्रेटा' मोटर साइकिल नीचे बैजू लाला के दालान में रखकर ऊपर जाने के लिए बढ़े, लेकिन मजदूरों से जीना घिरा होने के कारण उन्हें रुकना पड़ा। अन्तिम मजदूर के पीछे-पीछे ऊपर आये। रद्धूसिंह अपने दरवाजे पर खड़े हुए मजदूरों को कमरे के अन्दर बोरे रखने के आदेश दे रहे थे। उनके दरवाजे और अपनी सीढ़ियों के बीच की चौड़ी जगह में खड़े होकर कृपाराम ने जयरामजी की कही और बोरों का हवाल पूछा। रद्धूसिंह हँसकर बोले : "कच्ची रुई है शर्माजी। लखीमपुर मारकिट के लिए खरीदी है। क्या करें, बाल-बच्चों के पेट पालने के लिए कुछ न कुछ तो करना ही पड़ता है। और आपके क्या हालचाल हैं ? मोटर साइकिल तो बड़ी जोरदार खरीद डाली है आपने।"

"जी हाँ, मेरी वाइफ ने प्रेजेण्ट की है। बेचारी ने अपनी मेहनत की कमाई के छब्बीस सौ रुपये मेरे लिए लम्ब्रेटा खरीदने में खरच कर दिये। मैंने लाख कहा कि अपने लिए कोई ज्वेलरी-वेलरी खरीद लो, मगर प्रेमा ने कहा कि मेरे तो रियल ज्वेल तुम्हीं हो।"

"हाँ साहब, बड़ी फेथफुल वाइफ हैं आपकी भी। आजकल क्या कोई बीमार है आपके यहाँ ? कल रात में डा० ब्रोकर आये थे, इससे लगा कि कोई आपरेशन का केस

है। और परसों रात भी कोई आया था। मैंने सोचा कि शायद आपके वो जमींदार फ्रेंड साहब ही आये होंगे।"

"ज़ी हाँ, जी हाँ। बात ये है कि वो मेरे बड़े फास्ट फ्रेण्ड हैं। पहले रियासत ग्वालियर में बड़े जागीरदार थे। अब तराई में एक बड़ा फार्म खोल लिया है। करीब-करीब पाँच लाख रुपै साल की नेट बचत होती है, मगर भोगने वाला कोई नहीं। आप शादी नहीं करते। एक छोटा भाई था, वह भी मर गया। मुझसे कहते हैं, कृपाराम अब तो तुम और प्रेमा ही मेरे भाई-भयेहू हो। मेरे बाद भोगना। अभी तपिस्या करो, करम करो जिससे संयम आवे और तुम लोग पचास लाख की माया को पाकर पागल न हो जाओ। बड़े हाई-क्लास विचारों के आदमी हैं। बेचारों को कारबंकिल हो गया है—"

"कारबंकिल ? कहाँ पर ?"

"जी जाँव-पीठ में, पीठ में।"

"क्या दो-दो जगह कारबंकिल निकला है ?"

"जी हाँ जी !! (गड़बड़ाहट को गहरी निःश्वास में भरकर) केस सीरियस हो गया है। ईश्वर के अधीन है। अच्छा साहब, जै रामजी की।" कृपाराम चले गये। रद्धूसिंह ने दालान में दबकर खड़े मजदूरों से फिर जोर-जोर से बातें कीं। मजदूरों से मजदूरी पर खींचातानी और रार बढ़ने लगी। कृपाराम की नर्सपत्नी प्रेमा ऊपर से दौड़ती हुई आई: "रद्धू बाबू, ऊपर मेरा पेशेण्ट है, शोर मत कीजिए।" रद्धू बाबू ने झेंपकर "आई एम वेरी सारी डॉक्टर साहब।" कहा। प्रेमा जैसे आई थी, वैसे ही चली गई। बूटासिंह जैसे नामी डाकू की प्रेयसी के रूप में प्रेमा उन्हें एकदम नई-नई सी लग रही थी—"कट बड़ा मारू है, आँखें बड़ी गजब की हैं!" अपनी कारगुजारियों की सफलता में डाकू प्रेयसी को पीठ पीछे रसीली नजरों से देखकर रद्धूसिंह का मन लपका—'साली को दबोच लूँ।'—दरवाज़े बन्द करके जब वे कमरे के अन्दर पहुँचे, तो शत्रुघनसिंह ने भी कृपाराम से होने वाली बातचीत के लिए उन्हें शाबाशी दी। रद्धूसिंह का मान जागा, बोले: "आखिर कुँवर रघुवरसिंह डी०एस०पी० का बेटा हूँ।" वह इस समय अपने-आपको शत्रुघनसिंह से बड़ा और अधिक योग्य समझ रहे थे। शत्रुघनसिंह ने उधर कोई ध्यान न दिया। पलंग के सिरहाने वाली आलमारी के निचले खाने में अपना छोटा 'मँनपॅक वायरलेस सेट रखवा रहे थे। रुई के बोरों से मजदूर बने सिपाहियों ने अपनी बन्दूकें और वर्दियाँ भी निकाल ली थीं। दिखावटी बोरे एक कोने में रखे जा रहे थे। कुछ सिपाही वर्दियाँ पहनने में व्यस्त थे। छोटे से कमरे में बड़े अफसर की मौजूदगी और परिस्थिति की संगीनी से खामोश भीड़ कार्यव्यस्त चींटियों के हुजूम सी लग रही थी।

पुराने सर्राफ़ा बाजार के दोनों नुक्कड़, सतखण्डी हवेली के दोनों ओर की ग़लियाँ, पीछे वाले नाले तक, इंच-इंच पर पुलिस का खुफिया जाल बिछा हुआ था। हथियारबन्द पुलिस के काफी दस्ते बुला लिये गये थे। उन्हें कहीं छिपा दिया गया था। शत्रुघनसिंह उनसे कोतवाली से और मूसाबाग के आस-पास डाकू-दल की निगरानी के लिए स्थित

पुलिस-दल से वायरलेस पर बराबर सम्पर्क स्थापित कर रहे थे। रात में सवा दस बजे के लगभग मूसाबाग से सन्देश मिला कि 'बराती' मोटर पर स्टार्ट हो गये। शत्रुघनसिंह ने हथियारबन्द दस्तों को सचेत रहने का आदेश दिया, लेकिन उनकी समझ में न आया कि इतनी जल्दी मूसाबाग से चल देने के पीछे डाकुओं का इरादा क्या है—सतर्कता से पीछा करने का आदेश दिया। बीस-पच्चीस मिनट बाद खबर मिली कि 'बरात' की मोटर मुसाहबगंज के एक घर में बरातियों को उतारकर चल दी है—"मकान पर नजर रक्खो और बस का पीछा करो।" पौने बारह बजे घर में तीन आदमी आये, दो साफे जोधपुरी पहने और एक काला हैटधारी लम्बा साहब, जिसका हुलिया डा० ब्रोकर का शुबहा दिलाता है। कमरे के अन्दर के सिपाही 'अटेंशन' की मुद्रा में खड़े हो गये। फिर समय बीतने लगा, पुलिस-दल मचान में बैठे शिकारियों जैसा शेर की प्रतीक्षा में सनसनी भरा, उकताहट भरा समय बिताने लगा। घड़ी की सुइयाँ बढ़ती रहीं। एक बजे मुसाहबगंज से सन्देश मिला कि पचीस आदमी पैदल घर से निकलकर दो-दो, चार-चार की टुकड़ियों में हुसैनाबाद मार्ग की ओर बढ़ रहे हैं। दस मिनट बाद दूसरा सन्देश आया, हरे रंग की एक कार पर पाँच आदमी उसी तरफ रवाना हुए हैं। शत्रुघन ने आदेश दिया : "उस घर की तलाशी ली जाय, घरवालों को हिरासत में ले लिया जाय। सारा काम यथासम्भव बड़ी ख़ामोशी से हो! वायरलेस की गाड़ी वहाँ से हटाकर रामगंज थाने के सामने खड़ी की जाय। वह बस कहाँ खड़ी की गई है, पता लगाओ।"

ढाई बजते न बजते तक हरी गाड़ी आकर दरवाजे पर खड़ी हो गई। शत्रुघनसिंह ने जंगले से झाँककर नीचे देखा, चार आदमी उतरे, एक घर में घुसा, तीन दाहिनी ओर चले गये। मोटर घर के दरवाजे से जरा आगे बढ़ा कर खड़ी कर दी गई। शत्रुघनसिंह ने हथियारबन्द दस्तों को आगे बढ़ने का आदेश दिया। दस मिनट बाद एक लाश ले जाने वाली गाड़ी सवारियों से भरी हुई आई और बड़े मुनीमजी की कोठी के सामने खड़ी हो गई। शत्रुघनसिंह ने अपने आदमियों को गाड़ियों पर घेरा डालने की हिदायत दी। रुई के दो बोरे कमरे से निकालकर दालान में रख आये। रब्बूसिंह रसोई वाले दालान से पानी के दोनों घड़े एक-एक करके इस दालान में ले आये। एक सिपाही ने रुई के बोरे पर पानी डालने के लिए घड़ा हाथ में उठाया ही था कि ऊपर के छज्जे से पहला शाट हुआ। रब्बूसिंह बाल-बाल बचे, कमरे में घुस गये। शत्रुघनसिंह के आदेश पर पुलिस ने अब खुल्लमखुल्ला हरी कार और लाश की गाड़ी पर धावा बोल दिया। गोलियाँ सनसनाने लगीं, भारी-भारी गाड़ियों के पहिये सड़क के दोनों ओर से रात के सन्नाटे को अपनी घड़घड़ाहट से मनहूस बनाने लगे। पड़ोस और आस-पास की गलियों में घर-घर में जगार हो गई। गोलियाँ सावन की झड़ी सी बरस रही थीं। पुलिस ने हरी गाड़ी के ड्राइवर को जख़्मी करके गाड़ी को अपने अधिकार में ले लिया। लाश वाली गाड़ी के डाकुओं में से उतरकर कुछ लोग गाड़ी की आड़ से गोलियाँ चला रहे थे, बाकी बन्दूकें दागते हुए उतरने का प्रयत्न कर रहे थे। पुलिस के दस्ते और गाड़ियाँ क्रमशः घेरे को तंग करती हुई आगे बढ़ रही थीं। तभी कृपा राम की छत से सड़क पर फायरिंग शुरू हुई। घर के अन्दर

रद्धूसिंह के दालानों में, काठ के खंभों पर, छज्जे की लकड़ी पर गिलास भर-भरकर पेट्रोल और मिट्टी का तेल फेंका जा रहा था और प्रेमा जलती हुई मशालें एक के बाद एक तीनों तरफ बराबर फेंकती ही चली जा रही थी। इस मार से दो-तीन जगह आग लग गई। सिपाहियों ने ऊपर वाले छज्जे की तरफ बाढ़ें दागनी शुरू कीं, तीनों दालानों से मोर्चा साधा तब कहीं दो आदमी बोरों और बूटों से पीट-पीटकर आग बुझाने में सफल हो सके। कृपा राम की छत से नीचे बरसने वाली गोलियाँ पुलिस को अपने बचाव के लिए पीछे हटने को मजबूर कर रही थीं और यही इस समय उचित न था। डाकू फिलहाल एक ही जगह सिमटे रहने के लिए मजबूर थे। शत्रुघनसिंह ने सोचा, ऊपर हैं ही कितने लोग, गोली-बारूद भी कितनी होगी, फिर भी ऊपर की मार नीचे का कार्यक्रम बिगाड़ सकती है। उन्होंने पुलिस रेडियो गाड़ी को आदेश दिया: "पीछे से चार आदमी किसी भी तरह सामने वाली किसी छत पर भेजो। घेरा टूटने न पाये। एक भी डाकू हमारी गिरफ्त से निकलने न पाये। मैं अब फाइनल एक्शन के लिए ऊपर जा रहा हूँ।"

शत्रुघनसिंह ने दालान में निकलकर जोर से आदेश दिया: "फायर"। धीरे से आदेश दिया, "मेरे ऊपर पहुँचते ही आठ आदमी ऊपर आयेंगे। दो यहीं तैनात रहेंगे।" रुई का बोरा गीला होकर भारी हो गया था, लेकिन ऊपर का दरवाज़ा तोड़कर अन्दर जाने तक आड़ के लिए ऊपर ले जाना आवश्यक था। दो आदमी उठाकर ले चले, लेकिन जीना सकरा था। किसी तरह बोरा ऊपर चढ़ाकर दरवाज़े के पास खड़ा किया गया। शत्रुघनसिंह ने दरवाजे को कुल्हाड़ी से तोड़ने का हुक्म दिया। चोटें पड़ने लगीं। पुलिस को ऊपर आने से रोकने के लिए प्रेमा को कुछ न सूझा तो दरवाज़े पर मिट्टी का तेल छिड़ककर आग लगा दी। कुल्हाड़ी की चोटों ने तब तक कुण्डी तोड़ डाली थी।

बक्का और जंगी पांडे अपना मसाला चुकते जाने के होश को एकदम भुला नहीं बैठे थे, गो पहले जोश में वे ग़लती कर चुके थे। जब दरवाज़े पर कुल्हाड़ी पड़ने लगी, तो प्रेमा और कृपाराम के हाथ-पाँव फूले। कृपाराम बक्का और पांडे को सावधान करने दौड़े। इधर प्रेमा ने आग लगाने का निष्फल प्रयत्न कर डाला। बानक ऐसे बने कि दरवाज़ा टूटने के साथ ही साथ सड़क पर सामने वाली छत से, मुँडेर की आड़ से इस छत पर गोलियाँ बरसने लगीं। कृपाराम उधर पहुँचते ही पहली गोली का शिकार हुआ। बक्का और पांड़े बैठकर सरकते हुए नए कमरे की दीवाल की तरफ बढ़े। दरवाज़ा खुला, गीली रुई का बोरा सामने आ गया। नए कमरे और दरवाज़े के गलियारे में एक हाथ में मिट्टी के तेल का गिलास और जलती लकड़ी लिये प्रेमा क्रुद्ध शेरनी जैसी चमकती आँखों से देख रही थी। उसका चेहरा और सारा शरीर प्रतिहिंसा के प्रचण्ड भावावेग से थर्रा रहा था, वह कस-कसकर दाँत पीस रही थी। दरवाज़े और छज्जे के बीच रुई का बोरा अड़ा और उसने अपना एकमात्र हथियार चलाया—"गिलास बोरे पर उलीचा और लकड़ी उछालने के लिए हाथ उठाया ही था कि शत्रुघनसिंह की गोली उसकी मुट्ठी पर लकड़ी से टकरा कर उसकी दो अँगुलियाँ घायल करती हुई कमरे की दीवार से टकराई। जलती लकड़ी छज्जे के नीचे बैजू लाला के आँगन में गिरी। प्रेमा पूरे हिस्टीरिया के आवेग में एक बड़ी

कर्कश चीख़ के साथ गिरकर बेहोश हो गई। तब तक आठों सिपाही कोतवाल साहब के पीछे से गुज़रकर सतखण्डी हवेली की पुश्त से लगे कमरे की ओर आये। बक्का और पांड़े के लिए अब कोई चारा न रहा। सिपाही छज्जे के इस पार से गोलियाँ बरसा रहे थे, सड़क के उस पार की छत वाले सिपाहियों ने यह देखकर मार बन्द कर दी। बक्का और पांड़े कमरे और मुंडेर के कोने में बैठे थे, उन्हें अब कोई आड़ नहीं मिलती थी। कमरे के दरवाज़े की तरफ बढ़ते थे, तो शत्रुघनसिंह की गोली भी बढ़ती थी। दोनों जने बन्दूकें तान-तान कर ही रह गये, दागने का हौसला न रहा। नीचे सड़क पर भी अब बन्दूकें खामोश हो चुकी थीं। ''हैण्ड्स अप। हथियार फेंको।'' शत्रुघनसिंह के आदेश के साथ ही साथ दोनों ने छत पर बन्दूकें फेंक दीं। शत्रुघन ने अपने आदमियों को उँगली से आगे बढ़ने का इशारा किया। छज्जे के उस पार सायबान की तरफ से होकर सिपाही उधर बढ़े। शत्रुघनसिंह ने बढ़कर इधर वाले कमरे का दरवाज़ा थपथपाया। दरवाज़ा बन्द था। शत्रुघनसिंह ने रद्धूसिंह के दालान में खड़े दोनों आदमियों को ऊपर आकर दरवाज़ा तोड़ने का आदेश दिया। अन्दर से तुरंत कुंडी खुल गई। महराजिन सिर से पैर तक काँपती हाथ जोड़े खड़ी थी। उसके मुँह से बोल नहीं फूट रहा था। शत्रुघनसिंह के कमरे में घुसते ही वह थर-थराकर गिर पड़ी। क़फ़न से लिपटी लाश चारपाई पर पड़ी थी। आदत की चौकन्नी नज़र कमरे में, बाहर तक लपकाकर शत्रुघनसिंह लाश पर झुके। मुँह खोला तो मुर्दनी न पाई। साँस धीमे-धीमे चल रही थी। शायद ले जाने के लिए बेहोश किया है। एक सिपाही को नीचे भेजकर वायरलेस से कोतवाल को फौरन डॉक्टर भेजने का आदेश दिया। फिर महराजिन पर दृष्टि गई: ''बाहर बैठ बुढ़िया।'' फिर आप बाहर निकले। छज्जे वाली छत पर दोनों डाकुओं के हाथों को पीठ पीछे डबल हथकड़ियों से कसा जा चुका था। जंगी पांड़े की कमर में रस्सी लपेटी जा रही थी। बक्का बँध चुका था। शत्रुघनसिंह के क़दम इस समय इस तरह उठ रहे थे, जिस तरह जापान को हराकर अमरीकी सेनापति मेकार्थर राज्य के बड़े-बड़े सेनाधिकारियों और सत्ताधारियों को अपने बन्दियों के रूप में देखने के लिए चला होगा। पास आकर शत्रुघनसिंह ने बक्का और पांड़े पर बड़ी तुच्छ दृष्टि डाली। मेकार्थर मेकाडो से मिलने के लिए चला। बूटासिंह को तब तक यमदूत ले जा चुके थे। कालिख से पुते अरबी लिबास में डा० ब्रोकर हाथ पर ठोढ़ी टेके हुए अपनी सफ़ेद चमकती हुई पथराई पुतलियों वाली आँखों से एकटक होकर शत्रुघनसिंह को देख रहे थे। शत्रुघनसिंह ने आगे बढ़कर हाथ मिलाया: ''आपको बहुत तकलीफ हुई डा० ब्रोकर।''

बच्चे के हाथ से सहज खिंची पेंसिल की लकीर जैसी मुस्कान डा० ब्रोकर के पतले होंठों पर पसर गई: ''हूँ! दैट्स आल राइट। एन एक्सपीरियंस। थैंक्यू!'' डा० ब्रोकर के तीन अस्फुट उद्‌गारों में पिछले छब्बीस घण्टों की यातना फूटी। आँखों और चेहरे का तनाव बाढ़ के पानी की तरह क्रमशः उतरने लगा।

डाकुओं की गिरफ्तारी होते ही जनता आस-पास के घरों से निकल कर घटनास्थल पर भीड़ लगाने लगी। कृपाराम शर्मा और बूटासिंह की लाशों के सम्बन्ध में काग़ज़ी

कार्यवाही पूरी करने के बाद ऊपर हर कमरे में ताला-मुहर लगवाकर शत्रुघनसिंह नीचे आये। लाला बैजू ने तब तक शरबत और चाय दोनों ही तैयार करवा कर रखी थी।

रद्धूसिंह बाहर लोगों को ये बताते घूम रहे थे कि शत्रुघनसिंह उनके सगे चाचा के लड़के हैं, रद्धूसिंह के पिता ने ही उन्हें पुलिस में नौकर रखाया था और आज की सारी मोर्चेबन्दी रद्धूसिंह की सलाह के कारण सफल हुई है। उनकी आत्मप्रशंसा के नशे को झटका तब लगा जबकि शत्रुघनसिंह रद्धूसिंह से बिना बात किए ही अपनी मोटर पर चल दिये। क़ैदी डाकुओं, लाशों, महाराजिन, प्रेमा और बन्दिनी सेठ पुत्री को लेकर पुलिस-दल भी चला गया। भीड़ लौटने लगी। रद्धूसिंह घर लौटे, सूना घर, थोड़ी देर पहले की वारदात से मनहूस घर उन्हें खाने सा लगा। उनका मन बेहद बुझा हुआ था—"सत्रोहन साले को इतना घमण्ड हो गया है कि चलते समय शिष्टाचार तक न दिखलाया। हे ईश्वर, इस साले का घमण्ड नीचा करना, कभी मेरी बेरी में भी फल लगाना।"

रद्धूसिंह बड़े दुखी, निराश और अकेले थे।

:: ७ ::

राधारमण के मन्दिर में सावन की झाँकियों और कीर्तनों की बड़ी धूम रहती है। किसी दिन भगवान् का फूलों का सिंगार होता है, किसी दिन मोतियों का, किसी दिन चाँदी, किसी दिन सोना और किसी दिन गंगा-जमुनी छटा से भगवान् अपने भक्तों का मन मोहते हैं। यों तो यहाँ बारहमासी कीर्तन होता है, परन्तु सावन-भादों में बड़ी-बड़ी दूर से कीर्तनिये आते हैं। मन्दिर के प्रतिष्ठापक लाला राधेरमन पुराने करोड़पति हैं। संगमर्मर का यह मन्दिर अभी पाँच-छः साल पहले ही बनवाया है, इसलिए यहाँ जैसे उत्सव नगर भर में कहीं नहीं होते। आज फूलों का सिंगार है। गुलाब, चमेली और बेले की महक से ठाकुरद्वारा गमगमा रहा है। आरती हो चुकी है। भक्तमण्डली हरिकीर्तन की प्रतीक्षा में बैठी हुई जग-चर्चा में लीन हो रही है। दालान में लगभग साठ-सत्तर लोग जमा हो चुके हैं और लोग आते ही जा रहे हैं। ठाकुरजी के नीचे संगमर्मर का बड़ा सा सिंहासन रखा है। यह व्यास गद्दी है। पुरुष समाज इसके दाहिनी ओर बैठता है और स्त्रियाँ बायीं ओर। दालान इतना बड़ा है कि उसमें चार-पाँच सौ की भीड़ सुगमता से बैठ सकती है। पत्थर के नक्काशीदार खंभे और मेहराबें मन्दिर की भव्यता को दोबाला करती हैं। बिजली के झाड़-फानूस और मर्करी रॉड सपने की सी छटा प्रस्तुत कर रहे हैं। व्यास गद्दी अभी खाली है। सेठजी भगवान की आरती करके ब्यालू करने गए हैं, नौ बजे महान् कीर्तनकार मधुरजी के साथ पधारेंगे। तब कीर्तन आरम्भ होगा। मधुरजी के नाम पर कीर्तन-प्रेमी जनता क्रमशः बढ़ती जा रही है, साठ-सत्तर से धीरे-धीरे अस्सी नब्बे हुए और भी लोग, लुगाइयाँ आती ही जा रही हैं।

एमेचर कीर्तनिये कुँवर रद्धूसिंह, पंडित शिवशंकर लाल और बाबू किशन मोहन ने भी मन्दिर में प्रवेश किया। पंडित शिवशंकर लाल संस्कृत के श्लोकपाठ करने लगे, जिसके

आरंभिक शब्द ज़ोर-ज़ोर से सुनाई पड़ते थे और फिर स्वर कम होते-होते बुदबुदाहट तक पहुँच जाता था। फिर दो-चार शब्द ज़ोर-ज़ोर से फूटते और फिर क्रमशः होंठों की बुदबुद में छिप जाते—'वन्दे नव घन श्यामम्......मुन मुन मुन मुन मुन। सानन्दम् सुन्दरम्........ मुन मुन श्रीकृष्णम् मुन मुन मुन!'

रद्धू बाबू ने आँखें मूँद, हाथ जोड़ होंठों की बुदबुद में ही अपना भजन-भाव अर्पित किया और बाबू किशनमोहन एक बार भगवान् को हाथ जोड़ कर दाहिनी ओर खंभे के पास बैठे हुए मुंशी हसमुख सहाय पेशकार के पास जा विराजे। रद्धू बाबू भी पास ही आकर बैठ गए। पण्डित शिवशंकर लाल भक्तिभाव के नाम पर भगवान् की साखी में संस्कृत भाषा की टाँग तोड़कर अब मातृभाषा में ज़ोर-ज़ोर से ललकार रहे थे:

माया युत माया रहित हरि को करौं प्रणाम,
जाको मोह न नाम को ताको मोहन नाम॥
प्रेम हरी को रूप है, त्यौं हरि प्रेम को रूप।
एक होय दुइ यौं लसें ज्यों सूरज अरु धूप॥
सेवक-सेव्य-भाव बिनु भव न तरिय उरगारि।
भजहु राम पद पंकज अस सिद्धान्त बिचारि॥
सियाबर रामचन्द्र की जै शरणम्।
ओम् गोविन्दाय नमो नमः श्री राधारमणाय नमो नमः
भूल चूक माफी चहौं अरज सुनौ करतार।
कृपा दीन पर कीजिये जग के पालनहार॥

एक बड़े चोटीधारी नवयुवक ने दालान में प्रवेश किया। उसे देखते ही बाबू किशनमोहन बोले—"लेव, दुल्लर आय गए, अब पंडितजी से चौगुनी आवाज़ में शिलोक सुनावेंगे।"

दुल्लर ने बाबू किशनमोहन की बात का उत्तर मुस्कराकर दिया। और ठाकुरजी के सामने आँखें मूँदकर खड़े हो गये। पंडित शिवशंकर लाल के दोहे अभी चल ही रहे थे कि दुल्लर गुरू की दहाड़ती हुई आवाज़ बुलन्द हुई। लोगों को मज़ा आने लगा। पण्डित शिवशंकर लाल और दुल्लर गुरू की लाग-डाँट चलती है। भक्त जन मज़ा लेते हैं, पर आज दोनों का कम्पिटीशन बहुत देर तक चल न पाया, क्योंकि पंडित शिवशंकर लाल किसी और ही मूड में थे।

मुंशी हसमुख सहाय पेशकार ने रद्धू बाबू की ओर मुड़कर देखा, पूछा, "आज तो आपको कोतवाली में देखा था मैंने; खैरियत तो है?"

कुँवर रद्धूसिंह खोए हुए से बैठे थे। चारों ओर की चहल-पहल और मन्दिर की जगर-मगर में उनका सन्ताप भरा वर्तमान और ऐश्वर्य भरा भूतकाल अगल-बगल दो आततायियों की तरह खड़े होकर लगातार भाले घोंप रहे थे। अंग्रेज़ी ज़माने के कोतवाल

ठाकुर रघुवरसिंह के इकलौते लाड़ले बेटे रद्धूसिंह आज बेनीसिंह, सत्रुघनसिंह, गजराजसिंह आदि बड़े-बड़े ओहदेदार और निकटतम सम्बन्धियों (जिन्हें कभी रघुवरसिंह ही ने पुलिस में भरती कराया था) के बंगलों पर अर्दलियों के साथ तिपाई पर बैठकर, उनके बाहर निकलने की, उनके रूखे उत्तर सुनने की प्रतीक्षा में सारा दिन बरबाद करके थके-हारे साँझ को घर लौटे—वह घर कि जिसमें बड़ों के उपवास का आज दूसरा दिन है। दोनों छोटी बच्चियों को छोड़कर किसी ने अन्न का दाना भी मुँह से नहीं लगाया था। भूखे पेट और टूटे मन में घर भर की भूख करारे मुक्के सी लगी—आगे कैसे चलेगा? माँ ने यह दूसरी शादी कर बुढ़ापे में और रोग लगा दिया है। पत्नी का यह तीसरा गर्भ है, पूरे दिन हैं, जाने और कौन अभागा रद्धूसिंह के दुर्भाग्य में शामिल होने आ रहा है। रद्धूसिंह का मन कबूतर बहलावे के तौर पर क्षण में भूतकाल की किसी सुखद कोटर में विश्राम करने जा बैठता—वेश्याओं का नाच, शराब, हँसी-किलकारियों से भरे विलास के खेल, पुलिसमैनों के हथकण्डों से उड़ाई हुई औरतों के मजे लूटने वाले दिन, दोस्तों और मुसाहबों से घिरे हुए दिन, नोट भरी जेबों वाले दिन!—पर उन सुखद मादक स्मृतियों भरे भूत में वर्तमान का नाग सहसा अपना फन तान देता, मन कबूतर फिर घुटन भरे निःसीम आकाश में मँडराने के लिए बाध्य हो जाता है। रद्धूसिंह के मुँह से घुटनभरी 'एक्ज़हास्ट फैन' जैसी क्रिया होने लगी। वे मन की घुटन के लम्बे फुफकारे छोड़कर मानो बाहर निकलने का प्रयत्न सा कर रहे थे। तभी पेशकार साहब की बात, विशेष रूप से 'कोतवाली' शब्द कानों में पड़ा। रद्धू बाबू ने तुरन्त अपना आबरूदार मन सँभाल लिया। हँसकर बोले: "अजी कुछ नहीं, वो ठाकुर शत्रुघन सिंह 'डी एस्पी' मेरे कज़िन हैं, उन्हीं के यहाँ चाची-वाची से मिलने चला जाता हूँ कभी-कभी। मेरे सगे चाचा का लड़का है शत्रुघन। तीन बरस छोटा है मुझसे। मेरे ही फादर ने उसको पुलिस में नौकर रखाया था। आज भगवान की दया से 'डी एस्पी' है। तकदीर इसको कहते हैं। अभी मेरे ही घर से तो उसने डाकू बूटासिंह के गिरोह के खिलाफ मोर्चा बनाया था, सुना होगा आपने।"

"जी हाँ, जी हाँ मुझे मालूम है कि वो आपके कज़िन हैं। बूटासिंह को तो यों पकड़ा है, ज्यों अंधे के हाथ बटेर लगा हो। तकदीर की बात है साहब।" शिवशंकरजी ने कहा।

बाबू किशनमोहन बोले: "अजी तकदीर-वकदीर क्या, ठाकुर पिरथीसिंह होम मिनिस्टर और बी०पी० सिंह आई०जी० पुलिस। ठाकुरों का राज। दो सीनियर्स का क्लेम मारकर इन्हें डीएस्पी बना दिया। अन्धेर खाता है बाबूजी। और अब तो तकदीर ने बूटासिंह-विजेता भी बना दिया है इन्हें। पालिटिक्स इसको कहते हैं।"

मुंशी हरसुख सहाय नाक चढ़ाकर बोले: "हूँ......ऊँ, ये तो भाई सदा से चलता रहा है और चलता रहेगा। पर इससे किसी की योग्यता को नज़र-अंदाज न कर देना चाहिए। होशियार को गधा कहने से आप ही गधे साबित होंगे पंडितजी, बुरा न मानिएगा। शत्रुघनसिंह बहुत जोरदार आदमी हैं। जब से आये हैं तब से शहर में शांति और अमन कायम कर दिया है इन्होंने, वर्ना जनाब, लास्ट इयर की याद कीजिए, दिन दहाड़े कत्ल

हुए हैं और चोरी-डकैतियों की बात तो खैर मामूली ही थी। और ये अभी हाल के बूटासिंह केस में तो कमाल ही कर दिया उन्होंने। दिल्ली तक के अख़बारों ने बड़ी कीर्ति छापी है उनकी और आप कहते हैं कि अंधे के हाथ बटेर लग गई। वाह वाह वाह!" मुंशीजी की बात का जोरदार प्रभाव पड़ा।

पास ही बैठे एक बैंक के क्लर्क बाबू हर्षनाथ अपनी जेब से पान की डिबिया निकालकर मुंशीजी, पण्डितजी आदि की ओर बढ़ाते हुए बोले: "हाँ, खैर नये कोतवाल साहब की तारीफ तो करनी ही होगी। मैंने तो सुना है कि रिश्वत, मुरव्वत कोई ऐब इनमें नहीं है। सुना है अट्ठारह-अट्ठारह घण्टे वर्दी पहने कोतवाली में बैठे रहते हैं। लीजिए रद्धू बाबू पान खाइए।"

खाने के नाम पर पान सामने आए, यह देखकर रद्धू बाबू का मन कुड़मुड़ा उठा। बातों के क्लोरोफार्म से बेहोश भूख पान देखकर आत्म-पीड़ा से बावली हो तड़प उठी। उन्होंने अपने को सम्भाल लिया, ऊपर से हाथ जोड़कर कहा: "नहीं, इस समै नहीं!"

हर्ष बाबू ने डिबिया वाला हाथ खींचकर आप दो पान निकालते हुए खुशामदाना लहजे में हँसकर कहा: "रद्धू बाबू, ये तो बड़ी खुशी की बात है कि आप डीएसपी के कज़िन हैं। मैं तो कल शाम से बड़ा परेशान था कि उनसे मिलने के लिए सोर्स कहाँ ढूँढूँ। मेरे लड़के का कैरियर चौपट कर दिया है एक सब-इंस्पेक्टर साले ने।"

बाबू किशनमोहन बोले—"क्या हुआ हर्षू बाबू?"

"अरे हुआ कुछ नहीं साहब, युनिवर्सिटी में त्योरस साल जो कम्युनिस्टों का कुछ हंगामा मचा था न, उसमें सी०आई०डी० रिपोर्ट में मेरे लड़के का नाम भी किसी दुश्मन ने लिखवा दिया। अब ब्लाक डेवलपमेण्ट आफिसर की पोस्ट के लिए सब तरह से उसका चुनाव हो गया है, मगर ये सी०आई०डी० रिपोर्ट की बुरी पख निकल आई है। बड़ा अन्धेर है। रद्धू बाबू आप इतना विश्वास उनको दिला दें कि लड़का मेरा गऊ है, पढ़ने-लिखने के अलावा उस ससुरे को किसी बात में रस नहीं। अजी मैं तो कहता हूँ कि हाथ कंगन को आरसी क्या। रद्धू बाबू, आप सुशील को अपने साथ ही ले जाइए, वे खुद अपनी आँखों से देख लें कि लड़का सूरत से कमूनिस्ट लगता है?"

पाल्थी खोल और दाहिनी टाँग फैलाकर अपना अकड़ा हुआ घुटना सहलाते हुए मुंशी हरसुख सहाय हँसकर बोले: "ये सूरत से कम्युनिस्ट लगने की बात खूब रही। खैर, लड़के को कल चार बजे मेरे पास कचहरी में भेज दीजिएगा। इस अड़चन की वजह से उसका कैरियर खराब नहीं होगा, मैं वचन देता हूँ।"

बाबू हर्षनाथ की आँखें प्रसन्नता और आश्चर्य से चमक उठीं। तेजी से आगे बढ़कर उन्होंने मुंशीजी के घुटने पर अपने दोनों हाथ टेक दिये और गिड़गिड़ाकर बोले: "अरे पेशकार साहब, आपको मेरा रोयाँ-रोयाँ असीसेगा। आप सच मानिए, कल शाम से, जब से कि बैंक में मेरे एक सी०आई०डी० ब्रांच के टाइपिस्ट क्लर्क दोस्त हैं, उन्होंने आकर मुझे बताया कि आपके लड़के की बुरी रिपोर्ट जा रही है, तब से सच मानिएगा, न उसकी

मदर ने खाया है न सुशील ने, न मैंने। आज तो चूल्हा ही नहीं जला। पेशकार साहब, मन्दिर में बैठा हूँ, सत्त कहता हूँ। (रद्धू बाबू के पेट में वायु नागिन सी दौड़ गई) पर ये भी कहूँगा कि वाह-वाह भगवान की माया। जाको राखे साइयाँ, मारि सके ना कोय। वो टाइपिस्ट बाबू रमापरशाद, मेरे बैंक के एक कलीग हैं, बाबू गुरुचरन उनके बहनोई हैं। कई बार उन्हीं के यहाँ भेंट हुई। जरा याराना-सा हो गया है। तो साहब जब रिपोर्ट की नकल टाइप होने को आई, बाप की जगह मेरा नाम देखा, फिर पते से भी कुछ-कुछ शक हुआ तो उन्होंने कागज़ दबा लिया और शाम को आकर मुझसे कहा। मैं आज दिन भर बैंक में बैठा-बैठा सोर्स भिड़ाता रहा, पर—वाह रे भगवान्। पेशकार साहब आप कायस्थ हैं तो क्या हुआ, जी चाहता है आपके पैर छू लूँ।"

मुंशीजी हँसे और झेंपकर टाँग सिकोड़ने लगे। आस-पास का मजमा उन्हें देखने लगा। बाबू हर्षनाथ उनके पैर छू बिजली की सी फुर्ती से खड़े हो गए, बोले: "मैं एक बार घर में कह आऊँ, अभी आता हूँ।" फिर चलते-चलते रद्धू बाबू की पीठ पर हाथ रखकर बोले—"बारे रद्धू बाबू, आज आपके बहाने भगवान् मिल गए।" हर्ष बाबू के पैरों में पंख उग आए थे।

लोग-बाग इस घटना को लेकर भगवान की महिमा बखानने लगे। पंडित शिवशंकर लाल ने कहा: "जो बनने वाली होती है, वो यों बनती है। (रद्धू बाबू के मन में हूक उठी) बाबू हर्षनाथ को पता भी न चलता और इनका लड़का बेचारा बेमौत मारा जाता। हर सरकारी नौकरी के लिए रिजेक्ट कर दिया जाता। सच ही कह गया बेचारा, उसके लिए तो मुंशीजी और उस टाइपिस्ट के रूप में भगवान् ही आ गए। बड़ा उपकार करोगे हरसुख सहाय, तुम्हारी सैकड़ों रिश्वतों का पाप इस एक उपकार से धुल गया बेट्टा।"

मुंशी हरसुख सहाय सहित आस-पास के लोग हँस पड़े। रद्धू बाबू को अनायास ही मुंशीजी की इस ब्याज-निन्दा से बड़ा संतोष मिला। एक क्षण के लिए वे अपना दुख-दर्द भूल गए।

तभी सेठजी और उनके परिवार के लोग भक्तराज मधुरजी के साथ पधारे। सभामण्डप में नयी व्यवस्था आई। लोग-बाग शान्ति से बैठ गये। सेठजी ने भक्तराज मधुरजी को व्यास गद्दी पर लाकर बिठलाया। उनके मस्तक पर केसरिया चन्दन कनपटी तक थोपा, बढ़िया गुलाबों का गजरा पहिनाया। एक सेवक उसी समय हारमोनियम लाकर भक्तराज के पास रख गया। सेठजी ने हारमोनियम पर फूल चढ़ाए। शेष फूल भक्तराज के चरणों में अर्पित करके वे अपने स्थान पर जाकर बैठ गए।

भक्तराज मधुर अट्ठाइस-उन्तीस वर्ष के हैं। छरहरा बदन, साँवले, बड़ी-बड़ी शरबती आँखें और लंबे घुँघराले बालों से मधुरजी का व्यक्तित्व मधुर ही बन गया है। धोती, बगलबन्दी, गले में कृष्णनाम का दुपट्टा, मस्तक पर वैष्णव तिलक, गले में तुलसी की कण्ठियाँ पहने हैं। भक्तराज इधर साल-दो-साल से नगर के भक्तजनों में बड़ी प्रसिद्धि पा रहे हैं। इस छोटी सी आयु में ही उन्होंने भगवान् के दर्शन पा लिये, यह चर्चा धार्मिक

स्त्री-पुरुषों में व्याप्त है। कहते हैं कि किसी स्त्री से इनका प्रेम हो गया था, उसने दुतकार दिया। ये वहाँ से लौटते हुए राधाकृष्णजी के मंदिर में पहुँच गए। बस, वहीं प्रभुकीर्तन सुनते हुए कुछ ऐसी लौ लगी कि खड़े-खड़े गिर गए, बेहोश हो गए और जब तीन दिन के बाद होश में आए तो हरि कीर्तन करते हुए ही उठे। मधुरजी के स्वर में करुणा गूँजती है, कम्प उठता है, आँसू उमड़ते हैं, रास की गुदगुदी भरी अठखेलियों सी मधुर गिटकिरी भी लगती है। मधुरजी संस्कृति के श्लोकों, उर्दू की गज़लों और हिन्दी के फिल्मी गीतों का ऐसा मधुर कीर्तन करते हैं कि तरुण-तरुणियों को मजा आ जाता है; बूढ़े-बूढ़ियों के सूखते शृंगार रस को भी हरिनाम से सनी शौक की तरावट मिल जाती है। जब वे हारमोनियम पर गाते हैं, तो श्रोता-मण्डली उनके स्वर के झोंकों से झूमती है। मधुरजी ने संस्कृत भाषा में गुरु-गोविन्द को पाँय लगाकर दो मिनट आँखें मींच पद्मासन साधा, फिर हारमोनियम पर हाथ रखकर थोड़ी देर तक सरगम से खेलकर अपना प्रवचन आरम्भ किया :—

"राधाकृष्ण स्वरूप भक्तजनो, साँवरे के बावरो! देखिए तो जरा यह कैसी दिव्य छटा छाई है। श्रावण का परम पुनीत मास है। काशी विश्वेश्वर कैलासवासी, नग्न निःसंग, त्रिगुणातीत, योगेश्वर भूतभावन के मन को यह सावन सुहाता है और इसी हेतु शंकरजी के परम आराध्य और परमोपासक परम सच्चिदानन्द, परमोज्ज्वल परम शक्तिस्वरूप परमानन्द, आनन्दकन्द ब्रजचन्द्र, नन्दनन्दन गोपी पीन-पयोधर-मर्दन-चंचल करयुगशाली, बाँकेबिहारी, नटनागर, मुरलीधर श्री श्री राधारमण, गोपीरमण, कोटि-कोटि कन्दर्प लजावनहारे श्री श्री यादवेन्द्र सरकार मनमोहन, जगन्मोहन के मन को भी यह सावन सुहाया है। तभी तो सावन में घर-घर झूले-झाँकियाँ सजती हैं।" हारमोनियम बज उठा, भक्त महाराज ने गाना आरम्भ किया :

"आज झूलें बनवारी हमारे अंगना।"

भक्तराज ने गाते हुए तानों के उतार-चढ़ाव की खूब छटा दिखाई और जब उनका स्वर-झूलन समाप्त हुआ, तो श्रोतागण कृष्ण भगवान् से अधिक भक्तराज के भक्त नज़र आने लगे। स्त्रियों की तरफ से कुछ माँग हुई जिसे भक्तराज ठीक तरह से सुन न पाये। उन्होंने कान के पास हाथ लगाकर तनिक झुककर मुस्कुराते हुए पूछा—"कृष्णप्रिया क्या वरदान माँगती हैं मुझसे?"

एक भक्त ने भक्तिन मण्डली की ओर आवाज़ फेंकी—"अरे भाई, किस देवी ने महाराज से क्या माँगा, बोलती क्यों नहीं?"

भक्तिन मण्डली में पीछे की ओर कुछ कौआरोर मचा—"अरे तुमहीं कहि देव। हम काहे कहें, तुमहीं कहो। कहो ना? अरे महाराज फिल्मी चाल का कीर्तन—!"

भक्त-मण्डली के एक सज्जन ने भक्तिन-मण्डली की बातों से सार तत्व छाँटकर खड़े हो, हाथ जोड़कर भक्तराज से प्रार्थना की—"महाराज, फिल्मी चाल का कीर्तन सुनाने की प्रार्थना कर रही हैं देवियाँ।"

महाराज मुस्कराए। शरबती आँखों में रस का एक ताव और चढ़ा, बोले—"फिल्मी चाल का कीर्तन? अरे ब्रजबाला, तू तो युगों-युगों से फिल्म ही देखती चली आ रही है। साँवरा तेरे को रिझाने के लिए माया रूपी रजत पट पर मोह रूपी फिल्म दिखा रहा है और तू अब भी सन्तुष्ट नहीं हुई।" महाराज की इन शायरी भरी बातों ने सभा के गले में अहा और वाह वाह के ढोल मढ़ दिये, एक प्रकार की आनन्दलहरी सी व्याप्त हो गई। महाराज भी हँसे, बोले: "अच्छा, तेरी इच्छा पूर्ण होगी। भक्तजनो, ये फिल्म जो है, जिसका मोह आज इस ब्रजमण्डल रूपी भारतवर्ष के कोने-कोने में व्याप्त है, विशेष रूप से ग्वाल-बालों और गोपियों में इसकी बड़ी महिमा है, तो इसका कारण क्या है? और फिर दूसरा प्रश्न यह उपस्थित होता है कि इस फिल्म के मोह में पड़कर हमारे देशवासी कोटि-कोटि गोप-गोपी जन, क्या इसके कारण रसातल को जा रहे हैं? क्या इस देवप्रिया भारत भूमि की संस्कृति का नाश हो रहा है? सो, हे गोपाल के प्यारो, इस विषय पर हमने बहुत सोच-विचार किया। जगन्नियन्ता जगदीश्वर, जग के पालनहार, गोपियों के चीर खींचने वाले प्यारे माखनचोर से एक दिन सुरति महल में बैठे इस वार्तालाप के प्रसंग को हमने छेड़ दिया। भगवान् ने क्या कहा, इसे सुनने की इच्छा हमारे प्रेमीजनों को अवश्य ही होगी, यह मैं जानता हूँ। भगवान् बोले कि अरे मधुर, तू किस सोच में पड़ा है? जान पड़ता है कि तेरे ऊपर भी मिथ्या मोह का आवरण पड़ गया है! अरे भोले, जहाँ प्रेम की चरचा हो, वहाँ तो मैं आप विराजमान रहता हूँ। फिर संस्कृति के पतन का भय क्या है रे? प्रेम में जो वासना है, वह कलुष है। जब तू सिनेमा देखने जाता है तब मुझे भूलकर, तू लौकिक प्रेम की बात सोचकर उसकी भलाई-बुराई की विवेचना में पड़ जाता है। यह मिथ्या मोह है। प्रेम नायक के रूप में हर फिल्म में तू मुझे देख और नायिका के रूप में तेरी जो आत्मारूपी राधा है, उसके दर्शन कर और खलनायक के रूप में मिथ्यामोह भरे वितण्डावाद को ही देख, उसे पहचान, उससे जूझ, उसका नाश कर। तो यह सुनकर मैंने निवेदन किया कि प्रभु, श्री चरणारविन्द की दया से मैं तो आपके श्री मुख से सुने हुए उपदेश का ही पालन करूँगा, किन्तु कोटि-कोटि भारतीय जन इस तत्त्व को कैसे समझेंगे? इस पर श्री-श्री बाँकेबिहारी, गिरिवरधारी, नटखट नन्दकिशोर हँसे, बोले कि अरे मधुर मूढ़, जब तू इतना ही नहीं समझता तो कवि क्यों हुआ? और जो कवि हुआ भी तो साधारण क्यों न हुआ? अरे, वाणी के वरदपुत्र, तू मेरा जीवनसर्वस्व क्यों बना? जा, अब तुझसे मैं नहीं बोलूँगा, तेरे पास भी नहीं आऊँगा।......भक्तजनो, भगवान के कठोर वचन सुनकर मेरे हृदय पर क्या बीती होगी, इसकी तनिक कल्पना तो कीजिए। मैं बेसुध होकर कटे पेड़ की तरह गिर पड़ा और बोला कि—(हारमोनियम पर गाकर)

सखेति मत्वा प्रसभम् यदुक्तम्
हे कृष्ण! हे यादव! हे सखेति।
अजानता महिमानम् तवेदम्
मया प्रमादात्प्रणयेन वापि॥

और मेरे इस रुदन-प्रलाप का उत्तर भगवान् ने कैसे दिया, जानते हैं? आ-हा-हा, नटखट नन्दकिशोर ने अपनी जादूभरी खिलखिलाहट से मेरे अन्तर के गगनमण्डल में अनहदनाद गुंजरित कर गायन आरम्भ कर दिया''—(उँगलियाँ फिर हारमोनियम की बारह खड़ी छूने लगीं और भक्तराज गाने लगे :)

"कैद में है बुलबुल सैयाद मुस्कराए,
कहा भी न जाए चुप रहा भी न जाए।"

भक्तराज मधुर घण्टे-डेढ़-घण्टे तक फिल्मी कीर्तन सुनाते रहे। भक्तजन उनकी अनूठी व्याख्याओं से प्रभावित मन्त्रमुग्ध बैठे रहे। जब प्रवचन समाप्त हुआ, तो भक्तराज मधुरजी एकाएक बेहोश होकर व्यास गद्दी पर गिर पड़े। चारों ओर कोहराम मच गया, पंखा, गुलाबजल और भक्तिनियों की हाय-हाय से भक्तराज का उपचार होने लगा। लोग-बाग मधुरजी के व्यक्तित्व में चैतन्य महाप्रभु तक के दर्शन करने लगे। सेठजी ने तथा भक्तराज से परिचित अन्य कुछ भक्त-भक्तिनियों ने तुरन्त ही कीर्तन आरम्भ करने की गोहार की। रद्धू बाबू पकड़े गये, उनका कण्ठ सुरीला था और कीर्तन करने के कारण वे थोड़ा-बहुत नाम भी कमा चुके थे। परन्तु रद्धू बाबू इस समय गाने-बजाने के उत्साह में नहीं थे। पेट भूख से कुड़मुड़ा रहा था, मन चिन्ताओं के मारे उड़ा जा रहा था। फिर भी आबरूदारी के मारे वे कुछ कह न पाते थे। कीर्तन करने बैठे, तन, मन की थकन को करुणामय की प्रार्थना में लय करते हुए अगम पीड़ा से करुण होकर वे इतने भावावेश में आ गए कि सचमुच बेहोश हो गये।

लोग-बाग कहने लगे कि मधुरजी को देखकर रद्धू बाबू ने भी नाटक कर डाला। बेहोश मधुरजी के चारों ओर भक्ति नें घिर आई थीं, कोई हथेलियाँ सहला रही थीं, कोई पैरों के तलवे, कोई सिर। होश में आने पर मधुरजी और भी सबके आकर्षण का केन्द्र बन गए, रद्धू बाबू की बेहोशी का मजाक उड़ने लगा। फिर भी शिवशंकरजी आदि उनके साथी उनकी देखभाल करने में जुट गए।

घर लौटते समय अपनी बेहोशी पर हँसी-मजाक होने से रद्धू बाबू मन ही मन बेहद चिढ़े हुए थे। उन्हें मन्दिर, मधुर, कीर्तन और सारे भक्तजनों के प्रति वितृष्णा हो रही थी। बार-बार जी चाहता था कि सबको छोड़कर कहीं भाग जाएँ, मगर उनके पैर अपने और अपने साथियों के साथ-साथ घर की ओर ही बढ़ते रहे। अन्तर के सच की तड़प बाहरी मजाकों की तेज चलती मथानी से और भी उफन-उफन कर करुणा का नवनीत बनकर चुटैली चेतना को चिकनाने लगी—"मेरे मन की सच्चाई को भी परगट कर देना भगवान। मेरी बेरी में भी एक बार फल लगा दो!—इन सब ससुरे पेटभरों की बोलती बन्द हो जाए! राम! हे नारायण।"

रद्धू बाबू के तन-मन की शरण के दो ही स्थल हैं—घर और भगवान। लाख खीझे होने पर भी इन्हें छोड़कर और कहाँ जाएँ?

●

:: ८ ::

अपनी गली में प्रवेश करते हुए रद्धू बाबू ने नुक्कड़ वाले घर के वकील साहब की घड़ी का एक टकोरा सुना। बाबू किशनमोहन बोले: "साढ़े ग्यारह बजे कि साढ़े बारह? एक तो नहीं हो सकता।"

पंडित शिवशंकर लाल ने कहा: "अमा, वैश्य के घर जन्म लेकर भी तुम्हें हिसाब नहीं आया समय का? देख रहे हो, अभी सामने वाली हलवाई की दुकान पर दूध पीने वाले खड़े हैं। साढ़े ग्यारह का टाइम होगा।"

रद्धू बाबू हँसकर बोले: "अब किसी भी जात-बिरादरी में अपने पुराने गुन नहीं रह गये पंडितजी। न अब वो आपके ब्राह्मन रहे, न वो हमारे ठाकुर और न इनके वे बनिये। समय ऐसा बुरा आ लगा है कि कुछ पूछिये मत। शरीफों को खाने के लाले पड़ गए हैं।" कहते-कहते सारा शरीर काँप गया, आवाज़, आँखें छलछला आईं, उन्हें छिपाने के लिए उबलकर बोले: "सब साले अपनी शराफत छोड़कर कमीनेपन पर उतर आए हैं, किसी के दुख-दरद में भी लोगों को हँसी सूझती है। अब मैं इस मंदिर में कभी नहीं जाऊँगा।"

बाबू किशनमोहन रद्धू बाबू के कन्धों पर हाथ रखकर बोले: "अरे नहीं यार ठाकुर साहेब, ऐसी भी नाराज़ होने की क्या बात है?"

"नहीं गुप्ताजी, मेरा चित्त फट गया आज। अगर असल ठाकुर का बच्चा हूँ तो अब से राधारमण के मन्दिर में आप मुझे कभी नहीं देख पायेंगे। करें साले मधुर का कीर्तन। शरीफों की औरतों-बिटियों को फँसाता है, झूठे नाटक करता है, उस ससुरे के सब पैर पूजते हैं और मैं कमजोरी के कारन बेहोश हो गया तो मेरी बेहोशी का मजाक उड़ाया। अपना वक्त बुरा है, नहीं तो एक-एक साले को समझ लेता।" रद्धू बाबू की भरी-निसास की गूँज अगल-बगल के दोनों मित्रों का मन स्पर्श कर गयी। शिवशंकर रद्धू बाबू को अपनी बाँह में खींचकर भाव भरे स्वर में बोले: "तुम भी यार रद्धू बाबू, बड़े सेन्टीमेण्टल हो। अमाँ भूलो इन बातों को, मंदिर जाते हैं तो भजन-भाव में दो-तीन घण्टे का अच्छा वक्त निकल जाता है, सत्संग हो जाता है। और जीवन में धरा ही क्या है? भैया, पौने दो सेर का आटा मिल रहा है। सेठों, रिश्वतखोरों की बात छोड़ दो, वरना किसका अच्छा दिन जा रहा है आज के जमाने में? घर-घर मटियारे चूल्हे हैं, अपनी-अपनी धोतियों में सभी नंगे हैं।"

रद्धू बाबू ने फिर भी गरदन झटकारकर कहा: "ये सब तो ठीक है पर अब वहाँ नहीं जाऊँगा पंडितजी। अब तो यहीं मोहल्ले में गोपी महराज के शिवाले में कीर्तन जमाऊँगा। साली घर की देहरी छोड़कर बाहर का पहाड़ पूजने क्यों जाऊँ? आप लोग अगर राजी हो जायँ तो नीमखार के स्वामी नार्दानन्दजी महाराज से प्रार्थना करूँ जाके और एक बार बिन्दराबन से बिन्दूजी महाराज को ले आऊँगा। मेरे ऊपर बड़ी ही किरपा करते हैं बेचारे। यह ससुरे कल के लौंडे मधुर-मधुर भगवान के नाम पर फिल्मी तर्ज के

कीर्तन करते हैं—ये मुख में राम, बगल में छूरी वाला तमाशा नहीं कहलाएगा तो और क्या कहलाएगा।'' जोश में दम भर आया, पेट का खालीपन तन तोड़ने लगा।

बाबू किशनमोहन बोले: ''यार कहते तो ठीक हो ठाकुर साहब, गोपी महराज के शिवाले में कीर्तन जमाना चाहिए; अपने मोहल्ले की रौनक बढ़ेगी। क्यों पंडितजी? अरे हमारे रद्धू बाबू सबके यहाँ कीर्तन करने जाते हैं। इनके बुलावे पर दूसरे नामी-नामी लोग भी खट् से आ जाएँगे, यह बात तो सही है।''

बाबू किशनमोहन की बात से फिर ताजा जोश आया, पेट को भुलाने के लिए 'चुन्नूराजा' बात पर सवार हुए, कहा: ''और हम लोग एक बात का ढिंढोरा और पीटेंगे कि हमारे यहाँ फिल्मी चाल का संकीर्तन नहीं होगा। जिन्हें भगवान की आड़ में सस्ती गलेबाजी और आँखें लड़ाने का चाव हो, ये किरपा कर हमारे यहाँ आने का कष्ट न करें! हमारे यहाँ तो सन्त-महात्माओं के ही भजन-पद गाये जायेंगे और संसकिर्त भाशा के शिलोक गाए जायेंगे और सिद्ध-महात्मा ही हमारे यहाँ प्रउचन करने के लिए बुलाए जायेंगे। जिनमें भक्ती की लगन हो, वही गोपेश्वर महादेव के शिवाले में आवें।'' रद्धू बाबू ने ऐसे सात्विक जोश में आदेश दिये कि साँस खाली पेट से गुजर गयी।

पंडित शिवशंकर बोले: ''वाह यार रद्धू बाबू तुमने ये गोपेश्वर महादेव नाम खूब निकाला। बिचारे गोपीनाथ महाराज की आत्मा बैकुण्ठ में तर जायेगी। सब मिलाकर विचार बुरा नहीं है। छोटी सी जगह है अपनी, चुने-चुने लोग ही आवेंगे, भजन-भाव सच्चा होगा। मुंशी हरसुख सहाय हैं, वो लड़का दुल्लर है हमारा जोड़ीदार—ये जो दस-पाँच रियल याने के खालिस—यानी……यानी कि—वही तुम्हारी बात रद्धू बाबू, कि भीड़ नहीं। अच्छा, तुम लोग भी क्या कहोगे यारो, मैं कल ही अपने आफिस के पेन्टर से गोपेश्वर संकीर्तन मण्डल का साइनबोर्ड बनवाए डालता हूँ।''

''अरे हाँ यार पंडितजी, तुम्हारे यहाँ तो पब्लिसिटी का इतना वर्क होता है कि मुफ्त में ही सब काम बन जायेगा। यह आइडिया अच्छा रहा, तुम साइनबोर्ड के साथ-साथ एक नोटिसबोर्ड भी बनवा लेना। आज है बिरहस्पत, कल शुक्कर, सनीचर, नरसों इतवार—चार दिन मिलते हैं। ठाठ से मंदिर की सफाई, लिपाई करवा लेंगे। चार भले आदमियों से कह भी देंगे और सोमवार से गोपेश्वर संकीर्तन मंडल का कारक्रम चालू हो जायेगा। अरे वारे रद्धू बाबू, सब शंकरजी की माया है यार, उन्हें अपने यहाँ की महिमा बढ़ानी थी, सो तुमको बेहोश डाल दिया और दुष्टों को पीछे छोड़ दिया।''

बाबू किशनमोहन की बात पर दोनों मित्रों के मन खिल उठे। शिवशंकरजी बोले: ''किशनमोहन, क्या बात कह गए मित्र। मैं तो कहता हूँ, भगवान को जो करना होता है वो इस प्रकार करते हैं।''

रद्धू बाबू का मन चामत्कारिक प्रसन्नता से भर गया। उनका घर आ गया था। वे थम गये परन्तु इस समय घर के आगे का घूरा और घर के अन्दर की विषम स्थिति

उनके मन को कलपा न सकी, वे भगवान के प्रति आस्था से भर उठे थे। परन्तु एक डग और आगे बढ़ते ही—

ऐन घर के द्वार पर पहुँचते ही मन की भक्तिभाव जनित शान्ति कपूर सी जल उठी। रद्धू बाबू के दरवाजे के पास ही आज आठ-दस रोज से ही किसी ने जबर्दस्ती घूरा बना रक्खा है। बाहर आते-जाते रद्धू बाबू बिगड़ते हैं। घर के दरवाजे के सामने खड़े होकर ज़ोर-ज़ोर से गर्माते हैं: "वाह, अच्छी शराफत है मुहल्ले वालों की; जो न बोले वही मार खाय। एक बार देख भर पाऊँ, फेंकने वाले साले की हड्डी-पसली तोड़ के फेंक दूँगा। जब तक नहीं बोलता तब ही तक.......।" रद्धू बाबू एक साँस में सभ्यता, धर्म, शराफत के हथौड़े से स्वराज्य और पूँजीपतियों को ठोकते ही चले जाते हैं। आज तो कूड़े का ढेर रोज से अधिक ऊँचा था और कोढ़ में खाज सी एक मरी बिल्ली भी उस पर पड़ी थी। रद्धू बाबू ने फौरन घृणा से मुँह फेर लिया और दरवाज़े का कुण्डा खटखटाते हुए बड़बड़ाने लगे: "यह लखनऊ वाले साले.......(गाली) मेरे जले नसीब पर नमक छिड़कते हैं! देख लूँगा सालों को। कभी तो मेरी बेरी में भी फल लगेंगे। एक-एक को न समझा तो रद्धू बाबू असल बाप का नहीं, चमार।" कहकर कुण्डी खटखटाई।

माँ ने ऊपर से 'आइति है' कहकर धीरे-धीरे जीने से उतरकर द्वार खोला। तब तक रद्धू बाबू दोनों हाथों से कुण्डी थामे, उसके सहारे अपना सिर टेक कर क्रोधावेग के बाद विवशता के आँसू बहाते हुए मौन खड़े रहे। भूख के ऊपर अपमान भरा वातावरण सारा दिन उन्हें घुटाता-तड़पाता ही रहा—निकट के नातेदार भाई रुख से बोले भी नहीं, उनके चपरासियों के पास बैठना पड़ा, मन्दिर में मज़ाक उड़ा, ये द्वारे का घूरा और मरी बिल्ली भी मानो उनका मज़ाक ही उड़ा रही थी। आँसू अविरल धारा में बहते रहे। माँ ने द्वार खोला।

धीरे-धीरे सीढ़ियाँ चढ़ते हुए माँ ने बतलाया कि आज बहू की तबीयत ठीक नहीं है, न जाने किस समय शुभ घड़ी आ जाय।

ऊपर जाकर अम्मा हाँफते हुए दालान में बैठ गईं। लड़कियाँ दालान में सो रही थीं। रसोई वाले दालान में रद्धू बाबू का बिस्तर बिछा था। उन्होंने कमीज खूँटी पर टाँगी, झझ्झर से पानी उँड़ेलकर पिया और भूख से जर्जर होकर दालान के एक कोने में माँ के सामने सिर झुका कर बैठ रहे।

नवाबी ज़माने के छोटे घेरे के घर की दूसरी मंज़िल का, दो दालान, एक कमरे और एक कोठरी वाला कुँअर रद्धूसिंह का किराए का घर, चौमासे की रात की साँय-साँय से भरा था। जैसी आकाश में घुटन थी, वैसी ही घर में भी। कमरे वाले दालान के कोने में रक्खी हुई ढिबरी सिन्दूरी ज्योति और काला धुआँ साथ-साथ फैलाती हुई इस घुटन भरे वातावरण के विपरीत लिप्त और अलिप्त भाव से अपना क्रम साध रही थी। दो दालानों के त्रिकोण में एक रेखा के दो बिन्दु से बैठे हुए माँ और बेटे अपने भूतकाल में लीन हो गये थे। अठत्तर वर्ष की माँ अपने वैभवशाली भूतकाल में खोई हुई थी। पाव भर सोने के

कड़े उनके दोनों हाथों में पड़े रहते थे। नित्य के पहनाव में हल्की सी रामनामी गले में पड़ी थी, सो भी आधपाव खालिस सोने की थी। उसमें मोती पन्ने मानिक के लटकन लटकते थे। सच, बुढ़िया ने अपनी जवानी में सेर भर सोने की हसली और सब मिलाकर पक्की पसेरी भर की तौल का सोना अपनी भारी गठी हुई देह पर अलंकारों के रूप में ढोया है। चाँदी के बिछुए और कड़े-छड़े, झाँझों को छोड़कर कोतवालिन की कमर से लेकर सिर के बालों के नयी चाल के क्लिपों और चिमटियों तक में सोना ही सोना चमकता था और वह भी अपना वज़न लेकर। बिरादरी-समाज में दूर-दूर तक कोतवालिन की धाक थी। पति बड़े दारोग़ा थे, फिर कोतवाल बने। अँगरेज हाकिम उन्हें ऐसा मानते थे कि रघुबरसिंह कोतवाल सात खून कर आवें तो भी माफ़ी मिल जाय। जहाँ बैठ जायँ वहैं लच्छमी आय जाय। ब्याज-बट्टा से पैसा आवै, नजराने-सुकराने से आवै। रद्धूसिंह के कहे से तीन मोटर लारियाँ मोल लै ली थीं तो संझा के बखत पैसे, रेजगारी, रुपये-नोटन का पहाड़ आँखिन के सामने लग जात रहा। बड़े-बड़े कुत्ते पले भए रहे। चाँदी की थाली कटोरी, गिलासन माँ खाँय, पियैं—रोजिउ घिउ-दूधु फल-मेवा के इत्ते-इत्ते ढेर लागे रहैं। देखि-देखि कै अघाय जाय।......हे राम क्या हुई गया वो सब? क्या होयगा आगे, कैसे पार पड़ेगा?.......

रद्धूसिंह बैठे रहे—उनके मन-प्राण ऊबे थे—पत्नी की प्रसूति की चिन्ता में वे जड़ीभूत हो गए थे। थोड़ी देर बैठे रहे, फिर एक निसाँस डाली और जाकर अपनी खटिया पर पड़ रहे।

डेढ़ और दो बजे के बीच में रद्धू बाबू की माँ ने सहसा उन्हें झिंझोड़ कर जगाया। बहू के दर्द उठ रहे थे, माँ ने दाई बुला लाने के लिए कहा। कच्ची नींद से एकाएक उठाए जाने पर रद्धू बाबू को लगा कि मानो पहाड़ से ढकेल दिये गए हों, उनके सिर और तलवों की नसें पानी विहीन पौधे की तरह झुरझुरा उठीं। रद्धू बाबू दो क्षण तो किंकर्त्तव्य-विमूढ़वत बैठे रहे, फिर माँ से बात दुहराने को कहा और बात समझ में आने पर वे फिर सुन्न हो गए। उनके सामने कहाँ और कैसे की एक नयी और विषम समस्या उपस्थित हो गयी। वे बैठे तो बैठे ही रह गए। दुबारा-तिबारा झिंझोड़ा, कहा: "जल्दी जाव बेटा, रम्मोदाई नाई बाड़े में कहूँ रहती है।"—

"अरे तौ एकाएक मैं किसके घर की कुंडी खटखटाऊँगा अम्माँ। दिन होता तो किसी से पूछ के पता लगा लेता, पर रात में जब मुहल्ले भर के दरवाज़े खटखटाऊँ तब रम्मोदाई के घर का पता चले।"

"कुच्छौ करौ, दाई को बुलाय के लाओ और जल्दी से जल्दी आयौ बेटा।"

माँ तो बेटे पर हुकुम लगाकर फिर कमरे के अंदर चली गयी, पर रद्धू बाबू के पैर मानो बँध गये। अवसर जितनी ही जल्दी चाहता था, उतनी ही उनके पैरों में जड़ता समा गयी थी। घर में झंझी कौड़ी नहीं, दो दिन से उपवास चल रहा है, नये जीव के स्वागत के लिए पैसा कहाँ से आएगा? अँधेरी रात में उधार भी माँगा जाय तो किससे?

रद्धू बाबू सोच-विचार में बँधे बैठे रहे। अन्दर के कमरे से फिर अम्मा की आवाज़ आई: "अरे भइया, गये नहीं, जल्दी से बुलाय लाओ बचवा, घण्टा भरे के अन्दरै अन्दर लौटि आयौ नाहीं तो ध्वाखा होइ जाई।" कहते हुए अम्मा फिर बाहर निकल आईं। रद्धू बाबू तब तक उठकर दालान में खूँटी से अपनी कमीज उतार रहे थे। अम्मा के पास आकर धीमे किन्तु उमंग भरे स्वर में कहा: "अबकी जानि परति है कि भगवान हमार सुनि लिहिन हैं। पोते का मुँह द्याखै क मिली। तुम दाई का बुलाय लाओ, पइसे कि फिकिर न करौ।"

माँ की अंतिम बात पर रद्धू बाबू कौतूहलपूर्वक उनकी ओर देखने लगे। माँ-बेटे की बाह्य दृष्टि सशक्त थी, अम्मा ने रद्धू बाबू की ओर देखते हुए अपनी बात का स्पष्टीकरण किया: "हम रानी का बहिनजी के हियाँ भेज रहे हन।"

"कौन बहिनजी ?"

"अरे उइ बहिन हैं नाही जौन गरीबन का असकूल खोलिन हैं। जहाँ ते रानी फीस पावति हैं, उन्हीं की घरवाली बड़ी भली हैं बिचारी। तुम घबराओ ना, हमका विश्वास है। तुम बस रम्मोदाई का लै आओ। और हाली लौटि आगो बचवा।"

पुत्र-प्राप्ति की आशा ने रद्धू बाबू की भूख-प्यास, नींद, आलस्य और चिन्ता सब भुला दी। उनके पैरों में मानो पंख लग गए। पुत्र की इच्छा पिछले सत्ताइस वर्षों से, रानी के जन्म ही से उन्हें मन ही मन तड़पाती रही है। उनके पिता इसी इच्छा को लिये हुए इहलोक से चले गए, माता ने इसी इच्छा से अधेड़ आयु में रद्धू बाबू को फिर विवाह करने के लिए बाध्य किया। चार पुत्रियों के जन्म की निराशा के बाद यह दिन आया है, इसलिए नाईबाड़े जाकर चाहे घर-घर की कुण्डी बजानी पड़े, चाहे सोते लोगों की गालियाँ भी खानी पड़ें, फिर भी वे अपने वंश को चलाने वाले, पुरखों को पानी देने वाले प्रत्याशित कुल-दीपक के स्वागतार्थ रम्मोदाई का घर खोज ही निकालेंगे।—'वह जो माँगेगी दूँगा, चाहे उधार लेना पड़े। बहिनजी तो हैं ही, पण्डितजी हैं, किशनमोहन हैं......अरे, होने को तो सब हैं, जो वक्त पर काम आए, वही अपना है, बाकी सब मायामोह है। उँहँ, होगा......यह बहिनजी कौन हैं। कभी दर्शन नहीं हुए। खैर, हमारे लिए तो भगवान हैं। सीटी की फ़ीस देती हैं रानी को। राम करे उनके यहाँ से इस समै भी मदद मिल जाय।......मिल तो जायेगी, अम्मा ने किसी विश्वास पर ही कहा होगा और फिर कुछ आने वाले का नसीबा भी तो होगा। हमारे मुनुआ के धरती पर आते ही हमारा भाग बदल जाएगा—जरूर बदलेगा।—अवश बदलेगा।'—

दो दिन के भूखे टूटे हुए शरीर को पुत्र-प्राप्ति के हौसले से खींचते ही चले गये। अँधेरी गलियाँ, कमज़ोरी के चक्कर या तेज चलने के प्रयास में थके पैरों का लड़खड़ाना—कुछ भी उन्हें रोक न सका। वे पुत्र के पिता बनने जा रहे थे, उन्हें अपना जीवन सार्थक लग रहा था। उनका पितृसत्ताक पुरुषत्व, क्षात्रत्व अपनी अहम्पूर्ति पा रहा था। उनके

अहम् का एक बड़ा पुराना और गहरा अभाव मिट रहा था। उन्हें विश्वास हो रहा था कि इस अभाव के साथ उनका अर्थ-संकट भी दूर हो जायेगा।

नाईबाड़े में घुसते ही गली में खटिया पर सोये हुए एक बूढ़े व्यक्ति को रद्धू बाबू ने निःसंकोच, किन्तु सविनय जगाकर रम्मोदाई का पता पूछा। वह वृद्ध व्यक्ति रम्मोदाई का पति निकला। नुक्कड़ ही पर उसका मकान था। कठिन समस्या इतनी सरलता से हल हो गयी, यह देखकर रद्धू बाबू अपने भाग्य पर स्वयम् ही निहाल हो गये।

●

आठ

रद्धूसिंह का चरित्र इतने आकस्मिक रूप से लिखते हुए विकसित हो गया कि अब तो खुद मुझे भी इस चरित्र के प्रति आकर्षण हो गया है। अपने जिरा सहपाठी कुँअर बच्चूसिंह के ध्यान से मेरे मन में इस पात्र की कल्पना आई थी, वह अब इस चरित्र से बहुत दूर चले गये। मेरे कुँअर रद्धूसिंह अपनी रूपरेखा में अब खुद मुझे एकदम नये से लगते हैं। यह नयापन क्या ऐसा है, जिसे पहले कभी नहीं देखा ?—ना, लगता तो नहीं। यह कीर्तनकारी रद्धूसिंह, मन्दिर में उसके बेहोश होने की घटना शायद मैंने कभी खुद नहीं देखी। 'शायद' शब्द जान-बूझकर ही प्रयुक्त कर रहा हूँ, मैंने कभी सुनी भी नहीं। हाँ, कीर्तनिये मधुर के समान ढोंगभरी 'स्पिरिचुअल' बेहोशी मैंने ज़रूर देखी है, हिन्दू कीर्तनकारों की भी और मुसलमान क़व्वालों की भी। उस बेहोशी के विपरीत रद्धूसिंह की भूख और कुण्ठाजनित बेहोशी, मन्दिर वाले दृश्य को सँजोते हुए मेरे अचेतन मन ने शायद विद्रोह के कारण ही अंकित की है। लेकिन दुबारा पढ़ते हुए मुझे अपनी यह कारगुजारी अनुचित नहीं लगी, बल्कि ऐसा लगा कि एक सत्य प्रसंग के साथ जुड़ जाने वाला यह उपप्रसंग भी अनिवार्य रूप से सत्य ही है।

लेकिन क्या ये कला पर मेरा आरोपण नहीं हुआ ? मुझे तो नहीं लगता। सृष्टि विभिन्न तत्त्वों का आधार लेकर ही होती है, लेकिन उस सृष्टि का रूप अपने मौलिक तत्त्वों से एकदम भिन्न हो जाता है। बाप-बेटे आपस में कितना ही गुण, रूप साम्य क्यों न रखते हों, लेकिन उनमें एक मौलिक दृष्टि-भेद होता ही है। इसे बेटे की बाप के प्रति अवज्ञा नहीं माना जा सकता—और आरोपण तो वह किसी भी तरह है ही नहीं। फिर मेरी इस रचना-प्रक्रिया में भी इस प्रकार का दोष नहीं माना जा सकता।

पर ये विचार, ये कल्पनाएँ एकाएक आती कहाँ से हैं ? प्रेमचन्द के बारे में यह विदित है कि वे आम तौर पर अपने गाँव या शहर के समाज से अधिक घुलते-मिलते या रीति-व्यवहार नहीं करते थे। फिर भी उनकी तमाम कहानियाँ और उपन्यास, चरित्र, घटनाएँ, अधिकतर इतने सजीव और यथार्थ लगते हैं, मानो उन्होंने मौके पर बैठकर ही वह तमाम बयान कलमबन्द किया हो। उनसे अगर पूछा जाता कि आपके अमुक पात्र के पीछे यथार्थ जीवन का कौन सा चरित्र है, तो शायद वे उसका सही-सही जवाब न दे पाते।—यानी अपने प्रसंग में आते हुए इसका मतलब यह हुआ कि खुद मैं भी इस सवाल का जवाब नहीं दे सकता। हर छोटे-बड़े लेखक के साथ में कमजोरी होती है कि वह यथार्थ जीवन के कुछ चरित्रों, घटनाओं और कुछ भावों से ऐसा बँध जाता है कि नये-नये रूपों में उनको बार-बार विभिन्न परिस्थितियों में पेश करने की बान बना लेता है।

कलाकार एक मूल बिम्ब से पचासों और कभी-कभी सैकड़ों विभिन्न पात्र-पात्रियों का सृजन कर डालता है। शरदचन्द्र चट्टोपाध्याय के साथ तो यह सीमा उनके पूरे साहित्य को ही घेर लेती है। क्या यही एकता में अनेकता वाला सत्य है? जी तो चाहता है कि हाँ कह दूँ, पर ये कहना फिलहाल, सहसा, आसान नहीं मालूम होता। खैर!

ये पिछले चार दिन इसी मेज-कुरसी पर अपनी कलम समाधि में बड़े स्फूर्तिदायक आनन्द-मग्न बीते। सोचता हूँ, योगियों की ब्रह्म समाधि क्या इससे ज्यादा अच्छी चीज होती होगी? मैं भी अपनी ध्यान सृष्टि में लय होकर अपने मन से उतनी देर के लिए मुक्त हो जाता हूँ। फिर भी मैं रहस्यवादी ब्रह्म की महिमा बखान सकने का या कोरे पढ़े हुए दार्शनिक मसलों पर घंटों गप हाँककर ब्रह्मवादी आस्तिक होने का दावा नहीं करता। मैं योरोपीय या भारतीय, साकार या निराकार किसी भी तरह के ब्रह्मवादी रहस्यमय कलाकारों जैसा स्वरूप नहीं रच पाता, भले ही वे लोग मुझे और मेरे साहित्य को अपनी कृतियों से हीन मानते हों, लेकिन इससे मेरे चरित्र में या मन में अपने प्रति किसी प्रकार की स्थायी हीनता का बोध अब तक नहीं आ पाया। अस्थायी तौर पर यदि कभी बाहरी झकोलों से विचलित होता हूँ, तो भी उसकी तेज़ प्रक्रिया में मेरा मन छन-छनकर अपने ही जनम भर के साधे हुए इस सिद्धान्त के प्रति सतत गहरा आस्थावान ही होता है।

पिछले चार दिनों से बराबर लिख ही रहा हूँ। सिर्फ़ एक शाम और एक पूरे दिन का हर्ज हुआ। मंगलवार को दिन में ढाई-तीन घण्टे तक लिखा, पर शिक्षामन्त्री शिवकुमारजी और राजकिशोर बाबू उमेश को लेकर बधाई देने पधारे। घण्टे डेढ़ घण्टे उनकी खातिरदारी में बीते, फिर उमेश के साथ बातें होती रहीं, फिर रात तक दिमाग़ उन्हीं बातों को अपनी चलनियों में छानता रहा। दूसरे दिन सुबह से शाम तक महल्ले वाले, सगे-सम्बन्धियों में से अनेक लोग मुझे बधाई देने के लिए आते रहे। फिर सत्यनारायण की कथा का मजमा रहा। फिर शाम मित्रमण्डली के साथ बातों, ह्विसकी और मुर्ग़मुसल्लम के मज़ों में बीती और वह रात नशे में निकम्मी बीती। इस तरह सच पूछा जाय तो कल और आज तीसरे पहर तक, सब मिलाकर सत्रह-अठारह घण्टों में उपन्यास के तीन अध्याय पूरे हुए हैं। कल और आज दिन भर में किसी बाहर वाले से मिला ही नहीं; इस कमरे और अपनी बगिया से बाहर की दुनिया से मेरा कोई नाता ही न रहा। चाय, भोजन, पान यथासमय आते रहे। माया, नन्हीं, उमेश सभी बारी-बारी से मेरी ये सब सेवाएँ कर गये और मेरे चिन्तन का रसभंग किए बिना खामोशी से चले गये। अलक्ष्य में इस तरह मेरा पितृ-सत्ताक अहम् तुष्ट होकर मुझे अपने काम में तन्मय बनाए रहा था।.......

कुछ विचारक लोग कहा करते हैं, लेखक को भूखा रक्खो तभी वह लिखेगा। मैं समझता हूँ कि यह एकांगी हकीक़त है। अनुभूति चाहे अभाव की हो या भाव की, चरम स्थिति छूते ही लेखक को सृजनात्मक स्फुरण मिल जाता है। सुख और दुःख, दोनों ही स्थितियाँ अपने चरम बिन्दु पर पहुँचकर उसे अपने लिए चुनौती सी लगने लगती हैं। मेरा

काम ऐसा है, जो सुख और दु:ख से ऊपर उठकर होता ही है। मैं समझता हूँ कि मैं सुख और दु:ख से भी बड़ा हूँ। खैर।

कल सुबह चार बजे जब हिदायत ने मुझे झिंझोड़कर जगाया तो बेहद बुरा लगा। रात के साढ़े ग्यारह, पौने बारह बजे तक तो हम लोग बातें करते रहे। करीब दस बजे और सब अतिथि लोग बिदा हुए, हिदायत को मैंने रोक लिया। मैंने क्या, उमेश ने बहुत ज़ोर देकर कहा तो इस शर्त पर वह रुका कि ठीक चार बजे आई०ए०एस० भतीजे के हाथ की बनी चाय भर मिल जाय; सवा चार तक वह यहाँ से चल दे और पाँच बजे ही पहली ट्रेन से सीतापुर चला जाय। उमेश ने हिदायत चचा की हिदायतों को अक्षर-अक्षर पालने का वचन दिया। हिदायत अली मेरा स्कूली साथी तो है ही, सन् '२१ के ज़माने का 'जेलिया' साथी भी है। सन् '४२ तक हमने साथ-साथ पोलिटिकल मूवमेण्ट में काम किया। हमारी दोस्ती शब्द की सीमाओं से परे, अर्थ में व्यापक और गहरी है। कोई छल-कपट-दुराव नहीं। बड़ा खुशदिल, सच्चा और जोशीला आदमी है। इसने मेरा नाम बिगाड़कर 'अरवीशक्कर' रख दिया, तो मैं भी इसे हजामत अली कहकर पुकारने लगा। इसकी सबसे बड़ी ट्रेजेडी यह हुई कि पाकिस्तान बनने के बाद इनके ससुर साहब को वहाँ कोई ऊँचा ओहदा मिला। उन्होंने अपनी बेटी यानी बेगम हिदायत को यह सलाह दी कि अपने बच्चों की भलाई देखकर यहाँ से चली चलो। बेगम इनसे लड़-झगड़कर बाल-बच्चों, जमा-पूँजी के साथ चल दीं। हिदायत बारह-तेरह वर्षों से एकदम अकेला है। अधिकतर अपने गाँव में रहता है। इसका एक अपना छोटा-मोटा फार्म है। साल में अच्छी आमदनी हो जाती है। खेतों में मज़दूरों के साथ खुद भी जमकर काम करता है। हर एक के सुख-दुख में सहज साथी। स्त्री-बच्चों के चले जाने के बाद अपने ताव में आकर एक दिन ब्रह्मचर्य की कसम ले ली। सच्चाई उसके चेहरे पर लिखी है। चार-छह महीनों में जब कभी अपने संयम सधे ड्यूटी बँधे जीवनक्रम से बोर हो जाता है, तो मेरे या अपने चचेरे भाई हैदर अब्बास के साथ दो-चार दिन शराब पीकर इल्मी बहसें करता है, क़व्वालों या सत्संगी टोलियों को बुलाकर हक्क़ानी कव्वालियाँ या भजन सुनता है और फिर ताजे जोश के साथ अपने फार्म के काम में जुट जाता है। खैर।......तो ठीक सवा चार बजे हिदायत मुझसे और माया से विदा लेकर चला गया। उमेश उसका झोला लेकर रिक्शे तक पहुँचाने गया।

सेवा और विनय से यह लड़का जहाँ तक बनता है, अपने गुरुजनों को सन्तुष्ट रखता है। शिवकुमार आदि आजकल के अनेक प्रभावशाली आदमियों से इसने मेरे पुराने परिचय या यश का लाभ उठाकर नये सिरे से अपने रिश्ते कायम किए हैं, अपने सेवा-व्यवहार और मधुरी बानी से उनको अपने वश में कर रक्खा है। यह गुण मुझमें भी था और अब भी है, लेकिन मैंने अपने इस गुण की बदौलत कोई दुनियाबी लाभ नहीं कमाया। चाहता तो आज मिनिस्टर होता......पर होता कैसे, भाग्य भी आखिर कोई चीज़ है। फिर वही भाग्य—भाग्य क्या सचमुच कोई चीज़ है? क्या मैंने स्वयं अपना भाग्य नहीं बनाया?

एक तरह से 'हाँ' कह सकता हूँ और दूसरी तरह से 'नहीं'। मैं स्वेच्छा से राष्ट्रीय आन्दोलन में पड़ा, काम किया, जेल गया, यातनाएँ सहीं, उपन्यास-लेखक बना। सन् सैंतालिस के बाद अपने उन बुजुर्ग नेताओं के पास कुछ माँगने नहीं गया, जो मुझे बेहद चाहते थे और उस समय अपने आत्मीय और प्रियजनों के भाग्य-विधाता बन गये थे। मैं अपने स्वाभिमानवश घर ही में बैठा रहा, सोचता था, वे मुझे अब बुलायेंगे, अब बुलायेंगे और मैं भी कोई पद पा जाऊँगा। पर ऐसा न हुआ। मैं खिन्न हो गया, फिर राजनीति में खुशामदी कौवों और गधों की भरती होते देखी, उन्हें शान-शौकत और रौबदाब के ओहदों पर देखा तो गहरी वितृष्णा हो गई। राजनीति से एकदम विमुख होकर मैं साहित्य के क्षेत्र में दत्तचित्त होकर काम करने लगा। यह सच है कि मेरे स्वाभिमान ने मुझे स्वेच्छा से दुनियाबी सफलता की ओर बढ़ने से रोक लिया, चाहता तो वैसा सौभाग्यशाली बन जाता।

पर यह न चाहना क्या किसी भाग्यविधान के वशीभूत होकर नहीं हुआ? मुझमें इतना तीव्र स्वाभिमान न होता? या मान लीजिए उस समय ब्रह्मदेवजी मुझे बुलाकर कोई सम्मान सौंप देते और एक बार उस सम्मान को पाकर उसे बनाये रखने की चेष्टा में उसी तरह क्रमशः बदलता चला जाता, जैसे कि डॉक्टर नारायण बदल गये।......और हाँ, यह भी क्या संयोग की बात नहीं कि ब्रह्मदेवजी ने डा० नारायण को बुलाकर इलेक्शन में खड़ा किया और फिर सभासचिव बना दिया। ब्रह्मदेवजी मुझे भी बुला सकते थे। आखिर मेरी, डॉक्टर नारायण और शिवकुमार की त्रिपुटी मशहूर थी। एक ज़माने में हिदायत अली भी हमारी जाबाज़ों की टोली में शरीक था। सन् '४२ में न आ सका। सन् बयालीस में हम तीनों के नाम बच्चे-बच्चे की जबानों पर थे। फिर कैसे मेरा नाम ही इनाम पाने वालों की सूची से छूट गया? मैं अच्छी तरह से जानता हूँ, जान-बूझकर न तो ब्रह्मदेवजी ने ऐसा किया होगा और न मेरे इन दो मित्रों ने।—बस छूट ही गया—और छूटा तो मेरे मन में गलतफहमियाँ भरीं, कुण्ठा और क्रोध आया और मैं विद्रोही बन गया। ब्रह्मदेवजी का सबसे उग्र आलोचक बन गया और इस तरह सदा के लिए अपनी किस्मत को दफन कर दिया। यह परिस्थितियाँ भाग्य से ही बनीं। यह मेरे भाग्य का ही दोष है, जो मेरा एक पुत्र इस प्रकार पतन के मार्ग पर चला गया और एक लड़की राजरोगिणी हो गई। खैर होगा, ये 'गैबी' मसले मेरी समझ में नहीं आते। और......वैसे देखा जाय तो मैं किस भाग्यशाली से कम हूँ। इतना यश और मान पाया, एक लड़का आई०ए०एस० हो गया, एक बेटा और एक बेटी वो छोटी हैसियत में सही, पर खाते-कमाते खुश हैं, पोते-पोतियाँ, दोहते-दोहतियाँ—सभी कुछ तो हैं, गृहिणी सुशीला और आज्ञाकारिणी है। मैं सचमुच भाग्यवान हूँ।

●

नौ

कल रात की गाड़ी से उमेश अपने भतीजों और भावज को लाने के लिए सीतापुर गया है। आज शाम तक उन लोगों के आ जाने की संभावना है। अपने पोतों के आने की प्रतीक्षा में मेरा मन उल्लसित हो रहा है। बड़कू के बच्चे आमतौर पर गोरखपुर में ही रहते हैं। अरुणा के बच्चे साल में कभी हमारे यहाँ महीना पन्द्रह रोज के वास्ते आ जाते हैं। भवानी का बड़ा लड़का जयन्त अवश्य ही कुछ दिनों मेरे पास रह सका। लेकिन कभी ऐसा नहीं हुआ कि मुझे अपने सब पोते-पोतियों, दोहते-दोहतियों के साथ कुछ दिन रहने का अवसर मिला हो। यों तो मुझे दूसरे बाबा-नानाओं की तरह बुढ़ापे में सिर्फ बच्चे खिलाने की ही तमन्ना नहीं रही। फिर भी यह इच्छा तो होती ही है कि दिन में कम-से-कम घण्टे-दो-घण्टे के लिए मैं उनके साथ खेलकर हरा-ताजा हो सकूँ। मैं अपने किसी पोते को अपने बाबा की तरह रख सकता हूँ? शायद यह असंभव है। मेरे बाबा को कोई और काम नहीं था। वे हर घड़ी मेरा ध्यान रख सकते थे, लेकिन मैं इतना खाली कभी रह ही नहीं सकता; मेरे पोते अगर बराबर मेरे साथ रहें, तो वे दो ही दिनों में ऊब जायँ। ......कितना अन्तर आ गया है जीवन में।

मेरे देखते ही देखते पचास-पचपन वर्षों में पुराना नया हो चला। वो कूड़े-कचरे और अँधेरे भरी गलियाँ अब हू-बहू वैसी नहीं रहीं। शाम को सात-आठ बजते न बजते तक आम घरों के दरवाज़े बन्द हो जाया करते थे। न सिनेमा थे और न आज के से हजरतगंज, कनाट प्लेस के समान सैर करने लायक चहल-पहल भरे बाजार ही। बड़ा अन्तर आ गया जीवन में। साल दो बरस में कभी-कभी कोई पारसी नाटक कम्पनी आ जाती थी। वहाँ गैस के हण्डों की सजावट देखकर मेरे मन पर ऐसा चमत्कार छाता था कि मानो मेरी रही-बसी दुनिया में एक नया दिन उग आया हो। आज जब कि विज्ञान की अनेक सुलभ सुविधाओं का उपभोग करता हूँ, तब वह उमंग नहीं होती। अपनी दुनिया के इस नयेपन को अब हम स्वीकार कर चुके हैं। पुरानी दुनिया बड़ी तेजी से गायब हो रही है, इस बात को भी अब पूरे विश्वास के साथ अनुभव-दृष्टि से देखने लगा हूँ। मेरे बाबा ने बचपन में एक बार मुझे हवागाड़ी यानी मोटरकार दिखलाने के लिए विशेष श्रम किया था। शायद छः वर्ष की आयु थी मेरी। एक बड़े नवाब साहब के यहाँ मोटरकार आई थी। बाबा मुझे गोद में लेकर उनकी ड्योढ़ी के आगे खड़े रहे। मोटरकार निकली और सरसराती हुई चली गयी। तमाशाइयों में आश्चर्य-उत्साह भरा शोर मच गया, हवागाड़ी, हवागाड़ी। ऐसा उत्साह इधर केवल उस दिन आया, जिस दिन पहली बार रूस के स्पुतनिक उड़ने की खबर आई थी।

अपने बचपन के दिन याद करता हूँ तो लगता है कि वह दीन-दुनिया ही और थी। यह माना कि बहुत सी गलियाँ और मकान अभी ज्यों के त्यों मौजूद हैं, पुराना लिबास, शहरी रहन-सहन अब भी बहुत कुछ वही नज़र आ जाता है, पर इस सबके बावजूद हिन्दुस्तान अब वह नहीं रहा, जो आज से पचास-पचपन वर्ष पहले मेरे होश में समाया था।

मैंने अपना होश आरंभ होने के समय से ही लोगों के सिरों पर दुपल्ली टोपी और पगड़ी के अलावा फैल्ट हैट टोपियाँ देखी थीं। मैंने बड़े-बूढ़ों को भी जरी की कामदार मखमली गोल या किश्तीनुमा टोपियाँ पहने देखा है। हम बच्चे तो ऐसी टोपियाँ पहनते ही थे। नंगे सिर मैंने उस समय आमतौर पर किसी को नहीं देखा। घर से निकलने पर चाहे पैरों में जूते-चड्ढी न हों, पर टोपी जरूर होनी चाहिए। हम बच्चों को समझाया जाता था कि नंगे सिर पर शैतान सवार हो जाता है। शैतान क्या होता है, यह हम नहीं जानते थे, पर यह धारणा किसी तरह हमारे मन में घर कर गई थी कि जो हिन्दुओं का ब्रह्मराक्षस है, वही मुसलमानों का शैतान है। उसके सिर पर सींग होते हैं, बड़े-बड़े दाँत और नाखून होते हैं, जिसके सिर पर शैतान सवार होता है, उसे पहले बुखार आता है, फिर सन्निपात होता है, फिर वह मर जाता है और उसके बाद भूत बनकर हज़ारों-लाखों बरसों शैतान की सवारी के काम आता है। जैसे इक्के-बहली वाले अपने घोड़ों और बैलों को चाबुक से मारते हैं, वैसे ही शैतान भी अपने भूतों को लोहे की काँटेदार चाबुक से ऐसा सड़ासड़ मारता है कि भूत लहूलुहान हो जाते हैं। मेरे मन में इस बात का ऐसा डर समा गया था कि कभी नंगे सिर घर से बाहर निकला ही नहीं। मुझे याद है, ग्यारह-बारह की आयु में जब पहली बार बंगाली बाबू वकील को अपनी गली के अन्दर नंगे सिर माँग सँवारे देखा, तो ऐसी अचरज भरी खुशी की तेज फुरफुरी मेरे कलेजे से उड़ी थी कि क्या बतलाऊँ। मैं मोह गया—धोती, कुरता, दुपट्टा सब नफीस चिकन तंजेब का, चुन्नटदार, यानी और सब कुछ हमारे पहनावे जैसा मगर पगड़ी, फ़ेल्ट या दुपल्ली गायब। मैंने तय किया कि अब मैं भी टोपी नहीं पहनूँगा। बाबा मर चुके थे। पिताजी थे, स्कूल में वे मास्टर भी थे। उनकी दीठ से बचना मुश्किल था। कई दिन मानसिक ऊहापोह में बीत गये। उससे तीन-चार वर्ष पहले अपनी सात-आठ की आयु में मैंने एक बार दिन में, पिताजी की अनुपस्थिति में उनके शेविंग ब्रुश और 'थ्रोटकट' उस्तरे को इस्तेमाल करने का चाव बढ़ाया। पिताजी हमारे मुहल्ले के उन कुछ आदमियों में से थे, जिन्होंने अपनी हजामत आप बनाने का फैशन चलाया था। मुझे उनका साबुन के गाढ़े झाग मुँह भर में ब्रुश से फैलाना, फिर उस्तरा साधकर छोटी उँगली ऊपर उठाये हुए शेव करना बहुत अच्छा लगता था, इसलिए मैंने भी अपनी कलम दुरुस्त करनी चाही। साबुन के फेन पोते, रेजर को पत्थर फिर चमड़े पर तेज किया और कलम पर उसे चला दिया—ऐसी लहरदार कलम बनी कि कई बिल्लियाँ पड़ गयीं, कान कटा सो घाते में। मैंने तुरन्त अपना प्रयोग रोककर हजामत का सामान झटपट उठाकर जहाँ का तहाँ रख दिया और मुँह धो डाला। मगर चोरी दूसरे दिन पकड़ी गई। इसके बाद पूरे डेढ़ वर्षों तक मेरी खोपड़ी हर पन्द्रहवें दिन उस्तरे से मूड़ी

जाती रही। पिताजी ने मेरी फैशनपरस्ती के जोश पर इस तरह अनुशासन का ठंडा छींटा मार दिया। अपने नंगे सिर निकलने की योजना के पीछे मुझे यही सता रहा था। सोचता, इस बार जाने कौन सी नयी सजा मिले। मैंने अपने दो-एक सहपाठियों को, जो मेरे साथ ही साथ बंगालियों के बमबाजी भरे क्रान्तिकारी कारनामों की खबरें पढ़-पढ़कर मेरे ही समान बंगाली-भक्त हो गये थे, नंगे सिर रहने के लिए प्रेरित किया। न जाने कैसे अपनी बात के समर्थन में यह तर्क मेरे मन में समा गया कि टोपी से अक्ल बँध जाती है, खुले सिर रहने वाले लोग अधिक बुद्धिमान होते हैं, साधु-संन्यासी नंगे सिर रहते हैं, इसीलिए उनकी खोपड़ी में दिव्य विचार आ-आकर समातें रहते हैं। अंग्रेज भी नंगे सिर ही काम करने बैठते हैं, इसीलिए उनमें हुकूमत करने की बुद्धि खूब है और बंगाली जो कि हर क्षेत्र में इतने बुद्धिमान साबित हो रहे हैं, अपनी सफलता के लिए केवल खुले सिर रहने की आदत को ही यश दे सकते हैं। मेरे साथियों में बिस्सो ही सबसे पहले आगे बढ़ा। वह दूर के रिश्ते में मेरा चाचा लगता था और इस कारण वह जगत चाचा हो गया था। अखाड़े, फुटबाल के खेल और तैराकी में वह हम सबसे अधिक तेज था। मारपीट करने में हमसे बड़े लड़कों की टोली में भी वह तेज माना जाता था। चाचा ने कहा—ठीक है कल से हम दोनों नंगे सिर स्कूल आयेंगे। इस निश्चय से उसी दिन हमारे क्लास में सनसनी फैल गई। सभी लड़के हमसे पूछते थे, "कल से बगैर टोपी के आओगे? औ जो मास्टर साहब या हेडमास्टर साहब कुछ कहें तो?" यह 'तो' वाला प्रश्न रात भर मेरे मन में नाचता रहा। कायरता की सिहरन उठती और मेरा निश्चय उसे दबा देता। घोषणा हो जाने के बाद अब मुझे पिताजी या दूसरे बड़े-बूढ़ों से अधिक चाचा और अपने सहपाठियों के तानों का भय था। दूसरे दिन स्कूल जाते समय मैंने एक चालाकी की। पुराने सन्दूक में मेरे बाबा की दो-एक दुपली टोपियाँ अब भी रक्खी थीं, मैंने उनमें से एक निकालकर रूमाल की तरह तह करके अपनी जेब में रख ली। लेकिन उसे पहनने का अवसर न आया। चाचा की निर्भीकता ने मुझे बड़ी प्रेरणा दी। क्लास में मेरे पिताजी ने देखा, कुछ न बोले। एक-दो मास्टरों ने हम दोनों पर छींटाकशी की। मैं तो चुप रहा, लेकिन चाचा ने ऐसे जवाब भी दिये, जिनसे सारा क्लास और खुद मास्टर साहबान तक हँस पड़े। पूरे स्कूल में चर्चा फैल गई। बहुत से लड़कों को हमारा यह विद्रोह पसन्द आया और बहुतों को यह लगने लगा कि अब शीघ्र ही किसी समय शैतान मेरे और चाचा के सिर पर सवार होकर हमें परेशान करेगा और हम अपने किए का फल भोगेंगे। खैर, वह कुछ भी न हुआ। मुझे सबसे बड़ी तकलीफ तो यह हुई कि बड़ों से जो विरोध पाने की आशा मैंने की थी, वह फलीभूत न हुई। केवल कुछ बड़े-बूढ़े छींटाकशी करके ही रह गये। मेरी विद्रोह की प्यास अधबुझी ही रह गई।

विद्रोह मेरे बचपन का नारा था। आर्यसमाज के रूप में यह विद्रोह खूब फल-फूल रहा था। मेरे पिताजी आर्यसमाजी तो नहीं थे, पर उसके बौद्धिक समर्थक अवश्य थे। उन्हें हिन्दू धर्म के ढकोसलों से सख्त चिढ़ थी—पढ़ते भी खूब थे। मेरे घर में दो-तीन पत्र-पत्रिकाएँ बराबर आती थीं। पिताजी उन्हें बहुत सहेजकर रखते थे। मेरे पड़ोस में ही

पंडित शिवनाथ शर्मा का छापाखाना था। उनका 'आनन्द' साप्ताहिक निकला करता था। पण्डितजी अध्यापक थे, सुधारक भी थे, किन्तु आर्यसमाज के कट्टर विरोधी भी थे। मेरे पिता शायद अपने पिता आदि के विरोध के कारण आगे चलकर आर्यसमाज से दूर हट गये। आर्यसमाज ने कोरे सुधार की ही नहीं, वरन् खरी क्रांति की लहर हमारे दिलों पर दौड़ाई थी। हमारे क्षेत्र में आर्यसमाज की स्थापना होने के बाद हम किशोरों और नवयुवकों में बड़ा जोश फैल गया था। ये कालीजी-वालीजी, हनुमान-वनुमान सब ढोंग-धतूरे हैं—महर्षि दयानन्द ने देखा कि जो शिवजी अपने सिर पर चढ़ी चुहिया को झटका देकर नहीं गिरा सकते, वो हिन्दुओं के सिर से मुसलमानों और अंग्रेज़ों का बोझ कैसे हटावेंगे। यह तर्क उन दिनों हमें सारे हिन्दू धर्म को कानी कौड़ी का बतलाने के लिए अपार बल दिया करता था। आर्यसमाज के पण्डित बड़ी-बड़ी सभाओं में सनातनियों, मुसलमानों और क्रिस्तानों से एक साथ मोर्चे लिया करते थे। हमें इनके शास्त्रार्थों से बड़ा बल मिलता था। हवन से वायुमण्डल शुद्ध होता है, वेदों में संसार का सारा ज्ञान समाया हुआ है। जर्मनी वाले हमारे वेद उठा ले गये और उन्हीं की बदौलत ये गैस के हण्डे, रेल के इंजन, ये सरसराती हुई जाने वाली हवागाड़ी या मोटरकार सब कुछ वेदों से ही आविष्कृत हुआ है। सबसे मजे की बात तो यह थी कि हम लड़के ही नहीं, हमारे कुछेक मास्टर लोग भी बाबू देवकीनन्दन खत्री की चन्द्रकान्ता सन्तति का हवाला देकर बड़े जोर-शोर से ये कहा करते थे कि अंग्रेज़ों की साइंस के मुकाबले में हमारे पुराने तिलिस्म भी कुछ कम नहीं थे। मुझे याद है, सन् '१० की इलाहाबाद वाली नुमाइश में हवाई जहाज के आगमन के बाद हमारे अंग्रेज परस्त लोगों ने जब उनकी तारीफों के पुल बाँधने शुरू किए, तो हमारे आर्यसमाजी जोशीलों ने पुष्पक विमान से लेकर सभी देवताओं के विमानों तक का हवाला देकर हवाई जहाज बनाने का यश विलायतियों से छीनकर वेदों को सौंप दिया।

क्या जोश के दिन थे वे भी। जिधर देखिए उधर ही शास्त्रार्थ। कहीं कांग्रेस, फ़ीरोज़शाह, मेहता, तिलक, गोखले, बनर्जी और वाचा की खबरें गर्माती थीं, कहीं नयी-नयी स्थापित होने वाली मुस्लिम लीग और हिन्दू महासभा की; कहीं ये धार्मिक वाद-विवाद आपस में तूल पकड़कर हम लोगों में गर्मी लाया करते थे। सनातनी और आर्यसमाजी एक-दूसरे को नीचा दिखाने के लिए कोई कोर-कसर न उठा रखते थे।

एक खैरातीलाल सुनार थे। वे जाति के तो शायद कुछ और थे, मगर अनाथ होने के कारण एक स्वर्णकार के द्वारा पाले-पोसे गये थे। स्वर्णकार महोदय की इकलौती मातृहीना कन्या बालविधवा थी। स्वर्णकार महोदय को स्वाभाविक रूप से उसकी बड़ी चिन्ता रहती थी। आर्यसमाज की जाति-पाँति-तोड़क तथा विधवा-विवाह-समर्थक नीतियों ने स्वर्णकार महोदय को बड़ा बल दिया। अपनी लड़की के भविष्य का ध्यान करके ही शायद वे विधिवत आर्यसमाजी बन गये और उनके साथ ही साथ खैरातीलाल भी। आर्यसमाजी हो जाने के बाद उनका नाम वेदलाल आर्य हो गया था। स्वर्णकार महोदय ने उन्हीं से अपनी बेटी का पुनर्विवाह कर दिया। वेदलाल आर्य मुझसे लगभग चौदह-पन्द्रह वर्ष बड़े, दुबले-

पतले, रूखे-सूखे स्पिरिचुअल चेहरे वाले व्यक्ति थे। आर्यसमाज के वेतनभोगी प्रचारक थे। उनका सारा समय वेद-प्रचार के काम में ही जाता था। अकसर दौरे पर बाहर ही रहा करते थे। उनकी पत्नी को सन्तान की बड़ी कामना थी और इसी फेर में वे छिपकर किसी साधु या मौलवी की शरण में गयी थीं, जहाँ से उनके पति के कोई दो-एक मित्र उनको मनाकर लौटा लाए। मेरे बचपन की बात है, इसलिए ठीक-ठीक तो मालूम नहीं, पर उस ज़माने में सनातनियों ने जो हुल्लड़ मचाया, उसके अनुसार घटना यह घटी कि वेदलालजी के आर्यसमाज सहयोगियों ने उनकी धर्मपत्नी को नियोग धर्म की महिमा समझाकर गर्भवती बना दिया। जब पतिदेव को यह पता चला, तो उन्होंने अपनी पत्नी को कलंकिनी कहकर लांछित किया। नियोग द्वारा धार्मिक रीति से सन्तानवती होने वाली आर्यपत्नी ने अपने पति की दुर्बलता को खुले आम लताड़ा। वेदलालजी की बड़ी जग-हँसाई हुई और इसी प्रतिक्रिया में वे मुसलमान हो गये।

ये सब पुरानी-पुरानी बातें याद आती हैं, तो आज के जीवन में मुझे कहीं एक प्रकार का खोखलापन भी लगता है। एक ओर जहाँ मुझे अपना आज का भारत पहले से कहीं अधिक उन्नत और वैभवशाली लगता है, वहीं मुझे अपने बचपन और जवानी के दिनों से यह देश कहीं अधिक खोया हुआ निष्प्राण और निकम्मा लगता है। मेरे बचपन में सदियों से सोता हुआ राष्ट्र फिर से करवटें बदलने लगा था। परिवर्तन के क्रम में अच्छाइयाँ और बुराइयाँ दोनों ही साथ-साथ तेज़ी से आगे बढ़ रही थीं। हम अपने लिए बहुत तेज़ी से नयी दुनिया ला रहे थे।······लेकिन आज ?—आज़ादी मिल गयी है, बड़े-बड़े बाँध, नदी घाटी योजनायें, बड़ी-बड़ी कलपुरज़े बनाने वाली फैक्ट्रियाँ यह सब कुछ थोड़ा बहुत अवश्य हो रहा है, लेकिन आमतौर पर हमारे शहरी बाबू और नौजवान किस कदर निष्क्रिय, अस्वस्थ, विचार-शून्य, निकम्मे और परावलम्बी हो रहे हैं। मुझे हैरत होती है कि आज हर तरफ माँगें पूरी करने के नारे ही अधिकतर लगते हैं, स्वयम् हमारे भी कुछ कर्त्तव्य हैं, जिन्हें पूरा करने की बात दिमाग़ से एकदम भुला दी जाती है।

भवानी के बच्चे आ गये। आज सुबह से बहाने-बे-बहाने से मैं कई बार घर के अंदर हो आया हूँ। ददिहाल अभी बच्चों के लिए एकदम नई है। उनकी ज़िद और चीख-पुकार से मेरा घर गूँज रहा है। उषा को मैंने ध्यान से देखा, यहाँ आ जाने से उसके चेहरे पर निश्चय ही संतोष की कुछ रौनक़ सी आ गई है। इन औरतों का मन भी अजब होता है। विवाह होते ही स्वयम् उनके मनों में भी अपने पीहर के लिए परायेपन का भाव आ जाता है। लेकिन ऐसा मानस-परिवर्तन शायद सब स्त्रियों में नहीं हो पाता। बहुत सी औरतें मैंने ऐसी भी देखी हैं, जो जन्म भर अपने मैके के माहात्म्य को नहीं भूल पातीं। मेरा ख्याल है कि धनाधीशों अथवा सत्ताधारियों की लड़ैती बेटियाँ ही अधिकतर इस मनोवृत्ति की होती हैं। जो हो, बहुओं की दृष्टि से मैं अब तक सौभाग्यशाली हूँ। बड़कू की बहू शोभा भी मेरे और माया के प्रति बड़ी श्रद्धा रखती है। यह ऊषा विजातीय होने पर भी हमसे खूब घुल-मिल गयी। जिन दिनों भवानी उससे पहले-पहल विमुख हुआ था, उन दिनों उसके प्रति मेरा ममत्व अगाध रूप से बढ़ा। आज सुबह से ही भवानी की ओर मन

बार-बार दौड़ जाता है। इतना नालायक़ निकला······लेकिन क्या अकेला मेरा बेटा ही नालायक़ है? कुण्ठित और असन्तुलित अभिलाषाएँ न जाने कितने अच्छे-भले लड़कों को तबाह कर देती हैं। कैसी अजीब बात है कि मेरा भवानी अच्छी-भली राह पर जाते-जाते एकाएक गलत रास्ते पर मुड़ गया। यदि वह प्रेम के चक्कर में न पड़ता, ऊषा के किसी दूसरे से विवाह हो जाने की आशंका उसे न रहती, वर्ष दो वर्ष के बाद उससे विवाह करता, तो शायद यह बुरी नौबत न आई होती। हमारी सामाजिकता में लड़के-लड़कियों का दोस्त बनकर रहना बुरा माना जाता है। जातिगत बन्धनों से भी नौजवान लड़के-लड़कियाँ अधिकतर सनसनाए-थर्राए हुए रहते हैं, यह विपरीत परिस्थितियाँ यदि हमारे समाज से चली जाएँ, तो मेरे भवानी जैसे अनगिनत जवानों को इस तरह विकृत विद्रोही बनने की नौबत न आये।······क्या करूँ कि ऐसा सुनहरा दिन हमारे समाज में जल्दी से आ जाए।

मन में अपने उपन्यास की युगल जोड़ी रानी और रमेश की कल्पना जाग उठी। अपने उपन्यास का नया परिच्छेद लिखने की इच्छा भी जाग उठी।

●

:: ९ ::

पास होने की बधाई देने के बहाने रानी से मिलकर तथा उसके पिता और दादी को 'बहिनजी' से रानी को आगे की पढ़ाई के लिए सरकारी या ग़ैर-सरकारी सहायता दिलाने का आश्वासन देकर रमेश सीधे खन्ना साहब के घर गया।

खन्ना साहब—श्री आनन्द मोहन खन्ना सुप्रसिद्ध अंग्रेजी दैनिक 'इण्डिपेण्डेण्ट' के सम्पादक, शहर की एक मानी-जानी हस्ती हैं। प्रदेश के सर्वमान्य नेता और 'इण्डिपेण्डेण्ट' के संस्थापक—डॉ० आत्माराम के दाहिने हाथ हैं। उनके घर पर प्रति रविवार नवयुवकों का अध्ययन-चक्र चलता है। रमेश पिछले डेढ़ वर्षों से उसमें बराबर सम्मिलित होता है अपने क्षेत्र के इस एकमात्र अध्ययनशील और लगने वाले नवयुवक सदस्य के प्रति खन्ना साहब के मन में एक कोमल भाव घर कर चुका है। श्रीमती खन्ना भी उसके प्रति ममत्व रखती हैं। श्रीमती कुसुमलता खन्ना, जिन्हें इस क्षेत्र के सभी छोटे-बड़े आदरपूर्वक बहिनजी कहते हैं, अनन्य लगन वाली सामाजिक कार्यकर्त्री हैं। पिछड़े महल्लों की पिछड़ी हुई लड़कियों और औरतों के लिए वे साक्षात् मसीहा हैं। खन्ना दम्पति चूँकि निःसन्तान हैं, इसलिए उनका वात्सल्य भाव उमड़कर हर नौजवान लड़के-लड़की को सहज ही प्राप्त होता है।

रमेश ने बहिनजी से कहा कि मेरी बहिन की सहेली हैं। बड़ी सुशील, बड़ी प्रतिभावान, एकदम भारतीय नारी का प्रतीक, सदा फर्स्ट-सेकेण्ड आने वाली बाल-विधवा है बेचारी, और ग़रीब तो इतनी है कि पूछिए ही मत।

सहायता का केस बनाते हुए श्रीमान् रमेश गौड़ साहब ने रानी की भावभीनी प्रशंसा ऐसी तन्मयता के साथ की कि बहिनजी सत्य स्पर्श किए बगैर न रह सकीं, बोलीं : "जान पड़ता है कि श्री शिरीमान् गौड़ साहब को उस लड़की से प्रेम हो गया है, तभी जनाब कविता में उसकी वकालत कर रहे हैं।"

शर्म के मारे रमेश का चेहरा लाल हो उठा, खन्ना साहब भी वहीं बैठे थे। उनकी उपस्थिति से भय की सकपकाहट के कारण उसके माथे और होंठों पर पसीने की बूँदें झलक आईं, उत्तर देते न बना, "नहीं बहिनजी, नहीं बहिनजी" करने लगा। बहिनजी बोलीं: "धत्तेरे की, बैकवर्ड हिन्दुस्तानी लड़का कहीं का। प्रेम जैसी पवित्र चीज़ भला, अपने माँ-बाप से छिपानी चाहिए।" राकिंग चेयर पर मद्धिम-मद्धिम झूलते हुए खन्ना साहब बोले: "ओ विलायती माँ, तू चौक में बैठकर चौक ही के एक नौजवान को ये उपदेश दे रही है?"

बहिनजी सधे स्वर में बोलीं: "चौक हो या दिहात, हिन्दुस्तान भी अब बदलकर ही रहेगा। तुम नहीं समझ सकते जी, ऐसी बातें छिपाई जाने के कारण ही हमारी सोसाइटी में इतनी गन्दगियाँ फैल रही हैं। मैं उन गंदगियों के मुहाने बन्द कर देना चाहती हूँ।"

खन्ना बोले: "ये गन्दगियाँ आज की तो हैं नहीं—"

"तुम क्या जानो, ये गन्दगियाँ आज ही की हैं। और बीते हुए कालों की बुराइयों को भी अपने अन्दर समेटे हुए हैं। कल तक या तो बलात्कार होते थे या चोरी-छिपे के पाप। और करने वालों की चेतना में वे पाप के रूप में ही रहते थे। मगर आज उस पाप को प्रेम कहकर नकली पालिश से चमकाया जाता है। ये गन्दगी तभी दूर होगी जब कि हमारे लड़के-लड़कियाँ झूठी शर्म का ढकोसला तोड़कर खुले आम अपनी दोस्ती को बढ़ावा दें।"

खन्ना बोले: "लता, तुम्हें लन्दन में हाइड पार्क की वह शाम याद है जब हमने घूमते हुए एक-दो नहीं, लगातार चार-पाँच ऐसे नौजवान जोड़े देखे थे, जो बेंचों पर बैठे या गलबहियाँ डाले पेड़ों की कतार के किनारे से गुज़रते हुए दस-दस कदम पर रुककर आपस में एक-दूसरे के बावले चुम्बन ले रहे थे। तब तुमने—"

"हाँ, तब मैंने जो कहा था वो याद है। प्रेम के ऐसे रूप को मैं एकांत ही की चीज़ मानती हूँ, बिलकुल पूजा ऐसी ही चीज़ को मानती हूँ और उसका दिखावा मुझे बेहद-बेहद बुरा लगता है—उतना ही बुरा जितना कि नये हिन्दुस्तान के अपने इन पिछड़े क्षेत्रों के अन्दर मुझे लड़के-लड़कियों की दोस्ती छिपाना या फ़ौरन ही पाप-चेतना के साथ जोड़ देना बुरा लगता है। हम हिन्दुस्तानी अगर इसे आदर्श बात मानते हैं—और मानते ही हैं—तो हम शर्तिया असभ्य हैं, जाहिल हैं, पापी हैं। किसी भी हालत में हम भले आदमी नहीं हैं, चाहे हिन्दू हों या मुसलमान।"

बहिनजी ऐसे झड़पदार स्वर में बेझिझक बोलती हैं। उनके तेज के आगे बड़े-बड़े बहसियों के छक्के छूट जाते हैं। बहरहाल रमेश के मन पर बहिनजी की इन बातों की

अभूतपूर्व प्रतिक्रिया हुई। वह सोचने लगा, ठीक ही तो है। मैं रानी के प्रति अपने इस पवित्र भाव को सामाजिक चोरी या मानसिक पाप की वस्तु क्यों बनाऊँ? अन्तर्जातीय विवाह या विधवा-विवाह अभी हमारे यहाँ बुरे तो माने जाते हैं, लेकिन इतने बुरे भी नहीं माने जाते। होने तो लगी ही हैं ऐसी शादियाँ। काश कि मैं और रानी योरूपीय जवानों की तरह खुले आम साथ-साथ घूम सकें। एक दूसरे को सहायता दे सकें, शादी से पहले इतने घुल-मिल जाएँ कि हमें अपना संसार चलाने में तनिक भी भारीपन या अड़चन न महसूस हो।......यहाँ तो हालत यह है कि अगर जवान भाई-बहिन भी साथ निकलते हैं, तो लोग उन्हें पहले शक की निगाह ही से देखते हैं और ऐसा करने वाले लोग अपने-आपको श्रेष्ठ, कुलीन और परम पवित्र हिन्दू-मुसलमान धर्मों का मूर्तिमान प्रतीक मानते हैं। अपने हिन्दू-मुसलमानों की इन करनियों से ही यदि हम अपने सामाजिक आदर्शों को नापें, तो यह लगता है कि ये दोनों ही धर्म निहायत ही गन्दी मनोवृत्तियों से अपने अनुयायियों की आत्माओं का हनन करने में ही अधिक मदद देते हैं.......

रानी के प्रति अपनी प्रेम-भावना को सामाजिक चोरी बनाने की खीझ अपने देश के सामाजिक सदाचार की मान्यताओं पर उतारता हुआ रमेश जब रानी के घर पहुँचा, तो रद्धू बाबू से मालूम हुआ कि रानी अपने चाचा के यहाँ चली गयी है। रुई के बोरों के बहाने उस समय रद्धू बाबू के घर में पुलिस के सिपाही मजदूर बने हुए अपने हथियार ला रहे थे। रमेश निराश लौट गया। दूसरे दिन रानी के घर से ही डाकू पकड़े जाने की खबरों ने उसे ऐसा उल्लसित किया, मानो स्वयं उसकी रानी ही ने बूटासिंह डाकू को पकड़ा हो। रद्धूसिंह को बधाई देने के बहाने रमेश उनके घर गया, रद्धू बाबू गली में ही मिल गये। मजमे से घिरे थे। शाम को सरदारजी के भेस में अपने डी०एस०पी० कज़िन की घर आने की घटना से लेकर बूटा के मारे जाने तक की सारी बातें बड़े जोश से सुना रहे थे। सारी बातें इस ढंग से बखान रहे थे कि मानो पूरी योजना बनाने और डाकुओं के पकड़ने का श्रेय उन्हीं को हो! रमेश रद्धू बाबू की इन शेखियों पर भी निछावर हो रहा था। क्यों न हो, रद्धू बाबू आखिर उसकी रानी के पिताजी थे। हालाँकि रद्धू बाबू ने विशेष रूप से उसकी ओर ध्यान न दिया। बड़ी देर के बाद, भीड़ छँट जाने पर ही उसे रद्धू बाबू से बातें करने का अवसर मिला। पहली बात गद्गद स्वर में यही कही थी कि आपकी बहादुरी के चर्चे इस समय घर-घर में फैले हैं। बूटासिंह जैसे अन्तरप्रादेशिक कुख्यात डाकू के गिरोह को पकड़ना कोई आसान काम नहीं था। रमेश के द्वारा की गयी अपनी इस गहरी खुशामद से रद्धू बाबू स्वाभाविक रूप से बड़े ही प्रसन्न हुए और उस प्रसन्नता के जोश में उन्होंने दुबारा अपना आल्हा अलापना शुरू किया। रमेश इस समय उनकी प्रशस्तियों में रुचि नहीं रखता था। वह रानी के सम्बन्ध में सुनना चाहता था, सुनाना चाहता था। बोला : "मैंने अभी-अभी ये तमाम बातें आप ही के श्रीमुख से सुनी हैं। सच मानिए, मेरे तो रोंगटे खड़े हो गये थे। मैं समझता हूँ, शायद इसीलिए रात में रानी और परिवार के लोगों को अपने कज़िन के यहाँ भेज दिया था आपने।"

"हाँ और नहीं तो क्या—"

"जी हाँ, वही तो, ये सब बड़ी दूरन्देशी की बातें हैं आप जैसे अनुभवी बुजुर्ग ही सोच सकते हैं।"

"अरे भई, हमारे फादर जो थे वो डी०एस०पी० थे। ये सत्रुघन, अंगद वगैरा हमारे कज़िन लोग सब उन्हीं के सिखाये-पढ़ाये हुए हैं।"

जल्दी से रमेश बोला: "जी हाँ, वो तो मैंने आपकी बेटी को अपनी बहिन के ब्याह में काम करते देखकर ही समझ लिया था कि ये संस्कार किसी बहुत ऊँचे खानदान के ही हैं। मेरी माताजी और भी तमाम औरतें रानी की तारीफें करते अब तक नहीं अघाती हैं। मैंने कल बहिनजी यानी यही कि अपनी मिसेज़ खन्ना से जब इनकी स्कालरशिप के लिए बात चलाई, तो फौरन बोलीं कि वही लड़की, जो तुम्हारे यहाँ बहुत काम कर रही थी।" मैंने कहा: "जी हाँ, वो कुँअर रद्धूसिंहजी की लड़की है, ग्रैण्ड-फादर उसके डी०एस०पी० थे" तो बड़ी खुश हुईं, कहा कि रानीबाला को उसकी मदर या ग्रैण्ड-मदर किसी के साथ फौरन ले आओ, मैं बात कर लूँ, वो जो सहायता चाहेगी, मैं दूँगी।

रद्धू बाबू सुनकर बहुत प्रसन्न हुए, कहा, "भैया, आप जीते रहें, बड़ी मदद की हम लोगों की आपने। सी०टी० कर लेगी तो मास्टरी करके अपना भी गुजारा कर लेगी और अपनी बहिनों को भी पाल लेगी। बड़ी फिकर रहती थी इस बात की मुझको। मैं मरना नहीं चाहता फिलहाल, लेकिन भैया तुमसे सच्ची कहता हूँ, इस बात की चिन्ता तो होती ही है कि अब मैं छप्पन बरस का हो गया हूँ......।" कहते हुए उनका चेहरा गहिर गंभीर हो उठा। कहने के बाद वे खोई आँखों से ऊपर की ओर ताकने लगे। रमेश के सम्वेदनशील मन को रद्धू बाबू की वेदना भरी गम्भीरता ने छू लिया। रानी के सम्बन्ध से रानी के पिता का दर्द अपना सा लगा। अपनेपन में आते ही मनोबिन्दु में रानी के पिता अपने पिता होकर झलके। विरोधाभास में स्वयं अपने पिता की निष्क्रियता खल गयी—हमारे बाबू अपनी फैमिली के लिए इस तरह नहीं सोचते। इस तरह सोचने वाले रद्धू बाबू उसे उस क्षण महान् लगे और एक 'महान् आत्मा' को पीड़ा-मुक्त करने के लिए जोश भरे स्वर में रमेश ने कहा: "ये सब बातें आपको अभी सोचनी भी न चाहिए। अस्सी-पिचासी बरस तक के बुड्ढे गली-गली में नज़र आते हैं और फिर हम लोग आखिर हैं किस दिन के लिए। हर तरह से आपकी सेवा करेंगे।"

रद्धू बाबू ने भावावेश में आकर रमेश को अपने कलेजे से चिपका लिया, बोले: "जीते रहो भैया, दुनिया अब भी 'सतजुगी, लोगों से खाली नहीं हुई। यही तो मन का एक सहारा है। ऐसे ही लोग साकछात नारायण सरूप होते हैं।"

दूसरे दिन रानीबाला अपनी दादी के साथ बहिनजी से मिलने गयी। बड़ी बातें हुईं। बहिनजी ने कहा कि रानी अगर शाम को दो घण्टे उनकी एक संस्था के कागज-पत्र सँभाल दिया करे, तो वे उसे पच्चीस या तीस रुपये की रकम छात्रवृत्ति के अलावा और दिला

दिया करेंगी। अन्धे को आँखें मिल गयी। रानी की दादी ने बहिनजी को जी भरकर असीसा।

दूसरे दिन से रानी बहिनजी के यहाँ जाने लगी। रमेश को इससे बढ़कर अपने श्रम का और कोई पुरस्कार मिल ही नहीं सकता था।

पिछले पाँच-सात वर्षों से, जवानी का होश सम्हालने के साथ ही साथ रानी का मन एक ऐसे डिब्बे में बन्द हो गया था— जिसके तले में जीवन का स्पर्श था और ढक्कन में मृत्यु की घुटन। उसकी संग-सहेलियाँ अपनी जवानी का स्वागत करती हुई रसलचीली होने लगी थीं। आपस में परनिन्दा से घुसफुस बातें शुरू होतीं: "मालती के पास गब्बोमल के हाते वाले किशन की चिट्ठियाँ आती हैं। —अरे नहीं, झूठी बात।— अरे सच्ची, तेरी कसम, तोशी ने अपनी आँखों से देखी हैं। उसके जामेट्रीबाक्स में रक्खी थीं। तोशी पढ़ने लगी तो इतने में मालती ने देख लिया। झपटकर छीन ली। ····हिं: हिः लिखा था, मेरी प्राण प्यारी मालती—हाय राम, मालती ऐसी भुतनी को प्राण प्यारी लिखा?— तो किशन ही ऐसा कौन सा बड़ा सुन्दर है?—खैर बड़ा सुन्दर न सही, मगर सुन्दर तो है ही। —क्या तुम्हारा भी जी ललचा आया?— मेरा क्यों, तेरा ही ललचा होगा।" इस तरह की बातों का बाहुल्य आयु के साथ बढ़ता गया। रानी सुनती, उदास हो जाती। उसके लिए यह बातें दुखदायी थीं। उसकी सहेलियाँ कहती हैं, अब विधवा होना समाज में कोई पाप नहीं माना जाता। फिर से शादियाँ हो जाती हैं। रानी का विधवा होना उसकी सखियों को विद्रोहिणी बनाता था। सच ही तो, उसके वैधव्य के माने ही क्या आखिर? तेरह बरस की उमर में विधवा हो गई। झलक भर देखे हुए पति की झाँई सी सूरत भी उसके मन से मिट चुकी थी। अपने अन्तर विद्रोह के क्षणों में रानी अपने-आपको विधवा न मानकर कुँवारी कन्या ही मानती थी। लेकिन यह विद्रोह चमत्कार की तरह फौरन गायब भी हो जाता था। वह जानती है कि कुँवारी कन्या की तरह उसका फिर से ब्याह नहीं हो सकता। उसके पिता ऋषि-मुनियों के पवित्र धर्म और अपने स्वर्गीय कोतवाल पिता के ऊँचे नाम की दुहाई देकर बाल विधवा रानी का पुनर्विवाह न करने की घोषणा चार बार प्रसंगवश कर चुके थे। और पिता की मर्जी के विरुद्ध वह कुछ भी नहीं करती, हालाँकि कई बार उसके मन में यह बात उठ चुकी है कि बाबू ने फिर अपना पुनर्विवाह क्यों किया। पुरुष के लिए यह पाप क्यों नहीं है? अम्मा आखिर मुझसे कौन बहुत बड़ी हैं, मैं उनसे सिर्फ एक ही साल तो छोटी हूँ·····इस प्रकार का गुप्त विद्रोह उसे मन ही मन कभी-कभी सताता था और उसके बाद ही उसे अनुभव होता कि वह एकदम अशक्त है, दीन है— उसकी अपनी कोई भी मर्जी होकर भी नहीं है।·····दसवें दर्जे की परीक्षा देने के बाद उसकी पड़ोसिन और सहपाठिनी उर्मो की शादी हुई। उर्मो का पति उसे बहुत प्यार करता है। रानी ने स्वयं देखा है, वह उर्मो को हाथों पर रखता है। उर्मो राजरानी की तरह हुकुम चलाती है। वह भी उसी के समान बिना माँ की लड़की है, अपने मैके में, सौतेली माँ के अनुशासन में उपेक्षिता सी, दबकर रही। अक्सर दुःख के मारे अपनी सहेलियों के आगे घुटघुट कर

रोया करती थी, मगर अब कितनी सुखी है। इण्टर में सरोज शर्मा उसकी सहपाठिनी हुई। सारे घर की इच्छा के विरुद्ध उसके पति ने उसे हाईस्कूल का इम्तहान दिलाया, रोज उसे साइकिल पर बिठला के कालेज पहुँचाया करता था। सरोज और उसके पति दोनों ही एक-दूसरे पर अपनी जान निछावर करते हैं, एक-दूसरे के बिना खाते तक नहीं, कोई काम नहीं करते, वो कहती है, उनसे पूछ लूँ, वह कहते हैं, उनसे पूछ लूँ। रानी अपने ही घर में देखती, रुपया-टका, घर-गिरस्ती की कुंजियाँ सब उसकी सौतेली माँ के ही अधीन रहती हैं; दादी का हुकुम चलता अवश्य है, मगर अम्मा की मर्जी का मूल्य भी घर में कम नहीं। अकेले में दादी अपनी बहू से खीझकर कहा करती हैं कि दुहाजू की जोरू जब तलक सबके सामने अपने मरद के पलक हिंडोले चढ़के न दिखलावे, तब तक पता कैसे लगे कि दुहाजू की घरैतिन है। अपने चारों ओर आशाओं-विश्वासों से फले-फूले प्रेम-चाहना के बाग-बगीचों को देख-देखकर उसके मन में हूक उठती और जीवन निःसार लगता था, अपने अकेलेपन की पीड़ा उसे बरछी की तरह भेदती थी।

लेकिन रानी अपने-आपको बरबस उस ओर से मोड़कर अपने सांस्कारिक ठकुरैती हठ के साथ पढ़ने-लिखने में ध्यान लगाती थी। बिना किसी के सिखाए हुए ही उसने नीची नज़रों स्कूल की राह पर आना-जाना आरंभ किया। वह किसी को देखेगी ही नहीं। वह अपने मन को भरमने-भटकने नहीं देगी। रास्ता चलते हुए अपनी सहेलियों के साथ उसे भी मनचले आवारा लड़कों की फब्तियाँ सुनने को मिलतीं। फर्स्ट इयर तक किसी लड़के ने विशेष रूप से उसकी ओर ध्यान न दिया। यह उसे और भी खलता था। उसे अपनी आकर्षणी शक्ति के प्रति अनास्था हो गई थी। सखियाँ भले ही निन्दा के रूप में सही, अपने प्रति आकर्षित होने वाले लड़कों का जिक्र करतीं—'अमुक तो मेरे घर के दरवाज़े से ही मेरा पीछा करता है, अमुक ने राह में चलते मेरी बाँह में चुटकी काट ली या अमुक बीच की दो छतें फलाँगकर अपने घर से मेरे घर एक रात आ गया था। बड़ा बदमाश है। वह जानता है कि ऊपर वाले छोटे कमरे में मेरा स्टडीरूम है। दैया रे दैया, उसकी खुशामदों से तो मैं तंग आ गई।' अपनी कई सहेलियों द्वारा बखाने जाने वाले ऐसी छेड़छाड़ के अनुभवों से भी वह शून्य थी। और जैसे उसकी इस मनोभावना की पूर्ति के लिये ही नियति ने फर्स्ट इयर में उसका पीछा करने वाला एक आवारा युवक भेज दिया।

रानी उसकी दीवानगी से तंग आ गई थी। सुबह घर से निकलते ही गली में वह उसकी प्रतीक्षा करते हुए मिलता, कालेज तक साथ-साथ जाता, शाम को वहाँ से छुट्टी होने पर वह फिर दिखलाई पड़ता था। गली में उसके घर के सामने ही सुबह से रात तक प्रायः वह डटा ही रहता। रानी उससे तंग आ गई थी। आरम्भ में उसके पीछा करने पर उसे एक प्रकार का सन्तोष अवश्य मिला था, परन्तु शीघ्र ही वह डरने लगी, ऊब गई। उस लड़के की बातें भी इतनी भोंड़ी होती थीं कि उसे सुनकर अच्छा नहीं लगता था। झुँझलाहट होती थी।

एक दिन रानी ने अपने घर के ऊपर वाले कमरे से छिपकर उस लड़के की एक झलक भी देखी। बड़ा छिछोरा, मुहांसों से भरे फीके चेहरे वाला, छैल चिकनिया, बत्तमीज

सा छोकरा था। एक बार मन्नो के यहाँ गयी थी, रास्ते भर उस लड़के ने उसके साथ-साथ चलने और अपनी विरह रामायण बखानने का नया पैतरा दिखलाया । रास्ते भर रानी का जी चाहता रहा कि चप्पल उतारकर उसे मारे। लेकिन यह कर न पाई। सोचा, बेकार का हंगामा खड़ा हो जायेगा। ज्योंही वह मन्नो के घर में घुसने लगी कि नितान्त सूनी गली का लाभ उठाकर विरह व्यग्र प्रेमी ने उसकी बाँह पकड़ ली। रानी ने उससे जूझते हुए ज़ोर से मन्नो को आवाज़ दी। महीनों से पीछा करते-करते प्रेमी महोदय उस दिन कुछ हठ पर ही चढ़ गये थे। रानी के चिल्लाने पर भी उन्होंने अपने आलिंगनाग्रह की लपटा-झपटी न छोड़ी। तब तक मन्नो-पन्नो आ गईं, राजेश और रमेश भी उसके पीछे भागे। गली के नुक्कड़ पर प्रेमी महाशय गिरफ़्त में आ ही गये और फिर तो वे जनक्रोध की लपटों से झुलस-झुलस गये। इतने तमाचे पड़े कि मुँह सूज गया। बुशशर्ट फटी, पतलून गली की धूल-कीचड़ में लिपटकर घिनौनी हो गई। रमेश ने उसे यहीं तक न छोड़ा, उसकी गरदन पकड़कर पीछे से ढकेलता हुआ अपने दरवाज़े तक लाया। रानी को ऊपर से बुलाकर उसके चरणों में दण्डवत प्रणाम करवाया और तभी उसे मुक्ति दी। एक मजनू की पिटाई से बहुत दिनों तक गलियों में शान्ति रही। रानी के मन में रमेश के प्रति आदर की भावना ने तो उसी दिन से घेर कर लिया था, किन्तु उसके प्रति यह प्रेमाकर्षण स्पष्ट रूप तो मन्नो के विवाह के दिनों ही में जागा और एक बार जब नारी-जीवन की भूख जग उठी, तब उसे रोकना कठिन हो गया। रमेश के अन्दर उसने अपना इच्छित नायक देख लिया था। बात उसके मन में इतनी स्पष्ट हो चुकी थी कि अब तो पिता की अनिच्छा का भय भी उसके मन से जूझते-जूझते क्रमशः भागने लगा था। उसके सामने अपने भविष्य की कल्पना करीब-करीब साकार हो चुकी थी। उसकी बड़ी तबियत होती थी कि किसी तरह घण्टे भर का एकान्त समय मिले और वह रमेश से बात कर ले। मन में यह भय भी कभी-कभी उपजता था कि उसका यह जीवनाधार उससे छूट न जाए।

बहिनजी के घर जाने का क्रम चल पड़ने पर एक बात उसके हक में यह अवश्य हो गयी थी कि कम से कम प्रति शनिवार की शाम खन्नाजी के अध्ययन-चक्र में रमेश से उसकी भेंट हो ही जाती थी, हालाँकि बात करने का कोई खास अवसर नहीं मिलता था। इसलिए आँखें बड़ी तड़प के साथ एक-दूसरे के दिलों में अपनी मनोव्यथा उँड़ेला करती थीं। बहिनजी के यहाँ जाते हुए लगभग तीन सप्ताह बीच चले थे। रानी के घर में पैसों के अभाव से फ़ाक़े की नौबत आ गयी थी। तीसरे हफ्ते के शनिवार को रानी भूखी ही काम पर आयी थी। उस दिन वो बड़ी बेसब्री से रमेश के आने की प्रतीक्षा करती रही। रानी के मन में आँसू उमड़-उमड़कर लाचार घुट रहे थे। उसका जी चाहता था कि रमेश की छाती पर सिर टिकाकर वह फूट-फूटकर रोये। रमेश आया, हाथ में जामुनों का दोना था। रमेश का नियम था, इस घर में आते ही वह बहिनजी के दफ्तर वाले कमरे में जाकर 'हलो रानी' कर आता था। आज भी पहुँचा, बहिनजी कमरे में नहीं थीं, रानी अकेली थी, बहुत खुश हुआ। जामुनों का दोना आगे बढ़ाकर बोला : "लो चखो, बहुत ही उम्दा हैं।"

रानी का कलेजा मुँह तक आया और फिर लौट गया। घन-जनित विवशता से भूखी रानी को यह पाँच-सात जामुन खाकर अपनी अन्तर्पीड़ा को और भी अधिक बढ़ाने की तनिक इच्छा न हुई— मगर लाने वाले के हाथ से ज़हर खाने में भी उसे सुख मिलता। पहली बार ही तो उसे यह अनमोल अवसर मिल रहा था। हाथ बढ़ा, एक जामुन पर पहुँचा और आँखें तुरन्त रमेश की आँखों से जा लगीं। उसके अन्दर में करुणा और आनन्द घुल-मिलकर ऐसे वेग से उमगे कि वह भावविभोर हो गया! रमेश उसकी आँखों में देखता ही रह गया। रमेश के लिए रानी का वह अन्तर सौन्दर्य अनन्त शक्तिशाली चुंबक के समान था। मन रानी की आँखों में विद्युत् गति से बैठकर उसके मन से बँध गया। चार आँखों की टकटकी में एक ही प्राण संचरण कर रहे थे। सहसा रमेश को यह चेतना मिली कि रानी मन में असुखी है; अशान्त है। कोमल चेहरा सूखा हुआ और निढाल है। धीमे मीठे स्वर में पूछा : "क्यों, आज उदास हो ?"

रानी का होश ठिकाने पर आया। बीते क्षणों के जादू के झटके के साथ मुक्त होते हुए अधखोये लड़खड़ाये से स्वर में जवाब दिया। "कु-कु-कुछ नहीं, ठीक तो हूँ।—" एक जामुन दोने से उठकर उसके मुँह में चला गया : भूख से सूखे स्वादहीन मुँह में चटपटापन आया। अपने अन्दर वाले सच को बाहरी अभिनय के परदे से छिपाते हुए आँखें नचाकर बोली : "सच बहुत ही मीठे हैं। मसाला भी अच्छा पड़ा है।" चूसकर गुठली मुट्ठी में ले ली!

रमेश ने एक जामुन उसके मुँह की ओर बढ़ाते हुए कहा : "और लो।"

"उहूँ, अब नहीं, मेरा पेट बहुत भरा हुआ है।"

"जामुन हजम करते हैं—लो।" रमेश ने जामुन उसके होंठों से लगा दिया, तुरंत चौकन्नी नज़र दरवाज़े पर डाली और फिर रसभीनी नज़रों से अपनी 'सब कुछ' को देखा। जामुन रानी के मुँह में चला गया था। रानी के होंठों से रमेश की उँगली का स्पर्श होने के कारण रमेश के सारे शरीर में बिजली का करेंट सा दौड़ गया। वह मन्त्रमुग्ध सा देखने लगा। रानी ने लाज से नज़रें झुका लीं।

"बहिनजी कहाँ हैं ?"

"मीटिंग में गयी हैं।"

" तुम्हारा कारबार अच्छा चल रहा है ?"

"हूँ—ऊँ······मेरा सी०टी० का फार्म कब लाइएगा ?"

"लाओगे कहो, तब जवाब दूँगा।"

रानी झेंप गयी, नज़र झुकाकर पैर के अँगूठे से चिकना फर्श कुरेदते हुए चेहरे पर हल्की मुस्कान लाकर कुछ मचलते से स्वर में बोली : "मुझसे न कहा जायेगा।"

"तब फिर मैं जवाब भी न दूँगा।"

"न दीजिए।"

"कब तक जवाब न माँगोगी ?"

"जब तक आप न देंगे।"

"तुम बेर-बेर मुझे आप-आप कहकर मेरे साथ दुश्मनी करो और मैं ज़वाब दूँ, ऐसा उल्लू नहीं हूँ।"

"तो फिर कैसे हैं ?"

"क्या"

उत्तर में आँखें शरारत और मज़ाक से नाच उठीं, रानी पल्ले से अपनी मुस्कुराहट छिपाने लगी।

गोया झेंप मिटाने की नीयत से ही शोखी भरे स्वर में रमेश बोला : "अपने से पूछो ना, तुम्हीं ने तो मुझे काठ का उल्लू बना दिया है। लो ये दो और खा जाओ।"

"ऊहूँ......अब न खाऊँगी।"

"क्यों ?"

"जी नहीं चाहता।"

"तुम्हारे पास तुम्हारा जी है ? मेरे पास तो नहीं रहा।"

"कहाँ गया ?"

सीढ़ियों पर कई पैरों की आहट और आवाज़ें चढ़ रही थीं। रानी और रमेश दोनों ही सजग सावधान हो गये।

रमेश फ़ौरन ही कमरे से बाहर निकल आया। उस दिन खन्ना साहब के स्टडी सर्किल में फिर उसका जी न लगा। वह अपने मन की रंगीन मादकता को बिखेरना नहीं चाहता था। उसे अपने कलेजे में समेटकर, सहेजकर रखना चाहता था। उसके होंठों में मुस्कुराहट और आँखों में यह जीता-जागता सपना, जो उसने अभी देखा था, जाने का नाम ही न लेता था। आगन्तुक पत्रकारों, चावला और जुनेज़ा से कुछ ज़रूरी काम का बहाना बतलाकर खन्ना साहब, बहिनजी या और लोगों के आने के पहले ही वह चला गया। उसे एकान्त में केवल रानी के सपनों ही का साथ चाहिए था।

घण्टे भर बाद रानी जब सबका नाश्ता-चाय लेकर उस कमरे में गयी तो रमेश को न पाकर बेहद खिन्न हुई। इस समय उसने खास तौर पर रमेश के लिए ही बहिनजी के रसोईघर में जाकर महराजिन से बेसन लेकर पकौड़े बनाए थे। सोचा था, उन्हें खिलाकर आप भी खा लूँगी, पर अब भूखी ही रह गयी। रसोईघर में लौटकर एक प्याला चाय तक न पी, बाकी पकौड़े महाराजिन को ही उतारने का आदेश देकर वह घर चली गयी।

उसी रात उसका सौतेला भाई हुआ था। जब अम्मा को दर्द उठने लगे और पिता को दादी ने दाई के घर भेजा, तब उसके बाद अम्मा ने कराहते हुए दादी से कहा : "ई सब बिना पैसे-कौड़ी के हुइ है कहाँ ते ? अरे राम।"

बिजली की तरह रानी के मन में बहिनजी की मूर्ति जगमगा उठी। दादी से बोली: "मैं बहिनजी के यहाँ से रुपये लाती हूँ।"

"इतनी रात माँ उनके घर—"

"कौन बड़ी दूर है? उनके यहाँ जाये बिना गुज़ारा भी नहीं।"

दादी असमंजस में पड़ गयीं, अभी बहिनजी के यहाँ काम करते हुए रानी को एक महीना भी नहीं हुआ।

"बहिनजी को मैं जान गयी हूँ। जाती हूँ।" रात के डेढ़ बजे उसने बहिनजी के घर का कुण्डा खटखटाया।

●

:: १० ::

रब्बूसिंह की अम्मा सबेरे ही से ढोलक लेकर बैठ गयीं। तीन दिन की उपासी होने पर भी उनके उत्साह का अन्त नहीं था। बहू को सुबह पाँच बजे से तेज़ बुखार चढ़ा था, परन्तु उसकी चिन्ता उन्हें इतनी नहीं व्याप रही थीं, जितनी कि पौत्र उत्पन्न होने की खुशी मतवाला बना रही थी। उनके पति पोते का मुँह देखने की अभिलाषा लिये हुए ही चल दिये। स्वयम् वे भी वर्षों से घुटती हुई इस ओर से प्रायः निराश ही हो चुकी थीं। उस जीवन भर की निराशा का घना अन्धकार कुलदीपक की कुँआँ-कुँआँ के प्रकाश से क्षणमात्र में तिरोहित हो चुका था, फिर उसके आगे पैसों का अभाव, पुत्र की बेकारी और भूख की यातना उन्हें उस समय नगण्य सी मालूम दे रही थी। वे तो अकेली ही बैठी बड़े धूमधाम से सोहर पर सोहर गाती चली जा रही थीं: "मोरे घर नन्दलाल ने जल्म लीन, मड़ैया मोंरि लुटि गयी हो। परदे के भीतर जज्चा जी सुहानी बोली बोलैं—आँगन माँ ठाढ़ी पीरै हरैं आँगन माँ। सुनु ए हमारे राजा, ननदी का बोलाव तनि छठिया धरावै आँगन माँ।" ......ज़ोर-ज़ोर से गला फाड़ कर वे गा रही थीं, हाथों का बुढ़ापा न जाने कहाँ चला गया था कि ढोलक उनके करस्पर्श की बिजली से बोलती थी। अम्मा मानो सारे संसार के सुखियों, पैसे वालों को ढिंढोरा पीटकर यह जतला देना चाहती थीं कि आज वे भी सुखी हैं, कोई उनका मुकाबला नहीं कर सकता।

साढ़े आठ बजे के लगभग बहिनजी आईं। उनके दरवाज़े पर दिखाई पड़ते ही रब्बूसिंह के घर में मानो चमत्कार छा गया। अम्मा ढोलक छोड़ कर यथासम्भव फुर्ती के साथ उठीं: "आइये-आइये, बड़े भाग कि हमारे घर आपके चरन पड़े। अरे रानी, देखौ बहिनजी आई हैं।"

"आपको बहुत-बहुत बधाइयाँ माताजी, पोता आया, मुझे बड़ी खुशी हुई। सबेरे रानी ने जब जाकर मुझे यह खुशखबरी दी तो हमने कहा कि यह तो भगवान् ने माताजी पर ही कृपा की है—सचमुच बड़ी कृपा की है भगवान् ने। मैं बड़ी खुश हूँ।" बहिनजी अम्मा के पास ही ज़मीन पर बैठ गयीं। अम्मा उन्हें ज़मीन पर बैठते देख हड़बड़ा उठीं, रानी को फिर आवाज़ देने जा रही थीं कि वह एक फटा ग़लीचा लिए स्वयम् ही कमरे से बाहर

आती दिखलाई दी। उसने बहिनजी को देख, अपनी हँसी से मानो उन्हें प्रणाम किया। कम्मी और उसके पीछे रीतू-सीतू भी दालान में आ गयीं, कम्मी ने हाथ जोड़े और बड़ी बहिन को ग़लीचा बिछाने में मदद देने लगी। बहिनजी ग़लीचा बिछाती हुई रानी को : "अरे क्यों तक़लीफ़ की रानी।" कहती हुई उठ खड़ी हुईं और रीतू-सीतू की ओर देखकर उन्हें प्यार से पास बुलाने लगीं। दादी ने उल्लास के साथ अपनी नन्हीं पोतियों को डाँटते हुए कहा : "अरे, नमस्ते नहीं की बहिनजी को ? नमस्ते करौ जल्दी से।"

रीतू ने तो अपना बालसुलभ संकोच तोड़कर झेंपते-हँसते हुए हाथ जोड़ दिये, परन्तु सीतू-रीतू की फ्राक पकड़कर उसी की पीठ पीछे मुँह छिपाने लगी। बहिनजी तब तक आगे बढ़ आई थीं, उन्होंने छिपती हुई सीतू को हाथ पकड़कर घसीट लिया और हँसते हुए प्यार से बोलीं : "अरे-अरे, शरमाती क्यों है, मेरे पास आ। उस दिन तू रानी के साथ मेरे यहाँ आई थी।—आओ रीतू, तुम भी आओ। मुन्ना भाई हुआ है न तुम्हारे, मुझे खिलाने को दोगी ?" बहिनजी रीतू-सीतू को लेकर ग़लीचे पर बैठ गयीं। कम्मी भी एक कोने पर बैठ गयी, रानी खड़ी रही। अम्मा भी बहिनजी के आग्रह से पास ही बैठ गयीं। अम्मा ने बड़ी हार्दिक भावना से उनका उपकार माना। यदि वह मदद न करतीं, तो रात में जाने उन्हें कितनी बदनामी उठानी पड़ती—रम्मोदाई के बारे में यह प्रसिद्ध है कि वह पैसे के मामले में कोई मुरौवत नहीं करती। कुछ ही दिन पहले पड़ोस में एक स्त्री को बच्चा जनाने के बाद अपनी मज़दूरी के सम्बन्ध में उधार की बात सुनकर वह एकदम बरस पड़ी थी। चार महल्ले वाले जान गये कि अमुक के घर दाई को देने के लिए भी पैसे नहीं हैं।

दाई के पैसों की बात से जुड़ी हुई दो दिन के उपवास, बेकारी और गहन निराशा की बातें भी थीं। रानी रात में ही बहिनजी के आगे सब कुछ रो आई थी। बहिनजी बोलीं : "दु:ख-सुख सभी कुछ इन्सान पर ही आता है माताजी, क्योंकि उसमें ही झेलने की शक्ति होती है। खैर, आप चिन्ता न करें, मैंने खन्ना साहब से सब कह दिया है, रज्जू बाबू के लिए कोई न कोई उपाय जहाँ तक बनेगा, जल्द से जल्द हो जायेगा और आप किसी भी तरह की चिन्ता न करें, बड़ा भागवान आया है और आपका पोता, आप देखेंगी कि आज ही से आपके यहाँ कोई तकलीफ़ नहीं रहेगी।"

अम्मा अपने सुख-वैभव काल की कथा सुनाने लगीं। आँसू हिचकियों तक खिंचे। बहिनजी ने उन्हें बड़ी सांत्वना दी, जन-प्रचलित दर्शन-ज्ञान के भावों से उन्हें उद्‌बोधित किया। इतनी ही देर में बहिनजी के घर का नौकर थाली से ढका हुआ एक बड़ा सा पपीता लेकर सीढ़ी के दरवाजे पर चढ़कर आता दिखलाई दिया। बहिनजी ने ही उसे अन्दर आने का आदेश दिया और पूछा कि बाकी सामान कहाँ है ?

"परसोत्तम की दूकान पर ही रक्खा है बहूजी। मैंने सोचा, इसे रख आऊँ। अभी लाता हूँ।"

बहिनजी ने पतीली अम्मा की ओर खिसकाते हुए कहा : "लीजिए, हलुवे से बच्चों का मुँह मीठा कराइए। और सब सामान भी आता है। दस-पन्द्रह दिन आपको कोई कष्ट

नहीं होगा। तब तक कुछ न कुछ और प्रबन्ध भी हो जायेगा। जिम्मेदारी मेरी है, आप किसी भी तरह की चिन्ता न कीजिएगा, सब ठीक हो जायेगा।

बहिनजी रद्धूसिंह के घर में संजीवन बूटी सी आईं और सबमें प्राण डालकर चली गईं। थोड़ी ही देर में बहिनजी का नौकर आटा, दाल, चावल, घी, मसाले जच्चा के लिए बादाम, छुहारे, पिस्ता, चिरौंजी, बताशे आदि सारा सामान रख गया। अभाव की गहरी घुटन के बाद यह रोज का राशन-पानी क्या आया, मानो कोई राजसी वैभव घर में आ गया। अम्मा, रानी, रीतू, सीतू सभी में उत्साह देख पड़ता था। "अम्माजी हेलुआ, अम्माजी बताशे, अम्माजी एक छुहारा ले लें—एक बस एक!" बच्चियों में लूट सी पड़ गयी।

"ना-सीतू ना, छुहारा नहीं खाते, भइया खाएगा।"

"भइया के तो दाँत ही नहीं हैं।"

"अम्माज़ी के भी तो दाँत नहीं हैं, कैसे खाती हैं। वैसे ही भैया भी खाएगा।" रानी ने अपनी छोटी सौतेली बहिन को अकाट्य उत्तर दे दिया, परन्तु सीतू इतने ही से मानने वाली न थी, बोली : "इत्ते सारे छुहारे, बदाम भैया ही खायगा?"

"हाँ।"

"एक हम भी ले लें—अम्माजी, एक, बस, एक।"

रद्धूसिंह के घर में बरसों बाद ऐसा मंगल मन रहा था। अम्मा तुरन्त ही जच्चा के लिए गुड़ का पानी मेवा डालकर उबालने के लिए रखने गईं। रानी को रसोई की तैयारी करने का आदेश दिया।

रद्धूसिंह तड़के ही घर से निकल गये थे। पुत्र-प्राप्ति से जागे हुए आत्मविश्वास और उत्तरदायित्व की प्रचण्ड भावना और चिन्ता को लेकर वे कोई काम पा लेने की धुन लेकर घर से निकले थे। ट्रासंपोर्ट विभाग के एक पुराने अफसर से पिता के समय की मुलाकात थी; किसी समय का दोस्ताना था। भोर पहर की आधी नींद आधे जागरण में उनके पास जाने की बात मन में उठी थी और उसे भगवान् का आदेश मानकर ही गहरे विश्वास के साथ अफसर के यहाँ गये थे। चपरासी उनका फटा हाल देखकर बड़ी मुश्किल से उनके आने की सूचना अपने साहब तक पहुँचाने को राजी हुआ। साहब मिले तो उन्होंने बनावटी मिठास के साथ रद्धूसिंह को यह समझा दिया कि वे दोस्त क्या, अब उनके मातहत बनने काबिल भी नहीं रहे रद्धूसिंह का पढ़ा-लिखा न होना अफसर साहब की मीठी बातों में कड़वा जहर सा घुला—"मेरे दोनों चपरासी भी हाईस्कूल और इण्टरमीडिएट पास हैं।"

रद्धूसिंह करारा घाव खाकर वहाँ से लौटे, फिर इधर-उधर निरुद्देश्य भटकते रहे, पर पचास-पचपन घण्टे का भूख से मुरझाया हुआ शरीर अधिक न चला। रात में बहिनजी के घर से आये हुए रुपयों में से अठन्नी लेकर घर से चले थे। तीन आने जाते समय बस खा गयी, तीन आने लौटने के लिए बहुत आवश्यक थे, क्योंकि पैदल चलने का दम नहीं था।

बंगाली मिठाई वाले की दूकान दिखाई पड़ते ही फिर जी न माना—लड़का हुआ है जी, मुँह भी मीठा न करें। किस्मत तो पराए हाथों बनती है, भगवान् बनाता है। लड़का हमारा है, हम तो खुशी मनाएँगे। रद्धूसिंह इसी अकड़ में दूकान में पहुँचे। जब पता लगा कि दो-दो पैसे वाले रसगुल्ले अब नहीं बिकते, तो दो रसगुल्लों का आर्डर एक रसगुल्ले में ही बदल गया। इकन्नी पान-बीड़ी के लिए बचा रखना चाहते थे। मगर दो रोज की भूख एक रसगुल्ले से न मानी, हाँ-ना की रस्साकशी में बहुत इधर-उधर खिंचकर रद्धूसिंह के मन में यह विचार आया कि हमने दो रसगुल्लों का आर्डर दिया था और फिर इकन्नी दाम सुनकर एक मँगाया। साला बैरा अपने मन में मुझे फटीचर समझ रहा होगा। पानी का गिलास भी नहीं रख गया, ससरा......"बैरा, ए बैरा, एक रसगुल्ला और लाओ।" रद्धूसिंह ने तेवर से कहा, मानो वह सारी दूकान खरीदने का आर्डर दे रहे हों। दो रसगुल्लों की तरी लेकर बस में बैठे। यात्रियों के साथ नेताओं-अफसरों और पूँजीपतियों को गालियाँ देकर जी की भड़ास निकालने की तसल्ली लिये हुए कुँअर रद्धूसिंह ने अपने घर में प्रवेश किया। सीढ़ी पर ही कमरे की 'कुँआँ' 'कुँआँ' ने मन मोह लिया। अन्दर आए तो रसोईघर में भी व्यस्तता देखी, मन गंगाजल सा हो गया। अम्मा ने कहा, हलुआ खा लो। अम्मा ने बहिनजी के पति से मिलने के लिए भी कहा। हलुआ खाते हुए रद्धूसिंह का मन सन्तोष और उपकार से भर उठा। उपकार की भावना में बहिनजी, उनके पति, पुत्र के भाग्य और परमपिता के प्रति घुली-मिली हुई धारा सी बह रही थी। सब भगवान् रूप हैं, भगवान् ही हर रूप में कृपा करते हैं—"भगवान्, अब तुम दया ही रखना। तुम्हारा बहुत-बहुत उपकार मानता हूँ। अब गोपेश्वर संकीर्तन मण्डल चालू करके ही दिखलाऊँगा और लड़के का नाम बजरंगसिंह रक्खूँगा। ये सब बजरंग ही की माया है।" रद्धूसिंह ने ग़द्गद भाव से आँखें मूँदकर अपने इष्टदेव का ध्यान करते हुए हाथ जोड़ दिये।

:: ११ ::

संघ में पन्द्रह अगस्त के दिन सदा की तरह इस वर्ष भी उत्सव का आयोजन था। रमेश, लच्छू और कम्मी आदि बड़े लड़के अपने उत्सव की तैयारियों में पूरे जोश के साथ जुटे हुए थे। पिछले वर्ष तीन दिनों का मेला हुआ था। पहले दिन कैरम, शतरंज और वाद-विवाद प्रतियोगिता हुई थी : दूसरे दिन बालीबाल का मैच और प्रहसन तथा तीसरे दिन यानी पन्द्रह अगस्त को एक शानदार कवि-सम्मेलन। इस बार रमेश के आग्रह से लड़कियों के प्रोग्राम भी रखे गये। रानीबाला और शर्मिष्ठा को नारी मण्डल से प्रोग्राम आयोजित करने का भार सौंपा गया। बहिनजी के बिना स्त्रियों का कोई कार्यक्रम सफल हो ही नहीं सकता, यह मानकर रमेश इतवार की सुबह उनसे मिलने के लिए गया। बहिनजी के पति खन्ना साहब—श्री आनन्द मोहन खन्ना—उस समय घर ही पर थे। रमेश को देखकर उन्होंने उसे अपने पास बुलाया :

"रमेश बेटे, एक बहुत बढ़िया चान्स आया है। डॉ० आत्माराम को एक आदमी की जरूरत है! उनके साथ काम करोगे ?"

डॉ० आत्माराम का नाम बिजली के करेण्ट की तरह छूकर मन को स्फूर्ति से भर गया। देश के बड़े से बड़े नेताओं में से एक प्रदेश के बेताज बादशाह डॉ० आत्माराम के साथ काम करने की इच्छा भला किस महत्वाकांक्षी युवक में न होगी ? खन्ना साहब उसके चेहरे पर आनन्द स्तब्धता साथ ही पस व पेश की मुद्रा देखकर बोले : "मैं जानता हूँ कि ये तुम्हारा एम० ए० का आखिरी वर्ष है, फाइनल डिग्री और कैरियर का सवाल है—"

"जी नहीं, कैरियर का तो खैर ऐसा कोई प्रश्न नहीं उठता खन्ना साहब, डॉ० आत्माराम के साथ काम करना ही—"

"हाँ यही बात मेरे मन में भी थी, आज सुबह ही 'डॉक्' ने मुझसे यह इच्छा प्रकट की। इस वक्त वो मलिहाबाद के समाजवादी शिविर का उद्‌घाटन करने गये हैं। लंच मेरे ही साथ करेंगे। तब तक न हो तो तुम अपने घरवालों से सलाह ले आओ...... सोच लो—सोच लो, अगर आज दोपहर तक तुमने निर्णय कर डाला, तो फिर डॉक्टर साहब के साथ ही उन्हीं की गाड़ी पे सारस लेक चले जाना।"

"जी, आपकी आज्ञा शिरोधार्य है। मेरे लिए तो ये बड़े ही सौभाग्य की बात होगी—हालाँकि एम०ए०—खैर उसकी ऐसी कोई खास चिन्ता नहीं। मैं आपको अभी थोड़ी देर में आकर खबर देता हूँ। वैसे इसे एक तरह से फाइनल ही समझिए।"

खन्ना साहब के घर से बाहर निकलते हुए रमेश के मानो पंख उग आये थे—पहले किसको खबर करूँ, दोस्तों को, अम्मा, बाबू को या रानी को ? नौकरी लग जाने के बाद फिर मेरे और रानी के ब्याह को कौन रोक सकेगा। हमारी शादी की तस्वीर डॉ० आत्माराम के साथ खिंचेगी।—क्या शान, क्या धूम होगी। अच्छा हो, पहले रानी को ही सूचना दूँ। खुशी से उछल पड़ेगी, अब उसे सी०टी०, बी०टी० करवा के करना ही क्या है। ज्यादा से ज्यादा दो-चार महीनों में रानी बाला राठौर मिसेज़ रमेश चन्द्र शर्मा हो जाएँगी। सारस लेक में हम लोग शान से रहेंगे। न अम्मा-बाबू का डर, न जात-बिरादरी वालों का, तकदीर इसको कहते हैं।......संघ वाले बेचारे मुरझा जाएँगे, ऐन उत्सव के मौके पर यहाँ से छोड़कर जाना—लेकिन क्या किया जाय, कैरियर का सवाल है। खुशी के मारे रमेश के पैर ज़मीन पर सीधे न पड़ रहे थे। वह सीधे रानी के घर की ओर ही जा रहा था।

रानीबाला रसोई में थी। उसकी दादी सौरी घर में बच्चा और जच्चे को दसवें दिन के नहान नहला रही थीं। संयोग से बात करने का अच्छा अवसर पाकर रमेश को खुशी हुई, उसे अपने भाग्य पर अधिक विश्वास हुआ। सीढ़ी पर खड़े होकर उसने बड़े उत्साह के साथ रानी को यह बात सुनाई, लेकिन रानी के चेहरे पर चमक न आई। वह गम्भीर हो गयी। यह देखकर रमेश का उत्साह ठिठका, वह उसके चेहरे की ओर देखने लगा। रानी बोली : "मेरी राय नहीं है। नाहक आठ-नौ महीने के लिए अपना कैरियर बिगाड़ रहे हो। आखिर एम०ए० की डिग्री की भी कुछ न कुछ कदर तो है ही। डॉ० आत्माराम बहुत

बड़े आदमी हैं, फिर भी ईश्वर तो हैं नहीं। यहाँ रहोगे तो एक-दूसरे की मदद से दो जिन्दगियाँ सुधरेंगी, तुम्हारी बदौलत मैं भी पढ़ जाऊँगी। मेरी बड़ी साध है। और आगे जैसा तुम सोचो।''

रानी की बातों से रमेश को झटका लगा। उसके मन का रंगीन शीशमहल टूट गया। ज्वार के समुद्र सी महत्वाकांक्षा की ऊँची लहर मन में उठी और फिर पछाड़ खाकर पसर गयी। रानी की इच्छा-अनिच्छा उसकी हर मरजी से बड़ी थी, बोला: "अच्छा!...... तुम्हारी बात एक तरह से मुझे ठीक ही लगती है। हम दोनों पढ़ जायेंगे तो ज्यादा नफे में रहेंगे। फिर यहाँ रहने पर कम से कम तुम तो मेरी आँखों के आगे ही रहोगी।''

सुनकर रानी को सन्तोष हुआ, फिर भी कहा—"तुम अच्छी तरह सोच लो—''

"सोच लिया। मैं एम०ए० करूँगा और तुम्हें भी कराऊँगा। तुम जहाँ तक पढ़ोगी, पढ़ाऊँगा। डॉ० आत्माराम मेरे ईश्वर हों या न हों, लेकिन तुम अवश्य हो।''

रानी के घर से निकलकर एक बार तबीयत हुई कि सीधे ही खन्ना साहब से जाकर ना कर दे, मगर एकाएक लच्छू का ध्यान आ गया। सोचा, वह शायद स्वीकार कर ले। एम०ए० कर लेने पर भी थर्ड क्लास से वह उठ न सकेगा और डॉ० आत्माराम को सन्तुष्ट कर देना उसके लिए कोई बड़ी बात न होगी। इस मामले में वह बहुत तेज़ है।

रमेश लच्छू के घर गया। वह उसी समय ट्यूशन पढ़ाकर लौटा था, सुबह के अखबार पर नज़रें दौड़ा रहा था। रमेश को देखकर बोला: "अबे युनिवर्सिटी नहीं जाना है क्या आज? साढ़े दस बज रहे हैं!''

"तुमसे एक जरूरी बात कहने आया हूँ। डॉक्टर आत्माराम के सेक्रेटरी बनोगे?''

लच्छू ने अखबार झटककर पटक दिया और आँखें फाड़कर रमेश को देखने लगा। रमेश मुस्कराया, बोला: "ऐसे घूरकर क्या देख रहे हो? मैं मज़ाक नहीं करता।''

रमेश ने फिर खन्ना साहब से हुई बातों को विस्तार से सामने रक्खा और कहा: "डेढ़ सौ रुपये बुरे नहीं हैं। फिर सारस लेक में कोई विशेष खर्चा भी नहीं होगा। रहने की जगह मुफ्त। वहाँ रहकर कुछ जोड़ भी लोगे।''

लच्छू गम्भीर भाव से चिन्तन मुद्रा में यह सब सुनता रहा, फिर पूछा, "तुम क्यों नहीं जाते?''

रमेश मुस्कराया, बोला: "मेरी मजबूरी है, रानी नहीं चाहती।''

"अबे, क्यों एक प्लैटानिक मुहब्बत के पीछे अपना कैरियर बिगाड़ रहा है उल्लू कहीं का। शादी तो आपकी होने से रही उसके साथ। पुत्ती चाचा आपको कच्चा ही चबा जायेंगे और चाची भी रो-रोके—''

"नहीं लच्छू, तिरिया तेल हमीर हठ चढ़े न दूजी बार।''

"यही तो मैं कह रहा हूँ नालायकदास, रानी की अब शादी नहीं हो सकती। ये सुधार-उधार के प्रॉग्रेसिव आइडियाज़ खाली बहस ही में अच्छे लगते हैं। सिर्फ अस्ट्रामाडर्न लोगों ही से ऐसी बातें सम्भव हैं।''

"मेरे ख्याल में तुम ये सब बकवास छोड़ो। डॉक्टर आत्माराम के साथ रहने और काम करने की कामना भी मुझे अपनी ओर खींच नहीं पाई, इसीलिए तुमसे कहने आया। ये एक चांस मिला है, मैं न सही तुम्हीं ले लो। खन्ना साहब तुम्हारी सिफ़ारिश भी उसी तरह करेंगे, जैसे मेरी करते।"

लच्छू मौन रहा। रमेश कहता रहा: "मेरा एम०ए० पास करना जरूरी है। रानी ने ठीक ही कहा, मेरे कैरियर का सवाल है और तुम बेटा, कभी थर्ड डिवीजन से ऊपर न जाओगे, ज्यादा से ज्यादा आर्डिनरी सेकेण्ड क्लास। इसके अलावा मेरी आकांक्षा एजुकेशनल लाइन में जाने की है, ये तुम अच्छी तरह से जानते हो।"

बीड़ी का एक कश खींचकर लच्छू बोला: "खैर, मुझे अगर यह चांस मिल जाय तो अपनी तकदीर को सराहूँगा, ये झूठ नहीं। डॉक्टर आत्माराम को तो छै महीने में ही अपने शीशे में उतार लूँगा, तुम देख लेना। तुम खन्ना साहब से बातचीत चलाओ।"

"मेरी राय में तुम भी मेरे साथ चलो। आज युनिवर्सिटी नहीं जाऊँगा। कम्मी से कहे आता हूँ, वो तुम्हारी अटेन्डेन्स बुलवा देगा।"

जिस समय ये दोनों खन्ना साहब के यहाँ पहुँचे, उस समय साढ़े ग्यारह बज रहे थे। खन्ना साहब अपने दफ़्तर जाने के लिए तैयार ही खड़े थे। उन्होंने रमेश की बात सुनी और लच्छू से कहा, "ठीक है, एक डेढ़ बजे तक आना, डॉक्साब मलिहाबाद से लौटते हुए मेरे यहाँ लंच करेंगे। मिलवा दूँगा। अच्छा, इस वक्त मुझे जल्दी है। दफ़्तर पहुँचना और एक घण्टे में लौट भी आना है।" कहकर खन्ना साहब ने चलने का अन्दाज दिखलाया।

:: १२ ::

रामगंज स्टेशन राम के बड़े नाम का सहारा लेकर भी एक बहुत छोटा-सा फ्लैग स्टेशन है, जो अब डॉक्टर आत्माराम के कारण ही महत्व पा गया है। सारस लेक यहाँ से सात मील दूर है; लच्छू को यहीं उतरना था। गाड़ी डेढ़ घंटे लेट पहुँच रही थी। पानी मूसलाधार। ट्रेन की शीशे चढ़ी खिड़कियों से बाहर सारी दुनिया एकाकार धुँधली हो रही थी। छोटे-छोटे स्टेशनों के साइनबोर्ड वर्षा की तेजी के कारण ठीक तरह पढ़े न जा सकते थे। लच्छू को सबसे बड़ी चिन्ता यही थी कि वह जगह को क्योंकर पहचान सकेगा। सामान कैसे उतरेगा? डॉक्टर साहब ने यह आश्वासन दिया था कि सारस लेक से उनकी एक स्टेशन वैगन नित्य-प्रति सबेरे-शाम गाड़ी के समय रामगंज पहुँचती है और उनके पास पहुँचने वाले लोगों को वहाँ से ले जाती है। इसलिए मन की घबराहट के घटाटोप में भरोसे का इतना धुँधलका अवश्य चमक रहा था। झगडूपुर, तुलसीपुर, हथौना, बालूगंज और फिर रामगंज स्टेशन भी आ गया। लच्छू ने उतावली से दरवाज़ा खोला, तेज बौछारें रेल के डिब्बे में इस तरह से घुसीं, मानो किले का फाटक तोड़कर दुश्मन की फौजें धँस रही हों। भागने के सिवा और कोई चारा न था। एक दयालु सहयात्री ने अपने भीगने की परवाह

न करके लच्छू का सामान नीचे उतारने में मदद की। एक सन्दूक, बिस्तरा और खाने की एक पोटली। सामान नीचे तो उतर गया, अब स्टेशन के बरामदे तक क्योंकर पहुँचे। कुली मिलने का कोई प्रश्न ही न था, ऐसे घनघोर पानी में स्टेशन पर आदमी तो क्या, चिड़िया का पूत तक न दिखाई दे रहा था। बिस्तर रस्सी से बँधा हुआ और वजनी था। माँ के बहुत मना करने पर भी आगामी सर्दियों का ध्यान करके लिहाफ बाँध दिया था। लच्छू ने पहले अपने बिस्तर और पोटली को ही स्टेशन से सुरक्षित स्थान तक पहुँचाने का निश्चय किया। भारी बोझ को ढोकर ले जाते हुए लच्छू को अपनी माँ पर बड़ा क्रोध आ रहा था, मना करने पर भी इतना बोझ बाँध दिया। सरदी आने तक तो न जाने कितनी बार लखनऊ आने-जाने का मौका मिलेगा। लाख कहता रहा, पर अम्मा न मानी, अब आफत मुझे ढोनी पड़ रही है। बौछारें सीधे मुँह पर पड़ रही हैं। आँखें ठीक तरह से खुल नहीं पातीं। एक हाथ में भारी और दूसरे हाथ में हल्के बोझ के कारण असन्तुलन भी कष्टदायक हो रहा था। जस-तस खींच-खींचकर लच्छू बिस्तर को स्टेशन के फाटक तक ले गया। अगल-बगल दो कमरों के बीच में बाहर आने जाने का फाटक छत्ते की तरह बना था। पानी की बौछारें उसे आर-पार बेध रही थीं। शरण वहाँ भी न मिल सकती थी, पर दूसरी ओर कोई जगह भी तो न थी। गीले फर्श पर गीला बिस्तर रखा और उसकी आड़ में पोटली, फिर सन्दूक लेने के लिए भागे। स्टेशन पर वही अकेली सवारी उतरी थी। लच्छू ने किसी तरह सन्दूक भी लाकर वहीं रखा और अब यह चिन्ता पड़ी कि किससे पूछने कैसे जायँ; उसका कुर्ता-पायजामा तरबतर हो रहा था। बौछारों की उड़ती हुई तेज हवा से बदन के गीलेपन में और भी नमी भर जाती थी। बरसते पानी का सामना करते हुए लच्छू ने स्टेशन से बाहर निकलकर सारस लेक से आने वाली गाड़ी को खोजने का प्रयत्न किया, पर वह उसे वहाँ न दिखलाई दी। अब घबराहट बढ़ी। स्टेशन मास्टर के कमरे के दरवाज़े भीतर से बन्द थे; लच्छू ने और कोई चारा न देख, उनका दरवाज़ा खटखटाना शुरू किया।—कोई जवाब नहीं—फिर खटखट, जवाब नदारद—अब झुँझलाहट आई, फिर खटखट-खटखट-खटखट—दरवाज़ा खुला। टाई बँधी कमीज पर लुंगी लपेटे तीस-बत्तीस वर्ष की आयु वाले स्टेशन-मास्टर कुछ नाराज़गी के रुख से देखने लगे। लच्छू ने कहा : "बाहर बड़ी बरसात है, सवारी का प्रबन्ध नहीं, यहाँ बैठने की आज्ञा देंगे ?"

"नो।"

दरवाज़े बन्द होने लगे। लच्छू ने हाथ के दबाव से किवाड़ को बन्द होने से रोका और कहा : "यहाँ वेटिंग रूम तो होगा ही, वही खुलवा दीजिए।"

"इट इज़ ओनली मॅन्ट फार द फर्स्ट क्लास पैसेंजर्स।"

"अरे साहब, पानी बरस रहा है। आखिर इंसानियत भी कोई चीज़ होती है। मैं सारस लेक जा रहा हूँ। डॉक्साहब ने मुझसे कहा था कि स्टेशन पर उनकी गाड़ी आयेगी और वह कहीं दिखलाई नहीं देती। उन्होंने मुझे अपना जूनियर प्राइवेट सेक्रेटरी नियुक्त किया है।"

अंतिम बात सुनने पर स्टेशनमास्टर का रुख कुछ बदला। इस बार हिन्दी में बोले: "तो आप उनके यहाँ काम करने आये हैं या—"

लच्छू कुछ झुंझला गया था, बोला: "अजी साहब, मुझे बात बनाने से फ़ायदा, आप तो मुझे झूठा करार दे रहे हैं। मैंने इस बरसात से परेशान होकर आपसे शरण माँगी थी, आपको आदमी समझा था मैंने। लीजिए बन्द कर लीजिए दरवाज़ा। आपको तक़लीफ दी, उसके लिए क्षमा चाहता हूँ।" कहकर लच्छू वहाँ से अलग हट गया और एक बार फिर सारस लेक से आने वाली गाड़ी की खोज में स्टेशन से बाहर झाँकने गया। वह मन ही मन क्रोध से सुलग उठा था। इतने बड़े नेता होकर भी ग़रीबों की उपेक्षा करते हैं और ये स्टेशन मास्टर, टके की औक़ात साले की, मगर अकड़-फूं में सालारजंग बना हुआ है। लच्छू मन ही मन इतना उखड़ चुका था कि अगर दूसरी कोई ट्रेन लखनऊ जा रही होती, तो वह उसी दम लौट पड़ता।

गीले कपड़ों से छनकर फुहारों लदी तेज़ हवा के झोंके लच्छू को ठिठुरने पर मजबूर कर रहे थे। जेब से बीड़ियों का बण्डल और माचिस निकाली; दोनों ही गीली। ताव में आकर लच्छू नें उन्हें स्टेशन के बाहर फेंक दिया और स्टेशन मास्टर को दो गालियाँ दीं। नयी सुनसान जगह, उखड़ा हुआ मन, ठिठुरता तन और उस पर से बीड़ियों का अभाव लच्छू को इस समय बहुत भारी पड़ रहा था। ऊपर से न रोना लच्छू की पुरानी ज़िद रही है, मगर भीतर ही भीतर वह आँसुओं से तर होने लगा—कैसी किस्मत है मेरी कि हर जगह अभावों और अपमानों से जूझकर ही आगे बढ़ना पड़ता है। लच्छू के घर की आर्थिक स्थिति पिछले छः-सात वर्षों से विषम है। लगभग दस वर्ष पहले लच्छू की सबसे बड़ी बहिन का विवाह हुआ था। लच्छू के जीजा बड़े ही नीच और कुटिल निकले। उनके माता-पिता ने भी लच्छू की बड़ी बहिन के साथ भला बर्ताव न किया। विवाह के बाद साढ़े तीन वर्ष तक जीजी अपने मैके में न झाँक सकीं, चिट्ठी-पत्री तक लिखने की सुविधा उन्हें न दी गयी। इस बीच में एक लड़का हुआ, दिक़ की बीमारी हुई और जब वह काम करने लायक न रहकर खाट पर पड़ गयीं, तो लच्छू के जीजा उन्हें यहाँ छोड़ गये। यथाशक्ति इलाज करने पर भी लच्छू के माता-पिता अपनी बेटी को न बचा सके। उसके मरने के छः महीने बाद ही अपनी दूसरी लड़की को ब्याहने के लिए रूपकिशोर महाजन से कर्ज़ लेना पड़ा। दूसरी बहिन बड़े घर में ब्याही गयी थी। लड़का छोटी उम्र का होकर भी दुहाजू था और लच्छू की बहिन बहुत सुन्दर थी। इस कारण से भी उन लोगों ने इनके यहाँ सम्बन्ध तो कर लिया, पर इन लोगों को कभी अपनी बराबरी का न समझा। ये घरेलू अपमान और अक्सर तगादे के लिए आने वाले रूपकिशोर महाजन के काने कारिन्दे की उजड्ड लट्ठ मार्का बातें लच्छू और उसके परिवार वालों को प्रायः रोज ही नीचा दिखाकर सताया-सुलगाया करती थीं। हालाँकि लच्छू ने इन सब बातों के बावजूद अपने मन को अब तक बराबर जड़ कुण्ठाओं से बहुत बचाकर रक्खा था। फिर भी उस शाश्वत पीड़ा से एकदम मुक्त नहीं था; ऐसे अवसरों पर उसका मन नपुंसक क्रोध से तड़प-तड़प उठता था। ये भी कोई ज़िन्दगी में ज़िन्दगी है। एक-एक लोग ऐसे भी पड़े हैं

जो 'मुँह में चाँदी का चम्मच और हाथ में बैंक की पासबुक' लेकर ही पैदा होते हैं। हर समय उनकी हाँजी-हाँजी ही हुआ करती है। नौकरी भी पाते हैं तो एकदम से ऊँची शान वाली या फिर डॉ० आत्माराम की तरह शहंशाह बनकर जीवन बिताते हैं। इन लोगों को जीवन भर न तो किसी प्रकार का अपमान ही सताता है और न अभाव। ऐसा क्यों होता है? पुराने लोग कहते हैं कि पुरबलें जन्मों का कर्मफल इस जीवन में भोगना पड़ता है।

उखड़ी-उखड़ी उड़ती हुई बातों के भीतरी चक्र में फँसकर लच्छू अपनी बाहरी ठिठुरन को तनिक भूल गया। तभी एक काली छोटी गाड़ी के लगातार हार्न बजाने से स्टेशन के फाटक के पास भीगती खड़ी हुई तीन चार गायों के झुण्ड के साथ ही साथ, लच्छू और स्टेशन-मास्टर तक का ध्यान अपनी ओर खींच ले गयी। स्टेशन मास्टर के कमरे का दरवाज़ा हड़बड़ा कर खुला। भीगती गायें बड़ी अनख के साथ फाटक से हट गयीं और लच्छू ने देखा कि कार स्वयम् डॉक्टर आत्माराम चला रहे थे। लच्छू फुर्ती से उठ खड़ा हुआ। स्टेशन-मास्टर के कमरे से नीली कुरती वाला रेलवे का नौकर छतरी खोलता हुआ बाहर निकला। सलामें झुकने लगीं, डॉक्टर आत्माराम का रौबीला व्यक्तित्व सबमें यों जोश ले आया कि मानो सूरज निकल आया हो।

लच्छू को तरबतर देखकर डॉक्टर साहब के मुख-मण्डल पर करुणा भरी व्यग्रता झलकी, बोले: "अरे, तुम तो भई सरापा भीग गये हो......। ये......ये......ये क्या नादानी कर डाली तुमने? वेटिंग रूम क्यों नहीं खुलवा लिया?"

लच्छू भरा हुआ तो बैठा ही था, बोला:......"स्टेशन मास्टर ने कहा कि वेटिंग रूम सिर्फ फर्स्ट क्लास पसेंजरों के लिए ही बना है।"

"कहाँ है वह बेवकूफ स्टेशन मास्टर?" डॉक्टर साहब अंग्रेज़ी में गर्जे। स्टेशन मास्टर जल्दी-जल्दी अपनी लुंगी उतारकर पतलून की पेटी कस रहे थे। डॉक्टर साहब की गरज सुनकर हड़बड़ाहट में भागते हुए बाहर आये। डॉक्टर साहब उन्हें देखते ही फिर लाल-पीले हुए, जवाब के तौर पर उनके मुँह से निकला: "मैंने समझा था सर कि ये कोई फ़रियादी हैं।"

"फ़रियादी हों या कोई भी हों, आप किसी को यों बारिश में भीगते देखकर खुद कमरे में आराम से बैठ क्योंकर सके। आप इन्सान हैं या हैवान हैं? अभी-अभी आपको कोई इस तरह से बरसात में खड़ा रक्खे तो आपका क्या हाल होगा? बत्तमीज कहीं के। और-और-और ये पतलून इस तरह से पहना जाता है, बटन तक ठीक तरह से नहीं लगे हैं। आपको किसने स्टेशन मास्टर बना दिया? आपमें कुली बनने लायक भी काबलियत नहीं है।" फिर लच्छू की ओर देखकर डॉक्टर साहब ने फौरन कपड़े बदलने का आदेश दिया। नीली वरदी वाला आदमी स्टेशन मास्टर के कमरे से चाभी लाकर वेटिंग रूम खोलने लगा। डॉक्टर साहब स्टेशन मास्टर के कमरे में बैठने के लिए गये। वहाँ कुरसी से ज़मीन तक स्टेशन मास्टर की हाल ही में उतारी गयी लुंगी फैली नज़र आई, स्टूल पर शतरंज की बिसात बिछी हुई थी। डॉक्टर साहब ने यह सब देखकर फिर एक डाँट

बतलाई। लच्छू जल्दी ही तैयार होकर आ गया। पतलून और बुशशर्ट में वह और भी चुस्त नज़र आ रहा था। सामान गाड़ी में रक्खा गया और डॉक्टर साहब ने गाड़ी स्टार्ट कर दी। डॉक्टर साहब ने बतलाया कि उनकी स्टेशन वैगन बीच रास्ते में ही खराब हो गयी, इसीलिए समय से स्टेशन न पहुँच सकी। ड्राइवर ने जब यह सूचना जाकर दी, तो डॉक्टर साहब स्वयम् ही उसे लेने आ गये। लच्छू मन ही मन डॉक्टर साहब का अनन्य भक्त हो उठा। फिर और कोई बात न हुई।

गाड़ी चली जा रही थी। कार के सामने वाला शीशा लगातार चक्कर काटते हुए वाइपरों से साफ होता रहा और फिर-फिर पनमैले होते हुए शीशे के आगे वर्षों की तेज़ बौछारें झूले की तरह पेंगे लेती रहीं। सड़क के दोनों ओर खड़ी पेड़ों की पाँतें सरासर पीछे छूटती और आगे आती जा रही थीं। कार की खिड़कियों के बन्द शीशों पर छायी हुई नमी के धुँधलके पर बौछारों के चौधारे रेखाओं और बिन्दुओं के आकार बना रहे थे। कार की बन्द दुनिया में एक बहुत बड़े आदमी के साथ बैठे हुए लच्छू के मन में अदब का आतंक और गहरा सन्नाटा छाया हुआ था। उस मानसिक सन्नाटे को तोड़ने के लिए बीड़ी की तलब जागी। एक तो बीड़ी पास में थी नहीं, दूसरे होती भी तो डॉक्टर साहब के अदब से पी नहीं सकता था। रास्ते में स्टेशन वैगन खड़ी हुई मिली। उसे रस्से से डॉक्टर साहब की गाड़ी के पीछे बाँधा गया और तब सारस लेक पहुँचे।

एक बड़े भारी ऊँचे टीले पर डॉक्टर साहब की पर्णकुटी बनी हुई थी। उस पर चरखेदार तिरंगा लहरा रहा था, रोज़ ही इस पर्णकुटी और सारस लेक का नाम अखबारों में छपता है। अक्सर ही इसके सादे और रंगीन चित्र प्रकाशित होते रहते हैं। आज से यह सारस लेक लच्छू का घर बनेगा। स्टेशन वैगन की लाश को ढोते हुए गाड़ी टीले पर धीरे-धीरे चढ़ रही थी। ज्यों-ज्यों ऊपर पहुँचते जाते थे, त्यों-त्यों पूर्व दिशा में फैली हुई सारस झील का विस्तार लच्छू की आँखों में फैलता जाता था। 'पर्णकुटी' के आस-पास सचमुच बहुत ही मनोरम दृश्य था। मुख्य कोठी से नीचे दाहिनी ओर झील के किनारे डॉक्टर साहब के दफ़्तरी कर्मचारियों के लिए नये ढंग की दुमंजिला इमारतों की नन्हीं नगरी बसी है। एक खुशनुमा बँगलिया उनके मुख्य सचिव सेन के लिए भी बनी थी।

एक कर्मचारी ने लच्छू को उसका फ्लैट दिखलाते हुए कहा : "बड़ी भाग्यशाली जगह है यह। इसमें दो आदमी रहे और दोनों ही आई०ए०एस० होकर चले गये। अब आप तीसरे आए हैं।"

लच्छू मगन हो गया। अपने जीवन में उसे अब तक इतना सुख कभी नसीब नहीं हुआ था। डॉक्टर साहब ने अपने कर्मचारियों को बड़ी सुविधाएँ दे रक्खी थीं। छोटा-सा सजा-सजाया ड्राइंग-रूम, रेडियो, टेलीफ़ोन, शावर लगा बाथरूम, शीशे जड़ा कबर्ड—हर चीज़ जो अब तक लच्छू की कल्पना में ही रही, इस समय उसके अधिकार में थी। आज इतवार की छुट्टी थी, इसलिए काम से फुरसत थी। पड़ोसी फ्लैट के निवासी, बुजुर्ग राजकिशन बाबू ने आज के दिन उसके भोजन की व्यवस्था अपने यहाँ ही की थी, उनके

साथ ही उसने पूरी कोठी की सैर की। मुख्य कोठी मूल्यवान चीज़ों का अजायबघर थी। लच्छू ने इतना वैभव पहले कभी अपनी आँखों नहीं देखा था। दिन भर डॉक्टर साहब, उनके माता-पिता आदि के सम्बन्ध में बहुत-सी बातें सुनता रहा।

डॉक्टर आत्माराम के पिता सर शोभाराम अपने समय के बहुत बड़े इंजीनियर थे। उन्होंने अन्तर्राष्ट्रीय ख्याति पाई थी। हिन्दुस्तान की कई बड़ी-बड़ी रियासतों में काम करके उन्होंने लगभग दो-तीन करोड़ रुपया कमाया। वे बड़े 'अंग्रेज' आदमी थे। उनका रहन-सहन एकदम विलायती ढंग का था। उनके ज़माने में इस कोठी में हिन्दी केवल नौकरों-चाकरों ही से बोली जाती थी। उनकी प्राइवेट सेक्रेटरी भी एक अंग्रेज सुन्दरी ही थी। डॉक्टर आत्माराम की माँ का स्वर्गवास हो जाने के बाद उसे ही सर शोभाराम ने अपनी पत्नी भी बना लिया था। क़िस्मत की बात है कि सर शोभाराम से उसके दो लड़के हुए और दोनों ही मर भी गये, वरना आज डॉक्टर साहब की सम्पत्ति में उनका भी साझा होता।

पंडित राजकिशन बड़ी-बड़ी बातें बतलाते रहे। सर शोभाराम के समय ही से वे यहाँ काम कर रहे हैं। यों तो अब एक तरह से उनकी पेन्शन ही हो गई है, पर वे अब मरकर ही यहाँ से निकलना चाहते हैं। डॉक्टर साहब की कृपा से उनके तीनों लड़के इस समय अच्छी-अच्छी नौकरियों पर जमे हुए हैं। उनकी वृद्धा पत्नी भी अब अधिकतर अपने लड़कों के पास ही रहती हैं, लेकिन राजकिशनजी को डॉक्टर आत्माराम के सिवा और किसी से भी मोह नहीं।

जिस दिन सारस लेक आया, प्रायः उसी शाम को लच्छू अपने नये वातावरण से क़रीब-क़रीब परिचित हो गया था। पंडित राजकिशन स्टाफ़ क्वार्टर्स की ऊपरी मंज़िल के कोने वाले फ्लैट में रहते थे। लच्छू को भी ऊपर ही दो नंबर का फ्लैट मिला था। इसकी खिड़कियों का रुख झील की तरफ न होकर सड़क और खेतों की ओर पड़ता था। एक नम्बर के फ्लैट में डी० शर्मा का नामपट था और नम्बर तीन पर एस०एस० माथुर का। माथुर के नाम खन्ना साहब ने एक परिचय-पत्र भी दिया था। कोठी की सैर कर आने के बाद राजकिशनजी के साथ शाम की चाय पीकर वह माथुर से मिलने गया। दरवाज़े की पुकार-घण्टी का स्विच दबाया। सिर पर डमरू जैसा जूड़ा बाँधे, चटक लाल लिपस्टिक से अपने पतले होंठों को रँगे हुए, गेहुँएँ रंग की एक सीक सलाई सी युवती ने दरवाज़ा खोलकर एक बार सिर से पैर तक लच्छू को लय से घूर कर देखा—'हूम डू यू वान्ट ?' पूछते हुए उसका साड़ी का पल्ला बायें कंधे से फिसला, जिसे उसने कमर पर हाथ रखकर सिर्फ वहीं तक गिरने दिया और दाहिना हाथ उठा कर अपने डमरूनुमा जूड़े के ठीक लगे हुए काँटों को अपने चटक रँगे हुए नाखूनों वाली उँगलियों से ख्वाहमख्वाह दबाने लगी। जवाब में लच्छू की अंग्रेजी हकलाने लगी, गड़बड़ा कर हिन्दी में ही बोल उठा: "मैं लखनऊ से खन्ना साहब की एक चिट्ठी मि० माथुर के लिए लाया हूँ।" औरत बगैर कुछ कहे पल्ला ऊँचा करती हुई चली गई और एक मिनट के बाद ही अन्दर से उसकी आवाज़ आई: "कम इन प्लीज़!"

मि० माथुर गाउन और पजामा पहने झील के सामने वाले बरामदे में आरामकुर्सी पर बैठे हुए कोई किताब पढ़ रहे थे। मि० माथुर एक ज़माने में 'इण्डिपेण्डेण्ट' के सम्पादकीय विभाग में काम करते थे, अब डॉ० आत्माराम के भारतव्यापी सम्वाददाताओं के सूत्रधार थे। उन्होंने नज़र उठाकर एक बार सरसरी तौर पर देखा, पूछा : "यू हैव कम फ्रॉम लक्नौ ?"

लच्छू की अंग्रेजी अब सावधान होकर चल पड़ी। बीच-बीच में हिन्दी के वाक्य भी जुड़ते चले। माथुर साहब को लच्छू की नियुक्ति का समाचार उसी दिन सुबह स्वयं डॉक्टर साहब से मिल चुका था। बात चलने पर अकड़कर बोले : "आपको हमारे वर्नाक्युलर असिस्टेण्ट मि० सरन के मातहत काम करना होगा। उर्दू जानते हैं ?"

"जी नहीं।"

"तब फिर आप जानते ही क्या है ? अंग्रेजी ग़लत बोलते हैं, उर्दू जानते नहीं। आई० ए० एस० बनने का ख्वाब लेकर अगर आप आये हैं तो मेहरबानी करके कल सुबह ही यहाँ से वापस हो जाइएगा, समझे ?"

लच्छू इस फटकार से पहले तो एकदम सनाका खा गया, फिर अपने-आपको एकदम ही सम्हाल भी लिया। बेमतलब की फटकार वह नहीं सह सकता, मन में तीखा व्यंग फूटा; कुर्सी से उठते हुए उसने माथुर साहब की अंग्रेजी में कही हुई बात का हिन्दी में उत्तर दिया : "आई०ए०एस० ? लेकिन डा० साहब तो मुझे यू०एन०ओ० का सेक्रेटरी जनरल बनवाने के लिए यहाँ लाये हैं।"

सराहना की दृष्टि से लच्छू की ओर देखते हुए मिसेज माथुर खिलखिलाकर हँस पड़ीं। मि० माथुर का चेहरा अपनी झुँझलाहट को दबाने के प्रयत्न में फूल उठा।

लच्छू ने दूसरे ही क्षण अपनी ग़लती महसूस की और कहा : "मैं कोई सपना लेकर यहाँ नहीं आया माथुर साहब, एम०ए० पार्ट टू में पढ़ रहा था कि खन्ना साहब और अपने एक दोस्त के कहने से यहाँ चला आया। डॉक्टर साहब के साथ काम करने से ज्यादा किसी और बड़े गौरव की मैंने कल्पना भी नहीं की थी।"

मिसेज माथुर एकटक उसकी ओर देख रही थीं। उनकी आँखों में ठीक वैसी ही चमक आ गयी थी, जैसे किसी दूकान में खूबसूरत खिलौने को देखकर किसी बच्ची की आँखों में लालच भरी चमक आ जाती है।

माथुर साहब ने लच्छू से फिर अपना रुख न मिलाया, अपनी किताब की ओर ही देखते हुए रूखे स्वर में वे बोले : "ठीक है, तशरीफ़ ले जाइए।"

लच्छू बाहर जाने के लिए बरामदे से लौटा। मिसेज माथुर उसके साथ ही साथ चलीं। कमरा पार करके कारीडोर की तरफ़ बढ़ते समय मिसेज माथुर लच्छू के बदन से अपनी बदन रगड़ती हुई उससे पहले बाहर निकलीं। घर के दरवाज़े के पास खड़े होकर उन्होंने नमस्कार करते हुए लच्छू से पूछा : "आपको इसी बिल्डिंग में फ्लैट मिला है ?"

"जी, यही सामने वाला, नम्बर टू।" मिसेज माथुर संतोष के साथ फिर अपने डमरूनुमा जूड़े पर हाथ फेरती खड़ी रहीं।

दूसरे दिन सुबह डॉक्टर साहब ने उसे अपने 'डी०पी०एस०' मिस्टर सरन के पास जाकर काम सम्हालने के लिए आदेश दिया। लच्छू ने एक बात गौर की कि कोठी में रहने वाले प्रायः सभी कर्मचारी आमतौर पर अंग्रेजी ही बोलते हैं। अपने इस नये अनुभव से लच्छू एकाएक सहम गया। एम० ए० का विद्यार्थी होकर भी उसे इस प्रकार आठोंयाम अंग्रेजी बोलने का अभ्यास न था। वह अपने-आपको उस कुएँ के मेढक की तरह सहमा-सहमा-सा महसूस करने लगा, जो किस्मत के डोल में पानी के साथ-साथ ऊपर खिंच आया हो और एक नयी, भव्य और अपरम्पार दुनिया में फेंक दिया गया हो। 'एटिकेट, मैनर्स, कल्चर' आदि सैकड़ों बार सुने और बके हुए शब्द इस समय लच्छू के लिए एक मूर्तिमान अर्थ प्रतीक बन कर सामने खड़े थे। व्यवहार-बर्ताव में अगर उससे एक भी चूक हो गई तो वह कहीं का न रहेगा। आते ही आते अगर मैं इनमें से किसी के भी मज़ाक का शिकार बन गया तो फिर उबर न पाऊँगा। ये हाई सोसाइटी वाले बड़े 'स्नाब' होते हैं।

इस आलीशान पर्णकुटी में डॉक्टर साहब अपने साथ पूरी दुनिया को बाँधकर रहते हैं। उनका एक सचिव लन्दन में है, एक वाशिंगटन में है, एक मास्को में और दो सचिव रिपोर्टर बाकी सारी दुनिया में इधर-उधर उनके काम से दौड़ते ही रहते हैं। भारत के हर प्रदेश में डॉक्टर साहब के चतुर गोयन्दों का जाल फैला हुआ है। उन्हें हर प्रदेश के मन्त्रियों, सचिवालयों और राजनीतिक दलों का सारा हाल नित्यप्रति मिलता रहता है; सरकार-दरबार की एक-एक कमजोरी का पता चल जाता है। डॉक्टर साहब इस समय लगभग एक दर्जन दैनिक, साप्ताहिक और मासिक पत्रों के मालिक हैं। अंग्रेजी के अलावा हिन्दी, बंगला, मराठी, तेलुगु और गुजराती पत्रों के भी वे स्वामी हैं। डॉक्टर साहब अपनी इसी शक्ति के बल पर केन्द्र और प्रदेशों के बड़े-बड़े मन्त्रियों और अफसरों पर जबर्दस्त के ठेंगे-से हरदम सवार रहते हैं।

डॉक्टर साहब अपने मातहतों को बड़ी सुविधाएँ देते हैं। बहुत से जवानों को उन्होंने किसी न किसी बहाने विदेश भ्रमण के मौके भी दिलवाये हैं। उनकी पत्र-शृंखला के हर कार्यालय में कर्मचारियों के साथ बहुत ही अच्छा व्यवहार किया जाता है। और डॉक्टर साहब के अनुशासन की सख्ती भी मशहूर है। अपनी स्वाभाविक चुस्ती से लच्छू नये अनुशासन और वातावरण के अनुकूल अपने-आपको ढालने लगा, फिर भी जगह अभी नई और अनजान ही थी। पंडत साहब को छोड़कर अभी और कोई अपना नहीं बना था। पर लच्छू हफ्ते भर में ही उनसे बोर हो गया। दिन भर के बाद हारे-थके घर आओ ठीक तरह से कपड़े उतारने का अवसर भी न मिले और पंडत राजकिशन दरवाज़े की घण्टी बजाने लगते हैं। यह कठिन बोरियत सहकर भी लच्छू पंडत राजकिशन की छत्रछाया में अपने को सुरक्षित पाता है। लच्छू असिस्टेंट प्राइवेट सेक्रेटरी है। डॉक्टर साहब के नाम आने वाले फ़रियादियों के पत्रों को पढ़ता है; उनके संक्षिप्त नोट्स बनाकर डिप्टी प्राइवेट सेक्रेटरी के सामने पेश करता है; डी०पी०एस० उस सूची में से ऐसे पत्रों पर नीली पेंसिल

से टिकमार्क लगा देते हैं, जिनका उत्तर खुद डॉक्टर साहब ही को देना चाहिए। फिर उस सूची को पी०एस० याने प्राइवेट सेक्रेटरी महोदय जाँचकर पास करते हैं। ऐसी छँटी हुई चिट्ठियों को लेकर तीन बजे लच्छू डॉक्टर साहब के पास जाता है। वे एक-एक पत्र सुनते जाते हैं और उसके उत्तर में मतलब की बातें नोट करते चलते हैं। बाद में लच्छू उनके ड्राफ्ट तैयार करता है। डॉक्टर साहब को सख्त हिन्दी से सख्त परहेज़ है। लच्छू हिन्दी का माहिर जानकार नहीं, मगर ग़लत नहीं लिखता। उर्दू शब्दों के नुक्ते या तो उससे ग़लत हो जाते हैं या चूक जाते हैं। डॉक्टर साहब को इससे बड़ी चिढ़ है। आने के तीसरे या चौथे दिन ही उसके पत्रों के मसविदों की तो तारीफ की, मगर इस चूक के लिए चेतावनी भी दे दी। 'सी०एस०, पी०एस०' और 'डी०पी०एस०' ने उसे अपनी अंग्रेजी सुधारने के लिए भी कहा। अंग्रेजी तो पर्णकुटी की हवा में समाई है। एम०ए० तक पढ़ने पर भी उसकी अंग्रेजी में आब नहीं, न लिखने में, न बोलने में। लच्छू अपनी इन कमजोरियों के प्रति सजग होते ही मन ही मन हौल उठा है। पंडत राजकिशन की छत्रछाया उसे अपनी नयी नौकरी की सुरक्षा के लिए बहुत आवश्यक गहरूरा होती है। राबेरे रो शाम तक वे अपनी बेपनाह गालियों के तकियाकलाम के साथ सारी पर्णकुटी और उसके कम्पाउंड में 'मीनियल स्टाफ' (क्षुद्र चाकरों) पर गमति, हुक्म देते या बतियाते ही नज़र आते हैं। बहुत अदब करने पर भी डॉक्टर साहब के सामने तक उनके एकाध तकियाकलाम निकल ही पड़ते हैं। धीरे-धीरे लच्छू को यह भी मालूम हो गया कि अक्सर डाँटते हुए डॉक्टर साहब पंडत राजकिशनजी को बैलकिशन भी पुकारते हैं। मगर डाँट-फटकार के बावजूद वे ही उनके सर्वोच्च विश्वासपात्र और अन्यतम निजी व्यक्ति हैं। बड़े और 'कल्चर्ड' कर्मचारी उनके बातूनी होने के कारण ही उनसे दिखावटी अदब के साथ दस हाथ दूर रहते हैं। बातें करने के लिए छोटे बाबू और नौकर-चाकर और अब एक ये लच्छू भी मिल गये हैं।

पंडत राजकिशन लच्छू को एक विचित्र सरस और सजीव व्यक्ति लगे। वे बातें बहुत करते थे और ऐसा लगता था कि उन्हें इतनी बातें करने के लिए शायद बहुत दिनों बाद लच्छू ऐसा एक धैर्यवान श्रोता मिला था। सिर गंजा, किनारे-करने पर जितने बाल थे, उनमें नाम लेने को भी एक काला न बचा था। भवों पर भी सफेदी ही की बहुलता थी। नाक लम्बी सुतवाँ, चेहरा भी लम्बा, खुलता हुआ श्याम वर्ण और दाँत तो दूर ही से अपने बनावटीपन की झलक दे जाते थे। चेहरा देखकर कोई यह कह ही नहीं सकता था कि पंडत राजकिशन इतने बड़े बातूनी होंगे। और बातें करने के लिए उनके पास सर शोभाराम, लेडी शोभाराम, विलायती लेडी शोभाराम, उनके दिवंगत हो जाने वाले दोनों पुत्रों और डॉक्टर आत्माराम के सिवा दूसरा कोई विषय ही न था। इस पर्णकुटी वाले टीले के नीचे मानो कोई दुनिया ही न थी। उनकी अपनी गृहस्थी तो यहाँ है नहीं। ज्येष्ठ पुत्र 'इंडिपेण्डेण्ट' पत्र का लन्दन-स्थित संवाददाता है, दूसरे शब्दों में डॉक्टर साहब का एक प्रमुख वैदेशिक सूत्रधार है। वह सकुटुम्ब लन्दन ही में रहता है। डॉक्टर साहब एक जगह अपने से एकदम बेलौस हैं, सो पंडत राजकिशन ही अब उनके 'गार्जियन' (संरक्षक) हो गये हैं। इस घर में वह और देवा माली ही अब पुरानों में बच गये हैं। डॉक्टर साहब की

निजी जायदाद के महत्त्वपूर्ण काग़ज़-पत्र, खास तिजोरी की चाभी, उनकी सुख-सुविधा का पूरा भार उन्होंने अब तक नहीं छोड़ा है। पंडत साहब जब बैठते तो लच्छू को यहाँ के पुराने वैभव ही की कथा सुनाते।

सर शोभाराम आदमी क्या थे, अपने ज़माने के शाहंशाह थे। अँगरेजों को डाँटने फटकारने के तो वे मौके ही ढूँढा करते थे और इसीलिए उन्होंने अपने घर में अँग्रेज नौकरों की एक पूरी पलटन रख छोड़ी थी। सन् '२३ में वो वास्तुकला शिल्पियों और इंजीनियरों की किसी कान्फ्रेंस में भाग लेने के लिए इंगलैण्ड गये थे। पहले ही से व्यवस्था करके उन्होंने लन्दन में एक शानदार कोठी किराये पर ले ली थी, जिसमें बैरा, बटलर, बावर्ची, परिचारक, परिचारिकाएँ, शानदार गृहस्थी के सामान आदि की सब सुविधाएँ मौजूद थीं। सर साहब दो महीने वहाँ रहे। इसके बाद एक-एक महीना अपने पूरे स्टाफ के साथ पेरिस और स्विट्जरलैण्ड में बिताया, फिर सारे स्टाफ को वे अपने साथ हिन्दुस्तान भी ले आये। उनके अंग्रेज बावर्चियों की तनख्वाहें आठ-आठ सौ रुपये थीं। फ्रांस से वे एक धोबी और धोबिन भी ले आये थे। उनका कोचवान और बाद में ड्राइवर भी अंग्रेज ही था। सबके वास्ते उन्होंने रहने के क्वार्टर्स बनवाये थे। अपनी अंग्रेज प्राइवेट सेक्रेटरी, जो बाद में उनकी पत्नी हुई, के लिए झील के किनारे, मगर पानी पर एक बड़ी ही खूबसूरत और विचित्र डिजाइन की कोठी बनवाई थी। दूर से देखने में ऐसा लगता है, मानो पानी में एक सारस का जोड़ा एक दूसरे की चोंच में चोंच डाले हुए तन्मय खड़ा है। एक ओर सेक्रेटरी रहती थी और दूसरी ओर जब-तब इच्छा होने पर सर साहब एकान्तवास किया करते थे। सर साहब बड़े शौकीन और रसिया थे। पंडत राजकिशन सुनाते सुनाते खुद भी रसमग्न हो जाते हैं। उन्हें यह होश ही नहीं रहता कि सुनने वाला उनके सबसे छोटे लड़के से भी दो चार बरस छोटा है।...... लेकिन डॉ० आत्माराम का स्वभाव अपने पिता के एकदम विपरीत है। डॉक्टर साहब आजन्म क्वाँरे रहे। जवानी में एक अंग्रेज कलक्टर की पत्नी उन पर निसार हो गयी थी। अपने पति या सजातीयों की तनिक भी परवाह न करके जादू बँधी हिरनी के समान वह इनके पीछे-पीछे डोलती रही, मगर ये परस्त्री पर न पसीजे। अन्त में इसी सारस लेक में डूबकर उसने अपनी जान दे दी। पूरी की पूरी अंग्रेज बिरादरी इनकी दुश्मन हो गयी थी। इस घटना से झटका खाकर फिर डॉक्टर आत्माराम ने विवाह ही न किया।

डॉक्टर साहब की आमदनी इस समय भी आठ-दस हज़ार रुपये महीने से कम नहीं। खेत हैं, फलों के बाग हैं, मिलों के हिस्से, किताबों की रायल्टी और 'इण्डिपेण्डेण्ट' के मुनाफे की रकम भी हर माह आती है। लखनऊ में काफी जायदाद है, जिसका किराया आता है। एक दिन उनके वैभव का वर्णन करते हुए पंडत राजकिशन में खुद भी रियासती अकड़-फूं आ गयी। फिर उसके बाद ही सिर घुमा के बोले : "मगर क्या तारीफ करूँ इस शक्स की, वो जो हमारे पुरानों में विदेह जनक की कथा आती है न, उनको ही अब हमारे डॉक्टर साहेब में देख लो, जल में कमल के समान। कोई संन्यासी बड़्चो क्या खाके मुकाबिला करेगा हमारे डॉक्टर साहब का। अब तो आप अपनी आँखों से खुद ही

देखेंगे मिस्टर लक्ष्मीनरायण, मेरे डॉक्टर साहब ने अपनी प्रेक्टिकल डे टू डे लाइफ में दुनिया भर की हाइयेस्ट फिलासफियों की माँ····धर दी है बड्चो।"

सारस लेक की सारस कोठी, जिसमें किसी समय सर शोभाराम की अंग्रेज प्राइवेट सेक्रेटरी रहती थी, आजकल स्टाफ क्लब है। प्रतिदिन शाम को वहाँ दस-बारह नर-नारी मिलते हैं। छोटी-सी कैण्टीन है, पीने के मजे हैं, घर बाहर के खेलों की सुविधा भी है। कभी-कभी खुद डॉक्टर साहब भी वहाँ चले आते हैं।

मिसेज माथुर ने अपने नये शिकार लच्छू का पीछा नहीं छोड़ा था। एक दिन उसके दफ़्तर वाले कमरे में अचानक पूछा : "आपको खेलों से भी शौक है मिस्टर खन्ना ?"

लच्छू इस सवाल से एकाएक अचकचा उठा, फिर सम्हलकर बोला : "जी, वैसे बहुत अच्छा तो नहीं खेलता, मगर क्रिकेट, बैडमिण्टन, वॉलीवॉल खूब खेलता रहा हूँ।"

"एण्ड ह्वाट एबाउट एनडोर गेम्स ?"

"जी, खेल तो लेता हूँ कैरम, शतरंज, ताश।"

"मुझे ताश के खेल से बड़ी नफरत है मिस्टर खन्ना। आपको भी नफरत है ?"

लच्छू इस सवाल से अचकचा उठा। वह ताश का शौकीन है, बोला : "जी, नफरत कुछ इस तरह की है कि ये बैठे के खेल मुझे जरा कम ही पसन्द आते हैं।"

"और डान्स करना आता है ?"

"जी ? जी नहीं ?"

"हाय, ह्वाट ए ट्रेजेडी। इसके बिना आदमी सोशल कैसे बन सकता है। खैर, मैं सिखा दूँगी।" कहकर मिसेज माथुर ने लच्छू को ऐसी मादक दृष्टि से देखा कि वह सनाका खा गया।

मिसेज माथुर उस दिन से लच्छू के पीछे पड़ गयीं। दिन में दो एक बार वे अपने घर से उसे फोन भी कर लिया करती थीं। शाम को उसके दफ़्तर लौटने के समय वह अपनी बालकनी में बैठी उसकी प्रतीक्षा किया करती थीं। जैसे ही वह ऊपर आता, मिसेज माथुर अपने दरवाज़े पर आ जातीं, अपनी मुस्कराहट से उसका स्वागत करतीं और फिर उसके साथ ही साथ उसके घर में प्रवेश भी करती थीं। चूँकि पंडत राजकिशन भी लगभग उसी समय दरवाज़े की घण्टी बजाते थे, इसलिए मिसेज माथुर के मिजाज का पारा चढ़ जाता था। तीसरे-चौथे दिन ही पंडत राजकिशन ने लच्छू से कहा : "बरखुरदार, इस छिपकली से जरा होशियार ही रहिएगा। ये निहायत ही कहना चाहिए कि बस अव्वल नम्बर की हरामजादी है। अपने खसम को तो इसने उल्लू का पट्ठा बना रखा है। तीसरी बीबी है ना। तुमसे पहले यहाँ शौकत हुसेन ए०पी०एस० था। वह उस कोने वाली बिल्डिंग के फ्लैट में रहता था। ये रात में अपने घर से उठकर उसके फ्लैट में पहुँच जाती थी। और ये माथुर साला खाली घूर-घूरकर देखता ही रह जाता था। एक ये लौंडिया है और

दूसरी साली वो मिस्टर बोस की टड्ढो बोसिन है बड़चो। बोस और माथुर सारस लेक के दो नम्बरी चूतिये माने जाते हैं।

मिस्टर बोस पर्णकुटी के लायब्रेरियन हैं, देवता आदमी। लायब्रेरी ही दरअसल उनका घर है: उनके दो लड़कियाँ थीं, जिनके विवाह हो चुके हैं। मिसेज बोस की आयु अब सैंतालीस-अड़तालीस के लगभग है। अब चूँकि बराबर की हैसियत वाले प्रेमी उन्हें नहीं मिलते, इसलिए पर्णकुटी के तीन-चार जवान नौकरों से उन्होंने अपना मनमाना हरम आबाद कर रक्खा है।

लच्छू के ऊपर पंडत राजकिशन की बात का कुछ असर तो हुआ, लेकिन वह ऐसा नहीं था कि नारी के आकर्षण से अपने-आपको अछूता रख सके। मिसेज़ माथुर उससे सिर्फ चार ही पाँच साल बड़ी थीं और बहुत सुन्दर न होने पर भी नये फैशन में सजी-बजी, रँगी-चुँगी, कचालू-मटर की चाट ऐसी लगती थीं, देखकर लच्छू के मुँह में पानी भर आता था। इससे भी बड़ी बात यह थी कि इस 'पॉश सोसायटी' का एक महत्वपूर्ण अंग बनने की महत्वाकांक्षा खुद उसके मन में भी ऐसे बीज के समान पड़ी हुई थी, जो उचित खाद और पानी न पाने के कारण अब तक पनप नहीं सकी थी। मिसेज माथुर उसकी इसी सुप्त आकांक्षा को यहाँ आते ही जगाने लगीं। महीना पन्द्रह रोज तक लच्छू यह कल्पना भी नहीं कर सकता था कि वह इतनी जल्दी ही अपने जीवन में मनचाहा परिवर्तन पा सकेगा। लेकिन उसे एक ही भय था, वह डॉक्टर आत्माराम की नज़रों से गिरने के लिए किसी भी शर्त पर तैयार नहीं था। पंडत राजकिशन के टोक देने से उसके मन में केवल यही भय समाया कि कहीं डॉक्टर साहब तक उसकी बदनामी का यह सूत्र न पहुँच जाय। वह मिसेज माथुर से कतराने की कोशिश करने लगा। शाम को दफ़्तर से घर आने के बजाय वह पर्णकुटी के पिछवाड़े से झील के किनारे-किनारे लगभग एक मील दूर सन्नाटे में जाकर बैठ जाता था। और जब तक उजाला रहता, वह रमेश, बिरजू आदि मित्रों को वहाँ बैठकर पत्र लिखा करता था या विरह-वेदना में सिनेमा के गीत गाता था।

लेकिन उसकी यह तरकीब पन्द्रह-बीस दिनों से अधिक चल न पायी। मिसेज माथुर उसका पीछा करते हुए एक दिन वहाँ पहुँच ही गयीं। लच्छू उन्हें देखते ही सहम गया। मिसेज माथुर ने उसके पास बैठकर मुस्कराते हुए कहा: "तुमने अपने खयालों की दुनिया में रहने के लिए जगह बहुत नायाब चुनी है। मैं भी जब अपनी लाइफ में पहली बार प्रेम में पड़ी थी, तब इसी तरह अकेले में रहना पसन्द करती थी।"

लच्छू कुछ सकुचाते और कुछ-कुछ सहमते हुए बोला: "जी—मिसेज माथुर—"

"उमा—तुम उमा कहा करो। मुझे उस इंपोटेंट मुर्गे का नाम भी अपने साथ जोड़ना अच्छा नहीं लगता।"

किसी शरीफ औरत से इतनी खुली बात सुनने का अवसर भी लच्छू के जीवन में पहली ही बार आया था। वह अचकचा कर मिसेज माथुर की ओर देखने लगा। अपनी पैनी कनखियों से एक बार उसकी ओर ताककर मिसेज उमा माथुर बोली: "मेरी

साफगोई पर हैरत होती है ? तुम्हारा नज़रिया बहोत ही पुराना मालूम देता है, खन्ना। इस तरह तो नये ज़माने में तुम तरक्की करने से रहे। वो सती-वती वाला बोसीदा दृष्टिकोण अब भी चलाना चाहते हो ? और अपने-आपको सोशलिस्ट भी मानते हो ? ये सब बेहूदा बकवास है। औरत-मर्द का मिलना एक शारीरिक जरूरत है। भूख-प्यास की तरह 'सेक्सुअल अर्ज' (कामेच्छा) भी एक कुदरती और शारीरिक जरूरत है और उसे पूरा ही करना चाहिए।''

लच्छू को उमा की बातें ताज्जुब से भर रही थीं। एकाएक बोला : मैं औरत को अब तक देवी समझता था।''

मिसेज माथुर उसे रसीली नज़रों से देखकर मुस्कराई : "यू आर ए किड—सिम्पली ए वेरी-वेरी स्माल किड, माई पुअर डार्लिंग, अच्छा बताओ, तुमने किसी से लव किया है अब तक ?'' कहते हुए उमा ने लच्छू के गले में बाँहे डाल दीं।

लच्छू झेंप गया। नारी के आक्रामक पौरुष ने उसके संकोच जड़े पौरुष को झटका दिया। जीवन में पहली बार उसे किसी नारी का एकांत साथ मिला था। पिछले कई वर्षों से मन में हिलोरें लेती हुई प्रेम-कामना जो स्वयं आक्रामक होना चाहती थी, जो किसी प्रेमिका के लाज-संकोच से लड़कर उसे जीतना चाहती थी, अब तक एक बार भी अपना दाँव न पाकर इस समय स्वयं ही एक फाहशा औरत के हत्थे चढ़ी जा रही है। उसे अच्छा नहीं लग रहा, मगर अच्छा भी लग रहा है। यूनिवर्सिटी में पढ़ा हुआ मनोविज्ञान उड़े-उड़े दिमाग के लिए अड्डा बन रहा है, युग का मनोविश्लेषण सिद्धान्त 'पर्सोना, अनीमा, ईगो' तोता रटन्त पहाड़े की तरह हर साँस के साथ उठ रहा है—उसके 'पर्सोना' (चेतन व्यक्तित्व) पर उमा के अनीमा (स्त्री का पौरुष या पुरुष का नारीत्व) का आक्रमण उसके लिए बड़ा लज्जाजनक है जब कि होना यह चाहिए था कि उसका अनीमा उमा के अनीमा के प्रति आकर्षित होता। यह उसकी 'पर्सोना' बुद्धि का तक़ाज़ा है। विपरीत अवस्था में उसका ईगो (अहम्) चुटीला हो रहा है।...... मगर पर्सोना, अनीमा और ईगो के निरर्थक पहाड़े से भी अधिक उस पर उमा का पहाड़ लदा जा रहा है।— और अभी वह इस खेल को जानता नहीं। ये कैसा मौका—कैसा शर्म का मौका है— पर्सोना......अनीमा.......।

मिसेज माथुर की रंगीन तबियत को लच्छू की यह भोली अदा भा गयी, बोली : 'यू आर रियली अनफार्चूनेट माई लिटिल वन। इन्सान जब तक किसी से प्रेम नहीं करता तब तक उसे अक्ल आ ही नहीं सकती।''

"मैं तो समझता हूँ कि प्रेम किया नहीं जाता, बल्कि आपसे आप ही किसी को देखकर हो जाता है।''

"तुम नासमझ हो, वरना ये सवाल ही न करते। कवियों का खयाल और प्रेम की अस्लियत दो अलग वस्तुएँ हैं।''

"मगर क्या इसी को आप प्रेम की अस्लियत कहती हैं? मैं तो समझता था, प्रेम एक बड़ी पवित्र वस्तु होती है।"

"पवित्र पवित्र—माई फुट।" उमा माथुर ने घृणा से मुँह बनाते हुए कहा : "यह पवित्रता की कमजोरी सिर्फ हमारे इस जाहिल देश ही में है। तुम जानते हो, योरप अमेरिका में क्या होता है। लड़के-लड़कियाँ जब तक आपस में दो-चार-छः लोगों से प्रेम नहीं कर लेते, तब तक किसी से शादी-ब्याह नहीं करते। मुझे तो कम्बख्त मेरी मौसी ने फँसा दिया। मैंने उनके लड़के से प्रेम किया तो उसकी शादी उन्होंने एक बहुत रईस खानदान में करवा दी : मैंने बाद में इसका बदला लेने के लिए अपनी मौसी के लवर, इस खूसट माथुर को फँसाया····एण्ड आई केम हियर विद हिम। बट ही इज नो मैन।····तुमसे कसम खाकर कहती हूँ, दैट द फीलिंग आफ रियल एण्ड डिवाइन लव डॉण्ड बिफोर मी फार द फर्स्ट टाइम इन माई लाइफ ओनली ह्वेन आई सा यू।" (····मैं उसके साथ यहाँ आ गई। पर वह मर्द नहीं है।····तुमसे कसम खाकर कहती हूँ कि मेरे जीवन में सच्चे और दैवी प्रेम की अनुभूति केवल उसी समय जागी, जब कि मैंने तुम्हें देखा।)

जंगल धीरे-धीरे अँधेरे में समाता चला गया—और फिर लच्छू मर्द बन गया।

दस

गाड़ी अटक गयी, मेरे उपन्यास के सूत्र नये-नये खुलते ही चले जा रहे हैं और मैं अभी तक एक कथासूत्र की रस्सी नहीं बट सका। प्लॉट के पूर्वाग्रह से मैं अवश्य मुक्त हूँ, लेकिन जैसे घुली-मिली साँसों से एक जीवन-कथा निर्मित होती है, वैसे ही पात्रों के घुलने-मिलने से एक कथा भी बननी चाहिए। शर्त उसके आप ही आप बनते चले जाने की है। अभी तक रमेश और रानी का जोड़ा अपना नैसर्गिक विकास भी न पा सका था कि लच्छू तथा उमा माथुर की कठपुतलियाँ खुद मुझ सूत्रधार ही को नचाने लगीं। खैर, इस बार यही लीला सही। हम भी देखेंगे, कहाँ-कहाँ विचरता है हमारा अंतर्मन। लच्छू को जब मैं सारस लेक की ओर लाया था, तब कहीं दूर-दराज़ में भी मेरी कल्पना ने उमा माथुर को देखा तक न था। ये कम्बख्त उमा माथुर एकाएक मेरे मन में आ कहाँ से गयी?

मगर सारस लेक का एक अपना वातावरण तो बँधना ही था और सारस लेक के डॉ० आत्माराम मेरे मन में उपन्यास का ग्यारहवाँ अध्याय लिखने से पहले ही स्पष्ट हो चुके थे। सारस लेक की पर्णकुटी एक आभिजात्य बुद्धिवादी की रियासत थी। डॉ० आत्माराम के सहारे मैं एक ऐसे सत्यनिष्ठ भले और भोले बुद्धिवादी का चित्रण करना चाहता हूँ, जो चिराग़ तले अँधेरे की कहावत को अक्षरशः चरितार्थ करता है। उनकी ईमानदारी अपनी एक बड़ी लालच से जुड़कर ग़लत समझौते करने पर मजबूर हो रही है। शायद वो बेचारे यही सोचते होंगे कि रुपये में इकन्नी-दुअन्नी भर ही सही, देश के हृदयपटल पर उनके द्वारा समाजवाद की अमिट छाप पड़ ही जाय। उपन्यास का सारस लेक वाला अध्याय आरंभ करते समय मेरी यह नीयत ज़रूर थी कि ऐन उनकी नाक तले गन्दगी दिखलाऊँ। मगर मेरी उस नीयत की आड़ लेकर उमा माथुर और मिसेज़ बोस जैसे काम-प्रतीक सहसा अंकित हो जायँगे, ये मैंने सोचा भी न था। ऊपरी सतह पर अपनी कल्पना की बढ़ती सृष्टि में मैं रमा था, मगर उसकी गति का संचालन मन के नेपथ्य से कोई और ही बिम्ब कर रहा था—धन्नो, धन्नो पुरतानी —सहसा मेरे सामने इस समय मेरी कामगुरु की तस्वीर आकर खड़ी हो गयी। और लच्छू के सामने अनायास उमा माथुर के आ जाने का कारण भी स्पष्ट हो गया। लच्छू अनजाने ही में खुद मेरा प्रतीक बन गया है। फ़र्क इतना ही है कि लच्छू की वर्तमान आयु मैंने लगभग तेईस-चौबीस की रक्खी है जबकि मेरी आयु तब सोलह-सत्रह के लगभग ही थी।

मेरे बाबा का देहान्त हो चुका था। इण्टरमीडियेट में कैनिंग कालेज का विद्यार्थी था और मेरी राजनीतिक उग्रवादिता से मेरे पिताजी मुझसे बहुत परेशान और नाराज़ थे। उससे लगभग आठ-नौ महीने पहले ही सन् '१६ की लखनऊ कांग्रेस हुई थी। लोकमान्य

तिलक यहाँ आये थे। उनके स्वागत के लिए सजायी गयी फ़िटन के घोड़े खोलकर गाड़ी को स्वयं घसीट कर ले जाने वाले जोशीले नवयुवकों में एक मैं भी था। तिलक महाराज, जिन्हें हम लोग अपने यू०पी० शाही उच्चारण में तिलक कहा करते थे, उन दिनों मेरे तन-मन में समाये हुए थे। लोकमान्य के आगे कोई लीडर ही नहीं लगता था। सामाजिक क्रांति के प्रति मेरा उत्साह उग्र विद्रोह की वृत्ति से संचालित था। आर्यसमाज के मंच से सनातन धर्म के खिलाफ़ बड़े गर्मागर्म भाषण भी दे चुका था। और अपनी इन्हीं सब हरकतों से मैं अपने पिता को नाराज़ भी कर चुका था। मेरे बाबू तब तक हारे हुए निष्क्रिय सुधारवादी हो चुके थे। यही नहीं, वे उन दिनों धीरे-धीरे मूर्तिपूजा की ओर भी झुकने लगे थे। सनातन धर्म की महिमा तो अक्सर ही बखानने लगे थे। विधवा विवाह, खास तौर पर उस ज़माने के प्रचलित नारे, यानी 'अक्षत योनि' बाल विधवाओं के विवाह का जोशीला धारा-प्रवाह समर्थन करने के कारण मेरी 'भाभी' (माँ) बहुत परेशान थीं। उन्हें डर था कि कहीं मैं ऐसी ही शादी न कर लूँ। भाभी के डर ने पिताजी के डर को भी उभार दिया था। उन दिनों संयोग से हमारे महल्ले से थोड़ी ही दूर पर हमारे एक सजातीय के घर में एक ऐसी ही 'अक्षत योनि बाल विधवा' लगभग मेरी ही आयु की थी और उसके बड़े भाई उसका पुनर्विवाह करने की इच्छा से उन दिनों एक हलचल भरी भूमिका बाँध रहे थे। वे नायब तहसीलदार के ओहदे पर थे। अँगरेजी पढ़े-लिखे विचारक, सुधारक और ज़रा कुछ टर्रेखाँ क़िस्म के आदमी थी। हमारी बिरादरी में उन दिनों उनके रवैये के कारण बड़ी हलचल मची हुई थी। भाभी की सलाह से मेरे पिता ने मुझे अपने चचेरे भाई के पास इलाहाबाद भेजने का निश्चय किया। मैं भी घर में होने वाली रोज-रोज की कलह-किचकिच से दुखी हो गया था। फौरन ही वहाँ जाने के लिए राजी हो गया।

चचा नरोत्तमदास इलाहाबाद में खुशाल पर्वत पर रहते थे। चौक में उनकी किताबों की दुकान थी, छोटे-मोटे प्रकाशक भी थे। उनका घर बहुत छोटा था, इसलिए अपने घर से सटे हुए एक पुरोहितजी के घर में ऊपर छत वाली कोठरी उन्होंने मेरे लिए एक रुपये महीने किराये पर ले ली थी। दोनों घरों के बीच वाली मुंडेर इतनी छोटी थी कि बच्चे भी आसानी से आते-जाते रहते थे। इन्हीं धर्मनिष्ठ तपोनिष्ठ वयोवृद्ध पुरोहितजी की चौथी भार्या मेरी कामगुरु बनी थी।

धन्नो की वह घेराघारी, वह कामपीड़ित आक्रामक हलचल मुझे बहुत आन्दोलित करती थी। अपने आयुदोष के कारण मैं उसके आमन्त्रण भाव के प्रति आकृष्ट भी था और अपनी नैतिकता की चेतना के कारण उससे दूर भी भागना चाहता था। मुझे यह बहुत बुरा लगता था कि चाहना के वश में होकर किसी युवक द्वारा किसी युवती को घेरे जाने के बजाय स्वयम् कोई युवती ही मुझ नवयुवक को घेरे। इससे मुझे लज्जा का अनुभव होता था। शुरू-शुरू में मैं धन्नो से आँख तक नहीं मिला पाता था। उपन्यासों में पढ़े हुए प्रेमचित्र खुद मेरे जीवन में ठीक विपरीत रूप लेकर उभर रहे थे। मैं झेंपता, कतराता और संकुचित या क्रुद्ध होता था तथा धन्नो नायक की तरह मेरी झेंप और झुँझलाहट पर मुग्ध हो-होकर बराबर अग्रसर होती थी। और अन्त में, जैसे मेरा पौरुष

झुंझलाकर आक्रामक हुआ था।·····ठीक वैसा ही चित्र लच्छू और उमा के चित्र में अंकित हो गया। चूँकि इस समय मेरा मन साफ़ हो रहा है, इसलिए उमा माथुर या अब तक मेरे सारस लेक वाले अध्याय में केवल नाम मात्र के लिए ही बखानी गयी मिसेज बोस के पीछे एक चरित्र और भी है, जो मेरे जीवन में बहुत बाद में आया था।

सन् '४० के अन्त में मैं जेल से मुक्त हुआ। व्यक्तिगत सत्याग्रह का आन्दोलन उन दिनों बिखरा-बिखरा हुआ-सा ही चल रहा था। दूसरे महायुद्ध की महँगाई ने जेल से बाहर आते ही मुझे अपने घर के दैन्य से मजबूर होकर साक्षात्कार करना पड़ा। बच्चे सब छोटे-छोटे थे। बड़कू हाईस्कूल में था। छुटकू, बिट्टी, उमेशो सभी तो पढ़ रहे थे। एक मेरी नन्हीं ही तब तक पैदा नहीं हुई थी। तीस रुपये मकान के किराये की आमदनी और बड़कू द्वारा की जाने वाली छः महीने की ट्यूशन ही माया का सहारा थी। बड़ी मुश्किल से खर्च चल रहा था। उन्हीं दिनों सी०एस०पी० (कांग्रेस सोशलिस्ट पार्टी) की एक मीटिंग के सिलसिले में मुझे बंबई जाने का अवसर मिला। साहित्य और राजनीति दोनों ही के कारण मेरा थोड़ा-बहुत नाम तो हो ही चुका था। एक प्रतिष्ठित महाराष्ट्रीय सोशलिस्ट बन्धु के द्वारा एक दिन संयोग से मेरी भेंट कोल्हापुर के एक नामी फ़िल्म प्रोड्यूसर से हो गयी। वो उन दिनों एक कहानी पर हिन्दी और मराठी की दो फ़िल्में बना रहे थे। और उनके लिए उस समय यह मुसीबत आ गयी थी कि उनका हिन्दी अनुवादक उन्हें छोड़कर उनके विरोधी गुट में जा मिला था। महाराष्ट्रीय मित्र से मेरी प्रशंसा सुनकर उन्होंने अपनी व्यथा सुनाते हुए मेरे सहयोग की याचना की। मैंने कहा, मैं अनुवाद तो कर न सकूँगा, क्योंकि मराठी नहीं जानता। हाँ, आपके सिनेरियो के दृश्यों को अपने मौलिक सम्वादों से सजा अवश्य दूँगा। बस, एक बार मुझे फ़िल्मी संवादों की तकनीक समझनी भर होगी।

प्रोड्यूसर महोदय इसके लिए ख़ुशी से राज़ी हो गए, बोले: "इससे तो हमारा और लाभ होगा। आपके जो 'डायलाग्स' बहुत अच्छे होंगे, उन्हें हम मराठी में ट्रांसलेट कर लेंगे और हमारे मराठी 'वर्शन' के जो 'डायलाग्ज़' आपको पसन्द आएँ, उन्हें हिन्दी में जोड़ लीजिएगा।"

मेरे सोशलिस्ट मित्र ने सौदा तय करा दिया—आने-जाने का फ़र्स्ट क्लास का किराया और कोल्हापुर में रहने-खाने के मुफ्त प्रबन्ध के साथ-साथ पाँच सौ रुपयों की रक़म पारिश्रमिक के तौर पर भी।

कोल्हापुर के सर्वश्रेष्ठ, एक छोटे से किन्तु साफ़-सुथरे बारयुक्त होटल की पहली मंज़िल में मेरे लिए एक कमरा रिज़र्व हो गया। ऊपर केवल तीन ही कमरे थे। दो यात्रियों के निवास के लिए और एक में भोजन के लिए टेबिल-कुर्सियाँ पड़ी हुई थीं।

फ़िल्म प्रोड्यूसर महोदय बड़े सुसंस्कृत और ख़ातिर-तवाज़ोह के आदमी थे। उनके आदेश से होटल वाले मेरा बड़ा ख़याल रखते थे। वहाँ जाकर एक दिन तो मैंने अपने नये काम को समझने में लगाया और दूसरे दिन से फ़िल्म की प्रस्तुत दृश्यावली के अनुसार

सम्वाद लिखने में ऐसा रम गया कि दोनों समय केवल नहाने और खाने के लिए ही अपने कमरे से बाहर निकलता था। होटल वाले मेरे काम करने की शक्ति को देखकर दंग थे और फ़िल्म-निर्माता महोदय भी। चार दिन में मैंने पिक्चर के सम्वाद लिख डाले। इन चार दिनों तक भोजन के अलावा मैंने होटल वालों को चार-पाँच कप चाय और सिगरेटों के लिए ही कष्ट दिया, उसके बाद पाँचवीं शाम से, मेरी ह्विस्की का दौर भी चलने लगा। दिन भर अपने लिखे सम्वादों पर बहस और आवश्यक सुधार करने के बाद शाम को होटल आता था। मेरे नहा-धोकर तैयार होते ही बैरा ह्विस्की-सोडा लिये मेरी सेवा में आ उपस्थित होता था। मैंने कह रक्खा था कि भोजन से ठीक एक घण्टे पहले हाथ में गिलास आ जाना चाहिए। वारुणी की तरंग में, अपने कमरे के सामने वाली बालकनी में बैठकर उस छोटे से रियासती शहर का बाज़ार निहारा करता था। सुनहरी झब्बेदार लाल रेशमी पगड़ी या साफ़े या काली किश्तीदार टोपी, लम्बे कोट, कुरता, वास्कट या कमर तक का अँगरखा पहने, दुपट्टा डाले, पैरों में मोटी मज़बूत कोल्हापुरी सादी या ज़रीदार चप्पलें अथवा पुरानी मुग़लिया चाल की चोंचदार घेतली जूतियाँ, जिन्हें महाराष्ट्र में पुणेरी और बंगाल में 'विद्यासागरी' जूती कहा जाता है, पहने हुए पुरुष और लाँगदार साड़ियाँ, धनुषाकार नथ और कपाल पर बड़ी कुंकुम बिन्दी लगाये आने-जाने वाली स्त्रियाँ ही दृश्य को हमारी यू०पी० के आम दृश्य से अलग कर देती हैं, वरना उसकी मनुष्यता और आम सांस्कृतिक ढाँचे में मुझे कोई अन्तर नहीं लगता था। मराठी बोली भी अपरिचय के कारण ज़रा अटपटी लगती तो थी, लेकिन इतनी अपरिचित भी नहीं थी। उस भाषा की सारी संस्कृत शब्दावली मेरी अपनी भी थी। भारत में भ्रमण करते हुए यह थोड़ा अन्तर-प्रादेशिकता का अलगाव और एकता का खटमिट्ठा मज़ा मैं अपनी बालकनी में बैठा, चुस्कियों और कशों की तरंग में लिया करता था। सामने वाले 'उपहारगृह' का लाउडस्पीकर रोज़ ही कुछ लोकप्रिय मराठी फ़िल्म-गीतों के रेकार्ड बार-बार बजाया करता था :

"ज़रा हँसून-—ज़रा हँसून, बघ मोहिनी,
चटक चाँदणी,
राणी ग, राणी गऽ राणी गऽऽऽ"

मैंने अपने ढंग से इस गीत का अनुवाद यों किया : "ज़रा हँसो, (ओ) बघमोहिनी, चटक चाँदनी, रानी री, रानी री ई ई ई" ......और बस बघ या बाघमोहिनी संबोधन का मन ही मन खूब आनन्द लेता रहा। मैंने सोचा, बघनखा धारण करने वाले शिवाजी के देश के बाघ-समान रण-बाँकुरे मराठे ही अपनी प्रियतमाओं को बघमोहिनी कह सकते हैं। ख़ैर ! बाद में मुझे प्रसंगवश शब्द का सही अर्थ मालूम हो गया, 'बघ' माने 'देख'।

सातवें या आठवें दिन, रात को खाने की मेज़ पर मैंने रोज़ के दो चेहरों के अलावा एक सम्भ्रान्त मराठी महिला को देखा—आरक्त गौर वर्ण, ऊँची पूरी, गदबदे बदन वाली। चेहरा तिकोना, रोबीला, सुनहरे केश, कपाल पर बिन्दी नदारद और होंठों पर हल्की

गुलाबी लिपस्टिक की फबन थी। काले सींग के मोटे फ्रेम वाला चश्मा महिला के व्यक्तित्व को बौद्धिक गरिमा प्रदान कर रहा था। उसके एक हाथ में घड़ी बँधी थी और दाहिने में थी एक लाल चूड़ी। उम्र अड़तीस-चालीस का लपेट में जँची।

एक महिला की उपस्थिति से हम रोज़ के तीन टेबिलसाथी आज तनिक आपस में अटपटापन अनुभव कर रहे थे। मेरे अलावा एक थे मिस्टर भाण्डुपवाला पारसी और दूसरे दाभोळकर जौहरी थे। हम तीनों ही प्रायः समान आयु के थे। भाण्डुपवाला छोटी राणी साहेब के महल में बम्बई की एक फ़र्म की ओर से फ़र्निचर पलटने के लिए आये थे और दाभोळकर रनिवास और स्थानीय जागीरों की अन्तःपुरवासिकाओं को, उन्हीं के शब्द में 'लूटने' आये थे। दाभोळकर और भाण्डुपवाला दोनों ही बड़े अलमस्त। यह दोनों सज्जन पहली मंज़िल से आते थे और हम तीनों ही अपने-अपने कमरों से क़रीब-क़रीब आधे भरे हुए गिलास हाथ में लिये, नशे के घोड़े पर सवार होकर आते थे। तब तक डेढ़ पेग पहुँच जाने से मेरा घोड़ा औरों से फरवट होता था। भाण्डुपवाला मुझे देखते ही कहते "बा' डब-बा मुलाज़ा होश्यार! हुजूर वन प्लस हाफ़ बाडसा सलामट का सवारी आटा हैंगा।" और दाभोळकर अपना गिलास ऊँचा उठाकर, "या या साहेब, गुडईवनिंग" करते थे। मैं खादी के कुरते-पाजामे में पारसी टिपटॉप, सूटेड-बूटेड और दाभोळकर मलमल की धोती और मलमल ही का बनियाइन नुमा छोटा कुरता पहने आता था, जिसके बटन खुले होते थे और सोने की दो लड़वाली जंज़ीर और यज्ञोपवीत उसके अंदर से झलकते थे। उसके बायें हाथ की उँगलियों में पन्ने, पुखराज की दो अँगूठियाँ स्थायी रूप से पड़ी रहतीं और दाहिने हाथ की तीसरी उँगली में, उन सात-आठ दिनों में मैंने हर दिन नयी अँगूठी देखी।

उस दिन दाभोळकर की उँगली में एक बड़े हीरे की अँगूठी थी। शायद महिला की मौजूदगी के कारण ही उसने आज गिलास ऊँचा न उठाकर केवल हाथ ही उठाया। हीरे की कौंध मेरे हवाई मूड में चमक उठी। मैंने कहा : "वेल मिस्टर ज्वेलर, क्या यह बेशकीमत हीरा दिखलाकर तुम अपने दो ग़रीब दोस्तों का शाही मूड फीका करना चाहते हो ?"

"छेः छेः ! यू० यू०पी० वालाज़ आर नो रियल हिन्दू। अरे, आज शुक्रवार आहे। शुक्र म्हणजे डायमण्ड, हिरा, अण्डरस्टैण्ड! —वाइन वुमन एण्ड आंबे—म्हणजे सगळेच तुम कूं मिल जायेंगा, इफ़ यू वियर डायमण्ड ऑन फ्राइडे, अण्डरस्टैण्ड!"

एक महिला की उपस्थिति में दाभोळकर का अपनी फक्कड़ी अदा में शुक्र के साथ 'वुमन' शब्द का लगाव जोड़ जाना, मुझे भी अखरा और भाण्डुपवाला को भी। महिला, मैंने देखा, सामने वाली दीवार की एक पेण्टिंग पर निर्विकार टकटकी लगाये बैठी रही। भाण्डुपवाला तुरन्त हँस कर अंग्रेजी में बोला : "तुम्हारा हीरा हम सभी के लिये भाग्यशाली रहा मि० डाबोलकर।" एक सम्भ्रांत महिला की मौजूदगी से इस कमरे की गरिमा ही बदल गई है— (महिला का रुख न बदला, केवल चेहरे से बेरुख़ी का कसाव

उतर गया। नशे में मुझे लगा, महिला अपने कान से हम लोगों को देख रही है। पारसी हँसते मीठे तरीक़े से बोलता ही चला जा रहा था—) लेकिन शराब तो हमें बगैर शुक्र और हीरे के भी रोज़ ही मिलती है। मेरा प्रस्ताव है कि तहज़ीब के तक़ाज़े से हम इस समय यह पीने का प्रोग्राम स्थगित कर दें!"

महिला का चेहरा दीवार पर टँगी तस्वीर से उतरा और हमारी ओर भव्य मुस्कुराहट की खुशनुमा क़ालीन बिछाता हुआ आया; होंठों के लाल क़िले के फाटक खुले और मर्मरी-दाँतों की बारहदरी सी झलक उठी; बड़ी शालीनता, मीठेपन, आज़ादपन और बेलौसी के साथ अंग्रेजी में कहा: "मैं तो समझी थी कि आप मेरी खुशी के लिए टोस्ट प्रोपोज़ करने उठे हैं।"

मेरा नशे का परी घोड़ा तुरन्त मौक़े की बात ले उड़ा, मैंने उठकर दोनों हाथ बाअदब छाती पर बाँधकर झुककर 'आज्ञा चाहता हूँ मैडम' कहा और फिर हाथ में गिलास उठाकर नशे में, उपन्यासों में पढ़ी योरोपीय 'शिवेलरी' का अभिनय साधता हुआ बोला: "गोर्की की 'छब्बीस एक' कहानी की तरह लगभग एक हफ्ते से यहाँ मिलने वाले तीन परदेसियों की सूरतों में एक-दूसरे के लिए अब कोई आकर्षण न रह गया था। और हम अति परिचय के रोग से ग्रस्त होकर आपस में उतनी अभद्रता बरतने पर उतर आये थे, जितनी कि सिर्फ़ मर्द-मित्रमण्डली ही में सम्भव है। (हँसी) मैडम, हम हर शाम के तीन निठल्लों की शराफ़त और इन्सानियत नारी की नैसर्गिक कोमलता और भव्यता से बँधकर हमें इस नशे की हालत में भी वापस मिल रही है और उसका सारा श्रेय आपकी दिव्य और भव्य उपस्थिति को है। अपना आभार प्रदर्शन करने की इच्छा से आपके स्वास्थ्य और सुख की हार्दिक कामना के लिए मैं यह जाम उठाता हूँ।"

गिलास टकराये और तब तक सबके सामने गर्मागर्म सूप आ गया।

वह शाम पिछली शामों से अलग थी। आम तौर पर हम लोग एक-एक पेग टेबिल पर और ले लिया करते थे। आज वहीं तक सीमित रहे। बातों के लिहाज से भी वह शाम मेरी ही रही। रियासती वातावरण के शहर में नवाबी नगर लखनऊ के बाशिन्दे के पास रिझाने के लिए बातें ही बातें थीं। लखनऊ के मुर्गमुसल्लम, 'टुंडे' के नामी कबाब, रूमाली रोटियों, आमों और राम आसरे की मिठाइयों तक का बयान ऐसा चटाखेदार और रसीला चला कि सब लोग बस मेरी तरफ ही बँधी टकटकी से देखते रहे। खाने की चीज़ों के साथ जुड़कर नवाब वाजिदअली शाह और उनकी तीन सौ साठ बेगमों, उनके जोगिये मेले और इन्दर सभा के जश्न, स्कॉच-ह्विस्की की तरलता में लफ्फाजी के नौरतन बनकर मेरी वाणी पर चमकते चले। अन्दाज़े-बयाँ यह था कि कहीं अंग्रेजी, कहीं हिन्दी और कहीं सलीम लखनवी भाषा के लच्छेदार टुकड़े जुड़ते चलते थे। खुशगप्पी में घण्टे-सवा घण्टे का समय नामालूम तरीके से बीत गया। वह महिला अधिक बोली-चाली तो नहीं, पर यह स्पष्ट था कि खाने से अधिक मज़ा उसे मेरी बातों में आ रहा था।

दाभोळकर और भाण्डुपवाला रात्रि-अभिवादन करके नीचे चले गये। महिला, मैंने देखा कि मेरे सामने वाले कमरे की ओर बढ़ गई।

उस दिन मेरे नशे का कोटा तो पूरा हुआ नहीं था, जो जाते ही सोने की सूझती। थोड़ी देर बालकनी पर खड़ा रात के उजड़ते बाज़ार का दृश्य निहारता रहा। एकाएक बड़ी ज़ोर से यह तबीयत हुई कि चलती सड़क पर जलती हुई सिगरेट फेंक दूँ। —नहीं, नहीं— ये क्या करते हो जी? फिर अंग्रेजी में आत्मसम्बोधन आया: ये सैडिस्ट वृत्ति क्यों? कोई जले, इसमें मज़ा क्या? मानव इसके जवाब ही में फिर तबीयत में इस कदर ज़ोर आया कि आखिरी कश खींचकर सिगरेट फेंकने के लिए हाथ भी उठ गया, लेकिन पल के हज़ारवें हिस्से ही में मन का काँटा नादानी से दानिशमन्दी की ओर झुक गया। हाथ ने झट से बालकनी के फ़र्श पर सिगरेट फेंकी और चप्पल ने उसे कुचल डाला। मेरे दिल ने राहत की साँस ली, शैतानियत की जड़ ही उखड़ चुकी थी। दूसरी प्रतिक्रिया यह हुई कि कमरे के अन्दर चला आया। दूर देस, अकेला कमरा और वह भी होटल का कमरा। याद में अपनों का हुजूम आने लगा। नींद तो आ नहीं रही थी, लेटने में भी मज़ा न मिला। हजामत अली की याद ने मेरे मन को अपने में लपेट लिया। फिर उसे पत्र लिखने की तलब लगी, बहाने के तौर पर यही ख्याल आया, उसे यह बतलाऊँ कि बघनखाधारी शिवाजी के देश में माशूक भी 'बघमोहिनी' कही जाती है।

पत्र लिखने बैठ गया, दो पेज भर गए और फिर लिखने का जोश दूना चढ़ा। सिगरेट सुलगाई और कलम फिर तेज़ी से आगे बढ़ी।

टक, टक, टक! —मुझे लगा, मेरे ही दरवाज़े पर हो रही है, पर ये लगना दिमागी बात के बहाव में टल गया। दोबारा फिर—टक, टक, टक!—और इस बार खटके ज़रा कुछ ज़ोर के। मैंने नज़रें उठाकर दरवाज़े की सिटकनी की ओर देखा, खुली थी; बैरा समझकर मैंने रोब से कहा 'कम इन' और सिर झुकाकर लिखने लगा। द्वार खुला और उसके साथ ही मेरा छठा इन्द्रिय-बोध भी। बगैर सिर उठाये जिसे अचानक मन में देखा था, उसे ही अपने कमरे में आते देखा। मैं कुर्सी से उठ खड़ा हुआ, हड़बड़ाकर शराफत की मुस्कान पेश की।

महिला ने दियासलाई की फर्माइश की। मेरे मन में अपनी असुविधा का ख़याल तो आया, लेकिन 'शिवेलरी' में फौरन माचिस बढ़ा दी।

महिला ने धन्यवाद के साथ डिबिया लेकर उसमें से पाँच-छः तीलियाँ निकालीं और मेरी ओर बढ़ाते हुए अंग्रेजी में कहा: "मैं अपने एक मित्र की प्रतीक्षा करते हुए बोर हो गयी। सिगरेट पीने की इच्छा हुई, देखा कि दियासलाई की डिबिया खाली!— और भी बोर हो गयी। बाहर आयी कि किसी बैरा को बुलाऊँ, मगर नीचे तो अँधेरा गुप है, सब सो गये हैं। तब आपके कमरे की लाइट देखकर मैंने सोचा कि शायद ज़रूर जाग रहे हैं आप। क्षमा कीजिए, मैंने आपके काम में विघ्न डाला।" महिला रेल के डिब्बों की तरह वाक्य जोड़ती ही चली गयी। मुझे ऐसा लगा, मानो बातों की उतावली में हो। मैंने भद्र मुस्कान बिखेरते और '५५५' सिगरेट का टिन खोलकर पेश करते हुए कहा: "कोई विघ्न

नहीं, मामूली खत लिख रहा था। आपने एक छोटी-सी सेवा के लिए मुझे कृपापूर्वक अवसर दिया, यह मेरा अहोभाग्य है।''

महिला की सिगरेट जलाकर मैंने अपने लिए भी टिन से एक खींची। ''थैंक्यू वेंरी मच।'' जाने के लिए दरवाज़े की ओर मुड़ी और फिर घूमकर कहा: ''बाइ द वे, आप बहुत ही मज़ेदार बातें करते हैं। आपके कारण मेरा उतना समय बड़ा सुखद बीता। वरना मैं अपने मित्र के न आने की वजह से उदास और चिन्तित थी।''

''धन्यवाद!'' मैंने अंग्रेजी में कहा और स्त्री की प्रशंसा से उमँग कर बोला: ''लखनवी ज़बान में मुझे कहना चाहिए कि ज़र्रानवाजी है आपकी, वरना ख़ाकसार किस काबिल है।''

''ह्वाट ? ह्वाट ? रिपीट इट प्लीज़।'' (क्या, फिर से कहिए)

मैंने अपने वाक्य का अंग्रेजी में अनुवाद कर दिया, वह दबे स्वर में खिलखिलाकर हँसी, बोली: ''वाह क्या विनम्रता है, क्या मिठास है आपकी भाषा में। क्या आप मुझे अपनी इन बहोत प्यारी बातों से कृतज्ञ न करेंगे।—प्लीज़!''

स्त्री की आँखों में लालसा की इस चमक को क्या मैं नहीं पहचानता ? मेरे अन्दर का अनुभवी व्यभिचारी उस चमक में अपनी समानधर्मा जोड़ीदार को देख उल्लसित होता है, कुछ-कुछ अभिमान भी जागता है। कामुक नारियों की अपने प्रति यह रीझ मैं पहले भी देख चुका था। राष्ट्रीय आन्दोलन काल के अनेक 'बहिनजी, भाईजी' इन आँखों की सौदेबाजी को अंग्रेज सरकार की राजनीतिक चालबाजियों से कहीं अधिक गहरी पैठ के साथ समझते थे। माना कि मैं इस ओर अधिक बदनीयत नहीं रहा, पर दूध का धोया भी नहीं हूँ। और चूँकि मेरे काम-जीवन का आरंभ ही ऐसी सूखी-तरसी भिखारिन आँखों की बारहखड़ी से हुआ था, इसलिए ऐसियों से खुशामद कराने का कुछ-कुछ अन्दाजे-माशूकाना भी मेरे चरित्र में पनपा है। कुछ अपनी शारीरिक सुन्दरता का अभिमान भी है, जो मुझ समान साधारण जन को बड़े से बड़े आभिजात्य समाज में कहीं मन्दमुखी नहीं होने देती। मैंने फौरन ही मान भरी रूखी-रूखी सी अदा में जवाब दिया: ''लेकिन बातों के लिए ये मौसम भयानक रूप से सूखा है।''

''ओः ऽआइए भी, कृपया! स्कॉच के अलावा मेरे पास स्पेशल बीकानेरी गुलाब भी है, खास हिजहाइनेस के यहाँ का। मेरे मित्र ने उसकी चाहना की थी। हिज़हाइनेस के पर्सनल सेक्रेटरी मेरे दोस्त हैं। दो बार मेरे बाम्बे के घर में मेहमान भी रह चुके हैं। मैं जब बीकानेर गयी तो उन्हीं की मेहमान हुई। ओह क्या शाही खातिर हुई थी मेरी बीकानेर में! सब उन्हीं की बदौलत! ख़ैर, मैंने खासतौर से अपने एक नौकर को बीकानेर भेजकर सेक्रेटरी साहब की बदौलत पाँच बोतलें हासिल कीं। मैं बड़ी तबीयत से यहाँ लाई थी। साथ में अपने दोस्त की एवर-फेवरिट स्कॉच भी। झख को भी तो खुश करना पड़ता है न (हँसी) ख़ैर, आइए न!''

औरत मुझे पसन्द आ गयी थी। यह प्रसंग की नाटकीयता भरा अचानकपन और घर से हज़ार मील दूर, बरसों यानी सात-आठ बरसों बाद ये रंगीन शिकारबाजी की रात का कोरा ख़याल ही अपने-आपमें नशीला होता, यहाँ तो प्रत्यक्ष था। लेकिन इतनी आसानी से 'हाँ' कर देने में वकत नहीं रह जाती। औरत में तो मान-अभिमान-नखरा होता ही है, हमने खुद झेला है, उठाया भी है, रीझे भी हैं, मगर पुरुष के मान की भव्यता ही कुछ और होती है। खैर जो हो, उस नाज के जाग उठने के साथ ही मेरी दुनियादारी का होश भी जाग उठा। शराफत का अलमबरदार बनकर आवाज़ में मीठी झिड़की भरकर कहा : "मादाम, श्रीमती 'जो कोई भी-हों-वो' आपको डाइनिंगरूम में देखकर—और इस समय भी मेरी धारणा यही बँधती है कि आप एक सम्पन्न और सम्भ्रान्त कुल की महिला हैं—"

"और मैं भी आपकी भद्रता पर पूरा भरोसा करके ही यहाँ आने की हिम्मत कर सकी हूँ। औरत के कलेजे के भीतर एक और भी कलेजा होता है। अगर वहाँ तक मुझे आपकी सज्जनता पर भरोसा न हो गया होता, तो मैं अपनी मजबूरी में आपसे भीख माँगने न आती।"

"मजबूरी में यानी प्रॉक्सी (एवजी)—"

"ओः तुम तो बात की कविता ही समाप्त किए दे रहे हो और मगर तुम गद्य ही में सुनना चाहते हो तो सुनो—शराब-औरत, शराब-मर्द—एक-दूसरे की रूह को ताजा करने के लिए ज़रूरी है। भद्र और समझदार स्त्री-**पुरुषों** में अच्छी शराब और अच्छे साथी के चुनाव की एक नाजुक खयाली और होती है, **बस**! सो, कम आन माई स्वयम्बर पुष्प!"

"वहाँ क्यों—यहीं! उस कमरे को अपने नियमित मित्र की स्मृतियों ही से भरा रहने दो।"

महिला मेरी बात पर खुश होकर हँसी, कहा : "इस ख़याल में ताज़गी है—तो जाओ, मेरी अटैची केस उठा लाओ।"

कोल्हापुर की वह रात मेरे जीवन में अपने ढंग की अकेली है। आयु और अनुभवों से चेतनास्तर बराबर ऊँचा उठते रहने के कारण यह व्यभिचारी वृत्ति फिर मुझे नीरस लगने लगी। शुरू में लगता है कि व्यभिचार से अहम् को एक विद्रोह भरी खुशी मिलती है, पर झीनी-छनी समझ फिर यह बतलाने लगती है कि इसका अहम् से सीधा या गहरा सम्बन्ध नहीं होता। यह केवल उसका एक ऊपरी विकार मात्र है, एक मानसिक उत्पात है।

इस घटना के बरसों बाद अभी हाल ही में अलबेयर कामू के उपन्यास 'पतन' में उसके 'क्लीमेंस' नामक चरित्र की व्यभिचार-व्याख्या पढ़ी थी। वह कहता है कि व्यभिचार की वृत्ति मोक्षदायिनी है, क्योंकि दोनों पक्षों में किसी की कोई ज़िम्मेदारी उसमें नहीं रहती। व्यभिचार एक ऐसा जंगल है, जिसके ओर-छोर पर कहीं भी भूत या भविष्य का लगाव नहीं होता। वह केवल वर्तमान में होता है। पुरुष केवल अपने देह-सुख के स्वार्थवश ही होता है और स्त्री अपने सुख-स्वार्थ के वश में। दोनों अपने-आपमें स्वतन्त्र होते हैं।

किसी प्रकार के दायित्व से उनकी सम्बद्धता नहीं, यहाँ तक कि यह भी ज़रूरी नहीं कि दो व्यभिचारी एक-दूसरे से अधिक बातें तक करने के लिए मजबूर किए जा सकें। उनका केवल एक ही दायित्व है, सम्भोग! सम्बद्धता······मुझे याद है, इसे पढ़ते समय मेरा व्यभिचारी-मन बड़ा हलका और फरहरा अनुभव करने लगा था। मगर बाद में एकाएक उद्दालक ऋषि के बेटे श्वेतकेतु की कहानी याद आ गयी : "हे पिता, मैं सुख से अपनी माँ की गोद में बैठा था, यह पुरुष मुझे माँ की गोद से हटाकर उसे अपने संग ले क्यों गया?" इस काम के फलस्वरूप पैदा होने वाली, इस तरह का प्रश्न करने वाली सन्तान नाम की वस्तु यदि न होती, तो व्यभिचार-दर्शन वस्तुजगत में मानव-मुक्ति का श्रेष्ठ दर्शन होता। किसी समाज में केवल सौ, पचास या लाख (करोड़) व्यभिचारी जोड़े ही इस प्रश्नकर्त्ता श्वेतकेतु से बचने के वास्ते गर्भनिरोधक चीजें या दवाएँ प्रयोग करने के लिए स्वतन्त्र हो सकते हैं, पर तीन साढ़े तीन अरब की आबादी वाली दुनिया नहीं। समग्र दृष्टि से देखते ही यह तर्क छिछला और बचकाना हो जाता है। तभी तो मेरी उस वासकसज्जा परकीया नायिका ने मेरे तर्क करने पर कहा था, "तुम तो बात की कविता ही नष्ट किए दे रहे हो।"

ख़ैर, लच्छू के पीछे-पीछे मेरा अनुभव रूपी व्यक्तित्व उस समय मेरे अचेतन बहाव में बँधा हुआ पिछले अध्याय में बह आया, यह सच है और यह प्रक्रिया ग़लत भी नहीं। अब? आगे?

ग्यारह

हिन्दी के उपन्यासों का पिछली एक शताब्दी का बहाव देखो। आरंभिक उपन्यास सास-बहू-वार्ता, भाग्यवती आदि विशुद्ध उपदेशात्मक ही थे, उनमें कथासूत्र की बारीकियाँ एकदम निकम्मी ही मानी गई थीं।—या शायद सांस्कृतिक चेतना के ह्रास से उनमें उचित कलादृष्टि न थी। बाद में श्रीनिवासदास, किशोरीलाल गोस्वामी, देवकीनन्दन खत्री, मेहता लज्जाराम शर्मा, जैनेन्द्रकिशोर आदि के उपन्यास आये, जिनमें चरित्रोन्नति, समाजोन्नति के साथ-साथ कथा का रस अधिक प्रगाढ़ हुआ। प्रेमचन्द, प्रसाद, कौशिक, सुदर्शन, शिवपूजन सहाय, पदुमलाल पुन्नालाल बख्शी, वृंदावनलाल वर्मा आदि के राष्ट्रीय चेतना से हमारे जनमानस को खूब चेताया। जैनेन्द्र, अज्ञेय, इलाचन्द्र ने व्यक्ति का मनोमंथन और यशपाल, भगवतीचरण ने सामाजिक-राजनैतिक दृष्टि से विचार-मंथन किया। अश्क, नागार्जुन आदि इनके साथ हैं और समय इन सबके साथ आगे बढ़ा है।······और अब नई पीढ़ियों के नये हस्ताक्षर (आज का फैशनेबुल शब्द) सामने हैं—स्व० रांगेय राघव, धर्मवीर भारती, फणीश्वरनाथ रेणु, राजेन्द्र यादव, कमलेश्वर, मोहन राकेश, नरेश मेहता, निर्मल वर्मा—इनके बाद और-और भी। काल-क्रम रुकता नहीं, नया पुराने की जगह आता ही है। व्यक्ति ही नहीं, विचार भी, व्यवहार और दर्शन भी बदलता है। फिर क्यों यह पीढ़ियों के संघर्ष की चिंता, किस युग की नयी पीढ़ी ने नहीं किया? किस सत्य की आँधी में असत्यों की धूल-धक्कड़ उड़कर ज़माने के लोगों तक नहीं पहुँची? पीढ़ियों के संघर्ष में अकेले बेचारे साहित्यिक ही को क्यों दोषी ठहाया जाय। साहित्य तो व्यक्ति और समाज का दर्पण है—जो जहाँ तक देख ले। हिन्दी का नवसाहित्यकार यदि 'साधना तपस्या सेवा' जैसे पुराने साहित्यिक आदर्शों से चिढ़ता है तो उसका बुरा क्यों मानूँ? उनकी अपनी राह है, मेरी अपनी राह! युग-धर्म सदा बदलता है, हर नव सामाजिक सत्य की प्रभा से व्यक्ति का नैतिक सौन्दर्य खिलता है।

एक समय सम्मिलित कुटुम्ब सिद्धान्त का माहात्म्य था, आज उसमें हमारे समाज के अधिकाधिक व्यक्तियों को घुटन महसूस होती है। बिरादरी के बंधन घुटन भी पैदा करते हैं और आवश्यक भी मालूम पड़ते हैं। जनसाधारण में हर व्यक्ति आमतौर पर यही शिकायत करता है कि दुनिया हमसे जलती है। ये अपना प्रदेश है, यह पराया है, ये अपना धर्म है, वो पराया है—इस प्रकार औसत व्यक्ति अपने ही सुख-दुःख, हानि-लाभ स्वार्थ की दृष्टि से अपना सत्य पाता है और अपने सत्य को प्रतिष्ठित करने के लिए मार-काट मचाता है।······अभी मेरे लच्छू या उमा माथुर से पूछा जाय कि तुम्हारा यह रिश्ता किस सत्य पर टिका है, तो वे फौरन ही एक तैश भरा 'सत्य' बखान जायेंगे। ख़ैर,

लच्छू अब कुछ दिन अपनी ज़िन्दगी के नये रंगों में खिलने और नयी महक में निरन्तर बसे रहने के लिए छोड़ा जा सकता है।

अब रमेश और रानी को देखना चाहिए। रमेश ने अपनी रानी के लिए ही सारस लेक के महालोभ को तृणवत् त्याग दिया। ·····एक के भाग्य में रानी बदी थी दूसरे के भाग्य में उमा। फिर भाग्य! अरविन्दशंकर, यह शब्द आजकल जाने-अनजाने तुमसे चिपका ही रहता है। क्या भाग्यवादी हो गये?·····मेरे मन, तूने टेढ़ा सवाल पूछ लिया। मैं फैशनेबुल हेकड़ी के साथ भाग्यवाद के सिद्धान्त को नकार तो अब हरगिज़ न सकूँगा। ऐसा लगता है कि जीवन के पीछे कोई महाविधान है। और यह भी मैं मानता हूँ कि मनुष्य अपना भाग्य बदल सकता है, नया भाग्य बना सकता है·····और यह भी उसी महानियम के अन्तर्गत ही·····। ख़ैर जी, भला क्या कर रही होगी मेरी रानी? कहाँ होगा मेरा रमेश? कहाँ से कथा का क्या सूत्र उठाऊँ?

सोचता हूँ, पुत्ती महाराज को यह खबर लगे कि रमेश ने आयी लक्ष्मी को ठुकरा दिया। डॉक्टर आत्माराम का प्राइवेट सेक्रेटरी बनने का मौका आप छोड़कर अपने दोस्त लच्छू को दे दिया—"एमे हुइके ऐसे ससुर कौनं से राजा इन्दर बन जाते कि जिसके पीछे ढाई सौ रुपये की नौकरी छोड़ दी। हम तौ ससुर जिन्दगी भर बाल-बच्चों के लिए मरे-खपे, उनके मारे दुइ काली मिर्च, दुइ इलायची और लोटा भर पानी को छोड़ के भाँग का सतरंगी नौरसिया आनन्द नहीं लिया, अब मेरे बुढ़ापे में ये नौकरी पा जाता तो लोटे भर पानी में ससुर पाव-आधा-पाव दूध तो मिल सकता था। चार-चार बदाम-मुनक्के तो डालने की नौबत आती।" ·····पुत्ती गुरू की ये बात भी मेरे कानों में गूँज गयी, हँसी आ गयी। कल्पित पात्र पुत्ती गुरू से लेकर उनके वास्तविक माडल मेरे पड़ोसी भंगड़ पाधा तक आँखों के आगे नाच गये। ये हमारे भंगड़ पाधा भी बेमिसाल चरित्र हैं। भाँग के शौकीन व्यक्ति मैंने अनेक देखे हैं, लेकिन सबेरे से लेकर रात तक जिसकी हर बात में विजया उपमा बनकर सदा लहराती ही रहती हो, ऐसा व्यक्ति केवल भंगड़ पाधा ही देखा। सुबह चार बजे उनकी कागाबासी छनती है। स्नान-पूजा इत्यादि से निवृत्त होने के बाद वे हाथ में भाँग की गोली और छन्ने सहित एक अधसेरा गिलास लेकर भैरों अहीर के तखत पर चले जाते हैं। रास्ते भर वे शिव-ताण्डव, अपराध भंजन, रुद्राष्टक, काशीविश्वनाथ स्तोत्र आदि शिव सम्बन्धी अनेक स्तुतियों का पाठ करते ही चले जाते हैं। भैरों के तखत पर बैठकर भी जब तक वह इनके गिलास में कपड़े से छानकर धारोष्ण दूध नहीं भर देता, तब तक पाठ करते ही चले जाते हैं। शंकरजी की बूटी जब तक हाथ में है, तब तक वह किसी संसारी पुरुष से संसारी वार्तालाप कर नहीं सकते। कभी-कभी ऐसा भी होता है कि गाहकों में फँस जाने के कारण या विनोदी गाहकों के इशारे पर भैरों उन्हें दूध देने में इतना विलम्ब कर देता है कि सारे शिव सम्बन्धी श्लोक चुक जाते हैं। भंगड़ पाधा तब श्रीमद्शंकराचार्य रचित अपराध भंजन स्तोत्र को भैरों या उन्हें छेड़ने वाले अन्य लोगों के नामों से शुद्ध हिन्दी के कोसनों और मल्लाही गालियों से संयुक्त करके दुहराने लगते हैं।

अनेक बार लोगों ने टोका है कि गुरू, धरम-अधरम एक साथ न किया करो। तब वो जवाब देते हैं कि उसका पाप उन्हीं लोगों पर पड़ता है। इस दूध के पैसे मूलचन्द सर्राफ़ के यहाँ से बँधे हुए हैं, सो उन्हें अदा करने के लिए गोली छानकर एक बार फिर नहा-धोकर सीधे मूलचन्द के यहाँ शतचण्डी पाठ करने पहुँच जाते हैं। दिन में जहाँ-तहाँ पूजा-पाठ जन्मपत्री बनाना-मिलाना, सत्यनारायण की कथा बाँचना आदि एक न एक पण्डिताऊ काम करते ही रहते हैं। तीन बजे से फिर भाँग का लग्गा और यह भाँग उनकी दिव्य होनी ही चाहिए। रुपये बारह आने से कम लागत नहीं आती। रात की दूध-मलाई भी अनिवार्य है। अपने खर्च के तीन रुपये रोज भंगड पाधा को कमाने ही चाहिए, इसके ऊपर यदि कुछ मिल जाय तो वह सहर्ष अपनी पत्नी को सौंप देते हैं। यदि न मिले तो वह अपना दायित्व भी नहीं मानते। पाधन बेचारी अपनी गृहस्थी के लिए दिन-रात हड्डे ही पेला करती हैं, लेकिन पाधा को कोई मतलब नहीं। वे चौबीसों घण्टे विजयोन्माद, धर्मोन्माद और शिवोन्माद ही में मतवाले बने रहते हैं।......

लेकिन सोचना हूँ कि रमेश प्रकरण का नवारम्भ पुत्ती गुरू से न करूँ, बल्कि रानी के घर ही यह अध्याय आरम्भ हो।

कलम उठा ही रहा था कि नन्हीं अपने छोटे भतीजे अनन्तू को गोद में लेकर आ गयी : "बाबूजी, अम्मा आपको बुला रही हैं।"

"क्यों भई, मैंने तुम्हारी अम्मा का क्या अपराध किया है ?" कहकर मैंने अनन्त को हाथ बढ़ाकर अपने पास बुलाया। नन्हीं मुस्कुराकर बोली : "आपको यह न बताने के लिए मुझे अम्मा ने भी मना किया है, भाभी ने भी और मेरे मन ने भी।"

"ओफ्फोह, इतने सारे प्रतिबन्ध ? अब तो लगता है, तेरी भाभी और अम्मा दोनों ने ही मिलकर कोई खाने की चीज़ बनायी है। लेकिन भई, अभी घण्टा भर मत छेड़ो मुझे।"

नन्हीं बोली : "नईं-नईं-नईं। वो सब खाने-पीने का मामला है तो ज़रूर, लेकिन उसके लिए आपको नहीं बुलाया जा रहा। आइए, चलिए बाबूजी, ऊपर से आने पर आपका मूड और भी ज्यादा बढ़िया हो जायेगा। बस चले चलिए।"

मैं उठा, अनन्तू को अपनी गोद में लेने लगा। वह अपनी बुआ से चिपक गया। छुटकू के बच्चे अभी मुझसे पूरी तौर पर हिल नहीं पाये।

ऊपर जाकर देखा तो रसोई के सामने वाले दालान में साड़ियों का मण्डप बनाकर उसमें मेरे जयन्त को पीताम्बर, फूलों के गहने, फूलों के मुकुट, मुरली आदि से सजाकर बैठाया गया था। देखकर मैं मुग्ध हो गया। यों तो मुझे भक्ति-भावना वाले भगवानों, राम-कृष्ण आदि में कोई दिलचस्पी नहीं, आर्य समाज और नये युग की बौद्धिकता का प्रभाव मुझे इन सब ढकोसलों से दूर रखता है, लेकिन इस समय अपने पौत्र का कृष्ण रूप देखकर मैं सौ जान से निछावर हो गया।

मेरा जयन्त बहुत ही खूबसूरत बच्चा है ! क्यों न हो, आखिर उसके माँ-बाप भी तो इतने सुन्दर हैं, लेकिन यह सब खूबसूरती तो केवल लौकिक दृष्टि से बखानने योग्य है।

अपने पौत्र की इस बालमोहन छवि में आज पहली बार मुझे एक दिव्य सौन्दर्य का आभास मिला। मुझ नास्तिक के मन में हुस्न का जल्वा भर गया। यह केवल मेरी 'आँखों का सुख, कलेजे की ठण्डक' ही न था, बल्कि उससे भी अधिक मेरी चेतना के सातों पर्दों को अपनी भरपूर शक्ति से स्पन्दित करने लगा। थोड़ी देर के लिए मुझे ऐसा आभास हुआ, मानो आपादमस्तक, मेरे रोम-रोम में, आँखों की तरह देखने की शक्ति और मस्तिष्क की तरह ग्रहण करने की शक्ति भरपूर रूप से अपना काम कर रही है। जयन्त मुझे देखकर हँसा—अन्धे सूरदास का माखनचोर सचमुच ऐसे ही हँसा होगा। तुलसीदास का 'कन्दर्प अगणित अमित छवि नवनील नीरद सुन्दरम्' वाला रामदर्शन हूबहू यही होगा। सौन्दर्यानुभूति निश्चय ही एक जगह अथाह और वर्णनातीत हो जाती है। मैं अपने अन्तर में लीन हो गया था। माया मेरे कन्धे पर मीठी सी थपकी देती मुस्कुराकर बोलीं: "हमारे पोते को नज़र न लगाना। घर वालन की नज़र झट्टै लगत है।"

मैं भी अब दुनियावी होश में आ गया था—और ये होश इण्टेलक्चुअल नखरे के साथ ही आया। मैंने कहा—"ये क्या स्वांग बनाया है तुम लोगों ने? किसकी सूझ है?"

"हमरे-तुमरे पुरखन की। परसों जयनारायण की पोती-पोते की फूल-चोटी भई रही। लोगों को अपने काले-पीले बच्चन तलक को सजाने का हौसला आउत है तो हमने सोचा कि हम अपने बच्चों को काहे न सजावैं। ये अनन्तू हमरा जिदियाय गया, नहीं तो इसे भी सजाते।"

मैंने पूछा: "पर ये मण्डप-अण्डप क्यों बनाया है? बच्चों की फूल-चोटी करके तो लोग उन्हें बाहर घुमाने ले जाते हैं।"

माया ने रूखा सा मुँह बनाकर उत्तर दिया: "हमें अपने बच्चों को किसी जल-कुकड़े के यहाँ नहीं भेजना है। ऐसे ही जब से ऊषा और बच्चे यहाँ आये हैं, मार के सब जनी भला-बुरा कहत फिरत हैंगी, इसी से हमने सोचा कि अपने हेल-मेल के आठ-दस घरन की मेहेरियन को बुलाय लेंगे और अपना आनन्द से घण्टा दुई घण्टा भजन-भाव करेंगे।"

"तुम्हारे इन भजन-भाव से तो मैं एक-न-एक दिन बदनाम होकर ही रहूँगा माया।"

"अच्छा हाँ-हाँ हुई जाना बदनाम। लेओ पहले आरती करके निछावर कर देओ हमरे भगवान की। पहली आरती तुमही से कराऊँगी।"

मेरा मन भावधारा से निकलकर तुरन्त तटस्थ हो गया। ये गम्भीर बात थी। आरती किसकी करूँगा? उसकी, जिसके अस्तित्व को मैंने अपने समय की प्रगतिशील सामाजिक और बौद्धिक मान्यताओं की निष्ठा सहित पूरी जवानी भर अस्वीकार किया है—वह, जो कि इधर सात-आठ वर्षों से मेरे मन को अक्सर झकोले दे-देकर अपना ध्यान दिलाना चाहता है और जिसे मैं अपने पूर्वाग्रहों के कारण अब तक शंका की दृष्टि से देखता हूँ, उसी अलौकिक चेतना—परब्रह्म की आरती उतारूँ? ना! यह साहित्यिक का मन है, इसे धोखा देना ठीक नहीं। जो माने सो पूरे मन से माने, अधूरे से क्या माने!

तब क्या अपने पोते की आरती उतारूँ? बेजा क्या है? कौन जाने यही मेरा कुल-दीपक सिद्ध हो। मन में यह विचार आते ही मैं तुरन्त ही अपने जयन्त भगवान की आरती उतारने को प्रस्तुत हो गया।

तब से अब तक यह भगवान वाली समस्या मुझे तंग कर रही है। क्या भगवान वाकई कोई चीज़ है? लोग उसकी अचल-सचल स्थिति को तर्कातीत बतलाते हैं। भला कोई पढ़ा-लिखा मनुष्य तर्क का विज्ञान-सम्मत आधार क्योंकर छोड़ सकता है।......मैं साठ वर्ष का हो गया, आयु के चौथेपन में आ गया। मेरी जवानी के अनेक साथी जो मेरी ही तरह उस समय ईश्वरीय सत्ता को नकारते थे, अब तिलक-चंदन लगाने लगे, परलोक की बात करने लगे, यही नहीं मुझे नास्तिक भी कहने लगे हैं। लेकिन मैं क्या करूँ? जिस बात को साफ-साफ समझ नहीं पाया उसे समझने का ढकोसला क्योंकर कर सकता हूँ? ......सच ही किस्से, कहानी, उपन्यास आदि लिखने का काम, जितना कि हम समझते हैं उससे कहीं अधिक नाज़ुक है। चेतना जिसकी स्वस्थ, सबल और दृढ़ होगी, कल्पना उतनी ही सुन्दर और बेदाग भी होगी। मैं अपने जीवन भर के कार्य ही को ईश्वर मान सकता हूँ। भावनात्मक रूप से और अधिक गतिमान और सत्यशील होते हुए मैं मनुष्य में भगवान के अस्तित्व को स्वीकार कर सकता हूँ। राम और कृष्ण, पता नहीं इस धरती पर सचमुच पैदा हुए थे या नहीं, पर बुद्ध और महाबीर ये दो भगवान तो निश्चित रूप से ऐतिहासिक पुरुष हैं। इस तर्क से भगवान मनुष्य के रूप ही में दिखलाई पड़ सकते हैं। कौन जाने, ये मेरा जयन्त भी भगवान ही हो। ये धरती पर कोई बड़ा काम करने के लिए जन्मा हो।

......लेकिन कहीं छद्मभाव से मैंने ढोंग न किया हो? ......अपने बच्चे की आरती उतारी है और इस कामना से उतारी कि वह मेरा कुलदीपक बने।—मेरे उस बेटे का बेटा कुल-दीपक बने, जो अपनी पत्नी को छोड़कर स्वार्थवश एक धन-सम्पन्न औरत का रखैल बन गया है। ......मेरे रोएँ-रोएँ में जहर बुझी सैकड़ों सुइयाँ एक साथ चुभ जाती हैं, जब यह ख़याल भी मन में आ जाता है। बिरादरी ने भली-भाँति अब तक स्वीकार नहीं किया। चूँकि जातीय पंचायतों की शक्ति अब नष्ट हो चुकी है, इसलिए सम्पूर्ण बिरादरी ने मुझसे नाता तो नहीं तोड़ा, पर पुरानी चाल के बहुत से सम्बन्धी और सजातीय हमसे व्यावहारिक नाता तोड़ चुके हैं। माया को इसी की तो कुढ़न है। सबके बेटी-बेटियों की फूल-चोटी होगी तो वे पास-पड़ोस के नाते-रिश्तेदारों में भेजे जायेंगे; उन्हें मिठाई खिलाने के लिए रुपये भी हर जगह से मिलेंगे। और तो और, मेरे बड़कू के बच्चों को भी यदि वे ननिहाल जायँ या हमसे अलग होकर रहें तो यही प्रेम-मान मिलेगा। मेरी बिट्टी के बाल-बच्चों को भी ये सजातीय लोग सहर्ष स्वीकार कर लेते हैं, पर छुटकू के बेटे उपेक्षित हैं। यह मैं भी नहीं बर्दाश्त कर पाता, माया की तो बात ही निराली है। यह अन्तर्जातीय विवाह आज के संक्रान्ति काल में हमारे समाज द्वारा एक विचित्र स्थिति पैदा कर रहे हैं। पुराने ज़माने की तरह ऐसे विवाहों पर न तो कोई बिरादरी अब पूर्ण प्रतिबन्ध ही लगा

सकती है और न उसे सहज भाव से स्वीकार ही कर पाती है। ऐसे विवाह करने वाले युवक-युवती अपने आपको विद्रोह की सनक भरी स्थिति में पाते हैं और अपनी सनक में वे कुछ ग़लत काम कर जाते हैं। व्यक्ति समाज को गालियाँ देता है—उसे अस्वीकार करता है और वह भी समाजवादी युग में, उफ; कैसी विडम्बना है। उन्नीसवीं शती के प्रायः अन्तिम दो दशकों से लेकर अब तक व्यक्तियों ही ने समाज को झकोले दिये हैं। पुराना समाज प्रायः इन्हीं झकोलों से टूट-टूटकर क्रमशः नया बन रहा है। अब किसी जाति का भी समाज हो, वह सुसंगठित समाज नहीं रहा। वह फुट्टैल व्यक्तियों का समाज बन गया है। समय जिस तेज़ी से बदल रहा है, उसमें निश्चित रूप से एक दिन भारतवर्ष में एक भी जाति नहीं रह जायेगी, न हिन्दुओं, न मुसलमानों और न पारसी, ईसाइयों की ही।

●

बारह

बहुत चाहने पर भी इधर अपने उपन्यास को मैं तनिक भी आगे न बढ़ा सका। प्रकट रूप में इसका कोई भी कारण मुझे नहीं सूझ रहा। यों मेरा मन इन दिनों प्रतिकूल परिस्थितियों की शिकायत भी नहीं कर सकता। यह भी नहीं कह सकता कि मैं इन दिनों आलस्य में पड़ा रहा। मैं प्रायः आलसी नहीं हूँ, पर अपने जीवन भर के पिछले अनुभवों के आधार पर अवश्य ही कहने को जी चाहता है कि कभी-कभी अकारण ही मेरी कल्पना-शक्ति जमकर काम करने से इनकार कर देती है। इस शक्ति के विकेन्द्रित होते ही मेरा मन एक असीम आकाश में उड़ने वाले पक्षी की तरह लगातार मँडराता ही रहता है।—न छाँह, न विश्राम और न थकन या ऊब ही। चेतना होश दिलाती है कि 'मनपंछी, अब शून्य या आकाश से उतरो। कार्य-संलग्नता में विश्राम पाओ। विचारों के घनाच्छादित वृक्ष की छाँव में, अपनी लगन के नीड़ में स्वस्थ होकर आ विराजो।'—लेकिन ये आत्मसम्बोधन चिकने घड़े पर पानी से फिसल जाते हैं। न जाने इसके पीछे क्या कारण है? ऐसा लगता है कि मनुष्य की कल्पना-शक्ति भी चन्द्रमा की तरह घटती-बढ़ती रहती है। और उसके लिए अमावस्या भी कभी न कभी इसी क्रम में आ ही जाती है।......इस अमावस्या की बात से ही सहसा यह ध्यान आ गया कि चन्द्रमा तो सदा यथावत् ही रहता है, चन्द्र और पृथ्वी के परिक्रमणों से हमें उसके घटने-बढ़ने का भ्रम-मात्र होता रहता है। मेरे जीवन का यथार्थ और कल्पनाशील व्यक्तित्व शायद इसी क्रम में मेरे काम के लिए पूनम और अमावस आते ही रहते हैं। जो हो, इधर लिख नहीं पाया, यह वस्तु-सत्य मैं अपनी आँखों से ओझल नहीं कर सकता।

इस समय बड़कू (बड़े बेटे चि० विनयशंकर) की याद आ गई। मस्त मौला, मेरे प्रति अपने विद्रोह में भी मधुर, निश्छल, अखरोट-बादाम की जाति का प्राणी, अपने ढंग का एक ही है। हमसे—माता-पिता से—यद्यपि उसका कोई वैर-भाव तो नहीं है, पर कोई लगाव भी नहीं है। उन्हें लगाव केवल अपनी पत्नी सौ० गेंदा बीवी से ही है। सन् '२५ में पैदा हुआ था। उनका विवाह हुए लगभग बारह साल, रेलवे में नौकरी लगे तेरह और पिता बने लगभग ग्यारह साल हुए। इन ग्यारह वर्षों में वे छह बच्चों के पिता बने हैं। खुद मैंने समझाया, उसकी माँ के द्वारा उसकी बहू को भी उपदेश दिलवाया, पर अखण्ड सौभाग्यवती गेंदा बीवी, अपनी सास की अनन्य भक्त होने के बावजूद सन्तान-नियोजन के उपदेश को ग्रहण करने पर राज़ी न हुईं। उनकी माँ-दादी का मत था कि भगवान् के भेजे हुए जीवों को दुनिया पर न लाना पाप है।......इस पर कौन बोले?

हमारा विनय पक्का बीवीचरणदास है। बीवी और अफ़सर ये दो ही उसके खुदा हैं। मेहनती वह एक नंबर का है। संयोग से तीन वर्ष पहले नसीब की सीढ़िया फलाँग कर वह अपने विभाग का बड़ा बाबू भी बन गया है। एक हेडक्लर्क पेंशन पाने से छह महीने पहले, हृदयरोग से अचानक दफ़्तर की कुर्सी ही पर मर गये, दो बड़े बाबू उनके बाद और मरे। वह कुर्सी मनहूस करार दे दी गई। दूसरा कोई उस पर चढ़ने को राज़ी न हुआ। उसके बाद इनका चांस था, ये उस कुर्सी पर जमकर बैठ गये। लोगों ने डराया तो बोले कि अगर मैं भूतों पर कंट्रोल न कर सका तो दफ़्तर पर कैसे करूँगा। डट गये। अब तीन वर्ष से बड़े बाबू हैं। होम्योपैथी, बायोकेमी की दवायें मुफ्त में बाँटते हैं। गरीबों की भारी भीड़ आती है। श्रीमती गेंदा बीवी पति के मरीज़ों में अपनी महाजनी फैलाये हुए हैं। एक अनाथ ममेरे भाई को पहले दस रुपया महीना भिजवाती थीं, पर महाजनी का धंधा फैलाने पर उसे अपने पास ही बुलाकर रख लिया, उसका पढ़ना छुड़वाकर उसे लेनदारों से 'रोज ही तगादा' वसूल करवाना शुरू कर दिया। वह धंधा अच्छा चल निकला। इस तरह विनय अब डॉक्टर है, महाजन है और 'बड़े बाबू' तो वह है ही। बड़े बाबू संबोधन को वह 'डॉक्टर' से श्रेष्ठ मानता है। इसी नाम से विख्यात भी है। जब यह पद उसे मिला तो अपनी माँ को लिखा कि प्राणियों में मनुष्य, मनुष्यों में बाबू और बाबुओं में 'बड़े-बाबू' ही श्रेष्ठ होते हैं। प्रतापी सरकार की अस्ली जान 'बड़े-बाबू' नामक हीरामन तोते ही में बसती है······ । पढ़कर मैं खूब हँसा था।

उमेशो जब आई०ए०एस० हुआ तो बड़कू ने माँ को लिखा: "हो सकता है कि उमेश कभी मेरे विभाग का सचिव बने और मेरे दफ़्तर का दौरा करने आये। उस समय दफ़्तर में मैं उसकी अफ़सरी का पूरा मान रक्खूँगा, पर उसे भी सनातन धर्म के अनुसार अपने बड़े भाई का मान अवश्य रखना होगा। उसे लिख दीजिएगा कि मेरे सामने वह सिगरेट हरगिज़ न पिये और मातहत होने पर भी अपने पूज्य बड़े भाई का आदर करे।"

अपने बड़प्पन और सनातन धर्म से बढ़कर वह (पत्नी, अफ़सर के अलावा) किसी को भी बड़ा नहीं मानता। मेरे प्रति विद्रोह भाव रखने के कारण ही उसका यह सनातन धर्म पनपा है। उसके बचपन में मैं आर्यसमाजी नास्तिक था। तब विरोध न कर पाया तो अब यों प्रकट करता है। अपने महल्ले में एक 'सर्वधर्म सभा' खोल रखी है, जिसमें ब्राह्मण, जैन, बौद्ध, सिक्ख, मुसलमान, ईसाई आदि सभी धर्मों के लोग व्याख्यान देने आते हैं। व्याख्यान देकर उन लोगों के जाते ही 'बड़े-बाबू' अपनी व्याख्या पेश करते हैं, जिसके हिसाब से हर धर्म अंततोगत्वा सनातन धर्म से जाकर जुड़ जाता है? उनका कहना है कि धर्म पृथ्वी पर पहले-पहल हमारे ही देश में बड़े सनातन काल में उदय हुआ। चूँकि उन्होंने धर्म की व्याख्या या इतिहास को क़तई नहीं पढ़ा है (पढ़ने से विनय के अनुसार मनुष्य की मौलिक चिंतन-शक्ति नष्ट हो जाती है।) इसलिए एक बार अपने 'सनातन धर्म' की उत्पत्ति पर किसी से बहस में दब जाने पर उन्होंने मुझसे पूछा। मैंने कहा, प्राचीन काल में चार ऋषि भाई थे—सनक, सनन्दन, सनातन, सनत्कुमार—इसमें सनक-सनातन ने यह धर्म चलाया। ········हँसी आती है, मेरा भोला बेटा इसे सच मान भी गया।

अपने बच्चे भले ही कैसे भी हों, मनुष्य के सबसे सबल मोहपाश होते हैं। मैं बड़कू, छुटकू, उमेशो, बिट्टी या नन्हीं, किसी को भी अपने मन से अलग नहीं कर पाता।

उमेशो मसूरी में प्रशासन की शिक्षा पा रहा है। उसने अपनी माँ को लिखा है कि दिल्ली सरकार के एक बड़े आई०सी०एस० अफ़सर श्री पुरी उससे बहुत खुश हो गये हैं। उन्होंने दो बार उसे अपने यहाँ दिल्ली में भी बुलाया था। अपनी छोटी बेटी से उसका विवाह करना चाहते हैं, उसके भाग्य को एकदम सातवें आसमान तक पहुँचा देने का लालच दे रहे हैं। ......मैं जानता हूँ, उमेश राजी हो जायेगा।......होगा, मुझे क्या? वह खुश रहे, बस।

आजकल नगर में गोमती की बाढ़ आई हुई है। एक महीने के अन्दर ही अन्दर यह दूसरा सैलाब है और पहले से बड़ा है। ......उमेश—नहीं, रमेश, मान लो, इस बाढ़ में फँसे! ......मगर कैसे? पुत्ती गुरू फँसें और रमेश उन्हें बाढ़-मुक्त कराके लाये।......चलो, यहीं से आरम्भ करता हूँ नया अध्याय......

●

:: १३ ::

पुत्ती गुरू कल सबसे बड़े तड़के ही एक ठाकुर साहब के नये मकान की वास्तु शान्ति कराने के लिए गौघाट के आगे किसी गाँव में गये थे। पाधा गली के बचान महाराज भी उनके साथ गये थे। वह तो रात में ही किसी की साइकिल के पीछे बैठकर लौट आये थे और रात ही में उन्होंने रमेश की माँ को यह संदेशा भी भिजवा दिया था कि गुरू सबेरे आयेंगे। अब साढ़े ग्यारह बज रहे हैं। रमेश की अम्मा ने आज सबेरे जब महरी से सुना कि गौघाट, हुसैनाबाद तक पानी बढ़ आया है, तब से उन्हें चैन नहीं है। उन्होंने दो-तीन बार सोचा कि रमेश को संघ से बुलवा भेजें, मगर हिम्मत न पड़ी। उनकी घबराहट का मज़ाक उनके सभी बेटे-बेटी उड़ाते हैं, पुत्ती गुरू तो नाराज़ तक हो जाया करते हैं। पढ़ाई के समय बुलाने से रमेश बहुत गुस्सा हो जाता है। मन के इन्हीं सब दंद-फंदों में फँसी हुई बेचारी इतनी देर मन मारे बैठी रहीं, पर जब पन्नो ने बताया कि साढ़े ग्यारह बज रहे हैं तो फिर चुप न बैठ सकीं। सुरेश सबेरे ही से घर से ग़ायब है, इसलिए उन्होंने पन्नो की खुशामद करके उसे अपने बड़े भाई को बुला लाने के लिए भेजा। बहिन से गौघाट के पास किसी गाँव में पिता के जाने की बात सुनते ही रमेश तो सनाका खा ही गया, उसके साथी भी दुश्चिन्ताओं से अछूते न बच सके। सबके सब उठकर रमेश के घर गये। माँ ने कहा कि उन्हें गाँव और जिजमान का नाम नहीं मालूम, बचान के घर जाके पूछो।

बचान महाराज के यहाँ गये, उनके घर में ताला बन्द था। चिन्ता और बढ़ी। जिस-तिस के मुँह से बाढ़ की खबर सुन-सुनकर रमेश के होश उड़ने लगे। लच्छू की याद भी आई। ऐसे अवसरों पर उसकी बुद्धि खूब सावधान होकर चलती है। कम्मी वगैरह सब यही कहते जा रहे थे कि नाम-ठाँव जाने बिना आख़िर ढूँढ़ने भी कहाँ जायें। बात ग़लत

नहीं, मगर जगह का पता तो लगना ही चाहिए। रमेश ने बचान महाराज के पास-पड़ोसियों से पूछना शुरू किया। बनवारी गुरू से पूछ रहे थे, सो बूढ़े तिल्लोकी गुरू सुनकर बोले : "हमसे पूछो, हम सब बताय देंगे। तुम पुत्ती के लड़के हो न ?"

"जी हाँ। दण्डौत।"

"खुस रहौ। भई ऐसा है कि सबेरे बचान हमारे पास खबर सुनके दौड़े आये रहे। पुत्ती और वो कल दोनों एक ज़मीदार जिजमान के यहाँ उनके नये बँगले की वास्तुसान्ति कराने गये रहे। बचान को तो एक आता भया साथ मिल गया सैकिल वाले का, सो चले आये। और पुत्ती से जिजमान ने कहा कि चक्क केसरिया ठंडाई और चौबीस बिस्सा सुद्ध घी के मालपुये घेवर का भोग लगेगा, उनके छोट भाई आये हैं, कोई बहुत ऊँची कुर्सी वाले हाई किलास रिटैड अफ़सर—"

पिता की खबर पाने की उतावली में रमेश मन ही मन बेचैन हो रहा था। उसे बूढ़े तिल्लोकी गुरू की यह पिनक भरी सुस्त शैली खल और उबा रही थी, मगर बात तो सुननी ही थी। तिल्लोकी गुरू पुराने ज़माने की छकड़े को भी मात करने वाली छोटी लाइन की लोकल ट्रेन वाली स्पीड से सुनाये चले जा रहे थे। अपनी बातों की भूल-भुलैयाँ में काफी देर तक चक्कर देते रहने के बाद तिल्लोकी गुरू ने जिजमान ठाकुर अजयपाल सिंह का नाम और गाँव बतलाया। वे गौघाट से तीन-चार मील आगे सैंथा और बरौनी के बीच में कहीं रहते हैं। और बचान आज फिर स्वकलंकमोचन के लिए रमेश के बाप को निकाल लाने का हठ करके गये हैं, यद्यपि तिल्लोकी गुरू ने उसी समय प्रश्न-कुण्डली विचार कर बतला दिया था कि जाते तो पहुँच जाओगे, पर लौटने में शंका है।

रमेश उन्हें प्रणाम करके अपने साथियों की ओर मुड़ा; कम्मी के कंधे पर हाथ रखकर बोला : "किसी नाव वाले का प्रबन्ध करना होगा। क्या बताऊँ, लच्छू नहीं है इस समय। उसकी जान-पहचान चारों तरफ है।"

जयकिशोर बोला : "उसकी चिंता न करो। मेरी और गोडबोले की लच्छू से भी ज्यादा है। गर्मी में तैरने जाता हूँ, सभी घाट वालों से जान-पहचान है।"

"कुछ रुपये ले लेने चाहिए।" रमेश ने कहा और अपने घर की गली की ओर मुड़ते हुए कम्मी से बोला : "मेरी राय है कि अब तुम घर जाओ, खाओ-पियो। गोडबोले या जयकिशोर किसी नाव वाले से मेरी बात तय करके लौट आयेंगे। हर्रो, तुम भी जाओ।"

कम्मी बोला : "नहीं यार, ऐसे समय में घर बैठकर भला मेरा जी मानेगा ? चल बे हर्रो।"

नाव वालों ने इन लोगों को गरजू देखा तो नखरे दिखलाने लगे। बड़ी मुश्किल से जयकिशोर और गोडबोले ने पचीस रुपये अवाई-जवाई पर सौदा तय किया। गोडबोले, हर्रो और कम्मी तो घाट ही से लौट आये, मगर जयकिशोर साथ चलने पर अड़ ही गया। रमेश यों सैकड़ों बार नाव पर सैर करने जा चुका था, लेकिन आज उसका दिल एक नई तरह की धड़कन महसूस कर रहा था।

नाव छोटे इमामबाड़े के पास से चली। सड़क के किनारे खड़ी हुई तमाशाइयों की भीड़ और उनका शोर धीरे-धीरे दूर होता चला। नाव इमामबाड़े के फाटक को पार करने लगी। एकाएक रमेश की निगाहें ऊँची उठीं, सन् १९२३ ई० की बाढ़ के निशान वाले पत्थर को खोजने लगीं। जयकिशोर से पूछा, उत्तर नाविक से मिला: "पत्थर उस दर में लगा है बाबू। अभी हुअंन तलक पानी चढ़ा नहीं ना, वैसे कहते हैं कि '२३ वाली बाढ़ से पानी इस बार जादा है। और अभी घटने का नाम नहीं ना बाबू। सबेरे से अब पानी जादा तेज़ी से बढ़ने लगा है। रामै रच्छा करने वाले हैं। दुइ-दुइ बार बाढ़ आयी। ग़रीब-गुर्बों की तो मानो मरन ही आय जाती है, तुमसे सच्ची कहते हैं। कल रात में जैसे ही पानी की चढ़ाई भई—"

"कित्ते बजे पानी चढ़ना शुरू हुआ?" जयकिशोर ने पूछा।

"कोई दुई-अढ़ाई का टैम रहा होगा बाबू। अरे, बड़े जोर का हल्ला भया, पानी आया, पानी आया। हमरे महतारी-बाप बड़े ज़ोर से चीखे। अब हम जाग तो रहे थे बाबू, पर क्या बताये, उत्ती बेला ऐसे काम में फँसे रहे कि—"

रमेश का ध्यान इन बातों से एकदम अलग था। नाव इमामबाड़े की चौहद्दी से गुजर रही थी। अन्दर छोटे इमामबाड़े का तालाब झील बन गया था और नौबतखाने की दीवारों से पानी टकरा रहा था। इमामबाड़े का दूसरी ओर वाला फाटक पार किया। दौलतगंज वाली सड़क आयी, चारों ओर पानी ही पानी। नीचे दूकानें आधी-आधी पानी में डूबी हुईं; ऊपर के छज्जों और छतों पर खड़े हुए लोग-लुगाई आधी चिन्ता और आधे तमाशे के मूड में चिड़ियों की तरह चहचहा रहे थे।

छाती-छाती तक पानी में डूबे हुए अपने सिरों पर खाटें और खाटों पर गठरी, मुठरी, मटका, कनस्तर, सन्दूक लादे हुए दो आदमी, दौलतगंज से हुसैनाबाद की तरफ बढ़े चले आ रहे हैं। देखने में बाप-बेटे लगते हैं। रमेश के सूने मन में अचानक यह आस्था जागती है कि थोड़ी देर बाद वह भी अपने पिता को लेकर इसी तरह सकुशल वापस लौट आयेगा।

उसकी नाव गली से रामगंज चौकी की ओर मुड़ी। कोने की मस्जिद इतनी झुकी हुई है कि लगता है अब गिरी, अब गिरी। राम-राम करके नाव उसके आगे से निकल गयी। बँधी हुई गली के अन्दर आधे-आधे दरवाज़ों तक चढ़ा हुआ पानी गहरी मनहूसियत का आभास दे रहा है। गली में प्रायः सन्नाटा है। बहुत से लोग रातों रात और कुछ सबेरे तक अपना सामान लेकर चले गये थे। कुछ घरों के ऊपर वाले भागों में अब भी आदमियों की बस्ती नज़र आ रही थी। सामने से गली में एक पैंतालीस-पचास बरस का अधेड़ आदमी खटिया पर अपनी बीमार घरवाली को सिर पर उठाये चला आ रहा था। नाववाला चिल्लाया: "हुइनै ठाढ़े रहौ भाऽय! हमार नाव बढ़ जाय देव तनिक।"

"अरे तुमका आपन नाव की पड़ी है, हियन पानी अस थपेड़ा मार रहा है कमर पै कि अपने हिसाब जैसे सिपाही की लातैं पड़ रही होयँ।"

मुसीबत में भी उस आदमी का व्यंग-विनोद मज़ा दे गया। एक कुत्ते की फूली हुई लाश पानी में बहती हुई आ रही थी, जिसे देखकर नाव पर बैठे तीनों लोगों का जी घिना गया। लाश की टकराहट से नाव को बचाने के लिए नाव वाले ने नाव को एकदम-दीवार से सटाकर बढ़ाना शुरू कर दिया। नीचे शायद पानी का नल था। नाव वाले का बाँस उससे टकरा गया। नाव को भी नीचे से हल्का सा उछाला मिला और वह उछलकर दीवार से टकराई। जयकिशोर ने दीवार के सहारे हाथ रखकर नाव को उससे दूर किया। तब तक नाववाला भी अपने बाँस पर काबू पा चुका था। जोरू को सिर पर उठाये हुए आने वाले मनुष्य से नाव वाले ने पूछा : "कहाँ तें आय रहे हौ ?"

"अऽरे, नगिचहे ते। सबेरे ते दुई दाँई समान औ बच्चन का लै के लाँघ चुके हैं। अब ई तीसरी दाँई आपन महालच्छमी की सवारी उठाय के जाय रहे हैं। इनके बाप हमार गोड़ पूजिन रहैं तौन ई हमरे मूड़ै पै चढ़ि के बदला लै रही हैं।"

नाव और जोरूधर विनोदी व्यक्ति के बीच ज्यों-ज्यों फासला होता गया त्यों-त्यों आवाज़ भी दूर होती गयी : पति के मज़ाक पर, खटिया पर लेटे-लेटे ही रोगिणी पत्नी ने चिचियाकर कुछ कहा, जिसे रमेश ठीक तरह से सुन न पाया, लेकिन उसके चिन्ताग्रस्त मन को इससे एक तरह की राहत मिली। जयकिशोर से बोला : "बुड्ढ़ा मस्त था पट्ठा। देखो सबेरे से तीन-तीन चक्कर किए। अपना पूरा सामान ढोकर ले गया। अब कहाँ जाकर रहेगा बेचारा ?"

"अरे बाबू, ई तौ हम पंचन का सदा का अभियास पड़ा है बाबू। हर तीसरे-चौथे बरस गोमती मैया बढ़ती है। पुस्त-दर-पुस्त बाढ़ आवै तौ हमरे पंचन के पुरखे यही तरह घर छोड़-छोड़ के भागैं। कहूँ मन्दिर-धरमशाला, पेड़ तले चारि-छह-आठ दिन गुजर-बसर कयिके फिर अपने घर चले जाते हैं।"

नाव गली पार कर खुले में आ गयी। दाहिनी ओर नदी की मूल धारा का हड़कम्पी प्रवाह हो रहा था। मीलों, क्षितिज तक पानी ही पानी। कहीं-कहीं पानी में डूबी हुई हरे पेड़ों की फुनगियाँ धूप की चमक में छाँव भर रही हैं, बायीं ओर शिवपुरी और गऊघाट की बस्तियाँ हैं। कहीं-कहीं छतों पर खड़े आदमियों की भीड़ भी है। दूर पर दो सरकारी मोटर नावें गऊघाट पंपिंग स्टेशन के आस-पास चक्कर लगाती नज़र आ रही हैं। पानी गाढ़ा, मटमैला। बीच-बीच में मिट्टी के जमे हुए फेनों के लोंदे बहते चले जा रहे हैं। बाँस, सिरकी, कूड़ा, काँस-कतवार पानी से बड़ी तेज़ी के साथ भागते भँवरों में नाचते आगे बढ़े चले जा रहे हैं।

पुल ! पुल ! कान के पास ही पानी में कहीं कोई एक आवाज़ हो जाती है। एक लहर से दूसरी लहर टकराती है तो मद्धिम छप्प की आवाज़ सी होती है। नाव वाले का बाँस भी पानी को पीटकर उसकी एक अजीब बेसुरी आवाज़ को तरंगों के सुरीलेपन में मिला रहा है, मानो सुनने वालों को यह याद दिला रहा हो कि जल का सौम्य शान्त संगीत सुनने का समय नहीं है, उसके रौद्र और प्रलयंकर रव को सुनने का है। रमेश को ऐसा

लगने लगा कि मानो नदी की मूलधारा का मारक आकर्षण उसकी नाव को अभी अपनी ओर खींच लेगा, यह सोचकर ही उसके मन में एक स्तब्धता छा गई। पानी यहाँ से वहाँ तक एक सा ही फैला है। पर यहाँ, जहाँ नाव चल रही है, रमेश जानता है कि पानी की थाह कितनी है। नाववाला खेतों की लीक पर ही बढ़ता चला जा रहा है। उसका बाँस धरती में लगता है, कहीं आधा, कहीं तीन चौथाई। यही रमेश के लिए जीवन की आस्था है। धूप ऐसी पड़ रही है जिसमें हिरन काले पड़ जायें। पेड़-पौधे-जल-थल डूबे हुए; कहीं-कहीं डूबे मकानों की छतों पर दिखाई पड़ने वाले आदमी, सूने आकाश में उड़ती हुई चीलें, और दाहिनी ओर से कानों के परदों में घुमड़-घुमड़कर भरने वाला गंभीर हहर-हहर-हहर नाद। पृथ्वी यमलोक सी लगती है, यहाँ जीता हुआ भी मुर्दा लग रहा है।

नाव गऊघाट से काफी आगे निकल चुकी थीं। रमेश और जयकिशोर के लिए यह जगह एकदम अनजान थी। चारों ओर पानी ही पानी। धरती पानी भरी परात जैसी लग रही थी। पेड़ और पानी और कूड़ा। बड़े-बड़े मटियाले झाग, फेनों के छोटे-बड़े लोंदे, फूस के छप्पर, मटकियाँ, बाँस और चारपाइयाँ बहते हुए मिल रहे हैं। एक जगह दूर पर एक भारी-भरकम साँड़ बड़ी ज़ोर-ज़ोर से डकारता और तेज़ी से बहता जाता हुआ दिखलाई दिया। मौत की चपेट में आये हुए एक प्राणी की विवशता देखकर नाव पर बैठे ये तीनों प्राणी अपने अंदर तिलमिला-तिलमिला कर घुट गये। किसी के मुँह से भी बोल न फूटा। नाव तेज़ी से खेई जाने लगी।

दक्खिन-पच्छिम दूर-दूर पर टीलों के ऊपर अब बस्तियाँ नज़र आने लगीं। एक टीले से दूसरे टीले तक हाँक-गुहारों के रेडियो बोल रहे थे। गाय, बैल, भैंस, बकरियाँ, गृहस्थी का सामान, नर-नारी और बच्चे टीलों के ऊँचे भागों पर ऐसे लगते थे, मानों शिवजी की पिण्डी पर फूल चढ़े हों। पानी के नरक में जीवन की यह बस्तियाँ जैकिशोर और रमेश के चेहरों पर उल्लास की स्वर्गीय आभा ले आईं। नाववाला बोला : "उयि जो धुर कोने वाला टीला है न, बस वही बरौनी मेरी जान में है, पानी में अंदाज ठीक नहीं लग पाता बाबू, पर हमारा अंदाज इत्तौ ग़लत नहीं हुई सकता है बाबू।"

सामने के टीले वाले लोग नाव देखकर हाथ उठा-उठाकर उसे बुलाने के लिए शोर मचाने लगे। गाँव में मुड़ने से कुछ पहले ही नाव एक तेज भँवर की चपेट में आते-आते बची। मूलधारा से इतने हटकर भी भँवर की तेज़ी ने नाव वाले को यह अनुमान दिया कि पानी तेज़ी से बढ़ रहा है और शाम तक यह बतलाना कठिन हो जायेगा कि असली धार कहाँ है।

रमेश बोला : "हम समझते हैं कि टीले के किनारे-किनारे ही ले चलो। उनसे बरौनी का पता पूछकर ही आगे बढ़ना ठीक होगा।"

"ये भी हो सकता है कि ये लोग इन्हीं टीलों में से ही किसी पर आ गये हों।" जयकिशोर ने कहा।

"हुइहैं तो वहीं बरौनी वाले टीले पे हुइहैं।"

नाव पहले टीले की ओर चल पड़ी। ज्यों-ज्यों टीला पास आने लगा त्यों-त्यों उसकी भीड़ भी सिमटकर नाव की दिशा की ओर ही थोड़े-थोड़े पानी तक आकर खड़ी होने लगी। नाव सरकारी है कि गैर सरकारी, जा कहाँ रही है, आदि प्रश्न उधर से होने लगे। बरौनी के संबंध में पूछने पर यही मालूम हुआ कि नाव वाले का अंदाज गलत नहीं था। ठाकुर अजयपाल सिंह के सम्बन्ध में पूछने पर जाना गया कि वो बरौनी से आगे सैंथा के आस-पास रहते हैं। सुनकर नाववाला अनख गया, कहने लगा कि सवारियों ने उसे ग़लत पता देकर फँसा लिया। रमेश, खास तौर पर जयकिशोर को नाव वाले की यह खीझ बुरी लगी। वह उत्तर देने ही जा रहा था कि अपनी बायीं तरफ के पेड़ की ओर देखकर रमेश जोश में चिल्ला उठा : "वो देखो। वो देखो।"

"कहाँ, कहाँ ?" कहते हुए जयकिशोर और नाव वाले की दृष्टियाँ भी पेड़ की उस झुकी हुई मोटी डाल पर गई, जो पानी की सतह से ज़रा ऊँचाई पर दिखाई दे रही थी। उस पर बैठा हुआ एक बड़ा काला नाग फन उठाकर सीधा इन्हीं लोगों की ओर देख रहा था और उसके पास ही दो चूहे भी सहमे हुए बैठे थे।

नाववाला गद्‌गद स्वर में बोला : "वारे भगवान, मौत के डर से एकै डाल पर बैठे हैं।"

जयकिशोर बोला : "वो बिहारी का दोहा है न—

कहलाने एकत बसत अहि-मयूर मृग-बाघ।

जगत तपोवन सों कियो दीरघ दाघ निदाघ।......"

आगे एक जल-मग्न खेड़े से गुजर रहे थे। दाहिनी ओर पानी में डूबा एक शिवाला था। ऊँची कुर्सी पर बना होने पर भी शिवाले का खुला द्वार आधा डूबा हुआ था और उसमें छाती तक डूबे हुए दो पुरुष खड़े थे। वो दोनों ही नाव देखकर गिड़गिड़ा-गिड़गिड़ा कर उन्हें पुकारने लगे। नाव वाला उधर जाने के पक्ष में नहीं था। सैकड़ों हज़ारों लोग फँसे हैं, आखिर किस-किसको बचाया जा सकता है। नाव शिवाले से आगे बढ़ने लगी। पुरुषों की करुण चिरौरियाँ भी बढ़ीं। उन पुरुषों ने कहा कि चाहे हमें छोड़ जाओ, पर हमारे साथ के एक बूढ़े और दो बूढ़ी औरतों को, जो शिवाले के अंदर पानी में आठ घंटे से डूबी हुई खड़ी हैं, उस पार किसी टीले पर अवश्य ही पहुँचा दो। रमेश गिड़गिड़ा कर नाव वाले से आग्रह करने लगा। नाव वाले को भी दया आ गई। नाव शिवाले पर आ लगी।

शिवाले के चबूतरे पर ठीक उसके द्वार से सटाकर ही नाव खड़ी की गई। एक बसोर युवक शिवाले के अंदर से पानी में खड़ी बूढ़ी ब्राह्मणी का हाथ पकड़कर और अपनी बूढ़ी माँ को गोद में उठाकर लाया। बूढ़े पंडित बाबा भी ऐसे ही सहारा देकर लाये गये। पानी में इतनी देर तक रहने के कारण उनकी चमड़ी सफेद निष्प्राण-सी हो गई थी। सबके चेहरों पर मृत्यु का फीकापन और जड़ता थी। किसी के मुँह से बोल तक नहीं फूट रहे थे। सबके बाद एक अधेड़ साहुजी अँगोछे से मुँह बँधा हुआ एक झाबा पानी में तैराते हुए

दरवाज़े पर लाये। पाँचों सवारियाँ झाबे समेत नाव पर आ गईं। भोले बाबा महामिटुंजे नाथ की जै बोलकर बसोर युवक ने पानी में डूबे हुए शिवजी को प्रणाम किया। सभी स्त्री-पुरुषों के हाथ भक्ति-भाव से जुड़ गये। नाव फिर चल पड़ी। बातों का सिलसिला चलने पर इन लोगों की आपबीती सुनकर रमेश आदि के रोंगटे खड़े हो गये।

पानी रात में ऐसी ज़ोर से गरजता और दौड़ता हुआ बढ़ा कि चारों ओर हाहाकार मच गया। रात के नौ बजे ही गाँव का कोई पल्टनवा नामक व्यक्ति किसी दूर के गाँव से लौटने पर पानी की खबर लेकर आया था। जब तक लोग जागें और भागें, पानी गाँव में प्रवेश करने लगा। बहुत से लोग अपना सामान और परिवार लेकर जलती मशालों की रोशनी में भागने लगे। गाँव एक घण्टे के भीतर ही क़रीब-क़रीब खाली हो गया। केवल ये पाँच जन पीछे छूट गये। और तब तक पानी का दूसरा रेला हड़हड़ाकर चढ़ आया। पंडित बाबा अपनी रतौंधी ग्रस्त पंडिताइन को लेकर गले-गले पानी में चिल्लाते हुए भटक रहे थे। बसोर अपनी बूढ़ी माँ और जग्गू साहु को लेकर इस शिवाले के चबूतरे पर पहुँच गया था। जग्गू साहु के दोनों लड़के अपना परिवार और मालमता लेकर एक टीले पर पहुँच गये थे। पर साहुजी ज़मीन में गड़ी अपनी गठरी के मोह में पीछे ही रह गये थे। वो ठिकाना खोद भी न पाये थे कि पानी ने उनके घर को घेर लिया। बसोर युवक उन्हें और पंडित-पंडिताइन को पानी से लड़कर निकाल लाया। सब लोग शिवाले में घुस गये।

अँधेरा घुप्प था। पानी बढ़ रहा था। पानी धड़धड़ाता हुआ बढ़ रहा था और ऐसा लग रहा था कि मंदिर हिल रहा है। बसोर के साथ कुछ झाबे भी थे। उसी पर स्त्रियों को बैठाया। पिछली रात तक झाबे भी तैरने की स्थिति में आ गये थे। फिर सबने खड़े-खड़े रात बिताई। सबेरा होने पर सबने देखा कि शिवजी की पिंडी के ऊपर एक झाबा एकदम टिका हुआ हिल रहा है। टिक कैसे गया, यह देखने के लिए बसोर बढ़ा तो देखा उसमें एक अजगर गेंडुली मारे बैठा था, जग्गू साहु ने यह सुनते ही आगे बढ़कर उसकी लटकती दुम झाबे में डालकर अँगोछे से मुँह बन्द कर दिया। कहा कि इसे बाढ़ के बाद लखनऊ के चिड़ियाघर में बेचकर टके कमा लेंगे।

नाव वाले को जब मालूम हुआ कि झाबे में अजगर है तो बहुत नाराज़ हुआ। रमेश हँसकर बोला: "इस बीच में केवल एक ही ने अपना मुनाफा-खोरी का जाति-गुण नहीं बिसराया।" इन लोगों को एक टीले पर उतारकर नाव फिर आगे बढ़ी।

बातें करते ये लोग इच्छित स्थान पर पहुँच गये। गाँव में मुड़ने से कुछ पहले ही नाव फिर एक तेज़ भँवर की चपेट में आते-आते बची। मूलधारा से इतना हटकर भी भँवर की तेज़ी ने नाव वाले को यह अनुमान दिया कि पानी तेज़ी से बढ़ रहा है। उसके कहे अनुसार अब तो धारों से धारें फूट रही हैं—"आसौं की बाढ़ बाबू, मेरी जान में कुछ कर गुज़रेगी। यह ठीक नहीं ना।"

पानी का खिलाड़ी नाविक पानी के रंग-ढंग देखकर गहरी चिन्ता में फँस गया। एक लैम्प के खंभे के किनारे लैम्प के टीन वाले कंगूरे को हाथ से पकड़कर नाववाला बोला: "ई तौ सब गाँव जानो, खाली हो गया। किसके यहाँ जाना है बाबू?"

"ठाकुर अजयपाल सिंह के यहाँ।" रमेश ने कहा।

नाववाला तकिये की तरह लैम्प के सहारे टेका लेकर बैठे-बैठे ही दूसरा हाथ कान पर लगाकर गोहराया: "अरे हियाँ कौनो जियत पराणी बचा है का भा ऽऽऽ य.........?

एक ही साँस में दो-तीन बार ज़ोर-ज़ोर से गोहराने पर कहीं गहरे से वैसे ही ललकारते-लहराते हुए स्वर पंछियों के कलरव से उठे।

रमेश को कुछ भी समझ में न आया। पर नाववाले ने फौरन ही लैम्प-पोस्ट छोड़कर अपना बाँस सँभाला और नाव को आगे बढ़ा ले चला। आगे बस्ती की गली का सँकरा मोहाना आया। गली के दूसरे छोर पर उधर आस-पास की छतों पर कई आदमी खड़े थे। उनसे ललकार भरे स्वर में ठाकुर अजयपाल सिंह की कोठी का पता पूछा और जाना गया। बाढ़ में फँसे कुछ लोग नाव को अपनी ओर आने और रक्षा करने को गिड़गिड़ाहट भरा शोर करने लगे। परन्तु नाव फिर चक्कर लगाकर मुड़ गयी। दाहिनी ओर से बस्ती के पिछवाड़े खेतों की ओर चली। इधर की ज़मीन कुछ ऊँची उठी हुई थी। खेतों में डूबी हुई फसलें मटमैले पानी के बीच में जगह-जगह अपनी मुर्दा हरियाली को चमका रही थीं। लगभग आधा फर्लांग दूर पर एक नये बँगले की छत और उसके बगल ही में पुरानी हवेली का एक मंज़िल डूबा हुआ भाग नज़र आने लगा। नाव को देखते ही बँगले की छत पर खड़े हुए आठ-दस आदमी एक साथ शोर मचाकर नाव वाले को पुकारने लगे। रमेश और जयकिशोर की आँखें टकटकी बाँधकर छत की ओर देखने लगीं। नाव छत के पास आती जा रही है। रमेश को अब अपने पिता और बचान महाराज साफ़-साफ दिखलाई दे रहे हैं—"ओह भगवान्! तुम कितने दयालु हो, भगवान् कितने दयालु हो।"

नाव पर पुत्ती गुरू, बचान महाराज, ठाकुर साहब के अवकाश-प्राप्त अफ़सर भाई, उनका लड़का, उनका नौकर और सामान रखकर ठाकुर अजयपाल सिंह और उनके नौकरों ने विदाई दी। नाववाला इन नयी सवारियों को ले जाने के लिए नयी रकम की माँग करने लगा। थोड़ी-सी झिकझिक के बाद उसकी माँग पूरी हुई।

चलते समय ठाकुर साहब के भाई ने शाम तक दो मोटर-बोट लेकर बाकी लोगों को बचाने आने का वचन दिया।

●

:: १४ ::

अपने पिता और बचान महाराज को बाढ़ग्रस्त क्षेत्र से निकाल लाने पर रमेश अपने क्षेत्र का हीरो बन गया। संयोग से उसी दिन खन्ना साहब ने किसी काम से उसे शाम को बुलवाया था और बाढ़ग्रस्त इलाके में उसके जाने की बात सुनकर उन्होंने दोबारा उसके घर में यह संदेशा भिजवाया कि रमेश जैसे ही घर आये, वैसे ही उसे उनके पास भेज दिया जाय।

रानीबाला को खन्ना साहब के घर पर ही यह सूचना मिली थी और उसी समय से उसकी चिन्ता का पार न रहा था। बहिनजी के घर काम-काज में फिर उसका जी न लगा। छुट्टी लेकर वह सीधे रमेश के घर पर ही गई। रमेश की अम्मा अपने पति और बेटे की चिन्ता में फीकी फक्क पड़ गई थीं। दो औरतें उनके पास बैठी हुई सहानुभूति के बहाने बातों में अपने भय-जनित अशुभचिन्तन को गति दे रही थीं। बहत्तर बरस की कड़ियल बूढ़ी गुलकन्दी चाची कह रही थीं : "देखौ भाई, नारायणजी करैं कि तुमरे भाग से बाप-बेटे, दूनौ राजी-खुसी से लौट के अपने घर में आवैं। बाकी बाढ़-बहिया में से बचके आवना बड़ा मुस्कल होता है।"

"हाँ चाची, ई बात तो सच्ची है। बाढ़ के पानी में हमने सुना है कि ऐसी जोर की भांवरे पड़त हैंगी कि उम्मे जो कोई फँस गवा, ऊ बस सीधे रसातलै में पहुँचत है जायके।"

"अरे रानी, हमरे लड़कपन की बात हैगी। कानपुर में गंगाजी की बाढ़ आई। हाय रानी, हम तुमसे का कहैं, एक आदमी बेचारा न जाने कहाँ से बहत-बहत आय रहा था, खड़े-खड़े तमाम खिलकत देखै और पुकार-पुकार के हिम्मत दिलावै कि रस्सा फेंका जा रहा हैगा, पकड़ लेओ तो खींच लें। तब फिर रानी, क्या भया कि रस्सा फेंका गया, उन्ने पकड़ भी लिया और लोग खींचन लगे, सब खुशी होंय कि बच गया, बच गया....... ए रानी बस इत्ती देर में क्या भया कि एक जहाज ऐसा बड़ा भारी मगर पानी में से निकला और गप्प-सानी मूं फाड़ के आदमी खाय गया। बस खतम।......."

"चःच : , राम राम! अरे चाची बाढ़ तो फिर भगवान का कोप ठहरा। ऊ में फँस के निकलना बहुतै मुस्कल बात हैगी।"

"हमरे तिल्लोकी भैया ने बचानौ से कहा और इनके लड़के से भी कहा कि चँदरमा खराब है, भदरा भी लगी है, ठीक नाहीं है। पुत्ती तो फंसे ही हैं, बाकी तुम लोग न जाओ। पर होतब्बिता को कौन रोक सकता है रानी।.......हे ईसुर नाथ, भगवान।"

रानी को इन सब बातों पर अनायास ही क्रोध आ गया। अपने शान्त, गम्भीर और अनुशासन प्रिय स्वभाव के बावजूद, अपने चिंता-जंजाल-ग्रस्त मन को अशुभ आशंकाओं में भटकाने वाली बातों ने उन पाँच-छह मिनटों में उसे भीतर ही भीतर इतना तपाया कि वह अपना संतुलन खोकर भड़क उठी, तेजी से कहा : "जिसके मन में भगवान् पर विश्वास नहीं होता, उन्हीं के मन में ऐसी अशुभ बातें भी आया करती हैं। अगर भगवान् मेरे भी हैं तो मैं कहती हूँ कि अभी राजी-खुशी से आते होंगे ये लोग।"

रानी का आवेश रमेश की अम्मा के चेहरे पर विश्वास की चमक बनकर चढ़ गया। बूढ़ी गुलकन्दी चाची के माथे के बल चढ़े, आँखों में क्रोध झलका, उनकी जबान की बिजली बदतमीज रानी पर बरसने ही वाली थी कि नीचे के किवाड़ घड़घड़ाकर खुले और हर्ष की जोशीली हँफनी से फूले स्वर में सुरेश ने कहा : "बाबू आ गये अम्मा।"

अम्मा और रानी लपककर छज्जे पर आईं, सुरेश तब तक सीढ़ियों पर चढ़कर ऊपर आने लगा था। खबर ने गुलकन्दी चाची और कित्तो की बुआ की उत्सुकता को भी जगा दिया था। सुरेश ऊपर आया। उसका चेहरा खुशी से खिला हुआ था, बोला, "बाबू की सिलौटी-विलौटी जल्दी से धोय धाय कर रक्खो अम्मा, उन्हें भाँग की बड़ी ज़ोर तलब लगी हैगी।" कहकर वह हँस पड़ा।

"औ' पुत्ती कहाँ है ? " गुलकन्दी चाची ने पूछा।

"रुप्पन चाचा के बैठके में।"

"और भैया कहाँ हैं तुम्हारे ?" रानी ने पूछा, "भैया" शब्द ज़ोर से कहा और 'तुम्हारे' दबे स्वर में। लगभग इसी समय अम्मा ने भी रमेश ही के संबंध में पूछा। सुरेश बोला : "अरे भैया के तो इत्ती बिरियाँ वो ठाठ हैं कि पूछो मत। रुप्पन चाचा ने दस रुपये का नोट इनाम में दिया हैगा उन्हें, अभी-अभी मेरी आँखों के सामने। कहा कि मिठाई खाना। पर भैया बोले कि हज़ारों शरणार्थी बिचारे गाँवों से भाग-भाग के यहाँ आये हैं, उनकी मदद के लिये ये पहला चंदा मिला हैगा। सब लोग भैया की और भी तारीफें करने लगे। अरे, बेकार ही खोये रुपै। आज रबड़ी आती मज़े से।"

सिल धोते-धोते एकाएक आँचल की खूँट से पैसे निकालने के लिए गाँठ खोलते हुए खुशामद भरे स्वर में अम्मा ने सुरेश से कहा : "ए सुरेश, तनी लपक के डेढ़ पाव दूध लै आओ बेटा। पाव भर तुमरे बाबू की भाँग में पड़ जायेगा और बाकी तुम सबके लिए और हमरे रमेश की लिए चाह बन जायेगी। रानी, अब तुम भी चाह पी के ही घर जाना बिटिया।"

"जी अच्छा, लाइए, मैं ही बना दूँगी। दियासलाई कहाँ है, सिगड़ी सुलगा लूँ।" रानी में इस समय बड़ा उत्साह था।

"अच्छा……… हाँ, तुमही बनाय के देओ। मैं तब तलक तुमरे चाचाजी की बूटी पीस देउँ। थके-माँदे आवैंगे बिचारे।"

कित्तो की बुआ मुँह-छुवाई करती हुई बोलीं : "अरे, चाह हम बनाय दें, रमेस की महतारी।"

"नाहीं-नाहीं, ई लड़की बनाय लेगी। हमरी मन्नो के साथ पढ़त रही। औ' देखो बिचारी का प्रेम कि खबर सुन के जिउ न माना तौ बिचारी दौड़ी चली आई।"

दोनों स्त्रियों के जाने के बाद सिल पर धुली हुई पत्ती और गोल मिर्चें रखकर बट्टा उठाते हुए रसोई के दालान में बैठी सिगड़ी सुलगाती हुई रानी से अम्मा बोलीं : "ऐसी शुभ घड़ी में तुम आईं बिटिया कि हमारा तो बिछड़ा सोहाग लौट आया। पेट के जाये ने मेरे दूध की लाज रख ली। मेरे तो रामजी ही सहाय हैं। और ये गुलकन्दी निगोड़ी तो महा की जलापे वाली हैगी, सदा दूसरे का अशुभ ही बोतल हैगी डाइन !" कहकर अम्मा भाँग पीसने में दत्तचित्त हुईं।

रानी के जी में आया कि चाय के साथ जो वह 'उनके' लिए कुछ नाश्ता भी बना सकती तो कितना अच्छा होता। दिन भर भूखे-थके-माँदे आ रहे है।······मगर अम्मा से कहे कैसे ?······क्या हर्ज है, कह ही दे। अम्मा को भी इस समय यह बात इतनी सही लगेगी कि उनके मन में कोई शक हो ही न सकेगा। इस विश्वास के साथ उल्लसित होकर पूछा "अम्मा, बेसन हो तो लाइए, थोड़े से पकौड़े भी—।"

"हाँ हाँ। अरे बारी मेरी बिटिया। तू सचमुच रानी है। देखौ······पर तुम्हें मिलैगा नहीं। ठहरो, हम आते हैं—"

"नईं नईं। मैं ढूँढ़ लूँगी; आप मुझे वहीं से बतला दीजिए।"

रमेश की अम्मा ने बतलाया और रानी आसानी से सब चीज़ें ले भी आई। अम्मा बड़ी खुश हुईं। फिर भाँग पीसने में दत्तचित्त होती हुई बोलीं: "पन्नो इत्ती बिरिया रोज अपनी सहेली के हियन पढ़न चली जाती हैंगी। नहीं तो तुम्हें हम ई तकलीफ न देते।"

"मैं अपने घर में काम कर रही हूँ अम्मा, फिर तकलीफ कैसी?" रानी सचमुच मगन हो रही थी। पास वाले दालान में पुत्ती गुरू की पत्नी अपने पति की सेवा में दत्तचित्त थीं और रसोई में······इस विचार के बाद कैसी गुदगुदी भरी आनन्द-लहरें सिर से पाँव तक उसके देह-मन में लहराई हैं कि हाय राम!

रमेश घर में पहले आया। रानी हर्ष और लाज के अतिरेक में अपनी जगह से हिल न सकी, वहीं बँध गयी। अम्मा नीचे से रमेश की आवाज़ सुनते ही फिर सिल-बट्टा छोड़कर छज्जे की ओर लपकीं और—रमेश को तो ऊपर आकर मानो सब कुछ मिल गया। मन्नो की शादी के दिनों में रानी इस घर में काम करती हुई दिखलाई देती थी, मगर तब तो बहुत सी काम करने वालियाँ थीं। आज रसोई वाले दालान में अपने फुर्ती भरे हाथों से थाली में बेसन घोलती हुई वह रमेश को इस घर का सहज अंग सी प्रतीत हुई। पिता को बचाकर लाने के कारण उसका सफल नायकत्व मानो अपना मनोवांछित पुरस्कार पा गया। और फिर तो जितने उत्साह से उसने अपने बाढ़-क्षेत्र में जाने और अपने पिता आदि को बचाने की कथा सुनाई, वैसा उत्साह तो रुप्पन चाचा के घर और गली में दो बार सुनाने पर भी उसके मन में नहीं उमग पाया था। इन्हीं बातों के प्रसंग में उसने बचान महराज के जाने का हाल भी बतलाया। जाते समय एक नाव में, जो सैंथा से भी आगे एक हवलदार के परिवार के रक्षार्थ जा रही थी, इन्हें जगह मिल गयी। पहुँच तो गये, पर लौटते समय नाव वाले ने अपने वचनानुसार इन्हें और पुत्ती गुरू को साथ न लिया। नाव उस समय ठसाठस भरी हुई थी और इन लोगों के पुकारने पर भी वह पास न फटकी। उसके बाद बचान गुरू पुत्ती गुरू पर एहसान की धौंस जमाते और घबराते रहे। पुत्ती गुरू भी उन पर गर्माते रहे और ठाकुर साहब, जिन्हें बचान के आने पर नाव वाले को दस रुपये देने पड़े थे, उन्हें बार-बार उल्लू कहते रहे। यह सुनाने पर खूब हँसी हुई।

पुत्ती गुरू को भी घर आकर और अपनी दूधिया भंग तैयार देखकर मन में तरावट आ गयी, कहने लगे: "शास्त्रों में झूठ नहीं लिखा, ओछे का माल कबहीं न खाय। कल ससुर पचास बार तो ठाकुर साहब ने दुलखा होयगा कि दस रुपये लागत की भाँग बनी, दस रुपये लागत की भाँग बनी। सुन-सुन के हमारा नसा तड़क गया। अरे, अपने समधियों को मैंने चौदह रुपये लागत की पिलाई थी। मगर हमने तो एक बार भी अपने मूँ से नहीं कहा। इससे प्रेम कम हुई जाता हैं, नसा उखड़ जाता है। सवेरे से अब तलक भोले का प्रसाद न पाय सके ससुर। ऐसा मनहूस दिन तो आज तलक हमने अपने होश में देखा नहीं था।" और इसके बाद गिलास लेकर नीचे रामजी के मंदिर में जाकर स्तोत्र पढ़ते हुए भोग लगाया। उनकी पत्नी बाकी बची हुई भाँग लोटे में लेकर उनके पीछे-पीछे गयी! रानी-रमेश को अकेलापन मिला, रसोई वाले दालान के दासे पर बैठकर, कढ़ाई में पकौड़ियाँ तलती हुई रानी को मदभरी दृष्टि से देखकर पूछा: "तुम कितनी देर से यहाँ हो?"

"थोड़ी देर से। मुझसे कह के क्यों नहीं गये थे?" रानी की आँखों की पुतलियाँ शिकायती नखरे से नाच उठीं।

रमेश उसकी ओर घूरकर बोला: "उस समय कहने की भला फुरसत थी मुझे जो...... सिड़ी कहीं की।"

"हाँऽआँ, सिड़ी तो हम हैं ही, मगर आपसे बहुत नाराज़ हैं।" रानी के गुस्से वाले नखरे ने रमेश के मिजाज को मखमूर कर दिया।

नीचे पुत्ती गुरू एक गिलास चढ़ाकर पत्नी के दोबारा गिलास भरते समय संतोष से पेट पर अपना बायाँ हाथ रक्खे हुए बोले: "आऽहा! अपने घर की, अपने गृहिणी के हाथ की भाँग ऐसी अमृत समान लगी है कि क्या कहैं। ससुर दस रुपये की लागत बखानत रहे। छिः! हरिओम बोम शंकर—आ हा! आज तुम्हारे हाथ की भाँग में अष्ट-सिद्धि नवनिधियों का रस उतर आया हैगा साला। अरे, आज मैं तुम्हें सपने में नौलखा हार पहनाऊँगा रमेश की अम्मा, ऐसा चित्त प्रसन्न भया है तुमसे। हरिओम! (डकार) गुसाईंजी का वचन प्रमाण है कि "नारि पतिव्रत जेहि घर माहीं, तेहि प्रताप से अमर डराहीं।"

पिता की इस बात ने ऊपर बैठे रमेश और रानी को साथ-साथ हँसा दिया। फिर एक बार छज्जे से नीचे झाँककर खड़े ही खड़े झुककर धीरे से कहा: "सुन लिया? अब हमको भी अपनी घरवाली के हाथ की अष्ट-सिद्धियाँ नवनिधियाँ तुरन्त मिलनी चाहिए। अब नहीं रहा जाता।"

"क्या बकते हो? चले जाओ यहाँ से। अम्मा आती होंगी।"

चाय-पकौड़े परोसते समय अम्मा ने कहा: "आज हमारी रानी ने गुलकन्दी चाची को ऐसा झाड़ा कि हमरा जी खुस हुई गया।"

पुत्ती गुरू कान पर जनेऊ चढ़ाए चूना-तमाखू मल रहे थे; गुलकन्दी चाची के नाम पर उत्सुक होकर पूछा: "क्या भया?"

"अरे हियाँ बैठी भयी ऊ और कित्तो बड़ी देर से असुभ बातें बोल रही थीं और ऊपर से राम-रामौ करत जायँ, तो हमरी रानी कहिन कि जिनके मन में भगवान पर बिस्वास न होय, ऊ असुभ बोलै, औ, हमरा तो बिस्वास ऐसा हैगा कि अबहीं के अबहीं आवत हायँगे ई लोग। औ' भाई, हम तुमसे क्या कहैं रमेस के बाबू, कि कैसे सरसतीजी साच्छात इसकी जिभ्या पै बोली होयँ उत्ती बेला। इधर इसने कहा है औ' उधर सुरेस ने घर में आय के कहा कि अम्मा, बाबू आय गये।"

पुत्ती गुरू को यह सुकर रानी के प्रति स्नेह हुआ, बोले: "अरे भई, सात्विक लोगन की बातें कुछ और ही होती हैंगी। इस लड़की के पिता बेचारे ऐसे भक्त कीर्तनिये और फिर सबसे ऊपर कि भगवान रामचन्द्रजी की जात-बिरादरी वाले हैंगे। औ' गुलकन्दी ससुरी, जनम की छिनट्टी। सत्तर चूहे खाय के अब चाची बनी हैंगी रण्डी।"

बाबू निवृत्त होने गये। रसोई वाले दालान में रमेश की माँ ने आग्रह से रानी को भी चाय-नाश्ता करवाया और आप पकौड़ों का आखिरी घान उतारने बैठ गयीं। रमेश को अपने इस घरेलू दृश्य में आज जो आनन्द-वैभव मिला, वह अपूर्व था। नाश्ते के बाद रमेश अपनी अम्मा की आज्ञा से रानी को उसके घर पहुँचाने तथा रानी के दिए हुए सन्देशानुसार खन्ना साहब के घर जाने के लिए तैयार हुआ। चार दिन पहले ही वह अपने लिए पन्द्रह रुपये की एक नई फाउन्टेनपेन खरीदकर लाया था। इस समय अचानक मन में विचार आने पर वह ऊपर अपनी कोठरी में गया और फाउन्टेनपेन उठाकर अपने साथ ले आया। रास्ते में एक जगह, गली में सन्नाटा देखकर फाउन्टेनपेन रानी की ओर बढ़ाते हुए कहा: "यह लीजिए। बहिनजी के घर आपको टूटे कैपवाली फाउन्टेनपेन से काम करते हुए देखकर मेरे कलेजे में ऐसे हाइड्रोजन बम फूटते रहे हैं अब तक कि क्या बताऊँ।"

रानी ने संतोष भरे गौरव के साथ, वह कलम हाथ बढ़ाकर ले ली, छाती के भीतर प्रेम की बिजलियाँ कौंधने लगीं, प्राणों का सागर हिलोरें लेने लगा। गली की रोशनी में उसकी चमचमाती हुई सुनहरी टोपी और क्लिप पर लिखे हुए अक्षर देखकर आत्ममग्न स्वर में बोली: "तुम्हीं रक्खो न अपने पास। तुम्हारी पेन भी तो ओल्ड हो चुकी है।"

"जी हाँ, मगर इतनी खराब नहीं हुई जितनी आपकी।"

रानी ने फिर आपत्ति न की, मुस्कराहट केवल उसके होंठों पर ही नहीं, मुख पर, पूरे शरीर पर खेल रही थी। कलम को अपने ब्लाऊज के कालर में लगाकर बात कहने के लिए रमेश के शरीर से सटकर चलते हुए धीरे से कहा: "मैं भी आज चाऽ—बाबू की तरह सपने में तुम्हें इसके इनाम में शेफर्स पैन प्रेजेण्ट करूँगी।" कहकर रमेश की ओर कनखियों से देखते हुए उसकी आँखों में मद लहरा उठा। रमेश कुछ इन आँखों के नशे में और कुछ अपने पिता को चाचा कहते-कहते एकाएक बाबू कहकर संबोधित करने के सुख में ऐसा मतवाला हो उठा कि उसकी बाँह रानी के कंधे पर पहुँच गयी। गली तब भी सूनी थी, मगर आगे तिरमुहानी बाजार झलक रहा था। रानी सहमकर छिटक गयी और एक

कदम आगे बढ़कर बोली : "सुरेश कहते थे कि तुम बाढ़-पीढ़ितों का चन्दा करोगे। मैं भी करूँ।"

"निश्चय-निश्चय। क्या बताऊँ काश कि मैं तुम्हें साथ लेकर इन बेचारे शरणार्थियों की हालत दिखला सकता......लेकिन ठहरो, मैं बहिनजी से इस सम्बन्ध में बात करूँगा।"

रानी को घर पहुँचाकर रमेश ने उसकी दादी और माँ के सामने अपनी माँ की ओर से रानी के विलम्ब से आने की सफाई दी और इस बहाने रानी की ढेरों तारीफें भी कर गया।

:: १५ ::

बाढ़ ने और भी भीषण रूप पा लिया था। सबेरे से रात तक बाढ़ की खबरों को छोड़कर कहीं और कोई चर्चा ही न होती थी। प्रादेशिक कांग्रेस के अध्यक्ष-पद को लेकर शहर के गाँधी टोपी वाले हल्कों में दौड़ रही सरगर्मियाँ लोगों पर कोई असर न डाल सकीं। जिक्र छिड़ने पर लोग-बाग सरकारी, गैर-सरकारी हर तरह के कांग्रेसियों को गन्दी से गन्दी गालियाँ देते थे। पढ़े-लिखे और ज़िम्मेदार वर्ग के लोगों में भी यही शिकायत भरी चर्चा थी कि सरकारी अफ़सरों की लापरवाही के कारण बाढ़ में सैकड़ों जाने तबाह हो गयीं और सैकड़ों ही अरक्षित स्थानों में घिरने के लिए मजबूर हुईं; नष्ट होने के अलावा उनकी दूसरी गति ही न थी।

"अजी साहब, सरकारी अफ़सरों के पास तो चार अक्टूबर ही को बाढ़ की रिपोर्टें आ चुकी थीं। लेकिन तब फुरसत किसे थी ? अफ़सर लोग तो मिनिस्टर पार्टी की तरफ से कांग्रेस-अध्यक्ष का एलेक्शन लड़ाने में फँसे हुए थे। मंत्रियों और मुख्यमंत्रियों के आगे तो अपनी 'प्रेस्टिज' का सवाल था। जनता मरे या जिये, इससे उन्हें मतलब नहीं।" बाढ़ के इस महा भयानक रूप के सामने नागरिक और कुछ भी देखने-सुनने के लिए मानो तैयार ही न था। संयुक्त राष्ट्रसंघ में नेहरू विश्व-नेता बन गए, हिन्दुस्तान के लिए उन्होंने बड़ा नाम कमाया, मगर उसका भी असर आमतौर पर लोगों के मनों पर कुल जमा एक बहुत बड़े शून्य के समान ही था। नेहरू की चर्चा आ ही जाने पर लोग-बाग उनको बखानकर बाकी काँगरेसियों को कोसने लगते थे। बस, इतना ही लगाव उस समय लोगों को अपने राजनीतिक महापुरुषों के प्रति था।

नदी के अनैसर्गिक रूप से बढ़ आये हुए किनारों पर पब्लिक का मजमा सबेरे से ही जुट जाता था। डालीगंज वाले रेल के पुल पर आर-पार तक भीड़ लगाकर, उसके थरथराते हुए खम्भों पर अस्थिरता की सनसनाहट लिए हुए भी सैकड़ों लोग दिन भर खड़े रहते थे। पुल के कुछ ही नीचे पानी का हड़कम्पी नाद ऐसा लगता था, मानो कोई विकराल दैत्य भरपेट भोजन करने के बाद सन्तुष्टि की डकारें ले रहा हो। मिट्टी के संसर्ग से, तेल सा गाढ़ा लगकर भी पानी जब बिजली की तेज़ी से, पुल के खम्भों से आगे बढ़ता

था, तो अनेक छोटी-बड़ी तेज़ भँवरे नाचने लगती थीं और यह क्रम टूट नहीं पाया था। पुल के खम्भों से मोटे-मोटे रस्सों में बँधी हुई बल्लियाँ जल की उत्ताल तरंगों में ऐसी डूबती-उतराती, उछलती थीं, मानो पतली बुहारी की सीकें हों।

रमेश दोपहर में भोजन करने के बाद अपने साथियों को लेकर घूमता हुआ पुल पर आ गया। सैकड़ों का मजमा होने पर भी, थोड़ी-बहुत बातें होती रहने पर भी, पुल पर हर आदमी आमतौर पर चुप-सा खड़ा हुआ था। रेल की पटरी-पटरी और उनके नीचे बिछी हुई मोटी धन्नियों पर लोग एक-एक करके आगे बढ़ते जाते थे। पैरों के नीचे अगम पानी ही पानी था। साहसी युवक बीच धार के ऊपर खड़े होकर बाढ़ का अनुभव करने लगते थे। इसलिए लोग-बाग उस जगह एक-दूसरे को उतावली में थोड़ा बहुत धकियाते हुए ही आगे बढ़ रहे थे। लेकिन सारी उतावली के बावजूद इन धक्कम-धक्कियों में सावधानी बरती जा रही थी कि कोई गिरने न पाए। मौत के भय और मौत के तमाशे ने सबको ही एक आधारभूत समझ दे रक्खी थी। बीच पुल पर खड़े होकर बाढ़ का दृश्य देखने वाले पानी की ओर टकटकी लगाकर एक या दो मिनट से अधिक देख ही न पाते थे। गहरे पानी के तेज़ बहाव से लगातार थरथराने वाला पुल हर खड़े होने वाले को मौत का एहसास करा देता था। जल के इस अनुचित और अन्यायपूर्ण फैलाव को देखकर रमेश के मन में अनायास ही अपने महल्ले के बड़े लखपती महाजन लाला रूपकिशोर का अचानक ध्यान आया। वह कम्मी से बोला : "इस समय गोमती हूबहू रुप्पन चाचा की सी लग रही है। और ये भँवरे जैसे उनके तगादे करने वाले कारिन्दे हों, जो इनके चक्कर में घिरा नहीं कि उसे ऐसे ही दबोच लेते हैं और फिर साले को उठने ही नहीं देते हैं।"

कम्मी फीकी हँसी हँसकर बोला : "तुमको ऐसे मौके पर कविता की ही सूझ रही हैगी।"

"आगे बढ़ो। आगे बढ़ते रहो भाइयौ। ये तमाशा देखने का बख्त नहीं हैगा। राम-रहीम का नाम लेते रहो।" हर तमाशाई और डालीगंज स्टेशन तक जाने वाला हर उतावली भरा व्यक्ति, एक-दूसरे को गुहार कर आगे बढ़ता था। सामने लोहे वाले पुल पर भी मजमा खड़ा हुआ था।

पुल के बाद उस पार धरती पर पहुँचकर रमेश और उसके साथियों को लगा कि जैसे वह मौत के मुँह से निकल आये, पटरी के किनारे धरती पर एक जगह बैठकर पानी का गहन हहर-हहर नाद सुनते और सामने की ओर टकटकी बाँधकर देखते हुए एकाएक हर्रो बोला : "वो देखो, वो देखो, पानी कैसा छुरी की तरह पुल की मिट्टी में घुसा जा रहा है। अहाः, क्या सीन है!" कई लोगों का ध्यान एकाएक उधर गया। और देखते ही देखते दृश्य शोभा वाली भावना भय के महावेग में बदल गयी। रेलवे पुल और उससे भी हज़ार गुना अधिक लोहे वाले पुल पर खड़ी भीड़ का प्रलयंकर शोर अनगिन बमों से एक साथ के धड़ाके सा, आग लगे जंगल के छोटे-बड़े जानवरों की करुण क्रन्दन और चीत्कारों सा उठा। लोहे वाला पुल एक बार तो प्रत्यक्ष हिल उठा।—छऽऽ........छऽऽ ....छऽऽऽऽ छऽप

.........छऽप-धऽ !!!.........हर-हर-हर-हर—पानी के अन्दर होने वाले घनघोर धमाके लोगों के दिलों के अन्दर अपने भय की पूरी-पूरी अनुभूति कराने लगे, पाँच-सात मिनट के अन्दर ही अन्दर यह भयंकर शोर और पानी की तूफ़ानी लहरों के साथ ऊपर उछलने वाले मिट्टी के बड़े-बड़े ढोंकों से उछलने-गिरने का जादुई दृश्य समाप्त हुआ। फिर लोगों ने देखा कि उनके सामने डालीगंज से लोहे वाले पुल को जोड़ने वाली सड़क टूट चुकी थी। पुल का टूटा हुआ भाग अब सबको स्पष्ट दिखाई दे रहा था। 'अऽ' करके हर ज़बान बड़ी कठिन पीर से अचकचाकर रह गयी। पानी उससे दो-तीन फुट नीचे बहता हुआ दिखाई दे रहा था। पानी जैसे हर कलेजे को तोड़कर बीच से बह रहा था। जादू का सा करिश्मा हो गया, हर दिल सकते में आ गया। थोड़ी देर के लिए हज़ारों के मजमें में मौत का सा सन्नाटा छा गया।

लोहे वाले पुल के बहुत से लोग पुल के टूटे हुए भाग के किनारे खड़े होकर अपनी बेबसी पर चीत्कार कर उठे। रोने और विलाप करने का एक बहुत बड़ा शोर और हिस्टीरियां की सी दौड़-भाग लोहे वाले पुल पर दिखलाई दे रही थी। लोग पुल के उस हिस्से की तरफ दौड़ रहे थे, जो दाहिनी ओर अब भी ठण्डी सड़क से जुड़ा हुआ था। लेकिन यहाँ भी दरार पड़ने लगी थी और पानी की तेज़ धार सड़क के ऊपर बिछकर ठीक उसी तरह से धँसती जा रही थी, जैसे लकड़ी में आरा धँसता है।.........पुल इधर से भी घिर गया। उस पार बने घाट पर धार झरने सी गिरने लगी। पुल के इस ओर खड़े हुए मजमे ने दोबारा भयग्रस्त हुल्लड़ उठाया।

रेलवे पुल पर खड़े हुए लोगों में सनसनाहट दौड़ने लगी—"जान पड़ता है, पानी इधर भी अन्दर-अन्दर काट रहा है। वे लोग पुल पर ही फँस गये बेचारे। हाय-हाय ! दोनों किनारे कटने के बाद फिर पुल को बहते देर न लगेगी। हे राम, हाय राम, या अल्लाह, या परवर दिगार.........'' इस पुल पर खड़े हुए बहुत से लोगों में तमाशा देखने का साहस बुझ गया। रेलवे पुल की भीड़ बहुत तेजी से सुरक्षित धरती पर पहुँचने के लिए मेडिकल कालेज या डालीगंज—अपनी सुविधा की दिशा की ओर बढ़ने लगी। इसी समय डालीगंज की ओर से आने वाली ट्रेन की सीटी ने लोगों के पैरों की गति दूनी कर दी। देखते ही देखते रेल का पुल सूना हो गया। पुल के पास किनारों पर खड़े हुए लोग ट्रेन को राह देने के लिए किनारे-किनारे सिमटकर खड़े हो गये और जगह न होने पर कुछ लोग सरक कर ढालुवाँ जगह पर अपने पाँव रोपने लगे। नीचे अगम जल था।

शहर में जगह-जगह शरणार्थियों के कैम्प पड़े हुए थे। पानी बराबर बढ़ता ही जा रहा था। शरणार्थियों को भोजन-छाजन की सहायता देने के लिए शहर भर में सहानुभूति का ज्वार उमड़ पड़ा था। लोग झोलियाँ फैलाये घर-घर, सड़क-सड़क दौड़ रहे थे। बड़े-बड़े शामियाने लगाकर उनमें शरणार्थियों को ठहराया जा रहा था। उन्हें खिलाया-पिलाया जा रहा था। बाढ़ नगर के एक भाग की गलियों तक पहुँच चुकी थी। बाजार कालीजी और उसके पीछे नाले के किनारे बसी हुई बस्तियों में पानी घरों के अन्दर बह रहा था।

निकलने के लिए राह नहीं थी। दिन के बारह बजे के लगभग खबर आई कि नाले के पास दो-एक पुराने घर पानी में बैठ गये हैं और वहाँ की आबादी में बड़ा भय समाया हुआ है। दयावान लोगों ने सरकारी सहायता दिलाने की कोशिश की, पर सहायता मिलने की कोई सम्भावना एक रात बीत जाने पर भी नज़र न आयी। अधिकारी कान में तेल डाले बैठे हैं। पानी तेज़ी से बढ़ रहा है। आज रात तक राम जाने कैसी बीते, कैसी न बीते।

"पचासों ग़रीब परिवारों के लोग मुसीबत में पड़े हैं। इनकी सुरक्षा का प्रबन्ध अगर हम लोग न करेंगे तो कौन करेगा?" तरुण छात्र संघ के सभी बड़े सदस्यों में इस समय कुछ कर गुजरने की तड़प बहुत तेज़ी पर थी। रमेश और राजकिशोर, जो दो रोज पहले पुत्ती गुरू और बचान महराज को बचाने के लिए अपने साहस से बाढ़ के पानी को रौंद चुके थे, इस समय सबसे अधिक जोशीले हो रहे थे। शामराव गोडबोले में भी अपार जोश था। अभी थोड़ी देर पहले ही अपनी आँखों से उन्होंने लोहे वाले पुल के कटने का दृश्य देखा था। उस दृश्य से छाती पर मौत की जो सिल जम गयी थी, उसे वह अपनी कर्मण्यता से तोड़ना चाहते थे।

जयकिशोर ने कहा: "सुनो जी, एक नाव लानी होगी। कुड़िया घाट में चलो।"

"कुड़िया घाट में तो इस बखत हाथी डुबान पानी है।" गोडबोले बोला।

"अरे यार, मेरा मतलब है, किनारे पर किसी नाव वाले को पकड़ेंगे। मुन्ना, भूरिया, परमेसरी, मोहना, सभी तो हैं।"

"मगर नाव यहाँ गलियों में आएगी कैसे?" जयकिशोर सोच में पड़ गया।

"क्यों ठेले पर लादकर ले आयें।" हर्रो बोला।

"अमा, कहना आसान है, करना कठिन।" कम्मी ने झिड़का।

"यहाँ खड़े-खड़े बेकार की बहसबाजी में तो कुछ भी हासिल न होगा यारो। नाव लाये बिना दूसरी कोई गति नहीं। थोड़ा जान जोखों का एक्सपेरीमेण्ट ज़रूर करना होगा। और नाव को हुसैनाबाद वाले खलार से नाले में किसी तरह लाना ही होगा।" रमेश के इस निर्णय का क़रीब-करीब सभी ने मौन समर्थन किया। कम्मी बोला: "तब एक अक्लमन्दी और करो तुम लोग, यानी गोडबोले, जैकिशोर और तुम तो नाव लेने जाओ। और मैं, हर्रो, लखन और पम्मी के साथ इत्ती देर में रुपये, ठेला, गैस, रस्से सब लेके अपने स्वयंसेवकों के साथ पहुँचता हूँ। लेकिन मिलें कहाँ?"

"घंटाघर वाली सड़क पर आना।" जयकिशोर ने उत्तर दिया।

पानी कम्पनी बाग की ढाल पर बसे लाजपत नगर को पूरी तौर पर घेरकर अब आगे तक बढ़ आया था। घाट वालों के तखत कम्पनी बाग के ढाल पर लगे थे। रमेश अपने साथियों के साथ जिस समय पहुँचा, उस समय एक भी नाव न थी। आस-पास के डूबे हुए गाँवों और मुहल्लों से लोग अब भी बचाकर लाये जा रहे थे। कई उत्साही

नवयुवक घाट वाले ग़रीब परिवारों को अपनी जान जोखों में डालकर भी निःस्वार्थ सेवा-भाव से बचा-बचाकर ला रहे थे। कुछ नावें सैलानियों के कब्जे में थीं। रमेश और उसके मित्र उतावले हो रहे थे।

लगभग पैंतालीस मिनट तक आपसी बातों में वे अपनी उतावली की भड़ास को फोड़ते रहे। किनारे पर नर-नारियों, कन्याकुमारियों, छौने-छौनियों, छैलों, तमाशबीनों, खोन्चे-गुब्बारे वालों का मेला जैसा मजमा, आस-पास की खोखली सहानुभूति की बातों का कोहराम, तमाशे की बातें, रोमांस की बातें, उस समय की अपनी मनःस्थिति के कारण रमेश और जयकिशोर को खल रही थीं। बीड़ियाँ फूँकते हुए दोनों में थोड़ी देर पोलिटिकल बहस-मुबाहसा भी गर्मा गया। अमुकजी अब मुख्यमंत्री बनकर ही रहेंगे और अमुकजी को त्यागपत्र देना ही पड़ेगा। कांग्रेस की गुटबाजी और निजी स्वार्थों के संघर्ष ने सरकारी मशीन को इतना भ्रष्ट कर दिया है कि अब आमूल परिवर्तन किये बिना वह ठीक ही नहीं हो सकती। जनसंघ छोटे व्यवसायियों और स्वतन्त्रता-प्राप्ति के आस-पास वाले काल में उमगने वाले ऐसे युवकों की भीड़ से भरी संस्था है, जो राष्ट्रीय आन्दोलन में भाग लेने की अपनी हौंस पूरी न हो पाने के कारण और अब सत्तारूढ़ कांग्रेस के अंदर धँसकर अपनी जगह बनाने में असफल होने की वजह से, तीव्र प्रतिक्रियावादी हो गये हैं। समाजवाद का लेबिल लगाकर चलने वाली पार्टियों में अधिकतर ऐसे लोगों का ही जमाव हो रहा है, जो एक ओर तो अपने मार्क्सवाद को कम्युनिस्टों से बचाए रखना चाहते हैं और दूसरी ओर कांग्रेस के गाँधीवाद से अपने गाँधीवाद को अलग साबित करना चाहते हैं। कम्युनिस्ट उत्तर भारत में तो आमतौर पर बेअसर ही हैं। अपने उद्देश्यों में कोई भी साफ नहीं। जिस देश के बौद्धिक उद्देश्यभ्रष्ट, लक्ष्यहीन और परावलम्बी हों, सदा दूसरे देशों के दम पर अपने देश का उद्धार होने की कल्पनाओं और योजनाओं में लीन रहते हों, उस देश के जनसाधारण पर जो कुछ न बीत जाय, वही कम है। जयकिशोर ने बहस को समेट कर यहाँ तक पहुँचा दिया।

सैलानियों के एक दल को घुमाकर एक नाव वापस लौटती हुई दिखलायी पड़ने लगी। रमेश, गोडबोले और जयकिशोर तीनों ही उसकी अगवानी में पहले ही सतर्क हो गये कि जिससे कोई दूसरा सैलानी दल उसके ऊपर अपना कब्जा न जमा सके। किनारे पहुँचने से पहले ही नाव वाले ने किनारे पर खड़ी भीड़ की ओर देखकर गोहार लगाना शुरू कर दिया : "आठ आने सवारी—आठ आने सवारी। बाढ़ की सैर कर लो भैयो, ऐसी बाढ़ फिर कभी न आयेगी !"

रमेश ने जयकिशोर से कहा : "मैं लपक के नाव पर चढ़ूँगा और तुम किसी सवारी को नाव पर चढ़ने न देना। ये साले चार-पाँच हेकड़ीबाज सूटबूट वाले लोग खड़े हैंगे, इन्हीं से डर है मुझको।"

रमेश ने अपनी चप्पलें और पायजामा ऊँचा उठाकर घुटनों-घुटनों पानी में जाकर नाव को पकड़ लिया और वहीं से उसके लिए सौदा करना भी आरम्भ कर दिया : "ए भैया, बड़े उपकार का काम है, तुम्हें पुन्न भी होगा और पैसे भी मिलेंगे।"

नाववाला नाव किनारे की ओर बढ़ाना रोककर रमेश से बातें करने लगा। सैलानियों को किनारे पर पहुँचने की जल्दी थी। वे उसके लिए शोर मचाने लगे। नाववाले ने रमेश को दो दिन पहले ही यों ही किराया चुकाते और नाव ले जाते हुए देखा था। बाँस से नाव को किनारे की ओर गति देते हुए उसने पूछा : "वहीं गऊघाट चलना है क्या ?"

"अरे नईं यार, यहीं पास ही कालिज के पिछवाड़े तक ले जाना है।"

"वहाँ ? अरे वहाँ कैसे पहुँचेगी ये नाव ? नाला ऊपरी सिरे तक भरा हुआ है। उधर जा ही नहीं सकती।"

"अरे यार मोहना, तुम चलो तो सही, हमने सारी तरकीबें कर रक्खी हैं।" गोडबोले ने परिचित नाविक को दबाते हुए कहा।

"तरकीबों से क्या होता है भैया, वहाँ जा ही नहीं सकती।"

नाव किनारे पर आ लगी थी। कुछ सैलानी उस पर चढ़ने के लिए आगे बढ़ रहे थे। उनसे जयकिशोर की हुज्जत हो गयी। उधर नाव की सवारियाँ उतर गयीं। रमेश ने सोचा कि ग्राहकों की भीड़ में नाववाला उसकी थंग पर चढ़ न सकेगा, बोला : "अच्छा चलो, हुसैनाबाद के इमामबाड़े और जुम्मा मसजिद तक की सैर के दाम बताओ। हम तीन सवारियाँ ही चलेंगी। पाँच रुपये मिलेंगे। बोलो चलोगे ?"

नाववाला अचकचाकर रमेश का मुँह देखने लगा : "और जो वहाँ से आगे ले जाओ तौ ?"

"अमाँ नाव तुम्हारे हाथ में है, हम पानी में बेबस रहेंगे। फिर यह सवाल ही क्योंकर उठ सकता है ?" रमेश ने झिड़ककर कहा।

नाववाला पैनी नज़र से रमेश की ओर देखते हुए बोला : "पाँच रुपये हैं जेब में ?"

"अमाँ पाँच नहीं पच्चिस हैं, चलो, आगे बढ़ो।" जयकिशोर और गोडबोले ने भी नाववाले को यह बात कहने के लिए एक साथ लज्जित करते हुए नाव को पानी में घुसकर पकड़ लिया। इनके साथ ही हुज्जती सैलानी टोली के एक जोशीले बाबू भी नाव पर चढ़ने के लिए बढ़े। नाववाला बोला : "पूरी सवारी तय़ हो चुकी बाबू। अब दूसरी नाव पर जाइएगा, आती ही होगी।"

वह साहब तिनगते हुए आगे बढ़े और नाव पर चढ़ आए, बोले : "हम इसी नाव पर जायेंगे; रुपया सवारी देंगे।" जयकिशोर ने खूनी नज़रों से उसे देखा और अपना पायजामा ऊँचा किए बगैर ही पानी में धँसकर नाव को आगे की ओर ढकेलता ले चला। सवारी और नाववाला दोनों ही चिल्लाने लगे। जयकिशोर नाववाले से बोला : "देखो जी मोहन, हुज्जतबाजी करोगे तो हम घण्टे भर में तीन-चार सौ लड़कों की भीड़ लेके आवेंगे और साले तुम्हारे तखत-नावें सब फूँकताप कर रख देंगे, बताए देते हैं।"

सवारी के साहब त्योरियाँ चढ़ाकर नाववाले से बोले : "नाव किनारे पर ले चलो जी। देखूँ ये लोग क्या कर सकते हैं तुम्हारा ?" रमेश आवेश में आकर एकाएक खड़ा हो गया,

नाव हिल उठी। रमेश बोला : "जादा अकड़फूं दिखाइएगा तो यहीं ढकेल दूँगा पानी में। नाव हमारे साथ ही जायेगी, ये नाववाला पानी में रहकर हम मगरमच्छों से बैर नहीं कर सकता।"

युवक नाविक समझदार था, वह स्थिति को समझ गया और साहब मार्का सवारी से बोला : "बाबू साहब, उतर जाइए, हम लोग काम से जा रहे हैं।"

बाबू साहब और भी ज़ोर से गर्माते हुए अपनी बाबू साहबी झाड़ने लगे। जयकिशोर ने नाव पर चढ़ते हुए कहा : "नाव अब किनारे पर नहीं जायेगी, समझे। नहीं तो ये लोग हुज्जतबाजी करेंगे, समझे। इन्हें हुसैनाबाद वाली सड़क पर उतार दिया जायेगा।"

नाववाला भी तिनगकर बोला : "हमसे भी अब हुज्जतबाजी न करना भैया। हमने कह दिया कि नाव तुम्हारे साथ ज़रूर चलेगी। पर इन बाबू साहब को हम इसी किनारे पर उतारेंगे। आज तुम्हारी सवारी है, कल इनकी। मैं गाहकों से बिगाड़ नहीं करूँगा।" और ऐसा ही हुआ भी।

नाव को लेकर ये लोग जब हुसैनाबाद की सड़क पर पहुँच गये, तब रमेश ने नाववाले से कहा : "सुनो भैया। मुहल्ले की बात है। पिछवाड़े, नाले की बस्ती पर पचासों आदमी फँसे हुए हैं और उन्हें निकालना है। पैसों की फिकर मत करना। रुप्पन लाला को जानते हो ना, खन्ना साहब 'इंडिपेंडेन्ट' अखबार वालों को जानते हो ना?—तुम्हारा एक धेले का भी नुकसान न होगा और जस मिलेगा सो घाते में।"

नाववाला बोला : "हम मदद तो करने को तैयार हैं बाबू, पर नाव उस पार जायेगी कैसे?"

"अरे यार, तुम धरमशाला की तरफ ले तो चलो, वहाँ ठेला-रस्सा और मदद करने वाले आदमी सब मिल जायेंगे। नाव क्या चीज़ है, कहोगे तो पहाड़ उठाकर इस पार से उस पार रख देंगे। जरा इन्सानियत का ख्याल करो यार।"

नाववाला कुछ न बोला। नाव आगे बढ़ती रही। दाहिनी ओर अन्तरिक्ष तक अगम जल ही जल दिखलाई देता था। नदी के दूसरे पाट वाले पेड़ों की फुनगियों की पहली पाँत ही से नदी के प्राकृतिक किनारे का कुछ-कुछ अनुमान लग पाता था। बाँई ओर लाजपत नगर की डूबी हुई बस्ती में कई छतों पर चारपाइयाँ-बकस-बिस्तर-हंड़िया-मटके-कनस्तरों का भभ्भड़ और आदमियों-औरतों का हुजूम खड़ा या बैठा हुआ दिखाई पड़ रहा था। एकाध घर की छत पर बाँस की चारपाइयाँ थोड़ी-थोड़ी दूर पर समानान्तर खड़ी करके उनके ऊपर कम्बल-रजाइयाँ डालकर दो अस्थायी कोठरियाँ सी बना ली गयी थीं और पूरे परिवार के लोग उसी में रहते नज़र आ रहे थे। सामने घण्टाघर हुसैनाबाद का फाटक, उसके आगे की दूकानें सब पानी से घिरकर एक अजीब सी घुटन मन में पैदा कर रही थीं। जिस सड़क पर कभी नाव में चलने की कल्पना भी नहीं की थी, उसी पर ये लोग बढ़े चले जा रहे थे। नाववाला अपनी सुना रहा था : "पिछले दो दिन से हमने भी एक धेले की मजूरी नहीं की। बस, इसी तरह बाढ़-पीड़ितों को बचा-बचाकर लाये हैं।

मुफ्तीगंज, गऊघाट, रामगंज जाने कहाँ-कहाँ से घूम-घूमकर हमने, नन्हा और भूरिये ने लोगों को बचाया हैगा। आज सबेरे हमारे बाप ने कहा कि सबकी फ़िकर करते हौगे तौ कुछ अपने घरवालों की भी फ़िकर कर लेओ। रामगंज में हमारा भी तो घर डूब गया है बाबू। जब बहिया खतम हो जायेगी तो उसकी सफाई-पुतायी में भी सौ-सवा-सौ रुपौं का पलेथन लग ही जायेगा। आखिर वो रकम कहाँ से आवेगी।''

जयकिशोर बोला: ''तू घबरा मत यार। तू हमारा साथ दे, हम तेरा साथ देंगे।''

''अरे भैया, अपनी गरज बावली पे सब ऐसे ही कहते हैं औ' फिर मुकर जाते हैंगे, चन्दे का काम ऐसेई होता हैगा।''

रमेश बोला: ''यार, अभी तुमसे क्या कहें। जब लौट के जाते समय हम तुम्हारा जी न खुश कर दें तो कहना।''

नाव घण्टाघर के फाटक तक पहुँच चुकी थी। अब किधर जाय?

रमेश को सड़क वाले किनारे पर अपने साथी एकाएक दिखलायी न पड़े। दरअसल वह ठेले को अपने दिमाग में आगे रखकर ही अपने साथियों की तलाश कर कहा था और वह उसे सामने वाले हुजूम में कहीं दिखलाई न पड़ा। वह झुंझलाकर कुछ कहना ही चाहता था कि जयकिशोर बोला: ''वो रहे हर्रो, पम्पी और पुतुआ।''

''मगर ठेला नहीं है। ये सब ससरे बड़े गैरजिम्मेदार लड़के हैं।''

नाव किनारे पर आयी। हर्रो बोला: ''भइ, ठेले वाला तो कोई भी पकड़ायी में नईं आया। अब यही होगा कि नाव को हम लोग दो-तीन रिक्शों पर यहीं से बाँध के लै चलैं या रस्सों से खींचकर नाव को ऊपर—''

नाववाले ने इनकार का जोरदार हाथ हिलाया, बोला: ''भैया, इन सब चकल्लसों के लिए हमारी नाव नहीं मिलेगी। आप उतर जाइए। हमें आपके पैसों की भी दरकार नहीं है।''

रमेश अपने अन्दर से हारने लगा। एक हलकी सी निसाँस ढालकर ठण्डी दर्द भरी आवाज़ में बोला: ''जा यार, अगर तेरी यही मर्जी है तो।'' फिर जयकिशोर की तरफ उसने मुड़कर कहा: ''सुनो जी, उस तरफ से नाले के पास कहीं मजबूती से रस्सी बाँधकर हम लोग फिर उसी के सहारे बहते हुए चलेंगे। कैसे भी हो, उन मुसीबत में पड़े लोगों की मदद तो हमें करनी ही है।''

हर्रो बोला: ''लेकिन यार, उससे तो हमीं लोग पहुँचेंगे, मदद क्या कर पायेंगे?''

एकाएक नाववाला बोला: ''अच्छा आओ, तुम लोग क्या कहोगे कि हमारा भी जिगरा है।''

रमेश उल्लसित होकर अपने दोनों हाथों से उसकी बाँह और कन्धा दबाकर बोला: ''जीते रहो मेरे दोस्त, इसको कहते हैं हिम्मत और मर्दानगी व सच्ची सेवा। आ जाओ जी सब जने रस्सी-वस्सी लेकर के।''

पाँच-छः लड़के—रमेश, जयकिशोर, गोडबोले, पुतुआ, छैलबिहारी और हर्रो नाव पर बैठे। पानी में खड़ा नाववाला छोटे इमामबाड़े की चहारदीवारी की ओर नाव दोनों हाथों से ठेलकर फिर उस पर चढ़ने से पूर्व नाव छूकर हाथ को अपनी दोनों आँखों पर लगाकर, हाथ जोड़कर बोला : "बजरंगी लाज रखना।" कहकर जैसे ही वह नाव पर चढ़ा, एकदम से चिल्ला पड़ा : "बोल दे बजरंग—"

—"बली की जय" की गूँज छुतही बीमारी की तरह किनारे पर खड़े हुए मजमे के सौ-सौ मुखों से प्रायः एक साथ उठी और चहुँदिशि गुंजार गई। रमेश ने नाव पर खड़े होकर भारतमाता का नारा दिया और उसकी भी जय-जयकार गूँज उठी। इन नारों ने मानो एक साथ सबको जोश का जाम पिला दिया। सात्विकता, इन्सानियत, शुभ काम की भावना ने नशे की तरह चढ़कर सारे वातावरण ही को मयखाना बना दिया। नाव चहारदीवारी का सहारा छोड़कर बीच के गलियारे से खलार में प्रवेश करने लगी। जयकिशोर किनारे पर खड़े लड़कों से गोहार कर बोला : "तुम लोग दौड़कर बस वाले अड्डे की तरफ पहुँचो। फिर जो कुछ बताना होगा, वहीं से बताएँगे।"

इधर से कई स्वर 'अच्छा' कहने में उतनी ही ज़ोर से चिंग्घाड़ते हुए उठे। नाव पर बैठे हुए लड़के इन जय-जयकारों के बहाने सबके आकर्षण का केन्द्र बन गये और किनारे पर खड़े हुए लड़कों की टोली से इस नाव यात्रा की विशेषता जानने के लिए कई लोग उत्सुक भीड़ बनकर सवाल करने लगे। किनारे पर छूटे हुए लड़कों का शेष भाग अपने नाव वाले बड़े साथियों के महत्व से अपना महत्व कुछ कम नहीं करना चाहता था। उनमें से हर एक ने 'हम लोग' कहकर ही सारी योजना को बखाना, केवल पम्मी ही ने दो बार 'हम लोग' शब्द की परिभाषा तरुण छात्रसंघ नाम बतलाकर दी। जोश और नायकत्व के नशे से दिग्भ्रमित अपने साथियों की टोली का वह सतर्क नेता बन गया और प्रश्नार्थियों के उत्तर देने के व्यर्थ उत्साह से अपने साथियों को उबारता हुआ बोला : "अच्छा, अब जल्दी उधर ही चलो। नाले की पुलिया से लेके बस के अड्डे तक हम लोग लाइन लगाकर खड़े हो जायेंगे, जिसमें कहीं से भी वो लोग इधर से आवें तो हममें से किसी न किसी की नज़र में जरूर पड़ेंगे।"

वो दौड़ा, उसके पीछे कुछ लड़के और दौड़े और तमाशाइयों की भीड़ उनके साथ ही साथ इधर आने लगी।

नाव खलार में बह रही थी। यह खलार अब से पाँच-छह बरस पहले एक नवाब साहब के द्वारा खजाने की खुदाई के कारण बहुत ही प्रसिद्धि पा चुका था। यहाँ नवाब आसफुद्दौला के बनवाये हुए महलों के खँडहर अभी भी जहाँ-तहाँ ढूह दीवार बनकर खड़े हैं। मील-डेढ़-मील के घेरे में यह खँडहरों भरे खलार का इलाका फैला हुआ है। जहाँ ऐशगाहें थीं, वहाँ अब हल चलता है—और इस समय तो नाव चल रही है। हरदोई मार्ग वाली सड़क नाव की सतह से अब भी काफी ऊँचे तक दिखलाई देती थी। वैसे नाव वाले का मोटा लम्बा बाँस अब क़रीब-क़रीब डूबकर ही धरती की थाह पाता था। गाढ़ा,

मटमैला, तैरते हुए झागों और कूड़े-कतवार से भरा हुआ अपेक्षाकृत शान्त जल देख-देखकर मन में एक अजब मनहूसियत और मौत के रेगिस्तान का-सा भास होता था। दक्षिणी-पश्चिमी कोने से पानी अनन्त असीम तक फैला हुआ दिखलाई देता था। बस, डूबे हुए पेड़ों की फुनगियाँ, नज़र के सामने पड़ने वाले एक-आध घरों की ऊपरी मंज़िलें ही नज़र आती थीं। अन्तरिक्ष तक फैला हुआ भयावना सन्नाटा! पानी के नाम से, दर्शन मात्र से जागने वाला मौत का विवश सन्नाटा! बीच धारा की गर्जन यहाँ से दूर थी।

नाववाला बोला: "नाले का मोहाना देखो, कित्ता सकरा हुइ गया है भैया! दूर से तो ऐसा लगता है कि सिर ऊपर उठाय के बैठना भी मुश्किल हो जायेगा हमारा।"

"आओ चलो तो सही यार। ज़रा पास से चलकर गौर करें तभी तो कुछ अन्दाज बैठेगा।"

नाववाला जानकारी भरी, फीकी हँसी मुख पर लाकर बोला: "पास जाने के मतलब हैं बाबू, कि नाव को फिर नाले के अन्दर जाना ही होगा, यहाँ करण्ट है।"

रमेश और उसके मित्र अब सतर्क होकर सोचने लगे। रमेश बोला: "यार मोहना, हम लोग बजरंगबली की जय बोल के चले हैं। उनकी बेइज्जती होगी, जो खाली हाथ लौटेंगे तो। कहो तो नाव को फिर इधर ही कुतुबखाने और धरमशाला के बीच से किनारे पर लाके उसे किसी तरह उठा के उस पार ले चलें। अरे, ठेला न सही, मगर भीड़ में सैकड़ों का मजमा तो है। पच्चीस-पचास हाथ लग जायेंगे तो नाव फूल की तरह उठकर मिर्जामण्डी वाले किनारे पर पहुँच जायेगी।" नाव वाले की आँखों में चमक आयी, बोला: "नईं भैया, ऐसी भी क्या बात है, अरे जब बजरंगबली का नाम लिया है औ' सच्चे गुरू से खेना सीखा है तो फिर ये मेरी नाव ही आदमियों को उठा-उठा के लावैगी। आदमी इसे क्या उठावेंगे।" नाव पर बैठे सभी वाहवाही में एक साथ चहक उठे। नाववाला नाले के मोहाने से लगभग आधे फर्लांग दूर से बीचोंबीच पहुँचकर धारा की थाह लेने लगा। बीच में पहुँचकर बोला: "करण्ट है बाबू यहाँ। पानी दो मुहानों के खिंचाव में है। उधर के खण्डहरों की दीवारें पानी को बहुत हिला-डुलाकर आगे फेंक रही हैं और फिर आगे इस नाले वाले मोहाने का खिंचाव पड़ जाता है। बोलो भई, आपमें से कौन-कौन जवाँ मर्द हमारे साथ चलेगा?"

"हम-हम-हम"—सभी की आवाज़ एक साथ गूँजी। नाववाले ने फिर कहा: "समझ लो भैयो। मुझे तो ऐसा जान पड़ता है कि क़रीब-क़रीब लेट के चलना होगा। कूड़ा-करकट, घुटन और भगवान् न करे, एक्सीडेण्ट तक हो सकता हैगा, ये हम पहलेई बताये देते हैं। अरे, डेढ़-दो बाँस की थाह तो ऐसे ही नाले में है।"

सुनकर एक बार सबके दिल सहम गये। रमेश ने तुरन्त ही अपने साथियों से कहा: "हाँ भइ, इसमें तकल्लुफ न करना और किसी प्रकार के शर्म-संकोच की ज़रूरत भी नईं है। बोलो, जिसको कहो उसको बस के अड्डे पर उतारकर ही हम लोग आगे बढ़ेंगे।"

नाववाला बोला : "हाँ, जायँगे उधर से ही, नाले की दीवाल से लगे-लगे धारा के साथ अन्दर चलेंगे।"

हर्रो बोला : "भैया, तुम हमें उतारते जाना।"

जयकिशोर हँसा : "साले, लच्छू होता तो इस बखत तुम्हारे जूते पड़ गये होते। काँचू कहीं का।"

रमेश हँसकर बोला : "अरे यार जाने दो, उतार दो बेचारे को।"

छैलू बोला : "ये हरगिज़ हो ही नहीं सकता। इससे लच्छू की आत्मा को सुनकर बड़ा क्लेश होगा और फिर यकीन मानना कि वो इसे सारस लेक में डुबाकर ही प्रायश्चित्त कराएगा।"

"अरे, सारस लेक से तो अच्छा है कि इसी गोमती के नाले में साले को डुबो दिया जाय। कम से कम बहकर इसकी लाश कभी न कभी तो गुल्लाले के मसान में पहुँच ही जायेगी।"

नाववाला रमेश की ओर देखने लगा। रमेश ने सबकी मनेच्छा देखकर हर्रो को सूली पर चढ़ा देने का निश्चय कर लिया, हर्रो की ओर देखकर बोला : "हरगिज़ नहीं पहुँचेगी, ये बेशरम इत्ते पानी में कभी डूब ही नहीं सकता, जब डूबेगा तब चुल्लू भर पानी में।"

नाव चूँकि मोड़ लेने के लिए सड़क की ओर ही बढ़ रही थी, इसलिए हर्रो भरोसे के साथ मित्रों के मज़ाक पर प्रायः मौन ही रहा। दोस्तों का ध्यान भी अब मज़ाक से हटकर अपने सामने, ऊपर सड़क के किनारे खड़े संघ के लड़कों की अनुशासनबद्ध सिपाहियों जैसी पाँत और अपनी ओर देख रही भीड़ की ओर चला गया था।

ऊपर का दृश्य देखकर रमेश ने नाववाले से पूछा : "कहो, अब क्या इरादा है?"

"इरादा अब ठीक ही हो चुका भैया। नाव को उठाने, ले जाने में बड़ी झंझट पड़ेगी, टेम भी जादा लगेगा। और ऐसे तो करण्ट में तीर की तरह एक मिनट में दनदनाते भये उस पार जायेंगे। यही है कि ज़रा सिर झुका-दबा के या लेट के चलना होयगा।"

"ठीक है। ठीक है। यही राय पक्की है।" जयकिशोर, गोडबोले, छैलू—एक हर्रो को छोड़कर प्रायः सभी एक साथ ही जोश में अपनी सहमति प्रकट करने लगे। हर्रो को यह देखकर एक बार तो मानो साँप ही सूँघ गया, फिर अपने अन्तर की सारी सख्ती और रौब को कसकर, भय से सनसनाते स्वर में मोहन नाव वाले से बोला : "ए जी, नाव किनारे पर लगाओ। मैं नहीं जाऊँगा उस बदबू में।"

गोडबोले बोला : "तुम्हारे लिए नाव अब लौटकर नहीं जा सकती।"

गोडबोले के कसरती बदन पर सहसा ध्यान देते हुए मोहन ने कहा : "भैया, तुम आगे हमारे पास आ जाओ। इधर से मैं बाँस सँभालूँगा, उधर से तुम सँभालना। बाँस को नाले की दीवाल से सँटाए-सँटाए थामे रहना। दिवाल पर उसका ज़ोर भर मत देना, नहीं तो नाव को 'ब्रिक' लग जायेगा। वो तो ज़रूरत समझ के जब हम बतावें तभी करना। समझे।"

"और ये रस्सियाँ—"

"अरे, अब सागर लांघने वाले का सुमिरन करौ भैया, वही बेड़ा पार लगाएँगे। आओ पहलवान बाबू, ड्यूटी सँभालो और डरपोक बाबू, तुम बीच में बैठो।" मोहन ने गोडबोले और हर्रो के नये नामकरण से नये होने जा रहे अनुभव की कल्पना भरी तीव्र सनसनाहट को रस का हलका बहाव दे दिया। सड़क के नीचे खलार में किनारे-किनारे नाव बढ़ती रही, गोडबोले आगे आकर बैठ गया। हर्रो गालियाँ बकता हुआ रुआँसा मुँह बनाकर मित्रों की धमकियों में बँधकर बीच में खिसक आया। पीछे वाले लड़के भी सावधान हो गए। सड़क के ऊपर—नाव से करीब चार फुट ऊँचे पर खड़ी हुई भीड़ नाव के साथ ही क्रमशः आगे बढ़ रही थी। कम्मी आ चुका था। रमेश ने उसे आदेश दिया: "अब सड़क के उस पार वाले किनारे पर सब लोग पहुँच जाओ। असली काम तो वहीं से शुरू होगा।"

नाव नाले के पहले मुहाने की तरफ बढ़ने लगी। ऊपर से मित्रों और भीड़ की शुभकामनाएँ बरसने लगीं। नीचे से उत्तर में धन्यवाद के स्वर और हाथ लहराने लगे। नाव मुहाने पर आई। नाववाले ने फिर 'गोमा (गोमती) मैया' की, 'समुद्र लाँघने वाले' की और कालीजी की जय-जयकारें गुहराईं, ऊपर-नीचे के समर्थन शोर के साथ बढ़ते-बढ़ते बँधी जगह में घूमते हुए पानी का हरहराता नाद नाव-यात्रियों को भावना के लोक से प्रत्याशित यथार्थ के क्षण में सहसा झटका देकर घसीटता हुआ ले चला।

नाव तेज़ी से बढ़ी। तीन-तीन मुहानों में बँटकर भी पानी में बला की गति थी। अँधेरा घुटन और कुछ-कुछ सड़ाँध भी, जो आगे बढ़ने के साथ ही बढ़ती गई। पहला पाला मकड़ी के घने जालों से पड़ा। ऊपर की गोल दीवाल की कुछ उखड़ी हुई ईंटों वाली दो जगहों में चमगादड़ों की महा घुटन वाली बदबूदार चूँ-चूँ भरी बस्तियाँ मिलीं। साँस लेना दूभर हो गया, उजाले के घेरे दोनों ओर बराबर दूरी पर जिस समय दिखलाई पड़ने लगे, उस समय से तो बदबू का अन्त ही न रह गया था। रमेश का ध्यान गया कि आने वाले मुहाने से जाने वाले मुहाने की तरफ रोशनी का घेरा कुछ कम है, पानी उधर कुछ अधिक ऊँचा उठा हुआ लगता है। वैसे नाव को ऐसा लगा कि कुछ लौटती तरंगें पीछे ढकेलने के अपने प्रयत्नों से उसे डगमगाहट दे रही है। बदबू इतनी कि दम घुटा जाता है—सड़ी लाशों और कूड़े की कड़ी तेज़ बदबू। टूट-टूटकर सिर-मुँह पर टपकते महा मकड़जाल के कारण सबके सिर झुके थे, नाकों पर हथेलियाँ अड़ाए, साँस लेने की मजबूरी होने पर ही थोड़ी-थोड़ी हवा अन्दर खींचते और फिर भयंकर दुर्गन्ध के कारण अधिक उद्वेलित होकर सभी जनें छोटी-छोटी सिसकारियों जैसी साँसें भरते चल रहे थे।

"बाँस······फू······दीवाल—दीवाल······सूँऽ—टेक लो, ज़ोर" बदबू से लड़ते हुए नाव वाले ने गोडबोले को आदेश दिया। 'से' कहते-कहते—भभके को बाहर करते हुए 'ख:' का सा स्वर निकाला और फिर फुर्ती से अपना बाँस सँभाला। धारा की बिजली के साथ मनुष्य के श्रम-बल की बिजली का ज़ोर लगा और नाव दौड़ पड़ी। मुहाने के निकट आने

पर नाव वाले का बाँस पानी के अन्दर किसी पोल में सहसा धँसकर अटक गया, लेकिन गोडबोले के श्रम की गति पाकर नाव आधी मुहाने के बाहर निकल आई। नाव के दिखलाई पड़ते ही किनारे की भीड़ ने हर्षनाद किया। नाव वाले के कर्म जोश में दूना उबाल आ गया। बाँस को अन्दर से खींचकर मुहाने की तरफ़ बाहरी दीवार से टिकाते हुए उसने ज़ोर लगाया और नाव सर्र से बाहर निकलकर दीवाल की ओर मुड़ गयी। सबने सिर तानकर मुँह फाड़-फाड़कर जी भरकर साँसें लीं, जान में जान आई। धारा से बाहर निकलकर किनारे की ओर बढ़ाते हुए मोहना बोला : "जान पड़ता है कि इधर वाल दुइ बड़ी-बड़ी जानवरों की लहासों में कूड़ा अटक के सड़ रहा हैगा। राम जाने, गाय-बैल होयँ या घोड़ा-गधा होयँ। तभी तौ पानी इधर ऊँचा हुइ गया और बदबू भी उसी से भई। बाकी, वाह भगवान्, वाह! खूब आये! अब बोलौ—क्या करना है?"

"भई, पहले तौ एक-एक प्याला चाय पी जायेगी", गोडबोले बाँस नाव पर रखकर दोनों हाथों से अपने सिर और मुँह पर लगे जाले छुड़ाते हुए बोला।

"ग्रेट आइडिया।"

किनारे पर आते ही सब लोग भीड़ से घिर गए, शेखी भरी बातचीत में लगे। रमेश चिल्लाकर बोला : "सुन लो भाइयो, दो बजकर सत्ताइस मिनट हैं। दो बजकर सैंतीस मिनट पर हम लोग अपने काम पर लग जायेंगे।"

कम्मी बोला : "यही तो मुसीबत है हमारे राष्ट्र में, चिन्दी नापेंगे और थान नापने की डींग हाँकेंगे, अच्छा भाई रमेश, अब बोलो कि क्या होगा?"

"पहली बात तो हम तुमसे यही कह दें कि हमारे इस नाववाले दोस्त मोहन को कम से कम पचास रुपये आज घर लौटने तक मिलने ही चाहिए। इन्हीं के हौसले से हम लोग आज का सबसे मेजर वर्क इस समय पूरा कर सके हैं।"

कम्मी नाववाले की ओर देखकर बोला : "मोहन, ये रमेश भी क्या कहेंगे कि किसी रईस से पाला पड़ा था। (जेब के अन्दर से लिफाफा और लिफाफे से नोट निकालते हुए) मैंने विदिन ट्वैण्टी फाइव मिनिट्स, अस्सी रुपये पन्द्रह आने—"

"ठीक है यार, हिसाब बाद में समझाना, इन सबकी चाय के पैसे भी इसी में से दे दो।"

चाय पीने के बाद किनारे पर तैनात रहने वाले स्वयंसेवकों की ड्यूटी बतलाकर 'हाई कमाण्ड' के लोग नाव पर चले। नाले के किनारे की बत्तियाँ एक-एक मंज़िल डूबी हुई, छोटे एक मंज़िले घर तो प्रायः पूरे के पूरे पानी में डूबे हुए। उनके आस-पास के घरों की छतों, छज्जों को देखकर ऐसा लगता था कि मानो ये घर न होकर नदी किनारे के घटवालों के मजमे जुड़े तखत हों। गली का लैम्प-पोस्ट नाव के बाँस से टकराकर ही लोगों के अन्दाज़ में आया। पानी एक चौड़ी नदी के पाट-सा नज़र आ रहा था। घरों में खड़े लोगों की दृष्टि नाव पर पड़ते ही शोर मच गया। पिछले अड़तालीस घंटों में लोगों के लिए यही एक नयी जीवनदायिनी बात हुई थी, वरना बढ़ते हुए पानी के रूप में मृत्यु के बढ़ते

हुए चरण निहारने के सिवा और कुछ भी नयापन उन्हें देखने को नहीं मिला था। आसमान पर ऊँचे उड़ते हवाई जहाज़ों और चील-चिड़ियों के सिवा इस ओर कोई और जीवित वस्तु नहीं आ-जा रही थी। पानी से घिरा जीवन अपने-आपमें हलचल भरा होने पर भी एक जगह पूरी तौर पर स्तब्ध हो रहा था।

"ए रानी, तुमरे घर चौका-पानी हुइ चुका?"—"अरे चाची, कहाँ हमरा पानीयै चुक गवा है। बम्बा हमरा नीचे के खन में डूबा भया पड़ा है। औ करम की मार ऐसी भई कि एक लोहे की बालटी पानी भरन खातिर हम बम्बा खोल के टाँग आये रहे कि आउन-जाउन में आँगन में भरा चहला नाँघै का पड़त है। दुइ-चार बालटी एकै बार में भरके रख लेंगे दिन भर की दौड़ बचेगी। सो ई निगोड़ा पानी देखत-देखत में ऐसा चढ़ा कि जैसे परलै चढ़ आई होय। घर का दरवज्जै डूब गया। बम्बा-बालटी सब अलोप हुई गईं। क्या बतावैं, टट्टी भी हमरी डूबी पड़ी भयी हैगी। क्या बतावैं, करम के भोग हैं।"

घिरे हुए महल्ले में अन्दर ही अन्दर युवक और किशोर वर्ग में बड़ी चहल-पहल थी। लोग चूँकि अब गली-सड़कों में मनमानी आवा-जाही नहीं कर सकते थे, इसलिए जहाँ तक छतों-छतों जा सकते थे, वहाँ तक एक-दूसरे के यहाँ हाल-चाल पूछने के लिए दिन भर आते-जाते ही रहते थे। बीच-बीच में पड़ने वाली सँकरी गलियों को तय करने के लिए मुंडेरों पर तख्ते रखकर पुल बनाये गये थे। सबसे बड़ी उलझन पीने के पानी की कमी और शौचालयों के डूब जाने के कारण हो रही थी। सबेरा होते ही सबसे बड़ी चिन्ता यही पड़ती थी। और इस बस्ती में बहुत से ऐसे लोग थे, जो अपने देह-धर्म पालन की इस असुविधा के कारण न तो इतने दिनों निबटे ही और न भरपेट खा ही सके। बहुत से बूढ़े, विशेषकर स्त्रियाँ तो आप नहाने और अपने ठाकुर को नहलाने में विवश होने के कारण दो दिनों से भूखी ही थीं। बहुतों के कलेजे भय और चिन्ता से मुँह को आ रहे थे। लेकिन तभी भी इन बेबस बस्तियों में बड़ी चुहल थी। आपसी छेड़-छाड़, दिन भर की छतों की आवा-जाही, बीच-बीच में और कहीं-कहीं हो जाने वाले रोमांसों के मौके भी मिलते। बड़े बच्चों में छतें फाँदने का उत्साह उनके अभिभावकों के लिए एक अनवरत चिन्ता और खीझ का कारण बन गया था। दूसरी चिन्ता चोरों की ओर से थी। पहली ही रात में कुछ घरों में कुछ चोर तैरकर घुस आये। उनकी पकड़ा-धकड़ी में सारी रात गुज़र गयी। छतों-छतों टार्चों और मशालों के सितारे जगमगाते रहे। तीसरी चिन्ता यह हुई कि कल रात नाले के सामने बसे हुए एक मकान के पीछे वाला पुराना खस्ता मकान एकाएक धड़धड़ा कर बैठा और अपने आगे वाले मकान को भी ले डूबा। पानी में मलबे के गिरने के धमाकों से ऐसी गड़गड़ाहट हुई कि आस-पास के मकान हिल उठे; सकता-सा छा गया। अड़तालीस घण्टे इसी तरह अपने अन्दर सरगर्मियाँ रखते हुए जीवित रहने के बाद यह नाव इस तरह लोगों के सामने आयी, गोया कठिन परीक्षा के बाद पास होने का इनाम आया हो।

अपना घर छोड़ने के लिए कम लोग ही राज़ी हुए। जिनके घर नाले में पूरी तरह डूबे हुए थे या जिन्हें अपने घरों के धराशायी हो जाने का भय था, वे ही लोग आये,

बाकी लोग अपना माल-असबाब छोड़कर आने को राज़ी न हुए। वे यही चाहते थे कि स्वयंसेवक लोग उन्हें पीने का पानी, बच्चों के लिए दूध और हो सके तो ताजी साग-सब्जियाँ ला-लाकर पहुँचाते रहें। पीने के पानी की माँग सबसे अधिक थी। उसके बिना कई घरों के बच्चे बिलबिला रहे थे। ऐसे विवश परिवार भी अपने घर छोड़ने को राज़ी न थे।

रमेश और उसके मित्रों के लिए यह सचमुच बड़ी ही परेशानी की बात थी। पानी का गंगाल नाव पर लादकर डूबी हुई गलियों में चक्कर काटते थे और ऊपर से डोरियों, धोतियों और साड़ियों से बाँधकर बाल्टियाँ लटकाई जाती थीं। ये लोग एक बाल्टी पानी से अधिक किसी को न दे पाते थे और इसी कारण जगह-जगह, विशेष रूप से स्त्रियों के द्वारा इन्हें यश के बजाय अपयश ही अधिक मिलता था। इससे कम्मी और गोडबोले ख़ासतौर पर गर्मा उठते थे। रमेश समझाता कि बरातियों के समान ही संकटग्रस्त शरणार्थियों की सेवा करना भी अंग्रेजी मुहावरे के अनुसार 'धन्यवाद शून्य' कार्य होता है।

●

:: १६ ::

पूरे अठारह घण्टों तक अनवरत रूप से काम करते रहने के बाद रमेश जब अपने साथियों के द्वारा जबर्दस्ती आराम करने के लिए घर भेजा गया, तब शरीर से थका हुआ होने पर भी वह ताज़ा था। उसका दिल और दिमाग़ अब भी पानी भरी गलियों में घिरे हुए लोगों के अन्दर ही रमा हुआ—उनके बिम्बों और गूँजों से भरा हुआ था। उसे बड़ा संतोष था कि वह और उसके साथी असम्भव को सम्भव बना सके।......साथी? हाँ, अपने साथियों का सहयोग उसके मन में अपना मूल्य रखता तो ज़रूर था, पर स्वयं अपना मूल्य और महत्त्व वह सबसे अधिक आँक रहा था। मन ही मन वह अपनी लीडरी के नशे से मखमूर था। और इस नशे में रानी का ख्याल चार चाँद लगा गया। शरीर की थकन एकदम से जाने कहाँ जादू-सी फुर्र हो गई। और उस ताज़गी में उसके पाँव खन्ना साहब के घर की ओर तेज़ी से बढ़ चले। रानी इस समय वहीं मिल सकती थी।

खन्ना साहब अपनी कार से उतरकर घर के द्वारे की ओर बढ़ते हुए कदम बढ़ा रहे थे। राह चलते दो लोगों के हाथ जोड़ने का जवाब शान से एक हाथ उठाकर दिया और तब तक तीसरा हाथ जोड़ने वाला रमेश भी उनके दरवाज़े के सामने ही पहुँच चुका था। उसे देखते ही खन्ना साहब का बुजुर्ग चेहरा खिल उठा। डग लम्बा और तेज़ भर, अपनी पूरी बाँह उसके कन्धों पर डालकर स्नेह से बोले: "हलो गौड़, मैंने सुना है, तुमने नाले वाली बस्ती के लोगों को बहुत रिलीफ पहुँचाई है।"

रमेश को ऐसा लगा, मानो उसे बहुत बड़ा सम्मान-लाभ हो गया। खन्ना साहब उसके देवता हैं। ऐसे सम्मान की खुशी में बचपन के संस्कारवश उसका जी चाहा कि झुककर खन्ना साहब के चरण स्पर्श कर ले, लेकिन फिर फौरन ही सँभलकर उसने अपने संस्कार

की दकियानूसियत को तिलांजलि भी दे डाली। खन्ना साहब इस पैर छूने की आदत को बेहद बुरा समझते हैं—अभी चिढ़ जाते।

घर के ऊपर वाले कमरे में पहुँचते ही रमेश का दोबारा ज़ोरदार स्वागत हुआ। बहिनजी बहुत वात्सल्य भरे हौसले में आ गयीं। उसे देखते ही उन्होंने जिस तरह उठकर पुरानी हिन्दुस्तानी औरतों की तरह दोनों हाथों से उसकी बलैयाँ लेते हुए उसे दोनों बाँहों में भरकर अपनी छाती से चिपटाया और पीठ पर अपने दोनों हाथ फेरते हुए जिस तरह आसीसा, उससे रमेश को मानो माँ ही मिल गयी, फौरन ही अपनी माँ का चेहरा ध्यान में झलक गया। वह अपने जीवन में माँ के प्यार को लेकर तनिक भी दरिद्री नहीं, पर इस पाये हुए मातृत्व को वह अपनी चिरपरिचित अनुभूति से अलग भी नहीं कर सकता—जो अम्मा में है, वही हूबहू बहिनजी में इस समय मिल गया। समय के ज़र्रे-दर-ज़र्रे जितनी तेज़ी से गुज़रे, उतनी ही तेज़ी से मन के इतने पर्दे भी हिल गये। बिम्ब और गूँज के आकार-प्रकार जहाँ निराकार, विशुद्ध अनुभूति बनकर तन-मन की चेतना में छा जाते हैं, वहाँ रमेश को अपनी माँ और बहिनजी इस समय एक ही नज़र आ गयीं। और उसका दकियानूसी संस्कार भावावेश में खन्ना साहब सहित सारा नयापन भूलकर बहिनजी के चरणों में अपना सिर टिका बैठा। फिर उसे आश्चर्य हुआ कि खन्ना साहब ने इस समय उसे डाँटा-फटकारा नहीं। अलबत्ता वो मुड़कर अपने निजी कमरे में चले गये।

खन्ना दम्पति अपने आरम्भ के विवाहित जीवन में एक बार जुड़वाँ सन्तानों के माता-पिता बने थे। दोनों ही सन्तानें आगे-पीछे बचपन ही में परलोक सिधारीं और फिर कोई सन्तान ही न हुई। दो-एक बार खन्ना साहब ने योरप के देशों में भी अपनी पत्नी का इलाज करा डाला, पर कोख फिर न भरी, सो न भरी। पति-पत्नी दोनों ही को एक जगह इस बात का गम है। खन्ना साहब ने अपनी आत्मतुष्टि के लिए अपने यहाँ नवयुवकों का एक अध्ययन-चक्र चला रखा है और बहिनजी बच्चों, लड़कियों, औरतों के शिक्षा, सिलाई और उद्योग केन्द्र चलाकर अपने सारे समय को एक विराट वात्सल्य में निरन्तर लय करती रहती हैं। यह मातृत्व जो इस समय सहसा रमेश के सामने प्रकट हुआ, देखकर उसे लगा कि यह महाभाव अब बहिनजी के जीवन का सहज भाव बन गया है। रमेश ने आज पहली बार बहिनजी को मानो पहचाना। वह आँखों में अचरज भरी, चमकती नेह-भक्ति से उनकी ओर गद्‌गद भाव से देखने लगा। बहिनजी चलकर सामने वाले तखत पर बैठते हुए बोलीं : "मुझे दिन में ही तुम लोगों के सारे करिश्मे की खबर मिल चुकी थी। ये हमारा बिन्दा (नौकर) जो है ना, वो तुम्हारे शहर के सारे प्रेस रिपोर्टरों से अधिक ताज़ी खबरें लाता है। पक्का नारद मुनि है। सुबह दस बजे तरकारी लाने के वास्ते इसे भेजा था और वो भी कोई काले कोसों से नहीं, सामने वाले सिन्धी की दूकान से, सो तब के गये दो बजे घर में घुसे हजरत और घुसते ही यानी कि मैं नाराज़ भी न हो पायी कि ये तुम्हारी और तुम्हारे संघ की तारीफें कर चले—कैसे तुम लोग नाव लाये और फिर तुम्हारे डायरेक्शन में सबने रिलीफ का काम कैसे आर्गनाइज किया और कैसे ये डेढ़ घण्टे तक तुम्हारे कैंप में खड़े तुम्हारे आने की बाट ताकते रहे और फिर भी जब तुम न आये,

तो ये कैसे मन मारकर घर लौटे—ये सब बातें हमारे बिन्दा रिपोर्टर ने पूरे विस्तार के साथ इस तरह से सुनाईं कि मैं उसे डाँटना ही भूल गयीं। फिर फौरन ही फोन पर तुम्हारे 'पापाजी' को ये हाल मैंने सुनाया''—फिर कमरे की ओर मुँह उठाकर ऊँचे स्वर में 'उनसे' पूछा : ''आपने मेरी न्यूज बनाकर दे दी ?''

अन्दर से खन्ना साहब का जवाब मिला : ''ठहरो, आता हूँ।'' गाउन और पाजामा पहनकर अपने घरेलू लिबास में पर्दा हटाकर मुँह में पाइप दबाए और हाथ में दियासलाई और पाउच लिए हुए बाहर निकले और बड़प्पन की सधी हुई मुद्रा में तनकर खड़े होते हुए एक बार गौर से रमेश को देखा। रमेश अदब से सजग हो गया। मुँह से पाइप निकालकर मुस्कराते हुए खन्ना साहब बोले : ''मैं अभी तुम्हारे स्टेटमेण्ट को टेप पर रिकार्ड करूँगा गौड़ और इस बात का ध्यान रखना, तुम्हें अपनी बहिनजी के बिन्दा रिपोर्टर का रेकर्ड ब्रेक करना है।'' रमेश हँस पड़ा।

तभी रानी ने कमरे में प्रवेश किया। रमेश की आँखों में, चेहरे पर नयी चमक चढ़ आयी। वह उसे छिपाने के लिए प्रयत्न भी करने लगा। रानी की ओर ताकने वाले अपने विवश 'चोर' को ईमानदार साबित करने के लिए और कुछ न सूझा तो यही पूछ बैठा : ''आज तुम देर से आयीं।''

रानी ने नज़र घुमाकर दीवाल घड़ी की ओर देखा और मुस्कराकर बोली : ''देख लीजिए मम्मीजी, ग्यारह मिनट पहले आयी हूँ ना ?'' रानी के जवाब ने रमेश को किंचित् लज्जा के साथ-साथ अपार सुख दिया।

●

:: १७ ::

अपने काम से तरुण छात्रसंघ के लड़कों ने बड़ा नाम कमाया। लखनऊ विश्वविद्यालय के कई छात्र और प्राध्यापक भी बड़ा काम कर रहे थे। ऐसे महान् जन-संकट के समय बहुतों के दिलों में कर्त्तव्य और इन्सानियत की दिव्य ज्योति जगमगा उठी थी। इस ज्योति के टार्च समान गोल दायरे के इर्द-गिर्द संकीर्ण स्वार्थों का अँधेरा उस समय भी ज्यों का त्यों मौजूद रहा। नगर में 'यारों' की टोलियाँ अपनी-अपनी झोलियाँ फैलाए बाढ़-पीड़ितों के नाम पर जनसाधारण को जेब-पीड़ित बना रही थीं। उन्हें पैसे दीजिए तो अधिक की माँग पर अड़ेंगे और न दीजिए तो दस कड़वी-पैनी बातें सुनाकर आपकी मनुष्यता को लताड़ेंगे। बहुत-सी टोलियों ने कई दिनों तक दिन भर की इस 'मनोरंजक' कमाई से अपना सिनेमा, शराब, जुए या चाट का खर्च निकाला और शाम को आपस में जनता को मूर्ख बनाने की कला पर हँसी-ठट्ठे लगाये और ऐश किए।

कुछ रईस टाइप लोगों ने देहाती बाढ़-पीड़ितों को कम्बल और कपड़े देने की उदारता इस प्रकार प्रदर्शित की कि एक डिप्टी मन्त्री, सभा-सचिव या न मिलने पर कोई भी बड़कन्नू-छुटकन्नू सफेद-टोपिये नेता को 'उद्घाटन' के लिए पकड़ लाए। उतने कम्बलों की

गाँठें खुलवायीं। फिर उनसे अपनी समाज-सेवा की बड़ाई में देहातियों को लेक्चर पिलवाया और उन्हें 'ज़ोरदार' चाय पिलाई। इस तरह अगले दिन अखबारों में अपनी कीर्ति के लिए स्थान सुरक्षित करके, देहाती-देहातिनों को थोड़ा-सा सामान बाँट दिया। बाकी लोगों को 'अगले इतवार को फलाने नेताजी के कर-कमलों द्वारा बँटेगा'—कहकर धता बतलाई। जो देहातिनें नाक-नक्शे में सलोनी लगीं, उनको 'अभी ठहरो' कहकर अलग बिठलाया। उनमें से जो अपने मर्दों के साथ आई थीं, उन्हें निकम्मा समझकर थोड़ा-बहुत देकर टरकाया। बाकी 'माल' को यारों ने फुसलाया-दबाया, ऐश मनाया और फिर उदारतापूर्वक एक के बजाय दो कम्बल या अधिक कपड़े देकर उन पर अपना एहसान भी जमा दिया। बाढ़ की बहती गंगा में अपने-अपने उजले या मैले हाथ धो रहे थे।

लोहे वाले पुल पर फँसे हुए करीब दो सौ लोगों को बचाने के लिए बड़े प्रयत्न हो रहे थे, लेकिन उस पानी का बहाव इतना तेज़ था कि कोई नाव वहाँ तक पहुँच ही न पाती थी। फौजी सैनिकों तक ने अपने घुटने टेक दिये।

बटलर बाँध के टूटकर बह जाने के बाद तो शहर में प्रलय का दृश्य सामने आ गया। मिसेज खन्ना दिन में एक-दो बजे के लगभग बटलर रोड पर स्थित अपने एक रिश्तेदार से फोन पर बातें कर रही थीं। एकाएक उनका बेहद घबराया हुआ स्वर सुनाई दिया : ''अरे-अरे, सड़क पर पानी की दीवाल दौड़ी हुई चली आ रही है। अरे, यहाँ कुछ नहीं बचेगा। फोन डूबेगा, घर डूबेगा। रीता, ऊपर भागो, भागो।'' बहिनजी के कानों में अपने ममेरे भाई का यह घबराहट भरा वाक्य पड़ा। दूसरे सिरे का टेलीफोन मेज पर गिरा। उसके गिरने की आवाज़ इनके कानों में आई। अपने घर से लगभग चार मील दूर की आवाज़ें, अपने ममेरे भाई के घर के आस-पास की बस्ती से सहसा उठने वाली भयग्रस्त चीत्कारें बहिनजी के कानों को दुख भरा सपना दिखाने लगीं। उन्होंने अपने कानों से अपने भाई के घर में घुसते हुए पानी का हर-हर नाद सुना था और फिर दूसरे सिरे की आवाज़ें एकाएक शान्त भी हो गयी थीं। बहिनजी उसी समय से बिथा-बावरी हो उठी थीं।

बाढ़ ने मानो इस बार केवल दीन-हीन-किसानों और ग़रीब-गुरबों ही को नहीं, बल्कि बड़े-बड़े सफेदपोश कोठी-बँगलेधारी सत्ताधीशों, धनाधीशों को भी अपनी लपेट में लेकर साम्यवाद का प्रचार करने की ठानी थी। एक दिन सुबह उठने पर कोठी-बँगले वालों ने देखा कि उनके कम्पाउण्ड के फूल पानी में नहा रहे थे और फिर दिन चढ़ते वे डूब गये। दूसरे दिन तक उनके बँगलों की खिड़कियों, दीवारों की संधों और मोरियों से पानी उनके बँगलों में प्रवेश कर गया। कोठियों-कोठियों हाय-गोहार मची हुई थी। बड़े-बड़े सोफा-दीवान, अच्छी-अच्छी मूर्तियाँ, तस्वीरें, सजावट का सामान, भारी-भारी रेफ्रीजेरेटर, मोटरकारें डूबीं। आखिर ऊपर की मंज़िलों तक क्या-क्या बचाकर ले जाते? जो बँगले नदी की मूलधारा से केवल दो-तीन फर्लांग दूर थे, वहाँ तो पानी ताण्डव कर रहा था। राय बिहारीलाल रोड की एक कोठी से खन्ना साहब के परिचित एक मुसलमान सज्जन अपनी कोठी की दूसरी मंज़िल से उन्हें फ़ोन करते हुए पहली मंज़िल में भरे हुए पानी का हाल

बतला रहे थे : "ये खटाक-खटाक की आवाज़ें शायद आपके कानों में भी पड़ रही होंगी—हमारे ड्राइंग रूम की संगमर्मर वाली गोल मेज तैरती हुई बाहर निकल आयी और इस वक्त रेफ्रिजेरेटर से टक्करें ले रही है—एऽऽ ये लीजिए, फिर चली। पानी में पत्थर का तैरना मैं अपनी आँखों से देख रहा हूँ। कमरों में घूमता हुआ पानी खाली जगह में ऐसी गूँज भर रहा है कि दहशत समाती है। सामानों की टकराहट,—ये, ये सुन रहे हैं ना आप खन्ना साहब—(तड़-तड़ !—झड़-झड़, झन-झन ! ठड़ाक-तड़ाक !)—जी, ये मेरे किचन और स्टोर के सामानों में टकराहटें हो रही हैं। अभी ही नया कुकिंग रख लिया था। जी हाँ, खाना तो खैर हमें बराबर ही मिल रहा है। गैस के चूल्हे पिछली बार हमारी बेगम साहबा दिल्ली से ले आई थीं, वही इस वक्त काम आ रहे हैं। पानी भी है, ऊपर वाला नल चल रहा है। खाने-पीने की कोई तकलीफ नहीं फिलहाल। जी हाँ, टेलीफोन के इस ऊपर वाले प्लग की असली कीमत आजकल ही मालूम हो रही है। इसी से तो ज़रा मन को तसल्ली है। आप लोगों से बातें कर लेते हैं, वरना इन छत्तीस घण्टों में हमारा जीना मुहाल हो जाता। पानी के थपेड़ों से हमारी कोठी मुसलसल ज़लज़लागाह बनी हुई है। कभी-कभी तो लगता है कि अब गिरी, अब गिरी।……"

खन्ना साहब, बहिनजी और सभी फोन वाले लोग बाढ़ में घिरी हुई फोनदार कोठियों से निरन्तर अपना सम्पर्क बनाए हुए थे। फोन के माध्यम से बहुत से लोग बाढ़ग्रस्त क्षेत्रों से अपना या दूसरों का बचाव भी किसी हद तक कर सके। आदमी सुन्न होकर जी रहा था।

लगभग आधा नगर जलमग्न था। टेलीफोन एक्सचेंज और कचहरी की सड़क तक पानी लहरें मार रहा था। हजरतगंज में नावें चल रही थीं। शाहनजफ, फैजाबाद रोड, महानगर, बनारसीबाग, राज्यपाल और मुख्यमंत्री की कोठियों तक बाढ़ का पानी पसरा हुआ था। चिड़ियाघर के जानवर विवश होकर बहने की स्थिति में आ गए थे। एक हिरन बहते-बहते मुख्यमंत्री के बँगले तक पहुँच गया। न जाने कितने हिरनों और चीतलों को शिकारी लोग मारकर खा गये। शेर अपने कठघरे से बहकर बाहर चला आया और चिड़ियाघर के सब रखवालों की चिन्ता का कारण बन गया। उसे मारने की तदबीरें होने लगीं और अन्त में जनसुरक्षा के नाम पर बाढ़ग्रस्त सिंह मार डाला गया। अफ्रीका से लाए हुए कीमती बन्दर अपने कठघरों के ऊपर छड़ों से लटके-लटके अपने कटघरों के चारों कोनों में चिचियाते हुए अनवरत डोल-डोलकर परेशान हो रहे थे। पानी उनसे केवल एक फुट ही नीचे रह गया था। बत्तखों, सारसों और जलमुर्गाबियों के लिए बहार के दिन आ गये थे। गैंडा मस्ती में अपने कठघरे के पानी में पानी ही के ज़ोर से ऐसा तैर रहा था जैसे कि पानी में उसका वजन लिया जा रहा है। नदी में द्वीप-से एक-दो छोटे-छोटे से ढूह खड़े थे, जिन पर चाहने पर वह लौट आता था। जापलिंग रोड के सूने बँगलों में छतों पर छूटे हुए कुत्तों और इधर-उधर छोटे घरों की छतों पर बकरियों, बछड़ों का करुण क्रन्दन सुनने वाले मनुष्यों के कलेजे हिला-हिला देता था।

अफवाहों ने और भी आफत ढा रक्खी थी। शहर में यही खबरें फैली थीं कि पानी अभी चढ़ रहा है। इन अफवाहों से लोगों के दिल डूबे जा रहे थे, खासतौर पर उनके, जो पुराने खस्ता मकानों में रहते थे। नालियाँ नदी की ओर बहने वाले मुख्य नालों में अपने पानी को न बहा पाने के कारण क्रमशः चढ़ रही थीं। पानी नालों के द्वारा नदी से नगर में प्रवेश कर रहा था। और यही सबसे बड़ी चिन्ता थी। पुराने जानकार यह बतलाते हुए डर फैला रहे थे कि लखनऊ जमींदोज नालों और सुरंगों का शहर है। अगर पानी यों ही बढ़ता और भीतर-बाहर फैलता रहा, तो शहर के किसी भी मकान की नींव सुरक्षित न रह पाएगी। बटलर बाँध के टूटने की खबर ने लोगों के हौसले पस्त कर दिये थे। इसी समय सहसा खबर उड़ी कि शारदा सागर के बाँध को बचाने के लिए उसका पानी आज रात गोमती में छोड़ा जायेगा और शहर तब डूबे बिना न रहेगा। इस अफवाह ने मंत्रियों और अफ़सरों के प्रति जगह-जगह जन-क्रोध की प्रचण्ड भट्ठियाँ सुलगा दीं। नगर के कुछ क्षेत्रों में तो यहाँ तक उत्तेजना फैल गयी थी कि लोग मन्त्रियों और अफ़सरों के बँगले फूँकने पर आमादा होने लगे। दूध और सब्जियों के भाव बढ़ जाने से शिकायतें भी बेतहाशा बढ़ गयी थीं।

जिस दिन कानपुर के प्रेम-क्लब वाले साहसी युवकों और लखनऊ के मल्लाहों ने लोहे के पुल पर फँसी हुई भीड़ को बाहर निकाल लिया, उस दिन शहर एक मुँह होकर कानपुर के जवानों और अपने मल्लाहों की प्रशंसा कर उठा। जहाँ जाओ, जिससे सुनो, यही चर्चा थी। रमेश दिन में बहिनजी के यहाँ पहुँचा। न बहिनजी मिलीं और न खन्ना साहब। बिन्दा नौकर तक घर में न था। रानी अलबत्ता यहाँ मौजूद थी। बाढ़ के कारण उसका ट्रेनिंग कालेज बन्द था और वो इन दिनों यहीं रहती थी। बहिनजी दिन भर इस क्षेत्र के लक्ष्मण टीले से लगाकर ठाकुरगंज और उसके आगे तक के शरणार्थी-शिविरों में दौड़-दौड़कर सारा प्रबन्ध देखा करती थीं। उनके स्कूल की चारों अध्यापिकाएँ और कई लड़कियाँ अनेक शिविरों में काम कर रही थीं। रानी के ऊपर बहिनजी ने अपने घर का भार छोड़ रक्खा था। दोनों बड़े सुखी मन से सोफे पर बैठकर बातें करने लगे।

किरोशिये से जाली के फन्दे बढ़ाते हुए रानी ने कहा: "आज सबेरे हम घर गये थे। कल शाम नई अम्मा यहाँ आई थीं। कहने लगीं कि बाबू और दादी को हमारा यहाँ रहना नहीं सुहाता। कहते हैं, इससे घर की इज्जत जाती है।"

"इसमें इज्जत का क्या सवाल है? मन्नो के ब्याह में चार-पाँच दिन जब तुम हमारे यहाँ रही थीं तब?"

"हाँ, आज सुबह मैंने दादी से यही कहा तो कहने लगीं, वहाँ की बात न्यारी थी। शादी-ब्याह का भरा-पूरा घर था और फिर बापू का नाम लेकर कहा कि पाधाजी इज्जतदार आदमी हैं—"

रमेश को हँसी आ गयी, बोला: "और बहिनजी खन्ना साहब, जिनकी सारे शहर में, देश-विदेशों तक में इज्जत है?"

"उस इज्जत की बात इन लोगों की समझ में नहीं आती। बाबू कहने लगे, नयी चाल के लोग हैं। मतलब ये कि दादी और बाबू को मेरा यहाँ रहना नहीं सुहाया। असिल बात ये है कि एक दिन मम्मीजी ने दादी के सामने विडो मैरेज (विधवा विवाह) की बात उठाई थी। मैं समझती हूँ, उसी की भड़क उनके मन में समाई हुई है। और बाबू से भी शायद उन्होंने यही कहा होगा।"

सुनकर रमेश गम्भीर हो गया, बोला: "यह तो निश्चित मानो रानी, कि हमारे इस सम्बन्ध पर हम दोनों के घरवाले डटकर विरोध करेंगे।"

"यह तो मैं जानती ही हूँ, इसीलिए आज मैंने इन लोगों के सामने यह रुख तो ले ही लिया। बाबू चाहे बुरा भले ही मान गये हों, पर फिर कुछ बोल न सके।" टाँग पर टाँग चढ़ाए सोफे के कोने पर जमकर बैठी हुई किरोशिये और उँगली की लपेट में खिसकते हुए तागों की निरन्तर गति को बढ़ाते हुए, अपने गार्हस्थिक सुख-स्वप्न की समस्याओं में रानी यह निर्द्वन्द्व एकान्त पाकर तन्मय हो गयी थी। रमेश भी उसके पास बैठने के सुख-मद में मग्न-मस्त था। रानी से बातें करते-करते एकाएक उसका ध्यान सूक्ष्म होकर अपनी मनोगति पर गया। चेहरे पर मुस्कान की रेखा खिंच गयी। एकाएक बोला: "देखो रानी, बात वही रहती है, लेकिन मनुष्य के अलग-अलग मूडों का रंग उस पर अवश्य ही चढ़ता है, है न?"

अपने तार से अलग एक नयी बात का सिलसिला आरम्भ होने पर रानी नाजुक झटका खाकर रमेश की ओर देखने लगी। उसकी उँगलियों का काम तक स्तब्ध हो गया। आँखों में प्रश्न-चिह्न चमक उठा। रमेश उसी तरह सिर झुकाए ध्यानमग्न केन्द्रित स्वर में बोला: "मान लो, यही बातें करने का अवसर हमें तुम्हारे या मेरे घर के किसी कोने में चोरी-छिपे उस समय हड़बड़ी में मिला होता, जब कि अपने बड़ों से सुबह तुम्हारी यह कहा-सुनी हुई थी, तब शायद हम दोनों ही मानसिक उत्तेजना में ये बातें करते—"

"हाँ, तो?"

रमेश बोला: "यही कि यह मन को सुख देने वाला एकान्त हमें इन बातों पर विचार करने का सुख-चैन दे रहा है, उत्तेजित नहीं कर रहा है।"

"तो?"

"यह कि हमारी किस्मत अच्छी है, हमारा निर्णय अनुकूल मानसिक स्थिति में होगा।"

अब रानी के चेहरे पर पहले की-सी हरियाली तरावट आ गयी, पूछा: "अन्तिम निर्णय क्या होगा?"

"यही कि खन्ना साहब और बहिनजी हमें बड़े भाग्य से मिले हैं और इनका सहारा छोड़ना हमारे लिए बड़ा ही घातक होगा।"

"तो छोड़ ही कौन रहा है इनका सहारा? यह बात भी आज सबेरे मैंने साफ-साफ कह दी। जब यह बात आई तो मैंने एक जगह पर बाबू से साफ-साफ कह दिया कि

ईश्वर ने मम्मीजी का सहारा दिलाकर मेरे जिस दुर्भाग्य को दूर कर दिया है, उसे आप लोगों की झूठी आबरूदारी बनाए रखने के लिए मैं छोड़ूँगी नहीं। फिर न जाने कैसे तीखेपन में एक बात यह भी मेरे मूँ से निकल गयी कि—मैंने कहा—आप लोग तो बूढ़े हो चुके, इसलिए मुझे अपनी सारी जिन्दगी इज्जत के साथ निभाने की बात को भी अब खुद ही सोचना पड़ेगा। मैंने कहा, मैं भी अब बच्ची नहीं हूँ, नयी अम्मा की उमरों की हूँ। सुनकर सबके सब सन्न रह गये। एक बार तो कहकर खुद मैं भी सन्न रह गयी। मगर मैं तुमसे सच कहती हूँ, कहकर एकदम हल्की भी हो गयी। ज़रा भी उत्तेजित न हुई।"

सन्तुष्ट मन से रानी को छेड़ता हुआ रमेश बोला: "सब कुछ तो कह दिया और तब भी कहती हो कि उत्तेजित नहीं थीं।"

"तुम्हारी कसम, बिल्कुल नहीं। मैंने एक भी बात गुस्से में तो कही ही नहीं थी। तभी तो बाबू अपनी ठकुरैती पर चढ़ न सके। चुपचाप सिर झुकाकर चले गये। दादी ज़रूर थोड़ा-बहुत बकती-झकती रहीं। उन्हें नयी अम्मा से मेरी बराबरी करना अखर गया था। शायद नयी अम्मा को भी बुरा लगा।"

रमेश आज पहली बार रानी का अन्तरंग परिचय पा रहा था। एकाएक उसके हाथ पर नजाकत से अपना हाथ रखकर कहा: "हाँ रानी, यह बताओ कि अपनी सौतेली माँ के साथ तुम्हारे सम्बन्ध कैसे रहते हैं? बड़ा अजीब लगता होगा बराबर की लड़की को माँ कहना, है न?"

रानी गम्भीर भाव में मुस्कराई, जाली-किरोशिया सोफा पर रख दिया और दोनों हाथों की उँगलियाँ एक-दूसरे में फँसाकर उन्हें मरोड़ती हुई बोली: "अब तो आदत पड़ गयी है। शुरू में अखरा था। उन्हें भी, मुझे भी। मुझसे तो उन्हें अम्मा कहकर पुकारा ही न जाता था। मेरी अम्मा की जगह पर आकर बैठी थीं, इसलिए और भी नफरत थी। और एक दूसरी बात यह भी थी कि दादी हम लोगों का हेलमेल पसन्द भी नहीं करती थीं। मगर ये नयी अम्मा जो हैं हमारी—हैं भइ बहुत बढ़िया दिल की औरत। सीधी और छल-कपट तो ज़रा भी नहीं है। इन्होंने अपनी तरफ से आते ही मुझसे हमजोलीपना साधा। वो बेचारी भी मुझे अपनी लड़की कैसे मान लेतीं? और दादी के मन में कुछ अजीब-अजीब चिन्ताएँ थीं।......इस वक्त पुरानी बातों को सोचते हुए लगता है कि एक तो उन्हें सुहागिन और विडो का साथ—"

रमेश के मन में एक बलुआ बवण्डर नाच गया। मन को उस अनुभूति से खींचकर बचाते हुए बोला: "बाई द वे, तुम्हारी वो शादी—"

"नयी अम्मा के आने के ढाई-पौने तीन साल पहले मेरी मदर के सामने ही हुई थी। तेरह बरस की उमर थी मेरी। अम्मा टी०बी० की लास्ट इस्टेजों में थीं। उन्हें अपने बचने की आशा तो थी नहीं, इसलिए बस एक रट पकड़ ली कि रानी के हाथ पीले करके जाऊँगी। आठ जनवरी को मेरी शादी हुई, पन्द्रह फरवरी को वो लड़का टाइफाइड में मर गया। और उसी गम में आठ दिन के बाद मेरी अम्मा भी मर गयीं।" सारा ध्यान

भूतकाल में सिमटकर लय हो गया, रानी के जी में ऐसी दुख भरी टीस उठकर पसर गई, मानो हँसते-हँसते सूली पर चढ़ी हो।

रमेश ने स्वर में हलका पैनापन लाकर पूछा : "तुमने अपने हस्बैण्ड को देखा था?"

रानी का सारा मुखमण्डल ही सुहागबिन्दी-सा चमक उठा। मुस्कराकर आँखों से आँखें मिलाकर, भावमग्न होते हुए भी हल्की शोखी की अदा में बोली : "अपने हस्बैण्ड को तो देखा है, उस लड़के को नहीं देखा था।"

और कहकर उसने रमेश की तृप्त-प्यासी आँखों को अपनी रसमग्न आँखों में बरजोरी डुबा दिया। रमेश उल्लास में अपना आपा खोकर उसके पास बढ़ आया और उसके चेहरे को दोनों हाथों से बाँधकर चार आँखों की एक लय में बँधे हुए रसान्दोलन की सौन्दर्यभरी उत्तेजना के साथ बोला : "तुम देवी हो—एंजिल—माई बिलवेड एंजिल।"

अपने मन के अनन्त सुख को बाहरी मर्यादा में बाँधते हुए, रमेश के दोनों हाथ अपने मुख से हटाकर उन्हें पकड़े-पकड़े ही रानी बात बहलाने के लिए जोम में बोली : "अगर यहीं मैं अपने मन में साफ न होती तो आज बाबू-दादी के सामने इतनी साफ बातें भी न कर पाती।" कहते हुए रमेश का हाथ छोड़कर वह उठी और एक अँगड़ाई लेकर घड़ी की ओर देखते हुए कहा : "ओ हो, साढ़े तीन बज गये। तुम्हारे लिए चाय बना लाऊँ।" कहकर रानी खिसकी। रमेश ने आँचल थाम लिया, बोला : "वह दिन कब आएगा रानी, जब हमारा घर हो जाएगा।" स्वप्न-डूबी मुस्कान में प्रिय को देखकर प्रिया बोली : "आएगा-आएगा। तुम झटपट एम०ए० कर लो, अच्छे डिवीजन में। और इन 'मम्मी-पापाजी' की बाँह नही छोड़ेंगे हम लोग, ये ही हमारे असली भगवान् हैं। इन्हीं की कृपा से मई-जून तक वह दिन भी आ जायेगा।" रानी रसोईघर की ओर चली। रमेश छाया समान पीछे-पीछे था। रानी ने आलमारी से छोटी केतली निकाली। पोंछकर उसमें पानी डाला। तार प्लग से जोड़ा, स्विच आन किया। यह सब करते हुए वह गुनगुना भी रही है और हिरते-फिरते अछूती कनखियों से अपने मंत्रमुग्ध मरीज की लाचारगी को अन्दाजते हुए, चढ़ते सुहाग के गुमान में नैक-नैक फूलती भी जा रही है। उस पर रमेश की ऐसी प्यासी जादू बँधी टकटकी लगी है कि पलक तक नहीं झपती। पानी गरम होने के लिए रखकर अपना नया काम सोचने का अभिनय करने लगी, जाने क्या-क्या करना है ......इस अदा में।

बहुत देर तक दोनों में से किसी के मन में बोलने की इच्छा न जागी। दोनों के मन इतनी देर तक मुक्त भाव से साथ रहने के कारण सन्तुष्ट थे। और यह सन्तोष उन्हें अपने भावी जीवन की सारी सुखद कल्पनाओं के लिए बल और बड़ा भरोसा दे रहा था। बोलने को जी ही नहीं चाहा। पास-पास खड़े हैं। वो बीच-बीच में कभी चाय का डिब्बा, कभी शक्कर का डिब्बा, कभी प्लेट-प्यालियाँ, कभी दूध का बर्तन उनके यथास्थानों से उठा-उतारकर मेज पर रखती है और यह सब करते हुए हर बार किसी न किसी बहाने आँचल या हाथ का स्पर्श भी हो जाता है। कभी इनकी, कभी उनकी गुनगुनाहट, कभी

मेज पर उँगलियों की तबले-सी थिरकन, कभी संकोचमुक्त आनन्दमग्न आँखों का मिलना और मुस्कराना—इन्हीं सबमें बिन बतियाये लाख-लाख बातें हो गयीं। पल्ला सिर से ढलककर सरकता हुआ सिर्फ एक ही कन्धे पर रह गया, मगर लाज न आयी, रमेश की मस्ती में भी कोई अतिरंजना न आई; उनकी सहजता उस समय उनके पूर्णकाम मन का परिचय दे रही थी। चाय बनी। दोनों ने वहीं किचन में खड़े-खड़े पी। रानी बोली : "आज तुम गये नहीं कैंप में ?"

"अरे, क्या बताएँ, आया था कि मम्मीजी मिलेंगी तो कोई काम पूछूँगा उनसे। अब सुबह का समय तो भैया मैंने अपने पढ़ने-लिखने में ही लगा लिया है।"

"ये बहुत अच्छा किया तुमने।"

"हाँ जी, अबकी तो जब से युनिवर्सिटी खुली है, पढ़ाई ही नहीं हुई। स्ट्राइक ने चौपट कर रक्खा है कमबख्त। और अब ये बाढ़ आ गई। इम्तहान में कोई ये सब तो पूछता नहीं—"

"ये तो है ही। नहीं, ये तुमने बहुत अच्छा किया। अब तो तुम्हारे एम०ए० होने पर ही सारा दारोमदार है। काम तो पापाजी दिला ही देंगे, उसकी चिन्ता नहीं है। और एक बात कहूँ। मम्मीजी को और पापाजी को हमारे-तुम्हारे बारे में पूरा शक है।"

"अरे, वो तो मैं जानता हूँ। मम्मीजी मुझे कई बार पापाजी तक के सामने छेड़ चुकी हैं।"

"मुझे भी क्या छोड़ देती हैं। मगर ऐसी औरत होना मुश्किल है।"

"इसमें कोई शक नहीं। दोनों पति-पत्नी अपना जवाब नहीं रखते। आजकल ईश्वर की दया से पापाजी मुझसे बड़े खुश हैं। परसों जो मैंने शरणार्थी कैम्पों की रिपोर्ट लिखकर दी थी, उससे बड़े खुश हुए। कहने लगे, तुम चाहो तो अच्छे जर्नलिस्ट बन सकते हो।"

"हाँ, तुम्हारे जाने के बाद ही इन्होंने मम्मीजी से यह भी कहा था कि इस लड़के को काम देना मैं अपनी नैतिक जिम्मेदारी समझता हूँ। तुम्हारी बड़ी बड़ी तारीफें कीं—बड़ा परोपकारी है, बड़ा मेहनती है, बड़ा इण्टेलीजेण्ट है—मैं खड़ी-खड़ी गुटर-गुटर सुनती रही।"

"तुम्हें जलन हो रही होगी हमारी तारीफें सुन-सुनके ?"

"हाँ, उसी जलन ही में तो मैंने खड़े-खड़े यह भी तय कर डाला कि तुमसे कहूँगी कि ऐसी ही दो-चार बढ़िया-बढ़िया रिपोर्टिंग और कर डालो। बस ऐसी ही जो कोई दूसरा न कर सकता हो। पापाजी का यह भाव तुम्हारे लिए और मजबूत हो जाय, तो बस फिर हमारा बेड़ा पार लग ही जायेगा।"

"बड़ी स्वार्थिन हो। अपने स्वारथ के लिए मुझसे खन्ना साहब की खुशामद कराना चाहती हो ?"

"स्वारथ ही सही, पर ये स्वारथ क्या छोटा है? हमने आपसे कोई आँखें लड़ाने वाला प्रेम थोड़े ही किया है जनाब। घर-गिरस्ती वाली औरत को तो सभी कुछ सोचना पड़ता है।"

चाय की गर्मी के साथ ही साथ रानी की बातों से रमेश के अन्दर कर्त्तव्य-भावना की गर्म लहर दौड़ गयी। हाथ जोड़कर बोला: "सत्य वचन रानीजी, लेकिन मेरा भी यह सत्य कथन स्वीकार कीजिए कि मैंने भी आपको **फस्ली** जूलियट समझकर प्रेम नहीं किया, आपके चरणों का दासानुदास बनने के लिए **अर्जी** लगायी है।"

रानी के चेहरे पर फिर सुहाग की गुलाबी आभा आ गयी, आँखों और स्वर में मानभरी तुनुक अन्दाजी लाकर बोली: "अच्छा, अब जाओ। चार बज रहे होंगे। बिन्दा भी अब आता ही होगा। थोड़ी देर में सुखदेई भी खाना बनाने आ जायेगी। इधर जनाब, मैंने तीन दिनों में तीन नानवेजेटेरियन नयी डिशेज बनाकर पापाजी को खिलाईं। बड़े खुशी हुए, वो भी और मम्मीजी भी।"

"तुम्हारे यहाँ मांसाहार होता है?"—रमेश के स्वर में कुछ खिन्नता सी थी, जिसे पहचानकर रानी लज्जित हो गयी। अपराध जड़ित आवाज़ में जवाब दिया: "हमारे ग्रैण्डफादर सब कुछ खाते-पीते थे। हमारी दादी बहुत अच्छा गोश्त पकाती हैं। लेकिन फिकिर न करो, तुम्हारे घर में ये भ्रष्टाचार नहीं करूँगी। मैंने तो जून के महीने से ही, जब से ये समझ लिया कि एक ब्राह्मण देवता के साथ ही मेरा जीवन बँधेगा, ये सब छोड़ दिया है।"

सुनकर रमेश के मुख पर सन्तोष की चमक आयी और अपनी उदारता व्यक्त करते हुए उसने कहा: "नहीं सरकार, घर मेरा कहाँ, आपका होगा। जो चाहें खायें-पीयें। मैं पोंगा ब्राह्मण थोड़े ही हूँ, प्रोग्रेसिव व्यूज का हूँ। हाँ, अपने माता-पिता के घर में मैं मजबूर अवश्य हूँ। लेकिन आपके साथ तो उस घर में रहना होगा नहीं मेरा, इसलिए—"

"मेरे कारण घर छोड़ने में तो तुम्हें बड़ा दुःख होगा।"

"और मेरे कारण तुम्हें भी यही दुःख होगा।"

"अब तो मेरा सारा दुःख-सुख तुम्हीं में समा गया है। भले ही स्वार्थी कह ले कोई, लेकिन तुम्हें पाने के लिए सब कुछ छोड़ सकती हूँ।"

आनंदातिरेक में रमेश ने बेसुध होकर रानी को अपने आलिंगनपाश में बाँध लिया। नवानुभव के धक्के के साथ स्पर्श-सुख को रानी की लज्जा सह न पाई। रमेश की छाती में अपना मुँह छिपाकर छूटने का प्रयत्न करते हुए भयमिश्रित स्वर में बोली: "छोड़ो! छोड़ोऽऽ—"

रमेश की सुख-भावना को रानी की लाज ने मर्यादित कर दिया। उसकी बाँहें ढीली हो गईं। लाज के मारे रानी की आँखें न उठीं, वैसे ही कहा: "जाओ, कोई आ जायेगा।"

●

करुणा की अथाह गहराई में रमेश का दिल डूबा हुआ है। वह जी रहा है, देख-सुन रहा है, उसकी अनुभूतियाँ भी जाग रही हैं; लेकिन उसके भाव गूँगे हो रहे हैं, उसकी चेतना पीड़ा-कुंठित और भय से जड़ीभूत है।

सेना की जल-थल पर चलने वाली नावगाड़ी मिट्टी की शकल वाले मौत से मनहूस गँदले गहरे पानी में बढ़ी जा रही है। ऐसा लगा कि नावगाड़ी बाढ़ में टूटकर बह जाने वाले पक्के मकानों के खँडहरों के ऊपर से गुजर रही है। कुशल ड्राइवर नावगाड़ी को सम्हल-सम्हल कर बड़ी सफाई से बढ़ा रहा है। टेलीग्राफ के तार नाव से कुछ ही ऊपर हैं। उनसे बचने के लिए नावगाड़ी में बैठे हुए हर व्यक्ति को बेहद सिर झुकाना पड़ रहा है। रमेश के सिर से दो तार हल्की सी टक्कर लेकर झनझना उठते हैं, रमेश करेण्ट का हल्का धक्का खाकर दोनों हाथों से सिर पकड़ लेता है। नाव तारों के पार निकल चुकी थी। सूबेदार वरयामसिंह ने त्योरियाँ चढ़ाकर रमेश को देखा और कठोर स्वर में कहा : "काश कि ये बिजली के तार होते और तुम खत्म हो जाते। यहीं पानी में तुम्हारी लाश को फेंककर चल देता। सुअर कहीं का।"

गाली सुनकर रमेश का मुख तमतमा उठा, बहुत सब्र करके उसने अपने क्रोध को पचा लिया। वह अपराधी था। धोखा देकर इस सैनिक नावगाड़ी पर चढ़ आया था। एक सिख शरणार्थी सूबेदार वरयामसिंह का नाम लेकर नाव पर आना चाहता था। उसकी बेटी डूबे हुए इलाके के एक घर में ऑपरेशन के बाद अस्वस्थ पड़ी थी। उसकी दवाएँ चुक गयी थीं। बाप सुबह वरयामसिंह के साथ ही शहर आया था और उन्होंने कह दिया था कि वह उनका नाम लेकर किसी आती हुई फौजी नाव में लौट सकता है। सूबेदार उसी क्षेत्र में तैनात होकर डूबे हुए संकटग्रस्त मकानों की आबादी हटा रहे थे। रमेश वहीं खड़ा तमाशा देख रहा था। वह भी सरदारजी की ओर से ज़ोरदार पैरवी करने लगा। सिपाही अन्त में यह सोचकर राजी हो गये कि सूबेदार तो वहाँ मिलेंगे ही। शरणार्थी के साथ ही साथ रमेश भी उस नावगाड़ी पर इस प्रकार जा बैठा, जैसे कि वह भी सरदारजी का साथी हो। गन्तव्य स्थान पर पहुँचकर सरदारजी तो अलग हो गये, पर रमेश को लेने के देने पड़ गये। अपने-आपको 'इण्डिपेण्डेण्ट' का रिपोर्टर बतलाकर भी वह दफ्तरी परिचय-पत्र के अभाव में सच्चा सिद्ध न हो सका। सूबेदार बेहद लाल-पीले हुए। आदेश दिया कि उसे लौटने पर पुलिस के हवाले कर दिया जाय। रमेश तब से सन्न बैठा था। एक प्रलय बाहर थी और दूसरी मन के भीतर। उसके गिरफ्तार हो जाने पर माता-पिता कितने परेशान होंगे, मित्र मज़ाक उड़ायेंगे। खैर, छूट तो वह जायेगा। खन्ना साहब उसे छुड़ा लेंगे। पर इस समय मिनट-मिनट पर उसे जो अपमान सहना पड़ रहा है, वह बेहद कष्टदायक है। क्या किया जाय, अब तो यह आ ही गया है।

निगाहें उठीं। मन की मनहूसियत पर पानी की मनहूसियत छा गयी। कितनी ही एक-मंज़िला कोठियाँ जलमग्न बतलाई जा रही थीं। कितने ही बँगलों की खिड़कियों और

रोशनदानों से पानी अन्दर जा रहा है। कुछ छतों पर नौकर श्रेणी के लोग चिल्ला-चिल्लाकर खाना भिजवाने के लिए हाथ जोड़े अरदास कर रहे हैं: "अरे साहब, हमारे मालिक लोग हमको यहाँ छोड़ गए। रासन चुक गया है। भूखों-प्यासों मर रहे हैं सरकार। हमारी सुध लीजिए।" रमेश उनकी गिड़गिड़ाहट सुनकर अपना दर्द भूल गया। उसका जी चाहने लगा, काश कि किसी जादुई शक्ति से वह अभी के अभी भूखों को भोजन और प्यासों को पानी दे सकता। पानी की सतह से केवल फुट-डेढ़-फुट ऊँचे टीन की छतों पर बसे हुए लोगों को वह समझा सकता कि जब अच्छे-अच्छे पुख्ता संगीन मकान बह गये, तब मामूली डेढ़-दो ईंटिया दीवारों पर टिका हुआ यह सायवान किसी भी समय उन्हें दगा दे सकता है। सूबेदार और सिपाहियों के बार-बार समझाने के बावजूद पुरुष-वर्ग अपनी जगह छोड़ने को राजी न हुए। दो प्रौढ़ाओं को पुरुषों ने नाव पर जाने के लिए मना लिया। एक बोली: "भाई, मैं अपने मुर्गे-मुर्गियों को छोड़ के न जाऊँगी।" सूबेदार उसे मुर्गियों सहित ले चलने को राजी हो गये। इसके बाद गठरियाँ और मुर्गियों का ढाबा नाव पर उतारा गया। अब बिदाई का दृश्य आया: "नब्बू, अच्छी तरह से रहना। बकरीदिए, तू बहुत उचक-फाँद करता है, सँभल के रहना, भला। क्या करूँ मेरी मुर्गियाँ भूखी मर जायँगी। इन्हीं की खातिर तुम सबको छोड़कर जा रही हूँ। तुम्हें अल्लाह को सौंपा। खुदा, वो दिन जल्द लाए जब यहाँ फिर लौट के आऊँ और तुम सबको देख के आँखों सुख, कलेजे ठंडक पाऊँ।" बड़ी मुश्किल से आँखें पोंछती हुई टीन से उतरीं—उतरीं क्या, बड़ी हाय-तोबा के साथ उतारी गयीं। "आओ आपा, अब देर न करो।"—नीचे आकर बड़ी बी ने दूसरी बड़ी बी को पुकारा, सूबेदार भी उन्हें जल्द चलने के लिए डाँटने लगे।

"ऐ, आ तो रही हूँ भैया। जरी सबर करो, एक पान का टुकड़ा खा लूँ तो चलूँ। यही आखिरी चार टुकड़े बच गये थे। मैं यहाँ बैठे-बैठे यही कहूँ कि अल्ला मियाँ, जब ये पान भी खतम हो जायेंगे तब क्या करूँगी।......" पान और पानी और बाढ़ की हज़ार मुसीबतों का रस्सा बँटने के बाद पान का एक टुकड़ा खाकर और दूसरा प्रौढ़ा के लिए हाथ में लेकर, और दूसरे हाथ में अपना पानदान उठाकर बड़ी बी सायबान के किनारे आईं। पहले पान और पायदान दिए तब आप उतरीं। नाव आगे बढ़ी। नाव में दो कतरनी जैसी जबानों का नया शोर बढ़ा।

आगे दो टूटे हुए पेड़ों से उलझे हुए बिजली और टेलीफोन के खम्भे भी गिरे पड़े हैं। पेड़ों की डालों पर कई साँप और पक्षी एक साथ बैठे नजर आ रहे हैं। यहाँ पानी के बहाव में तेजी है। डूबे हुए मकानों को देखकर अनुमान लगता है कि पानी यहाँ चौदह-पन्द्रह फुट से कम नहीं है। एक बल्ली का ऊपरी भाग मुश्किल से फुट-सवा-फुट बाहर निकला हुआ है। उस पर असंख्य मक्खियाँ और कीड़े-मकोड़े लिपटे हुए हैं। और बल्ली के पास ही एक हिलते तख्ते पर एक कुत्ता बुरी तरह से भौंक रहा है। सूबेदार उम्दा अलसेशियन कुत्ते को देखकर उसे बचाने लायक इंसानियत अपनी लालच के बहाने पा लेते हैं, नाव को कुत्ते की तरफ बढ़ाने का आदेश देते हैं। मुर्गीवाली हाय-तोबा शुरू कर देती है। बल्ली के पास पहुँचते ही हज़ारों मक्खियाँ एटमबम के धुएँ की छतरी जैसे

उड़कर जोरदार भन्नाटा करती हैं। कुत्ता नाव के पास पहुँचते ही बड़ी आतुर छलांग मारता है। नाव पर आदमियों के बीच आ जाने पर उसकी कातर करुण आँखों में हर एक के लिए कृतज्ञता का भाव चमक उठता है, और अपने मुख्य आश्रयदाता को खोजने की श्वान-संस्कारजन्य आतुरता भी। उसी समय सूबेदार उसे अपनी ओर बुलाते हैं। एक सैनिक से एक डबलरोटी और बिस्कुट निकालने को कहते हैं और कुत्ते के शरीर पर हाथ फेरते हैं। कुत्ता उनके पैरों में अपना सिर अड़ाकर पाये हुए प्रेम की रसीद दुम हिलाकर चुकता कर रहा है। मुर्गीवाली और उसकी 'आपा' कुत्ते के मारे सकपकाई जा रही हैं।

नाव बहुत चौड़े में आ गयी है। दाहिनी ओर एक बहुत बड़ा पुराना महल है, जिसकी पहली मंजिल करीब-करीब डूबी हुई है। उसके बगीचे का विशाल मैदान गतिशील पानी की लहरों और छोटी-छोटी भँवरों से भरा हुआ है। महल के कम्पाउण्ड की आगेवाली दीवार से एक काठ की बन्द दूकान पानी के थपेड़े खा-खाकर टकराती है। बायीं ओर एक प्रायः पूरी डूबी हुई कोठी की छत पर रेडियो एरियल के दो बाँस डूबे हुए जहाज के मस्तूलों जैसे लग रहे हैं। नाव को देखकर महल के दुमंजिले से कई आवाजें एक साथ शोर मचाती हैं, "यहाँ आइए। यहाँ आइए।" नाव उस ओर बढ़ी। महल में तीस-चालीस आदमी अलग-अलग कमरों और छज्जों पर खड़े हुए दिखलायी दिये। उन लोगों को राशन की कमी न थी, केवल बाहरी सम्पर्क की तमन्ना थी सो पूरी हुई। पानी का बड़ा कष्ट है, बहुत उबालने और छानने के बावजूद पानी गन्दा और बेस्वाद मिल रहा है। एक सज्जन ने अखबार की फर्माइश की। संयोग से रमेश के पास उस दिन का 'इंडिपेंडेंट' मौजूद था। उसने सूबेदार को दे दिया और यह सोचा कि शायद इससे वह प्रसन्न हो जायेंगे, पर उनकी बेरुखी में कोई अन्तर न पड़ा। पर कई आदमियों ने पूरब की ओर से पिछली रात कई बार उठनेवाले शोर का जिक्र किया—"बड़ा कल्हाटा, बड़ा चीत्कार बार-बार उठता है।" सूबेदार ने दिशा का अनुमान लेकर उधर नाव बढ़ाने का आदेश दिया। पानी अगम गहरा और बहाव तेज था। बाँध के फाटकवाली दिशा से गर्जन-तर्जन के घनघोर स्वर क्रमशः निकट आते जा रहे थे। रमेश सूबेदार के डर से सहमा हुआ बैठा था, पर अब उससे भी अधिक पानी का आतंक मन पर तेज होने लगा। भय दिलों पर पलस्तर-सा जमने लगा। औरतें तक हाय और अल्ला के सिवा और सब बकबक भूल गयीं। कितना भयंकर लग रहा है सब कुछ। मौत जिन्दगी से बड़ी बन गयी है। जीवन का मान-गुमान निस्तेज हो गया है। प्रलय की पढ़ी हुई कथाएँ सजीव होकर आँखों के सामने दृश्यमान हो रही हैं। बायें हाथ की सड़क के मुहाने पर पहुँचकर नाव पर बैठे हुए लोगों ने सड़क के एक सिरे से दूसरे सिरे तक खड़े हुए भूत-समान मकानों और पेड़ों को देखा। गूँगे मनों पर और भी गहरी स्तब्धता छा गई। इधर कुछ नहीं है, इधर तो मुर्दघटे का सा सन्नाटा है। शोर संभवतः दूसरी सड़क की ओर ही से उठा होगा। नावगाड़ी मुड़ चली; बाँध के फाटकों की ओर से पानी का शोर निरन्तर उठकर भय को गाढ़ा करते-करते मुर्दा बनाने लगा। यहाँ कोई आबादी नहीं। मुर्गीवाली बुढ़िया बोली, इधर चार कोठियाँ थीं—उनकी और उनकी और उनकी। मगर अब केवल पानी है। एक बरगद के

सिवा और पेड़ तक डूबे हुए। चारों ओर नजर उठाकर देखो, मटमैला समुद्र। मौत और कुछ नहीं।......रमेश के मन में अब न तो भय है न आस्था, न विचार, न भावना। उसके मन के अन्दर अच्छी-बुरी, छोटी-बड़ी मानवी वृत्तियों का सारा कुनबा ही मानो एक साथ भर गया है और वह फटी सूनी आँखों से निहार रहा है।

"इधर-इधर, इधर! नाव-नाव, इधर!"

साँझ के बढ़ते धुँधलके में बाईं ओर ताड़ों के झुरमुट के पार लगभग एक फर्लांग दूर से शोर उठने लगा। पानी का करेंट कुछ तेज महसूस होने लगा। नावगाड़ी दो जगह पानी में टकराई। बाँस डालकर अन्दाजा लिया गया तो पता लगा कि वह किसी डूबे हुए बँगले के छत से टकरा रही है! नाव उस दिशा से हटायी गयी। आगे डूबे हुए पेड़ों के झुरमुट के ऊपर से डूबी हुई टहनियों की रगड़ खाती हुई बढ़ी। पेड़ों का एक घना जंगल सा डूबा है। पानी में बड़ी खलबली है, भँवरें बहुत हैं। यह शक्तिशाली नाव तक अपने-आपको पानी के मुकाबले में अशक्त पा रही है। और अँधेरा बढ़ रहा है। वह छत पास आ गयी, जहाँ से शोर उठ रहा था। छत एकदम पानी की सतह से लगी हुई ही है, बस उसके मुँडेरे चमक रहे हैं......और अब मुँडेरों की चौहद्दी में घिरे हुए दस-बारह मर्द-औरतें नाव को पास आते हुए देख रहे हैं। छत से राहत भरी, खुदा के लिए कृतज्ञता भरी कराह भरी आवाज़ें आने लगीं। उस मकान के आस-पास बड़ी तेज भँवरें पड़ रही हैं। लहरों के थपेड़े मुँडेरों के नीचे-नीचे दीवारों पर जोर-जोर से पड़ रहे हैं। भारी-भरकम और मजबूत नावगाड़ी को भी उस मकान के पास पहुँचने में दिक्कत महसूस हुई। किसी तरह नावगाड़ी मकान की मुँडेर के पास पहुँची। नावगाड़ी को वहाँ टिकना मुश्किल पड़ रहा है। रस्सा डाला गया, एक सिरा छतवालों ने पकड़ा दूसरा नाव के एक कड़े में बँधा। तब भी नाव तिरछी है। छत पर एक स्त्री प्रसव-पीड़ा से कराह रही है। एक संभ्रान्त बुढ़िया की वेदना, घबराहट और प्रार्थना के मिले-जुले प्रलाप में यह बात समझ में आई कि कल रात से इसी परेशानी में गुहार लगाई जा रही थी।

जिधर रमेश बैठा था, उधर के कड़े में एक रस्सा और बाँधकर छत पर फेंका गया। छत की छोटी-सी भीड़ दो ठिकानों में बँटकर रस्से खींचने लगी। युवती सँभालकर नाव पर उतारी जाने लगी। कार्यकर्ताओं के बँट जाने से एक तरफ रस्सा खींचनेवाले कम पड़ गये। रमेश सहायता करने के आवेश में छत पर चढ़ गया और रस्सा-खींचनेवालों में शामिल हो गया। अँधेरे में काली आकृतियाँ रस्से छोड़-छोड़कर धड़ाधड़ नाव पर कूदने लगीं। नाव का दीवार से फासला बढ़ने लगा। रमेश वाले रस्से पर अकेला वही रह गया और दूसरे पर दो बूढ़े एक लड़की। "रस्से छोड़ दीजिए। अब न आइए। अब नहीं। अब नहीं। खतरा है।"

रमेश रस्सा छोड़कर नाव पर कूदने के लिए बढ़ा। नाव से रस्सा खोला जा चुका था। अब खींचा जा रहा है। 'छोड़ दो, छोड़ दो' की आवाज़ें आ रही हैं। रमेश छोड़ कैसे दे; छोड़ दे तो यहीं न छूट जायेगा। लेकिन उसी समय बुड्ढों ने रस्सा छोड़ दिया और बढ़ती

हुई नाव और रस्से के खिंचाव के साथ रमेश की टाँगें मुँडेर से टकराईं। उसके शरीर का सन्तुलन बिगड़ गया और वह मुँडेर पर पेट के बल गिर पड़ा। मौत की दहशत में कलेजा भीतर से जैसे धक्क से बैठ गया। होश-हवास सन्नाटा खींच गए। बूढ़ों और बूढ़ी ने दौड़कर उसकी टाँगें पकड़ीं। उसने रस्सा छोड़कर मुँडेर के बाहरी भाग से अपनी दोनों बाँहें चिपकाईं। गर्दन में दो कोमल जनाने हाथ और पीठ पर एक स्तन का गुदगुदापन उसमें सम्यसंकोच-जनित नवस्फूर्ति भर गया। उसमें फिर से उठने की शक्ति आ गयी।

एक नयी दुनिया थी। बीस फुट लम्बी, दस फुट चौड़ी छत जिसके चारों ओर पानी थपेड़े मार रहा है। बाहरी दीवार पर तो पानी इतने तेज थपेड़े मारता है कि छींटें छत पर उड़कर आती हैं। छत पर निवाड़ के दो पलंग, तीन सोफा, दो-तीन छोटी-बड़ी अलमारियाँ, कनस्तर, बर्तन, स्टोव, किताबें, गद्दे, कपड़े, स्टूल, तिपाइयाँ, सिंगार-मेज, कुर्सियाँ, अटरम-सटरम गिरस्ती का सामान फैला था। उनमें चार इन्सानों की छाया आकृतियाँ भी थीं। रात की गहरी होती जाती कलौंस में चारों ओर आँख पसारी—पानी-पानी-पानी हिलता-डुलता, दूर पास के शोर से भरा पानी। छत नाव की तरह चलती हुई सी लगी। सनसनी फुरफुरी के साथ और भी बढ़ गयी, मानो शरीर की नींव से भावचेतना का गूँगा सोता आतिशबाजी के तेज अनार-सा फूट पड़ा हो। यह एक पुरानी स्थिति को भूलने और एक नयी स्थिति को सकारने के बीच का अवकाश था। वह भौंचक्का होकर सबको देखने लगा।

"है है, देखो तो सही, नसीबे-दुश्मना, किस अजाब में आ फँसे बेचारे। आप पीछे कैसे रह गये?"

"अजी, आप फरमाती हैं कि रह गये?—मैं पूछता हूँ कि आपके वो मादर (गाली) किराएदार, उन्हें इतनी भी तमीज नहीं कि झपाझप अपनी और अपने बाप की जोरू को लेके उतर गये बंचो और ये न सोचा कि फ़र्ज़ अदायगी का हक क्या है!"

"हमारे किराएदार बेचारे को क्यों कोसते हो? आखिर इनके साथियों को यह सोचना चाहिए था कि हमारा आदमी छूटा जाता है। क्यों बाबूजी, इन लोगों ने आपको क्या यहीं किसी कोठी से नजात दिलाई थी?"

"जी नहीं, इस टोली के साथ अखबार की रिपोर्टिंग के लिए आया था।"

"वल्लाह तो आप रिपोर्टर हैं! क्या मैं ये जान सकता हूँ कि किस अखबार—"

"जी 'इंडिपेण्टेण्ट'।"

"अच्छा-अच्छा, वो सर शोभाराम के बेटे वाला परचा! तब तो बहुत अच्छा है जनाब! यहाँ बैठे-बैठे तूफानी नज़ारे का लुत्फ़ उठाइए और खयालों के खम्भे खड़े कीजिए ऊँचे-ऊँचे, जैसे वो शोभाराम का बेटा करता है, चूतिया कहीं का। माफ कीजिएगा साहबजादे। मगर मैं आपके मालिक को उसके मूँ पे गाली देने का हक रखता हूँ। शोभाराम हमारे इंजीनियर थे, हमारे नये इन्दर महल का नक्शा व डिजाइन उन्होंने

तैयार किया था। हमारे बुजुर्ग सर शोभाराम के हम-प्याला थे। ये आत्माराम बचपन में मेरे यहाँ—"

"रिपोर्टर साहब, एक गलतफहमी यहीं दूर कर लीजिए। इनके बुजुर्ग माने इनकी जोरू के बाप। ये तो एक भड़भूँजे से खरीदकर लाए गए थे और लाखों करोड़ों की इकलौती वारिस के इकलौते मियाँ बना दिये गये।"

"ये तुम थोड़े ही बोल रही हो, तुम्हारे अन्दर शोभाराम का खून बोल रहा है। जनाब रिपोर्टर साहब, यह भी नोट कर लीजिएगा। यह मेरी रण्डी वहीदन, सर शोभाराम की रण्डी मुश्तरी की औलाद है। और बाप-माँ दोनों ही की औकात साफ बोलती है, इस—इस दुख्तरे इबलीस में।"

लाल साहब और बेगम साहब की काँव-काँव शुरू हो गयी। वो इनकी और ये उनकी पोलें खोलने लगे। रमेश हक्का-बक्का! उसे लगा कि वह खाली बाढ़ ही के चक्कर में नहीं, बल्कि उससे भी कहीं अधिक भयावने घड़ियालों की हद में आ गया है। दोनों एक-दूसरे के दोष, परस्पर पैने व्यंग्यबाण छोड़ते हुए बतलाते चले और रमेश के होश नये होते चले! ये बेगम साहबा सर शोभाराम की चहेती नम्बर दो, अपने जमाने की मशहूर नर्तकी मुश्तरी की औलाद नम्बर तीन है; यानी इस तरह डॉक्टर आत्माराम की सौतेली बहिन हुईं। उम्र लगभग पचास-बावन और लाल साहब—लाल कुँअर बहादुर पुरानी ताल्लुकेदारी रियासत बदरीपुर के इकलौते दामाद हैं, जिन्होंने अपनी ससुराली इस्टेट का बहुत बड़ा भाग भोग-विलास में फूँक दिया और जो बकौल वहीदा बेगम के, "अपनी बीबी और बच्चों तक के न हुए, वो भला किसी और के क्या होंगे?"

पोलें यहीं तक न रहीं और खुलीं। बेगम साहब मर्द की भूखी और शराब-कोकीन की शौकीन हैं। बाढ़ आने पर नीचे के किराएदार इनके ऊपर वाले हिस्से में आकर रहने लगे और पानी जब ऊपर की मंजिल पर चढ़ आया, तो दोनों परिवारों ने छत पर बसेरा लिया। यही छत और इसी पर पिछले तीन दिनों से अभी दो घंटे पहले तक नौ इन्सान थे। किराएदार बकौल लाल साहब के एक निहायत ही शरीफ और छोटा-मोटा अफसर भी है। ये लाल साहब परसों रात इसी खुली जगह में शराब पीकर उस किराएदार की माँ को सहसा रात के पिछले पहरों में किसी समय बेइज्जत करने लगे। बेचारी नींद में बड़ी जोर से घबराकर चीख उठी। अफसर और सभी लोग जाग पड़े। अफसर ने इनका हाथ पकड़कर खींचा और तड़ातड़ मारना शुरू कर दिया। दूसरी ओर बेगम साहब की विशेषता यह मालूम हुई कि वो कोकीन की कमी से दुखी, दिन-रात शराब के नशे में गर्क चौबीसों घंटे इन लाल साहब और नौकर हामिद से अपना बदन दबवाती रहीं और इन पुरुषों को खुलेआम आलिंगन में बाँधकर नशे के आलम में अपने खयाली महबूब अफसर किराएदार का नाम ले-लेकर आहें और सिसकारियाँ भरती रही थीं। लाल साहब और बेगम साहबा दोनों ही ने एक-दूसरे की घृणित पोलें खोलते हुए न जाने कितनी बार यह कहा कि वो बेचारे शरीफ लोग हमारे बारे में क्या खयाल लेकर यहाँ से गये होंगे। और

ये बेचारे शरीफ रिपोर्टर भी क्या सोच के जायेंगे। परन्तु यह सब कहने-सुनने के बावजूद थोड़ी देर में छत पर मयखाना आबाद हो गया। बूढ़े-बुढ़िया और उनका बूढ़ा नौकर हामिद तीनों ही पीने लगे।

पानी के शोर में जहाजनुमा छत के एक मुँडेरे पर बैठा हुआ रमेश अजब घुटन-सी अनुभव कर रहा था। कहाँ आ फँसा, लेकिन अनुभव तो वह चाहता ही था और वह उसे मिल रहा है। यहाँ न आता तो क्या उसे कभी यह खबर लग पाती कि डॉ० आत्माराम की एक सौतेली बहिन है, जो तवायफ़ की बेटी और खुद भी तवायफ़ है—शरीर बेचनेवाली और खुद शारीरिक लालसाओं और वासनाओं के प्रति बिकी हुई भी। कितना वैषम्य है जीवन में। सारसलेक से आने वाले लच्छू के दो पत्रों में सर शोभाराम की ऐयाशी के कुछ चर्चे उसने अवश्य पढ़े थे, लेकिन आज उसे एक प्रत्यक्ष उदाहरण मिल गया। क्या यह खुलेआम अपने-आपको सर शोभाराम की बेटी घोषित कर सकती है? क्या डॉ० आत्माराम इसे सबके सामने अपनी बहिन घोषित कर सकते हैं? क्या वह 'इण्डिपेण्डेण्ट' में वहीदन बेगम से अपनी इस मुलाक़ात का विवरण प्रकाशित करा सकेगा?

वहीदन बेगम गोल तकिये का सहारा लगाये हुई बैठी हैं। हामिद बीच-बीच में चुसकियाँ लेकर उनकी शरीर-सेवा में लग जाता है। बेगम साहबा उस पर झुँझला रही हैं। हामिद के थके हाथ उनकी निर्जीव त्वचा में अपनी रगड़ से सनसनाहट नहीं भर पा रहे। और वहीदा बेगम नशे में बड़बड़ा रही हैं, शिकायतें कर रही हैं। उनके साथ ही साथ लाल साहब की नशीली आवाज़ भी शिकायतों का अखण्ड पाठ करती ही चली जा रही है। शिकायत है वहीदन से। उन्होंने बीबी का उद्धार किया था। वहीदन की बड़ी बहिन हमीदन ने मुक़दमा जीतकर वहीदन को कौड़ी-कौड़ी का मोहताज कर दिया था। वह दिन भूल गयी। जिस समय घर से निकाला, तो वहीदन हर तरह से लाचार और टूटी हुई थी। लाल साहब उन दिनों हमीदन बेगम के नये-नये आशिक़ हुए थे। लेकिन घर से निकाली जाती हुई वहीदन के गोरे सलोने मुखड़े पर ख़ामोश आँसुओं की बड़ी बोलती हुई रवानी पर सहसा रीझकर वे दयालु और न्यायप्रिय हो उठे। उन्होंने फ़ौरन ही वहीदन की बाँह गह ली। हमीदन को नीचा दिखाने के लिये अपने बीबी-बच्चों की चोरी से तीन लाख की एक जायदाद बेचकर उन्होंने वहीदन बेगम के लिए यह कोठी ख़रीदी, कार ख़रीदी, ज़ेवर दिये, अपने दिल में और सिर आँखों पर बिठलाया......और वही औरत उनके बुरे दिनों में उन्हें बार-बार और खुलेआम ज़लील करती है।

दूसरी बोतल खुल रही है। गिलासों में उँड़ेलते समय वहीदन और लाल साहब दम भर के लिए एक-दूसरे के दोस्त और हमदर्द बन जाते हैं। बीच-बीच में जब चुस्की लिए हुए देर हो जाती है, तो लाल साहब या वहीदन अपना बकना-झकना छोड़कर एक-दूसरे की तरफ़ गिलास बढ़ाते हैं। नयी चुस्की के बाद फिर नयी शिकायतों का दौर शुरू होता है। किराएदार की बुढ़िया नौकरानी की छूट जानेवाली जवान पोती सकीना को हुक्म दिया जाता है कि स्टोव सुलगाकर सबके खाने लायक़ नमक-मिर्च के पराठे तैयार करे। इसी

सिलसिले में वहीदन बेगम दूर बैठे हुए रमेश को यह अयाचित आश्वासन भी दे देती हैं कि वह खाने-पीने की चिन्ता तनिक भी न करे। खुदा के फ़ज्ल से आटा, दाल, चावल इतना है कि अभी महीने-दो-महीने तक खाए न चुकेगा। बस कमी पड़ेगी तो ईंधन की और शराब भी आठ-दस दिन के बाद दग़ा दे जायेगी।......और जब शराब भी नहीं रहेगी तब क्या होगा? कोकीन नहीं, शराब नहीं......तब वहीदा बेगम ज़िन्दा क्योंकर रहेंगी? उसकी ज़िन्दगी में धरा ही क्या है? ऐसी बदक़िस्मत औरत दुनिया में कोई दूसरी पैदा ही न हुई होगी?

माँ की सबसे लाडली औलाद वहीदन ही थी। अपना सारा हुनर उसने वहीदन ही को दिया था। हूबहू माँ की सी सूरत। तीनों बहिनों में सबसे अधिक हसीन और सलोनी। सबसे आला फ़नकार और सबसे अधिक भोली। माँ के मरते ही दोनों बहिनों ने उसे निकाल दिया। क्या-क्या मुसीबतें न झेलीं। हुनर की बदौलत जब नये सिरे से नसीब खुला या चमका, नेपाल के एक राणा से लाखों कमाकर वहीदन जब घर लौटी तो हमीदन ने फिर से नेह-नाता बढ़ाया, मगर कितना नक़ली था यह नेह! कितना नक़ली था उसका सुहागभरा जीवन! एक के बाद एक तीन सरपरस्त मिले, मगर तीनों बूढ़े। उन्होंने इस पर लाखों निछावर किए, मगर इसकी ज़िन्दगी की भूख न मिटा सके। साथ ही यह भी चाहा कि वह उनकी वफ़ादार बनी रहे। कितनी ज्यादती थी यह उन लोगों की।......सबसे आज़ाद हो गई। शराब और गबरू जवान छोकरे। माशूक ने आशिक़ का चोला पहना और कमाई हुई दौलत के पर लग गये। सात-आठ बरसों में लुट गई, बहिन की क़र्ज़दार बनी, मुकदमा हारी। उजड़ गयी। वहीदन बेगम नशे और गुस्से के आलम में भी लाल साहब का आभार नहीं भूलीं। मगर वह आभार ऐसा कोई सात्विक नहीं कि जिसके लिए वहीदन वफ़ादर हो। मनचले रईस यों ही रीझकर तवायफ़ों के सरपरस्त बनते हैं।

......ज्यादती लाल साहब को भी लगती है। ये औरत जिसको उन्होंने बुरे वक्तों में सहारा दिया, जिसके ऊपर अपना तन-मन-धन निछावर किया, अब उन्हें कमज़ोर और लाचार समझकर उनकी आँखों के सामने खूबसूरत जवान छोकरों को नौकर रखकर उनके साथ बदकारी करती है।

और लाल कुँअर बहादुर साहब वहीदन को कमरा बन्द करके बेंतों से मारते हैं। उसके नौकरों को मार-मारकर भगा देते हैं और खुद उसकी नौकरानियों तक को नहीं छोड़ते।

और वहीदन बेगम यह ज्यादती करती हैं कि जवान नौकरानियों को घर में रहने ही नहीं देतीं......सुनाने के लिए रमेश को बहाना बनाकर दोनों ही एक-दूसरे की ज्यादतियों का बयान करते चले जाते हैं और सुन-सुनकर रमेश का तन-मन घुटा जाता है। क्या जीवन का यह भी एक पहलू है? शरीर की भूख स्त्री-पुरुष को यहाँ तक हीन और निर्लज्ज बना सकती है? ये इतने ऊँचे ख़ानदान के लाल साहब और ये सर शोभाराम की बेटी—लाखों की सम्पत्ति से खेलनेवाले वैभवशाली लोग, पढ़े-लिखे सभा चतुर......उफ़

कितने गन्दे! शिकायतें करते-करते आवाज़ें तेज हो गईं, लाल साहब का हम उम्र नौकर हामिद शराब के नशे, बातों के जोश और वहीदन के जा-बजा बेशर्मी से खुले अंगों को मसलते हुए बीच-बीच में एक आध ऐसी बात कह देता है कि जिससे दोनों का झगड़ा और बढ़ जाता है। सकीना दूर बैठी हुई स्टोव पर खाना पका रही है। रमेश सोचता है कि इस जवान कुँआरी लड़की के मन पर क्या कुछ न बीत रहा होगा। स्टूल के ऊपर रक्खी हुई लालटेन के मद्धिम उजाले में सकीना का मुँह बड़ा भोला और मासूम लग रहा है। अपने घर में चूल्हे के सामने बैठी हुई रानीबाला का वह मुखड़ा रमेश के मन में तेज़ी से झाँक जाता है, जो अपने पिता को बचाकर लानेवाली शाम को उसने देखा था। इस गन्दगी के वातावरण में रानी का ध्यान एकदम से असीम पवित्रता और शांति का पूर्णाभास करा गया। रमेश को लगा, जैसे उसकी घुटी-घुटी साँस एक बार फिर मुक्त होकर चलने लगी। अचानक हामिद के जा-बेजा हाथ वहीदन के शरीर पर देखकर लाल साहब एकाएक भड़क उठे। लड़ाई एक नया सिरा पाकर और आगे बढ़ चली। तेज़ झौं-झौं शुरू हुई। यहाँ तक कि नशे में धुत्त लाल साहब की मर्दानगी सहसा उबलकर एकदम बलात्कार की मुद्रा में वहीदा बेगम पर आक्रमण कर उठी। रमेश के लिए सारा दृश्य असह्य हो उठा। एकदम उठ खड़ा हुआ और जाकर सीधा सकीना के सामने खड़ा हो गया, गोया अपनी आड़ करके वह एक क्वाँरी कन्या को निर्लज्जता के घिनौने दृश्य से बचा रहा हो। सकीना स्टोव की तरफ से मुँह फेरकर अलग बैठ गयी थी।

सारी रात रमेश एक क्षण के लिए भी न सो सका। घड़ी न होने से समय का अनुमान न लग पाने के कारण यह रात उसके लिए द्रौपदी के चीर सी लम्बी हो गयी है। बड़ी देर तक विलासी अतृप्त प्रेमात्माओं का तांडव होता रहा, फिर उन लोगों को खाने की याद आई। तब तक सकीना या तो सो गई थी या सोने का मक्र साधकर गठरी सी लेट गयी थी। स्टोव पर चढ़ा हुआ तवा, तवे पर सिकता हुआ पराँठा सिंकते-सिंकते जलाँध मारने लगा। स्टोव का तमाम तेल चुक गया था। बेगम साहबा को तब भूख की एक नयी शिकायत ने अपनी गिरफ़्त में लिया। लाल साहब भी उसमें शामिल हो गये। रमेश उनकी ओर पीठ किए मुँडेर पर बाँह रखकर उस पर अपना सिर टिकाए हुए चुपचाप सुनता रहा। वहीदन ने हामिद को आवाजें दीं, सो जानेवाली सकीना को गालियाँ दीं और लाल साहब बराबर उनका साथ देते रहे। ऐसा लगता था, मानो इस समय वे एक हैं और उनकी शिकायत सिर्फ़ दूसरों ही से है। भूख लग रही थी, आरामतलबी के मारे अपनी-अपनी निकम्मी कायाओं को कष्ट देना उन्हें बहुत कठिन मालूम पड़ रहा था। और इस कठिनाई के आगे दोनों की भूख बिलबिलाती ही रह गई।

बेगम साहबा ने खीझकर लाल साहब को अपना बदन दबाने का आदेश दिया। लाल खुद ही निढाल हो रहे थे, वो बोले : "मुझे आपसे ज्यादा आराम की दरकार है। इस वक्त अगर आप ही मुझ पर यह एहसान फ़रमाइए तो ज्यादा मुनासिब होगा।" बेगम साहबा कुछ न बोलीं, उठीं, डगमग पैरों स्टोव के पास आईं, तवा टटोलकर देखा, उँगली जल गई; तवे से अधिक उनके नखरों से जली; 'उइ अंल्लाह' का आशिक़ फ़रेब नारा उनकी

आवाज़ से बुलन्द हुआ ही था कि लाल साहब के जिस्म में जान आ गयी। उठ के पास आये, मख़मूर आँखों से उँगली की जलन देखने की नाकाम कोशिश में अपनी आशिक़नुमा घबराहट के बुलबुले छोड़ने के बाद लाल साहब ने भी तवा टटोल कर देखा और उनका आशिक़ मिज़ाज दिल फिर दुश्मनी के कोठे पर चढ़ गया। बहादुरी और मर्दानगी के ज़ोम में आते हुए वहीदन बीबी की साड़ी का आँचल खींचकर उससे तवा उतारकर ज़मीन पर पटकते हुए बोले: "माशूकों की ज़ात ही—(गाली) कमबख्त शरीफ़ज़ादों की दुश्मनें जाँ होती है। अच्छा-भला लेटा था, थका-हारा, उल्लू की पट्ठी ने नखरा करके उठा दिया। अजी मानिन्दे लाश तो ठण्डा पड़ा था तवा।"

वहीदन बीबी की साड़ी में तवे का काला दाग लग गया था, यह एक शिक़ायत, 'उल्लू की पट्ठी' कहा, यह दूसरी शिकायत, मगर पेट भूखा था इसलिए ग़ुस्से को बनावटी बनाया और बोलीं: "देखो जी, तुमने मुझे गालियाँ दीं, मेरी साड़ी में दाग लगा दिया, ये सब मैंने चुपचाप सह लिया, मगर जो मेरे बाप को गाली दोगे तो न सहूँगी, बतलाए देती हूँ। अरे मेरा बाप तो ऐसा था, जो ज़माने भर को उल्लू बना के ज़िन्दगी भर बड़ी शान से रहा। और उसकी औलादें भी शान से दुनिया के सिर पर ठेंगा बनकर नाच रही हैं।"

"क्या कहने हैं इस घमण्ड के।......भइ एक आइडिया आया है इस वक्त......वहीदन, हमीदन के साथ सर शोभाराम की तीसरी औलाद डॉ० आत्माराम को बिठलाकर एक फ़ोटो खिंचाई जाय और उसे दुनिया के तमाम अख़बारों में छपवाया जाय। रशीदन तुम्हारी बहिन, बेचारी मर गयी, वरना उसे भी शामिल किया जाता। वो क्या नाम के प्राइवेट सेक्रेटरी मेरी जोन्स के बच्चे तो शायद मर ही गये थे, क्यों ना वहीदन?"

"उससे शादी करने के बाद ही तो हमारी अम्मी ने सारस लेक जाना-आना छोड़ दिया।"

"छोड़ दिया या छुड़वा दिया गया।" लाल साहब व्यंग्य से हँसकर बोले: "अरे, उसने तो बीन-बीनकर उन साईसों, घसियारों और क्लर्कों को फ़ौरन नौकरी से डिसमिस कर दिया, जिनकी बीबियों से सर शोभाराम की औलादें होने का उसे यकीन व शक था। विलायती औरत थी बीबी। हिन्दुस्तानी तवायफ़े भले ही अपने को बड़ी छत्तीसी समझा करें, मगर ये अंग्रेज कौमवाली पूरी चालीसी होती हैं। ख़ाली एक—आत्माराम की माँ से उसकी दाल न गल सकी। हिन्दुस्तानी शौहर की, कुछ भी कह लो, अपनी धरम पत्नी का ओहदा जितना रूहानी तौर पर क़बूल होता है, उतना और किसी का भी नहीं। सर शोभाराम ने लाख उस मेम से शादी की, मगर दिल से रखैल ही माना। यह शौहर की क़ौम साली होती बदज़ात है।"

"दिल के आईने में अपनी सूरत देखकर ही यह फ़र्मा रहे होंगे लाल साहब। (हँसी) ज़िन्दगी में एक बार तो सच बोले तुम। खुदा तुम्हारे हर गुनाह मुआफ़ करेगा। मगर इस भूख का क्या हो? अँधेरे की वजह से बाहर का सैलाब भले न नज़र आता हो, मगर पेट के अँधेरे में भी उजाला होता है दईमारा, वहाँ का सैलाब कैसे सहा जाय? ये हामिद

निगोड़ा तो शराब के नशे में धुत्त होकर मुर्दों से भी बाज़ी लगाये पड़ा हुआ है कमबख्त। और ये निगोड़ी सकीना की बच्ची, आग लग जाये इसके सोने में.......''

"बेगम, इस वक्त मैं सच बोलने पर ही आमादा हूँ। हम और आप सरेआम बेशर्मी से जिस तरह से पेश आते हैं—कम से कम पिछले पाँच-छः रोज से पेश आ रहे हैं, वह शरीफ़ों का चलन नहीं है।"

"तो आपको यह ग़लतफ़हमी हो कब से गयी। शरीफ़ कहलाने वालों में आपने आज तक कहीं शराफ़त देखी है?" वहीदन बोली।

लाल साहब हँसे, बोले: "यही तो अर्ज़ कर रहा हूँ जानेमन, वो बेचारी ग़रीब की कुँआरी लड़की, ये बेचारा नौजवान ग़रीब रिपोर्टर या वो तुम्हारा किराएदार—ये लोग हम राजे-रईसों के अन्दाज़े ऐशो-इशरत की भला क्या दाद दे सकते हैं! ये कोई हमारे नौकर-बाँदियाँ हैं, जिन्हें यह सब देखने-सुनने की आदत हो!"

"सुनो, इस भूख की बुलन्दी में एक सच मैं भी कहना चाहती हूँ, मगर उसके लिए एक शर्त है, सुनना पसन्द करोगे?"

"तवायफ़ का सच तो हर हालत में बेशक़ीमत होगा। मेरी जान, मैं समझ गया, तुम मुझसे क्या क़ीमत चाहती हो। कनस्टर से बादाम निकाल कर फोड़ दूँ।"

वहीदन हँसकर बोली: "ज़हीन हो, खुदा न खास्ता तुम्हारे बालिग़ बच्चे और तुम्हारी बीबी तुम्हारी आदतों से ऊबकर तुम्हें घर से निकाल भी देंगे तो कमा खाओगे।"

"हाय, क्या बात कह गयीं वहीदन। इतने दिनों में इस सैलाब से नहीं घबराया, जितना कि तुम्हारी इस बात से।......मगर खैर, ये तुमने सच कहा कि कमा खाऊँगा। बिगड़ा रईस जिन आदतों से बिगड़ता है, उन्हीं से नयों को बिगाड़ भी सकता है। मगर हाँ, तुमने अपना सच नहीं बतलाया।"

"अरे, बड़ी हल्की-फुल्की सी बात है जी। सच ये है कि दौलत का कुछ थोड़े से लोगों में इकट्ठा हो जाना ही हमारी इन तमाम खराबियों की जड़ है। इन्सान के पास दौलत उतनी ही चाहिए, जितना कि दाल में नमक होता है।" लाल साहब ने कनस्टर से ढेर सारे बादाम निकाले और उन्हें पास ही नज़र आ जानेवाले एक पेपरवेट से फोड़ना शुरू करते हुए कहा: "ये कम्युनिस्टों जैसी बात है, हम नहीं मानते। जब दौलत का यों बँटवारा हो जायेगा, तो फिर जिन्दगी में मज़ा ही क्या रह जायेगा? अजी, ये रईसों की ऐशो-इशरत ही तो है, जो इन्सान को लुभाती है। जिन्हें वो नसीब नहीं, वो नसीबवरों को गालियाँ देते हैं। अब हमारी अपनी ही जिन्दगियों में देख लो, ये कांग्रेसवाले अँगरेजी राज में हम रईसों-ताल्लुकेदारों के रहन-सहन और चाल-चलन पर कैसी गालियाँ दिया करते थे और अब...... (हँसी) हमसे भी बढ़-चढ़कर ऐश पसन्द हो गये हैं। यही ज़िन्दगी का लुत्फ़ है। कल हमारा ज़माना था, आज उनका है, कल किसी और का होगा—यही ज़िन्दगी का लुत्फ़ है। अगर सारा आलम एक रंग में रंग जाय तो फिर मज़ा ही क्या रहा। हम भई सोशलिज़म-वोशलिज़म क़तई नहीं मानते।"

बादाम फोड़े गये, खाये गये, घी ढूँढ़ा गया, खाया गया। शराब का भी दौर चला। बातों ही बातों में वहीदन को यह दयाभरी सनक भी सवार हुई कि हामिद को उठाकर पानी में फेंक दिया जाय, क्योंकि वह निकम्मा हो चुका है। और इस सैलाब के बाद वहीदन बेगम उसे अपनी खिदमत में रखना भी न चाहेंगी। इस सैलाब के बाद वह नये सिरे से इस तरह अपनी ज़िन्दगी बसंर करना चाहेंगी कि जिसमें पुरानी यादगारों का कोई निशान ही बाक़ी न रह जाय।

लाल साहब बोले : "क्यों अपने ऊपर एक पाप और चढ़ाती हो वहीदन। मैं जानता हूँ कि तुम्हारी ज़िन्दगी का यही दौर बराबर यों ही चलता रहेगा। एक दिन यह तय है कि तुम मुझसे पाई हुई यह दौलत भी फूँकताप के बराबर करोगी। और तब यकीन मानो, दुनिया में अगर कोई भी तुम्हारा साथी बना रहेगा तो यह हामिद ही।"

"बात सही कहते हो, मगर इस वक्त मैं किसी की जान लेना चाहती हूँ। मेरे मन का सैलाब—"

"नक़ली है, तुम न किसी की जान ले सकती हो, न अपनी जान दे सकती हो। दरअस्ल जी तो मेरा चाहता है कि सारी दुनिया को ख़त्म कर दूँ......मगर जाने दो जानेमन, ये खुदा की बनाई हुई दुनिया अपने-आप मिट रही है। आओ, हम-तुम मिलकर इस क़यामत के नाम पर एक जाम पियें।"

रमेश के लिए वह रात भारी पड़ गयी। और सुबह मन की घिन और ग़ुस्से के मारे वह लाल और वहीदन को देख भी न पाता था और सकीना से शर्म के मारे अपनी आँखें चुराता था। धूप में चमकता हुआ सैलाबी पानी अपने भयावनेपन में इस छत के नरक से कम—बहुत कम दुष्प्रभावशाली था। यह बाढ़ का दृश्य उसके लिए अधिक सामान्य था और इस छत के साथी इन्सान उसके लिए अकल्पनीय रूप से असामान्य।

●

:: १९ ::

रमेश को घर से गये दो दिन हो चुके, आज तीसरा दिन है। संयोग की बात कि जिस दिन रमेश घर से गया, उसी दिन शाम को रुप्पन लाला के बैठके में खैराबाद के एक बड़े भारी, बड़े नामी ज्योतिषी से पुत्ती गुरू का शास्त्रार्थ हो गया। पुत्ती गुरू ने उस शाम डबल छानी थी। खैराबाद वाले पण्डितजी के सम्मान में उस दिन रुप्पन लाला की कोठी पर ही भाँग-ठण्डाई का दिव्य आयोजन पुत्ती गुरू ही की निगरानी में हुआ था। लागत चूँकि पराई लगी थी और उसके बाद भोजन भी रुप्पन लाला के यहाँ ही करना था, इसलिए गुरू ने डबल गोला चढ़ाया और इसी कारण से वे खैराबादी पंडित की इतनी डबल-डबल प्रशंसाएँ सुनकर सह न सके, बोले : "यजमानों को मूर्ख बनाने के लिए पण्डितों के पास ज्योतिष विद्या से बड़ा और कोई हथकण्डा नहीं है।"

खैराबादी पण्डित भी गहरे छनन्ता थे, पुत्ती गुरू की इस नशा-उखाड़ बात से गर्मा उठे, बोले "जिस ब्राह्मण को ज्योतिष विद्या का चमत्कार नहीं मालूम, वह ब्राह्मण ससरा ब्राह्मण ही नहीं होता।"

पुत्ती गुरू और गर्माए, बोले: "तंत्र-मंत्र की शक्ति के आगे ज्योतिष विद्या कुछ चीज नहीं।" इसी पर बात बढ़ गयी, रुप्पन लाला और उनके यार मुसाहब दोनों पण्डितों को ताव पर चढ़ाने लगे और होते-करते फैसला इस बात पर हुआ कि खैराबादी पण्डित रुप्पन लाला के सम्बन्ध में कोई ऐसी भविष्यवाणी करें, जो चौबीस घण्टे के अन्दर ही प्रतिफलित हो जाय। पण्डित ने चट से कागज पर मीन-मेष विचार कर बतलाया कि उन्हें चौबीस घण्टे के अन्दर कहीं से बड़ा ही शुभ समाचार मिलेगा। इस खबर ने बैठे हुए लोगों को सुखद सनसनाहट से भर दिया। पुत्ती गुरू सतेज होकर बोले: "अच्छा, हमारे सम्बन्ध में भी बताओ; जो बात सत्य हो गयी तो तुम्हें मानेंगे, अन्यथा कल तुम्हारे पोथी-पत्रे और ये पगड़ी चार के सामने हम तुमसे छीन लेवेंगे।"

पण्डितजी बोले: "स्वीकार है, मगर एक शर्त यह है कि यदि हम जीते, तो कल चार के सामने तुम हमारे पैर छूके हमें अपना गुरू मानोगे।"

पुत्ती गुरू इस शर्त के लिए पहले तो तैयार न हुए, पर बाद में पंचों के न्याय के आगे झुककर उसे स्वीकार कर लिया। पण्डितजी फिर मीन-मेष लड़ाने लगे और एकाएक उदास होकर बोले: "यार, तुमसे क्या बोलैं, तुम तो इस समय गहरी विपत्ति में पड़े हुए हो।"

पुत्ती गुरू को उनका मज़ाक उड़ाने के लिए अच्छा बहाना मिल गया; क्योंकि उस समय वे न तो किसी विपत्ति की चिन्ता से ग्रस्त थे और न आशंकित ही। घण्टे डेढ़ घण्टे के बाद ही शाहजहाँपुर से टेलीफ़ोन आया कि रुप्पन लाला के समधी का हार्टफेल हो गया है। यहाँ से बातों का नया शोकजनक दौर आरम्भ हुआ और पुत्ती गुरू हँसकर बोले: "खैराबादी गुरू की गुरुआई देख ली। रुप्पन को चौबीस घण्टों में खुसियाली बतलाई थी, सो ये अच्छी खुसियाली आई; हेः हेः हेः।"

भैरों बाबू बोले: "खुसियाली तो आई ही। अरे, इनके समधी मरे सो बात और है, बाकी इनके घर लाखों की नई माया तो आय गयी। इनके मुलायमचन्द की बहू ही तो उस धन की इकलौती वारिस है।"

पुत्ती गुरू निस्तेज हो गए और उसी रात एक-डेढ़ बजे के लगभग जब उनकी पत्नी ने उन्हें जगाकर रमेश के घर न आने के सम्बन्ध में अपनी चिन्ता व्यक्त की तो वे सनाका खा गए। खैराबादी पण्डित की बात एकदम ध्यान में आ गयी और उसके आते ही वे एकदम खटिया छोड़कर खड़े हो गये। दालान में सिर झुकाए टहलने लगे, फिर चिड़चिड़ाए स्वर में बोले: "ये सब तुम्हारे ही कुकर्मों के लच्छन हैंगे। पहले तो लड़के को छूट दे-देकर बिगाड़ दिया और अब हमसे कहने आई होगी कि 'रा-मेस नहीं आऽया।' तुम तो कह के छूट गयीं और यहाँ हमारे ऊपर घोरातिघोर विपत्ति आन पड़ी ससरी। जाओ,

तुम सब लोग हमारे घर से निकल जाओ इसी बखत। अब साला बीबी-बच्चों का मोह ही नहीं पालूँगा। तुम सबको त्यागता हूँ। का तव कान्ता कस्ते पुत्रः, संसारोऽयमतीव विचित्रः, स्साला। उसी ब्राह्मण की बात रही, मेरी नहीं रही स्साली! शंभो, ये अन्याय तुम्हारा!—देख लूँगा।"

दूसरा दिन आया। पुत्ती गुरू एकदम सनाका खाए हुए थे। सबेरे दिशा निवृत्त होकर कान पर जनेऊ चढ़ाए हुए ही घर से निकले और एक-एक करके रमेश के सब मित्रों से पूछा। जयकिशोर ने बतलाया कि कल दोपहर में रमेश हमारी साइकिल लेके बाढ़ की खबरें लेने गये थे। पुत्ती गुरू सुनकर एकदम से रो पड़े। उन्हें अकस्मात् ही पूरा-पूरा भरोसा हो गया कि उनका पुत्र बाढ़ में डूब गया। जयकिशोर के एक मुनीम गौरी बाबू उन्हें समझाने लगे, बोले: "ऐसी मनहूस बातें न सोचा करो गुरू, अरे, अभी घण्टे-आध-घण्टे में आता होगा लड़का।"

पुत्ती गुरू रोते हुए बोले: "अरे आता कैसे होगा गौरी बाबू, वहाँ तो उस साले खैराबादी पण्डित की अलसेट लग गयी हैगी। हाय, मैं नष्ट हो गया। उस साले खैराबादी पण्डित ने भविष्यवाणी की रही, सो फिर खैर कैसे होवै—मनहूस कहीं का, चोट्टी का।" थोड़ी ही देर में महल्ले के घर-घर में रमेश के गायब होने और खैराबादी पण्डित की भविष्यवाणी करने का समाचार पहुँच गया। रमेश के मित्र चिन्तित हुए। खन्ना साहब और बहिनजी तक भी यह समाचार पहुँच गया और सुबह की तरकारी खरीदकर कुँअर रद्धूसिंह जब अपने घर पहुँचे, तो रानीबाला भी इस खबर के प्रभाव से अछूती न बच सकी।

तमाम दिन दौड़-धूप होती रही। खन्ना साहब ने पुलिस के अधिकारियों की सहायता भी ली, लेकिन कोई परिणाम न निकला। 'इण्डिपेण्डेण्ट' के सम्पादकीय विभाग में काम करनेवाले मुक्तेश्वर अस्थाना ने बतलाया कि रमेश अपनी साइकिल उसके घर पर रखकर कल शाम सेना की नावगाड़ी में भैंसाकुण्ड, जापलिंग रोड की ओर गया था। खन्ना साहब ने सैनिक अधिकारियों से भी सम्पर्क स्थापित किया। सूबेदार वरयामसिंह से, उनके अफसरों ने पूछताछ की। वरयामसिंह क्रोध में झूठ बोल गये। एक तो वह लड़का धोखा देकर उनकी नावगाड़ी पर सवार हुआ, दूसरे वह बाढ़ में छूट भी गया। तीसरे यह कि अनेक अधिकारियों की तरह वरयामसिंह उस समय नेता और मंत्रियों से चिढ़े हुए थे। इसलिए डॉ० आत्माराम के पत्र से सम्बन्धित खैर-खबर लेने में उन्हें कोई भी दिलचस्पी न थी।

एक रात और बीत गयी। पुत्ती गुरू पत्थर हो गए। सबेरे से नहाकर वह अपने राममंदिर में जो घुसे, तो फिर बाहर कदम ही नहीं रक्खा—न पान, न पानी, न भाँग। पुत्ती गुरू अपने जीवन में आज ऐसे मौन कभी नहीं रहे और रमेश की माँ भी गुमसुम बैठी रहीं। उस दिन घर में चूल्हा तक नहीं जला। सुरेश और पन्नो को एक पड़ोसिन ने जबर्दस्ती अपने यहाँ ले जाकर थोड़ा-बहुत खिला-पिला दिया। घर में मुर्दनी छाई रही। महल्ले भर की औरतें दिन भर राजी-खुशी के समाचार जानने के बहाने रमेश की माँ का

जी दहलाने आती-जाती रहीं। रमेश के मित्र बीच-बीच में आ-आकर पूछते रहे। रानी भी आई, परन्तु उससे इस घर में आज अधिक देर बैठा न गया। उसे रुलाई पर रुलाई आ रही थी।

रमेश के घर से निकली, जाना चाहती थी बहिनजी के यहाँ, पर बेहोशी में पैर अपने ही घर की ओर बढ़ते गये। द्वार पर पहुँचकर होश आया, ठिठक गई। वह इस समय घर में नहीं रहना चाहती। दादी, पिता, सौतेली माँ सभी परसों से उसके चेहरे को देखकर उसके जी का हाल पूछते हैं। वह क्या बतलाये? यों भी इस समय किसी से बोलने-बतियाने को जी नहीं चाहता। खन्ना साहब के घर में शांति है, अकेलापन है। वहाँ रानी के जी का हाल उजागर भी है, किसी की चोरी नहीं।

ठिठके कदम मन का सधाव लेकर अपने घर के आगे बढ़ चले। रानी की सौतेली माँ सुमित्रो भी उस समय ऊपर जँगले के पास ही खड़ी थी। उसने रानी को गली में बायीं ओर से आते, द्वारे पे ठिठकते और फिर दाहिनी ओर बढ़ जाते हुए देखा। एक बार जी हुआ कि पुकारे, फिर मन रुक गया। उहुँ, घर में ठीक नहीं, यहाँ खुलकर बातें करने का मौका नहीं। सुमित्रो को रानी-रमेश के सम्बन्ध में शक तो पहले से था पर पिछले तीन दिनों में वह मन ही मन पक्का भी हो गया था। रानी की मनोवेदना किसी भी तरह छिप हा नहीं पाती थी......"रमेश के कारण ही ऐसो हुइ रही है रानी।" परसों रात से सुमित्रो के मन में यही विचार चल रहा है और उसे इन दोनों के जोड़े की कल्पना करते हुए बुरा भी नहीं लगता। रानी के प्रति सहानुभूति है। सुमित्रो का जी चाहता है कि रानी से खुलकर बातें करे। पहले भी, जब कभी रमेश-रानी को लेकर उसका मन भेद भरा हुआ, उसका जी रस-विनोद में रानी से छेड़छाड़ करने को चाहता रहा। वह उसके पति की लड़की भले ही हो, पर बराबर की है और उस उमर में अपनी बराबर वालियों से रस-बतियाव का जी किसका नहीं होता। पर सुमित्रो की सास अपनी बहू और विधवा पोती की सहेली भाव में बँधने से सदा बरजती रहीं।

सुमित्रो ने तय किया कि रानी के मन की थाह लेने के लिए वह खन्ना साहब के यहाँ जायेगी, सास से बोली: "अम्मा, हम जरा बहिनजी के यहाँ हुई आवें। रानी की तबियत खराब है, उसे काम में सहारा मिल जायेगा।" सास ने अनुमति दे दी। रानी उस समय अकेली थी, दोनों नौकर कहीं बाहर गये हुए थे। जब दरवाज़े की घंटी बजी तो रानी का उठने तक को जी न चाहा, पर बार-बार किर्र-किर्र की आवाज़ ने उसे चिढ़ाकर उठा दिया। दरवाज़ा खोला तो देखा, नयी अम्मा खड़ी हैं। उनका आना बुरा नहीं लगा, दोनों बैठ गयीं।

"रमेश बाबू का कोई पता लगा?"

"उँहूँ!"

"तुमसे तौ आखिर कुछ कही गये होंगे कि बिना कहे ही चले गये?"

"मुझसे कुछ नहीं कहा, बाढ़ की खबरें लेने जाते थे सो ही गये।"

इसके बाद थोड़ी देर चुप्पी रही, फिर सुमित्रो बोली: "कुछ भी कह लो, हमारे रमेश बाबू जैसा आदमी होना मुश्किल है। भगवान् करेंगे तो वे राज़ी-खुशी घर लौट आवेंगे और हमारा मन बोलता है कि जल्दी लौटेंगे।" रानी को अपनी सौतेली माँ की यह सहानुभूति गहरे में छू गयी। सुमित्रो सँभल-सँभलकर प्रसंग को आगे बढ़ाती गई। पहले रमेश की खुद तारीफ़ की, फिर रानी को उसके सम्बन्ध में बोलने के लिए प्रेरित किया और फिर अपने बच्चे को दूध पिलाते हुए अचानक ही कहा: "देखो रानी, भगवान् चाहेंगे तो सब ठीक हुइ जायेगा—यहाँ तक ठीक होवैगा कि तुम दोनों का ब्याह भी हो जायेगा।"

रानी के अँसुआए मुख पर लाज भरी पुलक की बिजली दौड़ गयी। उसने अपने-आपको पहली बार सुमित्रो के अत्यधिक निकट पाया। कृतज्ञता में उसने सुमित्रो की बाँह पर अपना गाल रखकर भावाभिभूत हो आँखें मींच लीं और उसकी बन्द आँखों से तृप्ति के वेदना-रंजित आँसू बहकर सुमित्रो की बाँह को नम करने लगे। अपने घर में रानी को आज पहला सहारा मिला था। दुख में सबसे बड़ा सुख उसे यही मिला।

उसी दिन शाम को छः बजे रमेश खन्ना साहब के साथ रानी को ड्राइंगरूम में आता हुआ दिखलाई दिया। रानी देखकर अचक रह गई। मुँह खुल गया और कलेजे का सारा बोझ एक भरी हुई साँस के साथ बाहर निकल गया और उसके बाद ही शरीर इतना निढाल हुआ कि वह लड़खड़ाकर आगे की ओर झुक गई।

"देखना, सम्हलना, इतने परेशानी की क्या जरूरत है?" कहते हुए खन्ना साहब ने रानी को कन्धे से पकड़कर सीधा किया और अन्दर चले गये। रानी मुक्त होकर, टकटकी बाँधकर अपने प्रिय को देखने में लीन हो गई। रमेश का चेहरा नया-नया लग रहा था। तप्त अनुभवों की लू-लपट भरी लम्बी डगर पार कर मंजिल पर पहुँचने के श्रम भरे सन्तोष में इस समय रमेश का वह सहज भोला उल्लास नहीं था। यह गंभीरता रमेश के व्यक्तित्व में नयी चमक ले आयी थी।

उस दिन सुबह से खन्ना साहब स्वयम् दौड़े-धूपे थे। उन्होंने नगर के सर्वोच्च सेना-अधिकारी को जाकर घेरा, गरमागरमी की, नतीजा कुछ न निकला। फौजी अधिकारी सूबेदार वरयामसिंह के इस वक्तव्य से संतुष्ट थे कि सैनिक नावगाड़ी पर कोई पत्रकार कभी नहीं गया, पर 'इंडिपेंडेंट' के सम्पादक श्री आनन्दमोहन खन्ना आज कटिबद्ध थे। उन्होंने एक मोटरबोट का प्रबन्ध कर ही लिया। नरही, जापलिंग रोड क्षेत्र के एक अच्छे जानकर व्यक्ति को मुक्तेश्वर अस्थाना के साथ लेकर वे टोह में निकले और घण्टे-डेढ़-घण्टे तक इधर-उधर चक्कर काटते हुए अन्त में रमेश के पास पहुँच ही गये। उस छत का एक भाग तब तक टूटकर पानी में बह चुका था और उसके साथ ही वहीदन बीबी का बूढ़ा नौकर हामिद भी। 'इण्डिपेण्डेण्ट' के संचालक स्वनामधन्य डॉ० आत्माराम की सौतेली बहिन, तवायफ़ वहीदन तब से पागल सी हो गई थी। उस दिन शाम की चाय पीते समय रमेश ने अपने दो दिनों के जो अनुभव सुनाए, उनसे सभी को रोमांच हो आया।

●

तेरह

इधर तो मेरा उपन्यास डर्बी के घोड़े की तरह दौड़ा है। ये बाढ़ के दृश्य यदि मुझे—मेरी सारी चेतना को—बाँधे न रखते, तो जो अपमान और आघात मुझे (और माया को) इन दिनों सहना पड़ा है, वह मन में तड़पा-तड़पाकर मुझे दीवाना बना देता।

आज छह दिन हुए, सुबह की डाक से एक निमन्त्रण-पत्र मिला। बहुत आकर्षक छपाई, बेशकीमत कार्ड, मजमून भी बड़े लोगों की भाषा अंग्रेजी में। मिस्टर और मिसेज······पुरी आई०सी०एस० ने मिस्टर और मिसेज अरविन्दशंकर को अपनी पुत्री निर्मला और उमेश शंकर आई०ए०एस० के पाणिग्रहण संस्कार के शुभ अवसर पर आमंत्रित किया था। उत्तरापेक्षियों में पाँच आई०सी०एस०, आई०ए०एस० लोगों के नाम थे।

मैं धक्क से रह गया। उमेश ने अपने दो-एक पत्रों में पुरी साहब की कृपा और उनके घर वालों के प्रेम-व्यवहार का चर्चा तो किया था, पर यह नहीं लिखा था कि वह उनकी लड़की से विवाह करनेवाला है। बड़ा चालाक निकला पट्ठा।

लेकिन इस पुरी को देखो, उसने हमारे साथ इतना शिष्टाचार तक बरतने की जरूरत न समझी कि विवाह से पहले हमें एक पत्र तो लिख देता। लेकिन इतने बड़े आई०सी०एस० को भला हमारी क्या परवाह हो सकती है। मैं मन्त्री या एम०पी० होता, सेठ होता, तो पुरी हरगिज मेरी अवज्ञा न करता। एक भारतीय लेखक और वह भी हिन्दी का लेखक उसकी दृष्टि में कौड़ी मोल भी नहीं है। उँह न सही! मेरे उपन्यासों के पाठकों की दृष्टि में मेरा मूल्य है। उमेशो ब्याह गया, उसका भविष्य सँवर गया। सुख पाये, फले-फूले।

माया को जब मैंने यह कार्ड-कथा सुनाई, तो पहले उनका मुख-मण्डल खुशी से चमक उठा और फिर वह उदास भी हो गईं। बड़कू के ब्याह में जो कुछ थोड़ी-बहुत मन की मुरादें पूरी हुईं सो ही हुईं। भवानी ने अंतरजातीय और आर्यसमाज पद्धति का विवाह किया, मन की कोई हौंस ही पूरी न हो सकी। उमेशो के ऊपर माया का बड़ा लोभ था। एक तो ब्याहने के लिए यही अंतिम बेटा, दूसरे जब आई०ए०एस० हो गया, तो कई बड़े-बड़े लोगों के यहाँ से लड़के की जनमपत्री के मँगौवे आये। कई स्त्रियाँ माया की खुशामद करने आईं। पर उमेश साफ मना लिख चुका था। फिर भी माया सोचती थी कि लड़का जब भी ब्याह को राजी होगा, तो यों करूँगी और ऐसे करूँगी। वह कुछ भी न कर सकी बेचारी। समधी ने उन्हें समधी की तरह पूछा तक नहीं और उनके लड़के को अपना दामाद बना लिया। माया ने करारा आघात पाया। उन्हें समधी के इस व्यवहार की पीड़ा

न थी। लड़के ने ऐसी बेमुरव्वती दिखलाई, इसका कष्ट था। उमेश अगर अड़ जाता कि मेरे माता-पिता, भाइयों-बहिनों और सब परिवार को बुलाओ वरना विवाह न करूँगा, तो फिर समधी लाख बड़े आदमी हों, मगर वर के कुटुम्बियों की यों अवज्ञा न कर पाते। 'जब अपना ही सिक्खा खोटा है तब और को क्या कहें।'

लड़के का ब्याह था और माँ उदास थी। मैंने उन्हें काफी समझाया। उमेश महत्त्वाकांक्षी है, मगर कमजोर भी है। 'जी हुजूरी' उसकी नीति नहीं, उसका चरित्र है। मैं जानता हूँ, मन से उसने यह अवश्य चाहा होगा कि ऐसे शुभ अवसर पर हम सब उसके साथ हों। मगर ससुर साहब ने उत्सव की कोई योजना निश्चित कर दी होगी (और उसमें हम लोग कहीं समाये न होंगे) तब उसका वह हियाव ही न पड़ा होगा कि उसमें कुछ सुधार करवा सके। मैं जानता हूँ कि मेरे बेटे ने मेरी सम्मान-रक्षा के लिए ही मुझे और अपनी माँ को नहीं बुलाया; वह जानता है कि सरकारी अफसर समाज में किसी लेखक का सच्चा मान नहीं है! ऐसों को भला वह सक्रिय महत्त्वाकांक्षी कैसे बुलाये?

हमारी नई पीढ़ी में इस समय दो तरह के लोग हैं। एक सक्रिय महत्त्वाकांक्षी हैं और दूसरे हताकांक्षी। महत्त्वाकांक्षियों की सक्रियता आजकल (या शायद सदा) खुशामद, तिकड़म, दाँवपेंच और स्वार्थ भरी बदमाशियों की दिशा में रही है। उनकी आकांक्षा का महत्त्व केवल उसी तक सीमित है—और इसलिए वह वर्ग अकेली लड़त लेता है। और दूसरा हताकांक्षी वर्ग कोल्हू का बैल है। उसे जो चाहे अपने काम में जोत ले, जहाँ चाहे जोत ले। उसके अरमान शुरू ही से कभी उमंग नहीं पाते। आर्थिक दृष्टि से निम्न निम्नतम घरों में पैदा होनेवाले लड़के अपने मन में महत्त्वाकांक्षाएँ पालने तक के अधिकारी नहीं माने जाते हैं। कुछ तो पुराने अन्त्यज हैं और कुछ दूसरे महायुद्ध के बाद नयी आर्थिक मान्यताओं वाले नये समाज के अन्त्यज हैं। मैं समझता हूँ कि इन्हीं आर्थिक अन्त्यजों की सन्तानें ही आज विद्रोह-पथ पर अग्रसर हो रही हैं। उनका विद्रोह दिशाहीन हो सकता है। उच्छृंखलता, औद्धत्य, विचारहीनता आदि कई दोष उसमें गिनाये जा सकते हैं, पर उनकी पीड़ा सच्ची होती है। उनके विद्रोह के पीछे किसी न्याय की ईमानदारी भरी माँग अवश्य है।

अभी बाढ़ के बाद ही कई विश्वविद्यालयों में छात्र-विद्रोह हुए। हमारे यहाँ भी हुए थे। सोचता हूँ, उन्हें ही चित्रित करूँ। मगर विश्वविद्यालय की घटनाओं का इतिहास मैं नहीं लिखना चाहता। क्यों न इन लड़कों का यह सत्य विद्रोह इस बार महल्ले की पृष्ठभूमि पर पेश किया जाय? इन आर्थिक योजनाओं के दिनों में क्यों न एक बड़े असत्य के मोर्चे पर अपने जवानों को देखूँ।......एक ऐसे ही विद्रोह की पृष्ठभूमि मेरे मन में आ रही है।

आओ अरविन्द, दुनिया के चक्कर छोड़ो, काम में रमो; इसमें सभी प्रकार की समाधियाँ लग जाती हैं। बिम्बावली एक बार अपने ढर्रे पर सध भर जाय, फिर तो बस तमाशा देखे चले जाओ। चेतना अन्तर्मुखी होते ही सचमुच दैवी शक्ति हो जाती है। आओ, लिखो नया अध्याय.......

●

:: २० ::

फरवरी का महीना। शिवरात्रि का दिन। कूचा केशोराय में राजा की हवेली के विशाल खँडहर के ऊपर लकड़ी-कोयले की टाल के सामने क्यू की लम्बी लाइन लगी हुई है। पचासों का शोर-शिकायतों-बातों से भरा मजमा है। अखबार का एक फटा टुकड़ा हवा से धरती पर सरकता है और फिर एक नये झोंके के साथ उड़ने भी लगता है। लाइन में खड़ा हुआ बिसनू एकाएक बचकानी उमंग में लपककर वो फटा टुकड़ा हथियाकर देखने लगता है।

"भोले, ये रानी की फोटू देखी बाबू? क्या जोर की मुस्की मारी है कि दाँतों के मोती लुटा दिये देखनेवालों पे?" छपी तस्वीर का रसीला मुआइना करने के बाद अपने से चार-पाँच जने आगे खड़े शंभू हलवाई के बेटे भोले से बिसनू ने कहा।

पीछे खड़े खिचड़ी मूँछोंवाले काने लालता महाराज ने बिसनू का हाथ खींचकर फोटो देखी, रस की केसर चेहरे पे खिलके महक उठी, रीझ भरे गद्‌गद स्वर में बोले: "बड़ी खूबसूरत, बड़ी जवान है।"

"अरे, इस खूबसूरती और जवानी पे सात लाख के फूल बरसाये गए थे दिल्ली में—साली फूलों की कालीन बिछाय दी रानी के लिए।" बिसनू ने ऊँचे स्वर में हाथ बढ़ाकर बखाना।

"सात लाख के फूल? अमाँ नहीं।" गुल्लू बाबू हाथ के झोले से अपना मुँह पोंछते हुए बोले।

"जी नहीं, ये फैक्ट है। जवाहरलाल नेहरू से एक ने प्रश्न कर दिया था प्रेस कांफ्रेंस में।" छैलू बोला।

"तो फिर क्या बोले नेहरू?" एक ने कहा।

"अजी बोलते क्या, मजाक में टाल गये, कहा कि फिजूलखर्ची भी आखिर किसी सूरत को देखकर ही होती है।"

"हाय क्या बात कही है बाबू, जवाहरलाल ने, वाह! अरे राज्जा, सूरत पे तो लोग-बाग जानें गँवा देते हैं, ये धन-दौलत क्या चीज हैगी। आय हाय, बिसनू बाबू, वो फोटो एक बार दिखाय देओ तनी। अरे, सात लाख के फूल बरसे हैं राज्जा!" लालता महाराज ने रंगे-आशिकी घोला, लोग-बाग उनकी अदाओं पर हँस पड़े। लालता महाराज, लाला रूपचन्द महाजन के नौकर, बरसों के विधुर, महरी-मेहतरानियों के पीछे भागने के लिए परम प्रसिद्ध रसिया हैं। लाला रूपचन्द के बड़े मनबसे हैं, जिसके यहाँ कर्ज तगादा करना होता है, उसके यहाँ अपनी कानी आँख दिखाने सबेरे-सबेरे ही धमक जाते हैं। अपने कुटाँट के लिए भी वे जाने-माने पुजे-पुजाये हैं। पिछले वर्ष तक—कई वर्षों तक—ये छैलू के घर लाला का तगादा लेकर जाते-आते रहे इसलिए उसे इनकी सूरत से चिढ़ है। अब उसके पिता ऋणमुक्त हैं, वह अपनी नफरत दिखाने का कोई मौका नहीं चूकता। इस समय

भी लालता महाराज की रसभँड़ैती उसे चिढ़ा गई, झिड़ककर बोला : "चुप बे काने, वो सिनेमा-स्टार नहीं, एक देश की रानी है। अदब से बात कर।"

"ठीक कहते हो छैलू। बड़ी कायदे की बात कही है लड़के ने; हम लोगों को इस बात का ध्यान रखना चाहिए।" वयोवृद्ध हरगोविन्द मुनीम ने गम्भीरता भरे स्वर में कहा और फिर बोले : "अरे, अभी कल तक तो उसके बाप राज करते रहे हम पर। मल्का टूरिया की परपोती हैगी। अंग्रेजी टैम में ललता महाराज ने ऐसी हरकत की होती, तो पुलिस इनको डंडे लगाते भये लै जाती अब तलक।"

"अब भी मुनीमजी—अब भी। हम अपने मान्य मेहमान का ऐसा मजाक नहीं उड़ा सकते। ये अपराध है।"

जनमत ऐसा बना कि लालता महाराज छैलू पर केवल अपनी एक आँख का तेज बरसाकर ही रह गये, कुछ बोल न सके। क्यू की लाइन भी इसी बीच में कुछ आगे खिसकी। इस गतिशीलता में बात की गति भी वहीं से बदल गई।

"क्या लाइफ हो गई है साहब, घड़ी-छिन को भी चैन नहीं मिलता काया को। आज छुट्टी का रोज है, तो डेढ़ घण्टे से लाइन में खड़े हैं। और इस रफ़्तार से अभी घण्टा-पौन-घण्टा लग जायेगा हमारा नम्बर आने में। अन्धेर है, कोयले के लिए भी लाइन और परमिट।" अधेड़ उम्र, सींक-सलाई देहवाले गुल्लू बाबू ने बड़ी ऊब और खीझ के साथ कहा।

"अरे, कहाँ तक रोया जाय गुल्लू बाबू। अब देखौ हमारा बुढ़ापे का शरीर हैगा, मगर यहाँ बैठे भये हैं। क्या करें? लड़कों को कोठी के कामकाज से ही फुरसत नहीं मिलती। पोतों के अब पढ़ाई के दिन आय गये। हमने कहा लाओ भाई, हमी खाली हैं, जाय के लैन में खड़े भये जाते हैंगे।" मुनीमजी ने दुख और उलझन भरी गर्दन हिलाई।

"अब आपकी क्या उमर होगी मुनीमजी?" छैलू ने पूछा।

"सम्मत बयालिस का जनम हैगा। पिछत्तरवाँ साल है।"

"जवाहरलाल नेहरू से दो ही तीन बरस तो बड़े हैं, मगर देखिए आप कितने झुरझुरा गए हैं। और वो आपके सामने कितने जवान लगते हैं।" छैलू ने कहा।

"अरे भई, उनकी-इनकी बराबरी। वो लखपती के बेटे और आप भी इत्ते बड़े प्राइम मिनिस्टर, फलों के रस और विटामिन—"

"नईं, देखौ भाई इसमें किसी का मिलान नईं करना चाहिए।" गुल्लू बाबू की बात काटकर मुनीमजी बोले : "जिस आदमी में अपने सतकर्मों का तेज होता हैगा, उसे उमर नहीं व्यापती, फिर भाग और पुरबले जन्म का तेज होता हैगा, और फिर भैया धन-बैभो कुरसी का महातेज होता हैगा। भगवान् की दया से जवाहिरलाल नेहरू की तीनौं तेज प्रापत हैंगे। औं' हम ससुर—अरे बारा रुपल्ली हमारे बाप पाते रहे। तीन रुपै से हमने

मुनुआजी की कोठी में काम शुरू किया, पचास रुपया महीना तक पाया। फिर फालिजै गिर गया हमारे ऊपर, तो बेकाम हुइ गये। क्या करैं। हमारे पास भला कौन सा तेज हैगा ?''

''हाँ-हाँ भाई, जिनके पास तेज है, वो तप रहे हैं सूरज जैसे। हम लोग फूटे नसीब के ढोल ससरे, इनके तेज से झुलसे जा रहे हैं। हद्द है, डालडा साले पर भी टैक्स लगा दिया घी तो पहले ही से नापैद था।''

''अरे गुल्लू बाबू, एक डालडा ही क्यों गिनाते हैं, चाय, माचिस, कत्था, सुपारी, तमाखू, कपड़ा सभी पर तो टैक्स पड़ गया। लकड़ी, लोहा, रेशम और अल्लम-गल्लम से मतलब नहीं हमें। जीना मुहाल है साहब, क्या कहें। और ऊपर से शान बघारे जाते हैं ये लोग। लाखों-करोड़ों बिदेसियों के स्वागत-सत्कार में खर्च कर देते हैंगे।''

लाइन अब फिर अपना खालीपन भरने के लिए तेजी से आगे सरकी। बैठे हुए लोग उठे, कुछ आगे बढ़कर फिर बैठ गये, कुछ खड़े रहे। दो-एक अपनी जगह दूसरे को जतलाकर हल्के होने के लिए निकल गये। बीड़ी-सिगरटें सुलगीं। टीले के ऊपर बनी बारहदरी की टूटी चहारदीवारी पर चढ़कर एक दस-बारह बरस का लड़का चिल्लाया ''छैलू भैया।''

''क्या है ?'' इधर छैलू ने पूछा।

''रमेश भैया कह **रहे हैं** कि कोयले यहाँ के लिए भी ले लीजिएगा। कार्ड और पैसे भेजते हैं।''

''अच्छाऽऽ।'' कहकर नजर घूमी तो देखा कि लाला रूपचन्द, पुत्ती गुरू, हरबिलास बाबू वकील, लाल मिट्ठनलाल आदि प्रमुख लोग टीले पर चढ़ रहे हैं। उन्हें देखकर अनायास ही छैलू के मुँह से निकल गया : ''ये यहाँ क्यों ?''

''लाला रूपचन्द इस टीले को हड़पना चाहते हैं। यहाँ से नई सड़क निकल रही है ना।'' पास ही खड़े गुल्लू बाबू ने कहा।

''यहाँ क्या बनेगा गुल्लू चाचा ?'' छैलू ने उत्सुकतापूर्वक पूछा।

''मन्दिर-धरमशाला, आगे नयी चाल के मकान-दुकानैं—अरे कल्है तौ रात में जिकिर कर रहे थे रुप्पन हमारे सामने। चलौ अच्छा है, बरसों बाद इस खँडहरे के दिन भी पलटैंगे।'' मुनीमजी की दृष्टि बराबर टीले के ऊपर आती हुई पार्टी पर जमी रही और धीमे स्वर में बात भी करते रहे।

''और हमारी बारहदरी ?''

''ये सब—'' मुनीमजी ने चारों ओर हाथ घुमाकर बखाना : ''राजा केसोराय की जगह अब फिर से जगमगा उठेगी।'' मुनीमजी के चेहरे पर भविष्य की कल्पना सुखद रूप से चमक उठी। छैलू के चेहरे पर हवाइयाँ उड़ने लगीं, उससे खड़ा न रहा गया। लाइन छोड़कर सीधे बारहदरी की ओर भागा। जाने के लिए टीले से उतरते समय रूपचन्द

मण्डली के पास से गुजरा, उसका मन सनसना उठा। तेजी से टीले से उतरकर गली में दौड़ने लगा।

:: २१ ::

हाईस्कूल और इण्टर की परीक्षाएँ अब लबेदम आ लगी हैं, युनिवर्सिटी के इम्तहान भी सर पर भूत की तरह नाचने लगे हैं। बड़े लड़कों का हुड़दंग अब बन्द हो गया है। हनुमानजी और कालीजी के मन्दिरों में उनकी सुबह-शाम की आवा-जाही क्रमशः बढ़ चली है। शिवरात्रि का व्रत भी प्रायः सभी ने रक्खा है, इस कारण सबेरे के भोजन के लिए सड़कों में भागा-भागी भी नहीं है। राजा केशोराय की बारहदरी में स्थित तरुण छात्रसंघ के लड़कों की तीन-चार टोलियाँ अलग-अलग कोनों में बैठी सामूहिक अध्ययन कर रही हैं। कहीं भी शोर का नाम तक नहीं है। आमतौर पर लड़के अपनी टोलियों में फुसफुसाकर बातें करते हैं, कहीं से एकाध वाक्य ज़ोर से भी फूट पड़ता है।

एम०ए० की छात्र टोली में इस समय अल्पविराम-सा हो रहा है। बीड़ी दगाकर एक कश खींचकर कम्मी बोला: "नवम्बर-दिसम्बर की स्ट्राइक अब साली खोपड़ी पर बोल रही है, समझ में नहीं आता, कोर्स कैसे पूरा होगा? वर्मा साहब ने तो साफ़-साफ़ कह दिया है, कि भइया मैं किताब पूरी पढ़ा दूँगा, पर एक्सप्लेन कुछ भी नहीं करूँगा, क्योंकि अब टाइम बिलकुल नहीं रहा।"

"तो वर्मा यों ही कब कोर्स कंप्लीट कराते हैं? उन्हें युनिवर्सिटी की पॉलिटिक्स से फुरसत ही कब रहती है? लड़के साले फ़ेल हों या पास हों—"

"हाँ, एकआध-दो लौंडियों की फ़िक्र ज़रूर कर लेते हैं। अबकी ऊषा पंडित ही फ़र्स्ट आयेगी रमेश। तुम साले यहाँ पढ़-पढ़ के मरे जाते हो।"

रमेश ने अपना ऊनी चदरा उतारते हुए तैश में सिर झटकार कर कहा: "इस वर्मा के बच्चे ने अगर लौंडियाबाज़ी के फेर में मेरी पोज़ीशन खराब की, तो मैं भी मैकू को पचास रुपये चटा के साले की नाक ही कटवा दूँगा और ऐसी साफ़ करवाऊँगा कि साला प्लास्टिक सर्जरी भी न करवा सके।"

"अरे, यार क्या खुराफ़ात बकते हो? गुरू हैं आखिर हम लोगों के। कुछ तो भारतीय संस्कृति का ध्यान रक्खो।" गोडबोले ने कहा।

"सब साली भारतीय संस्कृति है। हम लोगों को सोलह दूनी आठ पढ़ाने के लिए भारतीय संस्कृति और अपने लिए हराम की तनख्वाह और ऐश। मैं तो सच कहता हूँ रमेश कि ऐसे प्रोफ़ेसरों के लिए अमरीका की 'कू क्लक्स क्लान' जैसी संस्था खोलनी चाहिए। किसी लौंडियाबाज़ की खोपड़ी तोड़कर यूनिवर्सिटी के लॉन में उसकी लाश फेंक दी जाय, किसी को पेड़ से उल्टा टाँग दिया जाय, किसी के नाक-कान काटे जायँ—तब ये लोग काबू में आएँगे। साले हम पर 'इंडिसिप्लिन' का चार्ज लगाते हैं और आप ही 'मोस्ट इण्डिसिप्लिन्ड' स्वार्थी और क़मीने हैं।"

"मैं तुम्हारी तरह गालियाँ तो नहीं दूँगा, क्योंकि अपना ही मुँह खराब होता है, पर ये अवश्य कहूँगा कि अपने बड़ों पर अब वो श्रद्धा मैं भी नहीं रख पाता, जो कि कायदे से हमें रखनी चाहिए। प्रोफ़ेसर भट्टाचार्य अक्सर कहते हैं कि हमारे प्रोफ़ेसर्स ऐसे ग्रेट थे और वैसे ग्रेट थे—एक दिन मैंने कह दिया कि सर, जैसे आप लोगों के प्रोफ़ेसर्स ग्रेट थे, वैसे हमारे प्रोफ़ेसर्स ग्रेट क्यों नहीं हैं? वो झुँझला गये, बोले कि हम लोग ग्रेट थे, इसलिए हमारे प्रोफ़ेसर्स भी ग्रेट थे। इस पर मैंने कहा कि सर, आप लोगों में ग्रेटनेस थी तो हम लोगों को क्यों न मिली? इस पर वो एकदम से पेट्रोल की तरह भभक पड़े, पूरा पीरियड इण्डियन कल्चर पर बकवास करते ही बिता डाला।" जयकिशोर ने कहा।

रमेश बोला: "होगा यार, हटाओ इस चकल्लस को। एक बार चाय बन जाय।"

तभी छैलू दौड़ता हुआ आया: "रमेश, रमेश, हमारी बारादरी गई हाथ से।"

सुनकर छोटे-बड़े सभी लड़कों में समान रूप में कौतूहल जागा। छैलू बड़े लड़कों के बीच में जाकर चटाई पर धम्म से बैठ गया। एक बार दम लेकर उसने पूरी बात सुनाई, सुनकर सभी गंभीर हो गये। जयकिशोर एक नाटकीय आह भरकर टाँगें पसारता हुआ बोला: "हाय, बकौल अकबर के जिस जगह मैंने बनाया घर, सड़क में आ गया। अब तुम्हारी आत्माराम वाली योजना का क्या होगा मित्र?" उसने रमेश की ओर देखा।

रमेश क्रोध में भरा था। उसके अन्दर अपने पिता के विरुद्ध ज्वाला भड़क उठी थी। उसकी योजना पर यह वज्रपात उन्हीं के कारण हुआ है।

लगभग डेढ़-दो महीने पहले की बात है। डॉ० आत्माराम लखनऊ आनेवाले थे। रमेश की इच्छा हुई कि डॉक्टर साहब को तरुण छात्रसंघ में मानपत्र अर्पित किया जाय। इसके लिए सभी सदस्य उत्साहित थे। खन्ना साहब से बात हुई। यद्यपि डॉक्टर साहब का कार्यक्रम बहुत व्यस्त था, फिर भी नये वर्ष के नये दिन की शाम संघ वालों को दे दी गयी। सन् '६१ की पहली जनवरी को यह बारहदरी दुलहिन की तरह जगमगा रही थी। डॉ० आत्माराम के सम्मान में जलपान और नृत्य-संगीत का आयोजन हुआ था। दो-ढाई सौ अफ़सर, प्रोफ़ेसर, नेता और पत्रकार आए थे। इन लड़कों ने आठ सौ रुपये इकट्ठे कर लिये थे। बड़ा शानदार प्रबन्ध किया था। उसी दिन जल्से के बाद बातचीत में महापालिका के मुख्य नगर-अंधिकारी ने डॉक्टर साहब को यह बतलाया कि नगर-सुधार योजना में यहीं से एक नयी सड़क निकाली जा रही है। जगह का नक्शा ही बदलनेवाला है। रमेश ने बातों-बातों में विनयपूर्वक कहा कि यदि टीले और बारहदरी को सरकार थोड़ा-बहुत सुधार दे तो हमारी संस्था यहाँ बड़ा काम कर दिखलाए। बात बनते-बनते कुछ ऐसी बनी कि डॉ० आत्माराम ने पुस्तकें खरीदने के लिए अपनी ओर से एक हज़ार रुपये देने का वचन दे दिया और खन्ना साहब से कहा कि वे लखनऊ, कानपुर के रईसों से मदद लेकर अपने क्षेत्र के लड़कों का यह काम कर डालें।

उसी रात घर में बड़े उत्साह से वह जब अपनी माँ को यह सब बतला रहा था तो उसके पिता बोले: "देखो रमेश, तुम्हारा समझा भया नहीं था तो उत्ती बखत ये सब बोल

गए। खैर, कोई हर्ज नहीं। मगर रुप्पन ने हमसे कहलाया है कि इस विचार को अब आगे न बढ़ावें। ये टीला और बारादरी धर्मशाला और मन्दिर की खातिर रुप्पन ले रहे हैंगे। समझे। रुप्पन तो खाली अपने बाप के नाम से धर्मशालै बनवाय रहे थे, मगर हमने कहा कि लावारिस जमीन से केशोराय का नाम मत उजाड़ो, ये अधर्म होवैगा। इस हेतु से तुम बारादरी में केशवजी का मन्दिर भी बनवाओ। भगवान् के बहाने केशवराय का नाम भी अमर हो जावैगा। उनकी आत्मा तुम्हैं और तुम्हारे कुल को असीसैगी। रुप्पन इस विचार से उछल पड़े, बोले गुरू तुम्हारी बात मान ली।''''सो मामला इस प्रकार है। समझ गये !''

रमेश अपने पिता या रूपचन्द के विचार-व्यवहार को पसन्द नहीं करता; रूपचन्द महाजन से तो घृणा ही है। उसके दो मित्रों, लच्छू और छैलू के परिवार जिस तरह ऋण लेकर रुप्पन और उसके कारिन्दों द्वारा अपमानित किये गये, उसे देखकर रमेश का तन-मन 'रुप्पन चाचा' से फुँकता है। और उधर पुत्ती गुरू का सबसे बड़ा मित्र यदि कोई है तो रुप्पन। न कोई अरथ न स्वारथ, जैसे और चार जगह पाठ करते हैं, वैसे उनके यहाँ भी। तिथि-त्यौहार कुछ सीधा, फल, मिठाई वगैरा भी आ जाती है; औरों के यहाँ से भी आता है। विशेषता कुछ नहीं, पर बाबू के लिए जो रुप्पन हैं, वह और कोई नहीं। लड़की के ब्याह तक में खास कुछ न दिया, तो भी रुप्पन ही रुप्पन! छिः! रमेश तप उठा, बोला: ''देश के नवयुवकों का विकास हमारे संघ जैसे संगठन केन्द्रों से ज्यादा होगा, मन्दिरों से नहीं। मन्दिर तो हमारे आस-पास में कई हैं। धर्मशाला भी तीन-चार हैं। मगर तरुण छात्रसंघ तो एक ही है। देखिए, क्या काम किया हमारे सदस्यों ने बाढ़ में, कैसी सेवा की! कैसी अच्छी-अच्छी प्रतियोगिताएँ चलाते हैं हम लोग! सारे नगर से इतने नौजवान नेता हर साल आते हैं—आज डॉक्टर साहब तक तारीफ़ कर गये और हमारी दयनीय दशा देखकर आपके मित्र लाला रूपचन्द और यहाँ के सब लक्ष्मी-वाहनों की तुच्छ स्वार्थ-बुद्धि को लताड़ गये, तब भी रुप्पन चाचा को ये कहलाते हुए लाज न आई! उनसे कह दीजिएगा कि हमारी बारहदरी और अब तो हमारे टीले की तरफ़ भी वे आँख तक उठा के न देखें।'' रमेश की माँ भी बेटे के पक्ष में बोली। बेटे ने फिर स्वारथ बखानना शुरू किया कि मन्दिर की आड़ में वह इतनी बड़ी जायदाद, जो अब सार्वजनिक है, हड़प कर जाना चाहते हैं। माँ भी निन्दा करने लगी। पुत्ती गुरू की भाँग उस समय चूँकि पुत्र और पत्नी के अनुकूल तरंगें ले रही थी, इसलिए वे चुप हो गये।

तब से आज तक फिर कोई प्रसंग न चला। लड़के सोच रहे थे कि इम्तहान से निबटें तो संघ को नया रूप दें। आजकल एक जुट पढ़ाई में लवलीन थे। और अचानक छैलू ने यह खबर देकर सबको चौंका दिया।

हर्रो बोला: ''यार ये तो बुरी सुनाई। फिर हम लोग कहाँ जायँगे?''

''हम लोग कहीं नहीं जाएँगे। यहाँ तो ऑलरेडी मन्दिर है।'' रमेश ने गम्भीर स्वर में कहा।

''यहाँ कहाँ मन्दिर है रमेश भैया?'' पास ही खड़ा हुआ पम्मी बोला।

"ये मन्दिर नहीं तो और क्या है? यहाँ लड़के पढ़ते हैं, लिखते हैं, कसरत करते हैं, आत्मसुधार करते हैं। बारा बरसों से ये जगह हमारे पास है; इस पर हमारा पूरा अधिकार है। खैर, चिन्ता छोड़ो जी, एक बार चाय पीने दो, फिर जो होगा सो देखा जाएगा, आखिर हमारे ही बड़े-बुजुर्ग तो आ रहे हैं, ना, कोई सरकारी अफ़सर तो हैं नहीं, जो हमारा कहना ही न सुनें। उठो जयकिशोर, चाय बनाओ यार।"

बड़ों में चाय का दौर अभी चल ही रहा था कि फाटक से कुछ व्यक्तियों के ऊपर आने की आहट और बातों के अस्फुट स्वर सुनाई पड़ने लगे। सभी का ध्यान उस ओर गया। आनेवाली टोली को देखकर लड़के चौंककर कुछ-कुछ आश्चर्य-स्तब्ध भी हो गये। बीड़ियाँ बुझीं और छिप गयीं। लड़के करीने से बैठ गये। महल्ले के सबसे बड़े धनीधोरी लाला रूपचन्द, रमेश के पिता पुत्ती महाराज, लाला मिट्ठनलाल बैंकवाले, बाबू हरबिलास वकील तथा दो-एक सज्जन और भी सीढ़ियाँ चढ़कर अहाते में आ खड़े हुए। बातें होने लगीं।

"ये देखो, जगह ही जगह है। अरे, मैं कहता हूँ लाला मिट्ठनलाल, कि आस-पास के आठ-दस महल्लों में इतनी बड़ी जगह आपको ढूँढ़े से भी नहीं मिल सकती।"

"मैं तो कहता हूँ कि राजा केशोराय की आत्मा को अब जाय के शान्ती मिलैगी। धर्मात्मा रहे होंगे बिचारे, तभी तो लालाजी के मन में भी ये धरमभाव जागा। क्यों पण्डितजी कि झूठ कहता हूँ?" लालाजी ने पुत्ती गुरू की ओर देखकर कहा।

पुत्ती गुरू बोले: "सत्य कहा, अरे कायापलट हो जायेगी इस जगह की। तिमंजली धर्मशाला इस वार्ड में एक नहीं है। हमारी तो यही इच्छा है रुप्पन, कि जैसी नाके हिंडोले पर शीतल धर्मशाला बनी भई हैगी घड़ीदार, वैसी ही यहाँ भी बनवाना और घड़ी में घण्टे ज़रूर लगवाना कि रात-बिरात दूर-दूर तक घण्टे सुनाई पड़ें।" पुत्ती महाराज कहते हुए घंटों की कल्पना ही से गद्‌गद हो उठे।

लाला रूपचन्द का चेहरा भी खिल उठा, बोले: "ये घण्टाघर का अच्छा ऐडिया रहा गुरूजी, चलो शिवरात्रि के दिन ब्रह्मवाक् निकला है आपके सिरीमुख से तो ऐसा ही होगा। फिर, वकील साहब, बोलो भई, कैसे इसका लीगल हिसाब-किताब बैठेगा? राजा केसोराय के खानदान में तो मेरी जान में कोई बचा नहीं है। ज़मीन......"

"ये सब चिन्ताएँ आप छोड़िए लालाजी, पहले एक प्लानिंग मोटे तौर पर कर लीजिए," —वकील साहब बोले: "मैं तो समझता हूँ कि जहाँ ये बारहदरी बनी हुई है, वहीं मन्दिर बनवाना उचित होगा। ये हिस्सा पूरा का पूरा ठाकुरद्वारे के काम में आ जायेगा और बाकी तीन तरफ धर्मशाला की स्कीम बना लीजिए, फाटक फिर इधर हो जायेगा, नयी सड़क की तरफ़—"

"हाँ, उधर सड़क की तरफ और इधर पिछवाड़े गली की तरफ जहाँ ये फाटक बना हुआ है, यहाँ दुकानें हो जायेंगी। तीन साढ़े तीन सौ की आमदनी का ब्यौंत बैठ जायेगा। उससे मन्दिर, धर्मशाला का खर्चा निकलता रहेगा।" लालाजी ने हिसाब-किताब फैला दिया।

पुत्ती गुरू अपनी कल्पना में भविष्य की भव्यता को देखते हुए मगन-मन खड़े थे। एकाएक बोले : "भइ, एक विचार हमारा भी सुन लीजिए, जहाँ ये बारहदरी है, वहाँ श्री ठाकुरजी महाराज के आगे इत्ता बड़ा हाल बनवाना चाहिए, कि जिसमें एक हज़ार आदमी बैठ सकें। औ' उसमें चारों तरफ दिवालों पे संगमरबल के पत्थरों पे वेद-मंत्र और क्या नाम है के, गीता-पुराणों के श्लोक, ये सब होवें। बड़े-बड़े साधू-महात्मा आवें तो यहाँ उनके प्रवचन हों। उपदेश हों। आ हा! मेरे विचार से तब बड़ा आनन्द आवैगा! साधू-महात्माओं के लिए दस-पाँच कमरे सदा रिजबड रहैं कि उनमें कोई यात्री न ठहराया जावै, क्योंकि महात्माओं के ठहरने का स्थान बड़ा शुद्ध रहना चाहिए। क्या सात्विक बहार आवैगी हमारे यहाँ कि वाह वा!"

लड़के बड़ी देर से सुन रहे थे। सुन-सुनकर उनके मन खौल भी रहे थे। रमेश, छैलू, हर्रो, छोटे-बड़े सभी के चेहरों पर हौलदिली बोल रही थी। गोडबोले से रहा न गया। एकाएक बोला : "औ' हम लोग कहाँ जायेंगे, चाचा?"

वकील साहब हँसकर बोले : "हाँ भाई, इन लड़कों का ध्यान भी रखना होगा। इनकी लाइब्रेरी के लिए एक कमरा रिज़र्व रखना चाहिए। अबकी बार तो डॉ० आत्माराम तक को पकड़ लाये ये लोग।"

लाला रूपचन्द बोले : "अरे, लायबरेरी का क्या है! हमने तो पहले ही लड़कों की लायबरेरी का परबन्ध कर लिया। वो कोनेवाली कुलिया में हमारा मकान हैगा—वो जो त्योरस साल भवानी से कुड़क करवाया था मैंने—"

रमेश बोला : "रुप्पन चाचा, हमारा काम वहाँ नहीं चल सकता, आप सब लोग देखते हैं कि साल में हमारे तीन-चार फ़ंक्शन्स होते हैं यहाँ। शहर भर के लड़के आते हैं। स्पोर्ट्स होते हैं। ये सब कहाँ जायेंगे? और अबकी तो हम लोगों को सरकारी सहायता भी मिलनेवाली है। हम लोग संघ का रजिस्ट्रेशन कराने जा रहे हैं। हमारे लिए यही जगह हो सकती है। आपके साधू-सन्त तो सब किशोरीलाल के ठाकुरद्वारे में कीर्तन कर ही लेते हैं, फिर यहाँ क्या ज़रूरत है?"

रमेश के पिता पुत्ती गुरू गर्माए, बोले : "जरूरत क्यों नहीं? अरे, अच्छे स्थान की आवश्यकता साधू-महात्माओं के लिए न होयेगी तो क्या तुम्हारे लौंडों-लफाड़ियों के खेल-कूद के लिए होयेगी। किशोरीलाल के ठाकुरद्वारे में कहीं जगह भी है? मुश्किल से दो-ढाई सौ भी नहीं बैठ पाते वहाँ।"

"ये आपने बिलकुल ठीक कहा गुरूजी!" लाला मिट्ठनलाल बोले : "ससुर हमारे महल्ले में जगह की कमी से महात्मा लोग ठहर ही नईं पाते, न कोई सन्त-सम्मेलन होने पाता हैगा ससुरा। झम्मनटोले वाले एक-से-एक बढ़ के उत्सव करते हैं। कैसा भव्य संगमरमर का ठाकुरद्वारा बनवा दिया है लाला राधेरमन ने।" पुत्ती गुरू लहककर बोले : "अरे, ज़रा बन जाने दो लालाजी हमारे यहाँ भी—नई सड़क, नई धर्मशाला, नया

मन्दिर। आहा! तब देखना, शहर भर के लोग झूले-झाँकी में दर्शन करने आयेंगे हमारे यहाँ।"

रमेश उत्तेजित हो उठा, बोला: "हमारे यहाँ भी शहर भर के नवयुवक आते हैं। हमारा भी यह सरस्वती देवी का मन्दिर है, यह पुस्तकालय है, वाचनालय—"

लाला रूपचन्द हँसकर बोले: "बड़ा ससरा पुस्तकालय है तुम लोगों का। ये टूटी अलमारी में चार ठो फटी-सड़ी किताबें हैं—"

"तो दीजिए ना दान हमको। अरे, लाख-दो-लाख मन्दिर बनवाने में खर्च करेंगे, हमें दस-बीस हज़ार की किताबें ही दे दीजिए। शहर भर में नाम होगा आपका।" जयकिशोर बोला।

लालाजी फिर हँसे, बोले: "ऐसा नाम हमें नहीं चाहिए भैया। कल कहोगे चकलाखाना खुलवा देव, बड़ा नाम होयेगा।" सब लोग हँस पड़े।

गोडबोले ताना देकर बोला: "डॉ० आत्माराम जैसे महापुरुष हमारे पुस्तकालय को दान दे गये। वो चकलाखाना ही होगा।"

पुत्ती गुरू बोले: "अरे बेटा, नाम धर्म-कर्म करने से होता है। शास्त्रों में लिखा है, जो एक कुआँ बनवाता है, उसे माँ-बाप की गया करने का पुण्य मिलता है। और जो धरमशाला बनवाता है, उसकी सात पीढ़ियाँ तरती हैं और जो मन्दिर—"

"तो कहीं और बनवाइए जाके, हम लोग यहाँ से नहीं हटेंगे। तीन-तीन तो मन्दिर खड़े हैं महल्ले में, पहले उनकी स्थिति सुधारिए।" रमेश ने कहा।

"अच्छा-अच्छा, बकवास बन्द करो, बड़ा आया है ससरा पुस्तकालै। लौंडे यहाँ बैठकर बीड़ियाँ पीते हैं, चाय पीते हैं, कैरमबोट खेलते हैं। ससुर उलटी-सीधी पुस्तकें पढ़ते हैं, जिनमें धर्म-कर्म का नाश होय।"

रमेश अपने पिता की बात सुनकर ताव खा गया, पर संयत स्वर में बोला: "खैर, बहस छोड़िए। आप लोग बड़े हैं। हमारी इतनी प्रार्थना सुन लीजिए, कि इस जगह को छोड़ दीजिए। हमारी बातचीत हो गई है डॉ० आत्माराम से। हमें आर्थिक सहायता मिलनेवाली है सरकार से—"

लाला रूपचन्द बोले: "देखो रमेश, डॉ० आत्माराम से जो इस्कीम तुम्हारी बनी है, उसे कहीं और चलाना। यहाँ मंदिर ही बनेगा।"

"जी, यहाँ तो नहीं बनेगा।"

"यहीं बनेगा। देखेंगे, तुम और तुम्हारे आत्माराम क्या कर लेते हैं।"

रमेश सहसा आपे से बाहर हो गया, बोला: "बनवाइए भला आप लोग मन्दिर, हम साले में रोज आग लगायेंगे।"

लड़के की उत्तेजना भरी बातें सुनकर पुत्ती गुरू को अपार क्रोध आया। सबेरे छानी हुई कागाबासी भंग के नशे में क्रोध का प्रभाव पड़ते ही उनकी आँखें गुड़हल का फूल हो

गईं। बेटे को मारने के लिए झपटे : "कुलांगार! मन्दिर में आग लगायेगा। मैं तेरे प्राण ले लूँगा।"

लोग 'हैं हैं' कहते हुए बीच-बचाव के लिए झपटे। लड़कों ने रमेश को अपनी ओर घसीटा, लेकिन रमेश अत्यधिक उत्तेजित हो उठा था, बोला : "हाँ हाँ, आग ही लगेगी बाबू। या तो मेरे हाथों इस मन्दिर में आग लगेगी और नहीं तो आपके हाथों मेरी चिता में आग लगेगी.......।"

लड़के रमेश को "चुप रहो—चुप रहो—होगा।" कहते हुए घेरकर घसीटकर बारहदरी ले गए। पुत्ती गुरू अहाते में खड़े गरजते रहे : "देख लिया न आपने! यह हैगी आजकल की शिक्षा। ससरे न बाप को मानै, न धरम को मानै, न देवता को मानै—"

वकील साहब उनकी पीठ पर हाथ थपथपाते हुए बोले : "होगा गुरू, होगा, जाने दो.......। रुप्पन बाबू, इस वक्त चलिए। हमारे ये लड़के इस वक्त बरत के भूखे खौखियाये बैठे हैं, ठंडे में समझाइएगा तो बाद में सब़ मान जायेंगे।"

"अरे हाँ-हाँ, अच्छे काम में कोई भी समझदार कहीं बाधा डालता है भला?" लाला मिठ्ठनलाल सीढ़ी की ओर वकील साहब का हाथ पकड़ कर बढ़ते हुए बोले। बाबू हरबिलास वकील का सगा भतीजा, पम्मी का छोटा भाई कम्मी जो सीढ़ी के पास ही खड़ा था, लाला मिठ्ठनलाल की बात सुनकर सहसा तीखे स्वर में बोल उठा : "औ हम लोग क्या बुरा काम कर रहे हैं, चाचाजी, जो आप लोग बिघन डाल रहे हैं?"

लाला मिठ्ठनलाल ने हँसकर उसकी खोपड़ी के बाल अपने हाथों में दबाकर उसका सिर हिलाते हुए कहा : "तू भी बड़ा लीडर हो गया है, क्यों रे?—आइए रुप्पन बाबू, अब आइए भी ना।"

बड़ों के जाने के बाद बड़े लड़कों की सभा फिर जुटी। छोटे लड़के भी उनके आस-पास ही आकर जुट गये। बड़ी गर्मागर्म बातें हुईं। महल्ले के बड़े-बड़ों की दुश्चरित्रमयी प्रश्नचिह्न-जैसी धार्मिकता पर युवकों द्वारा वाक्प्रहार हुए। धीरे-धीरे समय बीतता गया। एक-एक दो-दो करके लड़के अपने घर जाने लगे। बड़ों की टोली भी बातों से अघा गयी, छैलू बोला : "चलो यार, घर चलें। आज इस साले रुप्पन चाचा के फेर में मेरे कोयले भी रह गए। अम्मा डाँटेंगी। चलो रमेश, उठो न, ढाई बज गये यार।"

"तुम लोग जाओ। मैं अभी थोड़ी देर बाद जाऊँगा।" रमेश का मन पिता से वाक्युद्ध हो जाने के कारण खिन्न था। वह अभी घर जाने से हठात् जी चुरा रहा था।

●

:: २२ ::

बातों की गर्मागर्मी समय बीतने के साथ क्रमशः मन की ठण्डी पर्तों में लिपटने लगी, आखिर अब घर जाने का समय जो हुआ था। घर, जहाँ बाबू से यहाँ के सार्वजनिक

विरोध के बाद पहली भेंट होगी। माँ के सामने बाबू अब तक नौ-नौ बाँस उछल चुके होंगे। माँ क्या कहती होंगी ? बाबू को सबसे अधिक यही खला होगा, कि सबके सामने मैंने उनका अपमान किया।

रमेश के मन में इस विचार से बार-बार झेंप झाँक रही थी। वह बड़ा परेशान था—मगर घर तो जाना ही है—घर न जाय तो कहाँ जाय। घर अकेले बाबू ही का नहीं, सबका है। मैं भी चालीस रुपये घर खर्च में देता हूँ, कोई मजाक नहीं है। पिता हैं, माना, पर इसका अरथ यह तो नहीं, कि उनकी हर बात मानी जाय। पढ़े-लिखे तो हैं नहीं, पण्डितपेशा सड़ियल दिमाग आदमी हैं, ऊपर से सबेरे-शाम भाँग के गोले। छिः! इस पिता पर श्रद्धा कैसे हो ?

रमेश का मन गुमान से फूल उठा। और इसी तैश में एकदम से उठकर उसने चटाई लपेटी, किताबें उठाईं, चटाई बारहदरी में एक ओर फेंककर घर चल दिया। फाटक से नीचे उतरते ही रम्मू पंसारी ने हँसकर रमेश को बुलाया और कहा : "आज तो बेटा, बाप ही से उलझ पड़े, क्यों ? हः हः।"

स्कूल में पढ़ा चुकने वाले मास्टर श्यामसुन्दर उसी समय छड़ी हिलाते उसके पास से गुजरे। रमेश ने हाथ जोड़े, वे मुस्कराये, फिर रुककर उसका चेहरा देखने लगे। रमेश झेंप गया, उसे भय लगा कि वे भी यही कहेंगे। मास्टर बोले : "अब की तो फाइनल है तुम्हारा ?"

"जी हाँ।"

"इसके बाद क्या करोगे ?"

"अभी कुछ सोचा नहीं मास्साब।"

"क्यों ? यह तो सोच ही लेना चाहिए हर युवक को। फिर तुम्हारे ऐसे ब्रिलियंट लड़के को तो अवश्य सोचना चाहिए ! फर्स्टक्लास ला रहे हो ना ?" मास्टर श्यामसुन्दर ने धरती पर छड़ी ठोंककर पूछा।

रमेश हँसने लगा, बोला : "खाने को तो मास्साब मिलता है डालडा और वो भी ट्यूशनें पढ़ाने के बाद। समय कहाँ मिलता है ? सेकेण्ड क्लास आ जाय, वही बहुत है।"

"तुम तो हमारे, क्या नाम के, गौरव रहे हो बेटे। थर्ड से लेकर हाईस्कूल तक फर्स्ट—यू०पी० में टॉप करके दिखलाया है तुमने। लेकिन फिर बाद में.......खैर, ईश्वर की मर्जी। मगर रमेश, एम०ए० में अगर तुम फिर टॉप कर लो बेटे तो कैरियर भी बन जायेगा तुम्हारा। आई विश यू आल लक माई बॉय। ईश्वर करे तुम्हें एक दिन आई०ए०एस० देखूँ।" मास्टर श्यामसुन्दर ने स्नेह से रमेश का कन्धा थपथपाया और सुखद कल्पना के साथ कदम आगे बढ़ा दिया।

ईश्वर करे ! ईश्वर करे ! ईश्वर का तो उसने अपमान किया है। ऐन शिवरात्रि के दिन। ईश्वर ! ईश्वर !—और रमेश का सारा मानसिक द्रोह सहमकर दब गया।

टिपरी गली। तीन फुट चौड़ी, छह सौ फुट लम्बी, आगे जाकर बन्द। सीलन की बसाँध आठो याम बारहों मास बसी रहती है। रवि और कवि दोनों के लिए अगम्या। बायें हाथ पर चौथा घर पुत्ती महाराज का है—रमेश, राजेश, पन्नो और माँ का घर। मगर रमेश ने द्वार खोला धीमे से, दहलीज़ में आया तो दबे पाँव, क्योंकि घर पिता का है, बड़ों का है, चेतना का यह संस्कार अब भी मन में प्रबल है।

पुराना लखौरी ईंटों का छोटा-सा मकान। आठ फुट चौड़ा, दस फुट लम्बा आँगन, दायें दीवाल, बायें ऊपर जाने की सीढ़ी। दहलीज़ के दायें पक्खे की ओर कुआँ और बायें पक्खे की ओर सण्डास, सीढ़ी के पास नल। सामने दालान, दालान में कोठरी, कोठरी में श्री राम-लक्ष्मण-जानकी, एक जिजमान बनैनी बुढ़िया अन्तकाल में अपने ठाकुरजी की सेवा के लिए यह घर अपने कुलोपाध्याय, रमेश के पितामह बिद्दू महाराज को संकल्प कर गई थी। ठाकुरजी पर दृष्टि पड़ते ही रमेश दुबारा पकड़कर लाये गये फ़रार मुजरिम की भाँति सहम गया। रमेश दहलीज़ ही में ठिठककर खड़ा हो गया, ऊपर के छज्जे की ओर देखा। आवाज़ किसी की भी नहीं सुनाई दे रही। क्यों?—ख़ैर यह निश्चित है कि बाबू घर में नहीं हैं। रमेश ऊपर गया। कमरे में सुरेश औंधे लेटकर कुछ पढ़ रहा था। माँ वहाँ नहीं, रसोईवाले दालान में नहीं।

"सुरेश, माँ कहाँ हैं?" रमेश के पूछने से चौंककर सुरेश ने सबसे पहले हड़बड़ाहट में किताब छिपाई और बैठते हुए कहा: "बड़े शिवाले।"

"पन्नो भी?"

"हाँ।"

"और बाबू कहाँ हैं?"

"पण्डित को तै करने गये हैं। रुप्पन चाचा के यहाँ रतजगा होगा आज।" कहते हुए सुरेश ने किताब को अपनी जाँघ के नीचे और भी छिपाने का प्रयत्न किया। रमेश ने देख लिया, इच्छा भी हुई कि सुरेश से पुस्तक माँगे, परन्तु वैसे ही नीचे का दरवाज़ा ज़ोर से खुला और "अरे कहाँ हो" की आवाज़ आई। रमेश तुरन्त कमरे से निकलकर खट से ऊपर वाली सीढ़ी पर चढ़ गया।

बाबू ऊपर आए। सुरेश से उसकी माँ के सम्बन्ध में पूछा। पता लगा कि भैया के अतिरिक्त और कोई घर में नहीं। उन्होंने आवाज़ लगाई—"रमेस।"

ढीठ बच्चे की तरह रमेश की इच्छा उत्तर न देने की हुई, पर दूसरी ही आवाज़ पर अपने को कसकर उसने रूखे स्वर में कहा: "क्या है?"

"जरा नीचे तो आओ भैया।"

रमेश नीचे आ गया। लड़ाई के मोर्चे पर जानेवाले सिपाही की भाँति मन के हथियारों से लैस होकर आया। पुत्ती गुरू सन्दूक खोलकर कुछ टटोल रहे थे। बड़े लड़के को देखकर सहज स्वर में बोले: "भाँग मेरी तू घोट देगा बेटा, ससुर दौड़ते-दौड़ते पुन्हत्तर ढीले हो गये हैं मेरे।"

कोई और समय होता तो रमेश शायद मना भी कर देता, पर इस समय पिता की सेवा करने का एक अवसर पाकर उसे अच्छा ही लगा। सुरेश को बुलाकर उसने अपनी जेब से एक रुपया निकालकर उसे देते हुए दूध, बादाम और मुनक्का लाने का आदेश दिया। पिता के चेहरे पर तरावट आ गयी, बोले: "सुरेशो बेटे, बादाम छिटाँक भर लाना। अब इत्ते दिन बाद बादाम ससुर छानैंगे तो आधी छिटाँक में मजा नईं आवेगा। दूध चाहे आधा सेर ही कर देना। कौन असली मिलता है! क्या समय आय लगा है ससरा कि दूध, बादाम के लिए भी तरसना पड़ता हैगा। तनिक सी केसर होती तो मजा आ जाता। ए सुरेश—नईं तुम नईं—ए रमेश, रुप्पन के यहाँ चले जाव बेटा, कहना, बाबू ने जरा सी केसर माँगी है। आज फिर दिव्य ही हो जाय। सन्दूक में जरा सी पुड़िया रखी थी, पर तुम्हारी अम्मा के मारे कुछ बच नहीं पाता।"

रमेश बोला: "मैं रुप्पन चाचा के यहाँ नहीं जाऊँगा।" पुत्ती महराज ने घूमकर बेटे को देखा और उनके कुछ कहने से पूर्व ही रमेश ने तनकर कहा: "बस, अब आगे कुछ न कहियेगा। आज शिवरात्रि का दिन है, मैं आपसे बहस नईं करना चाहता। केसर होली के दिन आ जायेगी। सुरेश, सिल कहाँ रक्खी है? भाँग कहाँ है?"

बाबू बोले कि सिल नीचे ठाकुरद्वारे वाले दालान में है; फिर आदेश दिया कि "वहीं बैठकर पीस लो और एक-एक चुल्लू सब घर भर को देना, केसर मैं लेके आता हूँ। रुप्पन ने आखिर ऐसा क्या बिगाड़ दिया, जो इत्ता बिगड़ते हौगे। अरे, इन्हीं लोगों की बदौलत पेट चलता हैगा। ससुर जिस थाली में खाओ, उसी में छेद करो। कैसी जाने मतें बिगड़ गई हैं आजकल की। रहै देव, ये मिल गयी केसर की पुड़िया ससरी, अब मजा आ जायेगा। (सूँघकर) उहूँ, सुगंध नहीं रही इसमें, रुप्पन के घर से लानी ही पड़ैगी।"

"क्या जरा सी केसर के लिए हाथ फैलाने जा रहे हैं! कह तो दिया कि होली के दिन ले आऊँगा।"

"अब तबियत हमारी आज हैगी—होली की होली पर देखी जायेगी। औ' इसमें भीख कहाँ माँगनी है। अरे, अपना जिजमान है, लखपती है तो हुआ करे। किसी के लिए कैसा भी होय, हमारे लिए बहुत अच्छा है। उसी बेला मुझको तुम्हारे ऊपर क्रोध आ गया तो रास्ते भर मुझे समझाता रहा कि गुरूजी, लड़कों के मुँह नहीं लगना चाहिए। ये नहीं बोलते, इनका एमे बीए बोलता हैगा। ये बात हम मान गए औ' तब जायके हमारा क्रोध शान्त भया।"

बाबू की बातें रमेश को अच्छी नहीं लग रही थीं। और उसकी उत्तर देने की इच्छा भी हुई पर दबा गया, नीचे उतर गया। बाबू के मुँह कौन लगे—पंडित पेशा, सड़ियल दिमाग, ऊपर से भंग के गोले। दिन-रात बकबक-बकबक-बकबक। छिः, भीख माँगते लाज भी नहीं आती। इसी भीख ने ब्राह्मणों की स्थिति बिगाड़ दी, छिः!

तभी पुत्ती महराज नीचे उतरकर बाहर जाने लगे। रमेश से रहा न गया, बोला: "किसी से केसर न माँगने जाइयेगा। ऐसी ही इच्छा है तो मेरे पास ये एक रुपया और है, ले जाइए खरीद लाइए।"

पुत्ती गुरू जाते-जाते थम गए और कड़ी दृष्टि से पुत्र की ओर देखते हुए बोले: "हजार बार कह चुका हूँ कि मुझे शास्त्र न पढ़ाया कर। ब्राह्मण का कर्म है भिक्षा। 'ब्राह्मण को धन केवल भिक्षा'—काव्य का प्रमाण है।"

"तो गली-गली हाथ पसारे डोला कीजिए न, ये पूजा-पाठ, संध्या, गायत्री, कर्मकाण्ड—"

"रमेश, मैं ये सहन नहीं करूँगा, बताए देता हूँ। मेरे मामले में मत बोला करो।"

"तो भाँग भी आप ही घोट लीजिए।" कहकर रमेश उत्तेजित भाव से उठ खड़ा हुआ। पुत्ती गुरू का सूखा पीला शरीर क्रोध से पल भर के लिए आरक्त हो उठा, बोले: "नीच, यही हैगी तेरी शिक्षा! हट जा, मेरी आँख के सामने से, नईं घुटवाऊँगा तुझसे भंग। पापी के हाथ की घुटी हुई पीने से भी पाप ही चढ़ैगा। ससुर हर बात में हेकड़ी। अरे, तेरा ये शरीर भिक्षा के अन्न से ही पला हैगा। ये इत्ता एमे-बीए कैसे पढ़े?"

रमेश की अहंता पर यह वाक्य बरछी की अनी-सा लगा। भूखे पेट की उत्तेजना ने भी क्रोध को बल दिया। ऊपर की सीढ़ियों पर बढ़ते हुए वह चिढ़कर बोला: "आपकी भिक्षा के पैसों से मैं नहीं पढ़ा। स्कालरशिप—"

"तौ इस्कालरशिप भिक्षा नईं हैगी?"

"जी नईं, वह मेरी योग्यता पर मुझे मिली थी और अब भी ट्यूशन करके ही पढ़ता हूँ।"

"तो मैं कौन सी भीख माँग के खाता हूँ? मैं भी जिजमानी करता हूँ, कथा बाँचता हूँ।"

"आपकी जिजमानी को तो मैंने कभी कुछ नहीं कहा।"

"नहीं कहा तो अब कह लीजिए दयानिधान! यही हबिस क्यों रह जाय आपके कलेजे में?"

रमेश कुछ न बोला, ऊपर चला गया। पिता बड़बड़ाते रहे, पर फिर बाहर न गये, अपना सिल-लोढ़ा लेकर बैठ गये।

उस दिन सायंकाल में शिवार्चन के लिए शिवालय में जाकर रमेश का मन और भी उखड़ गया। पूजा करते हुए उसके मन में आस्था-अनास्था के भाव बड़ी तेजी से आते-जाते चक्कर मारते रहे—क्या यही वह शक्ति है, जो मुझे या किसी को पास पा फेल कर सकती है, सुख या दुख दे सकती है? गोस्वामीजी के कथनानुसार जिस विधाता के हाथ हानि-लाभ, जीवन-मरण, यश-अपयश देने की शक्ति है, वह यही पत्थर है? लेकिन न दिखलाई पड़नेवाली वस्तु का भरोसा क्या?......ये आकाश जो दूर से नीला-नीला चमकता है, इसमें कितने रंग भरे पड़े हैं, जो हमें आँख से नहीं दिखलाई देते। उस दिन 'जियाग्राफिकल मैगजीन' में हाल ही के लिए गए आकाश के चित्र देखे थे। न देखता तो रंगों पर विश्वास न होता। तब क्या साइंस अब तक न दिखलाई पड़नेवाले ईश्वर को भी

न दिखला देगी? बाबू यों तो पण्डित पेशा सड़ियल दिमाग आदमी हैं, मगर उस दिन महल्ले की कथा में वे 'कोटि-कोटि ब्रह्माण्ड निकाया' वाली अर्धाली की व्याख्या कर रहे थे। उनकी बात आधुनिक व्याख्या से दूर होकर भी आधुनिक विज्ञान के प्रकाश में कितनी सच थी।......तब हे देव, हे देवाधिदेव, तुम मुझे पास करा दो। फर्स्ट डिवीजन! एक बार फिर टॉप कर जाऊँ। एक बार मैं भी इस दरिद्रता से मुक्त होकर उन्नतियों एवं सफलताओं से भरा जीवन देखूँ। एक बार मेरे भी हाथों में वह शक्ति आए जिससे स्वप्न चा—रूपचन्द चोर-बाजारिया करोड़पति मेरे सम्मुख दो कौड़ी का व्यक्ति सिद्ध हो जाय! ......नीच!......नीच!......नीच!......नीच!

आस्था, प्रार्थना, धार्मिक भावना, फिर अनास्था, खीझ और विद्रोह में बदल गई। रमेश जस-तस पूजा करके घर लौट आया। उसे अब भूख लग रही थी और उसका मन खिन्न था।

:: २३ ::

धार्मिक आस्था से शिवरात्रि का उपवास और जागरण व्रत करनेवाले हिन्दू घरों में दूसरे दिन कढ़ी का भोग लगता है। पहले जोगियों को खिलाया जाता है, फिर घर के लोग भोजन करते हैं। पहले गली-गली अनेक अलफी खप्परधारी फकीर 'जोगी बमभोलेनाथ' के नारे लगाते हुए गलियों में घूमते थे। पिछले पन्द्रह-बीस वर्षों में इनकी संख्या प्रायः कम हो चली है। प्रचलित धारणा यह थी कि भीख माँगने के लिए आज के दिन अनेक मुसलमान गुण्डे भी जोगियों का भेस बनाकर गली-महल्लों में घूमते हैं। इसलिए लड़कों ने कुछ मजाक और कुछ सुधारवादी जोश में उन्हें भीख देने के बहाने बुला-बुलाकर कोठरियों और सण्डासों में बन्द करना शुरू कर दिया। लड़के उन्हें दिन भर इसी प्रकार सताकर रात के आठ-नौ बजे खोला करते और उन्हें मारने तथा दाढ़ी और कपड़े नोचने के लिए गोल बनाकर दरवाज़े पर खड़े हो जाते थे। जब वे जोगीड़े अपने बचाव के लिए अथवा दिन भर बन्द रहने के कारण क्रोध में भरकर हाथ चलाते, तो पीछे खड़े बड़े लड़कों का झुण्ड छड़ियों और हाकियों से उनकी मरम्मत करने के लिए झपटता था। जोगीड़े आगे-आगे भागते, लड़के पीछे-पीछे; लोग-बाग हँसते। लड़के धुर सड़क तक उनका पीछा करते चले जाते। इधर वर्षों से जोगियों का आना कम हो गया है, फिर भी दो-चार तो आते ही हैं और इनके सम्बन्ध में किन्हीं बड़ों से हँसी-हँसी में पुरानी मज़ाक की परम्परा सुनकर कुछ लड़कों को उन्हें पकड़ने की सूझ आई। छाती पर रस्सी लपेटे, हाथ में खप्पर लिए एक कनफटा दढ़ियल जवान लड़कों के हत्थे चढ़ गया। उसे लड़कों ने बारहदरी कोठरी में लाकर बन्द कर दिया। संयोग की बात थी कि उस दिन शाम को संघ में बड़े लड़के नहीं आये। वे युनिवर्सिटी में दी जानेवाली एक विदाई-पार्टी में सम्मिलित होने के लिए गये थे। जोगिया रात के सन्नाटे में आठ-नौ बजे गरज-गरजकर शाप देने

लगा : "अलख अलख ! जाग जाग ! नाश कर सालों को। घर भर को नाश कर। इस पापी महल्ले का नाश कर। नाश-नाश-नाश !" तब किसी का ध्यान गया। बारहदरी में आकर देखा तो कोठरी का ताला बन्द था। राह चलते महल्लेवालों का छोटा सा जमावड़ा जुट गया। ताला तोड़कर जोगी को निकाला। उसने छूटते ही गली के निवासियों को शाप दिया। उसके स्वर, व्यक्तित्व और आँखों में कुछ ऐसा आकर्षण था कि जिससे छुड़ाने के लिए आए हुए लोग-बाग अत्यधिक प्रभावित हो उठे। उसके क्रोध भरे स्वर ने बूढ़े रम्मू पंसारी को दहला दिया। वह एकाएक जोगी के पैरों पर गिरकर, नाक घिसकर बड़ी उतावली और गिड़गिड़ाहट के साथ बच्चों के अज्ञान के लिए क्षमा माँगने लगा। दो-एक अन्य व्यक्ति हाथ जोड़कर कहने लगे : "लड़कों से बड़ी गलती हो गयी महाराज, छमा कीजिए, घर चलिए, अभी भोजन बनवाते हैं। धोखा हो जाता है महाराज, असिल में गुण्डे-फुण्डे भी भेस बनाकर आय जाते हैंगे सो उनको बच्चे तंग करते हैं। सो हम लोगों को बुरा नईं लगता हैगा। सो उसी में गलती हो गयी। अज्ञान की छिमा तो मिलनी ही चाहिए महाराज।"

"क्षमा उसी से माँगो जिसने मुझसे शाप दिलवाया है, मेरी वर्ष भर की साधना, मेरे व्रत का सुफल न मुझे मिला, न तुम्हें। तुम्हारा अज्ञान उसे हम दोनों से छीन ले गया। अलख निरंजन की माया। अलख निरंजन की दया। जोगी बम्भोलेनाथ ! मेरा मार्ग छोड़ दे भगत, शाप मैंने नहीं, भगवान ने दिलाया है। इस क्षेत्र का नाश निश्चित है। मैं यहाँ का अन्न-जल ग्रहण नहीं करूँगा।"

जोगी दोनों हाथों के झटके से भीड़ को चीरकर तेजी से सीढ़ियाँ उतरने लगा। तीन-चार भयभीत श्रद्धालु लोग उसके पीछे-पीछे भागे और कुछ पश्चात्ताप और भयभरी शिकायतें करने लगे : "इन लड़कों ससरो को जरा भी तमीज नहीं। किसने बन्द किया था ? जरा पता लगाओ, कौन-कौन थे सबेरे ?"

भीड़ में दो-चार लड़के भी आ गए थे। उनमें से हर एक ने "मैंने नहीं-मैंने नहीं—वो रब्बू ने, जग्गू ने, किसनू, रमेसर, जगेसर—" आदि सफ़ाई भरी बातें और पराई शिकायतें आरम्भ कीं। जोगी महात्मा के तप-तेज की चर्चा भी बड़ी जोरों से होने लगी। भीड़ बारहदरी से उतरकर नीचे आ गयी और रम्मू पंसारी की जोगियों के चमत्कार के सम्बन्ध में श्रद्धा भरी बातों से अपने मनों के तार जोड़कर वहीं खड़ी रही। बुजुर्गवार रम्मू पंसारी महोदय सुनाते रहे : "भैया, अब तो बात ये है कि हमारे हिन्दुस्तानी सब लोग पढ़ रहे हैं इंगलिस, तो धरम-करम का ध्यान कैसे रक्खें ? नहीं तो, हमारे बचपन की बात है कि यही पीछे भौंरोंवाली गली में लाला परमेसरी दास की कोठी पर सबेरे-सबेरे एक संन्यासी आया, उसने आवाज़ लगाई। लाला का नौकर दहलीज बुहार रहा था, बोला कि अभी से चले आए, अरे सबेरा तो होने दिया होता बाबा ! इस पर बाबा बोले कि अच्छा, अभी रात है, तो रात ही देख। ए भैया, वो नौकर हो गया अन्धा। अब तो बड़ी ले-दे मची। वो नौकर चीखा और इत्ती देर में बाबाजी गायब। सबने सुना तो फिकर पड़ी। चारों तरफ

ढुँढौआ मचा तो पता लगा कि बाबाजी परतब्बे दलाल के यहाँ बैठे हैं। अब सब लोग उनकी खुशामद करने दौड़े। लाला परमेसरी भी दौड़े-दौड़े गए और कदमों पे सिर रख दिया। मगर बाबा बोले कि अब क्या। आज की साइत ऐसी थी कि मेरी पहली आवाज़ पर मुझे जो भिक्षा देता, तो वो चकरबरती राजा बनता, और जो दूसरी आवाज़ पर देता, वो लखपति औ' तीसरी आवाज़ पर देता, वो हेडमास्टर बनता। अब मैं क्या कर सकता हूँ? चकरबरती बनना तुम्हारे भाग में नहीं था औ' इस दरवज्जे पर मैंने दुई आवाज़ें दीं, दोनों लड़के साथ-साथ निकले। एक लखपती बनैगा और दूसरा हेडमास्टर बनैगा। तो देखौ परतब्बे के दोनों लड़कों की हैसियत आज क्या है! औ' लाला परमेसरी के यहाँ नौकर झाड़ू लगा रहा था सो उनके यहाँ झाड़ू फिर गयी। ये जोगी-जतियों का मामला भैया, ऐसा ही बिकट होता हैगा। कहा ही है कि राजा, जोगी, अगिन, जल इनकी उलटी रीत......आज का काम अच्छा नहीं भैया।......''

खबर थोड़ी ही देर में महल्ले के घर-घर में फैल गयी। लड़कों के दोष लोगों की शिकायती जबानों की खुर्दबीन में जर्रे से आफताब बनकर हर तरफ सबको तपाने, चमकाने लगे। और यह शिकायत का प्रकाश लाला रूपचन्द की कोठी तक पहुँचकर उनके दम्भ को दमकाने लगा, बोले: ''हमारे यहाँ दो-तीन लड़के बिलकुल कम्युनिस्ट हो गए हैं। ये पुत्ती गुरू का लड़का रमेश और क्या नाम है के शुक्लाजी के दामाद जयकिशोर, और हमारे गुलाबचन्द का लड़का कम्मी, ये सब इस नास्तिकता की जड़ में समाए हैं। वो 'इंडिपेंडेंट' वाले 'आडिटर' खन्ना बाबू के चेले हैं न ये लोग। दुनिया जानती हैगी कि खन्ना बाबू नास्तिक हैंगे। उन्हीं के फूकें मन्तरों को ये मानते हैं—बस लिच्चरबाजी, खेलकूद और विधर्मियों-अधर्मियों के मतों की पोथियाँ पढ़ना, यही इनका काम हैगा।......कोच्छ नईं, ये लायबरेरी वगैरा सब बन्द होनी चाहिए। मैं कल ही से ताला डलवाए देता हूँ, पहरेदार बैठाए देता हूँ, सब बन्द। ये ससुर मुहल्ला ही बिगाड़ देंगे। इन्हें युनिवर्सिटी-कालेजों में दंगे और हड़ताल कराने का जोम हैगा। मैं इस अनसासनहीनता को दबाके ही रहूँगा।'' लाला रूपचन्द क्या दहाड़े, गोया जंगल में शेर दहाड़ा। एक बड़ा जनमत जोगी के शाप से भय-क्षुब्ध था।

:: २४ ::

दूसरे दिन सबेरे ही सेठ रूपचन्द ने बारहदरी में अपना एक लठैत बिठा दिया। कुछ लड़के सबेरे बारहदरी में ही बैठकर पढ़ने के अभ्यस्त थे। जब उन्हें घुसने नहीं दिया गया तो वे झल्लाए। कम्मी ने साफ-साफ कहा: ''कल की बात की आड़ लेके रुप्पन चाचा हमारी जगह पर कब्जा नईं कर पाएँगे। ये तो हो ही नहीं सकता।'' फिर चौकीदार की तरफ देखकर कहा: ''अभी आते हैं साले, बुला रख अपने होते-सोतों को। खून की नदियाँ बहा देंगे यहीं पर पूँजीपति साले की।''

रम्मू पंसारी ने डाँटा, लड़कों की नास्तिकता पर प्रहार किया। लड़कों ने भी झाँव-झाँव नुमा बहस आरम्भ की और बकते-झकते वहाँ से चलकर रमेश के घर पर आए।

रमेश बीच के खन में चाय पी रहा था। बाबू ठाकुरजी की सेवा करने के बाद ऊपर अपने पोथी-पत्रे उठाने और कपड़े पहनने के लिए गए थे। घर की पूजा करने के बाद वो तीन घरों में शतचण्डी पाठ करने जाते थे। रमेश भी चाय पीकर पढ़ने के लिए बारहदरी में चला जाता है। उसने रात की घटना के सम्बन्ध में सुन तो लिया था, पर सबेरे के काण्ड की कल्पना तक उसके मन में नहीं आयी थी। नीचे दरवाज़े पर कम्मी की आवाज़ सुनाई दी। रमेश जोर से 'आए.......' कहता हुआ नीचे उतर आया। मित्रों के उत्तेजित, चिन्तित चेहरों को देखकर उसका कौतूहल जागा। ठाकुरद्वारे वाले दालान में ही चटाई बिछाकर वे बैठ गए और धीरे-धीरे बातें शुरू कीं। इतने ही में फिर दरवाज़े की कुण्डी बजी और पुत्ती महाराज के लिए पुकार लगी। इस बार ऊपर से पुत्ती महराज 'आया' गोहराए और दो मिनट बाद ही उतरकर एक दृष्टि लड़कों की ओर डालकर द्वारे पे गए, किवाड़े खोले। रूपचन्द के एक क़ारिन्दे गनेसी की सूरत दिखाई दी। गनेसी ने भी इन लड़कों को देखा और देखकर ऊँचे स्वर में पुत्ती गुरू से कहा : "अच्छा, ये सब नेता लोग यहीं बैठे हैंगे, हमको सबको मारने की धमकी दे आए हैंगे गुरूजी। औ' लाला ने कहलाया हैगा कि बारादरी में लड़के अब नईं बैठ पाएँगे। इनकी चटाई, दरी, किताबों की आल्मारी सब अभी मजदूरों से उठवाय के भौंरोंवाली गली के मकान में रखवाए देते हैंगे, वहीं अपना संघ चलावैं।"

सुनते ही रमेश तड़पकर खड़ा हो गया, अनुत्तेजित किन्तु दृढ़ स्वर में उसने कहा : "संघ बारहदरी ही में रहेगा, नहीं तो मैं आमरण अनशन करूँगा।"

पुत्ती गुरू अपने सामने अपने लड़के को इस तरह धमकी देते देखकर गरज पड़े : "खबरदार, जो घर से निकलकर गया। अनशन करेंगे, बैठो चुपचाप।"

अब रमेश की उत्तेजना बढ़ी, तीखे स्वर में बोला : "तो क्या मैं नन्हा बच्चा हूँ, जो आप मुझे हाथ-पैर बाँध के घर में रोक लेंगे? चलो जी कम्मी, देखूँ कौन साला हमारी जगह पर अधिकार करने की हिम्मत रखता है।"

कम्मी भी इसी सुर में गरजा, बोला : "हमाई जगह हड़पने के लिए रुप्पन चाचा को बहाना अच्छा मिल गया! लेकिन हम नईं चलने देंगे उनकी ये बहानेबाजी।"

सुबह की कागाबासी भाँग तड़क उठी, पुत्ती गुरू के नेत्र आरक्त हो उठे। सूखे पीले शरीर में उत्तेजना की बौखलाहट इधर-उधर बिछलने लगी। ताव खाकर जो पलटे तो रमेश के गाल पर उनका हाथ तड़ाक से पड़ा : "नीच कुलांगर बैठ घर में।" फिर ऊपर की ओर मुँह उठकर गरजे : "सुनती हो, तुम्हारा बेटा अनशन करैगा। या तो ये ही साला आज रहेगा या मैं रहूँगा। कर साले अनशन, ले और कर।"

पुत्ती गुरू ने किचकिचाकर दूसरी बार हाथ उठाया ही था कि रमेश ने उनका हाथ पकड़कर कहा : "गाली मत दो बाबू—मैं कहता हूँ गाली मत दो! हमारी बारहदरी कोई नहीं ले सकेगा। हम मन्दिर नईं बनने देंगे।"

"हात्तछोड़—हाच्छोड़—हाच्छोड़। ससरे, तुम्हारी मजाल क्या है जो मन्दिर न बनै, ससरे। नास्तिक! सुनती हो, मना कर लो इसे, घर से निकलने न पाये।"

"आओ कम्मी।" कहता हुआ बाप का हाथ छोड़कर रमेश दरवाज़े की ओर लपका। ऊपर से रमेश की माता एक सुर में चीख-चीखकर बकती ही चली जा रही थीं: "हज़ार बार कहत हैंगे कि लड़कन से न अटकौ, लड़कन से न अटकौ। ई नासपीटे कम्मी-उम्मी की सोबत में हमरा रमेस भी कर रहा हैगा। अरे, इन सबके घरन में तो चैन की बंसी बजत हैगी। औ' हमरे गरीबन के लड़कन का खराब करत फिरत हैंगे……"

ऊपर से रमेश की माता का एक स्वर में बकते चले जाना और नीचे बाप-बेटे के स्वरों का संघर्ष, हाथापाई, वातावरण में अशान्ति की तीव्र लहरें उठा रही थीं। कम्मी आदि लड़के रमेश की माता से अपने लिए कलंक सुनकर क्षुब्ध एवं उत्तेजित हो उठे थे। रमेश ज्यों ही बाहर की ओर झपटा, त्योंही लड़के भी आगे बढ़े। पुत्ती गुरू की खीझ तीर की तरह सनसनाई। छैलू आगे था, उसकी कमीज-पुलओवर मुट्ठी में भींचकर अस्फुट शब्द बड़बड़ाते हुए उन्होंने दाँत किटकिटाए। कम्मी मित्र को बचाने के लिए आगे बढ़कर पुत्ती गुरू के आक्रामक हाथ से जूझने लगा। रमेश की माता को लगा कि उनके पति पर हमला हो रहा है। वे गला फाड़-फाड़कर चीखने लगीं—"अरे नासपीटो, अपने-अपने बाप-चाचा से जाय के उलझौ! अरे रमेस, ओ रमेस! अपने बाबू को बचाओ, हाय!……" गनेसी फफड़दलाली में 'हैं हैं', क्या करते हो' कहकर आगे बढ़ा। रमेश भी दरवाज़े से पलटा, पुत्ती गुरू ग़ालियाँ बकने लगे थे। गनेसी के आगे बढ़ते ही कम्मी को जाने कैसा ताव आ गया कि छैलू और पुत्ती गुरू के बीच से झपटकर गनेसी के मुँह पर एक झापड़ रसीद किया। अनायास झटके से पुत्ती गुरू का हाथ छैलू की कमीज-पुलओवर से छूटा और वे लड़खड़ाकर गिरने लगे। पिता को गिरते देखकर रमेस गनेसी के बायें से होकर तेज़ी से उन्हें बचाने के लिए झपटा। झापड़ और झपेट में लाला रूपचन्द का गुमाश्ता ऐसा चकराया कि उसे इस सारी गड़बड़ से छूटकर सीधे बाहर ही भागने की सूझी। दरवाज़े पर खड़े होकर वह शेर की तरह दहाड़ने लगा: "दफन करवा दूँगा इन साले लौंडों को। बाँभन, खत्री के लड़के हुइके मन्दिर नईं बनने देंगे। अरे, इनके सालों के बापों की भी कबर खुदवाय दूँगा।"

"कम्मी, मार इस गनेसी को, मार साले को।" कहता हुआ छैलू लपका और रमेश बाप को छोड़कर दरवाज़े की ओर बढ़ा।

गनेसी हाथ में अपनी चप्पलें उठाकर तेजी से गली के मुहाने की ओर भागा। छैलू-कम्मी उसके पीछे भागे, लेकिन रमेश आधी गली में रुक गया, क्योंकि पीछे अपने द्वार पर से उसके पिता पुकार रहे थे: "अनशन करौगे तो घर में नहीं घुसने दूँगा रमेस, ये जाने रखना।"

"अब घर में मेरी लाश ही आयेगी बाबू।"

रमेश की माता भी तब तक भीतर से झपटकर आँगन के छज्जे से भागकर कमरे की गली पड़ती खिड़की से बाहर झाँकने लगी थीं। रमेश के लाश शब्द उच्चारते ही वे फुक्का मारकर कराह उठीं, ऐसी कराह जिसमें कि शब्दहीन पशु अपनी पीड़ा व्यक्त करता है। उस कराह में उस सिंहनी माता की दहाड़ थी, जो विवश होकर अपनी सन्तान को वधिकों की बरछी से बिंधते देखती है, गोमाता का विवश रँभाना था और कराह के अन्तिम स्वरों में निरीह चिड़ियों की-सी चीत्कार और चहचहाहट की तरह निर्बल शब्द फूट पड़े—"ओ रमेश······तुझे मेरी कसम बेटा! अरे, तू मुझे मरी देख! मैं मर जाऊँगी बेटा!"

रमेश ने गली से एक क्षण टकटकी बाँधकर माँ को देखा। आस-पास पड़ोसियों के घरों के ऊपर-नीचे के द्वारों पर स्त्री-पुरुषों और बच्चों के कौतूहल-स्तब्ध चेहरे, अपने द्वार पर पिता का चेहरा और चलती गली में खड़े चिर-परिचित तमाशाई चेहरे अपनी चंचल सर्वव्यापिनी तड़प में एक ही झलक में रमेश ने देख डाले और उसकी मानसिक प्रतिक्रिया यह हुई कि वह शहीद की भाँति घर त्यागकर, माता का मोह त्यागकर, उपस्थित समाज की दृष्टि में बोलती अपील की करुणा को अनदेखी करके तेजी से गली के मुहाने की ओर बढ़ गया। रमेश की माता की करुण पुकारें, गली में खड़े हुए बब्बू भैया की आवाज़ें, उस गली की दीवालों से टकराकर गूँजती हुई रमेश के मन में उसके संकल्प को दृढ़ता प्रदान करने लगीं। वह सब अनसुना सिद्ध हुआ, उसे केवल अपने मन का स्वर सुनाई दे रहा था—"अनशन करूँगा, मन्दिर नहीं बनेगा······अनशन करूँगा, मन्दिर नहीं बनेगा, अनशन ······मन्दिर।"

:: २५ ::

बारहदरी के फाटक पर रमेश, कम्मी, छैलू, गोडबोले, पम्मी और जयकिशोर चुपचाप शान्तिपूर्वक बैठे हुए थे। उनके पीछे फाटक के अन्दर ऊपर जाने की सीढ़ियों पर लाला रूपचन्द के लठैत मन्नू मिसिर बैठे हुए डण्डे को घुटने और बाईं बाँह के सहारे खड़ा करके फटाफट चूने-तमाखू की फटकी दे रहे थे। बारहदरी की दीवार से लगे बैठे पीछे की नाली से अपनी कमीजों के छोर बचाकर चार-पाँच लड़के अखबारों पर रुई के बत्तों को बोड़-बोड़कर लाल, नीली स्याही से मोटे-मोटे अक्षरों में पोस्टर लिख रहे थे। उनसे जरा हटकर दो छोटी उमर के लड़के एक बाँस चीरकर खपच्चियाँ बनाने के लिए भोथरे चाकू और बाँस का संघर्ष करा रहे थे। गली में आने-जानेवाले लोग, रम्मू पंसारी की दुकान पर खड़ी हुई गाहकों की भीड़ और इन लड़कों की पोस्टर-निर्माण-स्थली के बीच से होकर, बड़ी कतराहट के साथ, करीब-करीब क्यू की तरह लाइनों ही में आ-जा रहे थे। क्षेत्र के लड़कों में संघ के लड़कों के अनशन करने की खबर बिजली से अधिक तीव्रतर गति से आनन-फानन ही फैल गई थी। उनकी भीड़ तेजी से आ रही थी। बरसों चिमगादड़ों की

बस्ती बनी रहने के बाद राजा केशोराय की बारहदरी दस बरसों से किशोरों, नवयुवकों की अत्यन्त उपयोगी वस्तु होकर अब अनायास ही उनसे छुड़ाई जा रही थी। सबके मनों में बड़ी तीव्र खौलन थी। रमेश, कम्मी आदि संघ की हाईकमान के नेता पोस्टर बनानेवाले प्रमुख कार्यकर्त्ताओं को यह आदेश देकर अनशन करने बैठे थे कि गली में किसी प्रकार का अनियन्त्रण न हो। पोस्टर लिखकर चुपचाप लाइन लगाकर खड़े हो जाओ। देखो, ये लोग क्या करते हैं। आपस में बिना एक-दूसरे से कहे-सुने भी रमेश आदि पाँचों अनशनकारी लड़के यह जानते थे कि अभी थोड़ी ही देर में उनके पिता, चाचा, गुरुजन आदि आते होंगे। अभी विरोध का क्षण आयेगा, परीक्षा का समय आयेगा। पोस्टर के नारे मौन प्रदर्शन का हुल्लड़ बनकर बोलने लगे: "मन्दिर पर मन्दिर नहीं बनेगा," "पूँजीपतियों को जनता की मिल्कियत हजम करने का अधिकार नहीं है", "हमारा अनशन बड़ों की अवज्ञा नहीं, वरन सत्य और न्याय की माँग के लिए है।" आदि-आदि।

लड़कों की भीड़ बढ़ जाने पर संगठन का काम शुरू हो गया। सभी लड़के एक महत्त्वपूर्ण घटना के नायक बनना चाहते थे। गली के दोनों छोरों पर, गली में मिलनेवाली गलियों के मुहानों पर आती-जाती गायों को खदेड़ने में और साइकिलबाजों से हाथ जोड़कर 'भाई साब, भाई साब, साइकिल पर से उतर पड़िए, वहाँ अनशन हो रहा है हमारा।' कहकर उन्हें उतारने में बड़ी व्यस्तता दिखला रहे थे। 'काहे का अनशन हो रहा है' यह पूछने पर इतिहास शुरू होता था। एक गधेवाले से बड़ी झाँय-झाँय हो गयी। वह आगे की गली में किसी जगह गुम्मे ढोकर लिये जा रहा था, लेकिन लड़कों ने उसे वहीं रोक लिया। हुज्जत होने लगी, रार-तकरार बढ़ी और जब कि गधेवाला किसी तरह भी न माना तो लड़कों ने गुम्मे निकालकर गधों ही को ठोंकना शुरू कर दिया। गधे रक्षार्थ भागे, एक-दूसरे से टकराकर उन्होंने अपने बोझ को भी थोड़ा-बहुत गिराया। गधेवाला गालियाँ देता हुआ अपने गधे सम्हालने के लिए दौड़ा, लड़कों को इस तमाशे में मजा आ गया। प्रबन्ध करने की बात भूलकर वे गधों को हुश्कारने लगे।

इस घटना ने लड़कों के हुड़दंग के विरुद्ध एक सामाजिक मन्तव्य प्रचारित करने में सहायता दी। थोड़ी ही देर बाद गधेवाले के साथ वे सज्जन आए, जिनके यहाँ ईंटें जा रही थीं। आते ही गर्माना शुरू किया: "ये क्या हुड़दंग मचा रक्खा है तुम लोगों ने? इम्तहान सर पर है और पढ़ाई-लिखाई छोड़कर ये हुड़दंगबाजी कर रहे हो, भागो यहाँ से।"

लड़कों ने उत्तर में सामूहिक रूप से नारे लगाये: "हमारी माँगें पूरी हों। मन्दिर पर मन्दिर नहीं बनेगा। पूँजीपतियों का नाश हो।"

लाला रूपचन्द इतनी देर तक निष्क्रिय नहीं बैठे रहे थे। उनके यहाँ दस-पन्द्रह महल्लेवालों की सभा हो रही थी, जिसमें पाँचों अनशनकारियों के पितागण भी उपस्थित थे। लाला रूपचन्द कह रहे थे: "मैं तो कहता हूँ, ये हवा ही बुरी है और अगर हमने स्थिति को न सँभाला तो आगे चलकर यह हम सभी के लिए दुखदायी हो जायेगी, ये मैं पहले ही से चिताए देता हूँ।"

"नईं साब, आपकी बात बिलकुल ठीक है रुप्पन बाबू, मैं सेण्ट-परसेंट एग्री करता हूँ। युनिवर्सिटी में अनशन और धरने दे-देकर इन लौंडों के मुँह खून लग गया है। मास्टरों, प्रोफ़ेसरों को घोल के पी चुके, अब बाप-दादों को सबक़ सिखाने का हौसला दिखला रहे हैं।"

"अजी, सबक़ तो ख़ैर ये क्या सिखायेंगे, आखिर हमीं से पैदा हैं। बहरहाल, मेरी राय तो ये है कि इनको प्यार से समझाकर क़ाबू में करना चाहिए। मेरे कहने का मतलब ये है कि हम लोग तो वो सब कार्रवाइयाँ कर नहीं सकते, जो पुलिसवाले या युनवर्सिटी वाले कर सकते हैं। हमारे तो साहब, ये बाल-बच्चे हैं। युनवर्सिटियों की तरह घर से इनका रेस्टीकेशन नहीं किया जा सकता, इन्हें पकड़वाने के लिए हम पुलिस को भी नहीं बुला सकते।"

"नईं भई गुलब्बू बाबू, तुम्हारी इस बात से मैं सहमत नहीं। अगर वे न मानें, तब तो अवश्य ही पुलिस को बुलाना पड़ेगा। मतलब ये है कि पहले ही से दारोग़ा साहब से कह देंगे कि घर के लड़के हैं, खाली धमकाना है। मगर बुलाना तो पड़ेगा ही। आख़िर आप उन्हें समझाइएगा क्या? वो तो कहते हैं जनाब कि हम मन्दिर नहीं बनने देंगे—"

"मेरी राय तो यही है रुप्पन बाबू कि मंदिर की कोई खास जरूरत भी नहीं। धरमशाला बनवाना हो तो इतना बड़ा टीला पड़ा है, अरे, थोड़ी जगह लड़कों के लिए—"

"थोड़ी सी नईं साहब, मैं तो पूरा मकान भौंरोंवाली गली का इन लड़कों को दे रहा हूँ। मगर उन्हें जिद्द है कि बारादरी न छोड़ेंगे। भला ये भी कोई बात है! अरे, मैं कोई अपने लिए तो माँग नहीं रहा बारादरी। धरम का कार्ज है। और मैं तो कहता हूँ कि आप लोग ज़रा भारती संसकिर्त की द्रिस्टी से गौर कीजियेगा इस बात पर—अगर आपका सनातन धर्म लोप हो गया तो फिर हिन्दुस्तान में बचेगा क्या?"

"सनातन धर्म कैसे लोप हुआ? अरे, इत्ते तो मन्दिर हैं भगवान की दया से, एक और न बना तो न सही।"

"जी हाँ, सारे संसार की उन्नती हो रही है, औ' आपका महल्ला खण्डहरों को ही रोता रहेगा। वाह! बड़ी अच्छी लाजिक हैगी आपकी। मैं कहता हूँ, एक तो रुप्पन बाबू को ये आइडिया आया कि नयी सड़क के साथ-साथ इस खंडहरे की भी कायापलट हो जाय—"

"तो साब, मैं कब कहता हूँ कि न हो, बारादरी वाला हिस्सा छोड़ दीजिए, आगे जो बनवाना हो बनवाइए। आख़िर लड़कों के लिए कोई जगह तो होनी चाहिए ना।"

"अजी, कह तो दिया मैंने कि भौंरोंवाली गली का......."

"अमाँ, भौंरोंवाली गली के तुम्हारे मकान में रक्खा क्या है? जिसको न मालूम हो, उसको कहो। यहाँ इतने लड़के रोज कसरत-कवायद करते हैं, फैल के बैठने की जगह है।"

रुप्पन लाला तैश में आकर ज़मीन पर मुक्का मारते हुए बोले: "ये सब फ़िज़ूल की बातें हैं। आप लोग सब पढ़े-लिखे एजूकेटेड हैंगे। मैं पूछता हूँ कि ये झगड़ा किस बात का

है? जगह का—जी नहीं, इसमें पोइण्ट ये है कि लड़के दरअसल मन्दिर बनने का विरोध कर रहे हैं। ये सब कमिनिस्टी असर हैगा। डॉक्टर आत्माराम के बल पर कूद रहे हैं। डॉक्टर साहब बड़े देशभक्त तो अवश्य हैं, पर विचार उनके नास्तिक ही हैंगे। वही ये लोग सीखे हैं। भाई साब, आज वो मन्दिर नईं बनने देंगे, कल कहेंगे कि पूजा बन्द करो। परसों धर्माचार बिगाड़ेंगे। जात-पाँत तोड़ेंगे तो फिर भारतवर्ष में भारती संसकिर्त का रही क्या जायेगा? बोलिए, नास्तिकता फैल जायेगी कि नहीं? औ' मैं तो कहता हूँ बाबूजी कि ये सब चीन की चाल है। मेरे पास सी०आई०डी० के एक बहुत बड़े अफ़सर के सबूत हैं कि चीनवाले यहाँ के कमनिस्टों को साध रहे हैं और कमनिस्ट हमारे ही घरों में फूट डलवाकर हमें कमज़ोर बना रहे हैं कि जिससे चीनी आवें और हम लोगों को जीत ले जायँ।"

"अजी, ये तो कुछ खींचीखाँची सी बात लगती है रुप्पन बाबू।" वैद्यजी, पं० गणेश गोविन्द गोडबोले ने झिड़ककर कहा।

"खींचीखाँची? अजी, मैं कहता हूँ सिण्ट-परसिण्ट फ़ैक्ट है। आप जानते हैं कि बड़े-बड़ों में मेरा उठना-बैठना है। मैं अपने महल्ले में तो पाप नईं बढ़ने दूँगा वैदजी। जैसे आपके लड़के, वैसे मेरे लड़के। इनका चरित्र अगर मैं नईं संभालता तो अपने धरम से गिरता हूँ। आप मेरा पोइंट समझिए बाबू रसिकबिहारी साहब! अरे, कल तक तो मैं इन लड़कों का चाचा था और आज पूँजीपती बन गया हूँ! हमको बदनाम करने के लिए पोस्टर निकालैंगे, नारे लगावैंगे। हद हो गयी कि पुत्ती गुरू से ये लोग हाथापाई करने की हिम्मत करने लगे। इत्ता बड़ा हो गया मैं—ये गुरूजी मेरी बराबर के हैं, बचपन में हम लोग साथ-साथ खेले, मगर पूछिए इनसे कि इनकी पण्डिताई का कैसा अदब करता हूँ। दोस्ती-ओस्ती सब ठीक है, मगर मुझे तो हिन्दू संसकिर्त का भी ध्यान करना पड़ता हैगा। ब्राह्मण की ऊँची मरियादा का ध्यान रखना पड़ता हैगा। खैर, जादा बहसबाजी की चकल्लस में नईं पड़ूँगा मैं। बहरहाल, आप लोग सोच लीजिए, धरम का मामला है, या तो इन लड़कों का अनसन खतम कराइए, नईं तो मैं भी धरम की रच्छा के लिए कल से अनसन करूँगा।"

लाला रूपचन्द के अनशन करने की बात एटमबम की तरह महल्ले वालों पर पड़ी। जो लोग बहस कर रहे थे, एकाएक स्तब्ध रह गए। लाला रूपचन्द अपनी बैठक से उठके घर के अन्दर चले गये। महल्ले वालों की टोली आपस में खिचड़ी पकाती हुई बाहर निकली। गोडबोलेजी के साथ ही साथ दो-एक और भी इस मत के थे कि रूपचन्द जगह हथियाने के फेर में धमकी दे रहा है; दूसरे कुछ लोग उनकी धार्मिक निष्ठा का बखान करने लगे। सब मिलाकर यह तय हुआ कि लड़कों को चलकर समझाया जाय, ये आपसी लड़ाई ठीक नहीं है।

महल्ले में अनेक लोग लाला रूपचन्द के थोड़े-बहुत कर्ज़दार थे। अनेक किसी न किसी प्रकार उनके आश्रित थे। ऐसे सभी लोग उनके अनशन की खबर से प्रभावित हुए बिना नहीं रह सकते थे। कई लोग गुट बनाकर बारहदरी के फाटक पर पहुँचे, जहाँ

अनशनकारी लड़के बैठे थे। बड़ों को देखते ही लड़के खड़े हो गये, हर एक के मन में खलबली मची। बुजुर्गों ने बच्चों को मीठे तौर पर समझाना शुरू किया। बच्चों ने भी ठण्डे-ठण्डे जवाब दिये—"हमारा धर्म से विरोध नहीं, भगवान् से विरोध नहीं, बड़ों के लिए हमारे मनों में अवज्ञा भी नहीं, मगर चाहे जान चली जाय, पर हम अपनी बारहदरी नहीं छोड़ेंगे।" बड़ों के पास कोई तर्क ही न बचा था। कुछ लोगों ने सेठ रूपचन्द के अनशन की खबर सुनाई तो लड़कों ने कहा ठीक है, देखें किसका अनशन ज्यादह दिन तक चलता है। पर अनशन हमारे सामने ही बैठकर करें, घर में बैठकर कुछ खा-पी लेंगे तो किसको पता चलेगा।

बहरहाल यह निश्चित हो गया कि महल्ले में तनातनी बढ़ेगी। बड़ों के खीझकर जाते ही रमेश आदि की कनफुसकी कॉन्फ्रेंस बैठी। वे लोग भी रुप्पन चाचा के अनशन करने की खबर से आतंकित हो उठे थे। आतंक इस बात का था कि बड़े-बड़े एक ओर हो जायेंगे। इसलिए लड़कों ने यह तय किया कि शाम को इसी बारहदरी में लड़कों की विराट् सभा की जायेगी। हम इस फ़रेब के आगे घुटने क़तई नहीं टेकेंगे। आनन-फ़ानन नेताओं के हुकुम लग गये और बीस लड़कों का बल्लमटेर दल सिखा-पढ़ाकर गली-गली में कनस्टर पीट आने के लिए भेज दिया गया।

●

:: २६ ::

उस दिन कई बच्चे स्कूल और कॉलेज न जा सके। गली-गली ढिंढोरा पीटनेवाले लड़कों ने खासा उत्पात मचाया। बड़ों को लड़कों का यह हुड़दंग पढ़ाई का नुकसान होने के कारण जरा भी नहीं भा रहा था। ढिंढोरा पीटने के लिए नियुक्त लड़कों में से तीन को उनके बाप, चाचा गली में से ज़बर्दस्ती घसीटकर घरों में ले गये। राह चलते बड़े-बुज़ुर्ग लड़कों के बहाने पढ़ाई को कोसते थे: "आजकल की पढ़ाई में बस यही रह गया है। धरना दो, हुल्लड़ मचाओ, मारपीट करो, यही सब पढ़ाया जाता है ससरा।" लोग-बाग साथ-ही-साथ रूपचन्द के विरुद्ध भी बातें कर रहे थे। नई सड़क बन रही है। उसके आस-पास की करीब-करीब सभी जायदाद औने-पौने खरीदते-हड़पते चले जा रहे हैं, फिर ये मुफ्त का टीला और बारहदरी ही क्यों न हथियावें।

दोपहर आई, गली-महल्ले पुरुषों से प्रायः सूने हुए, स्त्रियों की चेमेगोइयाँ बढ़ीं। रमेश, जयकिशोर, कम्मी, गोडबोले और हर्रो के घरों में चिन्ता व्याप्त थी। किसी की माता से खाया न गया। सबकी सब रूपचन्द को कोसती रहीं। सबकी सब अपने बेटे को छोड़कर बाक़ी चारों को यही दोष लगाती रही कि उन्होंने मेरे लड़के को बिगाड़ दिया है। दिन में रमेश की माँ बारहदरी पर अपने बेटे को समझाने आईं: "चलो रमेस, अब तुम सब जने अपने-अपने घर चलौ भइया। बहुत हुइ गया भैया। अरे खाए-पिए से कौन लड़ाई? अन्न देउता कहीं छोड़े जात हैं भैया।"

"मैं अन्न से थोड़े ही लड़ रहा हूँ चाची। मैं तो इस बनिये-बक्काल और वो भी जाति से नहीं, उसके पेशे की अति पर पहुँची हुई, आसुरीवृत्ति से लड़ रहा हूँ। घबराओ मत, दो-चार दिन न खायेंगे हम लोग, तो कुछ मर नहीं जायेंगे।"

"अरे, तुम न खइहौ तौ हम लोगन से भला कैसे खाया जइहै। पन्नो कहती हैं कि अम्मा हम न खायँगे। बाबू तुमरे धमकी देत हैं कि हम भी अनसन करैंगे—सब जने अनसन करौ भैया, औ' हमरा जिउ खाव।"

छैलू की माँ और चाची भी इसी बीच आ गयीं। रमेश की माँ उन्हें देखते ही मानो सहारा पाकर एकदम से भड़भड़ाए स्वर में दोनों हाथ बढ़ाकर बोल उठीं: "छैलू की अम्मा, समझाव इन लड़कन का। क्या करन पर उतारू भए हैं ई लोग?"

"अरे, हम तौ आपै घबराय रहे हैं पुरतानीजी। रूपचन्द से भला कोई पार पाय सकत हैगा। लाखोंपती, किरोड़पती, सरकार-दरबार में सब लोग उन्हीं की सुनत हैंगे। हमारी गरीबन की भला कहीं सुनवाई है? लड़के चाहे अन्शन करैं, चाहे कुछ करैं।"

"चाची, अपने लड़कों की शक्ति अभी तुम जानती नहीं हो। चाहे रूपचन्द हों, चाहे सोनाचन्द, चाहे हीरा-मोती-मानिकचन्द, इन सालों की फूँक सरका देंगे हम। मज़ाक नहीं है पब्लिक की ज़मीन को हड़प लेना।" कम्मी बोला।

"अरे चहे पब्लिक की होय, चहे किसी की होय, हमारी-तुमरी तो है नहीं ई जमीन—"

"ज़मीन हमारी-तुम्हारी ही है चाची, राजा केशौराय वसीयत में लिख गये थे हम लोगों के लिए।" जयकिशोर हँसकर बोला।

रमेश की माँ को ये हँसी न सुहाई। खीझकर बोलीं: "अरे काहे हमें सताउत हौगे बेटा! ई माँ की आतमा कलप रही हैगी। हम तुम लोगन के हाथ जोड़ैं, ई देखा पैर छुअत हैंगे—"

"अरे, ये क्या कर रही हो अम्माँ।" रमेश अपनी माँ का झुका हुआ सिर उनके कन्धे पकड़कर उठाने लगा, इसी बीच में छैलू की माँ और चाची के सिर भी 'हमहूँ पैर छुअत हैंगे' कहकर झुके।

सामने खड़ी हुई भीड़ में से एक सज्जन बोले: "अरे, अब जाओ ना घर, शरम नहीं आती कि तुम्हारी माताएँ इस तरह से गिड़गिड़ा रही हैं। अन्न से भी कहीं लड़ा जाता है? अरे लड़ना है तो रूपचन्द से लड़ो!"

"हम लोग रूपचन्द ही से लड़ रहे हैं जनाब। खाने का तो ये हाल है, कि रूपचन्द अगर सामने आ जायँ तो हम लोग उन्हीं को खा जायँ।" कम्मी अख़बार मोड़कर उसे फाटक की चौखट पर रखते हुए बोला।

रम्मू पंसारी ने अपनी दुकान से चिल्लाकर कहा: "रूपचन्द को खाना बड़ा कठिन है बेट्टा। और खा भी जाओ तो पचा नहीं पाओगे। वो बड़े-बड़ों को पचा गए हैं।"

"अरे, तो अबकी हम लोग उसको पचा जायँगे, औ' थोड़ी-बहुत जरूरत पड़ैगी तो आपके यहाँ से लवणभास्कर चूर्ण लै लेंगे। बहरहाल, छोड़ेंगे नहीं चाचा को। अच्छे घर बयाना दिया है इस पूँजीपति ने।"

"वाह-वाह, क्या सभ्यता हैगी तुम लोगन की। बड़े-बड़े बीए-एमे हुइ के बड़े-बुजुर्गों को गाली देते हौगे। सरम नहीं आती हैगी तुम लोगों को। ससुर, सबेरे से तुफ़ान उठा रक्खा हैगा। भला कौन-सी बुरी बात कही रूपचन्द ने ? कौन वो अपने लिए ज़मीन हड़प रहे हैंगे। मन्दिर ही तो बनैगा आखिर—"

"पर अकेला मन्दिर ही क्यों बनै। मेरी राय यह है, कि रुप्पन चाचा अगर एक मन्दिर, एक मस्जिद, एक गिरिजाघर, एक गुरुद्वारा, एक बुद्ध मन्दिर, एक जैनमन्दिर, एक आर्यसमाज का मन्दिर और अंत में एक आदम-हौवा का मन्दिर यहाँ बनवा दें, तो हम लोग अपना बालमन्दिर यहाँ से हटा ले जायँगे।"

मन्दिरों की लिस्ट सुनकर भीड़ में कई लोग हँस पड़े। जग्गी महराज भीड़ में खड़े थे, हँसकर बोले : "अरे बेटा, तीन देवताओं के मन्दिर तो छोड़ गये, एक सुअर का, एक बैल का और एक गधे का भी मन्दिर होना चाहिए यहाँ पर। सुअर साक्शात भगवानजी का औतर है। बैल और गधे—",

इस बात पर लोगों में हँसी की लहर उठी थी कि जयकिशोर बोल उठा : "सुअर का मन्दिर अपने महल्ले में है तो सही—रूपचन्द की कोठी और बैलों का मन्दिर कैसरबाग में है। उसके बाद गधों का मन्दिर देखना हो तो सेक्रेटेरियट चले जाइए।"

जग्गी गुरू बोले : "खाली केसरबाग और सिकटेरियट के क्यों, जित्ते काँगरेसी हैं, सब बैल और गधे हैंगे। तुम्हारे ससुर भी रहे—जिनकी जैजाद पर बैठे हो।"

जयकिशोर बोला : "जी हाँ, बिल्कुल सच है। अब इस्से आगे बुजुर्गों को क्या कहूँ।"

"ठीक है भैया, अपने बाप-दादों को तुम लोग गधा न कहौगे तो कौन कहेगा ?"

"उनको कहकर हम अपने-आपको भी गधा मान लेते हैंगे; जग्गी चाचा ! हमारे बाप गधे न होते तो ये चार सौ बीसिए हम पर राज करते भला ? हमारी जगह छीनकर ये सुअर लोग अपना मन्दिर बनवा सकते थे ?"

"तो मैं पूछता हूँ, मन्दिर बनने में आप लोगों को आपत्ति क्या है ?"

"और मैं पूछता हूँ कि संघ कायम रखने में आपको क्या आपत्ति है ?"

"संघ लड़कों को खराब करता है।"

"और मन्दिर भारत को गारत करते हैं। मैं पूछता हूँ, क्या रखा है इन मन्दिरों में। हिन्दू धर्म के इतिहास में जितने मन्दिर बने नहीं हैं, उतने तोड़े गये।"

"मुसलमानों ने—"

"अजी, अकेले मुसलमानों ने ही नहीं, हिन्दुओं ने हिन्दुओं के मन्दिर तोड़े। इतिहास भरा पड़ा है। शैवों ने वैष्णवों के तोड़े, वैष्णवों ने शैवों के, शाक्त, बौद्ध, जैन सब एक-

दूसरे के मन्दिर तोड़ते रहे हैं। इन मन्दिरों से हमें फायदा क्या है? दूसरों को सताकर ठाकुरजी के सामने घण्टे-आरती हिलाने से लाभ ही क्या?"

"ये तुम नहीं बोल रहे हो, तुम्हारी कमनिस्टी बोल रही है।"

"जी, ये मेरी कमनिस्टी नहीं, ऋषी दयानन्द की कमनिस्टी है, राजा राममोहन राय की कमनिस्टी है और ये दोनों ही ब्राह्मण थे।"

"ब्राह्मण तो रावण भी था ससरा।"

"ब्राह्मण तो आप भी हैं जग्गी चाचा। वर मरें चाहे कन्या, जग्गी गुरू को दक्षिणा से काम। झूठे महूरत निकालैंगे, उल्टा-सीधा पाठ करेंगे, अफीम के नशे में श्राद्ध के मन्त्र कन्यादान में बोल जावेंगे—"

जग्गी गुरू की ये हरकतें जानकारों में प्रसिद्ध हैं, इसलिए लोग-बाग हँस पड़े। जग्गी गुरू चिढ़ गये, नास्तिक, अधर्मी, बदमाश आदि शब्द उनके श्रीमुख से उच्चरित होने लगे।

माताएँ हार गयीं। रमेश की माता खीझकर बोलीं कि वे तब तक अनशन करैंगी जब तक कि लड़के अनशन करते रहेंगे और वे लड़कों से कतराकर फाटक के अन्दर एक कोने में बैठ गईं। छैलू की विधवा चाची भी यही निश्चय करके उनके पास जा बैठी और छैलू की माँ से बोली: "जिठानीजी, तुम घर जाओ। हम तो अब लड़कन का लैके ही आवेंगे हियाँ से।"

इन दो महिलाओं के अनशन करने की धमकी से रमेश, कम्मी, जयकिशोर, गोडबोले, छैलू—पंचपाण्डव—विचलित हो उठे। उन्हें धीमे स्वर में सान्त्वना देने लगे, समझाने लगे। यह भी कहा कि घबराती क्यों हो, शाम तक ये लोग आप काबू में आ जायेंगे, हम लोग कोई एक-दो दिन की भूख से मरे थोड़े ही जाते हैं। लेकिन स्त्रियाँ न मानीं!

स्त्रियों के अनशन करने की खबर भी आनन-फानन फैल गई। पुत्ती गुरू ने सुना तो गरजने लगे, बोले: "मैं भी किशोरीदास के शिवाले में बैठकर अनशन करूँगा। मैं अपने जीते-जी यह कलंक सहन नहीं कर सकता कि मेरे लड़के ने ईश्वर और धर्म का विरोध किया।"

इन अनशन की खबरों ने आस-पास के महल्लों के वातावरण को अत्यन्त गम्भीर और चिन्ताग्रस्त बना दिया।

●

:: २७ ::

रमेश के अनशन की खबर रानी के लिए एक और नयी चिन्ता ले आई: "आखिर इन्हें बैठे-बिठाए ये क्या सूझी? इम्तहान सिर पर सवार है, भविष्य का प्रश्न सामने है, फिर ये क्या कर डाला इन्होंने?" रानी को चिन्ता से अधिक क्रोध था। उसके एक दिन पहले

'इण्डिपेण्डेण्ट' में लड़कों द्वारा किए जानेवाले अनशन की घोषणा छपी थी और ट्रेनिंग कालेज में रानी की तमाम सहपाठिनों और उस्तानियों ने इस ख़बर को मज़ाक़ और नफ़रत से बखाना था। जिसे सुनकर रानी अपने मन में अपराधिनी अनुभव करने लगी थी, उसे स्वयं भी कहीं पर यह चुभ रहा था कि यह अनशन मन्दिर बनवाने के खिलाफ़ हो रहा है। लेकिन कल शाम खन्ना साहब के यहाँ सब लोग रमेश और उसके साथियों को इस अनशन के लिए उभार रहे थे। इस मन्दिर-निर्माण-कार्य को पाखण्ड बतला रहे थे। ......पाखण्ड है? हमारे हिन्दू समाज में बेहद पाखण्ड और धर्म के नाम पर भ्रष्टाचार है। उसका विरोध किया जाना चाहिए। समाज के बेहूदा नियमों को तोड़ना भी चाहिए। यह सब तो ठीक है, पर भगवान का विरोध करना ठीक नईं। रानी के मन में कल ही से यह बात चल रही थी, पर रमेश से कहने का मौका न मिला और आज अनशन शुरू भी हो गया। पिता, दादी, सौतेली माँ, ऊपर के नये किरायेदार, नीचे बैजूलाला के यहाँ, सब मज़ाक़ उड़ा रहे थे। ऐसे ही और लोग भी उड़ाते होंगे। बाढ़ के दिनों में इन्होंने इतना नाम कमाया, वह सब इस अनशन के दिनों में धुल-पुँछ जायेगा। भगवान का विरोध ठीक नहीं।

लेकिन रानी जानती है कि उसके इन विचारों को खन्ना साहब के यहाँ बल न मिलेगा। वह ये भी जानती है कि रमेश अब उसके कहने से अपना अनशन हरगिज न तोड़ेगा और उसे अपने भय भरे आस्तिक विश्वासों की हौलदिली भी सता रही है। 'हाय राम, क्या करूँ, बड़ी अभागी हूँ।.......'

कॉलेज के लिए घर से निकली, जी न माना तो रमेश के घर गयी। पुत्ती गुरू संन्यास लेने से पहले शाम की भाँग बैठे हुए घोंट रहे थे। पूछने पर बोले : "भाड़ में गयी तुमरी चाची, ससुर लड़का कमनिष्ट, नास्तिक भया, सो कोई बात नहीं, पर तुम पचास बरस की बुढ़िया, भगवान का ध्यान छोड़ के जो अनशन करने बैठी हौगी—नाक कट गई मेरी तो।......मैं पूछता हूँ कि तुमको ससरा कौन जानता है। अरे, मैं पूछता हूँ कि तुम्हारे लड़के ने अंग्रेजी लिख-पढ़ के अखबारों में अपना नाम छपाय लिया तब भी उस ससरे को कौन जानता है? सब यही कहते हैंगे, कि गुरूजी, हमें ये उम्मीद नईं रही। आपका लड़का और ये अधर्म करे? शिव-शिव, राम-राम! भगवान शंकराचार्य सच्चै कह गये हैं कि 'का तव कान्ता कस्ते पुत्रः संसारोऽयमतीव विचित्रः'! अरे, मैं इन सब ससरे नालायकों को छोड़छाड़ के संन्यास लै रहा हूँ जी। मैंने रुप्पन से कह दिया है कि मेरी भार्या और पुत्र भूखे मरैं तो मरैं, सबके हिस्से का भोजन अकेला मैं कर जाऊँगा।" रानी थोड़ी देर खड़ी रही। और फिर वहीं से सीधी संघवाली बारादरी में पहुँची। रमेश की माँ से मिलने का सच्चा बहाना तो उसके साथ था ही।

राजा केशोराय का बारहदरी का फाटक दूर-पास के आठ-दस महल्लों-टोलों की जनानी भीड़ से भरा था। रेंदकपेंदी छोटे-बड़े बच्चों, गली की स्थिर और गतिमान भीड़ के बीच यों तेजी से आ-जा रहे थे, ज्यों तालाब में मछलियाँ चक्कर काटती हैं। रम्मू पंसारी

की दुकान ऐन फाटक ही के सामने थी और उस गली की सबसे बड़ी छःदरी दूकान थी। उसकी दूकानदारी में विघ्न पड़ रहा था। फाटक के सामने एक तरफ औरतों की काँय-काँय चल रही थी और दूसरी ओर रम्मू की जबान, राँड़ के चर्खे जैसी एक-सी चल रही थी। औरतों में एक ओर जोगी के शाप का भय और दूसरी ओर रुप्पन लाला के प्रति निन्दा का भाव चल रहा था। बीच-बीच में पोस्टरिये लड़के अपने पोस्टरों के नारों का घोष भी कर देते थे: "मन्दिर पर मन्दिर नहीं बनेगा।"

रानी भीड़ में धँसती हुई फाटक के पास पहुँची। चौखट का टेका लगाए पैर पर पैर चढ़ाए दोनों हाथों से एक तागे को नोचते हुए रमेश किसी गहरे सोच में खोया हुआ बैठा था। उस खोयेपन की जड़ता में अचानक एक बिम्ब झलककर उसे अपनी जानी-पहचानी बँधी-बँधाई दुनिया में ले आया। आँखों की पुतलियाँ आँखों की पुतलियों को देखने लगीं। रानी की आँखों में इस समय अपार करुणा थी। उसकी टकटकी रमेश की आँखों से बँध गई, लेकिन रमेश को हर्रो की चाहत भरी और कम्मी, गोडबोले, जयकिशोर आदि की जासूस नज़रों का होश था। सकपकाकर बोला: "अम्माँ से मिलने आयी हो रानी? वो देखो वो, बैठी हैं सीढ़ी के ऊपर।" रानी द्रुत गति से सावधान होकर उसी के पास से कतराकर अन्दर चली गयी। रानी का आना रमेश को ताज़गी दे गया। कम्मी, जयकिशोर उसे देखकर मुस्कराए। रमेश ने अपने होंठों पर बरबस उमगती चली आती आनन्द-लहरी को गम्भीरता के गाढ़े आवरण से ढक लिया। जयकिशोर ने मित्रों के कानों तक ही पहुँचनेवाले स्वर अन्दाज में मुस्कुराकर कहा: "उनको देखे से जो आ जाती है मुँह पे रौनक, वो समझते हैं कि बीमार का हाल अच्छा है।—ये-ये रमेश की—आई मीन, ये मन्नो की सहेली अगर अपने इस रूप में आने के बजाय आलू का पराँठा बनकर आती तो कुछ काम भी बनता। कैसी भूखी आँखों से देखा था उसे रमेश ने।"

इनकी खुसफुस को सुनने के लिए हर्रो भी पास ही खिसक आया था। जयकिशोर की बात सुनकर बोला: "मैं पहले ही से जानता था कि रानी रमेश के लिए आलू का पराँठा लेके आयेगी। हम सब साले अनशन में उल्लू बन जायेंगे और ये मजे से छिपकर खा आवैंगे।" कम्मी, जयकिशोर आदि ने बड़े जोर से ठहाका लगाया।

"वा बेटा लालबुझक्कड़, तू खूब समझा।" कम्मी हँसकर बोला, लेकिन जयकिशोर ने गम्भीरता का जामा धारण किया: "सच्ची तो कह रहा है बिचारा। रमेश का पेट तो इस 'आलू के पराँठे' से भर गया और हम लोगों के लिए कोई सहारा नहीं है।" रमेश ने हँसते हुए जयकिशोर की ओर मुक्का तानकर कहा: "मारूँगा साले, तुम बड़ी लगाई-बुझाई करने लगे हो।"

इन नौजवानों को आपस में सिमटकर हँस-हँसकर बातें करते देखकर रम्मू पंसारी ने कहा: "देखौ, अब कोई नयी तरकीब सोच रहे हैंगे ये लौंडे।"

रमेश चट से बोला: "हाँ लाला, हम लोग ये सोच रहे हैं कि रात में तुम्हारी दुकान के ताले तोड़ के रवा, घी और शक्कर निकालेंगे, सो सावधान रहना।"

रम्मू चिढ़कर बोला: "हाँ भैया, अब चोरी-डकैती ही तो करेंगे भले घर के लड़के। तुम अब कह रहे होगे औ' हमें तो घण्टे भर पहले ही से यह भास गया रहा।" यह सुनकर लड़के बड़े जोर से हँस पड़े। जयकिशोर बोला: "भई वाह, आज मालूम पड़ा कि हमारी गली में दो लालबुझक्कड़ हैंगे। बड़ों में रम्मू लाला, छोटों में हर्रो।"

हर्रो चिढ़ गया, एकदम उठ पड़ा, बोला: "मैं नईं, मैं नईं बैठता आप लोगों के अनसन में।"

भीड़ में से कुछ लोग हँस पड़े, एक बोला: "लो भइ, एक तो फूटा।"

यह हँसी वातावरण का रंग न बदल दे, इसलिए कम्मी लपककर बोला: "तौलना भई रम्मू, घी, शक्कर, हर्रो के लिए। रुप्पन चाचा ने तो तुम्हें रुपये एडवांस में ही दे रक्खे हैं।"

हर्रो चिढ़कर बोला: "मैं किसी के हलवे का भूखा नहीं हूँ।"

जयकिशोर ने उठकर उसका हाथ पकड़ा और कहा: "चलिए, बैठिए अपनी जगह पर।" फिर कान में कहा: "अबे, मज़ाक भी नईं समझता उल्लू कहीं का। तू अपना है, इसलिए तेरी आड़ लेकर यह सब सुनाया जा रहा है। बैठ।" भोले हर्रो का गुस्सा पिघलने लगा।

फाटक के अन्दर सीढ़ी पर औरतों की चेमेगोइयाँ हो रही थीं। रानी रमेश की माँ के पास चुपचाप बैठी हुई थी। रमेश की माँ भी मौन थीं। कित्तो की बुआ बोली: "ऐ रानी, तो कब तलक यहीं बैठी-बैठी भुखाओगी?"

"अरे, हम औरतन का भूखे रहन में लगतै का है। बाकी इन लड़कन का समझावै का चही।"

सुकुलाइन दादी की बात काटकर छैलू बोला: "अरे दादी, हमें समझाने से अच्छा है के जाय के रुप्पन चाचा को समझाओ।"

"रुप्पन को क्या समझावें। अरे, तुमही लोग हियाँ बैठ के इत्तियाचार कर रहे हौगे, एक अलंग अपने-अपने माय-बापन पे और दूसरी अलंग धरम-भगवान पे, भला बताओ।"

"हाँ-हाँ सुकुलाइन, ठीकै कहत हौगी तुम। रुप्पन बिचारे मन्दिल बनवइहैं। संगमरवल औ' बड़ी-बड़ी नक्कासी औ'—हमारे हिंयन के लोग कहत रहे कि रुप्पन चार-पाँच लाख रुपया खरच कै रहे हैंगे......"

"भला बताओ, आजकल के जमाने में कौन इत्ता रुपया धरम के नाम पे अपने कलेजे तरे से निकाल के खर्च कै सकत हैगा रानी। औ' हमरे ऊ तो कहत रहे कि रुप्पन का विचार तो खाली टीले पर धरमशाला बनवावै का रहा, तब फिर यही रमेस के बाप पुत्ती गुरू कहिन कि बारादरी में एक ठँइ मन्दिर भी बनवाय देव जिसमें साधू-महातमा आय के ठहरें, झूले-झाँकी का सिंगार होय, गीता-सत्संग होय......हाय रानी, कैसा जुलुम हैगा इन लड़कन का, भला तुम्हीं बताओ।"

"जुलुम काहे का हैगा, अरे कथा-सत्संग को थोड़े मना कर रहे हैं ई लड़के। अरे सुनने को हो तो राधारमनजी के मन्दिर में जाकर सुन न लो कथा कीर्तन—ई लड़के बिचारे कब रोकते हैंगे। अब हियाँ इनकी रायबरेली हैगी, बैठ के पढ़ते-लिखते हैंगे, संघ लगाते हैंगे, कौन बुरा काम करते हैंगे ?"

"ऐ तो रायबरेली के लिए रुप्पन का मना करत रहे। उइ तौ बिचारे अपना एक घर दै रहे हैंगे, इन लोगन का।"

"वो घर तुमको दै दें सुकुलाइन दादी, बैजूलाला के घर पड़ी हौगी, जूते खात हौगी दिन-रात, रुप्पन चाचा के मन में जो बड़ा धरम उपजा होय तौ तुम्हें मन्स के दैं दे वो मकान।"

रमेश की इस बात ने सुकुलाइन की जबान बन्द कर दी। सारा महल्ला जानता है कि सुकुलाइन की लड़की के ब्याह के अवसर पर, स्वर्गीय सुकुल द्वारा चौदह-पन्द्रह वर्ष पहले लिए गये ऋण के एवज में, लाला बैजनाथ ने सुकुल के मरने के बाद उनका गिरवी रक्खा हुआ मकान कुड़कवा कर सुकुलाइन को बाहर निकाल दिया था। बाद में महल्लेवालों के कहने-सुनने पर लाला बैजू ने अनाथ विधवा ब्राह्मणी को अपनी कोठी ही में एक कोठरी दे दी। और उस कोठरी के एवज में उन्हें अपना बिन कौड़ी का गुलाम बना लिया। उनके घर की रोटी-पानी और ऊपरी धन्धा पीटती हैं दिन-रात और जब कभी किसी काम में इनसे कुछ चूक हो जाती है या मुँह से कुछ बोल देती हैं, तो लाला-ललाइन, उनके लड़के, लड़कों के लड़के तक, मुँह लगे नौकर-चाकर तक सुकुलाइन को झोंटे पकड़कर मारते हैं और घर से बाहर निकल जाने की धमकियाँ देते हैं। इसीलिए रमेश की बात पर कई औरतें हँस पड़ीं और कइयों की जबानों पर 'पूँजीपती' शब्द तरह-तरह से खेल गया। स्त्रियों की काँव-काँव में लड़कों का रस बढ़ा। उन्होंने देखा कि स्त्रियों का जनमत अधिकतर उन्हीं के पक्ष में है। बाढ़ के दिनों में इनके द्वारा किया गया काम, इनके जलसे सराहे जा रहे थे। चालीस-पचास घरों की औरतें तो केवल इसी पक्ष में थीं कि उनके लड़के रोज यहाँ पढ़ने आते हैं। बड़े लड़कों की प्रशंसा इसलिए भी हो रही थी कि ये छोटे लड़कों को पढ़ाते हैं।

रमेश ने रानी की उपस्थिति से प्रेरणा लेकर तुरन्त कागज-कलम मँगाकर संघ का संक्षिप्त इतिहास, लड़कों के अनशन और जनमत की एक चटपटी और सनसनीखेज रिपोर्ट लिखी। अपनी मित्र-मण्डली में उसे धीरे-धीरे पढ़कर सुनाया और कागज लेकर औरतों के बीच से 'हटो-बचो' करता हुआ ऊपर चढ़ गया। उसने रानी को बुलाया। स्त्रियों की दृष्टि स्वाभाविक रूप से ऊपर गयी। इन नज़रों की भरपूर चेतना के साथ भीड़ भरे एकान्त में रमेश ने रानी को कागज दिया और कहा : "इसे खन्ना साहब को दे देना।"

रमेश का मुख भीड़ के सम्मुख था और रानी उस ओर पीठ देकर खड़ी थी। आँखों में आँखें डालकर बोली : "जब तक तुम अनशन करोगे, मैं भी भूखी रहूँगी।"

आँखों की आग इतनी प्रबल थी कि रमेश की नज़रों में भी लपट निकलने को हुई। बड़े संयम के साथ उसने अपने रीझे मन को व्यक्त होने से रोका, बोला : "आप पूरी बुद्धू हैं श्रीमती रानीबाला, क्षमा कीजियेगा और इस तरह से कृपा करके मुझे न देखिए, वरना आपके तीरे-नज़र से घायल होकर मैं यहीं धड़ाम से गिर पड़ूँगा।"

"हमको इस समय का मजाक अच्छा नईं लग रहा तुम्हारा।"

"अरे, पागल हुई हो, जादा से जादा कल-परसों तक मामला ठीक हो जायेगा। तुम ये कागज खन्ना साहब के घर दे आना, खबर छपना बहुत ज़रूरी है। और तुम लड़कियों का मोर्चा संगठित क्यों नहीं करती हो, घर-घर में आग लगाओ जायके। बहिनजी को उकसाओ जाके कि वे तुम लोगों का नेतृत्व करें। जाओ, जाके ये सब काम करो, अनशन-फनशन ये सब हमारे काम हैं, आपके नहीं।"

चलते समय रानी ने रमेश के झुककर पैर छू लिये। सबने देखा। रमेश के मन में इससे सन्तोष भरी प्रसन्नता हुई। उसे व्यक्त करने के लिए सबको नाटकीय ढंग से सुनाते हुए रानी से कहा : "जाओ, भगवान तुम्हें विजय दें, काम सफल करके आना।"

लोग-लुगाइयों में फैल गया कि लड़कों ने रद्धूसिंह की लड़की की मार्फत कहीं चिट्ठी भेजकर कोई नयी चाल चली है। सारा दिन शाम तक कूचा राजा केशोराय लोग-लुगाइयों के आकर्षण का केन्द्र बना रहा। रानी के द्वारा 'इण्डिपेण्डेण्ट' में खबर भेजने के बाद से रमेश ने एक और नयी चाल चली। भीड़ को सम्बोधित करके यह कहना शुरू किया कि "पब्लिक की ज़मीन मन्दिर-धरमशाला की आड़ में ये पूँजीपति हड़प किए जा रहा है। अभी डॉक्टर आत्माराम अपनी तरफ से एक हज़ार रुपया हमारे पुस्तकालय को दे गये हैं। इस टीले और बारहदरी में लड़कों के लिए पुस्तकालय और खेल-कसरत का स्थान बनवाने के लिए सरकारी सहायता दिलाने का वचन दे गये हैं। मन्दिर इस क्षेत्र में अनेक हैं। झम्मन टीले में राधारमणजी का मन्दिर अभी कुछ ही बरस पहले तो बना है। हमारे नगर का ताजमहल है वो। उससे अच्छा कौन बनवा सकता है? वहाँ साधू-सत्संग और कथा-कीर्तन होता ही रहता है, फिर हमारी जगह क्यों छीनते हो? हमको अधर्मी, नास्तिक, जाने क्या-क्या कहते रहते हैं रुप्पन चाचा। पर हम आपसे, यानी कि जनता से सीधा सवाल करते हैं कि अधर्मी कौन है?" रमेश ने यह व्याख्यान-माला का क्रम चलाकर लाला रूपचन्द के विरुद्ध भीषण प्रचार-प्रहार आरम्भ किया। सभी लड़के बारी-बारी से लेक्चर देते थे। लेक्चरियों के भाषणों के बाद पोस्टरियों के नारे बुलन्द होते थे और इस तरह दोपहर से जो प्रचार-आन्दोलन धीरे-धीरे बढ़ता हुआ अब, शाम के सात साढ़े सात बजे तक, जिस 'टेम्पो' से गर्माया, उसी शक्ति से लाल रूपचन्द की हवेली अहम् मद से मतवाली होकर अल्लबल्ल बकने का केन्द्र बन गयी। जनमत उस समय तक विशेष रूप से उनके विरुद्ध हो गया था।

:: २८ ::

सबेरे दस बजे पुत्ती गुरू अपना भाँग का गोला पत्ते में लपेटकर अँगोछे के एक सिरे में उसे और दूसरे में धुली हुई भाँग-काली मिर्च की पुड़िया और छोटी सफरी सिलौटी बाँधकर, एक धोती, अपनी माला, तुलसीकृत रामायण और अपने सन्दूक़ में रखे दस रुपये दो आने और लोटा-डोरी लेकर संन्यास लेने का पूर्ण संकल्प करके घर से चले। संन्यासी बनने से पहले उन्हें एक लौकिक कर्म भी करना था यानी रुप्पन के घर अपने दिये गये वचन के अनुसार उन्हें भोजन करना था। ब्राह्मणी और ब्राह्मण-पुत्र अनशन कर रहे थे, जिससे कि धर्मभीरु धनबली जिजमान का परलोक बिगड़ सकता था। पुत्ती गुरू अपने बालबन्धु और यजमान को इस अनिष्ट से बचाने ही के लिए भोजन करना चाहते थे। घर से निकले तो अपनी राह की गली-दरगलियों में उन्हें टोकनेवाले बराबर मिले— 'गुरू, ये क्या हो रहा है, अरे गुरू, तुम भी किस पापी के पक्ष में अपने बेटे का विरोध कर रहे हौगे? सारे महल्ले की ज़मीनें हड़प कर गया औने-पौने में। नयी सड़क बनने पर रुप्पन ने कम से कम तीस हज़ार रुपये तक अपनी आमदनी बढ़ाने का नक्शा तो पहले ही बाँध लिया था, अब सारा टीला और बारादरी भी हड़प कर जाना चाहते हैं। ऐसे पापी के मन्दिर में भला भगवान रहेंगे?' कहीं उन्हें दूसरे विचारों की टोली मिलती, जो उनके पत्नी-पुत्र के द्वारा अनशन करने पर, लड़कों के इस बेहूदा उत्पात पर तीखी टीका-टिप्पणी करती। रुप्पन लाला की कोठीवाली गैल तक पहुँचते-पहुँचते पुत्ती गुरू के तीव्र संचारी मनोभाव हिन्दुस्तान-पाकिस्तान की तरह आपस में बँटकर लड़ने लगे। मन की चिड़चिड़ाहट गहरे में उथल-पुथल मचाने लगी थी। मोड़ पर पहुँचकर सामने रुप्पन की कोठी के झलकनेवाले एक भाग पर दृष्टि पड़ते ही एकाएक गुरू की भाँग तड़क गयी।— "जिस निष्ठुर स्वार्थी के कारण मेरा लड़का भूखा बैठा है, उसी के यहाँ भोजन करने जाऊँ!"

बस, गुरू लौट पड़े। निकल तो पहले ही पड़े थे। बस, अब न उधर जायेंगे, न घर जायेंगे, न कहीं जायेंगे। बस, चले ही जायेंगे। और चलते-चलते पुत्ती गुरू गोमती की ओर चल दिये। नदी किनारे एकान्त में बने हुए एक भगत के बगीचेदार प्रायवेट घाट पर जाकर पुत्ती गुरू नदी की बहती धारा को खड़े-खड़े देखते हुए शून्य में लीन हो गये। बड़ी देर बाद जब टाँगें ही लकड़ी हो गयीं तब होश आया। माथे का पसीना पोंछने के लिए अँगोछा उठाया, तो गोले पर हाथ गया। मन में उत्साह भरी झोंक आई, सोचा इसे भी इसी समय छान लें, शाम की शाम को घोटेंगे! ससरी कहीं से ऐसी कन्दमूल मिल जाय, कि खाने-पीने से छुट्टी मिलै तो और भी अच्छा। गुरू तुरन्त ही गोला गटककर आठ-दस चुल्लू जल पी गये। पेट भरा, आनन्द आया। घाट पर बैठकर चूना-तमाखू मला, फिर लोटा भरके ऊपर आये। एक पेड़ की डाल पर अपना पोथी-पत्रा, धोती-अँगौछा सहेजकर रखा और निबटने-नहाने चले गये। घण्टा-डेढ़-घण्टा इसी सब स्वांग में बीत गया। आध-पौन घण्टे तक श्लोकों के इंजन का शंटिंग कराते रहे। फिर माला फेरने की उचंग आई,

पर तत्क्षण ही मन उचाट भी हो गया। ध्यान लपक के राजा केशोराय की बारादरी में जा पहुँचा। ध्यान में अपना पुत्र एक झलक साक्षात् मूर्त होकर उन्हें दिखलाई दिया। गम्भीर और उत्तेजित पुत्ती गुरू को सहसा अपने बेटे से डर भी लगा। भय के विरुद्ध झुँझलाहट हुई, क्रोध जागा। उनका नशा साँप की जीभ की तरह दो फाँकों में बँटकर लहराने लगा। उनकी मन्दिर की योजना मारी जा रही है, उनके अन्तर में कष्ट है, लेकिन लड़का भी कुछ बेजा बात नहीं कह रहा है। पुस्तकालय की स्थापना अपने-आपमें वस्तुतः सरस्वती-मन्दिर की स्थापना के समान कार्य ही है। डॉक्टर आत्माराम जैसा महापुरुष स्वयम् एक हज़ार रुपया दान दे गया मेरे लड़के के पुस्तकालय को। अंग्रेजी के अखबार में नाम छपता हैगा मेरे लड़के का। कौन जाने, आगे चलकर जवाहरलाल और डॉ० आत्माराम जैसा नामी-गिरामी हो मेरा रमेश भी। द्वितीय घर में कर्क का बुद्ध बैठा भया हैगा। कुलदीपक बनैगा मेरा पुत्र भी भोले की कृपा से। बेकार अपनी झक में क्रुद्ध हो गया उस बेचारे से......मुनुआ बैद झूठ नहीं कहते रहे हमसे, भाँग थोड़ी कम करनी चाहिए मुझे। पर साली कम कैसे होय? अष्टसिद्धि, नवनिधि मिल जाती है इसमें, रुप्पन साला अपने स्वार्थ में मन्दिर बनवा रहा है। मैं बेकार में अपनी फफड़दलाली में फँस गया, अन्यथा शिवलहरी की कृपा से निष्काम मौजें मारता हूँ। शिव के ध्यान की मौज ने आकर "विमोहनं च देहिनां"—शिव-ताण्डव का पाठ पूरी तरंग में आरम्भ कर दिया।

डेढ़ बजे के लगभग बगीचे में एक साधु आ गये। पुत्ती गुरू अपने मन से बातें करते हुए अब उकता चुके थे। साधु को देखकर प्रसन्न हुए, पेड़ के नीचे तखत पर लेटे थे, उठ बैठे, "आइए महाराज, कहाँ से पधारना भया आपका?"

"आजकल तो तुम्हारी ही नगरी में रह रहे हैं। बड़ी पापिष्ठपुरी है भगत।"

"अरे महाराज, पूछिए नहीं, गऊ, ब्राह्मण और संन्यासी तीनों के तीनों दुखी। इस अँगरेजी शिक्षा ने असल में हमारा सत्यानाश कर दिया महाराज।"

संन्यासीजी ने अपनी झोली से केले निकाले। पुत्ती गुरू की नज़रों में वे चार-पाँच दर्जन से कम न लगे। उनके भीतर भी क्षुधानल भड़क उठी। केलों को देखकर मन डोल गया। रुप्पन के यहाँ होते तो अब तक भोजन पाय चुके होते, पर उस साले के अन्न की इस समय चाहना भी नईं करनी चाहिए।

संन्यासी नदी तट पर हाथ-पैर धोने के लिए गये। उतनी देर तक पुत्ती गुरू का पेट उनकी दृष्टि में समाकर केलों का मानसिक भोजन करता रहा। संन्यासी लौटकर आये। इन्होंने सोचा कि साधू महात्मा हैं, अवश्य ही मुझे प्रसाद देकर आप ग्रहण करेंगे। पर ये संन्यासी ऐसे न निकले। पालथी मारकर एक-पर-एक केले गपागप खाते रहे। और देख-देखकर पुत्ती गुरू की भाँग भूख में जोरों से भन्ना उठी......साले के पेट में दुखैंगे। चोर होयगा ससरा भगवा भेस में, इत्ते केले कोई भीख में नहीं पाता आजकल। एकाएकी पालथी बदलकर कुछ रोबीले स्वर में पूछा: "क्यों बाबा, कै आने दर्जन में लाए?"

"अरे भगत, एक पंजाबी फलवाले की औरत के सिर से आज सबेरे भूत झाड़ा था, सो उसने इत्ते केले और चार सेब दिये, सो भगत कल शाम को कुछ खाया नहीं था, इसलिए फलाहार बड़ा सुखदायी लग रहा है। और फलों में फल केला! बड़ा मधुर, बड़ा पौष्टिक।"

"हमारे लिए ये उत्तम नहीं हैं। भाँग में ससुर गरिष्ट वायुकारक! अब जित्ते केले तुम खाय रहे हो महाराज, उत्ती छोटी इलायचियाँ भी खानी चाहिए दरअसल में, तब जाके हजम होयगा।"

"अच्छा है भगत, जितनी देर में हजम होवैगा उतना ही सुख रहैगा। आज खाया है, फिर भगवान जानै कब खाने को मिलै।"

"अरे, तब तलक तो सेब आपके सड़ जायँगे महाराज।"

"भगवान की इच्छा।"

"इससे अच्छा है कि हमारे हाथ ही बेच दीजिए सेब! चार हैं, जादा से जादा अठन्नी एक लै लीजिये हमसे।"

"ह ह ह! दो रुपये का माल अठन्नी में लोगे भगत? संन्यासी को ठगोगे?"

संन्यासी की इस बात से पुत्ती गुरू मन-ही-मन लज्जित हुए और झुँझला उठे, बोले: "कलियुग में संन्यासी भी सौदेबाज हो जाता है महाराज! अरे जब मोह से पीछा ही नहीं छूटा रहा तुम्हारा, तो फिर ये संन्यासी का चोला ही क्यों धारणा किया महाराज?"

संन्यासी बोले: "जैसा प्रश्न करोगे भगत, वैसा ही उत्तर भी मिलैगा। अरे, सीधी-सीधी बात मुख से बोलौ ना, भीख का धन खानेवाले तुम भी हो और यह चोला भी है। लो, निकाल के खाओ।" संन्यासीजी ने अपनी झोली की ओर संकेत किया। पुत्ती गुरू निरुत्तर हो गए, क्षण भर संकोच में बँधे रहे, फिर भूख ने ढकेलकर उनका हाथ झोली की ओर बढ़ा ही दिया। फलाहार के बाद संन्यासी सो गये। आप भी थोड़ी देर तक बैठे-बैठे संन्यासी पर अपनी संस्कृत विद्या और भक्तिभावना का रोब झाड़ते हुए अनेक स्तोत्र तोते की तरह पढ़ते रहे। फिर जमहाइयाँ आईं, लेटे और सो गये। शाम को दोनों की भाँग-बूटी छनी। संन्यासी चले गये, अँधेरा क्रमशः बढ़ने लगा। पुत्ती गुरू का मन संन्यासी के सत्संग से मुक्त हो ही चुका था, अब अपने घर-संसार में जाने के लिए व्याकुल भी हो उठा। संन्यासी ने अपनी जीवनचर्या बतलाते हुए अपने भरण-पोषण के सम्बन्ध में एक कहावत कही थी, 'कभी घी घना, कभी थोथा चना, कभी वो भी मना।"

इसी कहावत ने पुत्ती गुरू को संन्यास लेने से रोक दिया। वो भूखे नहीं रह सकते, घर में कोई नहीं बनायेगा तो स्वयं पाक कर लेंगे। संन्यासी की भूख भले ही फलों से मिट जाती हो, परन्तु गृहस्थ की भूख अन्न ही से मिटती है। भूखा मार रहा है ये असुर रुप्पन मेरी ब्राह्मणी को, मेरे आत्मज को······हे भोलानाथ, आज रात में भैरव और वीरभद्र को भेजकर इस ससरे के घर में ऐसा चमत्कार फैलाओ, कि ससरा सबेरे ही मेरे घर पर

आय के कहे कि गुरू चरण छूता हूँ, अपने लड़के को समझाओ, अनशन तोड़ै मन्दिर अब नहीं बनैगा।

मन्दिर न बनने देने का निश्चय अनेक लोगों के मनों में बन चुका था। खासतौर से शामराव गोडबोले के पिता आयुर्वेदाचार्य पं० गणेश गोविन्दजी गोडबोले बड़ों में इस आन्दोलन के अगुवा बन गये।

गणेशजी गोडबोले केवल इस नगर ही के नहीं, बल्कि प्रदेश के जाने-माने वैद्य हैं। यह महाराष्ट्रीय ब्राह्मण-परिवार गदर में झाँसी छोड़कर यहाँ आ बसा था। पाँच-छह पीढ़ियों से उनके यहाँ लक्ष्मी और सरस्वती दोनों ही समान रूप से सन्तुष्ट होकर विराजमान हैं। पुरानी हवेली है। गणेशजी के पिता गोविन्दजी के समय से उनके यहाँ आयुर्वेदिक औषधियों का कारखाना भी चलता है। अच्छी आमदनी है। गणेशजी बी०एस-सी० और आयुर्वेद दोनों ही की डिग्रियाँ धारण करनेवाले, पढ़े-लिखे सुलझे विचारों के मगन-मस्त व्यक्ति हैं। शाम के समय महल्ले और वार्ड के आठ-दस भद्र पुरुष उनके यहाँ नित्य ही आकर बैठते हैं। नाना प्रकार के चर्चा हुआ करते हैं; चाय, शरबत, पान से सत्कार होता रहता है। इस बड़ी सम्भ्रान्त चकल्लसी गोष्ठी का नाम मित्रों ने प्राइवेट प्रयोग के लिए श्री गणेश गोविन्द गोडबोले के नाम के प्रथमाक्षर जोड़कर 'गगोगो' गोष्ठी रख दिया। स्थानीय डिग्री कालेज के प्रिंसिपल राय राधाचरण, पं० भृगुनाथ शास्त्री अवकाश-प्राप्त सब-जज किशोरीलाल सक्सेना आदि सज्जन, लड़कों के अनशनवाली पहली शाम को भी नियमानुसार गणेशजी के यहाँ आये थे। उस दिन स्वाभाविक रूप से लड़कों के अनशन ही की चर्चा छिड़ी।

गणेशजी हँसकर बोले : "चलो, इस बहाने हमारे महल्ले का नाम तो अखबारों में छपता ही रहेगा। हमसे कल रात शाम्या ने कहा कि बापू, अनशन करने जा रहा हूँ। हमने कहा कि करो भइ करो। चार दिन की चकल्लस रहेगी, लेकिन इसके साथ ही साथ हमारी सलाह यह है, कि अनशनकारी लड़के सम्पन्न घरों के होवें जिससे कि अगर इस साल फेल भी हो जावें, तो कोई चिन्ता की बात नहीं।" कुछ लोग यह सुनकर हँस पड़े। "और दूसरी बात हमने अपने लड़के से यह कही कि दूसरों की जानता नहीं, पर अगर तू अपना उद्देश्य सिद्ध किए बिना इस घर में लौटा, तो तुझे जूते मारकर मैं घर से निकाल दूँगा। सत्य और आन पर घुटने टेक देनेवाले मनुष्य को मैं मनुष्य नहीं मानता।"

प्रिंसपल साहब बोले : "आपने बैदजी सिरिफ सिद्धान्तों और मानों को ही अपनी दृष्टि में रक्खा, मगर ये न सोचा कि यह फरवरी का महीना है। विश्वास कीजिए, आज दिन भर आगे की बात सोच-सोचकर मेरे प्राण सूखते रहे हैं। इण्डिसिप्लिन की बात अब तक विद्यालयों, विश्वविद्यालयों तक ही सीमित रहा करती थी, अब वह समस्या सामूहिक रूप से हमारे घरों में घुस रही है। इस सैलाब में समाज के चरण आखिर कहाँ जाकर टिकेंगे ? मेरे लिए तो तात्कालिक समस्या यह है, कि मार्च से हाईस्कूल और इण्टर सेक्शन के इम्तहान शुरू होंगे और एप्रिल में डिग्री क्लासेज के।"

गणेशजी ने कहा, "मैं एक बात जानता हूँ कि हमारे इन लड़कों में अनुशासनहीनता तनिक भी नहीं है। साहब, जिस तरह से ये लड़के पिछले दस बरसों से अपना संघ चला रहे हैं, वह मैं तो कहता हूँ, राष्ट्रीय सम्मान पाने योग्य काम है।"

मित्र-मण्डली इस बात से सहमत थी। यह सच है कि जहाँ तक लड़कों का सवाल है, यह वार्ड और उसमें भी विशेष रूप से ये दस-बारह टोले-महल्ले पिछले दस-बारह वर्षों से तरुण छात्रसंघ के बड़े ऋणी हैं। लड़कों की सामूहिक पढ़ाई और उनके अनुशासन का पूरा भार इस संघ ने सम्हाल रक्खा है। हर साल परीक्षाफल में संघ के लड़के औरों से मीर साबित होते हैं। पिछले दिनों गोमती की बाढ़ के दिनों में इनके काम का यश लामुहाला लोगों की जबानों पर चढ़कर बोलता था। अत्यधिक सत्ताग्रही, पर धन-लोलुप रूपचन्द से आमतौर पर वार्ड के पढ़े-लिखे लोग यों भी चिढ़ते थे, इस समय तो क्रोध और घृणा के बफारे छोड़ने लगे। नयी सड़क की स्कीम पास होने के आठ-दस महीने पहले से ही रूपचन्द ने इधर की जायदादें साम, दाम, दण्ड, भेद से खरीदना-हथियाना शुरू कर दिया था। नयी सड़क की योजना भी रुप्पन लाला के स्वार्थी उर्वर मस्तिष्क की उपज है। सुना जाता है कि यहाँ एक 'एयरकंडीशंड' (वातानुकूलित) सिनेमाहाल और एक मार्केट बनवा रहे हैं। इन बातों के प्रसंग में गणेशजी वैद्य के मन में यह विचार आया कि इस क्षेत्र के कुछ प्रतिष्ठित नागरिकों को इसके विरुद्ध एक वक्तव्य देना चाहिए।

गणेशजी बोले: "देखिए, पाँच-छै प्रतिष्ठित तो भगवान विश्वेश्वर की दया से यहीं बैठे हुए हैं। स्टेटमेण्ट लिख डाला गया। श्रीनारायण एडवोकेट, आनन्दमोहन खन्ना 'इण्डिपेण्डेण्ट' वाले और एक आध नाम कोई और जोड़ लीजिए। इस टोले और बारहदरी पर अब सदा सर्वदा के लिए तरुण छात्रों का ही कब्जा रहेगा। डॉ० आत्माराम इन्हें एक हज़ार रुपया दे गये हैं। मैं उनके जैसा सम्पन्न तो नहीं हूँ, पर बात की बात पर, एक हज़ार एक मैं भी देता हूँ। श्रीनारायणजी से भी इतनी ही रकम दिलवा दूँगा। लाला बैजू भले ही किसी मत के हों, पर एक हज़ार रुपया उनसे ले ही लूँगा। ये हमारे जज साहब भी कम से कम पाँच सौ एक तो देंगे ही—"

"हाँ-हाँ—"

"इस तरह दस हज़ार की रकम हाथों-हाथ जुट जायेगी। कुछ सरकारी सहायता हो जायेगी। हज़ार-दो-हज़ार ज़रूरी मरम्मत और टीमटाम में; बाकी छै-सात हज़ार रुपये की पुस्तकें खरीदकर एक दिव्य पुस्तकालय की स्थापना हो जाय।"

यह निश्चय कुछ इस तरह से गर्माया, कि गोडबोलेजी ने उस समय छह-सात लोगों से टेलीफोन पर रकमों के वादे भी ले लिए। प्रिंसिपल साहब ने वक्तव्य का मजमून बनाया, जिसमें अनुदान देनेवालों के नाम घोषित कर दिये गये। सम्पन्न मनमौजी वैद्यजी पर जो अहंता की तरंगें चढ़ीं, तो फिर उसी समय पास के एक प्रेसवाले को बुलवाया। कम्पोजीटरों, मशीनमैनों को बुलवाकर रातोंरात इस वक्तव्य को छपाने की व्यवस्था की। सबेरे छः-सात बजे गोमती के घाट ही से उनके पर्चों की बँटाई आरम्भ हुई। जैसे-जैसे

हाट-बाजार खुलने लगे, गली-महल्लों की टोलियाँ जुड़ने लगीं, वैसे-वैसे इस पर्चे की महिमा बढ़ने लगी। सुबह दैनिक अखबार भी हिन्दी-उर्दू-अंग्रेजी पढ़नेवालों को नगर की इस नयी हलचल से अवगत कराने लगे।

इसके जवाब में दिन के दस बजे ग्यारह ब्राह्मणों का एक दल बाकायदा स्वस्तिवाचन करने के बाद अनशनकारी लड़कों की पंक्ति के आगे बीच गली में "ओम अपवित्रः पवित्रो वा" से धरती छिड़ककर अपने-अपने कुशासन बिछाकर अनशन करने के लिए बैठ गया। जवाबी धार्मिक नारे लगानेवालों की टोलियाँ भी जवाबी मोर्चे के तौर पर आ डटीं। अफवाहें फैलने लगीं। थोड़ी ही देर में दो डण्डाधारी कांस्टेबुल भी वहाँ आकर खड़े हो गए। इससे अफवाहों में नया जोश आ गया।

छोटे लड़के विशेष रूप से जवाबी नारे लगानेवालों के शोर से भड़क उठे। किसी ने तत्काल ही नया नारा ईजाद कर लिया—'रूपचन्द के लट्टू हैं—भइ क्या नाचे! (पटापट तालियों की लय पर चिल्लाने लगे) ये ब्राह्मण किराए के टट्टू हैं। भाई क्या नाचे!'

इस नये नारे ने लोगों को हँसा दिया। पंडित लोग थोड़ी देर तक तो शान्तिपूर्वक वेदपाठ करते रहे, पर जब इस नये नारे के शोर ने उनकी ओर के मुट्ठी भर नारेबाज रट्टू तोतों की टें-टें को दबाकर, उन्हें हँसी का पात्र बना दिया, तो दो-एक बूढ़े ब्राह्मणों का सनातन और सहज ब्रह्मतेज भड़क उठा। गर्मागर्मी, फिकरेबाजियों का उभार बनकर लहराई। दो पंडित चिढ़कर मारपीट पर आमादा हो गये। भुस में आग लग गयी। फिर तो लड़के अपने हाईकमान के नेताओं के बस में भी न रहे। छेड़ी हुई भिड़ों की तरह लड़के दोनों मारनेवालों से चिपट गये। रुप्पन पार्टी के जो लोग उन पर टूटे, उनके ऊपर क्रोधान्ध वानरदल और बचानेवालों का हुजूम टूटा। कुछ बचानेवाले हाथापाई की अन्धी लपेट में आकर चुटीले हो गये। और फिर तो, बावली प्रतिक्रिया में लड़कों के प्रति ही आक्रमणकारी हो गए। डरपोक लड़के लड़ाई के दृश्य से हटकर इधर-उधर गलियों में 'हो गयी-हो-गयी' का शोर मचाते हुए आलम को सनसनाने लगे। दस-पन्द्रह मिनट के अन्दर-ही-अन्दर मजमा जुड़ गया। दोनों पुलिसवाले अपने आपको अक्षम पाकर तमाशाई बने खड़े रहे।

रम्मू पंसारी की दूकान फटाफट बन्द होने लगी। देखादेखी और घबराहट में कुछ और भी दूकानें बन्द हो गईं। बड़े लड़के जो आरंभ में लड़ाई से हरचन्द बचना चाहते थे, अब घटनास्थल के बावले उन्माद में आप भी बवण्डर बनकर नाच उठे। बारहदरी की सीढ़ियों पर रमेश की माँ, हर्रो की चाची और उनका दरबार लगाने के लिए आई हुई दो-चार बूढ़ियाँ-ठुढ़ियाँ, हाय-हौके के चक्र में फँसकर रोने, कोसने और बड़बड़ाने लगीं। एक दर्जन लठैत सिपाहियों के साथ पुलिस दारोगा आ गये, रमेश, जयकिशोर, कम्मी और गोडबोले को गिरफ्तार कर लिया गया। छैलू, इसी बीच में ही, एक दो तीन हो गया। हर्रो बलिदान के बकरे की तरह अपनी गर्दन कटाने के लिए अन्त तक अपना सिर झुकाए खड़ा रहा, मगर पुलिस देवी ने उसकी बलि स्वीकार न की। छोटे लड़कों के दल में से

बहुत से बलवाई खदेड़कर बारहदरी के फाटक के अन्दर ले जाये गये और चार कांस्टेबिल ऊपर की सीढ़ियों पर दीवार बनकर खड़े हो गये। फाटक बाहर से बन्द कर दिया गया। भीड़ बहुत काफी छँट गयी, पुलिस की एक राइफलधारी टुकड़ी और भी आ पहुँची थी। न रूपचन्द आए, न गोडबोले वैद्य अथवा कोई अन्य प्रतिष्ठित व्यक्ति ही आया। बहुत से पकड़े जानेवाले बच्चों के माँ-बाप अवश्य ही चिन्तित, पुलिसवालों की चिरौरियाँ और गोहार लगाते हुए दिखलाई पड़ रहे थे।

घटनास्थल पर कानूनी कार्रवाई पूरी करने के बाद पुलिस अपने चार बन्दियों को लेकर चली गयी। तमाशाइयों की एक बहुत बड़ी भीड़ भी उन्हीं के पीछे-पीछे चली गयी। कूचा राजा केशोराय का मजमा छँट जाने पर केशोराय की बारादरी का सिंहपौर चूहेदानी के मुँह की तरह खोल दिया गया। आगे-पीछे के पुलिसमैनों की लाठियों की फटाफट और अपने माँ-बापों की डाँट-गोहार से आतंकित होकर छोटे बच्चों की भीड़ इधर-उधर भाग गयी। बारहदरी और टीले पर हथियारबन्द पुलिस का पहरा बैठ गया।

पुत्ती गुरू अपने घर से बाहर ही न निकले थे। न घर में पन्नो का पता था और न सुरेश ही का। सबेरे घर के पूजन-पाठ से निबटकर वे नित्य नियमानुसार यजमानों के घर न जाकर उनके निमित्त बारी-बारी से घर ही पाठ करने बैठ गये। पुलिस के आने पर कुछ लोग उन्हें भी खबर देने आए। रमेश की गिरफ्तारी की खबर भी उन्हें दी गयी, किन्तु पुत्ती गुरू तनिक भी न मसके। खबर लेकर आनेवालों की ओर सिर उठाकर देखा तक नहीं, सुनकर हाथ के इशारे से उन्हें जाने के लिए कह दिया और अनवरत पाठ करते रहे: "या देवी सर्वभूतेषु क्षुधारूपेण संस्थिता—नमस्तस्यै नमस्तस्यै नमो नमः!॥ या देवी सर्वभूतेषु........"

उनकी पत्नी रमेश की गिरफ़्तारी के बाद आठ दस औरतों के मातमी मजमे के साथ घर में घुसीं। घर काँव-काँव से भर उठा। पुत्ती गुरू तब भी टस से मस न हुए। कल सायंकाल गृहस्थी में रहकर भी पूर्ण संन्यासी बनने का जो संकल्प उन्होंने किया था, उस पर वे दृढ़ता से कायम थे। इस शोर-शराबे और सूचनाओं से उनका मन बावला होकर भी संयत बना रहा। पाठ को अधूरा न छोड़ने के धर्माग्रह ने उन्हें कठोर बना दिया। उन्होंने तीनों यजमानों के पाठ समाप्त किये। आसन छोड़ा। घर में बैठी हुई गुन्नो पुरतानी, कित्तो की बुआ और लच्छू की माँ से उन्होंने कहा: "देखो जी, एक बात मैं ये जानता हूँगा, कि वशिष्टजी महराज के ब्रह्मबल के आगे विश्वामित्र तक ने जब क्षत्रिय हुइ के घुटने टेक दिये, तब ये रुप्पन ससरा क्या हैगा। तुम देखती चलौ, शान्त हुइ के बैठी रहौ सब जनी, मैं रुप्पन को और उन सभी ब्रह्मपिशाचों को जो मेरे लड़के के विरुद्ध अनशन करने बैठे रहे, और जिन दुर्मति दुरात्मा दुष्टों ने मारपीट करी रही, उन सभी का कैसा सत्यानाश करता हूँगा।" कहकर गुरू यजमानों को आशीर्वाद देने के लिए घर से चल पड़े। पहले शम्भू बाबू और बिसेसर लाला के यहाँ गये और फिर रुप्पन के यहाँ। रूपचन्द घर पर मौजूद न थे, सो अन्तःपुर में जाकर ललाइन को आशीर्वाद देने के लिए बुलाया।

पुत्ती गुरू का आगमन सुनकर ललाइन जल्दी से उठकर दालान में आईं और कहने लगीं: "ये क्या हुइ रहा है महाराजजी, हमाई तो कुछ समझी में नईं आवे हैगा। वो जोगी का सिराप फल गया है महाराजजी।"

महाराजजी ताड़ की तरह तने रहे: "अच्छा अच्छा, पहले आशीर्वाद लेओ, बाद में शाप की बात समझाऊँगा।" कहकर फूल हाथ में लिये और आशीर्वाद की गाड़ी चालू की: "श्रीर्वर्चस्व मायुष्य मारोग्य मा विधात्वमानम् महीयते, धान्यम् धनम् पशुम् बहुपुत्रलाभम् शत संवत्सरम् दीर्घमायु........" फूल ललाइन के आँचल में डालकर फिर ठंडे स्वर में बोले: "ई तौ भया सेठानीजी, तुम्हारे यहाँ पाठ करने का आशीर्वाद, जो कि हमारा ब्रह्मधर्म रहा। और अब मैं अपना ब्रह्मबल दिखलाने जाता हूँ, तुम्हारी हवेली के चबूतरे पर बैठ के उलटी गायत्री जपूँगा और तीन दिन के बाद आय के पूछूँगा कि रुप्पन, अब बतलाओ कि लक्ष्मी का वाहन बड़ा हैगा या सरस्वती का हंस। ब्राह्मण के लड़के को गिरफ्तार कराय के रुप्पन ने अपने ही हाथों से अपने पैर में कुल्हाड़ा मारा है, ये जाने रहना। मुझको कोई कुछ नईं कह सकता।" कहकर पुत्ती गुरू तेजी से बाहर निकल आए।

●

:: २९ ::

छैलू के बारहदरी से भागने का कारण उसकी कायरता न थी, बल्कि पण्डिताऊ अनशन का ढोंग और पुलिस का जोम उसकी सहनशक्ति से बाहर की वस्तु हो गया था। अन्धे क्रोध के बवण्डर में 'बदला! बदला!' मन में नाच उठा। बिजली की तरह विचार कौंधा, भागो। और अपने बचाव के लिए पूरी सतर्कता के साथ वह मौका ताकने लगा। भीड़ अर्धचन्द्राकार खड़ी थी। छैलू, रमेश, जयकिशोर आदि के पीछे, कुछ-कुछ कम्मी की आड़ में खड़ा था। हर्रो उसके पास ही सकपकाया हुआ खड़ा था। भीड़ पूरी तौर पर दारोग़ा और पुलिस की कार्रवाइयों को देखने में मग्न थी। छैलू दोनों हाथों से हर्रो को अपनी जगह पर बढ़ाते हुए उसके पीछे आ गया, फिर दूसरे तमाशाई को भी उसी तरह आगे बढ़ाया और अपने लिए रास्ता निकाला। पीछे का मजमा चूँकि आगे बढ़कर प्रस्तुत दृश्य देखने के लिए उत्सुक था, इसलिए छैलू लोगों को आगे की ओर बढ़ाता, कतराता, निकलता ही चला गया। पीछे छँटनी की भीड़ तक पहुँचते ही उसने तेजी से दौड़ लगाई। दो-चार परिचितों ने उसे भागते देखा और नाम लेकर पुकारा। भय उसे सब कुछ अनसुना-अनदेखा करके दौड़ा रहा था।

मरघटे के रास्ते में एक पुराने नवाबी बाग़ में, जो अब आधा जंगल और आधा खेत हो चुका है, कोने में एक मस्जिद के खण्डहर हैं। छैलू की भयजनित सतर्कता ने उसे चलाते-चलाते वहाँ ला पहुँचाया। सुरक्षित होते ही मन की स्थिति सामान्य होने के लिए विकल हो उठी। खुदे हुए धूल-मिट्टी भरे फ़र्श पर धम्म से बैठकर लोने झड़ी दीवार के सहारे अपनी पीठ और निढाल गर्दन डालकर बैठ गया और आँखें मूँद लीं व चैन की साँस ली।

थोड़ी देर बाद शरीर में सावधानी आई। आँखें खुलीं, आँखों से अँधेरे की काली धुन्ध निकली और अपने गाढ़ेपन को शुरू में धीरे-धीरे ढकेलकर तीव्रता से व्यापकता में फैल गयी—अँधेरा उजाला बन गया। सामने खेतों-वृक्षों की हरियाली के ऊपर सुनहरा धूप-भरा आसमान अपने सूनेपन में चमक रहा था। बीड़ी की तलब जागी, उसके अभाव में भूख का जोश जागा और उसके भी अभाव में गहन पीड़ा-भरा सूनापन जागा। विकलता मन-काया में बावली बनकर नाच उठा। शरीर बैठने की स्थिति छोड़कर फर्श पर धनुषाकार लेट गया। मुँह से बेसाख्ता एक ठण्डी साँस निकल पड़ी, आँसू निकल पड़े, आँखें नम हो गयीं। खामोश आँसू बहते रहे। बड़ी देर तक धूल-मिट्टी में करवटें बदलते-बदलते अपने चौबीस वर्ष और कुछ महीनों के जीवन में छाई कुण्ठाओं और निराशा के अथाह कुण्ड में डूबता-उतराता रहा।........

छैलबिहारी अपने माँ-बाप का इकलौता बेटा है। घर में दादी है, माँ हैं, बूढ़े छोटे बाबा हैं। ये तीनों ही उसके पिता से हरदम तिरस्कार पाते हैं। उनकी हालत पुराने ज़माने के खरीदे हुए दास-दासियों से भी बदतर है। उनके घर पर एक नरवेश्या का राज्य है। महल्ला, पड़ोस, जाति-बिरादरी और समाज को ठेंगे पर मारकर उसके पिता बाबू रसिक-बिहारी ने अपनी वासना के खिलौने बुलाकी को पिछले आठ-दस वर्षों से खुले आम अपने घर में ही रख छोड़ा है। बुलाकी, जिसे कि रसिक बाबू शाहज़ादा बुलाकी कहते हैं, अब लगभग सत्ताइस-अट्ठाइस वर्ष का होगा। दिन में अपने 'पति' के साथ उनके भट्ठे पर चला जाता है। बहुत बेदर्द, सख्त और स्वार्थी है। छैलू ही से उसे खास-तौर से ईर्ष्या है। और केवल उसी से उसका बस नहीं चलता। इकलौते बेटे के लिए बाप के दिल में कहीं घना ममत्व है। बाबू रसिकबिहारी घर भर में अगर किसी से किसी हद तक दबते हैं, तो छैलू ही से। बुलाकी अक्सर नाराज होकर छैलू की माँ या उसके छोटे बाबा को मार भी बैठता था। प्रायः रसिक बाबू के सामने ही मारता था। दो-तीन बरस पहले एक बार छैलू की मौजूदगी में ही बुलाकी ने उसकी माँ को तमाचा मारा था। छैलू ने अन्धे क्रोध में बुलाकी को ज़ोर से धक्का देकर गिरा दिया और उसकी गर्दन पकड़कर दो-तीन बार ज़मीन पर दे मारा। मुँह और गर्दन नाखून के खरोचों से भर गई। बुलाकी छैलू से कमजोर था, बुरी तरह से चीख उठा। रसिक बाबू उस समय पाखाने में थे, अपने माशूक की चीखे सुनकर जल्दी से बाहर निकले। उन्हें देखकर छैलू ने उसे मारना तो छोड़ दिया, मगर धमकाया कि अगर तूने फिर कभी मेरे किसी घर वाले पर हाथ उठाया तो तेरी जान ही लेकर छोड़ूँगा। बाप-बेटे में खूब लड़ाई हुई। बाप ने मारने के लिए हाथ उठाया, तो बेटे ने वहीं कोने में रक्खा उनका बेंत उठा लिया और बाप को मारने पर आमादा हो गया।

इस घटना के बाद रसिक बाबू ने घर के भीतर और बाहरी भागों के बीच के सारे दरवाज़े ईंटों से चुनवा दिये। अपना खाना-पीना तक घर से अलग कर लिया। महीना पूरा होने पर घर-खर्च तक न दिया। उनके मामा खुशामद करने गये तो खूब पिट-कुटकर लौटे। यह देखकर छैलू और गर्मा गया। 'इस पाप की जड़ बुलाकी को इस घर में अब

रहने ही न दूँगा।' बस, जोश आया तो छैलू ने नई चुनवाई हुई एक-ईंटिया दीवाल मुगदर उठाकर तोड़ डाली। बुलाकी के सन्दूक तोड़े, कबर्ड तोड़ा। उसके कीमती रेशमी और ऊनी सूट, नायलॉन की कमीजें, रूमाल, उसका एक-एक सामान चिन्दी-चिन्दी कर डाला। कीमती जूतों की छह-छह जोड़ियाँ बुलाकी के वास्ते देखकर ब्लेड से उन्हें काट-काट डाला। उसके सन्दूक में छह सौ बाइस रुपये के नोट, सोने के चेनदार बटन और हीरे और नौरतन की दो अँगूठियाँ मिलीं। छैलू के न्याय से वह घर की सम्पत्ति थी, इसलिए निकाल लीं। कमरे में बुलाकी और रसिक बाबू की चार-पाँच तस्वीरें टँगी थीं, सब घृणापूर्वक तोड़ीं और रौंदी। सिंगार-पटार का सामान तोड़ा। पलँग के पाये कुल्हाड़ी से काटे, गद्दे-तकिये फाड़कर कमरे भर में उसकी रुई बिखेर दी। शराब की दो बोतलें भरी हुई रखी थीं। उनकी भी शामत आई। डेढ़-दो घण्टे तक भूखे भेड़िये की तरह वह चीर-फाड़ करता रहा। छैलू की माँ और दादी हाथ जोड़कर हा-हा खाती रहीं, पर छैलू को तो भूत सवार था।

रात को ग्यारह बजे खान-पान, सैर-सपाटे के बाद रसिक बाबू और बुलाकी जब घर लौटे, तो अपने सुहाग-कक्ष का लंकादहन देखकर सुलग उठे। बुलाकी की नखरे भरी हाय-हाय ने रसिक बाबू के क्रोध में आहुतियाँ डालीं और वे गरजते हुए तोड़ी गयी दीवार लाँघकर दालान से भीतर वाले कमरे में पहुँचे। वहाँ अकेला छैलू ही नहीं, लच्छू, रमेश, गोडबोले, जयकिशोर, कम्मी और हर्रो भी मौजूद थे। अपनी सुरक्षा के लिए छैलू ने उन्हें बुला लिया था। रसिक बाबू के कमरे में आते ही गोडबोले, कम्मी और हर्रो तेजी से बाहर निकल आये। छैलू और उसके पिता में झड़प शुरू हुई, बाकी तीनों साथी कमरे से बाहर निकलकर दरवाज़े पर खड़े हो गये। छैलू ने पिता से कहा कि बुलाकी अब यहाँ नहीं रहेगा। यह मेरे बाबा-पड़बाबा का मकान है, और मैं अब बालिग हूँ। महल्लेवाले आपके खिलाफ़ हैं। मैं मुकदमा चला दूँगा, तो सब आपके खिलाफ़ गवाही देंगे। रसिक बाबू बेहद गर्मा गये। लच्छू-रमेश बीच-बीच में समझावन-बुझावन करते हुए छैलू को तब तक दरवाज़े की चौखट तक घसीट लाए थे। रसिक बाबू गर्माकर जब मारने झपटे, तो रमेश ने छैलू को बाहर घसीटा और लच्छू-रमेश ने जो किवाड़ के एक-एक पल्ले को पकड़े खड़े थे, फौरन ही दरवाज़े बन्द कर लिये। यह योजना लच्छू ही ने बनायी थी। उस कमरे में रसिक बाबू के सोने का प्रबन्ध करके ये लोग बुलाकी की दुर्गत बनाने के लिए जा पहुँचे। अखाड़िया गोडबोले पहले ही से बुलाकी को दबोचे हुए बैठा था। टँगे हुए पाजामों के इजारबन्द निकालकर कम्मी और हर्रो ने उसके हाथ-पैर बाँध दिये। तब तक ये चारों भी पहुँच गये। नरवेश्या सबकी अपार घृणा और क्रोध का पात्र था। बहुत दिनों से ये लोग इसकी मरम्मत करने की ताक में थे। रसिक बाबू चूँकि छैलू के पिता थे, इसलिए लिहाज़ के मारे रुक-रुक जाते थे। उस दिन अवसर पाकर उन्होंने अपने अरमान निकाले। मारपीट कर उस्तरे-कैंची से उसके सिर और भवों पर माडर्न आर्ट बनाकर, गोडबोले की लाई हुई जमालगोटे की दो टिकियाँ जबर्दस्ती उसके मुँह में डालीं और जबरदस्ती पानी पिलाया। फिर मुँह पर पट्टी बाँधकर पैरों के बन्धन खोल दिये और धक्के मारते हुए उसे गली में ले गये। पुराने सराफ़े की तरफ जानेवाली गली में पहुँचकर उन्होंने उसके हाथ

और मुँह के बन्धन खोलकर दो लातें जमाईं और कहा कि अब कभी इन गलियों में अगर तू फिर दिखलाई पड़ा, तो इससे भी ज्यादा तेरी दुर्गत बनाई जायेगी।

बल से न्याय को अपने पक्ष में करने का हठ तभी से छैलू के चरित्र में अपनी जड़ें मजबूत जमा चुका है। उस रात की घटना के बाद रसिक बाबू ने घर में कभी दुराचार करने का साहस नहीं किया।......और इस समय भी उसके मन में यही आ रहा है कि रुप्पन लाल को ऐसी सज़ा दी जाय कि फिर जनम भर वो हम लोगों से अटकने का साहस न कर सके।......स्साले ने पुलिस बुलवाई। हमारे मित्रों को पकड़वाया। इनकी ससरों की ये मज़ाल कि हम स्टूडेन्ट्स के मामले में हाथ डाला। साले हमसे अटके, हमसे! देख लेंगे सालों को जरा अँधेरा हो जाय.......।"

रह-रहकर आग का लौंका सा मन में लपक उठता था। मित्रों की गिरफ़्तारी का दृश्य—क्या बीत रही होगी उन पर? क्या सोचते होंगे वे लोग?—इन बातों का ध्यान जेठ की दुपहरी के बगूलों जैसा रह-रहकर उसके मन को तेज चक्कर खिला देता था। दो-चार बार आँखें भी भर आईं। जी उबल-उबलकर किटकिटा-किटकिटा कर निरुत्तर शून्य में पसर जाता था। कभी-कभी मानसिक उत्तेजना वायु की गँवर बनकर खाली पेट में चक्कर काट जाती, कभी दूर के धुँधलके से माँ, दादी और बाबा की चिन्ता भी उभरकर दिन के पास लहर सी गुजर जाती। कभी अपना भविष्य सूने फ्रेम जैसा ध्यान को बाँधकर फिर गूँगे मन की भीड़ में खो जाता था। मन की चंचलता में कोई भाव या विचार टिक ही न पाता था।

पत्ता खुड़का नहीं कि मन चौंका। दूर खेत की ओर से भी कोई आदमी आता हुआ दिखाई दिया, तो पुलिस के भय से मन के पर्दे फड़फड़ा उठे। पूरी दोपहर, शाम तक यही बावले बवण्डर उठते-बैठते रहे। मगर इस सारी अस्थिरता में भी बदले की भावना दृढ़ता के साथ स्थिर बनी रही—"ऐसा तूफान उठाऊँगा कि सरकार मेरे साथियों को छोड़ने के लिए विवश होगी।"

सूरज ढल गया। दीवाल के पीछे से 'राम नाम सत्य' की आवाज़ें आने लगीं। दिन भर के बाद अपनी समस्या से अलिप्त होकर एक नया कौतूहल जागा, कौन मरा? इस कौतूहल को शान्त करने के लिए तो कोई उपाय न था, पर इस बहाने से वह उठ खड़ा हुआ। नीचे आया। चिड़ियों के झुण्ड शोर मचाते हुए पेड़ों पर मँडरा रहे थे। छैलू को भी अपने नीड़ की याद आई।

●

:: ३० ::

छछूँदर की तरह कोने-किनारे में लुकता-छिपता छैलू अपने महल्ले की ओर चला। वह दिन भर के हाल सुनने के लिए आतुर हो रहा था। कौन मिलेगा? किससे पूछेगा? कहाँ जायेगा?—इन प्रश्नों पर छैलू का दिमाग़ चकरा जाता है। अपने घर वह हर्गिज न

जायेगा, क्योंकि वहाँ शायद पुलिस उसकी राह तकती बैठी हो। मन में बहुत से चेहरे उभरते, अस्वीकृत होकर गायब हो जाते।......बड़ी रोशनीदार चहल-पहल भरी सड़कों से यथासम्भव बचता हुआ, अनावश्यक लम्बा चक्कर लगाकर, वह नाले के किनारे उस जगह पहुँच गया, जहाँ से गोडबोले और कम्मी के मकानों का पिछवाड़ा पड़ता है। बीच में भीम के अखाड़े की गली है, जिसके विशाल पीपल की टहनियाँ कम्मी की छत से टकराती हैं। शरण पाने के लिए छैलू अखाड़े की ओर ही चला। बूढ़े छंगा पहलवान को छोड़कर रात में वहाँ कोई नहीं रहता और पहलवान भलेमानस हैं, उनसे ख़बरें भी मिल जायेंगी :

गली में घुसते ही दाहिनी ओर से आवाज़ सुनी : "छैलू भैया !" चोर का कलेजा हिल उठा; किसने पुकारा ? मुड़कर देखा, गोडबोले का नौकर रघुबीर था ?—'चुप !'—नाक पर संकेत की उँगली रक्खे हुए छैलू उसकी ओर घूमा।

"अरे, कहाँ रहे छैलू भैया ? हिंयन तो गजब हुइ गया है गजब ! स्यामा भैया, रमेस भैया, किसी को भी जमानत पर नहीं छोड़ रही सरकार। अब इनका अन्त आय गया समझो।"

"धीरे बोलो। किसी को शक भी न होने पावे कि मैं यहाँ हूँ।"

"तब फिर मेरी वाली कोठरी में चलो। बड़ी-बड़ी बातें हैंगी।

"इधर ही है या अन्दर ?"

"ये सामने है !"

अन्दर दरवाज़ा बन्द करके दोनों खुसुर-फुसुर बातें करने लगे। गोडबोले के पिता गणेशजी वैद्य, कम्मी के पिता क़मलनरायन सेठ, सब-जज साहब आदि कोशिशें करके हार गये, न तो लड़कों की जमानत ही मंजूर हुई और न उनसे किसी को हवालात में मिलने ही दिया गया। खबर थी कि लड़कों पर बड़ी मार पड़ रही है। खन्ना बाबू से डॉ० आत्माराम को भी टेलीफोन करवाया गया। और सबसे बड़ी घटना दोपहर के समय हुई, कि हवालात में रमेश आदि पर मार पड़ने की अफवाहों से गर्माकर हाईस्कूली लड़कों की एक क्रुद्ध भीड़ ने छेड़ी ततैयों की तरह रुप्पन की कोठी पर पथराव किया। रोशनदानों और दरवाज़ों के रंगीन काँच टूटे। छोटे मुनीम के सिर पर चोट आई। कोठी की सुरक्षा के लिए तैनात दोनों पुलिसमैनों पर इतने ढेले बरसाये गये, कि उनसे अपनी निकम्मी लाठियाँ लेकर भागते ही बना। सड़क की बिजलियाँ तोड़ता, नारे लगाता यह जलूस जिस गली से निकला, वहीं की दुकानें पटपट बन्द हो गईं। पुलिस के हथियारबन्द दस्ते आने तक लड़के तितर-बितर हो चुके थे, एक भी न पकड़ा जा सका, बड़ा तहलका मचा। शाम को मुख्यमंत्री आए। रुप्पन लाला के यहाँ सबको बुलाया गया।......रघुबीर ठीक तरह से पूरी बात न बतला सका, फिर भी छैलू को बहुत-कुछ मालूम हो गया। उसका चेहरा और कस गया, बोला : "रघुबीर, किसी तरह तुम पम्मी को बुला लाओ। इस साले रुप्पन और इसके कांग्रेसियों की........!"

छैलू को रघुबीर की कोठरी में देखकर पम्मी ऐसे लपक के उससे चिपटा, जैसे कि कम्मी ही से भेंट रहा हो, पूछा : "छैलू भैया; आप कहाँ चले गये थे ?"

"बाद में बतलाऊँगा। यहाँ के हालचाल बतलाओ।"

हालचाल अच्छे न थे। बहुत-सी बातें रघुबीर से जान ही चुका था। रूपचन्द के घर की सभा के सम्बन्ध में नई बातें मालूम हुईं। मुख्यमंत्री कह गये हैं, कि लड़कों की बढ़ती हुई अनुशासनहीनता को तनिक भी बढ़ावा न दिया जायेगा। अभी तक ये लोग कॉलेजों, विश्वविद्यालयों या रेल या सिनेमाहॉलों तक ही अपने बालहठ का प्रदर्शन करते थे, अब अपने घरों और क्षेत्र के लोगों को भी इन्होंने नीचा दिखलाने की ठानी है। उन्होंने कहा कि सरकार लड़कों की हर चुनौती को स्वीकार करेगी और उनके किसी भी आन्दोलन को कुचलने से न हिचकिचायेगी। उन्होंने बड़ी-बड़ी धमकियाँ दी हैं और यह भी घोषित कर गये हैं कि बारहदरी पर मन्दिर ही बनेगा। नयी सड़क बनने से इस क्षेत्र के लोगों को लाभ होगा। मन्दिर और धर्मशाला से इस क्षेत्र की शोभा भी बढ़ेगी और व्यापार को भी बड़ा लाभ पहुँचेगा। लड़कों को किसी शक्तिशाली पुरुष या राजनीतिक संगठन के गुमान में हर्गिज न रहना चाहिए। उनको पुस्तकालय के लिए जगह दी जायेगी, मगर तभी, जब वे अपने तोड़फोड़ के कुकृत्यों का भलीभाँति पश्चात्ताप कर लेंगे तथा मन्दिर-निर्माण के प्रति अपने नास्तिकता भरे विद्रोह के लिए गुरुजनों से क्षमा माँगेंगे।

"उनकी ऐसी की तैसी उल्लू के पट्ठों की। वो एक मन्दिर बनायेंगे तो हम दस मन्दिरों में आग लगा देंगे। ये पोलिटिकल पार्टियों से मोर्चा नहीं है, स्टूडेन्ट कम्यूनिटी से बैर बाँध रही है सरकार। इसका जवाब आज ही दिया जायेगा उन्हें।" कहते-कहते छैलू का मुखमण्डल प्रतिहिंसा की प्रबल लपटों से आसुरी तेज लेकर दमक उठा। एक-दो क्षणों तक पम्मी, रघुबीर और वह स्वयं भी अपने आवेश से स्तब्ध रहा, फिर चौंककर बात शुरू करते हुए बोला : "तुम किसी तरह पाँच-सात रुपै ला के दे दो मुझे। बाद में लौटा दूँगा।"

"घर जाना पड़ेगा छैलू भैया। बार-बार कोई मुझे बाहर निकलने भी नईं देगा।" पम्मी बोला।

"अरे, दुइ-तीन रुपै तो अपने पास भी होयँगे छैलू भैया।" रघुबीर ने कहा।

"अरे ठहरो, मैं इधर छत पे चढ़के पुड़िया में बाँध के फेंकता हूँ रुपै। लेकिन कीजियेगा क्या रुपयों का ? जान पड़ता है, कोई इस्कीम है आपके मन में ?"

"हाँ है, पर अभी बतलाऊँगा नहीं। कल जान जाओगे। जाके रुपयै फेंक दो। या रघुबीर को साथ किए देता हूँ।—"

"नहीं-नहीं, सामने की गलियों में पुलिस गस्त कर रही है। लड़के तो आज दोपहर की घटना के बाद से, खासतौर पर शाम को रुप्पन के यहाँ के मुख्यमंत्री वाली इस्पीच के बाद से गलियों में निकलने ही नहीं पाये। हर घर में उनके ऊपर निगरानी है। हमारे बाबू हमीं को घर से बाहर पैर तक निकालने से मना कर गये हैं।"

"कोई हर्ज नहीं। इन सब अत्याचारों का बदला अकेला मैं ही ले लूँगा सालों से। छोड़ूँगा नहीं हरामजादों को। बदला नहीं लिया तो मैं खत्री का बेटा नहीं। इनकी……सालों की!" छैलू का आवेश भरा चेहरा तपे इस्पात सा तमतमा रहा था, कहते हुए उसकी आँखों से चिनगारियाँ बरस पड़ीं।

रात के ढाई-तीन बजे का समय। लगभग दस-बारह महल्लों में जगार हो गयी। शोर प्रलयंकर होकर फैलने लगा—'आग-आग-आग' के सिवा और कुछ सुनाई ही न देता था। और आग मन्दिरों में लगी थी। बल्लीमल का ठाकुरद्वारा जल रहा था। कंधी गली का शिवाला जल रहा था। बाबूपुरे, छोपीटोले, हलवाई वाली गली, पुराने सर्राफे के बायें छोर पर बनी हुई कबड़िन की मस्जिद तक, देवालयों में आग ही लगा दिखलाई देती थी। आसमान के अँधेरे पर लाल रंग की झाँई पड़ रही थी। तीर में जलती मशालें बाँधकर गोपेश्वर महाराज के शिवाले की ओर से रुप्पन लाला की कोठी के पीछे वाले हिस्से में आग लगाने की कोशिश की गयी थी। और आज के अभियान की यही अन्तिम मंजिल भी थी। रघुबीर ने शिवाले के शिखर पर चढ़कर धनुष से जलती मशालों के तीर फेंके और सिर झुकाकर फौरन ही दूसरी दीवार की आड़ में छिपकर नीचे उतरने लगा। छैलू छत पर खड़ा देख रहा था, बोला: "जल्दी उतरो; जगार बढ़ती जा रही है।"

जल्दबाजी में रघुबीर की क़मीज एक पीतल के कंगूरे से उलझ गयी और उससे बचने के प्रयत्न में उसका पैर फिसल गया। पीठ की ओर से क़मीज नोक पर ऊँची उठी और फिर फटती ही चली गयी, साथ ही उसका नीचे गिरना भी आरम्भ हुआ। दोनों हाथों से कंगूरा पकड़कर थमने के प्रयास में कंगूरा भी टूट गया। छैलू तक तब उसे सम्हालने के लिए फुर्ती से आगे बढ़ चुका था। काफ़ी रगड़ खाकर शरीर छिल जाने के बावजूद रघुबीर गिरने न पाया। और दूर दिशाओं में शोर के स्वर छैलू के भीतर घबराहट और सनसनाहट भर रहे थे।

"अब भाग चलो रघुबीर, नहीं तो बेटा, अभी हम लोग सीधे कोतवाली में ही दिखलाई देंगे।" कराहते हुए भी रघुबीर फुर्ती दिखलाने लगा। मन्दिर की छत से दालान की छत पर कूदकर दोनों जल्दी-जल्दी सीढ़ियों से नीचे उतरे। आधी बोतल तेल, दो बिना जली मशालें और माचिस की डिबिया वहीं पड़ी थीं। रघुबीर दरवाजे की ओर बढ़ा। छैलू का ध्यान बोतल की ओर गया। सब चीजें उठा लीं और महादेवजी के सामने वाले पूरे दरवाज़े पर झटके से तेल छिड़कते हुए चौखट पर मशालें रखकर बाकी बोतल उन्हीं पर उलट दी और माचिस जलाकर बोला: "लो बेटा शंकरजी, तुमने हमको जलाया, हम तुमको जलायेंगे।" लपट उठी और छैलू का अमानुषी हिंसात्मक भावों भरा चेहरा, जलती आँखें और काँपता शरीर उसके प्रकाश में दमक उठा।

कई गलियों में घरों के ऊपर और नीचे हलचल भरी भीड़ दिखाई पड़ने लगी थी। छैलू और रघुबीर अपने बचाव के लिए लम्बा चक्कर लेकर भागने लगे। अन्धी घबराहट में दो-तीन बार सदा की जानी-पहचानी गलियाँ भूल-भूलैयाँ बनकर भटका भी गयीं। नाले

के किनारे पहुँचकर जान में जान आने लगी। इधर कोई शोर-शराबा नहीं था। अखाड़े की गली का पीपल अँधेरे में विशाल भूत की तरह खड़ा, मानो उसका स्वागत कर रहा था। कोठरी में पहुँचकर रघुबीर जमीन पर ढेर होकर हाँपने लगा। छैलू दरवाज़े की कुण्डी चढ़ाने के बाद किवाड़े से टिककर राहत की साँस लेने लगा। थोड़ी देर के बाद दोनों नये सिरे से अपनी सहज चेतना के वश में क्रमशः आने लगे। छैलू दरवाज़े से हटकर आगे बढ़ा और अँधेरे में खाट से टकराकर उफ़ कर उठा।

क्या भया छैलू भैया, चोट लग गयी ? ठहरो, लैट जलाता हूँ। प्रकाश होने पर दोनों ने एक-दूसरे की सूरतें देखीं। रघुबीर के लिए छैलू की आँखों में स्नेह भरे गर्व का भाव चमका। मुस्कराकर बोला : "शाबाश, आज से तुमको भी गोडबोले का नौकर नहीं, बल्कि अपना दोस्त माना। कमाल हो गया साला।" रघुबीर की उम्र भी बीस-बाइस वर्ष की थी, काला कसरती शरीर, सरल हँसमुख चेहरा छैलू के लिए इस समय अत्यन्त प्रिय हो गया था। रघुबीर गोडबोले के दवाखाने में चूरन घोटने का काम करता है। घर के भी दस काम कर देता है। व्यवहार का अच्छा होने के कारण इस घर में उसकी मान्यता भी अच्छी है। गोडबोले के मन पर खासतौर से चढ़ा है और इसीलिए गोडबोले के मित्रों से वह खूब परिचित भी है। छैलू ने कहा : "तुम्हारे चोट कहाँ लगी, देखूँ।"

"अरे, ये इधरवाल की पीठ और जाँघ छिल गयी है जरा। उँह, ठीक हुई जायगी। बाकी कुछ भी कह लेओ भैया, ये काम हम लोगों ने बड़े अधरम का किया। ये अच्छा नहीं किया।"

रघुबीर की बात मन के हठ में छुरी-सी घुप गयी। "अच्छा नहीं किया ?—नहीं, अच्छा किया।" छैलू को पिता, परमपिता—अपने सर्जक से ममत्व तो है, उसके ममत्व को ठेस तो लगती है, पर पिता, परमपिता—सर्जक से घृणा भी है। छैलू चिढ़कर बोला : "हाँ-हाँ, ये तो सब ठीक है, पर सालों ने हमारा मन्दिर नईं रक्खा तो हम इनके मन्दिर क्यों रक्खें ? एक जगह सच्ची पूछो तो मुझे जरा भी दुःख नईं हैगा रघुबीर। अब देखें, साले कल से हमारे दोस्तों को कैसे मारते-पीटते हैं। अरे, मैं सारे शहर में आग लगाऊँगा। दोस्तों की खातिर फाँसी भी चढ़ जाना पड़े, तो भी कुछ हरजा नहीं है। आखिर मरना तो एक दिन है ही।"

"हाँ, पर अच्छा काम करके मरना चाहिए ना। अब सोचता हूँ, जाने कैसी मत हो गयी मेरी भी, उत्ती बेला तुम्हारी बातों में आके।"

"देखो रघुबीर, चिताए देता हूँ, अब जो तुम पश्चात्ताप के फेर में पड़ोगे तो साले, कल ही तुम्हें पुलिस पकड़ ले जायेगी। पुलिस की आँखें बड़ी तेज होती हैं। अब तो जो हो गया, सो हो गया। मैं भी कोई भगवान का दुश्मन थोड़े ही हूँ।......मगर अब चिन्ता छोड़ो, जो होगा सो देखा जायेगा। अब तो ओखली में सिर डाल ही लिया पट्ठे, यारों के नाम पे।......मगर कमाल कर दिया साला हम लोगों ने।"

●

सारी रात इधर के महल्लों में जगार रही; गली-महल्लों के बीच में लगी हुई आठ-दस जगहों की आग बुझाने में फायर ब्रिगेड वालों के छक्के छूट गये। लोग अपने-अपने घरों से पानी भरी बाल्टियाँ, गगरे और मटके ला-लाकर आग से लड़ने लगे। कुएँ वाले घरों में इधर-उधर से रस्से-गगरे लाकर पानी भरनेवालों ने 'जल्दी भरो, जल्दी करो' की कौआरोर मचा दी। सबसे प्रबल आग बल्लीमल के ठाकुरद्वारे और गोपेश्वर महादेव के शिवाले में लगी थी। रुप्पन की कोठी का पिछवाड़ा और आस-पास के घर भी लपटों से घिरने लगे। पेशकार साहब के ऊपर वाले कमरे के छज्जे तक आग पहुँच गयी थी। मस्जिद का सिर्फ एक भाग ही जलकर रह गया। बाबूपुरे के मन्दिर से सटे हुए बरगद की जटाओं में लपटें लग गई थीं। पर महल्ले वालों की फुर्ती से नगर का एक सबसे बड़ा अग्निकाण्ड होते-होते बच गया। गलियाँ पानी, कीचड़ और रपटन से भर गयीं।

सुबह से सारा शहर इस क्षेत्र की ओर ही उमड़ पड़ा। इतने धर्मस्थानों का जलाया जाना शहर की सबसे बड़ी चर्चा का विषय बन गया। जिसे देखो वही लड़कों की नास्तिकता की बुराई कर रहा था। शिवरात्रि वाले जोगी के शाप की बात हर जबान पर थी। हर दिल को करारा धक्का लगा था। भविष्य के विनाश की आशंकाओं से हर कलेजा दहल रहा था। लोग-बाग यहाँ तक कहने लगे कि भैया, जो सन् '६२ में अष्टग्रही की प्रलय आनेवाली है, सो क्या ऐसे ही आ जायेगी। आगे जो न हो जाय सो थोड़ा है। बाक़ी हद हो गयी है लड़कों के उत्पात की। कमाल कर डाला सालों ने। किसने किया? छैलू के ऊपर ही सबका शक गया था। अनशनकारियों में वही अकेला पकड़ाई में नहीं आया था। पर क्या केवल एक ही लड़के ने इतना काम किया? असम्भव है। जान पड़ता है, षड्यन्त्रकारी लड़कों का कोई गुप्त संगठन बन गया है और उसी के द्वारा यह काम हुआ है। छैलू के नाम वारण्ट कट गया। छैलू का पता पाने के लिए पुलिस हर्रो को पकड़ ले गयी। संघ में आनेवाले हर लड़के का पता लगा-लगाके पुलिस ने उन्हें और उनके घरवालों को सवालों और अपने बेहूदेपन से तंग करना शुरू कर दिया। पब्लिक में असन्तोष की लहर अब दूसरी ओर उलट पड़ी। पुलिस सबके बच्चों को क्यों तंग करती है?

थोड़ी ही देर में हथियारबन्द पुलिस और घुड़सवारों के दस्ते टिड्डीदल से गली-गली में दिखाई देने लगे। भीड़ें छितराकर सन्नाटा बढ़ाया जाने लगा। लाला रूपचन्द अब प्रबल क्रोध में तमाम लड़कों से बदला लेने पर तुल गए।

सबेरे ही सबेरे उनके यहाँ कई प्रतिष्ठितों की भीड़ जुड़ गयी थी। लाला रूपचन्द का टेलीफोन उद्योगमन्त्री से जुड़ा हुआ था। तमतमाए हुए मुख से शब्दों की छूटती हुई गोलियाँ प्रलय मचा देने पर आमादा थीं। वे कह रहे थे: "अजी, आप सबूत-सबूत का शब्द बार-बार क्यों इस्तेमाल कर रहे हैं? सबूत यही है कि जो लड़का भागा, उसी ने ये सब किया। और इसके पीछे पहले ही से ज़रूर कोई गहरी इस्कीम भी बनी रही

होगी।......जी ?—जी हाँ, यही तो मैं भी कहता हूँ कि एक लड़के का काम नहीं है। आप एक नहीं, सब लड़कों को पकड़वा लीजिए। पाँच मिनट के अन्दर सत्त का पता लग जायेगा।......इसे आप अन्याय कहते हैं! अजी अन्याय तो इन लड़कों ने किया है। हज़ारों घर फुँक गये होते कल रात में। वो अन्याय न होता? हमारी धरम-भावना को चोट पहुँचाई, वो अन्याय नहीं है? हम तो सेठजी, इस बखत जादा कुछ कहने के मूड में नहीं हैं आपसे। अब सारी कहा-सुनी तो बासठ के इलेक्शन में होयगी।" कहकर टेलीफोन झटके के साथ रख दिया और बोले: "उल्लू का पट्ठा साला।"

धोती का एक पल्ला अपने कन्धे पर डाले कलई की पेंदी का छोटा हुक्का हाथ में लिये लाला किशोरदास रुप्पन लाल के ऐन बगल ही में बैठे थे, पूछने लगे: "क्या कहते हैं, नईं पकरेंगे लरकों को?"

रुप्पन के बड़े लड़के बीरू ने तमककर कहा: "वो पकड़ें चाहे न पकड़ैं, आज की रात हम गनेश वैद की हवेली को फूँक के मसान जरूर बनाय डालैंगे। ये सारी कांस्प्रेसी उन्हीं के यहाँ से शुरू हुई है!"

"ख़ैर, ये तो तुम गलत कहते हो बेटा। और चाहे जो भी होय, पर वैदजी धार्मिक पुरुष हैं। वो मन्दिर हरगिज नहीं जलवा सकते।" बैजू लाला बोले।

"ख़ैर, यह बात तो हम भी कहेंगे, कि वैदजी ने ये काम नईं करवाया। पर बनिये, महाजनों की जित्ती निन्दा उनके यहाँ से होती है, खासतौर से रुप्पन की, उत्ती निन्दा मैं कहता हूँ कि और कोई नहीं करता। अगर कल सबेरे उनका परचा न निकला होता, तो लरकों को इत्ता बल भी न मिला होता।" लाला किशोरी ने कहा।

"वो चाहे गनेस होयँ, चाहे साक्शात महादेवजी होयँ, देख लूँगा सब सालों को आज ही। बैजू चाचा, इसका जवाब यही है कि आज-कल-परसों में जल्दी से जल्दी किसी बखत बारादरी को भीतर से ढाने का काम शुरू कर देना चाहिये। न रहे बाँस और न बजै बाँसरी और मन्दिर-धरमशाले की नींव मैं जल्दी से जल्दी खुदवाय के पूजा करवाए देता हूँ। नक्शा-वक्शा सब बाद में बनता रहेगा।" लाला रूपचन्द तैश में थे।

बैजू लाला बोले: "ठीक है। बाकी हमारी एक राय हैगी रुप्पन, मन्दिर और धरमशाला अब अकेली तुम्हाए नाम से नईं होनी चाहिए। देखो बुरा न मानना, मैं दूर की बात कह रहा हूँ। इसे अब तुम पंचायती बना दो।"

"उससे क्या होयगा?"

"उससे ये होयगा, कि अभी जो सब मिल के ये हुल्लड़ मचाय रहे हैंगे कि रुप्पन ज़मीन हड़प रहे हैं, सो बात फिर नहीं रहेगी।"

बीरू तमक के बोला: "धरमशाला तो हमारे बाबा के नाम ही से बनेगी बैजू बाबा, इसमें कोई उलट-फेर नहीं हो सकता। हाँ, मन्दिर आप पंचायती बनवाइए, कोई हर्ज नहीं है। मन्दिर तो बाबू की इस्कीम में था भी नईं। ये तो पुत्ती गुरू के कहने पर हमने—

ज़िम्मेवारी उठाई थी। बल्कि मन्दिर के लिए तो न मेरी राय थी, न मुलायम की। मगर बाबू बोले कि अरे धरम का काम है, जहाँ दो लाख खरच रहे हैंगे, वहाँ डेढ़-दो और सही। बाम्हन के मूँ से निकली बात है—पूछ लीजिए इनसे, यही लफ़्ज थे इनके। औ' वही बाम्हन देवता अब कल से हमारे दरवज्जे पर बैठे अनशन कर रहे हैंगे। और उन्हीं के लड़के ने हमारे बाबू को इत्ती गालियाँ दीं और दिलवाईं। दिन में हमारे घर पे हमला हुआ। रात में हमारे रसुइयाँ वाले आँगन में जलती मशालें फेंकी। हमारा घर जलाने के लिए ही गोपी महराज के शिवाले में आग लगाई। अजी, मैं तो यहाँ तक कहता हूँ कि ओरिजिनल में हमारी कोठी जलाने के खातिर ही इन्होंने एक शिवाले में आग लगाई और फिर ये जतलाने के लिए कि आग हमारे विरोध में नहीं, बल्कि मन्दिर के विरोध में लगाई गयी, उन्होंने दस मन्दिर और फुँकवाए। और इन सबके पीछे, अगर वैदजी नई तो खन्ना साहब का हाथ जरूर-जरूर है। उन्हीं के घर में कमनिस्टों का अखाड़ा जमता है।''

रुप्पन लाला किसी और ध्यान में बैठे थे। लड़के की बात खत्म होने पर बोले: ''किशोरी भैया, सरकार न सही, मगर मैं कहता हूँगा कि लड़कों से लड़कों की पटा-बनेठी करवा दीजिए। उनसे न हो तो कोई और इन्तजाम कर लीजिए। औ' महजिद भी तो जलाई हैंगी इन लोगों ने। अपने गोटेवाले मुसलमान कारीगरों को भड़ी पे क्यों नई चढ़ा देते आप लोग? हाजी नबीबकस तो पक्के कमनिस्ट हैं, बहरहाल वो या किसी और को भड़काइए, एक जलूस तगड़ा सा मुसलमानों का भी निकल जाय आज शाम तलक। और दिन में ढिंढोरा पिटवाय के इसी केशोराय के टीले पे बड़ी भारी पब्लिक की मीटिंग हो। संघ के नेताओं को बुलाओ। हाजी साहब और एक किसी औरंगी-नौरंगी मौलाना को भी बुला लो। देओ साली काँगरेस को गालियाँ, निकालो इन जवाहरलाल-आत्माराम जैसों की अर्थियाँ। हज़ार दो हज़ार जो खर्च होगा, हम देंगे।''

लाला किशोरी के जाने के बाद रुप्पन लाला बैजू लाला को लेकर भीतर वाले कमरे में चले गये। बाहर की भीड़ रहस्य में गोता खाती बैठी रही। गली-गली में मुर्दनी छायी हुई थी। जगह-जगह स्यापा बैठा हुआ था। अनगिनत धर्मप्राण हिन्दू नर-नारी, अपने देवस्थानों के नष्ट होने से बेहद दुखी और भावुक हो उठे थे। अनेक नर-नारियों से खाया तक न गया। धर्म की चोट हर चोट से गहरी प्रतीत हो रही थी। लोग जले हुए मन्दिरों को देखते। जले हुए काठ और किवाड़ और दीवारें, लपटों की आँच और धुएँ की कालिख से मनहूस लगनेवाली देवमूर्तियाँ हर देखनेवाले के दिल में हाहाकार मचा देती थीं। ऐसी त्राहि-त्राहि लोग बतलाते थे कि सन् १९०२ के प्लेग और सन् '१९ के इन्फ्लुएंजा वाले महामृत्यु के दिनों में भी कभी नहीं मची थी। मनुष्यों की मौत से देवताओं की मौत स्वयम् मनुष्यों ही को कई लाख गुना अधिक भयावनी प्रतीत हो रही थी। सात्विक धर्मी नर-नारी किसी को भी दोष नहीं दे पा रहे थे। वे इसे मनुष्य के पाप और ईश्वर के कोप का सम्मिलित परिणाम मान रहे थे। रजोगुणी धर्मप्राणी जन इस घटना के पीछे राजनीति की बदबू सूँघकर राजनीतिक तौर पर ही जवाब देने के लिए कठोर शब्दों का प्रयोग कर रहे थे। उनके आक्रमण का लक्ष्य कांग्रेस और कम्युनिस्ट थे। अपने महल्लों के लड़कों के

इस दुराचरण के लिए वे उन्हें दण्ड न देकर डॉ० आत्माराम के 'इण्डिपेण्डेण्ट' अखबार का कार्यालय, सम्पादक आनंदमोहन खन्ना का घर और मिनिस्टरों की कोठियाँ फूँकने के लिए अपने मुखों से जगह-जगह आग उगल रहे थे। तरुण छात्रसंघ बन्द कर दिया जाय, यह मत तो सबका था, परन्तु मन्दिर-धर्मशाला के बहाने राजा केशोराय की बारादरी और टीला रुप्पन लाला के अधिकार में आ जाय, यह बात बहुतों को अब भी पसन्द नहीं आ रही थी।

दोपहर के लगभग बारह साढ़े बारह बजे फिर नया हल्ला उठा। पता लगा कि सौ डेढ़ सौ लड़कों ने हाकी-डण्डे लेकर तरुण छात्रसंघ वालों के घरों में घुस-घुसकर लड़कों को पीटा। उनके यहाँ की चीजों को तोड़ा-फोड़ा। बचाने के लिए झपटनेवाली स्त्रियों को भी बेरहमी से धक्के दिये गये। गोडबोले वैद के फाटक में आग लगाने की कोशिश भी की गयी, मगर छत से दो हवाई फायरों के बाद गणेशजी की चेतावनी भी गरजी और भीड़ ऊलजलूल नारे लगाती हुई लौट गयी। घण्टे भर बाद इस क्षेत्र में कर्फ्यू लग गया।

रात को आठ बजे लाला बैजनाथ की कोठी में दो राजनीतिक पार्टियों के नेता और लाला रूपचन्द बैठे भोजन कर रहे थे। रूपचन्द गम्भीर थे। नेता शर्माजी गर्मागर्म खस्ता कचौड़ी को तोड़ते हुए बोले: "प्रश्न यह है लाला बैजनाथजी, कि हाईस्कूल और इण्टर की परीक्षाएँ सामने हैं। हम इस तरह का आन्दोलन बढ़ने नहीं देना चाहते। ये दिन की मार-पीट जो आप लोगों ने करवा दी—"

"ये गलत खबर हैगी शर्माजी, लड़कों की मार-पीट से भला हमारा क्या सम्बन्ध हो सकता हैगा? अभी हमारे क्षेत्र में सबके सब लड़के नास्तिक नहीं भए, क्या नाम के। ये मन्दर नहीं जले, हिन्दू मात्र का कलेजा जला है।" लाला रूपचन्द बड़े ही गम्भीर और उत्तप्त स्वर में बोले।

दूसरे नेता ब्रजकिशोर अग्रवाल ने कहा: "रूपचन्द, बात तुम्हारी सवा सोला आने सच्ची है, पर सवाल ये है कि जिन लड़कों ने ये पापाचार किया है, वे भी तो हिन्दू ही हैं। हम, सच्ची पूछो तो उन पर नास्तिकता का आरोप नईं लगा सकते।"

"कैसे नहीं लगा सकते?" रूपचन्द ने झटका देकर पूछा।

"किसको नास्तिक कहें? जित्ते लड़के पकड़े गये हैं उनमें किसके माँ-बाप नास्तिक हैं? गणेशजी गोडबोले को नास्तिक कहें, कि लाला गुलाबचन्द को, या तुम्हारे वो क्या नाम हैं के, पाधाजी के लड़के को, बाजपेयीजी के दामाद को—किसको नास्तिक कहैं?"

लाला रूपचन्द आँखें निकालकर बोले: "ब्रजकिशोर, ये तुम नहीं बोल रहे होगे, क्या नाम के, लाला राधेरमन से तुम्हारा समधियाना बोल रहा हैगा।"

अग्रवालजी भी गर्मा उठे, कहा: "राधेरमनजी मेरे समधी हैं, तो क्या हुआ! उन्होंने कौन तुम्हारी जमा मार ली?"

"जमा नहीं मारी, उनको हमारा मन्दिर बनाने की जलन व्यापी हैगी। उन्होंने तीन लाख रुपया खरच करके मन्दिर बनवाया है, तो इसके माने ये हुए कि कोई दूसरा उससे

अच्छा न बनवावै। मैं सब सुन चुका हूँ ब्रजकिशोर, लाला राधेरमन हमारे लड़कों की उन्नती देख के जल रहे हैंगे। अरे, मैं और जलाऊँगा उन्हें। मुझे भगवान ने दिया है तो मैं दस लाख का मन्दिर बनवाऊँगा !''

''ऐ, दस नईं तुम बीस लाख का बनवाओ, मगर हम तुम्हें पराए धन पे लक्ष्मीनारायन न बनने देंगे रूपचन्द। हम और हमारी पार्टी यह निश्चय कर चुकी है, कि एक प्रेस-वक्तव्य में कल ही तरुण छात्रसंघ के लड़कों को ये टीला और बारहदरी प्रदान किए जाने का समर्थन किया जायेगा।''

लाला रूपचन्द ने एक बार तमतमाए मुख से ब्रजकिशोर अग्रवाल की ओर देखा, कुछ कहने के लिए होंठ खुले भी, पर तुरन्त ही घृणा के साथ भिंचकर थाली की ओर लौट गये। हाथ का कौर अनजाने झटके के साथ थाली में छूट पड़ा। लाला बैजनाथ जो अपनी खिचड़ी खाकर अपनी आँखों के सामने ही नौकर से आमों के डिब्बे खुलवाकर खुद अपने हाथ से आमों के ऊपर का शहद छुड़ाकर पानी से धो रहे थे, एकाएक शान्त गम्भीर स्वर में बोल उठे : ''इस्थिति ये हैगी रुप्पन, कि इस समै न तो काँगरेस ही तुम्हारा साथ देगी और न जनसंघ ही। सबेरे तलक हवा कुछ और थी और इस बख़त कुछ और है। तुमने गुस्से में आय के मार-पीट उकसाई और इसी से तुम्हारा पाँसा भी पलट गया।''

शर्माजी बोले : ''आपने बड़ी सफाई से इस्थिती स्पष्ट कर दी लाला बैजनाथजी। हमारे सामने सबसे बड़ा प्रश्न ये है, कि हम इस समय नीतिवश डॉक्टर आत्माराम का विरोध नहीं करेंगे। आज सबेरे के 'इंडिपेण्डेण्ट' का रुख आपने देख लिया और कल तो वह आग ही उगलेगा, इसमें सन्देह नहीं। आज शाम को पाँच बजे ही सारसलेक से डॉक्टर साहब का ट्रंककाल हमारे मुख्यमंत्रीजी के पास आया था। हमारी काँगरेस इस समय जिन अन्तर्विरोधों से गुजर रही है, उसमें हम इस समय अपने प्रदेश में कोई छात्र-आन्दोलन कदापि नहीं चाहते। जनता नहीं चाहती कि बारादरी और टीला आपको मिले।''

लाला रूपचन्द बिफर उठे, वाक्-संयम कुछ-कुछ टूटने लगा, बोले : ''राजनीतिक सब साले चोट्टे होते हैंगे।'' अग्रवालजी छूटते ही बोले : ''जी हाँ, धरम के नाम पे पब्लिक को भड़का के माल हड़पनेवाले साहूकार बड़े ईमानदार होते हैं।''

''और तुम नहीं हो साहूकार के बेटे, तुम्हाए समधी राधारमन नईं हैं क्या ? तुम्हाए जनसंघ में—''

लाला बैजनाथ बोले : ''अरे भई, सेठ-साहूकार तो सभी जगह हैंगे। औ' ये तो भई, देखो रुप्पन, दाँव की बात हैगी। इस टीले पर तुम अपना दाँव हार गए। अब चुप्पै बैठो।''

शर्माजी बोले : ''अरे हाँ-हाँ, रूपचन्दजी, भगवान ने बहुत दै दिया आपको। समझ लीजिए कि ये नयी सड़क भी आपके घर तक लक्ष्मी लाने के वास्ते ही बन रही है।''

''और नहीं तो क्या, इन्होंने सड़क की योजना ही अपने लिए बनवाई। हरीकिशनदास साथ थे, मेयर, डिप्टी मेयर—''

"तो तुम क्यों जलते हो ब्रिजकिशोर, अरे मेरी तो ऐसी कोई खास रिश्तेदारी भी नहीं, औ' तुम्हारे तो सगे जीजा हैं हरीकिशनदास। क्यों नहीं मिला लिया तुमने? मैं—मैं सब जानता हूँ, ये जलन इस बात की है आप लोगों को, कि सड़क की योजना मैंने बनवाई है।"

"रुप्पन, तबेले में लतिहाउज अच्छी नहीं। अब तुम बच्चे नहीं हौगे, पचासा पार कर ग्रये। किससे-किससे लड़ाई मोल लेओगे? बनिये-बैपारी का बेटा, हमाए बाप कहा करते थे कि जो सबर छोड़ै तो बसर छोड़ै। जहाँ तक बन पड़ा, तुमको भगवान ने जित्ता दिया हैगा, उत्ता लै लेओ। बाकी सबर करो। अब मन्दिर-धरमशाला न सही, न सही। कहीं और बनवा लेना। हमाई राय में अब तुम सब जने जाय के पहले पुत्ती गुरू को मनाओ। दो दिन से ब्राह्मन भूखा पड़ा हैगा तुम्हारी ड्योढ़ी पे। कुछ ऊँच-नीच हो गया तो सदा के लिए कलंक लग जायेगा तुम्हें। अरे शर्माजी, हाथ पे हाथ धरे क्या बैठे हो यार, जरा रबड़ी तो चखो, खास तुम्हारी खातिर इस्पिशल आडर दे के बनवाई हैगी नरैना से।"

ब्रजकिशोर अग्रवाल, रूपचन्द अग्रवाल की पराजित मुखमुद्रा से सन्तुष्ट, विजेता के उमंग और चहक भरे स्वर में मज़ाक करते हुए बोले : "अच्छा बैजू चाचा, तो इसके माने ये हैं कि आप काँगरेस वालों को ही प्रसन्न करना चाहते हैं, जनसंघ वालों को नहीं।"

"जनसंघ वालों ने अगर हमारे दोस्त के लड़के को अपना सभापत न बनाया होता, तब ये कहता कि सरमाजी और अगरवालजी, मैंने आप दोनों के लिए खासतौर से बनवाई है। रुप्पन लेओ, ये आम तो खाओ यार, अब ग़ुस्सा थूको भैया। जाओ, पुत्ती गुरू को एक गिलास दूधिया केसरिया ठण्डाई पिलाओ। हमने सब घुटवा-वुटवा के तैयार कर रक्खी हैगी। जाओ, बाह्मन की खुसामद करने में हम खत्री-बनियों की नाक नहीं कटती हैगी, चाहे कित्तई बड़ा होवै। औ' सरमाजी, लड़के कल हमारे छूट के जरूर आ जावैं और ये बारादरी में पुस्तकालय भी जरूर बनेगा। पच्चिस हज़ार मेरे, राधेरमन के पच्चिस, रुप्पन के—"

"मैं एक धेला नहीं दूँगा। मेरी शरधा नहीं है।"

"अच्छा तो इनके पच्चिस भी हमारे पच्चिस में जोड़ दीजिए। हम पचास हज़ार दै देंगे और ये हमारे जनसंघ के सभापत बिरिजकिसोर दस-दस पाँच-पाँच के आठ-दस असामी पटाय देंगे। डेढ़ पौने दो लाख में राजा केसौरय के टीले पे उम्दा पुस्तकालय का भवन बन जायेगा। टीले के नीचे-नीचे दुकानें बनवाय देंगे, सो पुस्तकालय का खरचा चलता रहेगा।"

सब लोग एकमत थे और रूपचन्द एकदम मौन। वे जानते थे कि उनकी पतंग कट चुकी। बनियों ने बनिये को काटा। हीरा ही हीरे को काटता है।

●

पालम हवाई अड्डे से रूसी 'एयरो फ्लोत' विमान उड़ चला। भाग्य ने लच्छू को खिड़की के पास वाली कुर्सी का कार्ड-नम्बर दिया था, इसलिए बेहद मगन था। लच्छू को जीवन में पहली बार हवाई जहाज ही नहीं, बड़ी यात्रा करने का मौका भी मिला था। लच्छू ने अब तक कानपुर, लखीमपुर, फैजाबाद, सारसलेक और अब हवाई यात्रा के बहाने दिल्ली को छोड़कर साठ-सत्तर मील के घेरे से अधिक की दुनिया ही न देखी थी। रेल पर भी सब मिलाकर शायद छह-सात बार से अधिक सवार नहीं हुआ था।......और अब इतनी ऊँचाई पर है। कुतुबमीनार खिलौने सी लग रही है, दूर-दूर तक फैली हुई दिल्ली की बस्तियाँ जन्माष्टमी की झाँकीवाली सजावट जैसी लगती हैं। दिल्ली दृश्यपट से चुक गई,......हरे-भरे मैदानों पर बादलों की छाया पड़ने लगी है।

बादलों के टुकड़े रुई के फाहों जैसे उड़ रहे हैं। खिड़की से दिखलाई पड़नेवाले आकाश के ओर-छोर तक फैले हुए ये फाहों-से बादल बड़े ही सुहावने लग रहे हैं। लच्छू की आँखें जादू से बँधी हुई हैं। जीवन में कविता से आम तौर पर दूर रहनेवाले नवयुवक का मन ऐसे कवि सा स्फूर्त हो उठा है, जो गूँगा हो और जिसे लिखना भी न आता हो। 'गिरा अनयन नयन बिनु बानी'।......निर्मल दूधिया बादलों का लहराता महासागर। बीच-बीच में कुछ-कुछ श्वेत-श्याम बादल उस क्षीरसागर की लहरों से अपना व्यक्तित्व अलग ऊँचा उठाए गए, डूबे पहाड़ों के शिखरों जैसे।......कहीं हिमालय तो नहीं आ गया ये? 'डाक्साहब' ने चलते समय कहा था कि 'सोवियत यूनियन' ही नहीं, तुमको अपने देश के हिमालय का भी अनोखा दर्शन मिलेगा। शायद हिमालय ही है......पर अभी कुछ पता नहीं चल रहा है। लच्छू के सामने तो देर से बादलों ही का निराला तमाशा चला आ रहा है। क्षीरसागर गया—और—अब ये हल्के भूरे और चमकदार बादलों का रेगिस्तान आ गया। हवाई जहाज और नीचे की दुनिया के बीच में कुछ-कुछ दम घुटानेवाला एक श्वेत अनन्त फैलाव फैलता ही चला जा रहा है......।

सहसा सूर्य चमक उठा। बादलों के रेगिस्तान को भेदती हुई सूर्य की रंगबिरंगी आभा सफेदी पर छाकर उसे समेट भी ले गयी। पहाड़—सूर्य के प्रकाश में चमकता हुआ नीलकृष्ण हिमालय! बर्फ से ढँकी चोटियाँ, दूर-दूर तक बर्फ ही बर्फ। सूर्य कि किरणों से जगह-जगह पर बर्फ की आभा में निराले रंग फूट रहे हैं। बादलों के टुकड़े उनके ऊपर से मस्त धीमी चाल में, पल-पल में अपने आकार बदलते उड़ते चले जा रहे हैं। रंगों के दायरों से निकलते हुए उन रंगों का अक्स लेकर वे धरती से आसमान तक अनोखी छटा छहराते हुए निकल जाते हैं। बादलों के बदलते आकार नजरों को अपने जादू से बाँध रहे हैं। शिखरों वाले क्षेत्र से लेकर धुर नीचे तक चमाचम सिन्दूरी, सुनहरी, हलकी पीली, आसमानी, नीली और उनके बीच-बीच में कहीं-कहीं निखरती चन्दन सी सफेदी, गहरी नीली और काली परछाइयाँ देखनेवालों को अपने मन की सतहों सी, हिमालय के दर्पण में मानों जटिल गहन अनन्त आत्म-सौन्दर्य का सरल सुगम बोध करा रही हैं! जगह-जगह

दृश्यपटी पर आ जानेवाले नदी-नालों की टेढ़ी-मेढ़ी, ढलती, लहराती लकीरों की रुपहली चमक, चढ़ती पगडंडियों की टेढ़ी-मेढ़ी रेखाएँ, जिनमें से बहुतों पर अब तक शायद एक भी मनुष्य या पशु के चरण न पड़े होंगे! कच्चे हिम की पट्टियों से सजे काले पहाड़, किसी अनन्त तेजोमय जोगी-फकीर की फटी उधड़ी मैली कन्थी गुदड़ी के समान अनोखे शाही ठाठवाले लग रहे हैं। सुन्दरता का अन्त नहीं—सुन्दरता क्या है? गूँगे का गुड़!......ये देखो, मोटी बर्फ की तहों से दूर तक ढँके हुए पहाड़ों के बीच में एक विशाल परात जैसा गोल, काला मैदान। उसके आस-पास से दूर अन्तरिक्ष तक बर्फीले पहाड़ मानो बादलों की रजाई ओढ़कर सो रहे हैं। बीच-बीच में कहीं सोती हुई हरी-हरी झीलें भी मिल जाती हैं। सुन्दरता पर सुन्दरता की तहें चढ़ती चली जाती हैं; और वह मोटी तहें टकराकर एक-दूसरे में समाती हुई व्यापक, पारदर्शी, ढाका की मलमल जैसी अद्‌भुत मनोरम बन जाती हैं। आत्मविस्मृति गहन होती चली जाती है।......हिमालय जहाँ तक दिखलाई देता रहा, मन का यही हाल रहा। वायुयान लगभग एक घंटे तक हिमालय पर उड़ता रहा।

नाश्ता आ गया। हवाई जहाज के अन्दर की दुनिया ध्यान में फिर से लौट आई। एक बहुत मनोरम किन्तु लम्बी नयन-यात्रा के बाद थकने पर यह नाश्ता भी कितना सुखद दृश्य बनकर सामने आया है। पहाड़ों के जादू से उतरकर मानो चेतना के चिरपरिचित मैदान में—अपने घर में—सब लोग लौट आये हों। ये हसीन रूसी 'एयर होस्टेस' (हवाई मेजबान) की मुस्कुराहटों में लिपटी खातिरदारियाँ क्या कुछ कम जादुई हैं? नकल में असल का रस भर देना ही तो कला है। पड़ोस की सीट पर पेट्रोलियम कम्पनी के एक बुजुर्ग मियाँजी ने नाश्ते के बाद अपना दोहरे का बटुआ खोला, सुपारी मुँह में डाली, फिर कत्थे की डली, फिर चूना और तम्बाकू—और फिर मुँह चलाते मगन मस्त नज़रों से अपने चारों ओर देखने लगे। लच्छू से पूछा : "जनाब क्या रूस में पढ़ाई के लिए जा रहे हैं?"

"जी नहीं, मालिक के काम से जा रहा हूँ। आप क्या ताशकन्द जायेंगे?"

"ताशकन्द भी जाऊँगा। बल्कि मुझे बतलाया गया है कि ताशकन्द ही में हमारा पहला मुकाम होगा। हम तो रूस की मजदूर यूनियन के मेहमान हो के जा रहे हैं जनाब। ये इन लोगों का बड़प्पन हैगा कि हमारे जैसे मामूली आदमियों का इतना खयाल रखते हैं। दरअस्ल उनका तो राज ही मज़दूर-किसानों का है—हँसिया और हथौड़ा—हम हथौड़े वाले हैं न। हः हः हः।"

"आप कहाँ काम करते हैं?"

"पैट्रोलियम वर्कर्स यूनियन का प्रेशीडंट हूँ जनाब। वैसे रहनेवाला अवध का हूँ, सुलतानपुर का।"

"ओह, मैं भी सारसलेक से आ रहा हूँ। वैसे मकान हमारा लखनऊ में है।"

"वल्लाह, तब तो हम दोनों ही गोमती का पानी पीते हैं। कुछ भी कह लीजिए; मगर हम तो ये कहते हैंगे जनाब, कि और-और तरह से दुनिया चाहे जैसी तरक्की क्यों न कर

गयी हो, मगर तहजीब के मामिले में हमारा अवध ही सबसे आगे है। हमारे मुहम्मदे मुस्तफ़ा ने फरमाया है—तीन बातें—कि किसी पे पुस्सा न कर, किसी की चीज़ न माँग और जो चीज़ अपने लिए पसन्द कर, वही दूसरों को भी दे। यही जोग बासिष्ठ में बासिष्ठजी ने भी लिखा हैगा। असल उसूल एक ही हैगा इन्सान का। हम आप ये देखें, कि विश्वामित्र मुनी ने बासिष्ठजी के सौ बेटे मार डाले, मगर बासिष्ठजी गुस्से न हुए। हमारे अवध के थे बासिष्ठजी। हमारे राजा रामचन्द्रजी के गुरू थे। और राजा हरीशचन्द्र हमारे अवध के—यानी कि खुद को और बीबी-बच्चे तक को बेच दक्षना अदा कर दी, मगर किसी सेठ-साहूकार, दूसरे राजा से एक कौड़ी न माँगी। चाहते तो उन्हें क्या न मिल जाता। अवध के राजा थे, सतवादी थे। मगर न-ह—मुहम्मदे मुस्तफा ने फरमाया हैगा कि किसी की चीज़ न माँग।"

मियाँजी बतरस में आ गये। लच्छू का मन इतना खाली न था—ऐंठ-अकड़, गुपचुप जीत की सनसनाती खुशी, दुश्मन को दबाने का जोम, नई दुनिया देखने की ललक, इस हवाई बुलन्दी का बड़प्पन—इस समय सब कुछ उसमें समाया था। वह किसी बूढ़े बुज़ुर्ग से धरम-करम के मसलों पर छोटा बनकर उपदेश की बकवास सुनने को राजी न था। अपनी सिगरेट और मियाँजी की बातों का एक दौर पूरा होते ही सिगरेट को ऐश-ट्रे में बुझाकर डाला और आँखें भींचकर सोने का नाटक साध लिया।

ताशकन्द में कौन मिलेगा? मास्को में जब एकाएक माथुर के सामने जाऊँगा तो वह चौंक उठेगा—ये साला यहाँ भी आ गया। और जब मेरे हाथ से 'डॉक्साब' का पत्र लेकर पढ़ेगा!—होः होः होः। एक तो यों ही मुझसे कटता है, ऊपर से उसकी फाँसी का आर्डर लेके पहुँचूँगा।

सारसलेक में रहनेवाले ऊँचे स्टाफ के सम्मानित लोगों की जनानी-मर्दानी सेक्सिया पालिटिक्स की शतरंज में लच्छू को सहसा प्यादे से फरजी बनने का मौका मिल गया। मिसेज माथुर ने मिसेज अशरफ़ और मिसेज रामनायकम् के साथ पूरा दोस्ताना बरतकर लच्छू को मिल-बाँटकर अचार की तरह चाटा था। मिसेज बोस सारसलेक के ताज़ा साँड़ की सोहबत से वंचित रह गयीं। क्लब में इन तीनों ने अपनी ही समानधर्मा दो-चार और जनियों के सामने इस बात का चर्चा किया, कि हम लोग तो किसी शरीफ़ मर्द के साथ ही गुनाह करती हैं, मगर इस बोस की बुढ़िया ने तो मामूली नौकरों-चाकरों को अपना यार बनाकर भ्रष्टाचार की हद ही कर दी है।

माथुर, अशरफ़ और रामनायकम् की पत्नियों के मेलजोल ने उनके पतियों के मेलजोल पर भी असर डाला। रामनायकम् सीनियर स्टाफ सुपरिण्टेण्डेण्ट थे। मिसेज माथुर और मिसेज अशरफ़ ने मिसेज बोस के चारों प्रेमी चाकरों के विरुद्ध, बदतमीजी, लापरवाही और चोरी के आरोप लगाए। मिसेज रामनायकम् ने भी मिस्टर रामनायकम् से इस सम्बन्ध में मौखिक शिकायतें कीं। इन्हीं तीन शिकायतों और आठ-दस नौकरों-बाबुओं की झूठी शिकायतों के बयानों से एक फाइल बनाकर रामनायकम् ने नोट लिख दिया कि

उन नौकरों को बर्खास्त किया जाय। डिप्टी चीफ एडमिनिस्ट्रेटर (आफिस) और डिप्टी चीफ एडमिनिस्ट्रेटर (एडीटोरियल) यानी कि मि० अशरफ़ और मि० माथुर ने भी सिफारिश कर दी। माथुर से अशरफ़, मिसेज अशरफ़ और खासतौर से मिसेज रामनायकम् ने सिफारिश की थी। मिसेज रामनायकम् के दक्कनी सलोनेपन को अपनी आँखों से चाटकर माथुर की साँसों में जवानी की ताज़गी आ जाया करती थी। उमा माथुर पति के सामने इस प्रसंग से एकदम अलग रही। माथुर ने खुशी से कागज पर 'फेवरेबुल' नोट लिख दिया। बल्कि अपनी ओर से यह भी जड़ दिया, कि इन नौकरों की शिकायतें समय-समय पर उनके कानों तक भी कुछ-कुछ पहुँचती रही हैं। चीफ एडमिनिस्ट्रेटर सेन ने उनको निकाले जाने का आदेश दे दिया। डॉक्टर आत्माराम की मानी हुई छोटी बहिन और मुँहलगी होने का दावा करनेवाली मिसेज बोस छटपटा कर रह गयीं, मगर 'डॉक्साब' के न्याय को अपनी ओर न घसीट सकीं। 'डॉक्साब' सेन, अशरफ़ और माथुर पर बेहद विश्वास करते थे।

जनाने राजनीतिक चक्र में करारी मात खाकर मिसेज बोस ने बदला लिया। माथुर पर अपना जाल डाला। नारी-आकर्षण के सताए, मारे और भूखे माथुर साहब ने अपनी पहली पत्नी की उम्रवाली 'डॉली' बोस को अपनी सामर्थ्य के योग्य मानकर एक तरह का आत्मविश्वास पाया। इन दोनों ने मिलकर लच्छू के खिलाफ घेरा बाँधना शुरू किया। माथुर ने दफ़्तरी तौर पर लच्छू को पग-पग पर अपमानित और परेशान करना शुरू किया। लच्छू की हालत पतली हो गई। मगर उमा माथुर भी कुछ कम छिपकली न थी·······।

अपने आने के बहाने के तौर पर यह सारी परिस्थिति लच्छू के मन में सरसराती निकल गयी और उमा का ध्यान आते ही जीत की राजसी अहंता और रीझ की हँसी प्यार बनकर उमड़ पड़ी—साली पूरी छिपकली है। पतंगे ताक-ताक कर पकड़ती है। डॉली बोस और मियाँ माथुर को ऐसा पटका हैगा साली ने इस दाँव में कि अहा! मजा आ गया।

हवाई जहाज की खिड़की के बाहर, नीचे धरती पर, बीच-बीच में छोटी-छोटी बस्तियाँ हैं। एक जगह की बस्ती से कोई खास समानता न होने पर भी उसे अचानक 'अपने' सारसलेक की याद आ गयी। छोटे-बड़े ओहदों के सब कर्मचारी मिलाकर सारसलेक में लगभग ढाई सौ परिवारों की बस्ती है। इनमें कुछ सरकारी मुलाजिमों के परिवार भी हैं। ब्लाक डेवलपमेंट, पंचायत, मनुष्यों और पशुओं के अस्पताल, कृत्रिम गर्भाधान केन्द्र आदि दफ़्तरों के छोटे-बड़े कर्मचारी भी यहीं रहते हैं। डॉक्टर आत्माराम ने अपने छोटे से छोटे कर्मचारी को भी पूरी सुविधा दे रक्खी है। सारसलेक में यह कहा जाता है कि वहाँ रूस की तरह पूरी सुविधा दी जाती है। हमारे हर छोटे से छोटे घर में भी डॉक्साब ने रेडियो लाउडस्पीकर दे रक्खा है, जिसे एक केन्द्रीय स्थान से रेडियो द्वारा जोड़ दिया गया है। आकाशवाणी के लखनऊ-इलाहाबाद केन्द्रों के प्रोग्राम हर व्यक्ति को

उसी तरह सुलभ हैं, जैसे कि नल का पानी, बिजली की रोशनी और सुखद सुन्दर मनःस्थिति देने लायक घर सबको प्राप्त हैं। डॉक्टरों की बहुत अच्छी व्यवस्था है। पूरी नयी वैज्ञानिक सुविधाओं के साथ डॉक्टर साहब ने वहाँ अपनी माता के नाम से लेडी शर्मिष्ठा स्मारक अस्पताल नामक एक बड़ा चिकित्सालय बनवाया है, जिसमें केवल उनके कर्मचारियों को ही नहीं, बल्कि आस-पास के ग्राम-निवासियों को भी पूरी सुविधा मिलती है।

डॉक्टर साहब ने एक अजब नियम यह भी बना रखा है कि सारसलेक में कोई भी मन्दिर, मस्जिद या गिरजाघर नहीं बन सकता। यों अपने घरों में वे हर धर्म का पालन करने में पूर्ण स्वतन्त्र हैं। 'हमारे डॉक्साब भी सचमुच ही बड़े ग्रेट आदमी हैं। बिचारे इतने महान् हैं कि अपने आस-पास फैली हुई गन्दगी को देख ही नहीं पाते। वहाँ वालों को उन्होंने अन्दर-बाहर की नैतिक सुन्दरता और सफाई देने में अपनी तरफ से कोई कसर बाकी नहीं रख छोड़ी। मगर वहाँ रहनेवालों के मन ही अगर गन्दे मैले हों, तो वे बेचारे क्यों कर देख सकते हैं।' इस समय डॉक्टर आत्माराम की कृपा से विदेश-यात्रा का सुनहरा अवसर पाकर लच्छू कृतज्ञता के भाव में तह तक पहुँचकर सहसा अपराधजड़ित हो गया।

डॉक्टर साहब के समान महापुरुष की चोरी से ऐन उनकी नाक के नीचे अपने गुनाहों का दिया बालनें के लिए वह इस समय बेहद दुःख, लज्जा और पश्चात्ताप से भर उठा। हवाई जहाज की खिड़की के बाहर ज़मीन और आसमान नहीं, मानो डॉक्टर आत्माराम खड़े थे और लच्छू की नजरें उठती न थीं। वह कितने गन्दे मायाजाल में फँसा हुआ है इस समय। पाँच-छः औरतों ने खासतौर पर कैसा भयंकर षड्यन्त्र बुन रखा है। ऊँचे अफ़सरों में सभी तो दूसरे की पत्नियों को अपनी रखैलें बनाते हैं। अपने अफ़सरी अनुशासन को संगठित करने का मानो यह 'बीबीबाजी' भी एक तरीका है। पति जानता है कि अफ़सर उसके घर की इज्जत का भी मालिक है, वह जानता है कि पत्नी अपने यार के विरुद्ध किसी भी साजिश में उसे फँसा सकती है। हाँ, प्रसन्न रखे जाने पर वह अपने पति का भाग्योदय भी करा सकती है। पिछले कुछ महीनों में ही लच्छू ने यह सब कुछ देख लिया है। आश्चर्य है कि डॉक्टर आत्माराम जैसा चतुर और बुद्धिमान व्यक्ति उसे इतने बरसों में आज तक नहीं देख पाया। हैरत है, कि उनके सबसे अधिक विश्वासपात्र, उनके संगठन की सफलता की कुंजी, चीफ एडमिनिस्ट्रेटर श्रीमान प्रकाशचन्द्र सेन बार-एट-ला तक अपने कुँआरेपन को परायी बीबियों से एक रात के ब्याह करके उतारा करते हैं। लच्छू पर दरअस्ल उन्हीं की कृपा तो हुई है। बूढ़े सेन का दिलबहलाव करनेवाली उनकी गोपियों ने लच्छू की बड़ी तारीफ़ें कर रखी हैं। कुछ यह जोर था और कुछ अपनी मेहनत, लगन और फुर्ती का असर डॉक्टर साहब पर था, भाग्य प्रसन्न हो गया······लेकिन इन औरतों के जाल में फँसे बगैर केवल अपनी योग्यता के बल पर इतनी जल्द क्या यह अवसर मिल सकता था ? सारसलेक में भी चिराग तले अँधेरा है।

दिन चमचमा रहा था। लच्छू ने अपनी घड़ी देखी, सवा बारह बजे थे। हवाई जहाज अब क्रमशः नीची उड़ान साधने लगा था। धरती पर व्यवस्थित खेत, गाँव की बस्तियाँ,

सड़कें, उन पर चलती एक-आध गाड़ी, कभी-कभी आती-जाती दिखलाई पड़ जाती थीं। बस्तियों का क्रम अब टूटता न था। सारे हवाई जहाज में हलचल आरंभ हो गयी थी। बहुत देर से डालों पर बैठे पंछी मानो अब अपने डैने फड़फड़ाकर आलम उतार रहे थे। पासवाले मियाँजी भी एक झपकी के बाद चैतन्य हुए और हवाई जहाज की खिड़कियों पर लोगों का झुकाव और उसके बाद सचेत होने की शारीरिक भंगिमाओं ने उनकी छठी इन्द्रिय को आभास कराया, कि वे अपने मंजिले मकसूद के निकट पहुँच गये हैं। खिड़की से झाँककर लच्छू से बोले : "ताशकन्द आ गया शायद।"

"जी अभी तो उजबेकिस्तान शुरू हुआ है जनाब। ताशकन्द भी—" लच्छू बात करते-करते हवाई जहाज की घोषणा सुनने लगा। ताशकन्द आनेवाला है, अपनी कमर-पेटियाँ कस लेने का आदेश हुआ। कानों में खोंसने के लिए रुई बटने लगी। साथ ही मेहमाननवाजी के रूप में हसीन मेजबान की मादक मुस्कराहटों के साथ लेमनड्राप्स भी। हवाई जहाज नीचा हो रहा है। ताशकन्द का विमान-केन्द्र अपने पूरे फैलाव में दिखाई पड़ने लगा। धरती की बस्तियाँ, पेड़, हरियाली, पशुओं और मनुष्यों की गतिविधियाँ साफ नज़र आने लगीं। हवाई जहाज ने एक और डुबकी ली और नीचे आ गया—फिर और नीचे—फिर और।

धरती के निकट आना कितना सुखद लग रहा है। यह धरती सबके लिए एक-सी है; देश भले ही बँटे हुए हों। लच्छू के अन्दर उल्लास के साथ उदात्त भावना का सहसा उदय हुआ। अपने आगे-पीछे आस-पास के रूसी, हिन्दुस्तानी, जापानी, इण्डोनेशियन चेहरे, स्त्री-पुरुष-बच्चे, एक चौमुखी नज़र में फिर से ताज़ा होकर आ बसे। उसने एक सन्तोष-भरे गौरव का अनुभव अपने अन्दर पाया। उसका व्यक्तित्व अपने-आपमें जैसे दस अंगुल ऊँचा उठ गया था।

मेडिकल जाँच होते-हवाते जब यात्रियों के उतरने की नौबत आयी तब लच्छू के मन में पहला सवाल यही था—'कौन मिलेगा?' विमान-केन्द्र के बाहरी भाग में अनेक लोग फूलों के गुलदस्ते लिए हुए खड़े थे। लच्छू के साथी मियाँजी का भी शानदार स्वागत हुआ। और उनका गद्‌गद चेहरा लच्छू को ऊपर से सीढ़ियाँ उतरते हुए ही दिखलाई पड़ने लगा था। नीचे की भीड़ में कुछ-कुछ पहचाना सा जवान भारतीय चेहरा लच्छू को आस्था दे गया। उसकी गति में तेज़ी आ गयी। लच्छू उस चेहरेवाले व्यक्ति का नाम नहीं जानता, पर उसे दो महीने पहिले एक दिन कई बार सारसलेक में देखा अवश्य था। नीचे आते ही लच्छू विश्वास के साथ और वह व्यक्ति अनुमानपूर्वक एक-दूसरे की ओर देखने लगे थे। उड़ते बालों, खोये चेहरे, मोटे चश्मे और कान्तिवान गम्भीर हँसमुख व्यक्ति ने कहा: "आप सारसलेक—"

"जी मैं लक्ष्मीनारायण खन्ना हूँ।"

"मुझे यूसुफ अन्सारी कहते हैं।" दोनों ने गर्मजोशी से हाथ मिलाया और फिर यूसुफ ने लच्छू की पीठ पर हाथ रखकर अतिथिशाला की ओर बढ़ते हुए सहसा बेतकल्लुफी

शुरू कर दी, पूछा : "एक बात बतलाओ दोस्त, तुम घास खाते हो या शरीफ़ों का खाना ?"

लच्छू मुस्कुराया, उसी तरह बेतकल्लुफी से सिर झटककर बोला : "तुम्हारे मेहमान हैं, जो दोगे वही कबूल करेंगे।"

"बस एक लौंडिया दिलाने के लिए न कहना, वह काम यहाँ के लोग खुद ही कर लिया करते हैं।"

सामान लेकर बाहर आने पर लच्छू ने देखा कि यूसुफ के पास गाड़ी भी थी। उसने पूछा : "एक बात बतलाओ यूसुफ, तुम मास्को से आए हो या ताशकन्द ही में—"

"यहाँ मेरी एक दोस्त है। एक कलेक्टिव फार्म की मैनेजर। उसी की है यह गाड़ी। दिन भर के वास्ते ले ली है। जरा तुम्हें एक झलक ताशकन्द की दिखलायेंगे, फिर शाम को छह बजे के प्लेन से मास्को उड़ चलेंगे।"

"अभी चार-पाँच घंटे का समय है अपने पास।" कहते हुए लच्छू ने अपनी घड़ी की ओर एक नज़र डाली। यूसुफ ने भी उधर नज़रें घुमाईं; बोला : "तुमने अपनी घड़ी अभी नहीं मिलाई।"

"अब मास्को ही में मिलायेंगे यार। जरा वहाँ तक अपना हिन्दुस्तानी समय भी तो ले चलें।"

"यानी मास्को से ढाई घण्टे पिछड़ा हुआ।" यूसुफ ने गाड़ी स्टार्ट कर दी। एयर पोर्ट के आगे ही पहले चौराहे पर एक बहुत बड़ा राकेट बना हुआ था। खुशनुमा फूलों और पेड़ों से सजी हुई शानदार सूनी सड़क का वह राकेट वाला चौराहा पार करके गाड़ी आगे बढ़ने लगी। सड़क के दोनों ओर सादे नये शान्त मकान, फुटपाथों पर आते-जाते कुछ लोग-लुगाइयाँ। पोशाक आमतौर पर नयी विलायती। लच्छू के मन में ताशकन्द के नाम से पुराने इस्लामी माहौल का जो एक नक्शा बना हुआ था। वह न दिखलाई पड़ने से उसे कुछ-कुछ निराशा सी हुई। यूसुफ से पूछा : "यहाँ क्या अब उजबक नहीं रहते ?"

"जी नहीं, हिन्दुस्तान से अब आप ही पहले उजबक यहाँ तशरीफ़ लाए हैं।" यूसुफ ने कहा।

लच्छू झेंप गया, बोला : "नहीं मेरा मतलब था कि—"

"हुजूर आपका मतलब मैं समझ गया। मगर आपको भी यह समझना चाहिए कि इस देश में इन्कलाब आए हुए अब पैंतालीस साल बीत चुके। उजबेक लोग अब वो पुराने उजबक नहीं रहे।—ये देखिए, यहाँ का सिनेमा हाल है 'वतन' ?"

"वतन ?" लच्छू ने चौंककर यूसुफ की ओर देखा।

"जी जनाब, आपको यहाँ 'वतन' मिलेगा, 'इन्कलाब' और 'गागारन मैदान' मिलेंगे। 'महब्बत' मिलेगी। अपनी जान-पहचान के सैकड़ों अल्फाज़ यहाँ आपको सुनने को मिल जायेंगे।"

लच्छू को बड़ी खुशी हुई। मगर उसी समय यूसुफ दर्द भरी आवाज में बोला : "मगर माफ करना यार, तुम हिन्दू लोग अब उर्दू की जड़ इस तरह से उखाड़ रहे हो कि हम लोगों की पीढ़ी के बाद इन तमाम अरबी-एशियायी मुल्कों से जो हमारा ये अपनापन चला आता है, वह गायब हो जायेगा।"

लच्छू को मन ही मन कुछ बुरा लगा। उसे अनुभव हुआ कि जैसे यूसुफ उसे जान-बूझकर हिन्दू बना रहा है और लच्छू इस समय आदमी है। विमान-केन्द्र पर जब यूसुफ ने उसे अपना नाम बतलाया था, तब उसके मन में तो यूसुफ के मुसलमान होने का विचार तक न आया था। परदेस में वह एक भारतीय से मिल रहा था, बस यही उसके लिए सबकुछ था। एकाएक इस तरह हिन्दू कह दिये जाने से लच्छू को कुछ-कुछ बुरा लगा, जवाब देने को जी चाहा, बोला : "यार हम हिन्दू तो नहीं उखाड़ रहे हैं तुम्हारी उर्दू को, लेकिन जान पड़ता है कि तुम मुसलमान अपनी कम्यूनल हमीयत से हमको उभार-उभारकर उसे उखड़वा ही दोगे।"

यूसुफ ने एक बार पैनी कनखी से लच्छू की ओर देखा और बोला : "तुम्हारी शादी हुई है ?"

"अभी नईं।"

"किसी मुसलमान लड़की से शादी करोगे ?"

"जब उसकी सोहबत से ही परहेज नहीं, तब भला शादी से क्यों इनकार करूँगा। दिलाते हो कोई उम्दा माल ?"

"मेरी शादी किसी हिन्दू लड़की से करवा दोगे, उसके माँ-बाप मुझे दिल से अपना दामाद मान लेंगे ?"

"यार, यही सवाल मुझे भी तुमसे करना चाहिए था।" लच्छू ने सिगरेट सुलगाते हुए कहा।

"आदमी होशियार हो, हमारी-तुम्हारी निभ जायेगी। यूसुफ ने गाड़ी को बायीं सड़क से घुमाते हुए कहा। दोनों फिर मौन हो गये। चौड़ी-चौड़ी सड़कें, 'थाल' के पेड़, जो ऐसे लगते हैं मानो बाँस में बँधी हुई बिखरी सींकों वाली बुहारियाँ खड़ी हों। बिजली की बसें दौड़ रही हैं, ट्रामें भी हैं। टेलीविजन का केन्द्र, थियेटर की शानदार इमारत, उम्दा फव्वारे लगे हुए बाग और सड़कें।......सड़कें कहीं-कहीं खुदी हुई भी हैं; धूल भी नज़र आ रही है। दाढ़ीवाले चेहरे, उजबेकी टोपियाँ और लबादे भी अक्सर नज़र आ जाते हैं। मिट्टी के बड़े-बड़े फाटक वाले पुराने घर और उन फाटकों के ऊपर झरोखेदार कमरे......ठीक भारत जैसे। एक जग़ह पुरानी मस्जिद देखी, ताशकन्द के साथ लच्छू का मन मानो मिल गया। कार शहर से बाहर गाँव की चौड़ी सड़क पर दौड़ने लगी। घोड़ागाड़ी पर सामान रक्खे तीन-चार परम्परागत वेषधारी उजबक सड़क पर चले जा रहे थे। लच्छू को लगा कि वह अपने लखनऊ नगर के नखास महल्ले में पहुँच गया है और निहायत जानी-पहचानी सूरतें उसके सामने हैं। जगह-जगह बड़े-बड़े कपास के खेत हैं, जिनमें लड़कियाँ कपास के फूल

चुन रही हैं। बच्चे नंगे बदन कुछ-कुछ गन्दे भी नज़र आ रहे हैं। खेती सम्बन्धी कुछ कारखाने भी अक्सर सड़क के दोनों ओर आ जाते हैं। दूर की हरी-भरी पहाड़ियाँ, चारों ओर का वातावरण बड़ा सुहावना लग रहा है। यूसुफ बीच-बीच में कुछ बतलाता भी चलता है। गाँवों में नगरों जैसी ही सुविधाएँ हैं—रेडियो, टेलीविजन, स्कूल, अस्पताल। हमारे देश के गाँव कब ऐसी उन्नति कर पाएँगे? हमारे पल्टू, मतई, फज्जू, अकबर कब अपने घरों में ये तमाम नयी सुविधाएँ पा सकेंगे।

तमारा नूरुद्दीनोवा लच्छू को बहुत अच्छी लड़की लगी। शिष्ट, शान्त हुकूमत करनेवाली, छिछोरपन का कहीं नाम तक नहीं। लच्छू ने गौर किया कि यूसुफ का स्वभाव ही मानो तमारा के सामने बदल जाता है। सोच-सोचकर बोलना, विचारों में खोए-खोए से स्वर में बोलना, धीमे स्वर में बोलना—यह बोलने, बरतने का नाटक लच्छू को सचमुच ही नाटक लगा। उसने यह भी गौर किया कि यूसुफ तमारा से नज़रें मिलाकर बात नहीं करता और तमारा जब भी उसकी ओर देखती है, उसकी आँखों में गहरा ममत्व उमड़ पड़ता है और मानो उसकी आँखों में एक गम्भीर प्यास नज़र आती है कि अब नज़रें चार हों, अब हों। लच्छू को यह भाव बहुत अच्छा लगता है, जो उसे नहीं मिला। उसने केवल भूखी नशीली आँखें ही देखी हैं। सारसलेक स्थित अपनी वासना के त्रिकोण में एक भी नारी का प्रेम के प्रति वह दृष्टिकोण नहीं, जो तमारा के इस भाव में है। पण्डित राजकिशन उसे कई बार समझा चुके हैं कि "बरखुरदार, खेलो ज़रूर, मगर खेल का कायदा भी सीखते चलो, वरना चार दिनों में सूखे करेले सा चेहरा बन जायेगा तुम्हारा। हमें जवानी के जिस्मानी इस्तेमाल से एतराज नहीं, बशर्ते कि इस इस्तेमाल में दिल की लूट-खसोट न हो। ये लूट-खसोट ही मर्द या औरत की काया को तोड़ देती है।"

तमारा की नज़रें देखकर लच्छू को पहली बार पण्डित राजकिशन की बात का सत्यदर्शन मिला, लेकिन इकतरफा मिला। तमारा नूरुद्दीनोवा के मन, वाणी और काया में जो नैसर्गिक कान्ति है वह यूसुफ के नाटक में नहीं है। यूसुफ का नाटक उसे हूबहू मिसेज रामनायकम् के नाटक जैसा लगता है। वह यह दिखलाती है कि उसे दुनिया में केवल लच्छू ही से लगाव है। वह अपने पति को दुतकारती है, डाँटती है। नौकरों, चाकरों, छोटे कर्मचारियों, उनकी स्त्रियों आदि सबके साथ उसका व्यवहार कुछ और ही तरह का होता है और डॉक्टर साहब, सेन साहब, अशरफ़ साहब, मिसेज अशरफ़ और मिसेज माथुर के साथ दूसरी तरह का। लच्छू को इसी दूसरे मीठे व्यक्तित्व का अतिरेक मिला करता है—सैक्रीन के शरबत सा, जिसमें पीने के बाद एक कड़वाहट का आभास भी होता है। तमारा जैसे उन सबसे अलग है, उसका व्यक्तित्व दोहरा नहीं है। लच्छू का व्यक्तित्व भी अभी दोहरा नहीं है, लेकिन अगर सारसलेक के शैतानी त्रिकोण से उसका सम्बन्ध न टूटा, तो एक दिन उसका व्यक्तित्व भी दोहरा हो जायेगा—फिर तिहरा, चौहरा—अनन्त बिखराव भरा हो जायेगा।

●

ताशकन्द समय से ठीक छः बजे हवाई जहाज मास्को के लिए उड़ा। लच्छू की घड़ी में उस समय भारतीय समय के साढ़े पाँच बजे थे। इस विमान में भारतीय युवकों और युवतियों की एक बड़ी टोली जा रही थी और उसके साथ एक चौअन-पचपन वर्ष की पारसी महिला भी थी, जो महिला शब्द के आप्टे कोश में दिये गये अर्थ की साक्षात् अवतार, हूबहू 'पियक्कड़ी और कामुक औरत' लग रही थी। वह अपनी मोटी देह और सीढ़ियों जैसी चढ़ती-उतरती आवाज़ को एक जगह थिर न रख पाती थी। वह लड़कों से घिरी बैठी थी। उसकी लड़की उससे तीन-चार सीट पीछे एक युवक के पास बैठी हुई बातें कर रही थी। यह युवक-डेलीगेशन अपने पैसे से रूस-यात्रा कर रहा था। सब पैसेवालों के छौनी-छौने थे। बेहूदा। यूसुफ बोला : "क्या इनमें से एक को भी तुम हिन्दुस्तानी जवानों का सच्चा प्रतिनिधि कह सकते हो खन्ना ?"

"एक तरह से हाँ। ये अंग्रेजी पोशाक वाले बत्तमीज हैं। हमारे गली-महल्लों में भारतीय पोशाक वाले बत्तमीज हैं और गँवई-गाँव के युवक तो उजड्ड और बत्तमीज हैं ही। तुम अपने दिल पर हाथ रखके बतलाओ हमारे देश में इस बक्त कामकाजी गम्भीर लड़के-लड़कियों की तादाद ज्यादा है या इन जैसे बत्तमीजों की ?"

"एक तरह से सही कहते हो तुम। हमारे देश को अभी वह काम-काज भरा माहौल नहीं मिला। हैरत है कि नेहरू ही के जमाने में नहीं मिला।"

"मुझे तो लगता है यूसुफ कि नेहरू हमारे डॉक्साहब जैसे ही बेबस इन्सान हैं। हमारे यहाँ एक पण्डित कमलापति मिश्र रहते हैं, एक दिन नेहरू के बारे में बड़ी मजे की बात कह गए। कहने लगे कि कांग्रेस में नेहरू की वही हालत है, जो उड़ाऊ-खाऊ आवारा लड़कों में कमाऊ बाप की होती है।"

यूसुफ गम्भीर विचारों में रमे हुए स्वर में बोला—स्वर तो बहाना भरा था—दिमाग से दिमाग जुड़कर बोला : "महज यह सोच लेने से ही काम नहीं चल सकता कि कमाऊ बाप एक है और आवारा बच्चे बहुत से। और जब एक नहीं रहेगा, तो इन बहुतों का क्या भविष्य होगा ? मैं समझता हूँ कि आवारगी एक रोग है और इसका इलाज होना चाहिए। तुम एक नयी दुनिया में आए हो खन्ना। तुम खुद ही देखोगे कि किसी देश का हर औसत इन्सान अपनी और अपने मुल्क की तरक्की के लिए क्या कुछ नहीं हासिल कर सकता या कर लेता। इन पैंतालिस-छियालिस बरसों में हमसे भी गये-बीते, घुटे-पिसे तबाह इन्सानों ने अपने लिए वाकई एक नयी दुनिया बना ली है। सोवियत यूनियन को आज यह फख्र हासिल है कि उसके पास पहला खलाबाज़ यानी अन्तरिक्ष यात्री निडर जवाँमर्द गागारिन मौजूद है। उसने नयी दुनिया को नये नायक दिये हैं।"

"अमेरिका ने भी दिये हैं।" लच्छू ने टोका।

"सही है, मगर अमेरिकन डिमाक्रेसी डेढ़-दो सौ वर्षों में जहाँ तक पहुँच सकी, वहाँ आधी सदी से भी कम अर्से में ये मार्क्सिस्ट-लेनिनिस्ट विचारधारा के लोग पहुँच

गये, बल्कि उनकी डिसिप्लिन यानी कि अनुशासन ज्यादा अच्छी सफलता हासिल कर सका।''

लच्छू तन्मय होकर यूसुफ की बात सुन रहा था। उसके मन में सारसलेक के जीवन के कुछ संस्कार मौजूद थे ही, कुछ घण्टे में ताशकन्द के भीतर बाहर की झलक-पलकियों ही में उसे नयापन भी मिल चुका था। तमारा नूरुद्दीनोवा में उसने एक ऐसी नयी औरत को देखा था, जो दुर्भाग्यवश उसे अपने सारसलेक की दुनिया में देखने को नहीं मिली थी। लच्छू—गली-महल्लों के कुएँ का एक मेढक, सारसलेक के किनारे आकर एक निराली दुनिया को सहमते, सहते, देखते, भोगते और विचार करते हुए धीरे-धीरे समझकर एक 'नये मानस' में ढल पाया था—अब और आगे, सारसलेक से निकलकर एक बहुत बड़े, बहुत उन्नतिशील और कर्मठ समाजवाद के महासागर में तैर रहा था।

विमान से आसमान तक भीतर-बाहर रात थी। यूसुफ की घड़ी में रूसी समय के पौने आठ बज रहे थे और लच्छू की घड़ी में भारतीय समय से ढाई घण्टे पीछे था। बादलों घिरे काले आसमान में सिन्दूरी आभा चमक रही थी। रूसी आकाश में यह चढ़ती रात का जादू था; और हमारे यहाँ सूर्यास्त के बाद जल्दी गहरानेवाले अँधेरे में चमत्कार होता है। थोड़ी देर में बारिश होने लगी। बारिश तेज़ हुई। विमान के अन्दर आमतौर पर पूरी खामोशी थी। बहुत से लोग सो रहे थे। काफी लोग मैगजीनें पढ़ रहे थे। लच्छू के ठीक आगेवाली सीटों पर दो रूसी युवक तो ऐन उसके निकट ही, और भी विमान में दूर-दूर तक कई स्त्री-पुरुष, एक जगह रूसी-भारतीय मिलकर भी, सीट के हत्थों पर कुछ छोटी-सी चीज़ रखे हुए चुपचाप खेलरत हो रहे थे। विचारों से लच्छू का मन चूँकि अब नैक-नैक खलियाया था, इसलिए इन सब बाहरी चीज़ों की ओर गया। लच्छू उठा और झुककर अगली सीट के नन्हें खेल को देखने लगा। अरे, यह तो शतरंज है! छोटे-छोटे मोहरे जो हर खाने में 'चाइनीज चैकर्स' खेल की तरह छेदों में फँसाये जा सकते हैं। यात्रा में किसी झकोले में शतरंज की बिसात के हिलने-डुलने का कोई भय ही नहीं। लच्छू दिलचस्पी से देखने लगा। दोनों खिलाड़ियों ने उसे देखा। दोनों मुस्कुराए, एक चश्मे वाले युवक ने मुस्कराकर पूछा, ''बारत से आए हैन् ?'' लच्छू ने चमत्कार से उसे देखा, आत्मीयता की मुस्कान से उसका चेहरा खिल उठा, बोला: ''जी हाँ।''

''किसी देलीगेशन में आये हैन् ?''

''जी नहीं, मैं भारत से निकलनेवाले एक मशहूर डेली पेपर 'इण्डिपेण्डेण्ट' के स्टाफ में काम करता हूँ।''

दूसरे रूसी युवक ने अपनी मातृभाषा में पहले से कुछ पूछा। लच्छू देखता रहा। फिर पहले ने लच्छू से हिन्दी में कहा: ''हमारे मित्र पूछते हैन् कि जो-जो शब्द आपने अंग्रेजी में प्रयुक्त किए हैन् वे शब्द क्या आपकी मातृभाषा में नहीं हैन् ?''

प्रश्न से लच्छू सकपका गया। यूसुफ, जो अब तक आँखें मींचे उनींदा पड़ा था, एकाएक पलटकर रूसी में दोनों रूसियों से कुछ कहने लगा, जिसे सुनकर दोनों हँसे।

यूसुफ ने फिर पहले युवक से हिन्दी में कहा : "अब कृपया आप मेरी रूसी बात का हिन्दी अनुवाद इन्हें समझा दीजिए।"

पहले ने हँसकर कहा: "आपके मित्र ने हमें बतलाया कि आपके देश में चूँकि स्वतन्त्रता देर में आई हैन्, और शिक्षा का प्रसारण शनैः-शनैः हो रहा हैन्, इसलिए आपके देश में बहुत से लोग अपनी मातृभाषा को नहीं जानते और आप बी······ब्ही—उनमें से एक हैन् हः हः हः।"

लच्छू मन ही मन बहुत झेंप गया, फिर अपने-आपको सम्हालते हुए तुरन्त बोला: "यह बात नहीं, मातृभाषा के जाननेवाले हमारे देश में अनेकानेक हैं, किन्तु पुरानी दासता के संस्कारों के कारण हमारी बोलचाल की भाषा का रूप बिगड़ गया है।" लच्छू ने अनुभव किया कि उसके मुँह से संस्कृत-निष्ठ हिन्दी को सुनकर रूसी युवकों को हर्ष हुआ। लच्छू ने आगे की बात जोड़ते हुए विनय से कहा : "मैंने खड़े होकर आपके खेल में विघ्न डाला। मुझे यह कौतूहल था कि आप लोग क्या खेल रहे हैं। ये जेबी शतरंज देखकर बहुत प्रसन्न हुआ। आप खेलिए, खेलिए।"

पहले ने हँसकर शतरंज का डिब्बा बन्द करते हुए कहा: "अब क्या खेलें, ये मेरा मित्र मुझको महान् शतरंज में पराजीत रहा था। अब मैन् मास्को पहुँचकर इसको पराजीत करे—करूनगा।"

यूसुफ ने रूसी में पहले युवक से कुछ पूछा, जिसके उत्तर में वह झेंपकर हँसा और बोला: "आप ठीक कहते हैंन्। मैंने अँगरेजी के माद्यम से हीन्दी बाषा को पड़ा है। और अपने आप सीख रहा हुन्!"

यूसुफ बोला: "तभी आपका उच्चारण अशुद्ध है। भाषा बोलनेवालों के बीच में रहकर ही सीखी जाती है। जैसे मैं आपकी भाषा सीख रहा हूँ।"

पानी अब थम रहा था। बड़े फैलाव में सजी मास्को की दीपावलियाँ अब धीरे-धीरे अपना क्रम और घनापन बहुत बढ़ा-चढ़ाकर झलकाने लगीं। आसमान में तारे न थे, लेकिन मास्को की धरती तारों जड़ी, जादू भरी हो रही थी। पेटियाँ कसने का समय आ गया। रौशनियों के चक्रव्यूह में घूमता-उतरता हुआ विमान मास्को के हवाई केन्द्र पर पहुँच गया। हवाई जहाज के उतरने पर रिमझिम बरखा और आलोक माया-जाल-भरी अलकापुरी सी मास्को नगरी उसे सम्मोहक लगी। उसकी नज़रें भर-भर गयीं। यूसुफ साथ न होता तो लच्छू बौखला जाता। यूनिवर्सिटी के पास यूसुफ का घर था। रास्ते भर लच्छू चमत्कार में बँधा रहा। इतना विशाल नगर उसने पहली बार ही देखा था। मोस्कवा नदी के पुल से चमकते हुए क्रेमलिन के लाल सितारे। बड़े-बड़े मूर्तियों के सजे चौराहे, ऊँची-ऊँची इमारतें, ट्रामों, बसों और कारों की चहल-पहल। बहुत चौड़ी-चौड़ी सड़कें, बड़े ऊँचे-ऊँचे मकान। लच्छू आँखें फाड़े देख रहा था। बहुत-सी इमारतें देखकर उसे मास्को में न्यूयार्क का भ्रम हुआ। तस्वीरों में ऐसी इमारतों के साथ उसका लगाव न्यूयार्क ही से हुआ था। मास्को में यह 'न्यूयार्क' उसको अच्छा न लगा। मास्को के साथ उसके मन में क्रान्ति

के जोशीले प्रभाव जुड़े हुए थे। क्रेमलिन के लाल सितारे को देखकर कम्यूनिस्ट या कम्यूनिज़्म का प्रबल समर्थक न होते हुए भी उसके मन में अपनेपन की झलक जाग उठी थी। लच्छू भी गरीब के सताये रुप्पन महाजन और उसके कारिन्दों के मारे हुए शोषित समाज ही का एक अंग है। और इस लाल सितारे में, इस क्रान्ति के तीर्थ मास्को में, उसे एक तरह से अपनी जीत की आस्थायुक्त, भावना मिल रही है। बड़ा पढ़ाकू न होते हुए भी उसने ताल्सतोय, तुर्गनेव, दोस्तायव्स्की, चेखोव, गोर्की और शोलोखोव की थोड़ी-बहुत किताबें सारसलेक में पढ़ी हैं। उसके मन का मास्को इन लोगों के साथ तथा लेनिन और उसके साथियों के साथ, क्रान्ति के साथ ही अब तक जुड़ा हुआ था……उसकी नज़रों के सामने फिर एक विशाल 'न्यूयार्क' आया। लच्छू अब अपने-आपको रोक न सका। वह बोल उठा : "यार, यहाँ न्यूयार्क बहुत हैं।"

"न्यूयार्क ? ये तो यूनिवर्सिटी है।"

"युनिवर्सिटी। बड़ी शानदार है, लेकिन इन लोगों ने अपना कोई स्टाइल विकसित करने के बजाय ये न्यूयार्क स्टाइल को क्यों अपना लिया ?"

"ओह", युसुफ हँसा, "अब समझ में आया तुम्हारा न्यूयार्क। हाँ, आजकल यहाँ ऐसी इमारतों का जोर है। दूसरी लड़ाई के बाद यही चलन चल पड़ा है। ये लोग मास्को में एक वेनिस भी बना रहे हैं। उस महल्ले के अन्दर सड़कें नहीं, नहरें होंगी और तुम साइकिल या मोटर पर नहीं, बल्कि नावों ही पर वहाँ आ-जा सकोगे। और ये स्काईस्क्रेपर्स, जो तुमने आमतौर पर देखे हैं, इनमें सेठ लोग नहीं रहते, बल्कि ये रूसी मज़दूरों के महल हैं। दिन भर काम करने के बाद यहाँ का आदमी जब घर लौटता है, तब उसे यह महसूस नहीं होता कि उसके जीवन में कोई अभाव है। यहाँ हर आदमी समाजवादी तंत्र से संचालित होकर अपने-आपको बादशाह समझता है। यह क्या कोई कम सफलता की बात है ?"

लच्छू का मन भी यही कह रहा था। टैक्सी एक इमारत के सामने आकर खड़ी हुई। लच्छू को यह देखकर सन्तोष हुआ कि वह इमारत 'न्यूयार्क' नहीं थी। अपना सामान उठाकर दोनों लिफ्ट से सातवीं मंजिल पर पहुँचे। लच्छू को यह देखकर हैरत हुई कि यूसुफ का घर पूरा 'घर' था। दरवाज़ा एक रूसी युवती ने खोला और उसके सारे स्वभाव से लच्छू को यह अन्दाज हुआ कि यूसुफ की वह बीवी ही हो सकती है। एक रूसी बुढ़िया भी थी, जिसे यूसुफ ने 'मामा' कहकर पुकारा। वह रसोईघर में काम करते हुए यूसुफ की आवाज़ सुनकर अपना 'एप्रॉन' नीचा करती हुई हँसते मुख से आई थी। यूसुफ ने लच्छू को उससे परिचित कराया। वाल्या, जिसे लच्छू ने यूसुफ की पत्नी समझा था, उससे हिन्दी में बोली—विमान वाले रूसी से अच्छी हिन्दी बोली। ढाई कमरों का छोटा-सा घर थोड़ी ही देर में लच्छू का अपना घर भी हो गया। मामा थोड़ी देर में घर चली गयी। लच्छू को अब तक यह भी मालूम हो गया कि वाल्या यूसुफ की पत्नी नहीं, केवल पत्नीवत् मित्र ही है। उस रिश्ते को वह अपने चिरपरिचित शब्द 'रखैल' से भी नहीं जोड़ सकता था।

वाल्या विश्वविद्यालय में हिन्दी की छात्रा है। इस वर्ष उसका डिप्लोमा कोर्स पूरा हो जायेगा। अपने भरण-पोषण के लिए वह अनुवाद का काम करती है और यूसुफ से उसकी दोस्ती है—घनी दोस्ती। वाल्या को यूसुफ ने अपने घर में जगह दे रक्खी है और वाल्या ने यूसुफ को अपने दिल में। मुक्त प्रेम को सोवियत समाज में व्यभिचार की संज्ञा नहीं दी जाती। ऐसे रिश्तों को करीब-करीब वही प्रतिष्ठा मिलती है, जो हमारे देश की कुछ जातियों में घर बैठोवा की रस्म को मिलती है। रूस में लड़कियाँ लड़कों से अधिक हैं। और इसलिए उनका विवाह एक समस्या है। लेकिन कुछ भी हो, वाल्या बहुत अच्छी युवती है। तीनों देर तक बातें करते रहे। खाते और पीते रहे। लच्छू ने जिंदगी में पहली बार वोद्का पी। कमबख्त हलक से नीचे क्या उतरती है कि आग की लकीर सी खिंचती चली जाती है। लच्छू उन्हीं आग की लकीरों के चक्रव्यूह में घिरकर अपनी यात्रा की थकान से बेखबर हो गया। पति-पत्नी अपने सोने के कमरे में चले गये।

दूसरे दिन माथुर से उसकी मुलाकात भी मजेदार रही। 'इण्डिपेण्डेण्ट' के मास्को स्थित दफ़्तर में लच्छू जब एकाएक माथुर के सामने पहुँचा, तो ये चौंककर उसे देखने लगे। अपनी बीती के यार और मातहत कर्मचारी के प्रति मि० माथुर के मन में नफ़रत के सिवा और कुछ नहीं। उसे देखते ही बोले : "तुम ? क्या तुम्हारा तबादला यहाँ का हुआ है ?"

"जी नहीं, मैं तो आपके नाम डॉक्साब की एक पर्सनल चिट्ठी लेकर आया हूँ।" और यह कहकर लच्छू ने माथुर के हाथों में पत्र रख दिया। पत्र पढ़ते हुए माथुर का चेहरा तमतमाया और फिर उतर भी गया। खिसियाई हुई हँसी हँसकर उन्होंने कहा : "ओह, मेरी मौत का पैगाम लेकर आने के लिए तुम चुने गये। गुड ! गुड ! क्या ये बतला सकते हो खन्ना, कि तुम्हें यहाँ भिजवाने के लिए उमा ने उस बूढ़े गीदड़ सेन को कितने बोसे दिये थे।"

लच्छू चिढ़ गया। यों भी माथुर का उसे कभी बहुत लिहाज नहीं रहा, बोला : "यह तो आप ही बतला सकेंगे माथुर साहब, कि आपकी धर्मपत्नी अपना काम करवाने के लिए बूढ़ों को क्या और कितनी रिश्वत दिया करती हैं। मैं जवान भला इसे क्योंकर जान सकता हूँ !"

माथुर चुप हो गये, फिर एक बेशर्म हँसी हँसकर बोले : "तुमने अच्छा जवाब दिया, लेकिन एक बात तुम्हें बतलाऊँ, उमा मेरी धर्मपत्नी नहीं है। यानी हमने आज तक किसी पण्डित से आग जलवाकर और मंत्र पढ़वाकर शादी नहीं की।"

"जी, यह मुझे भी मालूम है, लेकिन आप चूँकि सारसलेक में अक्सर लोगों के सामने इस शब्द का इस्तेमाल—"

"वह मेरा एक सामाजिक ढोंग है, जो मैंने अपने समाज के शरीफ़ों से सीखा है। कल अगर उमा मेरा घर छोड़कर तुम्हारे यहाँ रहने लगे, तो तुम भी लोगों के आगे यही ढोंग साधोगे।"

"जी, मैं आपकी उमा को कभी अपने घर पर लाकर नहीं रखूँगा, खातिर जमा रक्खें।"

"तुम थोड़े ही रक्खोगे मेरे नौजवान रकीब, परिस्थितियाँ ही तुम्हारे यहाँ उसे ला रखेंगी।"

"कैसे ?"

"मैं यहाँ से जाते ही उसे अपने घर से निकाल दूँगा। एक छदाम तक न दूँगा, तब तुम्हें छोड़कर आखिर जायेगी कहाँ ? मैं अपने घर से निकालने के साथ ही उसे तुम्हारे फ्लैट में जाकर रहने की दोस्ताना सलाह भी दे दूँगा।"

"आपकी ये तरकीब बेकार जायेगी माथुर साहब। इसके दो कारण हैं। एक तो यह कि मेरे घर में जब आयेगी, तो मेरी धर्मपत्नी ही आयेगी। फाहशा औरतें तो केवल दो घड़ी का दिलबहलाव होती हैं। और—"

"तुम फाहशा किसको कहोगे खन्ना ? हमारे हिन्दुस्तान को छोड़कर अब हर सभ्य देश में क्वाँरे युवक-युवतियों का मुक्त प्रेम समाज द्वारा स्वीकार किया जाने लगा है, बहुत सी लड़कियों के जीवन में एक से अधिक प्रेमी आ जाते हैं। लेकिन यहाँ उन्हें कोई फाहशा नहीं कहता, जब तक कि वे अति की सीमा को पार न कर जायँ। यहाँ बहुत से ऐसे जोड़े रहते हैं, जिनकी आपस में किसी प्रकार की शादी नहीं हुई। कोई भी ऐसे लोगों को बदचलन नहीं कहता। हाँ, शादी के बाद अवश्य ही स्त्री-पुरुषों पर नैतिक प्रतिबन्ध लग जाते हैं।"

"जी, मैं भी वही बात कह रहा था। मेरे घर में या तो धर्मपत्नी आयेगी और मैं उसके आते ही सही अर्थों में एक शरीफ़ पति बन जाऊँगा, वरना यों भी ज़िन्दगी क्या बुरी है। इश्क अपने काम से रक्खूँगा और रिश्ते आप लोगों की दिलदार औरतों से।"

"काफी चालाक हो।"

"दुनिया ने बना दिया है माथुर साहब।"

"ऑल राइट—ऑल राइट। मौज लो। मैं भी इसी रास्ते पर चला था। अब तक कुँवारा ही हूँ। एक समय मुझे भी पराई औरतों को इस्तेमाल करने का जोम था। इसी उमा की मौसी को बरसों अपना गुलाम बनाकर रक्खा है और उसके पति को सदा नीचा दिखाता रहा। मैं इसमें अपनी शान समझता था। मेरी वह सारी शान उमा ने बरबाद कर दी।......बड़ा फर्क आ गया। पहले ताकतवर बेशर्म था और अब निर्बल निर्लज्ज बन गया हूँ। तुम्हारा भी यही अन्त होगा।"

"अन्त की चिन्ता अभी मुझे नहीं सताती माथुर साहब। वह आप ही को सतायेगी। बहरहाल एक बात और भी आपके कान में डाल दूँ। यहाँ आने से चार-पाँच दिन पहले सेन साहब ने मुझे दोस्ताना तौर पर यह चेतावनी दी थी कि मैं आपकी उमा से अपने रिश्ते तोड़ लूँ, क्योंकि वह आपकी उमा की अपने क्वाँरे सेक्रेटरी मि० तलवार से

बाकायदा शादी करवानेवाले हैं। मेरा खयाल है जब तक आप सारसलेक पहुँचेंगे, तब तक तथाकथित मिसेज उमा माथुर बाजाब्ता मिसेज तलवार हो चुकी होंगी।"

माथुर का चेहरा उतर गया। फिर आँखों में नफरत और जबड़ों में भिंचाव आया। थोड़ी देर चुप रहने के बाद वे बोले: "सेन हरामजादा है।......मगर......क्या तुम यह बतला सकते हो कि उमा इसके लिए राजी है?"

"जी हाँ। बात ये है कि अब आप सारसलेक से तो बिदा हो ही जायेंगे और पेन्शन के बाद आपकी आमदनी भी घट जायेगी। तब सेन साहब की दिलरुबा उमा का क्या होगा। उमा के लिए सेन ने चिंता की। तलवार साहब इतने सीधे हैं कि अपना दुख-दर्द तक किसी को बतला नहीं पाते। इसलिए सेन साहब ही को उनका क्वाँरापन दूर करने की चिन्ता लगी है। दोनों चिंताओं से मुक्त।"

"सेन बदमाश है, बेहद बदमाश है और उसमें प्रॉविंशियलिज्म भी कूट-कूटकर भरा है। चूँकि मेरी वजह से उस बूढ़े लायब्रेरियन बोस को इस समय नीचा देखना पड़ा है, इसलिए सेन मुझसे बदला लेना चाहता है। खैर, सारसलेक की इस जनानी पॉलिटिक्स के बहाने तुमको रूस देखने का मौका मिल गया, इसलिए मैं खुश हूँ। घूम लो, मेरा खयाल है, तुमको लेनिनग्राद, कीयेव और यहाँ के एकाध ब्यूटी स्पाट्स—ज्यार्जिया के कोहकाफ वगैरह भी घूम लेना चाहिए। कोहकाफ की परियाँ, कोहकाफ की कुदरती सुन्दरता दोनों ही देखने लायक चीज़ें हैं। देख लो, देख लो, अभी तो मेरे हाथ में यहाँ के लिए ताकत है ही। मैं तुम्हारे घूमने का अच्छा इन्तजाम कर जाऊँगा। लेकिन एक चीज़ का ध्यान रखना, सारसलेक पहुँचते ही तुम्हें बूढ़े सेन से तुम्हारी नौकरी खत्म हो जाने का नोटिस मिलेगा। मुझे तो सारसलेक छोड़ना ही है, पर मैं अब तुम्हें और रामनायकम् को भी वहाँ रहने न दूँगा।"

माथुर से बात करके लौटने पर लच्छू ऊपरी तौर पर हलकापन अनुभव करते हुए भी मन ही मन गहिर गम्भीर हो उठा था। उसके सामने इस समय यह बात साफ हो गई थी, कि हिन्दुस्तान पहुँचते ही उसकी इन पच्चीस वर्षों की घुटन भरी ज़िन्दगी में आया हुआ, सारसलेक से रूस तक जल्वा दिखलाने वाला भाग्य का यह चमकदार सितारा अस्त हो जायेगा। यह कसक उसे गहराई में उठ रही थी। माथुर के कमरे से निकलने पर वह यूसुफ के कमरे में गया। लच्छू का चेहरा देख वह बोला: "कहो मियाँ, बूढ़े लकड़बग्घे को चपत लगाकर यह उदासी क्यों पाई? तुम्हें तो खुश होना चाहिए था।"

लच्छू रूखी हँसी हँसा, बोला: "खुश तो हूँ, लेकिन इस खुशी के पीछे एक चुनौती भी मेरे लिए आ गई है।......खैर, जो होगा सो हो, इस समै तो यार, तुम मुझे इस नयी दुनिया की जी भरकर सैर करा ही दो। कम से कम एक बड़ा अनुभव ज़िन्दगी में शायद बहुत दूर तक असर करने वाला मिल ही जायेगा। देश पहुँचने पर तो मुझे फिर कुएँ का मेंढक बनना ही पड़ेगा।"

यूसुफ बोला : "मैं समझ गया। मगर मैंने तरकीब सोच ली है। तुम्हारे लिए एक कोशिश आज ही करता हूँ।"

"क्या ?" लच्छू को अचरज था कि यह बिना कहे जान कैसे गया ?

"सारसलेक को केबुल करूँगा कि एक आफ़िस असिस्टेण्ट की सख्त जरूरत है, खन्ना को यहीं रहने दिया जाय।"

जैसे बादलों के घटाटोप को चीरकर सहसा किरणें चमक उठी हों, लच्छू को सामने यूसुफ नहीं, महान् हिमालय दिखाई दिया। बोला : 'तुम्हारा एहसान कभी न भूलूँगा।"

"दुत ! इसमें एहसान की कोई बात नहीं, रूस की समाजवादी सरज़मीन पर आकर कोई बेकारी की समस्या से परेशान हो, यह मुनासिब नहीं। माथुर के पहुँचने के तुरन्त बाद ही तुम्हारा सारसलेक पहुँचना ज़रूर घातक होगा। माफ करना, मैंने तुम लोगों की बातें सुन ली हैं और यह समझ लिया है कि माथुर की कम्पेनियन और तुम्हारी माशूका जब सेन के सेक्रेटरी की बीवी बन जायेगी, तब सारसलेक में तुम्हारे लिए पग-पग पर काँटे जरूर बिछ जायेंगे। सेन पॉलिटीशियन है। वह अपनी और तुम्हारी माशूका को तुम्हारे हाथों से निकाले बिना रह नहीं सकता। उसे इसकी वजह से गलत समझौता करना पड़ा। तुम्हें यहाँ भेजना पड़ा। आगे वह तुमसे यों दबना नहीं चाहता। उमा को एक जवान भी चाहिए और कानूनी सुरक्षा भी। वह उसे दोनों चीज़ें देकर तुम्हारा पत्ता काट रहा है। सारसलेक में सामने रहने पर तुम उस बूढ़े के सुकून में, उसकी बुढ़भस के खेलों में खलल डाल सकते हो। बूढ़ा माथुर बूढ़े सेन की इसी कमजोरी को उभारकर तुम्हें तबाह कर सकता है। यहाँ मास्को में रहने पर तुमसे उसे कोई खतरा न रहेगा और इसीलिए शायद वह राजी भी हो जाय।"

टेलीफोन की घण्टी घनघना उठी। यूसुफ ने फोन उठाया। माथुर साहब बोल रहे थे : "यूसुफ, खन्ना को आफिस के गेस्ट रूम में रहने को बोलो, उसे गाड़ी दे दो ताकि वह तुम्हारे यहाँ से अपना सामान ले आये और उसे सोवियत यूनियन घुमाने का प्लॉन भी चाक आउट करो और एग्ज़िक्यूट कर डालो। दो हफ़्ते से ज्यादा की 'टूर' नहीं होनी चाहिए। उसका पासपोर्ट चेकअप के लिए फौरन एथॉरिटीज़ के पास भिजवा दो।"

"जी, बहुत अच्छा।"

नयी व्यवस्था हो जाने के बाद लच्छू अपने कमरे में बैठा हुआ खिड़की से बाहरी दुनिया देखता रहा। इलेक्ट्रिक बसें दौड़ रही थीं, मोटरें आ-जा रही थीं। औरतों-मर्दों की भीड़ से सामने की सड़क हलचल भरी नज़र आ रही थी। चौराहे के उत्तर की ओर एक खूबसूरत फव्वारे के चारों ओर कबूतरों का मेला लगा हुआ था, जो इन्सानों से निडर होकर मस्ती से दाना चुग रहे थे। इन कबूतरों ने उसके मन में भारत की याद जगायी—'भारत' यानी अपना नगर, अपना महल्ला, अपने संगी-साथी। उसे मित्रों की याद आयी और वह चिट्ठियाँ लिखने बैठ गया। सबसे पहले वह रमेश ही को पत्र लिखने बैठा।

●

चौदह

यूसुफ की कल्पना के पीछे कहीं मेरा बालमित्र हिदायत तो नहीं। कैसे आ जाते हैं ये चरित्र? कैसे सोवियत संघ पहुँच गया ये लच्छू? अगर मैं प्लाट गढ़ने बैठता, तो निश्चय ही लच्छू ऐसे हीन चरित्र के बजाय रमेश ही को भेजता। मगर इस बार कथा-सूत्र मेरे हाथ में कहाँ है? रमेश ने रानी के प्रेम में जब सारसलेक की तमन्ना त्याग दी और लच्छू को यहाँ भेज दिया, तो फिर मेरे बस में बात ही कहाँ रही। यह तो संयोग की बात है, जैसे जीवन में, वैसे ही कथा में भी।

स्मृति के प्रतिबिम्बों ने लच्छू की रूस-यात्रा के बहाने से अपना नक्शा सँजोकर आवश्यकतानुकूल यूसुफ को अपने बीच में उगा लिया। हिदायत से उसका कोई स्पष्ट साम्य नहीं। वैसे दोनों ही साफ़दिल, ईमानदार और परोपकारी हैं। लेकिन मेरा बंधु हिदायत अली (या हजामत अली) तो प्रेम का अवतार है—बड़ा भावुक—जब उद्धत देशभक्त था तब भी और अब अपने वर्तमान सूफी रंग में भी। यूसुफ का माशूक खुदा नहीं हो सकता लेकिन मेरा हिदायत ईश्वर का मजनू है। काल-प्रभाव से अब उसके जैसी आस्थावाले छीजते चले जा रहे हैं। अगली दुनिया में शायद इस रंग के लोग न होंगे।

हिदायत को मैं अच्छी तरह से जानता हूँ, लेकिन आज तक उसकी इस आध्यात्मिक भाव-तन्मयता की गहराई में नहीं उतर पाया। ईश्वर उसके लिए प्राणवल्लभ है। वैष्णव भक्तों में पुष्टि-मार्गियों की जो गोपीभाव की आराधना है, वह सूफियों में भी अपने ढंग से प्रचलित है। सूफी सन्त हिन्दू-मुसलमान जब मिलते हैं, तो उन्हें अपने-अपने ब्रह्म अलग-अलग नहीं दिखलाई देते। हिदायत उसी लीक पर चलनेवाला व्यक्ति है। मेरे देखते ही देखते उसमें यह परिवर्तन आया है। सन् '४० के व्यक्तिगत सत्याग्रह आन्दोलन तक उसने राजनीति में सक्रिय भाग लिया। जब जेल में था, तभी माँ मर गयी। हिदायत दुनिया में यदि किसी से बँधा था तो अपनी माँ से। उसके पिता बड़े ऐयाश और जाबिर आदमी थे। उन्होंने न तो अपने घर में और न ज़मींदारी में ही किसी को सिर उठाने की इजाज़त दी और न कभी दूसरे के सुख-दुख का ध्यान ही किया। हिदायत शुरू ही से विद्रोही बन गया। वह अपने पिता के क्रोध की कभी रत्ती भर परवाह न करता था। इकलौता बेटा, माँ के लिए तो वही सब कुछ था। बाप के क्रोध से उसे बचा रखने के लिए वह बड़े जतन करती थी। जब से यानी कि सन् '२१ से, वह राष्ट्रीय आन्दोलन में पड़ा, तब से तो जनाब मंजूर अली खाँ साहब के क्रोध का पारावार ही न रहा था। उन्होंने हिदायत के घर में घुसने तक पर प्रतिबन्ध लगा दिया था। हिदायत अपनी माँ से मिलने जाता था तो छुपकर। आन्दोलन के दिनों में स्वयम् अपने पिता के इलाके में भी आन्दोलन करने से न

चूकता था। एक बार तो स्वयम् पिता ने ही पुत्र को गिरफ्तार करवाया। हिदायत के पिता मंजूर अली खाँ साहब शायद इसी की प्रतिक्रिया में कट्टर मुस्लिम लीगी और हठीले राजभक्त हो गये थे।

अपने पत्नी-बच्चों से भी हिदायत की कभी न बनी। श्रीमती हिदायत के संस्कार ही ऐसे थे, कि वे अपनी आभिजात्य वर्गीयता को कभी एक क्षण के लिए भी भूल नहीं सकती थीं। बाद में उनके चरित्र पर भी हिदायत को सन्देह हो गया था। सन्देह हो जाने के बाद उसने अपनी पत्नी से देहसम्बन्ध नहीं रक्खा। एक तवायफ उसकी नौकरी में थी। अभी सात-आठ वर्ष पहले ही वह मरी है।

सन् '४२ में उसके पिता का कत्ल हो गया। उन्होंने अपनी प्रजा में से किसी घर की नयी ब्याही पत्नी को ऐश के लिए एक रात उड़वा लिया था; उसी ने इनकी हत्या भी की और बाद में वह बहादुर लड़की छोड़ भी दी गई थी। हिदायत तब से ही अपने खेत-गाँव सम्हालने लगा। उसने अपने गाँवों में अनेक सुधार किए। अपनी खेती पर भी पूरा ध्यान लगाया। सन् '४२ के आन्दोलन में जेल जानेवाले अनेक देशभक्तों के परिवारों को हिदायत ने सहायता दी। बढ़ती महँगाई से खुद मेरे ही घरवालों की रक्षा करने का दायित्व भी उसी ने ले रक्खा था। पत्नी और बच्चे देश-विभाजन के कुछ ही दिनों बाद पाकिस्तान चले गये। इसी गृहकलह के कारण ही वह क्रमशः बदलता गया और अपनी तवायफ के मर जाने के बाद से उसने अखण्ड ब्रह्मचर्य व्रत ले लिया है। उसकी यह भक्ति, ब्रह्मचर्य मुझे निरन्तर अपनी ओर खींचती तो है, पर.......

यह मानता हूँ कि कभी-कभी ऐसे अवसर आते रहते हैं जब सहसा ईश्वर या ऐसी ही किसी परमशक्ति का सहारा लेने की इच्छा अनायास ही होने लगती है; अपने आदिम जमाने के संस्कारवश हम उस परमशक्ति को ईश्वर-अल्ला कह लेते हैं, और न सही तो मुहावरे के तौर पर ही उसका नाम ले लेते हैं। लेकिन न जाने क्यों ऐसे मौकों पर बरबस याद आनेवाला ईश्वर मुझे एक बड़ा भारी भ्रमजाल लगता है। धारोंधार डूबता हुआ, हर तरह से असहाय मनुष्य, चाहे वह आजीवन अनीश्वरवादी ही क्यों न रहा हो, कहते हैं कि जान बचाने की लालच में ईश्वर को अवश्य याद करता है। परन्तु आस्तिकों की इसी बात को हम अपने ढंग से क्यों न कहें कि असहाय डूबते मनुष्य की जूझती जीवनेच्छा उस नये चेतनास्त्तर को पाने के लिए प्रेरित होती है, जिसके ज्ञान-प्रकाश में वह अपनी जान बचाने की सूझ भरी राह पा ले।

हिदायत कहता है : "अगर मेरे ऊपर ऐसी पड़े तो मैं फौरन ही उस परविरदिगार का शुक्रिया अदा करूँगा, जो कि अपनी दी हुई चीज़ मुझसे वापस ले रहा है, मुझे अपने नज़दीक बुला रहा है। लेकिन तुम अपने दाँव पर यह कहोगे कि ऐ इन्सान की पर्दा दर पर्दा अक्ल, तू अपने साइंस की पूरी लेबोरेटरी लेकर फौरन यहाँ चली आ और मुझ डूबते हुए को बचा ले। औ' न बचा सके तो तुझ पर और तेरी औक़ात पर थूः है।"

"नहीं। मेरी अक्ल यह जानती है कि हर भौतिक रूप नाशवान है किन्तु उसकी चेतना पीढ़ियों के क्रम से चिर विकासशील, अनन्त और ऊर्ध्व गतिगामिनी है। मुझे अपने मरने का कोई गम न होगा, क्योंकि मेरी अक्ल ने जीवन-रक्षा के लिए हर सम्भव उपाय कर लिये और अब इस निश्चय पर पहुँच गई है कि मेरे इस पंचभौतिक रूप के विघटित होने का समय आ गया है। मेरे अन्दर की 'हूँ' वाली चेतना अब इस शरीर से चुक जायेगी?" कल शाम से जो यह प्रसंग छिड़ा तो फिर रात के दो बजे तक उठते-बैठते, खाते-पीते इसी पर हमारी बहस होती रही। हिदायत सत्य के प्रति अपने ईश्वरीय समर्पण को मेरे बौद्धिक समर्पण से श्रेष्ठ मानता है। यह उसका हठ है।......लेकिन इसी हठ के बल पर तो वह कम्बख्त मुझसे जीत जाता है। वह प्रेम-हठीला तानाशाह है। हममें से जो भी इसके निकट आते हैं, इसकी इस तानाशाही से लाख झुँझलाकर भी कभी स्वतन्त्र नहीं हो पाये। बड़ी बेबसी यह है कि कच्चे धागे में बँधे घिसटते चले आते हैं हम। यही बात बड़े पैमाने पर मैं अपने ही आयुकाल में लाखों-करोड़ों को प्रभावित करनेवाले महात्मा गाँधी की प्रेमपूर्ण 'तानाशाही' के सम्बन्ध में भी कह सकता हूँ।......ये प्रेम का नाता बड़ा अजब है। अपनी भौतिक मर्यादाओं, भावनाओं तक ऊँचा उठना तो मेरी समझ में आता है। मगर जहाँ ये समस्त भावनाएँ एकमेव प्रेमभाव के रूप में ही प्रकट हों, विकसित हों, जूझें और अपनी जूझ में हर बार छलाँग मारकर नयी दहाइयों तक अदम्य, अबाध रूप से बिजली सी कौंधती हुई दौड़कर बढ़ती हों, वहाँ उनकी शक्ति........क्या कहूँ........कुछ अजब अलौकिक हो जाती है। लगता है कि यह तानाशाही स्वयं मैं ही अपने ऊपर कर रहा हूँ, करनेवाला नहीं कर रहा है।........

मानता हूँ, प्रेम की स्थिति बहुत ऊँची है, पर आजकल उसे स्वीकार कौन करता है? यह विद्रोहों और मानसिक विस्फोटों का युग है। आज हर पुराने कोहेनूर का भाव घटाया जा रहा है, तब प्रेम ही को उसके सर्वोच्च आसन से क्यों न गिराया जाय?

'अन्बु इलार एल्लाम तमक्कु उरियर अन्बु उडैयार एन्बुम उरियर पिरर्कु।'—तमिल वेद तिरुक्कुरल का वाक्य है—जो प्रेमी नहीं वे अपने स्वार्थ को छोड़कर और कुछ नहीं जानते। वे अपने ही अर्थ-साधन में लीन रहते हैं, परन्तु जो प्रेमी हैं वे परहित साधन में अपनी हड्डियाँ तक अर्पित करने को तत्पर रहते हैं।

लेकिन यह प्रेम कम्बख्त तो बड़ा समाज़वादी है—यह 'स्व' को 'पर' में लय करता है। कविवर जिगर मुरादाबादी के शब्दों में—"सिमटे तो दिले आशिक फैले तो जमाना है।"

चलो, फिलहाल इसे दिले आशिक ही में सिमटने दो। लच्छू प्रेमी नहीं, उसकी नायिकाएँ उमा, मिसेज रामनायकम् आदि सब 'स्व' तक ही सीमित हैं। हिदायत की याद मेरे मानसिक धरातल को इस समय जहाँ छू गई है वहाँ उपन्यास की प्रस्तुत परिस्थितियों में रानी-रमेश का प्रेमी जोड़ा ही मेरी कल्पना को बखूबी बाँध सकेगा। लच्छू भले ही समाजवादी रूस के दर्शन करने पहुँच गया हो, पर सच्चा समाजवादी रमेश ही है।

यूनिवर्सिटी की परीक्षाएँ समाप्त हो चुकी थीं। परीक्षाफल निकलने में अभी देर थी। केशवराय की बारहदरी चूँकि नया पुस्तकालय-भवन बनाने के लिए ढाई जा रही थी, इसलिए संघ के लड़कों का सुबह-शाम का अड्डा फिलहाल नहीं रहा था। रमेश इसीलिए सुबह अपने घर पर ही था। छोटे भाई के द्वारा गोडबोले के घर से 'इण्डिपेण्डेण्ट' का उस दिन का अंक उसने मँगवा लिया था और अपनी तिमंजिले वाली छोटी-सी कोठरी में लेटा हुआ उसे ही पढ़ रहा था। रमेश की माँ और बहिन के बीच के खन में गृहस्थी के काम में व्यस्त थीं और पुत्ती गुरू धुर नीचे ठाकुरद्वारे में पूजा कर रहे थे। एकाएक घर के दरवाज़े पर कुँवर रद्धूसिंह रघुवंशी की गालियाँ गर्मा उठीं: "कहाँ है वह हरामजादा कमूनिस्ट का बच्चा? बड़ा ब्राह्मण बना है साला।" इसके बाद पुत्ती गुरू के ब्राह्मणत्व और शराफत पर भद्दी-भद्दी गालियों के गोले बरसाने लगे। द्वारे पर आते-जातों की भीड़ जुटने लगी और थोड़ी ही देर में सारे आलम को यह मालूम हो गया कि पुत्ती गुरू के बेटे रमेश ने कुँअर रद्धूसिंह की बाल-विधवा बेटी रानी का मुँह अपने प्रेम से काला कर दिया है। रद्धूसिंह ने रमेश को आस्तीन के साँप की संज्ञा दी। लोगों को बतलाया कि किस तरह रावण पण्डित के बेटे ने कुलीन रघुवंशी की बेटी का मन हरण कर लिया था। उन्होंने अपने डी०एस०पी० कजिन (कोतवाल चचेरे भाई) का नाम ले-लेकर धमकियाँ दीं। रमेश को सरे बाजार जूतों से पिटवाने की धमकियाँ दीं।

पुत्ती गुरू का पूजा-पाठ क्रोध के आवेश में छूट गया। पुत्ती गुरू उठे तो थे रद्धूसिंह के तेज को 'धिग्बलम् क्षत्रिय बलम' कहकर अपने ब्रह्म बल को महाबल सिद्ध करने, पर गली का कलह-काण्ड देखकर वे अचानक शान्त मुद्रा साधकर खड़े हो गए। रमेश अपनी कोठरी से छत पर आ गया। उसे आश्चर्य हो रहा था कि रद्धूसिंह को एकाएक खबर क्योंकर लगी।

दो रोज पहले बहिनजी के घर पर रानी से काफी देर तक बातें करने का अवसर उसे मिला था। बहुत-सी बातें जानने को मिली थीं। रानी की सौतेली माँ सुमित्रो को रानी और रमेश के प्रेम-सम्बन्ध का पता लग चुका था। सुमित्रो को रानी से पूर्ण सहानुभूति थी। नरसों रात में सुमित्रो ने अपने पति से, उनके रसरंग में आने पर, मौक़ा देखकर कहा कि घर में बराबर की लड़की को इस तरह मन मारते देखकर उसे अपना यह सुहाग-सुख अच्छा नहीं लगता। रद्धूसिंह एक दुखभरी ठण्डी साँस खींचकर अपनी दुहाजू पत्नी से इस बात पर सहमत तो हुए, पर बेचारे दीन-धरम और लोकलाज से मजबूर थे। अपने स्वर्गवासी कोतवाल बाप की आबरू का भय उन्हें सता रहा था। खुद भी कीर्तनकार और भगवद्भक्त के रूप में उनकी नगर भर में फैली हुई सुकीर्ति को धक्का लगने की सम्भावना थी। इसके अलावा रद्धूसिंह की बूढ़ी माता को भी ऐसे विचारों से गहरा आघात लगने का अन्देशा था। बेचारे रद्धूसिंह इन्हीं कारणों से अपनी बेटी का पुनर्विवाह करने से हिचक रहे थे, वरना सिद्धान्त के तौर पर उन्हें अक्षतयोनि बाल-विधवा का

पुनर्विवाह करना ऐसा कुछ खास बुरा भी न लगता। रानी के भाग्य में यही बदा था, तो फिर किया ही क्या जा सकता। सब परिस्थितियों को देखते हुए उन्हें रानी की वर्तमान व्यवस्था से बड़ा सन्तोष था। सी०टी० करके कहीं मास्टर हो जायेगी। बस फिर वह अपनी रँडापे भरी ज़िन्दगी को आसानी से निभा ले जायेगी। अरे, यह भवसागर तो सभी को पार करना पड़ता है। नारायण की दया से बहिनजी का सहारा तो मिल ही गया है, सब ठीक हो जायेगा।

पत्नी बोली कि—यह तो सब ठीक है पर औरत के जीवन में मर्द की चाह फिर भी बनी ही रहेगी। रानी के पिता बोले कि मैं मरते समय उसे क़सम दिला जाऊँगा। छप्पन बरस का होने आया, साँस का क्या सहारा, रानी घर में रहेगी तो मास्टरी करके अपने भाई-बहिनों को पाल तो लेगी।

दुहाजू की ब्याहता, सौतेली बेटी की हमउम्र, सुमित्रो के कलेजे पर सत्य का मुक्का लगा कि ओह, ये अपना स्वारथ सोचते हैं। समवयस्कता के आधारभूत भाव से युक्त अहम् को पति की बात ने उठाकर धम्म से पटक दिया। मन हचक कर बैठ गया। उसके डूबते हुए मन को उसके कलेजे का आवेश बलपूर्वक ऊपर उबार लाया और वह तड़पकर बोली : "रानी बिचारी अपने बाप का पाप क्यों ढोवै ?"

"क्या मतलब, पाप क्यों ?" रद्धूसिंह ने ऐंठकर कहा। सुमित्रो भी तेज होकर बोली कि जैसे रंडुए का पाप वैसे ही राँड का भी। रंडुआ तो फिर से ब्याह लाता है और वही काम करता है, जिसके लिए राँड को अपना मन मारना पड़ता है। और जो कोई बिचारी जवान-जहान राँड अपने मन से बेबस होकर वही काम कर बैठे तो पापिन। वाह रे तुम्हारा न्याव।

इस पर रद्धूसिंह एकाएक गरज उठे। कमरे से बाहर, उनकी बात सुनाई पड़ने लगी। बोले : "हमारे धर्मशास्त्र बनानेवाले ऋषि-मुनि तेरे बाप-दादों की तरह उल्लू के पट्ठे नहीं थे। आज पीछे यह बात जबान पर न लाना, चेताए देता हूँ।"

बाप-दादे तक सुनकर सुमित्रो भी अपनी ठकुरैती पर आ गयी, दबे स्वर में तनकर बोली : "अब तुम गरज-गरजकर बोलौगे औ' मेरे बाप-दादे बखानौगे ? अन्याव करोगे और जोम भी दिखाओगे ? ठीक है, मैं भी इसी दम से तुम्हारे पास नहीं सोऊँगी। अबसे तुम्हारे पाप में न फँसूँगी।"

सुमित्रो उसी दम बाहर आकर अम्मा, रानी के पास लेट गयी। बाबू तब से लेकर सबेरे तक तो सनाका खाये से रहे, दिन में सूने घर में समझाकर कहा कि नादानी न करो, धरम की बात में न पड़ो। भाग्य भी कोई शक्ति है और वह सबका अलग-अलग न्याय करता है⋯⋯वगैरा-वगैरा। पर नयी अम्माँ अटल रहीं, बोलीं कि तुम्हारी बात ने मेरी आँखें खोल दी हैं। आज से मैं भी बहिनजी के स्कूल में नाम लिखा के सिलाई का काम सीखूँगी। इस पर बाबू फिर गरज उठे, हमारे बाबा का नाम लेकर कहा कि उनकी पतोहू मेहनत-मजूरी हरगिज हरगिज नहीं कर सकती। इस पे नई अम्माँ ने कहा कि अब

जमाना बदल गया है, बड़े-बड़ों की बहू-बेटियाँ पढ़-लिखकर दफ़्तरों में काम करती हैं। मैं तो घर बैठ के ही सिलाई का धन्धा करूँगी। बाबू बोले, क्या मैं मर गया हूँ जो तुम धन्धा करोगी। नयी अम्माँ ने कहा कि तुम भगवान करे हज़ारों बरस जियो। पर काम तो अब सीखूँगी ही।

"इसपे बाबू ने एक तमाचा मारा! नयी अम्माँ ने कहा कि अब दूसरा मारो, तीसरा मारो—तुम मुझे मारते चले जाओ और मैं चलती ही चली जाऊँगी, बहिनजी के घर पे जाके ही दम लूँगी। बाबू नयी अम्माँ का यह रूप देखकर फिर सनाका खा गये। नयी अम्माँ ने फिर कहा कि दुनिया मुझे नहीं, तुम्हें ही थूकेगी कि घर-घर तो कीर्तन करके भगतई जताते हैं और घरवाली को अच्छे काम के लिए इस तरह मारते हैं। आज जादा दुनिया मेरे साथ है, तुम्हारे साथ नहीं। और नई अम्माँ कपड़े बदलकर दादी के पास उनके पोते को लिटाकर, पैर छूकर, बहिनजी के घर पहुँच गई। घर में बड़ा तनाव है। दादी और बाबू एक तरफ हैं, मैं और नयी अम्माँ दूसरी तरफ।"

परसों शाम रानी से यहीं तक कथा सुनी थी। कल बहुत चाहने पर भी रानी से भेंट न हो सकी। वह बहिनजी के यहाँ आयी नहीं और उसके घर जाने की हिम्मत उस समय रमेश में थी नहीं। रमेश का मन कल शाम ही से उदास और चिन्तित था। इस समय अचानक अपने दरवाज़े पर रद्धूसिंह की गरज सुनकर उसने यह जाना कि रानी के घर की घटनाएँ इन दो दिनों में यहाँ तक विकसित हो चुकी हैं। रानी-रमेश का रहस्य अब उनका अपना नहीं, बल्कि जग का नाटक हो गया है।

चीखते-चीखते जब कुँअर रद्धूसिंह का कंठ थका और स्वर लड़खड़ाया तो पुत्ती गुरू अपने बेटे की प्रशंसा-भागवत बाँचने लगे: "ठाकुर साहब, आप रघुवंशी हैंगे। भगवान् रामचन्द्रजी के कुल के हैंगे। यह तो ठीक है पर हम ब्राह्मण हैं, गुरू वसिष्ठ, समझे। हमारे लड़के को एक क्या आस-पास के सात महल्लों में कोई ऐसा कलंक नहीं लगा सकता, जैसा आप लगाने आये हो हमारे दरवज्जे पे चढ़ के। धिक्कार है आपको और आपकी सभ्यता को। सुनिए-सुनिए······क्रोध करना मुझको भी आता हैगा मगर मैं शान्त हूँ, जानता हूँ कि आजकल की महँगाई के समय में हज़ार चिन्ताओं में फँसा भया जिजमान का मन एक तो यों ही बावला रहता है, फिर ऊपर से ये जेठ की गरमी पड़ रही हैगी और फिर सर्वोपरि बात ये कि आप ठहरे क्षत्री। आजकल ताव में बावला बनते देर क्या लगती है। रागात् भवतु सम्मोहो मोहात् बुद्धि विभ्रम। सो कहीं अपनी लौंडिया के सन्दूक में किसी और रमेशसिंह की चिट्ठियाँ पाके धोखे में हमारे रमेश को कलंक लगाने तो नहीं चले आये। जरा ध्यान से सोच लेओ ठाकुर साहब एक बार। ठण्डा पानी मँगावैं कहौ तौ?"

पुत्ती गुरू की बात ने सबको हँसा दिया। रद्धू बाबू हँसी के पात्र बनकर और गर्माये: "आजकल के ब्राह्मन, ब्राह्मन नहीं चमार हैं, बल्कि चमारों से भी गये बीते हैं। मेरी इज्जत बिगाड़कर मुझी को उल्लू बनाते हैं। कहाँ है आपका रमेस, बुलाते क्यों नहीं उसे?"

पुत्ती गुरू अब नैक-नैक ताव पर चढ़े, दूसरे लोगों की ओर देखकर बोले : "आप सब गवाह हैंगे, मैं अब तक बराबर शान्त बना भया हूँगा। पर अब ये मतिभ्रष्ट रघुकुल कुलांगर यदि आगे बढ़ा तो फिर इसे 'धिक् बलम् क्षत्रियबलम् ब्रह्मबलम् महाबलम्' ही की दुहाई देनी पड़ेगी।......लेओ ये आ गया मेरा रमेस भी, अभी नीर-क्षीर हुआ जाता है बात का।"

तमतमाए चेहरे से रद्धूसिंह की ओर देखकर फिर अपने पिता से रमेश ने कहा : "बात तो कुछ नहीं है बाबू, पर जैसा बात का बतंगड़ बनाकर इन्होंने समाज में मेरा और रानी का अपमान किया है, उसका बदला लिये बिना मैं न रहूँगा। आप सब गवाह हैं और मैं इसी समय इन पर अपनी मानहानि का दावा दायर करने जा रहा हूँ।"

यहाँ तक तो बेटे की बात ने पुत्ती गुरू का हृदय-कमल खिला-खिला दिया, पर आगे की बात सुनकर वे ऐसे अचक रह गए कि सबेरे की भाँग का नशा और उनका शान्तिपूर्ण विश्वासयुक्त भाव एवरेस्ट की चोटी से सीधा रसातल ही में आकर धड़ाम से गिरा। रमेश बड़ी शान से सधे सतेज स्वर में बोल रहा था : "मैं तो चलाऊँगा ही, रानी से भी आपकी इस क्रूरता पर दावा दायर कराऊँगा। आप आज़ाद भारत में इस तरह दो शरीफ़ युवक-युवतियों को, जो कि बालिग हैं, समझदार हैं, स्वतन्त्र हैं, शरीफ़ आदमियों की तरह विवाह करके अपना संसार बनाना चाहते हैं, इस तरह अपमानित कैसे कर सकते हैं? मैं कल ही 'इण्डिपेण्डेण्ट' में आपके इस असामाजिक व्यवहार को सामाजिक आन्दोलन बनाकर छपाऊँगा। देखता हूँ, आप हमारा क्या कर सकते हैं?"

लोगों की भीड़ खिसकने लगी। अखबार है, कानून है—नये जमाने वालों के बीच में कौन पड़े। अब तो ये सब कुछ होने ही लगा है। अन्तर्जातीय विवाह भी होते हैं और विधवा-विवाह भी। भीड़ को सबसे अधिक असंतोष इस बात का था कि लोग-बाग न तो रद्धूसिंह ही के पक्ष में कुछ कह सके और न पुत्ती गुरू के पक्ष में और इसी बीच में लड़के ने आकर नये जमाने का तेहा दिखा दिया। सब लोग नये जमाने ही पर कटूक्तियाँ करते चले गये।

रद्धूसिंह की मानसिक दुम फिर दब गयी। मुँह अँधेरे ही जब सुमित्रो की खुशामद के बाद खीझने का दौर चला तो बातों ही बातों में, बात की जड़, रानी का विवाह-प्रसंग उभर उठा। जोर पकड़ गया। सुनकर रानी भी आवेश में आ गई, उसने दादी-पिता के सामने, नीचे-ऊपर के पड़ोसियों के सुनने की चिन्ता तक बिसारकर साफ-साफ यह कह दिया कि वह रमेश के साथ अपना विवाह करने का निश्चय कर चुकी है। रद्धूसिंह उसी समय दुम दबा गये थे। किसी तेज का सामना करने की शक्ति अब उनमें रह ही नहीं गई थी। ग़ुस्से में बाहर निकल आये। डूबने के लिए नदी की ओर चले, पर पार्क ही में बैठ गये। रह-रहकर उनका क्रोध रमेश ही पर भड़क रहा था और जब उनसे रहा न गया तो क्रोध की बेहोशी में यहाँ चले आये थे। यहाँ भी मात खाई। दम टूट गया, निर्लज्जता का कवच पहने खड़े रहे।

पुत्ती गुरू ने अपने जीवन का सबसे बड़ा विश्वासघात पाया था, कुछ-कुछ रुँधे कण्ठ से बोले: "तुमने मुझसे पहले कह दिया होता।" और आँखें पोंछते हुए तुरन्त अन्दर चले गये और किवाड़ बन्द कर लिये।

पिता का यह शान्त व्यवहार खुद रमेश के लिए भी अप्रत्याशित था। उनके गुस्से को वह अपने विद्रोह से जीत लेता। इसके लिए वह तैयार होकर ही ऊपर से नीचे आया था, पर पिता के इस रूप के सामने वह परास्त हो गया। माँ-बहिन ऊपर के जँगले से लगी मूर्तियों जैसी खड़ी थीं। रमेश की हिम्मत न हुई कि दोबारा आँख उठाकर भी उधर देखे। बन्द द्वार देखकर उसे लगा कि जैसे उसका एक जन्म पूरा हो गया, उसकी साँस एक काया की देहरी से बाहर निकल आयी। शोक का आवेश इतना प्रबल था कि ठहर न सका। रद्धूसिंह और इक्का-दुक्का खड़े हुए लोगों से रुख न मिलाता हुआ रमेश तेजी से खन्ना साहब के घर के लिए चल पड़ा।

:: ३५ ::

जिस दिन रमेश का घर छूटा, उसी दिन और प्रायः उसी समय लच्छू उक्रेन की राजधानी कीयेव में अपने लिये एक नया घर पा रहा था। यूसुफ की दोस्त और प्रियतमा वाल्या ने कीयेव में उसके रहने की व्यवस्था अपनी एक सहेली के घर पर कर दी। कीयेव के राष्ट्रीय वनस्पति उद्यान के पास ही वाल्या की सहेली माया का घर था। लच्छू को हिन्दी भाषा जाननेवाली हिन्दोस्तानी नाम की उक्रेनी लड़की सचमुच एक आश्चर्यजनक और आकर्षक अनुभव के रूप में मिली थी। उसके पति निकोलाई कोपिलेंको वहीं राष्ट्रीय वनस्पति उद्यान की प्रयोगशाला में काम करते थे। माया एक बड़ी दुकान में नौकर थी और बीमारी के बाद अपने एक पखवारे के विश्राम के दिन गुजार रही थी। उस दिन सुबह जब ट्रेन से वह कीयेव पहुँचा तो पति-पत्नी दोनों ही स्टेशन पर मौजूद थे और उस भीड़ से उन्होंने लच्छू को फौरन ही पहचानकर अपने साथ ले लिया।

"आप बारत से आनेवाले श्री लक्ष्मी नारान खाना हैं। मैं माया हूँ, वाल्या की मित्र। ये मेरे पती हैं श्री निकोलाई कोपिलेंको। हम दोनों ही अपने नगर में आपका हार्दिक स्वागत करते हैं।"

"स्पसीबा। बोल्शोई बोल्शोई स्पसीबा।" लच्छू ने रूसी भाषा के चन्द सीखे हुए शब्दों से 'बहुत बहुत धन्यवाद' देकर पति-पत्नी को आह्लादमग्न कर दिया। तब से लेकर इस समय तक लच्छू विदेश में पायी हुई इस निश्छल आत्मीयता के प्रति बिना मोल बिक चुका है। पति नाश्ते के बाद अपने काम पर चले गये थे। यह तय हुआ था कि वे अपने किसी मित्र से गाड़ी का प्रबन्ध कर लेंगे और दोपहर के भोजन के बाद उस नगर की परिक्रमा करा लाएँगे, फिर तीन दिनों के भीतर उसे सुबह-शाम नगर की विशेषताएँ दिखलाने के लिए माया और उसके पति उसे ले जाया करेंगे। लच्छू सप्रेम उनके अधीन था।

माया के चेहरे पर, शहरी वातावरण में रहते हुए भी, लच्छू को ठेठ ग्रामीण सरलता की आभा चमकती हुई दिखलाई दे रही थी। बार-बार वह लच्छू के चेहरे को देखती है और उसकी आँखों में सरल उल्लास और स्नेह की किरणें फूट पड़ती हैं, "आपको ये मालुम हो जाना चाहिए मिस्टर खाना—ख-न्ना—

"आप मुझे लच्छू कहें मायाजी, मेरा घरेलू नाम है और मैं सच्चे दिल से कह रहा हूँ कि यहाँ आकर मुझे सचमुच अपना घर मिल गया है। माया मेरी भावज का नाम है।"

"भावज क्या ?"

"भाई की पत्नी ?"

"भाभी ?"

"जी हाँ भाभी, भौजी, भावज ये तीनों शब्द एक ही माने रखते हैं। जी हाँ, तो मेरी भाभी लगभग आपकी उम्र की हैं। मैं उन्हें खूब छेड़ता हूँ और वो मुझे खूब खाना खिलाती हैं। मैं अपनी माँ से अधिक अपनी भाभी को मानता हूँ।"

"ओ ! मैं कभी बारत आऊँगी, तो आपकी भाभी से अवश्य मिलना चाहूँगी।"

"मैं आपको अपने घर में देखकर बड़ा सुखी होऊँगा मायाजी और आपके इस हिन्दुस्तानी नाम पर तो हमारे घर की स्त्रियाँ बेहद मुग्ध हो जायेंगी। आपकी भाषा में माया के क्या अर्थ हैं ?"

"कूछ नहिं। और हिन्दी में इसके क्या अर्थ हैं लच्छू जी ?"

"ये, ये—माया हमारे यहाँ ईश्वर की शक्ति मानी जाती है जो इन्सान में प्यार, ममता, मोह जगाकर उसे ईश्वर से दूर रखा करती है।"

"ओऽओ। तब तो मैं जरूर माया हूँ। मैं इन्सान में प्यार, ममता जगाना ही चाहती हूँ। हम कम्यूनिस्त लोग ईश्वर को नहीं मानते। हम मनुष्य को प्यार करते हैं, उसको हर तरह से सुखी और उन्नतिशील बनाना चाहते हैं।"

"अच्छा क्या सोवियत यूनियन में कोई भी ईश्वर को नहीं मानता ?"

"नहीं बहौत-बहौत से लोग हैं। गिरजाघरों में भी जाते हैं लेकिन पुरुषों का ईश्वर से कोई काम नहीं। हमारा सोवियत-समाज ही उनका ईश्वर है। ये सारी दुनिया, शान्ति और उन्नति का प्रयत्न—ये ये ईश्वर है।"

"लेकिन अभी तो आपने कहा था कि पुरुष लोग गिरजाघर जाते हैं।"

"जाते हैं, जाते हैं। कोई रोक-मना नहीं, लेकिन जो लोग बूढ़े हैं, पेन्शन पाते हैं, उनमें ईश्वर की भक्ति अधिक है। स्त्रियों में बी है। मेरी माँ खूब बजन करती हैं।"

"और आप ?"

"मैं बजन नहीं काम करती हूँ। लेकिन लेकिन, मुझको ईश्वर की बात—कि—कि—कि—का भाव अपने मन में अच्छा लगता है।"

"क्यों अच्छा लगता है ?"

"मैं नई बतला सकती। स्त्रियों का दिल शायद ऐसा होता है—"

"कैसा होता है ?"

"कोमल होता है, स्त्री माँ होती है और मैं समझती हूँ ईश्वर भी ऐसा ही होता है। मैं-मैं ईश्वर के बारे में कुच्छ नई जानती, कुच्छ बी नई जानती। वो मुझे कहीं प्यारा लगता है, बस।"

लच्छू के मन की आँखों के सामने अपने शिव, गणेश, पार्वती, हनुमान, राम-कृष्ण आदि तेंतीस कोटि देवी-देवताओं की अनन्त स्पष्ट, अस्पष्ट प्रतिमाएँ मानो गड्डर सी आकर बिखर गयीं। और उसे अपने इस आन्तरिक अनुभव से अचानक बुरा लगने लगा, बोला: "हमारा देश ईश्वर को बहुत मानता है। सबेरे से रात तक पवित्र नदियों में नहाता, पूजा करता और घण्टे-घड़ियाल ही बजाता रहता है। लेकिन वह ईश्वर आज तक हमारा कुछ भी भला न कर सका। न वो हमसे इतना काम करा सका जितना आप लोग करते हैं। न वो हमें उस तरह से साक्षर बना सका जैसा कि आपने अपने समाज को बना लिया है। और न ईश्वर ने हमसे ऐसी सुन्दर और उन्नतिशील नयी दुनिया ही हमारे वास्ते बनवाई, जैसी आपने अपने लिए बना ली है। मैं अपने ईश्वर से नफरत करता हूँ मायाजी।" लच्छू का मन उस समय सचमुच गहरे अवसाद से भर उठा था।

पिछले चार दिनों में वह अपने-आपको एक ऐसी दुनिया में पा रहा था, जिसकी कभी कल्पना भी उसके मन में नहीं आई। अपने नगर-महल्ले की कीचड़, गन्दगी और बदबू भरी गलियाँ, दीवारों पर लिखी हुई भद्दी गालियाँ, द्वारे-द्वारे होनेवाली औरतों, मर्दों, बच्चों की कलह, निष्क्रियता और असार्थकता से भरा हुआ जनजीवन उसे अन्दर ही अन्दर चुभ रहा था। सोवियत यूनियन का वैभव मानों पेंचकस के समान था, जो उसकी चेतना के काठ में धँसता चला जा रहा था। इस समय माया के पास बैठकर उसका परायापन दूर हो चुका था, उसका हिन्दुस्तानी नाम, उसका हिन्दी बोलना और सबसे बढ़कर उसका निर्मल और सहज स्नेह-ममता भरा व्यवहार उसे एक भरोसे भरे वातावरण में अपने मन की बात कहने के लिए प्रेरित कर गया। उसके तुरन्त बाद ही एकाएक उसकी यह इच्छा भी होने लगी कि राम करे, माया इस प्रसंग को आगे न बढ़ाये। लेकिन माया ने पूछ ही लिया, "आप अपने समाज को बदलने का प्रयत्न क्यों नहीं करते ?"

"जी, कर रहे हैं हम लोग।" लच्छू सावधान होकर बोला: "प्रयत्न हो रहे हैं। हमारे प्रधानमंत्री पं० जवाहरलाल नेहरू हिन्दुस्तान को नया बनाने के लिए बहुत कुछ कर रहे हैं, लेकिन अभी हमारे यहाँ बहुत कुछ काम करने को बाकी है। अभी कुल जमा तेरह-चौदह बरस-ही तो हुए हैं हमारी स्वतन्त्रता आये हुए।" लेकिन इसके बाद से लच्छू का मन आमतौर पर दोहरे स्तर पर ही रहा। उसके मन का निचला स्तर अपने देश और समाज के पिछड़ेपन से घुट और तप रहा था। सोवियत समाज की यह उन्नति उसे चुनौती

सी लगती थी। हम क्यों नहीं ऐसा कर सकते, हम क्यों नहीं ऐसा कर रहे हैं? हमारे यहाँ तो लूट है, मुनाफाखोरी है, क्षुद्र स्वार्थ है और इन पापों को झुठलाने के लिए—'क्षन्तव्यो मेऽपराधः शिव शिव भोः श्री महादेव शंभो' का ढोंग भी है। गले काटेंगे फिर अखण्ड रामायण भी करेंगे। तीसों दिन आठों पहर झूठ बोलेंगे और पूर्णमासी के दिन सत्यनारायण की कथा बंचवाय के स्वर्गलाभ करेंगे। ढोंगी अधर्मी कहीं के······हाय ये सब कैसे बदल जाय?······अकस्मात् कुछ रोज पहले सारसलेक में डॉक् साहब और सेन साहब के बीच होनेवाली बातों में से एक बात उसके ध्यान में उभर आई। एक बड़े सूर्यग्रहण के मौके पर सुप्रसिद्ध दार्शनिक आलडुअस हक्सले काशी में मौजूद थे। उसने देखा कि लाखों लोग गंगाजी में खड़े-खड़े नहा-धो रहे थे, जप कर रहे थे। खासी सर्दी का दिन था वह। हक्सले ने लोगों से पूछा, लोगों ने उन्हें बतलाया कि भगवान् सूर्यनारायण को छूने के लिए म्लेच्छ राहु-केतु दौड़ रहे हैं और भगवान् को इन म्लेच्छों से मोक्ष दिलाने के लिए ये हिन्दू भक्त तपस्या कर रहे हैं। हक्सले ने इस प्रसंग को अपनी किताब में लिखते हुए यह प्रश्न उठाया कि जो लाखों लोग आसमानी सूर्य भगवान् की मुक्ति के लिए इतनी कठोर तपस्या कर सकते हैं, वे स्वयम् अपने-आपको ब्रिटिश दासता से मुक्त क्यों नहीं करा पाते? डॉक् साहब से सुना हुआ हक्सले का यह मन्तव्य उस दिन तो खाली लच्छू को एक धक्का भर ही दे गया था, पर आज वह एक बड़ा सवाल बनकर उसके सामने चुनौती-सा खड़ा हो गया। हिन्दुस्तान इहलोक से अधिक परलोक में रहता है, यथार्थ सत्य को अस्वीकार कर कल्पित सत्य को भजता है और सच पूछो तो वह ईश्वर को भी नहीं भजता। आस्तिक भारत से कई लाख गुना अधिक यह नास्तिक रूस ही ईश्वर का सच्चा पुजारी है।

●

:: ३६ ::

रानी-रमेश के विवाह की सूचना ने रमेश की मित्रमण्डली में एक नयी उमंग उठा दी थी। खन्ना साहब के यहाँ से उनका विवाह होनेवाला था जिसमें स्वयम् डॉक्टर आत्माराम आनेवाले थे। बहिनजी रानी का विवाह करके अपने मन की हौंस पूरी कर रही थीं। निःसन्तान होने के कारण उनके यहाँ किसी शुभ प्रसंग के बहाने कोई बड़ा सार्वजनिक समारोह आज तक हुआ ही न था। खन्ना साहब ने सभी मन्त्रियों, अफ़सरों, न्यायाधीशों, प्रोफ़ेसरों, लेखकों, पत्रकारों आदि लगभग डेढ़ हज़ार गण्यमान्यों को अपनी एक धर्मपुत्री रानी के विवाह का न्यौता भेजा था। शादी रजिस्ट्री कानून से होगी और पुरोहित स्वयम् डॉक्टर आत्माराम होंगे; न मन्त्र, न पूजा-पाठ और इसी को लेकर गली-महल्लों के समाज में थोड़ी-बहुत चख-चख भी चल पड़ी थी—'धरम-करम सब खतम करके कमनिस्टी फैलाय देंगे ये लोग। अरे, इनसे अच्छे आर्यसमाज वाले रहे। जात-पाँत चाहे न मानें पर हवन, पूजन तो करते रहे।'

पुत्ती गुरू चार दिनों तक घर से बाहर न निकले। पहले दिन तो उन्हें किसी को भी अपना मुँह तक दिखलाने की इच्छा न हुई। पत्नी तक से नज़र मिलाकर बात करने में उन्हें संकोच हुआ था। नीचे दरवाज़े उड़का के आये और सीधे घर के तिखण्डे पर चढ़ गये। जाकर सायबान में खटिया के ऊपर पड़ रहे। पत्नी ने आकर कितना-कितना समझाया पर न श्री न कृष्ण, मुख से कुछ बोले ही नहीं। मुँह पर अँगौछा डालकर खटिया पर लेटे रहे। पत्नी जब बहुत रोई-गिड़गिड़ाई, तो मुख मूँदे ही बोले: "अब कौन मुँह दिखावैं तुम्हैं। लड़की करती तो तुम्हारे संस्कारों की खोट निकालता, पर यह तो सब मेरे पापों का नतीजा है।" पत्नी ने फिर कुछ कहा तो बोले: "जाओ, हमें न छेड़ौ इस समय। मेरे मन की लू को तन पर सही जानेवाली लू ही दबाय सकती हैगी। ब्राह्मण तपस्या करके ही सिद्धि पाता है। क्या कहैं इस कुलांगर ने मेरे इष्टदेव ही के कुल में यह अधर्म किया.......। तुम जाओ, हमारा अँगौछा सूख गया हैगा सो गर्मी में साँस घुटत हैगी। तुम जाओ तो हम अपना मुँह खोलैं।" पत्नी अपने हठीले धनी को जानती थीं, चली गयीं। नीचे से एक छोटी बाल्टी पानी लाकर जब ऊपर पहुँची तो हठात् नज़रों का आमना-सामना हो गया। पण्डित ने झट अपनी आँखें मीच लीं। घरवाली ने कहा: "अँगौछा भिगोय लिया करना।"

कई सम्बन्धियों-पड़ोसियों की स्त्रियाँ दौड़ी-दौड़ी आईं। कुछ से उनकी मुठभेड़ हुई, "हाय रानी ई का सुन रहे हैंगे। रमेस उस ठाकुर की रांड बिटिया.......।"

"हाँ रानी, सो तो जैसे तुमने सुना वैसे ही आज हमने भी सुना।" रमेश की माँ रूखे स्वर में बोलीं।

"तो बहुत दिनन से पिरेम चल रहा होयगा?"

"अब मुझे क्या खबर। आजकल के जवान लड़के बिटियन के पीछे-पीछे क्या माँ-बाप डोलत फिरत हैंगे कि सब जानैं?"

"तौ रानी-रमेस फिर अब इस घर में तो न रहेंगे।—कि रक्खोगी घर में राँड़ सुहागिन को?"

इस शब्द से रमेश की माँ के इत्ते-पित्ते भड़क उठे, हाथों की उँगलियाँ और आँखें नचाकर बोली: "वो काहे की राँड। कह वाली होयगी राँड़। अब तो जैसी भी है मेरी होनेवाली बहू हैगी। उसे कोई एक कहेगा तो मैं हजार सुनाऊँगी—।"

रमेश की माँ में भीड़ से सामना करके खुलाव आ गया था। पहले का अवसाद अपनी नयी जोशीली मान्यता से हल्का पड़ा था। पर अपने पति की चिन्ता उन्हें थी। हठी हैं, जाने कुछ कर ही बैठें। गम का धक्का गहरा बैठ जाय? पति की चिन्ता के आगे वह सब कुछ भूली थीं। दोपहर तक वो सात-आठ बार ऊपर आईं। पानी पिलाने के बहाने, पान खिलाने के बहाने और दो बार अंबिया का पना लेकर। पुत्ती गुरू कभी आँखें फाड़े उतान लेटे हुए मिले, कभी बैठे या सायबान में खड़े आकाश से बातें करते हुए; कभी गुमसुम घुटनों में मुँह दबाए। पत्नी की इस नेह भरी, सेवा भरी आव-जाव से धीरे-धीरे

उनका संकल्प ढीला पड़ा। सायबान की जाली से बराबर चलते आ रहे लू के झोंकों को सहते-सहते उनके पीले शरीर की कांति खड़िया ऐसी चमकती थी। आँखें सूखीं, मुँह सूखा और तन तो सदा का सूखा था ही। लगभग साढ़े बारह एक बजे जब रमेश की माँ कुल्हड़ में पना लेकर और उसे गीले अँगौछे से ढँककर आईं तो पुत्ती गुरू जालियों में दोनों हाथों की उँगलियाँ फँसाए खड़े मानो लू के झोंकों से मोर्चा साध रहे थे। रमेश की माँ पीछे आकर खड़ी हो गईं, पर उनका ध्यान भंग न हुआ। रमेश की माँ बोलीं : "सुनत हौगे।"

रमेश के पिता ने मुड़कर देखा। पत्नी की आँखों में इन्हें इतनी करुणा, इतनी मैत्री, इतना प्रेम मिला कि आँखें उनसे बँध गयीं। पत्नी के कन्धे पर हाथ रखकर बोले : "रमेश की अम्मा, अब क्या होयगा ?"

"होयगा क्या, कुच्छौ नईं। अरे अब आए दिन तो ऐसे नये मते के ब्याह होत रहत हैंगे। अरे तुमही ने इधर चार-पाँच बरसन में कित्ते ब्याह ऐसे गैर जात-बिरादरी वाले कराये। ई कोई नवाई थोड़े भई है हमरे घर में ?"

"अरे, इसमें कोरी गैर जात ही का तो प्रश्न नहीं हैगा। ससुर करेला और ऊपर से नीम चढ़ा। करम फूटी विधवा से ब्याह करेगा। सर्वोपरि भगवान् रामचन्द्रजी के कुल में ये अधर्म की बीज बोया हैगा इस कुलांगार ने।......क्या बतलावैं! मेरे दो बेटे-बेटी ब्याहने को बैठे हैंगे। रामजी ने इस पाप का दण्ड देने के लिए कहीं मेरे सुरेश और मेरी पन्नो की मतियाँ भ्रष्ट कर दीं तो मेरा क्या होयगा ? अरे जो कहीं म्लेच्छ मुसलमान, किरिस्तान के घर से मेरी दूसरी बहुरिया या दामाद आय गया, तो मेरा क्या होयगा ?" कहकर फटी-फटी आँखों से लखौरीवाली दीवाल को देखने में खो गये। मुँह से लू जैसी गर्म उसाँस छूट पड़ी। आँखें एकदम खुश्क रहीं।

रमेश की माँ का कलेजा यह बात सुनकर काठ हो गया। कुछ क्षणों के लिए पति-पत्नी के बीच में गहरा घुटन भरा सन्नाटा छा गया। पत्नी एकाएक अपने मन से सब कुछ हटाकर पति को सान्त्वना देने के लिए सजग हो गयी, बोली : "अच्छा हमरे कहे से तुम दुइ घूँट पने के पी लेव तो हमरा जी खुस हो जाय।......सुनत हौगे, पी लेव।" पत्नी पति की छाती से सटकर खड़ी हो गयी। कुल्हड़ से अँगौछा हटाकर अँगौछा वाला हाथ पति की पीठ पर रखकर दूसरे से कुल्हड़ उनके होंठों से लगा दिया। पुत्ती गुरू स्नेह-विवश दूध पीते बच्चे से, पत्नी की मामृत्व भावना के आगे भोले भाव से नत हो गये। पत्नी ने पना पिलाया, अँगौछे से अपने पति का मुँह पोंछा, फिर जमीन पर कुल्हड़ रखने के लिए शरीर को दाहिनी ओर झुकाती हुई बोली : "हमैं न लडकन से मोह हैगा, न बिटियन से। जो जिसकी समझ में आवे करै, जो जिसके भाग में होय सो भोगै। हमाए लिए तो, ठाकुरजी करैं सब तरियों से तुम नेक-नीके रहौ, बस! तुमाई गोदी में सिर रखके धन-धन चली जाऊँ, बस!"

पण्डित पुत्तीलालजी अब अपनी जीवन-संगिनी के वश में आ चले। खाना तो न खाया पर नीचे चले आये। पत्नी ने धुर नीचे के ठाकुरजी वाले दालान में सबसे अधिक

ठण्डक होने के कारण खटिया बिछा देने का प्रस्ताव किया, पर रामजी के पास तक जाने की हिम्मत अभी उनमें न आयी थी। बोले, "यहीं लेटैंगे।" बेटी पन्नो की ओर आँख उठाकर भी न देखा। वह कमरे में सो रही थी, इसलिए बोले कि चौकेवाले दालान में सोएँगे। वहाँ जादा ठण्डक है। पत्नी ने वहीं प्रबन्ध कर दिया और बैठकर पंखा झलने लगीं। पुत्ती गुरू को एक झपकी भी आ गयी। शाम को पत्नी ने भाँग भी पने ही में दी और रात को दो तरकारी, चटनी और पराठे, आधे पाव पेड़े और छटाँक भर मलाई का सकोरा थाल में सजाकर जब सामने लाईं, तो उनका विजया-रस-रंजित मनुआ डोल गया। दिन भर के भूखे थे इसलिए भूख भी कसकर लग आई। जब तक भोजन करते रहे सुखी रहे और जब उससे खाली हुए तो फिर दुखी हो गये। पूरे चार दिन में—उनका ये दुःख राम-राम करके समाप्त हुआ। चौथे दिन नहा-धोकर रामजी की पूजा करने उतरे। डबल गोला चढ़ाने के बाद भी रामजी, उनकी अखण्ड सौभाग्यवती पत्नी और महातेजशाली क्रोधी अनुज के प्रति उनकी भय-भावना कम न हुई थी। पूजावाले कोठे की दहलीज पर पाँव रखते ही उन्हें सहसा ऐसा लगा कि सवाफिटिया हनुमानजी की मूर्ति सहसा अति विशाल होकर सिंहासन वाली सीढ़ियों से गदा ताने हुए झपटकर उनकी ओर बढ़ रही है। घबराहट में गुरू के हाथ-पैर सनसना उठे, अँगौछे की काँछ खुल गयी, गले में घिग्घी बँध गयी। आँसू भरी आँखों से जगदम्बा की मूर्ति को निहारकर, प्रत्यक्ष से अधिक, अपने ध्यान ही में निहारते हुए 'मैया पाहि माम्' कहते हुए धड़ाम से सिंहासन की सीढ़ियों पर अपना मत्था टेक दिया।......मन की भयवाली लहर उतरी और जगदम्बा के चरणकमलों का भरोसा भंग की तरंग पर सवार होकर आगे धाया। आँखें खोलकर सीताजी की मूर्ति की ओर देखा। ऐसा लगा कि मैया प्रसन्न हैं, फिर रामजी की मूर्ति की ओर देखा, फिर लक्ष्मणजी की ओर और अन्त में हनुमानजी तक को देख डाला। सब ओर अमन-चैन था। रामजी, जानकीजी उन्हें अभय दे रहे थे। लक्ष्मणजी के चेहरे पर क्रोध के बेरुखेपन का कुछ-कुछ आभास उन्हें अब तक हो रहा था, लेकिन भय की कोई बात न थी। हनुमानजी अपने सिंदूरी चोले और मीने की चमकती हुई आँखों में मूर्तिवत् ही खड़े थे। गुरू एकदम निरापद थे। खुशामदी गद्‌गद स्वर में चन्दन घिसते हुए गाने लगे—"कबहुँक अम्ब अवसर पाइ।" बहरहाल थोड़ी ही देर में पुत्ती गुरू भगवान् श्री रामचन्द्रजी से अपना समध्याना नाता जोड़ने लगे। रमेश जो ये रद्धूसिंह की लड़की से विवाह कर रहा है, तो उसमें रामजी ही की कोई इच्छा अवश्य होगी। राम की इच्छा के बिना तो पत्ता तक नहीं डोलता और फिर ब्राह्मण को तो चारों वर्ण की कन्याओं से विवाह करने का अधिकार प्राप्त है—"बोल सियाबर रामचन्द्र की जय शरणम्।"

●

:: ३७ ::

कुँअर रद्धूसिंह ने एक दिन के लिए भी अपना मुँह किसी से न छुपाया, बल्कि आठों पहर मन के क्रोध की उबलन में वे अपने आपको जिन्दा शहीद समझते रहे। रमेश के घर के

द्वारे पर गाली-गलौज कर आने के बाद जब घर आए तो देखा, उनकी माता सामने वाले दालान के खम्भे से टिकी बैठी हुई मौन आँसू बहा रही थीं। घर में और कोई भी न था। माँ से पता चला कि रानी बहिनजी के यहाँ चली गयी और अब वह न आयेगी। सुमित्रो खाना बनाकर ढँककर अभी-अभी स्कूल गयी है। रीतू-सीतू कहीं इधर-उधर पड़ोस में होंगी। माँ-बेटे दोनों पास-पास बैठकर अपनी फूटी तकदीर को रोते रहे। खन्ना और बहिनजी इस समय दोनों के जनम-जनम के बैरी हो रहे थे। दोनों ही को, खासतौर पर बूढ़ी माँ को अपने स्वर्गवासी कोतवाल पति की तीखी याद सता रही थी। वो होते तो घर की इज्जत कोई इस तरह ले सकता था? अपने बेटे से भी शिकायत थी, जो अपने आपको एकदम बहू के बस में कर चुका था। अगर शुरू ही से रद्धूबाबू कड़ाई से काम लेते, तो भला आज उसकी मजाल थी कि इस तरह हठीली बन जाती। ये सारे बिख के बीज उसी के बोये हुए हैं। उसी ने रानी को इस ब्याह के लिए उकसाया है। लेकिन रद्धूबाबू यहाँ अपनी माँ से सहमत न थे। उनका दृढ़ विश्वास था कि रमेश ही इस सारे पाप-काण्ड की नींव है। बहिनजी और खन्नाजी चूँकि नये नास्तिक मत के हैं, इसलिए वो ऐसे कामों को बढ़ावा देते हैं और इस्कूल-विस्कूल सब जवान लड़के-लड़कियों को फँसाने के अड्डे हैं। रानी तो खैर ब्याह करके छुट्टी पा जायेगी······पर ये सुमित्रो भी ज़रूर ही किसी की जवानी का बूता पाकर मुझे ठेंगा दिखा रही है। जानती है, मैं कर ही क्या सकता हूँ। मेरी जीउका तक जिन बहिनजी के अधीन है, वे ही उसकी संरक्षिका भी हैं। 'अरे मैं ऐसी जीउका को लात मार दूँगा। रघुवंशी क्षत्री का बेटा हूँ। हमारी नाक सदा झण्टे सी ऊँची ही फहराती है और ऐसे ही सदा ऊँची उठी रहेगी। रघुकुल रीति सदा चलि आई। प्राण जाहिं पर वचन न जाई।'······उसी दिन अपना इस्तीफा लिखकर रीतू के साथ बहिनजी के पास भिजवा दिया और जहाँ-तहाँ भगतों, परिचितों की मण्डली में खन्ना, बहिनजी, रमेश और अपनी दुहाजू पत्नी सुमित्रो की निन्दा करते डोलने लगे।

खबरें बहिनजी और खन्ना तक पहुँचीं। खन्ना ने रद्धूसिंह को बुलवाया, पर वे न गये, बल्कि अकड़कर और भी उबल-उबलकर निन्दा करने लग गये। पाँचवें-छठे ही दिन उनके चचेरे भाई, शहर कोतवाल ने उन्हें बुलवाकर एक पन्द्रह मिनटिया मिर्चौना लेक्चर पिला दिया: "चुन्नूराजा, क्या खुराफात कर रहे हो जी! अपनी बेवकूफियों के कारण अपना जीवन तो बरबाद कर ही चुके, अब दूसरों का भी करना चाहते हो। तुम्हारी भगतबाजी से तुम्हारे घरवालों का पेट भरेगा? और तुम्हारी लड़की अगर शादी कर रही है तो क्या बेजा काम कर रही है? खबरदार, जो आज पीछे तुमने किसी के आगे मिसेज खन्ना की बुराई की इस मामले में। शहर में उनकी क्या इज्जत है, जानते हो?"

रद्धूसिंह की मानसिक दुम एक बार थोड़ी-थोड़ी तनी; कुछ गुर्राकर बोले: "अभी तुम्हारी लड़की जो इस तरह से तुमको ठेंगा दिखा के ब्याह करती—"

"वो कर ही रही है शादी अपनी मर्जी की। हम सब जानते हैं।"

"समरथ को नहिं दोष गुसाईं। समाज के बड़े लोग ही तो ये सब भ्रष्टाचार—"

"मुझे आपकी बकवास सुनने की फुरसत नहीं है चुन्नूराजा। मैं तुमको सावधान किए देता हूँ कि अगर तुमने अपनी पत्नी को काम सीखने से रोका या गलियों में खड़े होकर ऐसी बकवास की, जैसी आजकल तुम कर रहे हो तो याद रखना, मुझसे बुरा कोई नहीं होगा, समझे! जाओ!"

कुँअर रद्धूसिंह दुम दबाकर लौट आये। तब से अन्दर ही अन्दर कण्डे की तरह सुलग रहे हैं। घर काटने को दौड़ता है, क्योंकि सुमित्रो सास के पास सोती है; उनसे बोलचाल तक बन्द है और रानी बहिनजी के यहाँ है। माँ चिड़चिड़ी हो गई हैं, वे या तो बोलती ही नहीं और जब बोलती हैं तो मानो पत्थर मारती हैं।

रानी के ब्याह के दो दिन रह गये हैं। आज सुबह रद्धूबाबू जाँघिया-बनियाइन पहने नीम की दातून चबाते हुए अपने दरवाज़े के सामने गली में खड़े थे। उसी समय बैजू लाला भी दाँतों को दातून से घिसते हुए आये। नौकर उनके पीछे एक लोटा पानी और तौलिया लिये चल रहा था। रद्धूबाबू ससम्मान खड़े हो गये: "जय रामजी की लालाजी।"

"अरे जय रामजी की रद्धूबाबू। परसों तो तुम्हारी लड़की की शादी है।"

"हमको तो शक है लालाजी कि वह हमारी लड़की है।" रद्धूबाबू ने जरा तनकर उत्तर दिया।

बैजू लाला हँसे, बोले: "अरे क्यों-क्यों भाई? आओ अन्दर चलो हमारे साथ।" कहते हुए रद्धूबाबू की पीठ पर बाँह रखकर उन्हें अन्दर की ओर बढ़ा ले चले और फिर पूछा: "बात क्या है?"

"बात-वात कुछ नहीं लालाजी, भगवान श्री रामचन्द्रजी के कुल की कन्या धरम के खिलाफ काम करे, ये हो ही नहीं सकता। मर गयीं उसकी माँ, वरना अभी खड़े-खड़े कबुलवाय लेता।"

बैजू लाला फिर हँसे और उनके कन्धे पर हाथ रखते हुए बोले: "अमा, लाभ क्या इन बातों के करने से। तुम्हारी ही कमजोरी साबित होगी और अब तो येई सब आजकल का धरम हैगा, इसमें हरज ही क्या है जी।......तो चलौगे ना ब्याह में? तुम्हारा तो नाम छपा हैगा कारड में।"

"जी हाँ, आया है कारड मेरे पास भी।"

"अरे रद्धूबाबू, ये समझ लेव कि डॉक्टर आत्माराम और हमारे अनंदो खन्ना का मामला है। हमने सुना हैगा डेढ़ हज़ार इनविटेशन कारड बँटे हैंगे।"

"डेढ़ हज़ार नहीं, डेढ़ लाख बँटे, हमारा तो सच्ची मानिए लालाजी, इत्ता कलेजा पक गया है कि जी चाहता है जिस दम इनका ब्याह होय, उसी दम जाके कुएँ में डूब मरें। हमारे पुरखे भगवान श्री रामचन्द्र दुखी होय के अन्त में डूब मरे थे, हम भी यही करेंगे। बस अब संसार में कुछ नहीं है लालाजी!" रद्धूबाबू आँगन में खड़े-खड़े ये बातें इतने जोर से कर रहे थे कि ऊपर उनकी माँ और सुमित्रो के कानों तक में पहुँचे।

"अमा क्या बेकार की बातें करते हौ जी, रद्धूबाबू। ये तो सब चलता हैगा। और रही अनन्दो की बात, सो इनके खानदान में आज से नहीं, बड़े पुराने जमाने से यही धन्धा होता चला आया है। अरे, हमको इनकी सत्रह पीढ़ियों का हाल मालूम हैगा। हमारा ही तो कुनबा हैगा भाई। जो इनके पुरखे सो हमारे।"

"अच्छा!" अपना दुख बिसारकर परायी निन्दा में रद्धूबाबू का रस जागा, बोले: "ये बात है।"

"ये घर हमने इनके बाप से तस्फिये में लिया था। हमने उनको वो पिलाट दिया, जिस पर आजकल उनका घर हैगा और ये घर लै लिया।"

"अच्छा!"

"हाँ! हमारे पास सत्रा पीढ़ियों का सिजरा है। अकबर बादशाह के जमाने में हमाए पुरखे लाहौर से यहाँ आए थे।"

रद्धूबाबू लालाजी की बतरस में बह चले। दतून-कुल्ला करने के बाद रद्धूबाबू लाला के साथ ही उनकी बैठक में चले गये। नाश्ता करते हुए बैजू लाला ने एक अत्यन्त रोचक कथा सुनाई—"अकबर बादशाह के जमाने में शेख अब्दुलरहीम लखनऊ के सूबेदार थे। बादशाह उन्हें बहुत मानते थे। कहते हैं कि बड़े ही आलिम-फाजिल हाकिम थे। बस उनमें दो कमजोरियाँ थीं। एक तो उन्हें हर दिन एक नई औरत चाहिए थी, और दूसरे, पीने-पाने के मामले में भी बड़े अगड़धत्ती थे। सो हमारे जो पुरखे थे, सो उनके साथ लाहौर से यहाँ आके बस गये थे। उन्होंने सूबेदार को अपनी ओर राजी करने के लिए एक बड़ा गन्दा काम किया। कहते हैं कि उनके पड़ोस में एक बड़े भारी आढ़तिये और ज़मींदार, एक पण्डितजी रहा करते थे। वे बेहद जबर, घमण्डी और बेईमान थे। उनके बड़े भाई की एक विधवा थी, जवान-जहान, नाम था किशना, औ' कहते हैं कि ऐसी सुन्दर कि देखो तो गश आ जाय। खैर, तो वह पण्डितजी भाई के मरने के बाद उनकी जुरुआ को अपने बस में करने की तरकीबें करने लगे, मगर वह इनके चंगुल में फँसी नहीं। पंडितजी ने उसे बड़ा-बड़ा दुख दिया। हमारा घर उनके पड़ोस ही में था। किशना महराजिन किसी तरह छिप-छिपाकर हमारे यहाँ आ गई और हमारी पुरखिन के आगे रोई-धोई, कहा कि सूबेदार से कहो कि हमैं अपने देवर से एक घर दिलाय दें और हमाए रोटी-कपड़े के लिए गुजारा दिला दें। हमारी पुरखिन ने हमारे पुरखे को बताया। पुरखे ने जब यह सुना कि बड़ी खूबसूरत और ज़वान औरत है, तो सूबेदार को पेश करने की तरकीब की। जाके उनसे कहा कि शेखजी, ऐसी-ऐसी औरत है, और ऐसी उसकी फरियाद है! आपके यहाँ आ नहीं सकती, जो हमाए यहाँ आप पधारें तो उसे आपके पास पेश कर दें। औरत का मामला, शेखजी ने दूसरे ही दिन शाम को आने के लिए उनसे कह दिया। अब भैया, सूबेदार आये तो चारों ओर बड़ा दबदबा बैठा। फिर हमाए पुरखे ने महराजिन से कहा कि राजा से फरियाद करने में कोई लाज, संकोच नहीं होता है, तुम उनसे आप अपनी बिथा कह लो। और बिथा कहने-सुनने में दोनों के दिल एक हो गये। शेखजी पर उस

महराजिन का जादू ऐसा चढ़ा कि फिर कोई औरत ही उनके मन पर न चढ़ सकी। हमाए पुरखे ने महराजिन को उनके घर से भगाने में मदद दी और किशना महराजिन खुले आम शेखजी के साथ रहने लगी। बाद में वो ऐसी दबंग औरत हुई कि घर बैठे पूरी रियासत का काम चलाती रही औ' हमाए पुरखे जो थे उसके कारिन्दे थे। इस तरह हमाए पुरखे की तकदीर खुली। सो वही अब नयी चाल से अनन्दो कर रहे हैंगे।"

"तो अबकी हमाई लड़की का ब्याह कराय जो ये चाहैं कि लालाजी, इनकी तकदीर खुलैगी सो नहीं होयगा। एक तो भगवान् के कुल में दाग लगाय रहे हैंगे। दूसरे हमाए जैसे दीन-दुर्बल की आह लै रहे हैं। तीसरे विधवा का ब्याह कराय के हिन्दू धरम के सारे ऋषी-मुनियों का शिराप लै रहे हैंगे।—राम जाने किस मँझधार में जाय के डूबेगी इनकी नैया, देख लीजियेगा लालाजी।"

लाला बैजू बातें करते-करते एकाएक उठ बैठे, बोले: "होयेगा जी आओ तास खेलैं। आता हैगा खेलना?"

रद्धूबाबू ऐसे हँसे कि मानो एम०ए०, पी-एच०डी० पास से कोई पूछ रहा हो कि अमाँ ए-बी-सी-डी पढ़े हो कि नहीं। बोले: "हमारा आपका खेल अभी तलक हुआ ही कब जो आप पहचानते। हमने सुना है कि आप बड़े परसिद्ध खिलाड़ियों में से हैंगे। लाइए, फिर आपका हुकुम बज ही जाय। इधर कोई काम-धाम तो हैगा नहीं हमाए पास। लौंडिया के फेर में जीउका भी छोड़ दी।......मगर अब भूल गये हैं लालाजी......इधर तो बरसों हो गये, तास छुए तक नहीं ससरे।"

लाला बैजू ने ताश फेंटते हुए कहा: "हमें तो भई ये ही दो शौक हैंगे। हियाँ आपके पास बैठे तो तास खेलैंगे। औ' हुआँ कोठी में रहे तो शाम को एकाध दो मिनिस्टर, हाई क्लास आई०सी०एस०, आई०ए०एस० अफ़सर, दुइ-चार बड़े लोगों को अपना निमक जरूर खिलावेंगे। और न हमें पूजा-पाठ, धरम-करम से कोई खास प्रेम हैगा, न तुम्हारे क्या नाम के, घर-गिरस्ती बाल-बच्चों से।"

ताश खेलते हुए दो घंटे बीत गये। लाला बैजू बोले: "यार रद्धूबाबू, हमें मालूम नईं था कि तुम इस फन में इत्ते बड़े माहिर हौगे। हम तो समझते थे कि तुम कोरे कीर्तनबाज ही हो। अरे, किसी नौकरी की क्या फिकर, पान-सात रुपये तो रोज मैं तुम्हें यों ही कमवा सकता हूँ।"

लाला बैजनाथ को जुआ खेलने-खिलाने का मर्ज था। और इसी मर्ज के पीछे उन्होंने अपनी जवानी में यह मकान भी खरीदा था। पहले बीच वाले खन में, जिसमें इस समय रद्धूबाबू का निवास है, सुलही की फड़ जमती थी। लाला बैजू सर्राफे का काम करते थे। उससे छुट्टी पाकर यहीं आ जाते थे। जुए की बदौलत उन्होंने रकम तो खैर किसी हद तक ही कमाई, लेकिन उससे अधिक बिगड़े रईसों-नवाबों और धनी-मानी मनचलों का परिचय खूब पाया था। ये लोग उनके दो तरह से गाहक होते थे। अपने गहने और ज़मीन-जायदाद उनके पास गिरवी रखकर इनसे ऋण लेते थे। दूसरे ये लोग इनकी दूकान से

अपनी माशूकों के गहनों की फरमाइशें भी अधिकतर पूरी किया करते थे। खातिर-तबाजोह और बोलने-चालने में लाला बैजू शहर भर में अपनी मिसाल आप ही थे। इसी से बढ़े। आज लगभग पचास-साठ लाख के असामी हैं। तीनों लड़के इधर बरसों से काम-धाम सँभालते हैं, और लाला बैजू सबेरे से शाम के पाँच बजे तक यहीं अपनी बैठक में जमे रहते हैं। कोई नहीं मिलता तो अकेले में 'पेशेंस' खेला करते हैं, वरना यों तो दिन भर उनके मिलनेवाले आते ही रहते हैं। लाला के ताश मशहूर हैं। और इसी शोहरत की आड़ में उनका जुए का अड्डा अब इसी बैठक के पीछेवाली कोठी में तहखाने में जमता है। और इन तहों में शरीफों को कानून से बचाकर लालाजी जुआ खिलवाते हैं। जाहिरा तौर पर वह पूरी कोठी एक रजिस्टर्ड संस्था, 'मनोरंजन क्लब' के नाम से किराये पर ले रक्खी है। वहाँ नकली में असली जुआ होता है। ऊपर बैठके में आप शौकिया ताश खेलते हैं, जो जुआ नहीं महज खेल होता है, सामिष नहीं निरामिष होता है। रद्धूबाबू ताश की ट्रिकों के उस्ताद हैं। लाला बोले : "हमारी तरफ से क्लब में पत्ते खेला करो। जितनी रकम दिन रात भर में जुआरियों से जीतोगे, उतनी की पाँच रुपये सैकड़े के हिसाब से दस्तूरी मिलेगी। खाने-पीने नाश्ते-पानी से मतलब ही नहीं।" उनका तो लाला बैजू के यहाँ सदाव्रत खुला रहता है। रद्धूबाबू अपने इस नसीबे पर बेहद प्रसन्न हुए। उन्हें अब अपनी पत्नी और लड़की के व्यवहार से उत्पन्न ग्लानि के ऊपर अपनी एक हिंसात्मक विजय सी मालूम हुई।

:: ३८ ::

रमेशचन्द्र गौड़ और रानी बाला का विवाह समारोह अलक्ष्य में राजनीति से जुड़कर नगर के उद्योगपतियों, कुछ अफ़सरों, मंत्रियों, महापालिका के सभासदों और कुछ राजनीतिक व्यक्तियों के लिए खासा महत्त्वपूर्ण हो गया था। संयोग ही से ऐसे बानक बन गये थे। विवाह के बाद रमेश को अपने लिए एक घर की आवश्यकता थी, वह अपने पिता के घर में अब नहीं रहना चाहता था। रमेश ने खन्नाजी से कहा, खन्ना साहब ने उसे एक पत्र देकर नगर के प्रसिद्ध उद्योगपति और मकानपति हाजी नबीबख्श के पास भेज दिया। उसी दिन कुछ ही देर पहले उसके विवाह का निमंत्रण हाजी साहब को मिल चुका था। हाजी साहब ने रमेश से पूछा : "ये आप ही की शादी का कारड आया है न ?"

"जी हाँ।"

"आप उधर ही के रहनेवाले हैं ?"

"जी हाँ।"

"क्या करते हैं ?"

"इंडिपेण्डेण्ट में काम करता हूँ।"

"ओह तो आप जर्नलिस्ट हैं? आपके यहाँ जिन तालिबिल्मों ने रूपचन्द के मन्दिर के खिलाफ—"

"जी हाँ! मैंने और मेरे साथियों ने ही किया था। जेल तक गये थे।"

"ओह तो यह बात है? और खन्ना साहब की इसमें क्या दिलचस्पी है?"

"जी, दिलचस्पी यही है कि उन्हें और मिसेज खन्ना को मुझसे और मेरी होनेवाली पत्नी से बच्चों की तरह प्यार है, और इस गैर बिरादरी की शादी में चूँकि न मेरे पिता शामिल हो रहे हैं और न......."

"लड़की के। ठीक है, पुराने खयालात वालों को एतराज़ होगा ही। खैर, तो घर आपके लिए एक चाहिए ही।—मिलेगा।" हाजी साहब ने एक नौकर को बुलाकर अपनी जायदाद के मैनेजर के पास भेज दिया और यह भी कहलाया कि अगर कोई फ्लैट खाली न हो, तो हमारे किसी होटल में इनके रहने का फिलहाल बन्दोबस्त किया जाय।

रमेश को अपने मैनेजर के पास भेजने के बाद हाजी साहब ने खन्नाजी को फोन करके यह कहा कि चूँकि सड़क वाले मामले के लिए महापालिका की मीटिंग इस शादी से एक ही दिन बाद होनेवाली है, इसलिए मैं चाहता हूँ कि जल्से में मुख्यमंत्रीजी, हरिकिशनदास और दस-पाँच खास-खास लोगों के नाम भी आप जोड़ लीजिए। इन लोगों को लाना मेरा काम होगा।

खन्ना साहब तुरन्त राजी हो गये। हाजी नबीबख्श डॉक्टर आत्माराम के बड़े मुरीदों में से थे और हमेशा समाजवादी कामों में तन-मन-धन से उनका साथ देते थे। उनकी बात को न मानना खन्ना साहब के बस में न था। इस जल्से की आड़ में हाजी साहब अपने प्रतिद्वन्द्वी को एक अत्यन्त नाटकीय कूटनीतिक पराजय देने के लिए, अपनी एक चाल को अन्तिम सांस्कृतिक चरण के रूप में ढाल देना चाहते थे। रईस की मौज, सम्पादक खन्ना का मामला, उसी क्षेत्र के एक नायक और श्रमजीवी पत्रकार की शादी के बहाने अपनी सहानुभूति भरी पब्लिसिटी लेने के लिए वे ललक उठे। इसके अलावा उन दिनों हाजी साहब ने महापालिका के सभासदों में यह हवा भी फैला रक्खी थी कि डॉक्टर आत्माराम और मुख्यमंत्री की बातें हो चुकी हैं। राजधानी होने के कारण यहाँ की 'इण्डस्ट्रियल इस्टेट' का विशेष महत्त्व है। पुराने सर्राफे में लिंक रोड बनने से दो फायदे होते हैं, एक तो शहर के पिछड़े हुए इलाके के लोगों को लाभ होगा, दूसरे विदेशी घुमन्तुओं और व्यापारियों को ऐतिहासिक स्थानों और टकसाली भारतीय जीवन की एक सजीव झलक देखने का मौका देते हुए 'उद्योग पुरी' में ले जायेंगे। इस सड़क से शहर का आर्थिक लाभ तो होगा ही, साथ ही शहर में प्लानिंग की शान भी बढ़ेगी।

नगर के सबसे बड़े धनपति लाला राधेरमन ने गहरे में रुपया बँटाई की थी। इसके साथ ही साथ बहुत से महत्त्वपूर्ण (पार्टियों के दृष्टिकोण से या व्यक्तिगत रूप से) सभासदों को उनकी रुचि और प्रकृति के अनुकूल खातिरदारियों से भी पाट रखा था। हाजी साहब को भी नीतिवश यही करना पड़ा। रुपया बँटाई और खातिरदारी दोनों ओर

से इतनी हुई कि सभासदों की नैतिकता किसी भी स्तर पर थिर न रह सकी थी। दोनों ही पक्ष स्वयं अपने ही फेंके हुए जालों के भ्रम में बँध गये। यह कहना कठिन था कि कौन किस पक्ष में अपना वोट देगा। हर सभासद या तो रहस्यवादी या विशुद्ध दुमहिलाऊ और बेशर्म बन गया था। हाजी इस पार्टी में इन सभासदों, लखपतियों और आम जनता को एक बड़े रहस्यवादी मौन ढंग से यह प्रभाव देना चाहते थे कि मुख्यमंत्री और अखबारी साम्राज्य के शाहंशाह डॉक्टर आत्माराम उनके साथ हैं। हाजी नबीबख्श ने चाहा तो यहाँ तक था कि लड़के की बरात लेकर वे ही खन्ना साहब के दरवाज़े पर आयें, मगर खन्ना साहब को यह प्रस्ताव पसन्द न आया। पर हाजी कुछ न कुछ करने पर तुल ही गये थे, बोले कि बरात का खर्च मैं दूँगा। खन्ना साहब बोले कि 'बरात का सवाल ही नहीं उठता' क्योंकि शादी पार्टी से पहले ही हो चुकी होगी। हाजी बोले कि ये कुछ नहीं, आखिर दूल्हे के दोस्त-अहबाब होंगे। बराती की हैसियत से आयेंगे तो उन्हें खास तवज्जोह मिलेगी, वरना बेचारे भीड़ में खो जायेंगे। बरात जरूर आयेगी और उसका स्वागत किया जायेंगा। खन्ना साहब राजी हो गये।

अपना घर छोड़ने के बाद से रमेश शामराव के आग्रहवश उसी के घर में रहता था। उसके पिता भी रमेश से स्नेह करते थे। बरात में किसी अपरिचित पूँजीपति का पैसा लगे, यह विचार तक रमेश को पसन्द न आया। उसने खन्ना साहब से साफ 'ना' कह दिया। खन्ना साहब बुरा मान गये। इस बात का प्रसंग जब शामराव, कम्मी आदि के सामने आया तो ये लोग तन गये, बोले, बरात हम लेके जायेंगे, तरुण छात्रसंघ के प्रधान का ब्याह है। गोडबोले वैद्यजी ने अपने यहाँ से बरात सजाकर ले जाने का आदेश दिया— "हाजी हों या कोई हों, हमारा लड़का क्या कोई अनाथ का लड़का है जो वो खर्चा उठायेंगे।" उन्होंने खन्ना से फोन पर कह दिया कि हम अपने महल्ले की नाक यों न कटने देंगे। खन्ना ने सत्तो-धर्मो रखते हुए कहा कि बराती लड़के ही होंगे, आप हमारे साथ रहेंगे........

गोडबोले के घर संघ के पुराने लड़कों की उजले कपड़ोंवाली भीड़ क्रमशः बढ़ती जा रही है। लड़कों के अलावा युनिवर्सिटी के अनेक प्राध्यापक, नगर के सभी पत्रकार और 'इण्डिपेण्डेण्ट' प्रेस तथा कार्यालय के सभी कर्मचारी आमन्त्रित किये गये थे। शामराव, गोडबोले और कम्मी इस आयोजन के नेता थे। जयकिशोर और हर्रो मिलकर रमेश की साज-सज्जा की नुक्ताचीनियाँ कर रहे थे। धोती जरा इधर से उठ गयी है, चुन्नट ठीक नहीं पड़ी, दर्जी ने कुरते के मुड्ढे ठीक नहीं काटे, बेतुकी झोल पड़ रही है। आदि-आदि। रमेश बोला : "उँह, अब भयल बियाह मोर करबो का। अबे, सरकारी तौर पर तो बीबी बना ही चुका कोर्ट में। अब तो ये सामाजिक रस्म अदायगी भर है।" लच्छू और छैलू की याद सभी को आ रही थी। लच्छू तो खैर रूस में मजे ले रहा है, पर छैलू का कोई पता नहीं। मन्दिर जलाने की घटना के बाद से वह ऐसा गायब हुआ है कि कोई खैर-खबर नहीं मिली। हर्रो के लिए रमेश इस समय हीरो बना हुआ है, उसने अपनी 'प्रेमिका' से 'लव मैरेज्' की है यानी स्वर्ग को पृथ्वी पर उतार लिया है। काश कि हर्रो भी अपने

जीवन में ऐसा ही कर सके। मगर उसके लिए अभी तो प्रेमिका ही नहीं मिली। जयकिशोर की छेड़छाड़ को हर्री उस समय सुखपूर्वक झेल रहा है।

जयकिशोर भी आज अपने मन में बादशाह है। उसकी एक कविता आज 'धर्मयुग' में छपी है और 'कल्पना' कार्यालय से भी उसका एक लेख छापने के सम्बन्ध में स्वीकृति-पत्र आया है। 'ज्ञानोदय' और 'माध्यम' को भी कविताएँ भेज रखी हैं।

गोडबोले के दो अमेरिकन छात्र साथी बॉब और हैरी अपनी साइकिलों पर आ गये। दो विदेशी सूरतों के आते ही गोडबोले के बड़े आँगन का नक्शा ही बदल गया। शामराव गोडबोले के अलावा जयकिशोर ही उन दोनों को पहचानता था। उन्हें फाटक में साइकिलें लेकर प्रवेश करते देखकर वह दूर ही से हाथ उठाकर चिल्लाया—"हलो बॉब, हलो हैरी।" मस्त हँसमुख लंब-तड़ंग बॉब ने जोर से हिन्दी में कहा : "हमने आपका जगह ढूँढ़ निकाली न आखिरकार?"

सारे मजमे पर बॉब की हिन्दी ने जादू का-सा असर डाला। गोडबोलेजी का एक नौकर तब तक उनकी साइकिलें लेने के लिए आ गया था। शामराव कमरे से निकलकर और जयकिशोर दालान से उनके स्वागतार्थ निकट आ रहे थे। हैरी बोला : "आपके मित्र के विवाह के वास्ते हमारे मेगदुटजी एक कविता बना के लाये हैं।" मेघदूत उपनामधारी बॉब ने खबे उचकाकर हैरी की बात को शानदार ढंग से स्वीकार किया। और इसके बाद एक-एक करके बराती आ गये। गणेशजी गोडबोले की हवेली के फाटक पर शहनाई बज रही थी, जिसके स्वर लाउडस्पीकरों द्वारा हवेली में गूँज रहे थे। ठंडाई, कोकाकोला और पान-सिगरेटों की भरमार थी। थोड़ी ही देर में आँगन इतना भर गया कि चलने का समय देखने के लिए लोग-बागों की नज़रें अपनी-अपनी घड़ियों पर पड़ने लगीं। रमेश की माँ, दोनों बहिनें, बहिनोई और छोटा भाई सुरेश गोडबोलेजी के घर पर आ चुके थे। स्त्रियाँ वहीं से इकट्ठी होकर जानेवाली थीं। मन्नो और उसके पति के आ जाने से रमेश विशेष रूप से प्रसन्न था। पुत्ती गुरू के सम्बन्ध में उसे यह मालूम हो गया था कि वे अप्रसन्न तो नहीं हैं, पर बरात में सम्मिलित नहीं होंगे। उनका चार घरों की जिजमानी का काम ठहरा, इसलिए वो इस तमाशे से दूर ही रहेंगे।

पुत्ती गुरू उस दिन गोमती पार किसी जिजमान के यहाँ उद्यापन कराने गये थे। लगभग पाँच बजे तक परोसे-पुजापे की गठरी लेकर घर लौटे। खूब सन्तुष्ट थे, इस घोर कलिकाल में कौन जिजमान भला ऐसे उद्यापन करता है। सब मिलाकर पैंतालिस रुपये नकद पीटे। पाँचों वस्त्र, शैया का सामान, अनाज-पानी का पूरा एक झौआ मजूर के सिर पर लदवा के पुत्ती गुरू घर आये। ताला बन्द था। पड़ोस में हरिया के यहाँ गोहार कर ताली मँगाई। पत्नी सुबह ही, उनके घर से जाते समय, ताली संबंधी सूचना दे चुकी थी। घर खोला, अन्दर गये। दालान में मज़दूर से सब सामान रखवाया, पैसे देने में थोड़ी-बहुत हुज्जत भी की। पर फिर मज़दूर का चित्त प्रसन्न करने की मौज में आ गये। घर का कुण्डा बन्द करके धोती-कुरता-बनियाइन-टोपी उतारी, एक बाँह पर उन्हें रखा, अनाज-वस्त्र के

थैले यथासंभव उठाये और ऊपर जाकर रख आये। नीचे रामजी वाले दालान में उन्हें सिल के नीचे लोटा और सिल के ऊपर कटोरा दिखलाई दे गया था। तलब भड़क चुकी थी, नीचे आये। कटोरे के ऊपर से बट्टा हटाया। उसके नीचे दबी तश्तरी के ऊपर रक्खी हुई एक चिट्ठी मिली—"पूज्य बाबू, आपकी भाँग का सामान ये रक्खा है। ऊपर रसोइयाँ वाले दालान में छींके पर बड़े कटोरदान में पूड़ी तरकारी और छोटे में मिठाइयाँ हैं सो जानियेगा और जो कहीं जाना होये तो हरिया की अम्मा को घर की चाभी दे जाइयेगा।

आपकी सौ० मन्नो—"

चिट्ठी पढ़कर पुत्ती गुरू ने मगनमन कटोरा खोला, पिसी हुई ठण्डाई, भाँग, गुलकन्द और बादाम के चार गोले देखकर वे चारों पदारथ पा गये। सिल उठाई तो पीला दूध, जिसमें केसर के नन्हें-नन्हें टुकड़े ऊपर ही झलक रहे थे। देखते ही बदन में जवानी आ गई। लपककर खूँटी पर से छन्ना उतारा और दूध के बर्तन पर कटोरा ढाँककर लपककर दरवाजे पे आ गये। बरफ मँगवाने के लिए उन्हें एक आदमी की तलाश थी। गली का एक लड़का जाता हुआ दिखलाई पड़ गया। उसे बरफ लाने के लिए दो आने पैसे देकर आप भाँग-ठण्डाई छानने में दत्तचित्त हुए। भले ही अन्तर्जातीय सही, पर आखिर बेटे का ब्याह था। भले ही गुरू को ब्याह संबंधी अनेक आपत्तियाँ हों, पर वे मन की खुशी को नहीं दबा सकते। भाँग का लोटा लेकर वे स्वभावानुसार भगवान के भोग लगाने गये। एकाएक यह भाव आया कि रघुकुलमणि रामजी तो आज से हमारे समधी हो गये हैं, अब हमारा भोग आदि कैसे स्वीकार करेंगे?—फिर आप ही मगन मन भगवान को रिझाते हुए बोले, "अरे, नये जमाने में तो यह सब कुछ चलता है भगवान। लेव आज पाओ प्रेम से। आज भाँग छान के दोनों समधी, भगत और भगवान तरंग में अपने बाल-बच्चों को आशीर्वाद देंगे। सर्वे भवन्तु सुखिनः, सर्वे सन्तु निरामयाः। सर्वे भद्राणि पश्यन्तु, मा कश्चिद् दुःखभाग भवेत्।"

शाम के सवा छह से मोटरों और रिक्शों का आना जारी हुआ और आधा घण्टे के अन्दर ही अन्दर पार्क के सामने वाली सड़क पर शहर की अच्छी से अच्छी मोटरों की परेड लग गयी। आकाश धूल भरा शान्त था। गर्मी घुटन भरी थी और पार्क में लगे हुए पैंतीस बड़े-बड़े पंखे भी मेहमानों के पसीने पूरी तौर पर सुखा नहीं पा रहे थे। रंगबिरंगी साड़ियाँ, भाँति-भाँति के बँधे हुए जूड़े, विलायती तितलियों की फुदक-फुदक और देसी महिषियों की थपथप चाल से पार्क की घास, पेड़, फूल-पत्ती सबकी सब, मानो बेरौनक-बेआबरू हो गई थीं और उनके नखरों, गुमानभरी बातों से चमन खिलखिला पड़ता था। कौन कब पहाड़ से आई और कब पहाड़ पर चली जायेगी, कौन मिसेज किस मिसेज से बात करना पसन्द नहीं करती, किसके 'हेयर स्टाइल' में क्या नुक्स है, किसने कितने हज़ार का कौन सा नया गहना खरीदा और शहर के कौन-कौन से जोड़े गर्मियाँ बिताने के लिए योरप के देशों में गये हैं, इसकी चर्चा से पार्क का महिलाकोना गुलजार था। बीच में एक सोफा वर-वधू के लिए रक्खा था। आस-पास के कुछ सोफे विशिष्ट आदमियों से भर चुके थे। हाजी नबीबख्श, स्वायत्त शासन के सचिव, मंजूरअहमद और एक बहुत बड़े

ठेकेदार हाजी जकाउल्ला जल्द आ जानेवालों में से थे। हाजी साहब की बंगालिन रखैल का बेटा खोखा मियाँ भी अपने दो-चार गणों के साथ थोड़ी दूर पर टहलते हुए शान से सिगरेट फूँक रहा था। बाप ने बेटे को काफी मदद दी थी और खोखा मियाँ को बेहद चाहते भी थे, पर खोखा मियाँ ज्यों-ज्यों पिता की सहायता से उन्नति करते गये, त्यों-त्यों पिता से बेरुखी भी बरतने लगे।

इत्रों और शृंगार-सज्जा के सम्राट् 'चौधरी कास्मेटिक्स' की मैनेजिंग डायरेक्टर मिसेज चौधरी और उनके मैनेजर आये। 'दि लॉस्ट एम्पायर' क्यूरियो वाले पण्डित विशन नरायन, फिर नगर के सबसे बड़े धनी-धोरी लाला राधेरमन के तीनों लड़के लाला रेवतीरमन, लाला गोपीरमन और लाला माधुरीरमन शहर के पाँच-छः लखपती नौनिहालों के साथ पधारे। ठीक साढ़े छः पर डॉ० आत्माराम और छः पैंतालिस पर मुख्यमंत्री, उद्योगमंत्री, स्वायत्त-शासन-मंत्री, लाला राधेरमन आदि 'वी०आई०पी-'ओं का जुलूस आया। पार्क करीब-करीब भर गया और तब करीब ७ बजकर १० मिनट पर श्रीमती खन्ना ने माइक्रोफोन पर अभ्यागतों का शाब्दिक स्वागत करते हुए डॉ० आत्माराम से प्रार्थना की कि वे समाज के सामने वर-वधू के पाणिग्रहण संस्कार का पौरोहित्य करें। डॉक्टर साहब ने अपने भाषण में लोगों से समय को तेज़ी से बदलने के लिए अपील की। उन्होंने कहा कि अब इस देश में शादियाँ इस तरीके से होनी चाहिए कि उन्हें देखकर कोई यह न कह सके कि यह हिन्दू की शादी है, या मुसलमान की या क्रिश्चियन की हो रही है। समाज के सामने नवदम्पत्ति एक-दूसरे को स्वीकार करें और समाज में स्थान पाएँ। इससे हमारी जातीय और साम्प्रदायिक भेद-भावनाएँ मिटेंगी। यह कहकर डॉक्टर साहब ने वर-वधू को आशीर्वाद दिया।

इसके बाद मुख्यमंत्री अपना आशीर्वाद देने के लिए खड़े हुए। उन्होंने अन्तर्जातीय विवाह को सराहा, पत्रकारों को भी सराहा, डॉ० आत्माराम को महान् विभूति बतलाया, आनन्दमोहन खन्ना और उनकी पत्नी की सामाजिक सेवाओं की सराहना भी की।

लाउडस्पीकर पर रेडियो कलाकारों द्वारा 'बन्ने' और मंगलगीत गाये जाने लगे—

माई री मैं टोना करिहौं।
कौआ की बीट, कबूतर के पंखा, औ उड़त चिरैया के डैन री॥ मैं०॥
नैनों को बाँधू, बन्ना नैन न चलावै—।
वो तके न पराई नार री॥ मैं०॥
हाथों को बाँधू, बन्ना हाथ न चलावे—
वो छूए न पराई नार री॥ मैं०॥
पाँवों को बाँधू, बन्ना पाँव न चलावै—
वो चढ़े न पराई सेज री॥ मैं०॥

गीतों से वातावरण में मधुरता आई, लेकिन महापुरुषों की मण्डली में मुख्यमंत्री की एक बात से सहसा खलबली मच गयी। खाते-खाते उन्होंने सहसा रुप्पन लाला की ओर

देखकर कहा: "लाला रूपचन्द, तुम हमारे इन कम्यूनिस्ट उद्योगपति हाजी साहब के चक्कर में कैसे पड़ गये जी? ये तुम्हारी महाजनी खतम करवा देंगे, याद रखना।"

मुख्यमंत्रीजी की यह बात साधारण मजाक के ढंग से कही जाने के बावजूद खासी अटपटी और एकपक्षीय थी। हाजी कुछ चौंके, उनके समर्थक खासे चौंके, और लाला राधेरमन, लाला रेवतीरमन, नगरप्रमुख, उप-नगरप्रमुख और अन्य कई लोग भी गम्भीर नज़रों से मुख्यमंत्री का मुँह ताकने लगे। किसी और ने कहा होता तो हल्के मज़ाक से अधिक इसमें कोई बात न खोजी जाती, परन्तु मुख्यमंत्रीजी को बरसों से और निकट से जाननेवाले लोग यह जानते हैं कि निर्मल विनोद उन्हें आता ही नहीं, वे केवल अपने किसी विरोधी पर कटूक्ति करते समय ही हँसी-मजाक के मूड में आते हैं। तो क्या मुख्यमंत्री से हाजी का कुछ विरोध हो गया है?—यह कौतूहल था।

रूपचन्द करीब-करीब घिघियाते हुए स्वर में सफाई देते हुए बोले: "मैं तो इन्हें न कमनिस्ट जानूँ न और कुछ जानूँ, मैं तो इन्हें मियाँ नबीबख्श के रूप में जानता हूँ, हाजी भी बाद में हुए। हमारा-इनका तीस-पैंतीस बरस का ब्यौहार हैगा।"

"जी हाँ, लाला रूपचन्द साहब मेरे महाजन रहे हैं। इन्हीं की मदद से मैं शुरू-शुरू में आगे बढ़ा हूँ। ताउम्र इनका एहसान मानूँगा।" हाजी साहब ने खुले दिल से भाव-भीने शब्दों में कहा। लाला रूपचन्द्र के मन को मक्खन लगा। किन्तु मुख्यमंत्री इस ओर बढ़ जानेवाली धारा को फिर अपनी ही ओर मोड़ लाए। एक पूरा रसगुल्ला हाथ में उठाकर, उसे मुँह में रखकर स्वाद चर्वण करने के उपरान्त उँगलियों में लगी रसचाशनी को अँगूठे से मलकर छुड़ाते हुए बड़ी लापरवाही से बोले: "जी हाँ, तभी तो बात-बात में अपने-आपको कम्यूनिस्ट समझते हुए और हमारे डॉक्टर साहब की दोस्ती का दम भरते हुए भी आप अपने पुराने सूदखोर महाजन के हाथ में एक सौ बाईस निम्न मध्यमवर्गीय परिवारों को बेघर करवा देना चाहते हैं। आपका यह अहसान समाज को खासा महँगा पड़ रहा है।"

"क्षमा कीजियेगा ये आपकी झूठी समाजवादी हमदर्दी है।" रुप्पन लाला के कनिष्ठ चिरंजीव मुलायमचन्द उत्तेजित और उद्धत स्वर में बोले। मुख्यमंत्री आक्रामक शेर की तरह उसकी ओर देखने लगे। डॉ० आत्माराम तुरन्त ही मुस्कराकर अपने पास बैठे हुए मुख्यमंत्री से बोले: "देख लिया आपने, आपके सरकारी समाजवाद को लोग-बाग क्या समझते हैं।"

बात चूँकि डॉ० आत्माराम के मुख से निकली थी, इसलिए कुछ लोगों के मुख मुस्कान से खिल उठे, देखकर मुख्यमन्त्री का मुख लाल हो गया। डॉक्टर साहब इतने बड़े आदमी हैं कि आमतौर से कोई उन्हें जवाब नहीं दिया करता, कांग्रेसी खासतौर से, क्योंकि 'डॉक्साहब' हाई कमान के सदस्य और गैर सरकारी होते हुए भी सरकारी नेताओं के 'गुरु घण्टाल' हैं, यानी उनके सरकारी रौब को फुटबाल बनाकर ऐसा उछालते हैं कि चारों ओर से 'वाह वाह', 'हुर्रे हुर्रे', की पुकार पड़ जाती है। बेचारे 'सरकार' लोग घुट-

घुटकर रह जाते हैं। परन्तु मुख्यमन्त्रीजी इस समय सहसा डॉक्टर साहब के मजाक पर भी मजाक करने के मूड में आ गये, हँसकर बोले: "हमें तो पूज्य नेहरूजी ने, आपने, श्री कृष्णमेनन आदि ने जैसा समाजवाद सिखा दिया, वैसा ही बरतते हैं। हाजी कम्यूनिस्ट बख्श साहब—(लोगों की हँसी) हमारे दोस्त और मेहरबान, एक तरफ तो ये अफवाह फैलायेंगे कि डॉक्टर साहब ने मुझे पुराने सर्राफेवाली सड़क-योजना के लिए राजी कर लिया है और दूसरी तरफ खुद यह कहते फिरेंगे कि भई, हम तो मीरगंज वाली सड़क ही को अच्छा समझते हैं। (हाजी साहब कुछ कहने के लिए उचके) ठहरो मियाँजी, पहले हमारी बात तो सुन लो। हाँ साहबो, दो रुख तो हमारे दोस्त के ये हुए और तीसरा रुख ये है कि पिछले डेढ़ महीनों से मीरगंज और उधर के बहुत सारे खेत और ज़मीनें हाजी साहब अपने अधीन तमाम ट्रेड यूनियनों के सेक्रेटरियों के पर्सनल नामों पर खरीदते जाते हैं। शतरंज कैसी खेली जाती है, ये अगर हमारे बुजुर्ग लाला राधेरमणजी साहब एक बार गौर करते—हमारे समाजवादी मित्र हाजी साहब ने एक के बाद एक मोहरे चलकर मीरगंज के खेत खरीदे हैं और खरीद रहे हैं। कल यदि महापालिका अपना मीरगंज मार्गवाला प्रस्ताव पास भी करे तो उधर से सड़क नहीं, बड़े नाले की चौड़ान वाली एक गली ही बना सकेगी—कहीं आठ फुट चौड़ी, कहीं चार पाँच फुट और उद्योगपुरी के मुहाने से मिलाते समय कुल जमा दो फुट चौड़ी सड़क बना सकेगी महापालिका। हाजी साहब के इस चौमुखे समाजवादी मजाक की दाद दीजिए जरा हः हः हः। (डॉक्टर साहब की तरफ देखकर) आपने अपने कांग्रेसी चेलों को ऐसा समाजवाद नहीं सिखलाया डॉक्साब।"

बहुत से सम्भ्रान्तों की नज़र में मुख्यमन्त्री हीरो बन गये। डॉक्टर साहब की मौजूदगी में उन पर खुलकर हँसने का साहस एक रुप्पन के बड़े लड़के वीरचन्द के सिवा और किसी को न हुआ, पर रूमाल या हथेली से अपनी-अपनी मुस्कुराहट सभी को पोंछनी पड़ी।

मुख्यमन्त्री की 'लेक्चर टोन' वाली ऊँची आवाज़ की बातों के उत्तर में डॉक्टर आत्माराम ने हँसकर सहज स्वर में कहा: "बुद्ध ने तो सिखाया सबको समान रूप ही से था, पर चेलों में बोधिसत्व कम हुए और बुद्धू ज्यादा।"

कुर्सी के पीछे खड़े 'इंडिपेण्डेण्ट' के कालम लेखक 'आवारा', श्याम भटनागर और रमेश जोर से हँस पड़े, खन्ना मुस्कुराये और हरकिशन दास उद्योगमन्त्री भी अपनी स्वरहीन खुली बत्तीसी दिखलाने लगे। दूर बैठे हुए लोगों को पास बैठे हुओं ने बात कानोंकान पहुँचा दी। हँसा कोई नहीं, मुस्कुराये बहुत से।

यह गुदगुदे और सादे सोफासेटों की पंगत फौवारे के किनारे का एक कोना ही भर रही थी। बड़े लोग खींचतानकर पिछत्तर-अस्सी से अधिक न थे। इनके अतिरिक्त मँझोले अफ़सरों, मँझोले सेठियों और सर्राफों, दुकानदारों, अमले, वकीलों, डॉक्टरों, प्रोफ़ेसरों, लेखकों, पत्रकारों का एक शानदार मजमा, कुर्सियों पर बैठा नज़र आ रहा था। एक

लालाजी सामने कुछ दूर पर खड़ी नारियों की तनिक भी परवाह किए बिना अपनी पूरी जाँघ खोलकर जोर-जोर से उसे खुजलाते हुए एक दूसरे लालाजी को बतला रहे थे कि उन्होंने तेल में मिलाने के लिए भटकटैया के फूल कहाँ-कहाँ से और कितने हज़ार बोरे मँगवाये हैं। दूसरे लाला ऐसी मशीन की तलाश में था, जो पत्थर के चावल बराबर दाने तराश सके। दोनों लाला अपनी कारगुजारियों पर मजे ले-लेकर बातें कर रहे थे।

कांग्रेसियों को इस बात की बड़ी शिकायत थी, कि उनकी कमिश्नरी में सरकारी ग्रामीण उद्योग अभियान की योजना बनाकर जिलापरिषद वाले कांग्रेसियों और अफ़सरों ने मिलकर लाखों रुपये खा लिये और शहर के बेचारे तपे-तपाये जाने-माने पुराने कांग्रेसिये उनका मुँह ताकते ही रह गये, एक छदाम भी न कमा सके।

—"अजी, पूरे तीन साल तक चकमा दिया बदमाशों ने। चर्खे, करघे छोटी मशीनों के नाम पर पैसा खाया। फैक्ट्रियाँ बनाने के नाम पर सीमेंट, ईंट और टीनों का पैसा खा गये, और कहीं कुछ भी न बनाया, बस एकाध धोखे खड़े कर दिये और कहीं हर साल बाहर से थोड़ी बहुत चीज़ें खरीदकर उनकी प्रदर्शनी करके, एकआध मन्त्री को बुलवाकर उद्‌घाटन करा दिया और कह दिया, यह सब वस्तुएँ हमारे गाँव ही में बनी हैं। हमारा राष्ट्र उन्नति कर रहा है। अरे, गुरू लोग तो यहाँ भूखे बैठे हैं और उधर उनका राष्ट्र उन्नती कर रहा है।—ये अच्छी रही।"

इन्सानी चिड़ियों का जंगल उनकी दबी चहक और उभरी हुई हलचलों से जगर-मगर हो रहा था। एक अलग सोफासेटों की चौखुटी पंगत में रमेश की माँ, गोडबोले की माँ आदि बहिनजी की समधिनें बैठी थीं। सुमित्रो उन्हीं की सेवा में नियुक्त थी। रानी की दादी नहीं आई थीं। बच्चे चहक रहे थे। और समधिन वाले सोफों के इर्द-गिर्द ही कुँवर रद्धूसिंह भी अपने-आपमें महत्त्वपूर्ण बने हुए चक्कर काट रहे थे। पार्टी समारोह का सूर्य अब अस्ताचल पर आ गया था।

मेहमानों का मजमा अब छँटने लगा था। डॉक्टर साहब को 'इंडिपेण्डेण्ट' कार्यालय के कर्मचारियों और उनके परिवार वालों से मिलाया जा रहा था। कालम लेखक 'आवारा', रमेश और एक 'सीनियर' पत्रकार उनके साथ-साथ चल रहे थे। सहसा 'आवारा' ने पूछा : "डॉक्साब, मुख्यमन्त्री की इन बातों का असर कल महापालिका की बैठक पर क्या पड़ेगा?"

"कुछ नहीं, थोड़ी बहस, थोड़ी गर्मागर्मी और सड़क का प्रस्ताव आगे के लिए स्थगित। बस।"

"पर इससे हाजी गुट के प्रभाव पर आँच तो अवश्य आई डॉक्साहब।"

"कोई आँच नहीं आयेगी। मेरे ख्याल में सड़क न यहाँ बनेगी, न वहाँ—शायद कहीं और बन जायेगी। तुम क्या समझते हो, राजनीति आज सड़कें बनाने में विश्वास रखती है? इस समय तो राजनीति बनी सड़कें नष्ट करने और काल्पनिक सड़कों की योजनाएँ

पेश करने में भरोसा रखकर चल रही है। आज राहें धुँधली होती जा रही हैं।" डॉक्साहब ने एक ठण्डी साँस छोड़ी।

"लेकिन सड़क तो बनकर ही रहेगी। नई दुनिया को एक होने से अब कोई रोक नहीं सकेगा।" रमेश ने जोश में आकर कहा।

डॉक्टर आत्माराम मुस्कुराये, बोले: "आप अभी तक अपनी उसी पुरानी दुनिया में घूम रहे हैं जनाब? बीबी कहाँ गई आपकी?—अच्छा, वो है, वहाँ,—आप भी वहीं जाइए। अपनी नई दुनिया बसाते वक्त इस पुरानी राजनीति की चालों पर गौर न कीजिए। भागिए यहाँ से।"

रानी उस समय अपनी माँ-बहिनों, सास-ननदों और दो-चार महल्ले वाली चाचियों के बीच में बैठी थी। रमेश भी वहाँ जा बैठा। सब पुलक उठे। रानी मुस्कराती हुई सास के पास से उठकर पन्नो, मन्नो के पास बैठ गई। मन्नो को विशेष खुशी थी, क्योंकि रानी उसकी सहपाठिन थी। रमेश माँ के पास बैठ गया। माँ बूढ़ियों में बतियाती हुई बीच-बीच में अपनी बहू की ओर स्नेह-पुलक भरी दृष्टि से निहार लिया करती थीं। अच्छी तो लगे हैगी, नन्द-भौजाई की जोड़ी है। नन्दों से जरा साँवली हैगी तो क्या हुआ। हाय, कैसा दीपू-दीपू सुहाग चढ़ा हैगा इसके चेहरे पे। घर जाके राई-नोन उतारूँगी।"

मगर बेटे और बहू को लेकर घर जाने का मौका ही माँ को न मिला। चलते समय रमेश ने ठण्डे, किन्तु स्पष्ट शब्दों में कहा कि नया चलन चलाकर घर की पुरानी चहारदीवारी को अब आये दिन धकियाना अच्छी बात न होगी: "मैंने बहुत सोच-समझकर ही एक अलग मकान ले लिया है।"

"मकान! कहाँ?" मन्नो ने पूछा।

"अभी तो हुसैनाबाद में मिल गया है फिर—"

"तो क्या मुसलमानी मुहल्ले में मेरी बहू को ले जाके रक्खेगा?"

"तो इसमें क्या हुआ अम्मा, मकान मालिक एक पुराने नवाब हैं, वसीकेदार हैं। बड़े शरीफ हैं बेचारे। उन्हीं के यहाँ एक हिस्से में जगह ले ली है। मैंने क्या हाजी साहब ने दिला दी है।" रमेश की बात से उसकी माँ-बहिनों के चेहरों के चिराग बुझ गये।

●

:: ३९ ::

रमेश और रानी अपने लोगों से बिदा होकर हाजी साहब की एक गाड़ी में, जो उन्हीं के वास्ते खड़ी थी, अपने नये घर की ओर चल दिये। बहिनजी ने रमेश और रानी को बक्से, आटा, चावल, चाय, मसाले वगैरा गृहस्थी की कुछ आवश्यक वस्तुएँ, खाने और पास-पड़ोस में बाँटने के लिए मिठाइयाँ, बिस्तर आदि सामान मोटर में रखवाकर अपना नौकर साथ कर दिया था। उस समय दोनों ही यह अनुभव कर रहे थे कि रमेश की माँ को इससे करारा धक्का लगा है और शायद रमेश के पिता को भी ऐसा ही लगेगा। रानी

अपने पिता और दादी के सम्बन्ध में भी इसी तरह सोच रही थी। दुःख के साथ अपने नये सुख में मगन नवदम्पति आनन-फानन अपने घर पहुँच गये। पुरानी शाही खंडहरों से लगे हुए एक खस्ता महल के फाटक पर गाड़ी रुकी। ड्राइवर ने दरवाज़ा खोला। नौकर सामान उतारने लगा। पति-पत्नी उतरे। फाटक बन्द। ड्राइवर ने बड़े मियाँ, बड़े मियाँ करके कई आवाज़ें दीं, तब जाके पीछे से आवाज आई : "कौन ?"

"हम हैं नए किरायेदार।" रमेश ने कहा।

"अमाँ, सब-चोर उचक्के यही कहके घुसा करते हैं। जाओ, सुबह आना।"

रमेश को कुछ-कुछ ग़ुस्सा आने लगा था, तब तक ड्राइवर चिल्लाया : "अमाँ, खोलते क्यों नहीं, हाजी साहब के यहाँ से आये हैं।"

पहले किराएदार और अब हाजी साहब का नाम सुनकर बड़े मियाँ की अफीम शंका की अटारी पर चढ़ गयी। बड़ी मुश्किल से ड्राइवर ने बड़े दाहिने बाजू के एक बन्द दरवाज़े का ताला खोलते हुए कहा : "तशरीफ़ ले चलिए हुज़ूर। हम लोग सामान लेकर आते हैं।"

चलते समय रमेश ने ड्राइवर और बहिनजी के नौकर के हाथ में पाँच-पाँच के नोट रख दिये। नोटों का दिया जाना और नौकर ड्राइवर का सलाम करना बड़े मियाँ के उड़ते नशे को समझ की दबोच में आखिरकार ले ही आया। लपक के कहा : "हुज़ूर, मैं झट से फाटक बन्द कर आऊँ तो हाज़िर होता हूँ।" ऊपर पहुँचते ही एक छत, बाईं ओर एक बड़ा कमरा। छत के सामने कुछ दूर पर झलकती जलती ढिबरियों वाली दो-चार दुकानें और एक अहाता नज़र आ रहा था। कमरे में पर्दे का पार्टीशन लगाकर एक तरफ तो लकड़ी का सोफासेट, मेज-कुर्सी, टेबिलफैन और एक अलमारी रक्खी हुई थी, और दूसरी ओर एक निवाड़ का बड़ा पलंग, कबर्ड, सिंगारमेज और दो स्टूल। इस बड़े कमरे में लगी हुई एक लम्बी सहनची में एक ओर रसोईघर बना हुआ था, बीच में खाने के लिए मेज, कुर्सियाँ और दूसरे सिरे पर पर्दा तानकर गुस्लखाना बना दिया गया था। उधर भी एक छोटी सी छत थी, जहाँ से गोमती दिखलाई पड़ती थी। शौचगृह भी उसी छत पर था।

बड़े मियाँ ने ऊपर आकर उन्हें उनका पूरा घर दिखला दिया। हर सेवा के लिए अपने आपको हरदम हाज़िर समझने के लिए कहा और बोले : "हाजी साहब के कारिन्दे कल आये थे, और आज वे सब घर सजा गये और हमसे कह गये थे कि हुज़ूर लोग शादी करके सीधे यहीं आवेंगे। हुज़ूर को शादी मुबारक हो। मैं तो आज सई साँझ से इसी आस में बैठा टुकुर-टुकुर रास्ता देख रहा था कि हुज़ूर आयेंगे, मिठाई खाने को मिलेगी, इनाम मिलेगा। अल्ला जीता रखे। जोड़ी सलामत रहे, एक से इक्कीस हों, खुदा करे।"

रमेश ने बड़े मियाँ को भी मिठाई-इनाम देकर टाला।......घर अब उनका था, जिनकी आँखों में लाज और चाहत की घातें चल रही थीं।

रात के साढ़े बारह बज रहे थे। रमेश और रानी अपने-आपमें पूर्णता का एक नया बोध पाकर मगन मन उमंगों और तरंगों पर चढ़े हुए थे। अभी मिठाई के दो टुकड़े खाये,

फिर अभी कमरे को देखकर मन में आया कि यह पार्टीशन पूरब-पश्चिम की बजाय उत्तर-दक्षिण की दीवारों में लगाया जाय; फिर ये बात आई कि तीन-चार महीने में रुपये जोड़-जोड़कर रेडियो ले लेंगे। फिर रानी बोली : "आओ, जरा सैर करें।"—अपने साम्राज्य की सैर करने लगे। सहनची में गये, रसोईघर की चीज़ें देखीं और कुछ वस्तुओं की आवश्यकता महसूस की। गुस्लखाने की नुक्ताचीनी की, फिर थोड़ी देर गोमतीवाली छत की सैर की। उमस रहते हुए भी वहाँ के खुलेपन में, खण्डहरों, हरियाली और नदी की रुपहली पट्टी से सजी धुन्धभरी चाँदनी रात में एक-दूसरे को प्यार किया। अपने सौभाग्य से सन्तुष्ट एक-दूसरे के नशे में डूबे हुए दो आज़ाद परिन्दे एक-दूसरे से सटकर चौड़ी मुंडेर पर बैठे थे। उनकी शान्ति में दखल करती हुई एकाएक तेज हवा चली, आँधी आई और वो आँधी इतनी तेज़ हुई, इतनी धूल-धक्कड़ भरी कि बेमजा बन गयी। दोनों कमरे में आ गये और फिर पटापट बड़ी-बड़ी बूँदों वाली बरसात और घन गरज, बिजलियों की कड़क—मौसम से कुछ पहले ही सावन-भादों का समा बँध गया। अभी मानसून शुरू नहीं हुआ था। इधर एक सतवारे से गर्मी बच्चों, जवान, बूढ़ों सबको सता रही थी। इस मूसलाधार बरसात ने नये ब्याहुलों को रंगरंग से शराबोर कर दिया। पानी बरसता ही रहा। कमरे के नीचे से पनाले का तड़तड़ शोर सुनाई पड़ रहा था।

एक बार कमरे की लाइट फिर जली, मानो ड्रामा के एक एक्ट के बाद हाल में रोशनी आई हो। रमेश एक मस्त अँगड़ाई लेकर उठ बैठा। मेज पर तश्तरी में रक्खी एक गुलाबजामुन अपने मुँह में डाली और दूसरी रानी के मुँह में रखते हुए बोला : "शहर के इकतालीस हज़ार घरों में आज एक नया घर हमारा भी जुड़ गया।"

"तो इकतालिस हज़ार एक कहो ना।"

"इकतालिस हज़ार एक सही भाई। राम करे, सब हमारी ही तरह सुखी हों—और इस समय तो सचमुच ही सुखी होंगे भी।"

"क्यों ?"

"क्यों क्या, इस बरखा की बहार को देख रही हो ना। हर गली, हर कूचे-सड़क पर, पाँच सौ सोलह मुहल्लों में आबाद लखनऊ के इन इकतालिस हज़ार एक मकानों की छतों, छज्जों और आँगनों में इस दम यही तरावट होगी।"

"तुम्हें ये मकानों-महल्लों की संख्या-उंख्या खूब याद है।"

"श्रीमतीजी, मैं पत्रकार हूँ—"

इसी समय सामने वाली छत की तरफ से हवा और बरसात के शोर को चीरता हुआ एक बहुत बड़ा जनकोलाहल उठा। रानी ने चौंककर पूछा : "क्या हुआ ?"

"पता नहीं, पर हुल्लड़ बड़ी जोर का हुआ है। मेरी जान में अहाते में कुछ हुआ है। दरवाज़ा खोलकर देखूँ ?" रमेश छतवाले दरवाज़े की तरफ बढ़ा, रानी बोली : "भीग जाओगे।" पर रमेश बढ़ गया। दरवाज़े को ठेलते हुए हवा के धक्के को दबाकर उसने दरवाज़ा खोला। सन-सन हवा और तेज बौछार और सामने अहाते के शोर ने एक साथ जोर से कमरे में प्रवेश किया। शोर शायद खुदायार खाँ के अहाते ही से आ रहा है।.......

सबेरे का मौसम साफ सुहाना था। चाय पीने के बाद रमेश रात के समय खुदायार खाँ के हाते में मचनेवाले शोर का पता लगाने लगा। रानी नहाने-धोने में लगी। इतने में कुँअर रद्धूसिंह आये। लड़की के लिए साड़ी और ब्लाउज का कपड़ा और दामाद के लिए एक हल्के मेल की सोने की अँगूठी और मिठाई। रानी से अपना रोना रोने लगे : "तुम्हारी नई अम्माँ ने तो जैसे जनम भर ही के लिए बैर साध लिया है। उसे समझाओ न। तुम्हारे ब्याह की ख़ातिर ही उससे हमारी कहा-सुनी हुई थी। अब तो ब्याह भी हो गया। और देखो हम राजी भी हो गये। अपने बाल-बच्चों से भला किसी का बैर हो सकता है। मगर तुम्हारी नई अम्मा हमसे आज भी नहीं बोली। उसके इस्कूल जाने को भी हम अब मना नहीं करेंगे, हमने कल रात ही में खुशी-खुशी यह कह दिया था। तो भी उसने बात न की। कतरा के चली गयी।"

पिता के दुख पर रानी को मन ही मन रसमयी हँसी के साथ दया भी उपजी। प्रकट रूप में संयम भाव से कहा कि वह आज ही नयी अम्माँ को समझायेगी।

थोड़ी ही देर में रमेश भी आ गया। ससुर ने बड़े गद्‌गद भाव से अपने दामाद का स्वागत किया। बड़े-बड़े आशीर्वाद दिये और यह बतलाया कि रानी की ओर से वे कितने चिन्तित और दुखी रहा करते थे। रमेश ने उन्हें उबार लिया। रात की पार्टी की बातें करते रहे। रद्धूबाबू ने बतलाया कि : "कल रात आप लोगों के आने के बाद डॉक्टर आत्माराम जब चलने की तैयारी में थे—रुप्पन लाला, बैजू लाला, गणेशजी वैद, खन्नाजी वगैरे सभी आपुसवाले बड़े-बड़े लोग भी बातें करते चल रहे थे तभी अचानक—यहाँ एक बद्रीपुर रियासत थी, उसके लाल साहब हैं—

"फिर वही कि लाल साहब और उनकी रण्डी ने आकर उन्हें घेर लिया। पिये हुए थे दोनों। रण्डी बहुत बनकर बोली कि भाई साहब, आदाब। पहचाना नहीं आपने। डॉक्टर साहब बिचारे अचंभे में। बोले, 'नहीं।' फिर उसने बतलाया कि वह उनकी मुश्तरी अम्माँ और 'पापा' की औलाद है। इत्ती देर में लाल साहब भी अकड़ के बोले कि हमका पहिचान्यौं आत्माराम? छुटपने माँ हमारे इन्दरमहल माँ दुई बार आये तौ रहे अपने बाप के साथ। डॉक्टर साहब ने मीठे तौर से उनसे बाते कीं, पर लाल साहब धुत्त थे, अकड़ में गाली देके बोले कि तेरी बहिन को नौकर रक्खे हूँ, साले अदब से बात कर। इस पर खन्ना साहब ने कस-कस के दो झापड़ लाल को मारे। नशा हिरन हो गया। लाल साहब फिर गाली बकने लगे। बैजू लाला वहीं खड़े थे। लाल साहब के पुराने दोस्त हैं। वह उन दोनों को समझा-बुझाकर अपने साथ ले गये, तब मामला शान्त हुआ।"

साढ़े नौ दस के लगभग खन्ना साहब का नौकर यह खबर लेकर आया कि पुत्ती गुरू सबेरे महल्ले के कुएँ में, चबूतरे पर बैठे लोगों से यह कहके कूद पड़े थे कि उनके लड़के-बहू हुसैनाबाद में मुसलमान बनने के लिए गये हैं, और वो जान दे देंगे। खैर, बचा लिये गये हैं, चिन्ता की बात नहीं, पर बहिनजी ने कहलाया कि आप दोनों वहाँ हो आवें। रमेश तैश खा गया, उसे अपने पिता से बेहद घृणा हुई। बोला : "मैं नहीं जाऊँगा, वरना

झगड़ा हो जायेगा।" रानी बोली: "मैं जाऊँगी।" रमेश बोला: "जाओ, मेरे बारे में पूछें तो कह देना कि जब तक बाबू ये झूठ-मूठ के तमाशे करेंगे, तब तक मैं उनसे सम्बन्ध नहीं रक्खूँगा! अपने दुर्हठ में वे चाहे जो करें—मेरी कोई ज़िम्मेदारी नहीं। और तुम न कह सको तो मैं ही लिख के दिये देता हूँ। मैं ऐसे समझौते हर्गिज नहीं करूँगा।" रमेश ने तैश में बाप के नाम चिट्ठी में यही लिख दिया। कहा, दे देना, मैं दफ़्तर जाता हूँ।"

शाम को साढ़े तीन-चार के लगभग दफ़्तर के चपरासी ने आकर रमेश को खन्ना साहब का 'सलाम' बोला। उनके कमरे में रमेश ने देखा कि हाजी नबीबख्श के वैध बेटे नादिरबख्श भी बैठे हुए थे। खन्ना ने रमेश को बैठने का आदेश दिया, फिर मेज पर पेंसिल से ठक-ठक करते हुए बोले: "रमेश, मेरा खयाल है कि तुम लाल कुँअर बहादुर और वहीदा बेगम को जानते हो।"

"जी हाँ, आप तो जानते ही हैं। वहीदन बेगम की कोठी ही में तो बाढ़—"

"हाँ, वही। एक बहुत बड़ी ज़िम्मेदारी का काम तुम्हें सौंप रहा हूँ······तुम जानते हो कि वो सर शोभाराम की तवायफ़—"

"जी। मैं उन्हीं के मुख से सुन चुका हूँ।"

"ओह, तब तो मामला आसान हो जायेगा।······बात ये है रमेश कि कल तुम लोगों के जाने के बाद लाल साहब और वहीदन—"

"जी हाँ, वह भी अपने फादर-इनला (ससुर) से आज सबेरे सुन चुका हूँ।"

"मगर शायद तुम यह नहीं जानते कि वहीदन आज घर से निकाल दी गई है।"

"अरे!" सुनकर रमेश को अनायास ही एक धक्का सा लगा: "लाल साहब ने निकाल दिया?"

"नहीं, लाल साहब तो आज सुबह कानपुर गये हैं। उनके बड़े लड़के ने निकाला है। राधेरमन उसकी पुश्त पर हैं। कल के तमाशे की वजह से दोस्त-दुश्मन सभी लाल से बेहद नाराज़ हैं। डॉक् के लिए सबके मन में आदर तो आख़िर है ही।" खन्ना साहब ने इसके बाद में संक्षेप में बतलाया कि एक जायदाद, जिसे लड़कों के बालिग हो जाने के बाद उन्हें बेचने का कोई हक नहीं था, बेचकर लाल साहब ने वहीदन की कोठी और जेवर दिलाए थे। परसों ही लाल साहब के लड़कों और पत्नी को यह बात मालूम हुई। और कल के तमाशे से ग़ुस्से को शह मिली भेद लाला रेवतीरमन ने खोला था। लाल साहब के बड़े बेटे कुँअर त्रिवेनीसहाय को उसने अपनी ओर मिला लिया है। राधेरमन, रेवतीरमन वगैरा अब लाल को खत्म कर देना चाहते हैं, वह पूरी तौर पर उसके काबू में नहीं हैं। कल लाल साहब के घर पर काफी उपद्रव हुआ था और वे वहीदन के यहाँ चले गये थे। बाद में पीकर शाम को पार्क में ये तमाशा कर दिया। आज वे शायद किसी शिकार को फाँसने के लिए ही कानपुर गये थे। इधर चार पुलिसवालों को रिश्वत के डण्डे से हाँक कर त्रिवेनीसहाय ने अचानक वहीदन का घर घेर लिया, उसे लूट लिया, फर्नीचर

और सामान ट्रकों पर लाद कर ले गये। वहीदन के गहनों का बक्स, मकान सम्बन्धी काग़ज़, कुछ लाल साहब के गोपनीय और महत्वपूर्ण काग़ज़ भी चले गये। वहीदन देखती ही रह गई। सामान वहाँ से हटते ही पचास मज़दूर कोठी की छतें और दीवारें ढाने लगे। वहीदन फिर भी देखती रही। मकान में एक भी दरवाज़ा नहीं रहने दिया, एक भी कमरा या कोठरी इस काबिल नहीं रखी कि उसमें कोई बैठ तक सके। मगर वहीदन वहीं बैठी है। खन्ना साहब ने कहा : "मैं यह चाहता हूँ कि तुम वहीदन बेगम के पास जाओ और उन्हें किसी तरह से मनाकर यहाँ ले आओ। ये हमारे नादिर मियाँ बाद में उनके बाइज्जत बाआराम रहने का इन्तजाम करने के लिए ही यहाँ बैठे हैं। जाओ बेटे, खूब ज़िम्मेदारी से, हाँ! ये डॉक् के पिता की इज्जत का प्रश्न है।"

"....मैं अभी जाके कोशिश करता हूँ।" रमेश एक साथी की साइकिल पर तुरन्त ही रवाना हो गया। उसे बाढ़ के वे साथ बिताये हुए दिन याद आ रहे थे। कितनी आन्तरिक घृणा उसे उन दोनों से हुई थी, लेकिन इस समय वहीदन पर हुए अत्याचार से वह बेहद दुःखी था। उस बेचारी का क्या दोष? लाल ने अपराध किया था। बेचारी वेश्याओं का जीवन कितना अरक्षित है। पैसेवाला हर तरह की धाँधली कर लेता है।

वह कोठी, जहाँ उसने अपने जीवन का सबसे अधिक भीषण और भयानक अनुभव पाया था, इस समय टूटी, खुदी और मलबे से भरी हुई थी। रमेश को वह बाढ़ के दृश्य से भी अधिक भयानक लगा। सारी जगह ढूँढा, वहीदन कहीं न मिली। कोई बतलानेवाला भी न मिला, क्योंकि वह उस क्षेत्र की अंतिम और सबसे अलग पड़नेवाली कोठी थी। निराश रमेश, दफ्तर लौटा। खन्ना साहब ने कहा : "लाल साहब यहाँ जगह न पाकर शायद अपने घर ही जायेंगे, मगर वहीदन को वहाँ हर्गिज न ले जायेंगे। तुम एक बार उनसे मिलकर हो सके तो बात की थाह लो। वहीदन को सहायता देना आवश्यक है। लेकिन यह बात लाल को न बतलाना, उसे यह शक भी न हो कि तुम वहीदन के लिए यहाँ से भेजे गये हो।"

दफ़्तर के जिस मित्र की साइकिल लेकर रमेश वहीदन की कोठी पर गया था, वह उसे लौटा देनी पड़ी। दफ़्तर की साइकिलों में से एक का पता न चला, अमुक चपरासी ले गया है, अमुक चपरासी ले गया है, सुन-सुनकर वह झल्ला गया। उसने सोचा था कि साइकिल पर सीधे घर जाता, वहाँ से इंदर महल डेढ़-दो मील है, मगर, यहाँ तो साइकिल ही नदारत है। झल्लाहट कुछ इसलिए भी थी कि नई दुलहिन का संग छोड़कर लाल और वहीदन जैसे घिनौने जीवों के साथ शाम बितानी पड़ेगी। वहीदन लाल ही के यहाँ होगी। ध्यान-चक्र की गति तनिक तीव्र हुई, पुराने प्रतिबिम्ब उभरे। कहीं दूर दराज से वह नौकर-कन्या, जिसका नाम अब याद नहीं, जिसने मौत के समय उसे बचाने में अपने तनस्पर्श की संजीवनी दी थी।....गुदगुदी। रानी....वहीदन....फिर घृणा भरी खखार। वह क्या कम मुँहजोर और हठीली है। आखिर सर शोभाराम की औलाद है।....छिः, ये बड़े लोग अपनी काम-वासना के निमित्त से कितने आवारा पिल्ले-पिल्लियाँ, हर पीढ़ी में दुनिया को

अपने निरर्थक अस्तित्व से प्रेरित होकर भौंकने और काटने के लिए छोड़ जाते हैं। लेकिन क्या ये आवारा संतानें अकेले बड़े लोग ही छोड़ते हैं? अभी छह-सात दिन पहले गोलागंज के फुटपाथ पर एक पगली भिखारिन सरेआम बच्चा जन रही थी और पब्लिक रसीले कौतूहल के साथ यह तमाशा देख रही थी। कुछ लोग पगली के प्रति सदय थे और उस आदमी को कोस रहे थे, जिसने नवजन्मा को उसके गर्भ में प्रतिष्ठित किया! किसे दोष दिया जाय? वैध-अवैध सभी तरह की संतानें अधिकतर स्त्री-पुरुषों की भोगेच्छा वश ही पैदा होती हैं। 'पुत्रेष्टि यज्ञ' की पवित्र संतानें करोड़ में एक होती होगी। परिवार नियोजन के इन दिनों में यह परिवर्तन अवश्य आ रहा है कि संतानें सोद्देश्य होने लगी हैं।

सड़कों पर रात का प्रकाश चमक उठा, लेकिन अस्त हुए दिन की शेष आभा में अभी अपना पूरा रूप-निखार पा न सका। बस की प्रतीक्षा में खड़े पन्द्रह-बीस मिनट गुजर गये। उसके आस-पास दूसरे यात्राकांक्षियों की छोटी-सी भीड़ इकट्ठी हो चुकी थी, सभी शिकायत कर रहे थे कि बसें अब देर में आने लगी हैं। स्वराज की निन्दा और ब्रिटिश राज की प्रशंसा तक हो गई, पर बस न आयी। रमेश आखिर कब तक खड़ा रहे? उसे अपने घर और वहाँ से डेढ़ मील आगे तक पहुँचना है। रिक्शा लिया, हुसैनाबाद के बारह आने।—अच्छा, चल भाई। अपनी गरज बावली है। यह महँगाई तो दिन-दिन बढ़ती जा रही है। लगता है कि असलियत में सारी शासन-व्यवस्था ही जन-चेतना से दूर होती चली जा रही है। और वह भी हठीले समाजवादी जवाहरलाल नेहरू के रामराज में। लगता है, यह मिश्रित-अर्थव्यवस्था ही सारी बुराइयों की जड़ है। शासन एक दिल से समाजवादी हो तो क्योंकर हो? रिश्वतें देकर प्राइवेट पूँजीवाले लोग अधिकारियों-कर्मचारियों को अपने स्वार्थ में फँसाये रखते हैं। रिश्वतों के इन चटोरों को सार्वजनिक पूँजी क्षेत्र में भी साझे की लूट करने के लिए सरकारी पार्टी के लोग फँसाए रखते हैं। अच्छे काम करनेवाले इन बुरों के चक्र से दूर ही रहकर अपनी जान बचाते हुए चुप और निष्क्रिय हो रहे हैं। फिर बुराइयाँ क्यों न बढ़ें, महँगाई क्यों न बढ़े।......फिर सोचा, शिकायतें तो सब ठीक हैं......पर गांधी की एक बात पढ़ी थी—कि मैं समाज को जोर-ज़बर्दस्ती से नहीं बदलना चाहता, उसे आत्मविकास में सहायता देना चाहता हूँ। फिर जो अहिंसक समाजवादी व्यक्तित्व, व्यक्ति और समाज के अन्तर से प्रस्फुटित होगा, उसी से सच्ची सभ्यता होगी।...... जो हो, फिलहाल तो जनता पिस रही है। यह नेहरू मार्का समाजवाद धोखा है।

चारों ओर दीवाली-सा जगरमगर शहर, दुकानें, दिल जलानेवाली लुभावनी आतिशें, आँखें सेंकनेवाली ख़ूबसूरत जादुई भट्टियाँ, फिल्मी गानों की गूँज, रेडियो का स्वर प्रसार, मोटरों, बसों के बेसुरे भोंपू, रिक्शेवालों की 'ट्रिंग-ट्रिंग' घण्टियाँ, घोड़ों के घुँघरू—चहल-पहल भरे जीवन की गूँज, तेज़ी के साथ सन्नाटे वाली बस्तियों की ओर बढ़ते हुए, पीछे छूटने लगी। वो सड़क भी पीछे छूट गई, जहाँ कल तक वह अपने घर जाने के लिए रिक्शे या बस से उतर पड़ा करता था: एक कसक, फिर पिता की याद—मेरे न जाने से बेहद दुखी हुए होंगे। बेहद भावुक और झक्की हैं। कुएँ में कूद पड़े—भला कोई तुक है! उस घर में रहकर क्या मैं अपने भविष्य के सारे सपने समाप्त कर दूँ? मुझे वो

हिन्दुस्तानी जीवन का पुराना ढर्रा नापसन्द है। मैं बाबू से, अम्माँ से, सारे घर से अपना कर्त्तव्य भरा नाता रखता हूँ।......मगर यह झटका देना आवश्यक था। मैं अपना व्यक्तित्व अपने ढंग से बनाना चाहता हूँ। रानी से पूछूँगा, घरवालों से क्या बातें हुईं।—रमेश के मन में इस समय अपने घर पहुँचने की ललक बार-बार हुचक उठती थी। बहिनजी ने 'उसे' आठ रोज की हनीमून लीव दी है। एक रात और एक सुबह में रानी उसे रंक से राजा बना दिया है। —इतना प्रेरित किया है। और 'नौशेरवाँ' मंजिल' आ ही गई। रमेश ने रिक्शेवाले से इंदर महल चलने का सौदा पक्का करना चाहा, मगर वह राजी न हुआ।

ऊपर पहुँचकर देखा कि घर में रानी ही नहीं, मन्नो भी मौजूद है। मन खिल उठा, नये जीवन में पुराना किन्तु आवश्यक आश्वासन पा लिया। बाबू इस समय ख़ूब सुचित्त हैं। पहले तो सबको बड़ा धक्का लगा, मगर जब निकाल लिये गये और सब डॉक्टरी जाँच की कुशल-मंगल मन गई तो सभी उनकी हँसी उड़ाने लगे। रुप्पन चाचा, बैजू लाला, छोटे-बड़े पचीसों लोग, सगे-सम्बन्धी, औरतें जिसने सुना वही दौड़ा आया। बहू को देखते ही पुत्ती गुरू उठे, रमेश के संबंध में पूछा। रानी झूठ बोल गई। कहा कि सबेरे पाँच बजे ही खन्ना साहब ने किसी ज़रूरी काम से बुलवा लिया था। रमेश की चिट्ठी रानी ने नहीं दी। वातावरण दिन भर बड़ा मधुर रहा। चलते समय मन्नो को रानी अपने साथ ले आई। सुरेश भी साथ आया था। अभी-अभी गया है।

नये सुख और स्वाद की चाय पी, टोस्ट-पकौड़ियाँ और हलवा खाया और फौरन ही निकल पड़ा। इंदर महल है, तो यहाँ से पास ही, पर डेढ़-दो मील का बीहड़ सुनसान रास्ता है। सड़क पक्की है, मगर आस-पास जंगल है। हुसैनाबाद के चौराहे पर आया। दो रिक्शेवालों से पूछा, 'वहाँ कौन जायेगा साहब इस बखत?' यही जवाब मिला। एक इक्केवाले ने 'इंदर-महल' को जनप्रचलित नाम बंदर महल से पुकारा। उस इलाके में बेहद बंदर हैं। रास्ते में भूतों का अड्डा है। बिना पूछे ही यह भी कह दिया कि वहाँ कोई इस दम पाँच रुपये भी दे तो न जायेंगे। बंदर महल के नाम से पास ही खड़े इक्के की भद्र सवारी ने भद्र रमेश से अंग्रेजी में भड़भड़ा कर कहा : "क्या आप भी इंदर महल जाना चाहते हैं? ओह, कैसा सौभाग्य है। मैं भी वहीं जा रहा हूँ। मैंने स्टेशन से वहाँ तक का पूरा इक्का किराया चुकाया है। आपको देना कुछ न पड़ेगा और मुझे साथी मिल जायेगा। देखिए, यहाँ के लोग भी कह रहे हैं कि रास्ते में भूत है, जंगली जानवर हैं। खैर पढ़ा-लिखा होने से मैं भूत से तो उतना भय नहीं खाता जितना कि इस बात से कि इक्केवाला 'एम' है और रास्ता सुनसान है और मैं करीब पच्चीस-छब्बीस बरसों के बाद इस नगर में आया हूँ"........ आदि-आदि। सवारी महोदय एक साँस में दो मिनट का वार्ता राकेट छोड़ गये।

अपने सौभाग्य पर तो रमेश अचानक प्रसन्न हुआ ही था, उसे सवारी महोदय अपने पूरे ढब-ढाँचे में बड़े भोले और रोचक भी लगे। बाबू साहब अधेड़ उम्र के थे। भूरे बालों की अंग्रेजी कटाई और यह साफ बतला रही थी कि किसी देहाती नाऊ ने काटे हैं। ख़ूब

गोरे चिट्टे, लाल बूँद, ऊपर से गोल-मटोल भी। सुनहरी कमानी के टेढ़े लगे चश्मे पर पसीने की काई जमी हुई थी। गो पहने वे सूट ही थे। मगर इस फैशन से कि लोग-बाग उन्हें मिर्जई और घुटनियाँ धोती ही में समझें। खुशामद में उनकी जल्दी-जल्दी मिच-मिचानेवाली आँखें बड़ी मज़ेदार लगती थीं : हर बार अपने तकिया कलाम 'यू सी' पर उनकी पुतलियाँ चमककर निकल पड़ती थीं। रमेश को यह सोचकर मज़ाक़ सूझा कि भूतों और 'एम' यानी मुसलमान इक्केवाले के भय से साथ के लिए गिड़गिड़ा रहा है, वह बोला : "हाँ, जाना तो मुझे ज़रूर है, पर ये भूतों और बन्दरों से मैं भी घबराता हूँ। इसलिए अब मैं नहीं जाऊँगा।"

"पर 'यू सी', बन्दर तो रात के समय हमेशा सोया ही करते हैं। उनसे आपको डरना नहीं चाहिए। मेरे पास उनके मारने के लिए ये छड़ी काफी है।"

"मगर साहब, भूतों का क्या होगा ? मैं चूँकि पढ़ा-लिखा हूँ, इसलिए भूतों को मानता हूँ। मान लीजिए, अपना अस्तित्व वैज्ञानिक तौर पर सिद्ध करने के लिए, मेरे साथ-साथ आपको भी अखबार या रिपोर्टर समझकर वो हमें इण्टरव्यू देने और अपने कल्चरल प्रोग्राम दिखलाने आ जाएँ, तब क्या होगा ?"

"आप तो मज़ाक़ करते हैं।"

"जी, इसमें मज़ाक़ की नहीं, सम्भावना की बात है। होनी को कौन रोक सकता है ?"

"अरे साहब, वो सब कुछ नहीं, असली बात तो 'एम' की है। 'यू सी' मैं जरा जोखिम—'यू सी'! अब यहीं देखिए, दस मिनट से इक्का खड़ा करके चला गया कि घर में पैसे देकर अभी आता हूँ। आपको, एक भद्र पुरुष को, यहाँ देखकर मुझे ढाढस बँधा, वरना घबरा रहा था कि कहीं चक्कर में—"

तभी इक्केवाला नब्बन आ गया : "माफ कीजियेगा, हुज़ूर, टेम लग गया।" इसी बीच में रमेश भी इक्के की तरफ बढ़ा, 'इन्दर महल जाना आना है।" "आइए, तसरीफ रखिए हुज़ूर। जाने का बाबू साहब दे रहे हैं, बैठी सवारी राज़ी है। और वहाँ से यहाँ तक लौटता तो खाली हाथ। इसलिए आपसे दाम नहीं चुकाऊँगा। जो कुछ भी हुज़ूर बखसीस दे देंगे, उसे ही सलाम करके कुबूल करूँगा।"

रमेश बैठ गया : 'गोलमटोल' जी की बत्तीसी सन्तोष भरी खुशी से खिल गई। पास खड़े इक्केवान ने कहा : "नब्बू, बन्दर महल की अलँग जा रहे हो तो कुछ हरबा-हथियार ज़रूर रख लो।"

"फिकर नईं बाश्शा। सब है।"

गोलमटोलजी ने पुतलियाँ चमकाकर रमेश से कहा : "यू सी ?"

"आई सी।" —रमेश ने एक बनावटी भय भरी आह भरकर कहा : "देखिए, क्या होता है ?"

"क्या आपको भय नहीं लगता ?"

"ना।"

"क्यों ?"

"क्योंकि हमारे नगर में 'एच-एम' (हिन्दू-मुस्लिम) समस्या दरअसल नहीं है—यों नकली तो है। क्यों मियाँ, कहाँ रहते हो ?"

"हुज़ूर, यहीं खुदायार खाँ के हाते में।"

"अच्छा वहीं, जिसमें कल रात पानी भर गया था और साँप निकला था ?"

"जी हाँ हुज़ूर, वहीं !"

"वहाँ तो आज सबेरे मैं गया था। मैं भी वहीं नौशेरवाँ मंजिल में रहता हूँ।"

"अच्छा, हुज़ूर को कभी देखा नहीं—इसी से। मैंने भी आज सबेरे चार दिन बाद कदम रखा था हुजूर। ठाकुरगंज के ताड़ी खाने में दिन-रात बिता दिये।"

"अमा, इतनी पीते हो। कुछ बाल-बच्चों का भी तो खयाल रखना चाहिए।" रमेश से यह सुनकर नब्बू ने एक गहरी साँस ली और बोला : "बाल-बच्चों ही का तो गम भुलाने के लिए हुज़ूर अपने होस को महुए-ताड़ी की आरी रो रेतता रहा, गम भी ऐसा काफ़िर निकला सरकार, कि आठ रुपये ठेकेदार के उधार हो गये मगर गम गलत न हुआ। खुदा ऐसा दिन किसु को न दिखाये !"

पूछने पर रमेश को मालूम हुआ, पाँच दिन पहले दो-ढाई घण्टे के हेर-फेर में नब्बन मियाँ के दो बच्चे चटपट हो गए। सात औलादें पहले छीजीं तब ये दो बच्चे हुए थे ! मसूमन पाँच बरस की थी, उसे चेचक निकली, डबल निमोनिया हुआ और चल बसी। घर में कोहराम मचा। मरद लोग उसकी मैयत-मिट्टी में गये और लौट के आये तब तक दो बरस की अमजद को ठण्डा पड़ा देखा। घर में रोआ-पीटी पड़ी थी। किसी को बच्चे का ध्यान न आया। बच्चा जाने किस वक्त माँ के पास से उठकर कुएँ वाली कोठरी में चला गया। फिर जब जोर के छपाके की आवाज़ आई तो एक बुढ़िया चौंकी। बच्चे को निकालने के लिए आदमी ढूँढ़ने में भी काफी समय लग गया। और अमजद जब निकलकर ऊपर लाया गया तो लाश बन चुका था। नब्बू मियाँ ने जब घर आकर यह देखा तो उनका भेजा ही पलट गया। अल्लामियाँ को गालियाँ दीं, घरवाली को दीं, मरनेवाले बच्चों को भी दीं और अपनी किस्मत की माँ के साथ जबानी सेज पर बलात्कार करते हुए वह जो घर चला तो सीधे मैकू ताड़ीवाले के ठीके पर जाकर दम लिया......"फिर कल रात हुज़ूर, जो पानी बरसा तो मुझे ऐसा लगा कि बरसात में से अल्ला मियाँ की आवाज़ निकल रही हैंगी कि नब्बू, अबे चूतिया हुआ है बे। अबे लौंडे मेरे थे, ले लिये। घर जा, तेरी लैला ने दाने में मू तक नहीं मारा है। तेरी बीबी मछली जैसी तड़प रही है। जाके उन्हें तसल्ली दे। सो हुज़ूर, आज सुबू नौ बजे जो आँख खुली तो सीधा घर ही आया। घरवाली के आँसू पोंछे ऊँच-नीच समझाई, तसल्ली दी। मैंने कहा कि अरी मुझे देख, मुझे देख, सीने पे पत्थर रखके मूछों पे ताव दे रहा हूँ। अब आप ही बताइए हुज़ूर कि अल्ला के खेल में बन्दों का दखल ही क्या हो सकता है। अगर सलामत

रहा तो हुज़ूर, मैंने कहा कि अरी, ये आठों भी हमने-तुमने ही पैदा किए थे, फिर साले आठ पैदा कर लेंगे। अभी उमिर ही क्या है हुज़ूर, दो कम पचास का हूँ खाली।"

सुनकर दूसरे बाबू साहब बोले : "अरे भाई, अड़तालिस की उमर में तो हम बूढ़े हो गये।"

"हाँ हुज़ूर, बात ये हैगी कि जमाना पलट गया है। पहली सरकार जो लोग दूध-घी खाते थे, उनमें ताकत हुआ करती थी, और अब सरकार, जिन्हें ये सब नसीब नहीं होता उनमें ताकत होती है। अल्ला मियाँ आखिर गरीब बन्दों का भी किसू न किसू तरह से दिल तो रखते ही हैं हुज़ूर, कि मैं कुछ झूठ कहता हूँ।"

रमेश ने जेब से सिगरेट की डिबिया निकाल ली थी, उसे खोलते हुए बोला : "भैया, अब ज़माना हमारा-तुम्हारा ही आ रहा है, जिन्होंने सदियों मुसीबतें झेलीं, हम अब मज़ा पायेंगे और जो अब तक मजे में रहे—"

"वो अब भी मज़ा पायेंगे सरकार। हम तो दरद के मारे हुए लोग हैं न, इसलिए उनका दुख-दरद खयाल करेंगे। मगर ये दईमारे किसू का ख़याल नहीं करते।"

रमेश ने बाबू साहब की ओर सिगरेट बढ़ायी। बाबू साहब ने 'नो थैंक यू' और 'यू सी' कहकर बतलाया कि वो अपनी ही सिगरेट पीते हैं। वो एक इण्टरमीडिएट कॉलेज के वाइस प्रिंसिपल हैं और अपने छात्रों तक को यात्रा में किसी अनजान यात्री से खाने-पीने की चीजें ग्रहण न करने का उपदेश देते हैं तब वे स्वयं कैसे करें। रमेश को उनका यह जवाब खासा बेतुका लगा। उन्हें मन ही मन एक बार उल्लू का पट्ठा कहकर सिगरेट नब्बू मियाँ की ओर बढ़ायी। नब्बू ने तुरन्त ही सलाम करके अपने लैला की लगाम कसकर कहा : "रुक जा मेरी जान; जरी सिगरेट सुलगा लूँ, हवा तेज है साली।"

दायें-बायें दूर-दूर तक काले पेड़ों का अँधेरे का बसेरा था। झिल्ली-झींगुरों की झनकार एक सा शोर मचा रही थी। साँपों की सीटियाँ भी सुनाई पड़ रही थीं। सिगरेट सुलगाकर धीरे से नब्बू का हाथ दबाते हुए रमेश ने कहा : "क्यों भाई, हमने सुना है कि रात में यहाँ भूतों का बाज़ार लगता है। कितने बजे से शुरू होता है? संकेत बूझकर नब्बू बात ले उड़ा, बनावटी सहमे स्वर में बोला : "टैम तो हो गया है हुजूर! इसी सड़क पे चौमासे भर हज़ूर भूतों की बरातें निकलती हैं, हमने अपनी आँखों से देखी हैं सरकार; चौमासे भर इनकी सहालग रहती हैगी। जब आप लोगों के देवते सो जाते हैं तब इनका काम शुरू हो जाता है हुज़ूर। बस अब तो निकलने ही वाली होंगी इनकी बरातें। यहाँ नहीं तो अगले मोड़ पर, हाँऊँ हाऊँ खाऊँ खाऊँ करती हुई दिखाई पड़ जायेंगी।"

बाबू साहब ने घबराकर बिस्तर का सहारा छोड़ दिया और तनकर बैठ गये। रमेश बोला : "हाँ मियाँ, भूतों से बड़ा डर लगता है हमें भी।"

"अजी, डर की कोई बात नहीं ना हुज़ूर, गरीबों और ईमानदारों से भूत बोलते तक नहीं। हाँ, अब ये न्यारी हैगी कि कोई खूबसूरत और तगड़े डील के आदमी को देख के

कोई चुड़ैल उसपे आसिक हो जाय। यह हो जाता हैगा सरकार। आसिक-मासूकी में तो किसी का बस चलता नहीं हैगा सरकार, आप जानते ही हैं।''

बाबू साहब खखारे और रोब से कहा : ''हिन्दू मरघटे के भूत उन ब्राह्मणों को नहीं सताते, जो गायत्री मंत्र जपते हैं।'' रमेश ने कहा कि ''साहब, ब्रह्मराक्षस ब्राह्मणों तक की परवाह नहीं करते। दो साल पहले इसी जगह पर आठ ब्राह्मण मरे थे, क्यों मिया मालूम है न तुम्हें ?''

''अरे हुज़ूर मालूम क्या, सारे लखनऊ में हलचल मच गयी थी। वो बात ये हैगी सरकार कि हर सहालग में इन्हें ब्याह करानेवाले बाह्मन चाहिए—''

बाबू साहब ने रमेश से अंग्रेजी में कहा कि वो कृपा करके मज़ाक बन्द कर दे। रमेश ने अपनी झेंप मिटाते हुए कहा : ''मैं मज़ाक नहीं कर रहा बाबू साहब, यहाँ भूतों का बासा माना ही जाता है। सौभाग्य से अगर हमें न मिलें तो अच्छा ही है।'' कहके फिर बाबू साहब को जरा दूसरे ढर्रे पर उतारा, बातचीत में लगाया। पता लगा कि कुसुंभीपुर के भूतपूर्व महाराजा साहब के कुमार भी इस साल हाईस्कूल में बैठे थे। उन्हें परीक्षा में पास कराने के लिए वाइस प्रिंसिपल साहब ने अप्रैल-मई में मेरठ, कानपुर, आगरा, इलाहाबाद और लखनऊ में परीक्षकों का पोशीदा तौर पर पता लगाकर उन्हें रुपये बाँटे थे। भगवान की कृपा से कुमार साहब सेकेण्ड डिवीजन पास हो गए। हमारे ये बद्रीपुर के लाल साहब के अध्यापक पुत्र कुँअर शंकर सहाय के पास इतिहास की कापियाँ आई थीं। तब तो राजा साहब कुसुंभीपुर ने लाल साहब बद्रीपुर को एक टेलीफोन कर दिया था तो काम बन गया था। अब उसी की एवज में राजा साहब ने लाल साहब के कुँअरजी के लिए कुछ भेंट भेजी है जिसे लेकर वो आये हैं। बातों ही बातों में बाबू साहब ने रमेश को बतलाया कि राजों-रईसों के बनवाये हुए स्कूलों के प्रिंसिपल, वाइस-प्रिंसिपल, हैडमास्टर आदि आदमियों की तरह नहीं, गधों की तरह बरते जाते हैं। अच्छा भला आदमी इनकी नौकरी में फँस जाय तो गधा बन जाय।

मोड़ आ गया। सड़क के बाईं ओर खेत और दाहिनी ओर किनारे का मैदान छोड़कर रुपहली लकीर की तरह चमकती हुई नदी। किनारे वाली सड़क मसान की ओर गयी थी और बाईं ओर वाली जंगल की राह, बद्रीपुर वालों के इन्दर महल की ओर। सब तरफ साँय-साँय, न आदमी न आदमजात, झींगुरों की झनकार, सियारों की हुक्का हुआँ, अँधेरे पाख के चमकते हुए सितारों और सड़क के लैम्प-पोस्टों की तरह ही रमेश को नब्बू और वाइस प्रिंसिपल के भी दो पहलू दिखलाई दिये। एक नब्बू था जो दुखभरी जिन्दगी झेलकर भी अपनी अन्दर की आस्था से जगमगा रहा था और दूसरे वाइस प्रिंसिपल महोदय थे, जो अपनी आज़ादी बेचकर स्वयम् अपने ही शब्दों में गधे बन चुके थे। उनका घुटा हुआ मन इस अँधेरे में घुटनेवाले जंगल की तरह ही था जिसमें सिसकियाँ, भय और मनहूसियत झंकार रही थी—चीख रही थी।

●

कई एकड़ ज़मीन को घेरे हुए बद्रीपुर वालों के महल, मन्दिर, तालाब, बाग और बारहदरी वगैरह आज भी उस बूढ़े की तरह आबाद हैं जिसे घर से, जमाने से, हर तरफ से फिटकार पाकर भी मौत नहीं आती। तालाब और बाग की ऊँची चहारदीवारी जो कभी हौदे कसे हाथियों पर सवार शाहज़ादों और नवाबजादों को भी बद्रीपुर वालों के परिस्तान पर बदनज़र डालने से रोक देती थी, अब जगह-जगह से टूट गई है! बाग घना जंगल हो गया है। रात को गाँवों के मुर्दे ले जानेवालों में अच्छे-अच्छों के कलेजे उसकी टूटी दीवाल के पास अर्थी को 'विश्राम' देते समय हिल जाते हैं। लेकिन अन्दर बारहदरी के खंडहरों में बसे हुए माली के घर का चिराग आज भी डूबते को तिनके का सहारा बनकर टिमटिमा रहा है। तालाब के पानी पर बरसों की काई चढ़ चुकी है, तीन पुश्तों से किसी ने साफ तक नहीं करवाया, फिर भी पीढ़ी दर पीढ़ी तालाब और किश्तियों का रखवाला नौकर अपनी कोठरी में आबाद है। चार ड्योढ़ियों पर बनी हुई चौकीदारों की कोठरियाँ अब कबाड़खाने के मुंशी के जिम्मे हो गई है, पर सुन्दर फाटक पर दो गोरखे अलबत्ता बन्दूक ताने खड़े रहते हैं, और फाटक के ऊपर नौबतखाने में चार पहर की शहनाई भी अब तक लकीर पीटे जाती है।

बद्रीपुर वालों का खान्दान, कहा जाता है कि लखनऊ के पुराने हिन्दू राजाओं से सम्बन्ध रखता है। उनकी जात कुछ और थी, पर अब इस घराने की रोटी-बेटी किसी और ही जात में होती है। ऊँच हो गये हैं सो भी आज से नहीं, कई पीढ़ियों से। सुना जाता है कि मुग़ल दरबार की तरफ से अवध के गवर्नर शेख अब्दुल रहमान बिजनौरी को दावत में धोखा देकर क़ैद करवाने में इन्होंने वजीर सआदत खाँ को बड़ी मदद दी थी। नवाबी कायम होते समय अवध के राजे-रजवाड़ों से नवाब के अच्छे सम्बन्ध कराने में भी इस घराने का बड़ा हाथ था। अवध का राज रुहेलखण्ड तक फैला हुआ था। नवाबी कायम होने पर बद्रीपुर वालों ने वहाँ तक अपने कई गंज और मण्डियाँ बसायीं और करोड़ों की दौलत कमाई। अंग्रेजों ने जब अपनी फौज के खर्चे के नाम पर दो करोड़ रुपये साल की बचत वाले रुहेलखण्ड और दोआबे के इलाके ले लिए तो इनको नुकसान होने लगा। अंग्रेज लोग दौलत को हिन्दुस्तानी घरों की देहली चढ़कर भीतर जाने से हरचन्द रोक रहे थे। उन्होंने नवाब से और कभी कई इलाके इन्तजाम सम्हालने के बहाने ले लिए। वहाँ के किसानों की ज़मीनें छीनकर, इनके घर-द्वारों में आग लगाकर, उन्हें हर तरह से बेइज़्ज़त करके अंग्रेजों ने अवध की सोना उगलनेवाली धरती के राजा किसान को दर-दर का भिखारी बना दिया। उन्हें जरायम पेशे अख्तियार करने पर मजबूर कर दिया। और अवध के राजे-रजवाड़े, रईस और नवाब निकम्मे बनकर ऐश में पड़ने लगे।

बद्रीपुर के राजाओं के पास हज़ार हाथों से लुटाने के लिए भी बेशुमार दौलत थी। तहखाने में कड़ों में लटकते हुए मोटी-मोटी जंजीरों से बँधे देगचों से निकलकर लक्ष्मी बारहदरी में नाचने लगी। हर रात मनाई जाने वाली सुहागरात में वह राजाओं और उनके कुँवरों की फूलसेज पर नित नया सिंगार करके उन्हें रिझाने लगी।

ऐश बढ़े, दौलत घटी। महलों में रानियों और रखैलों की तादाद बढ़ी। पर वंश आगे न बढ़ सका। किसी के एकाध बच्चे हुए भी तो जाते रहे। पाँच पीढ़ी से बद्रीपुर का घराना गोद पर फलफूल रहा है। पिछले राजा साहब के एक कुँवर और एक कन्या हुई थी। कुँवर जाते रहे। कन्या का ब्याह लाल कुँवर बहादुर से हुआ, जो इस घराने के महलों को खँडहर होते हुए देखकर खुश होते हैं। उनकी खुशी को देखकर 'हिंडोलेवाली' का रोम-रोम जल उठता है।

लाल साहब खुद भी एक बड़े मगर बिगड़े हुए ख़ान्दान के लाल हैं। दबंग, हरदिल अजीज, बीबी-बच्चों और बराबरी वालों के लिए कठोर, और गरीब इन्हें आज का आसफुद्दौला मानते हैं। उनके मन में यह बात सदा कचोटा करती है कि जो फूँक रहे हैं, वह इनका नहीं बल्कि ससुराल का माल है। इसी चिढ़ को, हठ के साथ, उन्होंने अपनी ऐयाश तबीयत की रूह बना रखा है। बड़े घृणा भरे जोश के साथ वे अपनी ससुराल की जायदाद लुटाया करते थे। कर्ज में पोर-पोर डूबे हुए थे। जब ज़मीन्दारी उन्मूलन हुआ, तब इनकी पत्नी को पता लगा कि काफी इलाका महाजनों ने हथिया लिया है। चिढ़कर उन्होंने ज़मींदारी के बाण्ड सब स्वयम् ले लिए और पति को अपने मुख्तार-आम के पद से हटा दिया। मगर अपने नाबालिग लड़ंकों के 'गार्जियन' (संरक्षक) होने से वे अपनी पत्नी के साथ बने रहे। ढाई लाख के बाण्ड इन्होंने अपनी पत्नी के वकील को पटाकर हिसाब देते समय कम दिये। दो लाख से एक कर्ज पाटा, और पचास हज़ार के पान चबाके थूक दिए। फिर भी बाप की छोटी अस्सी लाख की जायदाद में से साढ़े सत्रह लाख के बाण्ड अपने कलेजे में छिपाकर लाल साहब की पत्नी ''हिंडोलेवाली' को कुछ कम सन्तोष नहीं हुआ। उनका बड़ा लड़का त्रिबेनीसहाय तैयार हो रहा था। मन-चेटक था। राधेरमन के छोटे बेटे गोपीरमन के साथ पढ़ रहा था, घनिष्ठ मित्र भी था और उसकी इच्छा धन्धा करने को हो रही थी। 'हिंडोलेवाली' के मन में हुआ कि धन्धा करके इसी रकम से फिर करोड़ों पैदा हो जायेंगे।

जिस साल वहीदन से लाल साहब का नाता जुड़ा, उसी साल त्रिबेनीसहाय बालिग हुए। 'हिंडोलेवाली' ने स्वर निकाला कि दूसरे छोटे भाइयों की 'गार्जियनशिप' में अब से त्रिबेनी का नाम हो, बाप का नाम हटाया जाय। लाल साहब के कान खड़े हुए, उनके अन्दर का बदला लेनेवाला हिंस्र पशु जागा। इटावा नगर के पास एक बहुत बड़ा गंज और कई गाँव 'हिंडोलेवाली' के पिता राजा लखपतराय ने त्रिबेनी का जन्म होने पर मुँह दिखाई में उसे दिये थे। एक लाख के लगभग वार्षिक आय की जायदाद थी। लाल साहब ने किसी ब्यौंत से उसे आगरा की एक पार्टी के हाथ सात लाख में बेंच दिया। अपना पूरा ऋण चुकाया और आप भी लाल राधेरमन से मिलकर कुछ अमरीकी मशीनों की एजेंसी ले ली, और त्रिबेनी ही को उसे सौंपकर कहा : "बेटा, जहाँ अपने लिए कमाना, वहाँ मेरे लिए भी थोड़ा बुढ़ापे का खर्च जुटाते रहना। मैं तुम्हारे ऊपर भार होके नहीं रहना चाहता पर अपनी ज़िम्मेदारी ज़रूर डालता हूँ।" एजेन्सी की फर्म का नाम था 'लाल कुँवर बहादुर एण्ड संज़'। साठ हज़ार की कोठी वहीदन के नाम से खरीदी और लगभग ढाई लाख के

गहने-कपड़े आदि दिये। घर में किसी को पता तक न चला, आज से चार दिन पहले तक न चला। अकस्मात् पुराने काग़ज़ों में इस जायदाद का परिचय पाकर त्रिबेनीसहाय खोजबीन में लगे और कल ही उन्हें इटावा से सही स्थिति का पता चला! कल रात ही उन्होंने अपनी माँ से कहा। 'हिंडोलेवाली' अपने बाप के बनवाये चाँदी के नक्काशीदार हिंडोले पर मसनद के सहारे बैठी थीं। कूदकर खड़ी हो गयीं, लाल आँखें निकालकर पति के विरुद्ध गरजने लगीं। लाल साहब उस समय अपने कमरे ही में थे। नौकर ने उन्हें सूचित किया। वे बोले: "दरवाजे बन्द कर दो। इस वक्त मैं किसी से न मिलूँगा। और रामलोटन को कह देना, सबेरे ठीक पाँच बजे मोटर तैयार रहे। मुझे कानपुर जाना है।"

सुबह से लाल साहब कानपुर गये हैं और उनकी सौभाग्यवती 'हिंडोलेवाली' के कमरे में लड़के और वकील बैठे हैं।......और बाहर एक मेहमान, एक 'कॉलम लेखक' और शरीफ़ इक्केवाला खड़ा है।

मेहमान के आने की ख़बर ड्योढ़ियों में से गुज़रती हुई पौन घण्टे के बाद, लाल साहब की गैरहाजिरी में, बड़े कुँवरजी के पास पहुँची। बड़े कुँवरजी उस वक्त छोटे कुँवर जी और वकील साहब के साथ माँ के कमरे में बैठे हुए बाप के खिलाफ़ मुकद्दमा चलाने की बात कर रहे थे। 'हिंडोलेवाली' भी लड़कों के पास ही बैठी हुई सलाह-सूत में हिस्सा बँटा रही थीं। लाल साहब के मेहमान की अगवानी सुनकर बड़े कुँवरजी का पारा चढ़ गया, गरजकर बोले: "अब उस साले के लिए ही इस घर में जगह नहीं रही, उसके मेहमान को तो धक्के मारकर बाहर निकाल दो।"

नौकर सिर झुकाकर लौट गया। जनानी ड्योढ़ियों से गुजरता हुआ यह हुक्म आधा घण्टे के बाद बड़े ड्योढ़ी पर दारोगा की कोठरी में पहुँचा। बड़े दारोगा उस वक्त तक 'पिनक' में आसमान की सैर कर रहे थे, लिहाजा हुक्म वहीं रुक गया।

रमेश प्रतीक्षा करते-करते ऊबकर उग्र होने लगा। उसे ताल्लुकेदारी तरीकों के प्रति तीव्र घृणा हुई। बाबू रामनाथ को तो ताल्लुकेदारी ढर्रे में रहने की आदत थी, फिर भी सदर फाटक पर खड़े हुए हुक्म का इन्तज़ार करते-करते वे भी ऊब गये थे। रमेश ने तो एक बार लौटने के लिए कहा भी, पर मियाँ नब्बन परदेसी सवारी का साथ निभा रहे थे। रमेश भी लिहाज में आ गया। नब्बू बोला: "हुज़ूर, जब तक अन्दर तशरीफ़ नहीं ले जाते मैं खिदमत में हाज़िर रहूँगा। ऐ हाँ हुज़ूर, बड़े घर के कारखाने हैं। अल्ला जाने कब तलक हुकुम आये। ये बिचारे ठहरे परदेसी आदमी, और ये गुरखे हुज़ूर—फरज के पुतले—न बोली समझें न सलीका। न जाने कैसे पेस आवें कैसे न आवें। आप कहेंगे कि वाह, अच्छी लखनऊ की मेहमांनिवाजी हुई।"

रमेश ने छूटते ही बाबू रामनाथ से अंग्रेजी में कहा: "आप इसी 'एम' से भयभीत थे?"

हुक्म के इन्तज़ार में समय बीतने लगा। मियाँ नब्बन गोरखों से माचिस लेकर और बीड़ी देकर नेपाल और अवध के पुराने रिश्ते को ताजा करने लगे। रमेश भी अँधेरे में सिगरेट के जुगनू चमकाने लगा।

मियाँ नब्बन ने बातों की कारीगरी दिखाकर गोरखों पर अपनी दोस्ती का मुलम्मा चढ़ा दिया, और फिर अपनेपन की अदा में बोले : "जरी लपक के देखना तो भैया कि हुक्म किस ड्योढ़ी में उलझ गया।"

अन्दर जाकर जब गोरखा को यह पता चला कि मुए मेहमान पर सौ दुर्रे और गधे की सवारी का हुक्म मिला है, तो उस फर्ज के पुतले ने बाहर आते ही अपना रुख बदल दिया। दोनों गोरखों ने आपस में गोरखाली भाषा में दाना बदलौअल किया और जबान की खड़ी संगीन तान दी : "बाग जाउ। इदर में मेमान-ओमान का हुकुम नईं है।"

मियाँ नब्बन तो चौंके सो चौंके, मगर बाबू रामनाथ का मुँह ऐसे खुल गया कि जैसे घण्टाबेग की गड़हिया हो। आँखें भी फटी की फटी रह गईं। रमेश की आँखों में खून उतर आया। बाबू रामनाथ का हाथ पकड़कर इक्के की तरफ घसीटते हुए कहा : "आइए, आज आप मेरे मेहमान हैं। कल इनको टेलीफोन कर लीजियेगा।"

दूर से 'राम नाम सत्य है' की आवाज़ें आने लगीं, कोई अर्थी आ रही थी। बाबू रामनाथ भी हारकर इक्के की तरफ बढ़ने लगे। गाँव की सड़क से अर्थी की आवाज़ें निकट आ रही थीं। उसके साथ ही शर की ओर से आती कार का तेज हार्न सुनाई दिया। कार का हार्न तेज होता गया, 'राम नाम सत्य' की आवाज़ें डूब गयीं। मोड़ से कार की रोशनी चमकने लगी। मियाँ नब्बन ने लपककर इक्का दीवार की तरफ सरकाया। इक्के को देखकर नयी स्टूडीबेकर गाड़ी फाटक के पास रुकी, गोरखों ने बूट से बूट का खटका मिलाकर सलाम झाड़ा। मियाँ नब्बन लपककर दरवाज़े से जा लगे और दोनों हाथों से सलामें झुकानी शुरू कर दीं।

तनजेब का कलीदार कुरता, जिसमें हीरे के बटन चमक रहे थे, दोनों बाँहों पर बारीक चुन्नटें पड़ी हुईं, ऊँचे पाड़ की दुपलिया, चुनी हुई बारीक धोती, वार्निशदार पम्प शू, दाहिने हाथ की उँगली में बड़े पन्ने की अँगूठी, बायें हाथ में उतना ही बड़ा हीरा; साँवला रंग, ऊँचा कद, दोहरा बदन, ऊँची पेशानी, उभरी हुई पतली ठोड़ी, रुआबदार मूँछें—हाथ में नाजुक-सी छड़ी लिए बैठे हुए लाल साहब ने सब पर नज़र डाली। मियाँ नब्बन की जबान ने फुलझड़ियाँ छोड़नी शुरू कीं; "हुज़ूर का इकबाल बढ़े, परवार से सभी सिपहसालार हों, दम सलामत रहे सरकार।"

अर्थी पास के गुज़र गयी। एक नज़र उस पर डालकर लाल साहब ने अपनी लाल डोरों वाली छोटी-छोटी मदभरी आँखें घुमाकर पहले रमेश को देखा। चेहरा कुछ भूला, कुछ पहचाना सा लगा, फिर एकदम से याद आ गया, पूछा : "कैसे आए ?"

रमेश के कुछ कहने से पहले ही नब्बन झुककर बोलने लगा : "ये हुज़ूर, बाहर से तशरीफ़ लाए हैं। मैं टीसन पर खड़ा था, इन्होंने आपका नाम लिया। अरे, मैं बोला सरकार, वो तो हमाए मालिक हैं, उन्हीं का नमक खाते हैं। और यहाँ आए सरकार तो ये जो याजूज-माजूज की जोड़ी खड़ी की है आपने, इन्हीं ने संगीनें तान दीं— अल्ला आपको

जीता रखे। न जबान न सलीका, खड़ा खेल फरक्काबादी कर दिखाया, अल्ला आपको जीता रक्खे मालिक। ये भी कोई सराफत—"

लाल साहब की लाल-लाल आँखों में चमक आ गयी। माथे पर सिकुड़नें पड़ गयीं। उन्होंने बाबू रामनाथ पर नज़र डालकर उन्हें पहचाने की कोशिश की। बाबू रामनाथ ने हाथ जोड़कर आगे बढ़ते हुए कहा :

"राजा साहब कुसुंभीपुर ने मुझे आपकी सेवा में—"

लाल साहब ने गोरखों की तरफ मुख़ातिब होकर कहा: "बदतमीजी कब से अख्तियार की? दारोगा को ख़बर क्यों नहीं दी?"

एक गोरखे ने सलाम झाड़कर अन्दर का हुक्म सुनाया। सुनकर लाल साहब का चेहरा कस गया। तैश में कार से उतरकर बाहर आ गये। गाड़ी वहीं छोड़ दी। उन्होंने रमेश व बाबू रामनाथ से अपने साथ आने को कहा, गोरखे को उनका सामान लाने का हुक्म दिया। मियाँ नब्बन भी लाल साहब के पीछे-पीछे उनके मेहमान के लिए अपनी फ़िक्र और मुस्तैदी का बखान करते चले। लगे हाथों अपने दोनों बच्चों के जाने का गम भी बयान कर दिया: "पन्दरा रुपये हुज़ूर उधार के चढ़े वे हैं। मगर मैंने कहा कि जैसे तीन दिन नहीं जोता, वैसे ही समझ लूँगा कि एक दिन और सही, मगर अपने मालिक के मेहमान को—"

मियाँ नब्बन को दस-दस के दो नोट मिल गये। रमेश ने नब्बू से पन्द्रह मिनट में लौटकर आने का वचन दिया।

तीसरी ड्योढ़ी पर मन्दिर की तरफ से आनेवाले दरवाज़े से सबसे छोटे कुँवर इमिरती बबुआ आते दिखाई दिये। लाल साहब को देखते ही उनके चेहरे पर हवाइयाँ उड़ने लगीं। उन्हें रात के समय उस तरफ से आते हुए देखकर लाल साहब को भी अचरज हुआ, मगर एक शब्द नहीं कहा। बाबू रामनाथ को साथ लेकर सीधे अपने दीवानखाने में चले गये।

राजा साहब कुसुंभीपुर का पत्र पढ़ा। ननकू खिदमतगार से कहा कि ये 'मास्टर' (तीसरे बेटे शंकर सहाय) के मेहमान हैं। उन्हें ख़बर कर दो और इनके ठहरने का प्रबन्ध भी। फिर सोफा पर बैठ गये। नौकरों ने कुर्त्ता, टोपी और छड़ी लेकर टाँगी। ननकू इतनी देर में मेहमान को मास्टर बबुआ साहेब के नौकर के सिपुर्द करके हुक्का लेकर आ गया। लाल साहब ने इस बीच में रमेश से कुछ पूछ डाला: "कहो भई, इस वक्त कैसे आ गये?"

"जी, बात ऐसी कुछ नहीं थी। मैं दरअसल आज शाम को वहीदन बेगम से संगीत सम्बन्धी एक खास इण्टरव्यू बम्बई के एक पत्र के वास्ते लेने गया था। वहाँ देखा कि आपकी कोठी एकदम खण्डहर और उजाड़ है!"

लाल साहब ने एक पैनी दृष्टि रमेश पर डाली और फिर बात टालते हुए कहा: "हाँ भई, वो परसाल की बाढ़ में कमजोर हो चुकी थी। उसे नये सिरे से बनवाऊँगा।"

"जी अच्छा, मुझे तो मालूम नहीं था। कौतूहल हुआ, तो मैंने कहा आपसे मिलकर जानकारी लूँ। यहाँ आया तो आपके मेहमान के फेर में मुझे और इक्केवाले को मुफ़्त में दो घण्टे रुकना और बोर होना पड़ा।"

"ख़ैर, अपने अख़बार में मत लिखना ये सब। वहीदन को तुम्हारे ही इलाके में फ़िलहाल छोड़ आया हूँ। एक मकान के ऊपरी हिस्से में, लाला बैजनाथ जो तुम्हारे यहाँ हैं, उनकी वजह से जगह मिल गयी। ख़ैर! इस वक्त तुम्हारा मंशा पूरा न हो सकेगा अजीजमन। वहीदन मिल न सकेगी इस दम।"

"ख़ैर, न सही। इस बहाने आपके दर्शन हो गए। अब आज्ञा दीजिए।" रमेश ने उठते हुए कहा।

ननकू ने तुरन्त बाहर जाकर पता लगाया, ख़बर मिली कि अब सब लोग कमरे के दरवाज़े के पास खड़े बातें कर रहे हैं। लाल साहब ने सुना तो हुक्के की निगाली ऊँची करके उठ खड़े हुए।

ननकू हाथ ज़ोड़कर बोला: "खता माफ करैं मालिक, इत्ती बेला—"

"डरने की कोई बात नहीं ननकू।" कहकर लाल साहब दरवाज़े तक गये; फिर दो कदम पीछे मुड़कर इशारे से ननकू को अपने पास बुलाया और कहा: "इमिरती बबुआ इस वक्त मन्दिर की तरफ कहाँ गये थे?......ख़ैर, पता लगाना।"

जीने पर वकील साहब से मुलाक़ात हुई, वे नीचे आ रहे थे। वकील साहब ने गिड़गिड़ाकर नमस्ते की, लाल साहब ने जवाब देना तो दूर, उनकी तरफ रुख करके देखा तक नहीं।

ऊपर त्रिबेनी और बेनी दोनों ही पिता को सामने देखकर सकपका गए। पति को देखकर हिंडोलेवाली की नज़रें दूसरी तरफ गयीं। उन्हें भूख लगने लगी। उनके और लड़कों के बीच में लाल साहब खड़े थे। इसलिए बगैर नज़र घुमाए ही उन्होंने बड़े कुँवरजी से कहा: "बड़े बबुआ, अब तुमहूँ जाय के आराम करौ। दिन भर के थके-माँदे हो। ....अरी सामो, चिकवाली से कह देओ हमार थाली परोस के लै आवैं। हम छत पै जाइति है।"

हिंडोलेवाली हिंडोले से उतरकर एक कदम चली ही थीं कि लाल साहब ने उनका हाथ पकड़ लिया। श्यामो से कहा: "मेरी थाली भी यहीं लाने को कह दे। बैठो, बड़े बबुआ, बेनी तुम भी बैठो।"

दोनों खड़े रहे। लाल साहब हिंडोलेवाली का हाथ छोड़कर चौकी तकिये के सहारे बैठ गये। कमरे में सन्नाटा छा गया।

एक सेकेण्ड तक चुप रहकर लाल साहब ने पत्नी से पूछा: "हम सुना है कि तुमहूँ हमरे खिलाफ़ अदालत माँ जाय रही हौ?"

कोई न बोला। लाल साहब बड़े कुँवरजी की तरफ मुखातिब हुए। "कौनी दफा तजवीज किहिन वकील साहब हमरे खिलाफ़?"

फिर भी कोई जवाब न आया। लाल साहब तकिये का सहारा छोड़कर सीधे बैठ गये, आवाज़ में सख्ती आ गयी: बोले "जान पड़त है आप लोगन की जबानन मा कानून के ताले डाल गये हैं वकील साहेब। ख़ैर हम यू कहै क' आए रहे कि हमार तौ निभ गयी—अच्छी-बुरी जइसि रही—दुइ-चार बरस और जिये कि न जिये, बाकी तुम लोग काहे अपने ख़ानदान की इज्जत का इन वकीलन के हाथन माँ सौंपत हौ।"

बड़े कुँवरजी अब बोले। चेहरे पर लपटें चढ़ने लगीं: "आपके हाथन ते हमार ख़ानदान कै इज्जत वकीलन के हाथन माँ बहुत सेफ रही। बाकी का रख्यो आप? अपने सेल्फ इंटरेस्ट मा अपने लड़िकन तक का तौ नामेट कै चुके हौ आप। जायदाद गयी चूल्हे भाड़े मा—"

हिंडोलेवाले तड़पीं, कहा: "भाड़ में काहे जाय जैजाद। अरे हमार लड़कन के काम आई जिनकी है असिल माँ। औ, काहे न चलावैं मुकदमा? एक की इज़्ज़त के पीछे बंस का बंस लुटि जाय ई ज्ञान को बताइस है। जो जैस किहिस है वैस भरिहै, हमार बबुआ की डूबी जैजाद तो उबरि जाई।"

लाल साहब शहरी अवधी को छोड़कर खालिस शहरी जबान पर आ गये, शब्दों पर जोर देकर कहा: "लाल कुँवर बहादुर को जेल भेजना लौंडों का खेल नहीं है। मैं इस वक्त सिर्फ यही बतलाने के लिए यहाँ आया हूँ।—"

"इनकी बन्दर भभकी हम बहुत सुना है बड़े बबुआ। देखी ई का करिहैं। औ' ई बात पर तौ हमहूँ दिखाय देब कि हमरी छाती डसै वाले का फन जेल माँ कैसे कुचला जात है। अब तौ सब नाता-रिश्ता टूट गवा। हम बहुत-बहुत सहा इनकी। अब तौ जहाँ सत्यानास तहाँ साढ़े सत्यानास, चाहे हमार सर्बस लुट जाय। बाकी इनकी आन न तोड़ा तो हम राजा लखपतराय की बिटिया नहीं।"

हिण्डोलेवाली ठसके में फिर हिण्डोले पर चढ़कर बैठ गयीं। उनके एक-एक शब्द में ख़ानदानी रौब और तेहा भरा हुआ था। लाल साहब ने हँस के तकिये का सहारा लेकर इतमीनान से कहा: "चलौ, तुम्हार दिल तौ देख लिया, हिण्डोलेवाली। हमका जेल करावै के बदे तुम अपन सर्बस लुटावै का राजी हौ, ऐसी पती-भगती कै मिसाल तौ हमरे देस माँ दूसर न मिली। बाकी कौनो फ़िक्र नहीं, हमहूँ तुम्हरे आदर्श पै चलब। हमहूँ भरी कचहरी माँ ई साबित कइके दिखाय देब कि हम कौनो जालसाजी नाहीं किया, बल्कि राजा लखपतराय की बिटिया के तीनौ बड़े बरखुरदार एक कहार की औलाद हैं साले!"

बड़े घराने में बड़े-बड़े करतबों के माहौल में पले हुए, पढ़े-लिखे, बाल-बच्चेदार लड़के माँ-बाप के रहस्य के बीच में शक और सच के दोहरे फन्दों से जकड़कर खुद अपनी ही नज़रों में सवालिया निशान बन गये। हिंडोलेवाली को गश आ गया।

इधर आठ-नौ महीने से, विशेष रूप से बाढ़ के बाद से लाल साहब के स्वभाव में कुछ परिवर्तन आ गया था। नियम से सुबह ६ बजे नहा-धोकर मन्दिर में पहुँच जाया करते थे। माता की पूजा और राधाकृष्ण का सिंगार करने में उन्हें पूरे चार-पाँच घण्टे लग

जाते थे। मन्दिर की मरम्मत की तरफ भी उन्होंने ध्यान दिया। ससुराल की कुलदेवी दुर्गाजी के लिए उन्होंने सोने का मुकुट-छत्र बनवाया और नयी चाल के दूसरे जेवर भी बनवाये। राधाकृष्ण के नए गहने-कपड़े बने। राधाकृष्ण के साथ तो उन्होंने छेड़खानी का रिश्ता बाँधा, लखपती पोशाक बनवाई—जरदोजी का छकलिया अँगरखा, कामदार दुपलिया, चूड़ीदार पाजामा, राधाजी की ओढ़नी, कुरता, चूड़ीदार पाजामा—जिसे पहनाकर वे भगवान की छवि पर वारी-वारी जाते थे। बूढ़े पण्डितजी की तनख़्वाह भी बढ़ गयी। वक्त-बेवक्त की शराबखोरी भी छोड़ दी, सिर्फ शाम को थोड़ी सी ले लेते थे। इधर वहीदन के यहाँ भी कम जाते थे। दिन में रेडियो सुनने के बाद दो घण्टे रामायण सुनना भी शुरू कर दिया था। लाल साहब का स्वभाव सचमुच बहुत बदल गया था। अक्सर पोते-पोतियों को मोटर पर सैर कराने भी ले जाया करते थे। कभी-कभी जब रस जागता तो हिंडोलेवाली को नीचे दीवानखाने में बुलाकर उनके साथ शतरंज भी बड़े शौक से खेला करते थे।

लेकिन आज सुबह से उनकी दुनिया फिर नफ़रत से भर गयी थी। जी चाहता था कि सबको गोली मार दें। ये ऐशो-इशरत की ज़िंदगी, लिफाफिया बड़प्पन, पैसे की रिश्तेदारी से बँधा हुआ झूठा घर, हर झूठा रिश्ता—मन में अन्दर हर चीज़ उन्हें दुश्मन बनकर दबोच रही थी। लाल साहब थकान महसूस कर रहे थे। जितनी लापरवाही, जितनी बेलौसपन वह सदा से अपने घर-द्वार, अपने बीबी-बच्चों से बरतते चले आए हैं, उतना अलगाव वे अब महसूस नहीं कर पा रहे। कल रात जब से उन्होंने झूठे कानूनी हथियार के वार से अपने घरवालों को घायल किया है, वे खुद भी उसकी चोट से तड़प रहे हैं। सुबह जब ननकू ने यह ख़बर दी कि हिंडोलेवाली रात से दरवाज़ा बन्द किए पड़ी हैं और सारा घर चुप-चुप करता हुआ सहम रहा है, तो उन्होंने ज़बर्दस्ती अपने में घृणा भरी खुशी अनुभव करने की कोशिश की, मगर दिल ने साथ न दिया। वे खुद सहम गए हैं। उनका अपना कोई नहीं। वे खुद भी किसी के न हो सके। उम्र का साठवाँ साल गुज़र रहा है, ज़िन्दगी बीती रात की मानिन्द सबेरा होने का इन्तज़ार कर रही है। ज़िन्दगी कितनी सूनी, कितनी निकम्मी गयी।

शराब के नशे में एक तस्वीर बँधी: एक बड़े सुहावने हरियाली और ठण्डक से भरे हुए जंगल में तरह-तरह के पंछियों की बोलियों की नकल करते हुए मन मगन हो झील के किनारे डोलते हुए वे अचानक किसी पहाड़ की खोह में चले गये। वे अँधेरे की पर्त्तों में लिपटते चले गये। कहीं भी ओर-छोर न पाया: अन्त में घुटन ही ज़िन्दगी बन गयी, ज़िन्दगी महज एक अन्धी दौड़ ही रही।

उन्हें अपनी ज़िन्दगी से नफ़रत है, सख्त नफरत है मगर वे अभी जीना चाहते हैं, अभी जीने से तबीयत नहीं भरी: "ननकू कलेजी लाओ।"

गिलास उठाया, एक साँस में पी गये। "साले सब कहारों की औलाद हैं। कचहरी में देखूँगा सालों को।" नशे की झोंक में लाल साहब बड़बड़ाए। अपनी आवाज़ सुनकर खुद

उन्हें तसल्ली सी हुई। उठ खड़े हुए। दीवानखाने में चहलकदमी करने लगे। नशे में उन्हें ऐसा महसूस होता था कि उनके पैर ज़मीन से लगते ही जिस्म को स्प्रिंगदार खिलौने की तरह ऊपर उछाल देते हों। मन भी इसी तरह बड़ा चंचल हो रहा था, किसी ज़मीन पर पैर रखते ही उछल-उछल पड़ता था ! वह जितना ही हठ करके, अपने बीबी-बच्चों को पराया ठहराकर उनसे नफ़रत करने की कोशिश करते थे, उतना ही उनका मन धिक्कार कर नफ़रत से ऊपर उठने के लिए मचलता था। यही वो नहीं चाहते। वो उन लड़कों से अपनापन महसूस करना चाहते, जो कि उनके साथ ही साथ हिंडोलेवाली के भी हैं। वे हिंडोलेवाली से अपनापन तो महसूस ही नहीं कर सकते ; उनकी वजह से उन्हें घर-दामाद बनकर यहाँ रहना पड़ा। घर-दामाद होकर रहना उन्हें आज तक खलता रहा है। हिंडोलेवाली का घमण्ड शुरू ही से बड़े कसाव का रहा है। चौबीसों घंटे इन्हीं की 'हाँजी-हाँजी' में लगे रहो तो ठीक, नहीं तो घर नखास हो जाता है—एक-एक को खड़े-खड़े बेचने लगती हैं।

ब्याह के वक्त लाल साहब दस बरस के थे, हिंडोलेवाली सात की। उस वक्त लाल साहब के पिता के घराने की हालत करीब-करीब वैसी थी जैसी आज बद्रीपुर वालों की है। गौने तक पाँच-छः बरसों में उनके यहाँ नीलाम कुड़की तक नौबत पहुँच गयी और इन्हें घर-दामाद बनकर आना पड़ा : सुहागरात ही से दोनों में गाँठ पड़ गई। पलंग पूजने की नौबत ही न आयी थी कि लाल साहब तपकर बाहर चले आये। दूसरे दिन तड़के फाटक खुलते ही अपने घर चले गये, और छह महीनों तक नहीं आये। बेटी का बाप राजा होकर भी कहाँ तक सिर उठाता ? बेटी को ससुराल भेजा, हिंडोलेवाली ने पति के पैर छुए, तब सुहागरात पूरी हुई। यों रिश्ता तो खुल गया पर मन न बँधे। जब अनबन चलती तो महीनों एक-दूसरे का मुँह तक न देखते थे। हार मानकर हिंडोलेवाली ही पान का डब्बा लेकर नीचे उतरतीं। इस तरह ये संतानें हुई हैं। त्रिवेनीसहाय अब पैंतीस बरस के हैं, बेनी पाँच बरस छोटे हैं। इनकी पीठ पर दो बरस बाद एक बिटिया हुई थी। सौरी ही में जाती रही। फिर 'मास्टर' बबुआ—शंकर सहाय पच्चीस के हैं और इमिरती बबुआ को तो अब की बैसाख में पन्द्रहवाँ ही लगा है।

हिंडोलेवाली का ख़याल रह-रहकर लाल साहब के दिल में चिढ़, नफ़रत और ग़ुस्से का सूरज बनकर चमक उठता, जिसकी किरणें उनकें रोम-रोम को जेठ की भरी गरमी में और भी बेरहम होकर जला रही थीं।

नशा जम नहीं रहा था। ननकू को आवाज़ दी : "ननकुआ !"

हथेली पर सरसों उगाने के फनकार ननकू ऐसे आये जैसे वहीं खड़े हों।

"बिलोचिस्तान की तैयारी कर" । लाल साहब के 'कोड' में हर नशे के अलग-अलग नाम हैं। गाँजे की चिलम बिलोचिस्तान की सैर का मजा देती है। इस समय वे सोफे पर सारे शरीर को पूरी ढील देकर, आँखें बन्द किए हुए पड़े थे। आवाज़ पर नशे का बोझ था, मगर होश कायम था।

"अभी लाया सरकार।" कहकर ननकू ने तखत पर रक्खे पनडब्बे से दो बीड़े पान निकाले और जर्दा-किमाम लगाकर लाल साहब के होंठों के करीब लाकर बोला: "मालिक, तब तलकु दुई बीड़ा।" लाल साहब ने अपनी पलकों के पहाड़ ढकेलकर अपनी लाल-लाल पथराई हुई आँखों से देखा। होंठों ने पानों को परस कर नई जान पाई। फौरन ही एक हाथ से रोकते हुए, मुँह घुमा लिया और बोले: "पानी पिला पहले। ला, पान मुझे दे।"

लाल साहब उठकर सीधे बैठ गये, ननकू से पान लिये, घड़ी की ओर नज़र डाली, रेडियो आने में अभी 'दस-पन्द्रह......या दस या पन्द्रह......या दस-दस, पन्द्रह-पन्द्रह मिनट' बाकी थे, यानी बहुत वक्त बाकी था। नशे की वजह से अधिक गौर करने पर पुतलियों में दर्द होता था। डबल झुँझलाहट चढ़ी, जो नशे के झोंक में बहिया के नाले की तरह बह चली: "यू नशा सार अब हमही पै हावी हौवै लाग। अरे हम ईकी बिटिया क'...... कहारन की औलाद सारे! मुकद्दमा चलैहे इनकी......। हम तौ भरी कचहरी माँ गाँवें ते मँगरू का मुश्कैं कसाय के तलब करवाउब। गंगाजली उठवा के पूछूँगा कि बोल साले, ये किस पुन्न की कमाई से तेरे गाँव की झुपड़िया पक्की हवेली बन गयी। इसके साथ से भी गंगाजली उठवाऊँगा, कहूँगा, हरामजादी, लड़कों के सिर की कसम खा......"

लाल साहब की आवाज़ जो बड़बड़ाहट से उठी तो महल भर में गूँजने लगी। कमरों-कमरों में कानाफूसियों की आग फैल गयी। दीवानखाने के दरवाज़े पर, बाहर खस की टट्टियों के पास आड़ ले-लेकर खड़े हुए नौकर-चाकर, महरियाँ सब सुन रहे थे। बाबू रामनाथ बिदाई पाने की इन्तजारी में सबेरे नौ बजे से टहलते-टहलते ऊब गये थे। भूख भी ज़ोर मार रही थी। इधर सफर के दौर में खूब-खूब नाश्ते-मिठाइयाँ उड़ी हैं; नाश्ते की तलब बढ़ते-बढ़ते थाली की भूख पर टूट ही पड़ी थी, कि इतने में लाल साहब बद्रीपुर घराने की सतनारायण बाँचने लग गए। कान उधर लग गये। हरे-हरे दागों के सुनहले चश्मे में आँखें बिज्जू जैसी चमकने लगीं।

अन्दर लाल साहब के पास पानी का गिलास लेकर खड़ा हुआ ननकू नज़रें झुकाए, मुस्कराहट को सात पर्दों में छुपाए, आबूनस की मूरत जैसा खड़ा था। और लाल साहब हाथों में बीड़े उठाए कभी टहलते हुए, कभी सोफे पर बैठकर आवाज़ों पर आवाज़ें उछाल रहे थे।

दीवानखाने का परदा उठाकर शंकरसहाय दाखिल हुए। जरा-सी आहट पाकर ननकू की नज़रें उठ गईं। लाल साहब ने भी देखी। चेहरे के भाव कसकर पत्थर हो गये। मास्टर बबुआ—शंकरसहाय—सामने आकर खड़े हो गये। लाल साहब की जीभ जम गयी। दो बार आँखें उठाकर बेटे को देखा। फिर पानी के गिलास के लिए हाथ बढ़ा दिया। पान के बीड़े औचक में गिर पड़े। ननकू जब तक गिलास देकर झुके-झुके, शंकरसहाय ने झुककर उठा लिए और तखत के पास रखे हुए उगालदान में डाल दिये। लाल साहब की नशे में पथराई हुई आँखों में थकी-सहमी करुणा भरी चमक आ गयी। गिलास लिया, उगालदान की तरफ इशारा किया। शंकरसहाय सामने ही तखत पर बैठे थे। ननकू बिजली की तरह

लपककर उगालदान उठाने पहुँच गया। लाल साहब ने कुल्ले किए, आँखें धोईं, मुँह पर छींटे मारे और गिलास का पानी उगालदान में उलट दिया। ननकू ने तिपाई पर रक्खी रेफ्रीजिरेटर से ठण्डी की हुए बोतल उठाकर दूसरा पानी भरा। लाल साहब सामने ही तखत पर बैठे अपने तीसरे लड़के को टकटकी लगाकर देखते हुए पानी के घूँट बाँधने लगे।

गिलास का पानी खत्म हुआ। गिलास ननकू को वापस करते हुए मुस्कुराए। वैसे ही शंकरसहाय की आवाज़ आई: "ननकू, इसी गिलास में मुझे पानी दो, और दरवाज़े बन्द करते जाना।"

"ननकुए, अब बिलोचिस्तान ठहरकर।"

ननकू ने जादू की तरह हुकुम बजाया। दरवाज़ा बन्द होते ही लाल साहब ने बड़े हौसले से बात उठाई: "शंकर, कल वो राजा साहब कुसुंभीपुर हैं न, उनका आदमी खत लाया था। बेचारे मेरे बड़े पुराने दोस्तों में से हैं। तुम्हारे बद्रीपुर वालों से तो उनके पुश्तैनी ताल्लुकात भी हैं।"

"जी, मैं मिल चुका।"

"जरा वो पनडब्बा तो उठाना बेटा।"

शंकरसहाय ने फौरन हुक्म की तामील की। पान लेते हुए लाल साहब ने कहा: "उनका आदमी भी आया हुआ है।"

"जी! मैं मिल चुका। राजा साब ने मेरे लिए घड़ी भिजवाई है, अपने कुँवर के पास होने की खुशी में।" लाल साहब कुछ न बोले।

शंकर ने विनय भरे स्वर में कहा: "एक बात कहने की आज्ञा चाहता हूँ आपसे।"

लाल साहब आँखें बन्द किए सोफे के सहारे गर्दन डालते हुए बोले: "कहने की ज़रूरत नहीं। मैं समझ गया।"

शंकरसहाय पिता के पास बैठते हुए बोले: "ददुआ, इस घराने की न सही पर अपनी इज्ज़त का तो ख़याल कीजिए।"

लाल साहब आँखें बन्द किए हुए ही बोले: "मेरी इज्ज़त तो मेरे बाप ने बेच दी।—तुम्हारे नाना क़े हाथ—हरामी थे साले वो भी।"

"क्वाँर के तर्पण में यही कहकर पानी दीजियेगा।" शंकर ने आवाज़ में कठोरता लाकर कहा: "आपका आज का तमाशा फिर कभी न दिखाई दे, यही प्रार्थना करने आया हूँ।"

लाल साहब चुप रहे। शंकरसहाय भी चुप बैठे रहे। लाल साहब एकाएक उठकर सीधे बैठते हुए कहने लगे: "अपनी महतारी और भाइन से भी यह प्रार्थना किए हौ कि तमाशा न दिखावैं? महतारी की बेइज्ज़ती होति है, उयि तौ बहुत लागत है तुमका, और तुम्हरे बाप कै ज़िन्दगी भर की आबरू कोर्ट माँ जाई उइ—"

शंकर ने बात काटकर शांति के साथ जवाब दिया : "ददुआ, मैं किसी का गलत पक्ष नहीं लेता, न आपका न रानी अम्माँ का। मुकदमा चलाने के मैं खिलाफ़ हूँ। मैंने उसमें किसी तरह का हिस्सा लेने से भी इन्कार कर दिया है।"

"एक तुम्हारे इन्कार कर देने से क्या होता है। वे लोग तो मेरे नाम पर चुल्लू उठालने के लिए तुले हुए हैं।" लाल साहब तीखे होकर बोले : "मगर वो मेरी इज्ज़त के साथ खिलवाड़ करेंगे तो मैं भी करूँगा। मैं साबित करूँगा कि तुम लोग सब—"

कहते-कहते लाल साहब खुद ही रुक गए। एक बार तिरछी नज़रों से लड़के को देखा, फिर गर्दन फेर ली।

शंकरसहाय ने गम्भीर होकर शान्त स्वर से कहना शुरू किया : "आपके मुँह से ऐसी बातें शोभा नहीं पातीं ददुआ। मेरी वो माँ हैं, मगर आपकी पत्नी हैं। पति-पत्नी के रहस्यों के बीच में पड़ने का हमें कोई हक नहीं। फिर भी जब से होश सम्हाला, अम्माँ को बराबर देखता चला आया हूँ। आप तो शुरू से जानते हैं। उनका घमण्ड हम सबको भी खल जाता है, मगर यही उनके चरित्र की शक्ति भी है। वे किसी भी हालत में अपने को गिरा हुआ देखना पसन्द नहीं कर सकतीं।"

"तुम्हारे अम्माँ के चरित्र में तो हीरे-मोती जड़े हुए हैं, और बाप? वह गरीब है, उससे तुम लोगों को कुछ मिलने की उम्मीद नहीं—"

मास्टर बबुआ गम्भीर और अनुशासित स्वर में बोले : "दद्दू, यू सब 'सॅन्टीमेन्ट्स' आपके यूज़लॅस आयँ। हम आपते यहै प्रार्थना करै आए हैं, कि 'फैमिली मॅम्बर्स' ते विरोध करै माँ आप बड़े 'डिसएडवान्टेज' माँ रहिहौ। हम जौन नाही करैक' चाहित रहन, वहै हमका करै का पड़ी। सतयुग मा पिता की आज्ञा से परशुराम आपन महतारी का 'मर्डर' कीन हैं और कलियुग मा माँ की आज्ञा से हम पिता का"—मास्टर बबुआ के कुरते की जेब से पिस्तौल निकल आई।

लाल साहब धक्। आँखें फाड़कर देखते ही रह गये। फिर चेहरे पर एकाएक स्नायुकम्पन हुआ। टेढ़ा मुँह करके बोले : "हमका शूट करै आए हौ का?"

"विचार तौ नाहीं है, बट इफ यू शैल गो ऑन रिपीटिंग ए लाई दैन—मजबूरी की दशा माँ हम यहै करब।"

लाल कुँवर साहब बहादुर तन गये, अंग्रेजी में बोले : "तुम लोग चाहते क्या हो?"

"रानी अम्माँ की आज्ञा है कि आप दो घण्टे के अन्दर इन्दरमहल छोड़ दें। और बड़े भैया ने आज्ञा दी है कि आपको इस बीच में घर की कोई चीज़ न छूने दूँ और यदि आप विरोध करें तो"........—पिस्तौल हाथ में फिर सध गयी।

लाल साहब आगे बढ़े, मास्टर बबुआ पिता को कठोर दृष्टि से देखते हुए पिस्तौल ताने उनके साथ-साथ ही घूमे। लाल कुँवर बहादुर के चेहरे पर रोब की कुतुबमीनार एकाएक ढह गयी। चेहरा एकदम निस्तेज हो गया। सूनी आँखों से दरवाज़े की ओर देखते

हुए वे आगे बढ़े। चौखट के पास जाकर वे फिर ठिठके, बोले : "शंकर, मैं तुम लोगों का घर छोड़ रहा हूँ। लेकिन याद रखना, बाप को इस बेआबरूई से निकालकर तुम लोग आबरूदार न बने रह सकोगे.......(चौखट के बाहर निकल आए) और राजा लखपतराय की बिटिया—अपन महतारी ते कह दियौ कि लाल कुँवर बहादुर उनका बहुत जल्दै भरी कचहरी मा कहार की माशूका साबित करि दिखैहैं। आई ओन्ट लिव पीसफुली हेन्स्फोर्थ, एण्ड ओन्ट लॅट यू टू रिमेन एज़ सच।" रबड़ की चप्पल और बनियाइन पहने हुए ही लाल साहब तेजी से बरामदा पार करने लगे। बरामदे के दूसरी ओर जीने के ऊपर हिंडोलेवाली खड़ी हुई थीं। लाल साहब से देखादेखी हुई। हिंडोलेवाली ने मुँह फेर लिया। लाल साहब को एकाएक हँसी आ गयी, बोले : "निकलना खुल्द से आदम का सुनते आए थे लेकिन, बहुत बेआबरू होकर तेरे कूचे से हम निकले। हम जाके मँगरू को गाँव से यहीं भेज देंगे, कहेंगे कि बेटा जाओ, अब खुलेआम इन्दरमहल में रह के अपनी आश्ना और बेटों का सुख भोगो।"

"बबुआ, पाँच जूते मारौ, सारे के। यहै हरामी के पिल्ले की अम्माँ कहार की रहै। मारौ हरामी के। पती-फती हम अब न समझब ई का।" हिंडोलेवाली अपने पूरे स्वर में गरजीं। लाल साहब ने सिर झुकाकर सुना, शंकरसहाय की पदचाप उनके कानों में गयी। वे सिर झुकाए आगे बढ़े। हिंडोलेवाली फिर गरजीं : "यू अँगूठी दुनौ-तीनौ उतार के धरे जाओ। जंजीर पहने रहौ, सोना तो मुर्दन के साथौ जात है। अपने लेखे हम आज से राँड हुई गयीं।" यह कहकर उन्होंने जीने के शीशमी रेलिंग पर अपने दोनों हाथ दे मारे। चूँड़ियाँ फूट गयीं। उसी तेहे में माथे का टीका भी हाथ से मिटा दिया। मास्टर बबुआ बोले : "अम्माँ यू का करती हौ ?"

"अरे, ई झूठे लबार ते ब्याह करिकै हमार सात जलम के पाप उदय भे रहे जौन हम ई राच्छस के साथ ई जलम मा भोगा है। हमका, सती का दोख लगाइस ई। अपने बच्चन का बेआबरू करैमा यहिका लाज न आई। सब सहिकै हम देउता की तरह ई दुश्मन का पूजा......अब हमैं यह हरामी की सूरत ते नफरत हुइ गयी है।"

चार मील पैदल चलकर तीसरे पहर के लगभग लाल कुँवर बहादुर लाला बैजनाथ की कोठी पर पहुँचे। कोठी पर पता चला कि लाला पुराने घर में हैं। और पुराना घर पुराने सर्राफे बाज़ार में है। कभी पैदल न चलने वाले लाल कुँवर बहादुर धूप और श्रम से इतने थक चुके थे कि दो कदम भी चलना भारू लगता था। लाला बैजू का एक नौकर, जिसने कल रात लाल साहब को वहीदन के साथ यहाँ आते हुए देखा था, लाला बैजू को उनकी ख़ातिर करते देखा था—इस समय उनकी यह दुर्दशा देखकर उसे आश्चर्य हुआ, और वह सदय हो गया। लाल साहब को उसने फौरन ही पुराने घर पहुँचाने का प्रबन्ध कर दिया।

बैजू लाला ने सब कथा सुनी और कहा कि भइ, हम यहीं मदद कर सकते हैं के तुम हमारा क्लब-घर चलाओ और यहाँ रहो। तुम्हारी वहीदन को फिलहाल हमने तिमंजिले पर टिका दिया है।

लाल बोले : "मुझे इजाज़त दीजिए, मैं आपकी इसी बैठक में पड़ रहूँ। दो-चार दिन में मेरा मन जरा काबू में आ जाय, तब कुछ करूँगा।"

लाल बैजू बोले : "भइ तुम्हारी मरजी। बहरहाल, हम तुमको रद्धूबाबू से मिला देंगे। मिल के खुश हो जाओगे। ताश के पत्तों का जादूगर है और आप भी कुछ कम नहीं हैं। सुख के दिनों के शौक को मुसीबत की रोजी-रोटी बनाइए। फला-फूला बिजनेस आपको दे रहा हूँ, इससे ज़्यादा और कर ही क्या सकता हूँ।"

लाल साहब के जीवन का दूसरा अध्याय आरम्भ हुआ।

पन्द्रह

वहीदन और लाल!—मुसलमान और हिन्दू। लेकिन किस बात के मुसलमान और हिन्दू? ये पुरानी जातियाँ, धर्म और कबीले—यह सब अब बड़ी बकवास की बातें हैं, जो ईमानदारी से देखने पर आज की नई चेतना वाली दुनिया में ठीक तरह से जुड़ नहीं पातीं। ये सब हिन्दू, मुसलमान, ईसाईपन की, जाति-महत्ता की बातों में विश्वास करनेवाले लोग ऐसे मालूम होते हैं, जैसे जवानी में बचपन के कपड़े घसीट-घसीटकर पहने खड़े हों।

तभी तो ये सब सांप्रदायिक संकीर्णता, मूर्खता, क्रूरता आदि हर तरह की प्रतिगामी और अमानवीय स्थिति में पहुँच जाते हैं। जबलपुर के हिन्दू-मुसलमान दंगे ने मुझे आन्तरिक पीड़ा पहुँचाई है। हिन्दुस्तान-पाकिस्तान बँट गया, लेकिन हिन्दू-मुसलमान समस्या अब भी जहाँ की तहाँ-सी ही लगती है। बड़ा भीषण दंगा हुआ है जबलपुर में।

जब हिन्दू-मुसलमान के सम्बन्ध पर ध्यान देता हूँ तो कभी-कभी यह जबर्दस्त उलझन मेरे मन में आती है कि मुसलमानों के साथ खान-पान का मुक्त सम्बन्ध स्थापित करके भी क्या हम अपने पिछले जमाने के सम्बन्धों से कुछ अधिक तरक्की कर सके?

याद आता है, शायद आठवें-नवें दर्जे की बात है, हिदायत तब तक मेरा बहुत गहरा साथी हो चुका था। मैं, हिदायत, डॉ० नारायण जो आज हमारे प्रदेश के वनमन्त्री हैं और बिस्सो चाचा एक जान चार कालिब थे। हमारे चौकड़ी पढ़ने में भी तेज थी और ऊधम मचाने में भी। आर्यसमाजी शुद्धि आन्दोलन यदि हमें मुसलमानों का शत्रु न बनाकर केवल रूढ़िवादिता का दुश्मन ही बना पाया, तो इसका एकमात्र श्रेय हिदायत ही को है। बड़ा निडर, बड़ा शेर तबीयत का आदमी। एक बार उसने उर्दू वाले क्लास में मौलवी साहब तक को ऐसा मुँहतोड़ जवाब दिया था कि स्कूल और दो-एक मुसलमानी महल्लों में लगभग चार-पाँच महीनों तक उसी के किस्से-कजिये होते रहे। मौलवी साहब ने कहीं यह कह दिया कि हिन्दू मज़हब में इतनी बुराइयाँ न होतीं तो उनके यहाँ आर्यसमाज न आता। उर्दू क्लास में अनेक हिन्दू लड़के भी पढ़ते थे, कोई न बोला। हिदायत शेर की तरह खड़ा होकर दहाड़ पड़ा, बोला: "काश कि एक दयानन्द मुसलमानों में भी पैदा हो जाता और तमाम मुल्ला-मौलवियों को जूते मार-मारकर मिल्लते-मोमिनीन से निकाल बाहर करता।" कुछ मुसलमान लड़के मौलवी साहब के इशारे पर हिदायत को जूते लगाने पर तुल गये, लेकिन यह काम आसान न था। चाचा और हिदायत दोनों ही अखाड़िये थे। जब से हिदायत को जूते लगाने की ख़बर हवा में फैली या फैलायी गयी, तब से चाचा ने हर रोज किताबों के बस्ते के साथ-साथ एक झोले में चार-पाँच फटे जूते भी बराबर लाना शुरू कर दिया। उसने यह एलान कर दिया था कि अगर हिदायत को किसी ने धोखे से

भी एक जूता मार दिया, तो मौलवी अड्डा काँप न ठड्डा के चहेतों को मार-मारकर मलीदा बना दूँगा। मौलवी साहब के घर में आग लगा दूँगा और बाकी जो लड़के पिटेंगे, वो सब साले घाते में। लगभग एक महीने तक स्कूली लड़कों में सनसनी-सी फैली रही। हेडमास्टर एक अंग्रेज थे मि० मक्फरसन। उनके पास रिपोर्ट गयी। हमें उनके चपरासी से ख़बर मिल गयी कि हेडमास्टर साहब आज अचानक ही किसी वक्त क्लास में आकर चाचा के जूतों वाले झोले की तलाशी लेंगे। मैं लपका हुआ गया और एक भड़भूँजे के जहाँ से दो पैसे के लैया-चने ख़रीद लाया और चाचा को हाल बतलाकर दे दिया। जूते झोले से निकालकर क्लास के पीछे वाले गलियारे में छिपाकर रख दिये और झोला लैया-चनों से भर गया। उर्दू क्लास ही में हेडमास्टर साहब पधारे। पहले उन्होंने एक डाँट-फटकार भरा लॅक्चर दिया और सब क्लास को सुनाते हुए चाचा और हिदायत से कहा कि अगर वे अपने जूतों का झोला इसी वक्त मेरे सामने लाकर पेश कर देंगे तो मैं उन्हें माफ़ कर दूँगा, वरना तलाशी लेने पर उसका रस्टीकेशन शर्तिया ही किया जायेगा। चाचा और हिदायत एक ही बेंच पर बैठते थे। दोनों नीचा मुँह किए धीरे-धीरे मुँह चलाते रहे। मौलवी साहब के खास शिष्य बरकत हुसेन ने खड़े होकर हेडमास्टर साहब से कहा कि जूते का झोला यही लोग रखते हैं, और इस वक्त भी इनके पास है। तलाशी लेने पर लैया-चने निकले। हेडमास्टर साहब चुपचाप चले गये। मैं और नारायण हिन्दी पढ़ते थे। पाँचवें पीरियड में जब हम चारों इकट्ठा हुए तो सारा किस्सा सुनकर बड़ा आनन्द लिया।

उसी दिन शाम को बरकत और शफ़ात—मौलवी साहब की दो हमजिन्स 'बेगमों' को सरेराह जूते लगाये गये। ऊपर से हिदायत ने यह भी कह दिया कि अब जाके बेटा अपने शौहर मौलवी साहब से शिकायत करना हमारी। इस बात पर लड़कों में उस समय तो हँसी उड़ी ही, मगर बाद में उन दोनों की और मौलवी साहब की इतनी बदनामी फैली कि बरकत और शफ़ात ही क्या खुद मौलवी साहब रो दिये। स्कूल की चहारदीवारी से लेकर हिन्दू और मुसलमान महल्लों की दीवारों तक पर पचासों जगह यह ख़बर लिख दी गयी थी, यहाँ तक कि बरकत और शफ़ात के घरों के दरवाज़ों पर भी।

जिस तरह हम लोक हिन्दू धर्म की बुराइयों की टीका-टिप्पणी किया करते थे, उसी तरह हिदायत भी अपने धर्म-सम्प्रदाय वालों की आलोचना करने से न चूकता था। उसकी इस अकेली आवाज़ के साथ बाद में तीन-चार और मुसलमान लड़के भी शामिल हो गये। इस घटना के बाद हम लोग अक्सर खुलकर आपस में हिन्दू-मुसलमान सम्बन्धों की चर्चा किया करते थे। उस समय हिदायत की बतलाई हुई एक बात आज-तक मेरे मन से नहीं उतरी है। हिदायत एक बड़े ज़मींदार का लड़का था, और उसका असली घर भी गाँव में ही था। कहने लगा : "अमाँ ये हिन्दू-मुसलमान का झगड़ा तो हमने सिर्फ यहाँ शहर ही में आके देखा, हमारे गाँवों में तो यह तमाशा अभी तक दिखलाई ही नहीं देता। जब एक गाँव वाले दूसरे गाँववालों पर हमला करते हैं तो हिन्दू-मुसलमान सब साथ होते हैं। उसमें ये कभी नहीं होता कि मुसलमान सिर्फ हिन्दुओं को ही मारें और मुसलमानों को छोड़ दें! दो गाँवों की लड़ाई होती है, हिन्दू-मुसलमान की नहीं।"

हिदायत की इस बात में बड़ा सार है। यह हिन्दू-मुस्लिम युद्ध का तमाशा तो हमारे देखते ही देखते इसी बीसवीं सदी में इस ढंग से पनपा है। यह सच है कि हिन्दू-मुस्लिम तनाव मेरे बचपन में भी था। बहुत से ऐसे मुसंलमान थे, जो खुलेआम हिन्दुओं का अपमान करते थे और हिन्दू चुप रह जाते थे। लाला बिसेसरप्रसाद महाजन ने किसी पठान के यहाँ कुड़की कराई। उसके बाद वह पठान उनकी कोठी के आगे बिसेसर लाला और उनकी लपेट में हिन्दू कौम को गली में खड़े-खड़े लाखों बातें सुना गया और कहीं चिड़िया चूँ भी न बोली। पठान खुलेआम गरजता रहा, हिन्दू अपने घरों में बैठे सुनते रहे। मेरे अन्दर खून खौल रहा था। अपनी हाकी स्टिक लेकर बाहर निकलने लगा तो मेरे चाचा ने मुझे लपककर गपची में भर लिया और बोले : "क्या करता है बे उल्लू, अभी घंटे भर में सैकड़ों मुसलमान हमारे ऊपर चढ़ाई कर देंगे जो तूने कहीं एक भी हाथ मार दिया तो। ये मुसलमान कौम है मुसलमान। इनमें एका है, हमारी तरह फुट्टैल नहीं हैं।"

इस समय भी मेरे सामने वह दृश्य ज्यों का त्यों कायम है, पठान के जाते ही बिसेसर लाला के बरामदों में कई पास-पड़ोसी आकर जुट गये और उस पठान तथा मुसलमानों की खुलेआम आलोचना करने लगे। मुझे अपने अन्दर उस समय हिन्दुओं से तीव्र घृणा हो उठी। एक अकेला निहत्था मुसलमान लगभग आध घण्टे तक हिन्दुओं को उन्हीं के महल्ले में खड़ा होकर कहनी न कहनी सुनाता रहा, तब सब चुप रहे और अब उसके जाने के बाद मुसलमानों की निन्दा इस जोर-शोर से कर रहे हैं कि जैसे अपनी शेखियाँ बघार रहे हों! ......इस समय अपना दिल टटोलकर देखता हूँ तो ये पता चल रहा है कि मैं आज, इस क्षण तक उस दृश्य के कारण अपने समाज को क्षमा नहीं कर पाया। शायद सन् २५-२६ के लगभग ही गांधीजी का लिखा हुआ यह वाक्य मुझे याद आ रहा है—स्वभाव से मुसलमान 'बुली' (भभकियाँ देनेवाला) और हिन्दू कावर्ड (कायर) है। मैं मानता हूँ मुसलमानों ने अपने आक्रमणकारी, ऐतिहासिक दौर में हिन्दुओं को बड़ी बुरी तरह से कुचला है। निरीह प्रजा का खूब मान-मर्दन भी उन्होंने किया था। हिन्दुओं में एक निष्ठामूलक समाज चारों वर्णों से ऐसा भी निकला, जिसने अत्याचार का सामना करने के बाद भी अपनी धार्मिक-सांस्कृतिक आन बनाए रक्खी। मगर यह आन भी तो एक ढर्रे से निभायी न गयी। कुछ लोक जुझारू थे, जो पीढ़ी दर पीढ़ी तलवार का जवाब तलवार से देते ही रहे। अधिक ऐसे थे जिन्होंने आततायियों द्वारा किए गये हर अत्याचार को भगवत्परीक्षा मानकर हँसते हुए सहन किया। अपनी पूरी लौकिक मान-मर्यादा को माया-मोह मानकर यह फिलासफी बनायी कि अपना धर्म न छोड़ेंगे, भगवान के श्री चरणों में अपनी अटल भक्ति को कठिन से कठिन परीक्षा के क्षणों में भी तिलांजलि न देंगे, बाकी चाहे जो हो। और अधिकतर समाज ऐसा था जिसके लिए धर्म शून्य था। उस शून्य में यदि १ मिल जाय तो १० हो जायेगा और दो, चार, पाँच, छः, सात आदि कोई अन्य अंक जुड़े तो शून्य उसी अनुपात में बढ़ता चला जायेगा।

करोड़ों ब्राह्मण, क्षत्रिय, वैश्य, शूद्र इस देश भर में ऐसे भी थे जिन्होंने राम के साथ-साथ अल्ला को भी जोड़ लिया। तैंतीस करोड़ देवी-देवताओं में कुछ सैकड़े औलिया, पीर,

शहीद और भी जुड़ गये। और इससे उनकी तनिक भी धार्मिक हानि न हुई। गाँवों में ऊँचे-ऊँचे बाँसों के अलम् सजाये मुसलमान लोग ढोल पीटते अल्ला का दान माँगते थे और हर घर से चुटकी मिलती थी। मैंने अपने बचपन में किसी देहाती नौकर की जबानी ऐसा कुछ सुना था कि 'राम माँगें दाना अल्ला माँगै रेवड़ी, औ' अल्ला की रेवड़ी रेवड़ी चुक गयी तो राम से कहें कि अपना दाना हमैं देव।' इस कहावत का तुक इस समय मेरें ध्यान से खो गया है, लेकिन बात का तुक मुझे खूब समझ में आ रहा है। शासक का धर्म जोर-शोर से चलता था। राम के देश में राम को दाना और अल्ला को रेवड़ी मिलती थी। शहजोर अल्ला अपनी तमाम रेवड़ियाँ खा जाने के बाद राम का दाना भी छीनकर चट कर जाते थे।

चौदहवीं सदी में इसी लखनऊ शहर में कोई हिन्दू खुलेआम अपने धर्म को सच्चा नहीं कह सकता था। धर्म केवल इस्लाम ही सच्चा था ! उस समय एक पं० लोधेराम इस्लाम का श्रेष्ठ भारतीय दर्शनों के साथ गहराई से सन्तुलित अध्ययन करके इस नतीजे पर पहुँचा कि राहें दोनों सच्ची हैं। महज तरीके ही अलग-अलग हैं। अपने इस सत्य की घोषणा करते ही मुसलमान काजियों द्वारा लोधेराम सार्वजनिक रूप से फाँसी पर लटका दिया गया, फिर किसी हिन्दू का साहस न हुआ कि अपने धर्म को खुलेआम सच्चा कह सके। मुसलमान शासक हिन्दुओं को अपने नये देवालय बनाने की आज्ञा बड़ी मुश्किल से देते थे। इस अनवरत संघर्ष के साथ लगभग सात-आठ सौ वर्षों तक विजित और विजेताओं में धार्मिक द्वन्द्व होता रहा।

और इसी काल में एक सांस्कृतिक समन्वय भी अपने ढंग से होता रहा। मुसलमानों ने हिन्दुओं के अनेक रीति-रिवाज अपनाये। हिन्दू भी दरगाहों और पीरों को मानने लगे। देवी और हनुमान के सम्बन्ध में किसी कारण मुसलमानों में यह धारणा बँध गयी कि वे बड़ी जागृत शक्तियाँ हैं। चेचक के लिए खासतौर पर हिन्दुओं की शीतलामाता मुसलमानों की पूज्या हुई। आँख दुखने पर मुसलमान लोग बोतलों में कालीजी का नीर भी ले जाते थे। मंगल के दिन उन्हें बन्दरों, बच्चों और भिखमंगों को गुड़धानी बाँटते हुए भी मैंने अपनी जवानी के प्रारंभिक दिनों तक अनेक बार देखा था। अवध में अनेक हिन्दू लोग अपने घरों में ताजिये रखकर उनके सामने मरसिये पढ़ते थे। हिन्दू स्त्रियों और पुरुषों पर उनके देवी-देवताओं और ब्रह्मराक्षसों के अलावा सैयद भी आने लगे थे। अवध के बनियों में शेख सद्दी की भी बड़ी महिमा थी। अनेक हिन्दू महल्लों में जगह-जगह सैयद के आले देखने को मिलते थे, जिन पर रेवड़ियाँ, इत्र की फुरहरियाँ और धूप, लोबान, फूलों का सेहरा, पैसे आदि चढ़ाये जाते थे। जिन्हें मुसलमान फ़कीर ही उठा लेने के अधिकारी थे। सैयद के नाम पर आए दिन बड़े-बड़े प्रपंच हुआ करते थे। जाने कितनी स्त्रियाँ और अशिक्षित पुरुष रोज इस बात का दावा करते कि उन्होंने सफेद बर्राक दाढ़ी और सफेद बुर्राक पोशाक में इत्र से महकते हुए सैयद बाबा को खास अपनी आँखों से देखा था।

एक बड़े रईस लाला थे, उनके बेटे, हमसे करीब दर बरस बड़े थे। उन पर अक्सर ही सैयद आया करते थे। बस एकाएक बैठे-बैठे झूमने लगते, इधर-उधर हाथ-पैर पटकते,

कुछ गैबी बातें बोलने लगते। घर भर के तमाम नौकर-चाकर, महरियाँ, औरतें और खुद सेठ साहब तक हाथ जोड़े तिमंजिले पर उनके चौबारे में पहुँच जाते। फर्माइशें होने लगतीं, फलाँ रण्डी का नाच कराओ, फलाँ का गाना कराओ, इसे यह दो, उसे यह दो। उनकी आज्ञाओं का पालन होने लगता। लखनऊ में एक पारसी थियेट्रिकल कम्पनी आई। उसकी यहूदी हीरोइन ने शहर भर के मनचले रईसों के दिलों पर डाका डाला। उसकी सोहबत का लुत्फ उठाने के लिए न जाने कितने सेठजादों, नवाबजादों ने ठेठर के मैनेजर और कारिन्दों को सैकड़ों रुपये चटाए। उस एक्ट्रेस की आया रईसजादों से यह चिरौरियाँ पाती थी जो खास तौर से उनकी माँओं तक को न नसीब हुई होंगी। हमारे सेठ-बच्चे को ख़बर लगी कि अमुक रियासत के नवाब साहब ने उस यहूदी सुन्दरी को केवल एक रात अपने पास रखने के लिए लाख रुपये देने की घोषणा की है। दस हज़ार मैनेजर और पाँच हज़ार आया को भी बतौर बख्शिश के दिये जायेंगे। सौदा करीब-करीब पट गया है।

सेठ-बच्चे ने जब यह सुना तो दर्द-ए-इश्के-यहूदिन से तिलमिला उठा। तबीयत हुई कि नवाब साहब के एक लाख पर अपने दो लाख चढ़ा दे मगर बाप जिंदा थे। यह बड़ी मुसीबत थी। उनके एक चालबाज मुसाहब ने योजना बनाई कि हुज़ूर बेफिक्र रहें, मैं ऐसी तरकीब करूँगा कि वह जब नवाब साहब के यहाँ जाने के लिए रात में निकलेगी, तब नवाब साहब की बग्घी का कोचवान और नौकर बदल जायेंगे और बग्घी आपकी बगीचे वाली बरादरी में पहुँच जायेगी। सुनने में आया था कि इस काम के लिए सेठ-बच्चे ने मुसाहब को खर्च के लिए दस-पन्द्रह हज़ार रुपये दिये थे। बहरहाल उसने काम कर दिखाया। नवाब साहब की बग्घी पर मुसाहब द्वारा मुस्तैद कोचवान बैठा था और बग्घी उस यहूदिन एक्ट्रेस को लेकर सेठ-बच्चे की बारादरी में पहुँच गयी। उसके बाद उस बग्घी पर रात के तीन बजे शहर के किसी बड़े चौराहे के पुलिसमैन ने तीन बेहोश आदमियों को पाया। घोड़े बेलगाम बेतहाशा दौड़ रहे थे।

सेठ-बच्चे ने यहूदिन माशूक की बड़ी चिरौरी की मगर वह न मानी। अन्त में दो लाख नगद देने पर सौदा तय हुआ। लेकिन तब तक सुबह हो चुकी थी और सेठ-बच्चे को रकम का इन्तज़ाम करना था।

उधर जब नवाब साहब के आदमी बेहोश पाये गये तो नवाब साहब की फ़िक्रें भी बढ़ीं और थियेट्रिकल कम्पनी के मैनेजर की भी। जिस रात हीरोइन गायब हुई थी, वह रात स्टेज की साप्ताहिक छुट्टी की थी। लेकिन दूसरे दिन तो उसके बगैर तमाशा ही न हो सकता था। पुलिस के लिए दोनों तरफ से थैलियों के मुँह खुल गये और शाम होते न होते पुलिस को ऐक्ट्रेस का पता चल गया। बारहदरी पर धावा करने से पहले पुलिस ने सेठजी को ख़बर दी। अपनी इज़्ज़त बचाने के लिए वे दौड़े हुए बारादरी पहुँचे। बाप की अगवानी का समाचार सुनते ही सेठ-बच्चे पर सैयद आ गये और यहूदिन ऐसी सफाई से छिपा दी गयी कि कहीं पता न चला।

अब सैयद साहब सेठ-बच्चे की खोपड़ी पर आकर सवार होकर खड़े-खड़े गरजने लगे : "नवाब के ख़ानदान भर को हैजा होगा। ठेठर कम्पनी में आग लग जायेगी। सेठजी की कोठी में भूत लोटने लगेंगे। कहाँ है पुलिस, बुलाओ तलाशी लें।" इसके बाद 'सैयद साहब' इस बात पर तुल गये कि पुलिस उनकी बारादरी और बगीचे के चप्पे-चप्पे की तलाशी अवश्य ले। तलाशी ली गयी, यहूदिन न मिली। जिन नौकरों-चाकरों ने पुलिस को ये ख़बर दी थी, जिन्होंने यहूदिन को यहाँ देखा था, वो सैयद साहब और तमाम मजमे के सामने नाक रगड़-रगड़कर गिड़गिड़ा-गिड़गिड़ाकर अपना अपराध स्वीकार करने लगे। अफवाह उड़ गयी कि सैयद बाबा ने यहूदिन को गायब कर दिया। सेठ-बच्चे ने अपने बाप पर तुरंत ढाई लाख रुपये का नज़राना चढ़ाने का हुक्म दिया। पचास हज़ार में इस सैयद नाटक के लगुए-भगुओं और पुलिसवालों की जेबें गरमाईं, जश्न हुआ, दो लाख यहूदिन के साथ गए।

ये हंगामा खत्म हुआ, मगर इस हंगामे के बाद सैयद बाबा का माहात्म्य ऐसा बढ़ा कि महीनों तक उसके चर्चे होते रहे। लोगों के अन्धविश्वास पर लाखों की लूट करनेवाले ये हिन्दू-मुसलमान गुण्डे, पण्डे, पुजारी, मौलवी, मुल्ले, औलिया, फ़कीरों के रूप में निरन्तर लूटते थे। आर्यसमाज के प्रभाव में आकर हम नवयुवकों ने बाद में उनको ठोंक-ठोंककर ठीक किया। कब्रों और सैयद के आलों पर चढ़ाये जानेवाले पैसे हमारी जेबों में जाने लगे। रेवड़ियाँ हमारी जीभों का जायका बढ़ाने लगीं और हम इत्र की फुरहरियों से महकने लगे। अनेक अन्धविश्वासी स्त्रियाँ, पुरुष और हमारे साथी हमें डराया करते थे कि अब सैयद बाबा या कब्रवाली रूह हमें उठा-उठाकर पटकेगी, तबाह कर देगी, लेकिन जब वर्षों ये रूहें और सैयद हमारा कुछ न बिगाड़ सके, तब परम अज्ञानी और परम कायर सनातनियों को भी जोश आने लगा। सन् '२३-'२४ के दंगे के दिनों में सनातनियों ने अनेक सैयद के आलों पर हनुमानजी की मूर्तियाँ स्थापित करके एक मिथ्या भय को दूसरे मिथ्या भय से हटा दिया। ......यह सब हुआ, मेरे देखते-देखते ही समय बहुत बदला, लेकिन सैयद के आलों और कब्रों के चढ़ावों का चलन आज भी एकदम समाप्त नहीं हो सका है। मेरे आस-पास चारों ओर झूठे और निकम्मे धर्म के सड़े पानी में कीड़ों की तरह बिलबिलाने वाला हिन्दू-मुसलमान समाज अब भी मौजूद है। जबलपुर-काण्ड ने मुझे इस समय बेहद झिंझोड़ा है। यह धर्म-भेद, रंग-भेद आदि झूठी आस्थाएँ आखिर कब और कैसे टूटेंगी ?......सच्ची आस्थाओं को जमाने से टूटेंगी। इसलिए काम किए जाओ अरविन्द। ये भावुक चिताएँ छोड़ो। देखो, तुम्हारा रमेश इस दिशा में क्या कर सकता है......

●

:: ४१ ::

इतवार का दिन। उमस गहरी थी। रमेश-रानी चाय पी चुके थे, रानी जूठी तश्तरियाँ और प्याले उठा रही थी। एकाएक अपनी बढ़ी हुई दाढ़ी को जोरों से खुजलाकर रमेश

बोला: "भाई, अब तो दाढ़ी बढ़ाने का मूड उतर रहा है, कल से खुजाते-खुजाते परेशान हो गया। यार लोग मज़ाक उड़ाते हैं सो अलग।"

"मैंने तो आपसे कहा नहीं था। आप ही दाढ़ीसिंह बने हैं।"

"अगर तुम मना कर देतीं—"

"मैं क्यों मना करूँ। ठाकुर की लड़की को दाढ़ी से चिढ़ तो होती नहीं।"

"अरे, मैंने तो उदारता दिखलाई कि तुम गौड़ हुई हो तो मैं सिंह बन जाऊँ। मगर—"

"गौड़ तो क्षत्रिय भी होते हैं।"

"अच्छा, और कायस्थ भी होते हैं।......और ग़ोर गजनी भी है और गौड़ प्रदेश भी।—यानी पूरा कबीलाई मामला है।—"

दरवाज़े पर ठकठक हो रही थी। रमेश की बौद्धिक चिन्तन स्फूर्त, घर सुखिया मन को किसी का आना इस समय अच्छा तो न मालूम हुआ, पर कुण्डी खोलने के लिए गया वह अवश्य। रानी जूठे बर्तनों की किश्ती उठाकर अन्दर चली गयी।

दरवाज़े पर मकान-मालिक खड़े थे। उन्हें देखते ही रमेश ने कहा: "आदाबअर्ज नवाब साहब, तशरीफ़ लाइए।"

"मैं आपके किसी काम में डिस्टर्ब तो नहीं—"

"अजी नहीं, आप तो हमेशा ही हमारे लिए वरदान बनकर आते हैं।"

"ये बड़प्पन है आपका, वरना आजकल तो जवान लोग बूढ़ों की सूरत देखकर ही चिढ़ जाते हैं।......अच्छा, ये पार्टीशन का रुख बदल दिया आप लोगों ने। ठीक है, अच्छा लगता है। इतने फर्निचर के साथ ड्राइंगरूम छोटा ही अच्छा लगता है। मगर ये बाँस जो आपने कोने में लगाया है, जरा बुरा मालूम होता है। टेढ़ा है न।"

"जी हाँ, कल बड़े मियाँ से मँगवाया था। हम लोगों को भी इस कोने का झोल पसन्द नहीं आ रहा। अब देखिए किसी दिन फुरसत से—"

"मेरे लायब्रेरी वाले हाल में पर्दे का स्टैण्ड रक्खा ही हुआ है लकड़ी का। आपको याद आया न, वो—"

"जी हाँ, जी हाँ।"

"बाबादीन से कहके उसको मँगवा लीजिए। वहाँ बेकार ही पड़ा है। पर्दा जरूर बीच से काटना पड़ेगा आपको। एक पर्दा छड़ पर यहाँ सामने और दूसरा इस बाजू में—चौकोर ड्राइंगरूम बन जायेगा आपका।"

रमेश प्रसन्न होकर बोला: "आपने अच्छी सलाह दी। अस्ल में हम इस कमरे के तीन कमरे बनाना चाहते हैं। ये ड्राइंगरूम, इसके पीछे इधर वाली खिड़की की तरफ मेरे पढ़ने-लिखने की जगह और बाकी हिस्से में सोने का कमरा।......ए रानी, देखो भाई, नवाब साहब के लिए चाय बनाओ, और दिन में किसी समय बड़े मियाँ से कहना कि एक मजदूर बुलाके पर्दे का स्टैण्ड यहाँ उठा लायें।"

अन्दर से रानी की 'जी अच्छा' सुनाई दी। नवाब अनवर मिर्जा कुर्सी पर आराम से बैठे हुए बोले : "क्या दाढ़ी रखने का इरादा है आपका ?"

रमेश झेंपकर हँसा और अपनी दाढ़ी पर हाथ फेरने लगा। नवाब साहब मुस्कराकर बोले : "शियों जैसी दाढ़ी रखेंगे या सुन्नियों जैसी ?"

"जी, मैं समझा नहीं। क्या शिया-सुन्नियों की दाढ़ियों में भी फर्क होता है ?"

"जी हाँ, शिया की दाढ़ी का कायदा ये है कि चालीस कदम दूर से दिखलाई दे मगर सुन्नी और भी लम्बी दाढ़ी रखते हैं !"

"हम तो नवाब साहब, ये वाइफ की खातिर ठाकुर बन रहे हैं।" रमेश ने पर्दे की ओर मुँह उठाकर मुस्कुराते हुए कहा।

नवाब साहब बड़ी जोर से हँसे, बोले : "ओह, तो ये कहिए कि दाढ़ी आपके पर्दे का राज़ है। आपको एक पुरानी बात सुनाऊँ। एक मुश्तरी तवायफ़ थी, बड़ी नामी—"

"वही जो हमारे डॉ० आत्माराम के पिता—"

"अजी वो सर शोभाराम वाली नहीं। ये दिल्ली की मुश्तरी थी। हसीन जहीन, और बातों का आर्ट तो इतना खूबसूरत था उसे, कि सर सैयद अहमद अक्सर उसकी बातें सुनने के लिए जाया करते थे। शायर भी बहुत अच्छी थी मुश्तरी—

ये जमाना आलमे ख्वाब है,
पै तश्ना मिस्ले सुराब है;
जो मकीं है शक्ले हबाब है,
जो मकाँ है नक्शे बर-आब है।

—वल्लाह, क्या बात है।......ख़ैर बाद में उसने किसी से अपना निकाह पढ़वा लिया था। उसके बाद सर सैयद उसके यहाँ गये, पर अब उसमें वो बात नहीं रही थी। सर सैयद बोले कि मुश्तरी तुम्हारी बातों में अब वो मजा नहीं रहा। मुश्तरी बोली कि हुज़ूर, वो पर्दे के बाहर की मुश्तरी थी और यह पर्दे में रहती है। उसकी वो बातें अब पर्दे का राज़ हैं।......तो इसी तरह से ये आपकी दाढ़ी भी आपकी खूबसूरती को अब महज़ पर्दे का राज़ ही बना देगी।" कहकर नवाब साहब जोर से हँसे। रमेश ने भी उनका साथ दिया। एकाएक रमेश ने पूछा : "अच्छा नवाब साहब, मुसलमानों में दाढ़ी रखने और मूँछें मुँड़ाने का जो रिवाज है, वह किस वजह से है ?"

नवाब साहब अपनी दाढ़ी पर हाथ फेरते हुए सोचने लगे। फिर बोले : "भाई, कहा तो ये जाता है कि मूँछों में पानी न लगना चाहिए, इसलिए मूँछें मुँड़वा दी जाती थी। बहरहाल अपनी जवानी में मैं तो ये लॉजिक पेश करता था जनाब, कि मूँछों के सबब से 'किस' करने में (चूमने में) शायद अरब वालों को कुछ बदमजगी मिली होगी, इसी वजह से मूँछें नजिस और दाढ़ी खुदा का नूर मान ली गई।"

रमेश हँसने लगा, बोला : "ये आपने अच्छी बात बतलाई। मैं भी दाढ़ी बगैर मूँछों ही के रखूँगा।"

"मुआफ फरमाइएगा गौड़ साहब, एक मुसलमान के घर में किरायेदार बनने की वजह से तो आपके वालिद बुजुर्गवार खुदकुशी करने पर आमादा हो गये थे। और अब जो आप सूरत से भी हमारे ही जैसे नज़र आयेंगे, तो खुदा जाने वो क्या कहर बरपा न कर डालें।"

रमेश झेंप गया, बोला : "क्या कहूँ नवाब साहब, वो बड़े हैं, मेरे पिता हैं, मगर बहुत ज्यादा भंग पीने के कारण उनके दिमाग पर उसका असर पड़ गया है।"

"अच्छा, भंग भी पीते है। बहरहाल एक बात आपसे कह दूँ कि इस किस्म के ख़यालात रखनेवाले लोग सभी कौमों में होते हैं। हमारे मुसलमानों में भी हैं। मेरी उम्र के ज़्यादातर लोग आपको आजकल के मुसलमान बच्चों की शिकायतें ही करते मिलेंगे कि उनका चलन बिगड़ गया है। दूर से भीड़ देखने पर यह अन्दाज ही नहीं लगता कि इनमें से कौन हिन्दू है और कौन मुसलमान या ईसाई।"

"मगर मैं समझता हूँ कि यह एक अच्छी बात हुई है।"

"शर्तिया अच्छी बात है। मजहब मेरे नज़दीक एक बड़ी ही पर्सनल (निजी) चीज़ है। मैंने अपनी तमाम उम्र में जहाँ तक बन पड़ा है, नमाज़ कजा नहीं की। रोजों का भी सदा पाबन्द रहा, मगर इसके बाद मैं किसी भी मज़हबी मजलिस में आज तक शरीक़ नहीं हुआ। एक बार जब मैं आजमगढ़ में था, तो कुछ लोग मुझसे मस्जिद बनवाने के लिए चन्दा माँगने आए। मैंने कह दिया कि जनाब नमाज़ घर में पढ़िए। ये मस्जिदें, मन्दिर और गिरजे वगैरह पब्लिक प्लेसेज (जन स्थलों) में, आज के जमाने में नहीं बनवाने चाहिए। पुराने जमाने की बात और थी। आज के जमाने में तो इस जगहों में खुदा के बजाय शैतान रहता है।"

"नवाब, साहब, आपकी तरह से साफ सोचनेवाले लोग पुरानों में तो क्या, नयों में भी बहुत ही कम मिलेंगे।"

'अरे भाई, मैं क्या बतलाऊँ, अपने इन्हीं ख़यालात की वजह से मुझे मेरे बीबी-बच्चों तक ने मुसलमान नहीं माना, औरों की क्या कहूँ। (हँसकर) और मजे की बात तो ये है कि मेरे दोनों लड़के जो इस वक्त पाकिस्तान में आला ओहदों पर हैं, न कभी नमाज़ पढ़ते हैं और न रोज़े रखते हैं।.....तो मेरे कहने का मतलब ये है कि ये मज़हबी अलगाव का ऊपरी एहसास आपस में नफ़रत फैलाता है।"

रानी चाय लेकर आ गयी। उसने नवाब साहब को अपने आदाब पेश किए, आशीष मिली। नवाब साहब बोले : "बानो कह रही थी कि आप आजकल चिकन का मोर काढ़ रही हैं। और उसकी ड्राइंग और कसीदाकारी बहुत उम्दा है।"

"जी, ऐसे ही बस बनाती चली जा रही हूँ, देखिए कब पूरा होगा। समय तो मुझे मिलता ही नहीं, क्या करूँ।"

"आर्ट में गिनती नहीं गिनी जाती बीबी, आप उम्र भर में एक ही चीज बनाएँ, मगर वह नायाब बनाएँ, बस काफी है।"

"रानी, श्याम भटनागर के यहाँ—"

"जी मुझे याद है। मेरा सब काम निपट चुका।"

"कहीं जाना है आप लोगों को?"

"जी अभी नहीं। साढ़े बारह बजे एक दोस्त के यहाँ खाना खाने के लिए जाना है। (रानी से) जरा घण्टे भर बाद एक कटोरी पानी गर्म कर देना दाढ़ी बनाऊँगा।"

रानी और नवाब साहब दोनों ही मुस्कराये। नवाब साहब बोले: "अकबर का एक शेर आपके मामले में इस वक्त जरा उलट गया। यानी इब्तदा आपने मूँछों से की और इन्तहाई में अब दाढ़ी जा रही है।"

थोड़ी देर बाद नवाब साहब जब चलने लगे तो रानी ने रमेश से कहा कि परदे का स्टैण्ड अगर लाना है तो इसी समय उठवा लाओ, दिन में समय नहीं मिलेगा।

स्टैण्ड आ गया। पति-पत्नी दोनों ही पार्टीशन के परदों को छड़ों में पिरोने लग गए, कीले गड़ीं और पर्दे लग गए। कमरे की शकल निश्चित रूप से अच्छी चौकोर निकल आयी। पति-पत्नी दोनों ही खुश होकर अपने मकान-मालिक की सराहना करने लगे: "भाग्य ही से ऐसे मकान-मालिक मिलते हैं।"

'नौशेरवाँ मंज़िल' के नवाब अनवर मिर्जा साहब की उम्र अब अस्सी-इक्यासी साल की है। कभी वकालत करते थे। अच्छा कमाया था। वालिद घर-उजाड़ थे। नवाब बहूबेगम के ट्रस्ट से इनके ख़ानदान को ग्यारह सौ रुपये का वसीका मिलता था, जो बँटते-बँटते इनके हिस्से में कुल जमा ४९ रु० ७५ न० पै० आता है। वकालत ही के दौर में उन्होंने अपने जीवन की सबसे बड़ी साध यह पूरी की, कि सन् १९१७ में यह पूरी 'नौशेरवाँ मंज़िल' और उसके साथ की यह ज़मीन अपने आठ ख़ानदानी हिस्सेदारों से साढ़े बाइस हज़ार रुपये में खरीद ली। और यह काम उन्होंने इसलिए किया कि उनके स्वर्गवासी पुरखे, जिन्होंने नवाब सआदत अली खाँ के जमाने में फैजाबाद से लखनऊ आकर इस कोठी की दागबेल डाली थी, उनसे बेहद खुश होंगे। जवानी में यों थोड़े-बहुत शौक तो ख़ैर किए ही थे, अब भी एकाध कमज़ोरी बाकी है। पर शराब कभी हाथ से भी नहीं छुई। एक बार सन् '२५ में एक बड़े ताल्लुकेदार का मुकदमा लेकर प्रिवी काउंसिल के मशहूर बैरिस्टर लक्समूर साहब की सहायता के लिए लन्दन भी गये थे। और इस बहाने यूरोप की सैर कर आये थे। मगर यह सब होते हुए भी प्रवृत्ति सदा धार्मिक रही। पढ़ते खूब हैं। लगभग बीस-बाईस हज़ार पुस्तकें ख़रीदकर अपना पुस्तकालय बनाया है। एक कॉटन मिल के शेयर एक समय में संयोग से ख़रीद लिये थे, वरना कमाई के दिनों में बचत की ओर कभी ध्यान ही न दिया। बीबी-बच्चों ही के हाथ में सदा रुपया रहा। जब पत्नी मर गईं और ये कमाई-धमाई से वीतराग होने लगे, तो बहुओं ने अच्छा बर्ताव न रक्खा। बाद में दोनों बेटे सपरिवार पाकिस्तान चले गये। शेयर के वार्षिक मुनाफ़े में आठ सौ से डेढ़

हज़ार तक की रक़में आती रहीं, पचास वसीक़े की रकम मिलती रही। नवाब साहब अपने बूढ़े खिदमदगार बाबादीन और बावर्चिन के साथ सुख-स्वाधीनता का जीवन बिताने लगे।

बाद में इनकी नवासी गैहाँबानो मुसीबत की मारी इनके पास आकर रहने लगी। बानों की माँ, नवाब साहब की सगी भतीजी, मर चुकी थी। सौतेली माँ के जुल्म सहे, फिर कॉलेज की एक मास्टरनी के लड़के से प्रेम हो गया। उसी के लिए बानो घर से भागी। बानो के प्रेमी ने उसे स्टेशन के तीसरे दर्जे के प्रतीक्षाघर में मिलने को कहा था, लेकिन समय बीतता गया, वह न आया। शायद उस विद्यार्थी प्रेमी को अपने अनिश्चित भविष्य का भय सताने लगा होगा। बहरहाल, बानो निराधार हो गयी और अन्त में उसे अनवर नाना की याद आयी। उसने लखनऊ का टिकट लिया और यहाँ आ गयी। उसने अनवर नवाब को ख़त लिखकर सब कुछ सही-सही बतला दिया। नवाब साहब बोले कि चिन्ता न करो, मेरे पास रहो। उसके बाप को पत्र लिख दिया। कॉलेज से उसका ट्रांसफर सर्टीफिकेट मँगा लिया और गैहाँबानो यहाँ पढ़ने लगी। इस बार उसने बी०ए० पास किया है।

रानी के आ जाने से बानो को एक साथी मिल गया। वरना वह भूत ऐसी हवेली में अकेली साँय-साँय सो रहा करती थी। कोठी के पच्छिम वाले हिस्से में नवाब साहब ने अपने एक भतीजे को बाढ़ के दिनों में सपरिवार शरण दी थी। उसका मकान बाढ़ में खँडहर हो गया और वह खुद भी तपेदिक का मरीज था। यहाँ आने के दो महीने बाद ही वह चल बसा। नवाब उसके अनाथ बीबी-बच्चों को फिर भला क्योंकर निकाल सकते थे? लेकिन उस परिवार को टिकाने के कारण इधर नवाब साहब को बेहद मानसिक कष्ट उठाना पड़ रहा है। लड़का और लड़की दोनों ही आवारा हैं। यहाँ तक ही नहीं, बल्कि नवाब साहब की बूढ़ी बावर्चिन का कहना है कि खुद माँ का चरित्र भी दागदार है। अनवर नवाब गैहाँबानो को उन लोगों की परछाई तक नहीं कुचलने देते, बातचीत दुआ-सलाम तो दूर की बात हुई। अनवर नवाब उन्हें हटा देना चाहते हैं, लेकिन हटा नहीं पाते। उनकी बदचलनी की शिकायत करते हैं तो बेवा भतीजबहू बाबादीन और बावर्चिन की मार्फ़त तानामेज़ लहज़े में यह कहलवा भेजती है कि तीस रुपये वसीक़े में कहाँ से अपना और अपने बाल-बच्चों का पेट पालूँ? चचाजान को जो इज्ज़त का बड़ा ख़याल है तो हमारी परवरिश क्यों नहीं करते?

लेकिन अनवर नवाब परवरिश कर ही कैसे सकते हैं? अपनी शक्ति है नहीं। फिर भी हाजी नबीबख्श से कहके दोनों बच्चों की पढ़ाई के लिए सौ रुपये का वसीक़ा उनके फ़ण्ड से दिलवा दिया, मगर उन लोगों की बिगड़ी आदतें सुधर न सकीं। पढ़ाई जस-तस चल रही हैं। लड़की बाईस-तेईस बरस की है और लड़का चौदह-पन्द्रह साल का। लड़की ने भी इस साल बी०ए० किया है; वह यूनिवर्सिटी ही में पढ़ती है और एकदम आज़ाद तबीयत की है। अक्सर लड़कों की पोशाक में शाम को अपनी घुड़पुच्छी चोटी लहराती हुई किसी की मोटर पर जाती है। अपनी कोठी के आस-पास शाम को मोटर की आवाज़ सुनकर ही अनवर नवाब की नज़रें लायब्रेरी वाले हॉल में बैठे-बैठे खुद ही

सामने झुक जाया करती हैं। लड़का स्कूल में पढ़ने जाता है और फ़ेल होता है, आवारागर्दी करता है।

बानो का जी घुटता है। यह घर उसे कैदखाना नज़र आता है। एक तरफ़ नये प्रेमियों का ब्याहता जोड़ा, दूसरी तरफ़ नयी उम्र की आज़ाद रँगरेलियाँ और तीसरी आफ़त यह थी कि बासठ बरस की बूढ़ी बावर्चिन अब भी उसके अस्सी बरस के नाना की खिदमत में रोज़ माँग-चोटी कर के सुर्मा लगा के जाती थी। बानो को गो बावर्चिन से प्यार है और वह उसे अदब से नानी अम्माँ पुकारकर उसका और नवाब साहब का जी भी खुश करती है, मगर यह सब वैध-अवैध सुहाग उसके घुटते अरमानों को बेहद सताता है, गैहाँबानो को अब एम०ए०, पी०-एच०डी० की डिग्रियाँ पाने की नहीं, बल्कि शौहर पाने की लालसा तीव्र हो उठी है। लेकिन अनवर नवाब उसके लिए कोई रिश्ता तलाश नहीं कर पा रहे हैं और शायद कभी न कर पायेंगे। अनवर नवाब बरसों से कहीं आते-जाते नहीं, और उनके यहाँ आने-जानेवालों में भी एक हाजी नबीबख्श को छोड़कर और कोई खास आदमी नहीं रहा। हाजी साहब को अब भी उनकी कानूनी सलाहों पर बेहद भरोसा है। किसी समय अनवर नवाब उनके वकील थे और कोई विशेष कानूनी अड़चन आ जाने पर अब तक वे उन्हीं के पास खुद दौड़े हुए आते हैं। नवाब साहब हाजी नबीबख्श की मार्फत बानो के लिए शायद कोई अच्छा घर-वर तलाश कर सकते थे। मगर यह वह कभी न करेंगे। हाजी मामूली बावर्ची का बेटा है और नवाब साहब ख़ानदानी नवाब हैं। वे मरतान् मर जायेंगे पर किसी का एहसान न लेंगे। एक तरफ़ यह गुमान है और दूसरी तरफ़ काहिली है। फिर बानो के लिए लड़का कहाँ से तलाश किया जाय? नवाब साहब अब बानो को पढ़ाना भी नहीं चाहते, क्योंकि एम०ए० के लिए उसे यूनिवर्सिटी में पढ़ना होगा, जहाँ कि लड़के भी पढ़ते हैं। अनवर नवाब लड़कियों की पढ़ाई के पक्ष में हैं। उनसे पर्दा न कराने के पक्ष में भी हैं, मगर उन्हें जहाँ-तहाँ आँखें लड़ाने की छूट वह हर्गिज़-हर्गिज़ नहीं दे सकते। वह चाहते हैं कि लड़के-लड़कियाँ संयम बरतना सीखें और अपने मन को मज़हब की पाबन्दी में बाँधे रक्खें।

गैहाँबानो आजकल इसी घुटन में तड़प रही है। कॉलेज जाने के बहाने रिक्शे पर आते-जाते हुए दोनों समय वह कम से कम चहल-पहल भरे बड़े शहर का फैलाव तो देख लेती थी। अब वह भी नसीब नहीं। उसका अब क्या होगा? ······बानो अपने सूनेपन को दिन भर नमाज़ों और क़ुरान शरीफ़ की आयतों से जुझाया ही करती थी। मगर उम्र और अरमान शक्तिशाली गुण्डे की तरह बरबस अपनी ओर घसीट ले जाया करते थे। दिन के सूनेपन में खुदा और रातों की सूनी सेज में सनम का ध्यान चुम्बक के दो सिरों की तरह अपनी-अपनी जगहों पर अटल मौजूद रहते थे। खुदा तो सनम को न पछाड़ पाया, मगर सनम खुदा को अक्सर पछाड़-पछाड़ देता है। उसे अपनी रफ़ीक की चार बरस पहले की देखी हुई सूरत बार-बार याद आती है। दो-चार बार सूनेपन में, मिनट दो मिनट के लिए वह उसके आलिंगन में बँध चुकी थी। वह गर्मी, वह बेखुदी का आलम, वह जवानी का नशा बार-बार अपने ध्यान में लाती······लेकिन पुरानी याद अब उसके तन-मन में नया

जोश नहीं भर पाती। इधर अक्सर उसके मानस में रमेश का बिम्ब झलक जाया करता है। कितना खूबसूरत, कितना नेक और जवान है। वह रमेश को रमेश के लिए नहीं, बल्कि रफ़ीक की याद में देखती है। वह अब रानी के पास जाती है तो कुछ उसके लिए नहीं बल्कि रमेश को देखने के लिए जाती है।

मन के इस खेल ने मन ही में आग लगा दी। एक रात अपनी मास्टरनी के पते पर रफ़ीक को पत्र भेजा, लिफाफे पर उसके वर्तमान पते पर भेजने की विनती भी लिख दी। हफ्ते भर में बावर्चिन नानी के पते पर बानो के नाम उसका पत्र आया था। पुराने प्रेमी के भाव भीने पत्र ने बानो के बुझे जीवन में जोत जगा दी। मन के खेल ने अब नयी नक्शेबन्दी की। रफ़ीक के पत्र पाकर वह रमेश को देखने के लिए बेक़रार होकर आती, किसी बहाने उसके दो काम कर देने, दो बोल बोल लेने को आती। यहाँ आने के लिए नानाजान भी कभी न रोकते थे। ऊपर ही से राह भी जुड़ी थी। सहनची के दरवाज़े से इधर आने-जाने में उसे किसी समय भी दिक्क़त नहीं होती।

एक रोज़ रानी जब रात में अपने मैके ही में रहनेवाली थी, बानो का जी ऐसा जिदियाया कि आज जैसे भी हो, वह अपने काम के लिए रमेश पर जादू करेगी। शाम ही से वह इस ताक में रही कि रमेश घर में आता है। रमेश रात में साढ़े नौ-दस के क़रीब आया। बानो के दिल की धड़कनें बढ़ गयीं। मन के खेल ने इतना भरमाया कि बावर्चीखाने में जाकर सटर-पटर करने लगी। हलवा बनाया, चाय बनाई और मन ही मन खुशी की चाशनी पकाती रही। सब कुछ कर लिया। किश्ती में प्लेटें और केतली रक्खीं, बावर्चीखाना बन्द किया और आहिस्ता क़दम चली। सूनी अँधेरी हवेली—बानो छज्जा पार करती है, बायीं तरफ के दालान में आती है, सूने कमरे की कुंडी खोलकर अन्दर जाती है, लाइट का स्विच दबाती है, दरवाज़े उड़काती है और फिर सहनची की ओर जानेवाले दरवाज़े को खोल भी देती है। सामने सहनची का अँधेरा सुनसान गलियारा।......और वो अँधेरा उसे बाँध लेता है। अँधेरा उसे रोक रहा है। यों सहनची में भी स्विच दबाकर वह रोशनी कर सकती थी, मगर इस समय वह उसे भूल गई है। शायद जान-बूझकर भूल गई है। वह अँधेरा मानो एक जीता-जागता हुआ व्यक्तित्व है। वह अँधेरा जिब्रील है, ईश्वरी दूत है जो उसे आगे बढ़ने से रोक रहा है।......कहाँ जा रही है बानो, ये तू क्या कर रही है। मान ले कि तेरा सोचा हुआ न हो और तू खुद ही फँस जाय! बानो के पाँव बँध जाते हैं। वह वहीं की वहीं ठिठक कर रह गयी, उल्टे पाँवों लौट आयी। अपने कमरे में आयी, कलवा और चाय की केतली फ़र्श पर रक्खी और पलंग पर जाकर धम से गिर पड़ी। गोया पलंग माँ की गोद हो, रसूलिल्लाह का क़दमे पाक हो, जिससे अपना सिर टेक के वह रोती हो—"या खुदा, मुझे राह दिखला, या रसूल मेरी बिगड़ी बना। मेरे गुनाहों को माफ़ कर।"

दो रोज बाद रानी के आने पर वह फिर वहाँ गयी और फिर रमेश को देखकर उसकी चाहें भड़क उठीं, बल्कि अब तो अकेले में जरा सी ओट पाते ही वह अपनी भूखी

बेशर्म निगाहों को भिखारिन के कटोरों की तरह रमेश के आगे बढ़ा देती थी। रमेश बानो के इस आकर्षण को पहचान कर सजग हो गया, सहम गया, मन ही मन चोर बन गया। वह रानी से कैसे कहे?—और वह कहना भी नहीं चाहता। बानो उसे अच्छी लगती है। अब तक रानी के प्रति बँधी हुई महीनों की चाहत में तनिक भी ढील न आई थी, पर अब यह विघ्न आया। अब तक बानो की सुन्दरता के बारे में उसे तनिक-सा ख़याल तक न आता था, पर अब कभी-कभी बेहोशी आने लगी। खुद उसकी भी तबीयत होने लगी कि अकेलापन पाए और बानो से आँखें लड़ाए। और खुद बानो भी यह जान गयी थी कि उसने रमेश को जीत लिया है।

रमेश के मन में बहुत कुछ था—नवाब साहब का डर, रानी का डर, समाज का डर और सबसे अधिक यह कि रानी उसे अब भी प्राणप्यारी थी। किसी समय जैसे रानी के ध्यान का नशा उसे हरदम चढ़ा रहता था, उसी तरह अब बानो का हुस्न कभी-कभी उसकी आँखों के आगे नाचने लगा। लेकिन रानी का ध्यान मन की चोरी होकर भी मन की बेईमानी हरगिज़ नहीं था, जब कि बानो का ध्यान उसे बेईमान और चोर दोनों ही बना देता है। रमेश उखड़ा-उखड़ा-सा रहने लगा। वह चाहता था कि बानो यहाँ अब न आये, मगर अब वह पहले से अधिक आती थी। रानी के प्रति वह अपनी एकनिष्ठा छोड़ना नहीं चाहता और बानो उसके मन को हिला-हिला मारती है। रात में भी रानी को इतनी देर तक अपनी बातों में लपेटे रहती थी कि रमेश घुट-घुट जाता था।

एक दिन शाम को वह दफ़्तर से आया ही था कि बानो दौड़ी हुई आयी, बोली : "गौड साहब, नानाजान आपको याद फरमा रहे हैं, बहुत ज़रूरी काम है।" और काम यह था कि शरणार्थी बस्ती में उस रात आठ-नौ बरस की एक ऐसी लड़की आनेवाली थी, जिसे चारों वेद, रामायण, महाभारत, भागवत, साहित्य, संगीत आदि अनेक शास्त्र मुँहजबानी याद हैं। इस जन्म में उसे यह सब पढ़ाया नहीं गया। इतनी जल्दी इतना सब कुछ आदमी पढ़ और याद भी नहीं कर सकता, और सुनते हैं कि तीन-चार बरस की उमर ही से वह अपने इस चमत्कार से बड़े-बड़े पंडितों को, श्री वी०के० कृष्ण मेनन, श्रीअनन्तशयनम आयंगर, डॉक्टर सम्पूर्णानन्द जैसे नेताओं को प्रभावित कर चुकी है। बानो के नानाजान उसे देखना चाहते हैं और बानो भी उसे देखना चाहती है।....और अब सुनकर रानी भी उसे देखने के लिए मचल उठी है। अनवर नवाब तो तीन बजे से, जब से बड़े मियाँ बाबादीन घर में यह ख़बर लाये, बच्चों की तरह मचल रहे हैं। शायद हिन्दुओं को एतराज हो, इसलिए वो चाहते हैं कि रमेश बस्तीवालों से बात करके उन्हें उस लड़की के दर्शन करने का अवसर दिलवा दे। रानी का आग्रह तो था ही, मगर बानो ने जिस तरह मचल कर आग्रह किया, उससे लाख मन सम्हाला, पर रमेश के मन के पंख उग ही आए।

रात के आठ बजे तीन रिक्शों में रानी, रमेश, बानो, बावर्चिन और अनवर नवाब शरणार्थी बस्ती में पहुँच गये। उनके आते ही चहल-पहल मच गयी। एक अख़बार वाला

तो आया ही था, मगर एक मुसलमान नवाब और उनके परिवारवाले भी 'हमारी पवित्र लड़की' को देखने-सुनने के लिए आये हैं, यह हिन्दुओं को बहुत ही उत्साहवर्द्धक लग रहा था। नवाब साहब और रमेश को एक ऐसी जगह बिठाया गया जहाँ से वे आनेवाली चमत्कारी लड़की कुमारी कल्पना शर्मा को अच्छी तरह से देख सकें। रानी और बानो आदि औरतों ही में बैठी हैं। बानो आज बगैर बुर्का ओढ़े ही आई है। नवाब साहब का ध्यान तब गया जब कि वह रिक्शे से उनकी बुरकेवाली बूढ़ी बावर्चिन के साथ उतरी।

बानो अपने-आपको इस समय उन्नत समझ रही थी। उसे पर्दा बेहद काटता था। यों मुसलमानों में अब सैकड़ों लड़कियाँ और औरतें पर्दा नहीं करतीं, मगर बानो मजबूर है, अपने बाप के घर भी मजबूर थी और यहाँ भी। लेकिन आज बानो विद्रोह पर आमादा है। उसका अरमानों घुटा मन अब बाँधे नहीं बँध सकेगा, ये परदा-विद्रोह गोया उसकी पहली निशानी है।

अपने अभिभावक, एक बूढ़े संन्यासी के साथ कल्पना शर्मा आयी। सभा में जोश उमड़ आया। उल्लास भरी हलचल मच गयी।......और वह लड़की थी भी अनोखे करिश्मे भरी। कमाल था कि चारों वेदों से और तमाम संस्कृत ग्रंथों से वह अथक श्लोक सुनाती ही चली जाती थी। सभा में बैठे हुए अनेक पण्डितगण परीक्षा के लिए उसे अमुक ग्रन्थ का तमुक अंश सुनाने के लिए कहते और वह 'अमुक तमुक' सब कुछ बेचूक सुनाती चली जाती। संन्यासी महाराज ने बताया कि तीन ही वर्ष की आयु में इस लड़की ने भरे यज्ञ-मण्डप में अनेक याज्ञिक को उसके अशुद्ध मन्त्रोच्चारण के लिए टोक दिया था और जब इससे हँसी में यह कहा गया कि अच्छा तुम उच्चारण करो तो ये बैठ गयी, और अपने शुद्ध सस्वर पाठ से लोगों को मंत्र-मुग्ध कर दिया। लड़की के पिता मुरादाबाद नगरपालिका के कर्मचारी हैं, और माता अध्यापिका। कल्पना खोई-खोई पुतलियों वाली मीनाक्षी, जिसकी दोनों भवें रोमचन्द्र से जुड़ी हुई हैं, सुन्दर, खिलन्दड़ी, मनमौजी, हँसमुख लड़की है। कभी-कभी अपने खोएपन में मुँह में उँगली डालकर बैठ जाती है। फ्रांक पहले आम लड़कियों में हुड़दंग मचाती फिरती है, मंच पर बैठते ही एकदम बदल जाती है। उसके अन्दर से एक सहज तेजोमय व्यक्तित्व का विकास देखते ही देखते हो उठता है। यह अनोखा आश्चर्य पराचेतना का प्रत्यक्ष प्रमाण है।

लौटते समय नवाब साहब ने बाँह पकड़कर रमेश को अपने रिक्शे की तरफ घसीट लिया। रानी, बानो दूसरे पर बैठीं और बावर्चिन अकेली तीसरे रिक्शे पर। नवाब साहब आश्चर्य से ऊभ-चूम स्वर में बोले : "बखुदा, हमने आज जो ये खुदाई करिश्मा देखा, उसे बगैर देखे यकीन नहीं आ सकता था। समझ में नहीं आता। शायद आप लोगों की आवागमन वाली थ्योरी ठीक है। हमारा इस्लाम तो उसे नहीं मानता, मगर सूफी मानते हैं। मौलाना रूमी का एक शेर मुझे याद आ रहा है—

"हफ़्त सद हफ़्ताद क़ालिब दीदा अम्।
हम्चु सब्ज़ा बारहा रोईदा अम्॥"—

यानी कि रूह कहती है कि मैं सात सौ सत्तर काया पलट के इस बदन में आई हूँ। मैं सब्जे यानी घास की तरह से सैकड़ों बार उगी हूँ, मिटी हूँ।"

फाटक में घुसते ही रानी-रमेश के सामने नवाब साहब ने बानो को टोका : "और ये आज तुमने बेपर्दगी का कौन-सा फैशन अख्तियार किया बानो ?"

बानो ने बेझिझक उत्तर दिया : "मैंने सोचा नानाजान कि रोम में रोमनों की तरह ही बर्ताव करना चाहिए। वहाँ एक रूहानी हस्ती को देखने गयी थी, फिर भला पर्दे का क्या काम था।"

रमेश हँसकर बोला : "आज से इनका भी नया जनम हुआ है नवाब साहब, नये जमाने को आखिर कब तक रोकियेगा ?"

उन दिन रात में बड़ी देर तक रानी, बानो और रमेश पुनर्जन्म, जन्म-जन्म के संस्कार और जनम-जनम के नातों से भरी दिलचस्प कहानियाँ कहते-सुनते रहे। और चलते-चलते बानो रानी को जरा-सी आड़ देकर आँखों ही आँखों में रमेश से अपना जनम-जनम का नाता जादू-सा जोड़ गयी। उस रात कमरे में अँधेरे में रमेश ने रानी को अपनी कल्पना में बानो मानकर बेहोश जोश में उसे अपना प्यार दिया और प्रकाश होने पर रानी की आँखों में अपने प्रति निर्मल रीझ और अंतरंग सुखभरी अलसाई मादकता देखकर रमेश का मन लज्जा और ग्लानि से मथ उठा।...... ये छलावा उसने किससे किया ? क्यों किया ?

●

:: ४२ ::

रात को डेढ़ बजे अपने चिरपरिचित प्रिय चौबारे में अपने पुराने खटोले पर लेटकर तन से बेहद थका होने के बावजूद लच्छू मन से हरा-भरा ही था। थोड़ी देर पहले घरवालों से बातें करते समय लच्छू को इतनी जमुहाइयाँ आ रही थीं, ऐसी नींद महसूस हो रही थी कि बैठे-बैठे आँखें झँप जाती थीं—और अब एकांत में आते ही, आठ-नौ महीनों के बाद अपनी चिरपरिचित हवादार कोठरी में लेटते ही नींद और थकान फुर्र हो गयी। ढीली ही सही पर अपनी खटिया पर पाटी से बाहर तक टाँगें पसार कर लेटते ही, भीगे काठ सी अकड़ी काया फूल हो गयी......'दुनिया भर के चक्कर खाये, लौट के (बुद्धू) लच्छू घर को आये।'

घर आने की खुशी है पर उसकी तह में एक अफसोस भी है। वह सारस लेक का उम्दा आरामदेह, स्वतन्त्र फ़्लैट, बड़े आदमियों की सोहबत, वह मास्को, कीएव, लेनिनग्राद, बाकू, त्बिलिसी, ताशकन्द, समरकन्द, कोहकाफ और हिमालय के नज़ारे...... वे सब हुजूम में गोल बाँध के ठण्डी हवाओं के झोंके से ध्यान में धँसे चले आ रहे हैं। इस अपने बचपन के साथी चौबारे में, अपने 'घर' में आज वह कितना नया होकर लौटा है। मगर फिर जहाँ का तहाँ होकर लौटा है। जो पाया है, उसके चाहत भरे अनोखे जीवन्त

जागृत सपने चलते चले आ रहे हैं। देखे का सुख और आँख खुल जाने का दुख, दोनों ही अपनी मिश्र अनुभूति से उसके अकेलेपन को भर रहे हैं। 'डॉक्साब' ने कल शाम सारस लेक में कहा था : "खन्ना, निजी रूप से मुझे तुमसे कोई शिकायत नहीं। तुमने वह गलती की, जो नौजवानी में मौका पाने पर निन्यानबे फीसदी लोग करते हैं। मगर गलतियों के कुछ नतीजे हुआ करते हैं, जो करनेवाले को भुगतने भी पड़ते हैं। मेरी संस्था में अब तुम काम नहीं कर सकते।" उन्होंने यह कृपा भी की कि नोटिस के महीने के वेतन के साथ ही साथ अपनी ओर से पाँच सौ रुपये की धनराशि सेन साहब से दिला दी। आठ सौ रुपये लच्छू ने इतने दिनों में बचाए थे और अब यह सात सौ पैंतालिस और जुड़े। इसमें से दो सौ पच्चीस की धनराशि वह कल दफ़्तर में यूसुफ को मास्को भेजने के लिए जमा कर आया है। उसने यूसुफ से यह रकम यहाँ के मित्रों के लिए प्रेमोपहार खरीदने के लिए उधार ली थी। उमा के लिए वह पचपन रूबल की एक घड़ी लाया था। परसों सुबह से कल शाम तक उसने उमा से मिलने का बड़ा प्रयत्न किया पर वह मिली तक नहीं। घड़ी लच्छू के पास है। आज यहाँ आने पर उसने अपने छोटे भाई से अपने मित्रों के हालहवाल पूछते हुए जब रमेश-रानी के विवाह का समाचार पाया तो मन ही मन घड़ी उसकी प्रेमिका-पत्नी को देने का निश्चय कर डाला।

एकान्त में रूस और सारस लेक के स्मृति-बिम्बों में भटकते-रमते हुए उसे घड़ी दिखलाई दी, उमा झलकी और झट से फिसल भी गई, रमेश का ध्यान अलबत्ता टिक गया। सभी मित्रों से मिलने की ललक जागी। कल सबेरे मित्र-मण्डली उसे देखकर कितनी प्रसन्न होगी। गोडबोले को चुन्नी मुन्नी शतरंज का डिब्बा देगा। जयकिशोर के लिए 'बकनी सास' की मूर्तिवाली टीकोजी लाया है, उसकी सास झक्की और बक्की दोनों ही है। चिरमाशूकाकांक्षी हर्रो के लिए एक सुन्दर रूसी गुड़िया, रमेश के लिए रूसी चित्रावली और छैलू के लिए सिगरेट-केस लाया है। एक टी-कोजी परसों सारस लेक में मिसेज रामनायकम् ने उससे 'प्रेम भेंट' के रूप में ले ली। यहाँ, घर में उसकी माया भाभी भी टी-कोजी ही लेने के लिए मचल गयी थीं। पिता जेबी शतरंज, बड़े भाई प्रेमानारायण को रूसी सिगरेटों की दो डिबियाँ, छोटा भाई बिरजू और भतीजा उजबेकी टोपी और भतीजी खिलौने पाकर मगन हैं। खाली भाभी ही पहले रूठीं, लेकिन ऊपर आने से पहले वह टीकोजी लच्छू उन्हें ही दे आया था। उसके पास रुपये होते तो वह बहुत-कुछ लाता। या अगर उमा के इस रुख का अनुमान होता तो घड़ी न खरीदकर उतने रुबलों से वह काफी कुछ खरीद लेता। ख़ैर, घड़ी रमेश की बीबी को बदी थी। पति-पत्नी इतने प्रसन्न होंगे, जितना कि उमा प्रसन्न होने पर भी न हो पाती। जाने दो ससरी को। छैलू का सिगरेट-केस जयकिशोर को देगा। छैलू का भागना उसके कलेजे को कसक गया। अनशन और आगजनी की घटनाओं ने उसे बेहद व्यथित किया, पर अभी पूरी तौर पर वह उस प्रसंग की बातें भी नहीं जान पाया। मित्रों से मिलने की इच्छा थी पर इस समय घरवालों ही से फुरसत न मिली। घर का हाल भी डाँवाँडोल है। अम्मा और भाभी में ऐसी घनघोर ठन गयी है, कि सास बहू का मुख तक देखना पसन्द नहीं करतीं। अम्मा की जबान बढ़नी

जैसी है, जो सभी को झाड़ती रहती है। महल्ले-टोले में, नातेदारी में, कहीं भी उनकी आज तक, लच्छू के होश में, कभी किसी से बनी ही नहीं। पिता, बाबू सत्यनारायण घरवालों से बोलते ही नहीं। जब बोलते हैं तो भद्दी-भद्दी गालियाँ देते हैं। लड़के-लड़कियों को ये पसन्द नहीं। वेतन के दो सौ पिछत्तर रुपयों में से हर महीने दफ़्तर और बाहर के छोटे-बड़े तीन-चार महाजनों के मुँह बन्द करके, लेनदार दुकानदारों की सड़क-गलियाँ कतरा के या अक्सर फँस जाने पर उनके हाथ भी थोड़े-बहुत पूज के, साठ-सत्तर-अस्सी-सौ रुपये जो बच रहते हैं वे लाकर अपनी पत्नी के हाथ में रख देते हैं। उतनी धनराशि से घर का खर्च पूरा नहीं पड़ता। प्रेमू की बहू माया ने अपने आगे की गृहस्थी का चिन्तामंत्र फूँक-फूँककर अपने पति को कर्ज पाटने के उत्तरदायित्व से मुक्त कर दिया। इस पर बाप से कहा-सुनी हो गयी। ऋण के मामले में सास ने पति का पक्ष लेकर लड़के-बहू को कोसा—बहू को खासतौर से कोसा। पिछले पाँच महीनों से घर में दो चौके-चूल्हे हो गये हैं। लच्छू सोचता है, अब इस घर में नहीं रहेगा। एक तो अभी अपने ही भरण-पोषण की चिन्ता है, दूसरे इस घर में माँ-बाप के कारण रहनेवाली आठ पहर की दाँताकिटकिट अब उससे न सही जायेगी। सारस लेक का स्वतन्त्र जीवन बिता चुकने के बाद अब वह यहाँ रह नहीं सकता। कोई कमरा किराए पर लेना ही होगा, खाना-पीना किसी होटल में हुआ करेगा। अभी तीन-चार महीने का खर्च उठाने लायक जमा उसके पास है, आगे देखा जायेगा।

लच्छू अब बड़ी आमदनी चाहता है। उस सुख-सुविधाओं को, जो सारस लेक में भोग चुका है, वह निश्चय ही पाकर दम लेगा। सारस लेक में तो समाजवादी व्यवस्था के कारण वह ढाई सौ रुपयों में भी गुलछर्रे उड़ा सका; लेकिन वहाँ तो वैसा ही फ्लैट उसे सवा सौ डेढ़ सौ मासिक किराये पर मिलेगा। पाँच-छः सौ की नौकरी उसे एकाएक मिल न सकेगी; कोई धन्धा, कोई मुनाफेवाली एजेंसी उसे लेनी होगी।

........देखो, क्या होता है। करवट बदली, एक सिगरेट निकालकर सुलगाई। ठर्रा रूसी तम्बाकू के कश ने उसका ध्यान कीएव और वहाँ की माया से जोड दिया। कीएव के वनस्पति उद्यानवाली ढलवाँ सड़क के सामने दिखलाई पड़नेवाला मनोहर प्राकृतिक दृश्य, माया की सरल आकर्षण हँसी, उसके पति निकोलाई का मधुर व्यवहार, उनका मुन्ना बच्चा, उनका फ्लैट, जहाँ वह तीन रोज टिका था—स्मृति की सजीव तस्वीरें उसके इर्द-गिर्द इकट्ठा होने लगीं। बड़ी-बड़ी शानदार इमारतें, बड़े-बड़े पार्क, चौड़ी-चौड़ी दोहरी सड़कें और बीच में पैदल चलनेवाले यात्रियों के लिए पेड़ों की दोहरी पंक्तियों से घिरी, फूलों और घास से सज्जित पट्टी, जिसमें जगह-जगह बेंचें बिछी हुई हैं। पैंतालिस सिनेमा घर, नाट्यशाला, स्टेडियम, यूनिवर्सिटी की लाल इमारत, ज़मीन के अन्दर दौड़नेवाली 'मेत्रो' ट्रेनें और उनके शानदार स्टेशन—सारे शहर की चहल-पहल इस समय उसके मन में बसी हुई है। आर्मीनिया का सरकस देखा था। 'द्रूज्बा' सिनेमा की पिक्चर, द्नेपियर नदी की सैर......और विशेष रूप से उद्यान का सैर करानेवाला बूढ़ा अलेक्जान्द्र प्लेस्येन्योव!

ओह ! बूढ़े 'चाचा' की याद जोरों से उभर आई। बड़ी-बड़ी सफेद बुर्राक मूँछोंवाला लम्ब-तड़ंग, खाकी कमीज-पैण्ट और गमबूट पहने वह सिपाहीनुमा बूढ़ा इस समय आत्मीय की तरह याद आ रहा था। स्कूल में पढ़ने के दिनों से लेकर सारस लेक जाने के समय तक अपने चिरपरिचित अटारी पर बने इस लम्बे ढाबलीनुमा चौबारे में चाचा प्लेस्येनोव कल्पना के सहारे साकार होकर निर्मल, प्रेममयी स्मृति के स्फुरण से प्राणवन्त हो उठा। आँखों के आगेवाली खिड़की के सामने, छत से बस आधा फुट ही नीचा सिपाहीनुमा तना हुआ, बड़ा प्यारा, जीवन्त, कलाकार, बड़ी-बड़ी सफेद भूरी मूँछोंवाला 'चाचा' खड़ा था। जब माया के सहारे बूढ़े ने चाचा का अर्थ जाना तो आगे बढ़कर लच्छू को बलिष्ट बाँहों से अपनी संयम कठिन छाती में तत्काल स्फूर्त कोमलता की लचक में भर लिया—और उसके दायें गाल पर ऐसा हार्दिक चुम्बन अंकित किया कि इस समय भी लच्छू का रोम-रोम स्मृति मात्र से फरहरा हो उठा है।

पूरा वनस्पति उद्यान, वहाँ सोवियत यूनियन की हर आबहवा में उगनेवाले घास, पेड़ों, फलों, फूलों, वनस्पतियों के पौधे लाकर उनकी उपयुक्त तापमान वाली ऊँची-नीची पहाड़ियों पर बनाया गया है और वह मीलों तक फैला है। अपने हिसाब जंगल में घूम रहे हैं। चाचा प्लेस्येन्योव कलाकार की तरह एक-एक घास, एक-एक फूल, पेड़-झाड़ी को बड़े ही प्रेम से दिखलाते और बखानते चलते थे। कोई फलों का पेड़ आया तो पहले आप तोड़कर चखेंगे, फिर और तोड़-तोड़ के हमको और माया को खिलाएँगे।...... उनकी झुर्रियों की किरनों से सजी छोटी-छोटी आँखों में पैनी जोत थी, जो प्रसंग और भाव के क्रम से कभी सूरज, कभी चाँद जैसी भाव में निखर-निखर उठती थी ......साइबेरिया के जंगलों से लेकर दक्षिणी-पूर्वी एशिया तक के जंगलों से बनस्पतियों की गठरियाँ लादकर मीलों पैदल चलने के बाद रेल की राह तक पहुँच सके थे चाचा! एक लम्बी घास को बैठकर बड़े प्यार से छूते हुए उन्होंने कहा था: "ये वनस्पति-उद्यान मेरा बच्चा है। यहाँ की एक-एक वनस्पति, एक-एक फूल मेरे नाती-पोते हैं।" उस समय उनकी आँखों में स्नेह की निर्मल चाँदनी छिटक रही थी।

और उसी चाचा का दूसरा रूप एक ऊँची पहाड़ी पर सहसा प्रकट हुआ। सारा नगर अपने पूरे विस्तार के साथ लच्छू को अपने जादू से बाँध गया था। उसकी बाँह पकड़कर खोयेपन से उसे निकालते हुए सामने की कुछ पहाड़ियाँ दिखलाकर चाचा उसका इतिहास बतलाने लगे: "सीमान्त वाली पहाड़ी का नाम बातू खाँ पहाड़ी है। बातू खाँ कौन ?—नहीं जानते, अच्छा ध्यान से सुनो, जब बातू खाँ तातार ने हमला किया था, तब हम यूक्रेनियों ने उसे यहीं पर रोक दिया था। हम यूक्रेनी अपने दुश्मनों को नाकों चने चबवाकर उसे अपने यहाँ से खदेड़कर ही दम लेते हैं। जानते हो, जब नाजियों ने कीएव नगर पर हमला किया था तो मैं यहाँ से एक दिन के लिए भी बाहर नहीं गया था। मैंने यहीं रहकर उनके खिलाफ़ मोर्चे संगठित किए।" उस समय चाचा की आँखों में सूरज चमक रहा था, लच्छू के लिए आँखें मिलाना मुश्किल हो गया था। नाजियों द्वारा कीएव की जनता के अपमान होने के दिन, उनके तरुण गार्डों की छापेमार टोलियाँ और उनके साहस भरे

कारनामे सुनाते हुए चाचा प्लेस्येन्योव ने ऐसा समा बाँधा, कि माया मंत्र-मुग्ध हो गई और उनकी बातों का अनुवाद करके लच्छू को बतलाना भूल गई।......ओह! कीएव के वनस्पति उद्यान में चाचा के साथ बीता हुआ वह दिन इस समय लच्छू की अनमोल स्मृति-निधि है। सारा युद्ध और शौर्य बखान जाने के बाद अन्त में उठते हुए चाचा ने कहा था : "कुछ भी हो, अब तो दुनिया से इस खून-खराबे की फिलासफी ही का अन्त होना चाहिए। ये देखो......ये पूरा नगर का नगर ही हमें फिर से बनाना पड़ा। बममारी से यह हमारा नगर ऐसा ऊजड़ मसान बना था कि......शत्रुओं को खदेड़ने के बाद एक दिन मैंने इसी जगह से उस दृश्य को भी देखा था। लेकिन देखो, हमने अपना ये कीएव पहले से भी दुगुना-चौगुना सुन्दर और विस्तृत बना लिया है। श्रम से बड़ी कोई शक्ति नहीं और अपने राष्ट्र और फिर सारी मानवता के सुविकास से बड़ा कोई काम नहीं।"

श्रम से बड़ी कोई शक्ति नहीं।......लेकिन कहाँ श्रम करूँगा, क्या उद्देश्य होगा—यह प्रश्न लच्छू को उस मधुर स्मृति के अन्त में यथार्थ के धरातल पर उतार लाया। कुछ न कुछ तो करूँगा ही। सबसे पहले जीविका पाना ही सबसे बड़ा श्रम और सदुद्देश्य है। हमारी तो अभी वो समाजवादी व्यवस्था नहीं जिसमें रोजी, रोग, घर, शिक्षा, बच्चों की हिफ़ाजत आदि हर तरह की सामाजिक सुरक्षा हर व्यक्ति को सुलभ है। यहाँ तो सबसे पहले अपने जीवन की सुरक्षा के लिए ही संघर्ष करना होगा।......देखो, कल यार-दोस्तों से मिलने दो। जरा यहाँ के हवा पानी में एक बार नये सिरे से घुल-मिल लूँ, तो कोई राह निकले।

थकनपूर्ण मस्तिष्क ने सारी रात हल्की झपकियों ही में आराम पाया। सारी रात सोवियत यूनियन ही की झलकियों में गुज़र गयी। कभी कीएव की ट्राम-कण्डक्टर लच्छू के पास ठिठककर खड़ी हो गई हो, लच्छू से 'इन्दीस्की' (भारतीय) शब्द सुनकर गद्गद भाव से उसकी बाँह पर प्रेम से हाथ रख गई, कभी जार्जिया के गाँव से गुज़रते समय किसान युवक-युवतियों द्वारा बुला-बुलाकर ढेर के ढेर अंगूर दिए गए। इन्दीस्की रूस का जादू शब्द है।......बाकू की ऊँची पहाड़ी पर यूसुफ के साथ बैठकर इक़बाल का 'सारे जहाँ से अच्छा हिन्दोस्ताँ हमारा' गाया था......और जार्जिया की रीत्सा झील पर अपनी शेरवानी-चूड़ीदार पाजामे की पोशाक से प्रेरित होकर एक सुन्दर नवयुवक को उत्साह से 'हेऽ राजकपूरा! ख़िन्दी-रूसी बाई-बाई!' का नारा लगाते हुए सुना था और उसे प्रेम से हाथ उठाकर अभिवादन किया था।......कभी ताशकन्द के हवाई अड्डे पर 'इन्दीस्की' लच्छू को गले लगानेवाला बूढ़ा ध्यान में आ रहा है......उससे कह रहा है : "आपका देश महान् है। नेहरू शान्ति चाहते हैं। मेरा एक ही लड़का है। मैं उसकी सुरक्षा चाहता हूँ। मैं युद्ध नहीं चाहता।" ......छिट-पुट झलकियाँ रात-भर उसकी नींद को पीछे ढकेलकर स्वप्नपटी पर आती ही रहीं।

लच्छू सुबह झटपट उठकर तैयार हो गया। दोस्तों के उपहार जेब में रखे और बगैर चाय पिये ही घर से निकल पड़ा। जयकिशोर का घर पास था। उसे अपनी अचानक उपस्थिति से चौंकाया, हरखाया, सिगरेटकेस दिया। हर्रो को नौकर भेजकर बुलवाया, फिर तीनों शामराब गोडबोले के यहाँ पहुँचे। कम्मी बुलवाया गया। लच्छू को पाकर हर मित्र मगन था और लच्छू अब रमेश की सूरत देखने के लिए बेताब हो रहा था। पाँचों मित्र रिक्शों पर सवार होकर 'नौशेरवाँ मंज़िल' के लिए रवाना हो गये।

रमेश चाय पी रहा था। रानी से आँखें मिलाते हुए उसे इस समय झेंप लग रही थी। उसे लगा कि उसने रानी का अपमान किया है— पर खुलेआम कबूल करने का साहस नहीं।...... ऐसा करके उसने अपने महत्वाकांक्षा-भरे व्यक्तित्व का एक प्रमाण तन्तु तोड़ा है।......बानो का ध्यान चोर बनकर फिर मन की कनखियों में झलक गया।......मगर यारों को, विशेष रूप से लच्छू को, देखते ही बानो और रात का पछतावा उसके दिमाग से एक झटके में हवा हो गये।

दो घण्टे बड़ी मौज-बहार के बीते। घड़ी पाकर रानी बेहद मगन थी। लच्छू यहाँ के हाल जानने को उत्सुक था और यार लोग रूस के। छैलू का गायब हो जाना लच्छू के बहाने नये सिरे से सबके लिए दुखदायी हो उठा।......गोडबोले को जाना था। उसे अमरीकी छात्रवृत्ति मिल चुकी है, पासपोर्ट के लिए दौड़-धूप कर रहा है, आज ही कल में दिल्ली से शायद अनुमति आ जायेगी। गोड़बोले अपना घरेलू दवाओं का काम ही आगे बढ़ायेगा और उसी के लिए अमेरिका शिक्षा लेने जा रहा है। कम्मी अपना ख़ानदानी बजाजे का धन्धा नहीं करना चाहता। नौकरी और वह भी अफ़सरी चाहता है। आजकल कांगरेसियों की खुशामद में लगा है, अपनी 'पहुँचे' पहुँचा रहा है, खादी का सूट बनवाया है। उसे भी किसी से मिलने के लिए सेक्रेटेरियट जाना था। हर्रो इधर-उधर कई अर्जियाँ लगाने के बाद भी सूनी आँखें लिये डोल रहा है। तीस-तीस रुपये की दो ट्यूशनें फिलहाल पढ़ाता है। उसे शिकायत है कि उसके मौसा श्री आनन्दमोहन खन्ना और मौसी 'बहिनजी' ने उसके लिए—अपने रिश्तेदार के लिए—कुछ भी नहीं किया। रमेश की नौकरी लगा दी, शादी करा दी। लच्छू को 'रूस रिटर्न्ड' बनवा दिया। उसे मित्रों से भी शिकायत है—किसी ने उसे एक भी प्रेमिका नहीं दिलवाई। लच्छू को हर्रो जस का तस ही लगा और सब थोड़े-बहुत बदल गये हैं, गम्भीर हो गये हैं। जयकिशोर ने अपनी विधवा सास के प्रेमी मुनीमजी से लाग-डाँट हो जाने पर हठपूर्वक ससुराली कारखाने का काम-काज हिसाब-किताब देखना और अपने काबू में लेना आरम्भ कर दिया है। सास कलह करती है, मुनीमजी कारखाने में उसके विरुद्ध काफी षड्यन्त्र किया करते हैं और जयकिशोर दोनों के लिए भारी पड़ रहा है: इन दिनों वह अपनी 'नकफसड़ी मुटल्लो' (पत्नी) को खूब पटाये हुए है। आरम्भ में जयकिशोर ने घरजमाई बनने के प्रतिशोध में अपनी 'नकफसड़ी मुटल्लो' 'एबामिनेबुल स्नोवुमन' (घृण्य हिमनारी) को भी बहुत सताया था; मगर इधर

डेढ़-दो महीनों से, जब से अपने अवैध ससुर की नाक काटने की लगन उसे लगी है, वह उसकी खूब खातिर कर रहा है। सास के विरुद्ध खूब ही उसके कान भर रहा है। मस्त, बौद्धिक, साहित्यविलासी, ईमानदार जयकिशोर अब सास को काशी-अयोध्या और उसके प्रेमी को जेल भेजने की हिंसात्मक लगन रखता है। बिजनेस हाथ में तो ले ही लिया, अब उसे बढ़ाना चाहता है। पान के मसाले और किवाम ही नहीं, अब वह इत्र और सेण्ट भी बनायेगा। हिन्दुस्तानी इत्रों का गाढ़ापन और उनकी सुगन्धों की तेजी को यूरोपीय रुचि के अनुसार तरल मन्द बनाकर विदेशी बाज़ार हथियाने की कामना रखता है। पैसा बड़ी चीज़ है, जयकिशोर उस सुरक्षा को अपने वास्ते सिद्ध करके अपने साहित्य-विलास के लिए निश्चिन्त हो जाना चाहता है। अब सभी के सपने और कार्यक्षेत्र अलग-अलग हो गए हैं।

शामराव गोड़बोले चला गया। जयकिशोर और कम्मी भी उसके साथ ही चले गये। लच्छू के आग्रह से रमेश ने छुट्टी लेने का निश्चय कर लिया। हर्रो की चपतिया पर रोका गया। रानी तीनों के लिए पूड़ी-तरकारी और हलवा बनाकर आप खाकर कॉलेज के लिए चली, घड़ीवाला कड़ा उसकी कलाई पर चढ़ा था।

अपनी अर्जी का काग़ज़ देते हुए, गुप्त प्रणय-भार से उसकी अपराध-नत आँखें रानी के चेहरे तक न उठ पाईं, केवल उसके बढ़े हुए हाथ ही पर टिक गयीं। घड़ीवाला कड़ा देखकर, भेंट करनेवाले मित्र की मौजूदगी का लाभ उठाकर अपने चोर मन को साह बनाते हुए रानी की तरफ देखकर हँसते हुए कहा : "आज तो क्लास में बस आप ही के ठाठ होंगे। रूसी घड़ी चमक रही है।"

आँखें नचाकर 'ऊँऽ' करने की सहज रमक चार के समाज में रमेश की आँखों को ढैयाँ की तरह छूती हुई लच्छू-हर्रो की ओर मुड़ गयी, और सुहाग के बोल बनकर खिल पड़ी। कहने लगी : "मेरे अस्ली ठाठ तो आप हैं, कि झूठ कहती हूँ भाई साहब ? आप तो 'इनकी' पत्नी के लिए लाए थे—मुझे छोड़ कोई दूसरी होती तो उसे मिलती। इसलिए मेरे ठाठ तो ये ही हुए।"

लच्छू हँसकर बोलो : "तुम्हारी ये अच्छी बात काटूँगा तो नहीं रानी भाभी, मगर अपने ढंग से उसे दोबाला अवश्य करूँगा। अगर रमेश तुम्हारा ठाठ है तो तुम भी रमेश की शान हो। आज तुम्हारे रौब में, पूछ लो इससे, जीवन में पहली बार मैं शराफत से पेश आ रहा हूँ रमेश के साथ। ब्याह करके तुमने इसकी हैसियत बढ़ा दी।"

हर्रो 'प्रेम की अस्ली हीरोइन' की उपस्थिति में खुले मुँह मुस्कुराते हुए अपनी चाहत भरी प्यासी आँखों को सारे समय रानी के चेहरे पर इस तरह से टिकाये रहा कि जब-तब नैन-चोरी भी कर ले और आँखें दीवार में खोई हुई-सी भी लगें। रमेश का 'चोर' बर्फ़ के पुतले की तरह रानी के सुहाग-दर्प भरे, साँवले, सुघड़ सलोने, तेज भरे मुखड़े के ऊपर, अपने अन्दर उमड़ी हुई लड़ैती रीझ के आतप से पिघलने लगा। अभी रानी का नशा हल्का तो पड़ा नहीं—जुम्मा-जुम्मा आठ रोज जैसी बात ही तो है अभी। वह भरे समाज में भी उसको भर नज़र प्रशंसा और गर्व से देख रहा है। बानो मन का फिसलावा ही

थी—बस—असलियत कुछ नहीं—उस पर इतना गंभीर होने की ज़रूरत नहीं। रानी चली गयी, पर रमेश का फिसला मन सम्हाल गयी। बानो का नशा अच्छा था, मगर तेज़ सनसनाहट पैदा करनेवाला था।......खुमार उतरा, ताज़गी आई और इस तरावट और ताज़गी का नशा स्नायविक तौर पर हल्का भीना-भीना होते हुए भी भीतर से बड़ा गाढ़ा और गहरा था।

लच्छू ने रानी जैसी पत्नी पाने के लिए रमेश को बधाई दी और कहा : "हम लोग, इन बन्द गली-महल्लों के नौजवान, आमतौर पर घोंचू ब्राण्ड के इश्क ही में पड़ा करते हैं। नाम इश्क और चाहत किसी और चीज़ की। रूस ने अपने समाज में यह अच्छा काम किया है कि चाहत के खेल को बहुत बुरा न कहा। हाँ, प्रेम की बड़ाई जो है सो है ही। और प्रेम के माने हैं विवाह, और विवाह के माने हैं कि अब चाहत और प्रेम का एक ऐसा धरातल इन्सान को मिल गया, जहाँ से जीवन की दूसरी समस्याओं को समझने और सुलझाने के लिए दिल दिमाग की शक्तियाँ एकजुट होकर आगे बढ़ने के लिए स्वतन्त्र होती हैं।"

"उनके यहाँ लड़कियाँ लड़कों से ज्यादा हैं।" रमेश बोला।

"हाँ, मगर उनके यहाँ वो सेक्सिया हुड़दंग नहीं मचती, जो अपने यहाँ है। काम वहाँ केवल बड़ों के स्वर्गोपम भेदों की और छोटों के गुप्त अपराधों की जड़ नहीं है। मैंने बाकू में, कीएव में, मास्को तक के पार्कों में, थियेटर-सिनेमा के पास, रात में बीस-बाइस बरस के नौजवान लड़के-लड़कियों को गलबहियाँ डाले मजे से जाते हुए देखा है—या किसी कोने में खड़े जोरों से चूम रहे हैं।"

"हैं सच्ची लच्छू?" हर्रो हैरत में आकर उठ बैठा और फिर खिले और खुले मुख से, फटी आँखों में एक गहरी सूझवाली चमक लेकर दोनों हाथों से अपना आलिंगन करता हुआ गद्गद स्वर में बोला : "साला बहिश्त है बहिश्त।"

हर्रो से छेड़खानियाँ हुईं। रूस की बातें हुईं, सारस लेक की बातें हुईं। डॉ० आत्माराम अपने आपमें बेदाग हैं। उनका सारा समय दूसरों के कामों में, राष्ट्रीय-अन्तर्राष्ट्रीय चिन्ताओं और सम्पर्कों में खप जाता है। अपने अख़बारी साम्राज्य का संगठन मजबूत बनाये रखने में भी उनका पूरा ध्यान रहता है। ये नहीं कि सेन के भरोसे छोड़कर आप सोते रहें। पर सेन भी अपनी तमाम कमजोरियों के बावजूद जबर्दस्त संगठनकर्त्ता और शासक है। इसके अलावा वह कुत्ते की तरह डॉक्टर का स्वामिभक्त साथी है। डॉक्टर आत्माराम उसकी इसी खूबी पे रीझे हैं और उसकी कमजोरियों को पी जाते हैं। 'डॉक्साब' की प्रशंसा ही में अटके हुए लच्छू से रमेश ने अचानक प्रश्न किया : "और तुम्हारी नौकरी क्यों छूटी?"

सहनची में खटका हुआ, फिर खाँसी, फिर—"रमेश साहब, रानी बहिन हैं घर में! ज़रा उन्हें भेज दीजिए।"

'चोर' फिर होश आया: मिज़ाज चिड़चिड़ाया, कसा। लच्छू के सहज और हर्रो के अतिरंजित कौतूहल को अपनी ओर ताकते देखकर सावधान हुआ, बैठे ही बैठे, अपने स्वर को सहज बनाने और बनाए रखने की चेष्टा करते हुए उसने कहा: "जी, वह तो कॉलिज गयी बानो साहिबा।"

"अच्छा, ज़रा आप ही तकलीफ़ फ़रमाइए। एक ज़रूरी बात है।" बानो ने परदे के उस पार से कहा। रमेश लच्छू से—'मकान-मालिक की नवासी है।' कहकर धड़कते दिल से सहनची की तरफ़ बढ़ा, चेहरे पर मन की लपटों की परछाइयाँ लहरा रही थीं। परदे के उस पार बानो की आकर्षण भरी जादुई आँखें थीं। दोनों रसोईघर वाले कनवेस के पार्टीशन की ओर बढ़ गये।

"कई दिनों से आपकी मदद चाहती हूँ। बड़े भरोसे से आई हूँ, मेरा भरोसा चकनाचूर तो न कीजियेगा।"

नशीली आँखों में भीख और होंठों पर मुस्कान। इस जादू का काँटा चूभा, मगर वो काँटा निश्चय ने नोच फेंका, सधी मुखमुद्रा और सधे स्वर से बोला: "मदद को जान हाज़िर है, मगर काम जाने बग़ैर नहीं।"

"जान मेरे लिए पेश की है या काम के लिए?"

"आपके लिए तो है, मगर किसी इंसानी पहलू ही से आपकी सहायता में अपनी जान अर्पित कर सकता हूँ। जान कुदरत की इतनी बड़ी देन है, कि उसे कुर्बान करने के लिए उतना ही बड़ा कारण भी होना चाहिए।"

बानो गम्भीर हुई, रुकी और फिर गले को हल्की खखार देकर कुछ कहते-कहते रुककर मुस्कराई, कहा: "साफ कहूँ या बनाके?"

"मैं समझता हूँ, साफ ही कहना चाहिए।" बानो की मुस्कुराती आँखें भिखारी हो गयीं, बोली: "मैं चाहती हूँ कि आप मुझे मेरे लवर से मिलवा दें।"

रमेश के मन को फिर खरोंच लगी, बानो का प्रेमी कोई और है: "कौन है?"

"जिनकी वजह से मुझे घर से भागना पड़ा था। (रमेश अनवर नवाब से सुन चुका है, फिर भी अलम् गम्भीरता का लबादा ओढ़े सुन रहा है।) इस वक्त वो एक बड़े मिल-मालिक के दामाद हैं। मगर यह मज़बूरी की शादी है। उन्हें अपनी बीबी एकदम नापसन्द है। अब तक उनके दिल में मेरा वही ख़याल बना हुआ है। वो लखनऊ आये हैं, यह ख़त भेजा है और मेरा जवाब माँगा है।" बानो ने चौपर्ता मुड़े कुछ नत्थी गुलाबी काग़ज़ आगे बढ़ा दिये। रमेश काग़ज़ खोलकर फिर लौटाते हुए बोला: "पढ़कर क्या करूँगा। मतलब बतला दीजिए।"

"वो मुझे अपने साथ रखना चाहते हैं; मगर अपनी ससुराल वालों की जानकारी में नहीं। उनके ससुर बूढ़े और बीमार हैं। उनके मरने के बाद वो मुझसे निकाह पढ़वा लेंगे।"

"मुझे इसमें धोखा लगता है बानो साहबा।"

"मैं खुद धोखा नहीं खाना चाहती। इसीलिए आपकी मदद चाहती हूँ। मैं इस ख़त का जवाब लिखकर नहीं देना चाहती। चाहती हूँ कि आप जाकर उनसे खुद मिलें और यह कह दें अगर वह मेरी शर्त के मुताबित बीस हज़ार रुपया—मेरे तीन बरसों का खर्च—एडवांस में लाये हों तब तो मैं उनसे मिलूँ और निकाह पढ़वाए बग़ैर भी उसकी—"

"आप उनकी, माफ़ कीजिए, क्या, रखैल बनेंगी?" रमेश के मन में नफ़रत और क्रोध का तीखापन आ गया था।

बानो उतनी ही भोली और दर्द भरी मासूम मुस्कुराहट के साथ उतने ही सहज ढंग से बोली: "रखैल का ख़याल पुराना है। मैं आज़ाद रहूँगी, पढ़ूँगी। आगे कुछ नौकरी वग़ैरा तलाश करके अपनी ज़िन्दगी का नक्शा आप बनाऊँगी।....क्या मैंने कुछ ग़लत कहा?"

रमेश सक्ते में आ गया था। उससे न तो 'ना' कहते बनता था और न 'हाँ' ही। बानो तीर सा मारकर बोली: "औरत के साथ अस्मत का जो हौआ बँधा है उसे, माफ़ कीजियेगा, मैं नहीं मानती। बॉयोलॉजिकल अर्जेज़ (क़ायिक आवश्यकताएँ) अपनी जगह पर और ज़िन्दगी का सवाल अपनी जगह पर। मैं एक के हाथ अस्मत बेचकर अपनी आज़ाद ज़िन्दगी ख़रीद करना चाहती हूँ। मैं सामने वालों की तरह अस्मत-फ़रोशी का धन्धा ही करके अपनी उम्र तमाम नहीं करना चाहती। मैंने हर पहलू से सोच लिया है, दो-दो बरसों से सोच रही हूँ।"

रमेश एकदम चकित, लाजवाब सिर झुकाए खड़ा सुन रहा था। बानो को उसने जितना समझा था, उससे एकदम अलग, एकदम नयी है आज। वह अपने अकेलेपन की घुटन से उबरने के लिए उपाय सोचती है। नाना उसकी शादी कर न सकेंगे। उन्हें कभी ऐसा अच्छा और कुलीन लड़का न मिलेगा, जो उनकी गैहाँबानो को महज इत्र-पान और नुक्लों की खातिरदारी पे गाँठ जोड़ के ले जाय। इस परदे के जीवन में वह किसी से खुद सम्पर्क कर ही नहीं सकेगी······

रफ़ीक के पत्र आने जाने लगे थे: रफ़ीक का विवाह हो चुका था। इस समय वह असिस्टेण्ट सेल्स अफ़सर है। बानों के लिए बेहद तड़प रहा है। वह उससे शादी तो फ़िलहाल न करेगा, क्योंकि चचा साहब की बेटी को सौत देकर वह रईस चचा मियाँ को नाराज़ नहीं करना चाहता। लेकिन वह बानो का ख़र्च उठायेगा। खुद उसकी भी आर्थिक हालत कुछ बुरी नहीं है। वह उसे एम०ए० या और जो कुछ वह पास करना चाहे, उसका भी ख़र्च खुशी से देगा। वह इस वक्त भी धोखा नहीं देना चाहता और आगे भी कभी न देगा। रफ़ीक की पत्नी बकौल उसके 'खासी उल्लू की पट्ठी' है। चिट्ठी में लिखा है······"ओहदा है, ऊपरी आमदनी भी है, और इज्ज़त भी, पर उनतीस बरस की उम्र में जनाब रफ़ीक साहब 'बेसहारा' रेगिस्तान बन चुके हैं। ज़िन्दगी इधर तीन बरसों से तहख़ाने में कैद थी—बानो का ख़त अरमानों का उजाला और नयी आस की नसीमे-सहर के झोंके साथ-साथ लाया।" तीन चिट्ठियों को हेरा-फेरी के बाद पन्द्रह रोज़ की छुट्टी लेकर वह बानो से मिलने के लिए परसों यहाँ आया है। उसके यहाँ आने पर मिलने का डौल

बैठाने के लिए ही पहले से तरकीब सोचकर उसने अपनी 'कमज़ोरी के अंदेशे', रमेश का मन फुसलाना शुरू किया। बानो रानी से अपना यह आज़ाद जीवन-सिद्धान्त बतलाकर उसकी नज़रों से गिरना नहीं चाहती थी। रमेश के सिवा उसे और कोई न दिखलाई दिया। ज्यादा से ज्यादा उसे रमेश की 'फ़ीस' ही तो देनी पड़ेगी। रफ़ीक से मिलने के लिए यह कीमत कुछ बड़ी नहीं। वैसे उसका ख़याल है कि रमेश यों ही नजारों और मुस्कुराहट से भर जायेगा और उसका काम कर देगा। उसी के घर में वह रफ़ीक से मिल सकती है। रफ़ीक परसों से शहर में है। बानो उससे मिलने के वास्ते रमेश को साधने के लिए कल ही से तड़प रही है, पर उसे मौका नहीं मिल पाया। रात इतनी देर साथ रहने पर भी नहीं। आज सुबह से वह मँडरा रही थी। सोचा था जब रानी खाना बनाती होगी, तब रमेश से कहेगी कि दफ़्तर से जल्द लौट आए, मगर फिर दोस्त आ गए। बानो मन ही मन बुझ गयी। थोड़ी देर पहले खिड़की के पार पहुँचती हुई आवाज़ों से पहचाना कि रमेश अपने घर में है। सहनची का दरवाज़ा खोलकर आयी और थोड़ी देर तक चुपचाप रमेश-मण्डली की बातें सुनती रही। एक मन हुआ कि लौट जाए, मगर फिर सोचा कि यह अवसर चूका, तो फिर जाने मिले या न मिले। हिम्मत करके रमेश को बुला ही लिया।

लेकिन रमेश के मन में हिचक है, वह अनवर नवाब को धोखा न देगा, एक भले घर की नवयुवती को बुरे रास्ते पर बढ़ने में मदद न देगा।...... यह भले घर की बुरी लड़की......लेकिन इसके तर्क ज़ोरदार हैं। लच्छू अभी रूस का चलन बतला रहा था...... क्या हर्ज है। लेकिन इसने मुझे धोखा दिया। ठण्डे रूखे स्वर में बोला: "मैं यह कर सकता हूँ कि नवाब साहब से तमाम बातें कह दूँ, ताकि आपके लिए उनसे खुलकर बातें करने की झिझक मिट जाए।"

बानो ने हारकर ठंडी साँस भरते हुए कहा: "कभी-कभी बावर्चिन नानी की बात सच लगती है कि बीबी, चाहे कलमुँहे लंगूर की समझ पे भरोसा कर लेना, पर मरद की अकिल पे कभी भूल के भी अकीदा न लाना, पढ़ते-पढ़ते सड़ जाती है। बन्दानवाज़ माफ़ कीजियेगा, जब आप हमारे जमाने के होते हुए भी मेरी बातों से साफ़ झटका खा गये, तब इक्यासी बरस के नानाजान का क्या होगा? मैं जब जाऊँगी तब यकीनन उन्हें हफ्तों-महीनों तक सख्त सदमा पहुँचाने का बायस तो बन ही जाऊँगी, ऊपर से उसूलों के नाम पर सहबबाजी करके सदमे के साथ-साथ ग़ुस्सा भी भड़का कर उनकी मौत का दिन करीब ले आऊँ?......मैं आपसे सीधी बात पूछती हूँ, आप मेरी मदद करेंगे या नहीं?"

"और अगर ना कह दूँ तो?"

बानो के चेहरे पर निराशा झलकी, पल भर के लिए नज़रें झुकीं, फिर मुस्कुराकर कहा: "आपकी घड़ी अगर वक्त बताने से इन्कार कर दे तो क्या वक्त रुक जायेगा, रमेश साहब?"

रमेश चुप; कुछ कहते न बना। बहरहाल जो औरत किसी की रखैल बनने जा रही हो, उसे भागने में मदद देना उसे गन्दा काम जँच रहा था, वह कीचड़ में हाथ नहीं

सानेगा। इस निश्चय के साथ बेरुखी भरे स्वर में बोला : "मैं यह कर सकता हूँ कि आपके दोस्त को इस तरफ़ से आपके कमरे तक जाने-आने की इजाज़त दे दूँ, और वह भी सिर्फ़ एक बार। इसके अलावा और कुछ भी नहीं कर सकता। मुझे माफ़ कीजिए।"

"जी, बहुत अच्छा, माफ़ किया। मगर एक बार आपसे बतौर अलविदा के कहती जाऊँ : मैंने तो समझा था आपने इश्क़ किया है, मर्द होंगे। मगर—" विद्रूप हँसी की झाँझों सी झनक उठीं। रमेश पर उसका प्रभाव तीव्र उत्तेजनात्मक पड़ा। तड़पकर बोला : "आपके जिस प्रेमी ने आपको स्टेशन बुलाकर भी दगा की और फिर शादी चचा की दौलत से की—जबकि आप फ़रमाती हैं कि खुद भी दौलतमन्द हैं और उसी की बदौलत अपनी पुरानी प्रेमिका को, एक शरीफ़ और ऊँचे ख़ानदान की लड़की को, अपने इश्क़ में वेश्या बना देना चाहते हैं—वो बड़े मर्द हैं। अगर इसी आदर्श से मैं मर्द नहीं—"

"नहीं। मेरे आदर्श का मर्द वह औरत या मर्द है, जो खुद दिलेर हो और दूसरे की दिलेरी की दाद दे सके। अभी-अभी आपसे अर्ज़ कर चुकी कि मैं इस बहाने से आज़ाद होकर अपनी जिन्दगी का नक्शा खुद बनाना चाहती हूँ। बेसवा खानगी ही बनना होता तो टुन्ने मियाँ की बीबी की शागिर्द क्यों न बनती, आपसे मदद माँगने क्यों आती? आदाब।"

बानो तेज़ी से चली गयी। रमेश स्तब्ध रह गया। फिर कमरे में आया। हर्रो सो रहा था। लच्छू अख़बार पढ़ रहा था। उसने रमेश का चिन्तित उतरा हुआ चेहरा देखा, कारण पूछा। धीरे-धीरे सारी कथा सुनी, बोला : "यार तुम वाकई गधे हो। वो लड़की आँवे में पकी मटकी है। उसने घुटन में गति करके सच्चा ज्ञान पाया है। मुझे उससे पूरी हमदर्दी है।"

रमेश अपने मन में कहीं इस बात का क़ायल तो है, पर इस समय अपने समग्र रूप में वह क़ायल होना नहीं चाहता, हिचक उसे बाँध रही है। वह चिढ़ गया, अलक्ष्य में अपनी अगति और लक्ष्य में लच्छू की प्रगति पर, बोला : "स्त्री का शील, उसकी अस्मत—"

"स्त्री के शील ने कायरता और कमज़ोरी बनकर उसकी अस्मत पर डाके डलवाए हैं। 'मोरी आँखिन माँ सील औ' दहिजरवा गोड़ परै लाग।'—सुना है कि नहीं? लो सिगरेट पियो।"

"रखिए अपनी सिगरेट और ये पुरानी कहावत। मेरे सत्य को झुठलाया नहीं जा सकता। वो रण्डी बनने जा रही है।"

"ऐ है! क्या तड़प है आपके सत्य में, मगर वो आपको तो अपना तबलची बना नहीं रही जो चिढ़े। अरे, वो अपने आशिक़ के पास जाना चाहती है।"

तो ब्याह करके जाय न। रानी भी अपने बाप के घर में घुट रही थी, सही तरीक़े से उसने—"

"अच्छा, एक बात बतलाओ रमेश, मुसलमानों में तो चार निकाह होते हैं, मान लो वह भी निकाह करके जाती—"

"उसके लिए मैं सहायक बन जाता।"

"अच्छा मान लो, इस शादी के बाद वह तलाक़ देती और दूसरा निकाह करती?"

"तो ठीक होता। तलाक़ और शादियाँ दोनों ही सामाजिक आचरण के अनुसार होतीं।"

"अबे तो तुझे भी अपने माँ-बाप की ठहराई किसी बम्हन की लौंडिया से ब्याह रचाना था। तूने क्यों तोड़ा सामाजिक आचरण?"

"मगर अन्तर्जातीय विवाह अब नया और मान्य सामाजिक आचरण है।"

"और जिन्होंने पहले-पहले ऐसे विवाह किये, वे तुम्हारे तर्क से अपराधी थे—क्यों न? वैसे ही ये आज़ाद सम्बन्धों वाले आज अपराधी और कल निर्दोष माने जायेंगे।"

रमेश ने और भी चिढ़कर तनिक ऊँचे स्वर में कहा: "सम्भव है, पर मेरी दृष्टि में यह व्यभिचार ही है। यह उच्छृंखलता और चरित्रहीनता है।"

"जी हाँ, सत्त बचन महराज। अपनी मनमानी शादी कर ही चुके, क्रांतिकारियों में तो नाम लिख ही गया है आपका, इसलिए अब फिर से पुराने में जाके मिल गये शरीफ़ कहलाने के लिए। धन्य है, तुम अब पहले से शायद बदल गये हो रमेश।" धीमे स्वर में लच्छू की तेज़ आवाज़ भरी फटकार रमेश को बुरी तो लगी, पर कुछ उत्तर देते न बन पड़ा। लच्छू ने फिर कहा: "तुम्हें कब्र में पाँव लटकाए हुए बूढ़े के जीवन-मूल्यों का लिहाज तो बहुत आया, लेकिन चौबीस बरस की नौजवान के जीवन-मूल्यों—"

"फिर वही मूल्यों और मानों का चरचा। लच्छू, मैं भारतीय हूँ और अभी मुझे रूस की हवा नहीं लगी, समझे। वह विवाह कर रही होती, तो हम पूरी सहायता देते—"

"विवाह से तुम्हारा—मतलब?—यही न कि कोर्ट, पण्डित, मुल्ला जैसे माने-जाने सामाजिक चलन से रस्म अदायगी करके स्त्री-पुरुष साथ रहें। वो नहीं मानती इस चलन को। और मैं पूछता हूँ कि खास बात क्या है इसमें? अनगिनत विवाहित जोड़े चरित्रहीन हैं, बहुत से तन से, बहुत से मन से। बहुत सी पत्नियाँ पति की पूरी आमदनी हड़पने के लिए ही उसे वेश्या की तरह रिझाती हैं। मैं उन बेबात नादानों से इस बुद्धिमती हौसलेवाली की अधिक कद्र करता हूँ। देख लेना, वो शान के साथ अपना जीवन बिता लेगी—अपना रास्ता आप बनायेगी।"

रमेश इनमें से एक भी बात से इन्कार न कर सका। दरअसल, उसे बानो पर गुस्सा था, उसने उसे ललचाया, उल्लू बनाना चाहा।......लेकिन यह बात वो न तो लच्छू से कह सकता है और न रानी से।

रात में रानी से बानो-कथा और लच्छू की टीका सुनकर रमेश ने उसका समर्थन पाना चाहा, वह बोली: "मैं समझती हूँ कि उसे मदद करनी चाहिए। नवाब साहब के जीवन का क्या भरोसा? कभी न कभी तो निराधार होना ही पड़ेगा और अभी वो एक आधार पा रही है।"

"तुम सतीत्व की मर्यादा को—"

"तलाक़ और विधवा-विवाह के सुधारों को मानते ही सतीत्व की मर्यादा कुछ बदल तो ज़रूर ही जाती है, मैं सोचती हूँ।"

"मैं मर जाऊँ—" रमेश की बात पूरी होने से पहले रानी ने उसके मुँह पर हाथ रख दिया और डाँटकर बोली: "उलटी बात क्यों करते हो? समझते क्यों नहीं, अब ये हमारा ही सम्बन्ध हुआ है, पुराने सती वाले सिद्धान्त की कसौटी पर तो मैं भी खरी नहीं उतर सकती। लेकिन क्या मैं सती नहीं हूँ?"

रमेश चुप; लेकिन इस बार उसे अपने ऊपर ग़ुस्सा आया—'मैं उसके इशारों पे ललचा ही क्यों?'—फिर बानो पर मन की तिरस्कार दृष्टि गई, 'भले ही आज़ाद रहे, तरक्की भी करती रहे, मगर उस उन्नति और आज़ादी का मूल्य ही क्या, जो जनाने 'आर्ट' की ऐसी ओछी 'ट्रिकों' से हासिल की जाय?'......मगर यह वो राती से कह नहीं सकता। मन में चिड़चिड़ाहट भर गयी। रानी ने पूछा: "कहो तो सबेरे जाकर उसे तुम्हारी मदद का भरोसा दूँ?"

"नहीं। मेरी आत्मा गवाही नहीं देती।" रमेश ने रूखा उत्तर दिया। तीसरे दिन सुबह उठते ही सुना की बानो घर से भाग गयी।

:: ४४ ::

अपने 'मुलुक-वतन-देश-घर' आकर लच्छू दो दिनों के बाद ही बेगानापन अनुभव करने लगा। एक वर्ष से कम, कुछ महीने और कुछ दिन बाहर रहा और इतने ही में यहाँ उसकी जगह पूरी तौर से भर गयी है! उसका चौबारा अब प्रेमू भैया और माया भाभी के हिस्से में आ गया है। आने के दूसरे ही दिन भाभी ने अकेले में बड़े अपुनपौ के साथ यह चेतावनी दे दी: "लच्छू भैये, यों तो कमरा अब भी तुम्हारा हैगा, पर अम्मा से घर में अपना हिस्सा लै लेव, नहीं तो पीछे—"

लच्छू के कलेजे में चुभन तो हुई, पर मज़ाक में टाल गया। बड़ा भाई प्रेमू सामने ही कोठरी में गलीवाले जँगले के पास बैठा हजामत कर रहा था। लच्छू हँसकर बोला: "हम तो अम्माँ से कहैंगे कि हमाए और बड़े भैये के बीच में भाभी का हिस्सा-बाँट कराय देव, बाकी हमैं न तुमरा घर चाहिए न दुआर।"

"चलो हटो। अभी तो झूठी लल्लोचप्पो भी करो हो, बाद में अपनी नई-नवेली की सूरत देखते ही उसके हुकुम से घर भी माँगौगे, दुलार भी माँगौगे और भाभी की चुटिया घसीटन खातिर भी उमगौगे। मैंने घर-घर का हाल देखा हैगा।"

"नहीं भाभी, तुम निसाखातिर रहौ। मैं कहीं और कमरा लेके रहूँगा, स्वतन्त्र! अभी ब्याह करने का विचार तो है ही नहीं। पहले किसी धन्धे में अपने पैर जमाऊँगा। अरे जरा

मोटर खरीद के पहले हम तुम्हें तो काले कोसों की सैर कराय लावैं, तब तुम्हाए नाम की किसी रूसी नवेली से ब्याह करैगें ठाठ से।"

दाढ़ी का साबुन तौलिया से पोंछते हुए प्रेमू बोला: "लच्छू, ये न समझना, किसी चाल से कह रहा हूँ, बाकी आई हैव लाइक्ड योर आइडिया वेरी मच (मैंने तुम्हारा विचार बहुत पसंद किया है)—तुम रहो स्वतन्त्र ही। इस घर में ये अम्माँ बाबू के भोंपू, औ तुमाई भाभी की 'हर हिटलरी' जीने का सारा मज़ा ही खतम कर देती है ससरा।"

माया के तेवर चढ़े, देखते ही देवर ने तीर चलाया, कहा: "ये त्यौरियाँ मत चढ़ाओ भाभी, मैं बड़े भैये के साथ हूँ इसमें।"

"हाँऽ, पानी तो पानी ही में मिलेगा।"

"ये बात नहीं, माफ़ करना, तुमने भैया को नौकर बना रक्खा है। दफ़्तर से आये नहीं कि मिट्टी के तेल की बोतल थमा दी, वो लेके आये तो कुछ और काम बता दिया।"

"तो कौन करे घर का काम ?"

"तुम करो। घूमने जाती हौ कि नहीं.....ये मूँ फुलाने की बात नहीं है भाभी।"

"मूँ कौन फुलाता है ? हम तो आपी सोचते थे, पर आप लोगन के परमपुज्य बाप-महतारी के कलेस का डर था। औ, जो घूमने की बात करते हो तौ पूछ लेव अपने बड़े भैये से कि इनके बिना कभी घर से बाहिर पैर रक्खा होय। जो कसम कहौ, हम खाय जायँ।"

"हाँ तो घुमाउन खातिर भी तो तुमने बड़े भैये को ही नौकर बनाय रक्खा हैगा। ई नहीं कि कभी इनकी भी मर्जी देखैं।"

कोठरी से बाहर आकर प्रेमू ने गंभीर चिन्तन-मुद्रा में कहा: "लच्छू, एक बिजनेस बतलाऊँ। आप हजरतमहल पार्क में एक काफी-प्लांट और एक क्वालिटी की आइसक्रीम—"

"लम्बी स्कीम है बड़े भैये, अगले जनम में या पच्चीस-पचास हज़ार की हैसियत हो जाने पर ही सोचूँगा।—"

"आप उल्लू के पट्ठे हैं।"

"वो तो ख़ैर हम दोनों ही हैं!"

आई हुई चाय का प्याला अपनी ओर सरकाकर प्रेमू ने कहा: "मगर मैं नहीं चाहता कि तुम मेरे जैसे बनो। मेरा छोटा भाई जो साला रशा तक हो आया है, अब मेरी तरह और अपने ईडीयट बाप की तरह से क्लर्की करेगा, न, हर्गिज नहीं, माई डियर। हर काम में सिर्फ पूँजी ही नहीं, अकल भी चाहिए। लाला राधेरमन आजकल छोटी रोजगार योजना चला रहे हैं—"

"वो राधेरमन! अमरीकी एजेन्ट ?"

"अब देखो-देखो, हम इसी उल्लू-पंथी से चिढ़ते हैंगे तुमाई। मैं पूछता हूँ कि आप साले क्या पंडित नेहरू से भी बड़े सोशलिस्ट हैंगे ? अरे तुम गरीब राष्ट्र के गरीब आदमी,

तुम्हें अपनी उन्नति करना है कि—अरे आम खाने हैं या पेड़ गिनने हैं साले? बीरचन्द-मुलायमचन्द, दोनों को पटाओ ससरों को, तुम्हाई तो छुटपन की धौंस भी हैगी इन पर।''

लच्छू को एक जगह पर अपने बड़े भाई की यह योजना स्फूर्ति दे रही थी, पर अभी वह निश्चय नहीं कर पा रहा था। प्रेम कह रहा था: ''आजकल तो साले रुप्पन का घर भी रूस-अमरीका हो रहा है। मुलायमचन्द ने बाप से लड़कर बँटवारा कराय लिया हैगा। वो हाजी के साथ है, बीरचन्द राधेरमन का पल्ला पकड़े हैं। खूब धमाचौकड़ी मची है उनके घरों में।''

लच्छू की प्रेरणा एकाएक जाग उठी, बोला: ''बड़े भैये तुम ग्रेट हो। ये बीरू-मुलायम जम गये मन में। छुटपन में बहुत चपतिआया है मुलायम को। (धीरे से) सुनो भैये, डू यू नो (क्या तुम जानते हो।) इस लौंडों को कुछ पीने-पिलाने का चस्का है कि नहीं?''

''मुझे मालूम नहीं। मगर एक टाइम में एक ही भाई को बुलाना समझे।.....पर क्या रशियन 'वो' भी लाये हौगे?''

''हूँ। दो बोतल वोदका।''

''ग्रेट, ग्रेट! बस तुम्हीं हमाए कुल का नाम रोशन करोगे बेटा!''

''अरे सुनत हौगे, सक्कर नहीं हैगी जरा-सी भी। ऑफिस जाने के पहिले—'' बगलवाली रसोई की कोठरी से माया की आवाज़ आयी। प्रेमू चिढ़ उठा, धीरे से पत्नी को एक भद्दी गाली देके बड़बड़ाया: ''ये वाइफें ससरी दिन-रात की मजूरी कराती हैंगी।—''

''अरे सुना?''

''इस समय ज़रूरी बात हो रही है भाभी।''

''बात-वात कुछ नहीं, सक्कर अभी लायके धर दीजिए, दिन में सन्तोस को दूध देने की पंचायत पड़ेगी।''

''लाता हूँ, लाता हूँ भाई। तुम तो आफत जोतती हो, हाँ-नहीं तो!'' झुँझलाकर उठते हुए प्रेम बोला: ''शादी कभी मत करना लच्छू, समझे। .....तो आज शाम को फिर उड़ेगी ना?''

''जरा बीरू-मुलायमचन्द को टटोल तो लूँ पहले।.....''

प्रेम चला। माया अब दरवाज़े पर थी, बोली: ''लच्छू भैये, पीके आयेंगे तो मैं तुम्हाए भाई को घुसने नहीं दूँगी। अभी से बताए देती हूँ, मैंने सुन लिया हैगा।''

''अरे आज तुम्हें भी पिलाऊँगा।''

''पिलाइए अपनी होती-सोतियों को। आप अलग घर लै लीजिए। आप हमाए इनको भी बिगाड़ देंगे। हमने सब सुन लिया हैगा।—उड़ैगी मजे से—देखती हूँ कैसे साम को घर से निकलत हौगे तुम।'' माया ने अपने पति पर ऐसी कातिल आँखें तरेरीं कि प्रेमू रसबस होके सहम गया। लच्छू अपने भाई की बेबसी देखकर मुस्कुराया, बोला: ''तुममें मर्दानगी की कमी है बड़े भैये। भाभी तुम्हें दबोच लेती हैं।''

प्रेमू गया। भाभी कमरे में आके हाथ-आँखें मटका के बोलीं: "अच्छा हाँ-हाँ, नारद मुनी जी, रूस से यही सब विद्या तो लेके लौटे हैं। आपसे हम सच्ची अपने जी की कहते हैंगे—"

"हमारा-तुम्हारा जी अलग-अलग थोड़ी है भाभी। घर दिलवाओ तो आज छोड़ दूँ।"

"घर मैं तुम्हें साइद आजकल में दिलवा दूँगी।"

"सच्ची ?"

"तुमरे बड़े भैये के नामरासी हैंगे ना, डॉक्टर—"

"डॉक्टर प्रेमनारायण शर्मा ?"

"हाँ।" माया ने हँसकर चंचल आँखें नचाते हुए कहा: "उनके घर मैं: तुम्हैं हमरी देउरानियाँ भी मिलैंगी, टेलीफोन गलैं। हिः हिः।"

"खाओ हमाई कसम।"

"तुमाई किराग, सच्ची कहती हूँ। उनही के फेर में डॉक्टर साहेब के बड़े लड़के ने अभी वो नंगा नाच नाचा कि डॉक्टर साहेब ने उसका वो कमरै छीन लिया। टट्टी-गुसलखाना सब है, एकदम नया फसकिलास।"

"अरे भाभी, क्या कहैं, किसी के बाल-बच्चे काम आते हैं—हमारे तो तुम ही आईं। लो, तुम्हारे पैर छूता हूँ, पचास-साठ, हद से हद सत्तर-पिचहत्तर तक में दिलवाय देओ तो जनम भर एहसान मानूँगा।"

"देखौ भाई, हम आज दिन में उनके घर जायेंगे, उनकी घरवाली से बात करलें तो बताएँ।"

लच्छू नये जीवन के सपने देखने लगा। बीरू या मुलायम, कोई पट जाय·····पट जाय·····साला पट ही जाय·····।

●

:: ४५ ::

"गोपी पप्पर खब्बे। किस्सन, हेडांच—खिः खिः खीः गिरबिर गिरबिर छांती करी—ई! ·····अलफ अंबूजो, बे बकरो, पे पल्लो, ते तारो·····हिः हिः हिः ही।"

"ए माराजिन, ए तारो कि जिज्जी! देक्खो, ये तारो नई मानती, हम लोग को मू चिह्लाती ऐऽऽऽ।" सामने किरायेदार चोइथराम मनसुखानी के लड़के किशू ने अपना 'अलफ अम्बूजो बेबकरो' का पाठ रटते-रटते चिल्लाकर दाहिनी ओर के दालानवाले किरायेदार की छोटी लड़की तारो की शिकायत की। तारो ने अपने दालान में खड़े-खड़े किशू को 'ऊलू-लूलू' मुँह चिढ़ाया। वह किताब छोड़कर मारने उठा तो वो अपनी कोठरी के अंदर भाग गई। बाप ने खाँसते-खाँसते ही एक खखारती घुड़की देकर किशू को रोक लिया।

दमे का मरीज पचपन बरस का चोइथराम दालान में टूटे मूँढ़े पर बैठा था; खाँसी से फुरसत मिलती तो बीड़ी सुलगती और जब बीड़ी बुझती तो खाँसी आ जाती थी। चोइथराम ने पिछले दस बरसों में इसके सिवा कोई काम न किया था। हैदराबाद सिन्ध से लाई हुई रकम अब तलीछट पर आ गई थी। गनीमत है कि बड़ी लड़की सती टेलीफोन दफ़्तर में नौकरी पा गई है और छोटी गोपी पढ़ने के अलावा सिन्धी कढ़ाई सिखाने की दो ट्यूशनें करके अपना खर्चा पीट लाती है। कम-से-कम चोइथराम तो सबसे यही कहते हैं, वैसे दुनिया के मुँह को कौन बन्द कर सका है। दोनों लड़कियों की गुलछर्री-कमाई को लेकर बहुत-कुछ कहा जाता है। किशू तो ख़ैर अभी छोटा है, मगर सती से छोटा दया तीन बरस से लगातार इण्टर में फेल हो रहा है, घर में खाने, सोने और सबकी फटकारें सुनने के लिए ही आता है। बाकी कहाँ रहता है, इसका कोई ठिकाना नहीं।

किशू हाथ में पापड़ लेकर फिर पालथी मारकर हिलते हुए 'अलफ अम्बूजो' की वर्णमाला सीढ़ियाँ चढ़ने-उतरने वाले चाभी के बन्दर की तरह रटने लगा। तारो दोबारा उसे चिढ़ाने के लिए अपने दालान में आयी। तारो की बड़ी बहिन सहदेई दालान के एक कोने में बने चौके में रोटियाँ सेक रही थी, जोर से बहिन पर डपटी, "ख़बरदार तारो, हम पिटबै। जाओ ऊपर डॉक्टर साहब के हिआँ कोउते रबड़ लटकावे के लिए कह देव।"

तारो ने कान न दिया। किशू के साथ ही साथ जोर-जोर से हँस-हँसकर बीच-बीच में पापड़ खाने की नकल उतारते हुए अलफ अम्बूजो, बे बकरो, पे पल्लो आदि उसी लटके से बकती रही।

सहदेई दाँत पीसकर चिमटा हाथ में लिये हुए उठी। तारो चट से भाग गई। सहदेई चौबीस बरस की सयानी, गोरी-चिट्टी, नाक-नक्शेदार, बड़ी-बड़ी आँखों और साँचे में ढली सुडौल बदन की है, थोड़ी-बहुत पढ़ी-लिखी भी है, मगर अभी तक इसे कहीं घर-वर नहीं मिला। बाप पाँच हज़ार दहेज तक देने को तैयार हैं, मगर कहीं ब्यौंत नहीं बैठता। तीन लड़के अब तक आकर देख चुके और उसकी सुन्दरता पर मुग्ध होकर भी यह कहके चले गये कि मोम की पुतली है, इंसान नहीं।

एक वर के पिता दस हज़ार लेकर कन्या का उद्धार करने के लिए राज़ी भी हो गये थे, पर भवानीदीन महाराज को इतनी तथा नहीं। पिचहत्तर की आयु है। पहली लड़ाई में मिलिट्री में काम करते थे, एक तमगा, एक पट्टी आज भी कोट पर लगाये घूमते हैं। अब एक बैंक में पहरेदार हैं और फौज की पेन्शन भी खाते हैं। पहली स्त्री बाँझ मरी, उसके रहते पानी देनेवाले की चिन्ता के लिए भी उन्होंने दूसरा विवाह न किया। वे उसे बहुत चाहते थे। उसके मरने पर इन्होंने, सन्तान की चिन्ता की, परन्तु इस विवाह से भी जीवित सन्तानों में दो लड़कियाँ ही बचीं। सबसे बड़ी सहदेई, उसके बाद दो कन्याएँ, दो पुत्र छीज गये; अंतिम तारो छः वर्ष की है। कन्याओं के विवाह की चिन्ता में भवानीदीन महाराज आठों पहर रहा करते हैं। बैंक नये सर्राफा बाज़ार में है। वहाँ हुण्डियों की दलाली में और कुछ छोटे-मोटे सट्टे-फाटके में भी कमा ही लिया करते हैं। महराजिन भी

सबेरे एक घर और शाम को दो घरों में खाना बनाने के लिए जाती हैं, इस तरह साठ रुपया महीना वह भी कमा कर लाती हैं।

सुन्दरता में सहदेई हज़ारों में एक, देखते ही सबकी नज़र भरती है। घर का सब काम कर लेती है, रामायण बाँच लेती है; चिट्ठी-पत्री कर लेती है, सीना-पिरोना भी आता है, झाड़ू-बहारू, चौका-बासन, किसी काम में कमज़ोर नहीं, फिर भी आजकल के लड़कों को नहीं सुहाती, उन्हें तो बस चटक-मटक चाहिए। सहदेई में यह सब गुण नहीं पनपे, वह भोंदू है। अपने मन से उसे कुछ नहीं सूजाता। देखने के लिए आनेवाले व्यक्तियों के पूछे हुए प्रश्नों का उत्तर देने के बजाय, दोनों हाथों की उँगलियों को एक-दूसरे में कड़ियों की तरह फँसाए, मोम की पुतली की तरह निर्विकार खड़ी ही रहती है। ठीक वैसे ही निर्विकार भाव से वह हर काम करती है, वैसे ही इस समय रोटी भी पका रही है।

ऊपर वाला रबड़ का पाइप टप से नीचे दालान के खम्भे से आकर टकराया और वैसे ही करीब-करीब पानी भी आ गया। सहदेई का तवा अभी चढ़ा हुआ था। उसे यह आशा नहीं थी कि पानी इतनी आसनी से आ जायेगा। मकान मालिक, डॉक्टर साहब का बड़ा लड़का किशोरी बड़ा मुरहा है। सहदेई भोंदू होते हुए भी सब समझती है। किशोरी को वह कभी तरह नहीं देती। उसके सामने या तो मोम की पुतली बन जाती है या फिर जोर से भागती है। सहदेई के मानस की यह सीमा ही उसका कवच है। इसीलिए उसे ऊपर से पानी का रबड़ बहुत कम मिलता है। लेकिन उधर की सती, गोपी बेझिझक ऊपर जाकर रबड़ का नल अपनी तरफ अपने हाथ से नीचे लटका लेती हैं। यह लोग सहदेई को बहुत सताती हैं, पानी नहीं भरने देतीं और गली के नल पर पानी भरने जाना उसे अब अच्छा नहीं लगता।

सहसा पानी आता देखकर सहदेई के हाथ-पाँव फूलने लगे, क्या करूँ। अभी तो इत्ता आटा बाकी है पर पानी चले जाने के भय ने बुद्धि दी। चूल्हे पर से तवा उतारा, लकड़ी खींची और बाहर निकलकर गिरते हुए पानी से हाथ थोने लगी। तब तक पानी चला गया। फिर रबड़ का पाइप भी ऊपर खिंच गया। सहदेई बुद्धू सी खड़ी देखती ही रह गई। ऊपर तारो और गोपी रबड़ का नल आपस में अपनी ओर खींच रही थीं: "देखो, मेरा रबड़ छोड़ दो गोपी जिज्जी, कहे दे—"

"तेरे बाप का है रबर। इतनी देर से बेकार पानी बह रहा है तब क्यों नहीं भरा?" गोपी के झटके के साथ रबड़ का नल अपनी ओर खींचा।

"अरे अबहीं तो तारो गिराइन है नल, हम उठकै भरे खातिर आईं औ' तुमने रबड़ खींच लिया। ई कौनौ इन्साफ है भला?" नीचे से सहदेई टर्राई।

"हाँ-हाँ, इंसाफ है। हमको न्हाना है, कपरा धोना है।"

गोपी की बात का जवाब तारो ने नल खींचते हुए दिया, बोली: "नहाती तो तुम किशोरी भैया के गुसलखाने में हौगी, हमने तो छत वाले—"

"ए लौडिया, भाग! बक-बक बन्द कर।" किशोरी ने अपने कमरे के दरवाजे पर खड़े होकर तारो को डाँटा। नीचे खड़ी सहदेई को केवल उसकी आवाज़ ही सुनाई दी। सहदेई के लिए वह आवाज़ एक साधारण आवाज़ न थी। उसे ऐसा लगा, जैसे नरसों की तरह आज भी किशोरी ने उसके मुँह पर थूककर उसकी आँखों के सामने ही गोपी को अपनी बाँहों में भरकर चूम लिया। वह किशोरी की तारो पर पड़ी डॉट को सुनते ही चौंक पड़ी और आँगन से भागकर सीधे अपने दालान की रसोई में चूल्हे के आगे पीढ़े पर बैठ गई। अभी थोड़ा-सा आटा रोटी सेंकने के लिए पड़ा था—लेकिन सहदेई को हिड़कियाँ बाँध-बाँधकर रुलाई छूट पड़ी थी। घुटनों पर आँचल से ढँकी उसकी बाँहें और बाँहों पर सिर टिका था। रोने से उसकी पीठ और कन्धे हिल रहे थे।

तारो खिसिआई हुई सी नीचे आ गई। किशू अलफ अम्बूजो, बे बकरो का पाठ बन्द कर हिरन की तरह छलाँग मारकर आँगन में आया और पीछे से तारों की चोटी पकड़कर जोर से खींच गया। तारो 'आय-आय-आय' चीखती हुई आँगन भर में फैल मचाती लोटने लगी। किशू उसकी चोटी खींचकर घर से बाहर भाग गया था। चोइथराम की बीड़ी बुझ गई थी और उसे जोर से खाँसी आ रही थी। टीन की डिबिया में बीड़ी न होने के कारण चोइथराम को देर तक खाँसी आती रही। अपने रोने पर अपनी जिज्जी का समर्थन, या लड़ने के लिए किशू और शिकायत करने के लिए सती या गोपी का अभाव पाकर तारो अधिक देर तक रो न सकी। फौरन ही आँसू विहीन ग़ुस्से भरी आवाज़ में चिल्लाकर मानो ऊपरवाली मंज़िल को सुनाती हुई तारो बोली: "कमरा बन्द करके किशोरी भैया के संग—" घर में ही किसी बड़े से सुना हुआ शब्द तारो सहज भाव से अपनी बात में बोल गई। अपनी मनोपीड़ा से सहदेई अब कुछ-कुछ ऊबकर चूल्हे की लकड़ियाँ ठीक कर रही थी कि उसके कानों में गोपी-किशोरी के सम्बन्ध में तारो का कहा गया गाली का भद्दा शब्द पड़ा। सहदेई चूल्हे की लौ की तरह भड़क उठी। झपाटे से आँगन में जाते हुए तारो का हाथ पकड़कर उसके मुँह पर तड़ातड़ तमाचे मारती हुई बोली: "मुँहझौंसी, ई गाली बकब कहाँ ते सीख आई?—फिर बकैगी—फिर बकैगी—फिर बकैगी?" सहदेई मारती ही चली गई। जब उसके अन्दर का सारा जोम चुक गया, तभी उसने अपनी बहिन को छोड़ा। तारो बिलखकर रो रही थी। सहदेई खड़ी हाँफ रही थी। गोपी बड़े अन्दाज के साथ ऊपर की सीढ़ियों से उतरकर आँगन में आ रही थी। उसकी और सहदेई की आँखें सहसा चार हुईं। सहदेई ने क्रोध और नफरत से मुँह फेर लिया। गोपी नफरत और उपेक्षा से मुस्कुराई, और बाप की ओर बढ़ते हुए कहा। "बीरी चुक गई है बाबू? लो, पैसे देती हूँ, जाके अपनी बीरी ले आओ और चाय पी आना।"

चोइथराम लड़की से पैसे पाकर दरवाज़े की ओर खाँसता हुआ बढ़ा। सहदेई तारो से बोली: "चल उठ।"

"हम न ज़ाबै।"

"न चलिहौ तो मार खैहौ।" बहिन की वह बात सुनकर तारो उठकर दरवाजे की ओर भागी। दरवाजे के पास जाकर उसने कहा: "हम अम्मा से जायके कहिति है कि जिज्जी हमका बिना बात के मारिन।"

"ठहर तो सही।" कहते हुए सहदेई ने झपटकर बढ़ना चाहा, लेकिन चोइथराम के आगे होने से वह झपट ही के रह गई, बढ़ न सकी।

तारो गयी। चोइथराम गया। सहदेई दालान में बैठकर फिर अपना चूल्हा ठीक करने लगी। सहसा गोपी उसके सामने से गुज़री। गोपी की झलक तक नरसों से सहदेई के बदन में आग लगा देती है। सहदेई अपने भाव को और भी कसकर चूल्हा ठीक करने लगी। तवा चढ़ाया और चकला-बेलन सँभाल ही रही थी कि गोपी बाहर दोनों दरवाज़ों की कुण्डी चढ़ाकर लौटी और ऊपर की ओर मुँह उठाकर आँगन से ही आवाज़ लगाई—"किशोरी! किशोरी! ओ डार्लिंग!" सहदेई पिंजरे में बन्द शेरनी सी मन ही मन तप उठी। ऊपर से किशोरी की आवाज़ आई, वैसी ही मिठास, वैसी ही शरारत। फिर गोपी ने कहा कि नल नीचे ही लटका दो, मैं यहीं नहा लूँगी। घर में कोई नहीं और बाहर का दरवाज़ा बन्द कर आई हूँ। यह कहते बीच आँगन में सहदेई को ईंट-पत्थर-काठ जैसा घर का जड़ सामान मानकर गोपी निर्वसना हो गई। किशोरी ऊपर से नल छोड़ने आया तो आँगन के दृश्य पर अपने रसीले उद्‌गार प्रकट किंए बिना न रह सका। दोनों की बातों से लाज भरी समझ लेकर सहदेई मोम की पुतली बन गई। रोटी बेलती रही, रोटी सेंकती रही। किशोरी नीचे आ गया, नहाती गोपी को छेड़ता रहा। गोपी और किशोरी सहदेई को दिखा-दिखाकर चिढ़ाते रहे, उसका मज़ाक़ उड़ाते रहे। सहदेई मोम की पुतली बनी रोटी सेंकती रही। किशोरी ने एक बार नल उठाकर इसके दालान में हलकी फुहार छोड़ी। सहदेई की पीठ पर एक जगह धोती चिपककर रह गई, लेकिन वह कुछ न बोली! गोपी-किशोरी का स्नान-ताण्डव चलता रहा।

आँच के सामने बैठकर भी मोम की पुतली ऊपरी तौर पर तो जरा न पिघली, पर अन्दर ही अन्दर उसके सारे अरमान सुलगे जा रहे थे। चौबीस वर्ष की आयु देह और चेतना में काँटेदार गुलाब की तरह चुभ-चुभकर महक रही थी। उस चुभन और महक से वह घुट गई, ऊब उठी, चिड़चिड़ा गई⋯⋯बेसरम रण्डी कहीं की और ये किशोरी महागुण्डा है। अब हम इनके हियाँते पानी न लेब चाहे हमका बाहर से लावै का परै।

सहदेई के कानों में चुम्बन की ध्वनियाँ आ रही हैं, किशोरी के भावरुद्ध कण्ठ से कुछ तड़पते उद्‌गार, कुछ खुली बातें; छेड़छाड़ के सुखमय आभास से भरी गोपी की बरजन-भरी बातें⋯⋯।

चूल्हे में दो लपटें उठीं और मिल गईं। मोम की पुतली तड़प उठी। धप-धप उठी और दालान से निकलकर बढ़ने लगी। किशोरी ने उसका आवाहन करते हुए एक भद्दी बात कही और हँस पड़ा। सहदेई दहलीज के दरवाज़े खोलकर सदर दरवाज़े की ओर बढ़ी! किशोरी और गोपी दोनों चीख उठे: "ए सैदेई क्या करती ऐ?—अच्छा साली, मत

मान, तेरा गला घोंट के रहूँगा एक दिन।" किशोरी का खेल बिगड़ गया था। निर्वसना होने के कारण गोपी अपनी कोठरी के अन्दर भागी और किशोरी से अपने कपड़े अन्दर फेंक देने के लिए कहा। सहदेई एकाएक भीतर लौटने का साहस अपने अन्दर न पाकर दरवाज़े पर ही खड़ी रही। लेकिन कब तक खड़ी रहती, जब लौटी तो उसने देखा कि उसकी तमाम रसोई में चूल्हे की राख बह रही है और रोटियों के कटोरदान और दाल-चावल के भगोने भी पानी से भरे हैं, आँगन में कोई नहीं। गोपी की कोठरी के दरवाज़े बन्द हैं और रबड़ का पाइप भी ऊपर खींचा जा चुका है। सहदेई ने यह देखा और मोम की पुतली बन गई।

एक घण्टे बाद सहदेई की माँ तारो के साथ आई। अपनी रसोई का हाल देखते ही चिल्लाकर बोली : "हाय राम, यू क्या भवा ? को करि गवा ? अरे सहदेई ?" अपनी कोठरी के दरवाज़े खोलकर मोम की पुतली ने माँ को देखा।

"पानी कैसे गिरा ?"

"किशोरी करिगे हैं।" मोम की पुतली के होंठ हिले, चेहरा स्वरनिर्भाव रहा।

"काहे ?" माँ का स्वर औरतवाले सयाने कोठे पर गरजा, मोम की पुतली खामोश। सहदेई की माँ ने दो-तीन बार गरज-गरजकर पूछा, मोम की पुतली की आँखें छलछला आईं। सहदेई की माँ अपनी बेटी के आँसुओं का मोल जानती है। उसकी बेटी धुर बचपन ही से रोना नहीं जानती। बड़े ही कष्ट में उसके आँसू निकलते हैं। सहदेई की अम्माँ ने तारो को कल्लू महाराज के यहाँ से सूप लाने को कहा, तारो जाना नहीं चाहती थी। वह जानती थी कि जिज्जी अम्मा को किशोरी भैया की बातें बतायेगी। किशोरी भैया बड़े ही मुरहे हैं। तारो ने उन्हें सत्ती जीजी और गोपी जीजी दोनों ही को प्यार करते देखा था, इसलिए उसके नन्हीं उमर के सयानपन को ये आभास मिल गया था कि किशोरी भैया ने ऐसी ही कोई मुराही जिज्जी के साथ भी करनी चाही होगी। लेकिन तारो की इच्छा पूरी न हो सकी, अम्माँ ने डाँटकर बाहर भगा दिया।

अम्माँ सहदेई को लेकर कोठरी में चली गयी और उसे बैठाकर धीरे-धीरे पूछने लगीं। मोम की पुतली ने निर्विकार भाव से सब कुछ बता दिया। अम्माँ सुनकर तप उठीं। कोठरी के अन्दर उनके गरजते कोसने यों फूटने लगे, मानो ज्वालामुखी से जलता लावा बाहर निकल रहा हो। लेकिन उनके उद्‌गार सुनने के लिए घर में उनकी मोम की पुतली सहदेई ही थी। और उसी की तरह जड़ दीवारें, खम्भे, किवाड़, आँगन, दालान, कमरे और सती-गोपी के दरवाज़े का ताला भी गूँगा गवाह था। गोपी जा चुकी थी। किशोरी भी घर के दूसरे भाग में खाने के लिए जा चुका था।

घण्टे सवा घण्टे बाद जब भवानीदीन महाराज अपनी ड्यूटी पूरी करके रोटी खाने घर आये, तब तक दालान के दूसरे सिरे पर गुम्मों का चूल्हा बनाकर सहदेई की अम्माँ ने खिचड़ी चढ़ा दी थी। दूसरी ओर स्थायी रसोई वैसी ही उजड़ी हुई पड़ी थी, जैसे दुश्मन के हवाई हमले के बाद बस्ती के खण्डहर या किसी के द्वारा मारे गये आदमी की खून से

लथपथ लाश पड़ी हो। आश्चर्य, करुणा और क्रोध मिश्रित भाव स्तब्धता से फिर जिज्ञासा भरी उत्तेजना की ओर बढ़ते हुए भवानीदीन महाराज ने पत्नी से कारण पूछा। सहदेई की अम्माँ जलती आँखें निकालकर पति से बोली: "आज जब तलक डॉक्टर साहब का हम यू न दिखाय लेब तब तक ऐसनै ही पड़ा रही।"

डॉ० प्रेमनारायण बड़े ही व्यस्त आदमी हैं। उनके बारे में आमतौर पर यह कहा जाता था कि हैं तो बड़े लालची, पर उनके हाथ में जस है। मरते रोगी की नब्ज पर भी हाथ रख दें तो वह टैंया-सा उठ खड़ा हो। पत्नी हैं, दो लड़के, एक लड़की। बड़ा लड़का विलायत पास डॉक्टर है और दिल्ली में रहता है। लड़की भी अपने घर-बार बाल-बच्चों वाली हो चुकी है, समस्या केवल छोटे लड़के किशोरी की है। पाँच बरस से लिखना-पढ़ना छोड़कर बेकार है। तीन धक्कों में किसी तरह रो-गाकर इण्टरमीडिएट पास कर लिया, वही उसके लिए बहुत हुआ। डॉक्टर साहब ने उसे अपनी दवाओं की दुकान पर बैठाया। वहाँ भी मन लगाकर काम नहीं करता। बारह, एक बजे तक घर से दुकान जाता है और चार-पाँच बजे तक लौट भी आता है। घर से दो-एक बार रुपये भी चुराकर भाग चुका है। संयोग ही की बात थी कि इतने पैसेवाले होकर भी डॉक्टर साहब के इस बेटे को किसी बेटीवाले ने अब तक न पूछा। अब तो स्वयं डॉक्टर प्रेमनारायण ही उसका विवाह करने के लिए राजी नहीं होते। किशोरी से आमतौर पर वे बोलते भी नहीं हैं। उनके घर के दो भाग हैं। उनके ये दोनों किरायेदार पिछवाड़े वाले हिस्से में ही रहते हैं। ऊपर के हिस्से में किशोरी का कमरा है, जो एकदम नया बना है। डॉक्टर साहब वाला मकान ऊपर छतवाले दरवाज़े को बन्द कर देने से अलग हो जाता है। इधर के भाग में किशोरी एकछत्र राज्य हो जाता है। डॉक्टर साहब ने यह अवश्य सुना था, स्वयं उनकी पत्नी ही ने बतलाया था कि किरायेदार की बदचलन लड़कियों से किशोरी का सम्बन्ध है, परन्तु इस खबर को उन्होंने कोई ख़ास महत्त्व न दिया। लेकिन आज भवानीदीन महाराज के शिकायत करने पर बड़ा ही क्रोध आ गया। भवानीदीन लाख गरीब हों, पर थे तो आखिर उनके सजातीय ही। उन्होंने उसी दम अपने दो नौकरों को बुलवाकर ऊपर किशोरी के कमरे का ताला तुड़वाया और उसका सारा सामान वहाँ से निकलवा कर ऊपर वाले हिस्से के एक कमरे में लगवा दिया। उन्होंने छत के दरवाज़े में एक मोटा और मजबूत ताला भी डलवा दिया ताकि किशोरी इधर आने ही न पाये। रबड़ का पाइप भी डॉक्टर साहब भवानीदीन महाराज ही को सौंप गए और यह हुक्म लगा दिया कि सुबह पाँच बजे से सात बजे तक पानी पर महाराज का अधिकार रहेगा और सात से नौ तक चोइथराम की बेटियों का। इसी प्रकार शाम के लिए भी उन्होंने समय की पाबन्दी लगा दी। किशोरीवाले कमरे के लिए भी कह गए कि उसमें किरायेदार बसा देंगे।

इस नये परिवर्तन से किशोरी को तो कष्ट हो ही गया, गोपी और सती भी बड़ी परेशान होने लगीं। इन बहिनों को नहाने का बड़ा कष्ट हो गया। किशोरी के कमरे की एक चाभी नीचे भी रहती थी। गोपी और सती छुट्टी के दिन अथवा फुरसत के समय वहीं आराम भी करती थीं। उनका कोई मित्र आ जाय और किशोरी घर पर मौजूद न हो, तो

ये बहिनें उसी कमरे में बिठा-उठा भी लेती थीं। अब वो सारी सुविधाएँ एकाएक खत्म हो गईं। गोपी और सती उठते-बैठते सहदेई को कोसने लगीं। पानी को लेकर भी उनको बड़ा असंतोष था। अब तक तो किशोरी के कारण रबड़ के पाइप पर उनका अधिकार था, लेकिन अब डॉक्टर साहेब के आदेश से उनका वह अधिकार भी छिन गया था। यह उन्हें बेहद खलता था।

किशोरी भी सहदेई पर लाल भभूका हो रहा था। उसके कारण उसकी वाजिदअलीशाही समाप्त हो गई थी। सुबह नौ-दस बजे तक वह एक चक्कर इस घर का जरूर लगाता है। तारो और किशू तब तक अपने स्कूलों को जा चुके होते थे। गोपी करीब साढ़े बारह बजे यूनिवर्सिटी जाती थी। इसलिए वह उसे उस समय बराबर मिलती थी। जब दिन की ड्यूटी न रहती तो सती भी मिलती थी। हाँ, चोइथराम के प्रोग्राम में अब इतना परिवर्तन अवश्य आ गया था कि किशोरी के आने पर वह चाय के लिए बाहर ज़रूर चला जाता था। सहदेई अपने घर में अकेली पड़ जाती। सदर और दहलीज के दोनों दरवाज़े बन्द करके किशोरी और गोपी मौजूद होने पर सती भी, सहदेई को सताने के लिए नंगे नाच नाचते थे। सहदेई ने नौ बजे से पहले ही सब ढक-मूँदकर अपनी कोठरी के अन्दर दरवाज़े बन्द करके बैठने का नियम ले लिया था। किशोरी ने फिर भी उसका पीछा न छोड़ा। किशोरी और गोपी सहदेई के दालान के सामने ही अपनी चारपाई डालकर छाँह में बैठते-उठते थे। किशोरी अपनी कोठरी में बन्द सहदेई को सुना-सुनाकर गन्दी बातें बकता। सहदेई उन्हें सुनकर सन्नाटे में भी मोम की पुतली बन जाती थी।

यह ताण्डव सहदेई के मन को आठों पहर सताने लगा। लाख भोंदू सही, मगर आयु उसे अपनी समझ देती ही थी। घर का यह वातावरण संस्कारवश मन के लाख गंदा-गंदा कहते रहने पर भी एक विचित्र सनसनाहट के साथ उसके आकर्षण को घेरता था। ये सब जो बुरी बात है, वह कोरी बुरी ही बुरी नहीं, भली बात भी है। ब्याह होने पर वह भली हो जाती है·····उसका ब्याह ही नहीं हो रहा। इस वातावरण के कारण यह अभाव कुछ ही दिनों में उसके मन को आठों पहर खाने लगा। सहदेई पीली पड़ने लगी, दिन पर दिन सूखने लगी। मानसिक अत्याचार के अतिरेक में अपने सिद्ध अभ्यास के अनुसार एकान्त तक में बाहरी तौर पर मोम की पुतली बने रहना भी अब उसके लिए दूभर होने लगा। उसकी अन्दर की चेतना कुल्हाड़ियों की तरह उसकी बाहरी जड़ता पर आघात करने लगी। उसकी मुखमुद्रा पर भाव संचालित होने लगे। बाहर आँगन से आनेवाली चुम्बन-ध्वनियों का स्पर्श उसके होंठों को मिलने लगा। गोपी की सिसकारियाँ उसके अंगों में सिहरन भरने लगीं और एक दिन उत्तेजना में मन ने विद्रोही बनकर लाज के बन्धन तोड़ दिए। सहदेई ने पहली बार झाँककर बाहर के दृश्य को देखने की उतावली दिखलाई। लाज ने एकान्त में अपने बंधन तोड़ दिए। और इसके बाद सहदेई का मन और तन दोनों ही निष्क्रिय रहने लगे। उसे अपनी कोठरी से बाहर निकलने से नफ़रत थी; गोपी, सती और किशोरी से नफ़रत थी। साथ ही उसे अपने घरवालों से भी चिढ़ होने लगी। सहदेई

बात-बात में चिड़चिड़ा उठती थी। महराजिन ने यह देखकर भवानीदीन महाराज की वर की तलाश में एक बार फिर नोन-सतुआ बाँधकर निकलने पर विवश कर दिया।

ऐसे ही समय में 'रूस रिटर्न्ड' श्री युत लक्ष्मीनारायण खन्ना बी०ए० अपनी माया भाभी की सिफारिश से पैंसठ रुपये भाड़े पर किशोरी वाले कमरे के किरायेदार बनकर आ गये। उसने गृह-प्रवेश और मित्र विदाई के पचास कार्ड छपाये और पीछे कार्यक्रम छपाया। अध्यक्ष मालिक मकान डॉक्टर शर्मा होंगे और उद्घाटनकर्त्ता लाला बैजनाथ, अध्यक्ष को माल्यार्पण श्री मुलायमचन्द द्वारा किया जायेगा और पड़ोसी और किरायेदार के कर्त्तव्य पर भी रमेशचन्द्र गौड़ का भाषण होगा। रूस यात्रा के संस्मरण श्री लक्ष्मीनारायण खन्ना सुनायेंगे और धन्यवाददाता श्री शामराव गणेश गोडबोले होंगे। संगीत और मधुर जलपान भी होगा। दो दिन इसी दौड़-धूप में लगाये। अपना नया आवास धुलवाया-पुछवाया। इसके लिए आते-जाते उसने अपनी पड़ोसिनों, कुख्यात मनसुखानी बहिनों को भी देखा, पर कोई ध्यान न दिया। लच्छू अपने-आपको नये सिरे से जमा रहा है। महल्ले में नये सिरे से नया-पुराना होना चाहता है। अपनी धाक जमाकर बैठना चाहता है। और उसने फिलहाल मुलायमचन्द को पटाया है तो तीरू से भी वह राम-जुहार कर आया है। गोड़बोले अमरीका जा रहा है, इस बहाने उसका सम्मान भी कर डाला।

उस दिन छत पर गोष्ठी खूब जमी। लाला बैजू और डॉक्टर शर्मा थोड़ी देर के बाद चले गये। फिर मुलायम को अध्यक्ष बनाकर धुआँधार भाषण हुए। लच्छू ने मुलायम की गहरी खुशामद की और वह भी इस तरह कि खुशामद न लगे।

पुराने दोस्त अपने-अपने ध्यान-धन्धों में रम चुके थे। रमेश एक तो दूर चला गया था, दूसरे अपनी उन्नति के चक्कर में प्रयत्नशील है। गोडबोले जा ही रहा है। जयकिशोर का संग-साथ अब साहित्यिकों से अधिक बढ़ गया है। कम्मी अवश्य सबेरे एक चक्कर लगा जाता है। हर्रो भी लच्छू के संग चिपका है। उसने वचन दे रक्खा है कि तुम्हें अपने साथ काम में खपाऊँगा। लच्छू अपनी पूँजी की सीमा को भी देख रहा है। उसे एक दो महीने के भीतर ही आमदनी होनी चाहिए। मूलायमचन्द को यह स्कीम समझाई है कि "उद्योगपुरी में एक भी शानदार रेस्त्रां नहीं है। मैं खोलूँगा। दूकान तुम्हारे पास गिरवी रहेगी।" मुलायम बोला : "खोखा मियाँ से मिला दूँगा। होटल-रेस्त्रां का मामला वही बेहतर समझते हैं।"

"खोखा मियाँ कौन ?"

"हाजी साहब के लड़के हैं, बंगालिन रखैल से। मगर अपने बिजनेस में उन्हें भी हिस्सा दिया है। आजकल होटल का धंधा वही सम्भालते हैं।"

लच्छू खोखाँ मियाँ से मिला। वे उसकी बातों से प्रभावित न हुए। योजना ठप पड़ गई। मुलायमचन्द बोला : "इनकी सलाह के बिना मैं कोई काम नहीं करता।"

●

मुलायम से निराश होकर लच्छू बैजूलाला के पास गया। लाला ने पूछा: "ताश खेलते होगे ?"

"जी, यों ही मामूली।"

"तब फिर हमसे मिलने क्यों आये। रेवतीरमन से मिलो, राधेरमन के लड़के से। वही आजकल छोटे-धंधों की सहायता-इस्कीम चलाय रहे हैंगे। अच्छा तो रूस में क्या नाम हैके ताश का शौक है लोगों में ?"

"हमने कहीं देखा नहीं बैजू बाबा। हाँ, शतरंज खूब जोरों से जमती है। अच्छा तो रेवतीरमजी से मिला कैसे जाय बाबा ?"

"अब मिलने की जुगत बैठाओ। इत्ती दूर रूस घूम आये और रेवतीरमन से मिल नहीं सकोगे ?"

"मिलने को तो मिल लूँ, पर अब आप मिलायेंगे तो असर अच्छा पड़ेगा।"

"तुम्हारे यहाँ वो टेलीफून गर्ल की बड़ी तारीफ सुनी है लच्छू। सूना है, बड़ी दानवीर करन हैगी।"

लच्छू ने देखा, बैजू बाबा बातों में अटका-अटका के चल रहे हैं। बुड्ढे को लड़कियों का भाव भी है, ढीठपने से मुस्कुराकर बोला: "हमें गौरैया के शिकार में मजा नहीं आता बाबा, शिकार हो तो फिर किसी चील, बाज का हो।"

"जियो बेटे, कमा खाआगे। आज के जमाने में मरद की तकदीर औरत से ही खुलती है। तो जान-पहचान की है उन लड़कियों से ?"

"जी, कोई ख़ास नहीं। एकाध-बार नहाने के लिए ऊपर का गुसलखाना, माँगने आई थी, मैंने मना कर दिया।"

"सिड़ी हौगे, आज की दुनिया में रहना चाहौ तो बिगाड़ किसी से न करो। समझे। कुछ सूरत-सकल है उस लड़की की ?"

"हाँ, ठीक है बस। छोटी वाली जरा अच्छी है। क्यों, आपको ज़रूरत है ?"

"हमें किसी तरह की इश्कबाजी का चस्का जवानी में नहीं रहा तो अब क्या होयगा। लेकिन अगर ठीक होय तो पटाय लेव उसे। उसे, या और किसी को—अरे कोई भी होय, अच्छी होय। फिर आके हमसे कहना, रेवती को रात के खाने पे बुलाय लेंगे। काम बन जायगा तुम्हारा।"

लच्छू के लिए यह बहुत कठिन काम था। क्या उसे औरतों की दलाली से अपना धंधा बनाना होगा ? बनाते ही हैं सब। आज की रिश्वतें ही ये हैं। रमेश से बात हुई, वह एकदम विरुद्ध था। जयकिशोर इसे असम्मान समझता था।

लेकिन उसकी गाँठ का गोपीचन्दन घिसा चला जा रहा था। महीने दो महीने में नई आमदनी न आई तो, उसे यह नगर ही छोड़ के भागना पड़ेगा।····बड़े भैये का तर्क है कि गरीब आदमी को रुपया कमाने के लिए सब कुछ करना चाहिए। पापी से पापिन मिलेगी, अपना क्या जाता है। इसे दलाली क्यों माना जाय? राजनीति और व्यौपार में ये सब चलता है, बड़े-बड़े करते हैं। सदा से होता आया है।····मगर नहीं गले उतरती ये बात, आत्मा गवाही नहीं देती। इतना आलीशान देश देख के आ रहे हैं अभी। इतने ऊँचे-ऊँचे विचार उदय हुए थे वहाँ।

मगर रुपया तो चाहिए ही। रुपये के बिना धन्धा कैसे होगा? वरना फिर वही फटीचर क्लर्की करनी पड़ेगी। उद्योगपुरी में रेस्त्राँ खोलना शहीद स्मारक से भी अच्छा रहेगा।····क्या मौके की ज़मीन है, क्या ही अच्छी आमदनी होगी यहाँ पे! दो-चार खोंचेवाले ही तो बैठते हैं, मक्खियाँ भिनभिनाती हैं। बाबू लोग ज़रूरत भी अनुभव करते हैं, मज़दूरों-कारीगरों का काम तो चल भी जाता है, पर उन्हें यदि अच्छी चाय और जल-पान मिले तो दौड़े चले आयेंगे। सब मिल के ढाई-तीन हज़ार मज़दूर होंगे।—फिर तो उनकी यूनियनें भी होंगी, और उनके नेता भी होंगे।······

विचारों के मंथन से लच्छू को एक नई सूझ मिली। सोचने लगा कि जब तक इन बड़ों से अपना ठेंगा न पुजवाऊँगा तब तक काम न बनेगा। "इनकी यूनियनों के नेताओं का पता लगाओ हर्रो। हारे जुआरी का दाँव है, सौ डेढ़ सौ इन लोगों पर भी खरच करके देख लूँ। लगा तो तीर, नहीं तुक्का तो है ही साला।"

और तीर चल गया। कालीन फैक्टरी के यूनियनपति श्री 'तूफ़ान' ब्रिजबासी पट गये। दो-चार ही दिनों में खासी दोस्ती हो गई। रूस के बयान हुए; लच्छू के पास यही तुरुप का पत्ता था। दो-एक दिन रम की बोतलें भी खुलीं। ह्यूम पाईप, साइकिल उद्योग, बिजली उद्योग, प्लास्टिक रेडियो, काँच आदि उद्योगों के आठ-दस यूनियन अधिकारी हाथ में आ गए। एक दिन खूब पिलाकर लच्छू ने लेक्चर गर्माया: "भाइयो, ये साले पूँजीपति एक गरीब आदमी को उठने नहीं देते। कहने को रेवती बाबू ने लघु व्यापार सहायता संघ और उद्योग बैंक खोल रखा है, पर मदद उसी की करेंगे, जो साला उन्हें लौंडियाँ सप्लाई करे। और कहने को हाजी साहब अपने हैं, पर उनके खोखा मियाँ भी अब सातवें आसमान से बातें करते हैं। मैंने सोचा कि समाजवाद में आज जो असली बड़ा आदमी है, जो हम गरीबों का सच्चा खुदा और रहनुमा है, वो आप लोग यानी यूनियन के नेता लोग ही हैं। मैं आपको सच्चा और साक्षात् भगवान मानकर आपके आगे सिर झुका के अपनी झोली फैलाता हूँ। मुझे रोजी दीजिए। मैं आपके लिए उद्योगपुरी में एक रेस्त्रां खोलना चाहता हूँ।"

नशे की रंग-मौज में यूनियन नेता अपने शरणागत पर कृपालु हो गए। 'तूफ़ान' साहब ने तूफानी लेक्चर दिया और दूसरे ही दिन से एक केण्टीन की माँग भड़कने लगी। दस-पन्द्रह दिनों में जोर बँध गया। कई यूनियन वालों ने मिलकर एक सार्वजनिक सभा

की, जिसमें कामरेड लच्छू भाई का सम्मान हुआ, उनसे रूस के संस्मरण सुने गये और उन संस्मरणों में कामरेड लच्छू भाई ने स्वाभाविक रूप से रूस के मजदूरों का स्वर्गोपम चित्र खींचा और रेस्त्रां की आवश्यकता बतलाई। अमीर लोग उम्दा चाय पियें और मज़दूरों के लिए मक्खियाँ भिनका नाश्ता और सड़ी सी चाय? इंकलाब जिंदाबाद! हाजी और राधेरमन दोनों ही के लिए बैठे-ठाले और अचानक ये सिरदर्द आ गया। एक दिन सामूहिक हड़ताल भी हुई! उसमें 'लच्छू भाई' 'लच्छू भाई' एक नये नाम की धूम मची। और दोनों ही उद्योगपति समझते थे कि यह आन्दोलन स्वार्थ का है, दोनों ही की यह नीति थी कि टुकड़ा फेंक मुँह बन्द करना चाहिए; रकम मामूली मगर सिरदर्द बड़ा है! रुप्पनसुत बीरचन्द-मुलायमचन्द दोनों ही अपने-अपने खेमों में लच्छू भाई का मामला ठीक करने का जस लूटने के लिए आगे बढ़े। लच्छू भाई जीत गए। 'राधेरमन उद्योग' के लाला रेवतीरमन ने पाँच हज़ार की रकम अपने सहायता फंड से दी और पाँच हज़ार अपनी इंडस्ट्रियल कोआपरेटिव बैंक से चार प्रतिशत सूद पर दिलवाए। हाजी के अवैध पुत्र खोखा मियाँ भी मज़दूरहिताय निष्काम मदद करने को अब राजी हो गए। एक केन्द्रीय प्लाट लच्छू को दे दिया गया। यूनियनों के प्रतिनिधि नये जलपान उद्योग 'पैराडाइज' के डायरेक्टर बने। लच्छू ने मुनाफ़े का कुछ भाग मज़दूरों को देकर काम बना लिया। रेस्त्रां का एक हिस्सा मज़दूरों के लिए, दूसरा बाबुओं और बड़े आदमियों के लिए बनाया गया। चूँकि रुपया राधेरमन का था, इसलिए आइसक्रीम प्लॉण्ट और कॉफी प्लॉण्ट आदि उन्हीं की मार्फत आया, उन्हीं के आदमी अधिकतर नौकर रक्खे गए। एक हर्रो को लच्छू ने अवश्य खपा लिया। सन् इकसठ के अन्त तक लच्छू की गाड़ी चल निकली। 'पैराडाइज' के उद्‌घाटन के दिन, रमेश, रानी, बड़े भैये, माया भाभी, माँ, बाप, कम्मी, रुप्पन, बैजू लाला, गोड़बोले वैद जी आदि सभी आये थे।

लाला बैजू बोले: "तुम्हाई तरकीब हमाई तरकीब से अच्छी रही लच्छू। बाइज्जत बढ़े हौ बेटे, पर अब देखना है कहाँ तक बचते हो।"

"मैं बच जाऊँगा बाबा।" लच्छू जीत की खुशी में जोश से बोला।

"अरे बेटा, व्यासदेवजी तक लिख गये हैंगे कि पैसा बिना तिकड़म और बेईमानी के बढ़ ही नहीं सकता।"

लच्छू कुछ कहने जा ही रहा था कि उसके पिता बाबू सतनरायन बोल उठे: "तो ये ससरा कौन कम बेईमान और तिकड़मी हैगा। मैंने इसीलिए सबका माया-मोह त्याग दिया है। लौंडिया ससरी सब मेरे सन्त सुभाव पर गईं और लौंडे तीनों के तीनों साले अपनी महतारी पे गये हैंगे। आज जाने कौन से पुन्न उदय भये कि लड़के ने मिठाई दिखाई, नहीं तो साले एक-एक पैसे की बीड़ी को तरसाते हैंगे हमें।"

बाबू सतनरायन की बातों से लच्छू चिढ़ गया, उत्तर तो न दिया पर मुँह बिगाड़कर चला गया। लाला बैजू सत्तो बाबू को दिलासा देने के लिए बोले: "अरे भैये, इन्हीं सबकी वजह से अष्टग्रही की प्रलय आय रही हैगी। सुना, बड़ा भारी जोग है, महाभारत के जमाने में आया रहा।"

"अरे आने देव चाचा। हम तो माया-मोह त्याग ही चुके। सबेरे अपने दफ़्तर गये और रात में सन्त-सम्मेलन हुइ रहा है सो वहाँ साधू-महात्मा के उपदेसों में मन रमाया। भाड़ में जायें लड़के-लड़कियाँ और उन्हें पैदा करने वाली ससरी...हरामजादी.......जिन्दगी चौपट हुई गई इस ससरी के मारे......"

बाबू सतनरायन बड़बड़ाते हुए आगे बढ़ गये। सर्दी तेज थी और उन्हें सन्त-सम्मेलन जाना था।

:: ४७ ::

सर्दी कड़ाकेदार पड़ रही थी, हवा का तीखापन हड्डियों तक में बिंधा जा रहा था। लोग कहते थे कि अष्टग्रही आने से पहले का चमत्कार है, ताकि सब सचेत हो जाएँ और धर्म-कर्म करें। सन्त-सम्मेलन में अनेक सन्त-संन्यासियों के धार्मिक प्रवचन सुनकर भीड़ लौट रही थी। इस नगर में, दूसरे नगरों में, गाँवों में सर्दी के मारे सैकड़ों निर्धन मनुष्य, हज़ारों ढोर, पशु-पक्षियों के मरने की ख़बरें नित्य आ रही थीं। सैकड़ों विषधर नाग ऐसे ठिठुरे कि जिन्हें पकड़ते सिद्ध सँपेरे भी घबराते थे, उन्हें बच्चों ने लाठियों से पीट-पीटकर मार डाला। सरकार की ओर से चौराहे-चौराहें पर आग तापने के लिए लक्कड़ सुलग रहे थे। यह सब था, मगर सन्त-सम्मेलन के मजमे में कमी नहीं आई थी। अनेक बड़े झुण्डों में और टोलियों में बँधकर भी भीड़ का सामूहिक रूप तब तक विच्छिन्न नहीं हुआ था। पण्डाल के तीन द्वारों से पतली लकीर की तरह निकलकर भीड़ सड़क पर एकाकार फैलती हुई ऐसी शोभायमान लग रही थी, मानो त्रिपथगा गंगा हिमालय की सकरी गैलों से निकलकर मैदान में आ रही हों। गैस की लालटेनों के सुस्कारे छोड़ते हुए व्यापक प्रकाश, कारबाइट के कुप्पों की सधी नोकीली बदबूदार लौ अथवा मिट्टी के तेलवाले कुप्पों की लपलपाती लौ लगाए, गजक-मूमफली आदि के खोंचेवाले अपनी रात की आखिरी बिक्री के लिए हाँक मार रहे थे। सम्मेलन की समाप्ति पर माताओं द्वारा जगाये हुए बच्चे सड़कों पर नींद के नशे में झूमते, झिड़की खाते, रोते अथवा जमुहाँइयाँ लेते घर चले जा रहे थे। स्त्रियों और पुरुषों की टोलियाँ धार्मिक प्रवचनों अथवा उन पर होनेवाली शंकाओं पर जोशीले कानूनी बहस-मुबाहसे करती अपने-अपने महल्लों की ओर बढ़ रही थीं।

रेलवे आफ़िस के डिस्पैचर-क्लर्क, प्रेमू, लच्छू और बिरजू के पिता बाबू सत्यनारायण उर्फ सतनरायन उर्फ सत्तो बाबू मूँमफली के छिलके फेंकने के साथ-साथ एक मींगी भी धोखे में गिरा गये, इससे उनके दरिद्रतात्रस्त मानस को तड़पने का एक बहाना मिल गया। दूसरी मींगी खट से मुँह में डालकर चुभलाते हुए बोले : "हमें तो भाई जम गयी। स्वामी मुक्तानन्द ने करोड़ों रुपये की बात कह दी। मल-मूत्र के संग इस्तरी के गरभ में रहकर जनम लेनेवाली मानुख जून से बढ़कर निखिद्ध इस संसार में और कुछ भी नहीं है। सो उसको उत्तम बनाने के हेतू से बन में बैराग लेना चाहिए। लाला केसो, जरा दो-चार

मूमफलियाँ और बढ़ाना इधर। हाँ भइ मास्टर साहब, तुम्हारी क्या सम्मती है, चलते हो तपिश्या करने?"

लाला केशवकुमार गिनती की चार मूमफलियाँ बाबू सत्यनारायण के हाथ में रखते हुए बोले: "भइ हम तो राजी हैं। तपिस्या होय चहै न होय, बाकी जंगलों में चले जाने से यह माया-मोह तो छूटेगा ही ससरा।"

"अरे जब इत्ते लोग यहाँ का माया-मोह छोड़कर जंगलों में पहुँचेंगे तो वहाँ भी राशन की समस्या आयेगी, तब क्या करोगे?" मास्टर जगदम्बासहाय ने मुस्कुराते हुए कहा: "औ' जब राशन की समस्या पड़ेगी, खेती-पाती करने लगौगे तो माया-मोह का क्रम फिर से चल पड़ेगा—फिर जैसा जंगल तैसा घर। अन्तर—"

"अन्तर-फन्तर कुछ नहीं, माया-मोह की जड़ पेट नहीं, इस्तरी है।" बाबू सत्यनारायण ने 'इस्तरी' कहते हुए अपनी दोनों हथेलियों से कर्री मूमफली को दबाया, फिर बोले: "सिन्धुजी महाराज ने क्या कहा था कि 'द्वारम कमाकम कि नरकस्म नारी' अर्थात नारी नरक का द्वार है बाबूजी। इसी ससरी नारी के कारन हमारे ऊपर भी ये अष्टग्रही में प्रलय आवैगी, देख लेना।"

बगल से कुछ औरतें जा रही थीं, एक भक्तिन सुनकर तड़प उठी, बोली: "करतूत सब मर्दन की औ' परलै हमारी वजह से आवैगी। झूठ की हद है।" औरतें इस विषय को लेकर चेंचा-मेंची करती हुई आगे बढ़ गयीं। लाला केशव मूमफलियाँ चबलाते हुए मुस्कुराकर बोले: "सत्तो बाबू, अब बोलौ, मैं कहता हूँ जवाब नहीं सूझैगा।"

अध्यापक मिश्रीलालजी बोले: "अरे बुढ़िया की बात का जवाब इन्हें सूझ जायेगा केशोकुमार, जवान होती तो न सूझता।" कहकर अध्यापकजी हँस पड़े। लाला केशव और मास्टर साहब ने उनका साथ दिया। गली के धुँधले प्रकाश में इनके पीछे आती हुई टोली में भी दो-एक हँसी के स्वर सुनाई दिये। बाबू सतनरायन ताव खा गये, बोले: "मेरी भगती कच्ची नहीं है बाबूजी। माया-मोह साले को छोड़ते कितनी देर लगती है मुझे। इस्तरी-बच्चों में धरा क्या है? सब अपने-अपने स्वारथ के कारन हमें घेरते हैं। अरे हम घिर जायँ तो मूरख, नहीं तो सन्त। इस्तरी-बच्चों से मुक्ती पाने का नाम ही मोच्छ है। देखौ, आज हमारे लच्छू ने रेस्टोरां खोला, हम गये। पर उसके ठाठ देखके हमारे मन में माया-मोह न उपजा। मिठाई खाई और संत-सम्मेलन में आ गये। यही तो मोच्छ है।"

अपने प्रवचन से बाबू सत्यनारायण स्वयं अपने मन में तथा कुछ-कुछ अपनी टोली के मनों में भी सन्त पद पर विराजमान हो चुके थे कि तभी लाला गुंदूमल बौहरे के नायब मुखतार सुमेसरदीन ने पीछे से ललकारा: "अरे सतनाराइन बाबू, ठैरना तो। आठ-दस दाईं तुम्हारे घर का चक्कर कर आया हूँ।"

सुमेसरदीन अपने एक देहाती रिश्तेदार के साथ सिनेमा देखकर लौट रहे थे, गली में दस कदम आगे बाबू साहब की आवाज़ सुनकर उन्हें वही हर्ष हुआ, जो बाज को चिड़ियों

की चहचहाहट सुनकर होता है। सुमेसरदीन अपने देहाती स्वजन को अपना रौबीला रूप दिखाने का लोभ-संवरण न कर सके। बाबू सत्यनारायण को पुकार ही बैठे।

बाबू सत्यनारायण को साँप सूँघ गया। महाजन के कारिन्दे महाजनों से अधिक बेरहम होते हैं। अपने मालिक के कर्जदारों से अपने आगे नाक रगड़वाने में उन्हें सच्चा सुख प्राप्त होता है। बाबू सत्यनारायण को अकेले में सुमेसरदीन या किसी भी तगादगीर की दाढ़ी पर हाथ फेरकर गिड़गिड़ाने और हाथ जोड़ने में अब आपत्ति न होती थी, परन्तु इतने लोगों के आगे वे अपनी हेठी नहीं होने देना चाहते थे। बाबू सत्यनारायण फौरन ही इष्ट-मित्रों से अलग हो पीछे लौटते हुए खीसें निपोरने लगे। उनकी इच्छा थी कि नायब मुख्तार का बाँह पकड़कर अलग ले जाकर उससे चुपके-चुपके बिनती-चिरौरी कर लेंगे। सतनरायन बाबू छह बेटियों, तीनों बेटों के बाप; उमर भर बिटियों के ब्याह के पीछे ऋण से लदे रहे। बरसों रुप्पन लाला के कारिन्दों की चिरौरी की, अब दूसरे महाजनों और उनके कारिन्दों की करते हैं। पिछले पाँच महीनों से वे लाला गुंदूमल का ब्याज नहीं दे पा रहे हैं। दूसरे महाजन भैरों गुरू का तकाजा बहुत बढ़ गया था। वे इनके घर पर आकर गाली-गुफ़्तार भी कर गये थे। आबरू बचाने के लिए बाबू साहब पिछले पाँच महीनों से भैरों गुरू को सन्तुष्ट करने का किंचित प्रयत्न कर रहे थे और लाला गुंदूमल के कारिन्दों से कन्ने काट रहे थे। इस समय जब कि माया-मोह से मुक्त होकर उनके मन पर ज्ञान-वैराग्य का नशा छाया हुआ था, तब बाबू सत्यनारायण को यदि गुंदूमल के मुख्तार का इस तरह बोलना खल गया तो कोई आश्चर्य की बात न थी। एक बार तो भेजा इतना घूमा कि पलटकर मुख्तार को दो जूते लगाने को जी चाहा, मगर फिर कुछ सोच-समझकर वे रुक गये। मुख्तार से गिड़गिड़ाहट और खुशामद का स्वर साधा : "हें : हें :, मुख्तार साहब हैं। अबकी बड़े दिन बाद दर्शन—"

"दस दाईं दौड़ चुका हूँ तुम्हारे यहाँ, अच्छे भलेमानस मिले हैं हमें।" मुख्तार ने अपनी आवाज़ चढ़ाते हुए कहा।

बाबू सत्यनारायण गिड़गिड़ाकर धीरे से बोले : "चार भलेमानसों का साथ है मुख्तार साहब, जरा धीरे—"

"आये बड़े भलेमानसों के साथवाले। जो भलेमानस होते तो दूसरे का उधार न चढ़ाते। ससुर तीन महीने का ब्याज पहले का बाकी औ' तीन महीने ये फिर चढ़ गये—"

"धीरे—मुख्तार साहब, भरे बाज़ार मेरी आबरू न लें।" बाबू सत्यनारायण कड़कड़ाते जाड़े की रात में भी आबरू बचाने के फेर में पसीना-पसीना हो गए। उधर मुख्तार अपने देहाती सम्बन्धी को अपनी रौब दिखलाने के लिए ताव पर चढ़ता ही चला जा रहा था। उसकी गरज-चमक और अपमान भरी बातें सारी गली को बाबू सत्यनारायण की विपत्ति का परिचय देने लगीं। उनके साथी कुछ ही दूरी पर खड़े हुए थे। पीछे से भी गली में भीड़ आ रही थी। मुख्तार की शेख़ी भरी चिल्लाहट अपनी ओर सबका ध्यान आकृष्ट कर लेती थी। बाबू सत्यनारायण अपराधी की भाँति स्तब्ध, सिर झुकाये खड़े मन ही मन तड़प रहे

थे। पीछे से तीन-चार स्त्रियों का झुण्ड आया। एक स्त्री नायब मुख्तार की आवाज़ सुनकर ठिठकी, पुकारा : "सुमेसर है क्या ?"

सुमेसरदीन नायब मुख्तार का रौब थम गया। चौंककर पूछा : "कौन ? अच्छा-अच्छा पुरतानीजी हैं।"

पुरोहितायनजी बोलीं : "हाँ, कथा सुन के आय रहे हैं। किसपे चिल्लाय रहे हो भैया, कोई तगादे-उगादे वाला है ?"

"हाँ, यही है, सतनराइन झम्मनटोले वाले ?"

बाबू सतनरायन अब न सह सके। चेतनाशून्य होकर चिल्ला उठे : "अबे साले तो क्या तेरे बाप से कर्जा लिया था ? साला भरे बाज़ार में इज्ज़त लेगा ? मैं तुझे और तेरे बाप को खोद के गाड़ दूँगा।" बाबू सत्यनारायण का झपाटेदार हाथ उठा, सुमेसरदीन ने लपककर रोका और दोनों में गुत्थम-गुत्था हो गई। गली के फर्श पर दोनों के जूतों की घिसटन रगड़ने और दोनों मुखों के उच्छ्वास भरे गाली-विस्फोट होड़ लेने लगे।

"होगा सत्तो बाबू, जाने भी दो।" मित्र-मण्डली इनकी ओर बढ़ी। बाबू सत्यनारायण अब आबरू-भय से मुक्त होकर क्रोध की अटारी पर चढ़ चुके थे।

मुख्तार भी अकड़ा परन्तु इस समय वह सत्तो बाबू से जीत न सका, क्योंकि वह उसे ज़मीन पर गिराकर उस पर चढ़ बैठे थे। मित्र-मण्डली ने दोनों को खींचकर बीच-बचाव कर दिया। नायब मुख्तार का देहाती सम्बन्धी भी उन्हें झाड़-पोंछकर उठा ले गया।

तमाशा खत्म होते ही गली फिर अपनी चलन पर आ गई। बाबू सतनरायन और उनकी मित्र-मण्डली के मनों में अब फिर से ब्रह्म मिथ्या और जगत् सत्य भासित होने लगा था। कई ओर से निःश्वासों के साथ यह उद्गार फूटने लगे कि जिसकी आबरू भगवान जब तक रख लें तभी तक समझो, वरना यों तो सभी अपनी धोतियों में नंगे हैं।

दो गलियों आगे तक मित्र-मण्डली चुपचाप चलती रही। लौटती भीड़ के रेले प्रायः आगे बढ़कर उनके लिए अलोप हो गये थे, पीछे भी सूनापन ही चल रहा था कि एक टोली के ठहाके सुनाई पड़े। मास्टर जगदम्बासहाय को सामूहिक मौन तोड़ने का अवसर मिला, बोले : "ये लीजिए, हमारी नई पीढ़ी भी अपने धरम-करम से वापस लौट रही है। क्या शोहदापन बढ़ गया है आजकल के लड़कों में कि, शिव-शिव। ये देखिए, सीटियाँ बजाते, भद्दी बातें बकते हुए चले आ रहे हैं। इनसे पूछो कि अरे हरामजादो, यह नहीं सोचते कि आस-पास जितने हैं, सब तुम्हारे ही मेल-जोल, नाते-गोते, बिरादरी-व्यवहार के लोग रहते हैं। तुम्हारी माँ-बहिन-दादियों के कानों तक यह तुम्हारी बेहूदगियाँ-हरमजदगियाँ—"

"बात बस एक शब्द में आय गई मास्टर साहब, यह सब हमारी औलाद हैं, और बकौल आपके हरामजादे हैं। तब दोष किसका है ? हः हः हः।" अध्यापक पण्डित मिश्रीलालजी की बात ने मित्र-मण्डली के हर चेहरे पर मुस्कान खिला दी और बात की तड़प बाबू सतनरायन के कलेजे से पीर बन फूटी, बोले : "हाँ साहब, हमारे हैं औ'

हरामजादे हैं, बात बिलकुल सही है। अजी अब बेटे बाप से कहते हैं कि साले तेरा एहसान क्या। हम तेरी इच्छा से नहीं आये, एक नेचरल प्रॉसेस से आये हैं। उसमें बाप साले का क्रेडिट ही क्या होता है। जब खुद ही यह कहते हैं तो हरामजादे तो हुए ही सबके सब। और इन्हीं हरामजादों के पीछे ससरे महाजनों की, उनके मुनीम-कारिन्दों की, आगा-पठानों की—अजी, क्या कहें—धोबी-नाई तक की गालियाँ खानी पड़ती हैं। और हरामजादे कहते हैं कि बाप ने एहसान ही नहीं किया। बस, माँ की महिमा है साली की। जीवन क्या है मास्टर साहब, आपसे सत्त कहता हूँ, ग्यानी महात्माओं की चरण रज लेके आ रहा हूँ, झूठ नहीं बोलूँगा—मैं कहता हूँ, हमसे-आपसे बढ़कर निष्काम कर्मी इन लाखों उपदेश देनेवाले ग्यानी महात्माओं में भी नहीं मिलेंगे। हम ससरी बीबी-बच्चों के लिए दिन-रात हाय-हाय करते जीवन खपा देते हैं। साहेबों, बड़े बाबुओं की, जिस-तिस की, ससरे चपरासियों तक की रौब-फटकार सुनके घर आओ तो घर सा घर नहीं लगता। फिर अपनी ज़िन्दगी ही क्या रह गई। जो कुछ रही इन बीबी-बच्चों की रही। हम जीते हैं तो निष्काम जीते हैं।''

लाला केशोकुमार बोले : ''सतनरायन बाबू, आपकी बात दिल को लगती तो ज़रूर है। परमात्मा न करे, किसी के पूत कपूत हों या भार्जा कुभार्जा हो, मगर हर एक का तो ऐसा नहीं होता।''

अपनी गृहस्थी की ओर से सुखी सौभाग्यवान अध्यापकजी बोले : ''मैं लालाजी की बात का समर्थन करता हूँ। भाग्यम् फलति सर्वदा। अपने-अपने संस्कार, अपने-अपने कर्म-व्यवहार की बात है भाई।'' अध्यापकजी ने बात इस शान से कही, मानो नक्द चमचमाता हुआ रुपया खन्न से फेंका हो। लड़कों की गप्पें और हँसी भी अब समीप ही आ पहुँची थीं।

मास्टर जगदम्बासहाय ने लड़कों की टोली को निकट आया जानकर अपने मास्टरी अनुभव का मनोवैज्ञानिक जाल फेंका; ऊँचे स्वर में बोले : ''अरे यार, हम तो कहते हैं कि लड़कों ही को क्यों कोसते हो? कमजोरियाँ क्या हम में नहीं हैं? कुछ भाग्य होता है और कुछ स्वयं अपनी करनी का फल भी होता है। आपने अपने बच्चों को नैतिक बल दिया ही नहीं—हम तो आप ही दंभी, मक्कार, चाटुकार और कमीने हैं। तब किससे कहें और क्या कहें?''

''मास्टर साहब जिन्दाबाद। मास्टर जगदम्बासहाय की जय।'' पीछे आते हुए लड़कों ने मास्टर साहब की जोशीली स्पीच के समर्थन में नारेबाजी के उद्गार फोड़े। बड़ों की मण्डली छोटों को रास्ता देने के लिए गली में एक ओर सिमटकर और अकड़कर खड़ी हो गई। लड़कों में बाबू सतनरायन का छोटा पुत्र बिरजू भी था। उसको देखते ही बाबू साहब की त्योरियाँ चढ़ गईं, मुँह बिगाड़कर बोले : ''बाइसकोप देखकर लौट रहे हो नवाबजादे? मेरी ससुरी बीड़ी के बण्डल के लिए पैसे नहीं थे और तेरे सिनेमे के लिए कहाँ से निकल आये रे?''

आधी बाँह की कमीज पर एक पुराना पुलोवर पहने दोनों हाथ बगलों में बाँधे, दुबले-पतले किशोर बिरजू की त्योरियाँ चढ़ गईं, अकड़कर बोला: "अम्माँ से लेकर गया था। उन्हीं से पूछियेगा। सरेआम मेरी इंसल्ट करने का आपको कोई हक नहीं।" साथी लड़के 'अमाँ होगा भी, क्या बकते हो यार' इत्यादि कहते हुए बिरजू को आगे घसीट ले गये।

बड़ों की मण्डली में एक मिनट के लिए फिर सन्नाटा छा गया। दस कदम आगे जानेवाली लड़कों की टोली में किसी की बातों में दो बार 'फादर फादर' सुनाई पड़ा और उसके साथ ही बाबू सतनरायन के बेटे बिरजू का उत्तर भी: "होंगे साले फादर। ये हमारे लिए कर ही क्या देते हैं?" लड़कों की बातें आगे बढ़ गईं, बाबू सत्यनारायण का गुबार दुबारा भड़का, जोर से बोले: "सुन रहे हैं आप लोग—"

"अमाँ होगा भी सत्तो बाबू। मैं कहता हूँ अपनी इज़्ज़त अपने हाथ में होती है।"

"ठीक कहते हो मास्टर साहेब। हमारे बड़कऊ हैं, नये फैशन के लड़के हैं। बहुरिया के साथ बाहर घूमते-घामते हैं, सब खाते-पीते हैं। हमारी वाइफ को बुरा लगता है। हम कहते हैं कि तुमसे क्या मतलब। हमारे-तुम्हारे जमाने में ऐसे चलन नहीं थे, इनके जमाने में हैं......" कहते-कहते लाला केशोकुमार का स्वर एकाएक नीचा हो गया, कहने लगे: "इसी आज़ाद जवानी के रागरंग में हम तुम क्या रंडियों के पीछे दौलत बरबाद नहीं करते थे? मैं कहता हूँ कि उससे तो इन लोगों का पीछा छूटा। अरे जवानी में सबके दिलों में अरमान कुछ और ही हुआ करते हैं। उनमें जो माँ-बाप का टोक-टाक करें तो ससुरी बुराई पैदा होती है। हम कहते हैं, भई अपने रस्ते जाओ मौज करो, बाकी कोई पराई बदनामी घर में मत लाओ, छुट्टी भई। क्यों पंडज्जी ठीक कहता हूँ ना?"

अध्यापक पंडित मिश्रीलालजी एक निःश्वास ढालकर बोले: "भैया तुम्हारी बात का निर्णय करना बड़ा कठिन है। इस समय जमाने का एक रंग नहीं है, कहीं माँ-बाप नालायक हैं तो लड़के लायक हैं, और कहीं-कहीं ये भी है कि लड़के और माता-पिता दोनों लायक हैं, मगर आपस में मत-मतान्तर है। अब आप ही बताइए, पुत्ती गुरू के लड़के रमेश में आप कोई दोष निकाल सकते हैं?"

मास्टर जगदम्बासहाय बोले: "हाँ यार पंडितजी, जमाने का रंग एक-सा नहीं। न अच्छाई में, न बुराई में।"

जगदम्बासहाय बोले: "अरे भाई, ये तो अब चलेगा ही, कौन रोक सकता है। पुत्ती गुरू के लड़के ने अंतरजाती ब्याह किया कि नहीं? बड़े-बड़े लोग सम्मिलित हुए।"

"हम तो कहते हैं कि हमारी लड़कियाँ साली ऐसी शादी कर लेतीं तो हम दहेज देने से तो बच जाते। उनकी शादियों में, प्रेमू के ब्याह के फेर में, पोते की बिमारी में तो ससरा इतना कर्जा लिया जिसके कारन रोज जूते खाता हूँ, और उसके बाद भी बाप साले का कोई अहसान नहीं। प्रेम हैं सो उनकी बीबी घर में अपना चूल्हा-चौका अलग बनाये हैं। प्रेमू चुपचुपाते अपनी अम्माँ के हाथ में दुइ-चार-दस-पाँच रुपै कभी-कभी धरते ही

रहते हैं। लच्छू है, सो जब रूस गये थे तो शतरंज का डिब्बा ज़रूर लाये हमारे लिए, बाकी अब होटल में कमायेंगे। उनकी कमाई का भी एक धेला नहीं जाना मैंने। हाँ, अपनी माँ के हाथ में कुछ धरा होय तो मुझसे मतलब नहीं। इनकी माँ को—साली।'' बाबू सत्यनारायण के मुख से निकली गालीयुक्त मानसिक बिफरन ने सबके अन्तर की कोमलता को मार्मिक स्पर्श भी दिया और कड़वाहट भी घोल दी।

''कुंडी खोलो।'' अध्यापक मिश्रीलाल अपने घर की कुड़ी खटखटाने लगे। दूसरे लोग राम-राम पालगी करके आगे बढ़े। लाला केशोकुमार अपनी गली में मुड़ गये, बाबू सत्यनारायण और मास्टर जगदम्बासहाय आगे बढ़े। दस-बीस कदम गुमसुम चले जाने के बाद मास्टर जगदम्बासहाय ने एकाएक सत्यनारायण बाबू के कंधे पर हाथ रखकर प्यार से कहा : ''देखो सत्तो, लड़कों से बात-बात में इस तरह से डाँट-डपट न किया करो भैया। अब हमारे-तुम्हारे जमाने नहीं हैं। राह चलते उनकी इज्ज़त लोगे तो वो तुम्हारी इज्ज़त क्या रक्खेंगे ?''

''अजी हमारी इज्ज़त रही ही कहाँ ससरी ? आफ़िस में अफ़सर सबके सामने हमारे जूते लगाते हैं। तगादगीर सैकड़ों दफे साले भरे बाज़ार मेरी मूँछें नोच चुके हैं। भाड़ में जायें सब साले, बाहरवाले भी और घरवाले भी। जब मेरी ही इज्ज़त नहीं तो मैं किसी ससरे की परवाह क्यों करूँ ?'' बाबू सत्यनारायण का घर आ गया था, उन्होंने मास्टर साहब से जैरामजी की, मास्टर जगदम्बासहाय आगे बढ़ गये।

घर के दरवाज़े पर सत्यनारायण बाबू यों खड़े हुए, जैसे पैरोल पर छोड़ा गया कैदी फिर जेलखाने के फाटक पर आकर खड़ा हुआ हो। कुण्डी खटखटाई, दोबारा जोर से खटखटाई। गली में एकदम सन्नाटा हो गया था। दिन-भर का थका हारा, थोड़ी देर पहले ही धमाचौकड़ी से चुटैला शरीर अब दरवाज़े पर आकर चारपाई पर फौरन ही पड़ जाने के लिए व्यग्र हो उठा था, खींचकर आवाज़ निकाली : ''अरे बिरजू, कुण्डी खोलो।''

अन्दर से किसी की आवाज़ न आई। बाबू सत्यनारायण थककर और उपेक्षा से खीझकर कुछ देर तक जोर-जोर से कुण्डी बजाते रहे, फिर बिरजू, प्रेमू, उनकी अम्माँ, बहू, पोते, पोती सभी को एक स्वर में पुकारते चले गये। चिढ़-चिढ़कर स्वर ऊँचा किया, पर अन्दर से कोई न बोला—''अरे मर गये सबके सब ? साँप सूँघ गया तुम सब लोगों को ? अरे कुण्डी खोलो।''

पौन घंटा बीत गया, कोई न बोला। पुराने ऊनी कपड़ों को भेद कर कड़कड़ाती सरदी की रात बाबू सत्यनारायण की सूखी हड्डियों को छेदने लगी। सिर की थकी नसें क्रोध और चिड़चिड़ेपन की झनझनाहट सह नहीं पाती थीं। इसलिए बार-बार ग़ुस्सा बढ़ने के साथ ही उनकी विचारशक्ति लोप होने लगी। उत्तेजना में घर के दरवाज़े को धमाधम लात से धड़धड़ाने लगे। घरवालों के लिए मल्लाही गालियाँ और कोसने इस तरह से फूट निकले, मानो परायों के लिए बक रहे हों। पड़ोस के सन्नू बाबू की आवाज़ आई : ''अरे दरवाज़ा नहीं खुल रहा क्या ?—अरे बिरजू, ओ बिरजू—''

बाबू सत्यनारायण के घर में मानव-स्वरों की लहर दो-तीन ओर से उठीं। सन्नू बाबू का स्वर फिर सुनाई दिया : "अरे, कुण्डी खोलो भाई। बहुत देर से तुम्हारे बाबू पुकार रहे हैं बिचारे।"

प्रेमू ने अपने कमरे से आवाज़ फेंकी, बिरजू ने बड़े भाई से कहा : "तौ तुम्हीं क्यों नहीं खोल आते ?" "हम नई जाते हैं, अम्माँ से कहो खोलैं।"

पाँच-सात मिनट यही निश्चय करने में लग गये और अन्त में बाबू सत्यनारायण की पत्नी लड़कों पर झुँझलाती हुई दरवाज़ा खोलने चलीं : "रात में भी निगोड़ा चैन नहीं। अभी एक आओ, अभी दुई आओ, किसी को सनीमा सूझत है, किसी को कथा-भागवत सूझत है मरी। मर जाएँ तो पाप कटै, अरे हाँ-नहीं तो।"

कुण्डली खुली। बाबू सत्यनारायण ने घर के अन्दर प्रवेश किया और दरवाज़ा बन्द करते ही गर्माना शुरू कर दिया। पत्नी कर मर जाने वाला अंतिम कोसना उन्हें व्यक्तिगत रूप से अपने लिए लगा था। कुण्डी में कील अटकाते हुए बोले : "हमारे मरने की तुम्हैं ही तो सबसे ज्यादा ख़ुशी होयगी। औ' हम मरैंगे तो तुम नहीं राँड़ हुइ जाओगी ?"

"देखौ लाख बार कह दिया, सिर की गाली न दिया करौ।"

"अरे भाड़ में गया सिर। ऐसी ससरी दलिद्दर पाले पड़ी हमरे कि जिन्दगी चौपट हुइ गई। ससुर हियाँ पैसे-पैसे की बीड़ी के लिए तरसें औ' हुआँ आप गुलछर्रे उड़ावैं, लड़कन का बाइसकोप देखै के लिए भेजैं।" बाबू सत्यनारायण अपनी कोठरी में जाकर कुरता-टोपी-चदरा आदि खूँटी पर टाँगकर अपने फटे लिहाफ में घुसने तक टिर्र-टिर्र करते रहे। उनकी पत्नी टाट के झीने पर्दे पड़े हुए दालान में पुआल बिछाकर सो रही थीं। पति की तावबाजी पर उन्हें भी ताव आया, क्योंकि जिस तरह उनके पति का यह ख़याल है कि उनके आने से उनकी तकदीर चौपट हो गई, उसी प्रकार पत्नी की भी यह धारणा है कि यदि बाबू सत्यनारायण से उसका पल्ला न बँधा होता तो यह निश्चय ही राजरानी होती।

अपने-अपने लिहाफों में दुबककर पत्नी और पति दोनों ही अपने-अपने अंतर्क्षोभ के गोले दागते रहे; दगादगी तेज़ हो गई। ज्यों-ज्यों बाबू सत्यनारायण की आवाज़, देह और साँस थकती जाती थी, त्यों-त्यों उनकी चिड़चिड़ाहट सुर पर चढ़ती जाती थी। उनकी पत्नी का भी यही हाल था, वे चाहकर भी चुप नहीं रह सकती थीं, वे सुनना नहीं सुनाना चाहती थीं। इस प्रकार दोनों ही सुनाने के नशे में बेहोश होते-होते बड़ी जोर से गरमा उठे। घर भर की नींद विद्रोह कर उठी। सोलह-सत्रह बरस का बिरजू भी बाप को बकने लगा। जितना यह संयुक्त मोर्चा उनके ख़िलाफ़ होता गया, उतनी ही उनके मन में अपनी बीड़ी के लिए पैसा न पाने की बात जोर पकड़ती गई। अपनी पत्नी और बच्चों के लिए उनके पास इस समय यही सबसे बड़ी शिकायत थी।

रात के सन्नाटे में बाबू सत्यनारायण के घर की कलह आस-पास के सभी घरों के लिए नींद-नाशक और झुँझलाहटकारिणी बन गई। सन्नूबाबू के घर से आवाज़ लगी। बिसेसर बाबू के यहाँ से खाँसी-खुर्रे और सवाल उठे। ऊपर के कोठे में सोते हुए प्रेमू और

उसकी पत्नी माया को लगा कि बाबू के कारण घर की इज़्ज़त धुली जा रही है। ताव में प्रेमू बाप को गालियाँ देते हुए नीचे आये। माँ को सहारा मिला, बाप इससे और भी तड़पकर गरजने लगे और अंतिम परिणाम यह हुआ कि बेटे ने बाप को कसकर एक तमाचा जड़ दिया: "निकल साले घर से। निकल जा इसी दम। साला बाप बना है— निकल।" बाबू सत्यनारायण का कमज़ोर शरीर जवान बेटे द्वारा घसीटे जाने पर लड़खड़ा गया, वे गिर पड़े। उनकी पत्नी अब लड़ना छोड़ पति की रक्षा के लिए धाई। और पति के क्षुब्ध कंठ से रुदन-कंप भरे शोकोद्‌गार फूट निकले—"सबेरा होते ही घर का त्याग कर दूँगा साला। रोयेंगे साले सबके सब—मरो साले सबके सब। अष्टग्रही टूटे तुम्हारे ऊपर। मुझे किसी का माया-मोह नहीं है।"

ढाई पौने तीन बजे रात तक सब फिर से सोये। बाबू सत्यनारायण का मन बहुत ही खट्टा हो रहा था। रोज-रोज की उनकी घर छोड़ने की धमकी सन्नाटे में स्वयं अपना ही सत्य छूने लगी—"घर छोड़कर जायेंगे कहाँ? मौत भी नहीं आती ससरी। मौत आय जाय तो छुटकारा मिले।" करते-करते नींद आ गई।

सबेरे से फिर वही भैरों गुरू के तकाजे, रब्बूमल के नायब गुख्तार के तकाजे, दफ़्तरी फटकार। तकाजों के बचाव से गलियों और सड़कों का कतराव, यारों से दो-दो मूमफलियों का माँगना और वैराग्य के थर्मामीटर का पारा क्रमशः चढ़ना आरम्भ हुआ; रात के आठ बजते न बजते बाबू सत्यनारायण संत-सम्मेलन में चलने के लिए अपने साथियों को घेरने लगे—"दो घंटे वहीं बैठने से माया-मोह से छुट्टी मिलती है, और तो दुनिया में कहीं भी शरण नहीं मिलती। मौत के इन्तजार में दिन कटते जाते हैं बस। अब तो अष्टग्रही की प्रलय ही का भरोसा है।"

●

:: ४८ ::

नये वर्ष का पहला दिन। शीत लहरी मैदानों में पहाड़ जमा रही थी। धूप का नाम नहीं। फटे फर्द लिहाफ टाट पुआल और फटे सूती कपड़ों में झलकते नंगे बदन की गुड़मुड़ी मारे लाखों 'शाहंशाह बादशाह' सुबह के साढ़े आठ बजे भी अपने टूटे घरों, बरामदों या सूने फुटपाथों पर पड़े थे। हाजी नबीबख्श की कोठी के बरामदे के दाहिनी ओर सुलगते लक्कड़ों के पास भी आठ-दस लोग बैठे या लेटे हुए थे। हाजी के घर में शहर के दो ढाई सौ सम्भ्रान्तों और प्रतिष्ठितों की भीड़ थी। बाहर कीमती मोटरकारों की शानदार कतारें खड़ी थीं। बरामदे में सादी कुर्सी-मेजें लगाकर मोटर ड्राइवरों को चाय पिलाई जा रही थी। धूनी के पास बैठे गरीब-गुरबों तक को चाय और नाश्ता दिया जा रहा था। आज शहर के समाजवादी करोड़पति, इलाहीबख्श बावर्ची के बेटे, अलू हाजी सेठ नबीबख्श पुराने सरफि बाज़ार के पास से होकर उद्योगपुरी जाने वाली नई सड़क के निर्माण-कार्य का उद्‌घाटन करने जा रहे थे। एक महीने पहले महापालिका ने बहुमत से उनका प्रस्ताव पास किया

था। आज उस विजय के सिर पर कार्यारम्भ का रत्न-मुकुट रखा जाने वाला था। नगर-प्रमुख, उपनगर-प्रमुख, सभासद, उच्चाधिकारी, वकील, डाक्टर, व्यापारी, राजनीतिक संस्थाओं के कुछ प्रमुख लोग, संवाददाताओं और फोटोग्राफरों के दल, हाजी साहब की सादी मगर भव्य कोठी के बड़े हाल में तरह-तरह की खातिरदारियों के हमले हँसी-खुशी से झेल रहे थे। इस जीत और इसकी मुबारकवादियों के अलावा मजमें में सिर्फ दो ही ख़बरें गर्म थीं—एक यह कि सर्दी से बचाव के लिए अजायबघर के हाथियों को शराब पिलाई जा रही है और दूसरे यह कि लाला राधेरमन को तुलसी-गंगाजल दिया जा रहा है। वे अब-तब हैं। हाजी साहब ने अभी फोन पर हाल पूछा था। अब्बू मियाँ, नादिर मियाँ, खोखा मियाँ—तीनों साहबजादों के चेहरे खुशी और अभिमान से दमक रहे थे। अबुल हसन खाँ, छोटी बेगम के लख्तेजिगर; नादिर बख़्श, हाजी नबीबख्श की शादीशुदा औरत के बेटे; नूरबख्श उर्फ खोखा मियाँ ढाके की एक बंगालिन तवायफ के बेटे तीनों ही अपने अब्बा की बरात निकाल रहे थे।

हाजी के द्वारा मीरगंज क्षेत्र की ज़मीनें ख़रीदे जाने और उस मार्ग-योजना के असफल हो जाने पर लाला राधेरमन के लड़कों ने हाजी नबीबख्श के व्यभिचार, विलास और अनीति की कमाई के प्रारम्भिक इतिहास को लेकर बड़ा घिनौना और बड़ा ही जोरदार प्रचार-अभियान चलाया था। चार-पाँच महीनों तक गली-गली में आवारा बच्चे ऊँचे स्वरों में 'हाजी नब्बू हैं, आशिक हज़ारा रे।' गाते डोला करते थे। हाजी नबीबख्श बावर्ची के बेटे हैं; पहलवान शोहदों के सरगना हैं। इन्होंने नवाब 'खिन्नो चोर' का घर उजाड़ा, उनकी छोटी बेगम को अपने बस में किया, उसकी दौलत से होटल और अनाज-गल्ले का धन्धा किया; अब्बू मियाँ छोटी बेगम और 'नब्बू पहलवान' का अवैध बेटा है। हाजी नबीबख्श ने एक पढ़े-लिखे शरीफ और रईस, नई रोशनी के एक हमउम्र और दोस्त वकील की नौजवान बेटी को अपने जाल में फँसाकर मुसलमान बनाया, शादी की और उसे फिर दुख दे-देकर मार डाला। नादिर बख्श हाजी के उसी पाप की निशानी हैं। और खोखा मियाँ, नूरबख़्श तो तवायफ की औलाद हैं ही।

इसमें तनिक भी शक नहीं कि हाजी का प्रारम्भिक इतिहास सच्चरित्रता के राजपथ पर नहीं बढ़ा, परन्तु उन्होंने कभी उस पर पर्दा डालने का प्रयत्न भी नहीं किया था। सब जानते थे। लेकिन तूमार बाँधकर जब उसका प्रचार किया गया तो हाजी नबीबख्श, खासतौर से उनके बेटों को कुछ दिनों तक समाज में मुँह तक दिखलाने में शर्म आई थी। हाजी की जीत यह थी कि उन्होंने अपने बेटों को अलग न होने दिया, अपने विरुद्ध न जाने दिया। आज जब उस प्रचार और सारी अड़ंगेबाजी के बावजूद राधेरमन गुट हार गया, हाजी की कलंक-गाथा भी फिर से चाँद के कलंक की तरह सुहानी बन गई, तो उनके तीनों लड़के अपने अस्तित्व के जाने-माने परिचय के साथ-साथ बाइज्ज़त डोल रहे हैं। आज उनकी खुशी का दिन है।

इस सारे आलम में यदि कोई थका, बुझा, उदास और हारा हुआ व्यक्ति है तो स्वयं हाजी नबीबख्श ही। इस जीत के बाद उनके मन में हक, ईमान और इंसानियत की

सचाई के प्रति एक अगम खोखलापन नज़र आने लगा था। व्यापारी वर्ग, राजनीतिक दलों से सम्बन्धित बौद्धिक वर्ग, पढ़ा-लिखा बाबू पेशा अफसर-पेशा वर्ग, चाँदी के जूते और खुशामद के बूते पर जितनी आसानी के साथ उनकी या राधेरमन की प्रशंसाओं और निन्दाओं का पुल बाँधता रहा है, वह अनुभव स्वयं ही एक दर्शन था। एक झोंके में हाजी की कीर्ति गोरी से काली और दूसरे में फिर काली से गोरी हो गई। समाजवाद की कलई से चमचमाता उनका जनघाती उद्देश्य जीत गया, किसी ने ध्यान तक न दिया। काश कि कोई उनकी इस चूक को देख पाता कि रूपचन्द, हरकिशनदास और फिर अब्बू मियाँ, खोखा मियाँ के दबाव और मुलाहिजे में आकर उन्होंने अनावश्यक रूप से जनता को एक भाग के नैतिक धरातल की नीची सतहों तक उतार दिया। रुपयों के आगे लोगों की चिंतन-शक्ति को भ्रमित और कुण्ठा-केन्द्रित कर देना, उन्हें नपुंसक बौद्धिक और सैद्धान्तिक बकवास के लिए प्रेरित करके उनकी बची-खुची स्नायविक शक्तियों को थकाना और तोड़ना क्या अच्छी बात है? उनकी ज़रूरत-जनित लालचों को बढ़ाते हुए क्रमशः उन्हें सरकस के शेर की तरह, रुपये का हंटर खाकर बुझी नफ़रत वाली आँखें, और खोखली बत्तीसी दिखाने वाला हाड़-चाम का खिलौना बना दिया जाता है। क्या इन खिलौनों के भारत को आज़ाद भारत कहा जायेगा? ये भारत जो अब अपनी ही बेबसी का गुलाम है, पराई ग़ुलामी के दिनों से अब अपने मनोबल में अधिक तगड़ा हुआ है या कमजोर? छातियों पर घोड़ों की टापों और बन्दूक की गोलियों को झेलकर जिस भारत ने स्वाधीनता को वरा था, क्या वह नैतिक बल उसमें आज भी मौज़ूद है? कांग्रेस सोशलिज्म ला रही है और जिस जनता के लिए ला रही है, उस जनता को हमारे महान-महानतम् नेताओं ने बड़े कामों से फ़ुरसत न मिलने की वजह से मेरे और राधेरमन जैसों के हाथों में सौंप रक्खा है।...... जैसे छोटी बेगम के हाथों हाजी नबीबख्श ने अपनी पत्नी मुमताज बेग़म को सौंपा था और जिसने उसे घुला-घुलाकर मार डाला। मुमताज ने नबीबख्श पर इतना प्यार, इतना रूहानी हुस्न उँड़ेला था कि उन्हें खुद अपने ऊपर नाज हो गया था।.....हाजी अपनी मुमताज के हत्यारे हैं। हमारे नेता अपनी जनता के हत्यारे हैंगे। हाजी को भी ऊपरी चेतना में अपनी ब्याहता बेगम से प्यार था। उस समय अगर कोई उनसे यह कह देता कि नहीं है तो बुरा मान जाते। प्यार किया जाता है तो उसका ध्यान भी किया जाता है, और जब ख़याल किया जाता है तो यह सवाल भी दरपेश होता है कि आप किस तरह का ख़याल फरमा रहे हैं—बच्चों की तरह हुस्न के जादू में गुम हैं, या सयानों की तरह उसके दुःख-सुख में सदा जान लड़ाए रहते हैं।

जिस समय महापालिका ने उनकी इस मार्ग-योजना का प्रस्ताव बहुमत से स्वीकार किया और इन्हें फोन पर खुशख़बरी सुनाई गई थी, उस समय मन के अचानक धक्के से फोन के शब्द धँसकर यह ध्वनि निकाल लाये : "योर वाइफ डाइड हार्ट फॅल्योर वन पी० एम०।"......सोलह वर्ष पहले मुर्शिदाबाद में एक सुबह मिलने वाला तार और उस दिन टेलीफोन पर आने वाली यह खुशख़बरी दोनों ही हाजी के मुख से केवल एक ही वाक्य निकाल सकी थीं : "अब मेरा सब कुछ ख़त्म हो गया।" पहली बार मुमताज मरकर

हाजी के अन्दर इंसाफ, मानवता और उद्योग की स्फूर्ति बनकर जी उठी थी, इसलिए सब कुछ ख़त्म होकर भी ख़त्म नहीं हो सका था। लेकिन आज, आयु के पैंसठवें वर्ष में आकर लगता है कि अपने सम्बन्ध में हाजी नबीबख्श की यह बात शायद सच ही हो।

हाजी नबीबख्श एक बावर्ची के सबसे बड़े बेटे हैं। इनके बाप की बड़ी इज्ज़त थी, अपने फन के उस्ताद थे। नबीबख्श को शुरू ही से कसरत-कुश्ती और अखाड़े का रस लग गया था। बाप की बड़ी इच्छा थी कि लड़का उन्हीं के जैसा नाम करे और इज्ज़त पाये। नबीबख्श तेज़ और चतुर था, उसने पिता से काम भी अच्छा सीखा और उनके जीते जी तारीफ़ भी पाई, पर अल्हड़ बेहद था। पहलवानों और अखाड़ों की राजनीति में नबीबख्श के प्राण बसते थे। जहाँ बाप के काम से छूटा नहीं कि उसी में लवलीन हो जाता था।

उमर के उन्नीसवें बरस में एक दिन अचानक बाप को खो दिया। दिल का रोग था, वही उन्हें ले डूबा। दो बहिनें, एक छोटा भाई। घर में भूँजी भाँग नहीं। अम्मा रोने लगीं : "नब्बू, तुझे तो तेरे अब्बा अपना हुनर बख्श गये, पर ये तेरे बहिन-भाई, अगर तू सहारा न दे, तो बेसहारा हैं।"

नबीबख्श ने माँ के चरण छूकर कसम खाई कि जब तक दोनों बहिनों की शादी नहीं कर लूँगा और छोटे भाई कल्लू को उसके पैरों पर खड़ा न कर दूँगा, तब तक कुरान मजीद की कसम, तुम्हारे कदमे-पाक की कसम, अपना घर न बसाऊँगा।

नबीबख्श कुछ दिनों तक अखाड़ेबाजी और अखाड़ों की राजनैतिक अखाड़ेबाजी से एकदम दूर रहे। काम में मन लगाया। जहाँ-तहाँ ठेके पर काम करने लगे। कुछ नाम भी हासिल किया। उन्हीं दिनों एक बार शहर के मशहूर नवाब 'खिन्नीचोर' के यहाँ एक बड़ी ज्याफत में काम करने के लिए गये थे। नवाब साहब के महलों में उन दिनों एक बावर्ची की ज़रूरत भी थी। उनका पुराना कल्लू बावर्ची उनके विलायत से लौटे हुए बेटे बैरिस्टर नजीर अहमद साहब की खिदमत में चला गया था। नवाब खिन्नीचोर अपने बावर्ची के जाने से बेहद दुखी थे, मगर बेटे के आगे मज़बूर भी थे। कल्लू की सिफारिश से नब्बू उनके यहाँ नौकर हो गया और उसके बाद उसे उस घर का किस्सा मालूम हुआ।

नवाब खिन्नीचोर बेहद आशिक मिजाज रईस थे। उन्हें हूरों से भी लगाव था और ग़िल्मों से भी। अपनी नौजवानी के आलम में एक नवाबजादे के हुस्न पर ऐसे लट्टू हुए कि सारा शहर जान गया। मगर वो ऐसा घमण्डी और पाये का था कि इन्हें उसने किसी भी बहाने अपने पास तक न फटकने दिया। ये ख़त लिखें और वो जवाब तक न दे। हारकर इन्होंने एक तरकीब सोची। खूबसूरत नवाबजादे के मालियों को मिलाया, दाढ़ी बढ़ाए हुए मज़दूरों के लिबास में उसके बाग में जा घुसे और मालियों ने सधे-बधे ढंग से 'चोर-चोर' की आवाज़ लगाकर उन्हें पकड़ लिया और नवाबजादे के रू-ब-रू यह कहकर पेश किया कि यह बाग में खिन्नियाँ चुरा रहा था। इस तरह खिन्नीचोर बनकर नवाब-साहब अपने माशूक के पास तक पहुँच तो गये, नज़दीक से उसे जी भर के देखने का मौका तो उन्हें ज़रूर मिल गया, मगर अरमान पूरे न हुए। नवाबजादे ने उन्हें पहचानकर भी न

पहचाना और बेमुरौवती के साथ पुलिस को बुलाकर उन्हें सौंप दिया। ख़ैर, छूट तो वे तत्काल गये, मगर खिन्नीचोर बनने का कलंक उनसे आजीवन न छूटा। इस वक्त भी नवाब साहब की दो बेगमें थीं और एक हमजिन्स माशूक भी उन्होंने पाल रक्खा था। बड़ी बेगम साहबा के दो बेटे हुए, नजीर अहमद और वजीर अहमद। नजीर अहमद विलायत बैरिस्टरी पास करने के लिये गये। वज़ीर अहमद, अपने भाई से आठ बरस छोटे थे। उन्हीं दिनों में बड़ी बेगम की एक रिश्ते की खाला अपनी लड़की को साथ लेकर उनके यहाँ आई और कहने लगीं कि मैं जब तक हज से लौटकर न आऊँ तब तक तुम अपनी बहिन आयशा को सँभाल रखना। आयशा बीबी बहुत जल्द ही नवाब साहब के दिलोजान की मलिका बन गयीं। नवाब खिन्नीचोर एक दिन मजनूँ होकर उनके पीछे पड़े। आयशा बीबी राजी हो गयीं और नवाब ने चुपचाप इन्तजाम करके उन्हें भी अपनी ब्याहता बना लिया। बड़ी बेगम ने बड़ा महनामथ मचाया, खूब-खूब रोईं, कोसीं, कलपीं। नौकरों-चाकरों तक के सामने नवाब और छोटी बेगम को कहनी न कहनी सुनाने लगीं, मगर सब बेअसर हुआ। साल-डेढ़-साल तक नवाब साहब अपनी छोटी बेगम के ऐसे बस में रहे कि जान पड़ता था कि अब ये बस इन्हीं के होके रह जायेंगे। दो-तीन लाख रुपये के जेवर दिये। हज़ार रुपये उनके पानदान का खर्च बाँधा और बड़ी बेगम का खर्च घटा दिया। नवाब साहब उनसे ईद-बकरीद भी मिलने न जाते थे। डेढ़-दो साल तक छोटी बेगम के ग़ुलाम रहने के बाद नवाब साहब की नज़र पर एक तवायफ का लड़का 'मासूम' ऐसा चढ़ा कि नवाब साहब खिन्नी चोर दिन-रात उसी के नाम की माला जपने लगे। मासूम बाकायदा इन्हीं के घर रहने लगा और इस तरह नवाब खिन्नीचोर का तीसरा महल आबाद हुआ।

मासूमअली होशियार था, अपनी चढ़ती के जमाने में जितना बन सके, नवाब साहब को लूट लेना चाहता था। उसने कई गाँव अपने नाम लिखवा लिये। बड़ी बेगम का खर्च कटकर दो सौ रुपया महीना रह गया। छोटी बेगम को सिर्फ डेढ़ सौ ही मिलने लगे। मासूम जो चाहे सो खर्च करे।

तीन-साढ़े-तीन बरस के बाद नजीर अहमद विलायत से बैरिस्टरी की डिगरी और एक विलायती बेगम साथ लेकर आए। बड़ी बेगम को सहारा मिला। अपना सारा दुखड़ा उसके आगे रोया। नजीर अहमद अपने ही ढंग के आदमी थे। उन्होंने आते ही बाप को नोटिस दिया कि जो जायदाद आपने मासूम के नाम लिख दी है, उस पर मेरा और मेरे छोटे भाई का मौरूसी हक है, आप उसे किसी को भी दे नहीं सकते। नवाब साहब ने डरकर बेटे के आगे घुटने टेक दिये और मासूम मियाँ फिर लंडूरे के लंडूरे रह गये। नवाब खिन्नीचोर ने उसे तसल्ली दी कि छोटी बेगम से जेवर लेकर तुम्हें दे देंगे। नवाब ने इसके लिए छोटी बेगम को बहुत डराया, धमकाया, उनका जेबखर्च बन्द कर दिया, नौकर-चाकर तक छीन लिए। बस एक महरी ही छोटी बेगम के पास अपनी मर्जी से रह गयी। वही नवाब साहब के बावर्चीखाने से, नब्बू के दिल में दया जगाकर, छोटी बेगम के लिए खाना ले आती थी। आठों याम दोनों औरतें अपने घर को बंद करके रहती थीं। घर की मोरियों तक में ईंट-पत्थर अड़ा दिये जाते थे कि 'दुश्मन' साँप-बिच्छू न छोड़ दें।

एक दिन महरी न आई। शाम को भी न आई। नब्बू मियाँ को शक हुआ। रात में छुपकर आप गये। बड़ी मुश्किल, बड़े पतियाव के बाद, महरी की आस में दरवाज़े के पास ही पड़ी हुई दिन भर की भूखी बेगम ने दरवाज़ा खोला। नब्बू मियाँ ने तब जाना कि महरी सुबह की गई अब तक नहीं लौटी। और—"जो महरी भी कहीं गुम हो गई तो मैं बेसहारा हो जाऊँगी।" पर पहलवान नबीबख्श के रहते छोटी बेगम बेसहारा क्योंकर रह सकती थीं। जवानी का आलम, जवान औरत के आँसू, हक और पहलवानी का जोम—नब्बू मियाँ ने अपने अखाड़े के संगी-साथियों को बटोरा, महरी का पता लगाया; वह नवाब साहब के एक खिदमतगार के यहाँ रोक ली गई थी। तीसरे ही दिन रात में नवाब साहब के यहाँ आठ-दस आदमी अपने मुँह पर मुड़ासे लपेटे पहुँच गये। उन्हें मासूम के साथ अचानक घेर लिया। नवाब साहब को हाथ-पैर और मुँह बाँधकर बिठला दिया गया। सोने-चाँदी का जो कुछ सामान मिला वह लूटा। मासूम की नाक काटी और चले गये।

दूसरे दिन से छोटी बेगम नब्बू मियाँ पर तन-मन-धन से निसार हो गईं। उन्हीं की मदद से नब्बू मियाँ ने अपना पहला कारबार, 'इस्लामिया होटल एंड रेस्टोरेन्ट' खोला था। बाद में इसी छोटी बेगम की मार्फत उसने नवाब खिन्नीचोर के सारे ख़ानदान को मटियामेट कर दिया। छोटी बेगम से पैदा होने वाले अपने लड़के अब्बू को नवाब की जायदाद दिलवाने के लिए नबीबख्श ने बड़ी बेगम के छोटे लड़के को ज़हर दिला के मरवाया, फिर छोटी बेगम के मार्फत मेम के विरुद्ध बड़ी बेगम को भड़काया। बदला लेने के ज़ोम में नसीबोंजली बड़ी बेगम तक न सोच पाई कि विलायती बहू को मारने के फेर में वे अपने हाथों से खुद अपने बड़े बेटे को भी मार रही हैं।......बड़ी बेगम बावली होकर मरीं। नवाब खिन्नीचोर छोटी बेगम के कब्जे में आके दुख भोगने और जीने लगे। नबीबख्श कुछ समय बीतने पर खुलेआम छोटी बेगम की रियासत का इंतजाम देखने-भालने लगे। नवाब की दौलत की बदौलत उन्होंने अपना धन्धा खूब बढ़ाया। गल्ले-अनाज का थोक बैपार भी उसी पैसे से शुरू किया। अंग्रेजी ढंग के होटल आगरा, लखनऊ और नैनीताल में खोले। तकदीर ने साथ दिया, बढ़ते गये। नवाब खिन्नीचोर की मौत के बाद वे खुले-खजाने छोटी बेगम के साथ रहने लगे। तभी ढाके की एक मुसलमान तवायफ से भी सम्बन्ध हुआ, उससे खोखा मियाँ पैदा हुए।

हाजी के उधम-उद्योग दिनों-दिन बढ़ते गये। दूसरे महायुद्ध में उनकी गिनती करोड़पतियों में होने लगी। और उन्हीं दिनों एक समृद्ध, सुशिक्षित, प्रगतिशील और प्रतिष्ठित परिवार की लाडली नवयौवना सुन्दरी, मसूरी में इन पर दिलोजान से मर-मिटी, हालाँकि आयु में ये लगभग सत्रह वर्ष बड़े थे। उसके पिता अपने सारे प्रभाव के बावजूद तड़फड़ा कर रह गये, मगर उस बालिग कन्या ने अपना धर्म परिवर्तन करके इनके साथ ब्याह कर लिया। नबीबख्श उन दिनों अपनी इज्ज़त और नाम कमाने की फ़िक्र में थे, इसलिए लोग कायदे आजम और रोजे-नमाज़ के भक्त बने थे। हिन्दुआनी को मुसलमान बनाके छोटे-बड़ों की वाहवाही लूटी और उस साल सौ गरीबों को अपने साथ अपने खर्च से अलहाजी बना लाये, अपनी बीबी, रखैलों और उनके बच्चों तक को ले गये।

नादिरबख्श हाजी नबीबख्श की एकमात्र वैध संतान है; जिसकी माँ विवाह के बाद सौतों के गम और हाजी की बेरुखी के कारण घुल-घुलकर मर गईं। उन दिनों हाजी पर धर्म का गहरा रंग चढ़ा था, इज़्ज़त कमा रहे थे। छोटी बेगम को अपनी पत्नी का धार्मिक गुरु नियुक्त किया। छोटी बेगम ने अपनी दोनों सौतों को तरह-तरह से सताया-घुलाया। पत्नी बेचारी तो पति की सूरत के लिए तरस-तरस कर ही मरी।

पत्नी की मृत्यु ने हाजी नबीबख्श की चेतना के द्वार खोल दिए। धर्मान्धता की मूढ़ता को पत्नी के प्रेम ने धोकर रख दिया। उसके मर जाने के बाद उसको पहचाना। लेकिन उसके बाद हाजी ने फिर किसी भी स्त्री को अपने मुँह न लगाया। उनकी कामेच्छा ही बुझ गई। हाजी का चरित्र ऐसा था कि बैठकर पश्चात्ताप करना उन्हें तनिक भी न सुहा सकता था। खुद को चिट्ठी-अख़बार लिखने-पढ़ने लायक उर्दू आती थी, बीबी अंग्रेजी पढ़ी-लिखी थी। इसलिए एक कॉलेज पत्नी के मुसलमानी नाम से एक हिन्दुआनी नाम से खोला। 'शाहजहाँ' ने अपनी 'मुमताज महल' के नाम से एक बहुत बड़ा ट्रस्ट कायम कर रखा है, जिसकी बदौलत सैकड़ों-हज़ारों दीन-अनाथों को लाभ पहुँच रहा है। मुमताज की स्मृति ने इंसाफ-पसंद 'शाहजहाँ' के मन को मज़हबी से न्यायी बना दिया था। और यहीं से उनके जीवन का समाजवादी मोड़ भी शुरू हुआ। हाजी नबीबख्श यूनियनों के संगठनों और कांग्रेस सोशलिस्ट पार्टी में गहरी दिलचस्पी लेने लगे। यूनियनों के बहाने फैक्ट्रियाँ और फैक्ट्रियों के बहाने नये उद्योग, नयी समझ, नया हौसला हाजी साहब में उमगने लगा। अंग्रेजी जमाने ही में ये डॉक्टर आत्माराम के मुरीद हो गये थे। उन्हीं की सलाह से लड़ाई खत्म होने के बाद रूस, योरप, इंगलैण्ड, अमेरिका की दो बार सैर की और अब तीनों लड़कों के साथ करोड़ों की संपदा का सूत्र संचालन कर रहे हैं।

हाजी नबीबख्श की सबसे बड़ी जीत यह है कि उन्होंने अपने हर काम में मज़दूरों को भी हिस्सेदार बना रक्खा है। हाजी के यहाँ सब नौकर हैं—खुद हाजी भी। व्यक्तिगत मुनाफ़े की सीमाएँ सबकी निश्चित हैं। हाजी के यहाँ हड़तालें नहीं होतीं। मज़दूर इज़्ज़तदार आदमी माना जाता है, उसकी सुख-सुविधाओं का प्रबन्ध है। जिस नक्शे पर डॉ० आत्माराम ने सारस लेक की व्यवस्था की थी, उसी पर हाजी के उद्योग-साम्राज्य की नक्शेबंदी भी हुई है। अपने मज़दूरों की शक्ति से हाजी दूसरों के अभावग्रस्त मजदूरों में आन्दोलन जगाते हैं, गाँव के पुराने गल्ला बाज़ारों का नियंत्रण और संगठन भी अब करीब-करीब इन्हीं के हाथ में आ गया है। अब वो पत्नी का सलोना मुखड़ा, जो मन के हर अँधेरे में उजाला करके राह सुझाया करता था, उनके काम के लिए इतना आवश्यक नहीं रह गया था। अंनुभवों का सहारा, डॉ० आत्माराम का बौद्धिक सहारा, अपनी समाजवादी सैद्धान्तिक आस्था का सहारा, और सर्वोपरि अपनी शानदार सफ़लता का सहारा पाकर हाजी नबीबख्श आगे बढ़ते थे।

राधेरमन से उनकी अहंता की लड़त चूँकि आज़ादी के आते ही पड़ गई थीं, इसलिए मन अब हरदम 'उनकी चाल-अपनी चाल' के गुन्ताड़े ही में पड़ा रहता है। चालों के

चक्कर में, समाजवादी मानवतावादी चौखटे में अक्सर उनकी मौजें और झखें भी समा जाती हैं। जब कभी कुल जमा हार और जीत पर ही बात आन पड़ती है तब न समाजवाद की कसौटी सामने आती है, न मानव-प्रेम ही की, और न अपनी प्रिया की। हार और जीत हाजी के जीवन में अब तक 'मेरी' और 'पराई' होती है—विशुद्ध व्यक्तिगत दृष्टिकोण वाली होती है। हाजी पहले भी एक-दो बार अपने सिद्धान्त-अंकुश-मुक्त व्यक्तिगत अहम् के लिए जूझ चुके हैं, और तब अपनी चतुराई से ही उसे सैद्धान्तिक जामा पहनाने में वे सफल हो सके थे।

लेकिन आज एक महीने से अपनी चतुराई की झीनी-झीनी बीनी मलमल की हज़ार पर्तों में अपनी अहमता को ढँककर भी वे स्वयं अपनी नज़रों में नंगे हैं।......वे राधेरमन से जीत गये। शहर में उनकी धाक बँध गई, मुसलमान और हिन्दू और पोलिटिकल पार्टियाँ, उनके द्वारा संचालित महापालिका के सभासद, सभी आज उनके आगे विनत हैं। सबको हैरत थी कि वे लोग जो अपने मकानों से निकाले गये हैं, और वे लोग जो अपनी खुशी से अपनी जायदाद बेचकर जा रहे हैं—सब एक मुँह से हाजी का गुन गा रहे हैं। किसी ने यह नहीं देखा कि हाजी ने सब कुछ अपनी जीत के लिए निर्मम भाव से किया था, उसमें किसी के लिए ममत्व का लेश मात्र भी न था। अब्बू मियाँ नयी कालोनी बनवा ही रहे थे। रुप्पन के शिकार वहाँ किरायेदार होकर बस गये, कइयों ने 'भाड़ा बिक्री' योजना में वे एक-ईंटिया क्वार्टर खरीद भी लिये। उनमें से अधिकांश को अपनी बस्ती उजाड़ने-बसाने में चूँकि कष्ट नहीं हुआ, बस्ती में दो-एक छिटपुट सुविधाएँ भी मिल गईं, बिजली के पंखे हर घर में लगा दिये गये, इसलिए उन लोगों के निमित्त रेवतीरमन आदि की मसीहागीरी बालू की दीवाल की तरह बैठ गई। नाले के किनारे बसे छोटे घरवालों को उनकी जातीय पंचायतों के द्वारा, कीर्तन-सत्यनारायण की कथा तथा बकरे-मछली और ताड़ी-महुए के द्वारा संतुष्ट करके, जायदाद के सवाये दाम देकर उखाड़ फेंका गया। कहाँ जायेंगे वे इन रुपयों की पोटली लेके? लालच की छुरी लिये शहरों में आज हर तरफ कस्साब-ही-कस्साब डोल रहे हैं। ये भोले बकरे-हलाल किए जायेंगे। दूरदर्शी और उदार हाजी ने उनका दर्द न विचारा। ये खण्डहरों को ढाकर बनाये जाने वाले बड़े प्लाट अब ऊँचे दामों पर बिकेंगे। चार-छह आदमी हज़ारों-लाखों के वारे-न्यारे करेंगे।......'शाहजहाँ' ने अपनी मुमताज को भी इसी तरह से नज़रअंदाज किया था। छोटी बेगम के एहसानों के पीछे एक मासूम भोली इश्क की मारी हसीन जान को कुर्बान कर दिया था।

मार्ग-योजना की लड़त आरम्भ होने के कुछ समय बाद ही हाजी नबीबख्श का ध्यान इस ओर गया था। मीरगंज वाली सड़क किसी भी हालत में बुरी न रहती, बगैर किसी को तनिक सा भी नुकसान पहुँचाये, एक नई बस्ती, नई सड़क और नई रौनक आबाद हो जाती। मगर हाजी साहब यह विचार आने से पहले ही इस मार्ग-योजना को अपनी नाक का सवाल बना चुके थे। एक जगह पर उनका जी चाहता था कि वे हार जायँ, मुख्यमंत्री ने जब उनका भंडा फोड़ किया था, तब उन्होंने सोचा था कि अब शायद उन्हें अपने प्रस्ताव के लिए प्रगति की गुंजाइश न मिलेगी, परन्तु उसकी प्रतिक्रिया में उनके चरित्र-

लांछन का प्रोपेगैण्डा, उनकी साख गिराने का प्रयत्न इतनी तेजी, जोर-शोर और अंधाधुंधी से किया गया कि हाजी नबीबख्श को अपनी खुफिया चालबाजियों के लिए पूरी गुंजाइश फिर मिल गई। राधेरमन का हाजी-विरोधी प्रचार अपने अतिरेक के कारण साम्प्रदायिकता की दुर्गन्ध फैलाने लगा। इसी से हाजी को मौका मिल गया। रुपया पानी की तरह बहा और जो काम पहले रुपया न कर पाया था, वह हाजी के विरुद्ध प्रचार के अतिरेक से सफल हो गया। विरोधी जनता के शान्त हो जाने से राधेरमन के अंधाधुंध प्रचार-साधनों की फूँक सरक गई। महापालिका के जो सदस्य दोनों ओर के रुपयों की मार से अनिश्चय में पड़े हुए थे, अब सोचने लगे कि लड़ाई बेकार है। वे हाजी के पक्ष में होने लगे। और फिर तो एक झटके में सारा काम बन गया। बात बनाने का अंतिम यश लच्छू को अयाचित ही मिल गया।

एक दिन लच्छू अपनी दुनियादारी की आदत के कारण यों ही सलाम करने के लिए गया था। सड़क-योजना से रेवती-गोपी-माधुरीरमन तक, और वहाँ से प्रसंगवश नगर रामलीला कमेटी के चुनाव तक बातें चल पड़ीं। एकाएक लच्छू बोला : "हुजूर, इसी रामलीला कमेटी के चुनाव के दौरान अगर आप यह एलान कर दें कि अगले साल से भरत मिलाप आपके यहाँ होगा तो असर खूब पड़ेगा। भरत मिलाप का दिन हमेशा के लिए हिन्दू-मुस्लिम मिलाप का दिन माना जाय।"

लच्छू की सूझ रॉकेट बनकर उड़ गई। हाजी ने सम्हल-सम्हल कर कुछ सदस्यों को चुना, उनके सामने अपना प्रस्ताव पेश किया, बोले : "हेलीकॉप्टर पर राम-लछमन-सीताजी वगैरह सरूपरानी पार्क की लंका से उड़ेंगे और इस तरीके से पुष्पक विमान पर हमारी कोठी के सामने वाले पार्क में उतरेंगे। इक्कीस हज़ार रुपया राजगद्दी में नजर करूँगा।"

प्रस्ताव ऐसा था कि हाजी के पोलिटिकल विरोधी भी उसे अस्वीकार न कर सके। जानते थे, न मानेंगे तो भी अपनी हेलीकॉप्टर की सूझ पर हाजी जन-सहानुभूति को अपने पक्ष में उड़ा ले जायेंगे। हाजी ने अपनी इस जीत को प्रचारित किया। चूँकि इस प्रकार के काम हाजी नबीबख्श द्वारा अनहोने नहीं थे, और चूँकि उनका प्रचार बड़ा शालीन था, इसलिए हाजी के प्रति बरबस लोगों की श्रद्धा-सहानुभूति बढ़ गई। हाजी के विरुद्ध चरित्र-लांछन का अतिप्रचार एक सामाजिक कुरुचि बनकर प्रतिक्रिया में अनेक लोगों की भलमनसाहत जगा गया। बानक बनते गये और एक में एक जुड़कर ऐसे बने कि हाजी का मुँह उजला हो के ही रहा।.....लेकिन स्वयं हाजी का मन जानता था कि इस उजलेपन में कितना मैल है।

●

:: ४९ ::

नई सड़क के निर्माण-कार्य का उद्घाटन हो न सका। नगर के सम्भ्रान्तों का कारवाँ लेकर हाजी नबीबख्श जैसे ही सभामण्डप में पहुँचे, वैसे ही उन्हें शोक-समाचार दिया गया। उद्घाटन-सभा शोक-सभा बन गई। चटपट मशीन चालू हुई, नगर-प्रमुख को सभा-प्रमुख

बना के लाला राधेरमन की महानता के मर्सिये पढ़ गये। जोश में आकर कइयों ने यह सुझाव रक्खा कि बनने पर इस सड़क का नाम राधेरमन मार्ग रक्खा जाय।

एक घण्टे तक भाषणों का चर्रखचूँ छकड़ा चलता ही रहा। तमाशाई भीड़ बीच ही से उठ-उठकर जाने लगी। बहुत से सम्भ्रान्तों को भी जाने की उतावली पड़ने लगी। सभा समाप्त करने के लिए आयोजकों को कोंचा जाने लगा। लच्छू, रमेश, जयकिशोर और हर्रो भी पीछे की कुर्सियों पर बैठे मूँगफलियाँ टूँग रहे थे। तीन-चार लोग हाजी के भाषण के बीच ही से उठकर जा रहे थे; उनकी बात इनके कानों पड़ी : "अंदर से तो सुलग रहे होंगे हाजी कि साला मरते-मरते भी हमें चूना लगा गया, उद्घाटन न करने दिया।"......

रमेश हँस पड़ा, बोला : "यार, इसमें शक नहीं कि बुड्ढा मरा खूब समय साधकर।"

"अजी, ये बदमाशी है सब रेवतीरमन वगैरा की। बुड्ढ़ा तो सुबह सात बजे ही मर गया था। खबर दबाये रक्खी और झूठ भी बोलते रहे कि ऐन उद्घाटन के समय सगुन बिगाड़ेंगे। साला मेरा भी 'ग्रैण्ड' नुकसान करा गया बुड्ढ़ा।" लच्छू ने कहा।

"कैसे ?" जयकिशोर ने पूछा।

"अरे, आज न्यू इयर्स डे है कि नहीं। इन लोगों का पैसा न लगा होता और मेरा 'पैराडाइज' उद्योगपुरी में न होता, तो आज की शाम पाँच-छह सौ की बिक्री हो जाती। कल 'न्यूज इयर्स ईव' में लखनऊ क्लब में झगड़ा हो गया—"

"हाँ यार, पढ़ा तो था आज के पेपर में, पर इसके पीछे पालिटिक्स मालूम पड़ी मुझे।" जयकिशोर बोला।

रमेश बोला : पॉलिटिक्स-वालिटिक्स कुछ नहीं, ये सीधा-सीधा ग़ुलाम और आज़ाद चेतना का संघर्ष है। क्यों साहब, अब अंग्रेज तो रहे नहीं लखनऊ क्लब में, फिर बालडान्स ही क्यों हो, भांगड़ा क्यों न हो ?"

"हम कहते हैं कि न्यू इयर्स-डे ही क्यों मनाते हैं ? ये भी तो अंग्रेजों का ही है—"

सभा विसर्जित हुई, भीड़ निकली। लच्छू हाजी साहब को सलाम करने के लिए जाने लगा। जयकिशोर ने हाथ पकड़कर रोक लिया : "बैठ साले, हरदम खुशामद करना अच्छा नहीं होता।"

"अब यहाँ बैठ ही के क्या करेंगे। आओ मेरे घर चलो। इस समय अपनी संघवाली बारादरी का आनन्द आप लोग पा सकते हैं तो किसी हद तक मेरे फ्लैट में ही।" लच्छू बोला।

"हाय ! क्या दिन थे हमारे वो भी ! क्या आर्गनाइजेशन किया था हम लोगों ने। और अब वहाँ पे बैजू लाला का स्मारक बन रहा है। हूँ; ये पैसे वाले हर जगह अपना सिक्का जमा लेते हैं।" रमेश मनसा-वाचा खीझ से भरा हुआ था।

सभा के लौटते, कुछ बाबू लोग पीछे जोर-जोर से बातें करते आ रहे थे। स्वर चिरपरिचित बुजुर्गों के थे। जगदम्बासहाय 'मास्साब' कह रहे थे : "अरे यार, मरे पीछे

किसी की निन्दा करनें से क्या लाभ? हम तो कहते हैं कि बड़े अच्छे थे। पुरानी वजाकता के और बड़े ही कट्टर सिद्धान्तवादी थे बिचारे। लोगों को काम दिया, पर भीख नहीं दी। कहैं कि हमारे देशवासी काम-काजी बनें, भिखारी नहीं। धर्मात्मा था साब।"

"हाँ-हाँ। सहसबाहु हुइके पैसा बटोरा। ये साला काम देते थे? मजूरी में दुइ पैसे कम, और ब्याज में दूसरे महाजनों से दुइ पैसा जादा। तभी तो ये संगमर्बल का मंदिल बनता है बंचो—हम आप कोई साले लाख भगती रखते हुए भी नहीं बनवा सकते।" बाबू सत्यनारायण की इस बात ने लच्छू-रमेश मंडली के मन उछाल दिये। सबके चेहरे खिल उठे। इतने में छैलू के पिता बाबू रसिकबिहारी की आवाज आई: "भाई, कुछ भी कह लो सत्तोबाबू, मंदिर तो 'मार्वेलस' बनवा गये लाला राधेरमन। या तो आगरे में ताजमहल है—"

"या फिर ये राधेरमन का मकबरा है—"

"अरे, यार सत्तोबाबू, क्या हिन्दू होके मंदिर की निंदा—"

"अरे मैं हिन्दू हूँ इसीलिए कह रहा हूँ। ये मन्दिर भगवान के हैं? तुम क्या यह समझते हो कुजू बाबू? जरा साधू-महात्माओं की ज्ञानदिरिष्टी से देखिए, ये नाम कमाने वालों के मकबरे हैंगे। इनमें भगवान कहाँ?"

"अरे झाड़े रहौ सत्तनरायन बाबू, जैसा नाम हैगा वैसे ही सफा सत्त वचन भी बोल गये तुम।"

"अरे भैया, ये लक्ष्मी के मजे हैं बस। अहंकारों में एक अहंकार ये भी है। डिमाक्रेसी युग का सम्राट् होता है बनिया—मैं जाति के ढंग से नहीं कहता किशनबाबू, बनिज—"

"मैं समझता हूँ। आप सच कहते हैं।"

"सो तो है ही बाबूजी। शास्त्रों में लिखा हैगा कि पहले बाँभन, फिर छत्री, फिर बनिये और फिर शूद्र राज करेंगे। सो बाँभन, छत्रियों के तेज भोग लिये। बनियों का तेज सह ही रहे हैं, अब शूद्रों से भी हाथ जोड़ के कहेंगे कि आओ भैया,—लेव हमारी तुम भी। हमारा जनम तौ इसी के लिए हुआ हैगा साला।.....अरे लच्छू?"

"जी बाबू!"

"लक्ष्मीनारायण, जरा इधर आइएगा बेटा। खूब मिल गये आप। कहो भाई रमेश बेटे, अच्छे हौ?—पंडिज्जी महराज......"

छोटों-बड़ों में हाथ जोड़न 'जियो खुश रहो' आदि होने लगा! लच्छू को एक ओर ले जाकर बाबू सतनरायन बोले: "लच्छू बेटे, एक चवन्नी होय तो देना बेटे। बीड़ी का बंडल लेऊँगा एक और माचिस। आज न्यू इयर्स डे के दिन भी तुमाई अम्मा ने हमको सबेरे-सबेरे झिड़क दिया साला। अब हमारा होल इयर का इयर मनहूस गया समझो। ऐसी कुढ़ियल तकदीर.....अरे मेरे लाल, अरे मेरे दानवीर करन, दूधों कुल्ले करो बेटा। बड़ा सुख भोगोगे लच्छू बेटा। हाय, मेरा होल इयर का इयर बना दिया तूने।" पेड़ की आड़ में

दस-दस के दो नोट अपनी आँखों के अविश्वास और जेब के विश्वास स्वरूप पाकर बाबू सत्यनारायण इस समय चारों पदारथ पा गये थे। बेटे की पीठ थपथपा कर चट से वे 'वी०आइ०पी०'—मुद्रा में ठाठ के साथ अपनी मित्र-मंडली में आ जुड़े। मास्टर जगदम्बासहाय अटल बाबू की बात का उत्तर दे रहे थे: "अजी, हाजी की निष्ठा अकबरे-मकबरे में नहीं है अटल बाबू। वो कमनिष्ट हैं।"

बाबू सत्यनारायण के स्वर में इस समय 'अपने' बीस रुपये का ज़ोर आ गया था, हाथ बढ़ा के बोले: "मास्टर साहेब, वो कमनिष्ट होय चाहे जो कुछ होय, पर मुसलमान पक्का हैं। रखैलें भले उसने मुहमडन रक्खीं, पर जब ब्याह किया तो एक हिन्दुआनी को मुसलमान बनाय के पहले सवाब लूटा, और फिर उसे लेके हज्ज करने गया मुहम्मद साहेब के दरबार में। हमारे हिन्दुओं में है कोई अपने दीन-मजहब का पक्का? तभी तो रसातल में चला गया हिन्दू समाज।"

बाबू अटलबिहारी बोले: "मुसलमानों में एका और भाईचारा बहुत है। हमारे हिन्दू फुट्टैल हैं।"

युवक-मण्डली लच्छू के घर जाने के लिए दूसरी गली में मुड़ गई। लच्छू बोला: "बाबू जब कह रहे थे कि हिन्दुओं में मुसलमानी से ब्याह करने वाला कोई नहीं निकला तो हमारे जी में आया कि अपने हर्रो बाबू को उनके आगे कर दें कि देखिए, ये हैं हिन्दू-रत्न जो चार बच्चों की अम्मा के आशिक बने हैं?"

ख़बर मित्रों के लिए बम के धड़ाके के समान थी। सबकी नज़रें हर्रो की ओर उठ गईं, जो झेंप में नायकत्व का अभिमान लिये मुस्कुरा रहा था। लच्छू ने बतलाया कि उद्योगपुरी की एक रेडीमेड कपड़ा फैक्ट्री की एक दर्जिन से पिछले आठ-दस दिनों से श्रीमान इश्क लड़ा रहे हैं। "अभी पहली तनख्वाह तक पाई नहीं और गल्ले से दो बार पाँच-पाँच रुपै के नोट उठाकर दर्जिन को दे चुके हैं। चाय-पावरोटी तो रोज ही मुफ़्त देते हैं, सो अलग। और समझते हैं कि लच्छू को कुछ ख़बर ही नहीं।"

रमेश ने हर्रो की बाँह पकड़कर खींची और भिंचे स्वर में डाँटकर कहा: "क्यों बे, ये हरकतें शुरू कर दी तूने। लच्छू के मूँ पे कालिख लगवाएगा क्या?"

घर आ गया। सहदेई के पिता घर पर थे। सहदेई खाना बना रही थी। चोइथराम मनसुखानी बीड़ी मुट्ठी में थामे हुए टीन की कुरसी पर बैठा खों-खों कर रहा था। गोपी कुरता-पाजामा और पूरी बाँह का पुलओवर पहने, खुले मगर सँवारे हुए बालों को बालों ही की एक लट से बाँधे, आँखों में काजल के डोरे डाले, दालान में खाट पर बैठी हुई पापड़ खा रही थी। लच्छू ने सहदेई के पिता से कहा: "चाचा, सहदेई बहिन से कह देना कि रोटी के बजाय हमारे चार परावठे करके कटोरदान में धर देंगी, मैं आके ले जाऊँगा।"

"बहुत अच्छा भैया।"

गोपी से आँखें चार हुईं। दिलफेंक अदा में 'हॅप्पी न्यू इयर्स डे टू यू'—'सेम टु यू' का आदान-प्रदान हुआ और दोस्तों के पीछे-पीछे लच्छू ऊपर गया।

कमरे में पहुँचकर रमेश और लच्छू ने जयकिशोर के सामने हर्रो की खाल खिंचाई शुरू की। लच्छू दोस्त को नौकरी देने का एहसान जतलाते हुए शिकायत कर रहा था। बहुत खिंचाई होने पर ताव खाकर हर्रो बोला: "जिसने मुझे मेरी होल लाइफ़ भर में एकमात्र लव दिया है, मेरे सुख-दुख को सबसे अधिक समझा है, मुझे—"

'अबे तो इश्क लड़ाने के लिए तुझे ये चाची ही मिली थी। साली चालिस की उमर, चार-चार बच्चों की माँ......"

लच्छू के यह कहते ही हर्रो उबल पड़ा। यह उसकी व्यक्तिगत स्वतन्त्रता का हनन था। वह चाहे जो करे। इसी पर रमेश कुछ गर्माया, कुछ लच्छू ने यह कह दिया कि कल अपना हिसाब ले जाना, हम तुम्हें नौकर नहीं रक्खेंगे, और इसी पर हर्रो रोता-गरजता गालियाँ देता हुआ चला गया।

जयकिशोर ने लच्छू और रमेश के दृष्टिकोण का साथ न दिया। उसे लच्छू का हर्रो की नौकरी से बर्खास्तगी की धमकी देना खल गया, बोला: "आप लोग अपने को स्वतन्त्रता का हामी मानते हैं और एक बेचारे, अपने दोस्त ही की स्वतन्त्रता को नौकरी की धमकी से ख़त्म कर देना चाहते हैं।"

बहस चल पड़ी। जयकिशोर के अनुसार यह संयोग ही की बात थी कि रमेश का दिल एक ऐसी समवयस्का विधवा युवती पर आ गया, जिसे वह ढोल बजाकर ब्याह भी लाया, पर यह भी हो सकता था कि उसकी आँखें किसी बच्चों वाली विधवा से लड़तीं, किसी असफल विवाह की शिकार युवती से भी प्रेम हो सकता था और वह उससे विवाह भी कर सकता था।

ऐसी एक तात्कालिक अख़बारी कहानी उनके सामने थी, जिसमें चार बच्चों की माँ, एक सम्पन्न और सम्भ्रान्त कुल की विवाहिता स्त्री ने, एक पति के रहते हुए भी एक अन्य पति का वरण कर लिया।......

"लेकिन यह ईमानदारी का विवाह था या फरेब?" रमेश ने पूछा।

"वह स्त्री अपने मन में पूरी तरह से ईमानदार थी।" जयकिशोर बोला।

"और उसका प्रेमी, जिसने द्रौपदी के पाँच पतियों और गांधर्व विवाह के शास्त्रीय प्रमाण देकर चंद्र देवता की गवाही में उसको हथिया लिया? क्या वह भी सच्चा था? बड़ी नैतिकता बरती। धन्य है!"

"नैतिकता इस बात में नहीं कि आदमी कितना सच्चा, त्यागी, तपस्वी और प्रामाणिक है। प्रश्न यह है कि व्यक्ति को अपनी इच्छाओं, आकांक्षाओं और आचार-व्यवहार को गति देने में मुक्ति कितनी मिलती है। प्रामाणिकता का आग्रह झूठा और बेकार

है।" जयकिशोर ने रमेश की बात जोरदार ढंग से काट दी। देर तक बहस गमनि के बाद भी रमेश और लच्छू जयकिशोर को इस बात पर राजी न कर सके कि व्यक्ति अकेला नहीं, समाज में रहने वाला जीव है और इसलिए उसके कुछ दायित्व भी हैं। सच्चाई, त्याग, प्रामाणिकता, नागरिकता आदि इसीलिए उसके नैतिक मानदण्ड भी हैं।

"और सारे समाज में रहकर, आप लोगों की बखानी हुई सारी नैतिकता के लबादे ओढ़कर बेचारा व्यक्ति कितना अकेला, कितना शून्य, कितना निरर्थक है! या तो वह समाज को स्वीकारे अथवा समाज उसका अस्तित्व ही नकार देगा। ये क्या खूब समाजवाद है कि जिसमें समाज तो आजाद है, पर उसका व्यक्ति गुलाम। और जब व्यक्ति ही गुलाम है, निज अस्तित्वहीन है, तब समाज ही क्योंकर स्वतन्त्र हुआ ?"

जयकिशोर के सामने एक ऐसा समाज है, जिसका एकमात्र मानदण्ड व्यक्ति का मनमानापन ही होगा। काम-सम्बन्धों में दो भागीदारों की रजामन्दी होना ही आवश्यक है, वह रजामन्दी किस तरह से हासिल की जाती है यह प्रश्न ही निरर्थक है। आनन्द ही जीवन है। मुक्त गति ही जीवन की सार्थकता है। वैदिक ऋषि भी आनन्दवादी थे। गीता भी केवल कर्म पर ही जोर देती है, क्योंकि कर्म का अस्तित्व क्षण में होता है, उसके फल की चिन्ता करना गलत है; फल जब अपनी अस्ति पर आएँगे तब भोगेंगे। आदमी का जी चाहे तो वह खुलेआम नंगा घूमे, रजामन्द जोड़े चाहें तो खुलेआम भोग करें। इस महान आनन्द के कर्म को छिपाना निर्लज्ज अनैतिकता और घोर पाप है। बाप-बेटी या पति-पत्नी या भाई-बहिन साथ जा रहे हैं; कोई और राह चलता स्त्री या पुरुष उनमें से किसी के प्रति आकर्षित होता है और उसे राजी कर लेता है तो फिर उस काम में पाप ही क्या रह गया ?

"लेकिन स्वेच्छाचार केवल काम-सम्बन्धों तक ही सीमित नहीं जयकिशोर। काम की भूख के अलावा पेट की भूख के भी धंधे हैं और यह अस्तित्ववादी स्वेच्छाचार वहाँ भी चल रहा है—क्या उसकी मुक्त गति को भी स्वीकार किया जाय ?"

जयकिशोर कहता है कि हाँ, उसे स्वीकार करना ही होगा।

"इसके माने हैं जिसका स्वेच्छाचार प्रबल हो, वह रहे और निर्बल गुलाम हो जाय। फिर तुम्हारी व्यक्तिगत मुक्ति का क्या हुआ ? निर्बल अपना अस्तित्व कैसे सिद्ध करेंगे ?"

"उन्हें भी अपने अस्तित्व की रक्षा के लिए संघर्ष करने का अधिकार है, लेकिन ये संघर्ष सामूहिक नहीं, व्यक्तिगत होना चाहिए। कामाचारी, अर्थाचारी अथवा सदाचारी कोई भी हो, इनका एक जुट होकर कोई भी सामूहिक आन्दोलन चलाना अनैतिकता है। हमारी इच्छाएँ और आकांक्षाएँ ऊपरी तौर पर बहुतों से मेल खाने के बावजूद हमारे अन्दर अपना स्वतन्त्र अस्तित्व रखती हैं। अस्ति की स्वीकारोक्ति ही यह है कि 'मैं हूँ' और 'मैं' हर हालत में दूसरे से भिन्न हूँ—अपने माता-पिता,. भाई-बन्द, पत्नी-प्रेमिका, मित्र-व्यवहारी इन सबसे मेरा अस्तित्व जुदा है। अपने अस्तित्व को सुरक्षित रखने के लिए मुझे केवल अपनी ही चिंता करनी चाहिए।......"

हर्रो के सामने स्वतन्त्र अस्तित्व ही का तो प्रश्न है। बचपन में कुछ कामाचारी अध्यापकों और पड़ोसी वयस्कों के द्वारा जबर्दस्ती उनका भोग-पात्र बनने की अपनी विवशता से उसने विद्रोह किया था। वह पुरुष के रूप में अपना अस्तित्व बनाये रखना चाहता था। और इसी पौरुष को पाने के लिए वह नारी का भूखा था—चिर भूखा, विवश भूखा। इसी भूख की तड़प में पहले भी दो-एक बार उसने अपनी स्वेच्छाचारिता को बढ़ावा देना चाहा था, लेकिन समाज ने मार-पीट की धमकियों से उसकी इच्छा को पीछे ढकेल दिया। उसकी बरसों की भूख तड़प रही है। रमेश अपनी इच्छा-सिद्धि पा चुका है। लच्छू पा लेता है, विवाहित जयकिशोर कानून सिद्धि तो पाता ही है; गैरकानूनी के लिए लालायित और प्रयत्नशील भी रहता है—फिर हर्रो ही क्यों न उस सिद्धि को पाये? और जब वह भी पा लेता है तब इन लोगों को, दुनिया को जलन क्यों होती है। मुसलमान है, हुआ करे। मामूली मज़दूर क्लास है; हम भी तो वही हैं। उमर में बड़ी है, चार बच्चों की माँ है। लोग क्या अपने बच्चों की माँ से प्रेम नहीं करते? बड़ी उमर की औरतें क्या प्रेम करने लायक नहीं होतीं? अरे, प्रेम करना तो दरअसल वही जानती हैं। हर्रो के मन में अपनी वयस्क प्रेमिका के लिए महाभाव है। उसके जादू में आठों याम बँधा ही रहता है। हर्रो से कसम ले ली है कि 'हमारे रहते अब किसी और से आँखें न लड़ाना।' कहती है सिर पे मिट्टी का तेल उड़ेलकर उस जिस्म को आग लगा लूँगी, जो तुम्हारा हो चुका। मैं जो कहती हूँ वो कर दिखाऊँगी। 'मुझे अब एक जगह न बच्चों की ममता ही बाकी रह गई है और न दुनिया की, न किसी और चीज़ की चाह ही। मेरा काम है, तुम हो और अल्लाह हैं।' जोहरा से हर्रो की शादी होना तो मुमकिन हो नहीं सकता। न वो मुसलमान धर्म छोड़ने को राज़ी हैं और न हर्रो ही से हिन्दू धरम छोड़ा जायेगा। आज तक मंदिरों में जाते रहे और कल सुथना पहन के मस्जिद में नमाज सीख रहे हैं जनाब—ये सब झूठ बात है। 'हमने अब तो खुद देख लिया कि प्रेम में धर्म कहीं पर भी जरा सा भी बाधक नहीं होता। अरे, हमें यार की यारी से काम कि उसके फैलों से? ये धरम-ईमान की बातें भी सब ससरी बेकार की बातें हैंगी। पंडित-मुल्लों को अपने पुजापे के लिए धरम की आड़ चाहिए, नेताओं को भाषण करने और छपाने के लिए बड़ी-बड़ी बातें करने की आदत होती है। यह सब ससरी इंटलेक्चुअल हरमजदगी है। हमारी, पब्लिक की सुधि कौन लेता है? ये लच्छू साला, हमारा बचपन का साथी, जरा रूस क्या हो आया, ये रेस्ट्रां क्या खोल लिया कि अपना दिन भूल गया साला! ये रमेश और जयकिशोर और कम्मी, गोडबोले सब पैसे की तरावट में तन-सुखिया, हरामजादे हैं। इन सालों के दिमाग में हमारी जैसी दबी-पिसी पब्लिक का दर्द भला क्योंकर समा सकता है? हमारा दुख-दर्द तो समझती है, हमारी ही जैसी दर्द की मारी हमारी जोहरा! ले जा ससरे, अपनी नौकरी। तकदीर ने जब यह दिया है तो आगे भी कुछ देगी। किस्मत हमारे साथ है, जलने वाले जला करें। माँ-बाप, भाई-बहिन सब अपने स्वारथ के होते हैं, हमारे तो सिर्फ हम ही होते हैं।'

चूँकि हर्रो की स्मृति में अपने माँ-बाप के किसी भी खास व्यवहार पर कोई शिकायत नहीं, बड़े ही सरल, बड़े ही मौन, सहनशील और बड़े ही अभागे हैं, इसीलिए हर्रो अपने

माँ-बाप के अभागेपन ही को सबसे बड़ी शिकायत मानकर आजकल अपने प्रेमानन्द मगन दिल और दिमाग़ में 'घर' से उसी तरह कतरा जाता है, जैसे पहली तारीख को चाट वाले की दूकान देखकर किसी दफ़्तर का छोटा क्लर्क महाजन की गालियाँ और घर-खर्च तमाम ज़िम्मेदारियाँ हठात् भूल जाता है और ये तय करता है कि वह चाट का स्वाद लेगा।····· घर हैं, ज़िम्मेदारियाँ, महाजन हैं, पर इन सबके अलावा वह स्वयं भी है; अपने अस्तित्व को वह कैसे नकार दे? हर्रो इसीलिए मित्रों से चिढ़कर चला आया था।

:: ५० ::

दोपहर को लच्छू के घर से अपने 'घर' (हुसेनाबाद वाला घर नहीं) आते हुए रमेश का मन बेहद विचारोत्तेजित था। जयकिशोर ठीक कहता है, व्यक्ति, कहीं पर तो अपने-आपमें अवश्य अकेला है।····क्या किया जाय। लेकिन यों आमतौर पर व्यक्ति को सामाजिक सुरक्षा चाहिए और समाज की शक्ति व्यक्ति है। दोनों ही एक जगह पर स्वतन्त्र होते हुए भी एक-दूसरे के आश्रित हैं। रमेश कैसे मान ले कि हर्रो का अपने घर-परिवार के लिए कोई दायित्व ही नहीं है। खुद रमेश ने शादी के बाद अपना घर तो अवश्य अलग कर लिया, पर क्या माँ-बाप के ऋण से भी अपने को उऋण कर लिया? हर महीने साठ रुपये घर में देता है। घरवालों से, ससुराल वालों से बराबर सम्पर्क बनाए रखता है। इसमें चूक नहीं हुई। आज ही, साल का पहला दिन, उसने अपने 'घर' पर मनाना इसलिए उचित समझा कि सब जने एक सुखद दिन मना लेंगे, स्वादिष्ट और स्पेशल भोजन बन जायेगा। माँ-बाप बहिन-भाई सभी छक लेंगे। रानी अपने मैके गई है। आज दो घरों का नया दिन मनाने में रमेश के लगभग बीस-पचीस रुपये खर्च हो जायेंगे, पर यह खर्च आवश्यक है, इन्हीं खर्चों के लिए ही मनुष्य कमाता है।

अपने घर आकर अपने भरे-पूरे संतोष में रमेश को हर्रो के माता-पिता का ध्यान आता ही रहा। दो दिन पहले ही लच्छू की बाबू श्यामनरायन से भेंट हुई थी। हर्रो के लिए चिंतित थे, और उनकी तनिक सी अतिरिक्त चिन्ता भी किसी प्रेमी स्वजन या सज्जन की निगाहों को झाँकते ही अपार मालूम होने लगती है। बाबू श्यामनरायन और उनकी पत्नी चिन्ता, दुख और दुर्भाग्य का साक्षात् अवतार है। उनके घर में आवाज़ें तो सुनाई ही नहीं देतीं। दोनों बेहद सरल, बड़े शान्त और महा-अभागे!·····

बाबू श्यामनरायन के पिता अवध की एक छोटी रियासत के दीवान थे। बड़े जाबिर, बड़े हाँ-हुज़ूर, बड़े पियक्कड़, बड़े बलात्कारी और बड़े रकम-खसोट थे। लखनऊ में एक मकान, दस-बारह हज़ार के गहने और पचास हज़ार नक़द छोड़ के मरे थे। माँ इनकी पाँच बरस की आयु ही में मर चुकी थीं। पिता के डकैत स्वभाव, गरज और अकड़ की 'छत्रछाया' में इन्हें शुरू ही से न बोलने की, और पिता आदि लोगों की नज़रों से दूर रहने की आदत पड़ गई थी। राजा साहब के पुस्तकालय में जहाँ प्रायः कोई आता ही न

था, ये सुध-बुध खोकर पढ़ा करते थे। इसके अलावा बड़ी रानीजी के घर में इनका जी लगता था, जहाँ सुबह पाँच बजे से लेकर सूर्यास्त होने तक बारी-बारी से पाँच पंडित रामचरित-मानस का सस्वर पाठ किया करते थे और कोई नहीं बोलता था। महीने दो महीने, छह महीनों में राजा साहब जब कभी बड़ी रानीजी के महल में सोने की इच्छा करते, तो सवेरे ही से बीस-पचीस मज़दूर रानीजी के महल की भीतर से पुताई करने के वास्ते भेज दिये जाते थे। उस दिन को छोड़कर उस शान्त घर में श्यामनरायन को बहुत अच्छा लगता था। पढ़ाई में आदि से अन्त तक फेल तो कभी न हुए, पर सिर्फ पास भर ही होते रहे। इंटरमीडिएट थर्ड डिवीजन में किया। पिता मर गये। लखनऊ आकर श्यामू बाबू ने एक प्रेस खोला, चला नहीं पाये। एक साझेदार किया। सफलता पाने के बाद उसने इनके लिए प्रेस में रहना ही दूभर कर दिया। टंटे से ऊबकर, पैसा प्रायः पूरा का पूरा डुबाकर ये अलग हुए। तभी ब्याह किया। लड़की आप पसन्द की। बड़ी शांत। और आज, चौवन वर्ष की आयु में श्यामू बाबू के पास गली में एक छोटी-सी स्कूली बच्चों के मतलब की स्टेशनरी की दूकान है। सत्तर-अस्सी रुपये उससे बचा लेते हैं। पचास रुपये पर आधा मकान किराये पर उठा रखा है। हर्रो से चार बरस छोटी उर्मो के सिर में ट्यूमर हो गया है। पिछले दो बरसों से बढ़ते-बढ़ते उसका सिर बड़े कुम्हड़े जैसा हो गया है। दुबली काया उसे सहार नहीं पाती। सबसे छोटे बबुआ की गर्दन जनम ही से टूटी हुई है। शरीर आयु के प्रमाण से बढ़ गया है, पर न उठ-बैठ सकता है, और न बोल ही पाता है। ग्यारह बच्चों में ये तीन जिये। दो यों पड़े हैं, हर्रो ऐसे हो गये। बाप का छोड़ा हुआ पचास हज़ार रुपया, पत्नी के गहने, सब कुछ बच्चों की कठिन बीमारियों, रोजगार के घाटों और बेकारी के समय पेट में चला गया। बच्चे बीमार हैं, कहाँ तक बेइलाज रक्खें और इलाज करें भी तो कहाँ से करें।....

रमेश ने घर में हर्रो-परिवार की चर्चा चलाई तो पुत्ती गुरू बोले : "रामजी की माया बड़ी अपरम्पार है भैया। श्यामू बाबू के बाप मनुष्य की देह में साक्षात राक्षस रहे। जनम भर दूसरों की आहें-कराहें ही बटोरीं। इनके घर में एके-एक पैसा राक्षसी वृत्ति से आया रहा। वैसा ही निकल भी गया। आप तो सारे पाप करके भी सुख-चैन से मरे और गऊ समान बिचारे बेटे को बाप के बाप भोगने पड़ रहे हैं।....किसी के घर में कुटुम्ब वाले पूर्वजन्म के शत्रु बन के जुड़ते हैं और किसी के मित्र बनकर। श्यामू बिचारे क्या करें, अपने भाग्य से बँधे हैं। भाग्यम् फलति सर्वदा।"

रमेश सोचता है कि यदि भाग्य पर ही मनुष्य का अस्तित्व निर्भर है तो उसका कर्म करना ही बेकार है। मनुष्य यदि भाग्य ही का ग़ुलाम है तो उसकी स्वेच्छा और स्वतन्त्रता का प्रश्न भी नहीं उठता। अजगर करै न चाकरी पंछी करै न काम....मगर दोनों ही अपने पेट के लिए, आत्मरक्षा और कामेच्छा के लिए काम करते हैं। चिड़ा प्रेम में चिड़िया की चाकरी भी बजाता है। हर जगह बन्धन है और मुक्ति भी है। हमें बन्धन और मुक्ति दोनों ही स्थितियों को स्वीकार करना होगा।....रमेश हर्रो नहीं है, बड़ा 'राजा बेटा' है; साठ रुपया महीना माँ-बाप को देता है यानी पचास रुपया महीना पन्नो के ब्याह के निमित्त

प्रतिमास अम्मा की डाकखाने वाली पासबुक में जमा कराता है, दस रुपये महीने सुरेश की पढ़ाई के देता है। अभी अलग हुए, छह महीने ही हुए, पर इस बीच में सौ-पचास अम्मा, बाबू, भाई, बहिन के कपड़ों और तिथि-त्यौहार के खर्च में भी लगा ही चुका है। रानी की सौतेली माँ अब हठपूर्वक रानी को घर-खर्च नहीं देने देती, तो भी रमेश की आज्ञा से रानी के वेतन का अधिकांश भाग उसके भाई-बहिनों पर ही खर्च होता है। और यह सब होते हुए भी 'राजा-बेटा' पचास रुपये हर महीने श्रीमती रानी बाला गौड़ के हिसाब में भी जमा करता। लच्छू ख़ैर, एक तो अभी वो ठीक से जमा ही नहीं, पर वैसे भी अपने माँ-बाप को बहुत सहायता नहीं करता, उसे विशेष रूप से अपनी ही परवाह रहती है। कम्मी और गोडबोले तो ख़ैर बड़े बाप के बेटे हैं। जयकिशोर ससुराल के माल पे लक्ष्मीनारायन बने हुए हैं।⋯रमेश इन सबसे अलग है। उसके सामने जीवन का स्पष्ट लक्ष्य है, अपनी उन्नति करने के साथ ही साथ वह सामाजिक उन्नति के लिए कर्मशील होना चाहता है। अपनी उन्नति और आर्थिक सुरक्षा के लिए वह ब्याह से पहले डॉक्टरेट और प्रोफ़ेसरी के सपने देखता था, अब रात के जल्वों में रानी उसे जो राह सुझा चुकी है और सुझाती रहती है, वही देखता है। रानी ही रमेश की व्यावहारिक मति, गति और मुक्ति है। ब्याह होने के कुछ ही दिनों के अन्दर अपने स्वार्थ की शतरंज का फरजी, वह भी प्यादे से फरजी, बनाकर गैहाँबानो उसके अन्तर में कड़वाहट भरकर भी उसके स्वाभिमान को पूर्ण चैतन्य कर गई थी। रमेश यों तो रानी पर अनुरक्त था ही, पर अब प्रायश्चित में यहाँ तक अन्ध कठोर रूप से केन्द्रीभूत हो गया है कि किसी भी सुन्दर स्त्री को देखते ही वह उसकी सुन्दरता में कोई न कोई कमी और रानी की सुन्दरता में कोई न कोई नई विशेषता ढूँढ़ ही निकालता है। रानी अनन्य गुणवती, अनन्य सुन्दरी⋯उसमें जो कुछ भी है वह अनन्य है, रमेश भी अनन्य है। और इन दोनों को मिलकर बहिनजी और खन्ना साहब का उत्तराधिकार लेना है। यह रानी ने उसे सुझाया है और यही वे दोनों मिलकर करते भी हैं। खन्ना दम्पत्ति को इन्होंने अपने 'मम्मी-डैडी' वत् ही बना लिया है। पति-पत्नी तन तोड़ मन छोड़कर बहिनजी और खन्ना साहब की सेवा करते हैं। उसका सुख भी उन्हें मिल रहा है। बहिनजी और खन्ना साहब इन लोगों के लिए इतना करते-धरते रहते हैं कि इनके वेतन की राशि में काफी बचत हो जाती है। नवम्बर में रमेश की वर्षगाँठ पर रेडियो दिया। नवम्बर ही में, आगामी चुनाव की नक्शेबन्दी करते हुए डॉक्टर आत्माराम ने अपने सभी अख़बार-सम्पादकों को निदेशित किया कि मंत्रिमंडलों के सदस्यों, उनके छुटभैयों, गुर्गों, उनके हिमायती काले सेठों और सरकारी कार्यकर्त्ताओं की पोलें सप्रमाण खोली जायँ। खन्ना साहब ने लखनऊ में यह काम रमेश ही को सौंप रक्खा था और अपनी निगरानी में करा रहे थे। 'डॉक्' का आदेश था कि खर्च की परवाह न की जाय; काम पुख्ता और सनसनीखेज होना चाहिए। इसलिए कुछ बचत उसकी इस राशि से भी हो ही जाती है।

रमेश आजकल उसी में लवलीन है। रानी कहती है, जैसे बाढ़ में जान लड़ाई थी, हिम्मत दिखाई थी, वैसा ही चमत्कार अब भी दिखला दो तो बहिनजी को पटा के हम

लोग भी किसी डेलीगेशन में विदेश-यात्रा करने चलेंगे। 'राजा बेटा' रमेश अपनी रानी के अनुसार ही जान लड़ा के 'समाजवाद के लिए' काम कर रहा है।

यहाँ पर भी जयकिशोर ने आज उसे और लच्छू को दबोचा था, नफरत भरे स्वर में कहा था: "इन मुखौटे लगा के चलने वाले लोगों को भी मैंने बहुत देखा है। तुम समाजवादियों में कितने अस्ली हैं आज? पहले तुममें बहुत से लोग अपने-आपको कम्यूनिस्टों की पंक्ति में खड़ा करना पसन्द नहीं करते थे, इसलिए ये सहूलियत का शब्द चुन लिया था। फिर अब कम्यूनिस्ट भी धीरे-धीरे सेमर की रुई के तकिये बन गये हैं, इसलिए यह शब्द कांग्रेस से लेकर कम्युनिस्ट पार्टी तक के महत्वपूर्ण लोगों से तरह-तरह की सुविधाएँ लेने के वास्ते अब बड़े मुनाफ़े का शब्द बन गया है। और तुम इसी व्यक्तिगत मुनाफे के वैसे ही ग़ुलाम हो, जैसे पूँजीवादी मान्यताओं के लोग हैं। फिर अन्तर ही क्या रह गया? तुम समाज-समाज चिल्लाओ, वो आज़ाद दुनिया का नारा लगाएँ। मुनाफ़े की दूकान अलग है, विज्ञापन के ढंग अलग हैं, लेकिन बात एक ही है। तुम दोनों ही गुटों के लोग बेचारे निरीह व्यक्ति पर सामूहिक आक्रमण करते हो। मैं व्यक्ति को स्वतन्त्रता दिलाना चाहता हूँ।"

रमेश को जयकिशोर का यह बढ़बोल चुभ रहा था। साला ससुराल के पैसे पे इंटेलेक्चुअल बनता है। 'कल्पना', 'ज्ञानोदय', 'धर्मयुग' में दो-एक चीज़ें क्या छप गयी हैं कि शान आ गई है। 'मैं' अपने पाँव पर खड़ा हुआ हूँ। 'मैंने' मेहनत से अपना कैरियर बनाया है। तरुण छात्रसंघ की तेजस्वी आत्मा 'मैं' था। बाढ़ में 'मैंने' नेतृत्व दिया। साला मेरे सामने आज बढ़बोली हाँकता है! 'मैं' जानता हूँ समाज क्या है। 'मैं' जानता हूँ समाज के स्वतन्त्र होने के माने हैं व्यक्ति की स्वतन्त्रता! आजकल मेरे लेख क्या सनसनी ढा रहे हैं—जिसे देखो 'इंडिपेंडेंट' खरीद रहा है, जिसे देखो 'रमेश' का नाम ले रहा है।

पिछले एक पखवारे में रमेश चार सनसनीखेज समाचार दे चुका है। एक प्रभावशाली मंत्री के बेटे, एक नेता के भतीजे और खाद्य विभाग के दो बड़े अधिकारियों की साजिश में पूर्वी क्षेत्र की चावल मिलों के मालिक बड़े पैमाने पर अपने गोदामों में माल रोक रहे थे और पड़ोसी देश में ऊँची दरों पर चोरी-छिपे बेच भी रहे थे। चावल के लिए हाहाकार मच रहा था। कई ईमानदार अफ़सर इस अंधेरगर्दी को रोकना चाहते थे, पर मंत्री-नंदन के आगे विवश थे। रमेश ने मंत्री-नन्दन के नाम लिखी हुई नेता-भतीजे की एक चिट्ठी पा ली थी। उसका फोटो भी छापा था।

एक मंत्रीजी मंत्रिपद पाने के बाद अपनी पहली पत्नी को मार-पीट कर उससे जबर्दस्ती स्वयं अपने ही ऊपर लगाये गये व्यभिचार के आरोप पर हस्ताक्षर कराने के बाद, पिछले चार महीनों से एक स्कूल की प्रधानाध्यापिका से इश्क लड़ा रहे थे और इधर उनके विवाह का चर्चा भी गर्म था। यह समाचार सुनकर वह त्यक्ता गाँव से नगर में आई थी। अपनी भावी सौत से मिलने के लिए उसके बँगले पर गई थी और पगली करार दी जाकर मार-पीट के बाद चौकीदार के द्वारा टाँग घसीटकर बाहर लाई जा रही थी, ठीक

उसी तरह से जैसे कि मेहतर मरा हुआ कुत्ता ले जाता है। प्रमुख सड़क, भीड़ भरी। संयोग से ख़बर पाकर रमेश भी वहाँ पहुँच गया और उस औरत का विलाप और बातें सुनकर—यह भी संयोग ही था कि—उसे उस स्त्री पर एकाएक विश्वास हो गया और फिर जान पर खेलकर भीड़ का एक विद्रोही प्रतिनिधि बनकर, पुलिस आने से पहले ही उस स्त्री को रिक्शे पर, शब्दशः, ले भागा। वह स्त्री इस समय बहिनजी की संरक्षता में है। 'इंडिपेंडेंट' में चित्र सहित छपे हुए उसके बयान ने प्रदेश की राजनीति में एक नई हलचल मचा दी है।

नगर के एक बहुत बड़े घी व्यापारी का बदचलन बेटा अपने बाप से नाराज़ होकर स्वयं रमेश के पास आया। पक्के प्रमाण पाकर, खन्ना साहब की मदद से, पुलिस दल लेकर रमेश दुकान पर पहुँच गया। पुलिस को तिरपन कनस्टर मिलावटी घी, 'एगमार्क' के जाली लेबिल, घी जाँच करने का सामान, एक टिन से दूसरे टिन में घी पहुँचाने का साइफन (ट्यूब) तथा मिलावट के काम में आने वाली अन्य वस्तुएँ मिलीं। चित्र समेत उनका विवरण भी परसों छपा था। अब तक सेठजी के ख़िलाफ़ कोई कार्रवाई नहीं हुई।....

खाने से पहले, खाते समय, खाने के बाद रमेश अधिकतर स्वमुख से और माँ-बाप, भाई-बहिन द्वारा अपनी तारीफ़ें और अपने आस-पास सारे जग की बुराइयाँ करता और सुनता रहा। इन पन्द्रह दिनों में खासतौर से नगर में 'रमेश' एक चर्चावाला नाम हो गया है। और लोग जानें न जानें, पर इधर महल्ले-टोलों के लोग जानते हैं कि वह कौन है, किसका बेटा, किसका भाई है। कई शुभचिन्तक पुत्ती गुरू को समझा भी चुके हैं कि गुरू, लड़का तुम्हारा होशियार है, पर उससे कहो कि जादा दलदल में न धँसे, धँसेगा तो जान पर बन जायेगी। पर पुत्ती गुरू इस समय शिवजी और श्री श्रीरामजी सरकार की सलाह से चल रहे हैं, उनका कहना है : "असिल बात ये है कि रामजी सरकार अब फिर से सारी दुनिया में रामराज लाना चाहते हैं। सो उन्होंने राजा इन्द्र को आज्ञा दी है कि देव-सभा बुलाओ। भगवान भोलानाथ देव-सभा में प्रलय ताण्डव का दर्शन करायेंगे। सो औढरदानी अपने नाच का साज सज रहे हैं। ये अख़बार वाले सब उन्हीं के भूतगण हैं, उन्हीं के शंख, मृदंग, डमरू भेरी बजाय रहे हैं। हम ससुर तब काहे चिंता करें, काहे बोलें। हमसे तो रामजी महाराज ने कह दिया है कि जब तक काया चले, ब्रह्म-कर्म से अपनी रोजी-रोटी कमाओ और भाँग छान के चुप्पे पड़े रहो। तुम्हारा लड़का हमारा दामाद है, सो अपनी लड़की के सुहाग की चिंता हम आप करैंगे।....सो किए जाओ बेटा राम का काम, ये सोने की लंका तो फूँक ही के रहेगी।"

पाँच बज रहे थे। रमेश ने रानी को अपने पहुँचने का यही समय दे रखा था। चलने लगा, ऊपर से नीचे आया तो भाँग छानते हुए पिता बोले : "ठहरो रमेश, आज रामजी का तनिक सा प्रसाद तुम भी पाते जाओ। अरे हाँ, साल का नया दिन है, विजया भवानी साल भर तुम्हें विजय देंगी।"

ससुराल पहुँचा। ठंडक अधिक बढ़ गई थी। कुँवर रद्धूसिंह की बच्चियाँ अपने कपड़ों से अनुकूल गर्मी न पाकर कण्डों का ढेर सुलगाकर उसके आस-पास बैठी धुएँ में आँखों से पानी बहा रही थीं। उनका मुन्ना भैया बजरंगसिंह उन्हीं के पास, अलाव और धुएँ से कुछ हटकर बैठा हुआ लपटें देख-देखकर किलकारियाँ मार रहा था।

सीढ़ियाँ चढ़ते ही बच्चे की किलकारियाँ सुनकर रमेश का मन भी वैसे ही किलक उठा; सारा तन स्पंदित, स्फूर्तिवान हो उठा। उल्लसित डग सीढ़ियों पर चढ़े। दालान धुएँ से भरा हुआ था, बादलों लदी शीत लहरी की शाम भी वैसी ही; दिया-लालटेन कुछ जलाया नहीं गया था। दरवाज़े में घुसते ही रमेश को मिला अँधेरा, धुएँ का कड़वा भभका और घुटन—एक गोड़सिया अलाव की लपटें, तीन सिलहुत और वही किलकारी। बदबू, घुटन, अँधेरा, सबको विस्मृत करके मोहने वाली बच्चे की किलकारी उसके मन के प्रसुप्त जनक को मीठी चुटकी काटकर जगा गयी। "जीजा जी आ गये। जीजा जी आ गये।" रमेश ने बच्चे को उठाया। लड़कियाँ रसोई वाले दालान की ओर संवाददाता बनकर भागीं। सुमित्रो उठकर अपने दामाद का स्वागत करने आईं। शिष्टाचार, खानपान के बाद पति-पत्नी जब बिदा लेकर गली में आये, तो रमेश के मन में अभी उमगी हुई इच्छा रानी को बतलाकर उसकी बाँह पर खामोश चुटकी काटने की हौंस थी; मगर रानी अपनी बहती मनोधारा को ही वाणी की अटारी पर चढ़ा ले आई। उसके पिता के घर में अशांति है। कुँवर रद्धूसिंह और सुमित्रो का तनाव अब दोनों ओर से अपनी सीमाओं तक बढ़ चुका है। रद्धूसिंह जब से बैजू लाला के मुसाहब, ऊपरवाली किरायेदारिन, वहीदन के अर्दली, और रेशमी कुर्त्ता, बारीक धोती, इत्र-फुलेल, खिजाब के कीड़े बनकर जुए के पत्ते चाटने लगे हैं, तब से सुमित्रो उनकी कमाई की कानी कौड़ी तक नहीं छूती। दो-एक बार रीतू-सीतू को पैसे दिये, सुमित्रो ने देख लिया तो शान्त किन्तु कठोर स्वर में बच्चियों को आदेश दिया कि जाय के ऊपरवाली अम्माँ को दै आव। कहना बाबू के पैसे गिर गये थे सो रख लीजिए। रद्धूसिंह अपने घर आते हिचकते हैं, और उस हिचक को तोड़ने का हठ साधकर जब-तब घुस भी आते हैं, बजरंगसिंह को गोदी में उठा लेते हैं, अपनी अम्मा के खाट पर जाके बैठ जाते हैं और गरज-गरजकर सुमित्रो को, उसके मैकेवालों को मल्लाही गालियाँ देते रहते हैं। दोनों बच्चियाँ, अगर घर में होती हैं तो अपनी माँ के साथ बन्द कमरे में जा बैठती हैं, जहाँ सुमित्रो के आदेश से वे जोर-जोर से ताली बजा-बजाकर भजन-कीर्तन गाती हैं और सुमित्रो सिलाई मशीन को अपने हाथ की बिजली से दौड़ाने के लिए बैठ जाती है। एक स्थानीय गद्दा-तकिया फैक्टरी की काफी सिलाई सुमित्रो के हाथों से होती है। बहिनजी ने उसे लगभग साठ-सत्तर रुपये महीने का यह बँधा हुआ काम दिलवा दिया है। घर के किराये से तो सुमित्रो को मतलब ही नहीं। इतने दिनों में बैजू लाला ने न तो कभी तगादा भेजा और न सुमित्रो ही ने एक धेला किराये का दिया। बैजू लाला और उसके पति के बीच में क्या समझौता है, यह उसे नहीं मालूम। बाकी खर्च वह स्वयं उठाती है। पति खुल्लम-खुल्ला ऊपर वहीदन के पास रहते हैं। कभी ऊपर से, कभी नीचे बैजू लाला के आँगन से और जब-तब अपने बीच वाले खन के घर में आकर भी सुमित्रो

और उसके माँ-बाप, घरवालों के लिए भद्दी से भद्दी गालियाँ बक, मनमाने आरोप लगाकर अपनी भड़ास निकाला करते हैं।

इधर एक नई घटना हो गई। चार-छह दिन पहले रद्धूसिंह एक दिन सबेरे बजरंगसिंह को गोदी में उठाकर ऊपर ले गये। सुमित्रो ने खाना बनाया, लड़कियों को खिलाकर स्कूल भेजा, सास के लिए कंडों की गरम भूभल पर खाना ढँककर रक्खा; अब बजरंगिया के लिए अटक के बैठ गई। सास से कहा कि भैया को बुलाओ। सासजी आजकल सुमित्रो से ऐंठी रहती हैं। सुमित्रो के हठभरे ब्रह्मचर्य, सुमित्रो का बाहर आना-जाना, सिलाई की मज़दूरी करना, अपने बेटे रद्धूसिंह को सताना, रानी का ब्याह, इनमें एक भी बात से रद्धूसिंह की माता अब तक तनिक भी समझौता नहीं कर पायीं। उन्होंने भी सुमित्रो से काफी हद तक अबोला ही साध रक्खा है; रीतू-सीतू तक से मोह नहीं रहा; पोते की ममता तो बहुत है पर अब वो 'बहू का लड़का' भी हो गया है, इसलिए दो महीने पहले एक दिन कह दिया : "अब तुम अपने लरिका का अपने संग-संग लै जावा करौ भाई, हमते अब दिन भर कोउ की चाकरी नाहीं हुई सकत है।" सुमित्रो तब से बच्चे को अपने साथ ही ले जाती है। इतने दिनों में बहिनजी के घर के पुराने नौकर बिंदादीन का रानीबीबी के भाई से ऐसा लगाव हो गया है कि सुमित्रो अब तो खुद ही स्कूल जाने से पहले 'भैया' को बहिनजी के घर पर बिन्दा के पास छोड़ जाती है।····अब इस समय ये भैया को ऊपर लै गये हैं, न जाने इनके मन में क्या है। सुमित्रो का मन बड़ी हलचल में। सास ने टके सा जवाब दे दिया। ऊपर से पति के जोर से पुकारकर भैया को खिलाने-चुमकारने की आवाज़ आ रही थी। थोड़ा-बहुत खा-पी तो चुका है भैया ऊपर····वो चिंता नहीं पर····माँ का मन, पाप ही पाप की परछाइयाँ सी आयें-जायें, हौका बढ़ता जाय, मन लुप्प-लुप्प। फिर ग्यारह बज गये। स्कूल को देर तो हो ही चुकी थी, पर भैया न आया। अब आवाज़ भी नहीं सुनाई देती उसकी, या बाहर ले गये होंगे या सो गया है। घबराहट अब पथराकर हठ पर चढ़ गई। सुमित्रो कपड़े पहनकर सीधे बहिनजी के यहाँ गई। बिन्दा से कहा; जब कहा तो कलेजा छूट गया, फफक के रो पड़ी। बिन्दादीन, यानी खन्ना साहेब 'इंडिपेंटेंट' का नौकर, जो उनकी अर्दली में चार महीने लंदन रह चुका है (वह भी अंग्रेजी ज़माने में); डॉक्टर साहब के काम से खन्नाजी एक बार लंदन में रहे थे; बर्लिन-पेरिस तक घूम आया है। महल्ले बाज़ारों में बिन्दादीन के कारण खन्ना साहब के नाम का प्रचार यदि प्रतिदिन 'इंडिपेंडेंट' की हज़ारों प्रतियों वाले नाम से बढ़कर नहीं, तो कुछ घटकर भी नहीं होता। बहिनजी खन्ना साहब के मुँह पर बिन्दा को इनके अख़बार के सब रिपोर्टरों से अधिक काबिल मानती है। उन अंग्रेजी ज़माने के 'इंगलैण्ड रिटर्न्ड' खन्ना साहब के पुराने 'प्राइविट सर्वेन्ट' श्री बिन्दादीन के सामने सुमित्रो रो पड़ी।—बस बिन्दादीन के तन-मन में बिजली का करेंट घुस गया। आधे घण्टे में बजरंगसिंह बिन्दादीन की गोदी में नज़र आ रहे थे।····मगर इस बात पर गिरह लगी दूसरे दिन। सुमित्रो ने बजरंगसिंह को सबेरे से अपने पास ही रसोई-घर वाले दालान में रखा। रद्धूसिंह जैसे ही सामने वाले दालान में आये, सुमित्रो ने लपककर लड़के को उठाकर अपनी गोद में लिया और रोटी बेलने लगी।

रद्धूसिंह का खून खौल उठा, पत्नी से बच्चा छीनने के लिए झपटे, सुमित्रो ने चूल्हे की जलती लकड़ी निकाल के हाथ में ले ली और खड़ी हो गई! गीदड़ भभकी। शूर कुँवर रद्धूसिंह स्वाभाविक रूप से अपनी मानसिक दुम दबाकर पीछे हट गये। फिर उनमें इतना साहस भी न रहा कि चौके के आगे अपनी माँ वाले दालान तक में जा सकें। उल्टे पाँवों लौट गये; उस समय एक शब्द तक न कहा। रात में पी के ऊपर वहीदन के घर से सुमित्रो को अपने से भी अधिक बूढ़े खन्ना साहब की रखैल घोषित करना शुरू कर दिया। सरदी की रात में कमरे से बाहर, छज्जे पर आ-आकर एक-एक आरोप घोषित करने लगे। खन्ना, बिन्दादीन के अलावा 'प्रेमानुज क्लोदिंग फैक्टरी' के मालिक किशननरायन की रखैल, फिर उनके खजांची की रखैल,—जो नाम दिमाग़ पर चढ़ता गया, उनमें से हर एक की रखैल अपनी पत्नी को घोषित करते चले गये। वहीदन जबर्दस्ती उन्हें घसीट कर अन्दर ले गई। उस दिन से रद्धूसिंह ने घर में पैर नहीं रक्खा और माँ ने सुमित्रो के हाथ का पका खाना नहीं खाया। बेटा बैजू लाला के नौकर के हाथों सबेरे-शाम दूध, फल, मेवा, मिठाई जो कुछ भेज देता है, वो खाती है और बहू के घर आते ही उसको और उसके मैकेवालों को कोसने लगती है। अब उन्हें किसी से मोह नहीं रहा, बस आठों याम रोने और कोसने ही से एकमात्र उनका मन जुड़ गया है। घर में एक ऐसी परिस्थिति उत्पन्न हो गई है कि सुमित्रो को वहाँ रहना अच्छा नहीं लगता। गंदी-गंदी गालियाँ सुनते महीनों हो गये। सास रो-रो के कहती है कि मेरे बेटे के जीते जी रंडापे का नेम साध के मुझ अनाथ बुढ़िया की छई-छवाई मड़ैया उजाड़ना चाहती है। जिस बहू ने मेरे बेटे से उसका घर-परिवार छुड़ा दिया, उसे लेके क्या चाटूँगी? सुमित्रो बेचारी कहाँ तक सुने। आज तो रानी दिन भर मैके में रही, पर बाप की सूरत तक न देख सकी। दादी अब कभी 'खुस रहौ' से अधिक एक शब्द उससे बोलती ही नहीं। रमेश अपने विवाह के बाद ससुराल में पहली बार आने पर पैर छूने गया था, पर उन्होंने पाँव सिकोड़ लिये, सीधे मुँह बात न की, तब से यहाँ आने पर वो कभी उनकी ओर जाता ही नहीं।.....और आज जब राह चलते रानी से इधर का सारा दास्तान सुना तो गंभीर हो गया, बोला: "मुझे तुम्हारी नई अम्मा से पूरी सहानुभूति है, मगर एक जगह पर उनका अन्याय भी देखता हूँ।"

"अरे मैंने बहुतेरा समझाया, पर वो एक नहीं मानतीं। कहती हैं, भले ही अब तुम्हारी बात नहीं रही, पर पाप-पुन्न की तो अपनी जगह पे वैसे ही कायम है। अब तो वे जिस टेक पर टिक गई हैं, उससे फिलहाल उनका उतरना कठिन ही दिखाई पड़ता है, इसे न्याय-अन्याय तुम चाहे जो कह लो।"

रमेश चुप रहा, बोला: "भरी जवानी में इस तरह अपना मन मारना मज़ाक नहीं है रानी। और ये जुए का अड्डा किसका है?"

"बैजू लाला ही से कुछ सम्बन्ध होगा उसका। मुझे कुछ मालूम नहीं, पर इस समय बाबू की आमदनी ज़रूर अच्छी है। नई अम्मा बता रही थीं कि लाला बाबू को हाथों हाथ रखते हैं, पता नहीं ऐसा क्या काम करते हैं।" रानी ने कहा।

"सुनो जी, एक विचार यह आया है मेरे मन में अभी-अभी कि—तुम नई अम्मा से कहो कि जैसे ही बैजू लाला सबेरे आएँ, वैसे ही सुबह उनके पास जाके कहें कि आप मेरे पति को ये दिन-रात की वाही-तबाही बकने से रोक दीजिए, नहीं तो मैं अपने जेठ कोतवाल साहब के पास जाऊँगी।"

रानी को भी लगा कि केवल इसी उपाय से सुमित्रो का घर रहना सम्भव हो पायेगा।

सम्भव तो हो जायेगा, मगर ये भी क्या जीना है। मन की होली में घर फुँक रहा है। जयकिशोर का 'अस्तित्ववाद' भले चरित्र की इस बुलन्दी को न माने, पर रमेश का 'समाजवाद' मानता है। सुमित्रो ने अपने प्रण-पौरुष का तेज दिखलाया है; दुनिया जिस चीज़ के पीछे दीवानी है, उसे वह अपने पौरुष से तुच्छ सिद्ध करके दिखला रही है। यह उसके स्वाभिमान की जीत है।····पर कितनी जलन, कितनी टीस, कितनी पीड़ा! अपने ढंग से ससुर साहब भी पीड़ा पा रहे हैं। शक्ति छिछली और बुद्धि उथली होने के कारण वे उस पीड़ा को अपने भीतर नहीं पचा पाते, बाहर उछाल रहे हैं। अपनी-अपनी नेह-नाते की चैतन्यता के अनुसार सभी को दुःख हो रहा है, लेकिन जिनका यह दुख है उनके मर्म को भला कौन, कहाँ तक छू सकता है। वहाँ भोगने वाला व्यक्ति निरा व्यक्ति, निरा अकेला है। ····यह अकेलापन रमेश को राह चलने के ध्यान ही में हिमालय से जर्रा बनाकर एकाएक सिहरा देता है।—चट से रमेश की बाँह रानी के कन्धे पर पहुँच जाती है और देह से देह जुड़ जाती है। मन दुकेला हो राहत पाता है, तरी में बजरंगसिंह की किलकारियाँ····फिर सब भूल गया—खन्ना साहब, इंडिपेंडेंट, सुमित्रो, रद्धूसिंह, माँ, बाप, भाई-बहिन, दोस्त, इल्मी बहसें, समाजवाद, व्यक्तिवाद····रह गया केवल अपना मन, अपनी लालसाएँ और उमंगें।

'नौशेरवाँ मंज़िल' के फाटक की खिड़की रमेश के हाथ का दबाव पाकर कुण्डा खड़काती हुई पीछे हटी और बड़े मियाँ का होश पिनक छोड़ के आगे आया : "कौन?"

"कोई नहीं, हम लोग हैं बड़े मियाँ, कुण्डी बन्द कर दूँ?" रानी के पीछे रमेश ने अंदर आकर अपनी बात पूरी की। रानी तब तक ऊपर जाने के लिए अपने दरवाज़े का ताला खोलने लगी। बड़े मियाँ उठकर बैठ गये, नशे में सिर झटका कर कहा : "हाँ, बन्द कर दीजिए।····और सुनिए, बाबूजी, एक ख़बर बेचना है हमको, सो कैसे बिकेगी? आप तो अख़बार वाले हैं, जानते होंगे।"

रमेश बड़े मियाँ के असली मतलब तक पहुँच गया, मुस्कुराहट आई, बोला : "ये तो ख़बर के ऊपर होता है बड़े मियाँ, कैसी ख़बर है आपके पास?"

बड़े मियाँ जोर के नशे में थे। बैठे-बैठे गर्दन झूम जाती थी, मगर नशे की हवाओं भरे आसमान में अपने ध्यान की पतंग को चक्कर देकर जोर से डोर तानी, तनी तो खुशी में पोपला मुँह हँसी से खिल उठा, बोले : "ख़बर हमाए पास है जो—वो बड़ी पुरानी है। ओल्ड चैना क्यूरियो का माल!"

"तब सुनाइए फिर ?" बड़े मियाँ की नशे में अधभिंची आँखें और ये मगन मन मुद्रा, बाप की दी हुई विजया की तरंग में रमेश को भी मस्ती दे गई, वह सुनने के लिए खड़ा हो गया।

खटोले से पैर लटकाए, सिर कुछ झुकाए बैठे हुए बड़े मियाँ बाबादीन गंभीर हो गये, सिर तानकर कहा : "सुनाएँ ?····तो तसव्वुर कर लीजिए आप कि नवाब सआदतअली खाँ बहादर, शाहे अवध के दरबार में पहुँच गये हैं आप····संगेमर्मर है,····संगे मूसा है····समझ लीजिए कि पहाड़ के पहाड़ खड़े हैं····और सोने, चाँदी, जमर्रुद, हीरे-मोती, जवाहरात और झाड़-फानूस और गुलाम औ' मुसाहबीन औ'—औ'—क्या नाम के साहब का बेटा जिये—इन सब आराइशों के जंगल के जंगल खड़े हैं। ये समझ लीजिए आप····और उस दरबार में हुज़ूर, दो बादशाह बैठे हैं—एक शाहे अवध नवाब सआदतअली खाँ बहादर और दूसरे हैं शाहे अदब जनाब मीर तकी मीर बहादर, अजीम उश्शान।" कहकर बड़े मियाँ चुप। जब आगे की कड़ी न जुड़ी तो रमेश ने कहा : "फिर ?"

"फिर ?" बड़े मियाँ चौंक के बोले और आगे बात बढ़ाई : "फिर ये कि शाहे अवध बदहजमी के शिकार हुए बैठे हैं और शाहे अदब भूख के शिकार हैं। बीबी-बच्चों ने हाथ जोड़ के उन्हें भेजा है कि दरबार से कुछ लाइए तो रोजे खुलें। और ये हैं कि 'वाह मीर साहब, वाह मीर साहब' सुन के अकड़तें हुए घर वापस आ जाते हैं।" बड़े मियाँ फिर चुप।

"फिर क्या हुआ बड़े मियाँ ? अस्ली ख़बर तो सुनाइए।"

बड़े मियाँ खटोले पर पैर समेटकर बैठ गये, बोले : "अस्ली और ताजा ख़बर है बाबूजी कि मीर साहब की बेगम पूछती हैं, मियाँ कुछ लाये ? और शाहे अदब फरमाते हैं कि बेगम, "आगे किसू के क्या करें दस्ते तमअ दराज। वो हाथ सो गया है सिरहाने धरे-धरे।" कहके बड़े मियाँ खट से लेट गये और उनकी एक बाँह उनका सिरहाना बनकर हथेली फैलाकर पाटी पर पसर गई।"

फैली हथेली पे रमेश ने हँसकर एक रुपये का नोट रखा। बड़े मियाँ ने चट से मुट्ठी बन्द करके दुआ दी : "जोड़ी सलामत रहे, खुदा करे जल्द ही बेटे का मुँह देखें।"

····बजरंगसिंह की किलकारियाँ, मन की उमंगें····पैर पर लगाके सीढ़ियों पे उड़ने लगे।

●

:: ५१ ::

छह बजे सुबह नल के नीचे नहाकर लच्छू बन्द कमरे में कपड़े पहन रहा था। महाराजिन ने दरवाज़ा खटखटाया। बनियाइन के ऊपर ऊनी चदरा डालकर लच्छू ने किंवाड़ खोले और पैलगी कही कि इतने ही में मीठी बानी में महाराजिन की दास्तान शुरू हो गई : "हम बचवा, यहि खातिर सबेरे-सबेरे आएँन कि अब तुमहूँ चले जैहो औ' हमहूँ अपने कामे पे चली जाब। और उयिके बाद तुमरी सहदेई के देखुवा आय रहे हैं उन्नाव जिला

ते। काल्हि संझा की बिरियाँ उयि लिखावे मां धरि के आपन चिट्टी पठाइन। तौन हम सहदेइया ते कहा कि बाँचौ। तौन उयि लजाय गई। फिर जब रात मां तुमरे चाचा आये तौ हम उनते कहा कि बाँचौ; तौन कहिन कि हमार चसमा टूट गवा। हम रात भर छटपटाने कि जाने का लिखा है। अवैया रहैं तौ का अब न अइहैं। तनी बाँच देव भया, तो हमका समुझ परै।"

कागज पर बीचोंबीच राधाकृष्ण के एक ब्लॉक के साथ 'ॐ तन्नो कामः प्रचोदयात्' छपा था। बाईं तरफ नामः आयुर्वेद मार्तण्ड, कामवैद्य पं० छन्नूलाल द्विवेदी उर्फ छन्नूजी, उपनाम मन्मथ कविभूषण और दाहिनी ओर पता छपा था। श्रीपत्री जोग लिखी से लेकर अत्र कुशलम् तत्रास्तु तक चार-पाँच पंक्तियों के परम्परागत शिष्टाचार के बाद का मज़मून लच्छू पढ़कर सुनाने लगा: "आगे शमाचार ये है कि हम अपनी पुर्ब्ब प्रतिज्ञानुसार कल प्रातकाले नौ-दश बजे तक आपके घर आवैंगे। वो हमारा औषधीग्रहण करने का टैम होता है इससे आप प्रातकाले ब्राम्मः मुहूर्त में सुद्ध निखालिश गऊ का डेढ़ सेर दुग्ध मँगवाय के औटा लेवैं। हमारे आवने तलक वो तीन पाव आधा शेर औटाते-औटाते रह जाना चाहिए। उसमें अपुब्ब शुगन्धी यथा केशर, इलैची इतियादि समुचित मात्रा में मिलाय के तयार रखें। और जो हमारे भतीजा चि० गोपीकृष्ण हमसे पहले आय जावें तो उन्हें सशम्मान पुर्ब्बक, यथा राजपुत्रवत् बैठाल के खातिर से रखना। और बारा बजे ठीक टैम शे हम भोजन करेंगे, सो हम उस समय नमक और अन्न नहीं ग्रहण करते शो हमारे लिए मिष्ठान्न, फल और दही तथा हमारे भतीजा चि० गोपीकृष्ण के लिए छप्पन व्यंजन षटरस भोग आप चौकश प्रस्तुत करेंगे। तभी हम कन्या को देखैंगे। दिन में अगर आपका कोई विश्वाशपात्र धनी रोगी हमारे पास ताकत के लिए आवना चाहैं तो पक्का कर रखियेगा। वैसे फीश हमारी पाँच रुपया है परन्तु अपनी चतुराई और प्रचार से आप यदि मुझे अधिक फीश दिलवा सकेंगे तो आपकी शुकन्या के ब्याह की बातचीत पर उसका असर भी विचारणीय रहैगा। इति।"

"अरे ख़ैर यू सब खातिर बात तो चौकस हुई जैहैं, बाकी राजी हुइ जाँय कौनो तरीके ते, तौ सहदेइया हमार छाती से भार अस उतरै।"

सहदेई की छोटी बहिन तारा तब तक गरम पराँठे और दूध लेकर आ गई। बिजली की केतली में पानीं उबल रहा था। लच्छू ने चाय डालकर स्विच बंद किया। चाची अपनी रामायण सुनाती ही रहीं: छन्नूजी कामवैद्य रसिया हैं। गाँव में किसी से दुश्मनी थी, उन्होंने इन्हें एक भंगिन सुन्दरी के संग रँगे हाथों पकड़वा कर बिरादरी से निकलवा दिया। घर में थोड़ी-बहुत माया है, महाजनी भी करते हैं। एक भतीजा है, यहीं रेलवे लोको वर्कशाप में काम करता है। वही वारिसदार है, पर विवाह नहीं हो पा रहा।

लच्छू ने कहा: "तब तो हो जायेगा। अच्छा, आज दिन में मेरा खाना नहीं बनेगा चाची।"

"वाह आज तौ हमारी तरफ ते खैहौ तुम। नौकर का जरूर भेज्यौ।"

"नहीं चाची, आज मुझे एक और जगह खाना है। और तारो, देख बिटिया, नीचे वाली गोपी से कहना कि भैया ने एक मिनट के लिए जल्दी बुलाया है, काम है।"

"गोपी ते काम है?" चाची संदेह और ईर्ष्या के कोठे पर चढ़ गईं।

"उसने नौकरी के लिए कहा था सो एक जगह बात चली है।"

"बाकी बहुतै खराब हैं ई बहिनै। अरे हम एक ते एक अच्छे-अच्छे सिंधी-पंजाबिन का देखा है—बड़े भले औ' धरमात्मा। और एक ई हैं कि अपने पुरखन का नाँव डुबाय रही हैं। अरे जौन चाहैं तौन करें, बाकी तुम हमार पुरबले जनम के पूत हो, यहिते कहा कि इनते बचे रह्यो।"

लच्छू ने चाय बनाते हुए आश्वासन दिया। महाराजिन ने इतनी सब भूमिका बाँधने के बाद दिन भर के लिए लच्छू का कमरा माँगा। इतने में गोपी ऊपर आ गई। चाची कमरे की चाभी सहदेई को दे जाने के लिए कहकर गोपी की हवा तक से बचती, मुँह बिदकाती हुई चली गईं।

"बैठिए। चाय पीजिए। कुछ खाइए। खैर चाय तो पीजिए ही एक प्याला।"—तकल्लुफ़ात की बातें करते ही सहसा लच्छू की तबीयत कपड़े पहनने की हो आई। 'बनियाइन-अण्डरवियर' में वह चाची के सामने नहीं आ सकता था, हालाँकि चाची जिस समाज में रहती हैं, उसमें वह पूरी सभ्य पोशाक पहने था। गोपी की उपस्थिति के प्रति पूरी लापरवाही दिखलाते हुए उसने कमीज-पतलून पहनी और कहता चला: "मिस मन-सुखानी, उस दिन आपने मुझसे काम दिलाने के लिए कहा था। आज शाम को सात बजे तक मेरे 'पैराडाइज' में आ जाइए। खाना बाहर ही खाना है और शायद है रात में देर से आयें, या शायद न भी आ सकें।"

"काम तो—मैं ट्यूशन परहाती हूँ—"

"हाँ ट्यूशन ही पढ़ाना है। एक बहुत बड़े उस्ताद को पढ़ाना है। हो सकता है कि उसे पढ़ाते-पढ़ाते तुम्हारी तकदीर ही खुल जाय शायद।"

"आपकी बात बिलकुल मेरी समझ में नहीं आयी।"

"देखो गोपी, बनो मत। यह मत समझो कि मैं तुम्हें नहीं जानता। आज की शाम तुम मेरी 'गर्ल' हो और मेरे एक दोस्त को 'इन्टरटेन' करोगी। वो बहुत-बहुत बड़े आदमी हैं, तुम देखते ही समझ जाओगी। मैं तुम्हें अपनी तरफ से पचास रुपये आफर कर रहा हूँ। पच्चिस अभी एडवांस दे सकता हूँ। पच्चिस शाम को दूँगा। बोलो।" लच्छू खाने बैठ चुका था। इतनी देर में सब मिलाकर उसने मुश्किल से दो-चार ही सेकेंड उसे उचटती-बिछलती नज़रों से देखा होगा, वरना बातें करते हुए भी अपना काम करता रहा।

गोपी का बनावटी मुख सहज दीन हो गया, बोली: "सत्ती को कुछ मत बताइयेगा।"

"अरे सत्ती छोड़ मैंने कभी आज तक तुमसे कुछ कहा था। वो तो इधर तुम आठ-दस बार चार-पाँच नये-नये लोगों के साथ 'पैराडाइज' में दिखलाई दीं और उस दिन

तुमने मुझसे काम माँगा। पड़ोस में रहती हो। शराफ़त का तकाजा है कि पड़ोसी का भला करूँ। वरना, तुम छोड़ शहर में तीन सौ साठ लड़कियाँ हैं।''

लच्छू ने गोपी से अपना पर्स तकिए के नीचे से उठवाया, सौ से ऊपर रकम थी। बायें हाथ से दस-दस के तीन नोट खींचकर गोपी की तरफ बढ़ा दिये, फिर आँखें मिलाके उसे देखा और कहा: ''अगर आज तुमने मेरे कहे मुताबिक सब काम अच्छा कर दिखलाया तो मैं तुम्हें एकदम से 'रिस्पक्टेबिल' (सम्माननीय) बना दूँगा। सत्ती क्या है, एक मामूली टेलीफोन गर्ल। मैं अपने खर्च से शार्टहैण्ड टाइपिंग सिखलाकर तुम्हें प्रदेश के एक बहुत बड़े मिल-मालिक का स्टेनो-कम-प्राइवेट सेक्रेटरी बनवा दूँगा। मोटर, बँगला, नौकर-चाकर। बस जैसा मैं कहूँ, करती चलो। समझीं। गुड लक। जाओ और ठीक सात बजे।.....

गोपी सहमी, चौंकी और कुछ-कुछ अनजाने उल्लास से उभचुभ, हथेली में पहेली से तीस रुपये बन्द किए, अदब से 'थैंक्यू' कहकर चली गई। लच्छू यह अदब पाकर खुश हुआ। इस समय वह लम्बे खेल में लगा हुआ है। बैजू लाला के कहने पर जिस लच्छू ने सेठ रेवतीरमन को भोगांगना सप्लाई करने से साफ इन्कार कर दिया था, वही लच्छू आज उन्हीं रेवतीरमन को खुश करने के लिए गोपी से सौदा पटा रहा था। जिस लच्छू ने अपने बचपन के मित्र हर्रो को चार बच्चों की माँ, एक दर्जिन से प्रेम लड़ाने पर नौकरी से निकाल दिया था, वही लक्ष्मीनारायन खन्ना इस समय खुद तीन बच्चों की माँ, एक चालीस-बयालिस वर्ष की सेठानी के चक्कर में यह सब दंद-फंद कर रहा है। तब जो पाप था, अब वही पुण्य है। हर्रो तो स्त्री में स्त्री को देखता था, लेकिन लच्छू स्त्री में आर्थिक मुनाफ़ा देख रहा है। हर्रो को दुकान पर नौकर रखने के मतलब थे कि उसके प्रेम के फेर में हर महीने सौ-पचास की चोरी होती जब कि लच्छू का इश्क दुकान की रौनक बढ़ायेगा, उसके नसीबे को कहीं उड़ाकर पहुँचा देगा, इसलिए हर्रो का पाप लच्छू का पुण्य है।

''चौधरी'' सुगन्धियों की दुनिया में जाना-माना एक ऊँचा नाम है। इत्रों, सेंटों और शृंगार-प्रसाधनों का कारोबार है और लाखों रुपये साल का बिजनेस अब तक होता है। चौधरी मोशाय कई वर्ष हुए, लगभग बयासी वर्ष की आयु में गोलोकवासी हो गए।

उनकी विधवा अब चालीस-पैंतालिस वर्ष की है। बड़ा लड़का लगभग बाईस-तेईस वर्ष का है। सेठ रेवतीरमन ने आजकल उसे सुगंधियों का काम सीखने-समझने के लिए फ्रांस भेज रक्खा है। अठारह-उन्नीस बरस की लड़की है और एक दस बरस का लड़का है, जो उसी साल और महीने में पैदा हुआ जब उसके तथाकथित पिता चौधरी साहब मरे थे।

चौधरियों का कारखाना एक प्राइवेट लिमिटेड संस्था के अधीन था तीन भाइयों की हिस्सेदारी थी। छोटे भाई बड़े चौधरी के सामने ही अपना हिस्सा-पत्ती मँझले भाई के नाम बेचकर पेरिस में जा बसे थे। उन्होंने वहीं विवाह भी कर लिया था। मँझले चौधरी को मरे भी अब छह-सात वर्ष हुए। उनके सब लड़के नालायक निकले; उन्हीं के हिस्से

हथियाकर लाला रेवतीरमन इस धन्धे में घुसे। बड़े और मँझले मालिकों के मरने के बाद कारखाने और दफ्तर में आपा-धापी का राज हो गया था। मिसेज चौधरी अपने भविष्य के लिए घबराने लगीं। लाला रेवतीरमन के आने से कार-बार फिर से सम्हला। उस समय तो श्रीमती चारुलता चौधरी भी अपने आर्थिक लाभ की पूर्ण सुरक्षा के लिए घबराकर आपसे आप घड़ियाल के मुँह में चली गईं और अब पछताती हैं। रेवतीरमन ने उनके लड़के के बालिग होते ही उसे बुजुर्गवत् अमेरिका-योरप की सैर पर काम सीखने के बहाने भेज रक्खा है। इस समय चौधरी की जगह पर रेवतीरमन बैठे हैं, और वो बैठे ही रहना चाहते हैं; बैठे रहने के लिए तरह-तरह की पैंतरेबाज़ियाँ किया करते हैं। दूसरी जनवरी को लच्छू उनके यहाँ शोक-संवेदना प्रकट करने के लिए गया था। संवेदनार्थियों की भीड़ छँट जाने पर लालाजी एकाएक लच्छू से बोले: "इलेक्शन में काम करोगे? बनर्जी बाबू को खड़ा करने की बात सोच रहा हूँ।"

बनर्जी चौधरी के जनरल मैनेजर हैं। वहाँ की नयी व्यवस्था करते हुए लाला रेवतीरमन ने ही उन्हें एकाउन्टेंट से जनरल मैनेजर बनाया था। 'लघु उद्योग सहायता फण्ड' से लच्छू के 'पैराडाइज' के वास्ते लालाजी चौधरी की दुकान ही से उसे रक्में दिलवाते थे, कई बार आना-जाना हो चुका था। बनर्जी कुर्सी पाकर अब अपना जाल फैला रहे थे। चौधरी की लड़की उनके बस में थी, मिसेज चौधरी को भी वो अपने चंगुल में करना चाहते थे। लालाजी बनर्जी की मंशा समझते थे, लेकिन परिस्थितियाँ ऐसी थीं कि वे बनर्जी को अब एकाएक निकाल भी नहीं सकते थे। उन्होंने आने वाले चुनावों से प्रेरणा लेकर बनर्जी पर एम०पी० बनाने का लालच भरा फन्दा फेंका। पदलोलुप बनर्जी चकमे में फँस गया है। इधर दस-बारह दिन पिता के क्रिया-कर्म और सूतक की वजह से लाला रेवतीरमन घर से निकल न पायेंगे और उन्हें उस फितने बनर्जी की ओर से बड़ी ही चिन्ता है। वह मिसेज चौधरी ही की उम्र का है। मिसेज चौधरी जो अब तक पूरी बेबसी की हालत में रेवतीरमन के पिंजरे की चिड़िया हैं, किसी तरह उनसे मुक्त होना चाहती हैं। रेवतीरमन के पास उनकी काली कमाई की कुंजी है। वे उन्हें मिनट-मिनट में फटकार देते हैं, घर से निकालकर दर-दर की भिखारिन बनाने की धमकी भी दे चुके हैं। मिसेज चौधरी बेबस हैं। वो स्वयम् अपने ही घर में बंदिनी हैं। लच्छू किसी हद तक इस किस्से को जानता था; लाला रेवतीरमन के प्रश्न का उत्तर देते हुए बोला: "लालाजी, मैं तो आपका ताबेदार हूँ, सरकार जो आज्ञा देंगे, वही करूँगा। मगर आप क्यों नहीं खड़े होते हुज़ूर, बनर्जी हैं किस लायक, आप ही ने उसे ज़र्रे से सूरज बनाया है।"

लाला रेवतीरमन ने इसी बीच में घण्टी बजाई, नौकर आया। उसे आदेश दिया कि दस मिनट तक कोई कमरे में न आये, फिर लच्छू को निकट बुलाकर धीरे से बोले: "चौधरानी के पास जाओ—हमारी तरफ से नहीं; अपनी तरफ से। उससे कहो कि एम०पी० शिप के लिए इंडिपेंडेंट खड़ा करना चाहते हैं आपको। हाजी की पूरी सपोर्ट बतलाना और यह भी कह देना हमारा नाम ले के—कि अगर आप खड़े होने का निश्चय कर लेंगी तो वो फिर बनर्जी के बजाय आप ही को बैक करेंगे।....समझे। पटाओ उसको।

........मैं चाहता हूँ कि बाबूजी की किरिया तलक वो शाम के बाद अपनी कोठी में न रहे। दिन में शोभना के जागते बनर्जी माँ के पास नहीं आयेगा।....कर सकोगे यह?''

दोनों हाथों से फर्श छूकर रेवतीरमन के पैर छूने का अभिनय करके लच्छू बोला: ''आपके चरणों का प्रताप मेरे वास्ते बना रहे। काम हो जायेगा।''

''औ' देखो अगर अपना भाग्य जगाना है तो ज़िम्मेदारी को तौल-तौलकर कदम-कदम पर निभाते रहना। जाओ।''

काम लच्छू ने कर भी दिखलाया। मिसेज चौधरी अपने संसद् सदस्य होने की कल्पना मात्र ही से उल्लसित हो गईं। ''बनर्जी को पता न लगने पाये।''—''हर्गिज नहीं''—सेठानी का हाथ पोढ़ा हुआ। लच्छू से व्यक्तिगत रूप से भी खुलकर कुछ पूछताछ की—''अच्छा। 'पैराडाइज' आपका है!''—''अच्छा सारस लेक भी रह आये हैं। रशा! ओः लवली। तब तो आपसे मुलाकात होगी। मैं आपके प्रस्ताव पर विचार करूँगी। मुझे सेठजी से भी सलाह लेनी होगी और आजकल वे सूतक में हैं।''

''इसकी चिन्ता न कीजिए आप। मैं आज किसी समय मौका देखकर सेठजी साहब से खुद भी निवेदन करूँगा। मैं समझता हूँ कि उन्हें एकाएक नाम नहीं सूझा आपका। पुराने ज़माने में अँधेरा चिराग तले रहता था सो हमारे पूज्य सेठजी तो, माफ़ कीजियेगा, पुराने आदमी हैं। मगर हम हैं नई रोशनी के बल्ब, हमारे तले अँधेरा नहीं—''

''ऊपर होता है। हः हः हः। लेकिन ये ऊपर का अँधेरा अच्छा। आनन्द से आँख मींच कर आदमी अपनी मनमानी किये जाय—।''

''क्षमा कीजियेगा सेठानीजी, बस यहीं बात पूरी कर दीजिए तो अधिक सुन्दर लगेगा। जवानी मनमानी ही होती है। ऊपर का उजाला शायद बूढ़ों की ज़रूरत है। हम अभी से उसका चर्चा ही क्यों करें।''

लच्छू सम्पूर्ण रूप से अपने-आपको लाला रेवतीरमन की एक शतरंजिया गोट बना देता है। मिसेज चौधरी की एक-एक बात आके रेवतीरमन को बतलाता था। आठ दिनों में, दिन के ढाई घंटे की बैठक में इसका घोड़ा हर दिन ढाई घर ही चला। सेठानी लच्छू के बूढ़े 'मालिक' की जवान आशना थी, सेठजी ने उसे 'पठाने' का आदेश दिया था। लच्छू किस सीमा तक आगे बढ़े? सेठानी सीमाएँ तोड़ने को व्याकुल हैं।

जिस दिन रेवतीरमन ने बाप का दसवाँ किया, उसी रात में लच्छू ने उनसे कहा: ''हुज़ूर, बड़ी दबी जबान से शिकायत करता हूँ बच्चा हूँ आपका, मगर आपने मुझे अजब दलदल में फँसा दिया है। बनर्जी की तरफ़ से तो ख़ैर आप निश्चिन्त हो जाइए—''

''वो ख़ैर मैं हो गया। वह लड़की से माँ के ऊपर मुकदमा दायर कराने जा रहे हैं।''

''मुकदमा?''

''हाँ, कि संरक्षता की मीयाद पूरी हो जाने के बाद भी वे हमारा हिसाब-किताब हमें नहीं समझातीं। हमको भी लपेटा है कि हमारी वजह से उनके घरेलू जीवन में अनैतिक और अनुचित प्रभाव पड़ता है।''

"अच्छा !"

"ये खोखा ने उकसाया है। एम०पी० शिप के लिए भी उधर ही से जोर भी लगेगा। पी०एस०पी० का टिकट शायद मिल भी जायेगा उसे।"

लच्छू अपने मन में खलभलाया। उसकी एक टाँग हाजी की नाव में भी है। कहीं ऐसा न हो कि दो बड़े पूँजीपतियों के चक्कर में पड़कर उसकी चमगादड़-गति हो जाय। रेवतीरमन के मौन में केवल एक क्षण ही लगा, लेकिन वह क्षण लच्छू के लिए अति सक्रिय विराट था; वह क्षण एक मेहनत से लिखे मज़मून पर अचानक उलट जाने वाली दावात की स्याही की तरह आदि से अन्त तक फैलाव पा गया था....तभी सेठजी बोले: "मगर खोखा इस बार मुझसे शर्तिया मार खा जायेगा। हाजी साहब आज ही दोपहर में किरिया के इंतजाम की देखभाल करने आये थे। पुरानी वजेदारी वाले लोग हैं। ख़ैर, तो चौधराइन को एम०पी० बनवाने में वो मेरा पक्का साथ देंगे। कहने लगे, खोखा मियाँ ने अभी तक तो मुझसे बनर्जी के मामले में कोई सलाह नहीं ली; अब तो ख़ैर मिसेज चौधरी के मामले में मैं आपके साथ हूँ। या कांग्रेस के टिकिट पर या पी०एस०पी०—मैंने कहा अब आप ही जानिए, ये सब मैंने तो अब आप ही को सौंपा। हाजी राजी होके गये हैं।"

लच्छू की जान में जान आई, बोला: "सरकारजी, आपका इक़बाल ऐसा है कि चाहते ही काम हो जाता है। मगर मेरे लिए अब क्या आज्ञा होती है? वहाँ जाऊँ कि न जाऊँ?"

लाला रेवतीरमन एकाएक लच्छू के मुँह की तरफ देखने लगे, फिर पूछा: "ब्याह हो चुका तुम्हारा?"

"जी नहीं।"

"लखपती बनना चाहते हो?"

"मैं तो आपके चरणों की धूल बनना चाहता हूँ।"

"यह एक बात हुई।....मैं कह नहीं सकता कि तुम एकाएक इस मामले की लपेट में कैसे आ गये। कोरे भाग्य की बात है। तुम्हारा नसीबा तेज़ है और काम भी तुमने अच्छा किया। अभी दो-तीन बरस शादी-वादी मत करना। औरत से सिर्फ बच्चे ही पैदा नहीं किये जाते, रुपये भी पैदा किये जाते हैं।"

लच्छू भी इस दर्शन में विश्वास रखता है। यों कहने को रमेश ज़रूर उसका भाग्य खोलने में सहायक हुआ, उसकी मेहनत और व्यवहार ने भी उसे ऊपर उठने में सहायता दी। अपने रूस जाने के इकलौते चमत्कार को ही उसने भाग्य माना और वह उसे ज़नानी-राजनीति ही की कृपा से मिला था। यों भाग्य खोलने का बहाना तो दरअस्ल लाला राधेरमन की मातम-पुर्सी ही थी, पर उसमें भी स्त्री ही भाग्य-लक्ष्मी बनकर आ रही थी।....अपनी सोवियत यूनियन की यात्रा के दौरान उसकी नारी सम्बन्धी विचारधारा में

जो परिवर्तन आया था, वह अब फिर ग़ायब हो चुका था, और इस बार अनुभव-सिद्ध पोढ़ाई के साथ। सारस लेक में वह बदमाश बनाया गया था और अब यहाँ वह बदमाशों के गिरोह में बदमाश की हैसियत से प्रवेश पा रहा था। समाजवाद इत्यादि सब अच्छी बातें हैं, मगर भूखे और बेसहारे लोग इसे ला नहीं सकते हैं। डॉ० आत्माराम और हाजी नबीबख्श पैसे के बल पर समाजवाद ला रहे हैं। पैसा ही अस्तित्व है। इन बाघ-भेड़ियों के जंगल में जीने की सुरक्षा चाहिए। लच्छू अपने पिता के ऐसा जीवन नहीं बिता सकता। पिता की और अपनी ग़रीबी से उसे चिढ़ है। वह पैसा चाहता है, वह शान से रहना चाहता है, धर्म-कर्म, पाप-पुण्य, पूँजीवाद, समाजवाद—ये सब कुछ अवसरवाद के आधार पर ही टिके हैं। 'औसर चूके पुनि पछितैहो।'

लाला रेवतीरमन जानते हैं—मिसेज चौधरी की खाई-पली देह को उस तरीके से अधिक दबाना और चिढ़ाना अब घातक भी हो सकता है। एम०पी० बनाने के बाद वह दिल्ली जाकर आज़ाद हो जायेगी। लाला रेवतीरमन उसे दिल्ली भी भेजना चाहते हैं और ग़ुलाम भी बनाए रखना चाहते हैं। रेवतीरमन फिलहाल लच्छू को उपहार स्वरूप भेंट करके मिसेज चौधरी का अंतर्विद्रोह शांत करेंगे, आगे फिर दिल्ली के अंकुश का भी कुछ सोचा जायेगा। लच्छू छोटा आदमी है, इसे पच्चीस-पचास हज़ार कमवा दिया जायेगा तो हरदम हाथ बाँधे रहेगा। बिदा होने से पहले लच्छू से बोले : "आदमी की एक उमर ऐसी भी आती है, जहाँ उसकी शक्तियाँ थक जाती हैं, मगर हविसें नहीं थकतीं। खासतौर पर जिनके यहाँ धन अथाह बढ़ता ही जाता है। धन आदमी चाहता ही क्यों है, हविसों को पूरी करने के लिए, अपने संतोष के लिए।....सुनो, परसों मैं अपनी तृष्णाएँ जगाने और बुझाने वहाँ जाऊँगा। रात में आठ बजे तक पहुँच जाना। एक जरा अच्छी सी छोकरी ज़रूर साथ ले आना। समझे। और तुम वहाँ अचानक ही पहुँचोगे मेरी तलाश में। बहाना सोच लेना। समझे। खाना-पीना फिर वहीं होगा। मिसेज चौधरी को पुरुष का सुखदायी संग और तुम्हें एक पैसा पैदा करने की मशीन, परसों दो उपहार दूँगा। और तुमसे तो साफ़-साफ़ कह दिया, मगर चारुलता को ये न मालूम होने पाये कि तुमने मेरी जानकारी में उसे पाया है।"

लच्छू जब उस रात में वहाँ से चला तो खुशी मन में समा नहीं रही थी। उसने इसी योजना के अंतर्गत गोपी को 'काम' दिया है। शातिर बनर्जी को अपने रास्ते से अलग करते हुए, मिसेज चौधरी के विद्रोही अंतर्सत्य को स्वीकार करते हुए लाला रेवतीरमन, यदि अपने ढंग से चालाक बनकर, मिसेज चौधरी को संतोष देने के लिए नई गोटी समझकर, यदि अपने लिए लच्छू को प्यादे से वज़ीर बनाते हैं तो लच्छू भी अपनी गोटी अपने काबू में रखना चाहता है। अर्थ और काम, बुद्धि और भावना—जहाँ दोनों एक-दूसरे को दुहकर ही बढ़ते हैं, कभी स्वार्थ में सीधे टकराने पर अपूर्व विस्फोटक बन जाते हैं। लच्छू अभी-अभी भुगत कर आया है। लेकिन यह वो कैसे अस्वीकार करे कि स्त्री ने ही उसके अन्दर यह अर्थ-चेतना जगाई है। हज़ार बेलाँस नाता, विशुद्ध शारीरिक व्यापार होने पर भी उस 'हरामज़ादी' उमा के लिए लच्छू के मन में अब तक कहीं पर ऐसा

कोमल भाव है कि अवसर पाने पर ज़रा भी नज़र चूकते ही उमा उस पर अब भी हावी हो सकती है। हावी वो अपने ऊपर किसी को भी न होने देगा। लच्छू लघु-लघुतम बने रहकर, मन ही मन महानों से महा नफ़रत करके, खुशामद की कुंजी से इन महानों की तिजोरियों को खोलकर, चोरी-चोरी एक अपनी भी तिजोरी बनायेगा। एक ग़रीब को अमीर बनने का अधिकार है। रूस में सरकार ग़रीबों को अमीर बनाती है और यहाँ हमारी सरकार के पास जब ऐसी कोई तरकीब ही नहीं तो ग़रीब बेचारा क्या करे, अमीर बनने के लिए उसे यही उपाय करना होगा। लच्छू अब किसी की परवाह किये बिना इस काजल-कोठरी में अपने स्वार्थ की टार्च ले के पैठेगा। निठल्ले, चप्पल चटकाऊ, कॉफी हाउसों में बैठ के अमीरों को कोसने से समाजवाद नहीं आया करता।

लच्छू अपने 'समाजवाद' के लिए तन-मन-धन, एक लगन से जुट गया। वह सेठानी से आँखें लड़ा रहा है तो पैसा कमा रहा है; सेठ को अर्दली में बारह-बारह घण्टे खड़ा है या एक टाँग से नाच रहा है तो पैसा कमा रहा है; खोखा मियाँ के सामने हिन्दुओं को गालियाँ दे रहा है, हाजी नबीबख्श के सामने इंसानियत की बातें कर रहा है, यूनियन लीडरों और महत्त्वपूर्ण वामपंथियों से अपनी जान-पहचान कर रहा है, सेठानी का इलेक्शन लड़ रहा है—जो कर रहा है वह सिर्फ पैसा और पोजीशन कमाने के लिए। पैसा और पोजीशन !—और इनकी सिद्धि के लिए होने वाले संघर्ष की थकन को हरने के लिए स्त्री और शराब या ताश !—और इनकी सिद्धि को बरकरार रखने के लिए फिर पैसा और पोजीशन !

लाला रेवतीरमन के बाप के मरने का सूतक और मिसेज चौधरी का इलेक्शन लच्छू उर्फ़ श्रीमिस्टर लक्ष्मीनारायण खन्ना का भाग्य बन गया था। भाग्यशाली बनने के जुनून में उसे दीन-दुनिया का होश न था।

●

:: ५२ ::

"हैं ! तुम्हें खबर ही नहीं ? हद है ? और हुसेनाबाद में रहते हो ? यहाँ सारी दुनिया, हज़ारों की खिलकत मिडकल कालिज में जमा है। तहलका मचा गया हैगा कि हुसैनाबाद की गाय है, हुसैनाबाद की गाय है। और तुम इसी महल्ले के, अख़बार में दुनिया भर की जाँच-पड़ताल करने वाले—और इतने आदमियों के बीच में यह कहते तुम्हें लज्जा नहीं आई कि बाबू हमें तो ख़बर नहीं। नाक कट गई आज हमारी इन सबके सामने।" पुत्ती गुरू इस समय रमेश पर करारा ताव खा गये थे। उन्हें भरपूर विश्वास था कि उनका रमेश सही ख़बर सुनायेगा और यही धाक जमाने के लिए वो इस समय गंगी गुरू, अम्बेशंकर और रद्धू तमोली के बाप दुल्ले खलीफा को साथ लेके जाड़े की शाम में पहली बार रमेश के यहाँ आये थे। ख़बर यदि इतनी ज़ोरदार न होती या अपने बेटे की योग्यता पर इतना ज़ोरदार विश्वास न होता तो इस समय क्या पुत्ती गुरू इतनी दूर आ सकते थे। शाम को

चार बजे एकाएक ख़बर फैली कि हुसैनाबाद के एक धोसी के यहाँ एक गाय को लड़की पैदा हुई है। पैदा होते ही वह लड़की धीरे-धीरे बढ़ने लगी। जब ये अचम्भा देखा तो सब लोग गाय और लड़की को लेकर मेडिकल कालिज के अस्पताल में गये। वहाँ पहुँचते-पहुँचते तक वो लड़की पूरी औरत बन गई, बिलकुल देवी ऐसी! उसने आँखें खोलीं, डॉक्टरों को और सबको देखा, मुस्कुराई और कहा कि मुझे क्या देखते हो, अब की होली पे देखना। खून की होली होगी। ये कहके वो मर गई। अब हिन्दू कहते हैं कि गाय के पेट से देवी ने जनम लिया था इसलिए चिता पे जलाएँगे। और घोसी कहता है कि गाय मेरी है, हम सब मुसलमान मिल के इस देवी की मज़ार और मकबरा बनाएँगे। अस्पताल वाले कुछ बतलाते नहीं, कहते हैं कि झूठ है। कोई सच कहे कोई झूठ। रद्धू के चबूतरे पर तीनों सरनाम नशेबाज सत्य को अपनी-अपनी समझ के सूप पर फटक रहे थे कि रुप्पन के घर जाने के लिए चौथे सरनाम पुत्ती गुरू वहाँ से गुज़रे। चूँकि हुसैनाबाद का मामला था, इसलिए रमेश को मालूम होना ही चाहिए। उस समय उन तीनों बूढ़ों के मन में सत्याग्रह चूँकि तीव्र था, इसलिए पुत्ती को घेरकर चारों हुसैनाबाद पहुँचे।....और रमेश कहता है कि उसे ख़बर ही नहीं। पुत्ती गुरू ताव खा गये।

रमेश को पिता की इस डाँट पर मज़ा आ गया। बोला : "आप बैठिए, चाय पीजिए, इतने में पता लगा के आता हूँ।"

परदे के पीछे रानी खड़ी ख़बर पर हँस रही थी। रमेश पहुँचा और हँसकर धीरे से कहा : "एक पाँच का नोट देना। इनके लिए लपक के रामआसरे के यहाँ से मिठाई ले आऊँ। पहली बार यार-दोस्तों को लेके आये हैं, इनकी भाँग नहीं तड़कनी चाहिए।"

नोट देते हुए रानी ने दबी हँसी हँसकर पूछा : "और गाय की बिटिया की ख़बर का क्या करोगे?"

"अभी लौट के सुनाता हूँ।" उसके अभी कहने की जोरदार फुर्ती में चार दिन पहले ख़रीदी हुई साइकिल के पहिये नाच उठे। लच्छू ने इलेक्शन का मैटर तैयार करा के रमेश को दो सौ रुपये दिलाये थे। रानी के सत्याग्रह और अपनी भी दबी, किन्तु ज़ोरदार इच्छा से चार दिन पहले उसने नई साइकिल खरीदी है। आजकल उसके मन में हरदम अपनी साइकिल का बड़ा जोश व जोर बना रहता है।

रमेश के ड्राइंग-रूम में सोफा पर बैठकर पुत्ती गुरू अन्य गुरुओं के साथ अष्टग्रही का फैसला करने लगे। पाँच फरवरी को जहाँ समुद्र होगा वहाँ समुद्र उफनेगा, जहाँ बर्फीले पहाड़ होंगे वहाँ बरफ गिरेगी, पापी नगरों में भूकम्प आयेगा, भारी वर्षा होगी और आगें लगेंगी। बस काशी ही की भूमि सुरक्षित बचेगी। सीतापुर से ख़बर आई है कि जो औरत लाख की चूड़ियाँ पहनेंगी, उसी का सुहाग बचेगा। जगह-जगह यज्ञ-याग, कीर्तन-भजन के आयोजन बन रहे थे। गंगी, अम्बे और पुत्ती गुरू अपनी-अपनी व्यस्तता बखान रहे थे। अष्टग्रही चाहे और किसी के लिए बुरी हो या अच्छी, मगर पंडितों और ज्योतिषियों के लिए लक्ष्मी बरसावनी बनकर आ रही थी। आज पहली तारीख है, परसों शाम को ५.३५

बजे से अष्टग्रही चालू हो जायेगी। अष्टग्रही की लपेट में पंडितों के किस्से-कजिये चले। अमुक पंडित के पास इतना काम है, अमुक पंडित तो साला दस हाथों से लूट रहा है। पूरा रावण है। ब्राह्मणों में फूट है इसीलिए तो इतनी दीनता-दरिद्रता भोगनी पड़ रही है। अब ज्यों-ज्यों अष्टग्रही के दिन पास आते जाते हैं, बहुत से ज्योतिषी कहने लगे हैं कि कुछ नहीं होगा। ऐसे पंडित लोग ससरे जाति-द्रोही हैं, अँगरेजी वालों का रौब खाते हैं। अरे, हम कहते हैं कि चाहे कुछ भी न हो अष्टग्रही में, पर मूर्खों, तुम तो चुप रहो। अरे, तुम्हारे भाई-बिरादरों को दो पैसे आर्थिक लाभ हो रहा है, उसमें भी तुम लोग भाँजी मारते हो। जाति-द्रोही, अब्राह्मण, कुलांगार कहीं के।" गंगी गुरू की भाँग जिस समय अष्टग्रही का आतंक कम करने वाले ज्योतिषियों पर वज्रपात कर रही थी, उसी समय अपनी नई साइकिल पर मिठाई लेकर रमेशचंद्र गौड़ पधारे।

मिठाई ने पिता और उनके मित्रों के मुख-कमल खिला दिये। थोड़ी देर मिठाइयों के सतयुग-कलियुग काल का इतिहास चला, कि एकाएक रद्धू के बाप दुल्लू ख़लीफा के अंतर में गाय की लड़की फिर से प्रकट हो गई और सब लोग भी फरवट उत्सुक हो गये। रमेश बोला : "एक मदकची की उड़ाई ख़बर थी बाबू। पब्लिक को बेवकूफ़ बनाया गया है।"

"ये तुम कैसे कहते हो कि बेवकूफ़ बनाया।" अंबेशंकर त्यौरियाँ चढ़ाकर बोले।

रमेश ने ज़ोरदार ढंग से कहा : "अभी-अभी हुसैनाबाद से पुलिस आठ मदकचियों को पकड़कर ले गई है। उन्होंने कबूल कर लिया है।"

"रमेश भैये, तो फिर गाय की लड़की वाली बात गलत निकली ?"

"सवा सोलह आने गंगी चाचा। लड़की गाय को नहीं, बल्कि घोसी की घरवाली को हुई है।" कहते हुए रमेश को अपनी हँसी दबाना भारी पड़ गया।

"घोसिन के भयो ! ख़ैर, फिर वही लड़की बोली होगी। ख़बर झूठी नहीं है। हमसे बालदे के मुंसीजी ने आँखों देखी बात कही थी।" दुल्लू खलीफ़ा बोले।

"घोसी कहता है, कि जो मेरी अच्छी-भली लड़की के साथ झूठ जोड़ेगा, उस पर मुकदमा चलाऊँगा। ख़बर एकदम झूठी है।"

"पर मुंसीजी ने आँखों देखी—"

"अरे, मेरा लड़का अख़बार वाला, जिसका नाम रोज अँगरेजी के अख़बार में छपता हैगा, उसकी आँखों देखी ख़बर कुछ नहीं और उस टके के मुंसी ही को रटे जा रहे हौगे जब से—बाहरे दुल्लू !"

नाश्ता ख़त्म होने और मुँह धोने की क्रिया करने तक यह तो सबके मन में जम गया कि गाय-कन्या की ख़बर झूठी थी, मगर खून की होली सम्बन्धी भविष्यवाणी झूठ नहीं हो सकती।

पुत्ती गुरू बोले : "हमारा ज्योतिषशास्त्र कुछ ऐसा-वैसा नहीं। अंबेशंकर। वेदांग ज्योतिष में लिखा है कि—यथा शिखा मयूराणां नागानां मणयो यथा, तद्वद्वेदांग शास्त्राणां ज्योतिषं मूर्धनि स्थितिम्।"

बाप की फरवट संस्कृत से निस्तेज होने वाले कच्चे संस्कृतज्ञ अंबेशंकर ने बेटे से सतेज पूछा : "यों तुम्हारा इखबार अष्टग्रही को मानता हैगा कि नहीं ?"

"चचा, सच्ची बात कहूँ, बुरा तो न मानियेगा ?"

"कहो-कहो, बच्चों की बात का क्या बुरा मानना।"

"मैं बच्चा तो हूँ आपका पर मेरी एक भविष्यवाणी भी सुन लीजिए कि परसों कुछ नहीं होगा। ये अष्टग्रही है ही नहीं, चतुर्ग्रही है।"

"आँय! एकदम से चार ग्रह घटाय दिये तुमने। भास्कराचार्य और बाराहमिहिर के भी बाप बन गये भैया तुम तो।" गंगी गुरू ने पान के ऊपर तमाखू की चुटकी डालते हुए हँसकर कहा।

रमेश बोला : "कल हमारे अख़बार में ये ख़बर छप रही है। आज ही मैंने वेधशाला के एक प्रोफेसर शिवरत्नजी का इण्टरव्यू लिया है। वो कहते हैं कि ज्योतिषशास्त्र गलत नहीं, पर ये फलित वाले ज्योतिषी उसे रसातल में लिये जा रहे हैं। वो कहते हैं कि परसों जो चाहे उसे हम दूरबीन से प्रत्यक्ष दिखा देंगे कि मकर राशि में केवल शनि, शुक्र और मंगल ग्रहों का त्रियोग है, परसों के ढाई दिन के लिए चन्द्रमा भी वहाँ रहेगा, बस।"

"तुम्हारी दूरबीन भास्कर भगवान् की गणित से भी तेज हुइ गई—है ?" गंगी गुरू उत्तेजित हुए।

रमेश ने कहा : "भास्कराचार्य बेचारों का क्या दोष है। वो तो रस्ता बता गये। आप लोग उनकी गणित का संस्कार तो करते ही नहीं हैं, उनके ज़माने की गणित पर ही टेका लगाए बैठे हैं। प्रोफ़ेसर साहब बतला रहे थे कि इससे सूर्य, शुक्र और बुध की गति पर असर पड़ता है। तेईस अंश पीछे ढकेल देते हैं आप लोग। जब आपके पत्रे में शुक्रास्त लिखा जाता है तब आकाश में शुक्रोदय होता दिखलाई देता है।"

"सुन लिया। चार पोथियाँ पेटभराऊ मतलब की पढ़ के मेरे रमेशो से शास्त्रार्थ नहीं कर पाओगे गंगी तुम। अरे वो एम०ए० पास है, उसका नाम रोज अँगरेजी के अख़बार में छपता हैगा। आओ, अब घर चलें।"

रमेश ने पिता से आग्रह किया कि एक बार पूरा घूम के देख लें, पर वे बोले : "आज नहीं, अष्टग्रही के बाद। तुम भले चार ग्रह कहो, पर जब दुनिया अष्टग्रही पुकार रही हैगी तो मकर राशि में न आने पर भी, बाकी चार ग्रहों को वहाँ भी अपना प्रभाव तो डालना ही पड़ेगा। देखौ, कल हम पूजा के समय श्रीरामजी सरकार से पूछैंगे।"

इन लोगों के जाने के बाद रमेश रानी का हँसते-हँसते बुरा हाल हो गया। इस अष्टग्रही ने सचमुच आफत ढा रक्खी थी। अख़बारों, घरों, बाज़ारों में अष्टग्रही की सनसनी फैली हुई थी। बनारस चूँकि अष्टग्रही मुक्त क्षेत्र घोषित किया गया था, इसलिए सैकड़ों आदमी रोज वहीं का रेल टिकट कटा रहे थे। शतचण्डी यज्ञ, विष्णुमहायज्ञ, रुद्र महायज्ञ, अनिरुद्ध महायज्ञ, सप्त महायज्ञ, अखण्ड रामायण, अखण्ड कीर्तन, अखण्ड जप

आदि अनगिनत धार्मिक आयोजन होने वाले थे। इतना शोर, इतना शोर, कि अच्छे-अच्छे नक्कू भी सहमकर नाक कटाने को मन ही मन नीम राजी हो गये। २ फरवरी के दिन दफ़्तर में अष्टग्रही की चर्चा चलने पर रमेश ने कहा : "आँखों देखी पर विश्वास करूँगा मैं तो। मकर में कुल जमा तीन ग्रह हैं इस समय, कल से चन्द्रमा चौथा जुड़ जायेगा। अष्टग्रही के झूठे प्रचार ने जनता में भय का ऐसा संचार कर दिया है कि अब तो मैं उनके ध्यान ही से नफ़रत करता हूँ। ये कर्मकांडी ब्राह्मणों की दूकानदारी चाल है।"

शनिवार की शाम को ५.३५ बजे ज्योतिषियों के पंचांगों के अनुसार, आठों ग्रह मकर राशि में आ गए। हर एक के मन में सनसनी कि देखो, अब क्या होता है। ......"अमां क्या धरती कुछ हिली ?—अमां नहीं शक करते हो खामखां"......"बादलों के दो-चार टुकड़े तो दिखाई देने लगे हैं आकास में।—अरे नहीं ये तो रोज ही होते हैं।" मगर कुछ भी हो ये अष्टग्रही है; कुछ न कुछ होगा अवश्य। होता है, बस होता ही है। हे राम, क्या होगा ? घण्टा बीता, दो घण्टे बीते......कुछ भी न हुआ। बस गली-गली सड़क-सड़क पर—"हरे रामा हरे राम। मंगल भवन अमंगलहारी......ॐ स्वाहा:, स्वाहा: स्वाहा:—" का विराट शोर व्याप्त था। ईश्वर के नाम पर यह निरर्थक शोर-गुल ही रात भर होता रहा और कुछ भी न हुआ। ४ फरवरी का सूरज बिलकुल भला-चंगा उगा। नदी के घाटों पर, रईसों की हवेलियों के आगे कंगालों की भीड़ आज के दिन की शोभा थी। उन्हें पूड़ी-मिठाई बाँटकर रईसों के कारिंदे अख़बारों में यह ख़बर पहुँचाने दौड़ते थे कि हमारे सेठ ने अष्टग्रही में धरम किया। चौराहों पर, 'छोटे लोगों' के महल्लों में, कनिया में लल्ला-लल्ली सम्हाले, काँव-काँव करती कामिनियों के बीच घिरकर सनीचर वाले भड्डरी तक यज्ञ करा रहे थे। मुसलमानों के कर्मकाण्डी मुल्लों ने अपने हमपेशा हिन्दू पंडितों को इतनी कमाई करते देखा तो कहीं-कहीं उनके मुँह में भी पानी भर आया। मगर कुरआन-शरीफ़ में चूँकि अष्टग्रही की कमाई का कोई मन्तर ही नहीं लिखा था, इसलिए मीलाद शरीफ़ का सुझाव देकर दो-चार मौलाना भी धर्म से मज़हब की जोत मिलाने के लिए मैदान में आ धमके। बस सिर्फ इसके अलावा चार तारीख को भी अष्टग्रही खाली ही गई। शाम को अफ़वाह फैली कि आज जिस अविश्वासी को जितना हँसना हो हँस ले, कल पाँच बज के दस पर उसे रोने तक का मौका नहीं मिलेगा। पाँच बज के दस की ख़बर में यह गोल रहा कि सबेरे के पाँच या शाम के। प्रचार इतना ज़ोरदार हुआ कि जैसे 'पाँच फरवरी' और 'पाँच बजे' तिथि या समय न होकर चुनाव के उम्मीदवार हों—"जीतेगा भई जीतेगा, मूँछों वाला जीतेगा।"

६ फरवरी के सूर्योदय ने ज्योतिषियों का मुँह काला कर दिया। अनास्था की लहर सी दौड़ गई। नवयुवक वर्ग, स्त्रियाँ और अर्थ-चिन्ताग्रस्त धर्मभीरु बाबू विशेष रूप से ज्योतिषियों और ब्राह्मणों के प्रति चिढ़कर कटुक वचन बोलने लगे। और पंडित कह रहे थे कि भगवान् को अगर हमने इतना रिझाया न होता तो प्रलय अवश्य होता।

चुनाव के प्रचार में अष्टग्रही के प्रचार ने अब तक जो साझा बँटा रक्खा था, वह ख़तम हो गया। श्रीमती चारुलता चौधरी को कांग्रेस का टिकट मिल गया था। लच्छू को

अब पलक मारने का अवकाश न था। स्थानीय कांग्रेसी नेताओं में घुसपैठ का अनूठा अवसर पाकर वह विशेष रूप से सक्रिय हो उठा था। पूरे चुनाव-कार्यालय की सम्हाल, कार्यकर्त्ताओं की समुचित खातिरदारी, पोस्टरों का लगवाना, महल्ला सभा, नुक्कड़ सभाओं की योजना बनाना और उसे चलाना, प्रभात फेरियों का आयोजन, नाच-गाने और छोटे नाटकों के प्रदर्शन का आयोजन—आठों पहर लच्छू को 'ये वो—जी हाँ—हाँजी' करते ही बीतता था। एक महीने की कैजुअल लीव लेकर लच्छू के कहने पर उसके बड़े भाई रेस्ट्रां का काम सम्हाल रहे थे।

बनर्जी भी पी०एस०पी० की ओर से खड़ा था। खोखा मियाँ अपनी पूरी शक्ति उसके पीछे लगा रहे थे। लच्छू से उन्हें मन ही मन शत्रुता हो गई थी। हाजी साहब को श्रीमती चौधरी के पक्ष में ले जाने का श्रेय खोखा मियाँ अपने मन में लच्छू ही को देते थे, रेवतीरमन को नहीं। बनर्जी भी उसे अपना प्रतिद्वंद्वी मानता था। उसकी भी यही धारणा थी कि मेरी ओर से सेठजी का मन फेरकर सेठानी को खड़ा करने का दाँव भी एल०एन० खन्ना ही ने मारा है।—कौन है यह खन्ना? कभी नाम भी नहीं सुना था और अब खन्ना, खन्ना, खन्ना—स्वाइन।

लच्छू एक चीज़ के लिए शुरू ही से सतर्क था। वह क्या, दरअस्ल श्रीमती चौधरी ने खुद ही लच्छू के आगे अपना भय प्रकट किया था कि चुनाव के प्रचार में उनका और लाला रेवतीरमन का सम्बन्ध अवश्य उछाल-उछालकर बखाना जायेगा। लच्छू ने पहले ही दो सौ रुपये देकर रमेश से श्रीमती चौधरी का एक जीवन-चरित लिखवा लिया था, जिसमें चौधरियों के प्रसिद्ध घराने और उनके सुविख्यात कारखाने का इतिहास, स्व० चौधरी की नगर-सेवाओं का इतिहास, चौधरी बंधुओं के मरने के बाद लड़खड़ाते कारबार को धीरता-गम्भीरता और साहस से सम्हालने वाली श्रीमती चारुलता चौधरी के ममतामय, ओजस्वी, धीर गम्भीर और सरल व्यक्तित्व का परिचय, इसके अलावा पति के साथ, बच्चों के साथ, कीर्तन-पूजन करते हुए, सेठ रेवतीरमन को राखी बाँधते हुए, हाजी साहब का स्वागत करते हुए, उनके कई चित्र भी एक पुस्तिका में छपे थे। एक लाख प्रतियाँ पूरे शहर में बाँटी थीं; खोखा मियाँ और बनर्जी ने गोल-मोल संकेत तो बहुत दिये, पर इस बार के चुनाव में चूँकि पहले ही से वातावरण ऐसा बना दिया गया था कि कीचड़-उछाल प्रायः कम ही हो पा रही थी। लेकिन खोखा मियाँ ने अपना बदला ले ही लिया। 'पैराडाइज' की मालिक सहकारी संस्था ने अपनी एक अर्जेण्ट बैठक में लच्छू को बिना अनुमति लिए दुकान से गायब रहने और अपने बड़े भाई को बैठाने के अपराध में निकाल दिया गया। लच्छू के पैरों तले से धरती खिसक गयी, मगर चुनाव के नशे ने दुख न व्यापने दिया।

चुनाव की हलचल मीयादी बुखार की तरह बढ़ रही थी। सभी इलाकों में लाउडस्पीकर लदे ताँगे, रिक्शे और मोटरें चुनाव-प्रचार में भागमभाग कर रही थीं। कांग्रेसी राज के प्रति जनता में तीव्र असन्तोष था। महँगाई बढ़ रही थी। शहरी प्रजा त्रस्त

और गुस्से में थी। उत्तर में जनसंघ और दक्षिण में द्रविड़ मुनेत्र कषगम कांग्रेस का शाब्दिक क्रांति भरा, जनसमूह गूँजा विरोध कर रहे थे। जनसंघ का विरोध चूँकि सनातन रंग रँगा था, इसलिए उत्तरी भारत का सवर्ण सनातनी बहुमत उसके जल्सों और प्रदर्शनों में उत्साह दिखलाता था, मगर इसी कारण मुसलमान जनता, उनके बहुत विश्वास दिलाने पर भी उनके साथ न थी। झोपड़ी का निशान दो बार निकम्मा साबित हो चुका था। जनता उनको कम पसन्द कर रही थी। चुनाव-प्रचार सुनकर लोग-बाग यह भी कहते थे कि आर्थिक कार्यक्रम या तो कांग्रेस रखती है, या कम्युनिस्ट पार्टी। परन्तु कम्युनिस्ट पार्टी से जनता का चौंक भरा नाता ही अधिक थो, विश्वास भरा कम। कांग्रेस की गुटबाजी की जहर, लाख एका होने पर भी, असर तो कर ही रहा था। लोग अपने ही गुट के उम्मीदवारों के लिए अधिक काम कर रहे थे, कांग्रेस के लिए कम। जो कांग्रेसी उम्मीदवार अपना चुनाव-संगठन स्वयं तगड़ा न कर सके, वह अकेले कांग्रेस की मदद पर नहीं जीत सकता था। मिसेज चौधरी के यहाँ इसकी कमी न थी। पैसा पानी की तरह से बह रहा था। मर्दों की, औरतों की बटालियनें घर-घर, गली-गली में धावे मार रही थीं। सुगंधित कार्ड, श्रीमती चारुलता चौधरी और दो बैलों की तस्वीर छपे हुए सुगन्धित रेशमी रूमाल, कलेण्डर, चाभियों के गुच्छे, जिसमें प्लास्टिक की पत्ती पर चुनाव-प्रचार—हफ्ते पन्द्रह दिनों में लच्छू एक न एक नई चीज़ बँटवा देता था। सबसे अधिक का तो उसकी सांस्कृतिक प्रोग्राम और नाटक वाली टोलियों से बन रहा था। ये दो प्रचार-साधन लच्छू की अपनी ही सूझ से हो रहे थे। देशभक्ति के गाने, नाच, टीपू सुल्तान, हैदरअली, राणाप्रताप ऐसे नाटक, जिसके मण्डप की सजावट में तो मिसेज चौधरी के प्रचार-पोस्टर और नेहरू की तस्वीरों की भरमार अवश्य थी, या लाउडस्पीकर पर हर अंक के बाद 'दो बैलों की जोड़ी को न भूलिए' के अलावा ढाई-तीन या चार घंटे का विशुद्ध मनोरंजन ही जनता को दिया जाता था। इस बीच में किसी विरोधी पार्टी के भोंपू वहाँ विघ्न डालने पहुँच जाते तो जनता मारपीट पर आमादा हो जाती थी। लच्छू का यह पाँचवाँ दस्ता बेहद कारगर रहा। लाला रेवती और हाजी नब्बू तक ने उसकी पीठ ठोंकी। दूसरी राजनीतिक पार्टियों ने भी इस जनता-जमाऊ मूक प्रचार की सफलता को समझकर ऐसे आयोजन करने चाहे, लेकिन औरों के लिए अब देर हो चुकी थी। लच्छू के पास शहर की सभी अच्छी रंगमंच टोलियाँ थीं, जो अपने पहले के तैयार नाटकों ही को जगह-जगह दिखला रही थीं, दूसरे लोग इतनी जल्द तैयार नाटक कहाँ से पाते।

दंद-फंद, जाति-बिरादरी, धर्म और धन—सभी का प्रयोग सभी पार्टियों और व्यक्तिगत रूप से खड़े होने वाले उम्मीदवारों ने बिना किसी शर्म-लिहाज के किया। पर इनमें सफल कांग्रेस ही रही। नेहरू अब भी चुंबक हैं। नेहरू अब भी दमखमवाला है। तूफ़ानी दौरे किये। ज्यों-ज्यों चुनाव-आंदोलन ज़ोर पकड़ता गया त्यों-त्यों जनता अपना असंतोष दबाकर, गुण्डों में चुनाव करने की मजबूरी से, शांत गुंडी कांग्रेस के पक्ष में होने लगी। पैसे और सरकारी सत्ता का प्रभाव भी काम कर रहा था। सबसे बड़ी बात यह कि कांग्रेस का नसीबा सिकन्दर था।...डिमाक्रेसी के हामी धूम-धड़ल्ले से दिन-रात डिमाक्रेसी के

सिद्धान्तों पर खुलेआम बलात्कार कर रहे थे, साथ ही चिल्ला-चिल्लाकर कहते भी जाते थे कि हम डिमाक्रेसी के प्रेमी हैं। पूरी आपाधापी, करोड़ों के खर्च और गुण्डागीरी तथा अनैतिकता की लहलही फसल उगाकर चुनाव का तमाशा पूरा हो गया। 'दो बैलों' वाली श्रीमती चारुलता चौधरी एम०पी० हो गईं। लच्छू की जेब में साढ़े सोलह हज़ार रुपये आ गये।

चौधरी वंश के मोटर-अस्तबल में एक छोटी फोर्ड-गाड़ी थी। स्व० चौधरी साहब ने मरने से कुछ ही दिनों पहले उसे ख़रीदा था। जिस दिन पत्नी को लेकर पहली बार रात में उस पर घूमने निकले थे, उसी रात बीमार पड़े थे। मिसेज चौधरी ने दिखावटी विरह के नखरे में फिर उस पर कभी पैर ही न रक्खा। भगवान की दया से चार गाड़ियाँ थीं। इसलिए यह मोटर कम ही चली थी। चुनाव लड़ने के लिए जब कुछ पुरानी ट्रकें, जीपें आदि ख़रीदने की बात चली तो लच्छू ने चौधरी के दो पुराने ड्राइवरों को खूब माल चटाया था। वे लच्छू के मुरीद थे। निजी दौड़-धूप के लिए भी उसे गाड़ी की ज़रूरत पड़ती ही थी, इसलिए पहले तो अक्सर और फिर नियमित रूप से छोटी फोर्ड गाड़ी लच्छू ही के पास रहने लगी। लच्छू के मन में तभी से बस गया था कि चुनाव जीतने के बाद भी यह मोटर अब वापस न करूँगा। बीच में 'पैराडाइज' हाथ से निकल जाने का धक्का गहरा लगा, पर उस समय चूँकि उसकी पहले इतनी खोखली स्थिति न थी, इसलिए दुख व्याप कर भी न व्यापा। हाँ, दो कामों के प्रति उसकी उत्साहाग्नि और अधिक ऊँची लपटें लेने लगी। इलेक्शन की रकम में लूट-खसोट के लिए उसने नीति शुरू ही से बड़ी साफ बनाई थी। जरूरी खर्चों में लूट की नीयत हरगिज न हो और पेट्रोल, राशन, मज़दूरी आदि छोटी-बड़ी हज़ार नालियों से मुनाफा सिर्फ अठन्नी भर ही खींचा जाय। 'वर्कर' (काम करने वाला) संतुष्ट भले न हो, पर असंतुष्ट हरगिज न हो। किसी को खोट निकालने की फुरसत नहीं देनी चाहिए। इसी नीति के पालन से चुनाव भर उसका रुतबा बना रहा। लूट की अठन्नी में बँटवारा करते समय कभी दुअन्नी तक अपने लिए साफ बचा लेता था; लेकिन दूकान जाने के गम को उसने भद्दर चुनाव की सैलाबी खर्च-गंगा में नहा-नहाकर ही मिटाया। चुनाव के अंतिम आठ दिनों में उसने एक हज़ार से तीन हज़ार रुपये तक रोज कमाये।

दूसरा काम खोखा मियाँ से बदला लेना था। साले ने ऐसे समय में मेरी पीठ में छुरा मारा है! मैं भी साले को ऐसे घाट मारूँगा कि जहाँ पानी न पाये। हाजी से डर लगता था, उनके दामन बचाके उनके बेटे पर वार करना था। पहले तो दूकान हाथ से छिनते ही लच्छू हाजी, रेवतीरमन के चरणों में और चारुलता की छाती में अपना सिर रखकर रो आया। हाजी ने खोखा को बुलाकर अपील की, किसे मारते हो, मामूली वर्कर है। बहस में यह भी साफ़ कर दिया कि नगर के एक प्रसिद्ध वंश की महिला को सहयोग देने की भावना से वे खुद ही रेवतीरमन के प्रस्ताव से सहमत हुए। लच्छू का उसमें कहीं कोई हाथ ही न था। मगर खोखा मियाँ बड़े ऐंठू और टर्रे थे। बाप से कुछ खींचतान तो अरसे से चल ही रही थी, जब से वे अपनी वैध संतान नादिर मियाँ के प्रति विशेष पक्षपात

करने लगे थे। इस चुनाव में भी खोखा मियाँ की समझ से उसके पिता ने उसे धोखा दिया। पिता के दम पर ही उसने बनर्जी को अपना बल दिया था। हाजी-राधे गुट की राजनीति में उसने एक नायाब मोहरा उठाया था, पर बाप ने चाल ही बदल दी। खोखा अपने पिता के सहयोग बिना अकेले दम इलेक्शन लड़ रहा था। पैंतालिस बरस की उमर में पहली बार अपनी स्वतन्त्र सत्ता सिद्ध करने के लिए उसने सिर उठाया था। खोखा मियाँ ने लच्छू के मामले में पिता को अनुग्रहीत करने से इंकार कर दिया। बाप-बेटे के बीच में एक मौन दीवार आ गई।

उधर लच्छू भी चुप न थे। इलेक्शन लड़ते हुए इलेक्शन ही के खर्च से लच्छू ने दुश्मन का गढ़ फोड़ने के लिए भेदिये छोड़े। शहर के दो बड़े होटल और दस छोटे-बड़े सामिष-निरामिष जलपानघर खोखा मियाँ के हिस्से में थे। उनका प्रबन्ध जब से खोखा मियाँ के पास आया, तब से प्रबन्ध और मुनाफ़ा तो अवश्य बढ़ा, मगर नौकर-चाकर खुश न रहे। खास तौर से बावर्चियों और हलवाइयों को असंतोष था। लच्छू सम्हल-सम्हल कर फटे में पाँव डालने लगा। उस समय भाग्य भी उसी का साथ दे रहा था। एक दिन मिसेज चौधरी की लड़की शोभना खुलेआम बनर्जी के जुलूस में शामिल हुई। माँ-बेटी में चखचख हुई, जिसे शांत करने का श्रेय मौके ने लच्छू को दिया। अकेले में उसी झुँझलाहट में मिसेज चौधरी बक गईं कि बनर्जी ने एक ग़रीब लड़की से प्रेम-विवाह करके उसे दो बच्चों की माँ बनाकर उसे बरसों से अपने बाप के घर पटक रक्खा है। लच्छू ने ससुर का पता-ठिकाना पूछा। भेदिये भेजकर उधर के पानी की थाह ली। वह औरत कानपुर के एक बालिका विद्यालय में पढ़ा रही थी। बात पटने का विश्वास पाकर एक शाम लच्छू खुद चुपचाप कानपुर गया और पाँच हज़ार रुपये देकर बनर्जी की त्यक्ता पत्नी को मिला लिया। स्कूल से छुट्टी लेकर वह लखनऊ आ गई और मिसेज चौधरी की सभाओं में अपनी विपद कहानी बड़े जोश से सुनाने लगी। बड़ा तगड़ा प्रचार हुआ। उसने केवल 'विरोधी' के नारी वोट ही नहीं, वरन् आमतौर पर शहर के नारी वोटों को भी प्रभावित किया। लाला रेवतीरमन इस चाल पर लच्छू से बेहद खुश थे। दूसरे बड़े चुनाव के ठीक दो दिन पहले लच्छू खोखा मियाँ के तमाम बावर्चियों और हलवाइयों की हड़ताल कराने में सफल हो गया। हाजी साहब को यह बुरा लगा, पर लाला रेवतीरमन बेहद संतुष्ट हुए। जनसंघ को हराने में यदि रेवतीरमन और हाजी तथा कांग्रेस के कुछ नेताओं ने जस कमाया, तो प्रसोपा की झोपड़ी उजाड़ने का सेहरा 'खन्ना' के सिर बँधा। बनर्जी की जमानत तक जब्त हो गई।

लच्छू ने खोखा मियाँ से अपना बदला पूरा ले लिया था। मिसेज चौधरी एम०पी० बनकर अब फिर से पूरे सौ पैसे भर रेवतीरमन के काबू में आ चुकी थीं। मिसेज चौधरी का लच्छू को मोटर इनाम में देना उन्हें भीतर ही भीतर अखर गया था। उन्होंने तय किया कि लच्छू जैसे तेज़ आदमी को काबू में लाना होगा। मिसेज चौधरी से कहा कि अब तुम्हारी इज़्ज़त कुछ दूसरी हो गई है, नेहरू और इंदिरा गांधी तक पहुँचने के लिए तुम्हारा सीधा रास्ता बन गया है। खन्ना बड़ा लायक और होशियार है। तुमने उसे उचित

इनाम भी दे दिया। अब अधिक मुँह लगाने से बदनाम हो जाओगी। मिसेज चौधरी ने लच्छू के पहुँचने पर दो-तीन बार मिलने की बात नौकरानी के द्वारा मीठे ढंग से टलवा दी। लच्छू समझ गया कि अब यह रास्ता बंद हो गया।

लाला रेवतीरमन की सहानुभूति पाने गया, कहा कि चुनाव के फेर में मेरी रोजी ही चली गई, धंधा करने के लिए मिसेज चौधरी से कुछ सहायता दिलवा दीजिए।

लालाजी ने एक नज़र उसे देखा और बोले: "तुम्हारी वो लड़की काफी होशियार और सीधी है। पूरी नींद की गोली है।"

लच्छू कुढ़ गया, पर ऊपर से मिठास घोलकर कहा: "तब तो सरकारजी, इस सेवक को इनाम ज़रूर मिलना चाहिए।"

"मोटर तुम्हें मिल चुकी है। और अगर ज़रा भी बुद्धिमान रहे होगे तो कम से कम चार-पाँच हज़ार रुपये भी बना ही लिए होंगे इस इलेक्शन में।"

"सरकारजी, आपसे झूठ नहीं बोलूँगा, मेरी जेब में कुल जमा डेढ़ हज़ार रुपया आया। और वो भी खोखा मियाँ के यहाँ की हड़ताल में आपने कहा था, सबको पाँच-पाँच रुपये बाँट देना, सो उसकी नौबत नहीं आई। खोखा मियाँ की गाली-गलौज से उनके कारीगर आप ही भड़क गए।"

"तो ठीक है। ये मोटर भी बेंच डालो। छोटा-मोटा धंधा खोल लेना।"

लाला रेवतीरमन के कमरे से लच्छू जब निकला तो रेवतीरमन को अपने मुसाहब से कहते सुना: "दूसरा मूँदड़ा बन रहा है साला। तन पे लँगोटी का ठिकाना नहीं—मोटर रक्खेगा!" सुनकर लच्छू की एक-एक साँस में उनके वास्ते गालियाँ भर उठीं। साले, ग़रीब के पास मोटर भी नहीं देख सकते। बदमाश। मोटर मैं रक्खूँगा और इसके पेट्रोल का खर्चा, हरामजादो, मैं तुम्हारी ही जेब से निकालूँगा। मुझे भी जीना है, और मेरा भी यह जन्मसिद्ध अधिकार है कि शान से जिऊँ।···साले रईस के बच्चे······महरा-कहारों, जाने किस-किसकी औलाद।······अपनी फोर्ड मोटर सड़क पर चलाते हुए लच्छू उग्र था···इस 'पैराडाइज' को मैं फिर से अपना बना के रक्खूँगा और इस बार मालिक बनूँगा, नौकर नहीं। इन सालों की······

●

सत्रह

रेडियो में हिन्दी-उर्दू का झगड़ा फिर खड़ा कर दिया जवाहरलालजी ने। क्या हो जाता है इन्हें? हिन्दी उनकी निगाह में हिन्दू समाज की अंध रूढ़िवादिता का प्रतीक है शायद।......यह महापुरुष, जिसे हमने दिल से प्यार किया है, देवता-सा आदर दिया है, इंडियन सिविल लाइन्स के ब्रिटिश कालीन काले साहबों की तरह हिन्दी को, जब-तब गोरे साहबों की नकल करते हुए, 'डैम डर्टी निगर' बनाकर दुत्कार देता है...बैठे-ठाले मेरी हिंदी अहंता को कोंचकर जगा गया ये डिमाक्रेसी का कबूतरबाज़ पैगम्बर। दीगरा नसीहत खुदरा फज़ीहत—औरों को शांति के उपदेश देते हैं और खुद उनका मानस ही इतना अशान्त, और कुण्ठा के विस्फोटों से भरा हुआ है। दिमाग़ से उदार समाजवादी, दिल से संकीर्ण व्यक्तिवादी!...सचमुच, इस समय बड़ा ही क्रोध आ रहा है नेहरू पर। हद है, इतने महान् बनकर भी मनुष्य का मन नहीं पहचानते नेहरू। मरे को मारें शाहमदार!

हम पढ़े-लिखे, मैकाले के दोगले बच्चे, राष्ट्रीय बाबू लोगों में एक सत्ताधारी प्रभावशाली वर्ग हिन्दी को हिन्दू प्रतिक्रियावादी शक्तियों का अन्यायपूर्ण नारा बतलाकर उसे कुचलने में अपनी प्रगतिशीलता की शान समझता है। भोले-बेईमान, दिमाग़ी दोगले कहीं के! धोबी के कुत्ते घर के न घाट के।

हिन्दी-उर्दू समस्या पर अपने बचपन से ही पढ़ता चला आता हूँ। 'उर्दू बेगम' नाम का एक रोचक उपन्यास इस सदी के आरम्भिक दिनों में ही निकला था, आज़ाद और बालमुकुंद गुप्त की कविताएँ और न जाने कितने संपादकीय लेख, चंद्रबली पाण्डेय की किताबें—एकदम शुरू वाली भारतेन्दु और सितारेहिन्द की भाषा संबंधी बहस...एक चीज़ साफ है—हिन्दी को उर्दू से बैर है भी और नहीं भी है। शायद यही बात हिन्दू मुस्लिम समस्या के सम्बन्ध में भी कह सकता हूँ।...

आज नहीं, इस सदी के पहले दो दशकों की बातें याद करता हूँ। मेरे जैसे अनेक के लिए उस समय के हिन्दी साहित्य की प्रगतिशीलता और उसकी पत्रकारिता की विषय-व्यापकता तथा ओजस्विता, चेतना का महाद्वार थी। हिंदी लेखक और पत्रकार ने, कहना चाहिए, भारत की सारी भाषाओं के लेखकों और पत्रकारों ने जिन विपरीत परिस्थितियों से जूझकर अपने प्राण होम कर देश की नैतिक, सामाजिक, बौद्धिक और कला चेतनाओं को जगाया था, वे किसी से कम तपस्वी और निष्ठावान नहीं थे। अँगरेजी पर बड़ा ज़ोर होने पर भी कोर्स के अलावा, आमतौर पर अँगरेजी का पढ़ने योग्य मसाला तब हमारी असूर्यस्पर्श्या गलियों में आज की अपेक्षा बहुत ही कम पहुँच पाता था। विशुद्ध व्यक्ति की

हैसियत से भी मन में यही भाव-विचार आते हैं कि हिन्दी मेरी गुण-गम्भीरा आनन्दमयी माँ है। इसने मुझे सामाजिक क्रांति, देशभक्ति, आत्मोन्नति की इच्छा और नैतिक-आध्यात्मिक मूल्य मान घुट्टी में दिये थे। संस्कृत, फ़ारसी, उर्दू, अंग्रेजी साथिन भारतीय भाषाओं में से प्रायः सभी की तुन्न-फुन्न झिड़कियाँ सुनने-सहने के लिए ही बेचारी 'भाखा' के करोड़ों बेटों का जन्म होता रहा है और होता रहेगा। यह नौकरों से बोलने की भाषा है, मिल के मज़दूरों, दूध, सब्जीवालों की पिछड़ी हुई भाषा है। 'उर्दू, बंगाली, मराठी, गुजराटी, टैमिल, टेलगू, के मुकाबले में भी एकदम पिछड़ी हुई है। हिन्दी वाले नॅकटाई को कंठ-लंगोट बोलते हैं—पुअर पीपुल!' आये दिन वस्तुस्थिति से आँख मींचकर हिन्दी के पीछे ये मैकाले के दोगले पड़े ही रहते हैं! इन्हें चुनौती दिये बिना अब गुज़ारा नहीं। दम्भी, प्रतिक्रियावादी! हिन्दू-मुसलमानों की प्रतिक्रियावादिता तो साफ़ सामने आ जाती है, मगर इन मैकाले के बच्चों के प्रगतिशील, समाजवादी और साम्यवादी मुखौटे इनकी अस्ली सूरतों को छिपा लेते हैं·······

···अब लिखने को जी नहीं चाहता···माया कहती थीं कि उन्होंने विश्वस्त रूप से ख़बर पाई है कि मेडिकल कालेज में हमारी नन्हीं का किसी ऊँचे दर्जे के विद्यार्थी से आजकल गहरा प्रेम चल रहा है।···और उसका प्रेमी कोई मुसलमान है। ख़बर ने मुझ पर अच्छा प्रभाव तो नहीं हीं डाला।···इस समय नेहरू ने भी अच्छा प्रभाव नहीं डाला। गर्मी बेहद है। दिन भर लू चलती रही, भीतर-बाहर।···और मेरे लच्छू-रमेश आगे बढ़ने को तैयार खड़े हैं। उनकी कहानी में मेरी भी उत्सुकता है।···लिख ही डालो यार! ये दुनिया तो मूड उखाड़ती ही रहेगी। अपने अनमनेपन से खेलो, खेलो अरविन्द, रवि ठाकुर की तरह इस अनमनेपन से भी खेलो: 'आनमना गो आनमना, तोमार काछे आमार गानेर माला खानि आनबे ना'···ये उड़नछू कमाई की रकम और मोटर वाला लच्छू अब क्या करेगा?···हठीला; घुन्ना, तेज, अनैतिक महत्वाकांक्षी।···नहीं, इस समय रमेश मेरे मन को अधिक अच्छी तरह प्रवाह दे पायेगा। कहाँ है रमेश?

···ये रचना-प्रक्रिया भी अजब है—कभी मन लिखना चाहता है और कल्पना तथा विचार नखरा करते हैं और कभी कल्पना या विचार सहयोग देने को तो राजी होते हैं पर अपनी तरह से। चलो, लिखो—लिखने पर ही इच्छा की अदृश्यमान पंखुरियाँ प्रत्यक्ष होकर खिल उठती हैं।···कर्म ही हर अमूर्त सत्य की खरी कसौटी है। मूर्त होकर भी सत्य कर्म से मुक्त नहीं। इसलिए लिख—लिख-लिख बावरे!

●

:: ५३ ::

मुहर्रम के दिन। शहर में दंगा हो गया। पुराने सर्राफ़े बाज़ार में दो सौ गुण्डों की भीड़ शाम को चार-पाँच बजे एकाएक घुस आई। राह चलते लोग और दुकानदार अनायास ही उनसे घिर गये। क़त्ल होने लगे; दुकानें लुटने लगीं और सुना गया कि रूपचन्द महाजन

की कोठी को जलाने की कोशिश भी की गई। लाला बैजू के बैठके वाले घर और पेशकार साहब के घरों के दरवाज़े पेट्रोल छिड़क कर जलाये गये, एक शिवाले की मूर्तियाँ तोड़ी गईं।

रमेश उस समय लोहामंडी में था। उसे रेलवे से चुराये गये लोहे के सामान के एक बहुत बड़े गुप्त गोदाम का पता दिया गया था। भेदिया बशीर खुद साथ था, कह रहा था: "जब रुपया बहुत हो जाता है न बाबूजी, तब आदमी घमण्डी तो होता ही है, लापरवाह भी हो जाता है। आप देखिएगा, माल कारखाने के पीछे अहाते में खुले खजाने पड़ा हैगा .....खुदा ने किसू का गुमान नहीं रक्खा तो ये लाला-लूली भी न रहेंगे। तप लें, आज उन्हीं का दिन है। मगर मैं अपनी बेइंसाफी का बदला लिये बगैर न मानूँगा। मैं आपको ऐसे बख़त में इनकी फर्नेस (भट्ठी) पकड़वा सकता हूँ जब कि रेलवई का लोहा ही गलाया जा रहा हो। मैंने अपने हाथ से हज़ारों रुपये का माल गलाया है....."

"हो हो हो! भागो भागो भागो!" फटाफट दुकानें बन्द होना शुरू हो गईं। दंगा हो गया। दूकानें तो 'हो-हो भागो-भागो' ही में सिमटने लगी थीं, अब दंगे के नाम पर बदहवासी छाने लगी। जूता है तो टोपी नहीं, अपना होश भी नहीं—मगर दूकानों के ताले बन्द करने के बाद दो-दो बार खींच-खींच कर उन्हें जाँचना एक भी दुकानदार न भूला। बीच सड़क से आस-पास की गलियों में चौकन्नी भीड़ लपकालपक राम-श्याम खुदा-पीर करती छितराने के लिए, अपना घर—अपनी सुरक्षा पाने के लिए जग से बेलौस, मगर जग से मिलकर चलने के लिए बेक़रार, अलग और मिली हुई भी भागी जा रही थी। लम्बे लकड़बग्घी चाल, नाटे साँप चाल, छरहरे हिरन चाल, मोटे मेंढ़कों से फुदकते, 'पोज पोजीशन' वाले दगे साँड़ की तरह दौड़ते—बस भागमभाग ही मची हुई थी। नगर रूपी काया का हृदय बड़ी ज़ोर से धड़धड़ाया था और उसकी नसों-दर-नसों जैसी गलियों में भीड़ खून सी दौड़ती चली जा रही थी।

लोहामण्डी आस-पास तीन तरफ़ से मुसलमानी बस्तियों से घिरी हुई है। लाखों के व्यापार की जगह है। गुंडों का एक बहुत बड़ा दल उसे लूटने के विचार से अल्लाह के अकबरत्व का उद्घोष करते हुए दक्षिण दिशा से बाज़ार में धँसा था। उधर वाले अचानक में काफ़ी लुटे-कटे। रमेश और बशीर ऐसी जगह में फँसे थे कि न पीछे लौट के जाते बनता था और न आगे ही।

"या खुदा! अजब चक्कर पड़ा यह तो। आप घबराइएगा नहीं बाबूजी, मैं मुसलमान हूँ, गुण्डा नहीं।"

"अमाँ क्या सफाई दे रहे हो। रास्ता निकालो। इस वक्त मैं भी मुसलमान हूँ।"

"अय जियो बाबूजी। आइए-आइए। नाम सोच रखिए अपना। कहीं मौका पड़ने पर मेरे साथ ही हाथ उठाके अल्लाहो अकबर चिल्लाइएगा। आइए।"

गली मुसलमानों की थी, गरीब बस्ती थी, मगर शान्त थी। आधे-पौन फर्लांग दूर से दर्द भरी चीखें-कराहें कई बार आ-आकर कलेजे में बिंध गईं। साइकिलों पर वह गली

पार करके जैसे ही तिराहे पर आये कि एक बन्द दूकान पर आठ-दस मुसलमान खड़े बैठे हुए मिले, ज़ोर-ज़ोर से बातें हो रही थीं : "हरामी समझते हैं कि यहाँ अब मुसलमानों का कोई सरपरस्त नहीं। अरे सालो, हमाई तरफ से अमरीका आयेगा, पाकिस्तान आयेगा—ठहरोजी, ए ! कौन हो ?"

"अमां जो तुम हो वो हम हैं।" साइकिल चलाते हुए ही बशीर ने जवाब दिया। पीछे से आवाज़ आई : 'अमाँ हिन्दू है—अमाँ नई यार।' —साइकिलें तेज हो गईं।

बशीर को मुसलमानी क्षेत्र की सरहद पर छोड़कर रमेश जब पुराने सरफि के पास पहुँचा, तब हथियारबन्द पुलिस के दस्ते वहाँ आ चुके थे। टोक-टाक पूछताछ हुई; काम-धाम बतलाने, दफ़्तर का परिचय-पत्र दिखलाने के बाद छुट्टी मिली। दारोगा बोले : "जल्दी जाइए। कर्फ़्यू लग गया है।"

पास ही बाईं ओर रमेश की ससुराल वाली गली थी। गली कीचड़ से भरी हुई। रद्धूसिंह के घर का दरवाज़ा जला हुआ, एक पल्ला आधे से अधिक कोयला मात्र ही रह गया था, दहलीज में पड़ा था। चौखट कोयला हो चुकी थी। गली बरसात के मसान जैसी लगती थी। ससुराल के दरवाज़े के आगे दो संगीन बंदूकधारी सिपाही खड़े थे—"कहाँ जाते हैं, कर्फ़्यू है।"

"हाँ भैया, मालूम हो गया बाज़ार में, मगर घर तक तो जाऊँगा ही।" रमेश की आवाज़ सुनकर अंदर के दालान में खड़े रद्धूसिंह लपक कर सामने आये : "अरे भैयाजी कहाँ से आ रहे हो ? अंदर आओ, अंदर आओ। रानी बहिनजी के यहाँ हैं, अभी टेलीफोन आया था।"

रमेश के मन की इच्छित निश्चिंतता मिल गई। साइकिल अन्दर चढ़ाते हुए कहा : "यहाँ तो जबर्दस्त हमला हुआ लगता है बाबूजी, कोई खून-खराबा—"

"हो जाता, पर तब तक अहिर लोग लट्ठ-बल्लम लिये आ धमके। गुण्डे फँस गये थे, आधे से अधिक बुतशिकनी-आगजनी, और वह भी खास तौर से रुप्पन की कोठी की पीछे वाली दीवाल में बारूद भरकर उड़ाने और जलाने के पाक काम के लिए शिवाले के अन्दर थे और बाकी लोग आस-पास के दरवाज़ों में आग लगाने का नेक काम कर रहे थे। इस घर पर भी तो दुश्मनों का दाँत था। लेकिन भगवान् रक्षक हैं। एक तो ये गुंडे, आधा फर्लाङ्ग दूर ही से अपने जोश में नारे दहाड़ने लगे थे। गली में सुन-गुन हो गई सो दरवाज़े पटापट बन्द—छतों-छज्जों का टेलीफून ऐसा आनन-फानन खटखटाया है और दरवाज़े ऐसे पटापट बन्द हुए हैं कि कमाल हो गया है। मुसलमानों की तो ऐसी पिटाई अहिरों ने की है—"

"अब तो इस घर में टेलीफोन भी आ गया है बाबूजी।"

"हाँ-हाँ, बैठके में है आओ।" रद्धूबाबू बड़े आग्रह से अंदर ले चले। आँगन पार करते हुए हँसकर बोले : "खोखे साले की तक़दीर ही ख़राब हैगी। उसके गुण्डे ससरे हमारे टेलीफोन का तार ही काटना भूल गये। मूर्खों पे भरोसा करने का यही नतीज़ा होता है।"

अन्दर लाल साहब बैठे थे। बारीक धोती, रेशमी बनियाइन, गले में सोने की दो लड़ी, हाथों में अँगूठियाँ—सब पहले ही जैसा टिपटाप। बैठके में दो पंखे चल रहे थे, एक ख़स के हिन्दुस्तानी कूलर में था, दूसरा पैडेस्ट्रल घूम रहा था। हुक्क़ा महक रहा था। टेबिल पर बोतल और गिलास की रंगीनी भी उसी तरह कायम थी। लाल साहब चश्मा लगाए कुछ काग़ज़ पढ़ रहे थे। इन लोगों को देखकर पढ़ने का चश्मा आँखों से हटाया—"अरे आओ-आओ जी रिपोर्टर साहब! आज तो तुम्हारे आत्माराम ने हमारा और रुप्पन का घर फुँकवा के अपना कलेजा ठण्डा कर लिया।"

रमेश बोला : "डॉक्टर आत्माराम ?...."

लाल साहब हँसकर बोले : "अरे आत्माराम का नाम तो तुम्हें छेड़ने के लिए ले लिया—मगर, बात हक़ीक़त से कहीं दूर भी नहीं है। रमेश लो कुछ पियो। पीते हो ? या ससुर का लिहाज़ करोगे ?"

रमेश हँसकर बोला : "मेरे पिताजी ने अपने बचपन से लेकर अब तक इतनी भाँग पी है कि उसी का नशा जो मुझे विरासत में मिला है, मुझसे सम्हाले नहीं सम्हलता।"

रद्धूसिंह बोले : "आपके लिए चाय बनवाता हूँ भैयाजी।" कहकर वे लपकते हुए बाहर गए। रमेश ने बात को गंभीर स्वर देकर पूछा : "आप कहना चाहते हैं लाल साहब कि ये हिन्दू-मुस्लिम दंगा नहीं है, बल्कि किसी और चालबाजी के लिए ये खून-खराबा हुआ ?"

"देखो काम तो सिरिफ दुइयै रहे उनके, रुप्पन के ऊपर तो भरपूर वार रहा औ हमरे बारे माँ शक रहा—"

रमेश की आँखों में एक नया प्रकाश आ गया था, बोला : "किसी की आपसे औऱ रुप्पन लाला से आपसी अदावत थी ?"

रद्धूसिंह तब तक लौट आए थे, लाल साहब हुक्क़ा गुड़गुड़ाते हुए बोले : "यार, तुम अख़बारी आदमी हो, इससे मुझे डर लगता है।"

"लाल साहब, अख़बार वाला इस समय आपको औ' रूपचन्दजी को किसी हद तक सहायता ही दे सकता है।"

"पर तुम वो रिपोर्टर नहीं हो। शोभाराम के बेटे का अख़बार मेरे और रुप्पन के दुश्मन से हरगिज दुश्मनी मोल न लेगा।"

"हाजी साहब से आपका मतलब है।"

"ना—ही।......और भाई एक तरह से है भी। (गिलास मुँह से लगा)...अब भई, तुम पुराने मुलाक़ाती हो और हमारे रद्धूबाबू के दामाद भी हो......और ये भी हम समझते हैं कि तुम अख़बार में उस किस्से को चाहकर भी न छाप सकोगे! इसलिए अरे रद्धूबाबू सुनाओ ना, अपने दामाद को सारा किस्सा सुनाओ, मैं ये दो सफ़े पढ़ लूँ ज़रा।"

नाश्ता और चाय आ गई। रद्धूबाबू ने एक बार सामने खड़े नौकर को फिर मेज़ पर रक्खी हुई बोतल को, फिर दाहिनी ओर तखत पर बैठे हुए अपने दामाद को दो बार जल्दी-जल्दी देखा और सिर झटकार कर मुस्कराते हुए नौकर से बोले: "छिट्टू ले आओ हमारे लिए भी बरफ़ और सोडा खोल दो। अरे हाँ, अब ये भी नये जमाने के दामाद हैं, कौन पर्दा करे।"

रमेश मुस्कुराकर टेलीफोन की ओर बढ़ा। रानी से बातें कीं। सुमित्रो भी बहिनजी के यहाँ ही है। रानी ने टेलीफोन पर यह आदेश भी दिया कि या तो रमेश रात में ऊपर रीतू-सीतू को साथ लेकर सोए या पुलिस की जान-पहचान का जोर लेकर दोनों सालियों के साथ बहिनजी के यहाँ आ जाय, क्योंकि दफ़्तर से टेलीफोन करने पर मालूम हुआ कि दंगा शहर भर में फैल गया है। ससुर और बीच-बीच में लाल साहब से भी दंगे का रहस्य जानकर रमेश उत्तेजना से एकाएक तप गया। बात की तह में रुप्पन का छोटा लड़का मुलायम, खोखा मियाँ का बड़ा लड़का रफ़अत और एक लड़की निकली। लड़की का नाम अभी मालूम नहीं। लेकिन है इसी क्षेत्र की, यूनिवर्सिटी में पढ़ती है, फ़ाहशा है। मुलायम और रफ़अत दोनों कुछ दिन इकट्‌ठे उसे साथ लेकर घूमे। लेकिन बाद में वो लड़की आई मुलायम के कब्जे में और रफ़अत रह गया। कल दोपहर में यूनिवर्सिटी के पास वाले बस-स्टैण्ड से एक मोटर उसे ज़बर्दस्ती खींचकर उड़ा ले गयी। मुलायम को किसी तरह शाम तक यह ख़बर भी मिल गयी। उन्होंने अपने गुर्गे छोड़े। लड़की की लाश रात के साढ़े ग्यारह बजे खोखा मियाँ के बँगले से डेढ़ मील दूर दक्खिन ओर एक पुराने जमाने के तालाब के पास बारहदरी में मिली। पुलिस पहुँची। वहाँ तक गाड़ी के निशान देखे। भारी जाँच हुई। वह सब तो उस तरफ़ हुआ और इधर रात में दो और तीन बजे के बीच में खोखा मियाँ की कोठी में बड़ी सफाई से दीवारों के नीचे कई जगह बारूद भरकर और पेट्रोल छिड़ककर आग लगा दी गई। घर में जगार होने से पहले ही क़यामत आ गई। रफ़अत का कमरा एक जबर्दस्त धड़ाके के साथ हिल उठा। जब वो जागा तो उसके सिरहाने की आधी दीवार लपटों की बनी हुई लग रही थी। रफ़अत तो बच गया, मगर खोखा मियाँ ने उसी का बदला लेने के लिए आज रुप्पन की कोठी में आग लगवाने का प्रबन्ध किया। रुप्पन का घर चूँकि गली में था। सीधा हमला होने पर बात व्यक्तिगत हो जाती इसीलिए यह हिन्दू-मुस्लिम दंगे का नाटक रचा गया। रमेश के मन-प्राण यह सुनकर विद्रोह कर उठे। पैसे वालों की ऐय्याशी के पीछे निर्दोष व्यक्तियों की जानें जायँ, माल लुटे, नुकसान हो, दंगा दबाने के लिए सरकारी मशीन को चलाने का खर्च अधिक बढ़े और सबसे बड़ी बात तो यह कि धर्मों में वैमनस्य बढ़े—और यह सब कुछ व्यक्तिगत अहंता के विषाक्त विस्फोटों के निमित्त हो—रमेश इसे बर्दाश्त नहीं कर पा रहा था। व्यक्ति की स्वतन्त्रता का सिद्धान्त उसे अति प्रिय है, पर क्या यही व्यक्ति की स्वतन्त्रता के अर्थ हैं? नहीं, वह कल सुबह के ही अख़बार में इस पहलू का उद्‌घाटन करेगा। वह खन्ना साहब को बतलायेगा। खन्ना साहब को टेलीफ़ोन किया। खन्ना साहब तब तक दफ़्तर में थे। उन्होंने कर्फ़्यू-पास वाली अपनी दफ़्तरी गाड़ी भेज दी। साइकिल ससुराल में छोड़कर, रीतू-

सीतू को खन्ना साहब के यहाँ छोड़ता हुआ वह सीधे दफ़्तर गया। रात में कर्फ़्यू रहते हुए भी नगर के कई क्षेत्रों में भयानक दंगे हुए। एक बार आग भड़का देने के बाद फिर उसे सहसा बुझा देना असम्भव था। एक लड़की पर बलात्कार हुआ, इसे समाज भला कैसे सहन कर सकता है; लेकिन यह समाज अधूरा ही था। लड़के वाला समाज भी बेहद ग़ुस्से में भरा हुआ अपनी कायरता को मिटाने का हौसला पाकर नृशंस हो उठा। आर्थिक और सांस्कृतिक स्तर के निचले लोग दीन के जोम में, पैसे और बड़ों के भड़कावे में उद्धत हो उठे। उनका यों उद्धत होना ही धरम वालों को खल गया। और फिर धर्मी दीनदारों को घास की तरह काटने लगे।

खन्ना साहब के दफ़्तर के कमरे में रात के साढ़े ग्यारह बजे भी सुप्रतिष्ठितों का मजमा लगा हुआ था। हाजी नबीबख्श, लाला बैजू, लाला रूपचन्द और डॉ० अशरफ़ के अलावा स्टॉफ के दो-तीन व्यक्ति इन बैठे हुए सम्भ्रान्तों की जी-हुज़ूरी में मुस्तैद खड़े थे। अभी ही टेलीफ़ोन पर ख़बर आई थी कि एक महल्ले में एक लकड़ी की टाल में आग लगाकर उसमें पचीसों व्यक्ति अपने घरों से घसीटे जाकर अब तक फेंके जा चुके हैं और फेंके जा रहे हैं। अभी तक पुलिस का पता नहीं है। ख़बर सुनकर हाजी साहब के चेहरे पर एक बेसाख्ता कराह की लकीर खिंच गयी। लाला बैजू ने कुरसी पर अपना टेका बदलते हुए पान भरे मुख से राम-राम कहा। खन्ना साहब बोले: "सन् '२३-'२४ के दंगों के समय गान्धीजी ने लिखा था कि मुसलमान बुली (अकड़ू) और हिन्दू कावर्ड (कायर) होता है। लेकिन तब से आज तक स्थिति बदल गई है। हिन्दू भी अब बुली हो गया है। यह तो लगता है कि आज रात भर में यहाँ भी जबलपुर का सा तमाशा हो जायेगा। लड़की का बलात्कार और खून जबलपुर से मिलती-जुलती घटना है, इसलिए उस दंगे का मनोवैज्ञानिक नाता इस दंगे से पूरी तौर से जुड़ जाता है। यही सबसे घातक बात है। पुलिस और मिलिटरी में भी हमारे जवान मौक़ा पाने पर अक्सर साम्प्रदायिक हो उठते हैं। अंग्रेजों के ज़माने से ही यह ट्रेडीशन (परम्परा) चला आ रहा है। किया क्या जाय।"

एक क्षण कमरा मौन रहा, फिर हाजी साहब बोले: "एक ही तरीक़ा है खन्ना साहब, कल किसी तरह से मेरा और लाला रूपचन्द साहब का एक इस्टेटमेण्ट शाया हो जाय कि ये जो बलात्कार और हत्तिया का मामला है, उसे हिन्दू-मुसलमान ही क्या, दुनिया का हर धरम-मज़हब बुरी से बुरी बात मानता है। इस बुराई को रोकने के लिए हिन्दू-मुसलमानों को मिलाकर मोर्चा बनाना चाहिए, कि आपस ही में लड़ जाना चाहिए।"

लाला रूपचन्द गम्भीर मुख, तेज़ स्वर में बोले: "यह अवश्य है कि बुराई मेरे मुलायम में भी थी और रफ़अत में भी। मगर बुराई-बुराई को भी तौलना होगा। अपने लड़के को बचाने के लिए आपके खोखा मियाँ ने जो ये दंगे की धोखाधड़ी फैलाई हैगी हाजी साहब, इसके लिए तो उन्हें भगवान् भी माफ़ न करेंगे।"

हाजी साहब बोले: "अब सिर्फ़ एक ही तरीक़ा बच गया है खन्ना साहब। मैं बजाते-खुद जाकर हिन्दुओं के सामने खड़ा हो जाऊँगा कि अगर जान लेनी है तो भइ मेरी ले लो, बेगुनाहों को मारने से क्या फ़ायदा।"

खन्नाजी बोले: "हाजी साहब अकेले आप ही नहीं, आपका साथ देने को और भी कई आदमी शहर में निकल आयेंगे।...और आपकी इस बात पर सोचता हूँ कि कल सुबह से सारे शहर में एक शान्ति मिशन का दौरा ज़रूर होना चाहिए। अकेले पुलिस और मिलिटरी पर ही नहीं, बल्कि शहर को बचाने की ज़िम्मेदारी दरअस्ल हम नागरिकों पर ही आती है। मैंने तो ये सोचा था कि आप और रूपचन्दजी गहरे दोस्त हैं, समझदार हैं—"

"अरे तो शान्ती के मामले में रुप्पन क्या किसी से पीछे रहेंगे अनन्दो? मगर पहले बात के पेंज तो ढीले करो।" लाला बैजू ताव में हाथ फेंककर बोले: "शान्ति वाली बात बिलकुल ठीक है और इस्टेटमेण्ट वाली बात में जरा भी दम नहीं हैगा। न हाजी साहब महातमा हैंगे, और न रुप्पन। सभी को अपने बाल-बच्चों से मोह होता हैगा, वो चाहे लाख बुरे क्यों न हों। इस्टेटमेण्ट देने में रुप्पन के हाथ क्या मालूम किस तरीके से कट जायँ। इनका लड़का कसूरवार ज़रूर है, पर रण्डी-रखैलें रखने का क़सूर तो दुनिया में बहुत से करते हैं। हमारे हाजी साहब ने ही रक्खीं। मगर ख़ैर, इन बातों में क्या धरा हैगा। आठ-दस आदमी चुन लेव बड़े-बड़े औ' भाई थोड़ा आपस में चन्दा-वन्दा भी कर लें। जहाँ कहीं नुकसान-वुकसान भया होयगा, वहाँ मदद दै देंगे। एक बात ये भी हम लोग मानउता की परचार कर देंगे—कि उस लड़की के फेर में खाली यही दोनों लड़के नहीं रहे, दो-तीन और भी रहे; साली फ़ाहशा तो थी ही। वो भी और उसकी बहिन भी, जो टेलीफ़ोन दफ़्तर में काम करती हैगी। अरे ज़रा सा झूठ बोलने में अगर बड़ा फायदा होता हो तो हरजा क्या है। हमें तो अपने दोनों लड़कों को बचाना हैगा। और शहर के लोगों को भी बचाना हैगा। मरने वाली तो मर गई।...अशरे वाले दिन ताज़िये ज़रूर निकलें। आखिर बात हम ये भी कहेंगे और हाजी साहब के मूं पे कहेंगे कि इनकी बंगालिन रण्डी का वो लड़का, अगर इन्होंने उसे अभी से अलग नहीं किया तो एक दिन इन्हीं के ऊपर करारा घात करेगा।"

हाजी साहब बोले: "लालाजी, मैं तो इन्साफ़ की राह पर चला था, लेकिन ये लड़का .....क्या कहूँ इसकी जहालत को। ख़ैर, खन्ना साहब ने इस वक्त हम लोगों को यहाँ बुला के बहुत अच्छा किया, एक राह निकल आयी। और मैं समझता हूँ कि ये काम भी लाला बैजनाथ ही करें। रेवतीरमन और मिसेज चौधरी को भी अपने साथ ले लेवें। डिप्टी कमिश्नर और एस०एस०पी० से भी चाहे आप, चाहे ये, कोई भी कह दे कि हम सुबह नौ बजे से लंच टाइम तक और उसके बाद फिर शाम को शहर में दौरा करेंगे। पोलीटिकल पार्टियों के भी एक-एक आदमी बुला लें।"

दूसरे दिन सुबह खन्ना साहब के शान्ति मिशन पर निकलने से पहले ही रमेश और रानी दफ़्तरी गाड़ी पर अपने घर हुसेनाबाद चले आये। कर्फ़्यू के कारण दोनों ही की छुट्टी थी। बहिनजी के घर पर भरे मजमे में पूरा दिन बिताने की तबीयत दोनों में से किसी की भी न थी। सुमित्रो ने रानी से बहुत कहा, बहिनजी ने भी एक बार कहा, पर इस मीठे बहाने से वह आग्रह टाल दिया गया कि बहुत दिनों से रमेश का एक लेख अधूरा पड़ा है,

आज अवकाश में उसे ही पूरा करेगा—"औ' दूसरी बात ये कि हमारे मकान मालिक, बिचारे नवाब साहब के दिल में कहीं ये खरोंच न आ जाय कि हिन्दू-मुस्लिम दंगे के कारण ये लोग नहीं आये।"

सचमुच, अनवर नवाब इन दोनों की ओर से चिन्तित थे। बाबादीन से ख़बर पाते ही लकड़ी टेकते हुए आये, क्षण दो क्षण रमेश को इस तरह देखते रहे, मानो प्यासा पानी पी रहा हो, फिर आगे बढ़कर उसके कन्धे पर हाथ रखकर कहा: "गौड़ साहब! आपसे मेरी एक दरख़ास्त है।"

"हुक्म दीजिए नवाब साहब।"

"साल, दो बरस, छै महीने, जितने दिन भी मैं और जिऊँ आप मेरा घर छोड़कर न जाइए।"

अनवर नवाब के स्वर में सहारे का आग्रह, भिखारी की दीनता और पिता की वात्सल्य-विवशता तीनों ही कुछ इस तरह से घुली हुई थीं कि रमेश भावाभिभूत हो गया। नवाब साहब के पैर छूकर बोला: "नवाब साहब, ये बात ही आपके मन में क्यों आई? रानी, यहाँ आओ? देखो ये हमारे नवाब साहब बेचारे हम लोगों के यहाँ न आने के कारण—"

"मैं तो पहले ही कह रही थी कि नवाब साहब चिन्ता कर रहे होंगे।"

"क्या कहूँ बीबी, एक वक्त ऐसा भी आता है जबकि इन्सान अपने लिए एक सहारा चाहता ही है। गैहाँबानो यहाँ आ गयी थी तो मैंने समझा था कि उसके सहारे ये मेरा घर बना रहेगा। मगर वह तो हवा में टूटे पत्ते की तरह यहाँ आ गिरी थी और हवा ही उसे फिर उड़ा ले गई। टुन्ने मियाँ की फ़ेमिली को यहाँ रखके हमने सोचा था कि एक अज़ीज को बसा रहे हैं, सहारा रहेगा बुढ़ापे में। नौकर-बावर्चिन सब हों भैया……मगर गौड़ साहब, कल रात में जब आप लोग न आये, तो यह तो ख़ैर सोच लिया कि आप लोग उधर ही कहीं रुक गये होंगे। ख़ैर मुनासिब बात थी, मगर साथ ही साथ न जाने क्यों मुझे यह अन्देशा भी हुआ कि लोग-बाग आप पर दबाव डालेंगे और कहेंगे कि अब मुसलमान के घर रहना ठीक नहीं—"

"अरे नवाब साहब, यह तो हम सोच ही नहीं सकते। हमने कभी सोचा भी नहीं। आप तो मेरे पिता क्या, उनसे भी उमर में बहुत बड़े हैं—" रानी उत्साह में बोलती चली गयी; फिर एकाएक रुकीं। बात के छोर हवा में खो गये और फिर मानो नये सिरे से बात पूरी करने की चाह में बोलीं: "आपके लिए चाय लाती हूँ नवाब साहब।"

नवाब साहब बोले: "ये बैठे-बिठाए का दंगा आखिर हो ही गया यहाँ भी। सुना है कि जबलपुर वाली स्टोरी ही रिपीट हो रही है यहाँ भी।"

"नवाब साहब, इंडिविजुअल (व्यक्ति) की आज़ादी के माने दरअस्ल यही है कि पैसे वालों और शक्तिशालियों को अपनी मनमानी करने की खुली छूट मिलती रहे। खोखा मियाँ ने रुप्पन के घर को अपने घर की तरह ही भीड़ से तबाह करवाना चाहा, वरना

बदला कैसे पूरा होता। बगैर हिन्दू-मुस्लिम दंगे की आड़ लिए हुए वे अगर अपने गुण्डे भेजते तो क़ानून की पकड़ाई में न आ जाते। कल रात खन्ना साहब के दफ़्तर में इन बड़े आदमियों की बातें सुन-सुनकर मेरे हृदय में खौलन होती रही। पैसे के ज़ोर पर ये लोग अपराधियों को बचा ले जायेंगे। दो-चार हज़ार ग़रीबों में बाँटकर, उनकी नुकसान-भरपाई का तमाशा करके दीनबन्धु-दयानिधान बनेंगे और शहर का नाम बदनाम हुआ कि यहाँ हिन्दू-मुस्लिम दंगा हुआ।" रमेश का चेहरा तमतमा उठा।

गम्भीर विचारमग्न मुद्रा में अपनी छोटी सी सफेद बुर्राक़े दाढ़ी पर उँगलियाँ चलाते हुए नवाब साहब बोले: "बात महज़ इंडिविजुअल (व्यक्ति) की आज़ादी ही की नहीं है भैया, हमारी सोशल ग़ुलामी की भी है। आप ठण्डे तरीके से देखिए तो इस्लाम कब हिन्दू मज़हब से लड़ा? लड़े तो अरब, मंगोल, पठान, ये सब लोग हिन्दोस्तानियों से लड़े। हाँ, इनको बहाना इस्लाम का ज़रूर मिल गया, जैसे खोखा मियाँ को हिन्दू महाजन के घर पर धावा करने के लिए दंगे के बहाने की ज़रूरत थी। आपको शहर की फ़िक्र है, मुझे इस्लाम की फ़िक्र है। इन बदमाशों के पीछे 'दीन-इलाही' मुफ़्त में ही बदनाम हुआ।" अनवर नवाब के चेहरे पर अन्तर्वेदना की सात्विक प्रभा आ गई। उनकी आँखें बन्द हो गईं और होंठ कुछ बुदाबुदा उठे।

अचानक कुछ ध्यान आते ही रमेश कुर्सी से उठा और बोला: "आपकी इस बात पर मुझे एक पुराने लेख की याद आ गयी। अभी लाता हूँ।" कहकर रमेश उठा और परदे के पीछे अपनी मेज से फाइल उठाने चला गया। फाइल उठाकर उसके पन्ने पलटता हुआ और वहीं से बोलता हुआ लौटा—"ये एक पुरानी हिन्दी मैग़जीन 'नागरी प्रचारक' की फाइल है, सन् १९०९ की। इसमें पण्डित रूपनारायण पाण्डेय का एक लेख है—व्यूप्वाइन्ट (दृष्टिकोण) उनका हिन्दुआनी ज़रूर है, मगर कुछ बातें बड़े मज़े की हैं। एक जगह पाण्डेजी और देवदत्त दो कैरेक्टर आपस में बातें कर रहे हैं कि 'देवदत्तजी, मुसलमानों के अत्याचार से हिन्दू धर्म दृढ़ हो गया है, इसकी आयु बढ़ गयी है और इसे अलौकिक प्रबलता प्राप्त हो गयी है।' इस पर देवदत्त कहते हैं कि 'यह तो आप पहेली सी कह गये। हिन्दुओं के सब देवमंदिर नष्ट हुए, ब्राह्मण और बहुत से साधारण हिन्दू मारे गये ......आप कहते हैं कि इससे धर्म दृढ़ हुआ।' इस पर पाण्डेजी बोले कि 'बलप्रयोग से वैराग्य उत्पन्न नहीं होता...मुसलमानों ने हिन्दुओं के देवस्थानों को तोड़कर हिन्दुओं को अपने धर्म की शिक्षा देनी चाही, परन्तु उसका फल क्या हुआ?'

रानी चाय और उसके साथ-साथ खस्ता, गर्म मठरियाँ, मीठे बिस्कुट और केले एक ट्रे में सजाकर ले आई।

नवाब साहब बोले: "सही लिखा है। जहाँ ताक़त का इस्तेमाल हुआ, वहाँ नफ़रत तो फैलनी ही थी। मैं मुसलमान हूँ और तलवार में अक़ीदा भी रखता हूँ। मगर एक तस्वीर मेरे सामने अब और भी आने लगी है, काश कि इस्लाम वाले मिलजुल कर प्रेम से अपने मजहब का परचार करते।...मैं आपको खुद अपनी आँखों देखी-सुनी-बरती बातें बतलाता

हूँ कि यहाँ एक साथ रहते हुए हिन्दू-मुसलमानों ने आपस में एक-दूसरे से बहुत-कुछ लिया और दिया भी है, बल्कि हमारे यहाँ बहुत से रीत-रस्म हिन्दुओं के आ गये हैं, बहुत सी बातें हमने उनकी देखादेखी अपनायी हैं और हिन्दू भी दरगाह-पीर वगैरह को मानने लगे हैं। गाजी मियाँ, अजमेर शरीफ़, देवा शरीफ़ वगैरह जगहों पर इतने हिन्दू जाते हैं कि देखकर कोई यह कह नहीं सकता कि मज़हब इन्सान को बाँट सकता है।" एक मठरी उठाकर उसका एक टुकड़ा मुँह में डालकर अपने नक़ली दाँतों को चलाते हुए वे विचारमग्न रहे। रमेश को उस समय उनका सफेदी भरा फीका, गोरा चेहरा दिव्य लगा, जीवन उनकी आँखों में था। वे फिर कहने लगे : "हमें अब यह तस्लीम कर लेना चाहिए कि एक साइकलाजिकल गिरह (मनोवैज्ञानिक ग्रन्थि) तो पड़ ही गयी है हिन्दुओं और मुसलमानों में। हमें उसको समझना तो चाहिए ही····आपको एक मजेदार बात बतलाऊँ गौड़ साहब, फ़ारसी की डिक्शनरी में आप जानते हैं, हिन्दू लफ़्ज के माने क्या लिखे हैं ?—काला, लुटेरा और ग़ुलाम। और आप जानते हैं कि अल्फाज के साथ जो मानी चस्पा होते हैं, वो कुछ सोशल और हिस्टारिकल (सामाजिक और ऐतिहासिक) वजूहात भी रखते हैं। क़ाफ़िर तो ख़ैर हिन्दू थे ही, क्योंकि उनका दीन इस्लाम नहीं था। सौदागरी और ब्याज-बट्टा फैलाकर अरब और एशिया में आपके हिन्दू दूर-दूर तक फैले हुए थे। हिन्दोस्तान पुराने ज़माने में उसी लूट से बड़ा पैसे वाला बना था। इसलिए भी अरब और एशिया के लोगों को अपने लुटेरे से नफ़रत थी। इस्लाम के परचार के लिए तलवार की शह पाकर ये हमारे अरब के ताक़तवर क़बीले आपस में लड़ना-भिड़ना छोड़कर एक हो गये। एशिया, योरप, स्पेन तक इन्हें लूटने और मौज़ें मारने के लिए नया मैदान मिल गया। ये भूल गये कि मोहम्मद मुस्तफा ने हक़ के लिए कहाँ तलवार उठाई थी और क्या करने को कहा था। अजी हद हो गई, नबी के दामाद हज़रत अली और नवासे हज़रते हुसैन तक को मार डाला। दूसरों की फिर क्या कहें, हिन्दुओं की इबादतगाहें तोड़ना और उनकी किताबें वगैरह जलाना तो महज एक फ़र्ज़-अदायगी भर थी भैया, असली मक़सद था लूट और जिनाकारी।—हिन्दुओं की नज़रों में मुसलमान इस तरह लुटेरा और दगाबाज बन गया। हम आपकी नज़रों में लुटेरे और दग़ाबाज़ हैं और आप हमारी नज़रों में। जहाँ जिसको भी जरा दबोचने का मौक़ा मिल जाय, बाज़ नहीं आता। हममें अरब और ईरानी या तुर्क, मुग़ल, पठान वगैरह होने की हमीअत थी; सच्चे मज़हब की हमीअत तो थी ही। इधर हिन्दू भी कुछ कम नहीं थे। उस ज़माने की पूरी दुनिया को अपने इल्म और तिजारत से बाँध रक्खा था। बंदर और साँप की लड़ाई में बंदर जीत गया और फिर जीत के जोम में रह-रहकर पत्थर पर उसका फन रगड़ने लगा।"

"लेकिन समस्या तो ये है नवाब साहब कि बन्दर और साँप की लड़ाई अभी तक ख़त्म ही नहीं हुई—मुसलमानी जमाना गया, अँगरेजी जमाना गया—वह भी हिन्दुस्तान, पाकिस्तान बना के गया।"

"हिन्दोस्तान-पाकिस्तान",—नवाब साहब बोले : "अजी बँटवारे का मतलब ये है कि अँगरेजों के राज में छुरे-लाठियों से लड़ते थे, अब तोप-बन्दूकों से लड़ेंगे। कभी-कभी

सोचता हूँ गौड़ साहब कि अकल इन्सानियत को गुमराह भी कर देती है, जैसे जिन्ना ने पाकिस्तान बनाकर मुसलमानों को किया।"

"वही तो कहता हूँ नवाब साहब, धर्म और मज़हब राजनीति को जिस तरह पीछे घसीट रहे हैं, यह आगे बढ़ने वाली दुनिया के लिए अच्छी बात नहीं। मेरे ख़याल में तो आने वाली दुनिया इस धर्म नाम की निकम्मी चीज़ को बिल्कुल ही छोड़ देगी। लेनिन ने सच ही कहा है कि धर्म लोगों के लिए अफीम का काम करता है।"

"एक हद तक बात शायद सही है, लेकिन धरम इससे कहीं ज्यादा ऊँची चीज़ है गौड़ साहब। वो हक है। खुदा का जलवा है। उसी से हमें हज़रते मूसा, हज़रते ईसा, हज़रत मुहम्मदे मुस्तफ़ा पैग़म्बरे खुदा, महात्मा बुद्ध और कनफ्यूशियस और गांधी और अपके रामकृशन परमहंस, विवेकानन्द वगैरह—ये सब क्या थे, अफयूनी ? आप समझते हैं कि इन्होंने इन्सान को आगे नहीं बढ़ाया है—सिर्फ़ लेनिन और मार्क्स ही ने बढ़ाया है ?"

रमेश ने देखा कि बुजुर्गवार धर्म पर आक्षेप करने से ताव खा गये हैं। अनवर नवाब के ताव में उसे अपने पिता का ताव भरा चेहरा झलकता नज़र आया और उसे दोनों धर्मों में कोई भी अन्तर नज़र न आया। श्रद्धा और प्रेम के महाभाव में तर्क घुल गये।

●

अठारह

"अलीगढ़ में दशहरे पर हिंदू-मुस्लिम दंगा।" दूसरी ख़बर थी कि मुरादाबाद में मुहर्रम पर शिया-सुन्नी का दंगा हो गया। और ये दोनों ही समाचार आज से एक सौ नौ वर्ष पहले के हिंदी साप्ताहिक 'बुद्धि प्रकाश' के २६-१०-१८५३ ई० के अंक में मैंने आज दिन में पुस्तकालय में पढ़े थे। यानी दंगे उस ज़माने में भी होते थे। वह समय एक शती पीछे का होने पर भी अपने नये बुद्धिप्रकाशत्व का बोध ज़रूर कराता है। 'मुंशी सदासुखलाल' मुहतमिम नूरुल अख़बार छापेखाने के इहतमाम से, आगरे के महल्ले मोतीकटरे में छपने वाले इस 'बुद्धि प्रकाश' में भारत की पहली रेलवे लाइन खुलने के समाचार 'लोहे की सड़क' के नाम से छपते हैं; बनारस में 'जैनरायन कालिज' नाम की एक अंग्रेजी पढ़ाने वाली 'पाठशाला' खुलने के समाचार छपते हैं; मराठी पत्र 'ज्ञान प्रकाश' से यह ख़बर भी लेकर छापी जाती है कि पूना के हिन्दू सदरआला ने 'अपनी पुत्री को पढ़ाने के लिए पाठशाला में भेजी है'। बंबई में पाँच सौ भारतीय लड़कियों के पढ़ने के समाचार भी वह पत्र छापता है। रूस-अमेरिका के समाचार छापता है, विविध देशों का इतिहास, भूगोल, विज्ञान की नई-नई ईजादें, नवाब वाजिदअली शाह के जोगिया मेले की शाही 'मूर्खता' से लेकर बंगाल के राजा राधाकान्त बहादुर द्वारा आयोजित 'विधवा के पुनर्विवाह की व्यवस्था के समाचार' तक छापता है—यह सब अँधेरे के नहीं; नवयुग के उषाकाल का परिचय देते हैं। जमाना आगे बढ़ने के लिए मचल रहा था''''मगर हिंदू-मुस्लिम और शिया-सुन्नी दंगे तब भी थे, आज भी हैं। पैदा होते ही जीवन का एक ढर्रा-ढाँचा, शब्द, आचार-विचार, व्यवहार और संस्कार हमारे होश में समा जाते हैं। ये कितने घातक भी होते हैं! मेरे होश में, देखते-देखते हिंदू-मुसलमान में व्यवहार-परिवर्तन आया है; खान-पान में छूत-पाक का अन्तर ध्यान में रखकर भी, खास तौर पर अपनी शिकायत रखते हुए भी मुसलमान सौहार्द्र क़ायम रख लेता था। मिलता-जुलता दुनियादारी बरतता था। एक-दूसरे के रीति-रिवाज मेले-त्योहारों का ज्ञान भी एक दूसरे को था।''''हमने आपसी खान-पान का प्रतिबन्ध तोड़ा, विचारों में हम और व्यापक हुए; लेकिन उस समय अपने-अपने समाज की 'आत्मोन्नति' की धुन में हम हिन्दू और मुसलमान अपने-अपने दायरों में सिमट भी गये। मुसलमानों ने भी अपने समाज के कठमुल्लापन को काफ़ी झटका दिया। हज़ारों लड़कियाँ आज के दिन उनमें भी पढ़ी-लिखी हैं, नौकरपेशा हैं, बड़ा परिवर्तन आ गया है, फिर भी हिन्दू समाज की स्त्री मुसलमान समाज की अपेक्षा अधिक मुक्त है।''''मेरे विचार इस समय उखड़े-उखड़े आ रहे हैं—

····मैं क्या करूँ, मेरी नन्हीं मुक्ति से बन्धन की ओर जा रही है। नन्हीं गर्भवती है और उसका गर्भदाता एक ·······मुसलमान है। आज सबेरे माँ-बेटी में गहरी कहा-सुनी हो गई थी। मैं जब लायब्रेरी से लौटकर आया तो माया अकेली बैठी रो रही थीं। नन्हीं घर में नहीं थी। कारण पूछने पर माया ने आँखें पोंछ, सुबकी दबाकर कहा: "अरे, जो होना था सो हो गया तुमरी किरपा से। अब पूछ के क्या करोगे?" बहुत आग्रह करने पर उन्होंने रहस्य खोला। मेरे एक भव में दो भव हो गये, धरती-आकाश दसों दिशाओं की चुम्बकीय मर्यादाएँ मेरी चेतना से छूट गईं, अहम् अपने स्थिरासन से स्खलित होकर शून्य में रेत सा विलीन हो गया। प्राण आकण्ठ आकर, जीवन की सीमाएँ छूट जाने के अचेत भय से ढकेले जाकर फिर होश के दायरे में आये।

लड़की ने प्रेम किया, इसे स्वीकार करने को मैं तैयार था। उसने मुसलमान से प्रेम किया, इसे स्वीकार करने में हिचक थी। वह बिन ब्याहे माँ बन रही है—इसे स्वीकार करना तो असम्भव ही था।····यह क्या किया नन्हीं ने?

अभी थोड़ी देर पहले भवानी का नौकर यह सूचित कर गया कि नन्हीं कॉलेज से अपने भाई के घर पहुँच गई है। माया आयीं, बोली: "अब इसका उपाय क्या होगा?"

मुझे कोई उपाय न सूझ रहा था; बल्कि सच तो यह है कि माया की उपस्थिति से उस समय मैं मन ही मन चिढ़ उठा था। वह चिढ़ नन्हीं की ओर क्रोध बनकर लपकी, फिर उसे फँसानेवाले व्यक्ति पर क्रोध बरस पड़ा, सामने होता तो शायद उसे मार ही डालता। निष्क्रिय मानसिक उत्तेजना ने थका दिया। मैं न कुछ बोल सका, न सोच सका। माया ने फिर पूछा। मैंने कहा: "क्या उपाय बतलाऊँ! बड़े और मँझले को बुलाओ, उनसे सलाह लो। मेरी राय तुम्हारे अनुकूल न होगी शायद।"

"उसे पढ़ाउन भेजत बिरियाँ तौ तुमरी राय, तुमरे बिचार रहे, अब हम लड़कन से या पूछन जाँय?" माया उग्र और आक्रामक हो उठीं। मैं भी झुँझला गया, बोला: "मेरी राय सुनोगी? आर्यों की लड़की अगर मन में भी किसी को वर ले, तो फिर किसी दूसरे से विवाह नहीं कर सकती, और यहाँ तो—"

"पर मैं मुसलमान से ब्याह नहीं होने देऊँगी अपनी बिटिया का।" सर्वसत्तामयी सम्राज्ञी का क्रोध तमतमा उठा। झूठ नहीं बोल सकता अपने-आपसे, माया का यह सतेज निर्णय मेरे कलेजे का चैन बना, परन्तु शंकाएँ भी उठती चलीं। मैंने कहा: "कैसे रोक सकती हो? एक तो तुम्हारी लड़की बालिग़ है, दूसरे, उसके होने वाले बच्चे का पिता अगर चाहे तो कचहरी चढ़ के तुमसे उसे ले जायेगा।"

"देख लेऊँगी मैं भी। सती का कलेजा भगवान भी नहीं दुखा सकता।"

"यह बात नन्हीं भी अपने लिए कह सकती है।"

"नन्हीं! वो हरगिज़ नहीं कह सकती। मेरी मन ब्याव से पहले एकदम कोरा रहा और ब्याह के बाद उस पर तुम छप गये। मैं अपने बच्चों की माँ वैसे बनी, जैसे की सब भली आबरूदार मेहरुवें बनत हैंगी।—बड़ी आई अपने को सती कहनवाली मेरे सामने।"

माया की बातों की बैसाखी लगाकर मेरे विचार लँगड़ाते हुए चल रहे थे। मैं यह स्वीकार करता हूँ कि भारत देश में खासतौर पर और दुनिया में आमतौर पर अब भी माया के समान अपने सतीत्व पर अभिमान करने वाली स्त्रियाँ मौजूद हैं, यद्यपि संध्या में इस समय कम हैं, पर आदर्श उन्हीं का सर्वत्र पुजता है। मगर यह होते हुए भी संध्या उन्हीं नौजवान युवक-युवतियों को अधिक बढ़ रही है, जो काम-सम्बन्धों में पाप-पुण्य की गंध नहीं सूँघना चाहते।

और यह मर्यादाएँ भी अधिकतर समाज का निम्न मध्यम वर्ग ही सबसे अधिक मानता है। पैसेवालों के नवसमाज में लड़कियों से प्रेमियों और लड़कों से प्रेमिकाओं के चक्कर में रहने की आशा स्वयं उनके घरवाले ही करते हैं। संबंध प्रभाव बढ़ानेवाले हों, ऐश में भी किसी न किसी प्रकार के नफ़े का इष्ट अवश्य रहे। बाक़ी कोई अन्य सांस्कारिक झिझक नहीं; दामाद हिन्दू-मुसलमान-ईसाई या किसी भी देश का हो सकता है, बहुएँ भी ऐसी हो सकती हैं। उस समाज में कोई प्रतिबन्ध नहीं। निम्न मध्यवर्ग के जो स्त्री-पुरुष ऐसे विवाह-संबंधों में बँधते हैं, वे आमतौर से घाट-घाट का पानी चखनेवाले न होकर एक ही बार प्रेम के औघट घाट पर बुड़की मारकर अपने दृढ़ निश्चय में एक हो जाते हैं। हिन्दू पति, मुसलमान या ईसाई पत्नी, ईसाई या मुसलमान पति और हिन्दू पत्नी—ऐसे जोड़े अब दिनोदिन क्रमशः बढ़ रहे हैं और निजी अनुभव से जानता हूँ कि उनमें अधिकांश सुखी, सन्तुष्ट और आबरूदार, बाल-बच्चेदार हैं।.....मगर ये नन्हीं का प्रेमी ऐसा मर्यादावान् नहीं लगता। वह या तो शातिर बदमाश है या उतावला मतलबी।

मन कहता है: 'वह चूँकि मुसलमान है इसलिए तुम उसमें दोष निकाल रहे हो। वह हिंदू होकर भी अमर्यादित, शातिर बदमाश और उतावला हो सकता है।'

मैं चुप हूँ। क्रोध क्यों नहीं आता मुझे? क्या ज्ञान से विकसित चेतना मनुष्य को कायर बना देती है?—नहीं, वह वैराग्य प्रदान करती है। लेकिन वैराग्य किस लिए? मैं जीवन को पाना चाहता था, न पा सका, क्या इसलिए?

दरअस्ल लगता है कि मैं जीवन को किस तरह से पाना चाहता था, उस तरह से न पा सका और अब जीवन से पलायन करना चाहता हूँ। मैं चाहता हूँ कि प्रश्न का उत्तर किसी तरह से टल जाय। लेकिन वह टल कैसे सकता है? आयु के बासठ वर्षों में आँखों देखा, कानों सुना और मन से भोगा हुआ सारा अनुभव या 'जगन्मिथ्या' करके हठपूर्वक टाल दूँ?.....मैंने कुलीनों को दो-दो चार-चार ब्याह करते हुए देखा था और वह उस समय सामाजिक दृष्टि से पाप नहीं था। लेकिन आज वह पाप है, कानून के द्वारा दण्डित है। मैंने विधवाओं और अन्तर्जातीय विवाहों के प्रति अपने समाज की घोर घृणा देखी है। ऐसे विवाह किसी समय में पाप थे, किन्तु आज वे पुण्य हैं। विधवा से विवाह करने वाला अथवा अन्तर्जातीय प्रेम-विवाह करने वाला युवक अपने-आपको किसी हीरो से कम नहीं समझता। समय बहुत बदल गया है। विदेशी वैवाहिक सम्बन्ध गो अभी कम हो रहे हैं, मगर क्रमशः बढ़ रहे हैं। मेलजोल का प्रभाव, यात्राओं की सुविधा और सहयोग की

आवश्यकता दिन पर दिन बढ़ती जा रही है। समाज अपने छोटे-छोटे दायरे तोड़ रहा है, व्यक्ति स्वनेतृत्व में इस व्यापकता को बढ़ाता ही चला जा रहा है। वह किसी की भी परवाह नहीं करता। नन्हीं ने भला मेरी परवाह की? अपनी माँ की दृष्टि से सोचा? रक्त-संस्कारों की विशुद्धता पर ध्यान दिया?.....पर यहीं आकर मैं स्वयम् अपने ही प्रश्न-जाल में फँस जाता हूँ। शुद्ध इस दुनिया में कौन वस्तु है? मनुष्य का जन्म भी विशुद्ध सन्तानोत्पत्ति की इच्छा से नहीं होता। यह शुद्धता का आग्रह एक जगह बिलकुल झूठा ही लगता है। हज़ारों बरसों की इतनी अनगिनत पीढ़ियों में, मानव के रूप में जीव अधिकांश में विशुद्ध भाव से अवतरित नहीं हो पाया। तब शुद्धता और पवित्रता की सच्ची व्याख्या कुछ और ही होनी चाहिए। असलियत कहीं और है। अब हम अँधेरे और उजाले को अलग-अलग करके उसकी अलग-अलग खूबियों और खामियों को तो बहुत बखान चुके, मगर केवल इससे ही अब काम चलता दीख नहीं पड़ता। बीती सदियों में निष्ठा के साथ किये गये इस विश्लेषण के मुख्य सूत्रों, उप-सूत्रों को हमें अब फिर से छाँट-बाँट और धुन-गुन करके बटना चाहिए। अँधेरे-उजाले को अलग-अलग न करके संयुक्त रूप में ही देखना चाहिए, जैसा कि वह वस्तुतः है—वह एक है, दो नहीं।

क्या मैं शंकराचार्य के अद्वैत दर्शन के निकट पहुँच गया? शायद हाँ, शंकर यही तो कहते हैं। अपने अब तक के जोड़े-बटोरे और कसौटी पर कसे ज्ञान-प्रकाश में हमने अपनी सारी क्रिया-चेतना को ठोस और प्रत्यक्ष माना है। वह हमारी मान्यता के अनुसार उतनी ठोस और प्रत्यक्ष नहीं। वह माया है। प्रकाश में भी अँधेरा है। वह अँधेरा वस्तुतः प्रकाश का अन्तर्निहित सत्य है, ठीक उसी तरह जैसे कि अन्धकार का अन्तर्निहित सत्य प्रकाश है। इस तरह प्रकाश भी माया है और अन्धकार भी और इन दोनों में निहित वस्तु सत्य, दो न होकर एक है।

नन्हीं के इस कारनामे को तब इस दृष्टि से क्यों न देखूँ? दुख क्यों मानूँ? इस अँधेरे में कहीं न कहीं उजाला भी अवश्य होगा, जो कि डबल मायाभिभूत होने के कारण मुझे इस समय दिखलाई नहीं पड़ रहा। ठीक है, मगर.....मगर.....यह 'मगर' मुझे लीले जा रहा है। संशयात्मा विनश्यति! क्या करूँ?

●

उन्नीस

मामला पेचीदा हो गया, माया के महाहठ से गर्भपात कराने के फेर में जान ही जाते-जाते बची मेरी नन्हीं की। वह युवक—नन्हीं का सुख-दुख दाता—अचानक पाकिस्तान चला गया। नन्हीं को इससे गहरा मानसिक धक्का लगा। मुझे भय है कि कहीं उसका राजरोग फिर से न उभर आये।

कल हिदायत आया था। उससे भी सारी बातें हुईं। उसे धक्का लगा। उसका मत मेरे मत से भिन्न है। वह विवाह के सम्बन्ध में अन्तर्राष्ट्रीयता या द्विधर्मी नाते पसन्द नहीं करता, कहने लगा: "यह कोरी बदमाशी है। मियाँ-बीबी तो आपस में प्रेम करके और ज़रूरत पड़ने पर मन में राम-राम या खुदा-खुदा, गॉड-गॉड करके अपना निभाव कर ले जाएँगे, मगर उनके बच्चे न खुदा के रहेंगे, न राम के। वे किसके सच्चे होंगे, ये मेरी समझ में ही नहीं आता। उनमें हुब्बेवतनी का जज्बा कहाँ से पैदा होगा—माँ चीनी, बाप जापानी, लड़के खुरासानी—कोई कहीं का भी न रहा।"

मैंने कहा: "दुनिया छोटी होती चली जा रही है। इन्सान के आगे अब एक नया ब्रह्माण्ड फैलने लगा है। सारे देश अब दुनिया रूपी नगर के मुहल्ले भर रह गये हैं। अब तो सारी पृथ्वी मातृ-पितृभूमि है। हम पृथ्वीपुत्र हैं। वसुधा सही मानी में एक कुटुम्ब ही बनती जा रही है।"

हिदायत बोला: "तुम मुझे ऐसी जगह ले जाकर मारना चाहते हो अरविन्द, जहाँ मेरा फलसफा ही तुम्हारी ढाल बन जाता है। लेकिन मैं इस चकमे में नहीं आऊँगा। मैं इन्सानियत और इन्सान में खुदा का जल्वा इस तरह की शादियों को माने बगैर भी देख सकता हूँ—"

"तुम मान लोगे हिदायत, लेकिन आज की दुनिया तुम्हारी तरह से अल्लाहवाली नहीं है। खुद मुझे ही तुम्हारा ईश्वर अब तक प्रभावित नहीं कर सका। तुम जिस खुदाई जल्वे की महिमा गाते हो, उसे मैं दुनियादारी के रोजमर्राह के व्यवहार में इसी तरह से फैला हुआ देखता हूँ।"

लेकिन हिदायत मुझसे सहमत न हुआ। ये धार्मिक लोग इतने अच्छे और समभाव युक्त मनुष्य होकर भी, दुनिया में अणु-अणु, कण-कण में ईश्वर को मानकर भी एक जगह अपने ईश्वर को उससे अलग क्यों घसीट ले जाते हैं? नन्हीं को भी वह इसी तरह की बातें समझा-बुझा गया। माया को बहुत मानसिक बल दे गया।····यह भी बैठे-ठाले की एक मानसिक हलचल आई और हिलाकर चली गयी। इधर चैन से बैठा लिख रहा था····किस बुरी तरह से थक गया हूँ! यह जीवन भी कोई जीवन है?

'चारदिवारी सौ जगह से ख़म
तर मन कहो तो सूखते हैं हम!
लोनी लग लग के झड़ती है माटी
आह, क्या उम्र बेमज़ा काटी।—

वाह मीर साहब, कितनी पीड़ा पी है आपने भी! होगा जी, अरविंदशंकर, अब तुम फिर सुचित्ते होकर अपने उपन्यास ही पर डटो। तुम्हारा एक मोर्चा अभी शेष है। अब माया के पास पैसे चुक चले हैं, किताब से छुट्टी पाओगे, तभी तो नयी कमाई के लिए आगे बढ़ सकोगे।

अब मुझे नन्हीं के हाथ पीले कर ही देने होंगे। चार-पाँच हज़ार रुपया उसके लिए भी चाहिए।.....कहाँ से लायेगा रे मेरे मन, तुझ अनीश्वरवादी के लिए तो राम का सहारा भी नहीं है। होगा, राम न सही, काम का सहारा तो है। इसलिए काम करु, काम करु, काम करु बावरे।

उपन्यास का नया अध्याय अब किस नायक के रूप को उघाड़ेगा?—लच्छू...... लच्छू—नौजवान भारत का एक रूप।

:: ५४ ::

बिना पेट्रोल की पंक्चर पहियोंवाली मोटर की तरह लच्छू अपने कमरे में निकम्मा पड़ा था। भभ्भड़ भरे ब्याह-कारज के बाद जैसे हिसाब-किताब की विधि मिलाई जाती है, उसी तरह गहरी उदासी के रेगिस्तान में रह-रहकर उसका ध्यान अपने पीछे छोड़े हुए पदचिन्हों पर जाता था। आज सुबह से यही दशा है, जी में अपने आप ही रह-रहकर घनघोर घुटन एक अदृश्य बिन्दु से फैलते-फैलते पूरे तन-मन, बुद्धि, सभी पर घटाटोप बनकर छा जाती है। और फिर अनबूझी पीड़ा बरसती, जो समझ की सतह पर लाने का प्रयत्न करते ही अपनी असफलता के रूप में स्पष्ट उभर आती है। इतने दिनों में क्या किया—खुशामद, षड्यंत्र, व्यभिचार और लूट-खसोट। क्या पाया—ये मोटर और कुछ हज़ार रुपये, जो किसी स्थायी आमदनी के अभाव में बिना माली के बाग की तरह शीघ्र ही समाप्त हो जायेंगे।.....तब क्या होगा?

रह-रहकर लाला रेवतीरमन, खोखा मियाँ और मिसेज चौधरी की स्वार्थान्धता की याद में वह अपने दाँत पीस लेता है। रेवतीरमन ने हाथ से निकली जाती हुई लक्ष्मी के समान मिसेज चौधरी को अपनी मुट्ठी में रखने के लिए लच्छू को प्यादे से वजीर बनाया और अपना काम निकल जाने के बाद फिर उसी हैसियत पर लाकर पटक दिया। साले को मेरी मोटर खल गई। रास्कल!

लच्छू इन सब पैसेवालों से बदला लेना चाहता है। खोखा मियाँ से तो उसने किसी हद तक अपना बदला भी लिया है और गोपी की हत्या का बदला भी।

हिन्दू-मुस्लिम दंगेवाली कालरात्रि में उसने नगर में खोखा के आठ जलपान-घर बुरी तरह से नष्ट-भ्रष्ट करवा डाले थे। गोपी की हत्या और शहर में दंगा कराने का आरोप खोखा पर आते ही वह बदले के नशे में आ गया था। उसने पुलिस और गुण्डों को गहरी रकम चटाई, अपने पास से पाँच-सात सौ रुपये खर्च कर दिये। बाद में उसने प्रयत्न किया कि रेवतीरमन के जनसंघी भाई गोपीरमन से दंगे में खर्च की जानेवाली धनराशि का कुछ भाग लेकर हड़प कर ले। और केवल इसीलिए वह दंगा-आयोजकों के साथ हो गया, पर एक धेला तक उनसे वसूल न कर सका। बड़े ही काइयाँ होते हैं ये पूँजीपति भी। पिछले सात-आठ महीनों में अपनी आर्थिक उन्नति के लिए लच्छू ने जिस हद तक नीचे गिरकर इन पैसेवालों के चरण चाँपे हैं, उसका पश्चात्ताप उसे इस समय हो रहा है। इस समय अपने अभाव और असफलता के दर्पण में अपनी सूरत देखकर उसके मन की आँखें झेंपी-झेंपी जाती थीं। क्या उसने अपने भविष्य की यही तस्वीर बनायी थी? सारसलेक के पुस्तकालय और सोवियत यूनियन के भ्रमण में जितनी सरसरी दृष्टि से समाजवाद को उसने देखा-पढ़ा था, उतने ही में उस जीवन-पद्धति के प्रति उसकी आस्था प्रबल हो गयी थी। जनम के ऋणी बाबू सत्यनारायण का बेटा, महाजनों के कारिन्दों का अपमान सहकर इसके सिवा और कोई गति भी नहीं पा सकता था।.....लेकिन नियति ने उसे दूसरी ही गति प्रदान की। उसे बड़ी शर्म आ रही है। अकेले में आँसू भी आ गये हैं, मगर क्या करे? वह जीना चाहता है, और अच्छी तरह से जीना चाहता है। सारसलेक में अगर वे औरतें (इस समय चुड़ैलें) उसके जीवन में प्रवेश न करतीं, तो वह शायद रूस-भ्रमण भले ही न कर पाता, मगर सुव्यवस्थित, अपराध-भावनाहीन और निष्ठावान कामकाजी व्यक्ति होता—लेकिन आज उसे अपने लिए ईश्वर से प्रार्थना करने में भी झेंप आ रही थी।

मन किसी कोने में भी छाँह नहीं पा रहा। थोड़ी देर को सूना हो गया और उसी सूनेपन में सारसलेक के पण्डित राजकिशन उसके ध्यान में सरक आए। उनके मुख से अपने गुनाहों को ईश्वर की इच्छा बतलाकर मन मुक्त करनेवाला उर्दू का एक शेर जो कई बार सुना था, उस समय याद आ गया—'नाहक हम मजबूरों पर यह तुहमत है मुख्तारी की। चाहते हैं सो आप करे हैं, हमको अबस बदनाम किया।'

शेर से दिल को ढाढस बँधी, पछतावे का भाव हलका हुआ, लेकिन मन अब भी यह कहता था कि अब किसी बदचलन स्त्री को अपने सौभाग्य की कुंजी न बनने दूँगा। पर मोटर हाथ से निकल जायेगी तो फिर क्या करूँगा? बीड़ी के लिए पैसे-दो पैसों के सदा मोहताज बाबू सत्यनारायण का बेटा, जिसने अपने घर में कभी बोरिया तक न देखा था, वह अपने जीते-जागते, वर्तमान जीवनरूपी स्वप्न में टाट समान आई हुई मोटरकार को कैसे अस्वीकार कर दे?

इस समय चारों ओर उसका धबका बैठा हुआ है। माँ-बाप, भाई-भावज, नाते-रिश्ते, महल्ले-पड़ोस के लोग, दोस्त-अहबाब, सब यही समझते हैं कि लच्छू बड़ा भाग्यशाली है। मोटर चली जायेगी तो लोग-बाग उसकी हँसी उड़ाएँगे कि चार दिन की चाँदनी के बाद

फिर अँधेरा हो गया। लेकिन अपने मोटर न जाने देने के हठ की रक्षा वह कर ही किस प्रकार सकता है। मोटर बेच दे और रुपया लेकर कहीं बाहर चला जाय।......कहाँ जाय?

लच्छू की इच्छा जमाने की भँवर में चक्कर मार-मार अपने आपको बूड़ने से बचाने के लिए तिनके से लेकर चट्टान तक का सहारा पाने को थरथरा रही थी। उद्योगमन्त्री हरकिशनदास, गोपीरमन, माधुरीरमन, हाजी नबीबख्श, अब्बू मियाँ, नादिर मियाँ, बीरू-मुलायम, सेन, उमा माथुर, सारसलेक, 'डॉक्'—मन हर तरफ़ लहराता रहा; चुनाव के हेतु खटाखट निर्णय कर रहा था......

बीरचन्द्र, मुलायमचन्द उल्लू के पट्ठे, छोटे जूते। नादिर मियाँ फिलासफ़र हैं, साले को दुनियादारी की बातें और नई स्कीमें बड़ी ही देर में समझ में आती हैं, कौन उससे माथापच्ची करे।......लेकिन आदमी बड़ा शरीफ़ और बड़े मन का है। व्यवस्था में बस उसी तरह से निपुण है, जैसे कि रट्टू-बीर हुआ करते हैं। बाप ने जिन बातों को उसकी गाँठ में बाँध दिया है, बस उन्हें ही बखूबी निभाना जानता है। उहु! नादिर मियाँ भी अपने काम का नहीं।

हाजी साहब इधर बहुत बदल गये हैं। लाला राधेरमन की मृत्यु के बाद से उनका जुझारू कस-बल ही जैसे चुक गया है। खोखा मियाँ के हाल के कुकृत्य से उनका मन और भी बुझ गया। काम-धाम सब कुछ नादिर मियाँ पर ही छोड़ दिया है। अब्बू मियाँ ने अब तक हाजी और नादिर से घनिष्ठ नाता बनाए रक्खा है। उनकी मैनेजिंग एजेंसी में पहले खोखा मियाँ को भी रक्खा गया था, मगर अब उसकी जगह पर मिसेज नादिरबख्श को चुन लिया गया है। व्यवसाय अब भी बड़े धड़ल्ले और शान से बढ़ रहा है, पर हाजी स्वयम् वीतराग हो चुके हैं। अब वे केवल अपने धर्मार्थ दान के वक्फ़ों का प्रबन्ध ही देखते हैं। सुना है कि इधर 'डॉक्' को किसी तटस्थ व्यावसायिक तीसरे गुट की योजना के लिए वे अपने वक्फ़ों की काफ़ी पूँजी ब्याज पर लगाने की योजना बना रहे हैं।......कल हरकिशनदासजी कह रहे थे। मगर वे डॉक्टर आत्माराम की योजना को 'मोर थ्योरिटिकल दैन प्रैक्टिकल' [सैद्धान्तिक अधिक व्यावहारिक कम] भी बतला रहे थे। पता नहीं क्या योजना है 'डाक्' की। 'डॉक्' सोचे-समझे बिना कोई बात मुँह से नहीं निकालते। उन्होंने सेन से उसके व्यावहारिक पक्ष को जब तक न अँकवा लिया होगा, तब तक किसी को बतलाया भी न होगा; मैं 'डॉक्' को जानता हूँ।......

हर तरफ़ से सिमटकर लच्छू का मन अब डॉक्टर आत्माराम की योजना पर ही केन्द्रित हुआ। योजना भले ही उसे अभी पूरी न मालूम हो सकी हो, मगर इतना तो जान ही गया है कि नई सड़क पर कुछ दुकानें और उद्योगपुरी में कुछ उद्योग छोटे पूँजी के लोगों को आगे बढ़ाने के लिए आरम्भ किये जायेंगे।......डॉक्टर आत्माराम अक्सर कहा करते थे कि जब तक छोटी-पूँजियों के उद्योगों को एक बड़ी योजना में बाँधकर नहीं चलाया जायेगा, तब तक चौमुखी उन्नति नहीं हो सकती।......'बस यही स्कीम होगी। मेरा मन कहता है। ख़ैर, कुछ भी हो, मेरी दाल अगर गलेगी तो वहीं गलेगी।'

मगर लच्छू को डॉक्टर आत्माराम से सीधे जाकर मिलने का साहस नहीं होता। माथुर साले ने अपनी बीबी, सेन और मिसेज़ रामनायकम् के साथ उसे भी डॉक् के आगे बदनाम कर दिया। सेन से तो डॉक् साहब नाराज़ होकर भी नहीं हो सकते और औरतों के चाल-चलन को तो वे आमतौर पर ख़राब मानते ही नहीं। 'मर गया बेमौत एक बेचारा एल०एन० खन्ना। .....उमा से मिलें? छोड़ो उसका ध्यान, हरामजादी है। कितना ही पाजी क्यों न हो, मगर मेरे काम अगर कोई आयेगा तो सेन ही आयेगा। गहरी खुशामद करनी पड़ेगी, बुड्ढ़े की। .....चलूँ सारसलेक ही। मेरी किस्मत का सितारा वहीं खुलेगा।'

सारसलेक यात्रा के विचार और सेन से सहारा पाने की आशा में लच्छू ने एक बार फिर से आत्मविश्वास पाया। सोचा कि चलें कहीं घूमें-घामें, घर में पड़े-पड़े क्या मिलेगा?

जब तैयार होकर नीचे आया तो देखा कि चोइथराम सीढ़ी के पास ही अपनी लोहे की कुर्सी डाले बैठा है— दाढ़ी बढ़ी हुई, गंजे सिर के बीस-पच्चीस रूखे बाल रेगिस्तान में सूखी घास के इक्का-दुक्का पौधों-से खड़े हुए थे। फटी हुई आँखों से घूरकर बूढ़े ने लच्छू की ओर देखा और उससे सीधे कुछ न कहकर भी बकना शुरू किया : "बरा मोटरवाला और बरा आदमी बन गिया हैगा। हमारा बरा भाई के पास भी मोटर था कराँची में.....अब बीरी बी नईं, चाय का वास्ते भी आना-पावली नहीं साला। किस्मत की बात है। क्या करेंगा। एक लड़की रंडीपने में कतल हो गई—दूसरे रंडी का भी येच हाल होएँगा।"

लच्छू जाते-जाते दहलीज से लौट आया। एक रुपया बूढ़े को देकर बोला : "सत्ती पैसे नहीं देती आपको?"

"सत्ती! .....उसका मम्मी नाम गलत रक्खा था उसका। उसका माँ सच्ची सत्ती था। हमारा शादी बनाने के दो बरस पीच्छू हमारा भाई के कनेक्शन हो गया। पीछू हमसे कुछ कनक्शन नई रक्खा—हाँ, सत्ती वो थी। .....क्या करे—वो मर गया और उसके यार का ये लरका लरकी जिन्दा है। नालायक सबका सब! हमारा होता तो ऐसा नालायक न होता।" कहकर बूढ़े ने एक ठंडी साँस छोड़ी और सिर झुकाकर चुप हो गया। लच्छू चोइथराम की मनोवेदना से प्रभावित हुए बिना न रह सका। गोपी की हत्या होते ही बुड्ढ़े की आबरू अब मन के भीतर ही वस्तु न रही थी, बल्कि उजागर नरक बन गई थी। बुड्ढ़े ने जैसे अभी-अभी लच्छू से यह सब कहा, वैसे सबसे कहता होगा। दीन-हीन पागल होकर ही अब उसके अहंकार की रक्षा हो सकती होगी। उसकी खुद भी यह इच्छा उपजी ही थी कि एक रुपया और दे जाऊँ, कि तब तक चोइथराम अपनी फटी-सूखी आँखों को सीधा उसके चेहरे पर गड़ाकर देख लेने के बाद बोला : "लच्छू बाबू, आज अगर तुम जैन्टलमैन होंगा तो हमको रम पिलायेंगा। तभी अपनी मोटर गारी हकायेंगा। आज हम भी रम में मोटरकार, एयरोप्लेन का मजा माँगता है।"

लच्छू ने मुस्कुराकर पर्स खोली, एक पाँच का नोट बढ़ाया। चोइथराम ने वह ले लिया और फिर नोटों भरी पर्स को भूखी नज़रों से देखकर, नोट बायें हाथ में ले दाहिना चट ऊपर उठाकर फैलाया। लच्छू ने इस बार दो का नोट टिकाया, वह भी बायें हाथ में

गया, दाहिना हाथ फैला ही रहा, बूढ़ा बोला : "हम पैलाई बोल दिया, मोटरकार भी, एयरोप्लेन भी, खाना-पीना दोनों मजा।"

"अच्छा, तो दो का नोट लौटाओ। ये लो।" पाँच का एक और नोट देकर दो का पास रखते हुए पर्स बन्द की। बुड्ढे ने "थैंक्यू" कहा, लौटते हुए लच्छू ने एक भरी पूरी सुखद दृष्टि सूने घर-आँगन पर डाली।—जैसे यहाँ की मनहूसी में भी कुछ आकर्षण था। सत्ती का कमरा बन्द; गोपी कत्ल हो चुकी, लड़के न जाने कहाँ होंगे। महाराज के यहाँ भी सूना। महाराजिन-महाराज अपने-अपने काम पर, तारा पढ़ने गई होगी, सहदेई राम-राम करके ब्याह गई। चाचा-चाची बैसाख में ब्याह निबटाकर जेठ में गाँव से लौटे हैं। मगर चाची कहती थीं, ब्याह करके पछताये। सहदेई का पति लखनऊ में रहता है और सहदेई काम-वैद्य छन्नू जी के पास गाँव के सूने घर को अपने नूपुरों, बिछुओं की रुनुक-झुनुक से भरती है। कल सबेरे नाश्ता लेकर ऊपर आने पर चाची ने सब कुछ बतलाया था। लड़की दुख में है, ये चार दिन में ही मालूम पड़ गया। पति या तो बुद्धू है कि अपने कुख्यात काका को पहचानता नहीं अथवा उनके आगे विवश है। सहदेई जब से गई है, कोई चिट्ठी ही नहीं आई।

घर से बाहर जाते हुए लच्छू का मन महाराज-महाराजिन के लिए विचारमग्न था—सब तरह से भले होते हुए भी लड़की ब्याहने के बाद वे सुखी नहीं। कैसा है भाग्य! कैसी है दुनिया! ·····चलो, अम्मा-बाबू को मोटर की सैर करा लावें। वो न जायेंगे तो भाभी-भैया और बच्चों को घुमाऊँगा। आज मौज ले लूँ; कल सबेरे की गाड़ी से सारसलेक····· और फिर से नई जिंदगी! भाग्य यों ही बनता है। भाग्य चाहे—बनाये से भी बनता है।

●

:: ५५ ::

राधे-हाजी गुटों की प्रतिद्वन्द्विता घरेलू उद्योग-धंधों से लेकर विशाल और चामत्कारिक कल-कारखानों तक फैलते हुए अपने तेज़ चक्करों से जिस प्रकार अपनी तहों की विषाक्त कीचड़ मथ-मथकर भयावनी असहनीय दुर्गन्धि भी साथ ही साथ फैलाती जाती थी, उसे देखर डॉ० आत्माराम का तेज़ मिज़ाज तप-तपकर शीतलता पाने के लिए विचार-गंगा में तैरता या गहरी डुबकी लगाकर बैठ जाता था। अपनी निष्ठात्मक सक्रियता में रमने के लिए उनके पास दो ही तरीके थे, लिखना और बोलना। अपने पत्र-साम्राज्य के बहाने दुनिया के हर बड़े देश में उनके प्रतिनिधि हैं, तो उनकी ओर से वहाँ के राजनीतिक रंगमंच के नेपथ्यवाले सभी प्रमुख लोगों से सम्पर्क स्थापित करते हैं। डॉक्टर साहब स्वयम् भी कुछ कम घुमन्तू-मिलन्तू नहीं, सारसलेक में मुश्किल से साल में सब मिलाकर दो मास रहते होंगे।

सामर्थ्यवानों की व्यक्तिगत कुंठित अहंता हिन्दू-मुस्लिम द्वन्द्व और उसे पोषित किये जाने पर महाविनाशकारी विकृति के रूप में जब उनके सामने आई तो वे बेहद तप उठे।

खन्ना ने, 'इंडिपेंडेंट' ने दंगा न बढ़ने देने में जो महत्वपूर्ण भाग लिया, वह तत्व-बोध का अर्थभरा मौन बनकर डॉक्टर साहब के मन में समा गया। वे सोचने लगे कि चेम्बर ऑफ़ कामर्स में इन दोनों गुटों के बीच एक तटस्थ शांतिप्रिय लोगों का गुट भी होना अब बेहद ज़रूरी हो गया है। विचार आया कि जर्मनी-जापान की तरह हमारे यहाँ सुनियोजित ढंग से घरेलू उद्योग-धंधों को बढ़ाया जाय; जो फ़िलहाल मौजूद हैं, उन्हें संगठित करके चेम्बर में लाया जाय। इन बड़ी-बड़ी ह्वेल मछलियों के भय से मुक्त होने के लिए अपनी उन्नति की कामना करने वाले छोटी मझोली मछलियाँ संगठित स्वर से अपनी सुरक्षा और प्रगति का नारा बुलन्द करें, तभी समाज की चौमुखी प्रगति के लिए संतुलित वातावरण बन सकेगा।

सेन ने सारी योजना सुनकर 'इम्पॉसिबिल' (असम्भव) की तोप दाग़ी। डॉक्टर तप गये, बोले: "मैं तुम्हें करके दिखला दूँगा।"

"माफ़ कीजिएगा डॉक्, इस समय आप इन बाहरी चक्करों में अपने आपको न फँसाएँ तो हमें अपना घर सुधारने में आपसे—"

"घर! सुधर तो रहा है। अब तुम लोगों ने औ' तमाम ज़माने ने उसको तेज़ी से नहीं सुधारा तो मैं क्या करूँ। तुम लोगों को अपने अहंकार की 'राँग-साइड' (ग़लत दिशा) से ही छुट्टी नहीं मिलती। मैं बाहर की दुनिया को बिगड़ता हुआ देखकर भी महज़ अपनी ही बिगड़ी बनाता रह जाऊँ तो मुझ में या किसी मिल-मालिक में भेद ही क्या रह गया? तुमको फिर मैंने यहाँ किसलिए बिठा रक्खा है? —जाइए, इस स्कीम को फैलाइए—एक बड़े चुम्बक के इर्द-गिर्द छोटे मझोले स्वतन्त्र चुम्बक, जो अपने आपसे भी बँधे रहें और बड़े चुम्बक से भी।"

डॉक्टर सिद्धान्त निश्चित करते हैं, उनके आधार पर सेन योजनाएँ बनाते हैं, उन योजनाओं को फैलानेवाले उस मनमाने ढंग से चलाते-फैलाते हैं। डॉक्टर झुँझलाते हैं, मुट्ठियाँ बाँधते हैं, शब्दों की आग बरसाते हैं। उनके हठ से काम को कुछ ठीक रुख दिया जाता है और तब तक डॉक्टर आत्माराम किसी नई सैद्धान्तिक तात्विक अंतर्राष्ट्रीय मानवीय महत्व की गुत्थी सुलझाने में रम जाते हैं। इस बीच में उनकी पुरानी प्रेरणाएँ लावारिस औलादों की तरह आवारा होकर जिस-तिस रासरंग में बहकने-भटकने लगती हैं। अमृत विष बन जाता है। डॉक्टर अपनी उत्तमोत्तम प्रेरणाओं की ऐसी मौतें देख-देखकर अब वीतराग हो चले हैं। लेकिन यह स्थिति उनके सूक्ष्मातिसूक्ष्म व्यक्तिगत अहं-बोध ही की है, अपने सत्याग्रह, अन्तर्हठ और कर्त्तव्य-परायणता के विशाल जुलूसों में वे अपनी उस कुंठित स्थिति को खोए रखते हैं। उनके अन्दर की यह एकाकी कुण्ठा कहीं शांति से लय होने के लिए उन्हें उकसाती है तो बेचैन हो जाते हैं। उसे लय कहाँ करें? उनके पास ईश्वर है भी और नहीं भी है। किसी परमोच्च शक्ति के अस्तित्व में उनके मन में संशय है भी और नहीं भी है। उन्नीसवीं सदी की जिस नयी दुनिया के इंग्लैण्ड में, अपने किशोर काल में उन्होंने शिक्षा-दीक्षा पाई थी, वह दुनिया ईश्वरीय और धार्मिक चेतना से मुक्त होकर वैज्ञानिक और बौद्धिक बन चली थी। ईश्वर और धर्म की महिमा

गानेवाला पुराणपंथी और पिछड़ा हुआ माना जाने लगा था। 'धर्म और ईश्वर कमजोरों और स्त्रियों का है।'

लेकिन उनकी इसी चेतना के निर्मित होनेवाले सुदृढ़ किले में सुरंग बनाकर ईश्वर घुस आया। इंग्लैण्ड में उनके संरक्षक अध्यापक जेम्स मालवरो साहब हिन्दुस्तान, हिन्दू दर्शन, हिन्दू कला, संस्कृत-साहित्य के बड़े प्रशंसक थे, बड़े आस्तिक और धर्म-प्राण ईसाई थे। उनका आचरण उनकी अध्यापकीय क्षमता, छात्रों और सर्वसाधारण के प्रति उनका अपार नेह भरा निर्मल व्यवहार आत्माराम के मन में अत्यधिक श्रद्धाभाव जगाता था। इस तरह उनके श्रद्धेय का श्रद्धेय ईश्वर उनके मन में भी एक जगह कुण्डली मारकर जम गया था।

तब से, आज आयु के सत्तर साल डॉक्टर साहब करीब-करीब पूरे कर चुके, मगर ईश्वर को लेकर उनके मन में कोई एकदम अंतिम समझौता अब तक नहीं हो पाया, संशय है। यह संशय अब एक तरह से उनके सारे जीवन पर छा गया है। यह करूँ या न करूँ, यह ठीक है या नहीं ठीक है, यह ऊहापोह वृत्ति उनकी दूसरी अविराम साँस बन गई है। डॉक्टर अगर महाप्राण और कठिन श्रमशक्तिधारिणी काया के धनी न होते तो उनकी संशयात्मा अब तक उनकी मिट्टी ख़राब कर चुकी होती। अपने व्यग्र सत्याग्रह और महाप्राण वेग के कारण वे परिस्थितियों का निर्माण कर तो लेते हैं, पर उनसे जूझने की कला का संस्कार उनकी आत्मा ने नहीं पाया। वे केवल उन्हीं परिस्थितियों से शानदार ढंग से जूझ लेते हैं, जहाँ प्रतिकूलता पाकर सर शोभाराम के बेटे, आला इंसान डॉक्टर आत्माराम का 'ब्लू ब्लड' (आभिजात्यवंशीय रक्त संस्कार) उनकी नस-नस में पिन्हा रजोभाव के तेज से खौल उठता है। जितनी प्रतिकूल परिस्थितियाँ होंगी, उतने ही प्रबल प्राणवेग और कायिक सक्रियता का नव-नव परिचय भी उनका व्यक्तित्व देगा। संशयात्मा ही सही, मगर सदाचेता और उदार होने के कारण ही उनका प्राण-दैत्य निरंकुश नहीं हो सका था—इन दोनों के बीच की कड़ी था, उनके एकाकी अवसादजन्य कवि-मानस का सौन्दर्य-बोध। मन-प्राण और आत्मा इस प्रकार एक तरह का संतुलन साधकर उनके प्रस्तुत व्यक्तित्व के रूप में ढल गये हैं। डॉक्टर आत्माराम के नाम के इर्दगिद अब एक भव्य दिव्य प्रभा-मण्डल कौंधता है। सेन के 'इम्पॉसिबिल' कहने से उन्होंने ताव खाया। ताव में हाजी साहब से फ़ोन मिलाया। लम्बी बातें हुईं। उन्होंने समर्थन दिया। डॉक्टर बच्चों की तरह उल्लसित हो उठे। कवि होते तो कविता रचने बैठ जाते। शेम्पेन का गिलास, अंग्रेजी की कविता-पुस्तक और शाही पलँग। डॉक्टर अपने 'सुहाग कक्ष' में थे। जैसे नाग के लिपटे जोड़े को नहीं छेड़ा जा सकता, वैसे ही 'डॉक्' को भी इस समय नहीं। ऐसे संतोष के दिन उनके जीवन में जल्दी-जल्दी नहीं आया करते। उन्होंने एक नयी योजना का बीज सक्रिय रूप से बो दिया था।

●

हाजी साहब ने खोखा मियाँ और उनके लड़के को कानून के शिकंजे से, तीस-पैंतीस हज़ार रुपये इधर-उधर खिलाने पिलाने में खर्च करके, जब हर तरह से निरापद कर दिया; कुछ हिन्दू-मुसलमान गुण्डों को जेल भिजवा कर नाटक का पटाक्षेप भी करवा दिया, तब आठ दिनों बाद खोखा मियाँ ने फ़िलहाल घर ही में बंद रहकर भी आज़ादी से साँस ली। दंगे के बाद सच्चे अपराधी दंडित हुए बिना ही छूट गये, इसका रोष नाहक़ छेड़ी हुई जनता में बेहद था। खोखा और रफ़अत मियाँ की जान हरदम खतरे में थी। अपने पहरे के अलावा उन्होंने अपनी जान-माल की रक्षा के लिए पुलिस पहरे का प्रबन्ध भी कर रखा था। पाँच-छह रोज तक दिन में चार-पाँच बार नौजवानों के जत्थे उनकी कोठी के फाटक पर नारे लगा जाते थे : "गोपी मनसुखानी के हत्यारे को फाँसी दो। सैकड़ों बेगुनाहों के हत्यारे को फाँसी दो।"

बड़ी मुश्किल से खुदा-खुदा करके खोखा मियाँ का अपनी कार पर इधर-उधर आना-जाना आरम्भ हुआ। रफ़अत मियाँ को कुछ दिनों के वास्ते कलकत्ते भेज दिया गया। वहाँ भी हाजी संस्थान के होटल हैं।

खोखा मियाँ ने शहर के चारों तरफ़ डोल-डोलकर देख लिया कि इस समय वह किसी की भी सहानुभूति और सहयोग नहीं पा सकते। हाजी साहब ने स्पष्ट रूप से कह दिया कि हमारे लिए तुम और तुम्हारे लिए हम अब मर चुके। अंब्बू मियाँ ने तो बेइज्जत करके अपने कमरे से निकाल तक दिया, कहा कि "बग़ैर इजाज़त लिये कैसे घुस आये। मैं तुम्हारे जैसे ज़लील आदमी के साये से भी नफ़रत करता हूँ।"

खोखा भी सारी दुनिया से नफ़रत करने लगा। "एक दिन इन सबकी खोपड़ी पर मेरा ठेंगा न नाचा तो हरामी माँ-बाप की औलाद होकर मेरा पैदा होना ही अकारथ हो जायेगा।" खोखा मियाँ धुन्नी हेकड़ी में आ गये। एक होटल और दो रेस्ट्रां, बस, इतनी ही पूँजी शेष थी। दंगे में आठ उजड़े जलपान-घरों को फिर से नये साज-सामान के साथ चलाने लायक़ पूँजी उनके पास न थी, इसलिए टोलीफोन सहित अच्छे बाजारों में स्थित तीन दुकानें, पगड़ी लेकर दूसरों को दे दीं; बावन हज़ार रुपया इस तरह से कमाकर रोकड़ बनाई और सोचने लगे कि जमाने की नकेल किस तरह से अपने हाथ में की जाय।

ग़रीबों की सहायता ही से खोखा मियाँ के पिता ने उन्नति की थी, उनके लिए भी वहीं सीखा-समझा मार्ग था। लेकिन इस बार गरीबों में वे नये किस्म के ग़रीबों की तलाश में थे। खोखा की योजना दोरुखी थी। एक ओर अपने शत्रुओं को वह आपसी झगड़ों में उलझाए रखना चाहता था और दूसरी ओर अपनी व्यावसायिक गतिविधि को ज़माने की आँखों से दूर, गाँव के बाज़ारों के एक नव-संगठन से अपने नियंत्रण में लेना चाहता था। दुनिया में ऐसी कोई शक्ति नहीं, जिसे युक्तियों से विभक्त न किया जा सके। गाँवों की लक्ष्मी का वरण करो और उसकी शक्ति से शहरों की श्री को लूटो और हथियाओ। उसके यह दो मूल मंत्र थे। तवायफ़ का बेटा आर्थिक, राजनैतिक और मनोवैज्ञानिक, हर पहलू से अपनी शक्तियों को रिझाने और शत्रुओं को मारने के लिए मोर्चेबन्दी करने लगा। इस समय खोखा मियाँ के शत्रु नंबर एक स्वयम् उसके जन्मदाता हाजी नबीबख्श ही थे।

खोखा मियाँ ने नगर की ज़मींदोज़ दुनिया में प्रवेश किया। नये अंदाज़ में वह उनका मसीहा बन करके गया। खोखा मियाँ ने यह अपनी कल्पना में भी न सोचा था कि नसीबा उसे सहमा छलाँग मारकर ऊँचे ज़माने से दुत्कारे जाने के बाद भी, किन्हीं लोगों के बीच में देवता बनाकर प्रतिष्ठित कर देगा। भीतर ताड़ी ही बेचो, पर बाहर 'ॐ राष्ट्रीय दुग्धालय' का साइन-बोर्ड टाँगो। काले धन को जिन उपायों से उजला बनाया जाता है, उन्हीं उपायों से थोड़े रूपान्तरण के साथ काले आदमियों, अपराधी जरायमपेशा लोगों को भी उजला बनाकर एक दिन ऊँचे ज़माने को भी अपनी मुट्ठी में किया जा सकता है। खोखा अपनी सत्ता चाहता था और उसकी शक्ति थे क़ातिल लुटेरे।

शातिरों, डाकुओं के कई गिरोह मिलकर एक बड़ा गिरोह बन गया। गाँव की मंडियाँ दूर-दूर तक लुटीं; फिर एक नई आढ़त संस्था जन्मी, जिसमें अनेक पुराने ताल्लुकेदारों के वे वंशधर लोग थे, जो डाकू-दलों के अर्थसहायक बनकर लूट का मुनाफ़ा खाते थे। खोखा ने क्रमशः व्यवसाय के प्राचीन तंत्र को छिन्न-भिन्न करके फिर से नई व्यवस्था दी। डाकू सफेदपोश बनकर गाँव की सरपंची और तरह-तरह के नेताई मोर्चे सम्हालने लगे।

खोखा मियाँ देखते ही देखते चमक पकड़ने लगे। फिर नगर के बाज़ारों की ओर उनका ध्यान गया। छोटे दुकानदारों में कौन-कौन, किस-किसके क़र्जदार हैं, यह भेद लेकर कोरे सूदखोरिये महाजनों से उन ऋणों को ख़रीद कर उन दुकानदारों पर नोटिस दावे होने लगे। धंधे छिन-छिनकर एक विशिष्ट संगठन के हाथ में जाने लगे।

सब कुछ हुआ, पर खोखा मियाँ को भद्र-समाज में प्रतिष्ठा न मिल सकी। खोखा को प्रतिष्ठा की आवश्यकता थी। कैसे पाये? डॉक्टर आत्माराम की योजना उन दिनों बड़ी प्रतिष्ठा कमा रही थी। उसमें छोटी पूँजी और किसी न किसी रूप में श्रमपूँजी लगाकर अनेक लोग अपनी आमदनी आपसी सहयोग से बढ़ा सकते थे; हाजी संस्थान और राधे संस्थान दोनों ही अपने धमदि की धनराशि से, कम ब्याज पर और कुछ राशि विशुद्ध दान के रूप में इन लोगों को दे रहे थे। इन नये उगते हुए लघु उद्योगों को बिना किसी दबाव के स्वतंत्र विकसित होने की गारन्टी ही उन लोगों के बीच में डॉक्टर आत्माराम को देवत्व का नया ताज पहना रही थी। चेम्बर ऑफ कॉमर्स में डॉक्टर आत्माराम अब अत्यन्त महत्वपूर्ण नीति-निर्माता थे। और चेम्बर में प्रवेश पाने के लिए खोखा मियाँ मचल रहे थे। डॉक्टर खोखा के पिता के मित्र थे, उससे उनका परिचय है। अपने संबंध में उनकी ग़लतफ़हमियों का निवारण खोखा मियाँ बखूबी कर देंगे, अपनी चतुराई पर उन्हें पूरा भरोसा है।

एक पुराने डाकू सरदार और इस समय खोखा मियाँ के दाहिने हाथ छन्नू खलीफ़ा बोले: "उस्ताद, सोहदों और सरीफ़ों का गँठजोड़ होना मुश्किल है। इन सालों के दिमाग नहीं होता, आस्मानी बातें करते हैं।"

"देखो छन्नू, वक्त पर गधे को बाप बनाना ही पड़ता है। ये राधेवाले हम लोगों को डाकू-डाकू करके उबरने न देंगे—"

"तो हरज क्या है, डाकू तो हम हैं ही।"

"मगर इतने ही से काम नहीं चल सकता। हमें इन लोगों में घुस कर इन्हें अचानक तबाह करने की फ़िक्र करना चाहिए। डॉक्टर अगर हमारे साथ सध गया तो फिर मैं राधेवालों को खुली गालियाँ दूँगा, देख लेना। याद रक्खो छन्नू, एक दिन हम दुनिया की हर बड़ी ताक़त को तबाह कर देंगे।"

खोखा मियाँ ने डॉक्टर आत्माराम को रिझा लिया। दोनों में समझौता हो गया। राधे संस्थान वालों ने किसी हद तक इसका बुरा भी माना, पर डॉक्टर को उसकी परवाह न थी। "क्या बुरा है खोखा संस्थान गिरे से गिरे हुए आदमी को भी चाहने पर उठने और अपनी तरक्की करने का हक़ है। खोखा मियाँ ने अपने पिता से ज्यादा बड़ा काम थोड़े ही अरसे में कर दिखलाया है।"

सेन ने टोका, उसे 'बेवकूफ़' कह दिया। खुद हाजी साहब ने सचेत किया: "डॉक् साब हज़रते मूसा की तरह शाहज़ादा होके भी दबे-कुचले ग़रीबों की मदद करना आप जैसी हस्ती ही को ज़ेब दे सकता है।.....मगर खोखा मियाँ को, जाहिर है कि मैं आपसे बेहतर समझता हूँ।"

"हाजी साहब, हर बाप अपने बेटे के बारे में यही ख़याल रखता है। मेरे पापा ने न जाने कौन-सी खूबियाँ मुझमें देखकर उसके हिसाब से मेरी ज़िंदगी का एक पूरा नक्शा ही बना डाला था, लेकिन मेरी चाहतें, मेरे सपने उनसे बिलकुल अलग थे। और वो मेरे मुँह पर कहते थे कि मैं तुमको तुमसे बेहतर जानता हूँ।"

हाजी साहब मुस्कुरा के ख़ामोश हो रहे। 'डाक्' अपनी झख के आगे भला कब किसी की सुनते हैं। खोखा को चेम्बर में लाने की पूरी कोशिश की। अपने अख़बारों से उसकी कीर्ति को भी चार चाँद लगायें। खोखा ने शहरों में सफ़ेदपोशी और क़स्बों-गाँवों में बड़े-बड़े दुस्साहसिक डाकों के हल्ले बढ़ाये। शहरों में भी दो-चार करारे डाके पड़े। अख़बारों में शब्द सनसनाए; मगर उन्हीं अंकों में खोखा मियाँ की महत्ता पर यशोशब्द भी बरसे थे। उनके इन दो रूपों की एकता को कोई भी न जानता था।

सबसे पहली जानकारी संयोग से रमेश ही को मिली। सद्दीमल जम्बूपरशाद की आढ़त में एक दिन पहुँचा तो देखा खोखा मियाँ बैठे थे। इसके पहुँचने के दो ही चार मिनट बाद खोखा मियाँ उठकर चले गये। मालिक फ़र्म, लाला ज्ञानचंद उन्हें बाहर तक बिदा करने गये। खोखा मियाँ की कुर्सी के पास एक छोटी डायरी पड़ी हुई थी। रमेश ने उठा ली। आजकल जाँच-पड़ताल का काम कर ही रहा है, एक बड़े आदमी की डायरी झाँकने की तबीयत हो आई। तभी बाहर आवाज़ों की हलचल हुई और वह डायरी दाहिने हाथ से पतलून की जेब में पहुँच गई और बायें हाथ से सामने पड़ा हिन्दी दैनिक उठा लिया। खोखा मियाँ डायरी खोजते हुए ही आये थे। न मिली, हो सकता है कि शमशेर अली के यहाँ भूल आये हों—बहरहाल खोखा मियाँ कुछ चिंतित चेहरा लेकर वापस लौट गये।

उस रात घर आकर खोखा मियाँ की डायरी पढ़नी शुरू की। अधिकतर लोगों से मिलने-जुलने या विभिन्न कार्यक्रमों के प्रोग्राम और समय लिखे थे। कहीं-कहीं उन्हीं तारीखों में कुछ अक्षर रोमन या फारसी लिपि में भी संकेताक्षरों जैसे अंकित थे। डायरी की पिछली जिल्दवाली पुश्त पर दो जगह अपने ससुर का नाम देखकर रमेश को ख़ास दिलचस्पी हो गई। "१४ जुलाई—बाईस सौ रुपये लाल सा० को रब्बूसिंह की मार्फ़त। पाँच अक्टूबर—पाँच सौ रु०—रब्बूसिंह (L)।"

रब्बूसिंह और लाल साहब को रमेश जानता है। बैजू लाला, लाल साहब और रब्बूसिंह रजिस्टर्ड क्लब के बहाने जुए का बड़ा भारी अड्डा चलाते हैं, यह भी वह जानता है। उसकी सौतेली सास सुमित्रो अपने बच्चों को लेकर अलग रहती हैं। रानी की दादी परलोकगत हो चुकीं। वहीदन खुलेआम रब्बूसिंह के साथ रहती है, और बैजू लाला अक्सर उसका गाना सुनते हैं। खोखा भी शायद वहाँ जुआ······शायद······स्मगलिंग के लिए भी जाता होगा। रमेश के ससुर का नाम ऐसे ही किसी हिसाब-किताब से आया है।······

अपनी पत्नी के सम्बन्ध से सुमित्रो के दुख के कारण, रमेश को अपने ससुर से घृणा है। वहीदन और लाल साहब के प्रति उसकी घृणा बाढ़ के दिनों ही से है।······खोखा की डायरी में इन लोगों के नाम रकमें क्यों चढ़ी हैं? अंग्रेजी अक्षर किस बात का संकेत है। २७ अक्टूबर वाले खाली पृष्ठ पर छपी हुई तारीख के ऊपर लिखा था: "IND day 1st. m. attack. K" (आई-एन०डी० दिवस। पहला म० आक्रमण। के०।)

यह माना कि इधर अरसे से मिलावट करने वाले व्यापारियों, रिश्वतखोर सरकारी अमलों आदि के सम्बन्ध में उसके प्रामाणिक लेख आ रहे थे, पुलिस और सरकार को 'इंडिपेंडेंट' के इस अनवरत आन्दोलन से यद्यपि चिढ़ थी, फिर भी इससे मजबूर होकर बीच-बीच में एक-आध बेईमान को बलि का बकरा बनाना ही पड़ता था। यदि अधिक कुछ नहीं तो इससे इतना सुफल अवश्य ही मिल रहा था कि दूसरे-तीसरे महीने 'बड़ों' से त्रस्त जनसाधारण को एक तरावटदार खबर पाकर सुख मिलता है। इस लेखमाला के लिए रमेश को इधर अर्द्धजासूसी-सा काम ही करना पड़ा है, लेकिन यह डायरी विधिवत् जासूसी जाँच ही माँगती है।

उस रात अपराधी वृत्ति के मनोरंजनों पर ही उसका ध्यान जम गया। जुए की लत लगी बुरी। हरदम भाग्य का भरोसा, मूर्खता का चतुराई का दाँव, एक सतत चलनेवाली झख—ये श्रमरहित कमाई के पलायनवादी अथक श्रम! "ओफ़, कितने मेहनती और लगन भरे होते हैं ये जुआरी······मगर ये IND day क्या है? पहला मेजर आक्रमण?······रमेश का कलेजा अन्दर से सनसना गया और हर धड़कन मानो कहे कि बुरा बुरा बुरा—सावधान सावधान सावधा······"

—वह फिर ऐसी उछाल मारकर पलँग से उठा है कि रानी अचानक नींद टूटने से घबरा उठी। रमेश सावधान होकर लाइट जलाने के बाद फिर पलँग पर आकर बैठ गया, रानी के कान में कहा: "मामला कहीं कुछ बहुत गड़बड़ है रानी।....मेरे पास······मेरे पास

ईश्वर जानता है कोई तर्क नहीं, पर ये आई०एन०डी० माने इंडिपेंडेंट ही है। मेरा मन बोलता है, मेरी आत्मा बोलती है। मैं अभी पापाजी के यहाँ जाता हूँ।" बात के साथ ही साथ उसके स्वर की ऊँचाई भी काफ़ी कुछ बढ़ गई थी और वह फिर उठने लगा।

रानी को बात की सींग पूँछ तक समझ में न आई थी, रमेश का हाथ पकड़कर उसकी बदहवासी से आप भी हौल कर बोली। "हमें बात बताते जाओ। हमारा जी उड़ा रहेगा।"

"आज हमें खोखा मियाँ की इंगेजमेंट डायरी मिल गई। उसमें यों तो कुछ नहीं, पर कुछ-कुछ अजीबपन भी है, जो चौंकाता है। तुम्हारे बाबू के नाम भी दो जगह रकमें टिपी हैं, लाल साहब का नाम भी है। कुछ बैजू लाला के अड्डे का मामला होगा। ख़ैर वो तो और बात है, पर मेरा मन बोलता है कि २७ तारीख को हमारे 'इंडिपेंडेंट' को कुछ धोखा होने वाला है।"

""तो सबेरे चले जाना, इस समै एक-डेढ़ से कम नहीं होगा।"

"जाऊँगा मैं इसी समय। रुक नहीं सकता। रानी, तुमसे सच कहता हूँ, ईश्वर कसम, कि आज मैंने अपनी अंतरात्मा की आवाज़ सुनी है। मैं अभी ही जाऊँगा। पापाजी का जागना ही ज़रूरी है।"

"तब मुझे भी साथ ले चलो। अकेले में आज तो फिर ज़रूर ही डर लगेगा।"

रमेश रानी को भी साइकिल पर बिठलाकर ले गया।

:: ५७ ::

सत्ताइस अक्टूबर की रात। साढ़े ग्यारह के आस-पास का समय। 'इंडिपेंडेंट' कार्यालय के पीछे, उसी चहारदीवारी के अन्दर, संस्थापक-निवास के ड्राइंगरूम में डॉक्टर आत्माराम, श्री आनन्दमोहन खन्ना, श्री लक्ष्मीनारायण खन्ना ऊर्फ़ लच्छू। हाथ-पैर बँधे चोर सा उजागर पसरा हुआ बिजली का प्रकाश, जिसे गहरी गंभीरता और उदास सन्नाटे ने पीटकर पटक रक्खा है। तीनों आदमी यों बैठे हैं, मानों बोलते-बोलते बुत हो गये हों। सोफ़ा से दोनों हत्थों पर हाथ टेके हुए डॉक्टर आत्माराम फटी-फटी स्थिर आँखों से अदृश्य को देखने की मुद्रा में मुख फाड़े, सीधे तने हुए बैठे हैं। पास ही सोफ़ा पर दोनों खन्ना हैं, एक सामने अलक्ष्य में खोये-खोये हुए, दूसरा सिर झुकाकर बैठा हुआ।

घड़ी नब्बे सेकेण्ड आगे बढ़ चुकी थी। लेकिन बात जहाँ की तहाँ रुक चुकी थी। दस-पन्द्रह बड़े लम्बे-लम्बे क्षण मन की सामूहिक मौत के मातम में यों ही और बीत गये। एकाएक डॉक्टर अपने ध्यान की चौक में पैर उछालकर बोले—"मशीन! मशीन—"

"वह चल रही है और चलती रहेगी। रमेश ने बखूबी और चुपचाप उस्मानअली को हैंडिल कर लिया है। वहीं खड़ा है, दो सादी वर्दी के कांस्टेबल भी हैं। पूरा प्रेस सचेत है,

जोश में है, रोष में है। लोगों को चूँकि अभी गद्दारों के नाम नहीं मालूम हो सके, इसलिए खलबली भी है। मगर ईश्वर चाहेगा तो अख़बार कल समय से ही निकलेगा और......।" खन्नाजी ने कहा।

"यानी-यानी, तुम जानते थे कि—"

"लगभग एक हफ़्ते से।"

"मुझे क्यों नहीं बताया ?"

"बताया आदमियों को जाता है। देवता कब सुनते हैं?" खन्ना साहब की आवाज़ आपरेशन के चाकू जैसी थी। डॉक् सम्हलकर, टिककर, सिर झुकाकर बैठ गये। खन्नाजी कहते गये: "सेन से मैंने बीस-इक्कीस तारीख की रात ही में कह दिया था।" भावबद्ध शब्द रुक गये, फिर अंग्रेजी में फूटे: "भाग्य, विशुद्ध भाग्य डाक्। सारे हिन्द में कम्पनी के कई हज़ार कर्मचारियों के सौभाग्य ने मिलकर हमें बचा लिया। आप जैसे देवात्मा के जन्म दिन को ही ये हमारे नसीबे का दिया बुझाना चाहता था.....ठीक चीन की तरह। चीन की नीयत भारत से लड़ने की उतनी नहीं थी जितनी कि—"

"नेहरू की साख को तोड़ने की।" डॉक्टर ने सूखी हँसी हँसते हुए कहा: "खोखा मुझे ख़त्म करना चाहता है। उसने मुझे मिल के मारा। मिल के मारा!" डॉक्टर आत्माराम कहते-कहते रुँध गये और फिर तुरन्त ही दूसरे आवेश में मुट्ठियाँ कसते हुए ग़ुस्से में बोले: "मैं इन बदमाशियों का अन्त करके ही रहूँगा। ये समाजवादी क्षेत्र का काला बाज़ार है।"

"लेकिन लड़ेंगे कैसे? बराबरी के हथियार कहाँ हैं? शराफ़त से और देवता बनके आप राक्षसों से लड़ेंगे? लखनऊ सारसलेक के बीच की टेलीप्रिंटर लाइनें बेकार कर ही दी हैं। पता नहीं, बाहर और क्या-क्या किया हो उसने। ये पूरा छापा मारा है डॉक्, अपने जंगलीपन और पूर्ण पशु-बल से वह हमें दबा लेना चाहता है।.....और अभी एक घण्टे के भीतर उसका एक महान् काण्ड होनेवाला है। वह उसके बाद ही बतलाऊँगा, मगर इस समय मैं आपको सविनय यह अवश्य ही बतला देना चाहता हूँ कि मैंने और सेन ने यह तय कर लिया है कि आपसे सलाह लिये बिना ही इस सम्बन्ध में हम लोग अपनी कार्रवाई करेंगे।"

अपनी हतप्रभता को मिटाने के लिए अपील करते हुए डॉक् बोले: "मगर ये तो—ये तो ज़्यादती होगी तुम्हारी। देखो, मैं अब भी कहता हूँ कि आदमी पर भरोसा न करने से फिर सारे भावों-विचारों और क्रियाओं का आधार ही मिट जायेगा। हम बदला लेते-लेते खुद भी वही हो जायेंगे। चीन की यही हालत तो है आज। उसका कहना है कि दुनिया में कोई किसी का नहीं, कोई तटस्थ नहीं, सब अपने-अपने पक्षधर हैं, इसलिए हम भी अपने ही पक्षधर बनेंगे। यह एकांगी सत्य है। ये सच्चा समाजवाद नहीं, इसकी जड़ में विशुद्ध व्यक्तिवाद है.....लेकिन इस खोखा ने मुझे जबर्दस्त धोखा दिया।" डॉक्टर के चेहरे की जोत बुझी-बुझी हो रही थी।

"महाभारत के शांतिपर्व में लिखा है कि जब दंड-नीति निर्जीव हो जाती है तब वेद, धर्म, सभ्यता, संस्कृति चाहे कितनी ही उन्नत क्यों न हों—एकदम नष्ट हो जाती है।"

चौकीदार के आके ख़बर दी कि प्रेस के पोर्टिको में खड़ी हुई एक मोटरकार जल रही है। लच्छू बेतहाशा बाहर भागा। खन्ना और डॉक्टर भी निकले! पोर्टिको में लच्छू का एकमात्र वैभव, उसकी शान व इज्जत धू-धू जल रही थी।

लच्छू विवश खड़ा देख रहा था। आग बुझाने के प्रयत्न चल रहे थे। कुछ कर्मचारी देखने के लिए बाहर निकल आये! खन्ना झपटते हुए प्रेस के फाटक पर गये, उन लोगों को डाँटकर कहा: "अपने-अपने काम पर जाइए। चौकीदार, कोई भी इस वक्त अपना काम छोड़कर बाहर न आये।" खन्ना साहब को दूसरी चिंता पड़ी थी, दुश्मन कहीं काग़ज़ के गोदाम में या और कहीं आग न लगा दे। वे मोर्चे-मोर्चे पर दौड़ने लगे।

डॉक्टर ने लच्छू के कन्धे पर हाथ रक्खा। उसने चौककर देखा और अदब से सध गया।

डॉक्टर बोले: "खोखा मियाँ ने तुम्हें अपने साथ गद्दारी करने की ये सज़ा दी है।"

"इस गद्दारी पर तो अभिमान भी कर सकता हूँ डॉक्साब, लेकिन आपके साथ गद्दारी करके मैं जीवन भर यों ही जलता रहता जैसे ये—मेरी मोटर—जल रही है।"

सारसलेक में 'डॉक्' की नई योजना में कोई धंधा पाने की जुगत बैठाने के लिए ज़ाने पर लच्छू की दाल ही सेन ने न गलने दी, उसे हत्थे पर से ही काट दिया था। हारकर लच्छू फिर खोखा के जाल में फँस गया, जो एक दिन संयोग ही से उसे मिल गया था। दस हज़ार रुपयों पर यह सौदा तय हुआ था कि लच्छू रोटरी प्रेस और दूसरी मशीनों को इतना नष्ट करवा देगा कि कम से कम आठ-दस दिनों तक अख़बार छपना ही असम्भव हो जाय।

दोनों बाहर से फिर भीतर आ गये। डॉक् ने नौकर को कॉफ़ी बनाने का आदेश दिया, लच्छू को सिगरेट दी और खुद भी सुलगाकर एक कश खींचकर कहा: "नौजवान, मुझे हैरत और अफ़सोस केवल इसी बात का है कि तुम जो कि एक समाजवाद और क्रांति के महान् देश को देख चुके हो, समाजवादी व्यवस्था में मेरे यहाँ काम कर चुके हो, इस जालसाजी के चक्कर में आखिर क्या सोचकर पड़े!"

"डॉक्साब, आपने और सेन साहब ने मुझे मजबूर कर दिया था। एक अच्छा जीवन बसर कर चुकने के बाद, ग़रीबों का स्वर्ग देख आने के बाद मैं उस नरक भरी ज़िंदगी में तिल-तिल करके सड़ने के लिए लौट जाने को हरगिज़ तैयार न था, जहाँ से मैं आया था। अगर इस देश में कोई सक्रिय राजनीतिक आन्दोलन या समाज-निर्माण का जोशीला काम चल रहा होता, तो डॉक्साब, मैं रूस से लौटने के बाद आज कुछ और ही होता। मगर यहाँ आने पर देखा कि हर आदमी को केवल अपनी ही चिंता है। फिर मैं भी बेसहारा होकर अपनी चिंता में लगा तो क्या बुरा किया। आपकी छोटी पूँजीवाली स्कीम में मुझे भी कोई धंधा करने की सहूलियत मिल जाय इसलिए सेन साहब के पैर तक पकड़े, कहा

कि मैं पैसा नहीं चाहता, मोज़े का कारखाना, बैट्री के सेल, बटन—किसी भी छोटी से छोटी स्कीम में मुझे भी शामिल कर लीजिए। मैं माल बिकने की गारंटी चाहता था। दूसरों को दे रहे थे, मुझे भी दे देते। मगर सेन साहब ने मेरे पुराने अपराधों पर ही नज़र रक्खी, चूँकि उनकी मातहती कर चुका था, इसलिए उन्होंने मुझे दुत्कार दिया, आपसे मिलने तक के लिए सख्त मनाही कर दी। सारसलेक में मेरा एक रात रुकना तक दूभर कर दिया। मेरा बदला सेन से था ! आज आपका जन्म-दिवस था, आप यहीं मौजूद भी थे। डॉकसाब, आपकी पर्सनैल्टी (व्यक्तित्व) ने ही मुझे आज इतना बड़ा पाप करने से रोक लिया, आपने और रूस में मिले एक चाचा प्लेस्येनेव ने। मैं यहाँ आ रहा था, और रास्ते में मुझे अचानक कीएव के वनस्पति उद्यान के एक बूढ़े रखवाले का ध्यान आ गया। मेरे कंधे पर हाथ रक्खे, ऊँची पहाड़ी से सारा नगर दिखलाते हुए बतलाया था कि नाज़ियों ने कैसे यह सुन्दर नगर तोड़ा था। और यह ध्यान आते ही खट्-से मन में लगा कि खोखा नाज़ियों की तरह ही आप पर आक्रमण कर रहा है और मैं सिर्फ़ सेन से बदला लेने के लिए, इन दस हज़ार रुपयों में ही तीन-चार हज़ार खुद खा जाने की लालच में, अपनी मोटर का चक्का चलाये रखने की लालच में······" उसके मन के बाँध, जो शब्दों के फाटक लगाकर अपने भावावेश पर अब तक कंट्रोल कर रहे थे, एकाएक टूट गये। एक लम्बे वाक्य-प्रलाप का अंत काफी देर तक फूट-फूट कर रोने के बाद हिचकियों और सुबकियों के दलदल में हुआ।

डॉक्टर उसे देखते रहे। बीच में नौकर कॉफ़ी लेकर आया, खामोश इशारे से उसे लौटा दिया। उनके सामने कुंठित नौजवान भारत बैठा था, जो बेकार है, दरिद्रता से नफ़रत करता है, उन्नतिशील जीवन चाहता है······और न मिलने पर, दुत्कार जाने पर अपने कुंठित आत्म-सम्मान के लिए, जीवन-सुरक्षा के लिए कितना अविवेकी, क्षुद्र और अंधस्वार्थी हो जाता है! ये अभी अपराधी नहीं, विकृत विद्रोही भर है। डॉक्टर एक क्षण के लिए भी लच्छू से नफ़रत न कर सके, बल्कि उन्हें अपना ही अपराध नज़र आने लगा······'दिस ब्लडी सेन' उनके सपनों के नाज़ुक तार हमेशा ही तोड़-मोड़कर रख देता है। डॉक् जिन नाज़ुक ख़यालियों में जाकर मनुष्य की पीड़ा को समझते हैं और उसे दूर करने के लिए कर्म-प्रेरित होते हैं, सेन की नौकरशाही सरकार उन्हीं को बेजान बना डालती है। ये लड़का सेन के उसी मुर्दा रौब, उसकी बुढ़भस औरतबाज़ी की कमीनी बदला-वृत्ति का शिकार है! शूट कर देने क़ाबिल है ये सेन!······लेकिन सेन न होता तो आज डॉक्टर आत्माराम का यह अन्तर्राष्ट्रीय ख्याति सिद्ध महान् व्यक्तित्व कहाँ से बनता? विचार और कर्म प्रेरणाएँ जैसी कि डॉक्टर आत्माराम में हैं, वैसी न जाने कितनों में होंगी, होती हैं, लेकिन वे प्रकाश नहीं पातीं। सर शोभाराम की अपार दौलत, अपने इकलौते लाल को एक बड़े शानदार और जानदार विजय-स्तम्भ के रूप में स्थापित करने के लिए खूबी के साथ खर्च हुई थी। सर शोभा ही ने डॉक् की कारगुज़ारियों को सफलतापूर्वक आगे बढ़ाने के लिए अपनी पसन्द के संगठनकर्त्ता चुने थे। सेन जैसा स्वामिभक्त आदमी बड़े ही सौभाग्य से मिलता है। कैसा भी हो, सेन ही की संगठन-क्षमता की बदौलत उनका

अख़बारी साम्राज्य चल रहा है। भारत की नौ भाषाओं के बीस दैनिक, साप्ताहिक और मासिक पत्र डॉक्टर साहब की महिमा बढ़ाते हैं। डॉक्टर अपने सौभाग्य के प्रमुख संरक्षक को कैसे छोड़ दें? अब तो सवाल ही नहीं उठता। आयु का इकहत्तरवाँ वर्ष आज से शुरू हो गया। जीवन भर के साथ अब भला कैसे छूट सकते हैं? सेन एक काया है जिसमें डॉक् की आत्मा प्रवेश करके अपनी मनोकांक्षाएँ प्रतिफलित करती है। 'अपने आदर्शों को चलाने के लिए मुझे एक करण्ट गवर्नमेंट (बिगड़ी सरकार) का सहारा लेना पड़ता है। मैं—मैं—मैं इससे नफ़रत करता हूँ। मैं सेन से नफ़रत करता हूँ। पर मैं क्यों किसी से नफ़रत करूँ? समझौता खुद मैंने किया है.....बस यही तो कमज़ोरी थी। आभिजात्य वर्ग में जन्म पाने का अभिशाप—चाकरों की गुलामी—यही तो मेरी सीमा है।......'

लच्छू को अब अपेक्षाकृत सावधान पाकर डॉक्टर ने कॉफ़ी लाने के लिए नौकर को आवाज़ दी और कहने लगे: "रो लिये, अच्छा किया। कभी-कभी मेरी भी तबीयत होती है कि दो-चार आँसू बह जाएँ और हल्का कर दें। मगर ज़्यादा रोना और अक्सर रोना आदमी को निकम्मा बना देता है। लड़ो, विद्रोह करो। ब्यूरोक्रेसी की मशीन से और समाज की अंधरूढ़ियों से लड़ना मर्दों का, सूरमाओं का काम होता है, समझे। मशीन ग़ुस्से में आके तोड़ना नहीं चाहिए। उस पर कब्जा करना चाहिए, उसे अपनी तरह से चलाना चाहिए।"

डॉक्टर का प्रवचन थोड़ी देर तक चलता रहा और भी देर तक चलता रहता, मगर खन्नाजी रमेश को साथ लिये हुए आ गए। रमेश का कंधा थपथपाते हुए उनके गम्भीर चिन्तामग्न चेहरे पर खुशी की एक सुहानी चमक आ गई, उल्लसित स्वर में बोले: "आपको बधाई देता हूँ डॉक्। कुदरत ने आज आपके दो क़ीमती रत्नों को दुश्मन के हाथों नष्ट होने से बचा लिया—रोटरी और 'माई दिस बॉय' रमेश।"

डॉक्टर और लच्छू दोनों ही साश्चर्य रमेश की ओर देखने लगे। साथ ही रमेश भी कुछ अपनी प्रशंसा से नमित संकुचित, और कुछ खन्नाजी की बात से चौंका हुआ अजीब पहली-सी स्थिति में स्तब्ध होकर उन्हें देखने लगा।

रमेश के खोखा मियाँ की डायरी पाने से लेकर अब तक का पूरा विवरण डॉक्टर ने सुना। क्लब सम्बन्धी लेख, उसके कारण क्लब पर पुलिस का छापा पड़ना, वहीदन और खोखा की डायरी ग़ायब करना, इन कई गम्भीर आरोपों के कारण खोखा सरकार ने रमेश को ठिकाने लगाने की योजना बनाई थी। लाल साहब इतने रोष में थे कि एकाध बहक भरी बात नशे की झोंक में रद्धूसिंह के सामने ही बक गए। वहीदन के विरह में कुँवर रद्धूसिंह भी उस समय रमेश से फिरंट थे। नशे में उन्होंने भी अपने दामाद के प्रति खूब घृणा और रोष प्रकटाया। रमेश ने उनकी बाल-विधवा कन्या को अधर्म में फँसाकर उनकी जाति को कलंकित किया, आबरू को बट्टा लगाया, उनकी पत्नी को भड़काया, उनकी

प्रेयसी को भी अब ग़ायब कर दिया, उनका सारा जीवन ही रमेश के कारण चौपट हो गया था। लाल बोले : "तुम्हारी लड़की जैसे एक बार विधवा हुई, वैसे दो बार भी हो सकती है और फिर तीसरी शादी भी कर सकती है; लेकिन ये लौंडा अगर जिंदा रहेगा तो हमारा जिंदा रहना दूभर हो जायेगा।" रद्धूसिंह ने उस समय तो बड़ी ज़ोर से हामी भरी, लेकिन······दामाद फिर भी दामाद ही था; रद्धूसिंह ने अपने चचेरे भाई, शहर कोतवाल शत्रुघ्नसिंह को सारी बातें बतला दीं। खोखा की डायरी तब तक पुलिस के पास पहुँच चुकी थी। शत्रुघ्नसिंह को दूसरे ही दिन रद्धूसिंह से यह नई सूचना मिली की सत्ताइस अक्टूबर की रात ही हत्या के लिए भी चुनी गई है; ड्यूटी से अपने नियमित मार्ग से रात में लौटते समय हाईकोर्ट वाली सूनी सड़क पर मोटर-दुर्घटना के नाटक के साथ रमेश का जीवन-नाटक समाप्त किया जायेगा। इसी सूचना के अनुसार पुलिस ने आज अपना जाल बिछाया था। "रमेश को ठीक समय पर मैंने लोगों की नज़रों से हटा लिया।"—रमेश को खन्नाजी ने साइकिल पर अपने नियमित मार्ग पर ही एक सज्जन के घर पर जाने का आदेश दिया। दूसरा आदेश पाने तक उसे वहीं रुकना पड़ा और वहाँ से इनकी डमी बनकर एक सादी वर्दी कास्टेबल साइकिल पर आगे बढ़ा। सूचना पाकर लाल साहब दस सीटर भारी गाड़ी में अपने गुंडों का पूरा बोझ लेकर एक निश्चित स्थल से बेतहाशा स्पीड में दौड़े और पुलिस के जाल में आगे जाकर फँस गये। गोलीबाज़ी हुई पर पुलिस की प्रबल शक्ति के सामने गुण्डों को आत्मसमर्पण करना पड़ा; लाल ने आत्महत्या कर ली।

इस सुसमाचार के सुख, संतोष, शुभकामनाओं का एक दौर समाप्त हो जाने के बाद खन्ना ने जेब से सेन का तार निकालकर ख़ामोशी से डॉक् को दे दिया। "मद्रास में प्रेस और अख़बार का दफ़्तर किन्हीं अज्ञात कारणों से जल गये। पटना, कलकत्ता, बेजवाड़ा, बम्बई और अहमदाबाद से भी आगज़नी के ही समाचार आये हैं। बंबई और मद्रास में सबसे अधिक नुकसान हुआ। सारसलेक की सारी टेलीफ़ोन लाइनें भी कटी हुई हैं। डॉक् को सुबह यहाँ अवश्य पहुँचना चाहिए।" पढ़कर डॉक् का भव्य दिव्य मुखमंडल बर्फ़ की तरह सफेद और मुर्दे की तरह निस्तेज हो गया······ढोला, खिंजमाणे, थागला, चिपचाप, दौलतबेग ओल्दी, नेफ़ा, लद्दाख······चीन के धोखे भरे आसुरी आक्रमण······यही दिन तो थे पिछले साल! और खोखा ने इसी तरह विशाल पैमाने पर डॉक्टर के ऊपर आक्रमण किया है।······उसकी डायरी बतलाती है कि यह पहला बड़ा आक्रमण है। आगे और करेगा। ऐसे लोग बड़े चीमड़ होते हैं, जल्दी ख़त्म नहीं होते और देर तक, दूर तक मानवता की प्रगति को रोक लेते हैं······"मुझे बीते इतिहास से खुद अपने लिए भी कुछ सीख लेनी चाहिए थी। ख़ैर, पश्चात्ताप करना पाप है। खन्ना, मैंने आदर्शों के लिए अपना सारा जीवन निछावर किया है। ग़लतियाँ बहुत की हैं मैंने, मगर ओछेपन, कायरता और किसी तरह की मानसिक शर्म से मैं कभी पीड़ित नहीं रहा, तुम जानते हो। और आज भी नहीं रहूँगा। मैं ठंढे और साफ दिल से यह घोषित करता हूँ कि अगर लड़ने ही की तमन्ना है तो फिर लोहे से लोहा बजेगा।" डॉक्टर आवेश में आ गये। उठकर टहलने लगे। कमरे में उपस्थित

मानव-मानस रणक्षेत्र बन गया। बदले का जोश, शत्रु के प्रति अतीव घृणा नस-नस में झनझना-सनसना उठी।

खन्ना बोले: "चाणक्य नीति कहती है कि विशुद्ध अपने बचाव के लिए भी कभी-कभी आक्रमण करना ज़रूरी होता है। आप सुबह सारसलेक जाएँ और सेन को यहाँ भेज दें। इसके पीछे आपके राजनीतिक विरोधियों के गंदे हाथ आज भी और आगे-पीछे भी हो सकते हैं।"

"हाँऽ, वो भी हो सकते हैं।......मैंने बहुत से विषय पढ़े हैं, लेकिन युद्धशास्त्र को कूटनीतिक सतह तक ही जाना है।.....तुम लोग शायद तोप-टैंकों से लड़ोगे।" बात कहने के ढंग ने ही बतला दिया कि डॉक् खन्ना की बात से बुरा मान गये हैं। खन्नाजी तुरन्त ही ठंडे किन्तु दृढ़ स्वर में बोले: "बुनियादी विचारक हवाई जहाज़ से तीर्थयात्रा करनेवालों की तरह से होता है। धरती का मार्ग जटिल है। आपने उसे केवल अपनी महान् आत्मा की स्पिरिट ही से समझा है। समझा तो मैंने और सेन ने भी, उसे अधिकतर दिमाग़ी तौर पर ही है, पर हम दोनों, परिस्थितियों के कारण आप से अधिक व्यावहारिक हैं। व्यक्ति के व्यावहारिक अनुभव जीवन का चरम सत्य भले ही सिद्ध न हो सकें, पर उसकी महत्वपूर्ण मंज़िलें तो वे हैं ही। बुरा न मानिए, इस उम्र में भी आप उस क्षेत्र में महज बच्चे ही हैं। अलावा इसके हम इन बदमाशों को यह भी बतलाना चाहते हैं कि डॉ० आत्माराम का व्यक्तित्व इन बुतशिकनों के तोड़नेवाले गंदे हाथों की पहुँच से बहुत ऊपर है। उनकी लड़ाई सीधे 'इंडिपेंडेंट पब्लिकेशन्स' के सुनियोजित सम्पन्न 'गणतंत्र' से है। गणतंत्र का हर नागरिक हमारे देश में सिपाही भी हुआ करता था, राजा गुण्डों की किराये की सेनाएँ गणतंत्रों को इसीलिए कभी जीत नहीं पाईं। हमारे 'इंडिपेंडेंट' स्टाफ़ को—हमारे पूरे भारतव्यापी संगठन की—यही नहीं, हमारे राष्ट्र के हर बच्चे को दूसरे पेशों के साथ ही साथ अब सैनिक भी बनना ही पड़ेगा। इसके बिना हम अपना स्वतंत्र जीवन जी ही नहीं सकते।" खन्ना की आवाज़ में उस समय पूरा प्रभाव था। डॉक्टर ने उन्हें देखा, मुस्कुराये। फिर रमेश-लच्छू की ओर देखकर बोले: "और आप लोगों का क्या ख़याल है?"

"एक ही सर", रमेश उत्तेजित स्वर में बोला: "युद्ध, हर मोर्चे पर युद्ध!"

"ठीक है। विवेक, बुद्धि और शक्ति तुम्हारी सहायक हों।" कहकर डॉक्टर उठ खड़े हुए, विदा लेकर भीतर के कमरे की ओर बढ़ते हुए पलटकर खन्नाजी से कहा: "खन्ना, मुझ पर अक्सर यह आरोप लगा है कि मैंने ग़लत आदमियों का चुनाव करके उनसे धोखा खाया है, लेकिन इस बार (लच्छू की ओर इंगित कर) एक सही आदमी को खोने की ग़लती की है। सेन से कहकर मेरी और उसकी भी इस ग़लती को सुधरवा देना। इसने अगर आज तुम्हारी मदद न की होती तो इस समय यहाँ का नक्शा भी कुछ और ही होता।"

उस रात खन्नाजी के आदेश से रमेश और लच्छू दफ़्तर की अतिथिशाला ही में सोये। पास-पास लेटे सिगरेट पीते हुए रमेश बोला: "मैंने सपने में भी न सोचा था कि

खोखा मियाँ की डायरी में इंडिपेंडेंट आक्रमण के साथ जुड़ा हुआ 'के' मेरा यह खन्ना होगा।''

"वो खन्ना मोटर की शराब पिये हुए थे। उसका मुर्दा अब फुँक चुका। अब अपने लच्छू के जौहर देखना।''

मित्र के जोश का समर्थन रमेश ने गर्मजोशी से उसका हाथ पकड़ कर किया।

●

बीस

आठ उनतीस रात्रि। उपन्यास पूरा हुआ। उसे पूरा करने और उसी जोश में डायरी के इस पृष्ठ तक आनेवाले अंतराल के क्षणों में मैंने क़लम मेज़ पर रखकर, दोनों हाथों की उँगलियाँ आपस में फँसाकर चटकाई ही थीं कि भीतर से मानो संतोष का झरना छूट गिरा और मेरी नस-नस नहा गई। चलो, एक काम और पूरा हुआ।......हेमिंग्वे का अभागा औपन्यासिक नायक, बूढ़ा मछेरा अपनी ड्यूटी पूरी-पूरी बजाकर अब फ़ुरसत पा रहा है।......लेकिन मैं अभागा क्यों? मुझे तो काम पूरा करने से आस्था मिली है, मेरी सृजन-शक्ति और उसकी क्रीड़ा का सहज उल्लास अब तक ताज़ा और तेज़वान है। अभी मैं अपने मानस को और ऊँचे नैतिक वैचारिक सौंदर्य के स्तर तक गति देने का साहस कर सकता हूँ। मैंने यह लगभग हज़ार पन्ने लिखकर और आगे बढ़ने का पारपत्र पा लिया है।

मेज़ पर रक्खे इन काग़ज़ों का गड्डा इस समय अचानक एक अजीब दृष्टि से दिखलाई पड़ गया। मुझे लगा कि जैसे यह मेरी काया है, जिसे अभी-अभी छोड़कर मैं उठ गया हूँ। मेरी आत्मा शरीर से बिदा होते हुए संतुष्ट है कि उसके साथ एक उम्दा जीवन जिया। इस अपनी डायरी और उपन्यास में मेरे पड़बाबा और उनके बाबा तक के जमाने से लेकर अपने ज़माने तक की न जाने कितनी परिस्थितियाँ, कितने चरित्र और चित्र एक बार फिर से जी उठे, और फिर उसी अनुभव, विचार और कल्पनाशक्ति से न जाने कितनी परिस्थितियाँ, चरित्र और चित्र गढ़ते चले गये! इन सबके साथ समरस और बहुधा समभाव होकर मैंने पिछले ढाई-पौने तीन वर्ष बिताये हैं। अब उनका साथ छूट रहा है। अपना हर उपन्यास-कहानी समाप्त होने पर ऐसे कितनी ही संग-साथ मुझसे छूटे हैं, मानो मेरे कितने ही जनम बीते हैं। वे जनम बीतते गये, किन्तु मेरा अनवरत विकास होता रहा।

अब यह किताब छपेगी, पढ़ी जायेगी, जस-अपजस कुछ लायेगी, मगर जो कुछ भी होगा, वह सब ऊपरी मुनाफ़े होंगे, मेरी 'आत्मोपलब्धि' तो इसी समय हो गई। मेरी उम्र बढ़ गई। मैं—

●

उस दिन लिखते-लिखते रुक जाना पड़ा। अचानक माया मेरे कमरे में आ गई। उन्हें बेहद उदास और बेचैन देखा। उन्हें देखकर मेरा मन कुछ और हो गया; फिर और—और—और ही होता चला गया। अनहोनी ने होनी बनकर, महाभीमकाय सैलाब के प्रलयंकर थपेड़े की तरह आकर मेरे पाँव उखाड़ दिये। मैं मनुष्य, अपनी अहंता, उसकी

सारी सामर्थ्य और अपना एक अंत पाने के लिए विवश हो गया। आग लग जाने वाले विमान या डूबते जहाज़ के यात्रियों—जिनमें बड़े योगीश्वर, वैज्ञानिक, धीर-वीर, सत्ता और सम्पत्तिशाली भी हो सकते हैं—तथा बलि-वेदी के बकरे और भैंसे एक जैसे ही विवश-विमूढ़ होते हैं। सत्य के आगे दोनों की विवशता में कोई अंतर नहीं होता।

एक मास छह दिन पहले लिखी हुई अपनी अंतिम पंक्ति पर नज़र जाती है तो मेरा जी घुट-घुट के रह जाता है। तब जीने का हौसला जागा था; अब सिर्फ़ मरने ही की हौंस है। अब कुछ भी करने को जी नहीं चाहता। हमारा बेटा उमेशो हमें दग़ा दे गया। उसने आत्महत्या कर ली। आज से ठीक एक मास पहले—शायद ठीक इसी समय······इस समय सवा चार बज रहे हैं······क्या कहूँ? कैसे कहूँ?······

बर्बर चीनी आक्रमण से कुछ अरसे पहले एक डेलिगेशन में सोवियत संघ की यात्रा करने गया था। मास्को में साहित्यिकों-कलाकारों के एक सम्मिलित उत्सव में रूसी महाकवि तेखानोव से मेरा परिचय कराया गया। लम्बे-चौड़े अस्सी बरस के हृष्ट-पुष्ट धवलकेशी जवान कविवर ने अपनी कोमल पैनी आँखों से देखते हुए, हल्की मुस्कुराहट के साथ पूछा: "हिमालय कैसा लगा?"

मैंने कहा: "सुन्दरता में अद्‌भुत और महान् है, मगर हमारे मैत्री-सम्बन्धों की सुन्दरता के आगे नगाधिराज शर्तिया विनयनत हो गये हैं।"

महाकवि ने मुस्कुराकर बड़ी गर्मजोशी से मेरा हाथ दबाया था।······हिमालय पर चीन की चढ़ाई के बाद मुझे कुछ दिनों तक रह-रहकर महाकवि का प्रश्न और अपना उत्तर याद आता रहा। जिस महान् हिमालय को, 'अपने' हिमालय को, रूस से अपने प्रेम सम्बन्धों के सामने विनयनत मानकर मैं लज्जित नहीं था, उसी को चीन के द्वारा रौंदे जाते देखकर मेरा मन बर्दाश्त न कर पाया। नगाधिराज की एवरेस्ट चोटी जब तेनसिंह और हिलारी ने पहली बार सर की, और अभी हमारे वीर फ़ौजी जवानों ने चार-चार बार सर की, तब भी यद्यपि हिमालय के आगे मनुष्य की अटूट लगन और श्रमशक्ति ही मुझे ऊँची दिखलाई दी थी, तथापि देवतात्मा हिमालय के प्रति मेरी आदर-भावना में तनिक-सी भी कमी न आ सकी थी। दोनों ही बार हिमालय को मैंने उसी प्रकार विनयनत किया, जैसे 'विद्या ददाति विनयम्।'

पर अविद्या, आसुरी शक्ति और पाशविकता के आगे अपने हिमालय को विवश झुकते हुए देखकर इस बुढ़ापे में भी मेरे तन-बदन में आठों पहर की ज्वाला सुलग उठी थी।

······ठीक वैसी ही आग अब फिर मेरी थकी नसों में जलन भर रही है। उपन्यास पूरा हो गया। मेरे मन में निश्चिन्तता आ चली थी, मैंने राहत की साँस ली थी। नन्हीं का दाग़ दिल से प्रायः धुल चुका था, बल्कि मैं तो यों सोचने लगा था कि चलो अच्छा ही हुआ कि वह ज़िम्मेदारी सिर से टल गई—एक उपन्यास पूरा करने का भार ही अब शेष रहा था। सोचा था कि इसे पूरा करके कुछ एडवांस रकम ले के, माया को गोरखपुर बड़े

लड़के के पास, या नहीं मँझले के घर पर छोड़कर फिर देश भ्रमण करूँगा, चैन की साँस लूँगा। मगर वह सुख मेरे भाग्य में न था। मेरी अहंता पर चीन ही नहीं, मेरे तीसरे आई०ए०एस० बेटे उमेशशंकर की आत्महत्या ने भी महाभयानक आघात किया है। इस बार आधुनिक सभ्यता की आसुरी लिप्सा ने मेरा हृदय-हिमालय रौंदा है। क़रीब-क़रीब तोड़ ही डाला है मुझे।

किसी और की या ख़ुद अपनी भी जान लेना महापाप है तो अवश्य, पर मुझे वह उतना बड़ा कदापि नहीं लगता, जितना कि हत्या से पूर्व दुश्मन या व्यक्ति कीं विपरीत परिस्थितियों के द्वारा किया या पाया जानेवाला अपमान भरा अत्याचार होता है। एक बड़े आई०सी०एस०, सरकार के एक महत्वपूर्ण सचिव की लाड़ली ने मेरे भले-भोले बेटे की पत्नी बनकर पिछले दो वर्षों में प्रतिदिन उसे इतना हीन बनाया, इतना तिरस्कृत किया, उस पर अहर्निश इतना अधिक बौद्धिक-नैतिक और मानसिक अत्याचार किया कि उसका स्वाभिमान सह न सका। आत्महत्या करना उसके लिए कम कष्टकर था।

मनुष्यता पर पशुता की यह जीत जब कभी किसी व्यक्ति या राष्ट्र के जीवन में नई जकड़न से घुटन-तपन लाती है, तभी बहुत संयत और गंभीर होते हुए भी मेरा मन तोप के गोले की तरह बाहर छूट ही पड़ता है। होश अंतरिक्ष में विलीन हो जाते हैं, और हर विचार, हर संस्कार, हर भावना अपने केन्द्रीय संगठन से अनियन्त्रित होकर, विलुप्त बिन्दु को अनुमान करके उसके कहीं इर्द-गिर्द बेतहाशा चक्कर लगाती हैं। तब स्वयम् मुझे ही अपनी कोई बात, कोई क्रिया पकड़ाई में नहीं आती। मैं अपने पागलपन के क्षणों को, पागलपन आरम्भ करते ही कुछ ही देर में जानने भी लगता हूँ। और जानते ही होश आ जाता है। मैं होश और बेहोशी के मिश्रित क्षणों को पहचानता हूँ और चेतना-चुम्बक द्वारा फिर से क्रमशः शक्तिशाली होकर हर विचार, हर संस्कार, हर भावना को अपने साथ नियन्त्रित कर लेनेवाले क्षणों को भी जानता हूँ।

मेरे और अपनी माता के नाम लिखे गये उमेश के अन्तिम पत्र की नकल जब उसकी आत्महत्या के समाचार के साथ मुझे मिली, तब ऐसा ही आत्म-अनुभव हुआ था। कलकत्ते से कस्टम विभाग ही में काम करनेवाले 'उमेश के एक मित्र' मेरे नाम से परिचित और हमारे दुःख में सम्मिलित किसी भलेमानस ने उसके पत्र की नक़ल पुलिसवालों से लेकर मुझे भेजी थी। हमारे नाम लिखा गया हमारे बेटे का अंतिम पत्र भी अब हमारा नहीं रहा, वह पुलिस के मुकद्दमे का अदालती दस्तावेज है। हम माँ-बाप अपने बेटे के कोई नहीं थे। हमें न तो सरकार ने तार भेजा, न उमेशो के ससुर या उसकी पत्नी ने ही। हम कोई नहीं थे—जिसे हमने गोद में उछेरा, जिसकी नज़रें उतारी गईं, बलैया ली गईं, जिसके विकास के बढ़ते हुए एक-एक चरण हमारे ही सामने, हमारी ही स्नेहछाया में बढ़े, वह हमारा बेटा उमेश आई०ए०एस० हो जाने के बाद, एक बड़े अफ़सर का दामाद हो जाने के बाद, हमारा कोई नहीं रहा था।......चीन ने तिब्बत को दबोच लिया था, तिब्बती तिब्बत के कोई नहीं रह गये थे। होगा—

'तू नूं ते शूं रडूं ते नूँ ते शूं बकूँ, तेनू ते शूँ लवूँ रोज जेवूँ;

दुःख छे दुःख छे दुःख संसार माँ, सुख तो दिवसना स्वप्न जेवू।'

गुजराती के महाकवि नर्मद की न जाने कब की पढ़ी-सुनी ये पंक्तियाँ इस समय स्मृति में उभर आईं। याद करता तो शायद न आतीं। मगर बात एकदम सच है, कहाँ तक वही का वही रोऊँ, वही का वही बकूँ। एक महीने से उसी एक घुमड़न ही में तो उमड़-घुमड़कर मेरा जी घुट रहा है। यह जो कुछ हुआ, वह क्या किसी विधि का विधान था? माया कहती हैं कि उन्हें सात-आठ रोज़ पहले ही से सम्भावित दुर्घटना का आभास होने लगा था? जिस दिन मैंने उपन्यास लिखकर पूरा किया, संयोगवश उसके एक-दो दिन पहले ही उनका जी अनायास ही बेचैन रहने लगा था। उस रात वे अपने जी की घुटन से घबराकर ही मेरे पास आई थीं। तब क्या उस विधि के विधान का पूर्वाभास भी सम्भव था—या है?

एक महीने पहले, आज ही के दिन और लगभग इसी समय, ऊपर वाले दालान में हम दोनों चाय पीने बैठे थे, मैंने बिस्कुट का टुकड़ा मुँह में डाल रक्खा था और प्याले के हैंडिल पर मेरी चुटकी पहुँच चुकी थी कि माया ने प्याला अपने ओठों से लगाया, और लगाते ही दूसरे हाथ से अपना मुँह यों तिलमिलाकर दबाया कि उनके दाहिने हाथ का प्याला छलककर छिटक गया—मानो उनकी जीभ पर बिच्छू ने डंक मार दिया था। उनका चेहरा मुर्दे की तरह फीका पड़ गया था। मैंने उन्हें फ़ौरन सम्हाला और पूछा: "क्या हुआ माया?"

"पता नहीं। जीभ जल गई, जाने कैसे?" चाय औसत गर्म ही थी। ख़ैर, मेरे लिए बात आई-गई हो गई, लेकिन उसके बाद कुछ दिनों से बराबर उदास रहनेवाला माया का चेहरा और भी अधिक निष्प्राण हो उठा। वे कपड़े बदलने चली गईं। लौटकर आईं, तब भी उदास रहीं। फिर अनायास ही उमेशो के सम्बन्ध में बातें करने लगीं, पुरानी-पुरानी बातें······बहुत दिनों से उसकी चिट्ठी न आने पर चिन्ता।······क्यों आने लगी थी उन्हें उमेशो की याद? उस समय यह सवाल भी दिमाग़ में न उठ सकता था, लेकिन आज कलकत्ते के उस पत्र के आधार पर कह सकता हूँ कि जिस क्षण माया की जीभ जली, शायद ठीक उसी क्षण में उमेश ने अपने जीवन का अंत किया था। माँ की अंतश्चेतना ने उसी से धक्का पाया था। चाय पीना तो केवल एक संयोग मात्र ही था, माया उस समय यदि कुछ और काम करती होतीं तो जीभ जलने के बजाय किसी और तरीके से वह उस आघात को महसूस करतीं। मन को मन से मिलने के लिए किसी दूरी या देरी की क़ैद शायद नहीं होती। जाकर जापर सत्य सनेहू·······

लेकिन मुझे ऐसा कोई पूर्वाभास न हुआ। या शायद मैं उसे समझ न पाया। इस घटना के दूसरे दिन सुबह अखबार पढ़ रहा था। उसमें कलकत्ते के कस्टम विभाग के एक उच्च अधिकारी की आत्महत्या का छोटा-सा समाचार छपा था। लिखा था कि रिश्वत लेने के अपराध में उसे गिरफ़्तार करने के लिए जब पुलिस गई तो उसने गोली दाग़कर

अपनी जान ले ली!……ऐसी ख़बरें अक्सर पढ़ने को मिल जाती हैं, उसमें ऐसी कोई ख़ास बात न थी कि मुझे विशेष आकर्षण होता। परन्तु इस समय बखूबी कह सकता हूँ कि रोज़मर्रह की सरसरे ध्यान वाली उस ख़बर पर जब सहसा दृष्टि गई तो एक तरह से वहीं अटक भी गई थी। मैंने अख़बार के उस पृष्ठ की दूसरी ख़बरों पर ध्यान दिया, पर दो-एक अन्य समाचार पढ़कर नज़र फिर उसी ख़बर पर पहुँच गई। पृष्ठ के हर कॉलम के ऊपर से नीचे झाँक जाने के बाद जब पन्ना पलटना चाहा तो दृष्टि अदबदाकर फिर उसी समाचार पर पहुँच गई। भीतर से कोई मन्तव्य प्रकट न होता था। और ध्यान फिर-फिरकर उसी ख़बर से जा टकराता था। उस समय तो इसे मन को एक झख समझकर टाल दिया, पर आज सोचता हूँ कि मेरी अंतश्चेतना उस समय भी जानती थी कि उस सूचना से मेरा घना और सीधा सम्बन्ध है।

ये भूत-प्रेत का दर्शन, अन्तर्मन के संकेत—दिव्य दूर-दृष्टि या दिव्य दूर-बोध—अतीन्द्रिय परामनोविज्ञान के, अपने द्वारा न जाने हुए जीवन के अप्रत्यक्ष पहलू को इस तरह पहले कभी देखने का प्रयत्न मैंने नहीं किया था। ऐसे प्रश्नों को उपेक्षा की दृष्टि ही से सदा देखा। लेकिन वह उपेक्षा का भाव अब मन में टिक नहीं पा रहा। इन बातों को सदा अंधविश्वास भरी बातें ही माना……पर 'भूत' सूक्ष्म भूत भी हो सकता है। विद्वान् मनीषी हाल्डेन इस बात को मानता है। चेतना भी भौतिक पदार्थ ही है और वह सूक्ष्म भी हो सकती है। उस हर वस्तु के लिए, जो हमें अपने चर्म चक्षुओं से नहीं दिखलाई देती, यह कहना ग़लत है कि उसका अस्तित्व ही नहीं है। मैटर और एनर्जी (भूत और तेजस) में कोई भेद नहीं। भौतिक जगत् दूर-दूर तक फैला हुआ दिखाई देकर भी कहीं एक जगह अपने-आपमें सिमटा हुआ केन्द्रीभूत भी हो सकता है, जैसे बीज में सिमटा हुआ विशाल वटवृक्ष होता है। माया को उसी कारण से दुर्घटना का अलक्ष्य पूर्वाभास होने लगा था। मेरी अचेतन भी उसी कारणवश एक आगे होनेवाली चेतना से टकरा रहा था।……लगता है कि भूत भी होता है और पूनर्जन्म भी। और इस दुनिया में यदि सब कुछ नहीं तो बहुत कुछ पूर्व निश्चित विधान से ही होता है। ये प्रोटोन और एलेक्ट्रॉन भी पूर्व निर्धारित हैं। विज्ञान बतलाता है कि इस भौतिक जगत् या ब्रह्माण्ड से यदि एक भी एलेक्ट्रॉन निकाल लिया जाय तो यह ब्रह्माण्ड ही ग़ायब हो जायेगा। परन्तु यह सम्भव ही नहीं है। हम न कुछ घटा सकते हैं, न बढ़ा सकते हैं। तात्विक दृष्टि से नया कुछ भी नहीं जन्मता और न मरता ही है। केवल ऊपरी आकार-प्रकार ही जन्मते और मरते हैं।—बड़ा पँवारा है। जो भी हो, मगर यह सच है कि अपने ऊपर पड़नेवाली विपत्ति को माया ने विपत्ति पड़ने से पहले ही गूँगे तौर पर महसूस कर लिया था। कुछ भी हो, मेरा उमेश पैदा भी हुआ था और मरा भी। वह एक ठोस सत्य था, लेकिन अब वह मिथ्या है। सूक्ष्म भूत ने एक भौतिक आकार का विस्तार पाया था, वह अपनी एक सीमा तक विस्तृत होकर चुक भी गया, बिखर चुका, सूक्ष्म भूत में लय हो गया। उमेश अब नहीं है। विज्ञान की 'क्वाण्टम थ्योरी' के अनुसार इस दुनिया में कुछ अदृश्य विद्युत् चुम्बकीय लहरों के सिवा और कुछ नहीं है—उमेश नहीं, अरविन्द नहीं, माया नहीं, कुछ नहीं—यह सब माया है

केवल असंख्य होकर भी इनी-गिनी विद्युत् चुम्बकीय लहरें ही सत्य हैं! तत्वमसि! यह और भी बड़ा पँवारा है।

मनुष्य कितना बंधन में है, कितना स्वतन्त्र? कहाँ बंधन में है और कहाँ स्वतंत्र? गोसाईंजी गिनकर बतलाते हैं कि हानि-लाभ, जीवन-मरण, यश-अपयश मनुष्य के वश में नहीं है। फिर यह मरण क्या मेरे उमेशो के अपने हाथों से हुआ है—उसकी दुनियावी रूप से समृद्ध, सफल और उन्नत जीवन बिताने की विशिष्ट महत्वाकांक्षा क्या असहज थी? बहुत से लड़के ऐसे अवसर भी पा जाते हैं और 'इज़्ज़त आबरू सहित शान' से बूढ़े रिटायर्ड तक हो जाते हैं। ये उमेशो का ससुर, उसके दूसरे लड़के-दामाद, सब रिश्वतें खाते होंगे। उसके ससुर ही ने तो अपनी लड़की के सुख के लिए मेरे बेटे को सरकारी लूट की चौकी पर बिठलाया था। मेरा बेटा शत-प्रतिशत अपनी मर्जी के खिलाफ़ अपने महा सौभाग्यदाता महाप्रभु की बदसूरत बदमिज़ाज लड़की के लिए, उसके आदेश से कुछ सरकारी कागज़ों पर सही का हस्ताक्षर भर कर दिया करता था। बड़े आला किस्म के साहब और बड़े साहब-आलीशान के दामाद, मेरे उमेशो के अर्दली-चपरासी-क्लर्क, दफ़्तर के छोटे-बड़े अमले, बेईमानी तन्त्र के विधाता बैपारी, यहाँ तक कि उनके कुछ कारिन्दे तक मेरे बेटे के सम्बन्ध में यह उपहासजनक जानकारी रखते थे कि 'असली' अफ़सर मिसेज उमेशशंकर हैं, मिस्टर शंकर तो बस अपनी श्रेष्ठ आई०सी०एस०-ज़ादी बीबी के बैल हैं। पराये पापों का दण्ड भुगतने का क्षण जब आया तब मेरे बेटे ने सोचा कि ......"मैं उन अपराधों की सजा क्यों भोगूँ जो मैंने नहीं किये। मैंने केवल एक ही पाप या अपराध किया कि पुरी साहब की बेटी से ब्याह किया। और यह अपराध मैंने स्वयं अपने ही प्रति किया है। इसके लिए मुझे ही दण्ड देने का अधिकार है और मुझे दण्ड भोगने का भी।......एक ही अरमान लेकर जा रहा हूँ, माँ जैसी माँ और आपके समान पिता पाकर भी इस जन्म में, मन में रहते हुए भी आप लोगों की कोई सेवा न कर सका, इसलिए चाहता हूँ कि मेरा एक जन्म आप दोनों की सेवा में अवश्य बीते।"

काफ़ी भरतीय युवकोचित भावना इस अंतिम वाक्य में है। उस समय पुत्रशोक के आवेश में तो इस वाक्य ने मुझे हिड़कियों रुलाया था, परन्तु आज इस वाक्य के भीतर छिपा उसका तात्कालिक मनोबिम्ब साफ़ उभरता है। आत्महत्या के निश्चय की कठोरता, पत्नी के पिता और समाज की लौकिक मान्यताओं के प्रति तीव्र घृणा, क्रोध और अक्षम्य भाव उसके अन्दर अपनी पूरी तेज़ी पर थे, फिर भी उसका मरने को जी न चाहता था......मार डाला मेरे बच्चे को इस रुपये की महत्ता ने; पैसे-ओहदे वालों और उनके बाल-बच्चों की स्वकल्पित व्यक्ति-स्वातन्त्र्य की मान्यता ने—मेरे बच्चे के ग़ुलाम बनने के गुनाह ने।

फिर वही ग़ुलामी और मुक्ति का प्रश्न। सांख्य से लेकर साइंस तक भले ही प्रत्यक्ष को माया और अप्रत्यक्ष को नित्य सत्य मान ले, पर हम जीते-जागते हुए औसत बुद्धि के लोग तर्कबुद्धि शील, रूप, रस, गन्ध और स्पर्श से पार्थिव आकारों का प्रत्यक्ष अनुभव

पानेवाले, उनसे भावों का अहर्निश आदान-प्रदान करनेवाले, उनके साथ इतिहास, साहित्य, कला, ज्ञान-विज्ञान में विकास करनेवाले, नवगति नवीन यथार्थ की खोज में आस्था रखनेवाले चेतन प्राणी अपने और उनके जीवित होने के सत्य को क्योंकर भूल जायँ, कैसे माया मानकर छोड़ दें? अदृश्य तत्व सत्य हैं यह माना, पर दृश्यमान् माया भी सत्य है—जिसके द्वारा अदृश्य तत्व कर्म करता है, सीखता है और पहले से अधिक सुसंस्कृत होकर नई काया में जन्मता है। पहले की प्रतिष्ठित मान्यताएँ और चेतनाएँ जो कभी हमारे लिए अवश्य प्रगतिदायिनी रही होंगी, लेकिन आज, हमारे होश सम्हालते ही, आत्मा पर बोझ बनकर हमारी चेतना के चारों ओर बंधन सी लिपटी आ रही हैं, एक दिन सहसा विस्मृत भी हो जाएँगी, बीते जन्मों की तरह ही। पुरानी सीमित धार्मिक परिधियों में घूमता हुआ आज का हिन्दू, मुसलमान, ईसाई, मूसाई, बौद्ध इत्यादि क्या यहीं बना रहेगा? नई चेतना आज की चेतना के धुर्रे उड़ाकर उसे बिखेर देगी। उस नई चेतना को धारण करने लायक नया शरीर पाने के लिए ही मेरे उमेश ने अपना जड़ बंधनों में बँधा हुआ शरीर नष्ट कर दिया है। वह मरा नहीं है। हाँ, उसने अपने उस शरीर के बूढ़े होकर कुदरती मरण पाने के विकासवादी मार्ग को छोड़कर विद्रोह का मार्ग अवश्य अपनाया, परन्तु विकास में विद्रोह द्वारा क्रांति लाना भी कभी-कभी आवश्यक होता है। मृत्यु ही उसकी मुक्ति थी और उसका क्षण उसी समय निश्चित हो गया था जब पुरी ने उसे अपना दामाद बनाया था। वह उनका भाग्य था। छोटी-छोटी नौकरी या हैसियत के बन्धन से घृणा करनेवाला उच्चाकांक्षी युवक ऐसा अभागा था कि उसकी उच्चाकांक्षा ही उसका सबसे बड़ा बन्धन बन गई। बहुत से युवकों की वैसी ही महत्वाकांक्षाएँ फलती-फूलती हुई भी मैंने देखी हैं, लेकिन उसे नहीं बदा था। भाग्य होता है, पुनर्जन्म होता है। जन्म-जन्मान्तर में चेतन तत्व जब-जब अपने लिए नया और विस्तृत धरातल पा लेता है, तब-तब उसके पुराने पाप भी नष्ट हो जाते हैं। आज की विश्वचेतना में खुलेआम, ईमान और हक़ के जोम के साथ बीते इतिहास के दिनों की तरह मनुष्य ग़ुलाम बनाकर नहीं बेचा जा सकता, राजा ईश्वर का प्रतिनिधि नहीं रहा। दुनिया अब अपने पूर्व रूप से बिलकुल भिन्न हो चली है। विश्वात्मा अब अपने-आपको नव नैतिक सौन्दर्य के धरातल पर उतार रहा है। मनुष्य अंतरिक्ष में उड़ने लगा है······फिर भी ये अफ़सर, नेता, मुनाफ़ाखोर संकीर्ण स्वार्थों और मृत धार्मिकता के ठेकेदार, ये तमाम जड़ बन्धन मौजूद हैं। वे मोह और लोभ-लिप्साएँ अब भी विद्यमान हैं जिनके कारण मेरे बच्चे को अपनी जान गँवानी पड़ी। इन अज्ञान के प्रतीकों से जूझे बिना ही रह जाऊँ, विश्राम करूँ या मर जाऊँ? तब तो मैं हेमिंग्वे के बूढ़े मछेरे से हार जाऊँगा। जड़-चेतनमय, विष-अमृतमय, अंधकार-प्रकाशमय जीवन में न्याय के लिए कर्म करना ही गति है। मुझे जीना ही होगा, कर्म करना ही होगा। यह बंधन ही मेरी मुक्ति भी है। इस अंधकार ही में प्रकाश पाने के लिए मुझे जीना है। इस समय भी मेरे दो जीवनाधार तो हैं ही—धुर बचपन में मुझे ढकेलकर अपने साथ दौड़ा ले चलनेवाला मेरा अनन्य साथी बछड़ा, और दूसरा वह औपन्यासिक नायक मछेरा।

●●